W. Jan · Mongolen

Erstes Buch
Dschingis-Khan

Zweites Buch
Batu-Khan

Drittes Buch
Zum letzten Meer

Wassili G. Jan

Mongolen

Roman einer Weltherrschaft

Aus dem Russischen
von Horst Wolf

Kiepenheuer

ISBN 3-378-00521-1

Erste Auflage (Ausgabe in einem Band)
Schutzumschlag und Einband: Dietmar Kunz
Gesamtherstellung: Offizin Andersen Nexö Leipzig GmbH,
Graphischer Großbetrieb
Printed in Germany

Erstes Buch
Dschingis-Khan

Erster Teil
Im Derwischmantel

Der goldene Falke

> Unsere bewohnbare Erde gleicht einem ausgebreiteten und ausgeblichenen alten Mantel. Sie stellt sich dar als eine allseits vom Meere umspülte Insel.
> (Aus einem arabischen Lehrbuch)

Im zeitigen Frühjahr brauste über die toten Sanddünen der großen Kara-Kum-Ebene ein verspäteter Schneesturm. Rasend vor Wut, zauste der Wind das aus dem Wüstensand aufragende spärliche Krummholz.

Weiße Flocken wirbelten über der Erde. Ein Dutzend Kamele drängten sich ungeordnet neben einer Lehmhütte mit kuppelförmigem Dach. Doch wo steckten die Begleiter der Karawane? Weshalb hatten die Treiber die Tiere nicht in einer Reihe nebeneinander niederknien lassen und ihnen die schweren Ballen abgenommen?

Die Kamele hoben ihre beschneiten rauhhaarigen Köpfe, und ihre kläglichen Schreie verhallten im Sturmgeheul. In der Ferne ertönte ein Glöckchen. Die Kamele wandten die Köpfe nach jener Richtung. Ein schwarzer Esel tauchte auf, an dessen Schwanz sich ein bärtiger Mann festklammerte, der einen langen Mantel trug und eine hohe Mütze, wie Derwische sie zu tragen pflegen. Daran hatte er, als Zeichen seiner Wallfahrt nach Mekka, ein weißes Pilgrimsband befestigt.

»Vorwärts, vorwärts! Noch zehn Schritte, und du kriegst dein Stroh. Sieh an, mein treuer Freund Bekir, wen wir da treffen! Wo Kamele sind, rasten auch ihre Herren, und die Diener haben schon ein Feuer angefacht. Und wo ein Dutzend Menschen am Feuer beisammensitzen, findet sich gewiß auch eine Handvoll Reis für den dreizehnten. Heda! Ist jemand hier? Rechtgläubige, gebt Antwort!«

Niemand antwortete, nur das zersprungene Glöckchen des Leitkamels gab einen dumpfen Ton von sich.

Der schneebedeckte Wanderer trieb seinen Esel weiter und umschritt den von einer niedrigen Lehmeinfriedigung umgebenen Bau, dessen kunstvoll geschnitzte Tür durch einen Pfahl verrammelt war. Auf einem von Sanddünen umgebenen freien Platz hinter der Hütte erhob sich eine Reihe sorgsam mit weißen und schwarzen Steinen geschmückter, schweigender Grabhügel.

»Der Derwisch Hadschi Rachim-al-Bagdadi grüßt euch, ihr für ewig entschlummerten ehrwürdigen Bewohner dieses stillen Tals!« murmelte der Wanderer, während er seinen Esel unter einem Schuppen aus Schilfrohr anband. »Wo mag der Hüter dieser schweigsamen Versamm-

lung sein? Wohl in der Hütte?« Der Derwisch bröckelte etwas Brot in den bunten Futtersack und band ihn seinem Esel um den Kopf.
»Ich gebe dir die letzten Reste meiner Nahrung, treuer Freund. Du brauchst sie nötiger als ich, denn wenn wir über Nacht nicht erfrieren, mußt du mich morgen weiterschleppen. Ich will mich dabei an unsere Wanderung unter Arabiens Palmen und Glutsonne erinnern, dann wird mir schon warm werden.«
Der Derwisch stieß den Pfahl beiseite und öffnete die Tür. Mitten in der Hütte, dort, wo gewöhnlich das Feuer zu schwelen pflegt, lagen erloschene Kohlen unter der Asche. Das kuppelförmig gewölbte Dach hatte oben ein Loch zum Abzug des Rauchs. An der Wand hockten vier Männer.
»Friede, Wohlergehn und Überfluß!« wünschte der Derwisch. Als er keine Antwort erhielt, trat er einen Schritt näher und prallte zurück. Die Starrheit, die Blässe und die Stummheit der Hockenden veranlaßten ihn, schleunigst wieder zur Tür hinauszuschlüpfen.
»Du darfst nicht murren, Hadschi Rachim. Vier Tote warten. Wer wird sie ins Leichentuch hüllen? Bist du auch arm und hungrig, so bist du doch rüstig und kannst auf endlosen Straßen die Welt durchwandern... Da ist eine Karawane, die ihren Herrn eingebüßt hat... Wenn ich wollte, könnte ich mich zum Besitzer dieser reichbeladenen Kamele machen. Ein Derwisch jedoch, dessen einziges Streben das Streben nach Wahrheit sein soll, bedarf keiner irdischen Güter. Er bleibt ein armer Teufel und zieht, seine Lieder singend, fürbaß. Doch der armen Kreatur muß man sich erbarmen.«
Er trat zu den Kamelen, löste die Stricke und stellte die Tiere nebeneinander in einer Reihe auf. Dann ließ er sie niederknien. Unter den Ballen zog er einen Sack mit Gerste hervor und streute jedem Kamel ein paar Hände voll hin.
»Wenn jemals einer fragen sollte, ob der Hadschi Rachim in seinem Leben wenigstens e i n gutes Werk getan, so könnten diese Kamele im Chor antworten: ›In Schnee und Kälte hat er uns gefüttert, deshalb sind wir nicht erfroren.‹«
Die Nacht verbrachte der Derwisch auf einem Bund Schilfrohr, wobei er sich mit dem Rücken gegen seinen Esel lehnte, der mit untergezogenen Beinen ruhig schlief. Am Morgen fegte der Wind die Wolken vom Himmel, und im Osten ging die Sonne auf. Als ihre rosigen Strahlen auf die Gräber fielen, sprang der Derwisch auf.
»Los, Bekir! Ziehn wir weiter!«
Er lud dem Esel den Sack mit Gerste auf und warf noch einen Blick in die Hütte. Von den vier Männern, die an der Wand gehockt hatten, war nur noch einer da, der mit offenen Augen trüb vor sich hinstierte.
»Wo mögen die anderen geblieben sein? Sollten sie etwa in den Gräbern verschwunden sein? Nein, hier bleibt Hadschi Rachim nicht länger. Er wandert zur Stadt Charism, wo viele fröhliche Menschen leben, wo den Weisen die Rede wie Milch und Honig von den Lippen fließt.«

»Hilf mir, Rechtgläubiger!« flüsterte eine heisere Stimme. Der gekräuselte Bart des an der Wand Hockenden zitterte.
»Wer bist du?«
»Machmud.«
»Bist du aus Charism?«
»Ich habe einen goldenen Falken...«
»O je!« verwunderte sich der Derwisch. »Im Sterben noch denkt der Rechtgläubige an seinen Falken... Da, nimm einen Schluck Wasser!«
Der Kranke nahm mühsam einige Schlucke aus der Kürbisflasche. Seine Augen irrten umher und blieben schließlich an dem Derwisch haften.
»Mich hat Kara-Kontschars Raubgesindel so schwer verwundet... Meine drei Gefährten haben ein bitteres Ende gefunden... Jemand verrammelte die Tür, daß wir nicht mehr hinaus konnten... Wenn du, Rechtgläubiger, in der Not einem Rechtgläubigen deinen Beistand versagst, so ist das schlimmer als Totschlag... So steht es im ›Heiligen Buch‹ geschrieben.«
Vor Schüttelfrost mit den Zähnen klappernd, streckte er bittend dem Derwisch die zitternde Hand entgegen. Sie sank kraftlos herab, und der Kranke fiel auf die Seite.
Der Hadschi Rachim öffnete ihm die Wollkleidung auf der Brust; dunkel trat eine Wunde hervor, aus der Blut sickerte.
»Wir müssen das Blut stillen. Doch was nehmen wir zum Verbinden?«
Neben dem Kranken lag ein kunstvoll gewundener, mächtiger Turban. Der Derwisch wickelte ihn auf, und dabei fiel aus der Tschalma von feinstem Gewebe ein längliches Goldplättchen heraus, das in kunstvoller Prägung einen Falken mit ausgebreiteten Schwingen und eine Inschrift aus seltsamen Zeichen trug, die wie Ameisenspuren aussahen.
Der Derwisch richtete aufmerksam seine Augen auf den Bewußtlosen und überlegte bei sich:
»Auf diesem Mann liegt der feurige Abglanz künftiger großer Erschütterungen... Darin ist das Geheimnis des wiedererstandenen Toten verborgen«, sagte er flüsternd. »Es ist eine Paizsa des großen Tatarenkagans... Diesen goldenen Falken muß man wohl verwahren. Ich werde ihn dem Kranken zurückgeben, sobald er wieder bei Sinnen und bei Kräften ist.«
Der Derwisch verbarg das Täfelchen in den Falten seines breiten Gürtels.
Lange mühte er sich um den Kranken, bis er endlich dessen Wunde mit der Tschalma verbunden hatte. Dann ging er hinaus zu den Kamelen, ließ eines sich erheben und führte es vor die Tür der Hütte, wo er es in die Knie zwang. Nun trug er den Kranken herbei, setzte ihn zwischen die zottigen Höcker und band ihn mit einem härenen Strick fest.
Als die Sonne sich über die Sanddünen erhob, zog der Derwisch auf einem kaum bemerkbaren Steppenpfade durch den tauenden Schnee. Hinter ihm trippelte sein braver Esel, und diesem folgte das Kamel, auf dem der festgebundene Machmud hilflos hin und her schwankte.

»Vorwärts, Bekir! Eilen wir nach Gurgandsch, wo dich ein Armvoll Klee erwartet. Hier ist's zu gefährlich. Hinter dem Hügel hervor kommt womöglich der Räuber Kara-Kontschar angesprengt und macht deinen Herrn zum Sklaven, dir aber zieht er dein schwarzes Fell über die Ohren. Los... Weiter! Fort von hier!«

In der Jurte des Nomaden

Dschelal-ed-Din Mengburny, Sohn und Erbe des großen Schahs von Chowaresmien, jagte in der Sandwüste Kara-Kum. Zweihundert kühne Dschigiten auf erlesenen Rossen begleiteten den jungen Khan. Sie hatten vom Schah den Geheimbefehl, achtzugeben, daß Dschelal-ed-Din nicht über die Grenzen des Reiches entwische. Im Halbkreis kamen die Reiter durch die Steppe und trieben wilde Ziegen und Esel einer Hügelkette zu, wo die Dienerschaft bereits das schwarze Zelt mit der weißen Spitze aufgeschlagen und für alle Jagdteilnehmer ein Festmahl bereitet hatte.

Der Frühling streute die ersten spärlichen Blumen über die Sandsteppe, und unter den Strahlen der Sonne schmolzen und zerflossen die letzten Schneewehen.

Am dritten Jagdtage umzog sich plötzlich der Himmel. Von Norden, von den Kiptschakensteppen her, wehte ein kalter Wind und wirbelte Schneeflocken vor sich her.

Dschelal-ed-Din, der sich von seinen Gefährten getrennt hatte, verfolgte einen Bock, der auf einem Bein lahmte. Der Khan sah, wie das Tier den Kopf mit den gespitzten Lauschern nach ihm umdrehte. Schon wähnte er seiner Beute sicher zu sein, da warf der Bock seine krummen Hörner hoch und flüchtete tiefer in die Steppe hinein. Der starrsinnige und erzürnte Khan setzte ihm auf seinem schaumbedeckten Renner nach und behielt unablässig das vor ihm spielende schwarze Schwänzchen im Auge.

Ein Pfeil traf schließlich das Tier. Bis die Beute am Sattel festgebunden war, hatte der Schneesturm an Stärke zugenommen und alle Pfade verweht. Dschelal-ed-Din gewahrte, daß er sich verirrt hatte und daß sein Leben in Gefahr schwebte, falls der Sturm mehrere Tage anhielt.

Sein Pferd am Zügel führend, schritt er gegen den Wind. Die Nacht brach herein. Der junge Khan, dessen Kräfte nachließen, nahm die Satteldecke, breitete sie über den Rappen und verbrachte so die Nacht, vom Schnee halb zugeweht.

Der Wind legte sich bei Sonnenaufgang. Der Schnee schmolz, und zwischen den Sandhügeln bildeten sich Rinnsale. Dschelal-ed-Din erspähte in der Ferne auf einem Hügel einen aus Reisig und Knochen aufgeschichteten Haufen. Auf dieses Wegzeichen ritt er quer über die in ihrer Eintönigkeit dem Meere gleichende Steppe zu. In einer lehmigen

Senke erblickte er zwischen Sandhügeln vier ärmliche, verräucherte Jurten.
Wildes Hundegekläff rief einen alten Nomaden, der sich ein Ziegenfell über die Schultern geworfen hatte, heraus. Würdevoll trat er dem Reiter entgegen und bot ihm, indem er die Zügel berührte, Gastfreundschaft.
»Wenn meine Behausung dir nicht zu gering erscheint, edler Beg-Dschigit, so tritt in Frieden ein!« sagte der Alte, überrascht von der kostbaren Kleidung des Fremden – dunkelrote Hosen aus dicker Seide – und noch mehr von dem edlen schwarzen Hengst, wie ihn gewöhnlich nur Sultane zu reiten pflegen.
»Salam! Hast du Gerste? Ich zahle dir den doppelten Preis dafür.«
»In der Wüste ist Brot kostbarer als Geld. Doch für einen seltenen Gast findet sich alles, was er begehrt. Statt mit Gerste soll dein Roß mit bestem Weizen gefüttert werden.«
Aus einer der Jurten hörte man das Geräusch einer Handmühle, auf der die Frauen Korn mahlten.
»Heda, ihr dort, nehmt euch des Pferdes an!«
Zwei Mädchen in dunkelroten, bis auf die Füße fallenden Gewändern kamen unter dem Geklirr der Ketten und Münzen ihres silbernen Brustschmuckes aus der Jurte gelaufen; nachdem sie ihr Gesicht mit dem Zipfel des Schleiers, den sie sich über den Kopf warfen, verdeckt hatten, faßten sie das Pferd von beiden Seiten bei den Zügeln und führten es fort.
Der Khan betrat die warme Jurte, in deren Mitte ein Feuer aus harzigen Wurzeln brannte. An der Wand lag, rücklings auf eine Filzmatte hingestreckt, ein Mann, dessen blutleeres, aschgraues Gesicht mit dem schwarzen Bart und dessen über der Brust gefalteten wächsernen Hände die Nähe des Todes verrieten. Die heftigen und hastigen Atemzüge ließen erkennen, daß in diesem entkräfteten Körper das Leben sich verzweifelt wehrte. Zu Füßen des Kranken saß ein Derwisch mit dem weißen Pilgrimsband an der Mütze. Seinen halbnackten Körper bedeckte ein weiter Mantel mit vielen Flicken.
»Salam aleikum!« grüßte Dschelal-ed-Din und ließ sich auf der Filzmatte neben dem Sterbenden nieder. Eine bis zu den Augen verhüllte Sklavin rutschte auf den Knien herbei, um dem Khan die durchnäßten Stiefel auszuziehen. Dschelal-ed-Din schnallte den Ledergürtel mit dem Krummsäbel ab und legte ihn neben sich.
»Wer bist du?« fragte er den Derwisch. »Nach deiner Kleidung zu schließen, hast du ferne Länder gesehen.«
»Ich wandere durch die Welt und suche im Meer der Lüge die Insel der Wahrheit.«
»Wo ist deine Heimat, und wohin führt dich dein Weg?«
»Ich heiße Hadschi Rachim, Bagdadi zubenannt, weil ich in Bagdad studiert habe. Die hervorragendsten Gelehrten waren meine Lehrer. Ich habe vielerlei Wissenschaften getrieben, viele Sagen der Araber, Perser und Türken gelesen und auch die in der alten Sprache geschriebenen.

Aber außer Bekümmernis über schwere Sünden, die ich auf mich geladen, sehe ich keine andere Spur meiner Jugendtage...«
Dschelal-ed-Din zog mißtrauisch die Brauen hoch.
»Wohin gehst du, und was führst du im Sinn?«
»Ich wandere auf dieser zwischen fünf Meeren gelegenen Erdenscheibe, besuche Städte, Oasen und Wüsten und suche Menschen, in denen das Feuer hohen Strebens glüht. Jetzt bin ich unterwegs nach der Hauptstadt Gurgandsch, welche den Gerüchten nach die schönste und reichste Stadt Chowaresmiens, ja der ganzen Welt sein soll. Wie man sagt, werde ich dort durch ihre Kenntnis glänzende Gelehrte und Weise und die tüchtigsten Meister finden, die die Stadt mit den Werken ihrer Kunstfertigkeit schmücken.«
»Suchst du Helden, die mit der Spitze ihrer Schwerter auf den Schlachtfeldern ihre heroischen Taten einzeichnen?« fragte Dschelal-ed-Din und wurde nachdenklich. »Bist du fähig, ihre Taten in so zündenden Versen zu beschreiben, daß Jünglinge und Jungfrauen deine Lieder singen, daß die Tapferen, die in die Schlacht stürmen, sie auf den Lippen tragen und auch die Alten, wenn sie den letzten Schritt zum Grabe tun?«
Der Derwisch antwortete in Versen:

»Wenn Rudegi auch reich war an Liedern,
weiß ich nicht weniger schöne Worte.
Ein Blinder, gewann er durch Verse die Welt,
an Feuern der Steppe für die Gefährten sing' ich...«

Der alte Turkmene brachte den vom Khan erlegten Bock herbei, den man bereits abgehäutet und ausgeweidet hatte.
»Erlaube, daß ich einen Teil des Fleisches den Frauen gebe, damit sie dir ein Nachtmahl bereiten.«
»Nimm alles, und nehmt alle am Mahle teil!« erwiderte Dschelal-ed-Din. »Ich bin nicht der Jäger eines Begs; ich bin selbst ein Beg und Sohn eines Begs und brauche nichts von meiner Beute abzuliefern.«
Er zog einen schmalen Dolch aus der Scheide, schnitt aus dem Rücken des Wildes einige dünne Streifen Fleisch und spießte sie auf einen spitzen Zweig, um sie über den glühenden Kohlen zu braten.
Der Wirt übergab das ausgeweidete Tier den Frauen und setzte sich zu seinem Gast. Er strich sich den Bart und stellte die von der Höflichkeit gebotenen Fragen:
»Bist du bei guter Gesundheit? Ist dir warm genug? Sind deine Eltern noch am Leben?«
Auch der Khan stellte, um der Sitte zu genügen, einige teilnehmende Fragen und sagte darauf:
»Meine Worte sollen niemanden kränken... Doch wem gehört dieses Zelt, und wo befinde ich mich?«
»Meine Jurte steht eine Tagesreise abseits der großen nach Nessa führenden Karawanenstraße. Ich bin ein schlichter Nomade, der sich in der weiten Steppe verloren hat und den alle den Hirten Korkud nennen.«

Ein Hund, der draußen vor der Jurte schon lange geknurrt hatte, schlug jetzt an. Man hörte Schreien, Jammern, Weinen. Pferdegetrappel näherte sich, hörte plötzlich auf, und eine barsche Stimme rief:
»Wer ist in der Jurte? Gib Antwort, Korkud!«

Der Steppenreiter

Der Alte erhob sich und ging hinaus. Das Gespräch, das draußen geführt wurde, war drinnen kaum zu vernehmen.
»Weshalb ist er hier?« stieß der Reiter heiser flüsternd hervor.
»Ist denn seine Todesstunde schon gekommen?«
»Alle drei sind meine Gäste.«
»Ich werde ihnen zeigen, welch einen Urteilsspruch Allah auf ihre bleichen Stirnen geschrieben hat.«
»Du wirst es nicht wagen, sie zu berühren. Und woher sind diese deine fünf neuen Sklaven?«
»Es sind erfahrene Meister: Erz- und Waffenschmiede. Sie kamen gemeinsam mit der Karawane. Ich wollte dieser Karawane ›den Bart scheren‹, allein irgendwoher schickte mir der Satan zweihundert Reiter in die Quere, die Böcke für einen hohen Beg jagten. Ich mußte die Kamele lassen, deren Treiber auseinanderliefen, und habe nur diese fünf Meister behalten. Jetzt schicke ich sie nach Merw, wo ich sie für einen guten Preis verkaufen kann.«
»Helfe dir Allah dabei!«
Der Wirt trat mit dem neuen Gast in die Jurte.
Der Unbekannte war jung, groß, mit graden Schultern und sehr schlank. An der Seite hing ihm ein langer Krummsäbel in einer Scheide aus grünem Saffianleder. Die gelben Stiefel aus weichem Kamelleder mit hohen Absätzen, die runde Schaffellmütze und der lange Mantel von besonderem Zuschnitt ließen den Turkmenen erkennen. Das entschlossene, gebräunte Gesicht mit den hervorstehenden Backenknochen bestätigte es.
»Geh ans Feuer, setze dich«, lud ihn der Wirt ein.
Der Gast jedoch setzte sich nicht auf den Teppich, sondern blieb am Eingang stehen. Seine Augen weiteten sich und wurden rund wie die einer Ente.
»Wer bist du?« fragte ihn, ohne den Blick zu heben, Dschelal-ed-Din.
»Ein Steppenbewohner.«
»Treibst du Viehherden, oder was tust du sonst?«
»Ich schere den Handelsleuten der Karawanen die Bärte ...«
Eine solche Antwort war nach den Gebräuchen der Steppe eine Grobheit. Wenn Unbekannte, auch dürftig gekleidete, sich am Lagerfeuer treffen, so gelten sie als Gleichstehende und wechseln Höflichkeitsfragen nach dem persönlichen Befinden, dem Stande der Herden, dem Ziel des Weges. Offensichtlich suchte der Turkmene Streit.

Dschelal-ed-Din schlug die Augen auf und senkte sie wieder, nur seine Mundwinkel zuckten. Schickte es sich etwa für einen hohen Khan, sich in Auseinandersetzungen mit einem einfachen Nomaden einzulassen?
»Unser Wirt hat mir gesagt, du suchtest die Straße nach Gurgandsch. Ich kann dir den Weg weisen«, sagte nach einer Pause der Turkmene. Dschelal-ed-Din war tapfer, doch sein Pferd war müde. Hier war er in Sicherheit, ihn schützte das Gastrecht. Unterwegs jedoch kann dieser Turkmene auf ihn ebenso Jagd machen wie er zuvor auf Steppenböcke. So erwiderte der Khan: »Ich reite jetzt nicht nach Gurgandsch.«
»Und wer ist der Stöhnende, der im Begriff ist, diese traurige Welt zu verlassen?«
»Ein von Räubern Angefallener«, schaltete der Derwisch sich ein.
»Höchstwahrscheinlich ein Werk des verzweifelten Kara-Kontschar. Wie man sagt, verschont dieser Panther der Wüste niemanden.«
»Denkst du vielleicht, die andern haben Kara-Kontschar nicht beraubt?«
Der Derwisch entgegnete:
»Was kann ich taube Nuß, die vom wehenden Wind durch die Steppe getrieben wird, viel denken.«
»Kara-Kontschar lebt auf einem unzugänglichen wasserlosen Salzmorast. Er ist ungreifbar wie eine Eidechse, die sich im Sande verbohrt, oder wie eine Schlange, die sich durchs Schilf schlängelt. Niemand kann bis zu ihm gelangen, doch er kann überall eindringen.«
»Wer auf Raub ausgeht, der schafft sich ein rühmliches Ende: Sein auf einen Pfahl auf den Mauern von Gurgandsch gespießtes Haupt überragt alle anderen«, sagte gleichgültig Dschelal-ed-Din, die Bratgerte mit dem brutzelnden Fleisch drehend.
»Kara-Kontschar ist der nächtliche Schatten, der den Bösewicht ereilt«, fuhr der Turkmene fort. »Kara-Kontschar ist der Kindschal der Rache, der Speer des Zorns und das Schwert der Abrechnung. Jetzt ist Kara-Kontschar ganz allein, er hat weder Sohn noch Bruder. Kommen wird der Tag, da er dem Tode verfällt, und die Stelle, wo seine Jurte steht, wird leer bleiben. Ist das etwa gut?«
»Das ist nicht heiter«, meinte Dschelal-ed-Din.
»Früher jedoch hatte Kara-Kontschar einen weißbärtigen Vater, auch kühne Brüder und zärtliche Schwestern. Wenn aber der Schah Muhammed hundert Pferde braucht, so kommt er mit den Kriegern aus der Kiptschaksteppe nach unsern Nomadenplätzen und holt sich statt eines Hunderts gleich dreihundert der auserlesensten Hengste. Den Frauen nimmt er den Silberschmuck ab und spricht, er tue das zur Strafe, weil irgendwelche Nomaden irgendwo einen hohen Kiptschakenkhan beraubt hätten. Und obgleich der Schah in seinem Palast schon dreihundert Frauen hält, entführte er doch unser schönstes Mädchen, Gül-Dschamal, deren Besitz hundert junge Männer einander streitig machten, und hält sie in seinem Harem als die dreihundertunderste. Ist das gut?«
»Das ist auch nicht heiter«, sagte Dschelal-ed-Din. »Allein, daß hundert

junge Männer es zuließen, daß das schönste Mädchen ihres Stammes entführt wurde, und dem nicht wehrten – das war ebenfalls nicht gut.«
»Damals waren unsere jungen Männer nicht daheim. Die Kiptschaken sind verschlagen und wählen den Zeitpunkt für ihre Überfälle nach ihrem Gutdünken.«
»Höre auf meine Worte, junger Mann«, sagte Dschelal-ed-Din. »Du sagtest, du hättest einen Vater, Brüder und Schwestern gehabt? Warum sind sie nicht mehr da?«
»Meinen weißbärtigen Vater ergriffen die Henker des Schahs und zerstückelten ihn Glied um Glied auf dem Platz in Gurgandsch. Meine Brüder flohen gen Osten und Westen. Meine Schwestern wurden von den Kiptschaken entführt. Ist das etwa gut?«
»Das ist auch nicht gut«, erwiderte Dschelal-ed-Din.
»Wo soll ich nun unter der Sonne umherwandern? Was bleibt mir zu tun übrig?«
Dschelal-ed-Din entgegnete heftig:
»Wenn du mit dem blanken Schwert in den Händen den eigenen Stamm schützen willst, wenn du, statt deinen Zeitvertreib auf den Karawanenstraßen zu suchen, Heldentaten vollführen und die Stütze unserer grünen Fahne werden willst, so komme zu mir nach Gurgandsch – ich will dich lehren, wie man sich einen ruhmreichen Namen macht.«
»Höre, Beg«, antwortete der Turkmene und fuhr sich heftig mit dem Ärmel über den Mund. »Wenn ich nach Gurgandsch komme, dann werden die Dschasussen, die Spione des Schahs, wie Schakale meinen Spuren folgen, doch ich würde mich ihnen nicht ergeben und im Kampf zugrunde gehen. Ist das nötig?«
»Das wird nicht geschehen«, erwiderte Dschelal-ed-Din. »Wenn du an das westliche Tor von Gurgandsch kommst, so wirst du einen Garten mit hohen Pappeln sehen. Frage den Pförtner: ›Ist das wohl Tilljalas neuer Palast und Garten? Führt mich zu eurem Herrn.‹ – Und du zeigst ihnen dieses Blatt.«
Dschelal-ed-Din kramte aus den Falten seines safrangelben Turbans ein Papier hervor und streifte vom Mittelfinger seiner Rechten einen goldenen Ring ab. Er hielt ihn über einen schwelenden Zweig, bis das Siegel rußig war, dann feuchtete er mit der Zunge eine Ecke des Blattes an und drückte das Siegel darauf. Auf dem Papier erschien in schöner Zierschrift ein Namenszug. Er rollte das Blatt zusammen, faltete es zur Hälfte, glättete es auf dem Knie und reichte es dem Turkmenen. Dieser führte das Blatt an Lippen und Stirn und legte es in ein Kupferdöschen für Zunder, das er am Gürtel hängen hatte.
»Ich vertraue deinem Wort, Beg, und werde kommen. Salam!« – Der Turkmene verschwand hinter dem Türvorhang.
Der Wirt folgte ihm schweigend. Vor dem Zelt, wo über einem Feuer ein großer Kupferkessel hing, kauerten auf der vom Schmelzschnee naß gewordenen Erde fünf abgemagerte Sklaven in abgerissenen Lumpen. Ihre Hände waren auf dem Rücken gefesselt, am Halse trugen sie

Schlingen, deren Enden miteinander verknotet waren. Neben den Sklaven stand ein großer Fuchshengst. Er hatte ein silberbeschlagenes Halsband um den gebogenen Hals; der Zügel war straff gespannt um den Sattelbock geschlungen. Auch das Ende des Strickes, an den die Gefangenen gebunden waren, hing am Sattelbock.
Der Turkmene bestieg sein Pferd.
Die fünf Sklaven erhoben sich und torkelten einer hinter dem andern her. Der Turkmene schwang die Peitsche, und bald verschwanden alle hinter einem Hügel. Der Wirt kehrte ins Zelt zurück.
»Ehrenwerter Gast, etwa hundert Reiter tauchen in der Ferne auf und nähern sich diesem Ort.«
»Ich weiß, das sind die Reiter des Schahs von Chowaresmien, die mich suchen. Doch wer war der Mann, mit dem ich soeben gesprochen habe?«
»Das ...«, der Wirt fuhr flüsternd fort, als fürchte er, daß der Turkmene es hören und zurückkehren könne, »das war der Panther der Kara-Kum-Steppe, der Schrecken der Karawanenstraßen, der ruhmreiche Räuber Kara-Kontschar; Allah wird ihn richten.«

Der gerecht urteilende Hakim

Nach dem Aufenthalt beim Nomaden wanderte Hadschi Rachim auf schmalem Pfade zwei Tage durch die Wüste in nördlicher Richtung zur Oase in den Niederungen des Dscheihun, wo die Städte und Siedlungen des volkreichen Chowaresmien lagen. Der Esel zottelte langsam weiter, und hinter ihm schritt gemächlich das Kamel mit dem kranken Kaufmann, der immer noch bewußtlos war. Der Derwisch sang arabische und persische Lieder und schaute erwartungsvoll in die Ferne, dorthin, wo binnen kurzem die farbigen Kuppeln der Moscheen von Gurgandsch auftauchen mußten.
Am dritten Tage wurde der schmale Pfad zwischen den Sanddünen breiter und mündete in eine große Straße, die einer felsigen Anhöhe entgegenführte. Von dorther eröffnete sich einem die blühende, das Auge erfreuende Ebene, bedeckt mit Gärten, Hainen und Streifen grünender Felder. Überall sah man durch die Bäume hindurch Häuschen mit flachen Dächern, Plätze mit schwarzen, verräucherten Jurten und die festungsähnlichen, mit Ecktürmchen versehenen Anwesen der reichen Kiptschakenkhane. Hie und da ragten wie Speere des Islams spitze Minarette empor, und neben ihnen spielten in vielfarbigen Ornamenten die Kuppeln der Moscheen. Wie große Spiegel leuchteten die viereckigen, vom Wasser noch überschwemmten Ackerfelder. Man sah dort halbnackte, nur mit Lumpen bekleidete Menschen mit Ketten an den Füßen.
Der Derwisch hielt auf der Anhöhe an.
»Das ist das Land, geschaffen, ein Paradies zu werden«, murmelte er,

»es ist zum Tal der Qualen und Tränen geworden. Vor fünfzehn Jahren lief ich von hier weg, atemlos vor Angst, umherspähend wie ein Verbrecher. Wer vermöchte jetzt in dem von der Sonne gebräunten Derwisch den Jüngling wiedererkennen, den damals der oberste Priester verdammte? – Wohl niemand! – Vorwärts, Bekir, wir werden bald unser Nachtlager vor den Toren der Hauptstadt Chowaresmiens, der reichsten aller Städte der Welt, vor Gurgandsch, aufschlagen, wo der Schah Muhammed herrscht, der mächtigste und grausamste aller muslimischen Herrscher.«
Der Derwisch schritt weiter. Unterwegs traf er immer häufiger zweirädrige, mit großen, langgehörnten Ochsen bespannte Karren, Wanderer zu Fuß, schön gekleidete Reiter auf geputzten Pferden und von Wind und Wetter gebräunte Landleute auf mageren Eseln; von überallher hörte man Rinder brüllen, Schafe blöken und Treiber rufen.
Im ersten Dorfe wurde der Derwisch von Leuten mit langen weißen Stöcken umringt.
»Wer bist du? Wenn du kein goldgieriger Derwisch bist, warum führst du ein Kamel hinter dir her? Folge uns zum Hakim, der soll dir dein Todesurteil sprechen.«
Man führte den Derwisch auf einen Hof, der von einer rohen Lehmmauer umgeben war. Auf einer Terrasse, auf der ein großer Teppich ausgebreitet lag, saß mit kreuzweise untergeschlagenen Beinen ein hagerer aufrechter Alter in einem gestreiften Mantel. Sein mächtiger, schneeweißer Turban, sein sorgfältig gepflegter grauer Bart, sein strenger, durchdringender Blick und die Gemessenheit seiner Bewegungen ließen alle, die ihm nahe kamen, erschauern, und sie fielen vor ihm nieder und neigten das Gesicht zur Erde. Neben ihm saß gebeugt ein junger Schreiber mit einer Binsenfeder in der Hand, gewärtig der Befehle des Hakims.
»Wer bist du?« fragte der Hakim den Derwisch.
»Ich bin der sündige Sohn meiner ehrenwerten Mutter, mit Namen Hadschi Rachim-al-Bagdadi, ein Schüler der heiligen Scheiche von Bagdad. Ich wandere weite Wege und suche vergeblich die Spuren der Gerechten, die die kühle Erde deckt.«
Der Alte zog mißtrauisch die Brauen hoch und sah den Derwisch an.
»Und wer ist der Kranke auf dem Kamel? Warum ist er ohne Turban? Ist er ein rechtgläubiger Muselman oder ein Andersgläubiger? Man sagt mir, du hättest ihn verwundet, beraubt und sein Hab und Gut verkauft. Ist das wahr?«
Der Derwisch erhob die Arme zum Himmel.
»Allwissender Himmel, du allein kannst mir Schutz gewähren! Ich wundere mich über die Verleumder, deren Atem von unwahren Gerüchten verpestet ist! Was gelten ihnen meine Mühen und Kümmernisse!« Der Alte strich sich mit der Hand über den silbergrau schimmernden Bart und sagte:
»Berichte mir wahrheitsgetreu, was du von dem Kranken weißt.« Darauf

erzählte der Derwisch von seiner Begegnung mit der ausgeraubten Karawane und von seinen Bemühungen, das Leben des Verwundeten zu retten.
Wieder strich der Alte seinen silbergrauen Bart und sagte:
»Vielleicht ist der Verwundete ein großer Mann, und sein Arm reicht bis zur Sonne hinauf. Ich will den Kranken selbst sehen.« Er schlüpfte mit bloßen Füßen in Pantoffeln und schritt die Terrasse hinab zu dem Kamel. Die Menschen der Siedlung umringten ihn und überschrien sich gegenseitig.
»Wir kennen diesen kranken Mann. Es ist ein reicher Kaufmann aus Gurgandsch, Machmud-Jalwatsch. Auch das Kamel trägt eingebrannt sein Zeichen. Seine Karawanen von zwei-, dreihundert Kamelen ziehen von Tauris bis nach Bulgar an der Wolga und bis zur heiligen Stadt Bagdad.«
Der Hakim hörte die Männer an, schwieg ein Weilchen, biß sich auf die Lippen und verkündete ernst seinen Beschluß, den der Schreiber aufzeichnete.
»Da kundige und vertrauenswürdige Männer erklären, der Kranke sei ein würdiger Kaufmann, Machmud-Jalwatsch aus Gurgandsch, so befehle ich, ihn vorsichtig vom Kamel zu heben, in mein Haus zu tragen und einen Heilkundigen herbeizurufen, daß er ihn mit seinen Heilkräutern sorgfältig behandle. Der Derwisch, der mit seiner Fürsorge um den verwundeten Rechtgläubigen ein gutes Werk vollbracht hat, darf unbehelligt seines Weges weiterziehen, ihn zu belohnen ist Sache des geretteten Kaufmanns. Da das Kamel dem Derwisch nicht gehören kann, bleibt es bei mir, bis sein Herr genesen ist. Für den Gerichtsspruch und die Beifügung des Siegels bleibt der schwarze Esel, der dem Derwisch gehört, in meiner Obhut.«
»Hast du alles aufgeschrieben?« fragte der Hakim den Schreiber. Dieser antwortete leise:
»Wie du es gesagt hast, mein Herr!«
Der Richter fügte hinzu: »Gelehrter Derwisch, empfange aus meinen kärglichen Mitteln einen Dirhem.«
Der Hadschi Rachim nahm die Kupfermünze, drückte sie an die Stirn und führte sie an die Lippen. Er hielt sie in der geschlossenen Hand und sagte:
»Deine Weisheit ist groß, Hakim, du gerecht Urteilender. Du hast mich der Sorge um den Verwundeten und ebenso um das Kamel und den Esel enthoben, auf dem ich nicht mehr reiten werde, den ich aber auch nicht mehr zu füttern brauche. Und ich, der Geringste unter denen, die zugrunde gehen, bin einer leichtgewichtigen Münze gleich, die aus der milden Hand des Gebenden in die Holzschale des Blinden gleitet. Und wenn deine Milde so rein ist wie das Silber deines Bartes, so wird sich dein kupferner Dirhem in einen goldenen Dinar verwandeln.«
Der Hadschi Rachim öffnete seine Hand, in der nun eine Goldmünze – ein Dinar – glänzte.

»Ich spreche die Wahrheit, ehrenwerter Richter: Das Land, das dein Fuß betritt, wird nie eine Mißernte sehen.«
Der Hadschi Rachim schloß seine Hand wieder und blieb unbeweglich stehen. Der Richter und alle, die ihn umgaben, sahen mit offenem Munde sprachlos einander an oder auf die geschlossene Hand des Derwischs.
»Ich gab ihm einen schwarzen Kupferdirhem, das weiß ich genau. Ihr habt aber alle soeben einen goldenen Dinar in seiner Hand gesehn«, bemerkte der Richter. Mit einer Geschwindigkeit, die niemand dem sonst so würdevollen Alten zugetraut hätte, stürzte sich der Richter auf den Derwisch und packte dessen Hand.
»Gib den Golddinar zurück! Mit ihm mußt du die Gerichtskosten bezahlen!«
Der Hadschi Rachim öffnete die Hand, und der Hakim ergriff die Münze: Es war jedoch wieder ein Kupferdirhem. Der würdige Richter blies sich auf die Schulter und bestieg feierlich die Terrasse. Der Hadschi Rachim trat zu seinem Esel, löste seinen Sack, warf ihn über die Schulter und ging, ohne sich umzuschauen, weiter nach Gurgandsch, indem er aus Leibeskräften den Ruf der Derwische erschallen ließ: »Ja-gu-u! Ja-chak! La illahi illa-gu! – Ja, es ist wahr, es gibt keinen Gott außer ihm!«

Die Geweihte Pforte

›Alles ist noch genau so, wie es vor vielen Jahren war‹, dachte der Hadschi Rachim, der an eine hohe Lehmmauer einer öden Gasse in Gurgandsch gelehnt stand. ›Dieselben Häuschen mit den flachen Dächern inmitten von Aprikosen und Lebensbäumen, und ebenso wie damals schwingen sich Schwärme weißer Tauben zum türkisblauen Himmel auf, und noch höher über ihnen orgeln die langsam kreisenden braunen Geier... Genau wie einstmals hängen über der Mauer die weißen Zweige der blühenden Akazie, und zwischen ihnen ist wie ehedem das ersehnte Pförtchen verborgen, auf dessen grauen verblichenen Brettern heute noch die kunstvoll geschnitzten Ornamente sichtbar sind. Einstmals war aus dieser Pforte eine Jungfrau im rosa Gewand und rotgelbem Schleier herausgetreten. Wo mag sie sein? Was ist aus ihr geworden?‹
Das Pförtchen öffnete sich, ein halbwüchsiges Mädchen kam heraus in einem rosa Gewand und safrangelbem Schleier. Sie hielt ein Grabscheit in der Hand. Die leicht vorstehenden Backenknochen und die ein wenig schrägen Augen, der Zuschnitt des Gewandes und der Knoten im gelben Tuch hätten dem Kundigen sagen können, daß dieses Mädchen dem Stamm der Turtataren angehöre. Sie trällerte ein Liedchen und reinigte den Zuleitungskanal zu ihrem Garten; das Wasser drang in die durchbrochene Öffnung unter der Lehmmauer ein.
Plötzlich reckte sich das Mädchen, beschattete die Augen mit ihrer

schmalen dunklen Hand und sah nach dem Ende der Straße. Dort sang jemand mit hoher schmelzender tenoraler Stimme:

»Die Nacht bricht an.
Mein Auge flieht der Schlummer.
Und bis zum Morgenrot verweile ich
im Anblick des gestirnten Firmaments.
Des jungen Mondes Horn erinnert mich
an ihrer Augen kühn geschwungene Brau'n.
Ob sie mein Kismet ist, mein Fatum?
Dies Rätsel werden künft'ge Tage lösen...«

Weiter entfernt in der Straße erschien ein junger Reiter in einem enganliegenden, dunkelgrünen Rock, fest umgürtet mit einem bunten Gürtel. Er rückte die Fellmütze schräg über die rechte Braue und kam langsam auf seinem tänzelnden dunkelbraunen Hengst näher. Der Reiter versetzte seinem Pferd einen Hieb und sprengte im Galopp los. Als er dem Mädchen gegenüber war, zügelte er mit einem Griff das Pferd.

Das Mädchen warf das Grabscheit hin, schlug die Pforte zu und lief in den Hof. Der Reiter schob die Mütze in den Nacken und ritt langsam weiter.

Die Pforte öffnete sich, und das Mädchen lugte durch den Spalt. Als sie schüchtern nach beiden Seiten Ausschau gehalten hatte, hob sie das Grabscheit auf und verschwand wieder.

Der Derwisch, tiefgebräunt von der Sonnenglut, ging in seinem hohen, spitz zulaufenden Hut, mit der weißen Binde des Mekkapilgers und in seinem vielfarbigen Überwurf wie ein Blinder über die Straße und schlug laut mit seinem langen Stecken auf. Er schaute zurück und nahm einen kleinen Fetzen des rosa Stoffes, der an der Pforte hängengeblieben war, an sich und barg ihn in seinem Brustlatz.

»Ja«, murmelte er. »Auch hier ist es wie einstmals: derselbe Baum, nur höher und dichter, dieselbe Pforte, nur daß sie dunkler geworden ist und schief in den Angeln hängt... Und auch das Mädchen ist jener ähnlich, die ich vor sechzehn Jahren liebte, doch sie ist es nicht. Wo aber ist jene, die hier vor vielen Jahren mit einem Körbchen voll Aprikosen stand und selbst so herb und süß wie eine Aprikose war? Alles ist noch genau so, wie es war, und selbst die Sperber kreisen wie früher über dem alten Turm. Nur Hadschi Rachim ist nicht mehr derselbe...«

Der Derwisch klopfte mit seinem Stecken an die Pforte. Hinter dem alten Türchen aus schwarzem Ulmenholz hörte man das krächzende Hüsteln eines Alten.

Auf der Schwelle erschien ein dürrer, gebeugter Greis in einem schneeweißen Turban.

»Ja-gu-u! Ja-chak!« sang der Derwisch.

Der Alte schaute ihm mit seinen träumenden roten Augen aufmerksam an, kramte in den Falten seines aus Stoff gedrehten Gürtels und holte eine alte lederne Börse heraus. Er wühlte mit seinen blutleeren, wächsernen Fingern in der Börse und reichte dem Derwisch eine dünne schwarze Münze.

»Allachum sela!« rief der Derwisch aus und drückte die Münze an Stirn und Lippen. »Wer wohnt in diesem Hause? Für wen kann ich meine Gebete zum Einzigen hinaufschicken?«

»Ich wohne in diesem Hause, doch gehört es nicht mir, sondern dem Schmied Kary-Maksum. Auf dem Hauptbasar kennen alle seine große Schmiede und seine Waffenwerkstatt. Den Dienern des Glaubens verweigert er eine milde Gabe nicht.«

»Und mit welchem Namen hat dich das Schicksal bedacht, du Wundertäter?«

»Nenne mich nicht ›Wundertäter‹. Ich bin Mirza-Jussuf, der Geschichtsschreiber des Schahs, und kann nur mit den Versen des Dichters sprechen:

›Ich fristete mein Leben wie ein Lasttier
als Sklave meiner Kinder, Gefangner der Familie.
All meine Habe kann ich an den Fingern einer Hand errechnen.
Die Sorge drückt mich und die Armut,
und ihnen zu entrinnen, hab' ich keine Hoffnung.‹ «

»Nein, o nein! Du bist doch ein Wundertäter!« erwiderte der Derwisch. »Du hast mir einen schwarzen Dirhem gespendet, und da deine Gabe aus einer edlen Regung deines Herzens kam, hat sich dein Dirhem sofort in einen vollwertigen Dinar aus reinem Golde verwandelt.«

Der Alte beugte sich über die dunkle, einer Vogelklaue ähnliche Hand des Derwischs, auf der ein goldener Dinar mit geprägter Inschrift lag.

»In meinem langen Leben habe ich keine Wunder gesehen, von denen die heiligen Bücher künden. Entweder hast du, Derwisch, die Gabe, Wunder zu tun, oder du spottest, wie ein Gaukler auf dem Markt, des halbblinden Greises.«

»Du kannst den Dinar prüfen lassen. Schicke deinen Diener auf den Markt, und er soll dir dafür einen Korb gebratener Fleischstückchen, gekochte Nudeln, Honig und süße Melonen bringen. Vielleicht teilst du von diesem Überfluß auch dem armen Wanderer mit, der unmittelbar aus dem fernen Bagdad hierhergekommen ist.«

»Wie, du kommst aus dem ruhmvollen Bagdad? Dann tritt ein in mein Haus und berichte, was du dort gesehen hast, ich aber will Wert und Güte deines Wunderdinars erproben.«

Der Geschichtsschreiber des Schahs

> Er begab sich zu mir, trotz der weiten Entfernung unserer Wohnungen, trotz des weiten Weges und seiner furchtbaren Mühseligkeiten.
> (Ibn-Chasm, 11. Jh.)

Der Alte schlurfte mit seinen weichledernen gelben Stiefeln über den Hof und stieg die Terrasse hinauf.
»Folge mir, Wanderer!«
Der Derwisch trat hinter dem Alten in einen Raum, der mit Ziegeln ausgelegt war. An den Wänden entlang waren schmale Teppiche ausgebreitet. Auf dem Regal in der Nische standen zwei silberne Krüge und eine irakische Glasvase. Die kunstvoll aus bunten Balken geformte Kuppel des Raumes hatte in der Mitte eine für den Abzug des Rauches bestimmte Öffnung. Inmitten des Raumes, in einer würfelartigen Vertiefung, schwelte ein Becken mit Kohlen. An der hinteren Wand standen drei offene, eisenbeschlagene Truhen, in denen große, in gelbes Leder gebundene Bücher lagen.
Der Derwisch legte an der Tür seinen Stecken und seine Habseligkeiten hin. Dann streifte er seine Pantoffeln ab und trat zum Alten, beugte die Knie und ließ sich auf die Ferse nieder.
»Bent-Sankidscha!« rief der Alte mit brüchiger Stimme.
Es trat ein Knabe ein in einem langen, bis zur Ferse reichenden gestreiften Mantel, er trug einen blauen Turban. Die Hände über der Brust gekreuzt, verbeugte er sich in Erwartung eines Befehls. »Nimm diesen Golddinar. Gib ihn dem alten Saklab und sage ihm folgendes: ›Großvater Saklab, geh auf den Markt, dorthin, wo die indischen Wechsler vor ihren Kästen mit den silbernen und goldenen Münzen sitzen. Suche dir unter ihnen den Grauhaarigsten aus und bitte ihn, diese Münze zu schätzen, ob es ein vollwertiger Golddinar ist. Wenn der Wechsler an dem Goldstück keinen Fehl findet, so soll er ihn in Silberdirhems wechseln. Wenn Saklab das Silber erhalten hat, so soll er in jene Budenreihe gehen, wo Wanderer und Reisende sich des Mahls erfreuen, und alle jene Eßwaren einhandeln, die dir dieser ehrenwerte Wahrheitssucher nennen wird.«
»Was soll dein Diener kaufen?« fragte der Knabe den Derwisch. Dieser sah den Knaben an, dessen zarte Gesichtszüge ihm merkwürdig bekannt vorkamen. Wo hatte er ihn schon gesehen? Der Derwisch sagte: »Der Diener mag einen Korb mitnehmen und alle Dinge kaufen, die er für einen Bruder kaufen würde, den er viele Jahre nicht gesehen hat. Der Diener mag selbst wählen.«
Der Alte winkte den Knaben heran und sagte ihm leise ins Ohr: »Saklab soll nicht, wenn er vom Markte kommt, wie gewöhnlich in seinen Lumpen eintreten, sondern zuerst meinen alten Mantel anziehen. Du aber, sobald du den Dinar abgegeben hast, kehre zurück und bringe Tinte, Rohrfedern und Papier mit. Du wirst aufzeichnen, was der Fremde zu sagen hat.«

Der Knabe ging und brachte bald Papier und alles, was man zum Schreiben benötigt.

»Nenne mir, Pilger, zuerst deinen Namen, welcher Herkunft du bist und wie du nach dem ruhmreichen Bagdad kamst.«

»Man nennt mich Hadschi Rachim aus Bagdad. Ich bin in einer kleinen Siedlung in Basra geboren. Ich bin bereit, dir auf alle Fragen zu antworten, doch erlaube mir zuerst, einiges zu berühren, was mein Herz bewegt.«

»Sprich«, erwiderte der Alte.

»In Bagdad studierte ich in der großen Medresse bei den berühmtesten Lehrern. Unter den Studenten, die mit mir bei diesen Leuchten der Wissenschaft das Licht suchten, befand sich ein Jüngling, der stets schweigsam und grambedrückt, doch von leidenschaftlichem Fleiß war. Als ich ihm sagte, daß ich mich zur Wanderschaft gürte, um mit dem Stab in der Hand nach dem ruhmreichen Gurgandsch, in das edle Land Buchara und in die schöne Stadt Samarkand zu ziehen, wandte sich der Jüngling zu mir mit folgenden Worten: ›Hadschi Rachim aus Bagdad, wenn du in die Residenz des Schahs von Chowaresmien, nach Gurgandsch, kommst, so gehe in die dritte Gasse, die die Hauptstraße vom Markt zum westlichen Tor kreuzt, erfrage dort das Haus des Schmiedes und Waffenhändlers Kary-Maksum und suche zu erfahren, ob meine ehrenwerten Eltern noch leben. Erzähle ihnen alles, was ich hier in Bagdad mache. Und wenn du nach Bagdad zurückkehrst, so berichte mir alles, was du in Erfahrung gebracht hast.‹ Ich versprach es ihm und machte mich auf den Weg. Allein der Sturmwind unvorhergesehener Geschehnisse und das Unwetter der Prüfungen trieben mich nach den verschiedensten Gegenden der Welt. Ich bin unter den sengenden Strahlen der Sonne Indiens gewandert, habe die weiten Wüsten der Tatarei durchquert, bin bis zur Großen Mauer gekommen, die das chinesische Reich vor den Überfällen der Tataren schützt. Ich bin am Gestade des brandenden Meeres gestanden, habe die steilen eisigen Höhen des Tian-Schan erklommen und habe überall Muselmänner gefunden. So sind viele Jahre vergangen, ehe ich Gurgandsch erreichte und diese Gasse, die mir mein Freund in Bagdad beschrieben hatte. Ich habe das Haus gefunden und die Pforte unter dem schneeweiß blühenden Akazienbaum, ich spreche mit dir, Wundertäter, der du dich wahrscheinlich des Jünglings erinnerst, der einst hier wohnte, auf diesem Hofe, und der vor fünfzehn Jahren Gurgandsch verließ?«

»Wie hieß der Jüngling?« fragte der Alte schroff.

»Dort in dem hohen Haus der Wissenschaften nannte er sich Abu-Dschafar aus Chowaresmien.«

»Unglückseliger, wie konntest du es wagen, diesen Namen auszusprechen!« rief der alte Mirza aus; vor seinen Lippen stand Schaum.

»Weißt du auch, daß er der größte Sünder ist? Ungeachtet seiner Jugend hat er sich und seine Eltern mit Schmach bedeckt, und beinahe hätte er alle seine Anverwandten in den Wirbel dieses Unglücks hineingezogen.«

»Er war doch noch so jung. Was hat er anrichten können? Hat er jemanden erschlagen oder einen Anschlag auf einen hohen Beg verübt?«

»Dieser furchtbare Abu-Dschafar zeichnete sich, zu unserem Leidwesen, in seinen jungen Jahren durch große Begabung und Fleiß aus. Zusammen mit anderen Schülern lernte er bei unseren besten Lehrern, bemüht, die Kunst des Lesens, die Feinheiten der Schönschrift zu begreifen und den tiefen Sinn unseres heiligen Buches zu erfassen. Alles, was er tat, glückte ihm, und er begann auch Verse zu machen, Firdusi, Rudegi und Abu-Said nachzueifern. Doch bezweckten seine Verse nicht die Belehrung anderer, sondern die Verführung Leichtgläubiger ...«

Der Alte fuhr fluchend fort:

»Und dieser unglückselige Jüngling verfiel der Freidenkerei. Er erlaubte sich, mit den graubärtigen Ulemas und Imams zu streiten und andre Gutgläubige in Verwirrung zu setzen. Als schließlich der Imam ihn warnte: ›Du befindest dich nicht auf dem Wege ins Paradies, sondern auf dem Wege in den feurigen Rachen der Hölle!‹, da erwiderte Abu-Dschafar ihm frech: ›Hebe dich hinweg von mir und rufe mich nicht ins Paradies! Wenn du von Rosenkränzen predigst, von den Stätten des Gebets und von Askese und Enthaltsamkeit, so denke ich immer, es ist doch gleich, ob ich in Mohammeds Moschee oder in Jesu Kloster, wo man die Glocken läutet, beten gehe oder in die Synagoge des Moses. Überall habe ich Gott gesucht, doch ich habe ihn nicht gefunden; Gott existiert nicht; er ist eine Erfindung jener, die mit seinem Namen Handel treiben. Meine Leuchte, mein Führer ist Abu-Ali-Ibn-Sina.‹ Da verdammten ihn die heiligen Imams und geboten, ihn zu ergreifen. Sie wollten auf dem Platze der Stadt ihm die giftige Zunge ausreißen und beide Hände abhauen, damit er nicht weiter seine ansteckenden Ketzereien schreiben könne. Allein Abu-Dschafar verschwand geschickt wie eine Schlange. Anfangs glaubte man, sein Vater verberge den verbrecherischen Sohn aus Mitleid. Deshalb befahl der Schah Muhammed, als ihm der Imam von dieser Sache berichtete, den Vater zu ergreifen, ihn in das Wanzenverlies Semdan zu werfen und ihm eine Kette anzulegen mit der Aufschrift: ›Auf ewig bis zum Tode.‹ – Und wenn der Vater stürbe, so hatte der Schah befohlen, dann sollte der nächste Anverwandte an seiner Statt büßen, bis Abu-Dschafar freiwillig zurückkehrte.«

»Und schmachtet der Vater noch immer im Verlies?« fragte der Derwisch leise; seine weit offenen Augen funkelten, und sein Gesicht ward grau wie das eines Toten.

»Der Vater starb; er ertrug die Feuchtigkeit, die Dunkelheit und die furchtbaren Zecken und Wanzen des Verlieses nicht. Nach dem Befehl des Schahs ergriffen die Henker seinen jüngeren Sohn Tugan, legten ihm dieselbe Kette an und warfen ihn in das Verlies.«

»Welch ein Verbrecher!« flüsterte der Derwisch.
»Mir tut dieser Knabe Tugan sehr leid«, fuhr der Alte fort. »Ich habe ihn gehegt, umsorgt. Da ich nicht wünsche, daß er den Spuren seines älteren, verderbten Bruders folgte, habe ich mich gemüht, ihn aufzuklären. Tugan lernte bei mir lesen und schreiben, doch zog es ihn mehr zum Handwerk und zu Kriegsspielen, daher gab ich ihn zu Kary-Maksum in die Lehre, bei dem er das Handwerk eines Waffenschmieds erlernte. Jetzt ersetzt mir eine kleine Waise, Bent-Sankidscha, die Tochter einer Sklavin, den Knaben. Sie zeigt sich sehr begabt fürs Lesen und Schreiben und weiß auch Verse und Lieder im Gedächtnis zu bewahren. Mit den Jahren sind meine Augen schwach geworden, alles sehe ich doppelt und statt eines Mondes gleich deren zwei. Bent-Sankidscha ist meine Gehilfin geworden, meine Schreiberin. Sie zeichnet unsere Gespräche auf und schreibt die Bücher ab. Jetzt sitzt sie vor dir mit der Rohrfeder in der Hand.«
Da erkannte der Derwisch, daß der Schreiber in dem blauen Turban niemand anderes als das Mädchen war, das er mit dem Grabscheit aus dem Pförtchen hatte heraustreten sehen.
Er schaute sie aufmerksam an und senkte die Augen, da er nicht wagte, nach dem andern Mädchen zu fragen, das er auch hier gesehen hatte, als er sechzehn Jahre alt gewesen war. Er unterdrückte seine Erregung und rief:
»Bist du nun nicht ein Wundertäter? Du hast das Mädchen die Feinheiten des Lesens und Schreibens gelehrt, und daher hat sie das Recht, ihren Turban um den Kopf mit dem Knoten geschlungen zu tragen, mit dem nur ein Mirza sich schmücken darf. Ich sehe, dein Haus ist ein Ort des Bemühens um die Wissenschaft.«
Der Alte verschränkte die dünnen Finger und schaute mit aufmerksamem Blick den Derwisch an.
»Jetzt erzähle von dir: Willst du noch lange auf Wanderschaft bleiben?«
Der Derwisch warf seinen zerzausten Kopf hoch und blickte den Alten mit seinen schwarzen, funkelnden Augen scharf an:
»Mein Vater ist der Hunger, der mich durch die Wüste treibt. Meine Mutter die Not, die sich vor Gram die Augen ausgeweint hat, da sie keine Milch in der Brust für den Neugeborenen hatte. Mein Lehrer ist die Furcht vor dem Henkersknecht. Doch höre ich eine Stimme: ›Gräme dich nicht, Derwisch, du hast stets das getan, was zu tun dir ziemte.‹ «
Der alte Mirza nickte mit dem Kopfe:
»Du bist mit Wissen ausgestattet, und jeder Kadi, jeder Beglerbeg wird dich gerne zum Schreiber nehmen. Auch ich könnte dich sofort als Abschreiber der Bücher für die Bibliothek des Schahs anstellen. Dort sind einmalige, seltene Bücher, die niemand selbst dem Namen nach kennt; sie müssen abgeschrieben werden, damit sie nicht für die Menschheit verlorengehen. Warum willst du auf den Straßen einher-

wandern? Lockt dich wirklich das Wandern in Staub, Schmutz und Steinen unter den Füßen?«

Der Derwisch erwiderte dumpf:

»Man sagt mir: ›Warum schmückst du dein Heim mit bunten Teppichen?‹ Denn: ›Ist der Ruhm der Helden vorüber, was beginnt dann der Sänger mit seinen Liedern?‹ – ›Wenn das Streitroß in den Kampf fliegt, wie kann ich dann unter blühenden Rosen liegen?‹ «

Der Alte breitete vor Erstaunen die Arme aus:

»Von welchen Kämpfen sprichst du? Wer wollte dem allerherrlichsten, dem stärksten aller muslimischen Herrscher drohen?

Nur dann entflammen die Feuer fremder Krieglager, wenn er selbst in den Krieg zieht...«

»Das bedrohliche Feuer kommt vom Osten her, und es verbrennt alles.«

»O nein! Solange der Schah von Chowaresmien sein Schwert nicht aus der Scheide zieht, wird alles in den Tälern von Mawerannahr und an den Grenzen Chowaresmiens ruhig sein.«

In das Zimmer trat geräuschlos ein alter Sklave ein, mit einer schweren Kette an den Füßen, die durch einen am Gürtel befestigten Riemen hochgehoben war. Er brachte einen Korb mit verschiedenen Eßwaren, die er für den Wunderdinar eingehandelt hatte.

Über dem ausgemergelten Körper des Alten hing ein kurzer gestreifter Mantel. Seine langen, angegrauten Haare fielen ihm bis auf die Schultern. Er breitete ein seidenes Tuch über den Teppich und legte darauf Backwerk, Mandelpasteten und stellte kleine Schalen mit Honig, Mandeln, Rosinen, Pistazien, gezuckerten Melonenscheiben und anderen Süßigkeiten daneben.

»Erlaubst du mir, mit diesem alten Sklaven zu sprechen?«

»Sprich, ehrenwerter Wanderer!«

»Woher stammst du, Vater?« fragte der Derwisch den Sklaven.

»Von weit her, aus dem Lande der Russen. Ich lebte bei meinem Vater, einem Fischer an den Ufern der Wolga, die man hier Itil nennt. Noch als Knabe ergriffen mich Reiter des uns benachbarten Fürsten von Susdal. Fürst ist uns soviel wie bei euch Khan oder Beg. Unsere Fürsten liegen im Streit miteinander, und wenn einer den andern besiegt, so führt er Männer und Weiber, Mädchen und Kinder als Gefangene fort und verkauft sie wie Hammel in fremde Länder. So verkaufte der Fürst mich und mein Schwesterchen an bulgarische Kaufleute an der Wolga, und die wiederum brachten mich in ihre Handelsstadt Biljar an der Kama; von dort trieb man alle Gefangenen, mich auch, durch die Wüste hierher nach Gurgandsch. Wohin mein Schwesterchen verkauft wurde, weiß ich nicht. Es ist schon lange her. Inzwischen fallen ja auch meine Haare in greisen Zotteln herab wie bei einem Ziegenbock, doch immer noch möchte ich gern einmal mein Heimatdorf auf dem hohen Ufer des Flusses sehen. Ich habe turkmenisch und persisch sprechen gelernt. Wären nicht unsre Gefangenen hier, ich hätte meine Muttersprache vergessen. Mit meinen Landsleuten treffe ich mich bisweilen auf dem Markte, dann werfen wir uns wohl ein paar Worte zu. Es sind ihrer viel hier, die mit den Ketten klirrend herumgehen.«

»Wie nennt man dich?« fragte der Derwisch.

»Hier nennt man mich Saklab, doch unsre Gefangenen rufen mich, wie früher Großvater, Slawa. Verzeihe mir ein beherztes Wort« – der Alte verneigte sich fußfällig vor dem Derwisch –, »ich hörte, du wanderst durch weite Länder und kannst wie ein Heiliger Kupferdirhems in Golddinare verwandeln. Dann ist es ja für dich eine Kleinigkeit, mich bei meinem Herrn loszukaufen. Erkaufe mir die Freiheit, und ich will dir treu und ehrlich dienen. Vielleicht kommst du auch einmal in unsere Gegend zu den Russen, dann nimmst du mich mit dir.«

»Willst du mir meinen Sklaven abspenstig machen?« fragte verdrossen der Wirt.

»Wie sollte ich an einen Sklaven denken«, erwiderte der Derwisch. »Ich bin selbst arm und nähre mich von einer Handvoll Grütze, wenn eine freigebige Hand sie mir reicht.«

»Mir bleibt also wohl nichts übrig, als mein Haupt in dieser fernen Fremde zur Ruhe zu betten!« murmelte seufzend Saklab und fügte laut hinzu: »Bitte, laß dir unsere Speisen munden!« Er schritt behutsam über den Teppich und reichte eine Kupferschüssel und einen verzierten Wasserkrug.

Mirza-Jussuf und der Derwisch wuschen sich über der Schüssel die Hände, trockneten sie an einem bestickten Handtuch und setzten sich schweigend zum Mahle nieder. Als der Derwisch von allen Speisen gekostet hatte, bedankte er sich höflich und bat um die Erlaubnis, sich zu entfernen.

Auf der leeren Straße stand er lange im Schatten eines Baumes und betrachtete das alte Pförtchen.

»Ich werde dieses Haus nicht wiedersehen, wo der gute Alte mich lehrte, die Rohrfeder zu halten und die ersten Schriftzeichen zu schreiben. Ich habe meinen einzigen Golddinar für ihn hingegeben, um nur länger mit ihm zusammen zu sein und seine mir so vertraute Stimme zu hören ... Und jetzt wieder weiter!«

Mirza-Jussuf schaute lange zur Tür, hinter der der sonderbare Gast verschwunden war. Bent-Sankidscha kam herein und sagte: »Mein lieber Großvater Mirza-Jussuf! In meinem Herzen wendet sich wie eine Schlange der Gedanke, daß dieser Derwisch Hadschi Rachim aus Bagdad unserm Freidenker Abu-Dschafar sehr ähnlich sieht, nur daß er einen Bart hat und von der Sonne gebräunt ist, so daß es dir schwerfällt, den früheren Knaben in ihm wiederzuerkennen.«

»Schweige, damit kein Unglück über unser Haus hereinbricht. Hätte ich sonst mit diesem von drei heiligen Priestern verfluchten Gottlosen gesprochen? Wir leben in einer Zeit, da an jedem Spalt das Ohr der Bosheit lauert und horcht, wovon unsere Lippen Kunde geben. Wir müssen stets, Tag und Nacht, der Worte des Dichters Abu-Said eingedenk sein: ›Nur das Schweigen ist mächtig, alles übrige ist Schwäche!‹ «

»Selbst vor den Freunden schweigen? Hat aber nicht dieser große Dichter gesagt: ›Schließe diese Lippen vor allen, außer vor dem Freunde!‹ – Das ganze Leben schweigen – nein! Lieber den Tod, doch unter Gesang und fröhlichem Scherz.«

»Schweig still!« schrie der Alte. »O Gott, hilf mir! Ich bin einsam! Die Nacht geht hin, und meine Chronik von dem großen Schah von Chowaresmien ist noch nicht beendet. Ich warte immer noch auf eine ruhmvolle Heldentat und sehe nur Hinrichtungen, doch keine großen Taten. Ich fürchte, daß der Held sich als tönerner, innen hohler Götze erweist, um den goldene Motten flattern und giftige Echsen wimmeln... Allah, wende dich mir zu und erleuchte mich!«

Zweiter Teil

Mächtig und furchtbar ist der Schah von Chowaresmien!

Ein Morgen im Palast

> Hof- und Herrendienst hat zwei Seiten: die eine – Hoffnung auf Brot, die andere – Furcht ums eigene Leben.
> (Saadi, XIII. Jh.)

In der Frühdämmerung gingen drei Imams durch eine der engen Straßen von Gurgandsch. Vor ihnen her schritt ein Diener mit einer trüben Laterne aus geöltem Papier. Die Alten hüpften, die langen Zipfel ihrer weiten Gewänder hochhebend, über die kleinen, wassergefüllten, murmelnden Abzugsgräben.

In der Dunkelheit schmeckte man den scharfen würzigen Duft von Pfeffer, Ingwer und Farben vor den geschlossenen Läden und den herben Geruch von Leder, als die Priester die Gasse der Sattler und die Lagerhäuser für Pferdegeschirre, Sättel und Stiefel passierten. Auf dem Platz rief eine rauhe Stimme sie an:

»Haltet! In welchen Angelegenheiten seid ihr nachts auf der Straße?«

»Aus Gnaden des Allerhöchsten eilen wir, Geistliche und Priester an der großen Moschee, in den Palast des Padischahs zum Morgengebet.«

»Geht in Frieden!«

Die drei Priester kamen an das hohe Tor des Palastes und blieben stehen. Klopfen hätte nichts genützt, wäre auch beleidigend gewesen. Das Tor öffnete sich von selbst. Einige Reiter sprengten zum dunklen Tor hinaus und über den verödeten Platz. Es waren die Schnellreiter mit den Befehlen des »allerhöchsten und scharfsinnigsten Beschützers des Glaubens und der Gerechtigkeit«, die sich in alle Richtungen zerstreuten, die niemand kannte als nur der, der sie entsandte.

Die drei Imams sprangen von Stein zu Stein über eine große Pfütze und traten ins Tor. Über den großen Hof schritten nach allen Seiten hin die Krieger des Schahs. Zwei Posten erkannten die angekommenen Priester, traten zur Seite und gaben ihnen den Weg frei. Die drei Geistlichen gingen über einige kleine Höfe, verschlafene Wächter öffneten die schweren Tore und rasselten mit den eisernen Schlüsseln.

Schließlich erreichten sie eine zweiflügelige Tür, zu deren Seiten, auf ihre Lanzen gestützt, zwei Posten in eisernen Ringpanzern und Helmen wie erstarrt standen.

Der hinzutretende Diener hob den irdenen Lichthalter mit dem rauchenden Docht hoch und sagte:

»Der Hüter des Glaubens ist noch nicht erschienen.«

»Wir werden warten«, bemerkten die drei, streiften ihre Pantoffeln ab, traten auf den Teppich, ließen sich auf die Knie nieder und schlugen die großen Bücher in den Ledereinbänden mit den messingenen Schließen vor sich auf.
»Gestern haben die vier meuternden Khane ihre kleinen Söhne als Geiseln geschickt. Der Schah veranstaltete ein Gelage. Zwölf Böcke wurden gebraten«, sagte einer der Priester.
»Was wird er heute noch ersinnen?« flüsterte der zweite.
»Die Hauptsache – mit allem einverstanden sein und ihm nicht widersprechen«, stöhnte der dritte.
Der Schah von Chowaresmien, Muhammed, hatte einen Traum: Er stand auf einem Hügel in der Steppe, und rund um ihn herum, so weit man sehen konnte, hatten sich Tausende und aber Tausende von Menschen versammelt. Der Himmel glühte wie Kupfer in den letzten Strahlen der untergehenden Sonne. Noch blendete die Sonne, sank aber schnell in die eintönige sandige Ebene hinab.
›Es lebe der Padischah! Heil dem Padischah!‹ kamen Rufe donnernd aus den entfernten Reihen herangerollt. Die Menschen beugten langsam ihre Rücken, ihre Gesichter verbargen sich unter den weißen Turbanen.
Die Menge fiel vor ihrem Gebieter auf die Knie; es waren nur die flatternden Gewänder zu sehen, gleichsam wie Wellen des ewig unruhigen chowaresmischen Meeres.
›Es lebe der Padischah!‹ erklang es wie ein Echo aus den letzten entfernten Reihen, und alles wurde still. Die Sonne ging unter, und die Steppe versank in blauer Dämmerung und in Schweigen. Im verlöschenden Licht sah der Schah, wie die gebeugten Rücken, den Hang des Hügels erklimmend, ihm entgegenkrochen.
›Genug, zurück!‹ befahl der Schah. Die Rücken jedoch näherten sich von allen Seiten, unzählige Rücken in gestreiften Gewändern, umgürtet mit rötlichgelben Gürteln. Dem Schah will es bedünken, als wären in jedem Busen geschliffene Messer verborgen. Wollen die Untertanen ihren Gebieter erstechen? Er wirft sich ihnen entgegen und stößt den nächsten mit dem Fuß, das Gewand entfaltet sich und fliegt wie ein Vogel davon – darunter ist nichts. Der Schah stößt mit den Füßen weitere Gewänder weg – unter ihnen ist ebenfalls nichts.
›Allein, unter ihnen ist einer! Er hat sich verborgen, um heranzuschleichen und sein Messer in mein Herz zu stoßen, in das Herz, das nur für das Glück und die Größe des ruhmvollen Geschlechts der Schahs von Chowaresmien schlägt und lebt.‹
›Genug! Der Schah befiehlt: Hebt euch hinweg!‹ Die Stimme klingt dumpf, kaum hörbar – alles verschwindet. Rundherum breitet sich die Steppe aus, öde, grau und stumm. Die harten Grashalme sind wie Kratzer am toten Himmel. Jetzt ist der Schah allein, vollkommen allein in der Steppe, ohne Pferd. Doch hier irgendwo, ganz nahe, hinter einem der grauen Hügel, in der violetten Senke, hat sich der einzige versteckt,

der ihn töten soll... Alle wollen seinen Tod, doch nur einer hat sich entschlossen, den Mordanschlag zu verüben. Wer ist es?
In der Ferne tönt der Ruf der Menge:
›Es lebe Dschelal-ed-Din! Heil dem tapferen Sohn und Erben, dem Schah von Chowaresmien Dschelal-ed-Din!‹
›Mich haben sie vergessen, und schon sind sie bereit, die Hände meines Sohnes zu küssen. Dem muß ein Ende gemacht werden, genug! Ich zertrete den, der mir in den Weg tritt – sei es der Kalif von Bagdad oder mein unbotmäßiger Sohn! Genug!...‹
Noch im Halbschlummer hörte der Schah neben sich ein Geräusch und fühlte, daß etwas Kaltes sein Gesicht berührte. Schrecken und leidenschaftliche Lebensgier zwangen ihn plötzlich, alle Kräfte aufzubieten und aufzuspringen. Er öffnete die Augen und schaute beunruhigt in die dunkeln Winkel des Raumes.
Von den glühenden Kohlen auf dem großen Herd in der Wand wehte es ihn warm an.
Neben ihm saß jemand. Es war ein wildes Steppenmädchen, das man ihm gestern gebracht hatte. Sie rückte im Schrecken von ihm ab und verdeckte Gesicht und Brust mit den Händen.
»Wer bist du?«
»Allah ist groß! Ich bin Gül-Dschamal, eine Turkmenin aus der Wüste. Gestern abend führte man dich schlaftrunken hier herein; du schliefst sofort ein, als du dich hingelegt hattest. Ich fürchtete mich vor dir, du röcheltest so schwer und stöhntest im Schlaf, als solltest du sterben. Nachtgespenster haben dich bedrückt. Sie fliegen in der Finsternis über den Jurten und schleichen durch die obere Öffnung ins Innere, um die zu peinigen, die einen Mord auf dem Gewissen haben.«
»Und was hattest du in der Hand?« Der Schah preßte ihre kleinen Hände.
»Das schmerzt! Laß los!«
»Zeige, was du in der Hand hattest!«
»Ich habe nichts und hatte nichts. Willst du, daß ich dir unser Steppenlied von der Nachtigall singe, die sich in die Rose verliebte? Oder soll ich dir das Märchen erzählen vom persischen Königssohn, der im Spiegel das Gesicht der chinesischen Fürstentochter erblickte?«
»Ich will keine Märchen hören, weder von der Rose noch vom Königssohn... Ah! Hier habe ich die Dolchscheide gefunden. Warum bist du mit dem Messer zu deinem Padischah gekommen?«
»Laß mich! Die Alten lehren: Schlage nicht dein Pferd, du verlierst sonst einen Freund!«
Gül-Dschamal entwand sich ihm und lief weg.
»... Du erwürgst mich! Ich fürchte mich!«
Sie warf sich gegen die niedrige, zweiflügelige Tür und stieß auf zwei Dienerinnen, die gehorcht hatten.
Der Schah trat schwer atmend an den Herd. In seinen verquollenen Stieraugen funkelten roh Funken. Er klopfte mit einem Rohrstöckchen

auf eine Kupferschale. In der Tür erschien ein alter Diener mit einem Ziegenbärtchen und fiel vor dem Schah auf die Hände.
»Dieses Mädchen ist abends in das Teppichzimmer zu bringen. Sind der Palastaufseher und der Großwesir da?«
»Alle warten auf dich, Erlauchtester, sogar der ›Herr der Neuigkeiten‹ und drei Imams.«
»Ist der Khan Dschelal-ed-Din schon gekommen?«
»Die Stütze des Thrones ist noch nicht da.«
»Laß sie warten. Führ den Bartscherer in den Baderaum, daß er mir den Bart färbe, und die Bademeister, damit sie mir den Rücken kneten.«
Der Schah ging in das nächste Zimmer. Der dürre und gebeugte alte Diener, der rote Triefaugen hatte, sammelte die Kissen und die wattierten Decken und legte sie in die Wandnische. Auf dem Teppich blitzte etwas. Der Alte bückte sich und hob einen scharf geschliffenen Dolch mit einem Elfenbeingriff auf.
»Das ist ein turkmenischer Dolch! Oh, diese Turkmenenweiber! Man muß ihres Zornes stets gewärtig sein wie des Giftes der schwarzen Spinne. Ob ich ihn gleich dem Palastaufseher gebe oder verstecke? Doch wozu sich übereilen?«
Der Schah zog die Schnur seiner weiten Beinkleider fester an, umschlang den ansehnlichen Leib mit einem gestreiften Schal, steckte ein Messer in silberner Scheide in den Gürtel und warf einen langen, samtüberzogenen Zobelpelz über die Schultern. Aus der Wandnische holte er behutsam einen weißen, kunstvoll gewundenen Turban hervor und setzte ihn mit gewohnter Handbewegung auf seine langen halb ergrauten Locken.
Mit angehaltenem Atem horchte der Schah an der Tür und hielt mit der Hand den kühlen Dolchgriff umfaßt.
›Der Vorsichtige ist stets zur Abwehr bereit. In der Dunkelheit der Windungen und Gänge kann mich unversehens die Hand eines Ismaeliten treffen, den mir mein Erzfeind, der Kalif von Bagdad, schickt...‹
»Bist du hier, Aufseher?« fragte er leise.
»Ich erwarte schon lange meinen Gebieter.«
Der Schah schob den Holzriegel weg und öffnete die Tür. Von zwei Ölflämmchen trübe beleuchtet, standen in tiefer Verbeugung die Gestalten der nächsten Würdenträger.
Muhammed schlüpfte mit bloßen Füßen in harte, über Nacht ausgekühlte Pantoffeln und ging in den nächsten Raum. Dort warteten die Diener. Der eine hielt einen irdenen Leuchter, der andere eine silberne Schüssel, der dritte einen Krug mit gekrümmtem, engem Halse. Sie waren dem Schah behilflich, am Wasserbehälter, aus dem das Wasser durch eine Öffnung im Fußboden ablief, die Waschungen zu vollziehen. Der vierte Diener reichte ihm auf ausgestreckten Armen ein langes, seidenbesticktes Handtuch und zog über die fleischigen Füße des Gebieters gemusterte Wollsocken.

Während der Schah sich ankleidete, berichtete der Aufseher ihm die letzten Neuigkeiten.
»Es ist draußen sehr kalt. Alles mit Reif bedeckt... Drei Priester sind in den Palast gekommen und harren deiner Befehle... Auch der Vorsteher der Henker Dschichan-Pechlewan erwartet deine Befehle. Gestern ist aus Bulgar an der Kama eine große Karawane von dreihundert Kamelen angekommen und hat eine Partie Stiefel aus Saffianleder und hundert Gefangene von den Russen mitgebracht. Etwa zweihundert Sklaven sind unterwegs umgekommen, obgleich man ihnen jeden Tag Hirsebrei und Sesamöl zu essen gab. Vordem ist eine andere Karawane von turkmenischen Räubern ausgeplündert worden. Wahrscheinlich das Werk Kara-Kontschars.«
»Ich werde die turkmenischen Nomadenplätze zerstören! Doch am meisten rauben mir die Pilger aus Bagdad die Ruhe. Haben sich keine arabischen Derwische aus Bagdad blicken lassen? Sie sind alle Kundschafter des Kalifen von Bagdad, wollen mir Böses antun.«
»Was wären das für Nichtswürdige, die dem großen Beschützer des Glaubens Böses antun wollen?«
»So tief sind die Muselmänner gesunken!«
Nachdem er sich angekleidet hatte, durchschritt der Schah auf gewohntem Wege die Korridore bis zu einer steinernen Wendeltreppe. Der Aufseher und ein Verschnittener gingen mit Fackeln voran und öffneten ihm die Türen. Der Schah bestieg die obere Plattform seines steinernen Palastturmes.

Eine Nuba
zu Ehren Iskanders des Großen

Auf der oberen Plattform längs der Mauern mit den Schießscharten standen im Halbkreis siebenundzwanzig junge Khane, Söhne der Gewalthaber von Gur, Ghasna, Balch, Bamijan und anderen Gebieten, die der Schah unter strenger Aufsicht als Geiseln an seinem Hofe hielt, damit ihre Väter, seine Vasallen, sich nicht zu bewaffneten Aufständen hinreißen ließen. Alle Jünglinge hatten Trommeln, Tamburine und Schellen in ihren Händen. Es waren auch Musikanten mit langen Posaunen, Oboen und Messingbecken dabei.
Abseits standen einige der ersten Heerführer der Truppen des Schahs von Chowaresmien.
Beim Erscheinen des Schahs riefen alle laut:
»Viele Jahre lebe der unbesiegbare Padischah, der Hort des Glaubens, der Schrecken der Heiden!«
Der Schah schaute alle mit einem finsteren Blick an.
»Wo ist Timur-Melik?«
»Hier, mein Gebieter.«
Der große, immer fröhliche Timur-Melik, der stete Begleiter Mu-

hammeds auf seinen Feldzügen, trat hervor und führte an der Hand zwei Knaben: der eine war der jüngste Sohn des Schahs von seiner letzten Frau, einer Khantochter aus der Kiptschaksteppe; der andere sein Enkel, der Sohn Dschelal-ed-Dins von einer Turkmenin. Timur-Melik stellte die Knaben neben den Schah, der sich über seinen Sohn beugte und ihm freundlich in die Backen kniff, während er den Enkel schroff fragte:

»Wo ist der Khan Dschelal-ed-Din?«

»Vater ist auf der Falkenjagd«, sagte der Knabe. Seine schwarzen Augen schauten wachsam unter dem Turban hervor.

»Timur-Melik! Es sind Reiter nach drei Richtungen zu schicken, um Dschelal-ed-Din zu suchen! Die Turkmenen fahren fort, die Karawanen zu berauben. Sie könnten auch meinen Sohn überfallen.«

»Wird geschehen, Gesegneter!«

Von oben, wie aus einer Wolke, ertönte eine dünne, fast kindliche Stimme:

»Selig, der wacht! Glücklich, wer nicht schläft!«

Das hohe Minarett, das wie ein Licht zum Himmel emporstrebte, wurde an der obersten Spitze von einem Strahl der hinter fernen Bergen aufgehenden Sonne getroffen und erleuchtet. Alle Gebäude der Stadt waren noch in neblige Dämmerung versunken.

Der Älteste unter den jungen Khanen reichte dem Schah eine Trommel. Muhammed rief aus:

»Ruhm dem großen Iskander! Ruhm dem Eroberer der Welt! Iskander ist durch alle Länder des Irans gezogen bis zu den Ufern des Dscheihun und Serafschan. Iskander ist unser Vorbild, unser Lehrer! Geben wir ihm die Ehre einer dreimaligen Nuba!«

Darauf erscholl Trommelwirbel und Paukenschlag. Messingbecken erklangen. Die langen Hörner setzten mit heiseren Tönen ein, und die Pfeifen gellten. Dreimal erklang der dröhnende Tusch zu Ehren des tapferen Makedoniers. Als alles wieder still geworden war und nur noch das laute Echo von den hohen Türmen des Palastes widerklang, rief Timur-Melik aus:

»Wir haben dem großen Iskander, dem Zwiegehörnten, die Ehre erwiesen. Friede seinen Gebeinen! Seiner jungen Jahre wegen hat er nur die Hälfte dessen zu erfüllen vermocht, was ihm zu tun aufgegeben war. Jetzt haben wir einen neuen Iskander, den großen Krieger und Heerführer Muhammed, den Erbauer des gewaltigen chowaresmischen Reiches. Möge Allah der Herrschaft des mächtigen Gebieters der islamischen Länder, dem Schah Muhammed Allah-ed-Din, Dauer verleihen. Erweisen wir die Ehre unserem großen Schah mit einer dreimaligen Nuba.«

Wieder dröhnten durch die stille Luft die Pauken, Messingbecken und Trommeln, und wütend brüllten die langen Hörner dazwischen. Muhammed stand finster, schreckenerregend und nachdenklich an einer Schießscharte; er reckte die Schultern; es schien, als regten sich große

Gedanken unter seinem schneeweißen Turban. »Friede sei mit euch! Geht!« sagte der Schah von Chowaresmien.
Die Hände über dem Leib gekreuzt, näherten sich in kleinen Schritten, einer nach dem andern, die Jünglinge dem Schah, berührten mit den Lippen den Saum seines Pelzes, traten dann zurück und verschwanden in der dunklen Öffnung bei der Treppe.
Als letzter folgte mit den beiden Knaben an den Händen Timur-Melik.
»Der Vater hat mir versprochen, einen lebenden Bock mitzubringen«, bemerkte der Enkel des Schahs.
»Und mir schenkt der Padischah einen Jagdpanther, daß er deinen Bock fresse und dich dazu, du Schlangenbrut...!« zischte der Lieblingssohn Muhammeds.
Der Schah lehnte sich an einen Vorsprung der Schießscharte. Unten häuften sich ohne jede Ordnung die flachen Dächer. Der Palast bestand aus vielen kleinen niedrigen Bauten, die durch Übergänge zu einem großen, unregelmäßig sich ausweitenden Bau verbunden waren. Eine hohe alte Mauer mit bauchigen Wehr- und Wachttürmen umgab das Ganze. Unbewegliche Posten mit ihren Lanzen zeichneten sich scharf in der aufsteigenden Helle ab. Der Schah schaute lange in die Ferne, auf die große, von dem über den flachen Häusern aufsteigenden Rauch eingehüllte Stadt. Dann hafteten seine Augen auf einem Höfchen im Palasthofe, wo unter einer alten hohen Pappel eine weiße Jurte stand. Dort hatte sich die neue Perle des Harems, die dunkelhäutige Turkmenin Gül-Dschamal, die am frühen Morgen vor ihm geflohen war, eine Zuflucht gesucht. Sie wollte sich nicht mit den dunkeln Gemächern des Palastes abfinden und hatte eine Jurte verlangt, um so zu leben, wie sie es in der Steppe gewohnt war, wie die einfachen, von Rauch förmlich durchtränkten Turkmenenfrauen leben. Sie wollte nicht in den Harem zu den andern »Rosen des Gartens Eden« übersiedeln. Sie wußte immer noch nicht, wie sie sich zu verhalten hatte. Nicht umsonst wurde sie von Turkan-Hatun, der Königinmutter, gehaßt.
»Eine hochmütige Magd! Die Hand gegen ihren Gebieter zu erheben! Ich will sehen, wie sie kreischen und sich winden wird, wenn mein Lieblingspanther zu ihr ins Teppichzimmer tritt.«
Von unten, vom Fuße des Turmes, drangen Rufe herauf. In der morgendlichen Stille hörte man klar und deutlich die Worte:
»Höret, Rechtgläubige! Der Schah Muhammed hat sich von den Geboten des Islams ab- und der Ketzerei der Aliden-Schiiten zugewendet. Er verschwendet seine Gunst an persische Ketzer und hat sich mit kiptschakischen Heiden umgeben. Sein Vater, der Schah Tekesch, war ein ehrenwerter Turkmene, Muhammed aber speit die Turkmenen an. Traut ihm nicht!«
»Wer heult dort? Aufseher, warum sorgst du nicht besser für Ordnung?«
Der Palastaufseher verbeugte sich tief vor dem Schah, als bäte er um Verzeihung.

»In den Verliesen des Turmes schreit der Derwisch, der Scheich Medsch-ed-Din. Ihn schrecken weder Ketten noch Finsternis. Deine weise Mutter Turkan-Hatun ist ihm besonders wohlgeneigt. Er ergeht sich in schamlosen Reden gegen seinen Padischah. Gestern versammelten sich alle Derwische der Stadt im Felde und schworen, in Haufen zum Turm zu kommen, um den irrsinnigen Scheich Medsch-ed-Din aus dem Turm zu befreien.«
Muhammed packte den Aufseher bei der Schulter:
»Maulaffe! Sage sofort dem Vorsteher der Henker, Dschichan dem Kraftmenschen, daß ich diesen Rebellen seinen starken Händen überantworte. Er möge sich beeilen, bevor die wahnwitzigen Derwische kommen und ihn befreien.«
Der Schah stieg vom Turm herab und begab sich in den Empfangsraum, dessen Wände mit rotem Tuch bespannt waren. Hier erwarteten ihn die drei graubärtigen Priester. Der Schah streifte seine Pantoffeln an der Tür ab, trat in die Mitte des Zimmers und ließ sich auf dem Teppich nieder. Die Füße steckte er unter eine wattierte Seidendecke, die über eine wärmende Öffnung im Fußboden gebreitet lag, worunter sich ein Becken mit glühenden Kohlen befand.
»Tretet näher und setzt euch, meine Lehrer!«
Die drei Priester, die am Rande des Teppichs knieten, traten herzu, arabische Dankesworte murmelnd, setzten sich neben den Herrscher und steckten ihre Füße ebenfalls unter die Decke.
»Beginnt«, sagte der Schah. »Unterweist mich, ob ich als der mächtigste Gebieter in islamischen Landen recht habe, wenn ich verlange, daß der Kalif von Bagdad sich mir unterordne. Und erklärt mir, was ich zu tun habe, wenn er sich mir nicht unterordnet.«
Die Priester schlugen die mitgebrachten großen Bücher auf und begannen, einer nach dem andern, laut die Texte herzusagen und dem Schah Muhammed zu beweisen, daß ihm nach Allah die höchste Gewalt auf Erden zukomme, daß er stets im Rechte und daß jeder seiner Befehle und jedes seiner Worte heilig sei.
Es war dämmrig im Raume. Durch ein vergittertes rundes Fenster, das in die Wand hoch an der Decke eingelassen war, drang nur ein schwaches Licht. EineÖlleuchte in einer bronzenen Leuchtschale verbreitete nur ein flackerndes Licht. Die Priester lasen, ohne den Text zu sehen, im Singsang ihre arabischen Sätze.
Hinter dem Schah stand gewichtig der Hauptaufseher der Speisen, »der Ordner des Tischtuches«. Mit einem Wort oder einem Wink der Augenbrauen gab er den lautlos über den Teppich gleitenden Dienern seine Befehle. Der zweite Würdenträger, »der Zuträger«, empfing die silbernen Schüsseln vom Küchenmeister. In den Türen sah man die Gesichter der Würdenträger, die sich in Erwartung einer Gabe hinzudrängten.
Ein Negersklave, mit einem silbernen Ring in der Nase, stellte einen großen niedrigen Tisch auf die Fußdecke. Der Ordner des Tischtuches breitete mit einer gewandten Bewegung ein Seidentuch über den Tisch.

Der Zuträger stellte ein silbernes Tablett mit Tassen voll heißem salzgewürztem und mit Hammelfett gemischtem Tee vor den Schah. Auf das Tischtuch legte er ein Häufchen dünner, knuspriger, mit Fettklümpchen gespickter Pastetchen und stellte Näpfchen mit zerlassener Butter, Sahne und Honig daneben.
Der Schah hörte den Ausführungen der Priester zu, trank eine Tasse Tee nach der anderen und aß Pastetchen dazu. Als er am Kohlenbecken und vom Genuß des Tees sich erwärmt hatte, stützte er sich auf die ihm rechtzeitig untergeschobenen Kissen und schnarchte. Das war das Zeichen, daß der Herrscher mit den Ausführungen der gelehrten Imams zufrieden war. Alle entfernten sich lautlos. Der Tisch mit den Speisen und dem Tischtuch verschwand, ebenso die Würdenträger und Diener. Nur der Negersklave hockte sich neben der Tür hin, um zu warten, bis der große Beherrscher der islamischen Länder zu erwachen geruhte.

Der Fürst des Zorns

Der hohe finstere Turm »der ewigen Vergessenheit«, der neben dem Palast des Schahs auf dem Hauptplatz stand, war allen Menschen in Gurgandsch bekannt.
An der niedrigen eisenbeschlagenen Tür hing ein großes Schloß. Der Schlüssel baumelte am Halse des Wächters, der gleich daneben auf einer Treppenstufe saß und seine kurze, verrostete Lanze an die Ziegelwand gelehnt hatte. Zu Füßen des Wächters lag ein Teppichfetzen, auf den die Vorübergehenden ihre Gaben legten: Fladen, Pasteten, ein Bund Lauch, eine Schüssel dicker Milch, eine Handvoll Kupfermünzen... Der Wächter erlaubte bisweilen den Freigebigen, näher an den Turm heranzugehen und mit den Eingeschlossenen zu sprechen.
Unten am Turm befanden sich einige runde, vergitterte, dunkle Löcher. Aus dem Keller drangen dumpfe Schreie herauf. Wenn Schritte der Vorübergehenden zu hören waren, so wurden die Schreie im Keller stärker, knochige Hände, die in die Luft griffen, streckten sich durch die Löcher. Ein einfacher Dörfler im gestreiften Chalat mit einem blauen, verblichenen Fetzen als Turban um den Kopf und ein Mullah mit einem großen schneeweißen Turban warfen jeder dem Wächter eine Münze hin, traten, ohne ein Wort zu sagen, an eine Öffnung in der Wand und legten in die durch das Gitter gestreckten, dürren, schmutzigen Hände Brotkrusten. Dann steigerten sich die Schreie; man hörte die Flüche derjenigen Gefangenen, deren Arme nicht bis an das Fenster heranreichten:
»Gebt denen, die des Lichtes beraubt sind!«
»Opfert ein altes Hemd! Die Wanzen haben mich zerfressen!«
»Oijeh! O-o! Du stößt mich in die Augen!«
Aus der Nebengasse erscholl das Grollen einer Volksmenge. Gefolgt von Neugierigen, erschienen die Derwische in ihren hohen spitzen

Mützen und mit ihren Pilgerstäben auf dem Platz. Sie schrien laut ihre Gebete im Chor, warfen sich gegen die Tür des Gefängnisses und begannen, mit Steinen und Stöcken zu klopfen, bemüht, das Schloß zu zerschlagen. Einige schauten in die Luftlöcher und schrien:
»Scheich Medsch-ed-Din aus Bagdad! Lebst du noch? Wir sind gekommen, dich, den Märtyrer des Glaubens und der Wahrheit, zu befreien!«
Aus der unterirdischen Tiefe drang ein langgedehnter Schrei; alle horchten und verstummten.
»Möge Allah die grausamen Khane verfluchen, die das Volk bedrücken! Möge er den Blitz seines Zornes schleudern auf den, der gegen den Kalifen das Schwert erhebt.«
Der von den Derwischen abgedrängte Wächter war in den Hof des Palastes gelaufen. Von dort kamen bereits kiptschakische Reiter angesprengt. Sie vertrieben die Menge mit ihren Peitschen, und die Derwische zerstreuten sich schreiend auf dem Platze.
Oben, über dem Eingangstor des Palastes, erschienen zwischen den Schießscharten einige Männer. Einer, ein großer Mann im rötlichgelben gestreiften Gewand, stand vornean. Die andern hielten die Hände überkreuzt auf dem Bauche und erwarteten ehrerbietig seine Befehle. Da erschien der Schah über dem Tor des Palastes – ein böses Zeichen: Es stand also eine Hinrichtung bevor.
Aus dem Tor schritten paarweise die »Dschandaren«, die Henker des Schahs, ansehnliche, kräftige Männer, die die Ärmel ihrer blauen Hemden zu den Schultern aufgekrempelt hatten und breite gelbe, rotgepaspelte Beinkleider trugen. Ihre großen chorassanischen Schwerter hatten sie geschultert. Sie umstellten den Platz und drängten die zudringende Menge zurück. Als letzter ging der erste Henker, der »Fürst des Zornes«, Machmud Dschichan, der Kraftmensch, ein riesengroßer, etwas gebeugter Mann, der seine Hände gespreizt hielt. Das war der berüchtigte Würger. Er hatte sein Kleid in die gelben sämischledernen Beinkleider gesteckt und mit einem breiten Riemen umgürtet. Über die Schulter hing ein Teppichsack, in dem er das abgeschlagene Haupt des Hingerichteten dem Schah zu überbringen hatte.
Inmitten des Platzes befand sich ein dunkler, gleichmäßig vierseitiger Graben; ein Gerüst erhob sich, und in seiner Nähe standen vier Pfosten mit Querbalken darüber. Zwei halbnackte Sklaven trugen, mit ihren Ketten klirrend, einen großen Weidenkorb herbei und stellten ihn neben das Gerüst.
Der Gefängniswärter schloß die eisenbeschlagene niedrige Tür auf. Der oberste Henker stieg mit einigen Helfern in die unterirdischen Verliese hinab. Furchtbare Schreie drangen herauf, und plötzlich war alles still. Die Henker führten fünfzehn Eingeschlossene aus dem Gefängnis, die alle mit dem rechten Fuß an eine gemeinsame Kette geschmiedet waren.
Vom Schmutz überkrustet, kaum mit Lumpen bedeckt, mit langen, in

der Gefangenschaft verfilzten Haaren klammerten sich die Verurteilten aneinander und schwankten, die Augen vor dem grellen Licht der Sonne schließend, über den Platz. Die Tür des Gefängnisses fiel wieder ins Schloß. Wieder hing das schwere Schloß daran, und wieder hörte man die ununterbrochenen Schreie aus den unterirdischen Verliesen. Die Wache schritt zu beiden Seiten der zum Tode Verurteilten. Einer, ein gebrechlicher Alter mit einer Strähne zerzausten Haares, trat fehl und fiel hin, wobei er die zwei ihm folgenden Leidensgefährten auch mitriß. Man schlug sie, bis sie sich erhoben, und trieb sie weiter zum Schafott. Auf dem Gerüst zwang man sie niederzuknien. Einer der Henker packte den Todgeweihten an den Haaren, und der oberste Henker hieb ihm mit einem Zweihandschwert den Kopf ab, zeigte ihn der Menge und warf ihn in den Korb.

In der Menge fragte man sich: »Welcher der Gefangenen ist wohl das Haupt der Derwische, der Scheich Medsch-ed-Din aus Bagdad?« Denn die von Hunger und Krankheit ermatteten Gefangenen waren einander sehr ähnlich. Als der Kopf des vierzehnten fiel, erhob sich auf dem ganzen Platze ein Geheul:

»Der Padischah spricht! Der Padischah befiehlt!«

Alle wandten sich nach dem Treppenabsatz über dem Tore des Palastes. Der Schah, der dort oben stand, winkte mit einem bunten Tuch. Das hieß: Die Hinrichtung abbrechen! Der Schah begnadigte die übrigen! Der oberste Henker wischte sein langes Schwert mit einem roten Tuch ab und rief: »Bringt einen Schmied her!«

Der fünfzehnte der Verurteilten war Tugan, der Neffe des Mirza-Jussuf. Er war noch ein Knabe und begriff nicht, was geschehen war, schaute nur mit aufgerissenen Augen um sich.

»Danke dem Schah fußfällig für die erwiesene Gnade!« sagte der Henker, kehrte den Knaben mit dem Gesicht dem Palast zu und beugte ihn nieder. Der bereitstehende Schmied meißelte schon die Kette um Tugans Fuß auf.

»Halt! Wohin? Ich bin noch nicht fertig!« rief der Schmied. Als jedoch Tugan sah, daß er nicht mehr angeschmiedet sei, sprang er vom Blutgerüst herab in die Menge. Man schrie ihm nach, allein Tugan durchbrach geduckt die gedrängten Menschenhaufen und lief, so schnell er konnte, weiter.

Der Platz vor dem Gefängnisturm leerte sich. Der Wächter stand an der Tür und stützte sich auf seine verrostete Lanze.

An der Wand entlang kam ein Mädchen geschlichen, das bis zu den Augen in ein langes Tuch gehüllt war.

Sie kam an das Luftfenster unten am Turm und rief vorsichtig:

»Tugan! Waffenschmied Tugan!«

Durch das Fenster streckten sich dürre Hände, und eine heisere Stimme antwortete:

»Dein Tugan hat bereits seinen Kopf verloren! Gib uns zu essen, damit wir seiner im Gebet gedenken.«

Das Mädchen warf sich vor dem Luftfenster nieder und schrie verzweifelt:
»Tugan, antworte, lebst du noch?«
Ein neues Wehklagen drang von unten herauf:
»Gib uns, was du mitgebracht hast! Dein Tugan braucht nichts mehr. Er genießt jetzt bereits die würzigen Reisspeisen bei dem Propheten in den Gärten des Paradieses.«
Das Mädchen legte das Brot und die Melone in die ausgestreckten Hände und ging zum Wächter.
»Sag mir, Nasar-Bobo, ist es wahr, daß der Knabe Tugan gestorben ist?«
»Er ist sicher tot, denn man hat ihn ja zusammen mit den andern zum Schafott geführt.« Der Wächter wies mit der Hand auf den Platz.
Ein alter Derwisch trat hinzu, reichte dem Wächter einige Münzen und flüsterte ihm ins Ohr:
»Warum war unter den Hingerichteten nicht unser heiliger Derwisch, der Scheich Medsch-ed-Din aus Bagdad? Ist die Hinrichtung aufgeschoben worden, oder hat der Schah ihn begnadigt?«
Der Wächter steckte die Münzen zwischen die Falten seines Gürtels und murmelte:
»Der Herrscher war zornig auf den Scheich wegen seiner Bannflüche und befahl, ihn schleunigst hinzurichten, noch ehe die Derwische ihn zu befreien suchten.«
»Aber er lebt noch?«
»Nein! Als man die Verurteilten aus dem Keller führte, stieg der oberste Henker Dschichan, der Kraftmensch, in das Kellergewölbe hinab und erwürgte den heiligen Scheich.«

Der angeheftete Schatten

> Beeile dich, mit einem guten Wort den Fremden zu erfreuen, der dir entgegentritt: vielleicht findest du keine Gelegenheit, ihn wiederzutreffen.
> (Ein östliches Sprichwort)

Als Tugan die Menge hinter sich gelassen hatte, kam er in eine Sackgasse, die sich zwischen Lehmwänden hinzog und an das Ufer eines Kanals führte.
Langsam floß das trübe, dunkle Wasser zwischen den aufgeworfenen hohen Uferdämmen dahin. Lange, plumpe Boote, mit Ballen, Reisig, Heu und einer zusammengedrängten Hammelschar beladen, schwammen still vorüber.
›Auf solchem Boot weit weg in die Fremde fahren... Allein wer sollte mich, so schmutzig, krätzig, wundenbedeckt und halbnackt, wie ich bin, mitnehmen?‹
Nicht weit vom Ufer war eine gelbe Sandbank. Tugan setzte sich

dorthin, wusch seine Lumpen und sich selbst, wärmte und trocknete sich in der Sonne und ruhte aus, versunken in seine trüben Gedanken.
Wo soll ein dem Tode Überantworteter, aus dem Gefängnis Entlassener unterkommen? Wer nimmt ihn in Arbeit? In der kleinen Stadt wimmelt es von Menschen, und jeder will sich seine Schüssel Reis verdienen... – Tugan schaute auf seinen Fuß, an dem er noch immer den schweren eisernen Ring mit der Inschrift trug: »Auf ewig bis zum Tode!« – ›Mein alter Mirza-Jussuf wird mit einem Zuchthäusler auch nicht einmal sprechen wollen; nur Bent-Sankidscha allein wird vielleicht Mitleid mit ihm haben. Aber werde ich es wagen können, mit Geschwüren bedeckt wie ein Aussätziger, mich ihr zu zeigen? ... Immerhin, ich muß zu meinem Herrn Kary-Maksum zurückkehren. Er wird mir wohl erlauben, den eisernen Ring aufzumeißeln.‹
Tugan ging durch eine lange Straße, in der sich auf beiden Seiten Läden hinzogen. Die Verkäufer saßen auf den mit Teppichstücken bedeckten Vorstufen. Die Waren hingen an den geöffneten Türflügeln oder lagen in Regalen an der Wand.
Die Straße, die mit Bastmatten gedeckt war, lag im Halbdunkel. Die blendenden Strahlen der Sonne fielen in schrägen Streifen herein und beleuchteten bald ein Paar gelber, mit rosa oder grüner Seide gefütterter Stiefel, bald einen runden eisernen Schild mit silbergeprägter Inschrift aus dem Koran, bald gestreifte Stoffe, die die Händler vor den Nomaden in ihren langen, mit Wolfspelz verbrämten Kaftanen ausbreiteten oder vor den Weibern in ihren grellen bunten Gewändern.
Die Werkstatt des Waffenschmiedes Kary-Maksum lag am Ende der Schmiedegasse. Von überallher dröhnten die Hämmer und klirrten die Eisenstäbe. Hier wurden Waffen geschmiedet: Krummsäbel, kurze Dolche und Messer, Lanzenspitzen.
Die Sklaven – in der Hauptsache Perser und Russen – arbeiteten mit bloßem Oberkörper, nur in Beinkleidern, und hatten eine auf der Brust vielfach durchgesengte Lederschürze um. Über den Amboß gebeugt, hämmerten sie mit kleinen Hämmerchen kunstvolle Muster in kupferne Schüsseln. Andere schlugen, heiser stöhnend, mit schweren Hämmern auf rotglühende Eisenstäbe. Rußverschmierte Jungen standen an den Bälgen und brachten in den Essen die Kohlen zum Glühen oder liefen mit hölzernen Eimern Wasser holen.
Der Schmied Kary-Maksum, ein dicker und breitschultriger Mann, der seinen Bart am Rande rot gefärbt trug, saß auf der Lehmschwelle auf einem Stück Teppich, trieb die Arbeiter an und beantwortete die Grüße der Vorübergehenden. Neben ihm standen zwei Sklaven, ein junger mit einem Brandzeichen auf der Stirn, weil er einen Fluchtversuch gemacht hatte, und ein alter mit einem gleichgültigen verrußten Gesicht; beide klopften mit kleinen Hämmerchen auf einer Rolle Draht. Sie führten die wertvollste Arbeit aus: Ohne den Stahl auf den Kohlen glühend zu machen, stellten sie auf kaltem Wege die berühmten gemusterten Damaszener Klingen her; »Dschauchar« nannte man solchen Stahl.

»Was bist du hierhergekommen? Geh wieder fort!« rief der Schmied. »Du glaubst doch nicht etwa, ich nehme einen Zuchthäusler, der im Turm Semdan gesessen hat, in Arbeit?«
»Erlaube, daß ich mir einen Hammer nehme, um diesen Eisenring aufzumeißeln.«
»Damit du mit deinen verbrecherischen Händen meine Hämmer verunreinigst! Geh, bevor ich dich mit glühenden Zangen zwicke!« Tugan ging voll Zorn über diese unverdiente Kränkung weiter. Der Knabe war bereit, zu gehen, wohin ihn seine Augen führten. Sein verlorener Blick traf auf einen Derwisch, der dort an der Wand saß. Ein Sonnenstrahl, der die überhängenden Bastmatten durchbrach, beleuchtete hell seinen bunten Überwurf, der aus vielfarbigen Flicken zusammengenäht war. Der Derwisch, der leise heilige Worte vor sich hin murmelte, war gerade dabei, mit einer großen Nadel einen rosa Flicken auf die blauen, braunen und grünen Flicken aufzunähen.
Tugan stand immer noch und wiegte den Oberkörper vor Gram und Verzweiflung hin und her. Sein dunkler Schatten bewegte sich und fiel auf die Knie des Derwischs.
»Sieh einmal her, Knabe«, sagte der Derwisch. »Ich war gerade dabei, einen neuen Flicken auf meinen Überwurf zu nähen, als dein Schatten darauffiel. Nun habe ich mit dem Flicken auch deinen Schatten angeheftet. Du bist jetzt fest mit mir verbunden und wirst mir überallhin wie ein Schatten folgen.«
Der Knabe setzte sich neben den Derwisch und fragte:
»Sprichst du die Wahrheit oder spottest du? Ich will dir dienen und alles tun, was du befiehlst, nur verstoße mich nicht.«
Der Derwisch schüttelte den Kopf.
»Ich habe gehört, wie dieser überhebliche Schmied dich fortjagte. Warum bist du traurig? Ist denn die Welt eng geworden? Sei mein Begleiter! Wandern wir von hier nach dem ›edlen Buchara‹ aus. Bleibe nie dort, wo man dich nicht mag, geh mit vertrauensvollem Blick zu denen, die dich rufen ... Jetzt, wo du an den Überwurf eines Derwischs geheftet bist, beginnt für dich die Zeit großer Wanderungen. Folge mir, mein junger Bruder!«
Der Derwisch nahm seinen Wanderstab und ging voraus, hinter ihm her trottete der ermattete Tugan. Nachdem sie einige Schmieden hinter sich gelassen hatten, stand der Derwisch an der Straßenecke still, vor einem kleinen Gerüst, auf dem ein wandernder Schmied sich an einer Handesse zu schaffen machte. Er glich einem lebenden, mit einer Haut überzogenen Skelett. Die dünnen Hände jedoch arbeiteten wie üblich mit Hammer und Zange auf einem tragbaren kleinen Amboß; gleichmäßig und schnell fielen in die irdene Schüssel mit Wasser die von ihm gefertigten kleinen schwarzen Nägel.
»Heda, ehrenwerter Meister! Könntest du diesen eisernen Ring aufmeißeln, ohne den Knaben zu verletzen?«
»Wenn du mir zwei schwarze Kupferdirhems gibst, so will ich es tun«,

sagte der Schmied, nachdem er sich den Ring besehen hatte. »Der Padischah liefert gutes, festes Eisen für die Ketten in seinen Gefängnissen. Und gibst du mir als Zugabe noch einen Silberdirhem, so schmiede ich dir aus diesem Eisen ein gutes Messer.«
Der Derwisch holte aus seinem Gürtel einen Beutel hervor und zeigte dem Alten eine Silbermünze.
»Es soll sein, wie du sagst... Siehst du auf dem Ring die Inschrift: ›Auf ewig bis zum Tode!‹ – Schmiede das Messer so, daß die Inschrift auf seiner Klinge erhalten bleibt.«
»Du sollst ein solches Messer bekommen«, murmelte der Alte und stieß Tugan an. »Setze deinen Fuß auf den Amboß!«... Flüsternd fügte er hinzu: »Kämpfe gegen den Schah und seine Henker ›auf ewig und bis zum Tode‹!«

Freigebigkeit

Mit seinem Pilgerstab aufklopfend, wanderte der Derwisch Hadschi Rachim durch die engen Gassen des großen, inmitten der Stadt gelegenen Basars.
Hier war die Reihe der Buden, wo Kupfergeschirr, Schüsseln, Tablette und Krüge, die blank wie Feuer geputzt und mit kunstvoll gehämmerten Ornamenten verziert waren, feilgeboten wurden. Dann folgten die Buden für Messinglaternen mit ausgestanzten Öffnungen an allen vier Seiten und Lichthaltern, Buden für irdene Schüsseln, Teller und Tassen. Es gab auch Buden mit Geschirr aus dünnem chinesischem Porzellan in Weiß und Blau und ebenso aus irakischem Glas, das einen so reinen Ton hat.
Andere Budenreihen strömten einen balsamischen Wohlgeruch von seltenen Riechmitteln und aromatischen Kräutern und Essenzen aus. Dort wurden auch wertvolle Heilpflanzen verkauft wie zum Beispiel tungusischer Rhabarber, ebenso Rizinus- und Rosenöl, ein Seifenpulver aus zerriebenen salpeterhaltigen Kräutern, Gassul genannt, das heilbringend war für die Haut, den Gaumen und den Magen. Hier konnte man Heilerde, gemischt mit Riechstoffen, finden, die man zum Waschen in den Badestuben brauchte, und grünen persischen Lehm, der sofort lästigen Haarwuchs entfernte, ebenso bucharisches Haaröl zur Kräftigung des Kopfhaares und tibetanischen Moschus, indische Ambra und die dunkeln Haschischkügelchen, die den Kopf benebeln.
Als er so durch die bunte Menge schritt, die geräuschvoll durch den Basar flutete, blieb Hadschi Rachim vor einigen Läden stehen, als erwarte er milde Gaben, doch schaute er dabei aufmerksam jeden Händler an, als suche er jemand.
So gelangte er zu den Buden, in denen große Ballen Stoffe ausgelegt waren. Die angesehenen Händler saßen mit untergeschlagenen Beinen da, warfen ihm Kupfermünzen zu und sagten:

»Zieh in Frieden deine Straße!«
Sie fürchteten wohl, die schmutzige Hand des Derwischs werde die silbrig seidenen Gewebe, Simtschusch genannt, berühren, oder die kostbaren goldenen Brokatstoffe, die als Ehrengabe mächtigen und vornehmen Begs überreicht werden sollten.
In dieser Reihe sah Hadschi Rachim einen Mann, der dem ähnlich zu sein schien, den er suchte. Dieser Mann saß, auf Seidenkissen gestützt, unter den andern Händlern. Sein Gesicht, mager und bleich wie Papier aus Samarkand, und die eingefallenen dunklen Augen sprachen von einer überstandenen Krankheit. Die um ihn herum Sitzenden behandelten ihn besonders ehrerbietig., legten ihm unablässig Mandelgebäck, Honigpfefferkuchen, Nüsse und Pistazien vor. Der Händler selbst trug ein teures, hellgraues Wollgewand und einen bunten seidenen Turban. Er hielt eine blaue chinesische Tasse mit Tee in der Hand. An seinem Zeigefinger sah man einen Ring mit einem großen blauen Türkis, ein Edelstein, der gesundheitsfördernd sein soll.

Der Derwisch stand beim Laden still. Die Händler warfen in den Kjaschkul, die Kokosnußschale für Almosen, einige Münzen, und dennoch blieb der Derwisch stehen, statt sie zu nehmen und weiterzugehen.
»Zieh in Frieden!« sprachen die Händler. »Du hast bereits erhalten.«
Schließlich wandte der kranke Kaufmann ihm den Blick zu. Seine schwarzen Augen weiteten sich verwundert.
»Was begehrst du von mir?« sprach er ihn an.
»Man sagt, du seiest ein mächtiger Mann und habest auf deinen Karawanenreisen durch die Welt vieles gesehen«, erwiderte Hadschi Rachim. »Würdest du mir vielleicht eine Frage beantworten...?«
»Wenn du willst, daß man dir die heiligen Bücher erklären soll, so wende dich an gelehrte Lehrer und heilige Priester, die mehr wissen als ich. Ich bin nur ein Händler, der bestenfalls Stoffe beurteilen und messen kann.«
»Genug, heiliger Derwisch! Zieh in Frieden!« riefen die Händler.
»Wir haben dir von unserm Überfluß gegeben«, und sie warfen in die Almosenschüssel noch Mandelgebäck und Nüsse.
»Nein, ich warte auf deine Antwort, denn meine Frage betrifft dich, ehrwürdiger Kaufmann.«
»Sprich!«
»Wenn du einen treuen, ergebenen Freund hättest, der mit dir Kummer und die Unbilden der Reise geteilt, der mit dir zusammen gehungert, Hitze und Schneestürme ertragen hätte – würdest du ihn wertschätzen?«
»Wie sollte ich ihn denn nicht wertschätzen?« sagte der Kaufmann. »Sprich weiter!«
Darauf antwortete der Derwisch, indem er sich an alle wandte: »Sei euer Kreis hell und freudig der Morgen und süß, was ihr trinkt! Schaut auf

den, der einstmals reich und gastfrei war und im Überfluß lebte, der ein glückliches Haus und einen blühenden Garten hatte und stets eine gefüllte festliche Schale. Ich konnte aber nicht die Zuchtrute des zürnenden Geschicks abwenden, ebensowenig das hereinbrechende Unheil und die bösen Funken des Neides. Mich trieb die Geißel des schwarzen Unglücks, bis meine Hand leer und der Hof enge ward, bis mein Garten trocken wurde und die Freunde fröhlicher Gelage sich zerstreuten. Und alles hat sich geändert. Ich habe mich vom Kummer genährt, mein Leib ist vor Hunger abgemagert, der Schlaf, der das blasse Gesicht rötet, blieb mir fern. Nur ein Freund blieb mir. Er verließ mich nicht, als die Schlucht mir zur erbärmlichen Wohnung, der Stein zu meinem Lager wurde und mein nackter Fuß durch stachliges Dorngestrüpp gehen mußte. Mein Freund ging mit mir in die ruhmreiche Stadt Bagdad und zur heiligen Stätte der Betenden – nach Mekka. Stets linderte er meine Beschwerden, stützte mich, trug meinen Reisesack und wärmte mich in kalten Nächten. Allein der glückliche Tag des Geschicks ließ auf sich warten und kam nicht. Ein plötzliches Unwetter trennte mich von meinem Freunde, als ich die reiche Ebene von Chowaresmien erreicht hatte, und nun bin ich der abendliche Bruder der Armut und habe keine Unterkunft und kein Lager für die Nacht...«

Der kranke Kaufmann fragte:

»Warum hat man dich denn von deinem Freunde getrennt? Denn wenn er in der Heimat der Propheten gewesen ist, so darf er doch die weiße Binde, das Wahrzeichen eines Pilgrims, eines Hadschis, tragen. Wer hat es gewagt, dich und ihn zu kränken?«

»Die Ursache unserer Trennung ist ein Kaufmann.«

»Erzähle mir von ihm.«

»Ich bin zwar der letzte unter den Unglücklichen, doch fand ich unterwegs einen noch Unglücklicheren – einen von Räubern verwundeten und von ihnen hilflos liegengelassenen Kaufmann. Ich tat, was ich konnte, verband seine Wunden, wollte ihn nach Gurgandsch bringen und bewahrte für ihn seinen goldenen Falken...«

Der aufmerksam zuhörende Händler zuckte zusammen und unterbrach den Derwisch:

»Sprich nicht weiter! Uns ist bekannt, was mit dem Kaufmann geschah. Denn dieser Kaufmann Machmud-Jalwatsch steht vor dir. Ich wollte dich lange schon suchen, um dir meinen Dank zu bezeigen. Wer aber ist dein Freund? Vielleicht ist es mir möglich, ihn den Foltern des Unheils zu entziehen.«

»Nur du allein kannst mir den Freund zurückgeben. Er darf nicht die weiße Binde tragen und sich Hadschi nennen, denn er hat wie der Teufel einen Schwanz. Es ist mein Esel. Der habgierige Hakim, bei dem du bis zu deiner Genesung zurückbliebst, hat meinen Esel zurückbehalten. Wenn du mir nun zu einem andern verhelfen wolltest, so wäre mir ein großer Wunsch erfüllt...«

»Du sollst deinen wiederhaben. Ich kaufte ihn dem Hakim ab, er steht hier auf dem Hofe. Hörst du, das ist er, der dort schreit und dich begrüßt. Doch nicht genug damit. Du darfst dir in meinem Laden aussuchen, was du nur wünschst: die besten Gewänder, Stiefel aus Saffianleder, Stoffe – nimm alles, was du nur brauchen kannst.«

»Ich bin ein Derwisch! Ich habe einen rauhen, wollenen Überwurf – der reicht mir aus. Doch ich ergreife mit meiner Hand den Zipfel deiner Freigebigkeit und bitte dich, meinen gänzlich bloßen Schatten zu kleiden. Mein Schatten folgt mir überallhin und hat nichts, womit er seinen ausgemergelten Körper bedecken könnte.«

Die Kaufleute lachten.

»Du machst Scherze, Derwisch! Wie könnte man denn einen Schatten kleiden?«

»Hier steht er vor euch!« Damit wies der Derwisch mit der Hand auf den bettelarmen Knaben Tugan, der an die Wand gelehnt dastand.

Der kranke Kaufmann klatschte in die Hände.

»Hassan«, sagte er zu einem herbeieilenden Diener, »führe diesen Knaben in den Laden für fertige Kleider und kleide ihn so, wie du einen Wanderer kleiden würdest, der sich auf eine lange Reise begibt.«

»Was soll er alles bekommen?«

»Du kleidest ihn von Kopf bis Fuß ein, gibst ihm alles, was er braucht: einen Kaftan, ein Hemd, Beinkleider, Socken, Stiefel, einen Gürtel und einen Turban. Und du, ehrwürdiger Dschichan-Gescht, du Wanderer in der Welt, kehre heute abend bei mir ein. Hassan wird dir zeigen, wo du mein Haus findest.«

Der Diener führte den Derwisch und den verlegenen Tugan in den Laden, wo die verschiedensten Kleider hingen: für Männer und Frauen und auch für Kinder. Obgleich der Diener Hassan das Beste zur Wahl vorlegte, begnügte sich der Derwisch doch mit dem, was für die Reise dauerhaft und bequem war. Als Tugan den Laden wieder verließ, gekleidet wie der Sohn eines Einwohners von Gurgandsch, mit einem blauen, kunstvoll geschlungenen Turban auf dem Kopf, überreichte Hassan dem Derwisch einen Lederbeutel und sagte:

»Mein Herr, der ehrenwerte Machmud-Jalwatsch, befahl mir, dir diese fünf Golddinare zu überreichen, damit du unterwegs keine Not leidest. Außerdem erwartet dich im Hofe des Herrn dein gesattelter Esel. Du kannst ihn zu jeder beliebigen Zeit nehmen. Wahrlich, du mußt meinem Herrn einen unschätzbaren Dienst erwiesen haben, denn er ist selten so freigebig.«

Abends kehrte Hadschi Rachim bei dem Kaufmann Machmud-Jalwatsch ein. Dieser erwartete ihn in einer schönen Laube, die in einem großen Garten verborgen lag. Nachdem sie eine Tasse des goldgelben Tees getrunken hatten und der Diener weggegangen war, fragte der Kaufmann seinen Gast flüsternd:

»Von was für einem goldenen Falken sprachst du heute?«

Der Derwisch kramte aus den Falten seines Gürtels das goldene Plättchen mit dem eingeprägten Falken hervor und gab es Machmud-Jal-

watsch. Der griff rasch danach und verbarg es in seinem Busen. »Gedenke meiner Worte«, sagte er. »Was auch geschehen mag, und ginge die Welt in Stücke, wenn immer es nötig ist, kannst du ungehindert in mein Haus kommen. Ich werde dir stets helfen. Was gedenkst du in Gurgandsch zu tun?«
»Morgen begebe ich mich von hier nach Buchara. Ich fürchte mich, hier zu bleiben, wo stets über dem Haupte ein Schwert hängt, das nicht unterscheidet, ob es auf einen Gerechten oder Ungerechten niederfällt. Nein, besser den Wanderstab in der Hand und unter den Sohlen den weiten Weg!«

Die Verschwörung der Königin Turkan-Hatun

Unter der Führung einer so klugen Frau wie Turkan-Hatun erschütterte der Einfluß der kriegerischen kiptschakischen Aristokratie sehr bald die Autorität des Thrones. Die Kiptschaken durften unbehindert die von ihnen eingenommenen Länder verwüsten (selbst wenn sie dort als Befreier erschienen waren) und machten so den Namen ihres Herrschers unter der Bevölkerung verhaßt.
(W. Barthold)

Das zweiflüglige Tor Ark öffnete sich; auf Rossen von edelster Zucht und Rasse ritt ein Reiterpaar nach dem andern hindurch und hinaus. Die Männer hatten weiße Lammfellmützen auf dem Kopf und rotgestreifte Kaftane an, und an der Seite blinkten ihre goldenen Krummsäbel.
Muhammed, der Schah von Chowaresmien, eine wohlbeleibte ehrfurchtgebietende Gestalt, machte unter seinem weißseidenen, mit Diamantschnüren verzierten blitzenden Turban ein mürrisches Gesicht. Er ritt ein schweres braunes Roß mit vergoldetem Zaum- und Sattelzeug. Sein violetter Brokatmantel, sein Gürtel und der reich mit Edelsteinen geschmückte Säbel blitzten in der Sonne, daß es die Augen blendete.
Dem Beherrscher Chowaresmiens folgten zwei junge Reiter. Der eine, der dunkle, der gewandt auf seinem turkmenischen Rappen mit silbernem Halsband saß, war sein Enkel. Neben ihm ritt auf einem Paßgänger, einem Schecken, dessen schwarze Mähne in kleine Zöpfchen geflochten war, ein Knabe im Brokatmantel; das war sein jüngster Sohn. Weiter folgten die obersten Würdenträger, die auf ihren mit roten Schabracken bedeckten Pferden sich tummelten.
Die Tausendschaft, die dem Schah das Geleit gab, teilte sich. Die eine Hälfte zog vorneweg durch die Hauptstraße zum Markt und zerstreute mit Peitschen die Menge der Neugierigen. Die andere Hälfte der Reiter bildete den Beschluß des Zuges.
Alle Vorübergehenden fielen auf die Knie und neigten den Kopf bis zur Erde. Sie hatten kein Recht, dem größten Herrscher der islamischen

Länder ins Antlitz zu sehen. Als die Händler den die Lüfte erschütternden Ton der langen Lederhörner und die Trommelwirbel hörten, schleppten sie eiligst aus den Läden Teppiche herbei und breiteten sie im Schmutz der Straßen aus, durch die der Schah kommen mußte.
Der Schah, an Lobpreisungen und Ergebenheitsbezeugungen gewöhnt, ließ gleichmütig seinen Blick über die unzähligen gestreiften Rücken gleiten, die sich zu den Hufen seines braunen Pferdes neigten. In seinem aufgedunsenen Gesicht waren seine Gedanken nicht zu lesen. Der schneeweiße Turban überschattete es bis hinab zu dem auffällig schwarzen Bart.
Vor dem Eingangstor des Palastes der Königin Turkan-Hatun standen zu beiden Seiten des Weges ausgewählte Krieger der Kiptschaksteppe mit Lanzen in den Händen. Ihre chorassanischen Ringpanzer vermochte kein Pfeil zu durchdringen. Von ihren Helmen ragten spitz zulaufende Schienen bis zur Nasenwurzel herab.
»Es lebe und herrsche der unbesiegbare Schah Muhammed!« riefen donnernd die Krieger, verstärkt durch die Menge. Die Menschen liefen aus allen Gassen zusammen, kletterten auf die Bäume und Lehmmauern. Der Schah war überrascht, daß die Anzahl der kiptschakischen Krieger gegen alle Gewohnheit weit größer, um das Mehrfache größer war als seine eigene Bedeckung. Wozu hatte man sie zusammengerufen? Wollte man ihm etwa eine Falle stellen? Sollte er nicht lieber umkehren, ehe es zu spät war? Doch nein, wozu dieser Verdacht! Würde denn die eigene Mutter ihren Sohn in einen Hinterhalt locken? Hatte er ihr denn nicht nach dem Tode seines Vaters, des Schahs Tekesch, Machtbefugnisse zugestanden, die den seinen durchaus gleichkamen? Hatten denn die kiptschakischen Krieger aus ihrem Geschlecht der Kangly nicht an allen seinen Feldzügen teilgenommen, und hatten sie nicht bei der Heimkehr so reiche Beute mitgebracht, wie sie ihre Väter sich nicht einmal hätten träumen lassen, selbst in ihren kühnsten Träumen nicht? Also vorwärts!
Muhammed versetzte seinem Pferde, das vor dem Tor anhielt, einen Gertenhieb, und es war mit zwei Sätzen im Innern des weiten Hofes.
Alte Kiptschaken in festlichen Gewändern ergriffen die Zügel seines Pferdes. Der Schah von Chowaresmien sprang aus dem Sattel auf den ausgebreiteten Samtläufer. Trotz seiner Jahre hielt er sich kerzengerade; er stieg die Treppen der Terrasse hinauf, die zu beiden Seiten von dünnen geschnitzten Säulen gehalten wurde, schritt an gebeugten Rücken vorbei und trat in die kühlen Gemächer des Palastes. Vor ihm stand ein Neger mit einem goldenen Nasenring.
»Die Beherrscherin aller Herrscherinnen harrt deiner! Salam deiner Erhabenheit!« Der Neger schlug den Vorhang zurück und rief mit hoher Stimme: »Die Majestät der Welt! Der Beschützer des Glaubens! Das Schwert des Islams!«
Der Schah trat einige Schritte vor. Im Halbdämmer des Raumes, der von polierten Holzwänden umgeben war und einige vergitterte Fenster hatte,

stand in goldleuchtender Brokatpracht eine kleine Gestalt. Zu beiden Seiten im Halbkreis erstarrten zwanzig der vornehmsten Kiptschakenkhane in Ehrfurcht. Muhammed verbeugte sich, die Arme über der Brust gekreuzt, näherte sich mit kleinen Schritten eiligst seiner Mutter und sagte leise:
»Salam Turkan-Hatun, du Leuchte der Tugend, du Vorbild der Gerechtigkeit!«
Die Falten ihres Brokatgewandes bewegten sich. Ihr runder, mit Straußenfedern bedeckter Turban berührte beinahe den Boden und erhob sich wieder.
»Deine Mutter, eine arme, unglückliche Witwe, begrüßt den mächtigsten Gebieter der Welt! Erweise mir die Ehre und die Freude und setze dich neben mich!«
Muhammed richtete sich hoch auf, hob seine Augen und sah vor sich ein kleines Gesicht, das reichlich mit weißer und roter Schminke belegt war, und schwarze, stechende Augen, in denen rote Fünkchen flakkerten. Turkan-Hatun setzte sich mit untergeschlagenen Beinen auf einen achteckigen goldenen, einem Präsentierteller ähnlichen Thron; Muhammed hätte sich als Regent des Landes neben die Mutter setzen müssen, doch war auf dem Throne kein Platz, weil ihr Brokatgewand ihn ganz und gar bedeckte, und so ließ er sich auf einem Teppich nieder, wie Turkan-Hatun es erwartet hatte, die ihren Kiptschaken zeigen wollte, daß der Schah von Chowaresmien unter ihr stehe.
Muhammed erhob die Handflächen zum Gesicht, murmelte ein Gebet und ließ seine Fingerspitzen durch seinen Bart gleiten. Alle, die dabeisaßen, murmelten ebenfalls ein Gebet.
Turkan-Hatun begann mit einschmeichelnd zärtlicher Stimme zu sprechen, und wenn sie den Kopf schüttelte, geriet der Brokat in eine gleichmäßige Bewegung, und die Federn auf ihrem Turban zitterten.
»Ich habe dich rufen lassen, mein allerhöchster, mein geliebter Sohn, um mit dir zusammen wichtige Angelegenheiten zu beraten. Sie betreffen das Glück und das Wohlergehen unseres ruhmreichen Geschlechts und das Schicksal der dir treu ergebenen Kiptschakenkhane. Unsere Macht und unser Thron müssen gestützt und geschützt werden und ebenso unsere Freunde.«
Im Gemach war es still. Durch die Gitterfenster drang von draußen das ferne Rollen von Hochrufen herein: »Es lebe der Schah von Chowaresmien!«
»Ich höre, meine allerweiseste Mutter!«
»Gerüchte sind bis zu meiner bescheidenen Hütte gedrungen, du rüstetest zu neuen Feldzügen in ferne Länder. Auf deinem prächtigen Roß wirst du wieder über die Schlachtfelder fliegen. Doch wer vermöchte vor der Zeit die im Buch des Schicksals verzeichneten Beschlüsse des Allmächtigen zu lesen? Falls du als Märtyrer für den wahren Glauben auf dem Schlachtfelde den Heldentod stürbest und mit Blitzesschnelle in paradiesische Gefilde entrückt würdest, so könnten ohne deinen macht-

vollen Arm im Reiche Wirren entstehen. Allah bewahre uns davor! Da aber unser stolzer Enkel Dschelal-ed-Din es vorzieht, mit den Turkmenen Ränke zu spinnen, bereit, uns Kiptschaken alle niederzumetzeln, so müßte reiflich überlegt werden, ob es nicht richtiger wäre, an Stelle Dschelal-ed-Dins beizeiten eine andere Person mit der Regierung über das Reich Chowaresmien zu betrauen.«
»Weise Worte, kostbar und wertvoll wie Edelsteine!« riefen die Kiptschaken.
»Deshalb«, so fuhr die Königin fort, »habe ich beschlosen, nachdem ich mit diesen vornehmsten Khanen des uns blutverwandten Kiptschakenvolkes Rats gepflogen, dir, meinem lieben Sohne, die einmütige Bitte aller Kiptschaken zu übermitteln, du mögest zu deinem Nachfolger auf dem Throne des Reichs deinen jüngsten Sohn, deinen Liebling, den dir deine Lieblingsfrau, eine Kiptschakenfürstin, geboren hat, Kutb-ad-Din Oslag-Schah bestimmen. Dschelal-ed-Din aber schicke fort, damit er über deine entferntesten Länder herrsche. Hier ist er eine ständige Bedrohung für dich und für uns alle.«
Alle Anwesenden schwiegen in Erwartung dessen, was der Schah darauf antworten würde. Aber er blieb stumm, während er nachdenklich eine Locke seines seidenweichen Bartes um einen seiner zitternden Finger wickelte.
»Wenn du die Erfüllung dieser Bitte ablehnst, so werden alle Kiptschaken dein Reich ungesäumt verlassen und in ihre Steppen heimkehren, und ich werde wie die allerärmste Bettlerin mit ihnen umherwandern müssen...«
Als sie sah, daß Muhammed immer noch schwankte, wandte Turkan-Hatun den Kopf. Hinter ihrem Rücken stand der junge Verwalter ihrer Landgüter, Muhammed-ben-Salich, ein ehemaliger Knecht, der von ihr ob seiner Schönheit erhöht worden war. Er verstand den Wink ihres kleinen Händchens, verließ das Zimmer und kehrte alsbald mit einem siebenjährigen Knaben an der Hand zurück, der einen brokatenen Chalat trug.
»Hier ist euer neuer Thronfolger!« rief Turkan-Hatun mit schneidender Stimme. »Ich erkläre euch allen, Kiptschakenkhane und Begs, den Kriegern wie dem Volke, daß der Schah von Chowaresmien einverstanden ist, in ihm die Stütze seines Thrones zu sehen!«
Alle Khane sprangen auf, nahmen den Knaben auf ihre Arme und hoben ihn mehrmals in die Höhe.
»Es lebe und gedeihe unser uns blutverwandter Kiptschakensultan!«
Muhammed erhob sich, fing den Knaben in seinen Armen auf und setzte ihn neben seine Großmutter Turkan-Hatun auf den Thron.
»Hört, ihr Begs!« rief er alsdann. »Wie ihr seht, habe ich euren Wunsch erfüllt. Jetzt werdet ihr mir den meinen erfüllen. Mein alter Erzfeind Nassir, der Kalif von Bagdad, hat wiederum damit begonnen, Verschwörungen gegen mich anzuzetteln und die Völker, die mir untertan sind, aufzuwiegeln. Es wird eher keine Ruhe in Chowaresmien geben,

ehe nicht der Bösewicht Nassir gestürzt ist und wir einen uns ergebenen Priester zum Kalifen gemacht haben. Darum werde ich nicht eher innehalten, bis ich das Heer des Kalifen aufs Haupt geschlagen und die Spitze meines Speeres in die geheiligte Erde von Bagdad gestoßen habe!«
Der älteste der Kiptschaken, ein schwachsichtiger Hutzelgreis mit einem grauen Spitzbärtchen, sagte:
»Wir alle werden wie ein Mann unsere Rosse dahin lenken, wohin deine mächtige Hand weist. Doch erst müssen wir unsere Nomadenlager beruhigen, unseren erschrockenen Angehörigen helfen. Eilboten aus der Steppe meldeten uns, daß von Osten her Heiden unser Land überschwemmt haben, Heiden, die noch nie etwas vom heiligen Glauben des Islams gehört haben. Mit Herden, Kamelen und Fuhrwerken sind sie erschienen, haben unsere Weideplätze in Besitz genommen, unsere Leute vertrieben. Man muß in unsere Steppe eilen, diese Heiden niedermachen, ihre Weiber und Kinder als Sklaven unter unsere Krieger verteilen, ihre Herden in Besitz nehmen.«
»Führe das Heer in unsere Steppen!« riefen die Khane.
Ein Schreiber – der Mirza – mit einem Kalam (Rohr) in der Hand trat zum Schah und ließ sich vor ihm auf die Knie nieder, wobei er ihm ein beschriebenes Blatt hinreichte.
»Was ist das?« fragte Muhammed.
»Der allerhöchste Erlaß über die Übertragung der Thronfolge auf deinen am meisten geliebten jüngsten Sohn Kutb-ad-Din Oslag-Schah. Bis zu seiner Volljährigkeit wird seine Großmutter, deine Mutter, die Königin Turkan-Hatun, Vormundschaft und Regentschaft ausüben und Verweserin des Reiches sein. Zum Erzieher des Thronfolgers aber und zum Großwesir von Chowaresmien wird der Verwalter der Landgüter der Königin, Muhammed-ben-Salich, eingesetzt.«
»Doch du, mein erhabener Sohn, unüberwindlicher Schah von Chowaresmien«, sagte Turkan-Hatun zu Muhammed, »kannst jetzt, während wir dein Reich verwalten, mit deinem Heer die ganze Welt durchziehen und siegreiche Kämpfe bestehen.«
Muhammed unterzeichnete den Befehl, ohne sich die Mühe zu nehmen, ihn erst noch einmal durchzulesen, und übergab dann das Schreiben seiner Mutter. Sie ergriff es und schrieb sorgfältig mit großen Buchstaben:

Turkan-Hatun, Beherrscherin des Weltalls,
Kaiserin über alle Frauen der Welt

Der Schah sah sich um, mit den Augen seinen ältesten Sohn Dschelal-ed-Din suchend, dessen Blicken zu begegnen er fürchtete. Doch Dschelal war nicht zugegen.
Der Wekil flüsterte dem Schah ins Ohr:
»Als der Khan Dschelal-ed-Din die vielen Kiptschakenkrieger erblickte, sprach er: ›Ich bin doch kein blöder Hammel, daß ich freiwillig ins Kiptschakenschlachthaus ginge!‹, und ritt davon.«

Die Gefangene des Harems

Auf den Schultern des Wekils lag auch die Sorge für die »gute Gemütsstimmung« der dreihundert Frauen des Schahs von Chowaresmien. Zu seinen Pflichten gehörte es, über ihr Betragen zu wachen und im Falle beunruhigender Zeichen von Leichtsinn dem Beherrscher Chowaresmiens persönlich Bericht zu erstatten. Als der Wekil vom Schah den Befehl erhalten hatte, die Geistes- und Gemütsverfassung des seufzenden und weinenden Mädchens aus der Turkmenensteppe zu ergründen, ließ er die Wahrsagerin Ilan-Tortsch – das heißt »Schlangenhaut« – holen, die im Entwirren weiblicher List und Tücke erfahren war. Die dürre braune Alte war auch Zauberin und Kurpfuscherin und eine phantasievolle Erzählerin schnurriger wie grausiger Märchen.

Aus den nebelhaften Andeutungen des Wekils verstand die Alte allmählich so viel, daß ihn dreierlei beunruhigte: ob es in der Steppe einen kühnen Dschigiten gäbe, nach dem die junge Gül-Dschamal seufzte, ob sie etwa in heimlicher Verbindung mit den Turkmenen stand, und ob sie in jener Nacht, die sie beim Schah verbracht hatte, einen Dolch bei sich gehabt habe.

»Habe alles verstanden«, sagte »Schlangenhaut« und hielt ihre Handteller dem Wekil hin, der ihr mehrere kleine Münzen darauf schüttete.

»Ich sehe keine einzige goldene darunter«, beanstandete sie.

»Bringe wichtige Neuigkeiten, dann wirst du eine goldene erhalten.«

Die Wahrsagerin, in deren Ohren große Silberringe blitzten, trat durch die Pforte in den Hof der neuen Perle des Harems und blieb dann stehen, um mit ihren zusammengekniffenen schwarzen Augen den kleinen, von hohen Mauern umgebenen Raum zu betrachten. Wie in den Höfen der anderen Frauen des Schahs stand auch hier auf der einen Seite ein längliches, einstöckiges, fensterloses Gebäude mit einer Terrasse, auf die fünf geöffnete Flügeltüren führten. Mitten durch den Hof floß ein kleines Bächlein, das in ein Rundbecken mündete, zu beiden Seiten des Bächleins blühten üppig Rosenbeete. In der Tiefe des Hofes, an der Mauer unter einer hohen weitverzweigten Pappel, stand einsam eine weiße turkmenische Jurte.

Ihren gestreiften Umhang zurechtzupfend, ging Ilan-Tortsch auf das Bassin zu, auf dessen Steinstufen ein sehr braunes junges Mädchen von zierlichem Wuchs saß und aus einer hellblauen kaschgarischen Schale den winzigen Silberkarauschen gekochte Reiskörnchen zuwarf. Ilan-Tortsch fiel neben der Schwarzäugigen auf die Steinfliesen nieder, küßte den Saum ihres himbeerfarbigen Hemdes und begann mit tiefer singender Stimme:

»Salam, du bildschönes ›Blütenlächeln‹! Laß mich deinen Schatten berühren, laß mich deine leuchtenden Händchen küssen.«

Damit setzte sie sich neben das Mädchen. Zärtliche Schmeichelworte flossen noch immer in ununterbrochenem Strom von ihren Lippen, bei sich jedoch dachte sie: ›Weshalb bloß mag der Padischah sie lieben? Sie

ist klein, dunkelhäutig wie eine Aprikose und besitzt nicht im mindesten die Üppigkeit anderer Haremsdamen. Wahrlich, die Launen unseres Herrschers sind unberechenbar!‹
»Wovon spricht man in der Steppe?« wurde sie von Gül-Dschamal in ihrer Rede und in ihren Gedanken unterbrochen.
»Kürzlich sandte ein Steppenkhan mir ein Kamel, damit ich käme und ihn von seinem Kummer um ein geliebtes Mädchen heile. Alle gedenken sie dort deiner, nennen dich ein Glückskind. ›Der Schah von Chowaresmien‹, so sagen sie, ›liebt unsere turkmenische Schöne mehr als alle seine Frauen, an alle Finger hat er ihr Ringe mit kostbaren Steinen gesteckt, aus denen blaue Funken sprühen; er hat ihr eine mit persischen Teppichen ausgelegte weiße Jurte aufstellen lassen und schickt ihr jeden Tag von seiner Tafel mit Pistazien gefüllte Fasane und Enten ...‹«
»Man nennt mich wohl ›Frau des Padischah‹, aber ich bin die dreihundertunderste seiner Frauen. Lieber möchte ich die Frau eines einfachen Dschigiten sein. Du sagst, in der Steppe beneide man mich; ich aber sehne mich nach dem Winde, der den Duft von Wermut und Wacholder durch die Wüste Kara-Kum trägt. Hier kriegt man Kopfschmerzen von den Dünsten aus der Küche des Schahs. Was habe ich von meiner weißen Jurte, wenn ich außer der alten Pappel hier nichts weiter sehe als diese hohen grauen Wände und den Wachtturm mit den Wächtern! Einmal wollte ich auf die Spitze des Baumes klettern, um die blaue Weite der Steppe zu erblicken, doch die Eunuchen zogen mich wieder herab und schnitten sogar die Stricke meiner Schaukel ab. Sag selbst: Ist denn das Glück?«
»Oh, hätte ich nur den hundertsten Teil dessen, was du hast, ich wäre überglücklich. Doch mir gibt niemand Enten mit Pistazien zu essen.«
»Mädchen«, rief Gül-Dschamal, »bereitet ein Dostarchan! Doch du, Weib, sage mir wahr!«
Zwei Sklavinnen liefen auf diesen Ruf hin zur weißen Jurte. Eine alte Turkmenin mit einer roten, mit Silbermünzen besetzten Kopfbinde trat herbei und ließ sich auf der Erde nieder. Unverwandten Blickes beobachtete sie die Wahrsagerin.
»Schlangenhaut« breitete ein safrangelbes Tuch auf den Steinfliesen aus und ließ aus einem roten Säckchen einige Handvoll weißer und schwarzer Bohnen darauf fallen. Mit einem feinen Knöchelchen zog sie Kreise durch die ausgestreuten Bohnen und murmelte dazu unverständliche Worte in der Sprache des Nomadenstammes der Lulen. Indem sie ihre brennend schwarzen Augen, deren bläuliches Weiß hin und her rollte, weit aufriß, begann sie in heiserem Flüstertone:
»Dies nun sagen die Bohnen, wie es die Alten mich gelehrt haben: Es lebt ein Dschigit in der Steppe, obzwar noch jung, doch schon ein großer Batyr. Begegnet ihm ein Tiger, so erschrickt er nicht, sondern tötet ihn mit seinem treffsicheren Pfeil. Begegnen ihm zehn Räuber, so zögert er nicht, sondern stürzt sich auf sie und macht sie allesamt nieder. Dieser Dschigit quält sich nun um deinetwillen, schläft des Nachts nicht,

sondern lauscht den Liebesliedern des Bachschi und schaut dabei zum Himmel auf... ›Ihre Augen‹, sagt er, ›sind wie diese Sterne.‹ Ich höre, du seufzt«, unterbrach sie sich. »Habe ich die Wahrheit gesprochen?«
Gül-Dschamal zuckte zusammen. Die Gold- und Silbermünzen, mit denen ihr Hemd benäht war, klirrten. Sie versuchte eine dieser Münzen abzureißen, vermochte es aber nicht.
»Eneh-Dschan, bring eine Schere!«
Ilan-Tortsch flüsterte einschmeichelnd:
»Wo ist denn dein kleines Messerchen mit dem beinernen Griff? Als du noch ein Steppenkind warst, trugst du es stets im Gürtel.« Ein Schatten von Unruhe glitt über Gül-Dschamals Gesicht. Die alte Turkmenin erhob sich bedächtig, um eine große Schere aus der Jurte zu holen, wie sie zum Beschneiden der Fäden beim Teppichweben gebraucht werden. Gül-Dschamal trennte damit eine dünne Goldmünze von ihrem Hemd ab und preßte sie in ihrer braunen Hand.
»Du hast dir da eben ein Märchen von einem sich sehnenden Dschigiten erdacht... Warum mir nennst du mir seinen Namen nicht?«
»Den sagen die Bohnen nicht. Aber dein eigenes Herz wird dir ihn sagen.«
»Die Kiptschaken haben mich mit Gewalt hierher in den Harem des Padischahs gebracht, während in der Steppe viele Dschigiten sich gegenseitig meinen Besitz streitig machten. Doch fragen die Alten uns junge Mädchen viel, zu wem unser Herz uns hinzieht?«
»Diese bunte geschwätzige Elster wirft alles töricht durcheinander!« unterbrach hier zornig die alte Turkmenin ihre Herrin. »Eine Frau des Padischahs trägt nur einen einzigen Namen in ihrem Herzen – den unseres Herrschers, des Schahs Muhammed, der schön ist wie Rustem und tapfer wie Iskander. Und jede Frau im Palast denkt nur an ihn und lebt nur für ihn. Hör nicht auf dieses listige Weib, Gül-Dschamal!«
Zur Pforte herein trat ein dicker Eunuch mit einem riesigen weißen Turban auf dem Kopfe und winkte der Wahrsagerin, die zu ihm hinlief und mit ihm tuschelte. Dann kam sie zurück, warf sich vor Gül-Dschamal nieder und sagte, indem sie den Saum von deren Kleidung küßte:
»Vergib mir Nichtsnutzigen! Soeben schickt die Mutter des neuen Kronprinzen Oslag-Schah nach mir. Sie will, daß ich ihr wahrsage... Man hat wahrhaftig keine Zeit zum Stillesitzen...«
Sie drückte noch einen Kuß auf die erhaltene Goldmünze und entschwand hinter dem Eunuchen durch die Pforte.

Ein Unglücksbote kann auch Freude bringen

Der Schah von Chowaresmien befaßte sich mit Staatsgeschäften in einem seiner abgelegensten Gemächer. »Auch Wände haben Ohren!« Doch in diesem abseitigen, fensterlosen Raum konnten sie keine haben. Die Wände waren mit Teppichen verkleidet, und der Raum hatte Ähnlichkeit mit einem Brunnenschacht, in den nur von oben her des Nachts ein Stern hineinscheint. Hier trug der Schah keine Bedenken, unter vier Augen mit seinem Oberhenker zu sprechen oder sich vom Wekil über die neuesten Streiche seiner zahlreichen sich langweilenden Frauen Bericht erstatten zu lassen. Hier erteilte der Schah im Flüstertone den Befehl, heimlich einen aufsässigen oder unvorsichtigen Khan zu erdrosseln, der ihn bei einem Gelage mit frechen Worten gekränkt oder beleidigt hatte; oder Reiter mit vermummten Gesichtern auf das Landgut eines alten geizigen Begs zu entsenden, der lange keine mit Goldmünzen gefüllten Schalen ins »Ark« gebracht hatte. Nicht selten geschah es, daß nach einer solchen geheimen Unterredung des Schahs im Teppichzimmer beim Morgengrauen ein Unbekannter mit verzweifeltem Schrei sich vom hohen Turm herab zu Tode stürzte oder daß beim matten Schein des Halbmonds die Henker des Schahs in Säcke gebundene Menschen, die dem Schah mißliebig waren, in die dunklen Wasser des ungestümen Dscheihun warfen. Und dann klang ein Lied über den Fluß hin:

> »In deinen Gärten singen im Lenze die Nachtigallen,
> in den Blumengärten lassen rote Rosen ihre Köpfe hängen...«

Und die Ruderer fielen ein:

> »O wunderschönes Chowaresmien!«

Am heutigen Abend saß der Schah finster und wortkarg da und ließ sich vom Wekil berichten, welche Personen tagsüber seinen Sohn, den Khan Dschelal-ed-Din, besucht hatten.

»Auf herrlichen langbeinigen Hengsten kamen drei Turkmenen angeritten. Einer von ihnen verbarg sein Gesicht, indem er es mit einem Schal verdeckte. Man konnte an seiner Schlankheit seine Jugend erraten, und Augen hatte er, scharf wie die eines Habichts.«

»Warum hieltest du ihn denn nicht an?«

»Ganz in der Nähe, im Hain, wartete ein Trupp von etwa vierzig verwegenen jungen Turkmenen auf ihn. Doch auf dem Markt, in Merdans Tschaichan, hat mein Späher des öfteren den Namen Kara-Kontschars erwähnen hören...«

»Kara-Kontschar... Der Schrecken der Karawanen?«

»So ist's, Hasret-il-ala! Doch darf man denn annehmen, daß der Thronfolger...«

»Er ist nicht mehr Thronfolger!«

»Aus dem Munde des Schahs spricht Allah! Dennoch ist es schwer, anzunehmen, daß sich auch nur ein einfacher Beg so tief erniedrigen

könnte, um mit einem die Karawanenstraßen unsicher machenden Räuber zu unterhandeln ...«
»Was wäre unmöglich in unserer unruhigen Zeit?«
»Ist mein Gebieter nicht der Meinung, wenn Dschelal-ed-Din weiter fort wäre, sich zum Beispiel auf eine Pilgerfahrt nach dem heiligen Mekka begeben würde, um am Grabe des Propheten zu beten, seine heimlichen Ränkespiele mit den Turkmenen aufhörten?«
»Ich wollte ihn zum Verweser des fernen Ghasna an den Grenzen Indiens ernennen. Doch auch dort würde er aufsässige Khane um sich sammeln und sie zu einem Kriegszug gegen China überreden. Und dann würde Chowaresmien zerfallen wie eine mit einem Messer gespaltene Wassermelone. Nein, mag er nur hier unter meinem Rockschoß bleiben, damit ich ihm immer auf die Finger sehen kann.«
»Ein weiser Beschluß!«
»Du aber, Wekil, der du mit dem Schwanze wedelst, laß dir gesagt sein! Wenn ich noch einmal höre, daß der Räuber Kara-Kontschar frei und ungehindert durch Gurgandsch reitet wie durch sein eigenes Nomadenlager, so wird dein Kopf mit erloschenen Augen vor Dschelal-ed-Dins Palast auf einen Pfahl gespießt werden ...«
»Allah bewahre!« murmelte der Wekil, während er rückwärts zur Tür ging.
Ein Eunuch trat ein.
»Laut Befehl des Allerhöchsten ist die Hatun Gül-Dschamal nach deinen Gemächern gebracht worden und harrt dort deiner Befehle!«
Unlustig erhob sich der Schah.
»Führ sie hierher ins Teppichzimmer.«
Der Schah trat auf den Korridor hinaus, ging gebückt durch eine schmale, niedrige Tür und stieg eine Wendeltreppe hinauf in eine kleine Kammer, von wo aus er, sein Gesicht gegen das kunstvoll geschnitzte Holzgitter eines schmalen Fensterchens gepreßt, beobachtete, was im Teppichzimmer vor sich ging.
Ein alter bartloser Eunuch mit krummem Rücken, der um seine breiten Hüften einen Kaschmirschal geschlungen hatte, öffnete die mit reichem Schnitzwerk geschmückte Tür. In der Hand hielt er einen silbernen Leuchter mit vier tropfenden Kerzen.
Als er sich nach der zierlichen, in ein buntes Gewebe gehüllten Gestalt umblickte, seufzte er teilnahmsvoll.
»Nun, gehen wir weiter!« piepste er mit dünner Stimme.
Er schlug einen schweren Vorhang zurück und hob den Leuchter hoch.
Gül-Dschamal schlüpfte herein, duckte sich, als erwarte sie von oben einen Schlag, streifte ihre Schuhe von den Füßen und tat dann zwei Schritte in den Raum hinein, der, schmal und hoch, ganz mit roten Bucharateppichen ausgeschlagen war und dessen Decke sich in der Dämmerung verlor.
Der Eunuch, der hinausgegangen war, drehte klirrend den Schlüssel in

der Tür um. Ein halbrundes Fenster hoch oben in der Wand wurde hell, wahrscheinlich hatte der Eunuch hinter das kunstreich geschnitzte Gitter eine Kerze gestellt. In derselben Höhe an der gegenüberliegenden Wand befand sich ein ganz gleiches, jedoch unerhelltes Fenster. Ob dahinter jemand lauerte? Gül-Dschamal hatte bereits manches von einem gewissen Teppichzimmer munkeln hören. Die Frauen des Harems erzählten, daß dort der Henker diejenigen der Frauen des Schahs erwürge, die auf einer Untreue ertappt worden seien, und daß der Schah durch ein Fenster in der Wand dabei zuschaue. Ob dies am Ende gar das bewußte Teppichzimmer war?
Gül-Dschamal machte einen Rundgang. Auf dem Boden lagen kleinere Teppiche, wie man sie zum Gebet zu benutzen pflegt. ›Wahrscheinlich wickelt man den Leichnam der Erwürgten in einen solchen Teppich, wenn man ihn im Dunkel der Nacht beiseite schafft‹, durchzuckte es die junge Turkmenin.
Nachdem sie einige Seidenkissen in eine Ecke geworfen hatte, ließ sie sich darauf nieder. Jedes Geräusch ließ sie zusammenfahren. 3
Plötzlich bewegte sich der von der Tür herabhängende Teppich, und der Kopf eines Tieres wurde darunter sichtbar, dessen runde Augen im trüben Dämmerlicht flimmerten und grünliche Funken sprühten.
Erschrocken fuhr Gül-Dschamal auf und drückte sich dicht an die Wand. Das gelb und schwarz gefleckte Tier kroch lautlos ins Zimmer, legte sich nieder, die Schnauze auf den Tatzen, und schlug mit seinem Schwanz den Boden.
›Ein Panther!‹ dachte Gül-Dschamal. ›Ein menschenfressender Panther! Doch Turkmeninnen ergeben sich nicht kampflos!‹
Indem sie niederkniete, griff sie nach dem Rande des ausgebreiteten Teppichs, bereit, sich in ihn einzuhüllen. Der Panther knurrte und kroch näher.
»Wai-uljai! Helft!« schrie Gül-Dschamal und verbarg sich unter dem Teppich. Der starke Ansprung des Raubtieres warf sie um. Sie machte sich ganz klein und hüllte sich noch fester in den Teppich, dessen dickes Gewebe der Panther mit seinen Krallen zu zerreißen suchte.
»Hilfe! Mein letztes Stündlein ist gekommen!« schrie Gül-Dschamal. Sie hörte ein Klopfen und Rütteln an der Tür und streitende Stimmen. Das Geschrei der Menschen und das Gebrüll der Bestie verstärkten sich. Dann verstummte der Lärm mit einmal. Jemand schlug den Tippich zur Seite ...
Ein langer hagerer Dschigit, dessen linke Wange von der Schläfe bis zum Kinn aufgerissen war, stand mit einer schwarzen Schaffellmütze auf dem Kopfe vor dem Mädchen und wischte sein Schwert, den Kontschar, am Teppich ab.
Der alte Eunuch, der sich an den Ärmel des Eindringlings klammerte, versuchte ihn fortzuziehen.
»Wie konntest du es wagen, hier einzudringen, in die verbotenen Gemächer? Was hast du angerichtet, Unglückseliger? Wie durftest du den

Lieblingspanther des Padischahs erschlagen? Der Herrscher wird dich lebendigen Leibes auf einen Pfahl spießen lassen...«
»Laß mich, Bartloser! Oder ich schlage auch dir den Kopf ab!«
Gül-Dschamal hatte sich aufgerichtet, sank aber kraftlos wieder in die Kissen zurück. Der tote Panther lag in der Mitte des Zimmers, und es sah aus, als hielte er seinen abgeschlagenen Kopf in den Tatzen. Sein Körper zuckte noch.
»Lebst du, Hatun?«
»Bist du schwer verletzt, kühner Dschigit? Über dein Gesicht fließt Blut.«
»Ei, das hat nichts zu bedeuten. Eine Narbe quer übers Gesicht gereicht dem Krieger zur Zier.«
Der Anführer der Leibwache Timur-Melik kam ins Zimmer gestürzt, an dessen Tür sich mehrere Krieger drängten.
»Wer bist du? Wie bist du in den Palast gekommen? Wie konntest du wagen, die Wache zu schlagen? Gib deine Waffen ab!«
Der Dschigit steckte sein Schwert ohne Hast in die Scheide.
»Und wer bist du? Bist du nicht der Anführer der Palastwache Timur-Melik? – Salam! Ich muß den Schah von Chowaresmien in einer für ihn äußerst wichtigen Angelegenheit sprechen. Schlechte Nachrichten aus Samarkand.«
»Wer ist dieser freche Mensch?« donnerte eine gebieterische Stimme. Mit langen Schritten betrat der Schah den Schauplatz, die Hand am Griff seines Dolches.
»Salam, großer Schah!« grüßte der Dschigit, indem er die Arme über der Brust verschränkte und sich leicht verneigte. Dann richtete er sich jäh auf. »Du beschäftigst dich hier mit Scherzen, schreckst schwache Frauen mit Steppenkatzen, während draußen in der Welt wichtige Dinge geschehen. Auf der Karawanenstraße traf ich einen Boten aus Samarkand. Er hatte schon sein Roß zu Tode gehetzt und lief nun zu Fuß weiter, bis er umfiel. Wie ein Wahnsinniger wiederholte er immer nur: ›In Samarkand ist ein Aufstand ausgebrochen! Alle Kiptschaken wurden erschlagen und an den Bäumen aufgehängt wie geschlachtete Hammel an der Fleischbank.‹ An der Spitze der Aufständischen steht dein Schwiegersohn, Sultan Osman, Regent von Samarkand. Er hat auch deine Tochter umbringen wollen; es gelang ihr aber, sich mit einer Hundertschaft tollkühner Dschigiten in der Festung einzuschließen, wo sie sich heldenmütig verteidigt. Hier ist ein Brief von ihr.«
Der Schah riß dem Dschigiten einen roten Umschlag aus der Hand und öffnete ihn hastig mit der Spitze seines Dolches.
»Ich werde sie lehren, Aufstände zu erregen...«, murmelte er, während er versuchte, bei dem trüben Licht die Schriftzüge zu entziffern. »Samarkand ist von je ein Nest von Aufrührern gewesen. Höre, Timur-Melik, die Kiptschakentruppen sind sofort zusammenzurufen! Ich ziehe gegen Samarkand, ein Strafgericht zu halten. Es wird dort nicht genug Pappeln und Stricke geben, um daran alle die aufzuhängen, die ihre Hand

gegen den Schatten Allahs auf Erden erhoben haben!... Dieses Weib schafft in ihre weiße Jurte und ruft den Arzt zu ihr!... Dschigit, wie ist dein Name?«
»Wozu nach dem Namen forschen? Bin nur ein kleiner Dschigit in der großen Wüste.«
»Du hast mir eine schwarze Botschaft überbracht, und nach alter Sitte muß ich den Unheilboten dem Tode überantworten. Obendrein hast du meinen Lieblingspanther erschlagen. Ich weiß wirklich nicht, welche Todesstrafe ich über dich verhängen soll...«
»Ich weiß es, Hasret!« rief Timur-Melik. »Erlaube mir, es dir zu sagen!«
»So sprich, tapferer Timur-Melik, und eröffne es in meinem Namen dem Frechling!«
»Im Kriege einen Tag, ja auch nur eine Stunde zu säumen heißt den Sieg versäumen. Der Dschigit hat einen löblichen Eifer gezeigt und einen für deine Hoheit wichtigen Brief überbracht. Daß deine Tochter noch am Leben ist und den Überfall der Feinde tapfer wie ein Krieger abwehrt, meldet er dir. Du, mein großer Padischah, wirst jetzt nach Samarkand eilen, um deine Tochter vor dem Untergang zu bewahren. Für einen solchen Dienst, meine ich, verzeiht der Schah dem Dschigiten sein Verbrechen neunmal neun Male. An Stelle des getöteten Panthers erhält der Schah von Chowaresmien einen anderen, noch viel grimmigeren Panther in der Person dieses tollkühnen jungen Helden hier. Mache ihn zum Befehlshaber der Hundertschaft turkmenischer Reiter, die er mitbringen wird, und reihe sie allesamt in deine Leibwache ein.«
Überrascht stand der Schah da und drehte eine Locke seines schwarzen Bartes um einen seiner mit einem Diamantring geschmückten Finger.
»Der Falke weicht von seinem Weg nicht ab, der Schah steht zu seinem Wort und spricht nicht in zweierlei Zungen«, sagte der Dschigit voll Würde. »Wohin befiehlst du das turkmenische Mädchen zu bringen?«
Der Dschigit beugte sich nieder und hob die liegende Gül-Dschamal behutsam auf. An der Schwelle verweilte er einen Augenblick und sagte, indem er sich wie ein Ebenbürtiger an den Schah von Chowaresmien wandte:
»Salam! Kara-Kontschar, der Schrecken deiner Karawanen, entbietet dir Frieden!«
Und stolz ging er weiter.
Der Schah blickte Timur-Melik an, unschlüssig, ob er ihm zürnen oder danken sollte. Timur-Melik brach in ein lautes Lachen aus. »Was für ein Teufelskerl! Und da behauptest du, mein Gebieter, noch, auf Turkmenen sei kein Verlaß? Mit einem Heer solcher Krieger könntest du dir die ganze Welt unterwerfen.«
Mehrere Tage waren vergangen. Als in nächtlichem Dunkel die feine schmale Sichel des Mondes über dem Minarett hing, huschten einige lautlose Schatten am Palast des Schahs vorüber und blieben in einer Seitengasse dort stehen, wo eine alte Pappel ihre Zweige über die Mauer

hängen ließ. Eine Strickleiter wurde über die Mauer geworfen, und einer der Schatten kletterte hinüber. Über einer weißen Jurte, durch deren Ritzen Licht schimmerte, stieg ein Rauchwölkchen auf. Auf den Schrei einer Eule trat eine verhüllte weibliche Gestalt aus der Jurte.
»Alle Turkmenen sind Brüder! Salam! Ist die Hatun Gül-Dschamal gesund?«
»Ich bin ihre Dienerin. Weh uns! Vor drei Tagen schon ist der Schah an der Spitze seines Heeres fortgeritten, um den Aufstand in Samarkand zu unterdrücken. Über den Palast wacht jetzt das scharfe Auge Turkan-Hatuns, der grimmen Königinmutter. Auf ihren Befehl ist unser ›Blütenlächeln‹ im steinernen Palastturm eingesperrt worden, dessen Wachen sie hat verdoppeln lassen. Bis zu ihrem Tode solle Gül-Dschamal im Turme bleiben, hat sie gedroht.«
»Schleiche dich zu ihr. Hier hast du einen Golddinar für den Eunuchen und da noch zwei für die Wache. Teile Hatun Gül-Dschamal mit, sie möge der Königinmutter sagen, daß sie am Grabe des heiligen Scheichs, das am großen Wege hinter der Stadt liegt, ihre Andacht verrichten wolle. Turkan-Hatun wird es nicht wagen, ihr die Gebetsübungen zu verwehren, und hat Gül-Dschamal die Stadt erst einmal hinter sich, dann tut Kara-Kontschar schon, was nötig ist.«
Der Schatten kletterte wieder über die Mauer und verschwand im Dunkeln.
Die Dienerin flüsterte:
»Es gibt niemand in der Welt, der boshafter und verschlagener wäre als Turkan-Hatun. Wer wäre sicher, dem sie nach dem Leben trachtet?«

Im Garten des in Ungnade gefallenen Thronfolgers

> Hier ist mein Roß, und hier sind meine Waffen! Sie
> werden für das Gartenfest Ersatz mir bieten.
> (Ibrahim Monmesser, 10. Jh.)

Timur-Melik war ein erfahrener Krieger, der in nicht wenig Schlachten gefochten hatte, er fürchtete die Gefahr nicht. Mehr als einmal hatte ein vom Feinde geschwungener Säbel sein Haupt bedroht, hatte ein Speer seinen Schild durchbohrt, waren Pfeile in seinen Ringpanzer gedrungen, der Panther hatte ihn zerfleischt, der Tiger ihn mit Prankenhieben getroffen; der Tod hatte ihn angehaucht und ihm die Augen mit einer schwarzen Wolke überschattet. Was hätte ihn noch schrecken können?
Daher begab sich Timur-Melik, ohne den Zorn des Schahs zu fürchten, in den vor der Stadt gelegenen Garten Tilljalas, um dessen Besitzer, den in Ungnade gefallenen ältesten Sohn des Schahs von Chowaresmien, Dschelal-ed-Din, zu besuchen.
Der Anführer der Leibwache des Schahs traf den jungen Khan im Innern

des dichten Gartens an. In Gedanken versunken saß Dschelal-ed-Din einsam auf einem Teppich. Als er den Gast erblickte, erhob er sich behend und ging ihm entgegen.
»Salam, tapferer Timur-Melik! Ich hatte für heute mehrere Freunde zu mir eingeladen, doch die meisten von ihnen haben mir ihr Bedauern darüber melden lassen, daß sie leider krankheitshalber nicht erscheinen könnten. Nur drei Nomaden aus der Steppe und du, Timur-Melik, haben sich nicht gescheut, der Einladung des in Ungnade gefallenen Beherrscher des fernen Ghasna, das ich natürlich nie erblicken werde, Folge zu leisten.«
»Der Wille des Schahs ist heilig«, sagte Timur-Melik, indem er sich auf den Teppich niederließ.
»Bin ich denn daran schuld, daß eine Turkmenin mich geboren hat und daß alle Kiptschaken einen von einer Kiptschakin geborenen Thronfolger wünschen? Mag es denn ein Kiptschake sein, aber wenigstens sollte mein Vater mir erlauben, als einfacher Dschigit an den Grenzen des Reiches zu fechten, wo es ständig Zusammenstöße gibt. Ich liebe ein feuriges Roß, einen blanken Säbel und den Steppenwind und mag mich nicht faul auf dem Teppich rekeln und mir die Lieder und Märchen der Greise anhören.«
»Krieg gibt es freilich ringsum«, sagte Timur-Melik. »Die Kiptschakenbegs haben den Schah Muhammed gebeten, mit seinem Heer in ihre Steppen zu ziehen, in die von Osten her ein unbekanntes Volk eingebrochen ist.«
»Der Vater sollte lieber alle Kiptschaken aus Chowaresmien austreiben und ohne sie regieren«, bemerkte Dschelal-ed-Din. »Die Kiptschaken sind verweichlicht und ausschweifend. In der entscheidenden Stunde werden sie zu Verrätern an meinem Vater werden.«
»Warum glaubst du das?« fragte Timur-Melik.
»Wenn der Schah dem eigenen chowaresmischen Volke mißtraut und die Verteidigung des Staates und der Ordnung den fremdstämmigen Kiptschaken überläßt, dann gleicht er jenem Manne, der die Steppenwölfe zu Hütern seiner Hammel macht. Er wird bald keine Hammel mehr haben und selbst den Wölfen zum Fraße dienen.«
Dschelal warf mit hochgezogenen Brauen einen Blick auf den etwas abseits stehenden Guljam, der daraufhin näher trat und sich verbeugte.
»Wir haben einen reichlichen Imbiß für viele Gäste bereitet. Doch die Gäste sind ausgeblieben. Stell eine Wache am Wege aus und frage die Vorüberreitenden, ob sie meine Gäste sein wollen. Wähle aber solche aus, von denen anzunehmen ist, daß sie mir die Seele zu erheitern vermöchten, und führe sie her. Auch meine Lieblingshengste bringe herbei, damit ich, wenn die Gäste ausbleiben, meine Rosse bewirte und die Straßenbettler.«
»Du hast mich gerufen, hier bin ich!« ertönte eine ruhige Stimme aus den Büschen, und hervor trat ein hochgewachsener schlanker Turkmene

mit einer hohen Schaffellmütze auf dem Kopfe. Er verbeugte sich mit über der Brust verschränkten Armen.
»Ich freue mich, dich zu sehn, Panther der Wüste, Kara-Kontschar. Komm und setz dich zu uns!«

Ali-Dschan, Anführer einer Zehnerschaft aus einer kleinen Grenzfestung an der östlichen Grenze des chowaresmischen Reiches, jagte mit fünf Dschigiten und einem Gefangenen die große Karawanenstraße entlang. Wenn er Rast machte, so nur ganz kurz, bloß um die Pferde zu tränken und zu füttern. Ali-Dschan fürchtete nämlich, seinen ungewöhnlichen Gefangenen nicht sicher bis nach Gurgandsch zu bringen. Entgegenkommende Reisende, die anhielten und fragten, welchen gefährlichen Räuber man da ergriffen hätte, verscheuchte er mit der Peitsche, wenn sie allzu dreist und zudringlich dem Gefesselten sich näherten.
Schon hatte man zwei Kanäle überquert, wobei die Pferde hatten schwimmen müssen, und war über eine schwankende Brücke aus Stangen und Zweigen mehr geturnt als geritten. Schon schimmerten in der Ferne inmitten von Pappeln die hellblauen Kacheln der Moscheen und Minarette von Gurgandsch, da versperrten an einem Kreuzwege sechs Reiter in himbeerfarbenen Chalaten auf weißgezäumten Rappen Ali-Dschan und seinem Trupp den Weg.
»Haltet an, Dschigiten!«
»Fort, aus dem Wege!« rief Ali-Dschan. »Im Namen des Beschützers des rechten Glaubens, haltet nicht auf die, welche in wichtiger Sache zum Diwan-Ars reiten!«
»Euch brauchen wir ja gerade. Der Sohn des Schahs von Chowaresmien, Dschelal-ed-Din, befiehlt euch, vom Wege abzubiegen und unverzüglich bei ihm im Garten zu erscheinen.«
»Wir müssen, ohne uns irgendwo aufzuhalten, direkt nach Gurgandsch zu unserem Anführer Timur-Melik reiten.«
Doch die sechs Reiter gaben den Weg nicht frei, sondern hielten Ali-Dschans Roß fest am Zügel.
»Timur-Melik ist eben hier, er sitzt im Garten neben dem Beg, und beide lauschen den Liedern. Kehre ein, sagt man dir! Warum sperrst und sträubst du dich? Dein Gefangener wird indessen nicht krepieren; Dschelal-ed-Din aber wird dich mit Pilaf bewirten, wie du noch keinen gekostet hast, dir einen Pelz und eine Handvoll Silberdirhems schenken!«
Ali-Dschan glaubte schon den angenehmen Geruch von Hammelfett zu spüren und rief seinen Begleitern zu:
»Haltet an! Kehrt mit mir in dieses Landgut ein, wo wir werden schwelgen können!«
Der Trupp bog mit seinem gefesselten Gefangenen von der Hauptstraße ab, ließ die finsteren Wachen am hohen Tor hinter sich und ritt in den ersten Hof ein. In der trüben Dämmerung loderten die roten Flammen

von sechs Feuerstellen, die in einer Reihe nebeneinander aufgebaut waren. Frauen, deren himbeerfarbene Kleider in der Herdglut aufzuflammen schienen, gingen ab und zu. Die Reiter sprangen von ihren Pferden und banden sie an den Säulen fest. Der Gefangene blieb im Sattel. Sein Pferd trat von einem Bein aufs andre, warf den Kopf zurück und drängte zu den anderen Pferden hin, denen die Dschigiten einige Armvoll Heu hingeschüttet hatten. Die Frauen bildeten neugierig einen Kreis um den mit härenen Stricken gefesselten und auf seinem Pferd festgebundenen Gefangenen, über dessen ungewöhnliches Aussehen sie sich nicht genug verwundern konnten.
Er trug dunkelblaue lange Kleidung, auf deren Ärmeln rote Streifchen aufgenäht waren, und eine flache Filzmütze mit nach oben gebogenen Rändern. Von seinen Schläfen hingen ihm wie die Hörner eines Büffels zwei in Knoten gebundene Zöpfe auf die Schultern herab. Seine starren Schielaugen waren unverwandt auf einen Punkt gerichtet. In der Menge flüsterte man:
»Das ist ja ein Toter!«
»Aber nein, er atmet doch. Alle Heiden sind zählebig.«
»Folge mir!« sagte der Guljam zu Ali-Dschan. »Nimm auch diese Mißgeburt mit dir!«
Ali-Dschan band das Roß mit dem Gefangenen, dessen Äußeres die Zugehörigkeit zu einem fremden Stamm verriet, los und führte es behutsam durch den schattigen Garten, wo junge Pfirsichbäume und dichtbelaubte dunkelgrüne hohe Korkulmen miteinander abwechselten.
Ein Bächlein mit munter dahinplätscherndem Wasser wand sich um eine kleine Gartenlaube, vor der in einer Reihe zwölf Hengste – sechs Rappen und sechs Goldfüchse – mit glänzendem, seidigem Fell standen, deren gekämmte Mähnen mit himbeerfarbenen Bändern durchflochten waren. Jedes der rassigen Tiere war an einen niedrigen Pfahl gekettet. Zwei Dschigiten gingen mit Messingtabletts von einem zum andern und fütterten sie aus der Hand mit Melonenscheiben.
Ali-Dschan war von der Schönheit der zwölf Hengste, von ihren feurigen Augen und ihren Schwanenhälsen so überrascht, daß er nicht sofort die Gruppe von Männern gewahrte, die unter einer riesigen alten Ulme saß, im Halbkreis um einen kleinen Teppich herum, der als Tisch diente und voll silberner Schüsseln und irakischer Glasvasen stand. Auf ihnen schimmerten in verschiedenen Farben Zuckerwerk, Gebäck, Konfekt, frische und getrocknete Früchte und andere Süßigkeiten. Gesondert von den anderen saß ein braunhäutiger Jüngling mit einem indischen Turban und einem schwarzen Kaftan, den alle mit der dem Gastgeber gebührenden Ehrerbietung behandelten. Neben den Tafelnden hatten mehrere Musikanten Platz genommen und gaben sich alle erdenkliche Mühe, den Garten mit den Klängen einer seltsamen betäubenden Musik zu erfüllen: Die einen strichen den Bogen, andere bliesen Schalmeien, zwei schlugen dumpfe Wirbel auf dem Tamburin.
»Tritt näher, tritt näher!« sagte der Jüngling und sprang behend auf.

Nach ihm erhoben sich alle Sitzenden. Er trat zu dem reglosen Gefangenen und fragte:
»Hast du ihn gefangen? Und wo?«
Ali-Dschan, der verstand, daß Dschelal-ed-Din, der Sohn des Schahs Muhammed, mit ihm sprach, antwortete:
»In der Steppe bei Otrara. Er ist so stark, so sehnig, daß ich ihn kaum binden konnte.«
»Wer ist es? Aus welchem Stamme? Was hat er gesagt?«
»Gesagt hat er noch gar nichts. Er schweigt.«
»Doch das Leben weicht aus seinem Gesicht... Stirbt er?«
»Ich weiß nicht, erlauchtester Khan. Ich sputete mich, so sehr ich nur konnte, um ihn noch lebend vor die Augen des Schahs von Chowaresmien zu bringen.«
»Du hast ihn mit deiner Hast umgebracht. Man muß ihn zum Sprechen bringen.«
Dschelal-ed-Din klatschte in die Hände und gebot einem herbeieilenden Bedienten:
»Rufe den Arzt Saban. Er soll sogleich mit allen seinen Büchsen und Medikamenten kommen. Sag ihm, ein Mensch stürbe!«
»Sofort, mein Khan!«
Der Gefangene kam allmählich wieder zu sich. Seine Augen weiteten sich, aus seinem offenen Munde kamen dumpfe Laute, die sich zu Schreien verstärkten, als er versuchte, sich aus seinen Stricken loszuwinden.
»Was schreit er?« fragte Dschelal-ed-Din.
Ali-Dschan erklärte:
»Ihn versetzen deine Hengste in Begeisterung: ›Gute Rosse! Gute Rosse!‹ schreit er. ›Doch sie werden nicht mehr lange dir gehören. Alle werden sie den Herden Dschingis-Khans, des Unbesiegbaren, einverleibt werden, und er allein wird darauf reiten!‹ «
»Wieso verstehst du die Worte dieses Heiden?«
»Ich bin früher mit den Karawanen nach China gezogen und habe da auch tatarische Nomadenlager besucht, wo ich ihre Sprache sprechen gelernt habe.«
»Und wer ist Dschingis-Khan, der Unbesiegbare? Wieso ist er unbesiegbar? Wie kann sich dieser Heide solcher Reden erdreisten?« ereiferte sich Timur-Melik. »Einzig und allein unser Schah Muhammed ist unbesiegbar. Ich werde diesen Frechling kurzerhand niedersäbeln, wenn er seine Zunge nicht zähmt.«
»Mag er sprechen, was er will«, unterbrach Dschelal-ed-Din den Anführer der Leibgarde des Schahs. »Wir wollen ihn lieber aushorchen und uns von ihm alles sagen lassen, was er von diesem unbesiegbaren Tatarenführer weiß.«
Aus dem Gebüsch hörte man die dünne zarte Stimme eines sich eilends Nähernden, der die Worte im Gehen hervorsprudelte:
»Allah begabe alle Muselmänner mit solchen Tugenden, wie sie den

Sohn des Beherrschers der Rechtgläubigen, den durchlauchtigsten und tapferen Dschelal-ed-Din, zieren, den Besitzer des blanken Schwertes und der herrlichsten Rosse der Welt! Möge sein Schwert wie ein rächender Blitz auf die Köpfe aller Feinde des Islams niedersausen!«
Ein kleiner Mann mit einem langen Bart und einem riesigen Turban kam auf dem Gartenweg mit schnellen Schritten angetrippelt. In den Händen hielt er eine Ledertasche und eine große Tonflasche. Verschiedene Messinggeräte, Scherchen und Fläschen, die an seinem Gürtel befestigt waren, klirrten bei jeder seiner Bewegung. Vor Dschelal-ed-Din verneigte er sich bis auf die Erde.
»Deine Gnade hat mich dem Rachen des Unglücks entrissen. Deine überreichen Wohltaten führten mich an deine Tür. Eben ließ man mich wissen, daß ich kommen solle, um einen Sterbenden zu retten...«
Der Redestrom des Arztes wurde durch einen Wink Dschelal-ed-Dins unterbrochen.
»Arzt Saban, gönne deiner Zunge Ruhe! Sieh dir lieber diesen kranken Mann an und gieße die ganze Weisheit deines Wissens sowie alle Arzneien aus deinen Fläschen über ihn aus. Gib dir Mühe, ihn wieder zum Leben zu erwecken!«
»Ich bin dein Diener, ich bin dein Sklave. Was mein Khan gebietet, das führe ich aus!«
Der Kleine traf seine Anordnungen. Die Diener banden den Gefangenen los und hoben ihn vom Pferde. Er konnte sich kaum auf den gespreizten Beinen halten und stand da, in der Stellung erstarrt, die er im Sattel eingenommen hatte. Auf Weisung des Arztes entledigten die Diener den Fremdling seiner Bekleidung, wobei sie Gebete murmelten und allzu intime Berührung voll Ekel mieden. Dann legten sie ihn auf eine auf den Boden gebreitete Filzunterlage.
Beschwörungen murmelnd, begann der Arzt die Brust des Kranken, der ohne Besinnung mit verdrehten Augen dalag, mit einem klaren Öl zu beträufeln, dann kratzte er mit einem beinernen Löffel die Würmer ab, die wie Reiskörner eine eingetrocknete Wunde bedeckten.
»Sieh an, schon Würmer!« murmelte er. »Doch im Koran heißt es: ›So viel Krankheiten Allah erschuf, so viel Arzneien erschuf der Allweise auch, um diese Krankheiten zu heilen!«
Als Blut aus der Wunde zu fließen begann, legte der Arzt mit Öl durchtränkte Watte darauf und befahl den Dienern, den ganzen Körper des Patienten mit Tüchern zu umwickeln.
»O durchlauchtigster Khan, o mein Gebieter!« wendete er sich alsdann an Dschelal-ed-Din. »Ich bin ein hochgelehrter arabischer Arzt, ein ›Kaddach‹, ein Spezialist für Augenkrankheiten. Ich habe alle Bücher des Rumeliers Hippokrates studiert, ich verstehe Gelenke einzurenken, den Star zu stechen, den Tod zu verscheuchen. Ich bin dein Sklave und von deiner Huld und Gnade abhängig. Befiehl, daß man mir einen Krug alten Weins reiche, damit ich die Arznei anfertigen kann. Nach meiner Heilkur wird der Kranke zu sprechen beginnen und einen oder zwei Tage

sprechen, darauf wird er sterben oder gesunden, wie es der Wille Allahs ist.«
Nachdem Saban den Wein erhalten und ihm verschiedene Pulver beigemengt hatte, kostete er erst selbst von seinem Heiltrank, ehe er ihn seinem Patienten einflößte, der daraufhin zu sich kam und zu sprechen begann.
Mit fieberglühenden Wangen, die Augen starr in die Ferne gerichtet, rief der ins Bewußtsein Zurückkehrende im Singsang unverständliche Worte aus, dann nahm seine Rede einen flüssigeren und gemesseneren Charakter an, und es klang beinahe, als rezitierte er Verse.
Ali-Dschan lauschte aufmerksam und übersetzte:
»... herrlich ist die neue Heimat, es gibt keine, die besser wäre. Dreiunddreißig Sandebenen liegen von einem Ende des Landes bis zum anderen zwischen rosenfarbenen Bergrücken ausgebreitet. Selbst ein Pferd, das sich im Wettrennen auszeichnet, wäre nicht imstande, ganz darum herumzulaufen. Im hohen fetten Gras springt brüllend wildes Getier, siebzig Arten Antilopen jagen über die Steppe hin. Vögel mit hellen Stimmen singen ihr Lied. Am türkisblauen Himmel fliegen weiße Schwäne und Gänse... Für alle ist Raum in den Steppen meiner Heimat, nur für mein armes Zeltlager nicht. Die starken Stämme mit ihren habgierigen Khanen haben uns unsere grünen Weiden geraubt. Fremde Pferdeherden weiden jetzt dort und Herden von Ochsen und Schafen... Für mein Zeltlager aber ließ man mir nur steinige Halden und Felsenschluchten. Dort wurden die Herden immer kleiner und die Pferde immer magerer, bis sie wankten vor Schwäche. An allem sind die Khane schuld und ihr Oberhaupt, der Kagan Dschingis-Khan, der Rotbärtige, Unbesiegbare, der das Mongolenvolk aus seiner Heimat in andere Länder fortführte, um den Erdkreis zu plündern...«
»Von was für einem Dschingis-Khan redet er da?« fragte Dschelal-ed-Din.
Ali-Schan übersetzte dem Gefangenen diese Frage, und der Fremde rief aus:
»Wer kennt Temudschin Dschingis-Khan nicht?! Ich bin von ihm fortgegangen. Er vergibt keinem, der es wagt, vor ihm zu stehn, ohne sklavisch den Nacken zu beugen! Er rächt sich an den Ungehorsamen, verfolgt mit unversöhnlichem Haß jeden, der sich ihm irgendwann einmal entgegengestellt hat, und vernichtet dessen ganzes Geschlecht bis zum letzten und kleinsten Kinde.«
»Wer bist du denn? Warum sprichst du so keck von Dschingis-Khan?«
»Ich bin ein freier Mergen und heiße Gurkan-Bahadur. Ich bin mein eigner Khan, mein eigner Nuker, seit ich das Heer Dschingis-Khans verlassen habe, weil dieser Greis mit der sauren Miene befohlen hat, meinem Vater und meinem Bruder das Rückgrat zu brechen, weil dieser rotbärtige Kagan allen die schönsten Mädchen wegnimmt und sie zu seinem Sklavinnen macht, weil er auf der ganzen Erde keinen anderen Willen duldet als seinen eigenen. Ich werde bis zum Ende der Welt

reiten, wo nur wilde Bestien leben und ebensolche freie Jäger wie ich und wohin die Nuker des tückischen Dschingis-Khan nicht gelangen.«

»Wo ist denn dieser Dschingis-Khan jetzt? Was hat er vor?« fragte Dschelal-ed-Din.

»Jetzt ähnelt das Reich Dschingis-Khans einem übervollen See, dessen Wasser der Damm kaum noch zu halten vermag. Dschingis-Khan ist bereit, und alle seine Krieger haben ihre Schwerter geschliffen und harren nur seines Befehls, um sich auf die westlichen Länder zu stürzen. Sie werden auch hierherkommen, um euer Land zu plündern.«

»Wir werden diesen Fremden hierbehalten, damit er bei uns lebt«, meinte Timur-Melik. »Er soll eine Turkmenin zum Weibe nehmen und seine Jurte im Lager des furchtlosen Kara-Kontschar aufschlagen und als freier Jäger durch die Wüste Kara-Kum streifen.«

»Doch wer ist eigentlich dieser Dschingis-Khan?« fragte Dschelal-ed-Din. »Das muß man in Erfahrung bringen, denn die Reden dieses Mannes beunruhigen mich sehr.«

»Vergib, durchlauchtigster Khan«, sagte Timur-Melik, indem er sich erhob. »Ich muß zusammen mit diesem Gefangenen in den Diwan-Ars reiten. Ich werde mir Mühe geben, ihn über diesen Frechling Dschingis-Khan auszuhorchen.«

»Vergib auch mir, durchlauchtigster Gastgeber«, sagte Ali-Dschan. »Meine Dschigiten haben sich an deinem süßen Imbiß gelabt, und unsere Pferde haben reichlich Futter bekommen. Unsere Seele freut sich jetzt, nachdem sie Seligkeit genossen hat. Gestatte auch uns, weiterzureiten und diesen verfluchten Heiden nach Gurgandsch in die Festung zu bringen.«

»Schön«, erwiderte Dschelal-ed-Din. »Guljam, gib dem Dschigiten einen neuen Schafpelz!«

Ali-Dschan verneigte sich tief und sagte:

»Dem Vogel – der Flug, den Gästen – Frieden, dem Hausherrn – Ehre, doch dem Dschigiten – der Weg!«

Dritter Teil

Die Schlacht am Irgis

Der Feldzug in die Kiptschakensteppe

»Ich ziehe zu Feld! Mit Henna färbt meinem Rosse den Schweif!«
(Aus einem alten persischen Liede)

Voller Grimm zog Schah Muhammed von seiner Hauptstadt Gurgandsch eilends nach Samarkand. Er war entschlossen, sich erbarmungslos an seinem Eidam Osman und an der aufsässigen Stadt zu rächen, die es gewagt hatten, das Schwert wider ihn zu zücken.
Muhammed besetzte die Stadt und erklärte: Bei Widersetzlichkeit würde er alle Einwohner bis auf den letzten Mann niedermachen und auch die Neugeborenen und die Ausländer nicht verschonen. Lange kämpften die Samarkander, die den Zugang zu den engen Gassen mit Balken gesperrt hatten. Schließlich erschien Khan Osman vor dem Schah, ein Schwert und weißes Linnen für ein Leichenhemd in den Händen, womit er seine volle Unterwerfung und seine Bereitschaft, mit eben diesem Schwerte hingerichtet zu werden, zum Ausdruck bringen wollte. Er bat den Schah um Gnade für die Stadt und ihre Einwohner.
Der Schah ließ sich beim Anblick seines Eidams, der vor ihm aufs Angesicht fiel, erweichen. Er wäre bereit gewesen, Gnade vor Recht ergehen zu lassen und auch seinem Schwiegersohn zu verzeihen. Doch seine Tochter, die sich tapfer in der von den Aufständischen belagerten Zitadelle verteidigt hatte und, nachdem die Stadt sich ergeben, zu ihrem Vater zurückgekehrt war, zeigte sich durchaus nicht willens, ihrem Gatten zu verzeihen, und forderte seinen Tod. So wurde Osman in der Nacht hingerichtet, und auch alle seine Verwandten wurden samt ihren Kindern niedergemacht, so daß das alte Geschlecht der Karahaniden, der Regenten von Samarkand, erlosch.
Die Kiptschakenkhane, die zusammen mit dem Schah von Chowaresmien gekommen waren, rechneten grausam mit der Bevölkerung von Samarkand ab. Sie hatten bereits über zehntausend Menschen getötet und hätten die Metzeleien und die Plünderungen gern noch fortgesetzt, doch mischte sich die zwar nicht minder grausame, aber besonnenere Turkan-Hatun ein und bewog die Kiptschakenkhane, das Gemetzel einzustellen.
Hierauf ernannte der Schah von Chowaresmien Samarkand zu seiner Residenz und ließ sich dort einen großen Palast erbauen. Die Kiptschakenkhane forderten nun von ihm, daß er sein Heer in ihre Steppe führe, um den aus den östlichen Wüsten dort eingedrungenen

räuberischen Tatarenstamm der Merkiten, der die Kiptschaken bedrängte, zu vernichten oder wieder zu vertreiben. Der Schah Muhammed jedoch schützte Staatsangelegenheiten und den Bau des Palastes vor, die ihn an diesem Feldzug hinderten. Da wandte sich seine Mutter mit der gleichen Bitte wie die Kiptschaken an ihn.
Wie ein altes Adlerweibchen auf der Spitze eines Felsens ihre nackthalsigen Jungen im unzugänglichen Horst behütet, indem sie mit scharfem Auge in die weite Ferne späht, so behütete Turkan-Hatun, die vorsichtigste, verschlagenste und tückischste aller Frauen, das Reich vor gefährlichen Aufständen der ewig unzufriedenen Bevölkerung, vor Treulosigkeit und Verrat der heimtückischen Khane und deren heimlichen Anschlägen. Im Augenblick der Gefahr sandte sie aus ihrem düsteren unzugänglichen Gurgandscher Palast die ihr treu ergebenen Kiptschakentruppen aus, um jeden zu zerfleischen, der es wagte, die Hand gegen ihren erhabenen Sohn, den unbesiegbaren Schah von Chowaresmien, zu erheben. Durfte, konnte unter solchen Umständen der Schah Muhammed den Ruf seiner staatsklugen Mutter unbeachtet lassen?
Im zeitigen Frühjahr des nächsten Jahres traf Muhammed in Gurgandsch ein und zog von dort an der Spitze eines großen Heeres zu Felde. Zehn Abteilungen – deren jede aus sechstausend Reitern bestand – rückten im Laufe von zehn Tagen zum Stadttor hinaus, und beladene Reservepferde führten Gerste, Hirse, Reis und Schläuche voll Öl und Kumyß mit.
Der Schah liebte den Glanz des Krieges, das Dröhnen der Kriegstrommeln und das heisere Heulen der Kriegstrompeten und Posaunen, die zum Aufbruch riefen.
An der Spitze der Zehntausende von Reitern galoppierte ein breitbrüstiges braunes Roß, das sich die Flanken mit dem hennarotgefärbten Schweif peitschte. Goldgezäumt blitzte und funkelte es von Edelsteinen, und an seinen Beinen klirrten silberne Schellen. Wer in ganz Chowaresmien hätte dieses Roß nicht gekannt und seinen schwarzbärtigen Reiter im schneeweißen, mit Diamanten- und Perlenschnüren umwundenen Turban?
Dieser Reiter, der Beschützer des Islams, der Hort der Rechtgläubigkeit und der Schrecken der Ungläubigen, schleuderte die Blitze seines Zornes sogar gegen den Kalifen von Bagdad, den Nachkommen des Propheten. Dieser Reiter, der Schah Allah-ed-Din Muhammed von Chowaresmien, der die Grenzen seines Reiches bis zu jenen Wüsten ausgedehnt hat, zu denen nicht einmal Iskander-Rumi gelangt war, ist der unbesiegbare Eroberer der Welt.
Der Heerwurm dehnte sich über eine Strecke von zehn Tagesritten. Jede Kolonne von mehreren tausend Pferden trank auf den Rastplätzen alle Brunnen leer, so daß es vierundzwanzig Stunden dauerte, ehe sich von neuem Wasser darin angesammelt hatte. In der ersten Abteilung ritten die Kundschafter; der Schah befand sich in der zweiten, die auch die

schnellfüßigen, mit Zelten, Kochkesseln und reichlichen Vorräten für die königliche Küche beladenen Kamele mit sich führte. In der zehnten und letzten Abteilung ritt zusammen mit den ewig unruhigen und unbotmäßigen Turkmenen, die den Kiptschaken ihren Hochmut und ihre Gier nicht verzeihen konnten und mit ihnen in ewigem Zwist lebten, der in Ungnade gefallene Dschelal-ed-Din.
Des Abends führten die Turkmenen um ihre Lagerfeuer herum Kriegstänze auf, wozu sie wilde Kriegslieder sangen und ihre blitzenden Krummsäbel über ihren Köpfen schwangen.
Der Weg des Heeres führte am chowaresmischen Meer, das heißt am Aralsee, entlang. Nachdem man über den Fluß Dscheihun gesetzt war, gelangte man zu der Bucht Sary-Tschaganak, wo der Schah Rast machen ließ, um auf Nachrichten von den vorausgesandten Kundschaftern zu warten. Währenddessen streifte er mit seinen Jagdfalken an den Ufern des türkisfarbenen Meeres entlang und kehrte mit erlegten Enten und Kranichen zum Lagerplatz zurück.
Die Kundschafter meldeten, daß sie die Pferdeherden der Merkiten nordwärts, am Unterlauf des Flusses Irgis, bei seiner Mündung in den Tschelkar-See, erspäht hätten. Der Schah wartete, bis alle Abteilungen seines Heeres herangekommen waren, rief dann deren Anführer zusammen und legte ihnen seinen Angriffsplan dar. Das ganze Heer sollte in drei Gruppen vorgehen, der Schah würde an der Spitze der mittelsten stehen, welche für den letzten, ausschlaggebenden Stoß aufgespart bleiben sollte. An der Spitze des linken Flügels sollte der Kiptschakenkhan Turgai stehen, den rechten sollte der Sohn des Schahs, Dschelal-ed-Din, anführen. Muhammed wollte erproben, wie sich sein selbstbewußt-anmaßender Sohn in der Schlacht bewähren würde.

Ein Eilbote aus Gurgandsch überbrachte eine Rolle der Mutter des Schahs. Der Wekil und der Mirza folgten ihrem Gebieter in sein Zelt. Muhammed trennte die Rolle mit seinem Dolch auf und entnahm ihr ein Säckchen aus himbeerfarbener Seide, das er erst an Stirn und Lippen führte, ehe er es öffnete. Es lag ein Brief darin, der mit großen Buchstaben auf einen schmalen Papierstreifen[1] geschrieben war.
»Dem gesegneten höchsten Beschützer des Glaubens und der Gerechtigkeit, Allah-ed-Din Muhammed, dem Schah von Chowaresmien. Allah wache über deine Regierung! Salam!
Alle Imams bringen in allen Moscheen täglich fünfmal dem allerhöchsten Schöpfer, dem allmächtigen Gott, Gebete dar. Er lasse deine Regierung lange währen und schenke dir Sieg über die Feinde! So sei es!
Auf dem Basar hat man einen geschwätzigen Derwisch festgenommen,

---

[1] Zu jener Zeit war Samarkand wegen seines Papiers berühmt, das in andere Länder ausgeführt wurde.

der heimlich vom Kalifen von Bagdad gesandt worden war und leichtgläubigen Tröpfen predigte, daß Allah unseren geliebten Schah strafen würde, weil er angeblich von den Persern deren ruchlosen Glauben übernommen habe. Zur Strafe dafür würde das heidnische Volk der Jadschudschen und Madschudschen Chowaresmien überfallen und unser Reich zerstören. Den Schwätzer hat der oberste Henker Dschichan-Pechlewan, der Kraftmensch, nachdem er ihn mit glühenden Eisen gefoltert und ihm die Zunge ausgerissen, auf dem Marktplatz aufgehängt. Tausende, die dieser Hinrichtung beigewohnt haben, werden in Furcht fallen. Ansonsten ist alles wohlbestellt. Mögen Ruhe und Wohlergehen deinem Reiche viele Jahre beschieden sein!
Turkan-Hatun – Beherrscherin der Frauen der ganzen Welt.«

Am frühen Morgen setzten sich die Truppen mit beschleunigtem Schritt in Bewegung und erreichten in zwei Märschen den Fluß Irgis.
Die Steppe ergrünte in frischen Frühlingstrieben. Gelbe und lila Schwertlilien und rote Tulpen waren, lustig anzusehen, in den Sand der Ebene gestreut, die sonst gewöhnlich ausgedörrt und tot dalag. Die Sonne wärmte bald mit blendenden Strahlen, bald verkroch sie sich hinter Regenwolken.
Der Irgis war noch mit einer löcherigen Eisschicht bedeckt, die keine Belastung mehr aushielt und vom Wasser überschwemmt war. So sah sich das Heer daran gehindert, aufs andere Ufer überzusetzen.
Der Schah gab seinen Truppen den Befehl, abzuwarten und sich in einer Senke hinter dem Schilf zu verbergen, um von den Merkiten nicht bemerkt zu werden, die sich sonst wohl weiter in die Steppe zurückziehen würden.
Zwei Tage rastete das Heer, ohne Lagerfeuer anzuzünden. In der zweiten Nacht zeigte sich ein unbegreifliches Licht am Himmel, welcher, rot wie glühende Kohlen, sich nicht in Dunkelheit hüllen wollte, und die Sterne kamen nicht zum Vorschein. Es schien, als dauerte die Abendröte bis zur Morgenröte.[1]
Der Scheich-ul-Islam, das Oberhaupt der mohammedanischen Geistlichkeit, der das Heer begleitete, erklärte das Phänomen als ein Zeichen Allahs, welcher dem Schah Muhammed das Leuchten großen Ruhms voraussage.
Als der Fluß vom Eise befreit war, machten die Kundschafter Furten ausfindig, durch die die Truppen gefahrlos ans andere Ufer hinüberzogen.
Die öde Steppe, in der hie und da ein Hügel aufragte, lag stumm und geheimnisvoll da. Auf kaum wahrnehmbaren Pfaden zogen die Truppen ostwärts, hielten sich aber stets in Haufen, auf eine baldige Schlacht vorbereitet.

---

[1] Über diese atmosphärische, nordlichtartige Erscheinung berichten alle Chronisten jener Zeit.

In einem Tal zwischen steinigen Hügelketten zeigten sich schwarze, augenscheinlich leere Jurten, bei eiliger Flucht in Stich gelassen. Filzmatten, Teppiche und Stücke von Frauenkleidung waren auf dem Weg verstreut. Auch ein Mensch lag da, ein schlitzäugiger Mann mit schwarzen Zöpfen über den Ohren und einem gelben Gesicht. Sein verblichenes blaues Gewand, das ihm bis zu den Fersen reichte, war zerschlitzt. Etwas weiter lag ein umgestürzter zweirädriger Karren.
Die Kundschafter, die auf die Hügel gestiegen waren, gaben Zeichen und wiesen seitwärts. Das Heer verteilte sich in einem Halbkreis.
Die Reiter trabten weiter und zügelten dann wieder ihre Pferde. Vor ihnen breitete sich eine graue Ebene aus, die gleichsam mit dunklen Lappen bestreut war. Ein gesatteltes, aber reiterloses Roß streifte auf der Ebene herum.
»Ein Schlachtfeld!« sagten die Krieger. »Nach Allahs Willen ist ihr Leben zu Ende.«
»Wer hat ihnen denn zu ihrem Ende verholfen? Wer riß die Beute aus unseren Händen? Wo sind ihre Herden, die Pferde und Kamele?«
Die Reiter ritten über das von Leichen übersäte Feld. Von Schwertern zerhackt, von Pfeilen und Speeren durchbohrt, lagen die Körper, die von ferne wie dunkle Lappen ausgesehen hatten, einzeln und zu Dutzenden. Ab und an hob der eine oder andere der chowaresmischen Reiter eine der Waffen auf – ein Schwert, einen Rundschild oder einen Speer.
Nachdenklich, mit der ihm eigenen Geste eine Locke seines schwarzen Bartes um einen Finger wickelnd, ritt auch der Schah über das Leichenfeld.
Die Männer seines Gefolges flüsterten untereinander:
»Eine erbitterte Schlacht muß das gewesen sein... Einige tausend Merkiten sind auf dem Felde geblieben... Keinen hat man verschont, auch die Verwundeten hat man erschlagen...«
Ein Reiter sprengte heran und rief:
»Ich habe einen Lebenden gefunden – einen Merkiten, der der Sprache noch mächtig ist.«
Der Schah ließ sein Pferd galoppieren, sein Gefolge jagte ihm nach.
Der Merkit, dessen blutüberströmter Schädel von der Stirn bis zum Nacken rasiert war, saß am Fuße eines Hügels. Neben ihm hatten sich Kiptschaken niedergehockt und versuchten ihn auszufragen.
Der Schah zügelte sein Roß.
»Was sagt er? Von welchem Stamme ist er? Wer hat sie überfallen und niedergemetzelt?«
Stöhnend und ächzend begann der Merkit zu erzählen:
»Unser Volk, das Volk der Merkiten, war ein großes Volk, aber es ist nicht mehr. Unser Khan war Tuktu-Khan... Zusammen mit seinem Sohn Holtu-Khan, dem berühmten Jäger – niemandes Pfeile flogen weiter und trafen sicherer als die seinen –, ist er geflohen. Beide Khane sprachen zu uns einfachen Kriegern: ›Flieht zusammen mit uns vor dem Zorn des rotbärtigen Dschingis-Khan, der beschlossen hat, den Stamm

der Merkiten bis auf die Wurzel auszurotten... Im Westen, hinter den salzigen Seen, ziehen sich bis zum Meer die Steppen der Kiptschaken hin. Dort wird auch für uns Platz sein. Viel Gras werden wir dort finden und dichtes Schilf, und unsere Viehherden werden sich wieder vermehren. Die Kiptschaken werden uns Gastrecht nicht versagen und mit uns aus einem Kessel essen und aus einem Schlauch trinken...‹ So sprachen die Khane. Was blieb uns anders übrig? Vor uns lag das weite Feld, hinter uns war der Tod... Uns nach setzten zwei wütende Hunde, die Schnauzen auf unseren Fährten... Diese Hunde hetzte der älteste Sohn des Rotbarts, Dschutschi-Khan, und sie heißen: Subudai und Tochutschar-Nojon... Wir flohen, so rasch wir konnten... Wollten, daß die Spuren unserer Rosse im Geröll und im Sand sich verlören... Doch die Rosse kamen von Kräften, ihre Hufe bekamen Risse und Sprünge, und die büßten ihre frühere Flinkheit ein... Wutschnaubend fielen zwanzigtausend mongolische Reiter über uns her, und da gab es für uns kein Entrinnen mehr. Der Fluß Irgis war über seine Ufer getreten, Eisschollen schwammen auf dem Wasser, und die Pferde blieben in der aufgeweichten Erde stecken... Das große Volk der Merkiten ist nicht mehr! Die einen sind von den Mongolen niedergesäbelt worden... Ihre Leichen decken dieses Feld... Die andern sind von den Mongolen in Gefangenschaft geschleppt worden... Der rothaarige Dschingis-Khan, der auf einem Berg von Filz in seiner Jurte sitzt, hat gut lachen... Der uralte Ruhm des Merkitenvolkes ist mit ihm selber untergegangen... Nur eine lebt noch aus dem Stamme der Merkiten, eine Verräterin, die junge schöne Kulan, die Dschingis-Khan zu seinem jüngsten Weibe gemacht hat...« »Führe uns auf die Spur dieser Räuber!« riefen die Kiptschaken. »Wir werden mit ihnen abrechnen. Sie können noch nicht weit sein, da sie die Ochsen und Gefangenen mit sich führen. Wir werden ihnen ihre Beute wieder abjagen!«

»Wir werden sie bald eingeholt haben«, sagte auch der Schah und befahl einem Trompeter, den über das Schlachtfeld verstreuten chowaresmischen Reitern, die den gefallenen Merkiten die Kleider vom Leibe zogen, das Signal zum Sammeln zu geben.

Die Schlacht mit dem unbekannten Stamm

– Weißt du auch, Väterchen, was Sal dem Recken Rustem sagte? »Einen Feind darf man nie geringschätzen und für hilf- und wehrlos halten.«
(Aus einem alten persischen Lied)

Die ganze Nacht hindurch befand sich das Heer auf dem Vormarsch. Nur zweimal wurde kurz Rast gemacht, um die Pferde zu füttern. Gegen Morgen überzog sich die ganze Steppe mit Nebel. Die einzelnen Abteilungen verloren einander aus dem Auge. Die Späher und Kund-

schafter verständigten sich untereinander, indem sie mit dünnen klagenden Stimmen das Geheul der Schakale und Wölfe nachahmten.
Ein frischer Wind trieb die zerrissenen Nebelschwaden auseinander. Auf dem goldgelben Himmelsstreifen am Horizont zeigten sich Hügelkämme. Zu Füßen der Hügel schimmerten zahllose Lagerfeuer, und immer deutlicher waren Gruppen von Reitern, Kamelen und beladenen Wagen mit gewaltigen hohen Rädern zu erkennen.
Das war das Lager des unbekannten Stammes, wo man das Heranrücken des chowaresmischen Heeres bereits bemerkt hatte.
Als der Nebel sich noch mehr zerteilt hatte, zeigten sich, aus den umhertreibenden Schwaden auftauchend, etwa dreißig Reiter, die getrennt in Zehnergruppen ritten. Die ersten schrägen Strahlen der aufgehenden Sonne beleuchteten ihre lange blaue Kleidung, ihre eisernen Panzer und Helme. Sie saßen auf kleinen dickbeinigen Pferden. In der vordersten Zehnergruppe ritt auf einem hohen turkmenischen Hengst ein weißbärtiger Moslem in weißem Turban und himbeerfarbenem Pelz, der mit gelben Blumen bestickt war. Der Reiter neben ihm trug einen Speer, an dessen Spitze ein weißer Roßschweif hing.
»Salam!« rief dieser Weißbärtige. »Auch ich bin ein Moslem! Laßt mich mit eurem Feldherrn sprechen, den Allah schützen möge!«
»Wir haben viele Feldherrn in unserem Heer«, erwiderte man ihm. »Doch an seiner Spitze steht Allah-ed-Din Muhammend, der Schah von Chowaresmien, der Schrecken der ganzen Welt, das Schwert des Islams.«
Der Greis stieg vom Pferde. Die Arme über der Brust gekreuzt, trat er, leicht gebeugt, zu der Stelle, wo auf seinem herrlichen Roß der Schah von Chowaresmien saß, umgeben von der schweigenden Schar seiner prächtig gekleideten Khane.
»Der Befehlshaber des mongolischen Heeres, der große Nojon Dschutschi-Khan, Sohn Dschingis-Khans, des Beherrschers der östlichen Länder, läßt durch mich, seinen Dolmetscher, dem mächtigen Beherrscher der westlichen Länder, Allah-ed-Din Muhammed – dessen Regierung Allah noch hundertzwanzig Jahre währen lassen möge! – seine Grüße entbieten. Salam!«
»Salam!« erwiderte der Schah von Chowaresmien.
»Khan Dschutschi läßt fragen, weshalb das tapfere Heer des Schahs, welches die ganze Nacht hindurch vorrückte, den Spuren des mongolischen Heeres folgt.«
Der Greis wartete auf eine Antwort, doch vergebens. Der Schah, der, seinen schwarzen Bart streichend, den mongolischen Abgesandten unverwandt mit drohenden Blicken betrachtete, verharrte in Schweigen.
»Khan Dschutschi befahl mir noch zu sagen, daß sein Vater, der unbesiegbare Dschingis-Khan, seinen Feldherren Subudai und Tochutschar geboten habe, die aufrührerischen Merkiten zu züchtigen, die sich der Macht der Khans durch die Flucht entziehen wollten. Nachdem das

mongolische Heer den ungehorsamen Stamm vernichtet hat, wird es in seine heimatlichen Steppen zurückkehren.«

Der Alte hielt wiederum einen Augenblick inne, währenddessen er das unbewegt strenge Gesicht des Schahs mit den Augen förmlich verschlang, dann fuhr er fort:

»Dschingis-Khan, der Beherrscher aller in Jurten lebenden Völker, hat uns geboten, den muselmanischen Truppen freundschaftlich zu begegnen, falls wir auf sie stoßen sollten. Als Zeichen der Freundschaft macht Khan Dschutschi deiner Hoheit den Vorschlag, einen Teil der erlangten Beute und der Gefangenen dir freiwillig herauszugeben.«

Da versetzte der Schah seinem Braunen einen Schlag mit der Peitsche, daß er unter der starken Hand, die ihn zurückhielt, zu tänzeln begann, und sprach jene berühmten Worte, die sein Hofchronist Mirza-Jussuf in der »Chronik der Heldentaten, Schlachten und Aussprüche des Schahs« verzeichnet hat:

»Sage deinem Befehlshaber: Wenn Dschingis-Khan ihm nicht geboten hat, mit mir zu kämpfen, so hat mir Allah etwas anderes befohlen – nämlich eure Truppen anzugreifen! Ich werde mir die Gnade des Allmächtigen verdienen, indem ich euch unreine Heiden vom Erdboden vertilge!«

Der überraschte Dolmetscher erstarrte, aber ehe er noch Zeit gehabt, die Worte des Schahs zu überdenken, hatte Muhammed sein Roß bereits zu seinem sich eilends in Schlachtordnung formierenden Heer hingelenkt.

Der Dolmetscher begab sich zu seiner Eskorte zurück, schwang sich aufs Pferd, und die Mongolen ritten davon, erst langsam, dann, über die Mähnen ihrer Gäule gebeugt, in gestrecktem Galopp, zurück zu ihrem Lager.

Die Schlacht entbrannte.

Kaum hatte der weißbärtige Moslem das Mongolenlager erreicht, als von dort aus auch schon etliche Abteilungen sich langsam gegen die anrückenden Truppen des Schahs von Chowaresmien in Bewegung setzten bis zu den Hügeln, wo sie haltmachten.

Der Schah erteilte seinen Khanen den Befehl:

»Das Heer in drei Gruppen teilen: einen rechten und einen linken Flügel und die Mitte. Beide Flügel sollen das Mongolenlager umfassen, damit niemand entwischen kann. Die Mitte, die ich selber befehlige, wird die Reserve bilden. Ich werde sie immer dorthin dirigieren, wo Unterstützung und ein entscheidender Schlag vonnöten sind. Daß sich die Feinde direkt auf uns werfen, ist nicht zu erwarten. Und wenn sie's täten, desto besser, sie würden im Morast des Salzsumpfes steckenbleiben.«

Der Schah nahm auf der Spitze eines Hügels Aufstellung. Weit breitete sich die Steppe vor seinem Blick aus, die sogleich den Kampfplatz bilden würde. Muhammed stieg von seinem Pferde und ließ sich auf einem ihm hingebreiteten Teppich nieder. Der Dostarchandschi, der Servierer des Imbisses, breitete ein seidenbesticktes Tuch aus und setzte die Platten mit Fladen, Rosinen, getrockneten Melonen darauf. Er goß Kumyß in Schalen und kredenzte sie den jungen Begs, die den Schah von Chowaresmien auf dem Feldzug begleiteten, um die Kriegführung zu erlernen. Die Kamele, die die Lebensmittelvorräte auf ihren Rücken trugen, knieten nieder. Der Dostarchandschi erteilte Anordnungen und nahm zusammen mit anderen Dienern goldene Krüge und Schüsseln, um dem Schah die erlesensten Speisen und Getränke darin zu offerieren, damit er seine vom Feldzug erschöpften Kräfte stärke.

Der rechte Flügel stand unter Befehl des ungeliebten Sohnes des Schahs. Sein schwarzer Hengst trug ihn im Galopp auf die Spitze eines Sandhügels, von wo aus er das Kampffeld überblickte, indem er seine schmalen schwarzen Augen mit der Hand gegen die Sonne abschirmte.

»Rufe Kara-Kontschar!« rief er einem Dschigiten zu.

Der stämmige junge Turkmene im roten Kaftan ritt im Galopp den Hügel hinab und kehrte in Begleitung eines sehnigen Reiters in schwarzem Umhang und mit einer hohen Schaffellmütze auf dem Kopf zurück. Kara-Kontschar ritt zu Dschelal-ed-Din hin und hörte mit vorgeneigtem Oberkörper aufmerksam dessen Erklärungen über den Plan der bevorstehenden Schlacht an. Kara-Kontschars Habichtsgesicht drückte keinerlei Erregung aus, und in seinen runden braunen Augen, die an die einer Eule erinnerten, sprühten lustige Fünkchen.

»Siehst du den Salzsumpf dort? Er kann unser Verderben oder unsre Rettung werden. Die Tataren sind nicht allzu zahlreich. Wir sind unser dreimal mehr. Doch nicht immer ist die Menge entscheidend... Kann man sich auf unsere Krieger verlassen? Von dem sterbenden Merkiten habe ich erfahren, daß das Heer der Mongolen nur aus etwa zwanzigtausend Mann besteht. Wenn also die Hälfte davon gegen unseren Flügel vorgeht, so sind das immer erst zehntausend Mann. Wir haben allein sechstausend Turkmenen, dazu noch fünftausend Kara-Kitajer, die sich jedoch dem Padischah nur aus Not und Hunger ergeben haben. Sie sind nicht ins Feld gezogen, um zu kämpfen, sondern um sich die Hände an fremden Lagerfeuern zu wärmen. Ich werde sie als erste vorrücken lassen, und sie werden gern gehen, um als erste über den tatarischen Wagentroß herzufallen... Der erwähnte Merkit aber nannte die Tataren ›in Wut geratene Tiger‹... Wenn dem so ist, dann werden sie natürlich die Kara-Kitajer überwältigen und sich auf uns stürzen. Alsdann muß man ihnen mit aller Kraft begegnen, ihnen in die Flanke stoßen und sie in den Salzsumpf treiben, wo sie steckenbleiben werden, so daß wir sie bequem niedersäbeln können. Darauf müssen wir meinem Vater zu Hilfe eilen, denn er wird heute wohl auf seine süße Ruhe und auf die gebratenen Enten verzichten müssen... He, Dschigiten! Galoppiert zu den turkmenischen Khanen und sagt ihnen, daß sie heute von Kara-Kontschar, dem Panther aus der Wüste Kara-Kum, in die Schlacht geführt werden.«

Sechs Dschigiten jagten fort, hin zu den verschiedenen turkmenischen

Abteilungen, die sich auf den Hügeln zerstreut hatten. Als die Truppen Kara-Kontschars Namen hörten, sprangen sie auf und gaben laut ihren Beifall kund. Wer von ihnen hätte diesen Namen nicht schon gehört? Doch niemand hatte in dem schweigsamen schwarzen Reiter auf dem hohen braunen Roß den Schrecken der Wüste Kara-Kum vermutet.
Kara-Kontschar galoppierte zu den Turkmenen hin, rief einige von ihnen aus den Reihen heraus und führte, nachdem er ihnen den Schlachtenplan kurz erläutert hatte, dreitausend Mann hinter den Hügel, wo er und sie die Tataren erwarten mußten.
Dschelal-ed-Din flog auf seinem schwarzen Hengst wie der Wind zu den Kara-Kitajern, die, ihre kurzen Speere in den Händen und die Filzmützen auf den Köpfen, auf ihren kleinen struppigen Pferden saßen und in ungeordneten Haufen der kommenden Dinge harrten.
»Ihr kühnen Kara-Kitajer!« rief Dschelal-ed-Din ihnen zu. »Ihr Bergpanther, ihr Tapfersten in der Schlacht! Da seht ihr vor euch ein Lager feiger Landstreicher. Wie Diebe in der Nacht haben sie uns die reiche Beute vor der Nase weggeschnappt. Uns allein gehört sie, uns, den Herren über diese Steppe. Überfallt sie, nehmt, was euch gefällt!«
In die ungeordneten Haufen der Kara-Kitajer kam Bewegung, und sie ritten auf das Lager der Tataren los. Staubwolken wirbelten über ihnen auf, und im gleichen Maße, wie die Reiter ihren Galopp beschleunigten, verstärkte sich auch ihr wildes Geschrei, das schließlich in ein bloßes Gebrüll und Geheul ausartete.
Der Schah von Chowaresmien hatte sich, nachdem er die langen Schöße seines Zobelpelzes zurückgeschlagen, bequem auf dem Teppich niedergelassen und knabberte mit seinen starken weißen Zähnen die Keule einer Wildente ab. An der zweiten Keule knabberte der Scheich-ul-Islam, der einzige aus dem Gefolge des Herrschers, welcher der Ehre gewürdigt wurde, dem Padischah gegenüber auf einem kleinen Teppich sitzend, dessen Mahl zu teilen. Sogar der treue Teilnehmer an allen Feldzügen Muhammeds, der Anführer seiner Leib- und Palastwache, »der Knauf seines Schwertes und der Schild seiner Ruhe«, Timur-Melik mußte stehen und lauschte mit über den Bauch verschränkten Händen der tiefsinnigen Unterhaltung zwischen dem Herrscher und dem Oberhaupt der mohammedanischen Geistlichkeit. Der Scheich hatte darauf bestanden, den Schah auf diesem Feldzug zu begleiten, um die ganze Zeit über Allah um Sieg für die Waffen des Schahs von Chowaresmien zu bitten.
Muhammed war heiter und machte einige Scherze, wobei er dann und wann einen Blick zum Feinde hinüberwarf, dessen Kämpfer sich in gesonderten Gruppen in der Steppe sammelten und ordneten. In der stillen klaren Morgenluft sah man deutlich Meldereiter zwischen den einzelnen Abteilungen hin- und herjagen, sah ihre runden Erzschilde blitzen.
Eine Gruppe besonders Wagemutiger sprengte den anderen voraus, den Kiptschaken entgegen... Beim Zusammenstoß wurden die Krummsäbel hoch in der Luft geschwungen und sausten nieder. Ein Krieger

stürzte, und sein Pferd, dem der leere Sattel unter den Bauch gerutscht war, rannte, mit den Hinterbeinen ausschlagend, in ungeschickten Sprüngen über die Steppe.
Nun begann der eigentliche Angriff. Mehrere berittene Kiptschakenabteilungen jagten über die gelbe Fläche hin.
Der Schah legte die Knöchelchen seines Entenbeins aus der Hand und rief:
»Begs, greift an! Allah steht euch bei!«
Gemäß dem Befehl des Schahs zogen sich die Reihen der attackierenden Kiptschaken auseinander wie sich ausbreitende Arme, um das Mongolenlager zu umfassen... Doch die Mongolen unternahmen gar keinen Versuch, aus dem sich immer enger um sie schließenden Ring zu entschlüpfen.
Vom Lager löste sich die erste, aus tausend Reitern bestehende, in Trupps zu je hundert Mann geteilte Truppe los und rückte geschwind vor, auf kleinen zottigen Pferden, die durch Eisen- und Lederpanzer geschützt waren. Unvermeidlich mußten sie die weit über die Steppe auseinandergezogene schwankende Linie der Kiptschaken durchbrechen.
»Kchu, kchu, kchu kchu!« ertönte das heisere tierische Gebrüll der Mongolen.
Das zweite Tausend riß sich vom Lager los und stürmte vorwärts. In der Sonne blinkten und blitzten die erzenen Helme und Schilde und die Krummsäbel.
Von der Spitze seines Hügels aus sah der speisende Schah, wie vom Mongolenlager her eine Welle nach der anderen über die Steppe hinrollte, unaufhaltsam.
Die Reihen der Kiptschaken gerieten in Unordnung. Die Vordersten sprengten schon auf das Lager zu, in der Absicht, den Troß der Mongolen zu plündern. Doch vom Lager löste sich jetzt noch eine Tausendschaft, die dritte, los, jagte ebenso leicht und gleichmäßig vorwärts wie die früheren und schnitt den Kiptschaken den Weg ab. Beide Heere gerieten aneinander. Eine Staubwolke hüllte das Getümmel ein. Einzelne Kiptschaken sonderten sich nach einiger Zeit von dem allgemeinen Durcheinander ab und stoben, tief über die Hälse ihrer Pferde gebeugt, davon, in die Steppe hinein.
»Dergleichen habe ich noch nie gesehn!« rief der Schah und sprang auf die Füße. Mit unverwandt in die Ferne gerichteten Blicken stand er da und wickelte nach seiner Gewohnheit das Ende des Bartes sich um einen Finger.
Vier mongolische Abteilungen, eine hinter der anderen, nahmen in tadelloser Ordnung Richtung auf das Zentrum des chowaresmischen Heeres, genau auf den Hügel zu, auf welchem sich der Schah mit seinem Gefolge befand.
Immer näher hörte man das Geschrei der Mongolen, ihr heiseres »Kchu, kchu, kchu!«.

Wer würde diese heranrollende Lawine aufhalten? Der Schah blickte sich um. Timur-Melik stand schon nicht mehr neben ihm. Er hatte sich auf sein Pferd geschwungen und war davongejagt, hin aufs Schlachtfeld.
Die besten und erprobtesten der Kiptschakentruppen warfen sich den Mongolen entgegen. Diese ließen sich aber nur für wenige Augenblicke aufhalten und jagten weiter, stracks auf den Hügel zu, auf dem der Schah stand.
»Mein Pferd!« rief der Schah. »Mein Pferd!« Und ohne zu warten, bis sein Ruf gehört wurde, lief er geschwind zum Fuß des Hügels hinunter, wo zwei Pferdeknechte den braunen Hengst mit dem roten Schweif am Zügel hielten.
Der Schah schwang sich in den Sattel und galoppierte in die Steppe hinein. Und hinter ihm her sein Gefolge mit klirrenden Rüstungen und klingenden Schellen.
Auf dem Hügel zurück blieb der zerdrückte Teppich mit den umgeworfenen Messingschüsseln und Goldschalen, deren süßer Inhalt verschüttet war. Der Wind zauste an einem Zipfel des buntseidenen Tuches. Einer nur aus der allernächsten Umgebung des Schahs hatte sich nicht in Sicherheit bringen können. Es war der greise Scheich-ul-Islam. Er war von seinem Pferde gefallen und dann wieder auf den Hügel hinaufgestiegen. Jetzt ordnete er den Teppich und ließ sich darauf zum Gebet auf die Knie nieder. Nachdem er in den Falten seines schneeweißen Turbans gewühlt hatte, zog er daraus ein ovales goldenes Plättchen hervor.
Als die Mongolen den Hügel erreicht hatten, erklommen drei ihrer Anführer und der alte Dragoman seine Spitze. Einer der drei war noch jung, er hatte ein düsteres Gesicht und schwarze Augen. Das Ende seines schmalen schwarzen Bartes war zu einem Zöpfchen geflochten und über das linke Ohr geworfen. Der zweite war ein schwerfälliger, dicker, alter Mann mit verkrümmtem rechtem Arm. Schräg über sein Gesicht lief eine rote Narbe hin bis zu dem einen Auge, das dadurch wie zusammengekniffen aussah. Mit dem anderen, das hervorquoll, betrachtete der Dicke forschend alles, was ihn umgab. Der dritte war eine reckenhafte, sehnige Gestalt, ganz in Erz gepanzert. Es waren dies der älteste Sohn Dschingis-Khans, mit Namen Dschutschi, und zwei seiner in China bereits berühmten Feldherren, der einäugige Subudai-Bahadur und der reckenhafte Tochutschar-Nojon.
Der betende Scheich-ul-Islam verharrte beim Nahen der drei in seiner andächtigen Versunkenheit, wobei er sich immer wieder bis zur Erde verneigte.
»Ein Diener Gottes«, sagte der Dolmetsch.
Der Imam erhob sich, verschränkte seine Arme über der Brust und trat mit gebeugtem Rücken in kleinen Schrittchen vor den jüngsten der Mongolen hin.
»Seit drei Jahren bereits bin ich ein treuer Diener des Beherrschers des

Erdkreises Dschingis-Khan«, sagte er und reichte mit einer demütigen Gebärde dem Mongolen das goldene Plättchen hin. »Jeden Monat habe ich mit den Karawanen Briefe an den Anführer des ersten mongolischen Postens auf der großen Straße nach China gesandt. Jetzt bitte ich darum, mich in Dienst des mongolischen Heeres zu nehmen. Ich möchte nicht nach Chowaresmien zurückkehren.«
Der Dolmetsch übersetzte dem Khan Dschutschi, welcher das Goldplättchen lässig entgegengenommen hatte, die Worte des Imams.
»Eine Paizsa mit dem Jagdfalken...«, bemerkte er, während er fortfuhr, aufmerksam die Steppe zu beobachten, wo in allen Richtungen Reiter dahinsprengten. Dann gab er dem Scheich-ul-Islam das Goldplättchen zurück und sagte:
»Nein, nein. Für uns bist du nur von Nutzen, solange du dich in der Gnade deines vertrauensseligen Herrschers sonnst. Reite deinem Schah nach und schicke uns nach wie vor deine Briefe.«
Und die Mongolen vergaßen den Imam sogleich. Das Handgemenge näherte sich dem Hügel. Dschelal-ed-Dins Turkmenen hatten den linken Flügel der Tataren überrannt, einen Teil der Feinde niedergesäbelt, die übrigen in den Sumpf gedrängt.
Als dies die drei mongolischen Führer gewahrten, eilten sie den Hügel hinab.
Die Schlacht dauerte bis zum Abend. Die Turkmenen und Kara-Kitajer attackierten immer wieder die Mongolen, die sich bald fliehend über die Ebene zerstreuten, bald wieder ihre Pferde wendeten und sich ungestüm auf ihre Verfolger warfen, um hierauf von neuem die Flucht zu ergreifen. Mit Anbruch der Dämmerung zogen sich die Mongolen alle zugleich in ihr Lager zurück.

Der Schah von Chowaresmien kehrte auf seinen Hügel zurück, wo er eine unruhige Nacht verbrachte. Ringsherum legten sich die Kiptschakenkrieger neben ihren Pferden nieder, denen sie die Beine gefesselt hatten.
In der Ferne färbte ein zuckendes Aufflammen den Himmel rot – die Widerspiegelung der mongolischen Lagerfeuer, die die ganze Nacht hindurch loderten. »Die Tataren bereiten sich auf neuen Kampf in der Früh vor«, sprachen die Kiptschaken untereinander.
Von allen Seiten hörte man Stöhnen und Ächzen, Jammergeschrei und Hilferufe. Die Hälfte der Kiptschaken waren in dieser Schlacht verwundet oder getötet worden.
Dschelal-ed-Din suchte seinen Vater zu einem neuerlichen Angriff zu bewegen.
»Jetzt zurückweichen, wo die Mongolen mit unserem Heer nicht fertig werden konnten, daß hieße unsern Ruhm zerstören. Sie sammeln eben frische Kräfte. Also sollte man noch in dieser Nacht, so bald wie möglich, sich an ihr Lager heranschleichen, es überfallen und alle niedermachen.«

»Morgen werde ich den Kampf fortsetzen«, entschied Muhammed, indem er sich fester in seinen Zobelpelz hüllte.
Als die schrägen Strahlen der Sonne über die Steppe liefen und die Hügel lange Schatten warfen, rückte das chowaresmische Heer, wiederum in drei Gruppen geordnet, von neuem gegen die Mongolen vor.
Doch das Lager der Mongolen war leer. Rauchende Feuer, aber kein einziger mongolischer Krieger. Bloß die Leichen der tierisch niedergemetzelten Merkiten lagen überall auf der Erde, und ein paar lahme Kamele humpelten herum...
Ein Turkmenentrupp, der hinter den Tataren hergeschickt worden war, kehrte gegen Abend zurück.
»Die Mongolen entfernen sich so schnell nach Osten, daß wir nur noch in weiter Ferne die von ihnen aufgewirbelte Staubwolke erblicken konnten.«
»Sie sind gute Krieger, wie ich noch nie welche sah«, sagte der Schah und befahl seinem Heer, die Pferde heimwärts zu wenden.

»Dies waren nur die ersten Spähtrupps«, meinte Dschelal-ed-Din. »Sie werden mit einem gewaltigen Heer wiederkehren. Wir dürfen sie nicht aus den Augen lassen, müssen ihnen folgen, sie beobachten, klären, was sie im Sinne führen, und uns selbst in höchster Eile auf einen Krieg vorbereiten.«
»Du urteilst wie ein unreifer Jüngling«, entgegnete ihm sein Vater. »Niemals wieder werden sie wagen, mich zu überfallen!«

Vierter Teil
Feinde an der Grenze

Das Mongolenheer ist zum Einfall bereit

> Dieser Kaiser zeichnete sich durch äußerste Grausamkeit, durchdringenden Verstand und durch seine Siege aus.
> (Aus einem persischen Märchen)

Am Oberlauf des Irtysch, am Fuße eines einsamen Hügels inmitten der grünen Steppe, stand ein Zelt aus gelber Seide, welches Dschingis-Khan dem Kaiser von China abgenommen hatte. Hinter dem Zelt standen zwei große mongolische Jurten, beide mit weißem Filz bezogen. In einer davon wohnte die jüngste Frau Dschingis-Khans, die schöne junge Kulan, Tochter des von den Mongolen erschlagenen Merkitenkhans, zusammen mit ihrem Söhnchen Külkan. In der anderen waren sieben Mägde, chinesische Sklavinnen, untergebracht.
Auf dem Platz vor dem Zelt brannten auf aus Steinen zusammengesetzten Opferaltären Feuer, zwischen denen alle hindurchgehen mußten, die zum großen Kagan kamen, ihn zu grüßen. »Durch diese Feuer«, so behaupteten die Schamanen, »werden alle verbrecherischen Absichten gereinigt und alle Krankheiten und Unglück bringenden bösen Geister, die unsichtbar jeden Übeltäter umschweben, vertrieben.«
Der alte Oberschamane Beki und vier junge Schamanen, in weite sackartige Gewänder von weißer Farbe gekleidet und mit spitz endenden Fellmützen auf den Köpfen, umschritten die Opfersteine, wobei sie mit der flachen Hand auf Tamburine schlugen und mit Klappern rasselten. Sie warfen harzige Zweiglein in die Flammen der Opferfeuer und schrien unter Heulen laute Gebete. An einem vergoldeten Pfahl war neben dem Zelt ein weißer Hengst mit feurigen Augen, der auf den Namen »Seter« hörte, festgebunden. Nie hatte er einen Sattel kennengelernt, und niemals noch hatte ein Mensch ihn bestiegen. Bei Dschingis-Khans Feldzügen ritt, nach Behauptung der Schamanen, auf diesem schneeweißen Tier unsichtbar der mächtige Kriegsgott Sulde, der Schirmherr des mongolischen Heeres, der es zu immer neuen, immer größeren Siegen führte.
Auf der anderen Seite des Zeltes stand der stets gesattelte breitbrüstige »Naiman«, Dschingis-Khans Lieblingsschlachtroß, rehbraun mit schwarzen Beinen und schwarzem Schweif und einem schwarzen Streifen auf dem Rücken – ein Abkomme wilder Steppenpferde.
Neben dem Rosse Seter steckt eine hohe Stange aus Bambusrohr in der Erde mit der weißen Fahne Dschingis-Khans.

Rings um den Hügel herum waren die »Turgauden«, die Trabanten Dschingis-Khans, aufgestellt, die, gepanzert und behelmt, aufpaßten, daß kein lebendes Wesen sich unbemerkt dem Zelte des großen Kagans näherte. Nur diejenigen, die ein goldenes Plättchen mit der Abbildung eines Tigerkopfes vorweisen konnten, durften die aufgestellten Wachen passieren und sich dem gelben Zelt am Hügel nähern.
In weiterem Umkreis lagen in der Steppe verstreut schwarze Tatarenjurten aus Filz und rote Tangutenzelte aus Wolle. Dies war der persönliche »Kurien« Dschingis-Khans, das Standquartier von tausend auserlesenen Leibwächtern. Zu diesen Trabanten auf weißen Rossen gehörten nur die Söhne der vornehmsten Khane, unter denen der Kagan die klügsten und ihm ergebensten auswählte und sie zu Anführern anderer Abteilungen machte.
Noch weiter weg lagen andere Zeltdörfer, die sich über die ganze Ebene bis hin zu den mit dichtem Wald bestandenen Bergen erstreckten und zwischen denen in der Steppe Kamele und Herden scheckiger Pferde weideten. Die Pferdehirten galoppierten, Hetzrufe ausstoßend und die Fangleine schwenkend, umher und gaben acht, daß die Tiere der verschiedenen Herren sich nicht miteinander vermischten oder daß sich die Hengste nicht der Herde der Stuten mit den Füllen näherten.
Bevor er sich aus dem muslimischen Lande fortrührte, fertigte der Mongolenherrscher an den Schah von Chowaresmien eine Gesandtschaft mit reichen Geschenken ab, an dessen Spitze er einen ihm ergebenen reichen muslimischen Kaufmann stellte, welcher aus Gurgandsch stammte und früher Karawanen aus Mittelasien nach China geschickt hatte. Er erhielt den Auftrag, zu erforschen, was in den westlichen Ländern vor sich ging, über welche Heeresmacht man dort verfügte und ob der Schah von Chowaresmien auf einen Krieg vorbereitet sei. Zu gleicher Zeit entsandte Dschingis-Khan viele geheime Späher dorthin.

Die Gesandtschaft des östlichen Herrschers

> In den Falten ihrer Kleider hatte sich noch der
> Duft von Blüten ferner Länder erhalten.
> (Aus einem persischen Märchen)

Das zerstörte Samarkand machte Muhammed, der letzte Schah Chowaresmiens, vorübergehend zu seiner Residenz. Zum Gedenken an seinen Sieg über die freiheitsliebenden Samarkander erbaute er in der Stadt eine hohe Moschee und nahm auch den Bau eines Palastes in Angriff. Er fuhr fort, sich für einen großen Eroberer anzusehen, dessen Mission es sei, gleich Alexander mit dem Heer der ihm ergebenen Kiptschaken bis ans Ende der Welt zu ziehen und die Grenzen seines Reiches bis an die Gestade des letzten Meeres, hinter dem die Finsternis beginnt, auszudehnen. Als seinen hauptsächlichsten und gefährlichsten

Feind betrachtete er den Kalifen von Bagdad, Nassir, der sich weigerte, dem Schah Muhammed den Titel eines Oberhauptes aller Muslimin abzutreten. Erst mußte man also nach Bagdad ziehen, den Kalifen besiegen und die Spitze seines Speeres in die geweihte Erde stoßen, ehe man nach Osten reiten konnte, um das entfernte, durch seine Reichtümer berühmte China zu erobern.
Muhammed sammelte ein großes Heer, entfaltete die grüne Fahne des Propheten und zog über das Hochland von Iran auf Bagdad, die Hauptstadt der arabischen Kalifen.
Allein, kaum war der am weitesten vorgeschobene Teil des Heeres, das nicht mit genügend warmer Kleidung versehen war, in den Bergen von Iran angelangt, als es von einem Schneesturm überrascht wurde, in dem der größte Teil der Krieger des Schahs umkam. Die erschöpften Überlebenden wurden von den wilden heidnischen Kurden hingemetzelt. Dieses Unglück bewog den Schah, in seinem Vormarsch innezuhalten, denn ihn beschlichen leise Zweifel, ob der Krieg gegen den Kalifen wirklich unumgänglich notwendig sei.
›Ist es nicht vielleicht der warnende Finger des zürnenden Allmächtigen?‹ überlegte er und zog es vor, nach Buchara zurückzukehren, wo er zeitweilig ›seinen Wanderstab abstellte‹.
Hier traf im Herbst des Jahres des Hasen (1219) eine große Gesandtschaft Dschingis-Khans ein, des großen Kagans der Mongolen, Tataren, Chinesen und anderer Völker, die den Osten bewohnten, und der Schah mußte sich von neuem mit der tatarischen Frage befassen.
Durch die hohe Pforte des Palastes des Schahs ritten auf kleinen scheckigen Steppenpferden die Gesandten Dschingis-Khans, drei Moslems, die reichsten unter den Kaufleuten, die jedes Jahr Karawanen mit Waren von Charism aus nach allen Ecken und Enden Asiens geschickt hatten. Diese Kaufleute, aus den drei großen Städten Gurgandsch, Buchara und Otrar gebürtig, standen schon lange in Dschingis-Khans Diensten. Solche Kaufleute pflegten gewöhnlich eine Art Handelskompanie zu bilden und Geld von solchen Leuten als Einlage aufzunehmen, die ihr Glück im Handel erproben wollten. Von ihnen unterzeichnete Anweisungen auf Auszahlung von Geldern, mochten die Summen auch noch so groß sein, wurden überall ohne Verzug ausgeführt im fernsten Osten sowohl wie auch im äußersten Westen, ja die Zahlungen auf solche Orders wurden schneller geleistet als etwa die Zahlungen von Steuern in die Kasse der Regierung.
Die für den Schah Muhammed bestimmten Geschenke waren auf hundert Kamelen verladen und auf einem mit grell leuchtenden Farben bemalten Karren, vor den zwei langhaarige Yaks gespannt waren. Neugieriges Volk drängte sich auf den Straßen in dichten Mengen, vom Palast hinter der Stadt, welcher der Gesandtschaft zur Verfügung gestellt worden war, bis zum Ark, zur hohen Pforte des Palastes des Schahs. Schmucke Kaufmannsgehilfen, alle in gleichfarbige Chalate aus chinesischer Seide gekleidet, nahmen die Ballen von den Kamelen

herunter, wickelten sie auf, packten sie aus und trugen die ungewöhnlichen und seltenen Geschenke in den Empfangssaal des Palastes. Es waren Barren wertvoller Metalle von nie gesehener Farbe darunter, Hörner des Nashorns, Säckchen mit Moschus, rote und rosa Korallen, Schälchen aus Jaspis und Nephrit, Stücke eines kostbaren, aus der Wolle weißer Kamele gewebten Stoffes, der »Targu« genannt wurde und nur von Khanen getragen werden durfte; seidene Stoffe mit Gold bestickt, Gewebe so hauchzart und durchsichtig wie Spinnweb. Schließlich war darunter auch ein gewaltiger Goldklumpen aus den chinesischen Bergen von der Größe eines Kamelhalses. Dieser Klumpen war auf dem von den Yaks gezogenen Karren transportiert worden.
Der Schah von Chowaresmien empfing die Gesandtschaft, auf dem hohen altertümlichen Thron der Karahaniden sitzend (deren letzter sein unglücklicher Schwiegersohn, der Sultan Osman, gewesen war). Er war (und ebenso auch alle Männer seines Hofstaates) in Brokat gekleidet. Nachdenklichkeit und Gleichgültigkeit vortäuschend, saß er da. Sein Blick schweifte über die Köpfe der Versammelten hinweg in die Ferne. Neben dem Thron hatten der Großwesir und andere hohe Würdenträger des Staates Aufstellung genommen.
Die drei Gesandten ließen sich, nachdem sie sich bis zur Erde verneigt hatten, auf die Knie nieder und berichteten über Anlaß und Zweck ihrer Mission. Der Führer der Delegation, der hochgewachsene, wohlbeleibte Machmud-Jalwatsch, begann also:
»Der große Dschingis-Khan, Beherrscher aller Mongolen, hat unsere außerordentliche Gesandtschaft hierher geschickt, um Bande des Friedens, der Freundschaft und guten Nachbarschaft zu knüpfen. Der große Kagan übersendet dem Schah von Chowaresmien durch uns Geschenke und entbietet ihm Grüße. Er hat uns beauftragt, deiner Hasret diese seine Worte mitzuteilen...« Machmud übergab dem zweiten Gesandten, Ali Hodscha-al-Buchari, eine Pergamentrolle, woran mit weißer Schnur ein blaues Wachssiegel befestigt war, und dieser las daraus vor:
»Es fehlt mir nicht an Kenntnis von dem hohen Grade deiner Würde wie auch von der ungeheuren Ausdehnung deines Reiches. Ich bin darüber unterrichtet, daß deine Königliche Hoheit bei den meisten Reichen dieser Welt höchste Achtung genießt. Daher halte ich es für meine Pflicht, die Bande der Freundschaft mit dir zu festigen, denn du, o Schah von Chowaresmien, bist mir ebenso teuer wie der geliebteste unter meinen Söhnen...«
»Wie? Sohn?[1] ... Sagtest du Sohn?« rief der Schah auffahrend aus. Er faßte mit der Hand den beinernen Griff seines Dolches, der ihm im Gürtel stak, und verschlang, sich vorbeugend, den Sprecher förmlich mit Blicken.

---

[1] Nach östlichen Begriffen jener Zeit durfte ein Souverän nur solch einen anderen Souverän »Sohn« nennen, der in einem Abhängigkeits- und Vasallenverhältnis zu ihm stand.

»Gleicherweise dürfte wohl dir bekannt sein«, fuhr der zweite Gesandte unerschütterlich fort, »daß ich mir, nachdem ich seine nördliche Hauptstadt erobert, das Kaiserreich China untertan gemacht und meinem Reiche auch jene Länder angegliedert habe, die den deinen benachbart sind...«
Der Schah schüttelte unmutig den Kopf und begann eine Locke seines Bartes um jenen seiner Finger zu wickeln, an dem ein Ring mit einem wundervollen Diamanten steckte.
»Du weißt es besser als sonstwer, daß diese mir gehörigen Länder, die voller Silberbergwerke sind, als Heerlager für meine unbesiegbaren Krieger dienen. Meine zahllosen und umfangreichen Länder erzeugen im Überfluß alle Produkte, deshalb habe ich es keineswegs nötig, über die Grenzen meiner Gebiete hinauszugehen, um Beute zu machen. Großer Schah, wenn du es für nützlich erachtest, daß wir den wechselseitigen Handel unserer Untertanen fördern, indem ein jeder von uns den Kaufleuten des anderen freien Zutritt in seine Länder gewährt, so wird dies für uns beide von Vorteil sein, und wir werden beide dabei unser Genügen finden.«
Alle drei Abgesandten erwarteten schweigend die Antwort des Herrschers der westlichen muslimischen Länder auf den Brief des Beherrschers der Nomadenvölker des Ostens.
Der Schah von Chowaresmien verharrte lange in seiner Reglosigkeit. Endlich winkte er, nachdem er einen Blick auf seinen Großwesir geworfen, lässig mit der Hand, deren Gelenk mit einem Goldreif geschmückt war.
Der Großwesir nahm Dschingis-Khans Schreiben feierlich entgegen. Dann erhob er seinen Blick zu Muhammed, der wiederum mit der Hand winkte, gleichsam als verscheuche er eine lästige Fliege. Hierauf sagte der Wesir mit einer Verneigung zu dem Kaufmann Machmud-Jalwatsch, dem Führer der Gesandtschaft:
»Die Audienz ist beendet. Der Padischah wird jetzt anderen Bittstellern die hohe Gnade erweisen, sein Antlitz über ihnen leuchten zu lassen.«
Die drei Gesandten erhoben sich und schritten, ohne sich umzudrehen, ehrerbietig rückwärts zur Eingangstür. Im nächsten Empfangszimmer holte sie der Großwesir ein und flüsterte dem Kaufmann Machmud zu:
»Erwarte mich um Mitternacht!«

Die nächtliche Unterredung des Schahs mit dem Gesandten

> Sag nicht, du seiest stark; unversehens wirst du auf einen noch Stärkeren stoßen. Sag nicht, du seiest schlau, unversehens gerätst du an einen noch Schlaueren. (Kirgisisches Sprichwort)

In der Nacht holte ein schweigsamer Diener den Kaufmann Machmud aus dem der Gesandtschaft eingeräumten Palast hinter der Stadt ab. Reitpferde warteten unter einer alten Platane. Im Mondlicht erkannte Machmud unter den wartenden Reitern den Großwesir.

»Du wirst mir folgen«, sprach dieser. »Sitz auf!«

Sie ritten durch die dunklen Gassen des stillen Buchara und hielten vor einer blinden Mauer mit einer Eisentür, die sich auf ein vereinbartes Klopfzeichen hin lautlos öffnete. Ein finsterer Krieger hielt dort Wache, dessen Panzer und Helm im Mondlicht glitzerte, wie aus Silber gegossen. Machmud folgte dem Wesir durch den Garten, vorbei an einem Wasserbecken, wo Schwäne schlummerten und wo man in den Lauben Geflüster weiblicher Stimmen hörte. Er stieg die Stufen der Terrasse zu einem Kiosk hinein und trat durch einen schweren Vorhang in ein kleines Zimmer, dessen Wände mit dem duftigsten gemusterten Gewebe bespannt waren. In hohen Silberleuchtern brannten knisternd dicke Wachskerzen. Auf seidenen Kissen saß der Schah in einem Chalat aus Kaschmirstoff.

»Tritt näher und setz dich!« forderte der Schah, nachdem er die Begrüßung seines nächtlichen Gastes angehört hatte, diesen auf. »Ich möchte mit dir über allerhand für mich wichtige Angelegenheiten reden. Ich betrachte dich als meinen Untertan – du bist ja aus meiner Stadt Gurgandsch gebürtig, nicht wahr? Und ein rechtgläubiger Muselmann, nicht irgend so ein gottloser Heide? Du wirst mir sogleich beweisen müssen, daß du mit ganzer Seele, mit deinem Verstand und deinen Taten auf seiten aller Rechtgläubigen stehst und dich nicht den Feinden des Islams verkauft hast.«

»Es ist genau, wie du sagst, mein Padischah!« bestätigte Machmud. »Ich stamme aus Gurgandsch.« Und indem er sich auf die Knie niederließ, fuhr er fort: »Ich vernehme voll Ehrfurcht und Scheu die Worte deiner Hasret und bin froh, mit Herz und Hand, mit meinem ganzen Leben dem Beherrscher der Länder des Islams dienen zu können.«

»Wenn du mir wahrheitsgemäß meine Fragen beantwortest, so will ich mich dir reichlich erkenntlich zeigen. Hier, dies zum Pfand, daß mein Versprechen erfüllt werden wird!«

Damit riß der Schah eine große Perle aus dem Goldreif an seinem Handgelenk und reichte sie dem Gesandten.

»Doch sei dessen eingedenk, daß du, falls du dich als Lügner und Verräter entpuppen solltest, schon morgen nicht mehr die Sonne erblicken würdest.«

»Was habe ich zu tun? Ich werde immer meinem Padischah gehorchen!«
»Ich will, daß du mein Auge und mein Ohr bei dem Tatarenkagan Dschingis-Khan sein sollst. Ich will, daß du mir durch einen sicheren Boten regelmäßig Briefe sendest, worin du mir alles mitteilst, was Dschingis-Khan tut und denkt, mit welchen Absichten er sich trägt, ob und wohin er einen Feldzug vorbereitet. Schwöre mir, daß du alles dies getreulich tun wirst!«
„Allah ist mein Zeuge, daß ich dir diene und weiterhin dienen werde, mein Padischah!« sprach Machmud-Jalwatsch und berührte dabei mit beiden Händen seinen Bart.
»Du wirst noch einen Tag hierbleiben, um meinem Chronisten Mirza-Jussuf alles zu berichten, was du über Dschingis-Khan weißt. Woher er gekommen ist, welche Kriege er geführt hat und wie er der Beherrscher der Tataren geworden ist.«
»Ich werde ihm getreulich alles berichten, was ich weiß.«
»Dschingis-Khan behauptet, Gebieter des mächtigen China zu sein, dessen Hauptstadt er erobert habe. Verhält es sich tatsächlich so, oder ist das alles nur leere Prahlerei?«
»Ich schwöre, daß es die reinste Wahrheit ist!« entgegnete Machmud.
»Eine Angelegenheit von so großer Wichtigkeit kann kein Geheimnis bleiben. Du wirst dich bald davon überzeugen können, wie wahr es ist.«
»Nehmen wir an, es sei wahr«, sagte der Schah. »Doch kennst du die gewaltige Ausdehnung meines Reiches, und weißt du, wie zahlreich mein Heer ist. Wie durfte dieser Prahlhans, dieser heidnische Viehzüchter es wagen, mich, den mächtigen Gebieter aller Muslimin, seinen Sohn zu nennen?«
Bei diesen Worten hatte der Schah den Gesandten mit seinen starken Händen bei den Schultern gepackt, ihn nahe zu sich herangezogen, und heftete nun seinen Blick unverwandt auf ihn.
»Sage sofort, wie stark ist sein Heer!«
Machmud spürte die verhaltene Wut in den Worten des Schahs. Aus Angst vor Muhammeds Zorn und aus Furcht um sein von Henkershand bedrohtes Leben verschränkte er die Arme über der Brust und erwiderte in ehrerbietiger Demut:
»Im Vergleich zu deinen zahllosen siegreichen Truppen ist Dschingis-Khans Heer nicht mehr als ein Schein von Rauch in der Finsternis der Nacht!«
»So ist's!« rief der Schah und stieß den Gesandten von sich. »Meine Truppen sind zahllos und unbesiegbar! Dies weiß die ganze Welt, und du hast es in einem treffenden Vergleich ausgesprochen. Übermorgen werde ich dir meinen Antwortbrief an den Tatarenpadischah zustellen. Doch dir und deinen mongolischen Handelsfreunden werde ich alle Privilegien sowohl für den Verkauf wie für den Einkauf von Waren als auch für sicheres Geleit durch die muslimischen Länder erteilen ... Nun

laß dich von meinem Wekil in das runde Zimmer führen, wo mein Chronist, der alte Mirza-Jussuf, deiner harrt.«
Der Schah von Chowaresmien entließ den Kaufmann mit einem gnädigen Kopfnicken und klatschte mehrmals in die Hände.

Was der Gesandte über Dschingis-Khan berichtet

Man soll nie schlecht über einen Abwesenden sprechen, denn die Erde könnte es ihm wiedersagen.
(Orientalisches Sprichwort)

Der Wekil forderte den mongolischen Gesandten auf, ihm zu folgen, und führte ihn durch allerhand verworrene Gänge des Palastes in ein Rundzimmer mit hoher Kuppel, an dessen Wänden schwarze eisenbeschlagene Truhen standen. In schmalen Nischen lagen auf verstaubten Regalen verstaubte Schriftrollen.
›Die Bibliothek des Schahs‹, stellte Machmud bei sich fest und beruhigte sich etwas. Er hatte befürchtet, in einen feuchten Keller zu einem hochnotpeinlichen Verhör auf der Folter geführt zu werden.
Auf einem Teppich saß ein hagerer, altersgebeugter Greis mit schlohweißem Bart und geröteten tränenden Augen. Neben ihm saß, über ein Päckchen Papier geneigt, ein junger Schreiber mit einem Gesicht, das so zart und lieblich war wie das eines jungen Mädchens.
Der Wekil entfernte sich unter Berufung auf dringende, unaufschiebbare Pflichten.
Der in einen rotseidenen Chalat gekleidete Gesandte trat, nachdem er seine grünen Schuhe an der Schwelle abgestreift und stehengelassen hatte, voll Würde auf den Greis zu, der sich zum Gruße erhob. Auf seine Aufforderung hockte sich der Kaufmann auf die Knie nieder, und beide Männer sprachen flüsternd ein Gebet und tauschten dann, indem sie sich die Bärte strichen, die unerläßlichen Höflichkeitsfragen nach dem Gesundheitszustand des anderen aus.
Dann kam der Gesandte zur Sache, indem er sagte:
»Der große Padischah hat mir befohlen, dir alles zu erzählen, was ich über den Herrscher der Tataren weiß, dem ich gewöhnlich als Dolmetsch diene, eben aber erfülle ich die Pflichten eines Gesandten ...«
»Ich höre dir mit gespannter Aufmerksamkeit zu, hoch- und wertgeschätzter Gast. Mir hat mein großer Padischah ein gleiches befohlen: Von dir für unsere Heimat nützliche Nachrichten in Erfahrung zu bringen und das Vernommene in die geheime Hofchronik einzutragen.«
Machmud schlug die Augen nieder und saß eine Zeitlang schweigend und sinnend da.
›Alles, was ich sagen werde‹, überlegte er, ›wird in ein paar Tagen allen Klatschmäulern im Palast bekannt sein. Wie entgehe ich der Gefahr, die

mir sowohl von seiten des Schahs droht, der zornig werden wird, wenn ich nichts Wichtiges sage, wie auch von seiten des großen Kagans, der von dieser nächtlichen Unterredung gewißlich Kunde erhalten wird? Denn er hat ja seine Spione überall ...‹

Indem er ein betrübtes und besorgtes Gesicht machte, ließ der Gesandte die Perlen seines Rosenkranzes aus Perlmutt, der ihm über den linken Arm hing, durch seine Finger laufen.

»Ich werde über manches zu berichten haben, wobei einem der Verstand stillsteht, so weit ab liegt es von allem Üblichen«, begann er. »Oft scheint es mir selber so unglaublich, daß ich an der Wahrheit dieser Erzählungen zweifeln möchte ... Doch wenn ich behauptete, daß alles nur Lüge wäre, würdest du dennoch erfahren wollen, was für eine Lüge das sei. Darum werde ich alles erzählen, was ich gehört habe, und genau so, wie ich's gehört habe. Alle Menschen irren. Wenn jemand behauptet, er hätte die Unfehlbarkeit erlangt, so lohnt es sich gar nicht erst, sich mit ihm zu unterhalten ...«

Machmud hielt inne, um die Schnelligkeit zu bewundern, mit der der junge Schreiber seine Worte nachschrieb. Die Rohrfeder glitt leicht über das Papierblatt, und in hübscher arabischer Zierschrift fügte sich Wort um Wort zu einer gleichmäßigen Zeile, der die nächste ebenso gleichmäßig folgte.

»Warum schreibt dieser Jüngling alle meine Worte nach? Ich habe doch noch gar nicht angefangen, von dem Tataren zu erzählen.«

»Das ist kein Jüngling«, entgegnete der greise Chronist, »sondern ein Mädchen namens Bent-Sankidscha. Meine Augen werden immer schwächer, drohen zu erblinden, und meine Hand zittert vor Altersschwäche, so hilft mir meine Enkelin. Sie schreibt so flott und sauber wie der beste und gewandteste arabische Kalligraph. Doch bin ich nicht davon überzeugt, daß sie lange meine Gehilfin bleiben wird. Sie beginnt schon Lieder zu dichten über die ›Freude über schwarze Augen‹ und über ein ›Muttermal auf der Wange‹. Deshalb zweifle ich nicht, daß sie mich bald verlassen wird. Dann wird mir nichts weiter übrigbleiben, als mich vor dem heiligen Stein aufs Antlitz niederzuwerfen ...«

»Ich verlasse dich nicht, Großväterchen!« beteuerte Bent-Sankidscha, ohne den Blick vom Papier zu heben und im Schreiben innezuhalten.

Der Greis wandte sich aufs neue an den Gesandten:

»Der Padischah verspricht dir eine hohe Belohnung für die Auskünfte, die du uns geben wirst, sofern sie für uns nützlich und wichtig zu wissen sind. Es wäre traurig, wenn die Länder des Islams sich durch unsere Sorglosigkeit plötzlich einem Überfall starker Feinde ausgesetzt sähen. Du bist doch auch ein Rechtgläubiger wie wir alle. Wirst du uns beizeiten warnen können? Eine hohe Belohnung ist dir sicher ...«

»Ich bedarf ihrer nicht«, sagte der Gesandte seufzend. »Für alle von mir auf meinen Wanderungen ertragene Mühsal mögen mich die Gebete frommer Rechtgläubiger entschädigen, die sie für mich sprechen, auf

daß ich am Tage des Jüngsten Gerichts in der Schar der auferstehenden Gerechten erwache!«
Ein spöttisches Lächeln huschte bei diesen Worten um die Lippen des schreibenden Mädchens, das einen ungläubigen Blick auf den wohlgenährten Kaufmann warf, auf seinen rundlichen Leib und seine mit goldenen Ringen geschmückten Hände.
Der Gesandte versank in nachdenkliches Schweigen, jedes seiner Worte, die er nun sagen würde, reiflich erwägend.
»So sei es!« sagte der alte Chronist wohlwollend.
Ein abgezehrter Sklave mit langem grauem Haar brachte auf einem silbernen Tablett verschiedene Süßigkeiten und stellte sie vor den Gast hin. Aus einem Tonkrug goß er dunkelroten Wein in eine silberne Schale.
»Probiere den alten Wein aus dem Palastkeller«, sagte Mirza-Jussuf. »Das erste, was uns zu wissen not tut, ist: Was sind die Mongolen und die Tataren für Völker? Wo leben sie? Wie viele sind ihrer? Sind sie tüchtige Krieger? Sie sind so plötzlich an unseren Grenzen erschienen, als wären sie die vom listigen Eblis aus dem feurigen Schoß der Erde hervorgeschleuderten Jadschudschen und Madschudschen.«
»Sowohl die Mongolen wie auch die Tataren sind Steppenbewohner«, begann der Gesandte seine Erklärungen. »Sie leben nebeneinander in fernen östlichen Ländern und sind für eine seßhafte Lebensweise nicht geschaffen. Ihre Heimat ist die Wüste, ein weites grasreiches, aber wasserarmes Gebiet und deshalb geeignet als Weideplatz für Pferd, Hammel und Kamel, weil diese Tiere Wasser verhältnismäßig lange entbehren können, wenn sie genug frisches Grasfutter haben.«
Der Chronist unterbrach hier den Gesandten:
»Das Wesentlichste für uns ist zu wissen, ob sie uns als Kriegsheer gefährlich werden könnten...«
»Ich wäre ein gemeiner Lügner und ein Verräter am Islam, wollte ich behaupten, daß Mongolen und Tataren für ihre Nachbarn weniger gefährlich wären als die furchtbaren Jadschudschen und Madschudschen...«
»Allah bewahre uns!« rief der greise Mirza-Jussuf aus.
»Sie sind die geborenen Krieger. Seit hundert Jahren kämpfen sie miteinander, ein Stamm gegen den andern. Heute hat irgendein Tatarenkhan tausend Pferde, eine gewaltige Hammelherde und hundert halbnackte Hirten, die ewig unzufrieden, ewig hungrig sind, denn jeder hat ein hungriges Weib und hungrige Kinder. Wenn der Khan sieht, daß seine Hirten das entbehrungsreiche Leben nicht länger ertragen können und mögen, daß sie brüllen wie die Tiere, befiehlt er ihnen: ›Laßt uns in den Krieg gegen unsern Nachbarstamm ziehen! Satt und reich werden wir zurückkehren.‹ Und der Khan begibt sich mit seinen Hirten auf einen Kriegszug oder besser Raubzug. Und er endet oft genug damit, daß dieser Khan und seine Hirten, soweit sie nicht niedergemetzelt worden sind, mit einem Block um den Hals für vier Dirhems je Kopf

verkauft werden an einen dritten Nachbarstamm oder an fremde Kaufleute oder Sklavenhändler und ebenso ihr Vieh...«
»Wozu erzählst du mir das alles?« fragte der Chronist des Schahs Muhammed vorwurfsvoll. »Nicht was du uns da von Stammesfehden und Verkauf in die Sklaverei erzählst, brauchen wir zu wissen, sondern über das Heer des Tatarenkhans und dessen Bewaffnung, über die Zahl seiner Krieger und über ihre kriegerische Tüchtigkeit wollen wir Aufschlüsse haben.«
Ohne Hast nippte der Gesandte von seinem Wein.
»Um zum Berg zu gelangen«, meinte er, »muß man mitunter erst dazwischenliegende Flüsse, Seen und Salzsümpfe umgehen...«
»Verehrter Gast, erzähle uns nicht erst von den Salzsümpfen, sondern gleich vom Berg, das heißt: vom Padischah der Tataren.«
»Einen guten aromatischen Wein hat der Schah Muhammed in seinen Kellern«, fuhr Machmud-Jalwatsch unerschütterlich fort. »Ich wünsche ihm, daß er bis an sein Lebensende ohne Kummer herrschen möge... Unter den kriegerischen Tatarenkhanen zeichnete sich einer namens Temudschin durch besondere Erfolge in den Schlachten aus, durch seine ungestümen Angriffe, durch seine Grausamkeit gegen Feinde und seine Freigebigkeit gegen Freunde und Anhänger. Dieser Temudschin hatte in seiner Jugend nicht wenig Not kennengelernt. Man erzählt sogar, daß der Jüngling habe als Sklave mit dem Block um den Hals die allerschwersten Arbeiten in der Schmiede eines feindlichen Nachbarstammes verrichten müssen. Doch er entfloh dieser Sklaverei, nachdem er seinen Wächter mit seiner Kette erschlagen, und führte dann viele Jahre lang Kriege gegen andere Khane, über die er die Oberherrschaft anstrebte. Er war schon fünfzig Jahre alt, als die Khane ihn zum großen Kagan ausriefen und ihn auf den ›weißen Filz der Ehre‹ erhoben, in der Hoffnung, daß Temudschin die Wünsche der angesehensten Khane erfüllen werde... Doch Temudschin ordnete alle seinem Willen unter, nahm einen neuen Namen an – Dschingis-Khan, was ›vom Himmel Gesandter‹ bedeutet –, zerschmetterte ungehorsame Stämme und machte sie zu Sklaven, ihre Anführer aber ließ er lebendigen Leibes in Kesseln kochen...«
»Wie entsetzlich!« seufzte Mirza-Jussuf. »Du erzählst schreckliche Märchen, sagst jedoch nichts vom Heer des großen Herrschers der Tataren.«
Der Gesandte leerte noch eine Schale Wein, und der Chronist machte ein bedenkliches Gesicht dabei. Der Wein des Padischahs war stark. Würde der Gast ihn vertragen und nicht einschlafen, ehe er alles erzählt hatte, was der Schah von Chowaresmien zu wissen verlangte? Der abgezehrte alte Diener füllte jedoch die silberne Schale des Gesandten schon wieder.
»Ich spreche ja eben von seinem Heer«, entgegnete der Kaufmann ruhig. »Von dem Tage an, da Dschingis-Khan zum großen Kagan ausgerufen wurde, bildeten die Tatarenstämme, die früher einander so erbittert

befehdet hatten, ein einziges gehorsames Heer, das er in Tausend- und Hundertschaften und in kleine Zehnergruppen ordnete. Über diese größeren und kleineren Kampfeinheiten setzte er Anführer, auf die er glaubte sich verlassen zu können, wobei er angestammte Khane überging, wenn er ihnen mißtraute. Er ließ auch ein neues Gesetz verkünden, daß kein Nomade einen anderen befeinden, berauben oder betrügen dürfe und daß es für Übertretung dieses Gesetzes nur eine einzige Strafe gebe: Die Todesstrafe.«
»Gestattet denn aber dieses Gesetz den Tataren, andere Leute, die nicht ihres Stammes sind, zu berauben oder zu betrügen?«
»Selbstredend!« sagte der Gesandte. »Es gilt bei ihnen sogar für löblich und ehrenhaft, Menschen anderen, nichttatarischen Stammes auszuplündern, zu bestehlen oder totzuschlagen.«
»Verstehe«, flüsterte der Chronist. »Und was sagen die einfachen Viehhirten dazu? Ist deren Hunger geringer geworden?«
»Dschingis-Khan hat verkünden lassen, daß die ihm untergeordneten Stämme das einzige Volk in der ganzen Welt sei, das vom Himmel auserwählt worden. Deshalb solle es fortan den Namen ›Mongolen‹, das bedeutet ›die Siegenden‹, führen. Alle übrigen Völker der Erde aber müßten Sklaven der Mongolen werden, und unterworfene Stämme und Völker, die ihm ungehorsam würden, würde Dschingis-Khan von der Erde vertilgen wie schädliches Unkraut. Überleben würden einzig und allein die Mongolen.«
Der alte Mirza-Jussuf rang die Hände.
»Soll das hießen, daß der Tatarenkagan auch von uns Rechtgläubigen verlangt, daß wir uns ihm unterwerfen?!« rief er. »Doch unser Padischah hat ein gewaltiges Heer der tapfersten Krieger, die unter der heiligen grünen Fahne des Propheten wie die Löwen kämpfen... Es ist doch heller Wahnsinn, zu glauben, daß ein solches heldenmütiges Heer kampferprobter Muselmänner, geführt von einem so ruhmreichen, unbesiegbaren Feldherrn, wie Allah-ed-Din Muhammed, unser Schah, einer ist, sich dem größenwahnsinnigen Khan einfacher Viehzüchter unterwerfen würde. Der heilige Schatten des Propheten selbst schwebt ihm voran und führt es zum Siege! Nein, du erzählst mir da Ammenmärchen!«
Der Gesandte faltete seine weichen Hände über dem schweren Leibe und schloß seufzend die Augen.
»Ich habe es dir ja vorausgesagt, daß du meine Erzählungen Märchen nennen würdest.«
»Nein, nein, werter Gast, sprich weiter! Ich bin ganz Ohr, wenngleich vieles, was du sagst, gar zu ungewöhnlich und unwahrscheinlich klingt.«
Der Kaufmann richtete sich auf.
Das Mädchen, das von seiner Schreibarbeit aufsah, glaubte wahrzunehmen, daß Machmuds Augen voll Feuer und Geist blitzten, doch er schloß sie gleich wieder wie ermüdet und fuhr lässig fort:

»Der Tatarenkagan sah, daß die Gier der Khane nicht geringer, daß der Hunger und die Not der einfachen Hirten größer geworden war, daß aber das Tatarenvolk Kraft aufgespeichert hatte, die es früher fruchtlos im gegenseitigen Gemetzel zu verbrauchen pflegte. Deshalb beschloß Dschingis-Khan, damit die einfachen Hirten sich nicht gegen ihre Khane auflehnten, dieser aufgespeicherten Kraft eine andere Richtung zu geben. Er berief den Kurultai ein und sprach zu den versammelten Khanen: ›Euch steht in Kürze ein großer Feldzug bevor, von dem ihr mit Gold beladen zurückkehren werdet, Herden von Rossen und anderem Vieh und einen Haufen der kunstfertigsten Sklaven vor euch hertreibend. Ich werde die ärmsten Hirten bis zum Überdruß satt machen, werde sie in kostbare Seide kleiden, jedem mehrere von den gefangenen Frauen geben. Wir werden das reichste Land der Erde unterwerfen, und ihr alle werdet mit so reicher Beute heimkehren, daß ihr nicht genug Lasttiere finden werdet, um sie zu euren Jurten zu schaffen ...‹ Im Frühjahr, als die Steppe ergrünt war und den Pferden genügend Futter bot, führte Dschingis-Khan sein Heer aus hungrigen Viehhirten nach China. Er zerstreute die ihm entgegenrückenden chinesischen Truppen, überstieg die Große Mauer, fegte wie ein Sturmwind über das Land hin und verwüstete es, indem er Tausende von Städten in Schutt und Asche legte. Erst nach drei langen Kriegsjahren, während welcher er sich das halbe chinesische Kaiserreich unterwarf, kehrte er, beladen mit einer unermeßlichen Kriegsbeute, zu seiner Stammhorde in die Steppe zurück.«

»Möge Allah uns davor bewahren!« flüsterte der Chronist abermals.

»Alles, was ich gesagt habe, wird dir wohl wieder wie ein Märchen erscheinen? Und dennoch ist alles wahr!«

»Beschreib mir doch bitte das Äußere Dschingis-Khans! Ich bin begierig, zu erfahren, wie er aussieht.«

»Er ist groß von Wuchs und, obgleich über sechzig, noch immer sehr stark. Mit seinem schweren Schritt und seinen plumpen Bewegungen ähnelt er einem Bären, mit seiner Schlauheit einem Fuchs, mit seiner Bosheit einer Schlange, mit seinem Ungestüm einem Panther, mit seiner Ausdauer und Unermüdlichkeit einem Kamel, doch mit seiner Freigebigkeit gegen solche, die er belohnen möchte, einer blutdürstigen Tigerin, die ihre Jungen liebkost. Er hat eine hohe Stirn, einen langen schmalen Bart und gelbe Augen, die nicht blinzeln, wie die einer Katze. Alle Khane und Krieger fürchten ihn mehr als Feuer oder Gewitter, und wenn er zehnen seiner Krieger befehlen würde, sich auf tausend Feinde zu stürzen, so täten sie es, ohne sich zu besinnen, so fest sind sie davon überzeugt, Sieger zu bleiben, denn Dschingis-Khan trägt stets nur Siege davon ...«

»Ich habe ein langes Leben hinter mir«, sagte der Chronist, »habe viele ruhmreiche und tapfere Feldherren gesehen, doch solche Menschen, wie du sie eben beschrieben, sind mir niemals begegnet. Deine Rede ist wirklich einem Märchen sehr ähnlich. Erkläre mir doch bitte, wenn du

kannst, warum der Tatarenkagan, nachdem er jeden seiner armen Hirten zum reichen Mann gemacht hat, wie du sagtest, jetzt plötzlich an unserer Grenze erscheint, so fern von seiner Heimat?«
Der Gesandte, der seine Schale von neuem geleert hatte, schloß die Augen und schien zu wanken. Der alte Mirza-Jussuf drohte dem Diener, der dem Gast frisch einschenken wollte, mit strenger Miene. Doch da schlug der Gesandte die Augen schon wieder auf und winkte dem Sklaven, ihm die Schale wieder bis zum Rande mit dem dunkelroten Wein zu füllen.
»Wundere dich nicht, daß ich so viel trinke«, sprach er. »Weder du, werter Mirza-Jussuf, noch deine junge Gehilfin hat einen Tropfen von dem köstlichen Wein getrunken, folglich bleibt mir nichts anderes übrig, als allein für drei zu trinken.«
Machmud, der, leicht wankend, die Schale in beiden Händen hielt, fuhr fort:
»Der große Kagan gönnte sich in seinem Nomadenlager drei Ruhejahre. Die Hälfte seines Heeres hatte er in China gelassen, wo das Volk nicht müde wird, seine Heimat zu verteidigen. Doch die andere Hälfte führte er selbst nach Westen, durch Wüsten und über Gebirge...«
Der Geschichtsschreiber des Schahs von Chowaresmien hielt sich beide Ohren mit den Händen zu und stöhnte: »Mir schwant Entsetzliches!«
Doch Machmud-Jalwatsch sprach unbeirrt weiter:
»Die Gier der Khane ist ebenso maßlos wie der Hunger des einfachen Mannes. Die Krieger beklagen sich bitter darüber, daß die Khane sich das Beste von der Beute angeeignet und für die Armen nur die Abfälle übriggelassen hätten. Das war der Anlaß zu Dschingis-Khans Entschluß, seine Krieger abermals und noch weiter fortzuführen, damit sie nicht wieder damit begönnen, einander und ihre Khane umzubringen.«
»Wie groß ist jetzt das Tatarenheer?«
Der Gesandte beantwortete die verfängliche Frage mit schläfriger Stimme lässig:
»Mit elf Tumen zog Dschingis-Khan nach Westen, und jeder besteht aus zehntausend berittenen Kriegern, von denen jeder ein Reservepferd – mitunter auch zwei – mitführt.«
»Demnach besteht das Heer des Tatarenkagans im ganzen aus hundertzehntausend Reitern!« rief der alte Geschichtsschreiber des Schahs von Chowaresmien. »Und unser Padischah verfügt über viermal soviel Krieger! Wenn er alle unsere Stämme zum heiligen Krieg aufruft, dann wird sich das gewaltige Heer des Islams als unüberwindlich erweisen!«
»Habe ich denn dem Schah nicht genau das gleiche gesagt? Das Tatarenheer ist gegen das Heer des Schahs Allah-ed-Din Muhammed – möge er hundertzwanzig Jahre regieren! – nichts als ein Schein von Rauch in dunkler Nacht. Allerdings haben sich auf diesem Zuge nach Westen dem Tatarenheer allerhand Landstreicher der Steppe angeschlossen: die Uiguren, Altaier, Kirgisen, die Kara-Kitajer, so daß sich Dschingis-

Khans Heerhaufen unterwegs rasch vergrößert hat... Das sind keine Märchen!«
Der Gesandte wankte, stützte sich mit den Händen, sank aber um, auf den Teppich. Das Mädchen schob ihm ein grünes Saffiankissen unter den Kopf und flüsterte dem Mirza ins Ohr:
»Er ist ein schlauer Fuchs und will nicht mit der vollen Wahrheit heraus.«
»So sind die Diplomaten alle. Wo fände man unter ihnen einen offenherzigen aufrichtigen Menschen?«
Der Wekil trat ins Zimmer, und alle saßen längere Zeit abwartend da, unschlüssig, was sie mit dem schlafenden Machmud anfangen sollten. Da richtete dieser sich plötzlich auf und sagte, nachdem er ein paar Entschuldigungen gemurmelt:
»Was ich euch in der Trunkenheit erzählt habe, weiß ich selber nicht mehr. Umsonst habt ihr es aufgeschrieben. Verbrennt diese Notizen!«
Der Wekil führte den Gesandten wieder durch die labyrinthischen Gänge des Palastes zur Gartenpforte, wo die Reitpferde warteten. Mit Mühe hoben die Dschigiten den wankenden Machmud-Jalwatsch in den Sattel. Im Dämmerlicht vor Tagesanbruch ritt der kleine Trupp durch die stillen Gassen des noch schlafenden Buchara zum Palast hinter der Stadt.
Einen Tag, nachdem sie aus den Händen des Schahs Muhammed das Antwortschreiben an Dschingis-Khan entgegengenommen hatte, machte sich die Gesandtschaft auf den Rückweg nach Osten, in das Lager des großen Kagans aller Tataren.

Der große Kagan hört den Bericht an

> Dschingis-Khan zeichnete sich durch hohen Wuchs und starken Körperbau aus. Er hatte Katzenaugen.
> (Der Historiker Dschudschani, XIII. Jh.)

Drei Reiter ritten durch die enge Zeltgasse zwischen den Tatarenjurten. Ihre wollenen Umhänge flatterten wie die Schwingen miteinander kämpfender Adler. Zwei Wachen versperrten ihnen mit gekreuzten Speeren den Weg. Die Reiter stiegen von den Pferden und ließen dabei ihre staubigen Umhänge in den weißen Sand fallen.
Einer der Ankömmlinge rief, indem er seinen rotgestreiften Chalat in Ordnung brachte:
»Gesegnet sei der Name des Kagans! Wir bringen eine Meldung von besonderer Wichtigkeit!«
Aus der nächsten Jurte kamen schon zwei Nuker in blauen Pelzen mit roten Litzen an den Ärmeln gelaufen.
»Wir kommen aus den westlichen Ländern, wohin wir vom großen Kagan als Gesandte geschickt worden waren. Melde unsere Ankunft. Ich bin Machmud-Jalwatsch.«

Im gelben Zelt wurde der seidene Vorhang etwas zurückgeschoben, und ein Befehl ertönte von dorther. Acht Wächter wiederholten auf dem kurzen Wege bis zum Zelt einer nach dem andern:
»Der große Kagan hat befohlen: Sie sollen kommen!«
Die drei Angekommenen neigten die Köpfe und traten mit über der Brust verschränkten Armen durch den Vorhang, den ein chinesischer Diener vor ihnen zurückschlug, in das Innere des Zeltes, wo sie sich, ohne die Köpfe zu heben, auf einem Teppich niederwarfen.
»Sprich!« sagte eine tiefe Stimme.
Machmud-Jalwatsch hob die Augen und blickte in ein strenges, dunkles Gesicht mit einem struppigen roten Bart. Zwei graue, zu Knoten gedrehte Zöpfe fielen auf breite Schultern. Unter einer schwarzlackierten Mütze, an der ein riesiger Smaragd glänzte, sahen ihn grünlichgelbe Augen unverwandt an.
»Der Schah von Chowaresmien Allah-ed-Din Muhammed zeigte sich höchst befriedigt von deinen Geschenken und deinem Freundschaftsvorschlag. Er war gern bereit, deinen Kaufleuten jegliche Privilegien einzuräumen. Doch war er zornig...«
»...weil ich ihn ›Sohn‹ genannt habe?«
»Der große Kagan hat es wie immer erraten. Der Schah geriet darüber in einen solchen Zorn, daß mein Kopf nur noch ganz lose auf meinen Schultern saß.«
Der Kagan kniff seine Augen zusammen, daß sie nur noch einen schmalen Spalt bildeten.
»Dachtest wohl schon, es würde dir so ergehn?« Und bei dem Worte »so« zog der Kagan mit seinem dicken Zeigefinger einen Strich durch die Luft. Eine von allen gefürchtete Geste, denn wenn Dschingis-Khan sie machte, so bedeutete das ein Todesurteil.
»Ich habe den Zorn des Schahs beschwichtigt, und er sendet dir ein ›Salam‹ und diesen Brief.«
»Du hast seinen Zorn beschwichtigt? Wodurch?« Die Stimme klang ungläubig, und die grünen Katzenaugen wurden bald schmäler, bald weiter.
Machmud-Jalwatsch erstattete ausführlichen Bericht über den Empfang, den die Gesandtschaft beim Schah gefunden hatte, und verschwieg auch nicht, daß er in der Nacht vom Großwesir zu einer geheimen Unterredung geholt worden war, sondern gab bis in alle Einzelheiten sein mit dem Schah geführtes Gespräch wieder und legte dabei in Dschingis-Khans breiten Handteller die Perle, die er von Muhammed erhalten hatte.
Machmud-Jalwatsch spürte, ohne daß er die Augen zu heben brauchte, wie des Kagans Blick unverwandt auf ihm ruhte, als bemühte er sich, in seine verborgensten Gedanken einzudringen.
»Das ist alles, was du gehört hast?«
»Falls ich irgend etwas vergessen haben sollte, so halte es meiner Unfähigkeit zugute!«

Der Kagan ließ ein zufriedenes Schnaufen hören und versetzte mit seiner schweren Hand dem Kaufmann einen Schlag auf die Schulter.
»Du bist ein schlauer Fuchs, Machmud. Wirklich, das hast du nicht schlecht gesagt, daß mein Heer nichts als ein Schein von Rauch in der Finsternis der schwarzen Nacht sei! Mag der Schah immerhin es für wahr halten. Zum Abend kommt alle drei zu mir zum Essen!«
Damit waren die Gesandten entlassen, und der Kagan erhob sich, groß, mit hängenden Schultern, in schwarzer Kleidung aus grobem Segeltuch, die von einem breiten goldenen Gürtel zusammengehalten wurde. Er stapfte mit seinen großen Klumpfüßen, die in weißen sämischledernen Stiefeln staken, schweren Schrittes durch das Zelt zum Vorhang am Eingang hin, den er ein wenig lüftete, um den drei Gesandten nachzuschauen, die sich draußen eben auf ihre Pferde schwangen und davonritten.
»Die Zeit des ›großen Befehls‹[1] ist nahe. Ich werde auf den ›glücklichen Mond‹ warten!« murmelte Dschingis-Khan.

Eine unruhige Nacht Dschingis-Khans

Der Mongolenherrscher liebte es nicht, wie ein verweichlichter Chinese auf Ruhebetten zu schlafen, die durch lange Rauchfänge erwärmt wurden, oder auf üppigen Pfühlen, wie sie bei den muslimischen Kaufleuten gebräuchlich waren. Der Kagan liebte es, die harte Erde unter sich zu spüren. Der chinesische Diener legte nur ein dickes, gutgewalztes und doppelt zusammengelegtes Stück Filz auf den Teppich.
Meistens schlief der Kagan sofort ein. Häufig hatte er Träume, welche die Schamanen oder sein weiser Ratgeber, der Chinese Je-Liu-Tschu-Tsai, ihm im Hinblick auf künftige Ereignisse deuten mußten. Doch nicht immer traute er ihren Auslegungen und Prophezeiungen, sondern handelte meist so, wie er selber es für das beste und richtigste hielt. Dschingis-Khan lag unter seinem warmen Zobelpelz und hing mit geschlossenen Augen seinen Gedanken nach. Er stellte Überlegungen an über den Weg, den sein Heer nehmen mußte, um unterwegs Zehntausende von Kriegern samt Rossen durch die Bevölkerung der Landstriche, durch die man kam, versorgen zu lassen; er machte sich Sorgen um den Unterhalt seiner in der Mongolei zurückgebliebenen fünfhundert Frauen samt Kindern, Mägden und Dienern. Er überdachte die Berichte seiner Späher und Kundschafter, ausgesandt in jene Länder, die er zu überfallen beabsichtigte, und auch an seine Söhne dachte er, die eifersüchtig und neidisch aufeinander waren. Und dabei plagten ihn Schmerzen in den Füßen und in den Gelenken der Beine, und so lag auch der Gedanke an den Tod nahe. Der Kagan öffnete seine Augen, deren oberer Lidrand wimpernlos war, und heftete den Blick auf einen festen

---

[1] Großer Befehl = die Mobilmachung

Punkt im Raume, auf einen Spalt in der Zeltwand, durch den ein Eckchen des blauen Himmels hereinschimmerte. Die Sterne waren schon verblaßt. Ab und an sah er den Schatten des wachehaltenden Kriegers, der vor dem Zelt draußen auf und ab ging.
Bis zu jenem Tage hatte niemand es gewagt, ihm gegenüber auch nur die leiseste Andeutung zu machen, daß bei seinem Alter seine Tage möglicherweise gezählt seien. Im Gegenteil, man wurde nicht müde, ihm zu versichern, wie groß und erhaben, unwandelbar und unersetzlich er sei, so unersetzlich, daß ohne ihn die Welt nicht fortbestehen würde. Die alte treue Burte allein hatte es gewagt, ihn an den Tod zu mahnen...
Oder sollte er tatsächlich hinfällig geworden sein? Nein, nein! Er wird es allen heimlichen Neidern zeigen, daß er noch immer imstande ist, auf ein ungesatteltes Roß zu springen und einen wilden Eber im schnellen Ritt mit dem Speer zu treffen, die Hand eines Mörders abzulenken, indem er ihn mit dem eisenfesten Griff seiner starken Finger erwürgt. Grausam wird er mit allen abrechnen, die sich unterfangen sollten, ihm mit Andeutungen über sein Alter und seine Altersschwächen zu kommen...
Aber die kluge, kühne Burte hatte dennoch nicht so unrecht mit ihrer Frage gehabt. Wen von den vier Söhnen soll er zu seinem Nachfolger bestimmen? Mehr als alle wünscht der älteste, der unbändige und eigenwillige Dschutschi, des Vaters Tod herbei. Er ist jetzt vierzig Jahre alt und lechzt danach, dem Vater die Zügel der Regierung aus der Hand zu entwinden und ihn in die Jurte für altersgebrechliche Greise zu verweisen. Deshalb hat Dschingis-Khan seinen ältesten Sohn so weit fortgeschickt, ihn aus seinem Antlitz in die äußerste Ecke seines Reiches verbannt und ihn mit heimlichen Spähern umgeben, die ihm über jeden Seufzer und über jede Absicht des Sohnes berichten müssen... Sein zweiter Sohn Dschagatai sinnt mehr auf Verderben und Untergang seines Bruders Dschutschi als auf den Tod des Vaters. Solange die beiden einander hassen und bekämpfen, sind sie nicht gefährlich. Und er hatte damals, bei Burtes Frage, gleich daran gedacht, seinen dritten Sohn Ugedai zu seinem Erben zu erklären. Dieser Ugedai ist sanften und harmlosen Gemütes, liebt fröhliche Schmäuse und Gelage, die Falkenbeize, Pferderennen; er wird keine Grube graben, um den Vater hineinzustoßen. Dem dritten Sohne gleichgeartet ist auch der vierte und jüngste Sohn Tuli. Wie Ugedai liebt er festliche Schmäuse und Gelage, das Feuer der Herrschsucht brennt in ihnen beiden nicht.
Darum hatte Dschingis-Khan, ehe er zum Feldzug aufbrach, seinen dritten Sohn Ugedai zum Thronerben erklärt, dadurch aber die ohnehin schon genug erbitterten ältesten Söhne noch mehr gegen sich aufgebracht, so daß er nun ständig auf der Hut vor einem Mordanschlag sein muß, auf der Hut vor einem in der Dunkelheit auf ihn abgeschossenen vergifteten Pfeil oder vor dem Stoß eines Speeres durch den Vorhang des Zeltes...

Seither befindet sich der schwergekränkte Dschutschi in der Ferne an der Spitze des ihm zugeteilten Heerhaufens – Tumens – und setzt alles darein, sich auszuzeichnen, sich Ruhm und Liebe der Krieger zu erwerben ... Er ist jung und stark ... Ach, schön ist es, jung zu sein! ...
Während er sich von einer Seite auf die andre wälzt, wollen dem Kagan Burtes Worte nicht aus dem Sinn, und sie lenken seine Gedanken auf den Tod. An ein hohes Hügelgrab in der Steppe muß er denken, an dem die krummhörnigen Saiga-Antilopen vorüberspringen, über dem hoch am Himmel die Adler kreisen ... In solchen Hügelgräbern pflegt man die sterblichen Überreste großer Helden zu bestatten ... Ja, auch die mächtigsten Herrscher der Völker sind nicht gegen den Tod gefeit. Doch ein Dschingis-Khan ist mächtiger als alle. Hat bisher irgendeiner sich so umfangreiche Länder unterworfen? ... Was ist der Tod?
Man sagt, es gäbe gelehrte Ärzte, Zauberer und Hexenmeister, die einen Stein kennen, womit sich Eisen in Gold verwandeln läßt. Sie wissen auch einen Trank zu bereiten, der die Jugend wiederbringt, aus neunundneunzig Kräutern eine Arznei zu brauen, die Unsterblichkeit verleiht ...
Ist er, der einfache Nuker von ehedem, der einstige Sklave mit einem Block um den Hals, nicht auf dem Kurultai zum »Gesandten des Himmels«, zum Dschingis-Khan ausgerufen worden? Wenn der blaue Himmel ewig ist, so muß notwendig auch sein Gesandter ewig sein. Schleunigst, morgen schon, soll sein chinesischer Ratgeber Je-Liu-Tschu-Tsai nach allen Ecken und Enden des Reiches den strengsten Befehl ergehen lassen, daß alle Gelehrten und Weisen, die Wunder zu tun vermögen, sich bei ihm einzufinden haben: die chinesischen Daos, die Zauberer aus Tibet, die Schamanen vom Altai. Und alle Arzneien, die Kraft, Jugend und Unsterblichkeit verleihen, sollen sie mitbringen. Für so wunderbare Arzneien würde er, der große Kagan, eine so unerhörte Belohnung zahlen wie noch kein Herrscher der ganzen Welt.
Er wälzt sich hin und her auf seiner Filzmatte und findet keinen Schlaf, und als ihm endlich doch die Augen zugefallen sind, verspürt er einen leisen Schmerz in der großen Zehe, die jemand kneift. Aber er erschrickt darüber nicht. Dieses Zeichen ist ihm bekannt. Er hebt den Kopf, vermag aber in der Dunkelheit nichts zu unterscheiden. Es ist ein vertrauliches Zeichen, ein Zeichen der Liebe. Als Jüngling, dessen erinnert er sich, hat er so die Zehe seiner damals noch ranken und schlanken Braut Burte gekniffen, damals, als sie und ihre ganze Familie noch in der Jurte ihres strengen Vaters Dai-Setschen schlief.
Wer hockt zu seinen Füßen? Wer ruft ihn?
Vorsichtig steckt er die Hand aus und fühlt die feine Seide eines Frauenkleides auf den schmalen Schultern einer kauernden weiblichen Gestalt, deren Haar zu einer ungewöhnlichen Frisur geordnet ist. Er zieht sie näher zu sich heran, und ein Frauenmund flüstert ihm in gebrochener Sprache ins Ohr:

»Deine Küsültü ... Deine Geliebte Kulan-Hatun ... nahe am Sterben ... Du kommen ... beruhigen ... Deine Sonne ... Dein Mond ...«
Es war eine chinesische Sklavin Kulan-Hatuns, seiner jüngsten Frau, die er »Küsültü« zu nennen pflegt. Lautlos wie eine Maus war sie ins Zelt hereingeschlüpft.
Kulan-Küsültü rief ihn!
Der Kagan schlüpfte mit den Füßen in weite Stiefel, die mit Filz gefüttert waren. Dann ging er vorsichtig zum Ausgang, wobei er sich in acht nahm, seine beiden Söhne Ugedai und Tuli, die sein Lager teilten, nicht zu streifen, und verließ das Zelt.

In der Jurte Kulan-Hatuns

Du wirst sehen – schönere Frauen gibt es nicht; ihre Augen sind schmal und ähneln denen des Luchses.
(Aus einem mongolischen Lied)

Kälte durchwehte von den schneebedeckten Bergen her die stille Nacht. Der Mond hatte sich hinter schweren Wolken versteckt. Hier und da schimmerten matt einige seltene Sterne. Die Chinesin trippelte dem Kagan voran, den zarten Duft blühenden Jasmins zurücklassend.
Zwei Schatten erhoben sich von der Erde.
»Cha! Wer da?«
»Der schwarze Irtysch!« flüsterte die Chinesin.
»Der unterjochte Erdkreis!« erwiderte die Wache die Parole, und die Schatten wichen zurück.
Als er sich der weißen Jurte näherte, dachte der Kagan: ›In welcher Laune wird Küsültü heute sein?‹
Jedesmal, wenn er zu ihr kam, nachdem er sich von den Unterredungen mit seinen Heerführern losgerissen, empfing sie ihn anders; bald war sie wie eine Chinesin in ein mit ungewöhnlichen Blumen besticktes Seidengewand gekleidet, bald lag sie ächzend unter einer Decke aus Zobelfell und behauptete, sie müsse sterben, wenn er nicht seine kraftvolle Hand auf ihr kleines Herz lege, bald saß sie tränenüberströmt da, den Kopf in die Hände gedrückt, und lauschte den Liedern einer alten Mongolin, die die grünen Ufer der Kerulon besangen und die Einsamkeit der unermeßlich weiten Steppe.
Die Chinesin hob den Vorhang am Eingang der weißen Jurte und ließ den Kagan eintreten. In der Mitte der Jurte brannte ein offenes Feuer aus Wurzeln von Steppensträuchern, und ein duftiges, sich kräuselndes Rauchwölkchen stieg zur Öffnung in dem runden Dach empor.
Kulan-Hatun saß vor dem Feuer, sie hatte ihre Knie umfaßt und starrte aus ganz schmalen unbeweglichen Augen in die springenden und züngelnden Flämmchen. Statt der gewöhnlichen Seidenteppiche lagen drei einfache Filzmatten auf der Erde. Seitwärts lagen gepackte Säcke, schon verschnürt und bereit für die Reise.

Der Kagan war am Eingang stehengeblieben. Lustige Funken sprühten in seinen glänzenden Katzenaugen auf.
›Also das ist ihre neueste Laune!‹ dachte er.
Kulan-Hatun kam wie aus einem Traum zu sich, fuhr sich mit der Handfläche über die Augen, deren Brauen bis zu den Schläfen schwarz nachgezogen waren. Sie sprang auf, warf den Kopf zurück und ließ sich dann niederfallen.
»Vergib mir«, sagte sie, die Beine des Kagans umfassend, »du Großer, du Unersetzlicher, du Einziger in alle Ewigkeit, daß ich dich im Schlaf zu stören wagte oder in deinen Gedanken oder bei deinem Kriegsrat! Doch ich kann nicht länger hierbleiben. Von überallher, aus jedem Spalt, aus jeder Ritze droht der Tod... sowohl mir wie auch meinem kleinen Sohn. Ich will als Bettlerin fortreiten, nur mit einer treuen Magd als Begleiterin, und die Steppe durchstreifen, wo mich niemand kennt und erkennen wird.«
»Nun, wart noch ein wenig damit und gib mir erst eine Tasse chinesischen Tee, und ich will mich neben dich setzen und dir zuhören, um zu erfahren, woher dir Gefahr droht und durch wen.«
Der Kagan ging um das Feuer herum und ließ sich auf einer der Filzmatten nieder. Wo waren die Seidenteppiche geblieben, die den Boden der Jurte bedeckt hatten? Wo die mit Vögeln und Blumen bestickten Wandteppiche, die an den Wänden gehangen hatten? Jetzt sieht es hier aus wie in der Jurte eines gewöhnlichen, einfachen Nomaden, wie er selbst einer vor vierzig Jahren gewesen war.
Kulan hatte sich wieder zusammengekauert und blickte den Kagan mit den bösen Augen eines gereizten Luchses an. Neben ihr lag, nackt und braun, mit geschorenem Köpfchen und zwei Zöpfchen über den Ohren, ihr Söhnchen Külkan.
Mit klangendem, singendem Tonfall begann sie leise zu sprechen:
»Ich darf auf nichts hoffen, auf keinen Schutz und keine Hilfe. Ich habe weder Vater und Mutter, und von allen meinen Brüdern ist mir nur einer geblieben, und er dient als einfacher Nuker, er, der früher selbst tausend Nuker befehligt hätte... Und auch er wird bald des Todes sein!«
»Warum denn das?«
»Mein ganzer unglücklicher Stamm ist zugrunde gegangen durch die Schwerter der Nuker deines Sohnes mit den Tigeraugen, deines unerbittlichen, erbarmungslosen Sohnes Dschutschi. Bald wird er hierherkommen, und ich werde die Gegenwart des verhaßten Mörders meines Vaters und meiner ganzen Sippe ertragen müssen. Warum soll ich unter einem überhängenden Felsen stehenbleiben, der im Begriff ist, auf mich herabzustürzen und mich zu zerschmettern? Laß mich fort! Alles ist schon zum Weggang bereit.«
»Beruhige dich; Dschutschi-Khan wird nicht hierherkommen. Er rüstet an den Ufern des Flusses Irgis zu einem neuen Feldzug. Und ich, der ich immer noch lebe, halte meine Hand über den ganzen Erdkreis. Welch anderen Schutzes außer meinem bedürftest du da? Wovon sprichst du?«

Kulan fuhr sich mit ihren feinen Fingern über die Augen, um die herabrollenden Tränen abzuwischen.
»Deinen Bruder Dschemal-Hadschi werde ich zum Anführer der sechsten Hundertschaft meiner Tausendschaft ernennen, und von morgen an soll er mit seinen Kriegern dich und deine Jurte und deinen kleinen Helden Külkan bewachen. Wer braucht noch Furcht zu haben, wenn er unter meinem Schutz steht?«
Kulan senkte den Blick und sagte mit leiser zittriger Stimme:
»Dir selbst drohen Pfeile...«
»Was für Pfeile? Sprich, wessen Pfeile?« Der Khan legte seine Hand auf ihre Schulter.
Sie biß die Lippen zusammen, riß sich los und sprang leicht und behend auf die Füße. Ihr langer schwarzer Zopf schleifte über die Filzmatte wie eine entschlüpfende Schlange.
»Sprich! Wer trachtet mir nach dem Leben?«
Kulan-Hatun schmiegte sich mit dem Rücken an die gegitterte Jurtenwand.
»Großer Kagan, Unvergleichlicher! Kein Volk, kein Heer flößt dir Furcht ein – du vernichtest sie und fegst sie hinweg wie ein Windstoß die herbstlichen Blätter. Wie aber willst du dich vor den heimlichen Feinden schützen, die mit dir zusammen in einem Zelt wohnen, dich Tag und Nacht belauern? Ich allein bin dir treu ergeben und liebe dich wie einen der herrlichen, mächtigen, mit glitzerndem Schnee bedeckten Bergriesen meines heimatlichen Altai. Du allein bist mein Halt, ohne dich würde man mich beiseite stoßen wie ein Steinchen, das einem im Wege liegt. Spreche ich eine Unwahrheit? Du siehst alles, verstehst alles – die Sprache des Windes, das Schluchzen der Goldamsel, das Zischeln der Schlange... Es ist doch alles wahr, was ich sage?«
»Alles. Erzähle alles, was du weißt!« stieß der Kagan heiser hervor, ohne ihren Zopf, bei dem er sie festhielt, loszulassen.
Grüne Funken der Schadenfreude blitzten in Kulan-Hatuns Augen auf.
»Die Greise der Steppe haben es sich weise und klug ausgedacht, daß der Erbe, der Wahrer des Feuers in der Jurte, stets der allerjüngste der Söhne des Khans sein soll. Die älteren Söhne wachsen schnell heran und haben Eile, die Züge vom Pferde des Vaters in die eigenen Hände zu nehmen. Darum läßt der Vater ihnen ihren Anteil zukommen und baut ihnen Zelte recht weit von seinem eigenen, wo sie ihr eigenes Hauswesen führen mögen. Doch bis der Jüngste, der Liebling des Vaters, heranwächst, kann er ruhig seine Herden hüten. Alle hast du beschenkt, allen deinen Söhnen ihre Ulusse zugewiesen, aber weshalb hast du denn vergessen, Külkan, deinen jüngsten Sohn, zu deinem Erben zu machen?«
Der Kagan gab ihren Zopf, den er erhascht hatte, frei und sagte nach heftigem und langem Schnaufen:
»Ich schütze den Knaben und dich... Aber als Erben habe ich ihn nicht

eingesetzt, weil die Mongolen niemals den Sohn einer Merkitin lieben und ihm gehorchen werden.«
Kulan warf sich vor ihm auf die Knie nieder.
»Doch sieh, ich scheue mich nicht, dich, den Außergewöhnlichsten der Menschen, mein ein und alles, der vom Himmel selbst gesandt ist, zu lieben, weil deine Mutter, die große Olun, nicht mongolischer Abkunft, sondern von einem Stamme, dem der Merkiten, war, du also ebenfalls der Sohn einer Merkitin bist.«
Der Kagan erhob sich und räusperte sich heiser.
»Ja, du hast verständig gesprochen! Diesen Umstand haben alle vergessen. Und mögen sie sich auch nicht daran erinnern..., ich werde deine Worte in meinem Herzen bewahren. Laß dir nicht einfallen, irgendwohin fortzugehen! Breite deine Teppiche wieder aus. Nach dem Kriegsrat werde ich zu dir kommen, mein kleiner Luchs, meine Geliebte, meine Küsültü!«
Und schweren Schrittes verließ er die Jurte.
Kulan erhob sich aus ihrer knienden Stellung, stand mit zusammengezogenen Brauen in Nachdenken versunken da und wickelte mechanisch ihren langen schwarzen Zopf um ihren Arm. Dann weckte sie mit einem Stoß ihres kleinen Fußes ihre chinesische Magd, die, an der Wand hockend, fest schlief.
»Dieser Grobian!« sagte sie. »Hat mir fast die Hand gebrochen... Breite die Teppiche wieder aus und flicht mir noch einen Büschel Roßhaar in meinen Zopf, den der Wilde mir beinahe abgerissen hat! Morgen ist ein großes Festmahl mit fremdländischen Gesandten... Du wirst mir das blaue, mit silbernen Blumen bestickte Kleid zurechtzulegen...«

Der Kagan zählt an den Fingern ab

In Sinnen und Grübeln versunken über das, was der »erzürnte Luchs« ihm gesagt hatte, ging der Kagan leise um den Hügel herum. Wieder erhob sich ein Schatten vor ihm, und man tauschte die Losungsworte aus:
»Schwarzer Irtysch!« – »Der unterjochte Erdkreis!«
Der Kagan erkannte in der Schildwache einen alten Krieger, der ihn auf allen Streif- und Kriegszügen begleitet hatte.
»Was hast du gehört? Was gesehn?«
»Dort in den fernen Bergen sind viele Feuer... Siehst du sie?... Wie ein Halsband aus Sternen... Das sind die Lagerfeuer der Bewohner dieser Ebene, die mit ihren Herden in die Berge geflohen sind, aus Furcht vor unserem Heer.«
»Und was sprechen meine Nuker untereinander?«
»Sie sagen, daß wir bald die letzten Hammel aufgegessen haben werden, daß die Pferde, die schon alles Gras abgeweidet haben, bereits die Wurzeln rupfen müssen, daß die Schwerter nach Blut dürsten... Darum

sagen sie: ›Der große Kagan ist weiser als wir, er sieht alles und weiß alles... Bald wird er uns anderswohin führen, dorthin, wo es für uns und die Bäuche unserer Pferde alles in Hülle und Fülle gibt.‹ «
»Ganz recht, so ist es! Der Kagan sieht alles, weiß alles, denkt an alles. Lauf schnell zum Anführer der Tausendschaft und richte ihm von mir aus, er möge sich sofort aufs Pferd schwingen und sechs Hundertschaften mitbringen.«
»Ich eile, es ihm auszurichten!«
»Halt! Warte! Sag ihm, daß ich ihn hier auf dem Hügel erwarten und die Zeit an den Fingern abzählen werde.«
Der Mongole lief auf seinen krummen Beinen den Hügel hinab, und der Kagan saß, nachdem er sich auf die Fersen niedergehockt hatte, unbeweglich da. Während er mit seinen großen Ohren gespannt auf alle Geräusche lauschte, die durch die Dunkelheit herangetragen wurden, begann er leise zu zählen »Eins, zwei, drei, vier...«, und so fort, und jedesmal, wenn er bis hundert gekommen war, bog er einen seiner Finger ein.
Langsam glitt der Mond über den Himmel hin, sich bald in eine Wolke hüllend, bald wieder aus ihr hervorkriechend, und je nachdem wurden die im weiten Kreise um den Hügel herumstehenden Zelte der Nuker bald sichtbar, bald verschwanden sie wieder im Schatten der Wolke und schimmerten nur als undeutliche Flecke.
Als der Kagan bis zweihundert gezählt und den zweiten Finger umgebogen hatte, begannen Schatten zwischen den Jurten hin und her zu huschen. Einige Krieger jagten im Galopp in die in Nebel getauchte Steppe hinaus. Durch das ganze Lager hörte man in kehligen Lauten das Wort: »Alarm!«
Der Kagan zählte ruhig weiter, das dritte und vierte Hundert...
Aus der Ferne hörte man ein dumpfes Dröhnen, das immer stärker wurde, und der Kagan begriff, daß es von einer galoppierenden Herde von tausend Pferden herrührte, die immer näher herankamen und mit einem Male am Fuße des Hügels anhielt. Der scharfe Geruch von Pferdeschweiß stieg dem Kagan in die Nase, und eine Staubwolke wirbelte auf, die für einen Augenblick das ganze Lager einhüllte.
Der Kagan fuhr fort zu zählen und die Finger einzubiegen. Aus der Pferdeherde hörte man Wiehern und dumpfes Stampfen.
Mit tiefer heiserer Stimme brüllte der Kagan:
»Tschagan! Oje! Tschagan!«
»Oje! Ich höre!« kam aus der Dunkelheit die langgedehnte Antwort.
»Ich habe schon sechs Finger eingebogen! Was säumst du?«
»Bieg noch zwei ein, und wir werden alle im Sattel sitzen?«
Der Mond schwamm wieder aus einer Wolke hervor und beleuchtete mit hellem Schein den kreisrunden Platz zwischen den Jurten, wohin von allen Seiten die mongolischen Krieger gelaufen kamen. Die einen schleppten Sättel und Satteldecken herbei, die andern führten Pferde zu ihren Jurten, die dritten jagten im Galopp zu bestimmten Punkten.

Der zählende Kagan hatte eben den siebenten Finger eingebogen, als er Schritte und Getrappel hinter sich hörte. Er blickte sich um. Zwei Nuker führten sein gesatteltes rehbraunes Roß herbei. Mit der Hand in dessen Mähne greifend, schwang sich Dschingis-Khan in den Sattel und ritt langsam auf einen Vorsprung des Hügels zu. Hinter ihm ritten in Reih und Glied sieben Nuker, von denen einer die flatternde neunschwänzige[1] Fahne trug.

Noch quirlte die dichte Menge von Rossen und Reitern wild durcheinander, doch allmählich hatte jeder seinen ihm bestimmten Platz eingenommen. Noch hatte Dschingis-Khan den achten Finger nicht eingebogen, als sich vor ihm sechs Reihen von je hundert Mann geordnet hatten, und vor ihnen allen hielt der Anführer der Tausendschaft Tschagan und in seiner nächsten Nähe mehrere Leibwachen-Turgauden.

»Tschagan, zu mir!« rief ihn Dschingis-Khan zu sich.

Tschagan sprengte zum Hügel hin und hielt drei Schritte vor dem Kagan.

»Du wirst zu jenen Bergen hinreiten, wo alle Charatschen und alle langohrigen Hasen aus der Steppe untergekrochen sind, und ihr ganzes Vieh hierhertreiben. Auch nicht einen Hammel wirst du aus den Händen lassen. Vorwärts!«

Tschagan wendete sein Pferd und rief seiner Truppe zu:

»Mir nach!«

Reihe um Reihe, eine Hundertschaft nach der andern, setzte sich in Bewegung, auf einen im Mondlicht weißschimmernden Weg einbiegend. Der Kagan, der unbeweglich auf seinem rehbraunen Roß saß, zählte immer noch, bei jedem Hundert einen weiteren Finger umbiegend, und hörte nicht eher damit auf, als bis der letzte Reiter in der dämmrigen Ferne verschwunden war. Da bog er den zehnten Finger um.

›Ob wohl der hochmütige Prahler, der Schah von Chowaresmien, über ein so gut geübtes Heer verfügt?‹ dachte er bei sich. ›Nun, das wird sich ja bald in der Schlacht bei Buchara zeigen.‹

Die verschwundene Karawane

Dschingis-Khan gebot seinen muselmanischen Gesandten, eine große Karawane auszurüsten und sich damit unter dem Vorwand, die Waren verkaufen zu wollen, ins Gebiet des Schahs von Chowaresmien zu begeben. Zu diesem Zweck übergab er ihnen einen nicht unbedeutenden Teil seiner eigenen in China zusammengeraubten Wertsachen und Kostbarkeiten mit dem Auftrag, für das daraus zu erlösende Geld möglichst viele Stoffe für Ehrenkleider aufzukaufen, um damit jene, die sich in seinen Diensten auszeichneten und hervortaten, zu beschenken.

---

[1] Die Fahne des Kagans hatte neun Yakschwänze.

Machmud-Jalwatsch schickte eine Menge Waren mit der Karawane mit, weigerte sich aber, selbst mitzureisen. Ächzend lag er in seiner Jurte und behauptete, in Buchara vergiftet worden zu sein, und seine beiden Reisegefährten taten es ihm gleich. Die Karawane bestand aus fünfhundert Kamelen und vierhundertfünfzig Begleitern, die sich als Kaufleute und Handelsgehilfen ausgaben und an deren Spitze Dschingis-Khan einen seiner mongolischen Nuker namens Ussun stellte.
Nachdem die Karawane die Ausläufer des Tienschangebirges überwunden hatte, gelangte sie zu der muslimischen Grenzstadt Otrar, wo der »Karawanenbaschi« Ussun dem Stadtoberhaupt die vom Schah Muhammed eigenhändig unterzeichnete und mit seinem Wachssiegel versehene Urkunde vorwies, laut welcher der Schah den mongolischen Kaufleuten gestattete, »unbehindert durch Chowaresmien zu reisen und in allen Städten frei und ohne Abgaben Handel zu treiben«.
Die Stadt Otrar war durch ihre Märkte zu blühendem Wohlstand, ja Reichtum gelangt. Im Frühling und im Herbst trafen hier die Nomaden der entferntesten Siedlungen ein, trieben Hammel und Sklaven vor sich her, brachten Häute, Felle, Wolle, Teppiche auf den Markt und tauschten sie gegen Stoffe, Stiefel, Waffen, Beile, Scheren, Nadeln, Kupfer- und Tongeschirr ein, lauter Dinge, die von kunstfertigen Meistern und deren Sklaven in den Städten Mawerannahrs und Chowaresmiens hergestellt wurden.
Aber die Karawane der mongolischen Kaufleute war etwas Ungewöhnliches selbst für die Otrarer: Auf Teppichen wurden von den Fremden so seltsame und wertvolle Dinge zur Schau gestellt, wie die Einheimischen sie noch nie in ihrem Leben gesehen hatten. In Haufen strömten sie herbei und bestaunten die Götzenbilder, die so kunstreich vergoldet waren, daß sie wie aus reinem Gold gegossen wirkten, die »glückbringenden« gewundenen Jaspisstäbe, Väschen und Räucherpfannen und sonderbaren Figuren aus Jaspis und Nephrit, Teekannen und Tassen aus feinstem chinesischem Porzellan, Schwerter mit goldenen Knäufen und Scheiden, ausgelegt mit den kostbarsten Edelsteinen. Ferner gab es Männer- und Frauenkleider aus dicker raschelnder Seide, mit Zobelfell gefüttert, und Biber- und schwarzbraune Fuchsfelle. Und noch viele, viele andere seltene und seltsame Gegenstände gab es da zu sehen.
»Alle diese Dinge«, so murmelte man in der sich neugierig drängenden Menge, »sind von den Tataren in China aus den kaiserlichen Palästen geraubt worden. Auf diesen prächtigen Gewändern wird man gewiß Flecke eingetrockneten Blutes finden. Die Krieger haben ihre zusammengeraubte Beute für einen Spottpreis an die Kaufleute verschleudert, die sie nun mit einem großen Gewinn weiterverschachern.«
»Warum ziehen unsere Truppen nicht nach China?« stellten andere ihre Betrachtungen an. »Dann würden auch wir zu solchen Schätzen gelangen.«
»Wenn die tatarischen Händler diese prächtigen Waren zu halbem Preis

anböten, was bliebe dann den otrarischen zu tun übrig? Unsere Waren würde dann niemand auch nur anschauen mögen.«
Die Leute aus der Steppe, die einfachen Hirten, schüttelten mißbilligend die Köpfe.
»Wer braucht solches Zeug? Doch höchstens die Khane und Begs, die Richter und Imams zu ihren kostbaren Chalaten. Um sich so kostbare Kleider anschaffen zu können, werden sie von uns gewiß doppelte Steuern erheben.«
Der Kommandant der Grenzstadt Otrar, Inaltschik Kair-Khan, ein Neffe der Königinmutter Turkan-Hatun, ritt mit seinem Gefolge über den Markt, hielt vor den ausgelegten Waren der mongolischen Kaufleute sein Pferd an und nahm die Geschenke entgegen, die man ihm anbot. Dann kehrte er besorgt in die Festung zurück und schickte dem Schah von Chowaresmien eine Botschaft, worin er ihm schrieb:
»Diese Leute, die als Kaufleute verkleidet in Otrar eingetroffen sind, halte ich für Kundschafter des Tatarenkhans. Sie benehmen sich recht hochmütig. Einer von ihnen, ein gebürtiger Inder, besaß die Dreistigkeit, mich einfach mit dem bloßen Namen anzureden, ohne mich mit meinem Titel ›Khan‹ anzusprechen, und ich befahl, ihn auszupeitschen. Und die übrigen fragen ihre Käufer nach Dingen aus, die durchaus keine Beziehung zum Handel haben. Sind sie aber mit jemandem aus dem Volk allein, so drohen sie: ›Ihr ahnt ja nicht, was hinter eurem Rücken geschieht. Bald werden Ereignisse eintreten, gegen die ihr einfach machtlos sein werdet!‹«
Beunruhigt durch diesen Brief des Kommandanten seiner Grenzstadt und Festung, gab der Schah ihm den Befehl, die mongolische Karawane in Otrar festzuhalten. Daraufhin verschwanden alle vierhundertfünfzig Kaufleute samt dem »Karawanenbaschi« Ussun spurlos in den Verliesen der Festung. Ihre Waren aber wurden nach Buchara geschafft und dort verkauft. Den Erlös strich der Schah Muhammed für sich ein.
Nur einem einzigen Kameltreiber der Karawane war es gelungen, zu entfliehen und den nächsten mongolischen Posten zu erreichen. Dort gab man ihm eines der mit Schellen behangenen Postpferde[1], damit er zu Dschingis-Khan reite und ihm die furchtbare Kunde melde.

---

[1] Auf den Hauptwegen seiner Gebiete hatte Dschingis-Khan Posten eingerichtet, wo ständig Pferde bereitstanden zur Ubermittlung von Befehlen des Kagans oder von Nachrichten an ihn. Diese Postpferde waren mit Schellen behangen, bei deren Klang alle Entgegenkommenden Platz machten.

Einen Gesandten erwürgt man nicht, einen Mittelsmann schlägt man nicht tot

Der Mond hatte sich kaum runden und wieder zur schmalen Sichel werden können, als in Buchara ein neuer Gesandter des Tatarenherrschers eintraf: Ibn-Kefredsch-Bogra, dessen Vater einst als Emir in Diensten Tekeschs, des Vaters des jetzigen Schahs von Chowaresmien, gestanden hatte. In seiner Begleitung waren zwei vornehme Mongolen.

Bevor er den drei Gesandten eine Audienz gewährte, pflog Muhammed lange des Rates mit seinen Kiptschakenfeldherren, und auf ihren Rat beschloß er, den Sendboten des Kagans stolz und barsch entgegenzutreten, sie aber dennoch anzuhören, um Dschingis-Khans Absichten zu erfahren.

Erhobenen Hauptes trat Ibn-Kefredsch-Bogra ein, verschmähte es, niederzuknien, sondern sprach stehend, gleichsam zum Kampfe bereit, wenn er auch seine Waffen auf Verlangen des Wekils hatte am Eingang ablegen müssen.

»Herrscher der westlichen Länder«, so sprach er, »wir sind gekommen, dich daran zu erinnern, daß du selbst unseren Kaufleuten, die aus Dschingis-Khans Reich in deiner Grenzstadt Otrar eintrafen, eine Urkunde auszustellen geruht hattest, worin du, durch deine Unterschrift und dein Insiegel es bekräftigend, ihnen die Erlaubnis erteiltest, in deinen Ländern frei und unbehindert Handel zu treiben, und deinen Untertanen gebotest, ihnen freundlich zu begegnen. Doch du hast sie heimtückisch betrogen und alle umbringen lassen. Ihre Habe hat man ihnen geraubt. Wenn Verrat schon an und für sich etwas Verächtliches ist, so wird er noch abscheulicher, wenn er vom Oberhaupt des Islams begangen wird.«

Der Schah von Chowaresmien schrie ihn an:

»Schamloser! Wie kannst du es wagen, so zu mir zu sprechen?! Wie kannst du dich unterfangen, mich jener Handlungen zu bezichtigen, die von meinem Diener begangen wurden?!«

»Großer Schah! Du behauptest, daß der Kommandant von Otrar gegen deinen Befehl gehandelt habe? Vortrefflich! So liefere uns diesen verbrecherischen Diener Kair-Khan aus. Unser großer Kagan wird schon wissen, welche Strafe ihm gebührt. Antwortest du mir aber mit einem ›Nein!‹ und lehnst die Auslieferung ab, so mache dich auf einen Krieg gefaßt, in dem deine heldenmütigsten Streiter fallen werden, weil die tatarischen Speere ihr Ziel sicher treffen!«

Der Schah von Chowaresmien wurde nachdenklich, als er diese Drohung hörte. Alles erstarrte, denn jeder fühlte: Jetzt entscheidet es sich, ob es Krieg geben wird oder nicht. Doch einige anmaßende und hochfahrende Kiptschakenkhane brachen in den Ruf aus:

»Tod dem Prahler!«

Und andere fielen ein:

»Er wagt es, uns zu drohen? Großer Padischah, bedenke, Kair-Khan ist der Neffe deiner erhabenen Mutter. Du wirst ihn doch nicht den Ungläubigen überantworten wollen, damit sie ihn zerfleischen. Befiehl, daß man diesen Frechling erschlage, oder wir machen ihn selbst kalt! ...«
Der Schah saß bleich wie ein Toter auf seinem Thronsessel. Seine Lippen bebten, als er leise sprach:
»Nein! Kair-Khan, meinen treuen Diener, liefere ich nicht aus!«
Da trat einer der Kiptschakenkhane auf den mongolischen Gesandten zu, ergriff dessen Bart, schnitt ihn mit seinem Dolch ab und warf ihn ihm ins Gesicht.
Ibn-Kefredsch-Bogra war ein starker und kühner Mensch, doch er ließ sich nicht zu Handgreiflichkeiten hinreißen, sondern rief nur: »Im heiligen Buch heißt es: ›Gesandte mißhandelt und tötet man nicht!‹ «
Die Khane erwiderten ihm schreiend:
»Du bist kein Gesandter, sondern bloßer Staub auf dem Stiefel des Tatarenkagans! Warum dienst du, ein Moslem, unseren Feinden? Du bist ein Abtrünniger, ein Verräter an deiner Heimat, tatarischer Kot!«
Damit warfen sie sich auf ihn und erstachen ihn mit ihren Dolchen, seine beiden mongolischen Begleiter aber mißhandelten sie furchtbar. In elendem Zustande wurden sie dann an die Grenze des Reiches des Schahs gebracht, wo man sie, nachdem man ihnen zuvor noch die Bärte abgesengt und ihnen die Pferde abgenommen hatte, laufen ließ.

Dschingis-Khan wird zornig

Tagsüber trat Dschingis-Khan mehrmals vor sein Zelt und spähte unverwandt und erwartungsvoll in die Ferne. Ins Zelt zurückgekehrt, ließ er sich auf seidenem Teppich nieder und lieh sein Ohr den Ausführungen seines Ratgebers Je-Liu-Tschu-Tsai,[1] eines hochgewachsenen, hageren Chinesen mit wachsamen durchdringenden Augen und schwerfälligen Bewegungen.
»Man kann wohl im Sattel den Erdkreis erobern, doch ihn vom Sattel aus regieren, das kann man nicht. Für jedes neu unterworfene Gebiet muß sofort ein Vorsteher der Verwaltung eingesetzt werden, der für die nötigen Kornvorräte zu sorgen, Steuern zu erheben – bei Androhung der Todesstrafe für säumige Zahler – und eine Gerichtsbarkeit einzusetzen hat. Ein jedes solches Gericht muß aus zwei Vertrauensmännern bestehen, die aus der Mitte der Gelehrten zu wählen sind. Einer wird der Vorsitzende, der andere sein Gehilfe sein. Zur Vergrößerung der Staatseinnahmen muß man Abgaben von den Kaufleuten erheben, Wein, Essig, Salz mit Steuern belegen. Ebenso muß man Abgaben verlangen für die Gewinnung von Eisen, Gold und Silber und für die

[1] Aus fürstlichem Geblüt; Astrolog und Wahrsager.

Benutzung von Wasser aus den Kanälen zur Bewässerung von Feldern...«
»Höchst vernünftige Anregungen, die du da gibst«, stimmte Dschingis-Khan dem Chinesen zu.
Der Siegelbewahrer, der Uigure Ismail-Hodscha, reichte dem Kagan das rot eingefärbte Siegel aus Nephrit, welches in goldenem Kreis das Abbild eines Tigers zeigte, und Dschingis-Khan drückte es unter eine von Je-Liu-Tschu-Tsai ausgearbeitete Verordnung.
Um die windstille Mittagsstunde zitterten über die Steppe Wellen glühendheißer Luft. Im ganzen Lager Dschingis-Khans lag jedermann im Schlummer; sogar die Pferde, die sonst in Rudeln über die Ebene streiften, standen jetzt reglos beieinander und schüttelten die Köpfe, um die sie umschwärmenden lästigen Bremsen zu verscheuchen.
Von ferne hörte man einen feinen langgezogenen Laut wie das Summen einer Fliege. Je näher es kam, desto deutlicher unterschied man Schellengeläut. Dschingis-Khan wandte sein quadratisches Gesicht dem Zelteingang zu und lauschte mit vorgeneigtem Ohr, an dessen nicht festgewachsenen Läppchen ein schwerer goldener Ring hing, der es nach unten zog.
»Ein Bote..., aber nicht allein«, murmelte er und trat vor das Zelt. Man sah, wie eine Staubwolke den Weg entlanggerollt kam, in der man allmählich drei Reiter unterschied, die bis zu den schwarzen Jurten galoppierten, wo eines der Pferde zu Boden stürzte, so daß der Reiter über seinen Kopf hinwegflog.
Die Wachtposten ergriffen die Pferde der Ankömmlinge bei den Zügeln und führten sie bis zum Schlagbaum. Von dort gingen zwei der Angekommenen in Begleitung der Wache zur Umzäunung für die Füllen, wo sie Dschingis-Khan fanden. Der Kagan hockte vor einer weißen Stute und beobachtete mit zusammengekniffenen Augen, wie ein graues Füllen an ihrem Euter sog.
Die beiden Eingetroffenen waren mit Lappen und Binden umwickelt, ihre Gesichter waren durch Eiterbeulen dermaßen entstellt, daß der Kagan sie nicht erkannte, sondern sie fragte:
»Wer seid ihr?«
»Großer Kagan, früher gehörten wir zu deiner Tausendschaft, jetzt sind wir dem Grabe Entstiegene. Der Schah von Chowaresmien, der dich in unseren Personen beleidigen und deiner spotten wollte, ließ uns die Bärte, die Zierde und Würde des Kriegers, absengen.«
»Und wo ist Ibn-Kefredsch-Bogra?«
»Dafür, daß er dem Schah deine Worte übermittelte, haben jene Hunde, die das chowaresmische Schwein im Grunzen unterstützen, ihn in Stücke gehauen.«
»Wie? Sie haben es gewagt, sich an meinem Gesandten zu vergreifen? Haben meinen treuen Ibn-Kefredsch-Bogra getötet?!«
Dschingis-Khan heulte wie in wildem Schmerze auf, ergriff eine Handvoll Sand und bestreute sich damit das Haupt. Dann rieb er sich mit den

schmutzigen Fingern die Tränen aus dem Gesicht. Schwerfällig lief er zur Stelle hin, wo die Pferde angepflockt waren. Und alle, die in der Nähe waren, liefen ihm nach. Herbeieilende Krieger, die von dem Schrei aus dem Schlaf geschreckt worden waren und nicht wußten, was die Unruhe zu bedeuten hatte und wodurch sie hervorgerufen worden war, schlossen sich ihnen an.

Atemlos erreichte der Kagan die mit Stricken verbundenen Pfähle zum Anbinden der Pferde, riß eines der ungesattelten Tiere los, packte es am Widerrist und schwang sich ihm auf den Rücken. Dann jagte er davon, auf den blauen Berg zu.

Seine Söhne und Je-Liu-Tschu-Tsai stiegen ebenfalls zu Pferde und setzten ihm nach. Schon von weitem sahen sie ihn stehen, auf einem Vorsprung unter den Kiefern. Er hatte seine Mütze abgenommen und sich den Gurt um den Hals geschlungen.[1] Große, glänzende Tränen flossen ihm über das mit Erde verschmierte braune Gesicht.

»Ewiger Himmel!« hörten sie ihn schreien. »Du rettest den Gerechten und strafst den Schuldigen! Du wirst auch die ruchlosen Muselmänner strafen!... Hört ihr es, meine tapferen Bahaduren? Die Moslemin haben meinen Gesandten Ussun und vierhundertfünfzig meiner Kaufleute, die mit ihnen Handel treiben wollten, umgebracht und ihnen ihre Waren geraubt. Sie glauben uns verlachen zu dürfen. Sie haben meinen zweiten Gesandten, den tapferen Ibn-Kefredsch-Bogra, erschlagen und seinen beiden Begleitern die Bärte abgesengt, wie man geschlachtete Schweine absengt, und sie wie Landstreicher fortgejagt, nachdem sie ihnen die Pferde weggenommen... Wollen wir das dulden?«

»Führ uns gegen die Moslemin!« schrien die Tataren. »Wir werden ihre Städte erobern und sie alle samt Weibern und Kindern niedermetzeln! Wir werden ihnen ihre Pferde und ihr anderes Vieh wegnehmen und forttreiben!«

»Dort bei ihnen gibt es keine Fröste und keine eisigen Schneestürme«, fuhr Dschingis-Khan laut zu brüllen fort. »Dort ist ewiger Sommer, dort reifen süße Melonen und Weintrauben. Dreimal während eines Sommers wächst dort das Gras auf den Wiesen von neuem. Gehört es sich, daß in solch einem glücklichen Land solche Verbrecher wie die Moslemin wohnen? Nein! Wir wollen ihnen ihr Land nehmen und ihre Städte dem Erdboden gleichmachen. Dort, wo ihre Städte standen, wollen wir Gerste säen und unsere Pferde weiden lassen. Dort wollen wir unsere Zelte aufschlagen und mit unseren Frauen und Kindern herrlich und in Freuden leben. Seid ihr bereit, mit mir in jene Länder zu ziehen?«

»Zeig uns nur den Weg dahin! Wir folgen dir!« schrien die Tataren.

»Ich sehe, ohne erst die Schamanen befragen zu müssen, daß der ›Glücksmond‹ angebrochen und daß es Zeit ist, mein Heer nach Westen zu führen!« rief Dschingis-Khan laut und stieg, nachdem er sich umgewandt, höher den Berg hinauf. Nur seine Leibwache folgte ihm und

---

[1] Das bedeutete bei den Mongolen, sich ganz in den Willen des Himmels ergeben.

umgab ringförmig die Stelle, wo der große Kagan mit seinen Gedanken allein zu bleiben wünschte.
Weiter oben auf dem Berg erblickte Dschingis-Khan oberhalb einer Steilwand auf einem kleinen Vorsprung ein Feuer. Ein Knabe saß daneben und fachte es mit einem Handblasebalg an. Auf der Kohlenglut lag eine glühende Eisenstange, die ein alter Mongole, der ebenfalls dort oben hockte, mit einer Zange im Feuer drehte, bereit, sie mit einem schon zum Schlage erhobenen Schmiedehammer zu bearbeiten.
»Wer bist du?« fragte der Kagan den Alten.
»Ich bin der Schmied Chori aus Dschebe-Nojons Tumen.«
»Was tust du hier?«
»Ich hämmere Pfeilspitzen, die sich selbst beim Anprall gegen Eisen nicht verbiegen, sondern den festesten Panzer durchschlagen. Helfe ich dir nicht, wenn ich solche unwiderstehlichen Pfeile anfertige?«
»Es liegt Sinn und Vernunft in deiner Rede«, bemerkte Dschingis-Khan. »Doch warum arbeitest du hier oben auf dem Berge?«
»Hier oben finde ich viele harzige Wurzeln, die eine heiße Flamme geben. Und wenn ich offen sein soll: Von hier oben sehe ich weit über die Steppe hin, und dort drüben, nach jener Seite zu, liegen unsere heimatlichen Zelte.«
»Was schwätzt du da für Unsinn? Von hier aus kann man unsere heimatlichen Zelte doch nicht sehen, dafür sind sie viel zu weit weg.«
»Und wenn auch. Ist die Steppe nicht überall gleich? Ich wende meinen Blick nach der heimatlichen Seite hin, und schon wird mir leichter ums Herz.«
»Und dieser Knabe ist dein Sohn?«
»Er war ein Chinesenkind, ist aber jetzt mein Sohn geworden. Ich war mit dir, mein Khan, in China und habe mich dort des verlassenen Kindes angenommen. Im Sattel habe ich es aufgezogen. Nun ist er mein Schmiedegehilfe geworden.«
»Wo ist denn deine Schmiede?«
»Ich trage sie mit mir auf meinem Sattel. Hier sind die Hämmer. Als Amboß dient mir ein Eisenblock. Den Blasebalg stecke ich in einen Sack und lade ihn dem zweiten Pferd auf, welches mein Sohn reitet.«
»Und habt ihr gute starke Pferde?«
»Recht alt sind meine Pferde schon. Wieviel Feldzüge habe ich auf ihnen nicht schon mitgemacht! Sobald wir in das Gebiet von Buchara kommen, werde ich mir dort kräftigere aussuchen und auch noch einige Sklaven als Hammerschmiede.«
»Wenn du tapfer kämpfst, sollst du eine ganze Pferdeherde haben.«
»Ach, für den Kampf tauge ich nicht mehr sonderlich. Ich bin schwer verwundet. Aber Messer und Pfeilspitzen schmieden, das kann ich noch, das ist mir eine vertraute Arbeit. Doch sage, großer Khan, werden wir noch lange hier bleiben? Die Nuker meines Tumens hungern schon und schlachten ihre Pferde. Es wäre Zeit, weiterzurücken ...«
Dschingis-Khan ließ ein starkes Schnaufen hören: ein böses Zeichen.

»Nein, erst sag du mir, Schmied Chori! Wenn dein ganzer Tumen bereits seit zwölf Tagen nicht mehr hier, sondern vorausgeritten wäre, würdest du ihm dann nachreiten und alle dir unterwegs Begegnenden fragen, ob keiner von ihnen Dschebe-Nojon gesehen habe? Wenn alle Nuker anfangen wollten, um das Lager herumzustreichen, würde bald mein ganzes Heer auseinandergelaufen sein!«
Der Schmied begann zu zittern und warf sich mit dem Gesicht auf die Erde.
»Wir befehlen«, sagte der Kagan zu seiner Leibwache, »diesen Schmied zu meiner Tausendschaft zu bringen und ihm vor versammeltem Haufen fünfundzwanzig Stockhiebe auf die Sohlen zu geben, damit sie ihm nicht wieder jucken. Rings um das Lager sind sofort Patrouillen auszusenden, um alle diejenigen aufzugreifen, die sich nicht bei ihrer Hundertschaft befinden, sondern sich umhertreiben. Und die Namen der Anführer ihrer Hundertschaft sind mir zu melden, ich werde ihnen allen eine gebührende Strafe zumessen.«
Damit stieß er den taumelnden Schmied von sich und stieg langsam weiter bergauf. Nach einigen Schritten blieb er auf dem steinigen Pfad stehen und sagte, sich umwendend:
»Ich werde mit dem Himmel Zwiesprache halten über einen erfolgreichen Feldzug. Damit niemand meine Unterredung störe, stelle man rings um den Berg Wachen aus!«
Dann stieg er weiter bergauf, dem Gipfel zu.

Wie man Briefe schreiben muß

Dschingis-Khan verstand keine andere Sprache als die mongolische und war des Schreibens nicht kundig.
(W. Barthold)

Gegen Abend erst kehrte der Kagan in sein Zelt zurück und berief sofort die obersten Orkhone seines Heeres zu sich. Es waren darunter mit Ruhm bedeckte Kampfgefährten aus Dschingis-Khans jüngeren Tagen, grauhaarig, vom Alter gebeugt, mit hängenden Wangen, und junge, vom Kagan mit Scharfsinn erwählte Krieger, die auf Heldentaten brannten. Jeder der Versammelten hatte zehntausend Reiter unter seiner Fahne.
Alle hockten im engen Halbkreis auf Teppichen um Dschingis-Khan herum, der höher als sie auf einem goldenen Thron saß, dessen Rücklehne von chinesischen Meistern kunstreich geschnitzt war und lauter ineinandergeringelte Glücksdrachen darstellte, die mit einer Perlmuschel spielten, sehr ähnlich einer Seemeduse mit langen Fangarmen. Die Seitenlehnen des Thrones aber hatten die Gestalt zweier wutschnaubender Tiger. Dieser Thronsessel war eine Kriegsbeute aus dem Palast des Kaisers von China, und der Kagan führte ihn auf allen seinen Kriegszügen mit sich.
Rechts vom Thron saßen zwei Brüder Dschingis-Khans und seine zwei

jüngsten Söhne Ugedai und Tuli; links saß die jüngste Frau des Kagans, die Merkitin Kulan-Hatun, behängt mit kostbaren funkelnden Halsketten und goldenen Armbändern. Chinesische Diener glitten lautlos hinter den Sitzenden hin und her und reichten ihnen goldene Schüsseln mit Speisen und goldene Schalen mit Kumyß und rotem berauschendem Wein.
Neben der Frau des Kagans saßen zwei Gesandte: der vom mächtigen Tangutenherrscher Burchan entsandte Aschaganbu und der chinesische Feldherr Men-Hun,[1] Abgesandter des Sung-Kaisers von Südchina, welcher den Chin-Kaiser von Nordchina haßte und deshalb Freundschaft mit den Mongolen suchte.
Bei diesem Gastmahl setzte Dschingis-Khan seine Gäste durch die Pracht seines goldenen Tafelgerätes und durch die Überfülle und Vielfalt der dargereichten Speisen und Getränke in Erstaunen. Die Braten – das Fleisch einer jungen Stute, Wildhirsch und Steppentrappen – wechselten mit Süßspeisen ab, die ein erfahrener chinesischer Koch zubereitet hatte. Kumyß (gegorene Stutenmilch), Airan (persischer Rotwein) und chinesischer Schnaps aus den Kernen der Wassermelone bildeten die Getränke. Seltene Südfrüchte waren von Eilboten herangebracht worden, die tagelang auf fortgesetzt ausgewechselten Pferden unterwegs gewesen waren. In diesem öden Tal, wohin sonst nur Wildpferdeherden kamen, denen Tiger folgten, mutete diese reichhaltige Speisenfolge seltsam und erstaunlich an.
Hinter einem Seidenvorhang vernahm man den schrillen Gesang chinesischer Sängerinnen und den Klang von Flöten und Schalmeien. Zu dieser Musik führten einige wunderlich gekleidete Tänzerinnen eine Pantomime auf, ungefähr folgenden Inhalts: Eine sorglos in der Steppe weidende Hirschkuh wird von einem Luchs beschlichen, der aber vom Pfeil eines versteckten Jägers getroffen wird.
Dschingis-Khan, mit dem gelungenen Fest offensichtlich zufrieden, bediente sich mit den Fingern aus besonderen Schüsseln, die ihm ein vor ihm kniender chinesischer Diener präsentierte; er schmatzte beim Essen laut vor Behagen und steckte denjenigen Personen seines Hofstaates oder denjenigen Gästen, denen er damit eine besondere Gnade erweisen wollte, die besten Fleischstücke eigenhändig in den Mund.
Dann und wann warf er einen eifersüchtig lauernden Blick auf den neben Kulan-Hatun sitzenden tangutischen Gesandten, der sie durch eine Erzählung erheiterte, worin er spaßig übertreibend beschrieb, wie er, der nie seinen Weg in der Steppe verlor, sich bei seinem ersten Aufenthalt in China im Gewirr der kleinen schmalen Gäßchen der chinesischen Hauptstadt rettungslos verirrt hatte. Kulan-Hatun lachte über sein Mißgeschick.

---

[1] Men-Huns Aufzeichnungen über die Mongolen und Dschingis-Khan haben sich bis zum heutigen Tag erhalten.

Dschingis-Khan, der eine Hammelkeule abnagte, sagte jetzt zu dem tangutischen Gesandten:
»Dein Herrscher hat mir versprochen, im bevorstehenden Feldzug meine rechte Hand zu sein. Ich stehe im Begriff, gegen den Schah von Chowaresmien zu Felde zu ziehen, um ihn dafür zu züchtigen, daß er meine Gesandten erschlagen ließ. Höchste Zeit also für deinen Herrn, mit seinen Reitern sich einzufinden und seinen Platz im rechten Flügel meines Heeres einzunehmen.«
Der tangutische Gesandte, vertieft in sein Gespräch mit der schönen Kulan-Hatung, antwortete lässig:
»Wenn dein Heer nicht stark genug ist, dann führ keinen Krieg!«
Dschingis-Khan warf die Hammelkeule aus der Hand, wischte sich die fettigen Finger an seinen weichen wildledernen Stiefelschäften ab, fuhr sich mit dem Schoß seines Zobelpelzes über den Bart und wandte sich, fast atemlos vor Wut und Ingrimm, an den tangutischen Gesandten:
»Du sprichst im Namen deines Herrn! Wie konntest du dich unterstehn, mir so frech zu antworten?«
Alle in der Tafelrunde verstummten.
»Würde es mir wohl schwerfallen«, fuhr Dschingis-Khan fort, »meine Truppen sogleich gegen das tangutische Reich zu wenden? Doch ich habe eben andere Pläne, die mich hindern, euch Tanguten, die ihr so gemein und hinterlistig seid, aufs Haupt zu schlagen. Jedoch ich schwöre es, daß ich, falls der ewige Himmel mich vor dem Pfeil des Feindes bewahrt, gegen deinen ungetreuen Herrscher zu Felde ziehen werde, sobald ich den Schah von Chowaresmien gezüchtigt habe. Dann werde ich mich deiner Worte erinnern und euch beweisen, ob ich es verstehe, Krieg zu führen! Je-Liu-Tschu-Tsai, laß sofort Pferde vorführen. Mag dieser kriechende junge tangutische Hund aus meinem Zelt sich fortschleichen!«
Der tangutische Gesandte Aschaganbu stammelte:
»Habe ich denn etwas Kränkendes gesagt?...«
Doch chinesische Diener faßten ihn schon unter den Armen und schleppten ihn aus dem Zelt.
Mit finsterem Gesicht verwies Dschingis-Khan den chinesischen Gesandten Men-Hun, daß er zuwenig trinke, und zwang ihn, sechs große Schalen Wein hintereinander zu leeren. Der Chinese fügte sich ergeben, und alle Anwesenden sangen, während er trank, ein Loblied ihm zu Ehren. Nach der sechsten Schale fiel er um und schlief sofort ein.
Dschingis-Khans Miene heiterte sich auf, und er sagte freundlich:
»Nun ist mein Gast des Weines voll und also eines Sinnes mit mir. Tragt meinen Freund behutsam in sein Zelt. Dort mag er seinen Rausch ausschlafen und morgen früh in seine Heimat zurückkehren. Die Stadtoberhäupter sollen ihn unterwegs bewirten, ihm Wein und Tee geben und alles, was er sich wünscht. Wir befehlen, daß gute Musikanten ihn unterwegs durch Flötenspiel und Saitenschlag erheitern sollen, denn es ist unser Wunsch, daß es unserem Freund an nichts mangele.«

Als man den Berauschten hinausgetragen hatte, wandte sich Dschingis-Khan an Je-Liu-Tschu-Tsai:
»Hast du den Brief an den Mörder meiner Gesandten, an den Schah Muhammed von Chowaresmien, aufgesetzt?«
Der Ratgeber des Kagans antwortete ihm leise:
»Wenn zwei so tapfere Feldherren im Begriff sind, gegeneinander Krieg zu führen, wie sollte ich da einen angemessen würdigen Ton treffen? Ich verstehe mich nur darauf, in eroberten Ländern Ordnung zu schaffen und dafür zu sorgen, daß deine Befehle gewissenhaft ausgeführt werden. Deshalb hat dein erfahrener Sekretär Ismail-Hodscha diesen Brief an den Schah abgefaßt.«
»Wo ist er?«
Der hochbetagte Sekretär und Siegelbewahrer des Kagans, der Uigure Ismail-Hodscha, trat zum Thron, ließ sich auf die Knie nieder und präsentierte dem Kagan eine Pergamentrolle.
»Lies!«
Ismail-Hodscha las:
»Der ewige Himmel hat mich zum Kagan aller Völker erhoben. In den letzten sieben Jahren habe ich ungewöhnliche Taten vollbracht. Ein Reich wie das meine hat es seit den ältesten Zeiten noch nicht gegeben. Für ihren Ungehorsam züchtige ich die Herrscher und zerschmettere ihnen das Haupt. Sobald mein Heer nur erscheint, unterwerfen sich, in Schrecken versetzt, auch die fernsten Länder. Doch warum hast du dich nicht ehrerbietig gegen mich betragen? Besinne dich! Willst auch du den Schlag meines Zornes verspüren?...«
Dschingis-Khan, der mit untergeschlagenen Beinen auf seinem Thron gesessen hatte, tat die Füße jetzt herunter, stürzte sich auf Ismail-Hodscha und riß ihm das Schreiben aus den Händen, noch ehe der Sekretär zu Ende gelesen hatte.
»Wem schreibst du das? Einem Herrscher, der würdig ist, mit mir zu sprechen, oder dem Sohn eines gelbohrigen Hundes? Spricht man in diesem Ton mit Feinden? Du bist selbst ein Moslem und wedelst daher vor dem moslemischen Schah wie ein Hund mit dem Schwanz! Willst du, daß der Schah Muhammed denkt, ich hätte Furcht vor ihm? Ganz idiotisch hast du das geschrieben!«
Ismail-Hodscha lag vor dem Kagan auf dem Bauche, sein Gesicht in den Teppich gepreßt, und zitterte vor Angst. Der Kagan ergriff ihn am Gurt, schleifte ihn aus dem Zelt und ließ ihn, nachdem er ihm noch einen Fußtritt versetzt hatte, vor dem Eingang liegen.
Da tauchte neben ihm sein Ratgeber Je-Liu-Tschu-Tsai auf und sprach leise und vorwurfsvoll:
»Sieh den weißen Bart deines Sekretärs an und erinnere dich seiner Verdienste während so vieler Jahre. Er hat deine Kinder und Enkel Lesen und Schreiben gelehrt. Du solltest einen treuen und ergebenen Diener nicht so behandeln...«
Dschingis-Khan richtete sich auf:

»Ismail-Hodscha schreibt Sklavenbriefe. Er weiß nicht, wie man voll Stolz spricht. Mag er auch weiterhin meine Enkel im Lesen und Schreiben unterrichten, sich aber nicht unterfangen, mit Gebietern von Völkern zu sprechen!«

Der Kagan kehrte ins Zelt zurück und nahm wieder auf dem Thron mit hochgezogenen Beinen Platz, indem er das rechte Knie mit den Armen umfaßte, während er auf der linken Ferse saß. Seine grünen Katzenaugen erweiterten sich bald, bald verengten sie sich wieder zu einem schmalen Spalt.

Vor dem Thron erschien ein anderer Schreiber mit einem reinen Pergamentblatt, und Je-Liu-Tschu-Tsai reichte ihm eine Rohrfeder zum Schreiben.

Dschingis-Khan aber beharrte in seinem Schweigen, den Blick der zusammengekniffenen bösen Augen immerfort auf einen Punkt gerichtet. Dann drehte er sich zu dem kniend wartenden Schreiber um und sagte:

»Schreibe: ›Du wolltest Krieg – du sollst ihn haben!‹ «

Wie erwachend nahm Dschingis-Khan dem Chinesen das blau eingefärbte[1] goldene Petschaft aus der Hand und drückte es unter den Brief. Auf dem Pergament erschien der Abdruck der Worte:

»Gott ist im Himmel
und der Kagan Gottes Kraft auf Erden,
Gebieter über die Bahnen der Planeten.
Siegel des Beherrschers aller Menschen.«

Und in die Stille hinein, die unter den verstummten Gästen herrschte, klang plötzlich der Schlachtruf, den die Mongolen bei der Attacke auszustoßen pflegen:

»Kchu! Kchu! Kchu!«

Die draußen hinter dem Zelt angebundenen Lieblingshengste Dschingis-Khans begannen, als sie die Stimme ihres Herrn erkannten, zu wiehern, und einige Augenblicke später tönte von allen Seiten das Wiehern der Mongolenpferde, die einander antworteten.

Je-Liu-Tschu-Tsai nahm behutsam mit beiden Händen das Pergament in Empfang, und Dschingis-Khan sagte scharf und abgehackt zu ihm:

»Unverzüglich abschicken... an die chowaresmische Grenze!... Sofort!... Dem Kurier eine Eskorte zum Schutz mitgeben!... Dreihundert Reiter...« Und indem er sich den Gästen seiner Tafelrunde zuwendete, sprach er mit schmeichelnd schnurrender Stimme: »Doch wir wollen unser Mahl bei friedlicher Unterhaltung fortsetzen... Bald wird sich unsere Seele in den Städten der Muselmänner freuen. Dort werden wir uns vergnügen. Ich sehe schon, wie sich die gepflügten Felder mit einem Dunst von Pferdeschweiß überziehen, ich höre die Angstschreie der entsetzt Fliehenden und das Gekreisch der in unseren Wurfschlingen

[1] Auf Briefen des Kagans an Beherrscher anderer Länder war das Siegel blau, auf gewöhnlichen Dokumenten rot.

gefangenen und gewaltsam mit fortgerissenen Weiber. Das Wasser der Flüsse wird rot sein vom Blut wie dieser Wein, und der glühende Himmel wird sich vom Qualm und Rauch der brennenden Dörfer verdunkeln...«

Er kniff die Augen zusammen und lauschte, indem er seinen kurzen dicken Zeigefinger erhob, dem Wiehern der Hengste draußen vor dem Zelt und im ganzen Lager.

Die an der Tafel sitzenden Orkhone begannen mit halblauter Stimme untereinander zu sprechen:

»Wie es scheint, steht der Feldzug unmittelbar bevor...« Und sie hoben ihre Trinkschalen und wünschten einander Erfolg bei den in Aussicht stehenden Kämpfen.

Fünfter Teil

Der Einfall des unbekannten Volkes

Wer sich nicht verteidigt, kommt um

> Nach dem Einfall der Mongolen geriet die Welt in Unordnung wie das Haar eines Äthiopiers. Die Menschen wurden zu Wölfen.
> (Saadi, XIII. Jh.)

Als der Schah von Chowaresmien Dschingis-Khans lakonischen Drohbrief bekommen hatte, befahl er, seine neue Residenz Samarkand in höchster Eile mit einer festen Mauer zu umgeben, ohne Rücksicht auf die Größe der Stadt, welche erforderte, daß die Länge der Mauer zwölf Farsach, das sind ungefähr vierundachtzig Kilometer, betrug.

Muhammed sandte Steuereinnehmer in alle Teile seines Reiches, um die Steuern für drei Jahre im voraus einzutreiben, obwohl es schon reichliche Mühe gekostet hatte, sie für das laufende Jahr einzutreiben.

Ein anderer Befehl des Schahs ordnete die Bildung von Bogenschützentruppen an. Die Schützen hatten sich auf den Sammelplätzen zu Pferde mit eigener Ausrüstung und Proviant für mehrere Tage einzufinden.

Schließlich gebot der Schah, sofort alle auf dem rechten Ufer des Dscheihun gelegenen Siedlungen niederzubrennen bis hin zur Ortsgrenze mit den Kara-Kitajern, in deren Land die Mongolen aufgetaucht waren. Die Bewohner der zerstörten Siedlungen sollten auf Befehl des Schahs in das Hinterland zurückgetrieben werden, damit die heranrükkenden Mongolen eine wüste, verödete Zone der verbrannten Erde vorfänden, die ihnen weder Obdach noch Nahrung bot. Doch die erbitterte Bevölkerung lief zum größten Teil nach Kara-Kitai über, wo die Männer in die Truppen der Mongolen eintraten.

Bis sich die Truppen aus allen Teilen Chowaresmiens gesammelt hatten, blieb Schah Muhammed in seiner Residenz Samarkand, wo er die Moscheen besuchte, um die Predigten des wortgewaltigen Scheich-ul-Islam anzuhören und andächtig vor den Rechtgläubigen, die sich jedesmal zahlreich auf dem Platz vor der Moschee einzufinden pflegten, die öffentlichen Gebete zu sprechen. In ihrer Gemeinschaft kniete der Schah nieder und wiederholte die vom Scheich-ul-Islam vorgesprochenen Koranworte.

Zu Beginn des Jahres des Drachens (1220) berief Muhammed einen Rat der obersten Feldherren, der angesehensten Begs, der höchsten Würdenträger und der graubärtigen Imams ein.

Alle erwarteten von dem »Neuen Iskander«, von »Muhammed dem Kriegerischen«, wie man den Schah seit der Zerstörung des aufstän-

dischen Samarkand und seit dem Feldzug in die Kiptschakensteppe zu nennen pflegte, weise und kühne Beschlüsse und Entscheidungen.
In Erwartung des Herrschers saßen die zum Rate Einberufenen auf Teppichen in engem Kreise und gaben ihrer Hoffnung Ausdruck, daß es Muhammed bei seiner Kriegserfahrung gelingen würde, das Land schnell und siegreich aus Not und Gefahr herauszuführen.
Timur-Melik erzählte:
»Heute besichtigte der Padischah die Arbeiten an den Befestigungen der Stadt. Er beobachtete, wie die vielen Tausende von Ansiedlern und Sklaven, die man von überallher herbeigeholt hat, Gräben aufwarfen. Die hartgefrorene Erde widersetzte sich den Stößen der Grabscheite. Da erzürnte sich der Schah und rief: ›Wenn ihr so langsam arbeitet, brauchen die wilden Tataren, wenn sie heranstürmen, nur ihre Peitschen in die Gräben zu werfen, und sie werden bis obenhin gefüllt sein!‹ Als die Arbeiter das hörten, fragten sie voll Entsetzen: ›Hat denn Dschingis-Khan so viele Krieger?‹«
In den Beratungssaal trat der Schah von Chowaresmien. Undurchdringlich und schweigsam nahm er mit untergeschlagenen Beinen auf dem goldenen Thron Platz. Der oberste Imam sprach ein kurzes Gebet, das mit den Worten endete: »Möge Allah die gesegneten, blühenden Länder Chowaresmiens zum Nutzen und Ruhme des Schahs bewahren und beschirmen!«
Alle erhoben die Hände und strichen sich mit den Fingerspitzen über den Bart.
»Ich erwarte Rat und Hilfe von einem jeden unter euch«, begann der Schah. »Mag ein jeder der Reihe nach auf die Maßnahmen hinweisen, die er für die dringlichsten hält.«
Als erster ergriff der greise Imam, der hochbetagte Schichab-ed-Din-Chiwaki, das Wort, den Kenntnisse in vielerlei Wissenschaften zierten und den man »die Säule des Glaubens und die Burg des Reiches« nannte.
»Ich werde hier nur wiederholen, was ich bereits von der Höhe des Minbar herab gesagt habe. Im glaubwürdigen Hadith des Propheten – sein Name sei gesegnet und gepriesen! – heißt es: ›Wer bei der Verteidigung seines Lebens und Eigentums getötet wird, ist ein Märtyrer, ein Dschahid!‹ Alle müssen aus der Dunkelheit ihres Werk- und Alltags heraustreten auf den Pfad des Gehorsams und die Heerscharen der Sorgen mit dem Schwerte der Kühnheit und des Eifers zerstreuen.«
»Wir sind alle bereit, unser Leben auf dem Schlachtfelde zu lassen!« riefen die Versammelten.
»Doch was rätst du zu tun?« fragte der Schah.
»Du bist der große Feldherr, der neue Iskander!« entgegnete der Imam. »Du mußt deine zahllosen Truppen an die Ufer des Seichun führen und dort die Mongolen mit deinen frischen Kräften überfallen, bevor sich diese Heiden von den schweren Anstrengungen ihres Zuges durch die Wüsten Asiens erholt haben.«

Muhammed schwieg mit gesenktem Blick. Dann befahl er dem nächsten, einem Kiptschakenkhan, zu sprechen.
»Es ist notwendig, die Mongolen ins Innere unseres Reiches eindringen zu lassen. Hier, wo wir das Terrain besser kennen als sie, werden wir sie leicht vernichten können.«
Andere Kiptschakenkhane rieten, Samarkand und Buchara, auf die Stärke ihrer hohen Mauern vertrauend, ihrem Schicksal zu überlassen und die Mongolen nur an der Überschreitung des wasserreichen Dscheihun zu hindern und sie nicht weiter nach Iran hineinzulassen.
»Ich kenne diese rohen Nomaden gut«, sagte einer der Khane. »Sie werden raubend und plündernd durch das Land ziehen, doch lange bleiben werden sie nicht. Sie wie ihre Pferde sind an die kalten Steppenwinter gewöhnt und können die Hitze nicht vertragen. Solange die Mongolenwirtschaft hier dauert, muß unsere ganze Mühe und Sorge darauf hinzielen, uns unseren geliebten Padischah zu erhalten – möge seine Regierung hundertzwanzig Jahre währen! – Wir wollen uns hinter den Bergrücken des Hindukusch zurückziehen und weiter bis nach Ghasna. Dort werden wir ein neues großes Heer sammeln. Falls es nötig sein sollte, können wir auch bis nach Indien zurückweichen. Währenddessen werden die Mongolen sich an der Beute gesättigt haben und wieder in ihre Steppen heimkehren.«
»Die Sprache eines Kleinmütigen!« brummte Timur-Melik.
Muhammed wandte sich jetzt an seinen Sohn mit der Frage: »Und was hast du vorzuschlagen?«
»Ich bin dein Krieger und harre deines Befehls.«
»Und du, Timur-Melik?«
»Der Sieg winkt immer dem Angreifer. Wer nur auf Verteidigung bedacht ist, gibt sich dem Winde der Verwesung preis«, erwiderte Timur-Melik. »Daher besiegt der schwache Mensch auch den starken wütenden Tiger, wenn er ihn nur kühn angreift. Hinter die Berge mögen jene sich zurückziehen, die wie feige Hunde den Schwanz einziehen, weil sie fürchten, von Angesicht zu Angesicht dem Feinde gegenüberzutreten. Warum fragst du mich? Bitte ich dich nicht schon seit langem, mich dorthin zu entsenden, wo bereits die vordersten tatarischen Späher umherstreifen? Bei Zusammenstößen mit ihnen werde ich ausprobieren, ob mein Pfeil noch sicher trifft oder ob mein blanker Säbel meiner Hand zu schwer geworden ist.«
»Sei es so!« sagte Muhammed. »Bald werden die Gebirgspässe schneefrei sein, und dann werden die Mongolen von den Bergen herab in die Täler von Fergan steigen. Dort sollst du an Mongolenköpfen deinen Säbel erproben! Ich ernenne dich hiermit zum Befehlshaber der Garnison von Chodschent.«
Alle schlugen die Augen nieder und legten die Fingerspitzen aneinander. Es war nur allzu klar, daß der Schah dem freimütigen Timur-Melik zürnte, der in seiner Rede ebensowenig zurückhaltend war wie in der Schlacht und niemals den Honigseim der Schmeichelei hineinträufelte.

In der Stadt Chodschent lag nur eine unbedeutende Garnison, und es war für einen so erfahrenen und tapferen Kriegsmann keine Ehre, Kommandant einer so wenig beachtenswerten Festung zu werden. Doch in Timur-Meliks Worten hatte der Schah beleidigende Spitzen wie Dornen im Rosenbusch verspürt und fügte nun hinzu:
»Timur-Melik behauptet, der Sieg winke nur dem Angreifenden. Doch nicht immer genügt blinder Mut, es bedarf auch der Überlegung. Ich werde keiner Stadt weh tun und sie ohne Schutz lassen. Auch ich bin der Meinung, daß die Mongolen oder Tataren, die sich in Schaffelle kleiden, unsere Hitze nicht lange aushalten und in Kürze wieder abziehen werden. Der beste Schutz für die friedliche Bevölkerung sind die unzerstörbaren Mauern und Wälle unserer Festungen und...«
»...und deine mächtige Hand! Deine Weisheit!« riefen die schmeichlerischen Khane.
»Gewiß wird das von mir geführte Heer ein drohender, unerschütterlicher Fels auf dem Wege der Tataren sein«, sagte der Schah Muhammed. »Hält sich der tapfere Inaltschik Kair-Khan nicht schon seit fünf Monaten in dem belagerten Otrar und fängt den Vorstoß der Tataren auf? Standhaft schlägt er alle ihre Sturmangriffe ab und kann sie auch abschlagen, weil ich ihm rechtzeitig zwanzigtausend tapfere Kiptschaken zu Hilfe geschickt habe...«
»Ein tapferer Krieger ist Kair-Khan!« riefen die Khane.
»Zuverlässige und wissende Beurteiler haben mir gesagt, daß das Heer der Tataren im Vergleich zu meinem nichts ist als ein Schein von Rauch in dunkler Nacht. Warum sollte man es da fürchten? Ich werde in Samarkand hundertzehntausend Krieger – ungerechnet die Freiwilligen – zurücklassen und zwanzig mächtige Kriegselefanten von furchterregendem Aussehen. In Buchara sind fünfzigtausend tapfere Männer, und ebenso habe ich in alle anderen Städte je zwanzig- bis dreißigtausend Verteidiger geschickt. Was wird von Dschingis-Khans Heer übrigbleiben, wenn es sich vor jeder meiner Festungen ein ganzes Jahr aufhalten muß? Neue Truppen wird er nicht nachziehen können, und die, die er mitgebracht hat, werden hinschmelzen wie Schnee an der Sommersonne...«
»Inschallah! Inschallah!« riefen alle wie aus einem Munde.
»Ich aber werde unterdessen Truppen in Iran sammeln und mit ihnen die Reste des Tatarenheeres vernichten, so gründlich vernichten, daß noch ihre Enkel und Urenkel sich fürchten werden, sich den Ländern des Islams zu nähern.«
»Inschallah! Inschallah!« wiederholten die Khane ihren Ruf. »Eine wahrhaft weise Rede eines unbesiegbaren Feldherrn!«
Der Vorsteher des Diwan-Ars trat an den Schah heran und überreichte ihm einen Zettel, der eine kurze, von einem nur mit Mühe durch die mongolischen Posten gelangten Betteldërwisch überbrachte Nachricht enthielt, wonach die vom Schah nach Otrar entsandten zwanzigtausend Kiptschaken Verrat geübt und sich auf die Seite der Mongolen ge-

schlagen hätten. Alle Anwesenden versuchten voll Unruhe an Muhammeds Gesichtsausdruck zu erraten, ob es eine schlimme oder gute Botschaft sei.
Der Schah zog die Augenbrauen zusammen und murmelte:
»Es ist höchste Zeit, man darf nicht länger zögern!«
Dann erhob er sich und zog sich, nachdem er noch das von dem Imam gesprochene Gebet mit angehört, in die inneren Gemächer seines Palastes zurück.

Kurban-Kysyk wird Dschigit

»He, Kurban-Kysyk! He, du Spaßvogel! Fortan brauchst du nicht mehr in der Erde zu buddeln. Der Schah von Chowaresmien macht dich zum Oberbefehlshaber seiner tapferen Truppen!«
Ohne vom Pferd zu steigen, klopfte ein Dschigit mit dem Griff seiner Peitsche an die niedrige, schiefe Tür von Kurbans Hütte.
»Was bricht denn noch für Unglück über uns herein?!« rief eine hagere, vom Alter gebeugte Greisin, Kurbans Mutter, die eiligst aus dem Gemüsegarten herbeigehumpelt kam.
»Mach schnell! Mach schnell!« rief der Dschigit. »Was hat er denn am hellichten Tage zu schlafen? Wahrscheinlich hat er sich wieder an Busa berauscht?«
»Wie könnten wir denn an Busa denken?« jammerte die Alte. »Erst hat Kurban die ganze Nacht am Graben gewacht, bis das Wasser kam. Dann hat er unser Stück Land gegossen. Und da hat er sich noch mit vier Nachbarn raufen müssen, die das Wasser auf ihre Äcker ableiten wollten. Jetzt liegt er braun und blau geschlagen da und stöhnt.«
Rasch verschwand die Greisin in der Hütte, und gleich darauf zeigte sich Kurban in der Tür. Er rieb sich die Augen und betrachtete voll Schrekken den flotten schmucken Reiter auf dem Apfelschimmel.
»Salam, Beg-Dschigit!« sagte er. »Was will der Vorsteher von mir?«
»Nicht der Vorsteher, der Schah von Chowaresmien selbst verlangt von dir, daß du dich unverzüglich mit einem Pferd, einem Schwert und einem Speer einfindest, um gegen die unbekannten Jadschudschen und Madschudschen zu kämpfen.«
Mit hängenden Schultern und langem Halse stand Kurban da und kratzte sich den Rücken.
»Hör auf, meiner zu spotten, Beg-Dschigit! Was wäre ich denn für ein Krieger? Ich verstehe mich nur auf die Handhabung des Spatens und des Suppenlöffels.«
»Dies zu erwägen ist nicht deine und auch nicht meine Sache. Mich hat der Hakim mit dem Befehle zu allen Dorfschulzen ausgeschickt. Alle Dorfbewohner haben sich schleunigst einzufinden. Wer ein Pferd hat, zu Pferde, wer ein Kamel hat, auf dem Kamel! Morgen jedenfalls hast du dich bei deinem Beg einzufinden, und der wird euch flotte Krieger

ins Feld führen. Wer nicht erscheint, dem wird der Kopf abgeschlagen! Hast du verstanden?«
»So warte doch, Beg-Dschigit, und erkläre mir, gegen wen es geht, was für Jadschudschen-Madschudschen das sind.«
Doch der Dschigit versetzte seinem Apfelschimmel einen Peitschenhieb und jagte davon. Nur eine kleine Staubwolke erhob sich über dem Weg in die Luft, wurde langsam fortgetrieben und sank auf den Acker nieder.
»Kurban, Söhnchen, was haben die Begs wieder ausgeheckt? Was wollen sie von dir?« erkundigte sich neugierig die Greisin, die sich neben der Schwelle auf die Erde gesetzt hatte.
»Wahrscheinlich sind sie ganz toll geworden!« knurrte Kurban. »Schade, daß man unsere Rotbraune bis jetzt noch nicht für passend befunden hat. Andernfalls hätte man mich wahrscheinlich nicht zum Hakim bestellt.«
Damit ging er zu der rotbraunen Stute hin, die am Rain Gras rupfte. Das Ende ihres Halfters hielt Kurbans kleiner Sohn in der Hand, der, bis zum Gürtel nackt, nur mit Hosen bekleidet war, deren Beine er bis über die Knie aufgekrempelt hatte.
»He, Kurban-Kysyk! Was ist los?« riefen herbeieilende Dorfgenossen, die auf den Nachbarfeldern gearbeitet hatten.
Aber Kurban würdigte sie keiner Antwort. Ihm schmerzte noch der ganze Körper von den Schlägen, die er bei der Rauferei erhalten hatte. Er streichelte die Stute, strich ihr die spärliche Mähne glatt und mit der Hand über den mageren Rücken und die Flanken mit den vorstehenden Rippen.
»Sei uns nicht mehr böse, Kurban. Weißt ja selber: Erst raufen sich die Hunde um einen Knochen, aber gleich darauf liegen sie wieder dicht beieinander in der Sonne und wärmen sich.« So sprachen die Nachbarn. »Um des Wassers willen wird der leibliche Bruder zur wilden Bestie. Also sag schon. Was wollte der Dschigit? Was führte ihn her?«
»Der Krieg!« antwortete Kurban dumpf.
»Krieg?« wiederholten die andern das entsetzliche Wort und erstarrten.
»Was für einen Krieg kann es denn geben?« verwunderte sich einer. »Der Schah ist der stärkste aller Herrscher. Sein Schatten deckt den Erdkreis. Wer soll da wagen, ihn mit Krieg zu überziehen?«
»Was wollen sie denn von uns? Wir sind doch keine Krieger? Wir säen das Korn und ernten es, und dann nehmen die Begs es uns weg. Aber sonst sollen sie uns ungeschoren und in Frieden lassen!« begehrte ein andrer auf.
»So sprich schon! Was hat denn der Dschigit gesagt?«
»Alle müssen wir ins Feld ziehn, hat er gesagt, unser Land verteidigen. Wer ein Pferd oder ein Kamel hat, muß sich damit beim Beg einfinden...«
»Nein, ich werde mein Weib und meine Kinder nehmen und mit ihnen in die Berge oder in die Sümpfe fliehen. Was soll ich verteidigen? Dieses

Land? Es ist ja nicht unseres, sondern gehört dem Beg! Mögen sich die Begs samt ihren Dschigiten untereinander darum raufen!«
»Der Schah hat ein Kiptschakenheer in seinem Solde. Deren Sache ist es zu kämpfen, mit dem Feinde zu kämpfen. Bisher haben sie bloß mit uns gekämpft und uns das Leben sauer gemacht.«
»Doch jetzt, in der Not, da wenden sie sich an uns...«
»He, da seht mal, noch ein weiteres Unglück!«
Den Weg entlang kamen, Staub aufwirbelnd, drei Reiter angeprescht, hinter denen vier hochräderige Fuhrwerke herratterten. Der kleine Zug hielt neben Kurbans Lehmhütte an. Aus den Wagen sprangen mehrere Männer mit langen weißen Stöcken.
»Kommt näher! Hierher!« rief einer der Reiter Kurban und seinen Nachbarn zu, die sich zögernd näherten mit über dem Bauch zusammengelegten Händen.
»Ihr müßt mich kennen. Ich bin der Steuereinnehmer eures Kreises. Der Hauptschatzmeister Mustafi hat allen Steuereinnehmern Anweisung gegeben... Unserm Lande droht Krieg... Die Heiden, die Tataren, ziehen aus ihren Steppen her gegen uns. Wenn sie in unser Land einfallen, metzeln sie uns alle nieder, nehmen euch das Vieh und das Korn, und wir bleiben nackt zurück...«
»Wir sind auch so nackt!« warf Kurbans alte Mutter ein.
»Wenn aber die Feinde kommen«, fuhr der Reiter fort, »verlieren wir unsere Köpfe. Es ist also viel Geld und Korn nötig, um ein Heer von fünfhunderttausend Mann auszurüsten und zu verpflegen. Und deshalb hat der Schah befohlen, Steuern einzutreiben.«
»Wir haben doch eben erst welche bezahlt!«
»Ihr habt für dieses Jahr gezahlt. Jetzt aber sollt ihr fürs nächste zahlen, und zwar auf der Stelle. Beginnen wir mit dem ersten! Wessen Haus ist das?«
»Meines, großer Vorsteher«, sagte Kurban-Kysyk. »Aber ich habe nichts mehr, um Steuern zu zahlen. Bloß ein Huhn habe ich noch, und auch das legt keine Eier!«
»Ich weiß alles, was du sagen willst, schon auswendig. So sprecht ihr alle, einer wie der andre. He, Burschen!« rief er den mit Stöcken Bewaffneten zu. »Durchsucht gründlich das Haus und vor allem die Scheune!«
Vier von den Männern gingen über den Hof, durchsuchten das Haus und die Scheune und auch den Gemüsegarten, kehrten aber nur mit einem einzigen Huhn zurück.
»Ich setze dir eine Frist von zwei Tagen. Heute wird man dir fünfzig Stockhiebe geben und so fort jeden Tag, solange du keinen Sack Weizen bringst. Und bringst du keinen, wird man dein Stück Land einem anderen geben, der fleißiger und eifriger ist als du und unserm tapferen Heer seine Hilfe nicht verweigert.«
Kurban-Kysyk warf sich auf die Erde nieder.
»Ich will alles tun, was der Schah will!... Ich werde auf meiner Stute

fortreiten und gegen die Jadschudschen und Madschudschen kämpfen. Ich will arbeiten beim Wege- und Brückenbau, doch schlage mich nicht vor den Augen meiner Kinder, und verlange kein Korn, wenn keins da ist! Ich habe vier Kinder, klein wie die Küchenschaben, und eine alte Mutter zu ernähren. Doch womit ich sie ernähren soll, das weiß ich nicht. Sei nachsichtig, großer Chasib, laß Schonung walten!«
Und er umfaßte die Hufe des Pferdes, auf dem der Steuereintreiber ritt, und verwunderte sich selber über die Kühnheit seiner Rede, denn er kam sich so klein und winzig vor wie ein Käfer, und seine rotbraune Stute sah so elend und unglücklich aus wie ein hungriger kleiner Hund.
»Du bist ein Spaßmacher, wie ich sehe, Kurban-Kysyk«, sagte der Steuereinnehmer. »Du solltest doch wissen, daß Allah für ewige Zeiten den Menschen verschiedene Rangstufen zugewiesen hat: Am höchsten hat er den Schah gestellt, dann kommen die Begs, dann die Kaufleute und endlich die einfachen Pflüger. Jeder hat zu tun, was ihm zukommt – der Schah befiehlt, und alle anderen haben zu gehorchen. Und was hat der Pflüger zu tun? Er hat gehorsam für den Beg und für den Schah zu arbeiten und ihnen so viel Korn zu geben, wie sie brauchen. Stell also einen Sack voll Weizen bereit. Gut, heute werde ich dich nicht prügeln lassen, weil ich keine Zeit habe. Doch morgen gerbe ich dir das Fell, darauf mach dich gefaßt!«
Der Chasib versetzte seinem Pferd einen Schlag und ritt weiter.

Als die Staubwolke hinter dem Davongerittenen sich gelegt hatte und die Nachbarn auseinandergegangen waren, traf Kurban-Kysyk Anstalten für seine Abreise.
Er ging in die Moschee zum Mullah und dann zum Kaufmann, der an der Biegung der großen Landstraße seinen Laden hatte. Unterwegs lauschte er den Gesprächen der Vorübergehenden: Alle sprachen vom bevorstehenden Kriege mit dem aus dem Osten kommenden unbekannten Volk. Wahrscheinlich sind es nomadisierende Kirgisen oder Uiguren oder ein Tatarenstamm, der sich in ein paar fruchtbaren Jahren, in denen das Vieh sich vermehrte, ausgebreitet hat.
Es ging das Gerücht, die Krieger dieses Stammes wären übermannsgroß, etwa um die Hälfte größer als andere Menschen, und sie seien hieb- und stichfest, kein Schwert, kein Pfeil vermöchte sie zu verwunden, und deshalb sei es nutzlos, ihnen Widerstand zu leisten. Die einzige Rettung vor ihnen wäre, sich hinter den hohen, festen Mauern der befestigten Städte einzuschließen oder in die Sümpfe zu fliehen.
Nachdenklich kehrte Kurban heim. Er hackte Stroh und Dschugarastengel klein als Futter für seine Stute, suchte ein verrostetes Sensenblatt hervor und befestigte das spitze Ende an einer Stange; so entstand ein Spieß. Dann ging er zum Schmied und half ihm einige Stunden bei der Arbeit. Dadurch verdiente er sich neun Kupferdirhems, für die er sich einige Stücke Hammelfleisch kaufte.
Am Abend kam Kurbans Frau, die den ganzen Tag auf dem Felde des

Begs Fronarbeit geleistet hatte, nach Hause und kochte ein Töpfchen voll dünnen Brei aus Dschugara und buk in einem Klecks Hammelfett Fladen.
Als die ganze Familie sich um die irdene Schüssel herum niedergehockt hatte und alle schweigend aßen, betrachtete Kurban jeden einzelnen unauffällig.
Da saß seine von Alter und Arbeit gebeugte Mutter mit dem grauen Zottelhaar. Kurban konnte sich noch erinnern, wie hübsch sie als junge Frau gewesen war, besonders wenn sie mit blitzenden schwarzen Augen beim Lachen ihre blanken Zähne in dem jetzt zahnlosen mümmelnden Munde hatte sehen lassen. Die ununterbrochene mühevolle Arbeit auf den unter Wasser stehenden Feldern und das Schleppen der schweren Dschugara- und Reisigbündel hatten ihr die Wirbelsäule gekrümmt und die Schultern herabgedrückt. Dort saß seine noch junge, aber schon verblühende Frau, deren hübsches zartes Gesicht scharfe Falten zu durchfurchen begannen. Ganze Tage lang hockte sie über ihrer Webarbeit, Kettenfäden knüpfend und bemüht, so viel Arbeit wie nur irgend möglich zu leisten. Ihre Hände waren rauh und ihre Finger knotig wie die einer Greisin. Die vier nebeneinandersitzenden Kinder sahen zu, daß jedes soviel, wie ihm nur irgend gelang, von dem Brei erwischte, und hastig verschlangen sie das winzige Stückchen Hammelfleisch, das die Mutter ihnen zuteilte. Der älteste von ihnen, Hassan, hatte seinen Vater darum gebeten, ihn mit nach Buchara zu nehmen, nicht bloß, weil er die glänzende, prächtige Stadt sehen, sondern vor allem, weil er seinen mit Speer, Schwert und Schild bewaffneten Vater hoch zu Roß bewundern wollte. Die zweite, ein halbwüchsiges Mädchen, verbirgt schon schamhaft ihr Gesicht mit dem Zipfel des Kopftuches und achtet auf die beiden kleinsten Geschwister, die nebeneinander auf den Fersen hocken und sich die Backen voll Brei geschmiert haben. ›Was soll aus ihnen allen werden?‹ fragte sich Kurban.
Fast die ganze Nacht schlief er nicht, sondern besprach sich mit seiner Frau, wie während seiner Abwesenheit die Wirtschaft zu führen sei, zu welchen Arbeiten sie sich die Hilfe der Nachbarn erbitten und womit sie sie dann bewirten solle.
»Doch wenn die Jadschudschen nun wirklich kommen?« fragte die Frau. »Wohin sollen wir dann fliehen? Und wie finden wir uns dann später wieder zusammen?«
Kurban beruhigte ihre Besorgnisse. War es denn denkbar, daß die Feinde bis nach Buchara vordringen würden, bis ins Herz des islamischen Gebiets? Gewiß würde der Schah von Chowaresmien sein mächtiges Heer durch die Kiptschakensteppen dem Feinde entgegenführen und ihn vernichtend schlagen. Und nach diesem Siege über die Tataren würde Kurban auf einem guten Pferde in die Heimat zurückkehren und noch ein zweites, schwer mit Beute beladenes – Geschenke für die ganze Familie – am Zügel hinter sich herziehen.
Ganz früh am Morgen begab sich Kurban in die nahe gelegenen

Schluchten und brachte auf der Stute so viel Reisig heim, daß unter der Last der Äste von dem Tiere nur noch die vier Beine zu sehen waren. Dann hackte er schnell noch das Holz und schichtete es an der Wand der Hütte auf. Noch einmal legte er seiner Frau und seiner Mutter ans Herz, niemandem etwas von der Existenz der innen mit Lehm ausgeschmierten und mit Stroh überdeckten Grube zu verraten, worin ein kleiner Vorrat von Dschugara und Saatkorn versteckt war, der noch lange, bis zu seiner Rückkehr und länger, reichen mußte.
»Ja, aber wie wirst du den weiten Weg zurücklegen?« jammerten Frau und Mutter. »Du hast doch weder Brot noch Geld? Du wirst samt deiner Stute vor Hunger in irgendeinem Graben liegenbleiben. Nimm etwas von der Dschugara mit!«
»Nein, macht euch keine Sorgen um mich!« entgegnete Kurban. »Den Dschigiten wird der Weg ernähren!«

Der Krieg hat begonnen

Kurban-Kysyk nahm seinen selbstverfertigten Spieß und machte sich auf den Weg. Zuerst ritt er zum Landgut des Begs, um dort zu erfahren, wo er sich zu stellen hätte. Der Gutsverwalter sagte ihm, nachdem er ihn zunächst einmal wegen seiner Saumseligkeit ausgeschimpft hatte, daß der Beg mit einem Reitertrupp schon fortgeritten sei. Alle Nachzügler sollten ihm auf der großen Straße nach Buchara folgen und einzuholen versuchen.
Auf allen Wegen sah man Gruppen von Dörflern zu Fuß und zu Pferde und ganze Reihen zweirädriger Karren, beladen mit Kindern und den verschiedensten Habseligkeiten. Unter Geschrei und Tränen schleppten sich Greise und Frauen neben und hinter den Karren her. Diese Züge bewegten sich nach allen Richtungen: die einen auf die Stadt, andere auf die südlichen Berge und wieder andere auf die Sümpfe zu.
Es war Frühlingsanfang. Auf den Feldern grünte die Wintersaat. Die Sonne wärmte schon ziemlich stark. Die Wege waren schon wieder getrocknet, und der Staub lag in dichten Wolken über den Reihen der ins Ungewisse ziehenden Menschen. In den Schmieden, auf die man überall in der nächsten Umgebung der Dörfer stieß, herrschte ein reges und aufgeregtes Leben. Hämmer klopften, Blasebälge fauchten, Bewaffnete schrien und stritten, weil sie ein Pferd beschlagen, eine Speerspitze befestigt haben wollten oder ein eisernes Schwert zu erwerben trachteten. Auf seinen Ritt hatte sich Kurban mit einem schwarzäugigen bärtigen Derwisch angefreundet, dem ein etwa dreizehnjähriger Knabe nicht von der Seite wich und dessen schwarzer Esel mit Bettelsäcken beladen war. Der Derwisch sang Lieder und flehte Glück und Erfolg auf die kühnen Helden herab, die gegen die Ungläubigen auszogen. Dafür legten ihm einige ein paar Fladen oder Händevoll Hirse in die hingehaltene Schale.

Gegen Abend des zweiten Wandertages sah man in der Ferne die Lehmmauern der Vorstädte von Buchara, und als die Nacht anbrach, wurden Tausende von Lagerfeuern um die Stadt herum angezündet. Kurban, der dem Derwisch gefolgt war, sah sich vor einem niedrigen Gebäude, aus dem monotone Schreie »Gu, gu-u, gu!« herausdrangen. Es war eine »Khanaka« – ein Gemeinschaftshaus der Derwische, in dem sich viel Volk drängte, welches bei den Derwischen Heilung von Krankheiten und Gebresten suchte und Streifen mit aufgeschriebenen Gebeten haben wollte, die vor dem Tode im bevorstehenden Krieg schützen sollten. Die Derwische trieben ihren Zauber, sprachen ihre Bannsprüche und steckten den Besuchern Papierstreifchen mit Koransprüchen zu.
Kurban ging, nachdem er seine Rotbraune an einen Zaun gebunden, zwischen den Lagerfeuern umher und sammelte verstreutes Stroh für seine Stute und den Esel. Der Derwisch teilte dafür mit ihm seine Fladen und die in einem eisernen Kesselchen gekochte Mehlsuppe.
›Den Dschigiten wird der Weg ernähren!‹ fiel es Kurban ein.
Die ganze Nacht verbrachte er, gegen den Schlaf ankämpfend, neben seinem Gaul, dessen Zügel er sich ums Handgelenk gewickelt hatte. Denn an den Lagerfeuern hatte man sich erzählt, daß jetzt ein guter Batzen Geld für die lahmste und schlechteste Schindmähre bezahlt würde, da jedermann von dem Drang beseelt war, so weit wie möglich sich von Buchara zu entfernen, in die persischen Berge oder gar bis nach Indien, wohin die unbekannten Heiden gewiß nicht kommen würden.
Gegen Morgen aber war Kurban doch so fest eingeschlafen, daß er nicht merkte, wie jemand, nachdem er den Zügel durchgeschnitten hatte, seine Rotbraune fortführte.
»Man sagt, Allah straft den schamlosen Dieb, der einem in den heiligen Krieg ziehenden Krieger das Roß stiehlt«, sagte der Derwisch. »Doch fürs erste hat Gott auch mich gestraft, mich, den Hadschi Rachim, da der Dieb auch meinen alten Esel mitgenommen hat. Trösten wir uns damit, daß wir jetzt unbeschwert gehen und das edle Buchara besichtigen können.«
Kurban schulterte seinen langen Spieß und ging zusammen mit dem Derwisch und dessen jungem Bruder, dem Knaben Tugan, die berühmte Stadt anzusehen – »den hellen Stern am Himmel der Erleuchtung«, »das edle Buchara«.
Inmitten der zahllosen, sich in ununterbrochenem Strom vorwärts bewegenden Menge trotteten die drei Reisegefährten, »einander am Gürtel der Freundschaft haltend«, auf die Stadt zu. Die hohe, in alten Zeiten erbaute, mit Steppengras und Dorngestrüpp bewachsene und teilweise schon einfallende Mauer hatte elf Tore, durch welche die Karawanenstraßen, die diese Hochburg des Islams mit allen Weltenden verbanden, hinaus- und hineinführten.
Am ersten Tore staute sich eine große Menge. Die Wächter wandten sich an alle Vorübergehenden mit der Bitte: »Spendet für die Befestigung der Stadt, für die Versorgung der Krieger, für die Anfertigung von

Schwertern! Möge nicht Geiz eure Hand zusammenpressen! Möge Freigebigkeit eure prallen Beutel öffnen!«
Greise Ulemas mit Lederbeuteln gingen unter der Menge umher und forderten von jedem eine Spende für die heilige Sache der Verteidigung der Heimat.
Gleich hinter dem Tore zogen sich die Buden eines Basars hin, eine an der anderen klebend und alle voll der erdenklichsten Waren. Die Ladenbesitzer, die genau wußten, was für den heutigen Tag besonders gebraucht wurde, priesen mit lauter Stimme die Güte und Haltbarkeit billiger Gewebe an oder die Preiswürdigkeit gutgewalzter Filzmatten, deren man zum Schlafen unterwegs bedurfte. Auch Honigkringel, die nicht verdürben, selbst wenn man sie noch so lange aufhöbe, wurden angeboten.
Überall sah man Gruppen von Flüchtlingen, die mit Sack und Pack, mit Kind und Kegel aus der weiteren und näheren Umgebung gekommen waren, um innerhalb der Stadtmauern Unterkunft und Schutz zu suchen.
Als die drei Reisenden das massive Tor der zweiten, die Vorstädte von der Innenstadt trennenden Mauer passiert hatten, bogen sie von der geräuschvollen Straße auf einen stillen, mit steinernen Fliesen belegten Platz ab, der von den hohen Arkaden der Moscheen und Medresen eingefaßt war. In den letzteren widmeten sich einige Tausende junger und alter Studenten, Schagirden genannt, dem Studium der Gottesgelahrsamkeit und mühten sich eifrig, die Allweisheit der arabischen theologischen Bücher zu begreifen, um nach vielen Jahren des Lernens und der Entbehrungen Imams irgendwelcher verkümmerter Moscheen zu werden.
Hier wurde ein feierlicher Gottesdienst abgehalten. Gerade ausgerichtet, wie die Zeilen des Korans, standen die Reihen der Betenden, die genau auf die Bewegungen des graubärtigen würdevollen Imams achteten, um sie nachzuahmen, sich auf die Knie niederzulassen, wenn er niederkniete, sich bis zur Erde zu verneigen, wenn er sich verbeugte, oder die Hände zu den Ohren zu erheben, wenn er es tat. Nur das Geraschel der Gewänder dieser Tausenden von Rechtgläubigen und die Geräusche ihrer Bewegungen waren zu hören, und wie ein Windstoß fuhr es jedesmal, wenn sie sich niederwarfen oder erhoben, über den Platz.
Als der Gottesdienst zu Ende war, wurde ein braunes Pferd mit rotgefärbtem Schweif zu den Stufen der hohen Moschee geführt. Eine mit Blumen bestickte Satteldecke aus rotem Samt verriet, daß es einem Inhaber allerhöchster Würden gehörte.
Aus der Moschee trat in einem schneeweißen, von Diamantenschnüren glitzernden Turban der Schah von Chowaresmien, hochgewachsen und schwarzbärtig, und wandte sich mit folgender Rede an das Volk:
»Alle Völker des Islams sind ein einziges Volk. Unser bester Schutz ist ein scharf geschliffenes Schwert. Der Prophet sagte von den Rechtgläubigen: ›Ich habe euch, ihr Krieger des Islams, als die besten der

Geschöpfe dieser Welt erschaffen und die Muslimin als Gebieter über alles eingesetzt, was auf Erden und im Himmel ist.‹ Die Rechtgläubigen sollen Gebieter des Weltalls sein, darum fürchtet nichts! Doch das heilige Buch sagt uns auch: ›Allah schenkt seine Gnade dem Sklaven nur in dem Maß, als es dessen Mühe und Fleiß entspricht.‹ Darum müßt ihr euren ganzen Eifer dareinsetzen, den Feind mit dem Schwert der Furchtlosigkeit zu treffen... Was oder wer auf dieser Welt vermöchte dem Grimm rechtgläubiger Muselmanen standzuhalten, die ihre Seele für die Worte des Propheten hingeben? Schlagt die Feinde überall, wo ihr sie findet, tot und verfolgt sie! Allah, der in seinem Zorne groß ist, schenke uns den Sieg über die Ungläubigen!«

»Ja, schlagt die Ungläubigen tot! Verfolgt die Heiden!« rief die Menge.

Der Schah von Chowaresmien bestieg sein braunes Pferd mit dem himbeerroten Schweif und sprach noch folgende Worte zu der Menge:

»Unser Ziel war, euch einen guten Rat zu geben. Und wir haben ihn euch gegeben. Wir reiten nach Samarkand, den Gottlosen entgegen, die schon von den mit Schnee bedeckten Pässen des Tienschan herabsteigen... Doch wehe ihnen! Zu ihrem eignen Verderben werden sie auf die furchtbaren Reihen unserer tollkühnen Krieger stoßen... Wir befehlen euch Allah!«

»Es lebe Muhammed der Streitbare! Es lebe der Schah von Chowaresmien, der Besieger der Ungläubigen!« schrie die Menge, während sie den Schah und seine kiptschakische Leibgarde passieren ließ. »Du allein bist unser Schirm und Schutz!«

Der Schutz des Kriegers ist die Schneide seines Schwertes

Nach seinem Ausritt aus Buchara wendete der Schah plötzlich sein Roß und lenkte es nicht auf die große Heerstraße nach Samarkand, sondern nach Süden, gen Kelif. Sein Gesicht hatte er in einen Seidenschal gehüllt, und so ritt er schweigend, bald im Trab, bald im Galopp, und sein Gefolge immer hinter ihm drein. Entgegenkommende sprangen erschrocken beiseite in den Graben. Von dort aus blickten sie erstaunt der Tausendschaft von Reitern nach, die dahinjagten, als säße ihnen der furchtbare Iblis im Nacken.

Vergebens machte der Großwesir den Sohn des Padischahs, Dschelal-ed-Din, darauf aufmerksam, daß sich der Herrscher offensichtlich im Wege geirrt habe. Dschelal-ed-Din antwortete ihm gleichmütig:

»Was kümmert's mich? Ich folge dem Padischah, selbst wenn es ihm einfiele, in den Feuerschlund der Hölle zu springen.«

»Was ist das für ein Landgut?« fragte plötzlich der Schah von Chowaresmien, indem er seinen schaumbedeckten Hengst anhielt und mit der Peitsche auf Mauern mit abgeschrägten Türmchen deutete, hinter denen eine Reihe hoher Pappeln aufragte.

»Es ist ein Jagdschlößchen Timur-Melik-Khans und durch seinen alten Park und durch seinen Tiergarten mit seltenen wilden Tieren berühmt«, antwortete man ihm.
»Ich möchte es mir ansehen!« sagte Muhammed. »Doch warum sehe ich den tapferen Timur-Melik nicht?«
»Am gleichen Tage noch, da du ihm befahlst, an die Spitze der Garnison von Chodschent zu treten, ist er dorthin aufgebrochen.«
»Der Eigensinnige! Ich habe ihm nicht befohlen, sich derart zu beeilen. Jetzt muß ich mich ohne ihn behelfen.«
Eine Hundertschaft der Leibwache stob davon, um alles für einen dem Herrscher gebührenden Empfang vorzubereiten. Der Schah, sein erhitztes Pferd zügelnd, ritt im Schritt auf das Schlößchen zu. Das schwere Tor tat sich auf, Diener liefen herbei und schlossen, mit den Schlüsselbunden rasselnd, die Türen auf, die auf eine lange Terrasse führten. Sklaven trugen Säcke mit Gerste und trockenes Heu herbei. Dschigiten preschten ins nächste Dorf und kehrten mit requirierten Hammeln quer über den Sätteln zurück. Die Köche machten Feuer und gingen an die Bereitung des Essens.
Der Schah stieg, gefolgt von seinem Sohn und dem Haushofmeister, auf einer angelegten Leiter in eine luftige Laube auf der Gartenmauer, von wo aus man einen Blick in den Wildpark hatte, der freilich noch kahl und unbelaubt war. Mehrere wilde Ziegen lagen, sich sonnend, auf einer kleinen Wiese, und neben ihnen stand mit gespitzten Ohren ein langhörniger Bergziegenbock.
»Tiefer im Innern des Gartens hausen zwei Wildschweinfamilien«, erklärte der Haushofmeister. »Und in einem Käfig werden zwei sehr wilde Leoparden gehalten, die man erst unlängst aus den Bergen hierhergebracht hat. Mein heldenmütiger Herr Timur-Melik beobachtet gern von dieser Mauer aus die Leoparden auf der Schweine- und Ziegenjagd, ja, mitunter steigt er selbst in den Garten hinab, um zu jagen. Er ist ein so guter Schütze, daß er das Tier mit seinem Pfeil genau an der Stelle trifft, die er vorherbestimmt hat.«
»Geh! Laß uns allein!« gebot ihm der Schah barsch. Und als der Haushofmeister gegangen und er mit seinem Sohn allein geblieben war, sprach er halblaut:
»Ich bin stark beunruhigt. Von drei Seiten sind gleichzeitig Boten eingetroffen, die das Anrücken des Feindes melden.«
»Dafür ist ja auch Krieg«, bemerkte gleichmütig Deschelal-ed-Din.
»Der erste Bote meldete, daß der rote Tiger Dschingis-Khan Otrar eingenommen und sich der Person Kair-Khans bemächtigt habe, um an ihm seine Rache zu kühlen. Er hat befohlen, dem Unglückseligen Augen und Ohren mit geschmolzenem Silber vollzugießen. Dann ist er weiter vorgerückt auf der Suche nach mir.«
»Mag er kommen. Auf ihn warten wir ja gerade.«
»Auch wenn das entsetzlichste Unglück droht, stört das deine Sorglosigkeit nicht.«

»Wir haben so viele Truppen, daß zum Verzweifeln kein Grund ist.«
»Der zweite Bote kam von Süden. Er behauptete, daß man auch in dieser Richtung Tatarentrupps gesehen habe.«
»Eine kleine Abteilung gewißlich nur, denn so früh im Jahr würde ein großes Heer in den verschneiten Pässen steckenbleiben.«
»Doch eine solche von den Bergen herabgestiegene Abteilung könnte uns den Weg nach Indien verlegen.«
»Was sollen wir denn auch in Indien?«
»Ich habe noch eine Meldung... Mongolische Spähtrupps sind in der Sandwüste Kysyl-Kum gesichtet worden...«
»Dorthin ist ja eine Turkmenengruppe von zehntausend Pferden geschickt worden...«
»Auch diese Turkmenen werden die Tataren nicht aufhalten...«
»Wenn dem so ist, so ist damit zu rechnen, daß Dschingis-Khan in den nächsten Tagen vor den Toren Bucharas erscheint, und wir müssen uns darauf vorbereiten...«
»Möglicherweise schleicht sich die rotbärtige Bestie eben jetzt bereits an Buchara heran. Seine Truppen streifen schon die Umgebung ab, auf der Suche nach uns. Wir müssen schleunigst fort von hier«, murmelte Muhammed und blickte sich dabei um, als erwartete er jeden Augenblick einen Überfall aus den Gebüschen des Gartens.
Dschelal-ed-Din schwieg.
»Warum antwortest du mir nicht?«
»Du hältst mich ja sowieso für einen Tollkopf. Was hätte ich da noch zu sagen?«
»Ich befehle dir zu sprechen.«
»Dann will ich frei und offen sprechen, und du kannst mich für meinen Freimut begnadigen oder mich um einen Kopf kürzer machen... Wenn dieser verfluchte Dschingis-Khan auf dem Wege hierher ist, so sollten unsere Truppen sich nicht feige hinter den hohen Mauern der Städte verstecken, sondern ihm entgegenziehen. Ich würde ihm alle Kiptschakenkhane entgegensenden, die ja so ungemein tapfer sind, wenn es gilt, willfährigen Dörflern das Fell über die Ohren zu ziehen; doch in dieser ernsten Stunde zittern sie wie Espenlaub. Unter Androhung der Todesstrafe würde ich ihnen verbieten, sich innerhalb der Städte in Sicherheit zu bringen. Der Schutz des Kriegers ist die Schneide seines Schwertes, und er gehört auf den Rücken eines Pferdes und nicht auf die Wälle einer Stadt. Der rote Tiger ist auf dem Wege hierher? Desto besser! Also kennen wir ja schon seinen Weg. Wir müssen unsere Pferde wenden und suchen, ihm auf die Spur zu kommen, müssen uns in seine Fersen verbeißen, ihm alle erdenklichen Hindernisse in den Weg legen, ihn von allen Seiten überfallen, seine Kamele umbringen und ihm selber Fetzen seines roten Felles samt dem anhaftenden Fleische vom Leibe reißen. Was nützt es, wenn sich hinter den Mauern von Samarkand hunderttausend Mann verborgen halten? Sie fressen nur alle Hammel auf, und ihre edlen Rosse werden schwach...«

»Du tadelst die Anordnungen deines Vaters? Das habe ich schon längst bemerkt. Du lauerst auf meinen Tod.«
Dschelal-ed-Din schlug die Augen nieder, und in seiner Stimme schwang ein Ton der Trauer, als er sagte:
»Durchaus nicht. Ich werde dich nicht verlassen in diesen schweren Stunden, in denen die Erde erbebt. Doch ich schwöre es beim Andenken des von mir so hochverehrten Iskander: ich weiß, daß ich ein Tor bin, wenn ich so gefügig und unentschlossen handle. Was hilft dir dein gewaltiges Heer, wenn du es nicht in einem Kriegslager sammelst, wenn es nicht bereit ist, sich auf deine Weisung hin todesmutig auf den Feind zu stürzen? Wozu die hohen Mauern, wenn sie, statt Weibern und Kindern Schutz zu bieten, zur Zuflucht zitternder Kämpfer werden, die mit furchtsamen Weibern sich unter einer Decke verkriechen? Du magst mich hinrichten lassen für meine freimütigen Worte, aber beherzige sie und tue, wie ich dir geraten. Vater, laß uns nach Samarkand reiten und...«
»Nein, nach Iran oder Indien!«
»Nein! Uns bleibt nur die Wahl: entweder tapferer Kampf oder schmachvoller Tod in der Verbannung. Wir wollen mit unserem Heer gegen die Tataren zu Felde ziehen... Rasch wie der Blitz werden wir auf sie niedersausen und nicht zu fassen sein, wie nächtliche Schatten... Du wirst dir unsterblichen Ruhm als Feldherr erwerben... Zaudere nicht, sondern handele!«
»Du bist kein Feldherr«, sagte der Schah hoheitsvoll, indem er den mit einem Diamantring geschmückten Finger warnend hob, »du bist ein tapferer Dschigit, du könntest der Anführer von mehreren Tausend tapferer Dschigiten sein, die tollkühn auf den Feind losstürmen... Ich aber darf nicht wie ein Tollkühner ohne Besinnen handeln. Ich muß alles reiflich bedenken, alles voraussehen. Ich habe anderes beschlossen. Ich werde mich mit dir nach Kelif begeben, um den Übergang über den Fluß Dscheihun zu sichern.«
»Und willst unsere Heimat dem Feinde preisgeben?! Dann wird das Volk im Recht sein, wenn es unser ganzes Geschlecht verflucht, weil wir nur verstanden haben, es zu bedrücken, es durch Abgaben zu schröpfen, doch in der Stunde der Gefahr es im Stich lassen, damit die Tataren es zerfleischen können.«
»Im Iran werde ich ein neues und noch gewaltigeres Heer sammeln.«
»Nein, Padischah, jetzt mußt du mit den Kräften wirken, die du in den Händen hast. Es ist zu spät, ein anderes Heer auszubilden und das, was dir zur Verfügung steht, führerlos hinter den Mauern der Städte zurückzulassen. Ein Heer wird zwanzig Jahre lang gedrillt, um an einem Tage den Sieg zu erringen. Reiten wir nach Samarkand! Ich werde als einfacher Dschigit neben dir kämpfen!«
»Nein, ich befehle dir, nach Balch zu gehen und dort ein neues Heer zu sammeln. Das Glück ist mir untreu geworden...«
»Das Glück? Kann das Glück dem Tapferen, dem Kühnen untreu

werden?!« rief Dschelal-ed-Din feurig. »Man darf seinem Glück nur nicht davonlaufen! Man muß ihm nachjagen, es einholen, es beim Schopfe packen und unters Knie zwingen... So erhascht man das Glück!«
»Du wirst immer ein unbesonnener Tollkopf bleiben und vermagst als solcher das große Chowaresmien nicht vor dem Zusammenbruch zu retten...«
Der Schah stieg hastig die Leiter hinunter und ging eilig und außer Atem auf die Terrasse des Hauses zu, wo auf Teppichen ein reicher Dostarchan serviert war.
Nachdem er ein Gebet gesprochen hatte, setzte der Schah sich zum Mahl. Während des Essens erkundigte er sich nach Wegen und Flußübergängen und befahl dann plötzlich, ohne die Mahlzeit zu beenden, die Pferde vorzuführen.

Der unbändige Timur-Melik

Dschingis-Khan sprach zu seinen Söhnen Ugedai und Dschagatai, die er mit einem Teil des Heeres vor Otrar zurückließ:
»Ihr werdet die Stadt so lange belagern, bis ihr den Kommandanten Inaltschik Kair-Khan lebendig erwischt. An einer Kette schleift ihr ihn dann zu mir. Ich selber werde dem Frechen eine unerhörte, noch nie dagewesene Todesstrafe bestimmen.«
Seinem ältesten Sohn Dschutschi gebot er, die Städte Dschend und Engikent einzunehmen. Die übrigen Teile seines Heeres sandte der Kagan nach verschiedenen Seiten aus. Mit fünftausend Reitern schickte er Alak-Nojon zur Stadt Benaket, wo eine Kiptschakenabteilung stand. Nach drei Tagen der Belagerung sandten die Einwohner die Greise hinaus, damit sie um Schonung bäten. Alak-Nojon verlangte, daß alle Männer auf das Feld herauskämen und sich da aufstellten, Krieger und Handwerker für sich von dem übrigen Volke gesondert. Als das geschehen war und die Krieger ihre Waffen auf dem dafür bestimmten Platz niedergelegt hatten, erschlugen die Mongolen die Wehrlosen mit Streitkolben und Schwertern oder töteten sie durch Pfeilschüsse. Aus den übrigen Gefangenen sonderten die Barbaren die kräftigsten Jünglinge aus, teilten sie in Hundert- und Zehnerschaften, stellten tatarische Anführer an ihre Spitze und trieben sie fort wie Vieh, damit sie beim Sturmangriff gegen belagerte Städte vorangingen und deren Mauern brächen. Unterwegs stießen noch andere mongolische und verbündete Truppen zu Alak-Nojons Heerhaufen, so daß er auf etwa achtzigtausend Mann anwuchs; mit ihnen rückte Alak-Nojon auf die von dem ungestümen und wasserreichen Fluß Dscheihun[1] umspülte Stadt Chodschent, deren Einwohner ihre ganze Hoffnung auf die für uneinnehm-

[1] Heute Syr-Darja, mündet in den Aralsee.

bar geltenden hohen Mauern setzten und sich weigerten, sich zu ergeben.
Als Kommandant der Stadt und ihrer Garnison war eben erst der in der Kriegsführung geschickte und erfahrene Timur-Melik eingesetzt worden, der sich durch seine unvergleichliche Kühnheit und zähe Beharrlichkeit auszeichnete. Er brachte es fertig, auf einer Insel mitten im Flusse eine hohe Festung zu errichten, gerade dort, wo sich der Fluß in zwei Arme gabelt. Dort ließ er die Vorräte an Waffen und Lebensmitteln einlagern.
Als die Mongolen aber anlangten und ihre mitgetriebenen Gefangenen unter Schwert- und Peitschenhieben zwangen, die Mauern zu erklimmen, da beschlossen die Bewohner der Stadt, um nicht gegen ihre muslimischen Glaubensbrüder kämpfen zu müssen, die Verteidigung aufzugeben.
Mit einer Tausendschaft verwegener Dschigiten schwamm Timur-Melik über den Fluß (wobei er alle Schiffe mit sich nahm) und verschanzte sich auf einer Insel. Die Einwohner von Chodschent aber schickten angesehene Personen zu den Belagerten hinaus mit der flehentlichen Bitte um Schonung und öffneten die Tore der Stadt, die sofort von den Mongolen geplündert wurde.
Die Mongolen machten den Versuch, die Festung auf der Insel inmitten des Flusses mit Hilfe von Wurfmaschinen zu beschießen, doch die Geschosse, Steine und Pfeile erreichten die Befestigungen nicht. Da trieben die Mongolen alle Jünglinge aus Chodschent hinaus und sammelten, nachdem sie ihnen die Gefangenen aus Benaket und anderen Orten zugesellt hatten, an beiden Ufern des Flusses etwa fünfzigtausend Mann. Diese trieb man dann, nachdem man sie in Gruppen zu hundert und Untergruppen zu zehn Mann geteilt, drei Farsach weit zum nächsten Berg, von wo sie Steine herbeischleppen mußten, um den Fluß durch einen Damm abzusperren.
Timur-Melik ließ währenddessen zwölf Flöße bauen, die von oben zum Schutz gegen Feuer mit nassem Filz und Lehm bedeckt wurden. An den Seiten waren Schießscharten angebracht. Täglich bei Tagesanbruch schickte er diese Flöße aus (nach jedem Flußufer sechs), deren Besatzungen von tapferen Kriegern tollkühn mit den Mongolen kämpften. Die mongolischen Pfeile aber, deren Spitzen in brennbare Flüssigkeiten getaucht und angezündet waren, vermochten diesen Flößen keinen Schaden zuzufügen.
Nachts unternahm Timur-Melik Ausfälle gegen die schlafenden Belagerer, die so in beständiger Unruhe lebten.
Die chinesischen Ingenieure, die »Meister der Artillerie«, die das Mongolenheer begleiteten, konstruierten neue stärkere und weitertragende Wurfmaschinen, und ihre Geschosse fügten Timur-Meliks Häuflein starke Verluste zu. Als Timur-Melik einsah, daß seine Lage hoffnungslos zu werden begann, bereitete er siebzig Schiffe und Flöße vor, ließ in einer stockfinsteren Nacht alle Habseligkeiten an Bord

schaffen und ging dann mit seinen Kriegern selbst an Bord. Plötzlich flammten auf allen Fahrzeugen Feuer und Fackeln auf, und wie ein Feuerstrom schwammen sie flußabwärts, von der heftigen Strömung getragen.
Die mongolischen Truppen jagten zu beiden Seiten des Flusses hinter der Flottille her, aber Timur-Meliks Krieger hielten sie durch Pfeilschüsse in gehörigem Abstand. Bei Benaket zerrissen die Boote und Flöße mit einem Schlag die Sperrkette, die von den Mongolen über den Fluß gespannt worden war, und trieben mit der Strömung weiter.
Aus Besorgnis, daß noch stärkere Hindernisse ihnen den Wasserweg versperren könnten, ließ Timur-Melik in der Nähe von Bar-Halygkent am Ufer anlegen, als er dort große Pferdeherden bemerkte, und nachdem jeder seiner Krieger sich mit einem tüchtigen Pferde versehen hatte, galoppierten sie, von den inzwischen herangekommenen Mongolen verfolgt, in die Steppe hinein. Keiner wollte sich ergeben, und nur wenige konnten sich retten, indem sie bei Nacht durch die mongolischen Postenketten schlüpften. Timur-Meliks Häuflein schmolz immer mehr zusammen, aber es hörte nicht auf, sich zu verteidigen, bis der letzte Mann gefallen war.
Als Timur-Melik auch den letzten seiner Waffengefährten verloren und im Köcher nur noch drei Pfeile hatte, wandte er sich gegen seine Verfolger, die auch nur noch drei Mann zählten. Mit dem Pfeil traf er einen von ihnen ins Auge und stürzte sich dann mit dem blanken Schwert auf die andern beiden, die ihre Pferde wandten und die Flucht ergriffen.
Mit zwei Pfeilen im Köcher gelangte Timur-Melik zu einem Brunnen in der Wüste, wo er eine Abteilung von Kara-Kontschars Turkmenen traf. Sie gaben ihm ein frisches Pferd, auf welchem er bis nach Charism ritt, wo er sofort energische Vorbereitungen zu weiterem Widerstand gegen Dschingis-Khan traf.

Die Mongolen kommen durch die Sandwüste

> Dieses verfluchte Volk reitet so schnell, daß niemand es glaubt, der es nicht mit eigenen Augen gesehen hat.
> (Clavigo)

Zu der Zeit, da in Otrar die Trümmer der niedergebrannten Häuser rauchten, der starrsinnige, in der Zitadelle eingeschlossene Inaltschik Kair-Khan aber noch immer die Angriffe der Mongolen abschlug, befahl Dschingis-Khan seinen Truppen, sich zum Aufbruch bereit zu halten. Jeder seiner Söhne und Feldherren hatte von ihm bereits Order erhalten, in welcher Richtung und auf welche Stadt er vorzurücken habe, aber keiner von ihnen wagte es, den strengen Herrscher zu fragen, wohin er selber seine weiße Yakschwanzfahne zu tragen gedächte.
»In meiner Abwesenheit«, bestimmte Dschingis-Khan, »wird der vor-

sichtige Bugurdschi-Nojon den Oberbefehl über das ganze Heer führen. Die Vorhut wird unter der Führung des ungestümen Dschebe-Nojon und des listenreichen Subudai stehen. Untersteht euch nicht, das Korn auf den Feldern zu zerstampfen, sonst werden unsere Pferde nichts zu fressen haben. Wir werden den Schah Muhammed auf der Ebene zwischen Samarkand und Buchara treffen und ihn von drei Seiten angreifen. Nach der Vernichtung seines Heeres werde ich unumschränkter Gebieter über alle muslimischen Länder sein.«

Nachdem er Kumyß getrunken und auch dem in der weißen Fahne wohnenden Schutzgeist der Krieger, Sulde, ein Trankopfer dargebracht hatte, stieg Dschingis-Khan zu Pferde und stellte sich an die Spitze seines ausrückenden Heeres. Einige Abteilungen zogen am Dscheihun entlang stromaufwärts, andere stromabwärts, doch Dschingis-Khan drang mit den Seinen tief in die rote Sandwüste Kysyl-Kum ein.

Tagsüber strahlte die Februarsonne in blendendem Glanz und machte den Reitern ordentlich warm, nachts aber froren die Pfützen zu, und der zwischen lehmigen Takyrs sich hinziehende schmale Pfad wurde ganz fest und hart. Das Heer der Tataren bewegte sich fast geräuschlos vorwärts, man hörte kein Wiehern der Pferde, kein Geklirr der Waffen, niemand stimmte ein Lied an. Die einzelnen Abteilungen hielten engste Fühlung untereinander. Rast wurde immer nur für kurze Zeit gemacht, und die Krieger schliefen auf der Erde vor den Vorderhufen ihrer Pferde. Nachts gingen vor den Truppen Kundschafter mit lodernden Fackeln her. Von den Hügeln gaben sie dann Lichtsignale, damit die Abteilungen nicht den Weg verloren oder durcheinandergerieten. Die Tatarenkrieger erzählten sich untereinander, daß von den muslimischen Truppen die turkmenischen Reiter ihnen besonders gefährlich werden könnten. Auf ihren schnellen hochbeinigen Rossen kämen sie hinter den Hügeln hervorgesprungen wie die Panther, stifteten in den Reihen ihrer Gegner Verwirrung und verschwänden ebenso blitzschnell wieder, wie sie gekommen waren, wobei sie in ihren Wurfleinen die Gefangenen, die sie gemacht, hinter sich herschleiften.

Zuerst waren die tatarischen Krieger der Meinung, daß der Marsch durch die Wüste direkt auf Gurgandsch, die erste der Städte Chowaresmiens, zugehe. Doch nach zwei Marschtagen, als die trüben Wasser des Dscheihun hinter ihnen zurückgeblieben waren und die Sonne am Morgen nicht hinter ihnen, sondern links von ihnen aufging, begriffen alle, daß die Köpfe ihrer Pferde nicht nach Westen, sondern nach Süden gerichtet waren, wo die berühmten Städte Samarkand und Buchara lagen. Dschingis-Khan ritt, auf einem rotbraunen Zelter mit kräftigen schwarzen Beinen und einem schwarzen Streifen auf dem Rücken, in der Mitte seines Heeres, das sich in jener beschleunigten Eile vorwärts bewegte, den die Tataren »Wolfsgang« nennen. Undurchdringlich war der Gesichtsausdruck des großen Kagans, der die Zügel locker in der linken Hand hielt. Seine Augen waren fest zusammengekniffen und öffneten sich nur dann und wann zu einem schmalen Schlitz, so daß es

zweifelhaft war, ob er schlief oder seinen Gedanken nachhing oder durch die Lidspalten sowohl das Nahe wie das Ferne beobachtete, alles bemerkend und nichts vergessend.
Er selber schlief im Freien auf einer Filzmatte und gestattete, damit keine Verzögerung einträte, nicht, daß man ihm eine Jurte aufschlug; nur seinen Lederhelm nahm er vor dem Schlafen ab und setzte statt dessen eine zobelgefütterte Ohrenklappenmütze auf. Vier Leibwächter bewachten seinen Schlummer und hielten mittels eines Filzteppichs Wind, Regen oder Schnee von ihm ab.

Im belagerten Buchara

> Wenn Härte notwendig ist, wäre Milde unangebracht. Durch Milde machst du dir den Feind nicht zum Freunde, sondern vermehrst nur seine Ansprüche.
> (Saadi, XIII. Jh.)

Den ganzen Tag streiften der Derwisch Hadschi Rachim, der Knabe Tugan und Kurban-Kysyk durch Buchara, vergeblich nach einem Orte suchend, wo sie hätten übernachten können. Gegen Abend klapperten laut die sich schließenden Türen der Läden, das Volk verlief sich eilig und verschwand von der Straße, um sich hinter den hohen Blindmauern der Häuser zu verbergen. Vergebens erbaten die drei Wanderer ein Quartier für die Nacht. Überall bekamen sie die gleiche Antwort zu hören:
»Bei uns ist schon alles voller Gäste, fragt anderswo!«
Sowohl die Teehäuser wurden geschlossen wie auch jene Herbergen, in denen man die Nacht, in qualvoller Enge zwischen Haufen von Flüchtlingen sitzend, verbringen durfte, wofür die unverschämten Wirte eine Handvoll kupferner Dirhems verlangten. Und die Aufseher über Ordnung und Sittlichkeit machten in Begleitung von Wächtern, die mit langen Stöcken ausgerüstet waren, ihren Rundgang durch die Straßen und drohten, verdächtige Leute, die im Dunkeln mit offenbar unehrlichen Absichten herumschlichen, in den »Keller der Vergeltung« zu werfen.
Schließlich, als unsere drei Reisenden gerade in einer schmalen Gasse waren, wo halbverfallene Hütten sich schutzsuchend gegen die Festungsmauer lehnten, machte Kurban-Kysyk den Vorschlag, auf das flache Dach eines Hauses zu steigen und sich dort in einem Haufen Reisig und Stroh zu verbergen. Er kletterte als erster hinauf und half seinen Gefährten beim Hinaufsteigen. Oben verkrochen sie sich und deckten sich, eng aneinandergeschmiegt, mit dem Umhang des Derwischs zu.
In der Nacht drang ein kalter Wind ihnen durch Mark und Bein und überschüttete sie mit Pulverschnee. Lange noch hörte man den Lärm der Stadt, bis er allmählich abebbte und endlich ganz verstummte. Jetzt

waren nur noch die Knarren der Nachtwächter zu hören und das Bellen der Wachhunde, die einander von den verschiedenen Ecken und Enden der Stadt her antworteten.

Am andern Tage, als die Muezzins von der Höhe der schlanken Minarette herab den Ruf zum Morgengebet hatten erklingen lassen, stiegen die drei Freunde auf die hohe Stadtmauer, wohin die aufgeregten und erschrockenen Bewohner der Stadt allesamt eilten.

Auf der Fläche vor dem Osttor erhob sich auf einem einsamen Hügel ein großes gelbes Zelt, um welches eine lebhafte Bewegung dichter Reitermassen herrschte. In kleinen Abteilungen jagten sie auf kleinen Gäulen über das Feld und rings um die Mauern der Stadt mit der Geschwindigkeit wild gewordener Eber. Mitten im Galopp schwenkten sie ein und blieben wie angewurzelt stehen, um gleich darauf wieder in anderer Richtung dahinzufliegen. Die eisernen Helme und Schuppenpanzer glänzten in den durch die Staubwolken brechenden Strahlen der Sonne.

Immer neue Reitertrupps trieben Tausende von Dörflern herbei, die auf ihren Schultern Grabscheite und Stangen trugen.

»Wer sind diese sonderbaren Leute auf den kleinen Pferden?« fragte Kurban-Kysyk.

»Das fragst du noch?« antwortete ein finsterer Krieger, indem er mit seinem Speerschaft aufstieß. »Siehst du denn nicht, daß es keine Moslems sind? Das sind die Jadschudschen und Madschudschen, die Tataren. Und in jenem gelben Zelte dort sitzt ihr Oberkhan — Allah möge ihn verderben! — und lacht sich eins ins Fäustchen...«

»Die Tore der Stadt sind geschlossen!« rief plötzlich Kurban-Kysyk und fuhr fort zu jammern: »Jetzt wird man mich nicht mehr hinauslassen. Was soll bloß aus meinen armen Kindern werden? Vielleicht werde ich ein ganzes Jahr und noch länger hierbleiben müssen!«

In diesem Moment schritt ein Mann in Stahlhelm und silberglänzendem Panzer, offenbar ein bedeutender Befehlshaber, auf der Mauer an ihnen vorüber. Kurban-Kysyk lief auf ihn zu und sagte, nachdem er den Saum des Gewandes des hohen Kriegers geküßt hatte:

»Großer Beg-Dschigit Inantsch-Khan, erkennst du mich nicht? Ich bin doch dein Tagelöhner und Gefolgsmann Kurban-Kysyk. Salam!«

»Was tust du denn hier? Warum bist du denn nicht bei deiner Hundertschaft?«

»Auf Befehl des Padischahs bin ich dir nach Buchara gefolgt, um gegen die Ungläubigen zu kämpfen. Unterwegs hat man mir meine Stute gestohlen — Allah erschlage den Dieb mit einem Blitzstrahl! —, und ich mußte zu Fuß weiterlaufen. Hier suche ich nun schon zwei Tage nach dem Hundertschaftsführer, doch niemand geruht, mit mir zu sprechen. Wenn keiner sich um einen Krieger kümmert, der gekommen ist, seinen Kopf für den Padischah zu riskieren, wer soll denn dann mit diesen Jadschudschen kämpfen?«

»Ich freue mich, so heldenmütige Worte von dir zu hören, Kurban-

Kysyk«, sagte Inantsch-Khan. »Du wirst es noch weit bringen im Kriege. Ich nehme dich in meine Abteilung auf, folge mir!«
So trennte sich Kurban von dem Derwisch und dessen Gefährten Tugan.
Hinter Inantsch-Khan hergehend, kam Kurban auf einen Platz, wo Pferde an der Leine angebunden standen; Lagerfeuer rauchten, in Kesseln kochte Reis, und es roch nach Hammelfett.
›Hier treibt man nicht bloß die Leute zum Abschlachten, sondern füttert sie auch‹, freute sich Kurban innerlich.
»He, Tschausch Oras!« rief Inantsch-Khan einen hochgewachsenen, düsteren Turkmenen mit schwarzem Bart heran, der sich beim Anblick seines Vorgesetzten ehrerbietig verneigte. »Hier bringe ich dir einen tapferen Krieger. Er hat auf dem Acker tüchtig gearbeitet und wird auch im Kampfe seinen Mann stehen. Kurban-Kysyk heißt er und untersteht fortan deinem Kommando.«
»Soll er zu Roß oder zu Fuß kämpfen?«
»Du wirst ihm ein Pferd geben, einen Säbel und alles, was sonst noch erforderlich ist. Allah steh' euch bei!«
Und mit diesem frommen Wunsch entfernte sich Inantsch-Khan. Der Tschausch Oras war Anführer von zehn Reitern, die alle im Kreise um das Feuer herum hockten.
Einer von ihnen, der einen großen Holzlöffel in der Hand hielt, antwortete auf Kurbans Gruß:
»Gut, daß du deinen großen Spieß mitgebracht hast. Ich brauche gerade Holz zum Nachlegen für mein Pilaf.« Und er nahm ihm den Spieß aus der Hand, zerhackte ihn mit dem Beil in kleine Stücke und warf sie ins Feuer.
»Dies hier wird dein Pferd sein«, sagte Oras und führte Kurban zu einem hohen grauschwarzen Hengst, der gesondert von den anderen Pferden angebunden war. »Er ist sehr feurig. Geh nicht vom Schwanzende an ihn heran, sonst schlägt er dich tot«, warnte der Tschausch, »sondern nur von der Kopfseite, und greif gleich nach dem Zügel. Mit der Zeit wird er sich schon an dich gewöhnen. Eins freilich ist schlecht: Das Tier bleibt nicht in der Reihe, es fliegt den anderen voraus. Darum laß ihm die Zügel nicht locker, sonst trägt er dich in der Schlacht gleich bis zu den Tataren hin.«
Kurban näherte sich zaghaft dem Hengst, der die Ohren anlegte, die Zähne fletschte und mit den Hinterbeinen ausschlug. ›Allah steh' mir bei!‹ dachte Kurban und kehrte an das Feuer zurück.
Oras überreichte ihm einen großen alten Säbel, gelbe abgetretene Reitstiefel und lud ihn zur Teilnahme am Abendessen ein. Hierbei nun spürte Kurban, daß er wirklich ein Dschigit geworden war, so wacker hieb er ein.
Nachdem sie gegessen hatten, warfen die Krieger ihren Pferden reichlich Gerste vor und schütteten davon auch noch in die Quersäcke, und Kurban tat das gleiche wie sie.

»Nun beginnt die Arbeit!« sagte der Tschausch und kommandierte: »Aufs Pferd!«
Alle bestiegen ihre Pferde. Kurban gelangte nur mit Mühe auf seinen unruhigen Hengst hinauf und galoppierte zusammen mit seinen neuen Kameraden durch die Straßen Bucharas.
»Wir machen einen Ausfall«, erklärte ihm einer, der neben ihm ritt. »Wer weiß, wie viele von uns wiederkommen!«
Am Stadttor machte die Abteilung halt. Hier war ein Platz, wo sich auch andere Abteilungen zu sammeln begannen, und im ganzen kamen etwa fünftausend Mann zusammen.
Die Anführer der einzelnen Abteilungen erhielten von Inantsch-Khan folgende Anweisungen:
»Wir werfen uns auf das gelbe Zelt, worin der Tatarenkagan sitzt. Säbelt alles nieder, was euch vor die Klinge kommt! Gefangene werden keine gemacht. Wir werden Verwirrung im feindlichen Lager stiften, und unsere anderen Truppen werden dann leichtes Spiel mit den Heiden haben. Dem Mutigen steht Allah bei!«
Die schweren beschlagenen Torflügel öffneten sich weit, und die Reiter ritten zur Stadt hinaus.
Als Kurban sich draußen auf freiem Feld fand, sah er sich im Dämmerlicht um. Vor sich sah er die Schatten seiner Kameraden und in der Ferne die zahllosen Feuer des Tatarenlagers.
Die Pferde gingen in Trab über, und dann, den Gang beschleunigend, jagten sie im Galopp übers Feld.
Der grauschwarze Hengst, den Kurban vergeblich zurückzuhalten versuchte, ging durch und überflügelte die anderen Pferde, die zuerst neben ihm galoppiert waren.
Die fünftausend Reiter rollten wie eine Lawine über das Feld ins Tatarenlager, wo sie mit furchtbarem Gebrüll eindrangen, Menschen über den Haufen rannten, über Hindernisse, wie umherliegende Sättel und Bagagestücke, hinwegsetzend und mit ihren Säbeln fuchtelnd.
Die Tataren schwangen sich auf ihre Pferde und stoben nach allen Seiten auseinander. Kurban, von seinem Rosse im Strome der anderen fortgetragen, fuchtelte wie alle wild mit seinem alten Säbel, traf jemanden, stieß gegen jemanden und hatte nur ein Ziel vor Augen: hin zu dem gelben Zelt!
Doch plötzlich wurde er gewahr, daß seine Abteilung und mit ihr auch sein Hengst eine Schwenkung machte und, ohne die Tataren weiter zu verfolgen, davonsprengte. Und er betete zu Allah, er möge ihn und sein Roß davor bewahren, in einen Graben zu stürzen.
Eine ganze Weile noch galoppierten die Pferde, ehe sie allmählich in Trab und Schritt übergingen. Die Abteilung befand sich auf der von Buchara nach Westen führenden Straße, auf der sie die ganze Nacht hindurch weiterritten; erst am Morgen erklärte Inantsch-Khan, daß sie Rast machen wollten.
»Wir müssen den Pferden eine Atempause gönnen, dann reiten wir bis

zum Flusse Dscheihun, setzen über und vereinigen uns drüben mit den Truppen des Schahs.«
Da vernahm man plötzlich tosenden Lärm und furchtbares Geschrei – in der Ferne zeigten sich Tataren, die sich mit Windeseile dem Lager näherten. Die bucharischen Reiter fanden kaum Zeit, auf ihre Pferde zu springen. Sie verloren den Mut und stoben davon, sich selbst durch diese Flucht den Untergang bereitend, denn fast die ganze Abteilung wurde von den nachsetzenden Tataren vernichtet.
Der Dichter sagt: »Wer in Angst vor dem Tode bebt, den wird er gewiß ereilen, selbst wenn man vor ihm in den Himmel zu entkommen suchte.«

Buchara ergibt sich kampflos

Wer nicht kühn mit der Waffe seine Zisterne verteidigt, dem wird sie zerstört werden. Wer nicht andre anfällt, erleidet Erniedrigung.
(Arabisches Sprichwort)

Als die fünftausend Reiter Inantsch-Khans, statt das »edle Buchara« zu verteidigen, kriegerischen Heldenmut mit der Schmach und Schande der Flucht vertauscht hatten, versammelten sich die angesehensten Einwohner – die Begs, Imams, Ulemas, Kadis und reichsten Kaufleute – in der Hauptmoschee und faßten nach einer langen Beratung den Beschluß:
»Ein gebeugter Kopf bewahrt sein Leben leichter als ein trotziges Haupt, darum wollen wir uns vor Dschingis-Khan demütigen.« »Die Menschen sind sich immer und überall gleich. Der Tatarenkhan wird unsere flehentliche Bitte anhören, den Graubärtigen Achtung erweisen und sich gegen die unterwürfigen Einwohner der ältesten Stadt, die berühmt ist ›als heller Stern am Himmel der Erleuchtung‹, gnädig zeigen«, so sprachen sie untereinander. Nachdem sich die Begs, Imams, Ulemas und Kaufleute in seidene und brokatene Chalate gekleidet hatten, schritten sie im Zuge, auf silbernem Tablett die goldenen Schlüssel der elf Stadttore tragend, zum Osttor hinaus und begaben sich zum gelben Zelt. Sofort gesellte sich der erste Dragoman des Kagans zu ihnen. Manche von den Bucharen kannten ihn, denn früher war er ein reicher Kaufmann in Gurgandsch gewesen, mit Namen Machmud, genannt Jalwatsch, der ob der Kenntnis vieler Sprachen berühmt war, die er sich auf seinen weiten Reisen in fremde Länder erworben hatte.
Der vornehmste der Greise begann:
»So stark und so hoch sind die alten Mauern unserer Stadt, daß man sie erst nach vieljähriger Belagerung und nur unter äußerster Anstrengung einzunehmen vermöchte. Um aber die Bevölkerung unserer Stadt vor unnützem Blutvergießen zu bewahren und dem tapferen Heer des großen Padischahs Dschingis-Khan nicht unnötige Verluste zu ver-

ursachen, machen wir den Vorschlag, unsere Stadt kampflos dem mongolischen Herrscher zu übergeben, sofern er uns sein Wort verpfändet, die sich Unterwerfenden zu schonen.«
»Wartet!« sagte der Dragoman, ritt ohne Hast zum gelben Zelt und kehrte ebenfalls ohne Hast wieder zu den Greisen zurück, die vor Angst zitterten.
»Hört, ihr Graubärte!« sagte er. »Der große Kagan meint: Eine Mauer ist stets so stark oder so schwach wie der Mut und die Kampfkraft ihrer Verteidiger. Wenn ihr euch kampflos ergeben wollt, so befiehlt er euch, die Tore zu öffnen und das Weitere abzuwarten.«
Die vornehmen und hochmütigen Greise faßten sich an den Bart und blickten einander kopfschüttelnd an. Verwirrten Herzens kehrten sie in die Stadt zurück, ohne vorauszusehen, welche Prüfungen deren Einwohnern bevorstanden.
Die alten Mauern waren in der Tat so hoch und fest, daß sie Bucharas friedliche Bevölkerung viele Monate lang hätten schützen können. Doch an diesem Tage hörte man nur auf die Stimme der Kleinmütigen. Diejenigen, die von Fortsetzung des Kampfes sprachen, nannte man Wahnsinnige.
Die Befehlshaber der Verteidungstruppen und die bei ihnen verbliebenen Krieger verfluchten die Greise, die den Ungläubigen die Schlüssel der Stadt ausgeliefert hatten, und beschlossen, bis zum letzten Atemzug zu kämpfen. Sie schlossen sich in eine kleine Zitadelle ein, die mitten in Schachristan emporragte.
Alle elf Tore der Stadt wurden zu gleicher Zeit geöffnet, und Tausende tatarischer Reiter strömten in die engen Gassen. Sie wahrten zunächst Ordnung und besetzten die einzelnen Stadtteile.
Die Einwohner starrten angstvoll von den flachen Dächern ihrer Häuser hinab auf die bartlosen fremden Krieger auf den kleinen langmähnigen Pferden. Totenstille herrschte in der ganzen Stadt. Nur die gelben schmalschnäuzigen Hunde sprangen mit gesträubtem Fell und roten Augen laut kläffend von einem Dach aufs andre, erregt von den scharfen Ausdünstungen der Fremden. Als die Mongolen alle Hauptstraßen besetzt hatten, zeigte sich eine Abteilung der Leibwache ihres Herrschers, die ebenso wie ihre Schimmel eisengepanzert waren bis zu den Knien.
Und mitten unter ihnen ritt auch er, der Beherrscher des Ostens, der wie eine Feuersäule aus der Wüste Kysyl-Kum herausgeschossen war. Vor ihm trug ein reckenhafter Mongole die große weiße neunschwänzige Yakfahne einher, hinter ihm führten zwei Reiter ein ungesatteltes weißes Roß mit schwarzen feurigen Augen. Der große Kagan selber saß mit hängenden Schultern auf einem rehbraunen breitbrüstigen Pferd mit einfachem Ledergeschirr. Unter seinem schwarzen stählernen Helm mit Genickschirm und einer bis über die Nasenwurzel reichenden pfeilartig zugespitzten Stirnschiene zeigte er ein finsteres, unbewegliches, dunkles Gesicht, welches ein roter Bart umrahmte. Seine Augen hielt er fast

geschlossen. Am engen Leibgurt hing in schwarzer Scheide ein Krummsäbel. Seine düstere Erscheinung wirkte ungewöhnlich, weil sie so gar nicht an die glänzende Pracht des von Gold und Edelsteinen blitzenden Schahs von Chowaresmien erinnerte.
Auf dem Hauptplatz der Stadt, wo seine Leibwachen in Reihen Aufstellung genommen hatten, um die sich drängende und vordrängende Menge zurückzudrängen, erwarteten ihn auf den Stufen der Moschee die Geistlichen und Gerichtspersonen.
Als der Tatarenkagan sich der Moschee näherte, warf sich die Menge vor den Hufen des rehbraunen Pferdes auf die Erde nieder, wie sie das bei ihrem Padischah zu tun gewohnt war. Nur einige greise Ulemas blieben aufrecht stehen, die Hände über dem Leib gefaltet, weil ihre Gelehrsamkeit sie von der Pflicht des Kotaus entband.
»Es lebe der Padischah Dschingis-Khan! Es lebe die Sonne des Ostens!« rief einer der Greise mit dünner durchdringender Stimme, und die ganze Menge stimmte in disharmonischem Chor in diesen Ruf ein.
Dschingis-Khan maß mit einem Blick seiner zusammengekniffenen Augen die hohen Bögen der Moschee und lenkte sein Pferd, indem er ihm einen Hieb mit der Peitsche versetzte, die steinernen Stufen hinauf.
»Ist dieses hohe Haus das des Stadtverwalters?« fragte er.
»Nein, es ist das Haus Gottes«, entgegneten die Imams.
Von seinen Leibwächtern umgeben, ritt Dschingis-Khan in die Moschee ein, über die kostbaren Teppiche, und stieg erst vom Pferde vor dem übermannshohen steinernen Gestell, auf dem ein riesiger Koran aufgeschlagen lag. Zusammen mit seinem jüngsten Sohn Tuli-Khan stieg der Kagan ein paar Stufen zum Minbar hinan, von dem herab sonst die Imams zu predigen pflegten.
Die Greise in ihren weißen und grünen Turbanen starrten mit weit aufgerissenen Augen dem furchtbaren Vertilger der Völker in das von dem struppigen Rotbart umrahmte, reglose dunkle Gesicht, voller Spannung, ob es Gnade oder Zorn verkünde.
Dschingis-Khan deutete mit dem Finger auf den Turban eines Imams und fragte:
»Warum wickelt er sich so viel Stoff um den Kopf?«
Der Dolmetscher erklärte, nachdem er den Imam befragt, dem Kagan:
»Er sagt, er trage diesen Turban zum Zeichen dessen, daß er nach Mekka in Arabien gepilgert sei, um sich vor dem Grabe des Propheten zu verneigen und zu Gott zu beten.«
»Um zu Gott zu beten, braucht man nicht erst irgendwohin zu pilgern, das kann man überall«, bemerkte der Kagan.
Die erstaunten Imans standen mit offenen Mündern da, schwiegen aber.
Dschingis-Khan fuhr fort:
»Euer Schah hat einen Berg von Sünden und Verbrechen begangen, und ich bin als Geißel Gottes und Vollstrecker des Willens des Himmels

gekommen, um ihn zu züchtigen und zu strafen, wie ich schon andere Kaiser, Könige und Fürsten mit der Schärfe meines Schwertes geschlagen habe. Wir verbieten einem jeden, fortan dem Schah Muhammed Obdach und Speise zu geben, und sei es auch nur eine Handvoll Mehl.«

Dschingis-Khan stieg noch zwei Stufen höher und rief seinen Kriegern, die sich an der Tür der Moschee drängten, zu:

»Hört, meine unbesiegbaren Krieger! Die Getreidefelder sind bereits abgeerntet, und unsere Pferde können nirgendwo weiden. Doch die Speicher der Stadt sind voller Korn und für euch offen. Stopft die Bäuche eurer Pferde mit Korn voll!«

Über den Platz schallten die Rufe der Mongolen:

»Die Speicher von Buchara stehen uns offen! Es ist der Wille des großen Kagans, daß wir unsere Pferde mit Korn füttern!«

Vom Minbar wieder herabsteigend, befahl Dschingis-Khan:

»Man gebe jedem dieser Greise einen Bahadur mit, damit sie ihn durch alle reichen Häuser, Speicher und Läden führen und ihm die Waren und Vorräte zeigen, ohne etwas zu verbergen. Meine Schreiber sollen die Namen aller reichen Kaufleute in Erfahrung bringen und notieren, damit diese mir die Reichtümer wieder erstatten, die meinen in Otrar niedergemetzelten Kaufleuten abgenommen worden sind. Man soll Essen und Getränke herbeischaffen, damit meine Krieger sich sättigen, sich freuen, singen und tanzen. Ich will heute die Einnahme Bucharas in diesem Hause des muselmanischen Gottes feiern.«

Die Greise entfernten sich mit den mongolischen Kriegern, die bald mit Kamelen wiederkamen, hochbeladen mit Kupferkesseln, geschlachteten Hammeln, Säcken voller Reis, und mit Krügen voll von Honig, Öl und altem Wein.

Schön ist's in den Steppen am Kerulon!

Auf dem Platze vor der Hauptmoschee begannen die Lagerfeuer zu rauchen; in den Kesseln zischten Hammelfettschwänze, und Reis mit Hammelfleischstückchen brodelte darin.

Dschingis-Kahn saß auf Seidenkissen erhöht vor dem Eingang der Moschee, umgeben von seinen Feldherren und Leibwächtern. Etwas abseits spielten bucharische Musikanten auf verschiedenen Instrumenten und ein Chor von Mädchen aus verschiedenen Stämmen, die von den Greisen zur Ergötzung der Eroberer herbeigeführt worden waren, sang zu den Wirbeln der Tamburine und Trommeln.

Die angesehensten Imams und Ulemas warteten die Pferde der Mongolen und warfen ihnen Arme voll Heu vor. Machmud-Jalwatsch, der Dolmetscher, saß unweit des Kagans und beobachtete alles, was vorging, mit gespanntester Aufmerksamkeit. Hinter ihm hockten drei Schreiber aus den Reihen seiner früheren Handlungsgehilfen auf ihren

Fersen und schrieben schnell auf farbigen Papieren Anweisungen oder Scheine zum Passieren der mongolischen Posten aus.

Ein Mongole in einem Pelz, der ihm bis auf die Fersen reichte, über und über mit Waffen behängt, drängte sich durch die Reihen der Sitzenden zum Dolmetscher durch und brummte ihm ins Ohr:

»Meine Streife hat zwei Personen angehalten, von denen der eine, der eine spitze, hohe Mütze trägt, ein Schamane zu sein scheint, der andere ist noch ein Knabe. Als wir Hand an sie legen wollten, sagte der Ältere in unserer Sprache: ›Rührt uns nicht an! Machmud-Jalwatsch ist unser Gönner.‹ Da uns befohlen ist, Schamanen und Zauberer zu schonen, und er auch dein Schützling zu sein behauptet, haben wir die beiden fürs erste nicht angerührt. Was befiehlst du, mit ihnen zu tun?«

»Führe sie hierher!‹

Der Mongole führte den Hadschi Rachim und den Knaben Tugan herbei. Machmud-Jalwatsch bedeutete ihnen mit einer Handbewegung, sich auf den Teppich neben die Schreiber zu setzen.

Dschingis-Khan verlor niemals, auch nicht, wenn er bei Trinkgelagen berauschenden Getränken zusprach, die Klarheit seines Verstandes. Seinem scharfen Auge entging nichts. Er winkte Machmud-Jalwatsch durch einen Blick zu sich.

»Was sind das für Leute?«

»Als ich auf dein Geheiß durch die Wüste ritt und von Räubern angefallen und verwundet wurde, hat dieser Mann mich gerettet. Sollte ich mich jetzt nicht seiner annehmen?«

»Ich gestatte dir, dich seiner anzunehmen. Doch sage mir, warum er eine so hohe Mütze trägt!«

»Er ist ein nach Wissen und Weisheit strebender Muselmann und ein Sänger. Außerdem kann er sich wie ein Kreisel drehen. Solche Leute verehrt das einfache Volk und gibt ihnen Geschenke.«

»Er soll sich vor mir wie ein Kreisel drehen! Ich will sehen, wie die Muselmänner tanzen.«

Machmud-Jalwatsch kehrte zu seinem Platz zurück und sagte zum Derwisch:

»Unser Gebieter verlangt von dir, daß du ihm zeigst, wie die Derwische tanzen und sich drehen. Du weißt, daß es dich deinen Kopf kostet, wenn du ihm nicht zu Willen bist. Gib dir Mühe, und ich will dazu spielen.«

Hadschi Rachim legte seinen Stab, seine Schale und seinen Bettelsack ab, ging willig zur Mitte des Kreises zwischen den lodernden Feuern. Er nahm die Stellung ein, in der die Derwische von Bagdad ihren Tanz beginnen: beide Arme ausgebreitet und erhoben, die Handfläche der Rechten nach unten, die der Linken nach oben gekehrt. So verharrte er einige Augenblicke. Machmud-Jalwatsch begann auf der Flöte eine klagende Weise zu spielen, die bald wie Kinderschluchzen klang, bald wie der Ruf der Goldamsel. Die Tamburine markierten dazu leise den Rhythmus. Der Derwisch bewegte sich lautlos im Kreise herum und drehte sich dazu erst langsam, dann schneller und immer schneller um

die eigene Achse. Die Luft blähte sein langes weites Gewand auf. Immer unruhiger wurde das Klagen der Flöte, bald verstummend, so daß man nur den Rhythmus der Tamburine hörte, bald wieder von neuem aufschluchzend.
Schließlich drehte sich der Derwisch auf einer Stelle so schnell wie ein Kreisel um sich selbst, bis er mit dem Gesicht nach unten auf seine Handflächen fiel.
Die Mongolenkrieger hoben ihn auf und legten ihn neben die Schreiber auf die Matte.
»Man reiche dem bucharischen Tänzer eine Schale, gefüllt mit Wein, damit ihm der Verstand in den schwindelnden Kopf zurückkehre. Aber unsere mongolischen Tänzer springen höher, und ihre Lieder klingen fröhlicher. Jetzt wollen wir mongolische Sänger hören!«
Zwei Mongolen, ein älterer und ein jüngerer, traten in die Mitte des freien Platzes vor dem Kagan und setzten sich mit untergeschlagenen Beinen einander gegenüber. Der jüngere begann zu singen:

»Beim Gedenken der Heimaterde
stampfen die Stuten wiehernd die Erde;
beim Gedenken der Mutter, der süßen,
beginnen die Tränen der Braut zu fließen...«

Alle Mongolen fielen in den Kehrreim ein:

»Ach, du mein Reichtum und Ruhm!«

Der ältere sang:

»Um zu wissen, wie schnell ein Roß ist,
mußt du auf ihm die Steppe durchfliegen;
um zu wissen, wie kühn ein Mann ist,
mußt du mit ihm den Erdkreis besiegen...«

Und wieder fielen alle in den Kehrreim ein:

»Ach, du mein Reichtum und Ruhm!«

Der junge Sänger fuhr fort:

»Wenn du das flinkste Pferd besteigst,
werden nah alle Fernen;
wenn du den kühnsten Feind besiegst,
hören auf alle Kriege...«

Und der Chor wiederholte sein

»Ach, du mein Reichtum und Ruhm!«

Und der alte Sänger schloß:

»Wer sich je Dschingis-Khan genaht,
wird ihn als der Helden größten preisen;
laßt uns darum mit Lied und Tat
ihm die gebührende Ehre erweisen!«

»Ja, laßt uns ihm Ehre erweisen!« riefen die Mongolen begeistert.
»Und laßt uns heute fröhlich sein!« erschollen andere Rufe. Alle begannen zu pfeifen und zu johlen und dazu in die Hände zu klatschen.
Zur Mitte des Kreises drängten sich nun Tänzer durch und stellten sich mit einander zugewandten Gesichtern in zwei Reihen auf. Zuerst ahmten

sie am Orte die täppischen Bewegungen von Bären nach, dann taten sie plötzlich hohe Luftsprünge, und ihre Schwerter flogen dabei aus den Scheiben, daß die blanken Klingen im roten Widerschein der lodernden Feuer aufblitzen.

Dschingis-Khan, der seinen Rotbart mit seiner breiten Rechten umfaßt hatte, saß unbeweglich und schweigend da, und seine niemals blinzelnden Augen glühten wie feurige Kohlen.

Plötzlich brach der Tanz und damit auch das Gepfeife und Gejohle ab. Ein neuer Sänger stimmte ein düsteres und feierlich-wildes Lied an – Dschingis-Khans Lieblingslied:

»Dein denken wir, du heimatliche Steppe
am blauen Kerulon, am goldenen Onon!
Dreimal dreißigmal trat in den Staub
aufsässige Stämme das Mongolenheer.
Mit Feuer und Schwert bringt Not und Tod
den Völkern der Erde des Kagans Heer.
Von vierzig Wüsten der gelbe Sand
ist rotgefärbt vom Blut der Opfer.
›Zerstampft und erschlagt so jung wie alt!
Fangt den Erdkreis in eurem Arkan!‹
So gebot und befahl im Feuerbrand
Gottes Geißel – Batyr Dschingis-Khan.
›In Brokat, in Seide wickle ich euch
und stopf' euch die Münder mit Zucker;
denn mir gehört aller Reichtum der Erde,
und ich zaudre nicht, ihn zu nehmen.
Ohne Scheu, ohne Furcht bind' ich die Welt
an den Knauf meines ledernen Sattels.‹
Nur vorwärts, nur weiter, schnellfüßige Rosse,
der Völker Angst überholt eure Schatten.
Wenn des letzten Meeres letzte Wellen
eure Hufe umspülen, erst dann steht still!...«

Beim Anhören seines Lieblingsliedes, das er mit tiefer Stimme mitsang, wiegte Dschingis-Khan seinen Oberkörper hin und her. Aus seinen Augen rollten Tränen in seinen struppigen roten Bart. Er wischte sich mit dem Schoß seines Zobelpelzes übers Gesicht und warf dem Sänger einen Golddinar zu. Dieser fing ihn geschickt auf und warf sich dann mit dem Gesicht auf die Erde, die er küßte.

Dschingis-Khan sprach:

»Nach dem Liede vom fernen Kerulon nagt Kummer an meiner Leber... He, Machmud-Jalwatsch, befiehl diesen Mädchen, mit angenehmen Liedern mich wieder aufzuheitern!«

»Ich weiß, was für Lieder du liebst, und werde es ihnen gleich erklären.«

Damit schritt er würdevoll zu den Sängerinnen hin und flüsterte mit ihnen.

»Also«, sagte er, »singt so ein Lied, daß ihr selber heulen müßt wie Wölfinnen, die ihre Jungen verloren haben, und die Greise da sollen ebenfalls mitheulen... Sonst wird euer Gebieter so in Zorn geraten, daß ihr eure Zöpfe und Schöpfe zusammen mit den Köpfen verlieren werdet...«

Die Weiber begannen zu schluchzen, und Machmud-Jalwatsch kehrte würdevoll zu seinem Platz neben dem Kagan zurück.

Vor den Chor der Mädchen trat ein Knabe in blauem Turban und langem gestreiftem Chalat und tröstete sie:

»Habt keine Angst! Ich werde singen.«

Und er begann mit klarer sanfter Stimme ein wehmütiges trauriges Lied, das einsam über den still gewordenen Platz tönte. Nur das Knistern der Feuer, das Schnauben der Rosse und das dumpfe Gerassel der Tamburine hörte man noch außer dieser einsam klagenden Knabenstimme.

»Land der Freude und Gesänge, wunderschönes Gulistân,
bist zur Wüstenei geworden, und in Brand stehn deine Gärten.
In Pelz gehüllt, herrscht der Mongole und ersäuft in deinem Blute dich,
todwundes Chowaresmien!«

Der Chor der Mädchen stöhnte den Kehrreim, in den hinein das jämmerliche »Na-a! Na-a! Na-a!« der greinenden Kinder und weinenden Weiber klang. Und auch die bucharischen Greise mischten ihre zitternden Stimmen in dieses verzweifelte Jammergeschrei:

»O Chowaresmien! Todwundes Chowaresmien!«

Der Knabe fuhr fort:

»Von den schneebedeckten Bergen ergoß ein Strom von Blut sich in den Serafschan.
Schwarzer Rauch ballt' sich zu Wolken und verfinsterte den Himmel.
Greinen hört man kleiner Kinder, Weinen der gefangnen Fraun,
ihre Väter, ihre Gatten fielen allesamt im Kampf.«
»Greinen hört man kleiner Kinder, Weinen der gefangnen Fraun...«

wiederholte der Chor der Mädchen, und wieder mischte sich das verzweifelte »O Chowaresmien, todwundes Chowaresmien!« der Greise mit dem kläglichen »Na-a! Na-a! Na-a!« der weinenden Frauen und Kinder.

Nur ein einziger der Chowaresmier blieb kalt und unbeteiligt – Machmud-Jalwatsch, der bald zu den Greisen, bald zu dem Kagan hinüberschielte.

»Was für ein Lied singt dieser Knabe?« fragte ihn der Kagan, immer noch schluchzend. »Und warum jammern diese Greise so?«

»Er singt ein Lied, wie du es liebst«, erklärte der Dolmetscher, »ein Lied, worin er den Untergang seiner Heimat beklagt, und die Greise stöhnen dazu ›O Chowaresmien!‹ und beweinen den Verlust ihres einstigen Ruhmes.«

Ein Netz von Fältchen bildete sich um Dschingis-Khans Augen und um die Winkel seines Mundes, der sich zu einem breiten Lächeln verzog, und plötzlich brach er in ein Gelächter aus, das wie das Gebell eines großen alten Wolfshundes klang. Dabei klatschte er sich mit den flachen Händen auf den Leib.
»Ja, das ist ein lustiges Lied für meine Ohren. Der Junge singt, als weinte er. Das ganze Weltall soll weinen, wenn Dschingis-Khan lacht... Wenn ich den Nacken eines Ungehorsamen unter mein Knie beuge, höre ich gern, wie mein besiegter Feind stöhnt und um Schonung fleht, und ich sehe voll Lust die Tränen der Verzweiflung über seine abgehärmten Wangen fließen... Ei, ja, so ein Klagelied gefällt mir! Ich will es oft hören. Woher stammt dieser Knabe?«
»Es ist kein Knabe, sondern ein Mädchen namens Bent-Sankidscha; sie kann vorzüglich lesen und schreiben, darum trägt sie einen Turban wie ein gelehrter Mirza... Beim alten Chronisten des Schahs Muhammed hat sie Bücher abgeschrieben.«
»So ein Mädchen ist eine rare, kostbare Beute! Sie soll bei meinen Festmählern fortan stets ihr Klagelied singen, damit alle Moslems dabei weinen und ich mich freue. Alle in Buchara zu Gefangenen gemachten Frauen und Mädchen soll man unter meine Krieger verteilen, doch diese eine will ich überallhin mit mir nehmen. So lautet mein Befehl.«
»Er wird befolgt werden, Erhabener!«
Dschingis-Khan erhob sich, und sogleich sprangen alle ringsum sitzenden Mongolen auf und schütteten den noch nicht getrunkenen Wein aus ihren Schalen auf die Erde »zu Ehren des Siegesgottes«.
»Ich reite weiter«, sagte der Kagan. »Führt mein Pferd vor! Tair-Khan bleibt als Verweser in dieser Stadt, und alle haben sich ihm unterzuordnen.«
Vom roten Schein der Feuer und vom blassen Licht des Halbmondes beleuchtet, bestieg Dschingis-Khan sein breitbrüstiges rehbraunes Pferd. Die Leibwächter liefen zwischen den Feuern hindurch zu ihren Pferden, die von den bucharischen Greisen versorgt und bewacht worden waren. Und wenige Augenblicke später klapperten schon Hufe auf den Steinfliesen, und die Kavalkade sprengte über den Platz und in eine dunkle Straße hinein.

Sechster Teil
Sturm über Chowaresmien

Wehe denen, welche die Waffen strecken!

Entweder wir zerschmettern unseren Feinden den Schädel an einem Stein, oder sie hängen uns am Stadttor auf.
(Aus einem alten persischen Gedicht)

Im Mongolenheer herrschte die von Dschingis-Khan festgesetzte Ordnung. Jeder Reiter kannte genau seinen Platz in der Zehner-, Hundert- und Tausendschaft. Diese Tausendschaften wieder bildeten große Heeresgruppen unter dem Kommando von Orkhonen, Feldherren, welche ihre Befehle vom Kommandeur des rechten oder linken Flügels erhielten und bisweilen auch vom Kagan selbst, der gewöhnlich das Zentrum befehligte.
In alle Stadtviertel des reichen, starkbevölkerten Bucharas drangen die mongolischen Reiter ein. Sie hatten als Mittelsmänner angesehene Männer der Bürgerschaft bei sich und Dolmetscher jener muslimischen Kaufleute, die zu den Nomadenlagern im mongolischen Gebiet Handelsbeziehungen unterhalten hatten. Diese Dolmetscher riefen den ängstlich sich in ihren Häusern versteckenden Einwohnern die Befehle der neuen Machthaber der Stadt zu. An den Straßenkreuzungen hatten die Mongolen Wachen aufgestellt, sogenannte »Charagus«, die für Ordnung sorgten.
Der mongolische Stadtkommandant Tair-Khan hatte Quartier in der Hauptmoschee genommen und alle Ältesten der Stadt dorthin beschieden, damit sie ihm genaue Verzeichnisse der reichen und wohlhabenden Bürger der Stadt vorlegten und Angaben darüber machten, wo sich die für das Heer des Schahs angelegten geheimen Vorratslager befanden, ebenso ihm Auskünfte über private Vorratslager und Magazine mit wertvollen Waren gaben.
Von allen Ecken und Enden der Stadt zogen schwerbeladene Kamele und Pferde und ebenso hochbeladene Fuhrwerke zum Hauptplatz hin. Die eingeschüchterten Bewohner brachten Säcke mit Getreide, Stoffballen, Kleider, Teppiche, kostbare Gerätschaften und alle möglichen Erzeugnisse und Gegenstände herbei. Diese Beute wurde von den Mongolen in den Moscheen aufgespeichert und der dritte Teil davon für den Kagan reserviert.
Die arbeitsfähigen Einwohner mußten den Graben rings um die Zitadelle zuschütten, in der sich der trotzige Ichtiar-Kuschlu eingeschlossen hatte. Er und seine Krieger waren nicht willens, sich zu ergeben, und entschlossen, bis zum letzten Atemzug zu kämpfen.

Unter den Verteidigern der Zitadelle befanden sich neben anderen Khanen auch der Bahadur Gurchan, ein Mongole, der sich der Gewalt des Kagans entzogen hatte und in den Dienst des Schahs von Chowaresmien getreten war.
Mongolische Krieger achteten darauf, daß die Tausende junger und alter Einwohner bei der Zuschüttung des Grabens auch tüchtig arbeiteten, und trieben sie unaufhörlich zur Eile an. Zwei Tage später konnten die mongolischen Krieger sich den hohen Mauern der Zitadelle trockenen Fußes nähern.
»Wir haben unsere Arbeit schnell getan«, sprachen die Einwohner untereinander. »Wollen sehen, wie schnell die Mongolen jetzt die hohen Mauern erklimmen.«
Auf Befehl des mongolischen Kommandanten hatten die bucharischen Zimmerleute viele lange Sturmleitern anfertigen müssen. Jetzt schlugen die Mongolen mit Peitschen auf die Menge ein.
»Worauf wartet ihr? Was schaut ihr? Legt Leitern an und klettert hinauf!«
Niemand von den Bucharen konnte sich entschließen, sich den Mauern zu nähern, von denen herab die Verteidiger Steine und Ziegel schleuderten und kochendes Wasser und Pech herabschütteten.
Doch die berittenen Mongolen zogen ihre Schwerter und bedrängten die Menge der sich sträubenden Einwohner, auf deren Köpfe sie erbarmungslos einschlugen. Die Wehrlosen, die sich durch vorgehaltene Hände und Arme zu schützen versuchten, wurden immer näher zur Mauer hingedrängt. Die Mongolen hörten nicht auf, mit den Säbeln auf sie einzuhauen, ihnen die Schädel zu spalten und Finger und Hände abzuschlagen, während die Dolmetscher sie zu überreden versuchten, dem Befehle der Mongolen Folge zu leisten.
Einige von den Bucharen riefen:
»Die Mauern erklimmen, das bedeutet den Tod. Hier stehenbleiben bringt gleichfalls den Tod! Also steigen wir hinauf zu unseren Kriegern. Vielleicht haben sie Mitleid und gebrauchen ihre Waffen nicht gegen uns!«
Sie legten also die Leitern an und begannen hinaufzusteigen, indem sie riefen:
»Wir sind Moslems wie ihr! Legt die Waffen nieder und ergebt euch!«
Aber die Krieger, die oben auf den Mauern standen, dachten gar nicht daran, sich zu ergeben. Sie ließen die Heraufsteigenden nahe genug herankommen, überschütteten sie dann mit einem Hagel von Steinen, gossen Pech und Wasser auf sie, warfen die Leitern um und riefen:
»Feige Hunde seid ihr, aber keine Moslems! Wendet euch gegen die Mongolen und erschlagt sie! Nehmt euch ein Beispiel an uns, die wir als Dschahiden sterben. Unterwerft euch nicht den Feinden!«
Der mongolische Recke Gurchan warf schwere Steinblöcke herab und rief spottend und höhnend:
»Weshalb verstecken sich denn die Mongolen hinter den Rücken dieser

gehorsamen Hammel? Mögen sie doch ihre Tapferkeit zeigen! Und wo hat sich denn dieser Greis mit dem sauertöpfischen Gesicht verkrochen? Dieser rote Köter, dieser Verschlinger kleiner Kinder, dieser feige Dschingis-Khan!«
Und er schlug mit dem Säbel, und als dieser zerbrach, mit dem Beil auf die Heraufkletternden ein und stieß sie wieder hinunter, bis die mongolischen Bogenschützen ihn mit ihren Pfeilen durchbohrten.
Währenddessen hatten die Mongolen ihre von chinesischen Ingenieuren konstruierten Wurfmaschinen herbeigebracht und schossen mit pechgetränktem Werg umwickelte brennende Pfeile ab und schleuderten Töpfe mit brennenden oder entzündlichen Flüssigkeiten in die Zitadelle, in der überall Brände ausbrachen.
Zwölf Tage dauerte die Belagerung. Erst als schon fast alle Verteidiger umgekommen waren, drangen die Mongolen in die Festung ein und machten die mit Wunden bedeckten wenigen Überlebenden zu Gefangenen. Die Sieger waren überrascht, als sie erfuhren, daß nur vierhundert Mann des großen chowaresmischen Heeres die Zitadelle verteidigt hatten. Wenn die gesamte Einwohnerschaft sich so tapfer zur Wehr gesetzt hätte, so wäre es den Mongolen weder in einem halben noch in einem ganzen Jahr möglich gewesen, das von hohen uneinnehmbaren Mauern und Wällen umgebene Buchara in ihre Hand zu bekommen, und die Einwohnerschaft hätte nicht jenes entsetzliche Schicksal erdulden müssen, das sie sich durch ihre Selbstaufgabe bereitet hatte. Denn nachdem die Bürger alle ihre wertvolle Habe an die Mongolen abgeliefert hatten, welche die Moscheen damit füllten, erging ein neuer Befehl:
»Alle Einwohner haben sich mit Frauen und Kindern auf das Feld vor der Stadt zu begeben. Dabei dürfen sie nur die Kleider, die sie auf dem Leibe tragen, mitnehmen. Alles andere haben sie in den Häusern zurückzulassen.«
Die Dragomane versuchten die Furcht der Bevölkerung zu beschwichtigen, indem sie erklärten:
»Beunruhigt euch um nichts, überall stehen Wachtposten, die auf euer Eigentum achtgeben. Dieser Gang aufs Feld hinaus macht sich nötig, weil alle Einwohner gezählt und zum Zwecke einer gerechten Besteuerung aufgeschrieben werden sollen. Wer dem Befehl nicht Folge leistet und in der Stadt bleibt, wird auf der Stelle erschlagen werden, wo man ihn findet.«
Vom frühen Morgen an zogen die Einwohner in Scharen zu den elf Stadttoren hinaus. Väter führten ihre Kinder an der Hand, Mütter trugen die Kleinsten auf dem Arm, hinfällige Greise und Greisinnen, Kranke, die schon jahrelang nicht mehr aus ihren Winkeln herausgekommen waren, schleppten sich, aneinandergeklammert und sich gegenseitig stützend, hinaus.
Mongolenstreifen jagten durch die Straßen, klopften an die Türen der Häuser und riefen:

»Der-chal! Chosch-chal!«
Von denjenigen, die draußen vor der Stadt sich auf dem Felde niedergelassen hatten, durfte keiner wieder in die Stadt zurück. Zuerst ritten Mongolen, von Dolmetschern begleitet, durch die Reihen der Lagernden — deren Zahl, wie sich dabei herausstellte, dreimal größer war als die der mongolischen Krieger –, um festzustellen, wer Handwerker war und was für ein Handwerk er betrieb. Aus solchen erfahrenen Handwerkern bildeten sie eine Gruppe für sich. Dann wurden die jungen und kräftigen Männer von den anderen abgesondert und von Reitern umstellt. Schließlich suchten die Mongolen die schönsten Frauen, Mädchen und Kinder aus und führten sie hinweg. Da erst begriffen die Bucharen, daß sie von ihren Familienangehörigen getrennt werden sollten und wahrscheinlich für immer. Es erhob sich ein herzzerreißendes Jammergeschrei, und Tränen der Verzweiflung wurden vergossen.
So gleichmütig, wie die Fleischer auf dem Markt unter den brüllenden Kühen, blökenden Hammeln und meckernden Ziegen die ihnen zusagenden Tiere auswählen, um sie zur Schlachtbank zu treiben, so gleichmütig um das Gejammer der Menschen trafen die Sieger ihre Wahl, warfen den sich Sträubenden Schlingen um den Hals und rissen sie, indem sie mit Peitschen auf sie einschlugen, aus der Menge heraus und mit sich fort.
Das allgemeine Entsetzen war so groß, daß es bei den Bucharen jeden Gedanken an Widerstand lähmte.
Einzelne verzweifelte Väter oder Ehemänner, unfähig, die Schmach ihrer Frauen und Töchter, die von den Mongolen fortgeschleift wurden, länger mit anzusehen, stürzten sich auf die Barbaren und starben entweder unter den Hufen der Rosse, von denen sie zertreten wurden, oder an empfangenen Säbelhieben.
Auch Gelehrte, die an den Hochschulen Bucharas den Schülern ihr umfängliches Wissen vermittelt hatten, befanden sich unter der zusammengetriebenen Menge und entsetzten sich ob der Gewalttaten und Schändungen, die ringsum an ihren Landsleuten und Glaubensgenossen von den Heiden verübt wurden.
»Diese Heiden plünderten die Moscheen aus. Die Hufe ihrer Pferde zerstampfen die heiligen Bücher unseres Glaubens und der Weisheit. Sie würgen unschuldige Kinder und schänden Frauen und Mädchen vor den Augen ihrer Gatten und Väter!« sagte einer von ihnen und fragte empört: »Dürfen wir das dulden?«
Ein zweiter, der in der Stadt sehr bekannte Rukn-ed-Din Imam-Sade, entgegnete:
»Schweig! Der Sturmwind von Allahs Zorn weht! Die Spreu, die er auseinanderfegt und überallhin zerstreut, hat nicht zu reden!«
Aber nicht lange vermochte er seine Selbstbeherrschung zu wahren. Als er Zeuge wurde, wie schändlich und grausam die Mongolen mit den Frauen umsprangen, wollte er dazwischentreten und wurde samt seinem Sohn sogleich erschlagen. Und viele andere, die ebenfalls die Schmach

ihrer Familien nicht länger mit anzusehen vermochten, traf das gleiche Los. Auch ihnen zerschmetterten Schläge mit Stöcken, an deren oberen Enden Eisenkugeln befestigt waren, die Schädeldecken.
Es war ein furchtbarer Tag. Überall hörte man nichts als Schreie, Stöhnen der Sterbenden, Weinen der Frauen und Kinder, die auf immer von ihren Gatten, Brüdern und Vätern getrennt wurden. Doch die Männer waren zu machtlos, um ihnen zu helfen, und gedachten reuig der Worte des Dichters: »Wer das Heft des Schwertes aus der Hand läßt, gegen den wird sich seine scharfe Klinge wenden.«
Als die Mongolen durch die Straßen Bucharas zogen, um die Häuser zu plündern und das geraubte Gut auf ihre Pferde zu laden, brachen auf einmal in der Stadt an mehreren Stellen zugleich Brände aus, die rasch um sich griffen. Flammen züngelten überall empor, und schwarzer Rauch verschleierte die Sonne am Himmel. Die aus Holz und Lehm errichteten Gebäude fingen leicht Feuer, und bald war die ganze Stadt ein einziger gewaltiger Scheiterhaufen. Vor der Zerstörung bewahrt blieben nur die Hauptmoscheen und einige aus Ziegelsteinen erbaute Paläste.
Ihre Beute den Flammen zum Raube lassend, stoben die Mongolen davon, um ihr Leben in Sicherheit zu bringen. Und noch viele, viele Jahre danach hatte das »edle Buchara« das Aussehen eines riesigen rußbedeckten Trümmerhaufens, in dem nur Eulen und Schakale hausten.

Die Ältesten von Samarkand verraten ihre Stadt

> Alles ist das Opfer eurer Ausschweifungen und eurer Lust, an den Fingern eurer Hände klebt nicht Henna, sondern Blut!
> (Risa Tewfik)

Dschingis-Khan zog im zeitigen Frühjahr des Drachenjahres (1220) von Buchara nach Samarkand. Sein Heer rückte auf beiden Ufern des Serafschan vor. Ohne diesmal besonderen Bedrückungen diejenigen auszusetzen, die sich ihm unterwarfen, ließ der Kagan Truppen für die Belagerung der Städte Seripul und Dabussije zurück, die ihre Tore vor ihm verschlossen.
Als er mit seinem Heer vor Samarkand stand, wählte er zu seinem Aufenthalt den außerhalb der Stadt gelegenen Grünen Palast des Schahs von Chowaresmien. Bald nach ihm trafen auch die Truppen seiner vier Söhne ein und die Massen der Gefangenen, die von den Mongolen mit Peitschenhieben wie Vieh vorwärts getrieben wurden. Alle diese Heeresmassen bildeten einen lückenlosen Ring um die Stadt.
Von allen Städten Chowaresmiens war wahrscheinlich Samarkand die am stärksten befestigte. Seine hohen, schier unbezwingbaren Mauern

hatten hohe Wehr- und Wachtürme und eiserne Tore. Die Garnison der Stadt bestand aus hundertzehntausend Mann, von denen sechzigtausend türkische Mundarten sprachen, der übrige Teil bestand aus Tadschiken, Gurzen, Kara-Kitajern und Angehörigen anderer Stämme. Zwanzig Kriegselefanten von schreckenerregendem Aussehen, deren Kampfkraft der Schah sehr hoch anschlug, standen den Belagerten zur Verfügung. Außerdem konnte man, wenn es not tat, aus den Reihen der vornehmlich aus Handwerkern und Sklaven bestehenden zivilen Bevölkerung noch ein Heer von Freiwilligen aufstellen.
Wenn an der Spitze der Garnison von Samarkand ein erfahrener und unerschrockener Feldherr vom Schlage Kair-Khans oder Timur-Meliks gestanden hätte, würde die Stadt sich lange Zeit – mindestens ein Jahr – haben halten können, solange die Lebensmittelvorräte nur ausreichten. Doch der Schah hatte zum Kommandanten von Samarkand den mehr hochmütigen als mutigen Bruder der bei der Bevölkerung verhaßten Turkan-Hatun, seinen Onkel Tugai-Khan, ernannt.
Dschingis-Khan inspizierte zwei Tage lang auf Rundritten um die Stadt deren Mauern und Wälle, die bis obenhin mit Wasser gefüllten tiefen Gräben, fand bald die schwächeren Punkte der Verteidigung heraus und gründete darauf seine Angriffspläne.
Um die wirkliche Zahl ihrer Krieger zu verschleiern und die Belagerten einzuschüchtern, stellten die Mongolen auch die zusammengetriebenen Gefangenen in Kriegsordnung auf, immer je zehn unter eine Fahne. Den Einwohnern Samarkands mußten so die Kräfte der Belagerer ungeheuerlich erscheinen.
Die türkischen Heerführer Alp-Er-Khan, Sijundsch-Khan und Balan-Khan machten mit ihren Kiptschakenreitern einen Ausfall und griffen die Mongolen beherzt an. Es entspann sich ein erbittertes Gefecht, wobei die Moslems an die tausend Mann einbüßten und sich mit nur einigen wenigen mongolischen Gefangenen schließlich wieder in den Schutz der Festungsmauern zurückziehen mußten.
Tags darauf weigerten die Kiptschakenkrieger sich bereits, einen zweiten Ausfall zu machen. Statt ihrer stürmten Freiwillige aus der Zivilbevölkerung hinaus. Die Mongolen täuschten eine wilde Flucht vor und lockten die sie hitzig verfolgenden Samarkander in einen Hinterhalt, schnitten ihnen den Rückzug ab, fielen von allen Seiten über sie her und metzelten sie allesamt nieder. Nur einer Handvoll glückte es, in die Stadt zurückzukehren.
Am Morgen des dritten Tages leitete Dschingis-Khan hoch zu Roß persönlich den Sturm auf Samarkand. Alle seine Truppen verteilte er rings um die ganze Mauer und vor allem gegenüber den Toren. Die Mongolen, die jeden aus den Toren herausreitenden Krieger mit den langen Pfeilen ihrer weittragenden Bögen erlegten, stürmten bis zum Abend vergebens gegen die Mauern an und mußten sich mit Einbruch der Nacht in ihr Lager zurückziehen.
In dieser Nacht traten die angesehensten Personen Samarkands – der

oberste Kadi, der Scheich-ul-Islam und die würdigsten und ältesten der Imams – zu einer Beratung zusammen und faßten den Beschluß, sich dem Kagan zu unterwerfen. Am nächsten Morgen begaben sie sich in Ausführung dieses Beschlusses zur Stadt hinaus und ins Lager des Kagans, um ihn um Gnade für die belagerte Stadt anzuflehen.
Dschingis-Khan versprach ihnen »Sicherheit vor seinem Zorn« und gestattete ihnen, in ihre Häuser zurückzukehren.
Als sie die Gesandtschaft der Ältesten in die Stadt zurückkommen sahen, beeilten sich – mit Ausnahme einiger weniger Verwegener, die sich in die Zitadelle einschlossen – die Kiptschakenkhane, an deren Spitze der Befehlshaber aller Truppen Tugai-Khan stand, ebenfalls einen demütigen Bittgang zu dem Mongolenherrscher zu unternehmen und ihm den Vorschlag zu machen, sie in seine Dienste zu nehmen. Auch hierein willigte Dschingis-Khan gnädig lachend.
Am Morgen des sechsten Belagerungstages öffnete sich das Haupttor Samarkands, das »Tor des Namas«, den Mongolen, die in die Hauptstadt des Schahs von Chowaresmien eindrangen und dann Gefangene herbeitrieben, denen sie befahlen, die Mauern zu schleifen.
Entgegen den Versprechungen Dschingis-Khans, der Stadt und ihren Bewohnern kein Leid zuzufügen, wurden alle Einwohner, Männer wie Frauen, in Hundertergruppen geteilt, von den Mongolen zum Tore aufs Feld hinausgetrieben und bis aufs Hemd ausgeplündert, die Frauen geschändet und die Männer mißhandelt.
Eine Ausnahme wurde nur mit solchen Personen gemacht – es waren deren sehr wenige –, die von den Verrätern, dem obersten Kadi und dem Scheich-ul-Islam, bezeichnet worden waren. Diesen wenigen wurde von den Mongolen kein Haar gekrümmt.
Der Bevölkerung war erklärt worden, daß die Mongolen Befehl und Erlaubnis hätten, das Blut eines jeden auf der Stelle zu vergießen, der es sich einfallen ließe, statt mit aufs Feld hinauszugehen, sich zu verbergen. Die Mongolen machten sich diesen Befehl zunutze, um ungestraft eine große Zahl friedlicher Einwohner niederzumetzeln.
Das Kiptschakenheer, an dessen Spitze der Onkel des Schahs stand, zog mit Weib und Kind vor die Stadt, um sich den Feinden des Reiches anzuschließen. Die Mongolen verlangten von ihnen, daß sie ihre Waffen niederlegten, und versprachen ihnen dafür die Ausrüstung eines mongolischen Kriegers, denn als Angehörige des Mongolenheeres müßten die Kiptschaken ja auch ein mongolisches Aussehen haben. Als die Kiptschaken sich dem Verlangen gefügt hatten, wurde ihnen das Kopfhaar so rasiert, daß es die Form eines Halbmondes bekam. Als Lager wiesen die Mongolen den Kiptschaken ein besonderes Tal an, wo die Überläufer ihre Zelte aufschlugen. Doch am Tage darauf wurde dieses Zeltlager plötzlich von den Mongolen überfallen, und seine waffen- und wehrlosen Insassen wurden niedergemetzelt. Überlebende berichteten, »daß die Überfallenen nicht einmal Mut zur Flucht, geschweige denn zum Widerstand aufgebracht hätten«.

In dieser Nacht aber machten tausend verwegene Dschigiten der Garnison, die sich in der Zitadelle verschanzt hatten, mit Alp-Er-Khan an ihrer Spitze einen Ausfall, schlugen sich mutig durch die Reihen der Mongolen und verschwanden in der Dunkelheit. In der Folge vereinigten sie sich mit den Truppen Dschelal-ed-Dins.
Die Zurückgebliebenen setzten die Verteidigung der Zitadelle fort, bis die Mongolen die Dämme des Dschakerdis-Kanals, der in einem kunstreich aus Blei gefertigten Bett floß, zerstörten. Das Wasser überschwemmte die Umgebung der Zitadelle und unterspülte deren Mauern, so daß die Mongolen schließlich an den schadhaften und eingestürzten Stellen eindringen konnten und alles niedermetzelten, was sie von der Besatzung noch vorfanden.
Wie sie das schon in anderen Fällen getan, sonderten die Mongolen alle Handwerker von der übrigen, aufs Feld hinausgeführten Einwohnerschaft ab, um sie in die ferne Mongolei zu schicken. Die Handwerker von Buchara waren weithin berühmt wegen ihrer Fertigkeit in der Herstellung von weißem Papier aus Lumpen, von Brokat, von Tuch und von silberschimmernden Seidengeweben, von gegerbtem Leder, von Zaum- und Sattelzeug, von großen Kupferkesseln, von Pokalen aus Silber und anderem Metall, von Scheren, Nadeln, Waffen, Bogen, Köchern und noch von vielen anderen Dingen. Die tüchtigsten unter den Handwerksmeistern wurden als Sklaven den Söhnen und Verwandten Dschingis-Khans zugeteilt und in die Mongolei geschickt, wo sie später besondere Handwerkersiedlungen gründeten. Da diese Fortführung der Handwerker und der jungen und starken Männer von den Mongolen wiederholt und systematisch durchgeführt wurde, war Samarkand und das ganze Gebiet ringsum für lange Zeit menschenleer.
Nach der Einnahme der Zitadelle von Samarkand ritt Dschingis-Khan durch die Stadt, in deren Straßen die Leichen sich überall zu Bergen häuften, und kehrte dann in den außerhalb der Stadt gelegenen Palast zurück, dessen schattige Gärten ihn die einsetzende Hitze, welche die Mongolen nur schlecht vertrugen, leichter überstehen ließ. Der furchtbare Gestank der verwesenden Leichen machte einen längeren Aufenthalt in der Stadt, aus der auch die letzten Einwohner flüchteten, unmöglich.

Der Schah von Chowaresmien findet nirgendwo Ruhe

> Wenn der Reiter den Mut sinken läßt und verzagt,
> kann sein Pferd nicht schnell laufen.
> (Orientalisches Sprichwort)

Während die Mongolen plündernd durch die chowaresmischen Lande zogen, befand sich der Schah Muhammed weit vom Schuß. Er hatte mit einer kleinen Leibgarde Zuflucht in der Stadt Kelif am Dscheihun gefunden, wo er den weiteren Verlauf der Ereignisse abwarten wollte.

»Mein Ziel ist es«, so erklärte er, »den Mongolen den Übergang über diesen Fluß zu verwehren. Bald werde ich im Iran ein gewaltiges neues Heer aufgestellt haben und dann diese entsetzlichen Heiden vertreiben.«

Auf dem Gipfel eines scharf in den Fluß hineinragenden Felsens erhob sich ein schlanker Turm, an den sich kleine, flache Hütten schmiegten. Eine alte Steinmauer umgab sie in einem unregelmäßigen Ring. Hier pflegte sich der meist in schwermütiges Sinnen verfallende Schah aufzuhalten. Auf dem Dache des Turms mußte immerfort eine Wache Ausschau halten, den Blick nach Norden gerichtet. Auf den fernen Hügeln wurden des Nachts Signalfeuer entzündet, tagsüber aber gaben Rauchsäulen Aufschluß über die Bewegung der feindlichen Truppen.

Manchmal stieg der Schah zum Fluß hinunter, wo plumpe Boote mit hohen Bugen eng zusammengedrängt lagen, und blickte in das ungestüm strömende trübe Wasser, das hier von felsigen Ufern eingeengt wurde. Ein großer Teil seines Heeres war allmählich auf die andere Seite des Flusses übergesetzt worden, wo auf hügeligem Gelände die alte Stadt Kelif lag. Einstmals hatten hier an derselben Stelle der unbesiegbare Iskander und seine Krieger, nachdem sie sich mit Luft gefüllte Ziegenfelle um die Brust gebunden, den schmalen, aber heftig strömenden Fluß schwimmend überquert.

Zweimal hatte der Schah dem belagerten Samarkand Entsatz geschickt, das erstemal zehntausend, das zweitemal zwanzigtausend Mann, doch beide Abteilungen hatten sich nicht bis zur Hauptstadt hingewagt, sondern waren auf halbem Wege um- und nach Kelif zurückgekehrt, wo sie erklärten, der Fall Samarkands sei unabwendbar und jeden Tag zu erwarten.

Mit zweihundert Reitern, die, verwundet und erschöpft, von den aus der Zitadelle von Buchara Entwichenen übriggeblieben waren, langte Inantsch-Khan in Kelif an. Die Truppe war von den Tataren am Ufer des Dscheihun eingeholt und fast aufgerieben worden. Unter den wenigen Überlebenden befand sich auch Kurban-Kysyk.

Der Schah war zutiefst erschüttert, als er erfuhr, daß eine so große Abteilung, die er zur Verteidigung Bucharas zurückgelassen hatte, nutz- und ruhmlos umgekommen war. Lange war er unfähig, Anordnungen zu treffen. Er bemerkte auch, daß die Khane der umliegenden Gebiete in der Befolgung seiner Befehle nicht nur immer saumseliger wurden, sondern sie überhaupt nicht mehr beachteten und auch nicht auf seine Aufforderung hin vor ihm erschienen. Von überallher berichtete man ihm über Fälle von Verrat und Abfall. Allzu viele seiner Vasallen hielten es für richtig, auf Dschingis-Khans Seite überzutreten. Machtlos mußte Muhammed zusehen, wie die von ihm errichtete Ordnung und die Grundfesten seines Reiches zusammenstürzten, und erfahren, daß die Ergebenheitsbeteuerungen seiner Vasallen nichtig waren wie vom Winde verwehter Staub.

Der Schah nahm in einem großen Boot Platz, in das man auch die

schmalen ledernen Behälter lud, die sein Gold, seine Juwelen und andere Kostbarkeiten enthielten. Schließlich führte man auch sein braunes Lieblingspferd herbei. Das Boot stieß vom heimatlichen Ufer ab und wurde von der ungestümen Strömung fortgerissen, doch die Krieger arbeiteten mit Rudern und Stöcken kraftvoll und beharrlich der Strömung entgegen und brachten das Boot glücklich auf die andere, auf die Iraner Seite hinüber, wo es aber infolge der Steine unter Wasser nicht anlegen konnte. Da befahl der Wekil einem hochgewachsenen sehnigen Krieger aus den Reihen der Ruderer, auf seinem Rücken den Schah ans Ufer zu tragen. Ächzend huckte sich der Mann den korpulenten Muhammed auf und watete mit ihm durch das Wasser zum Ufer.
Beim Absteigen fragte der Schah seinen Träger:
»Wie heißt du, und woher bist du?«
»Ich bin der Pflüger Kurban-Kysyk. Ich habe meine Familie auf einem Fleckchen Erde zurückgelassen, welches mir Inantsch-Khan in Pacht gegeben hat. Mit ihm zusammen habe ich mich nach der Flucht aus Buchara gerettet. Beim Ausfall damals war ich mit andern dicht am Zelte des Tatarenkhans, und wir gedachten, ihn totzuschlagen. Doch unsere Dschigiten bekamen aus irgendeinem Grunde plötzlich Angst, warfen ihre Rosse herum und stoben davon. Wir andern und ich auf meinem schwarzgrauen Hengst ihnen nach ... Und später kamen wir knapp mit dem Leben davon.«
»Warum nennt man dich ›Spaßmacher‹?« fragte der Schah. »Du siehst doch gar nicht lustig aus.«
»Man nennt mich so, weil ich die leidige Angewohnheit habe, stets bei unpassender Gelegenheit die Wahrheit zu sagen. Niemals weiß ich, was man schicklicherweise sagen darf und was nicht, und das hat mir schon manche Ungelegenheit bereitet und den Beinamen ›Spaßmacher‹ eingebracht. Oft hat man mich auch geschlagen dafür, daß ich die Wahrheit gesagt habe, dann bin ich aber nie was schuldig geblieben.«
»Hast du mich früher schon irgendwann gesehen?« wollte der Schah wissen.
»Nein, gesehen hab' ich dich noch nie, aber oft an dich gedacht – immer dann, wenn man von uns die Abgaben erpreßte. Da pflegte der Hakim nämlich stets zu sagen, sie seien für den Schah. Nun, und da haben wir eben an dich gedacht ...«
Der Schah konnte sich eines Lächelns nicht erwehren, ließ sich von seinem Wekil einen Golddinar geben und überreichte ihn Kurban.
»Dieser Krieger soll weiterhin mit mir reiten. Er ist ein geschickter Träger und wird mir immer die Wahrheit sagen.«
»Ich gehorche, großer Padischah«, sagte Kurban. »Dich zu tragen ist keine schwere Sache, nicht schwerer, als einen Sack Korn zu buckeln. Doch gestatte mir, noch einmal auf die andere Seite überzusetzen, um meine Stiefel zu holen.«
»Ich gestatte es.«
Der Padischah bestieg sein rehbraunes Pferd und beobachtete, wie der

lange Kurban mit hochgekrempelten Hosenbeinen beim Ausladen der Lederbehälter half.
Dann nahm ihn das Boot noch einmal mit auf die andere Seite hinüber.
Als der Schah den steilen Uferweg hinaufritt, erhob sich eine allgemeine Unruhe am Ufer. Alle wiesen in die Ferne, nach Norden, wo auf den Hügeln fünf dichte Rauchwolken nebeneinander aufstiegen. Ein schlimmes Zeichen, das bedeutete: Der Feind nähert sich mit großer Heeresmacht.
»Alle Boote sofort stromabwärts schwimmen lassen!« befahl der Schah. »Man darf nicht zulassen, daß die Tataren auf diese Seite übersetzen.«
Und er trieb seinen Hengst an.
Auf der Suche nach dem Schah von Chowaresmien waren zwanzigtausend Tataren mit Dschebe-Nojon und Subudai-Bahadur an der Spitze ans Ufer des Dscheihun gelangt. Niemand hinderte sie am Übersetzen. Das Ufer war leer, die ganze Bevölkerung von Kelif geflohen. Boote waren keine vorhanden, doch eingedenk des Befehls Dschingis-Khans: ›Ihn jagen, ohne haltzumachen!‹, bauten die Tataren in aller Eile so etwas wie Tröge, die sie mit Ochsenhäuten überzogen, und dahinein legten sie ihre Waffen und Kleider.
Dann trieben sie ihre Pferde ins Wasser und klammerten sich an deren Schweife, so daß die Pferde die Menschen zogen, die Menschen aber die Tröge, deren Leine sie sich um den Leib geschlungen hatten. So gelangten alle zwanzigtausend Mann an einem Tag über den reißenden Fluß.
Doch der Schah von Chowaresmien war schon weit weg. Mit seinem Heer, das zum größten Teil aus Kiptschaken bestand, zog er immer weiter nach Westen. Man hatte ihn aber vor den Anschlägen dieser Kiptschaken gewarnt und ihm Vorsicht angeraten. Deshalb stahl sich der Schah jeden Abend aus seinem Zelt unbemerkt in ein anderes, und eines Morgens zeigte sich, daß dies keine unnötige Vorsicht gewesen war, denn die Wand des Zeltes, in dem man ihn schlafend vermutet hatte, war von Kiptschakenpfeilen wie ein Sieb durchlöchert.
Die schlimmen Befürchtungen des Schahs nahmen zu. Er beschleunigte seine Flucht, obwohl er nicht wußte, wohin er sich eigentlich retten sollte, und änderte fortwährend die Marschrichtung.
Überall redete er den Einwohnern der Städte zu, deren Mauern zu befestigen und einen Kampf auf offenem Felde zu vermeiden. Dadurch wuchs unter der Bevölkerung die Angst vor den Tataren ins Ungeheure, und viele Menschen flohen in die Berge.
Erst in der zwischen Bergen versteckten Stadt Nischapur machte der Schah halt und versuchte, durch Gastmähler und Lustbarkeiten seine Niedergeschlagenheit zu vertreiben.
Die Tataren folgten unentwegt seinen Spuren, und als in Nischapur die Kunde sich verbreitete, daß sie sich der Stadt näherten, gab der Schah vor, auf die Jagd zu reiten, galoppierte statt dessen aber mit einer kleinen

Eskorte ihm treu Ergebener davon, seine Spuren sorgsam verwischend.
Die Tataren trafen in Nischapur ein, nachdem sie unterwegs alle Dörfer und Städte, darunter Tus, Sawah, Rei, geplündert und verwüstet und niemanden geschont hatten, weder Frauen noch Greise, noch Kinder. Sie sandten nach allen Himmelsrichtungen Späher aus, um zu erkunden, wohin sich der Schah gewendet hatte. Und auf der Ebene Daulatabad, in der Umgegend von Hamadan, sah sich der Schah, der inzwischen wieder ein beachtliches Heer von zwanzigtausend Reitern zusammengebracht hatte, plötzlich von Tataren umzingelt, die einen großen Teil seines Heeres vernichteten. In den Kleidern eines Bauern, auf einem schlichten, aber starken Pferd, nahm der Schah an der Schlacht teil, die sein letztes Treffen mit den Mongolen war. Wenn auch deren Kräfte die der Moslems nicht überstiegen, so verstand es der Schah doch nicht, einen Sieg zu erringen, da er nur auf seine Rettung durch Flucht bedacht war.
Einige der Tataren, die ihn nicht kannten, schossen mit Pfeilen nach ihm, trafen ihn aber nicht und verwundeten nur sein Pferd, auf dem Muhammed davonsprengte und in den Bergen verschwand.
Damit verloren die Tataren jegliche Spur von ihm und zogen weiter nach Westen, auf Sendschan und Kaswin zu, schlugen das chowaresmische Heer unter Beg-Tegin und Kütsch-Buka-Khan und zogen über Aserbeidschan zur Mugansteppe, wo es zu Zusammenstößen zwischen ihnen und den Grusiniern kam.
Nirgendwo, wohin sie kamen, hielten sich die Tataren länger auf. Überall nahmen sie sich nur die allernotwendigste Menge an Nahrungsmitteln und Kleidung, raubten Gold und Silber und zogen weiter, immer eingedenk der ihnen übertragenen Aufgabe, sich der Person des Schahs Muhammed zu bemächtigen.
Unterwegs nahmen sie überall die besten Pferde fort. Jeder von ihnen ritt abwechselnd auf mindestens zweien, manche hatten auch noch mehr. Mitten im Galopp sprangen sie von einem Pferd aufs andre und konnten daher an einem Tage gewaltige Strecken zurücklegen und an Orten unvermutet auftauchen, wo man sie am allerwenigsten erwartet hätte.

Auf einer Insel im Abeskunischen Meer

> Wer gibt mir mein Heer zurück, übt Rache für die Niederlage? Wer gibt mir meine Lande wieder? Wer nimmt dem bösen Feind sie weg?
> (Aus einer türkischen Legende)

Schah Muhammed traf ohne sein früheres großes Gefolge im Gebiet von Dianui ein und hielt sich heimlich in der Stadt Amol auf. Ortsansässige Emire erschienen vor ihm, um ihm ihre Ehrerbietung auszudrücken und ihm ihre Bereitschaft, ihm zu dienen, zu erklären. Krank vor Erschöp-

fung, beriet er sich mit denen, die sein Vertrauen genossen, und wiederholte mehrmals voller Verzweiflung:
»Findet sich wohl auf Erden noch ein Ort, wo ich vor den Blitzen der Tataren Atem schöpfen könnte?«
Da kamen alle überein, daß es das beste wäre, wenn er auf einer der Inseln des Abeskunischen Meeres[1] Zuflucht suche. In Befolgung dieses Rates fuhr der Schah in einem Boote hinüber auf eine mitten im Meer gelegene Insel, die keinerlei Anzeichen menschlicher Behausungen aufwies.
Auf dieser Insel trafen bald auch Muhammeds Söhne ein: Schah Oslag, Schah Ak und Dschelal-ed-Din. Der Schah widerrief die Ernennung des minderjährigen Oslag zu seinem Nachfolger und setzte Dschelal-ed-Din wieder in seine vollen Rechte als Thronfolger ein.
»Denn nur er allein ist fähig, das Reich zu retten«, bekannte Muhammed. »Er fürchtet die Feinde nicht, sucht vielmehr den Kampf mit ihnen. Ich schwöre, daß, wenn Allah mir dank Dschelal-ed-Dins Siegen die Macht wiedergibt, nur allein Wahrheit und Gerechtigkeit und Barmherzigkeit in meinen Ländern herrschen sollen.«
Darauf gürtete der Schah seinem ältesten Sohn sein Schwert mit dem diamantenbesetzten Griff um und verlieh ihm den Titel eines Sultans. Den jüngeren Brüdern befahl er, dem Erstgeborenen Treue und Gehorsam zu schwören.
Nach der Schwertumgürtung sprach der Sultan Dschelal-ed-Din: »Ich trete die Herrschaft über das chowaresmische Reich zu einer Zeit an, da es von den Tataren erobert worden ist. Ich trete an die Spitze eines Heeres, welches nur noch dem Namen nach existiert, da es in Wirklichkeit in alle Winde zerstreut worden ist wie welke Blätter vom Herbststurm. Doch in dieser finsteren Nacht, die sich auf die muslimischen Länder herabgesenkt hat, werde ich die Kriegsfeuer in den Bergen entzünden und die Tapfersten um mich scharen.«
Damit verabschiedete er sich von seinem Vater, um zu neuen Schlachten auszuziehen. Auch die anderen verließen den Schah, der allein auf seiner Insel im Abeskunischen Meere zurückblieb. Düster und nachdenklich blickte der Schah dem plumpen Boot nach, das seine Söhne entführte, die sich nicht von ihm wegzuwenden wagten, solange sein Blick auf ihnen ruhte.
Die turkmenischen Ruderer stellten ein großes graues Segel auf, das sich mit Wind füllte; das Boot schaukelte und durchschnitt, tief in das Wasser eintauchend, die Wellen. Schnell entschwand es den Blicken des ihm Nachschauenden in der Richtung auf die im Nebel verschwimmenden fernen blauen Berge zu.
Damit waren die letzten Bande zwischen dem Schah und seinem Lande mit den ewig unzufriedenen und aufsässigen Untertanen zerrissen.

---

[1] Im Abeskunischen Meer, das heißt im Kaspischen Meer, gab es im XIII. Jh. noch Inseln, die später, als sich der Wasserspiegel veränderte, verschwanden.

Hier brauchte er sich nicht länger bedroht zu fühlen, bedroht von dem finsteren Schatten des rotbärtigen Dschingis-Khan. Hierher würden die unermüdlichen Spür- und Hetzhunde Dschebe-Nojon und Subudai-Bahadur, die ihm nicht von den Fersen hatten weichen wollen, wohl nicht gelangen.
Hier, inmitten der unermeßlichen Meeresfläche, würde er voller Bitterkeit an Vergangenes zurückdenken. Gegenwärtiges ruhig beurteilen und Künftiges ohne Hast überlegen können.
Für einen ganzen Monat hatte der Regent von Astrabad, der ihm auch eine Jurte in einem kleinen Tal zwischen Sandhügeln hat aufstellen lassen, ihn mit Lebensmitteln versorgt, von denen die wichtigsten ein Sack Reis und Hammelfett waren. Ausgerüstet mit einem Kochkessel, einem Beil, einem Ledereimer und einigen anderen unentbehrlichen Gerätschaften, würde der Schah hier die Lebensweise eines Derwischs annehmen und sich seine Mahlzeiten selbst bereiten.
Das Boot war schon längst seinen Blicken entschwunden, doch Muhammed stand noch immer in Gedanken versunken da. Dann legte er sich in den heißen Sand nieder und schlummerte ein, von der Sonne erwärmt und von der leichten Meeresbrise umfächelt. Ein Rascheln und Flüstern ließ ihn auffahren. Er glaubte noch die Worte zu hören: »Er ist groß und stark ...«
Wessen Stimme mochte das gewesen sein? Wer lebte noch außer ihm auf dieser öden Insel? Wieder Feinde? Der Schah spähte umher. Auf einer kleinen Anhöhe tauchte zwischen grauen Grasbüscheln für einen Moment ein mit einer Schaffellmütze bedeckter Kopf auf und verschwand gleich wieder. Muhammed hatte keine Waffen bei sich. Sein Bogen, die Pfeile und das Beil befanden sich in der Jurte. Rasch entschlossen erstieg der Schah die Anhöhe. Einige Menschen in Lumpen liefen barfüßig vor ihm davon, und zwischen ihnen humpelte ungeschickt und unbeholfen auf vier Stümpfen irgendein furchtbares Geschöpf.
›Ich habe doch befohlen, mich auf einer völlig unbewohnten Insel auszusetzen ...‹, dachte der Schah. ›Woher kommen diese Leute?‹
Höchst beunruhigt begab er sich eilends zu seiner Jurte, über der er schon beim Näherkommen ein Rauchwölkchen aufsteigen sah. Auf dem Platz davor hockten im Halbkreis etwa ein Dutzend Ungeheuer. Was waren das für Gesichter, die fast nichts Menschenähnliches mehr hatten? Aufgedunsene rote Löwenmäuler, überall mit Geschwüren und Wunden bedeckt.
»Wer bist du?« schrie ihm einer von den Hockenden entgegen. »Was suchst du hier? Warum kann man uns nirgendwo in Frieden lassen? Man vertreibt uns von überall. Diese Insel haben wir in Besitz genommen ...«
»Und wer seid ihr?«
»Wir sind von Allah Verfluchte. Heute sind wir hergekommen, um hier Fischfang zu treiben«, antwortete einer, und ein anderer:

»Siehst du denn nicht, daß wir aussätzig sind? Lebendigen Leibes lösen wir uns auf wie Leichen. Schau, dem hier sind die Finger schon abgefallen, und dem da die Füße und die Arme bis zum Ellbogen. Wie ein Bär muß er nun auf allen vieren kriechen. Dem da ist das Auge ausgeflossen, und jenem dort hat es die Zunge zerfressen und ihn der Sprache beraubt...«
Muhammed schwieg und dachte voll Sehnsucht an das Boot, das sich als schwarzes Pünktchen zum fernen Ufer hin bewegte.
»Wir haben gebetet, daß Allah sich unser erbarmen und uns helfen möge. Er hat sich unser erbarmt und dich geschickt...«
»Womit könnte ich euch helfen?«
Einer der Aussätzigen erhob sich, er war der stärkste und größte von allen und hielt das Beil in der Hand.
»Ich bin der Scheich unserer Bruderschaft, und hier, im Reich der Verfluchten, haben mir alle zu gehorchen. Wer sich meinen Befehlen widersetzt, wird erschlagen werden. Du bist gesund und stark. Wir nehmen dich in unsere Gemeinschaft auf. Du wirst die Netze ziehen, Wasser und Holz schleppen... Nicht alle von uns haben dazu mehr die Kraft. In dieser Jurte, die Allah uns beschert hat, haben wir Reis, Mehl, Hammelfett und einen Krug mit Öl gefunden, dazu einen Kochkessel. Jetzt wirst du deine Kleider ablegen, die wir reihum tragen werden. Du brauchst keine...
Muhammed machte kehrt und lief keuchend zum Ufer. Die Aussätzigen folgten ihm in einigem Abstand und beobachteten ihn von der Spitze einer Anhöhe aus.
Auf einer sandigen Landzunge häufte der Schah trockene Äste auf und zündete sie an. Eine dichte geballte Rauchwolke stieg zum Himmel auf.
»Diesen Rauch wird man drüben sehen, und das Boot wird kommen und mich von hier wieder wegholen«, murmelte Muhammed und dachte nur an das Boot, das sich in nebliger Ferne verloren hatte. »Mag dort der Krieg wüten. Mögen die Tatarenreiter alles durchstöbern... Dort sind doch wenigstens lebendige, gesunde Menschen. Unter ihnen zu leben, mit ihnen zu kämpfen, zu leiden, zu weinen und zu lachen wird eine Freude sein nach dem Aufenthalt auf dieser Insel der lebendigen Toten."

Nach fünfzehn Tagen, wie versprochen, legte ein Boot an der Insel an. Ihm entstieg mit einigen Dschigiten Timur-Melik. Nicht sogleich fanden sie den Schah. Erst nach längerem Suchen sahen sie ihn völlig nackt am Ufer liegen. Auf seinem Kopf saß eine Krähe und hackte ihm die Augen aus.
Timur-Melik streifte die ganze Insel ab und stöberte schließlich in einem Gebüsch, wo sie sich versteckt hatten, die erschrockenen Aussätzigen auf. Er fragte sie aus, und sie erzählten:
»Wir sahen, daß alle, die mit dem Boot gekommen waren, sich vor ihm

bis auf die Erde verneigten und ihn Padischah nannten. Und wir wissen sehr gut, daß ein Aussätziger, wenn er Kleider anzieht, die ein Sultan oder Schah getragen hat, gesund wird, daß seine Wunden verheilen. Nur darum nahmen wir ihm die Kleider weg. Wir forderten ihn auf, mit uns zu essen, brachten ihm sogar Speise, aber er weigerte sich, sie auch nur anzurühren, geschweige denn zu genießen. Die ganze Zeit brannte das Feuer, und er lag meist so schweigend da wie eben jetzt. Alle seine Kleider sind noch heil und ganz. Wir haben uns überzeugt, daß dieser Mann kein Sultan war, denn keiner von uns ist genesen...«
»Erlaube uns, sie niederzuschlagen!« rief einer der Dschigiten.
»Doch nicht mit unseren Säbeln, um deren Klingen nicht mit ihrem vergifteten Blute zu besudeln!« rief ein andrer und durchbohrte mit einem Pfeil den Scheich der Aussätzigen, der mit einem gellen Wehgeheul davonrannte, und ihm nach liefen die anderen.
»Laßt sie!« rief Timur-Melik. »Sie sind schon von Allah gestraft. Ich bin viel unglücklicher als sie. Mein ganzes Leben lang habe ich für den Schah von Chowaresmien gekämpft, habe mein Blut für ihn vergossen in dem Glauben, daß er ein zweiter unbesiegbarer Iskander sei und in der Stunde der Not seines Volkes seine unerschrockenen Truppen zu ruhmreichen Siegen führen würde. Mein Glaube war ein Wahn. Jetzt schäme ich mich meiner Wunden, und die Lebensjahre tun mir leid, die ich nutzlos für ein Trugbild, für eine Fata Morgana der Wüste geopfert habe. Hier liegt er nun, er, der mit seinem gewaltigen Heer sich den ganzen Erdkreis hätte unterwerfen können, und ist nicht einmal mehr imstande, die Krähe zu verjagen, die ihm die Augen aushackt! Er liegt da, von allen vergessen, und hat nicht einmal Kleider, um seine Blöße zu bedecken, keine Handvoll Heimaterde für sein Grab. Ich mag länger kein Krieger sein, das Waffenhandwerk ist mir verleidet. Meine Tränen werden nicht ausreichen, um die bitteren Irrtümer fortzuwaschen, die mich brennen...«
Timur-Melik zog seinen Krummsäbel aus der Scheide und zerbrach ihn unter seinen Füßen. Dann hüllte er den Leichnam des Schahs von Chowaresmien in sein Turbantuch und sprach über ihm das einzige, kurze Gebet, das er kannte. Die Dschigiten gruben mit ihren Kindschals eine Grube in den Sand und beerdigten darin den Schah, der der mächtigste aller muslimischen Herrscher gewesen war und dessen Leben so ruhmlos geendet hatte wie das eines unter dem Messer des Schlächters zitternden Zickleins.
Timur-Melik verließ mit seinen Kriegern die Insel[1] und begab sich mit ihnen auf die Suche nach dem Sultan Dschelal-ed-Din, um ihm den Tod

[1] Einige Historiker berichten, daß Timur-Melik nach vielen Jahren von seiner Wanderschaft zurückgekehrt und in Chodschent von jenem Mongolen wiedererkannt worden sei, dem er mit dem Pfeil ein Auge durchbohrt hatte. Der mongolische Statthalter, der ihn vor sich führen ließ, befahl, ihn wegen seiner stolzen, trotzigen Sprache hinzurichten.

des Vaters zu melden. Man erzählt von ihm, daß er später noch viele Jahre als einfacher Derwisch durch Arabien, Iran und Indien gewandert sei.

Kurban-Kysyk macht sich auf den Heimweg

»Rudert stärker! Ja, noch mehr!«
Das Boot kämpfte wacker gegen die Strömung an und näherte sich langsam dem Ufer.
›Für das Pferd des Schahs in der Fremde sorgen?... Denk mal an! Lieber in der Heimat hungern!‹ erwog Kurban bei sich. ›Ebensowenig Freude wie eine Wachtel im engen Käfig über der Tür. Der Padischah hat mir einen Golddinar geschenkt... So einen Tag gibt's nur einmal im Leben... Doch wie bringe ich diesen Golddinar wohlbehalten heim? Am sichersten wohl, wenn ich ihn im Munde verwahre... Und stromabwärts mit den Booten fahre ich nicht mit. Nein, Kurban mag weder für den Schah kämpfen noch fliehen. Auf diese Art gelangt man schließlich bis zum großen letzten Meer, und wohin dann? Nein, Kurban will seine Kinder wiedersehen, er kehrt auf seine Scholle heim...‹
Und er warf einen Blick hinüber auf das Iraner Ufer, wo noch Muhammed auf seinem rehbraunen Pferd zu sehen war. Kurban sprang kurz entschlossen ins Wasser und schwamm zum heimatlichen Ufer hin. Den Hügel herab, aus der Festung, kamen mit Sack und Pack Menschen angelaufen, die den Verstand verloren zu haben schienen. Sich gegenseitig fort- und zurückstoßend, machten sie sich die Plätze in den Booten streitig und wiederholten dabei in einem fort:
»Die Tataren sind nah! Rette sich, wer kann!«
Keiner kümmerte sich um Kurban, der am Ufer entlanglief bis zu der Hütte, die er zuletzt mit Kameraden bewohnt hatte. Dort fand er im Stroh seinen Sack mit den Stiefeln darin, blickte sich noch einmal nach dem Fluß um und sah, wie die Boote eins nach dem anderen vom Ufer abstießen. Er aber betrat, ohne zu schwanken, einen Pfad neuer Prüfungen, indem er den Hügel hinan zur Festung emporstieg. Von hier oben hatte er einen weiten Ausblick über die gelbe, steinige Ebene, wo Menschen in roten und gestreiften Chalaten nach allen Seiten auseinanderliefen, und noch weiter weg erblickte er eine sich nähernde Staubwolke.
›Das sind die Tataren!‹ dachte Kurban und lief wieder hügelabwärts und in die Steppe hinein, ohne darauf zu achten, daß seine bloßen Füße von Steinen und Stachelpflanzen zerrissen wurden.
›Dort vor mir der Hügel... Dahinter müssen Abhänge sein. Die Tataren werden zunächst sich um die Festung kümmern und mit dem Übersetzen über den Fluß zu tun haben... Sie werden sich kaum um Kurban kümmern...‹

Hinter einem einsamen Grab mit einer hohen Stange versteckte er sich, um zu verschnaufen und Ausschau zu halten.
In der Staubwolke konnte er jetzt schon deutlich die einzelnen Reiter in roten Schafpelzen unterscheiden, die sich tief über die Hälse ihrer dahinrasenden Pferde beugten. An manchem blitzten die eisernen Plättchen eines Schuppenpanzers. Schon klang ihm das wilde Gebrüll der Tataren, ihr »Kchu-kchu-kchu!« in die Ohren und das Hufgetrappel der Pferde.
Einige Reiter sonderten sich von dem Gros ab, jagten über die Ebene hin, um Flüchtlingen den Weg abzuschneiden. Glänzende Schwerter flogen hoch in die Luft und sausten wieder nieder; die Getroffenen sanken zu Boden; die Tataren ließen ihre Pferde einen Bogen beschreiben, beugten sich nieder, um, ohne abzusteigen, die von ihren Opfern fallen gelassenen Bündel zu ergreifen, und sprengten davon, sich dem Gros wieder anschließend.
Kriechend gelangte Kurban bis zu einem trockenen Abhang, den er sich hinunterrollen ließ. Unten lief er hurtig weiter und so den ganzen Tag durch eine öde Ebene, wo er nur hier und da ein paar vernachlässigte Äcker antraf. Unterwegs begegneten ihm Leute, bald einzeln, bald in Scharen. Wenn sie erfuhren, daß Kurban aus dem ›Tal der Trauer und der Tränen‹ entronnen war, fragten sie ihn nach dem Schicksal Bucharas aus, nach der Flucht des Schahs, nötigten ihn an ihre Lagerfeuer, teilten mit ihm ihre Fladen, die sie in der glühenden Asche gebacken hatten, und lauschten begierig seinen Erzählungen, in denen Kurban seine Erlebnisse mit für seine Person schmeichelhaften Ausschmückungen versah. Nun, nachdem sein Pferd unter ihm getötet worden sei, wolle er nach Hause, sagte er. Keinen anderen Wunsch habe er mehr, als seine Kinder zu liebkosen und die alte Pappel wiederzusehen, die an der Stelle aufrage, wo der Aryk in einem Bogen auf seinen Acker zufließe.
Schließlich begann er selber an seine Heldentaten zu glauben. Wohlweislich verschwieg er, daß er den Padischah aus dem Boot ans Ufer getragen hatte, als er hörte, wie alle den Schah verfluchten, weil er in der Stunde der Not und Gefahr sein Land im Stich ließ und dessen Bevölkerung in die Gewalt der Tataren und Mongolen gab, statt wie ein tapferer Glaubensstreiter und Dschahid auf dem Schlachtfeld an der Spitze seiner Truppen kämpfend zu sterben.
In einer Schlucht fand Kurban viele Menschen, die um ein Feuer herumsaßen; er ging näher, und sie machten ihm willig Platz. Alle Gespräche drehten sich um Begegnungen mit den Tataren.
»Wir stammen alle aus demselben Dorfe«, so erzählten sie. »Wir standen auf der Straße, um miteinander zu reden und unsere Ansichten über das, was uns wohl bevorstehen mochte, auszutauschen. Da kam ein einzelner Tatar angaloppiert, gerade auf uns zu, und säbelte einen nach dem anderen nieder. Keiner von uns wagte es, die Hand gegen ihn zu erheben. Nur uns wenigen, die du hier siehst, gelang es, ihm zu entkommen, weil wir rasch über einen Zaun kletterten...«

»Hört, was man mir erzählte! Ein Tatar, der gar keine Waffe bei sich hatte, sah auf einem Felde einen Mann arbeiten. Gleich ritt er hin und schrie ihn mit furchtbarer Stimme an: ›Leg den Kopf auf die Erde und rühre dich nicht!‹ Und es ist kaum zu glauben: Der Mann gehorchte, legte sich hin und wartete brav, bis der Tatar von seinem Reservepferd, das mit Beutegut beladen war, sein Schwert geholt hatte und ihm damit den Kopf abschlug.«
So saßen sie, voll Trauer über das Leiden des eigenen Volkes, am Feuer und teilten mit Kurban ihre Fladen und gaben ihm ein Schälchen mit in heißem Wasser angerührtem Mehlbrei.
»He, ihr da unten!« schrie plötzlich eine heisere Stimme über ihnen. »Bindet euch mal gegenseitig die Hände auf den Rücken!«
Und oben zeigte sich auf einem Fuchs ein Tatar.
»Weh uns! Unser letztes Stündlein ist gekommen!« jammerten die Überraschten und machten sich daran, ihre Gurte ab- und sich gegenseitig damit die gefügig hingehaltenen Hände festzubinden.
»Was fällt euch ein?« rief Kurban. »Er ist doch allein ... Wollen wir nicht gemeinsam über ihn herfallen, ihn totschlagen und dann fortlaufen?«
»Wir fürchten uns.«
»Wenn wir uns selbst die Hände binden, schlägt er uns alle miteinander tot. Da laßt uns doch lieber ihn totschlagen. Vielleicht gelingt es uns, uns zu retten.«
»Nein, nein! Wer würde sich wohl getrauen, so etwas zu tun?«
Und sie fuhren fort, sich gegenseitig die Hände zu binden.
Kurban kletterte in gebückter Haltung und ein Bündelchen vor sich hinhaltend, gleichsam als wollte er eine Gabe überreichen, den Abhang hinauf und trat auf den Tataren zu.
Der Reiter war schon ein alter Mann, dem graues schütteres Haar vom Kinn hing. Sein wettergebräuntes Gesicht war von der Zeit ganz durchfurcht. Seine Augen lugten zwischen den engen Lidspalten wie stechende Splitter hervor.
»Was ist das?« fragte er, indem er sich zu dem ihm hingehaltenen Bündel niederbeugte.
Da packte Kurban ihn am Kopf. Das Pferd scheute und tat einen Satz zur Seite. Aber Kurban gab den Tataren nicht frei und ließ sich am Boden mitschleifen, bis der Reiter herunterfiel. Dann stach er ihn mit dem Messer ab, nicht anders, als er daheim seine Hammel abzustechen pflegte.
Als er dies getan hatte, stand er auf und blickte um sich. Von den Leuten am Lagerfeuer sah er einen noch davonlaufen, so schnell ihn die Beine trugen; die anderen lauerten versteckt in der Schlucht. Zwei von ihnen traten jetzt hervor.
»Er atmet nicht mehr«, sagte der eine, nachdem er sich über den Tataren gebeugt hatte.
»Es muß alles ehrlich geteilt werden, was er anhat und bei sich hat«, sagte der andere und begann, dem Erschlagenen den Schafpelz ab-

zustreifen, der gleich über den nackten braunen Körper gezogen war. Andere, die inzwischen herbeigekommen waren, waren Kurban behilflich, das Pferd einzufangen.
»Nehmt alles, was ihr wollt«, sagte Kurban. »Aber den Fuchs überlaßt mir. Ihr seht doch, daß es kein Mongolenpferd ist, sondern eins von unseren Bauernpferden, ein gestohlenes. Ich kann es beim Pflügen brauchen ...«
»Nein, werfen wir lieber das Los«, widersprach einer und wickelte sich den Zügel des Pferdes um die Hand.
»Seht nur, der Tatar lebt noch! Er richtet sich auf!« rief Kurban, und der Mann erschrak, ließ die Zügel los und lief mit den anderen davon.
Kurban band alle Säcke und Taschen, mit denen das Pferd beladen war, ab, außer einem, dem schwersten, und ließ sie auf die Erde plumpsen. Als er sich in den Sattel geschwungen hatte, rief er:
»Was seid ihr für Helden! Furchtsame Käfer seid ihr, die vor einem erhobenen Stöckchen erschrocken davonkrabbeln. Wenn ihr Löwenherzen hättet, so hätten wir alle miteinander nicht nur die Tataren und Mongolen zum Lande hinausgejagt, sondern auch alle Schahs, Sultane, Begs und Khane, die sich unserer Scholle bemächtigt haben. Doch ihr seid Küchenschaben, verkriecht euch in den Ritzen und habt vor jedem Rascheln Angst. Deshalb kann euch auch der kleinste Tatar wie Ungeziefer zerdrücken. Lebt wohl und gedenkt Kurban-Kysyks, des kühnen Helden!«
Nachdem er ihnen mit der Hand gewinkt hatte, ritt er schnell über das Feld davon.

Kurban sucht seine Familie

Je näher Kurban der Stadt Buchara kam, desto mehr zerstörte Dörfer und benagte Leichen lagen an seinem Wege. Fettgefressene Hunde mit Hängebäuchen liefen mit eingezogenem Schwanz bei seinem Nahen ungern von den Leichen fort und legten sich in einiger Entfernung, ohne zu bellen, nieder.
An einer einsamen Stelle band Kurban den Ledersack des Tataren auf, in der Hoffnung, geraubtes Gold darin zu finden. Es zeigte sich aber, daß bloß drei gewöhnliche Schmiedehämmer verschiedener Größe, eine Feile und eine Zange darin waren und an Nahrungsmitteln ein Beutelchen mit Hirse, ein Stück gekochtes Fleisch und zehn Fladen. Wo war denn das Gold? In einem zusammengewickelten Lappen fand Kurban einen Lederbeutel mit Geld darin – aber kein Gold, sondern bloß eine Handvoll silberner und kupferner Münzen. Immerhin – auch das würde ihm in seiner Wirtschaft zustatten kommen. Und im Munde hatte er ja noch immer den Golddinar des Schahs von Chowaresmien.
Bei einigen Dörfern arbeiteten die Bauern schon wieder auf den Feldern.

Sie beklagten sich darüber, daß die Aryks jetzt nur selten und ganz unregelmäßig Wasser führten, so daß manche Felder vertrockneten, während andere unter Wasser standen.
In einem menschenleeren Dorfe, gar nicht mehr weit von seinem eigenen, traf Kurban einen ihm bekannten Bauern namens Kuwontsch. Auf einen Haufen rußbedeckter Steine und Asche hinweisend, sagte Kuwontsch:
»Das ist alles, was von meinem Hause übriggeblieben ist.« Und er schüttelte traurig den Kopf. »Ich gehe suchend umher und rufe nach meinen Kindern, doch sie antworten nicht. An dem Tage, als die Mongolen kamen, war ich gerade auf dem Felde. Als ich sah, wie meine Nachbarn aus dem rauchenden Dorfe angelaufen kamen, lief ich mit ihnen fort, in der Meinung, daß auch meine Familie mit den anderen geflohen sei. Als ich mich aber im Schutze der Nacht hierherschlich, um nachzusehen, fand ich nichts weiter als diese rußigen Steine und heiße Asche. Ich weiß nicht: Haben die Mongolen meine Kinder mit fortgeschleppt, oder sind sie in den Flammen umgekommen? Aber vielleicht kommen sie doch noch wieder...«
Voller Unruhe ritt Kurban weiter, und als die Dunkelheit hereingebrochen war, befand er sich an der alten Pappel, wo der Graben, der Wasser führte, im Bogen auf seinen Acker zufloß.
Beim bleichen Schein des Mondes näherte Kurban sich dem Hofe, dessen Pforte weit offenstand. Er sprang vom Pferde, stellte es unter ein Vordach und ging zur Haustür, die mit einem quer darüber gelegten Brett verschlagen war. Kein Geräusch, kein Rascheln, kein Seufzer hinter der Tür.
Nicht einmal der Hund bereitete ihm einen freundlichen Empfang.
Kurban sammelte einen Armvoll Stroh und warf es dem Pferde vor. Dann kletterte er von außen aufs flache Dach, wo er sich auf einem Haufen alter Dschugarastengel zur Ruhe legte. Im Einschlafen glaubte er Kuwontschs Worte zu hören: »Vielleicht kommen sie doch noch einmal wieder...«
In der Morgenfrühe, als der kalte Windhauch ihm durch Mark und Bein drang, daß er sich unruhig hin und her warf, vermeinte er einen Laut zu hören, der einem Stöhnen ähnlich klang. Kurban strengte sein Gehör an. Das Stöhnen, das von unten kam, wiederholte sich. Wer mochte das sein? Ein von den Tataren Verwundeter oder gar ein sterbender Tatar?
Kurban kletterte vom Dache herab und entnahm dem Ledersack seines Pferdes einen Hammer, vermittels dessen er die Tür der Hütte aus den Angeln hob. Er tastete sich in der Dunkelheit bis zur Ofenbank und fand dort einen Körper. Als er ihn befühlte, merkte er, daß es seine Mutter war, die wie eine Tote dalag. Mit leiser, kaum hörbarer Stimme hauchte sie:
»Ich wußte, daß du wiederkommen würdest, Söhnchen. Kurban wird uns doch nicht verlassen...«

»Doch wo sind die übrigen?«
»Alle geflohen, in die Berge. Ich allein bin geblieben, um das Haus zu bewachen. Aber Schwäche übermannte mich. Man mag mich wohl für tot gehalten haben und vernagelte die Tür. Doch jetzt wird alles besser werden, Söhnchen, da du zurück bist...«
Kurban holte in einem Topf Wasser aus dem Graben, schüttete Hirse dazu, machte aus hastig zusammengelesenen trockenen Dornzweigen Feuer im Herd und stellte den Topf darauf. In der Hütte verbreitete sich bald Wärme und Helligkeit. Die Mutter lag da, abgezehrt und geschwächt, außerstande, eine Bewegung zu machen. Ihre Nase war ganz spitz geworden, und ihre spröden, trockenen Lippen bildeten mühsam die Worte:
»Gottlob, daß du wieder da bist, Söhnchen!«
Kurban führte das Pferd auf ein kleines Grasplätzchen, wo es weiden konnte, und pflockte es dort an. Daneben war ein kleines Stück Ackerland. ›Wie soll man davon eine Familie ernähren?‹ dachte er bekümmert. Dabei mußte man die Hälfte der Ernte noch an den Grundbesitzer abliefern. An das seine grenzten die Felder der Nachbarn, auch auf ihnen wucherte Unkraut wie auf dem seinen. Menschen ließen sich jedoch nirgendwo blicken.
Von der niedergebrannten Scheune und dem Häuschen des Schmiedes ragten in einiger Entfernung nur noch die rußgeschwärzten Mauern in die Luft, und auf den Bäumen, die das Anwesen umgaben, waren die Blätter im Feuer verdorrt.
Doch da kam ein einzelner Mann übers Feld gegangen; blieb dann und wann stehen und schwang die Hacke. Wahrscheinlich besserte er den Graben aus.
»Ohe!« schrie Kurban.
Der Mann richtete sich auf, beschattete die Augen mit der Hand und spähte scharf herüber.
»Ohe! Kurban-Kysyk!« rief er dann.
Beide Männer schritten am Graben entlang eilig aufeinander zu, streckten die Arme aus und lehnten sich mit der rechten Schulter aneinander. Es war wirklich der Schmied, der alte Sakou-Kuli, der schon Enkel hatte.
»Was für Zeiten!« sagte er und wischte sich mit dem Ärmel die Augen.
»Lebt deine Familie noch? Und die Kuh und der Esel? Und die Schafe, vermehren sie sich?« fragte Kurban.
»Diese Tataren trieben das Vieh der Nachbarn davon, nahmen, quer über den Sattel gelegt, vier meiner Schafe mit und eine meiner Enkelinnen. Die übrige Familie entkam in die Berge. Ich warte stündlich auf ihre Heimkehr. Wenn sie nur nicht Hungers gestorben sind... Kuh und Esel sind am Leben.«
»Und wo sind die Meinen?« erkundigte sich Kurban. Ihm stockte der Atem, während er auf die Antwort auf seine Frage wartete.
»Für dich habe ich eine freudige Nachricht. Deine Frau ist gestern abend

zurückgekehrt und hat in der Ruine meines Hauses übernachtet. Da kommt sie schon übers Feld...«

Und tatsächlich. Kurban erblickte in der Ferne das ihm so wohlbekannte rote Kleid seiner Frau. Doch warum schwankte sie so beim Gehen? Kurban wurde ernst. Er fühlte die Verantwortung, die auf seinen Schultern lag.

»Nun,wie es auch sei, Sakou-Kuli«, sagte er zu dem Schmied. »Du hast eine Kuh und einen Esel, ich habe ein Pferd. Wir wollen sie zusammen einspannen und unser Land pflügen und bestellen. Ringsum wütet Krieg... Gestern saßen uns die Kiptschakenbegs im Nacken, heute sind es die Mongolenkhane. Wann werden wir sie endlich alle miteinander loswerden? Doch wir haben keine Zeit zu versäumen... Unsere Sache ist es, zu säen und zu ernten. Wenn wir nicht selbst für uns sorgen, wer sollte es sonst tun?«

»Du hast wahr gesprochen«, sagte der Schmied. »Man darf keine Zeit verlieren. Die Erde verlangt nach dem Pflug, nach Wasser und nach der Saat...«

Die Flucht der Königinmutter Turkan-Hatun

Im Frühling dieses furchtbaren Jahres des Drachens (1220) befand sich schon ganz Mawerannahr in der Hand Dschingis-Khans. Wie ein sorgsamer Hausvater, der ein wertvolles Erbe in Besitz genommen hat, trug der Mongolenkagan Sorge für die Einführung einer neuen Ordnung, die ein friedliches Leben ermöglichte. Alle Städte belegte er mit tatarischen Garnisonen und stellte den Einheimischen Hakimen seine mongolischen Verweser zur Seite. Sie waren sozusagen die immer wachen Augen des großen Kagans, denen nichts entging.

Einige Bauern kehrten nach und nach in die verödeten Dörfer zurück und machten sich, noch immer mißtrauisch und eingeschüchtert, an die Bestellung der Felder. Doch die Wiedererrichtung einer Ordnung brauchte Zeit, viel Zeit, und noch immer streiften Banden hungriger und obdachloser Flüchtlinge durch das ganze Land und plünderten nach den Mongolen nun ihrerseits noch einmal auf der Nahrungssuche die verwüsteten Dörfer.

Noch nicht erobert von den Mongolen war nur das am Unterlauf des Dscheihun gelegene Stammgebiet Chowaresmiens mit der ehemals so reichen Hauptstadt Gurgandsch. Wie ein Zelt mit durchgeschnittenen Stricken war sie inmitten des von den Mongolen überschwemmten Gebietes zurückgeblieben. Dschingis-Khan hatte beschlossen, nun auch auf dieses Gebiet seine Hand zu legen, und hatte mit dessen Eroberung seine Söhne Dschutschi, Dschagatai und Ugedai beauftragt, denen er zu diesem Unternehmen bedeutende Kontingente seines Heeres überließ. Dschagatai und Ugedai rückten mit ihren Truppen vom Süden

heran, immer am Dscheihun entlang. Der eigensinnige Dschutschi jedoch säumte mit seinen Truppen in der Gegend von Dschend, wo er der Jagd auf Wildesel oblag und den Nomaden ihre Pferde abforderte, wobei er Wert darauf legte, lauter weiße und rehbraune zu bekommen, welche der Kagan so sehr liebte.
Dschingis-Khan selbst überwinterte mit seinem Hauptheer an den Ufern des Flusses Dscheihun. Nach Gurgandsch entsandte er den Hadschib Danischmed, einen auf seine Seite übergetretenen früheren Würdenträger des Schahs Muhammed, mit dem Auftrag, der Königinmutter zu erklären, daß der große Kagan nicht gegen sie Krieg führe, sondern lediglich gegen ihren Sohn, und dies weniger wegen der Verbrechen, deren sich der Schah dem Mongolenherrscher gegenüber schuldig gemacht hatte, als um ihn für die Kränkungen, die er seiner Mutter, eben der Turkan-Hatun, zugefügt habe, zu züchtigen. Danischmed gab ihr im Namen seines neuen Herrn das Versprechen, daß Dschingis-Khan, wenn die Königinmutter sich ihm aus freien Stücken unterwerfe, die von ihr beherrschten Gebiete unangetastet und unzerstört lassen werde.
Durfte denn aber Turkan-Hatun dem Mongolenherrscher trauen, der nur seinen Mongolen gegenüber Treu und Glauben kannte, alle anderen Menschen aber als Wild betrachtete, das er, wie ein Jäger die Bergziege auf seinem Lockpfeifchen, mit Locktönen kirrt, um es dann zu erlegen und Kebab daraus zu machen.
Zu gleicher Zeit wie Danischmed kamen auch die Boote aus Kelif in Gurgandsch an. Unter den Insassen des einen befand sich der als einfacher Landarbeiter verkleidete Inantsch-Khan, der für die Königinmutter einen Brief ihres Sohnes mitgebracht hatte, worin er ihr mitteilte, daß er sein Land verlassen habe, um sich nach der Provinz Chorassan zu begeben und dort ein großes Heer zu sammeln. Er warnte seine Mutter, dem Kagan zu trauen, und beschwor sie, mit seinem ganzen Harem zu ihm zu kommen.
Diese Nachricht erregte die alte Königin dermaßen, daß sie sogar ihre Schönheitspflege vernachlässigte und mit den Umschlägen aufhörte, durch die sie den schönen strahlenden Glanz ihrer Augen zu erhalten und zu steigern pflegte. Da sie begriff, wie gefährlich es war, länger in Gurgandsch zu bleiben, gab sie den Befehl, eine große Karawane auszurüsten, sammelte alle Frauen und Kinder des Schahs um sich, ließ die wertvollste Habe auf Kamele laden und machte sich nach Süden auf, um durch die schwarze Sandwüste Kara-Kum zu den Bergen des Kopet-Dagh zu gelangen.
Um ihre Enkel vor eventuellen späteren Rivalen zu bewahren, befahl sie dem obersten Henker, alle jungen Fürstensöhne, die als Geiseln am Hofe des Schahs lebten, ungeachtet ihres Alters auf Booten zu einer tiefen Stelle des Flusses zu schaffen und sie dort, mit Steinen beschwert, zu ertränken. Siebenundzwanzig Knaben und Jünglinge, allesamt Söhne bedeutender Vasallen des ehemaligen Schahs von Chowaresmien, traf dieses schreckliche Los.

Nur Omar-Khan, den Sohn des Herrschers von Jaser[1] im turkmenischen Lande, verschonte sie, aber lediglich deshalb, weil sie sich zunächst dorthin begeben wollte und weil Omar und seine Diener den Weg durch die Wüste dorthin kannten. Während der beschwerlichen, sechzehn Tage dauernden Reise durch die Wüste dienten sie der Königinmutter treu und gehorsam.
Doch als die Karawane sich den Grenzen von Jaser so weit genähert hatte, daß sich hinter den Sandhügeln schon die Berggipfel zeigten, ließ die arglistige Turkan-Hatun dem schlafenden Omar-Khan den Kopf abschlagen.
Dann schlug die Karawane den Weg zu der auf einem einsamen Felsengipfel gelegenen uneinnehmbaren Burg Ilal ein, wo die Königinmutter verblieb, bis sich die Vorhut der nach dem Schah Muhammed fahndenden Mongolen in der Nähe zeigte.
Einer der Anführer ihrer Leibwache riet ihr, schleunigst zu fliehen und sich unter den Schutz ihres Enkels, des Sultans Dschelal-ed-Din (der im Irak Krieger zum Kampf gegen die Mongolen sammelte), zu begeben. Er rühmte ihr Dschelals Kühnheit und sprach die Hoffnung aus, daß es ihm gelingen würde, die Feinde wieder aus dem Reiche zu vertreiben, doch die Greisin wollte davon nichts hören und rief wütend:
»Niemals! Lieber durch das Schwert eines Mongolen umkommen, als bei ihm Schutz erflehen. Wie könnte ich mich je so tief erniedrigen, um eine Gnade von dem Sohne der mir verhaßten Turkmenin Ai-Dschidschek anzunehmen? Nie, solange ich Enkel von meinem eigenen, edlen Kiptschakenblut habe! Lieber in die Gefangenschaft Dschingis-Khans geraten und durch ihn Schmach und Demütigung erdulden!«
Bald hatten die Mongolen die Burg umzingelt und trafen alle Anstalten zu einer Belagerung. Sie bauten einen festen Wall rings um den Felsen, der jede Verbindung der Belagerten mit der Außenwelt abschnitt. Erst nach einer viermonatigen Belagerung, als der letzte Tropfen Wasser in den Zisternen verbraucht war, entschloß sich Turkan-Hatun zur Übergabe. Die Mongolen bemächtigten sich gleichzeitig mit ihrer Person auch des gesamten Harems des Schahs und seiner unmündigen Söhne, die sofort getötet wurden. Die Frauen und Töchter des Schahs aber schaffte man mit seiner Mutter zusammen ins Lager Dschingis-Khans. Turkan-Hatuns Trabanten wurden bis auf den letzten Mann niedergemetzelt.
Der Kagan verteilte Muhammeds Töchter unter seine Söhne und nächsten Vertrauten, die boshafte Turkan-Hatun aber behielt er bei sich, um sie bei Festmählern, die er gab, zur Schau zu stellen. Sie mußte dann am Eingang seines Zeltes sitzen und Klagelieder singen, und als Speise warf der Sieger ihr abgenagte Knochen zu.
Dies war das Schicksal derjenigen, die sich als unumschränkte Gebieterin Chowaresmiens stolz »Beherrscherin aller Frauen des ganzen Erdkreises« genannt hatte.

---

[1] Jaser war zwischen Merw und dem heutigen Aschabad gelegen.

Nur Omar-Khan, den Sohn des Herrschers [illegible]
Landes, verschonte sie, aber lediglich [illegible]
durchmogeben wollte und weil Omar [illegible]
die Wüste durchdringen [illegible]. Während [illegible]
Tage dauernden [illegible] die Wüste [illegible]
treu und gehorsam.

Doch als die Karawane sich den Grenz[illegible]
hatte, daß sich hinter den Sandhügeln [illegible]
die arglistige Turkan-Hatun dem [illegible]
abschlagen.

Dann schlug die Karawane den Weg [illegible]
gelegenen [illegible] umbauten [illegible]
mütter verblieb [illegible] sich die Vorhut [illegible]
lauernden Mongolen in der Nähe zeu[illegible]

Einer der Anführer der Leibwache [illegible]
sich unter der Schar [illegible] des Enkels des Sultans [illegible]
ließ Krieger zum [illegible] gegen die Mongolen [illegible]
berühmte ihr [illegible] und [illegible]
ihm gelingen würde [illegible] wieder aus dem [illegible]
doch die Greisin [illegible] davon nichts [illegible]

„Niemals! Lieber [illegible] Schwert [illegible]
[illegible] Schutz [illegible] konnte ich [illegible]
eine Gnade von [illegible]
Dschidschek [illegible] seine [illegible]
eden Kiptschak [illegible] habe! Lieber [illegible]
Khans [illegible] und [illegible]

Bald hatte die [illegible] Burg [illegible]
zu einer [illegible] einen [illegible]
der jede Verbindung der Belagerten mit [illegible]
nach einer [illegible] Belagerung [illegible]
den Zisternen [illegible] entschloß [illegible]
[illegible]. Die Mongolen [illegible]
des gesamten Harems des Schahs und [illegible]
sofort getötet, wurden [illegible]
[illegible] mit seiner Mutter zusammen ins [illegible]
Hatuns Enkelinnen wurden [illegible]

Der Kagan verteilte [illegible]
nächsten Verwandten [illegible]
um sie bei Festmählern [illegible] zur S[illegible]
am Eingang seines [illegible] Klatsch [illegible]
warf der Sieger [illegible] Knochen [illegible]

Dies war das Schicksal [illegible], die [illegible]
[illegible] stolz „Beherrscherin [illegible]
Erdkreises" genannt hatte.

[illegible]

Siebenter Teil

Die letzten Tage des großen chowaresmischen Reiches

Dschelal-ed-Din fordert Dschingis-Khan zum Kampf heraus

Streust du nicht das Saatkorn aus, so kannst du nicht ernten;
wagst du dein Leben nicht, so kannst du den Feind nicht besiegen.

(Saadi, XIII. Jh.)

Nachdem sie von dem Schah, ihrem Vater, Abschied genommen hatten, gelangten Dschelal-ed-Din und seine beiden Halbbrüder Oslag-Schah und Ak-Schah in Begleitung von siebzig Reitern nach Mangischlak. Die dort ansässigen Nomaden gaben ihnen frische Pferde, auf denen die jungen Khane die Wüste Kara-Kum durchquerten und Gurgandsch, die Hauptstadt Chowaresmiens, erreichten.

Dort versammelten sie die angesehensten Begs, denen sie die von dem Schah Muhammed getroffene Abänderung seiner früheren Bestimmungen bezüglich der Thronfolge mitteilten. Obgleich der durch den früheren Erlaß zum Nachfolger bestimmte Oslag-Schah diese neuerliche Abänderung bestätigte, wollten die Kiptschakenbegs sich nicht mit einem Sultan, der nicht von Kiptschakenblut war, zufriedengeben.

Der aus Kelif eingetroffene Inantsch-Khan warnte den Sultan vor einer Verschwörung der Kiptschaken.

»Was soll ich in einer Stadt voller Skorpione und Taranteln beginnen, wo sogar angesichts der Gefahr keine Einigung zu erzielen ist?« beklagte sich Dschelal-ed-Din.

In der Nacht entwich er in Begleitung von Timur-Melik und dreihundert Turkmenen unbemerkt aus der Hauptstadt.

In nur wenigen Tagen bewältigte die Kavalkade die beschwerliche Reise durch die Wüste Kara-Kum südwärts nach Nessa,[1] auf der sonst eine Karawane gewöhnlich sechzehnmal Nachtrast zu machen pflegte.

Ein vorausgesandter Kundschafter berichtete, daß auf dem grünen Wiesenland am Fuße des Bergrückens Kopet-Dagh Jurten zu sehen seien und danebengekoppelte Pferde von ungewöhnlicher Rasse. Augenscheinlich wäre es ein Mongolenlager von nicht weniger als siebenhundert Mann.

Timur-Melik meinte:

»Obgleich unsere Pferde von dem Wüstenritt ermüdet sind, werden ihre Kräfte doch noch zu einem Überfall auf das Lager reichen, unsere Kräfte jedoch müssen noch reichen, um die Feinde niederzusäbeln.«

---

[1] Die von Sand verwehten Ruinen der Stadt Nessa wurden im Jahre 1931 am Fuße des Kopet-Dagh im Aschabader Bezirk entdeckt.

»Dem Kühnen lacht der Erfolg!« sagte Dschelal-ed-Din.
Die so unvermutet aus der Sandwüste aufgetauchte Turkmenentruppe warf sich mit verzweifelter Tollkühnheit auf das Mongolenlager. Die heftige Gegenwehr leistenden Mongolen konnten dem ungestümen Angriff nicht lange standhalten und flohen in großer Unordnung. Nur einige wenige, die sich in den Wassergräben verbargen, vermochten sich zu retten.
Dies war das erste Treffen, in dem Turkmenen über Mongolen den Sieg davontrugen. Bis dahin hatten die Mongolen allen ihren Feinden ein solches Entsetzen eingeflößt, daß man sie schon für unbesiegbar hielt.
Dschelal-ed-Din sagte:
»Ein Glück für uns, daß ihr Lager auf offenem Felde gestanden hat. Hinter den starken Festungsmauern von Nessa etwa hätten wir sie mit unseren erschöpften Kräften niemals zu fassen gekriegt. Fangt rasch ihre Pferde ein und sattelt sie! Unser Weg ist noch lang.«
Alle Turkmenen versahen sich mit frischen Reittieren und lenkten sie auf Bergpfaden südwärts der Stadt Nischapur zu.
Ein paar Tage später trafen aus Gurgandsch mit großem Gefolge auch die beiden anderen Söhne Muhammeds, Oslag-Schah und Ak-Schah, ein, die sich ebenfalls vor den auf Verrat sinnenden Kiptschakenkhanen in Sicherheit gebracht hatten. Aber ihnen gelang es nicht, unbemerkt an den monglischen Vorposten vorbeizukommen; sie wurden umzingelt und samt und sonders niedergemetzelt.
Unterdessen erreichte Dschelal-ed-Din, der sich unterwegs nirgendwo aufhielt, über Nischapur, Susen das Gebiet von Herat. Der Kommandant einer Bergfestung riet ihm im Vertrauen auf die Unbezwingbarkeit der alten Mauern zum Bleiben, doch Dschelal-ed-Din entgegnete:
»Ein Feldherr darf sich nicht hinter Mauern verschanzen, sondern muß dem Gegner auf offenem Felde entgegentreten. Gleichviel wie stark eine Festung auch sei, die Mongolen würden mit der Zeit doch Mittel und Wege finden, sich ihrer zu bemächtigen.«
Als er in Bust anlangte, hatte Dschelal-ed-Din schon eine recht ansehnliche Truppe um sich geschart, da sich ihm Krieger aus dem zerstreuten Heer des Schahs von Chowaresmien angeschlossen hatten. In Bust vereinigte er seine Truppen mit den Turkmenen Amin-al-Mulks, vertrieb eine Mongolenabteilung, die Kandagar belagerte, und traf in Ghasna ein, der Hauptstadt jener Grenzmark, die ihm einst von dem Schah Muhammed zum Lehen gegeben worden war. Dort nahm er den Treueid aller in dieser Gegend ansässigen Begs entgegen.
Dschelal-ed-Din befehligte jetzt etwa dreißigtausend turkmenische Krieger, denen sich ebenso viele Afghanen, Karluken und Krieger anderer Stämme anschlossen.
Mit diesem Heer von sechzigtausend Mann – Reitern und Fußvolk – bezog Dschelal-ed-Din ein Lager beim Städtchen Perwan, an der Quelle des in den Kabul mündenden Flüßchens Lugar.
Von hier aus unternahm er einen Angriff auf Tocharistan und schlug

Mukadscheks Mongolenabteilung, die die Festung Warjan belagerte, in die Flucht. Die Mongolen, die über tausend Mann verloren, brachten sich eilends über den Fluß Pandschir in Sicherheit und kehrten, nachdem sie die Brücken hinter sich abgebrochen hatten, zu Dschingis-Khan zurück, an welchen Dschelal-ed-Din durch einen Kurier folgenden Brief sandte:
»Nenne einen Ort, wo wir uns zur Schlacht treffen wollen. Dort werde ich dich erwarten.«
Dschingis-Khan antwortete darauf nicht; aber Dschelal-ed-Dins Kühnheit und Mukadscheks Niederlage beeindruckten und beunruhigten ihn, und er sandte vierzigtausend Reiter gegen ihn aus, an deren Spitze sein Stiefbruder Schiki-Chutuchu-Nojon stand. Dschelal-ed-Din rückte ihnen kühn entgegen, und das Treffen fand in einem etwa sieben Kilometer von Perwan entfernten Tal statt. Vor Beginn der Schlacht erließ Dschelal-ed-Din an seine Krieger folgenden Tagesbefehl:
»Ihr Helden, schont die Kräfte eurer Rosse so lange, bis die Trommeln zu wirbeln beginnen. Dann erst schwingt euch in den Sattel. Bis dahin kämpft zu Fuß. Den Zügel seines Pferdes soll ein jeder sich am Gürtel festbinden.«
Die Schlacht dauerte zwei Tage. Als Schiki-Chutuchu-Nojon schließlich einsehen mußte, daß seine müden und erschöpften Krieger den Gegner nicht mehr würden überwältigen können, nahm er seine Zuflucht zu einer List. Er ließ aus Filz Puppen anfertigen und sie auf die Reservepferde setzen. Zuerst wirkte diese List, und die Muselmanen wurden schwankend, doch Dschelal-ed-Din ermutigte sie weiterzukämpfen. Schließlich ließ er die Trommeln schlagen, und sogleich schwangen sich alle seine Krieger in den Sattel, und er führte sie selbst zur Attacke mitten hinein in das Zentrum des mongolischen Heeres und spaltete es. Da wandten sich die Mongolen zur Flucht, so eilends stoben sie davon, daß »die Hufe ihrer Rosse Funken schlugen«. Dschelal-ed-Dins Reiter holten auf ihren ausgeruhten Tieren die flüchtenden Feinde mit Leichtigkeit ein und rieben sie auf. Mit einem nur unbedeutenden Rest seines geschlagenen Heeres kehrte Schiki-Chutuchu-Nojon in das Lager des Kagans zurück.
Die Kunde von Dschelal-ed-Dins Sieg bei Perwan über die Mongolen, die man bis dahin für unbesiegbar gehalten hatte, flog mit Windeseile über Berg und Tal. Die mongolische Truppe, welche die Festung Balch eingeschlossen hatte, hob die Belagerung unverzüglich auf und entfernte sich nordwärts. In einigen der von den Mongolen besetzten Städten kam es zu Aufständen der Bewohner, die die mongolischen Garnisonen überfielen und sie umbrachten.
Da griff Dschingis-Khan zu seinem gewöhnlichen Mittel: Durch Unterhändler ließ er den Khanen, die mit Dschelal-ed-Din verbündet waren, mitteilen, daß er sie hoch belohnen und ihnen mit Gold beladene Kamele senden würde, wenn sie dem kühnen Sultan die Treue brächen und von ihm abfielen.

Bald kam es in Dschelal-ed-Dins Lager bei Teilung der Beute aus nichtigen Anlässen zu Zwistigkeiten. Im Streit um einen arabischen Hengst versetzte ein Kiptschakenkhan dem Truppenführer Agrak mit der Peitsche einen Schlag auf den Kopf, und Sultan Dschelal-ed-Din gelang es nicht, die beiden wieder auszusöhnen. Daraufhin trennten sich Musafar-Malik, der Anführer der Afghanen, Asam-Melik mit seinen Karluken und besagter Agrak mit seinen Kriegern aus Keldsch vom Heere des Sultans und rechtfertigten ihr Verhalten durch die Anmaßung und Rücksichtslosigkeit der Kiptschaken den Kriegern aus anderen Stämmen gegenüber.
»Diese selben Türken« (das heißt eben die Kiptschaken) »haben sich früher vor den Mongolen gefürchtet und behauptet, die Mongolen wären gewöhnlichen Menschen ganz unähnlich und unbesiegbar, weil sie gegen Hieb und Stich gefeit seien. Infolge dieser Unverwundbarkeit fürchteten die Mongolen niemanden auf der Welt, und es gäbe keine Macht, die ihnen zu widerstehen vermöchte. Doch jetzt, wo wir die Mongolen geschlagen und alle gesehen haben, daß sie ebenso verwundbar sind wie andere Sterbliche auch, jetzt ist die Prahlerei der Kiptschaken, die immer mehr überhandnimmt, geradezu unerträglich geworden. Sie kränken und beleidigen uns, die wir ihnen in der Schlacht beigestanden haben ...«, so klagten sie laut, insgeheim aber bauten sie auf Dschingis-Khans Versprechungen.
Dschelal-ed-Dins Versöhnungsversuche fruchteten nichts, vergebens wies er darauf hin, daß Dschingis-Khan leichtes Spiel mit ihnen allen haben würde, wenn man ihm Gelegenheit gäbe, jeden einzeln zu schlagen. Die Hälfte seiner Truppen verließ ihn, und er blieb allein mit den Turkmenen Amin-al-Mulks zurück.
Mit undurchdringlichem Gesicht hörte sich Dschingis-Khan den Bericht seines Stiefbruders Schiki-Chutuchu-Nojon über die verlorene Schlacht bei Perwan an. Er sagte nur:
»Chutuchu war es allzusehr gewöhnt, stets der Siegreiche zu sein. Nachdem er die Bitterkeit der Niederlage gekostet hat, wird er künftig seine ganze Aufmerksamkeit und Erfahrung zusammennehmen.«
Aber er sammelte ungesäumt alle Truppenverbände, die er nur erreichen konnte, zu einer gewaltigen Heeresmacht und rückte mit ihr zu Felde. Er trieb seine Krieger zu höchster Eile an und gönnte ihnen unterwegs nicht einmal so viel Rast, daß sie sich warmes Essen kochen konnten. Der Vormarsch richtete sich auf Ghasna, und als die Wege für die Wagen unbefahrbar wurden, ließ der Kagan kurzerhand den Train zurück und zog auf Gebirgspfaden weiter.

Die Schlacht am Sindh

Ich will dich nicht Pferd, sondern Bruder nennen,
denn du bist mir mehr als ein Bruder.
(Kitabi-Korkud)

Als die Truppen seiner Verbündeten ihn verlassen hatten, konnte Dschelal-ed-Din es nicht mehr wagen, den Mongolen in offener Feldschlacht entgegenzutreten, wie er es früher gewollt hatte, und zog gen Süden. Der wasserreiche ungestüme Fluß Sindh, dessen Bett von Bergen eingeengt wird, hielt ihn auf. Die Boote und Flöße, die man aufgetrieben oder gebaut hatte, um das Heer überzusetzen, wurden von den ungestümen Wogen gegen die hohen Felsufer geworfen und zerschellten. Auch einem Schiff, worin Dschelal-ed-Dins Mutter Ai-Dschidschek, seine Gattin und einige andere Frauen, ihre Reisegefährtinnen, untergebracht waren, erging es nicht besser.
Plötzlich kam ein reitender Bote angejagt mit dem Rufe:
»Die Mongolen sind ganz nah!«
Die Nacht aber hatte zu dieser Zeit schon alles in ihren schwarzen Mantel gehüllt.
Dschingis-Khan, dem man Dschelal-ed-Dins Absichten gemeldet, hatte beschlossen, seinen Gegner abzufangen, noch ehe dieser über den Fluß gesetzt war. Die ganze Nacht hindurch trieb er sein Heer vorwärts, und bei Tagesanbruch erblickte er seinen Gegner, dessen Truppen er von drei Seiten einschloß. Das Mongolenheer stand in Form eines Bogens, dessen Sehne der Fluß bildete.
Dschingis-Khan beauftragte Uner-Gulidsch und Gugus-Gulidsch, mit ihren Truppen die des Sultans vom Ufer abzudrängen. Seinen Schützen aber gebot er:
»Tötet den Sultan nicht durch Pfeilschüsse. Wir wollen ihn lebendig ergreifen!«
Umgeben von siebenhundert tollkühnen Dschigiten, stand Dschelal-ed-Din im Zentrum der muslimischen Truppen. Als er des Kagans ansichtig wurde, der von einem Hügel aus die Schlacht lenkte, ritt er mit seinen Kriegern eine so rasende Attacke, daß er die Mongolen tatsächlich vertrieb und sogar deren Herrscher sich gezwungen sah, sein Pferd zu wenden und ihm die Peitsche zu geben. Der weitblickende und vorausschauende Kagan hatte aber zehntausend auserlesene Krieger in einen Hinterhalt gelegt, aus dem sie nun hervorbrachen, Dschelal-ed-Dins Reitern in die Flanke fielen, sie zurückjagten und weiterbrausten zum rechten Flügel der Turkmenen, den Amin-al-Mulk befehligte. Dieser wütende Anprall riß seine Reihen auseinander, drängte sie gegen das Zentrum hin, stiftete dort Verwirrung und Unordnung, bis es zu weichen begann. Nun warfen sich die Mongolen auf den linken Flügel. Dschelal-ed-Din kämpfte bis zum Mittag weiter und jagte, seine sonstige Ruhe und Kaltblütigkeit verlierend, wie ein gehetzer Tiger bald zum rechten, bald zum linken Flügel.

Die Mongolen, des Befehls ihres Kagans eingedenk, den Sultan nicht mit Pfeilen zu töten, machten von ihren Schußwaffen keinen Gebrauch, sondern schlossen einen immer engeren Ring um ihn, der sich verzweifelt bemühte, sich durch seine Feinde durchzuschlagen. Als er aber einsah, daß dies ein vergebliches Unterfangen war, bestieg er, nachdem er Helm und Rüstung abgelegt, sein Lieblingspferd und stürzte sich mit ihm vom hohen Felsen hinab in die dunklen Wellen des stürmisch brausenden Sindh. Als sein braves Roß den Fluß durchschwommen und das Steilufer auf der anderen Seite erklommen hatte, schwang der Sultan noch einmal drohend sein blankes Schwert gegen den Kagan und galoppierte davon.
Dschingis-Khan bedeckte seinen vor Erstaunen weit geöffneten Mund mit der Hand, deutete mit der anderen auf den Flüchtling und sagte zu seinen Söhnen:
»Solch einen Sohn soll ein Vater haben!«
Den Mongolen aber verbot er, sich in den Fluß zu stürzen und den Sultan zu verfolgen.
Dschelal-ed-Dins ganzes Heer wurde vernichtet. Seine eigenen Krieger warfen seine Gattin und seine Mutter in den Fluß, damit sie ertranken und nicht in die Hände der Feinde fielen. Nur des Sultans siebenjährigen Sohn nahmen die Mongolen gefangen und brachten ihn vor den Kagan. Der Knabe wandte, als man ihn dem Mongolenherrscher vorführte, verächtlich sein Gesicht ab und schielte nur von der Seite her ihn haßerfüllt an.
»Das Geschlecht solcher Feinde muß man mit Stumpf und Stiel ausrotten«, sagte Dschingis-Khan. »Ihre Nachkommen könnten den meinen gefährlich werden. Darum werfe man das Herz dieses Kindes meinem Windhund zum Fraße vor.«
Der Henker verzog seinen Mund voller Stolz zu einem breiten Grinsen, als er hörte, daß er seine Kunst vor dem Kagan zeigen durfte. Er warf den Knaben, nachdem er sich die Ärmel aufgekrempelt hatte, rücklings auf den Boden, trennte ihm mit einem einzigen Hieb seines Dolches den Brustkorb auf, fuhr ihm mit der Hand unter die Rippen und riß das kleine zuckende Herz heraus, das er dem Kagan darbot. Dieser ächzte mehrmals wie ein alter Eber: »Kchu-kchu-kchu!«, wandte sein rehbraunes Pferd und ritt gebeugt davon, einen steinigen Pfad aufwärts.
Auch nach dieser unglücklichen Schlacht am Sindh setzte Sultan Dschelal-ed-Din seinen Kampf gegen die Mongolen unentwegt fort. Aber es war nur ein immerhin recht erfolgreicher Kleinkrieg, denn niemals gelang es ihm wieder, einen so großen Heeresverband auf die Beine zu stellen, daß er damit die Mongolen hätte überwältigen können.

Hadschi Rachim wird Schreiber

Seit jenem Abend, an dem Machmud-Jalwatsch in Buchara den Hadschi Rachim vor den Schwertern der mongolischen Wachtposten bewahrt und ihm gestattet hatte, sich »am Saum seiner Freigebigkeit zu halten«, folgte ihm der Derwisch überallhin, dem Derwisch aber folgte wie ein Schatten der Jüngling Tugan. Machmud wurde der Hauptberater des neuen mongolischen Verwesers für das Gebiet Mawerannahr, welches etwa das heutige Turkmenien umfaßte. Als Verweser hatte Dschingis-Khan seinen Sohn Dschagatai eingesetzt, der sich aber lieber mit der Jagd als mit den Regierungsgeschäften befaßte und Gastmähler veranstaltete, die Machmud-Jalwatsch für ihn besorgte. Machmud trieb durch seine Einnehmer die Steuern ein, fertigte Listen der kostbaren Beutestücke an und errechnete deren Gesamtwert, er sorgte für den Abtransport der vielen Sklaven in die Mongolei, stellte Verzeichnisse der von den einheimischen Begs verlassenen Güter und Häuser auf, gab die neuen Steuersätze bekannt und forderte die Bauern auf, in ihre Dörfer zurückzukehren und ihre Felder mit Getreide und Baumwolle zu bebauen, wobei er ihnen ausdrücklich Befreiung vom Grundzins versprach, weil die früheren Großgrundbesitzer nicht wieder auf ihr Land zurückkehren würden.
Doch dies waren nur leere Versprechungen, die er machte, um die Bauern zu beruhigen und sie auf ihre Felder zurückzulocken, damit die häufigen Überfälle hungriger Banden auf Karawanen wenn auch nicht ganz aufhören, so doch sich vermindern sollten, denn an Stelle der geflohenen turkmenischen, tadschikischen und kiptschakischen Begs traten mongolische Khane und Prinzen als Großgrundbesitzer, an welche die zurückgekehrten Bauern fast ihre ganze Ernte abliefern mußten.
Machmud beschäftigte den Hadschi Rachim in seiner Kanzlei, der darum für eine Weile das Dichten kunstreicher Ghaselen bleiben lassen mußte, um zusammen mit anderen Schreibern Tag für Tag vom frühen Morgen bis zum Einbruch der Dunkelheit auf einem abgewetzten großen Teppich zu sitzen und auf seinen Knien Rechnungen, Vermögensaufstellungen, Erlasse und Anordnungen und andere wichtige Papiere der verschiedensten Art auszuschreiben. Für diese Dienste zahlte Machmud dem Hadschi keinen Lohn, sondern sprach folgendermaßen zu ihm:
»Wozu brauchst du Lohn? Wer mit Reichtümern umgeht, an dessen Fingern bleibt immer etwas Goldstaub kleben...«
»Doch nicht an den Fingern eines Dichters und Derwischs«, widersprach der Hadschi. »Auf meinem alten Umhang ist lediglich der Staub des Weges von meinen langjährigen Wanderungen hängengeblieben.«
Da schenkte Machmud ihm einen neuen farbenprächtigen Chalat und befahl ihm, an jedem Donnerstagmorgen, jeweils vor dem heiligen Freitag also, bei ihm zu erscheinen, um drei Silberdirhems für Brot, Tee

und die Badestube in Empfang zu nehmen, damit der dem Derwisch von seinen Wanderungen her anhaftende Staub nicht auf die Geschäftspapiere fiele und sie beschmutze.
Manch anderer würde sich an Hadschi Rachims Stelle überglücklich geschätzt haben: Er wohnte in einem netten kleinen Haus, das von seinen Besitzern verlassen worden war, und konnte darin schalten und walten, als wäre es sein eigenes. War er aus der Kanzlei heimgekehrt, so konnte er auf einer Stufe der Vortreppe in beschaulicher Betrachtung eines schönen Weinbergs sitzen, an dessen Stöcken so viel Trauben reiften, daß die Ernte seinen Besitzer für ein ganzes Jahr hätte versorgen können. Neben dem Hause wuchs eine so hohe Platane, daß ihr Schatten noch auf die benachbarte Moschee fiel und das Häuschen des Derwischs vor dem Sonnenbrand schützte. Auch ein Aryk floß vorbei, der den Weinberg bewässerte. In der angenehmen Kühle der Abendstunden saß Hadschi Rachim hier und unterrichtete seinen »jungen Bruder« Tugan in Algebra und arabischer Schrift. Doch Hadschi Rachims Sinn stand nicht nach Wohlbehagen und Geruhsamkeit, sondern nach dem Ungewöhnlichen, und in seinem Herzen glimmten die heißen Kohlen der Unruhe. Die Arbeit, die man ihm tagtäglich zumutete, wurde ihm widerlich und lästig. Jeden Tag kamen Hunderte von Bittstellern, meistens mit Klagen über Bedrückung friedlicher Einwohner durch die fremden Eroberer, die mit dem Volke umsprangen wie in die Hürde eingedrungene Wölfe mit den Schafen. Da dachte der Hadschi bei sich: ›Genug, Derwisch! Wer dem Feinde des eigenen Volkes dient, der verdient Fluch statt Lob!‹ Und er begab sich zu Machmud mit dem Vorsatz, ihm wahrheitsgetreu zu sagen, was ihm auf dem Herzen brannte.
Er fand den Berater Dschagatais im Garten seines Palastes, wo er die Weinreben verschnitt, eine Beschäftigung, bei welcher er Erholung von seinen Sorgen suchte und fand. Als Machmud den Derwisch angehört hatte, fragte er:
»Du willst also deine leibliche Mutter verlassen, die wundenbedeckte, die vor Leid und Kummer zusammenbricht?«
»Ich will nicht den Unterdrückern meines Volkes Beihilfe leisten.«
»Wahrscheinlich hältst du dann auch mich für einen Bösewicht? Höre, was ich dir darauf antworten werde: Unser Gebieter Dschingis-Khan hat einen obersten Ratgeber in dem Chinesen Je-Liu-Tschu-Tsai, der sich nicht scheut, dem großen Kagan in allen Dingen die ungeschminkte Wahrheit zu sagen. Oft ist es nur sein Einfluß, der Dschingis-Khan davon abhält, die Bevölkerung ganzer Städte unnütz hinzumorden. Wenn Je-Liu-Tschu-Tsai seinem Herrn erklärt: ›Tötest du alle Einwohner, wer soll da deinen Enkeln Steuern zahlen?‹, so verschont dieser manchmal Hunderttausende von Menschenleben. Den gleichen Einfluß versuche ich auf Dschingis-Khans Sohn Dschagatai auszuüben, um unser Volk vor der völligen Ausrottung zu bewahren. Hast du schon einmal Dschagatais Gesicht genau betrachtet? Welche wahnwitzige Wut blickt ihm aus den Augen. Jeden Tag deutet er bei der Audienz min-

destens auf einen der Anwesenden und spricht dazu die furchtbaren Worte: ›Alybbaryn!‹ Und man führt den Unglücklichen fort – zur Hinrichtung. Ich aber setze meinen Ehrgeiz darein, jeden Tag mindestens für einen Menschen Begnadigung bei ihm zu erwirken.«
»Wenn du die Dinge so siehst, dann werde ich in meiner Heimat bleiben«, sagte der Hadschi. »Nur gib mir, darum bitte ich dich, eine andere Arbeit. Es übersteigt meine Kraft, Aufstellungen von Kleidungsstücken zu machen, die mit Blut befleckt sind, und die Tränen der Menschen fließen zu sehen, ohne sie trocknen zu können.«
»Gut, ich werde dich mit einer wichtigen Sache betrauen.«
»Ich höre...«
»Man spricht davon, daß Dschutschi-Khan, Dschingis-Khans ältester Sohn, dem vom Kagan die nördlichen Gebiete Chowaresmiens zugesprochen worden sind, im Begriff sei, sich dorthin zu begeben, um sie zu unterwerfen.«
»Und ich möchte wetten, die Eisen- und Kupferschmiede von Gurgandsch werden ihre Stadt nicht so kampflos übergeben wie die Einwohner von Buchara und Samarkand.«
»Ich habe Dschutschi-Khan einen Brief zu übersenden. Doch die Wüste Kysyl-Kum wird unsicher gemacht durch Trupps von Moslems, welche alle Mongolen überfallen und erschlagen. Wie es heißt, steht an der Spitze dieser muslimischen Trupps ein ›schwarzer Reiter‹ auf einem wunderbaren Rapphengst. Dieser ›schwarze Reiter‹ ist einfach nicht zu fassen. Mit blitzartiger Geschwindigkeit überwindet er die weiten Entfernungen der Wüste, taucht überall dort auf, wo man ihn am allerwenigsten vermutet, und verschwindet spurlos wieder. Es gehen Gerüchte um, daß er mit dem Scheitan im Bunde stünde.«
»Dieser ›schwarze Reiter‹ ist ein Beweis dafür, daß es unter den Moslems noch tapfere und unerschrockene Dschigiten gibt.«
»Ich werde dir einen an Dschutschi-Khan gerichteten Brief anvertrauen. Du mußt ihn so gut verstecken, daß weder der ›schwarze Reiter‹ noch die mongolischen Wachtposten ihn abfangen können. Andernfalls wären wir beide, du wie ich, zugrunde gerichtet.«
Hadschi Rachim fragte mit gesenktem Blick:
»Was ist das für ein Brief, der den Absender wie den Überbringer zugrunde richten könnte?«
Er hob die Augen und blickte hinauf zu dem vom Sonnenuntergang golden gefärbten Himmel, gegen den sich die ineinander verflochtenen Weinblätter und Ranken abhoben. Machmud-Jalwatsch stand regungslos da, und sein Blick schien die Stirn des Derwischs zu durchdringen und in dessen Gedanken zu lesen. Dann strich er sich mit der Hand über den Bart, der vom Silber der Zeit berührt war, und um seine Lippen huschte ein leises Lächeln.
»Ich werde Dschutschi-Khan den Brief zustellen«, sagte Hadschi Rachim, »und niemand soll ihn lesen. Ich werde meinen Wanderstab aushöhlen und den Brief darin verbergen. Die Öffnung werde ich mit

Wachs verkleben. Wird es mir aber gelingen, bis zum großen Khan zu gelangen? In der Kiptschakensteppe wimmelt es jetzt von Banden, die jeden, der ihnen in die Hände fällt, umbringen. Ich bin wie ein Käfer, der hier zu deinen Füßen auf dem Gartenweg herumkrabbelt. Was soll aus mir werden, wenn ich mich aus dem Schutz deiner mächtigen Hand fortbegebe? Den ›schwarzen Reiter‹ fürchte ich nicht; doch beim nächsten Wegposten wird mich die mongolische Wache ergreifen und in Stücke hauen.«

Machmud-Jalwatsch bückte sich, hob ein rotes Käferchen vom Wege auf und setzte es auf die Innenfläche seiner schmalen weißen Hand. Es krabbelte auf die Kuppe eines Fingers, entfaltete seine Flügel und flog davon.

»Siehst du«, meinte Machmud dann. »Wie dieser Käfer wirst du auch dort noch durchkommen, wo tausend Krieger nicht durchkämen. Denn du wirst als frommer Derwisch mit deinem Esel, den wir mit Büchern beladen, deines Weges ziehen. Damit dich aber die mongolischen Posten nicht aufhalten, werde ich dir eine goldene Paizsa mit einem Falken mitgeben.«

»Was tue ich aber mit meinem jungen Bruder Tugan?«

»Den nimmst du als Schüler mit dir. In Dschutschi-Khans Lager mag er das Waffenhandwerk erlernen, damit ein braver Dschigit aus ihm werde. Dein Weg sei dir leicht!«

»Sei unbesorgt, ich werde alles richtig erledigen.«

»Wenn du deine Reise beendet hast, so bete für mich, der ich ein alter Mann und dir wohlgeneigt bin.«

Der schwarze Reiter

Gegen Abend machte sich der Hadschi mit Tugan auf den Weg. Sie schlossen sich einigen Dörflern an, die mit ihren leeren Körben vom Markte heimkehrten. Unterwegs bog einer nach dem anderen von der Hauptstraße ab, um auf Seitenstraßen zu seinem Dorf zu gelangen.

Rachim ging mit gleichmäßigem, gemessenem Schritt und sang dazu nach seiner Gewohnheit arabische Lieder. Tugan, der in der Zwischenzeit tüchtig gewachsen war, hatte manchmal Mühe, mit ihm Schritt zu halten. Unter seinem blauen Turban hervor ringelte sich, wie es sich für einen Jüngling ziemt, eine lange schwarze Haarlocke auf die Schulter herab. Er hatte sich den Reisesack aufgehuckt und stützte sich auf einen Stock. Dann und wann erklomm er leichtfüßig die am Wege liegenden Hügel und spähte scharf in die Ferne nach den in blaugrauem Dunst verschwindenden Bergen. Nach allen Seiten hielt er Ausschau, damit ihm nichts entgehe. Ihm gefiel dieses ungebundene Wanderleben nach den schweren Monaten, die er in den düsteren unterirdischen Verliesen der Gefängnisse von Gurgandsch hatte verbringen müssen.

Der schwarze Esel, der munter dahintrippelte, trug Säcke mit Büchern

und Schriftrollen arabischer und persischer Dichter und einen Mundvorrat für die beiden Reisenden, der für mehrere Tage reichte.
Manchmal wirbelte in der Ferne ein Staubwölkchen auf, dann tauchten hinter den Bäumen mongolische Reiter auf, die Eskorte eines Darugus oder eines Scheichs, oder es war eine Karawane langsam dahinschreitender, mit Kornsäcken beladener Lastkamele.
Dann sonderte sich immer einer der Mongolen von dem Trupp ab, sprengte auf den Hadschi zu und rief:
»Wer bist du? Wohin gehst du?«
Hadschi Rachim pflegte dann seine Mütze schweigend in den Nacken zu schieben, und auf seiner Stirn wurde ein an einem dünnen Reif befestigtes Goldplättchen mit der Abbildung eines fliegenden Falken sichtbar.
Dann sank der erhobene Arm mit der Peitsche herab, der Mongole rief »Baijardai! Uragsch!« und jagte, nachdem er sein Pferd scharf gewendet hatte, davon, um seine Abteilung einzuholen.
Der Derwisch aber rückte seine spitze Mütze zurecht, daß sie die Stirn wieder verdeckte, und stimmte ein neues Lied an:

»Nur immer weiter, immer vorwärts, mein schwarzer Bekir!
Dorthin, wohin zu wandern für einen Mann gefährlich ist.
So viele Menschen fanden den Tod im eigenen Bett,
nur Feiglingen graut es, in den roten Sand zu sinken...«

An einer öden Stelle brachen unerwartet vier Reiter hinter einem Hügel hervor und versperrten den beiden Wanderern und ihrem Esel den Weg.
»Halt! Bleibt stehen!« rief einer von ihnen, ein Greis mit tiefen Furchen in dem schwarzgebräunten Gesicht. »Wie ist dein Name?«
»Wohlstand, Freiheit und Wohlergehen wünsche ich dir!« antwortete der Derwisch. »Wozu mußt du meinen Namen wissen?«
»Weil ich dich wiedererkannt habe... Du warst Schreiber bei Machmud-Jalwatsch, dem Moslem, der sich an die Mongolen verkauft hat. Du hast ihm dabei geholfen, dein Volk auszuplündern, und du wirst dafür jetzt die Klinge meines Schwertes verspüren.«
»In deinen Worten finden sich zwei Tropfen reiner Wahrheit, doch alles übrige ist ein trüber Strom schwärzester Lüge.«
»Wieso – Lüge?« rief der Greis wütend und zog seinen Krummsäbel aus der Scheide.
»Es ist wahr, daß ich dem achtbaren Machmud-Jalwatsch als Schreiber diente. Es ist auch wahr, daß ich den Tod verdiene und ihm nicht entgehen werde, denn wer vermöchte ihm wohl zu entgehen? Doch beraubt habe ich niemanden, sondern nur aufgeschrieben, was die Mongolen geraubt haben, und Bittschriften für die Bittsteller aufgesetzt, die mit Klagen zu Machmud-Jalwatsch kamen.«
»Wenn du, Derwisch, nicht gleich hier auf der Stelle deine Mütze mitsamt dem Kopf verlieren willst«, schrie der Alte ihn an, »so folge uns und versuche nicht zu entfliehen!«

»Ich pflege stets zu denen zu gehn, die mich rufen«, sagte der Derwisch unerschüttert. »Doch du hast mir deinen Namen nicht genannt. Über wen soll ich mich bei Allah beklagen, falls du mich in den Abgrund des Verderbens ziehst?«
»Bevor Allah dich richtet, wird dich das Schwert des ›schwarzen Dschigiten‹ richten«, entgegnete einer der Reiter. »Bei unserem Anführer wird dir die Lust zu Scherzen schon vergehen.«
Vom Wege abbiegend, ritten die Reiter in nördlicher Richtung tief in die glühende gelbe Sandwüste hinein. Selten sah man hartes Gras, hin und wieder Tamariskensträucher. Eilig huschten nach allen Seiten Eidechsen auseinander. Düster und trostlos wirkte die Gegend.
Tugan flüsterte dem Hadschi zu:
»Sollte das wirklich unser Ende sein? Warum hast du bloß diese überflüssige Reise unternommen? Wie geruhig und glücklich lebten wir in Samarkand!«
»Man soll nie vor der Zeit murren«, belehrte ihn der Derwisch. »Der heutige Tag ist noch nicht zu Ende und die Zukunft voller Überraschungen.«
Lange wanderten sie immerfort nach Norden. Endlich machten die Reiter an der Kreuzung zweier kaum mehr wahrnehmbarer Pfade halt. Einer von ihnen hielt von einem Hügel aus nach allen Seiten hin Ausschau, dann deutete er mit der Hand nach Westen und rief:
»Schnell, schnell! Dorthin! Die Sonne geht unter!«
Es war schon völlig dunkel geworden, als der Hadschi und Tugan sich mit den Reitern einem hell lodernden Lagerfeuer näherten, das auf dem Grunde einer Schlucht brannte. Dem Derwisch und dem Jüngling hatten die Reiter die Hände auf den Rücken gebunden, und die Schlingen von Fangleinen schnürten ihnen die Hälse zu. Man hatte sie so gebunden, damit es ihnen nicht etwa einfiele, unter dem Schutze der Dunkelheit zu verschwinden. Der Greis, der sie angehalten und mitgenommen hatte, führte sie zum Feuer hin, wo er ihnen neben ihrem Esel niederzuknien befahl.
Am Feuer saß mit untergeschlagenen Beinen auf einem Teppich ein hagerer Turkmene, in dessen dunklem und finsterem Gesicht die glänzenden runden Augen stechend funkelten. Neben ihm auf dem Teppich lag ein gerades, nicht gekrümmtes Schwert, ein Kontschar.
›Wo habe ich diesen stolzen Dschigiten schon gesehen?‹ fragte sich der Derwisch, während er den Turkmenen genau musterte. ›Zweifellos ist er der schwarze Reiter.‹
Der Turkmene trug einen schwarzen Kosakenrock, einen sogenannten Tschekmen, eine in den Nacken zurückgezogene schwarze Mütze, und unweit von ihm stand ein hoher Rappe. Um das Lagerfeuer herum saßen etwa zwei Dutzend Dschigiten in zerschlissener Kleidung, aber ihre mit Silber beschlagenen Waffen befanden sich im besten Zustand. Die Lagernden betrachteten die beiden Gefangenen teils spöttisch, teils zornig. Einer von ihnen nahm einen Sack von dem Esel herab und

schüttete ihn aus: ein Bündel Fladen, Rosinen, eine Melone und ein Käse fielen heraus. Dann legte er vorsichtig einen Sack mit Mehl daneben und entleerte den Inhalt eines dritten: Federkasten, Tintenfaß, einige Bücher und Papierrollen und das Werkzeug eines Waffenschmieds.
Der schwarze Dschigit mit den glänzenden runden Augen nahm eines der Bücher in die Hand, drehte es mehrmals um und um, blätterte darin und sagte schließlich:
»Wahrscheinlich sind hierin die Überlieferungen und Belehrungen aufgezeichnet, mit denen die langbärtigen feisten Imams ihren abgezehrten hungrigen Schülern die Köpfe vollstopfen...«
»Nein, ruhmreicher Krieger«, widersprach der Hadschi ihm. »Das ist ein Buch über das Leben und die Taten des großen Iskander, des Eroberers des Erdkreises.«
»Ich möchte gern einiges über diesen tapferen Helden hören... Doch deine Zeit ist um... Gleich wird Asrail, der Todesengel, deine Seele forttragen...«
Der Greis, der den Derwisch und den Jüngling hierher gebracht hatte, führte jetzt den Esel beiseite, zog ohne Hast ein langes dünnes Messer, wie die Fleischer es zum Schlachten der Hammel benutzen, aus seinem Gürtel und packte den Hadschi Rachim mit harter Hand am Kinn.
»He, Großvater, warte noch ein bißchen«, schrie da jemand. »Unser Anführer möchte erst wissen, was in den anderen Büchern geschrieben steht.«
Der halberstickte Derwisch sagte mit heiserer Stimme:
»In dem alten Buch sind die Taten des ruhmreichen Panthers der Wüste, des Schreckens der Karawanen, des gewaltigen Kara-Burgut, beschrieben...«
»Laß ihn, Alter!« befahl da der Anführer, der das Buch ergriffen und darin zu blättern begonnen hatte. Aufmerksam betrachtete er die Abbildungen, die Krieger im Handgemenge und im Zweikampf darstellten.
Der Greis mit dem tiefgefurchten Gesicht stieß den Derwisch von sich und ging grollend beiseite.
Hadschi Rachim blickte zum dunklen Himmel mit den hell flimmernden Sternen empor, dann in die knisternde prasselnde rote Flamme des Lagerfeuers, dann ließ er seinen Blick über die Gesichter der rings um das Feuer Sitzenden gleiten, schließlich schaute er in die dunkle, öde Sandwüste hinaus und dachte bei sich:
›Woher wird uns Rettung kommen? Wenn sie schon mit mir kein Mitleid fühlen, so sollten sie doch welches mit dem Knaben haben, der kaum erst den unterirdischen Verliesen des Schahs entronnen ist... Doch selbst beim Sturz in den Abgrund darf ein Derwisch nicht verzagen, sein Umhang kann an einem Felsenvorsprung hängenbleiben, oder der Flügel eines vorüberfliegenden Adlers kann ihn stützen...‹
Neben sich hörte er den Jüngling Tugan flüstern:
»Siehst du jetzt ein, daß unser letztes Stündlein geschlagen hat?«

»Der Tag ist noch immer nicht zu Ende«, entgegnete der Derwisch abermals. »Die ganze lange Nacht liegt noch vor uns. Wer vermöchte im voraus zu sagen, was sie bringt?«
»Bis zum Aufgang des Morgensterns ist's noch lang, mit der Hinrichtung dieses Dieners der Ungläubigen brauchen wir uns nicht zu beeilen. Wollen wir diesem Weitgewanderten nicht zuhören? Mag er uns von den Taten eines tapferen Helden berichten.«
Tugan flüsterte dem Hadschi zu:
»Du wirst doch nicht in dieser erniedrigenden knienden Stellung ihnen willfahren? Sprich kein Wort! Mögen sie uns lieber gleich töten!«
»Hab Geduld!« mahnte der Hadschi Rachim. »Die Nacht ist lang und die Zukunft voll Überraschungen.«
»Mag er erzählen!« meinten verschiedene. »Die Nachtigall singt ja bekanntlich im Käfig besser als in der Freiheit.«
»So hört«, begann der Hadschi. »Nicht von Iskander und auch nicht von Rustem und Soraba will ich euch erzählen, sondern von dem kühnen Räuber Kara-Burgut und dem Turkmenenmädchen Gül-Dschamal...«
Bei dem Namen Gül-Dschamal merkte der Anführer auf und warf einen forschenden Blick auf den Derwisch. Erstaunt zog er dabei seine Brauen in die Höhe. In liegender Stellung stützte er sich auf den rechten Ellbogen, die Wange in die Hand geschmiegt, und verwandte keinen Blick von dem Erzähler.

Hadschi Rachims Märchen

»Als sie mit raschen Schritten an mir vorbeiging,
streifte sie mich mit dem Saum ihres Kleides...«
(Aus einem orientalischen Märchen)

»Gül-Dschamal war eine arme Hirtin in einem armen Aul in der großen turkmenischen Wüste«, begann Hadschi Rachim in singendem Tonfall. »Gül-Dschamal wußte viele Lieder, jedes für einen besonderen Zweck. Eines sang sie, wenn sie die Lämmer zur Tränke führte, ein anderes, heiteres und ruhigeres, sang sie, wenn die Tiere friedlich weideten, damit sie sich nicht weit von der Herde entfernten. Ein drittes, ein unruhiges in düsteren abgebrochenen Tönen, warnte verirrte Tiere vor dem raubgierigen Wolf, und dann sprangen die Lämmer, die im Schatten eines verkümmerten Strauches geschlummert hatten, sofort auf und hüpften schnell zum Hügel hin, wo Gül-Dschamal auf ihren langen Hirtenstab gestützt stand, und die drei großen zottigen Hunde liefen bellend davon, um zurückgebliebene Schafe zur Herde zurückzuholen, die sich zu einem dichten Haufen zusammendrängte. Alle ihre Lieder hatte Gül-Dschamal von ihrem Großvater Korkud, der viele, viele Jahre lang Schäfer gewesen war und seine Lieder auf einer langen Schalmei geblasen hatte. Sein ganzes Leben lang war er arm gewesen, hatte sich

als Hirt dem Aul verdingen und reihum in den Jurten des Auls leben müssen, obwohl er eine eigene besaß, die am Rande des Auls stand und freilich alt, krumm und schief war wie er selbst.
Seitdem er seine Frau verloren hatte, war er einsam, denn seine beiden Söhne waren während eines Krieges des Schahs von Chowaresmien gegen die afghanischen Bergbewohner umgekommen.
Korkuds Tochter, die er in eine ziemlich weit entfernte Nomadensiedlung verheiratet hatte, kam eines Tages, mit einem winzigen Kinde, es war ein kleines Mädchen, auf den Armen, zu ihm und starb, nachdem sie wenige Tage krank gewesen war. Ihr Gesicht war über und über mit blauen Flecken bedeckt und blutunterlaufen, aber was eigentlich mit ihr geschehen war, das wußte niemand genau, und der alte Hirt antwortete, wenn man ihn danach fragte:
›Allah hat es wohl so gewollt! Nicht jedem Mädchen ist ein guter Mann beschieden!‹
Und er bedeckte sein dunkles durchfurchtes Gesicht mit dem weiten Ärmel.
Sein Enkelkindchen pflegte und hegte der Alte so, wie er es mit einem lahmen Lämmchen getan hätte, und trug es, wenn er mit seiner Herde durch die weite Steppe streifte, in einem Ledersack auf dem Rücken, zuweilen zusammen mit einem blökenden kranken Lämmchen.
Als Gül-Dschamal laufen konnte, trippelte sie neben ihrem Großvater her. Wenn er auf seiner Schalmei spielte, sang sie dazu mit ihrem feinen Stimmchen und achtete zusammen mit den Hunden auf etwa zurückbleibende Tiere. Als Gül-Dschamal noch größer geworden war, erklärte der alte Korkud, er werde nicht länger mit der Herde umherziehen, sondern auf seiner Filzmatte neben seiner Jurte der Ruhe pflegen. An seiner Stelle werde seine Enkelin die jungen Lämmer hüten. Zu dieser Zeit kam Korkuds Schwester, die ebensoalt war wie er selber, auf einem Esel, dem schon alle Haare ausgingen, zu ihrem Bruder und wohnte bei ihm in seiner Jurte und versorgte ihn.
Im Aul gab es ein Gerede, Korkud wäre in der Steppe dem Satan begegnet und hätte ihm seine Enkelin verkauft, damit sie später des Teufels Frau werde. Andere wieder behaupteten, er hätte in einem alten Hügelgrab einen Schatz gefunden. Und noch manches andere wurde ihm angedichtet. Wahr allerdings ist, daß Korkud auf einmal einen altertümlichen Kessel besaß, daß beständig sich über seiner Jurte ein Rauchwölkchen kräuselte und daß der alte Hirt jeden, der zu ihm kam, mit Tee bewirtete.
Endlich kam die Zeit, da der Greis seine mannbar gewordene Enkelin verheiraten sollte und als Kalum dafür, wenn er Glück hatte, ein Kamel, ein Pferd, eine Kuh und einen Hammel erhalten konnte. Dann würde er ganz ohne Sorgen leben und so viel Kumyß trinken, als er nur wollte, und den lieben langen Tag auf seiner Matte liegen und in die ziehenden Wolken oder des Nachts in die Sterne schauen können.
Aber Korkud hatte es gar nicht eilig, seine Enkeltochter an den Mann

zu bringen, und erhöhte immerfort den Kalum, so daß viele Brautwerber unverrichteterdinge wieder fortritten, voll Verwunderung über die Ansprüche dieses alten Mannes, der doch sein ganzes Leben lang bloß ein armer Hirt gewesen war.
Einer aber war unter den Freiern, der kam wieder und erneuerte seine Werbung, und das war der berühmte Panther der Wüste, der Schrecken der Karawanen, der Räuber Kara-Burgut.
›Wenn man ein Mädchen liebt‹, so sprach Kara-Burgut, ›so feilscht man nicht um den Kalum.‹
Und er erklärte sich bereit, zu geben, was der alte Korkud verlangen würde. Doch sooft der Räuber des Nachts auch zu dem Alten kam, zauderte dieser, ihm eine endgültige Antwort zu geben.
Aber offenbar hatte der Teufel seine Hand im Spiele, und der alte Korkud sollte die Kamele, Pferde, Kühe und Hammel, die er im Geiste schon zusammengezählt hatte, nicht erhalten. Denn es kamen vom Schah abgesandte Dschigiten in den Aul, um Steuern sowohl für das verflossene wie auch für das gegenwärtige und das kommende Jahr einzutreiben. Sie führten viele Pferde und viel anderes Vieh mit sich fort, sie nahmen auch Gül-Dschamal mit und begründeten dies damit, daß die Untertanen verpflichtet seien, dem Schah die hübschesten Mädchen zu schicken.
In der Nacht darauf kam Kara-Burgut in die Jurte Korkuds und forschte ihn genau nach den Entführern seiner Enkeltochter aus: wer ihr Anführer gewesen sei, was für Pferde sie gehabt hätten, was für Sättel und Satteldecken.
Als der Alte ihm alles genau beschrieben hatte, sagte er:
›Jetzt werde ich sie sogar in der Nacht erkennen und mit allen zusammen und mit jedem einzelnen von ihnen abrechnen, selbst wenn sie sich auf dem Grunde des chowaresmischen Meeres verbergen sollten. Und Gül-Dschamal werde ich finden und dir wiederbringen, Großvater Korkud, und dann wollen wir ein großes Fest ausrichten, von dem ich sie als meine Frau in meine Hütte führen werde. Ich habe dir als Kalum ein Kamel, eine Stute samt Füllen, eine Kuh samt Kalb und neun Schafe versprochen. Jetzt biete ich dir von allem neunmal soviel, nur wage es nicht, deine Enkelin einem anderen zum Weibe zu versprechen.‹
Nachdem er dem Alten als Handgeld einen Sack voll Silberdirhems in den Schoß geworfen hatte, sprang Kara-Burgut auf sein Pferd und verschwand in der Dunkelheit der Nacht...«. Nach diesen Worten schwieg der Erzähler, dann warf er sich ächzend auf die Seite.
»Was geschah dann weiter? Fand der Räuber das Mädchen?« fragten die um das Feuer Sitzenden gespannt.
»Wai-Ulai!« ächzte Hadschi Rachim. »Noch mancherlei geschah. Doch meine Erzählung fortzusetzen, vermag ich nicht. Zu tief haben sich die Stricke mir ins Fleisch geschnitten, und ich bin müde.«
»Bindet ihn los!« befahl der schwarze Reiter.
»Und auch meinem jüngeren Bruder löst die wunden Hände!« forderte

der Hadschi und schloß die Augen, nachdem er sich auf den Rücken gelegt hatte.
Mit unzufriedenem Brummen band der alte Turkmene den beiden Gefangenen die Hände los, und nachdem sich beide bequem in den Sand gesetzt hatten, fuhr der Derwisch in seiner Erzählung fort:
»Einmal, als Kara-Burgut in der Morgendämmerung durch die Steppe ritt, hatte er eine Begegnung mit Dschelal-ed-Din, dem Sohne des Padischahs, der sich bei der Verfolgung eines Hirsches verirrt und seine Gefährten verloren hatte. Vor Hunger und Durst dem Tode nahe, gelangte er zur Jurte des alten Schafhirten Korkud, der ihn gastfreundlich aufnahm, ihm und seinem Pferde Rast und Speise und Trank bot. Da trat zufällig der Räuber Kara-Burgut in die Jurte und wechselte mancherlei Worte mit dem Khan, ohne es zu ahnen, daß dieser der Sohn seines Todfeindes war. Beim Abschied lud der Prinz den Räuber ein, ihn in seinem ländlichen Lustschloß Tilljala zu besuchen. Daraus erst erfuhr der Räuber, daß der Sohn des verhaßten Schahs vor ihm stand, dem jedoch die Gesetze der Gastfreundschaft Schutz gewährten, so daß Kara-Burgut dem Khan seinen Besuch in Aussicht stellte.
Bald danach ritt Kara-Burgut in die Hauptstadt, wo der junge Khan inzwischen bei seinem Vater in Ungnade gefallen war, und der Schah, der befürchtete, sein Sohn bereite eine Verschwörung gegen ihn vor, ließ jeden seiner Schritte überwachen. Darum waren rings um den Palast Wachen aufgestellt, die jeden, der ein oder aus ging, beobachteten.
Vom Sohne des Schahs wurde Kara-Burgut gastfreundlich empfangen und mit einem reichen Mahl bewirtet. Musikanten sangen und spielten dabei alte Lieder.
Als Kara-Burgut mitten in der Nacht fortgehen wollte, schlug der Khan ihm vor, doch lieber bis zum Morgen zu bleiben, dann würde er ihm eine Wache mitgeben, damit er ungefährdet bis zur Stadtgrenze käme.
›Wer sollte es wagen, Kara-Burgut anzurühren?‹ fragte der Räuber. ›Mein Schwert fürchtet auch zwanzig Dschigiten nicht, wenn sie sich beikommen lassen sollten, mich zu überfallen.‹
Und er verließ den Garten des Lustschlosses. Doch an der Pforte wurde sogleich ein dichtes und festes Netz ihm übers Haupt geworfen, welches seine Glieder so fest zusammenschnürte, daß er nicht einmal zum Schwerte greifen konnte. So schleifte man ihn zum Hause des Gerichtes und der Foltern.
In der Nacht verhörte der Oberhenker, der Fürst des Zorns, den gefangenen Räuber, wobei er ihn mit glühenden Kohlen brannte. Er wollte von ihm wissen, weshalb er im Garten des jungen Khans gewesen sei.
›Ich habe dem Beg versprochen, ihm das beste Pferd aus den Herden des Tatarenkhans zu stehlen‹, behauptete Kara-Burgut. Der Henker wurde es schließlich müde, das nutzlose Verhör fortzusetzen, und befahl, den Gefangenen in den ›Strafturm‹ zu führen.
Man führte den Räuber in der Dunkelheit zu einem hohen Turm, wobei

ihn die Henker in ihre Mitte nahmen. Plötzlich flüsterte jemand leise dem Wüstenräuber ins Ohr:
›Strecke den Arm nach rechts oben aus und halte dich an dem eisernen Haken fest!‹
Zu gleicher Zeit spürte Kara-Burgut, wie die Stricke, mit denen seine Hände gebunden waren, sich lockerten. Ein unbekannter Freund und Helfer mußte sie durchgeschnitten haben. Kara-Burgut hütete sich wohl, sich anmerken zu lassen, daß er schon zu seiner Verteidigung-bereit war, sondern betrat willig den Turm und stieg eine hohe Wendeltreppe hinauf. Oben öffnete sich beim trüben Schein einer Fackel eine kleine Tür, in die man ihn, der sich sträubte, hineinstieß. Die Fackel erlosch, Kara-Burgut befreite rasch seine Hand und ertastete leicht einen großen eisernen Haken rechts von der Tür. Er hörte, wie jemand rief: ›Ein Hund weniger!‹ Die Tür schlug krachend zu. In völliger Dunkelheit hing Kara-Burgut, ohne eine Stütze unter den Füßen, an dem Haken, an den er sich mit der Rechten klammerte, während er versuchte, auch seine Linke aus den Stricken zu befreien. Als ihm das gelungen war und er sich mit beiden Händen festhalten konnte, fiel es ihm leichter, sich in der Schwebe zu halten.
Als der Morgen anbrach und die ersten Lichtstrahlen durch die Mauerritzen drangen,überzeugte sich der Dschigit, daß er oben im Dache des Turmes hing und unter ihm ein Abgrund gähnte, aus dem ein dumpfes Knurren bis zu ihm heraufdrang. Tief unten bewegten sich schwarze Schatten um Haufen von Knochen. Wenn nicht bald Hilfe von seinem heimlichen Freunde kam, würde seine Kraft nicht mehr lange ausreichen, sich hier oben festzuklammern.«
Von neuem schwieg der Hadschi Rachim still und blickte gleichmütig ins Feuer.
»Und wie ging's weiter? Was wurde aus Kara-Burgut und Gül-Dschamal?« fragten Stimmen, und andere drängten: »So sprich doch, sprich!«
»Vielleicht gebt ihr meinem Knaben ein wenig Brot und Wasser? Und auch ich müßte mir wohl die Kehle anfeuchten«, sagte der Derwisch, sich räuspernd. »Seit dem Morgen habe ich keinen Schluck zu mir genommen.«
»Man gebe ihm Fladen, getrocknete Weintrauben und alles, was sonst noch vorhanden ist!« befahl der schwarze Reiter. Dann setzte er hinzu: »Fahre fort, Derwisch, bald geht die Sonne auf.«
Nachdem der Hadschi langsam eine Schale saure Milch ausgetrunken hatte, fuhr er in seiner Erzählung fort:
»Während der Räuber oben im Turm hing, saß der Sohn des Schahs sorglos im Garten seines Lustschlosses unter einer weitverzweigten Korkulme und fütterte seine Lieblingshengste mit Melonenscheiben. Da näherte sich ihm, bis an die Augen vermummt, einer seiner ergebenen Freunde, die er überall hatte, und erzählte ihm leise, der Gast aus der Wüste sei gleich an der Gartenmauer festgenommen, zum Anführer der

Leibwache des Schahs gebracht und von dort in der Dunkelheit zum ›Strafturm‹ geschleppt worden.
Der junge Khan entbrannte in heftig aufloderndem Zorn. Er befahl allen seinen Dschigiten, sich zum Kampf bereit zu machen. Mit einer Hundertschaft bewaffneter Reiter jagte Dschelal-ed-Din zur Stadt, trieb die ihm sich entgegenstellenden Wächter auseinander und ritt zum alten Turm, neben dem die Hinrichtungen stattzufinden pflegten. Der finstere Wächter des Turms floh vor Angst, und die Dschigiten erbrachen mit Äxten die Eingangstür. Dschelal-ed-Din stürmte die Treppe hinauf bis zur Spitze des Turms, wo die zweite Tür aufgebrochen werden mußte. Als sie aufflog und der schwarze Abgrund unmittelbar hinter der Schwelle sie angähnte, fuhren alle entsetzt zurück. Gleich rechts von der Tür hing an einem eisernen Haken ein Mensch. Behutsam hoben die Dschigiten ihn heraus auf die Treppe. Dschelal-ed-Din leuchtete mit einer brennenden Fackel in die schwarze Dunkelheit hinunter. Aus der Tiefe starrten ihn funkelnde Augen an, und ein zorniges Knurren drang herauf. Da schleuderte der Khan die brennende Fackel hinunter, und mit Geheul stoben die riesigen zottigen menschenfressenden Wolfshunde auseinander.
›Ich schwöre‹, gelobte Dschelal-ed-Din, ›falls ich Schah werden sollte, würde ich diese furchtbaren Tiere nur behalten, damit sie jene zerfleischen, die sich diesen Turm erdacht haben!‹
Der junge Khan stieg wieder die Wendeltreppe hinab und schwang sich unten auf sein Pferd. Ein zweites wartete auf Kara-Burgut. In geschlossenem Haufen galoppierten die Dschigiten durch die Stadt, und erst als sie das steinerne Tor hinter sich hatten und die unendliche Ebene der Steppe sich vor ihnen ausbreitete, sagte Dschelal-ed-Din zu dem geretteten Sohn der Wüste:
›Dachtest du etwa, ich hätte dich absichtlich in meinen Garten gelockt, um dich in die Hände der Henker des Schahs fallen zu lassen? Ich möchte dich ein zweites Mal in meinen Garten laden, fürchte aber, du könntest aufs neue den hündischen Dienern des Oberhenkers in die Klauen geraten ...‹
›Nein, solche schwarzen Gedanken sind mir nicht gekommen. Aber erlaube mir trotzdem, in meine heimatliche Wüste zurückzukehren. Wenn es dort auch nur kahle Sandflächen mit spärlichem Gras und salzigem Wasser gibt, so gibt es dort doch mehr Glück und Freiheit als hier in den herrlichen Palästen hinter den starken Mauern und hohen Türmen.‹
›Ich werde dich nicht zurückhalten. Ich möchte dir nur noch einen Wunsch erfüllen, da du doch meinetwegen hast leiden müssen.‹
›Ich habe nur einen Wunsch. Meine Peiniger haben mir, nachdem sie mir das heimtückische Netz übergeworfen, mein Schwert, den Kontschar, abgenommen. Würdest du mir gestatten, daß ich mir bis zu der Zeit, da ich es dem, der es zu tragen wagt, wieder abgenommen, ein blankes Schwert bei einem deiner Dschigiten entleihe?‹

Der junge Khan schnallte seinen mit Türkisen, Karneolen, Rubinen, Saphiren und anderen Edelsteinen besetzten Säbel los und reichte ihn dem Sohn der Wüste:

›Trage ihn in Ehren, und ziehe ihn nur gegen Feinde unseres Stammes, nicht gegen friedliche Karawanenreisende. Der edle Rappe, auf dem du sitzest, gehöre gleichfalls dir! Auf ihm sollst du gegen die Feinde der Heimat ins Feld ziehen.‹

›Noch eine Bitte habe ich an dich‹, sagte der Kara-Burgut.

›Sprich sie aus!‹

›Kannst du, der du doch wohl alles wissen wirst, was am Hofe des Schahs vorgeht, mir nicht Auskunft geben, was aus einem Mädchen unseres turkmenischen Stammes namens Gül-Dschamal geworden ist? Die Dschigiten des Schahs haben sie gewaltsam entführt und gesagt, sie werde im Palaste dem Vergnügen des Schahs dienen.‹

›Ich weiß, für dieses Turkmenenmädchen hat der Schah in einem der Palastgärten eine besondere Jurte aufstellen lassen. Doch das Mädchen erwies sich als stolz und widerspenstig, und ich fürchte, das traurige Schicksal aller ungehorsamen Gefangenen des Schahs wird sie treffen.‹

›Hab Dank, mein edelmütiger Befreier!‹ sagte Kara-Burgut. ›Wenn du meiner bedarfst, so rufe mich, und ich werde unverzüglich kommen, und wenn ich über Berge und Abgründe reiten müßte.‹

Damit wandte Kara-Burgut seinen Rappen und ritt geschwind davon in die Wüste hinein. Doch sobald er außer Sicht der Zurückgebliebenen war, schlug er eine andere Richtung ein und ritt auf einem Umwege zur schönsten der Städte, zu dem in Gärten ertrinkenden Samarkand. Gemächlich trabte das Pferd dahin, sein Reiter aber sang:

›Der Wind singt, mir klingt's wie ein Gruß der fernen Geliebten.
Kann man kalten Blutes solchem Gruße wohl lauschen?
Mag vor mir, hinter jedem Fels der Tod auch lauern –
stumm lauert er uns ja auf jedem Wege auf ...‹
(Nach einem alten arabischen Liede)

Kara-Burgut war so in Gedanken versunken, daß er beinahe von einigen Dschigiten umgerissen worden wäre, die in voller Karriere angaloppiert kamen mit dem Rufe:

›Platz! Macht Platz für den Kurier des Padischah!‹

Eine Staubwolke wirbelte vorüber; in sie eingehüllt mehrere Reiter, die an einer straff gespannten Fangleine das Pferd des Kuriers hinter sich herzogen. Der Kurier, der mit Stricken auf seinem Pferd festgebunden war, schlief trotz der Galoppade fest, sein Körper schwankte im Sattel, und sein Kopf wackelte zwischen seinen Schultern hin und her. Sein Pferd machte offensichtlich die allerletzten Anstrengungen, um vielleicht gerade noch bis zum Palasttor oder wenigstens bis zum Stadttor zu gelangen. Es röchelte und wäre gewiß zu Boden gesunken, wenn es nicht an der Fangleine von den anderen Pferden mit fortgerissen worden wäre, auf denen die Reiter saßen, die einem Kurier von einer Poststation

bis zur anderen das Geleit zu geben pflegen. Plötzlich stürzte es, und die Reiter, die abgesprungen waren, bemühten sich vergeblich, es wieder auf die Beine zu bringen. Aus seinen Nüstern strömte Blut und färbte den Staub des Weges. Der Kurier war so liegengeblieben, wie er hingefallen war. Alles, was er sagte, war: ›Ein wichtiger Brief an den Padischah von seiner Tochter, die im Turm der Zitadelle von den aufständischen Einwohnern Samarkands belagert wird!‹
Dann ließ er seinen Kopf auf seinen rechten Arm sinken und schloß die Augen.
Kara-Burgut, der die Reiter eingeholt hatte, sagte zu dem Kurier: ›Vertraue mir deine Ledertasche an. Ich werde dem Padischah den Brief überbringen. Du aber wälze dich nicht hier im Staube des Weges neben deinem verreckten Pferde, sondern leg dich dort in den Schatten des Baumes. Ich kann mir denken, daß du nicht darauf erpicht bist, deinen Brief selber in die Hände des Padischahs zu legen, da er bekanntlich den Überbringern schlechter Botschaften den Kopf abschlagen läßt.‹
›Ich denke, auch für mich ist es besser, mich hier auszuruhen‹, sagte der staubbedeckte Kurier und übergab Kara-Burgut bereitwillig seine Tasche. Dann schleppte er sich bis zu dem Baum und warf sich darunter nieder, um zu schlafen.
Kara-Burgut band das Ende der Fangleine vom Sattelbogen des krepierten Pferdes los und befestigte es am Sattelbogen seines eigenen Hengstes.
›Vorwärts!‹ rief er darauf den Reitern zu, und die wilde Jagd ging weiter, der Residenz des Schahs zu.
Vor dem Kurier mit einer wichtigen Nachricht von der Tochter des Schahs von Chowaresmien öffneten sich alle Tore und Türen des Palastes. Ein alter Eunuch führte schlüsselrasselnd Kara-Burgut durch labyrinthische Gänge. Der Dschigit war darauf gefaßt, sogleich vor das Angesicht des Herrschers von Chowaresmien zu treten, als er plötzlich hinter einer Wand ganz deutlich eine Frauenstimme rufen hörte: ›Zu Hilfe! Mein letztes Stündlein ist gekommen!‹
Und wie hätte Kara-Burgut diese zarte Stimme, in der jetzt höchstes Entsetzen schwang, nicht erkennen sollen? Er zog den Säbel, den er von Dschelal-ed-Din zum Geschenk erhalten hatte, und indem er ihn über dem Kopf des alten Eunuchen, des Schlüsselbewahrers, schwang, gebot er ihm, unverzüglich die Tür zu dem Gemach, aus dem der Hilferuf drang, zu öffnen. Mit einem Tigersprung stürzte Kara-Burgut in das Gemach, dessen Wände mit dicken Teppichen behängt waren. Seine Blicke suchten den Schah, um ihn niederzusäbeln, überzeugt davon, daß er es gewesen war, der dem Turkmenenmädchen Gewalt hatte antun wollen. Im Zimmer war jedoch kein Mann zu sehen. In einer Ecke aber versuchte ein schwarzgefleckter Panther mit seinen Krallen einen Teppich zu zerreißen, unter dem gedämpfte, erstickte Schreie hervortönten.
Mit zwei Säbelhieben tötete der Dschigit die Bestie, indem er ihr den

Kopf vom Rumpfe trennte. Dann schlug er den Teppich zurück. Vor ihm lag, leblos oder bewußtlos, die bleiche Gül-Dschamal.
›Welcher Bösewicht hat das Raubtier auf das schwache Mädchen gehetzt?‹ rief empört der Dschigit und beugte sich über jene, der so lange Zeit alle seine Gedanken gegolten hatten.
Mit raschen Schritten trat der Schah ins Gemach. In seiner Wut wollte er den Untäter, der ihm seinen Lieblingspanther getötet hatte, auf der Stelle hinrichten lassen. Kara-Burgut aber übergab ihm jenen Eilbrief des Kuriers, dessen Inhalt den Schah dermaßen in Anspruch nahm, daß er darüber zunächst den Vorfall mit dem Panther vergaß und dem Befehlshaber seines Heeres befahl, alle Anstalten für einen Feldzug nach Samarkand zu treffen, um die Aufständischen für ihre Vermessenheit zu züchtigen und die Rädelsführer hinzurichten.
Kara-Burgut mühte sich indessen um die bewußtlose Gül-Dschamal, hob sie auf und trug sie zu ihrer weißen Jurte im Pfirsichgarten. Ihren Mägden sagte er, daß er am nächsten Tage durch eine Ehrenkarawane Gül-Dschamal in ihre heimatliche Wüste werde zurückholen lassen.
Doch als die Greise kamen. ließ man sie nicht zu Gül-Dschamal, sondern schickte sie wieder fort, indem man ihnen sagte, Gül-Dschamal sei wegen eines Anschlags, den sie auf das Leben des Padischah unternommen habe, in den ›steinernen Turm ewigen Vergessens‹ gesperrt worden, wo sie bis zu ihrem Tode verbleiben werde...«
»Und ist sie dort gestorben?« fragte eine Stimme.
»Nein«, sagte der Hadschi nach einigem Zögern, »Gül-Dschamal ist noch am Leben, eingeschlossen in dem steinernen Turm von Gurgandsch, worein die Mutter des Schahs sie hat sperren lassen. Und obgleich die böse Alte selbst wie eine feige Hyäne aus der Hauptstadt geflohen ist, können sich die eingeschüchterten Richter und Wächter in ihrer Kopflosigkeit dennoch nicht dazu entschließen, dem Befehl der Königinmutter zuwiderzuhandeln, und halten Gül-Dschamal ebenso wie viele andere unschuldige Opfer der Gewaltherrschaft im Gefängnis fest.«
»Erkläre mir, Derwisch, woher du das alles weißt!« fragte, indem er sich von seinem Teppich erhob, der schwarze Reiter. »Alles, was du uns soeben erzählt hast, ist ja doch kein Märchen, sondern wirklich geschehen.«
»Wir, die wir in der weiten Welt umherwandern und mit vielen Menschen zusammenkommen, hören so manches. Außerdem hat auch der Wüstenwind mir dieses Märchen oft erzählt.«
»Begs, Dschigiten!« wandte sich der schwarze Reiter an die Sitzenden. »Macht euch bereit. Bei Tagesanbruch reite ich nach Gurgandsch!«
»Dann mußt du dich aber beeilen, wenn du noch beizeiten nach Gurgandsch hineinkommen willst«, sagte der Hadschi Rachim zu dem schwarzen Reiter. »Denn die Söhne des Tatarenkhans rücken mit einem gewaltigen Heer von drei Seiten her gegen die Stadt, um sie mit einem festen Ring zu umgeben.«

»Du wirst mit uns reiten, Derwisch. Ich werde dir und deinem jungen Gefährten ein Paar Pferde geben, und in drei Tagen werden wir vor den Toren von Gurgandsch sein. Ihr aber, meine Kameraden, kehrt in eure Nomadenlager zurück und harret dort meines Rufes. Ob ich aber zu euch zurückkommen werde oder ob Asrail, der Todesengel, mich in das feurige Tal forttragen wird – wer außer Allah weiß das?...«

Gurgandschs wegen verfeinden sich die drei Söhne Dschingis-Khans

Seinem jüngsten Sohne Tuli-Khan befahl Dschingis-Khan, die alte Stadt Merw einzunehmen und zu plündern, seinen drei älteren Söhnen aber gestattete er, die Truppen gegen die Hauptstadt von Chowaresmien, gegen Gurgandsch, zu führen, um es zu erobern. An diesem Unternehmen hätten gern alle Mongolen teilgenommen, denn Gurgandsch galt als die reichste Stadt der muslimischen Lande und war insbesondere weit und breit hochberühmt ob seiner feinen Gewebe und Ringpanzer, die zusammen mit anderen kostbaren Waren auf den Karawanenstraßen nach allen Ecken und Enden der Welt versandt wurden. Jeder an der Einnahme dieser Stadt Beteiligte würde von dort mindestens ein paar Pferde oder Kamele mitbringen, schwer beladen mit seidenen Kleidern, Halsketten und Bändern aus Edelsteinen, Pokalen und anderen seltenen und kostbaren Dingen. Außerdem würde jeder in den Besitz einiger kunstfertiger Sklaven gelangen, die er mit in die Heimat nahm, damit sie ihm dort Stoffe webten, Stiefel oder Pelze nähten, während ihr Besitzer sich auf einem gleichfalls als Beutestück erworbenen bucharischen Teppich von den Strapazen seiner Feldzüge ausruhte und dem Spiel eines in die Gefangenschaft mitgeführten Lautenspielers lauschte.

Solchen und ähnlichen Träumen hingen die mongolischen Krieger nach, während sie an den Ufern des Dscheihun nordwärts zogen in die reichen Ebenen von Chowaresmien.

Dschagatai und Ugedai beeilten sich, als erste hinzukommen, um die Stadt einzunehmen, ehe noch ihr ältester Bruder Dschutschi anlangte, dem gemäß den Verfügungen des großen Kagans ganz Chowaresmien samt der kiptschakischen Steppe gehören sollte.

Dschutschi jedoch, den es wurmte, daß er mit den Brüdern zunächst die Reichtümer der Hauptstadt seines künftigen Reiches teilen sollte, dachte bei sich: ›Ohne mich können sie die Stadt nicht einnehmen. Mögen sie sich erst ein bißchen die Stirnen einrennen!‹, und ließ sich reichlich Zeit, die er sich mit der Jagd auf Wildpferde angenehm verkürzte.

Der neidische und gierige Dschagatai aber schwor bei seinen Trinkgelagen:

»Dschutschi hat ein viel zu großes Lehen erhalten. Ihm werde ich

Gurgandsch nicht überlassen so, wie es steht, erst werde ich es in Trümmer legen!«

Nach Turkan-Hatuns Flucht war die Hauptstadt in der Gewalt der Kiptschakenkhane geblieben, von denen ein jeder danach strebte, der oberste Gebieter der muslimischen Länder zu werden, und sei es auch nur für einen Monat, einen Tag. Während sie sich so untereinander stritten, machte sich der Kiptschakenbeg Chumar-Tegin aus eigener Machtvollkommenheit zum Sultan von Chowaresmien, ohne erst abzuwarten, daß man ihn »auf den weißen Filz der Ehre hob«. Alle fügten sich ihm, und die weiß- und graubärtigen Imams in den Moscheen schickten für ihn Gebete zum Himmel, denn der neue Beherrscher Chowaresmiens bekundete einen löblichen religiösen Eifer. Er befahl unter anderem, alle jene in Haft zu nehmen und in den Turm zu setzen, die nicht täglich zum Gebet in die Moschee gingen. So streiften denn fortwährend die Raïssen durch die Stadt, stifteten mit ihren Stöcken Ordnung und befeuerten den frommen Eifer der in Glaubensdingen Lauen. Zum Kommandanten über die Stadt hatte der neue Sultan einen seiner Verwandten namens Allah-ed-Din El Chajati eingesetzt, der die Zahl der Wächter und Nachtwächter auf Kosten neuer Steuern beträchtlich erhöhte. Dennoch verminderten sich die Räubereien in der Stadt keineswegs, und besonders häufig kamen Plünderungen der Getreide- und Reisspeicher vor, wodurch die allgemeinen Besorgnisse und Befürchtungen zunahmen, denn jeder fragte sich, was aus der zahlreichen Einwohnerschaft werden sollte, wenn die Mongolen erst einmal die Stadt umzingelt hatten. Der neue Sultan beschwichtigte diese Bedenken, indem er durch Ausrufer bekanntmachen ließ, die Mongolen dächten gar nicht daran, Gurgandsch zu belagern, sie hätten schon durch die Plünderungen Bucharas, Samarkands und Merws ihre Habgier gestillt und träfen bereits Anstalten wieder in ihre Steppen zurückzukehren, und auch die Imams beeinflußten die Stimmung unter der Bevölkerung in diesem Sinne.

Dem äußeren Anschein nach zu urteilen, führte Gurgandsch sein gewohntes Leben. Wie früher sangen die Muezzins fünfmal täglich von den Höhen der Minarette das Asan, die an alle Rechtgläubigen gerichtete Aufforderung zum Gebet. Wie früher hockten auf den Marktplätzen die Händler neben ihren ausgelegten Waren und luden Vorübergehende zum Kaufen ein. Wie früher strömte eine große lebhafte Menschenmenge durch die engen Gassen und über die Basare, und dennoch nahm die Geschäftigkeit und Tätigkeit im Handel und im Handwerk mit jedem Tag mehr ab. Händler und Handwerker klagten über den Rückgang ihres Umsatzes und über Mangel an Aufträgen, und obwohl die Preise, die sie für ihre Waren und Leistungen forderten, um die Hälfte gesunken waren, schüttelten die meisten Käufer und Kunden nur bedauernd den Kopf und kauften nur das Allernotwendigste oder gar nichts. Nur die Lebensmittel wurden immer teurer, denn jeder wollte sich einen Vorrat an Mehl, Hirse und getrockneten Weintrauben hinlegen, da vorauszusehen war, daß die Zufuhr frischer Lebensmittel bald eingestellt werden würde. An den Ecken und Kreuzwegen gab es ein Geflüster und Getuschel: »Die Tataren sind schon nah. Sie rücken mit großer Heeresmacht heran. Sie werden unsere Stadt belagern. Und die Belagerung wird lange dauern. Unsere Mauern sind hoch und stark. Aber was dann, wenn alle Vorräte aufgebraucht, alle Hammel und Pferde aufgezehrt sind? Wohin soll man fliehen? Wo sich verbergen?«

Manchmal kursierten auch erfreulichere Gerüchte, die man gern glaubte, so unwahrscheinlich sie auch klangen.

»Dschelal-ed-Din hat ein Heer von fünfhunderttausend Mann gesammelt, mit dem er schon auf dem Anmarsch ist. Er hat ein großes Tatarenheer geschlagen, und die Feinde sind ostwärts geflohen ...«

Andere meinten:

»Die Tataren werden sich ihre Köpfe an unseren Mauern einrennen, aber erstürmen werden sie sie nicht. Wie wäre das auch möglich? Und so werden sie schließlich die Belagerung aufheben und unverrichteterweise wieder abziehen müssen ...«

Große Kamelkarawanen verließen die Stadt. Aber an Stelle von Handelsgütern trugen sie zu beiden Seiten ihrer Höcker Körbe, aus denen Frauen und Kinder herausschauten, die zu den Turkmenen nach Mangischlak abreisten. Aber ebenso viele Karawanen trafen auch wieder in der Stadt ein. Auf Pferden, Eseln, Fahrzeugen kamen die Familien der vornehmen Begs von ihren Landsitzen in die Stadt, um hinter deren festen und uneinnehmbaren Mauern Schutz und Sicherheit zu suchen.

Auf dem Basar wurden nach und nach die Bäckereien geschlossen, ebenso verschwanden die Fladenverkäufer. Die Preise für Hammel und Pferde stiegen, und ein ganz gewöhnlicher Esel war jetzt so teuer wie vor kurzem noch ein gutes Pferd.

Die Mongolen tauchten ganz unversehens vor der Stadt auf, mitten am hellichten Tage, und zuerst konnte sich niemand ein rechtes Bild davon machen, was eigentlich geschehen war.

Nomaden hatten eine Hammel- und Rinderherde aus der Steppe zum Südtor hereingetrieben und hielten noch an der Brücke, um bei den Wächtern Tor- und Brückengeld zu entrichten, als plötzlich aus der von der Viehherde aufgewirbelten Staubwolke etwa zweihundert Reiter hervorbrachen, deren ungewöhnliche Tracht weder mit denen der Turkmenen noch mit denen der Kiptschaken irgendwelche Ähnlichkeit hatte. Rasch hoben sie mehrere von den Hammeln zu sich auf die Sättel und machten sich, nachdem sie einige der Hirten, die sich dem Raube zu widersetzen versuchten, kaltblütig niedergesäbelt und die Herdenhunde verscheucht hatten, ohne Hast daran, die übrigen Tiere unter Peitschengeknall fortzutreiben.

Der Sultan Chumar-Tegin schickte eine Tausendschaft seiner Kiptschakenreiterei auf Verfolgung der frechen Räuber aus, die er lebendig zurückzubringen befahl, damit sie hingerichtet würden.

Kara-Kontschar sucht das Ende des Märchens

> Ich lechze, deinen wunderbaren Gang zu sehn,
> für ein Lallen deiner Lippen gäb' mein Herz ich hin.
> (Aus einem persischen Lied)

Den nordwärts ziehenden mongolischen Truppen ausweichend, deren Reihen sich bisweilen in der Ferne zeigten, ritt Kara-Kontschar durch die Sandwüste zum Flusse Dscheihun. Oft mußte er weite Umwege machen, zufällig ihm begegnende Nomaden ausforschen, die in Angst vor den von überallher anrückenden Mongolen durch die Wüste Kysyl-Kum streiften.

In Kara-Kontschars Gesellschaft waren nur zwei von der Sonnenglut fast schwarzgebrannte Dschigiten mit hohen Lammfellmützen, ein ziemlich mürrisch dreinblickender Knabe oder richtiger Jüngling und ein bärtiger Derwisch.

Beim schwachen Schein des Halbmondes erreichten sie in der Nacht den weit über seine Ufer getretenen Fluß. Sie waren auf einen Wildsaupfad gekommen und befanden sich auf einmal ganz dicht am Wasser, auf dem einige hochbugige, große, plumpe Boote, sogenannte Kajaks, vorüberglitten. Auf ihre Rufe wurde den Reitern meist geantwortet:

»Allah stehe euch bei. Wir haben keinen Platz mehr!«

Und in der Tat, die Boote waren meist zum Sinken voll von Mensch und Vieh. Nur der Insasse eines einzigen Kajaks antwortete:

»Ein Rechtgläubiger verläßt den andern nicht in der Not!«

Und er steuerte zum Ufer hin und erklärte sich bereit, Kara-Kontschar und seine Begleiter mit nach Gurgandsch zu nehmen.

»Und was verlangst du dafür?« fragte der Wüstenräuber.

»Ei, was sollen wir da viel drüber reden?« meinte der Bootseigentümer. »Heute hat ja alles keinen Wert mehr, weder Geld noch Vieh. Du bist in Not, und ich bin in gleicher Not, denn mein Haus ist zerstört, meine Familie hingemordet worden. Wozu und für wen soll ich jetzt Geld erwerben? Steigt getrost ein!«

Nachdem es die fünf Reisenden und ihre Pferde aufgenommen hatte, trieb das Boot, auf den trüben Wellen des breiten Flusses schaukelnd, rasch weiter. Am rechten Ufer zeigten sich ab und an mongolische Streifen, und dann lenkte der Bootsmann vorsichtshalber mehr zum linken Ufer hin. Am vierten Tag gelangten sie in den breiten Kanal, der Gurgandsch in zwei Teile teilt: in die von einer hohen Mauer umgebene Altstadt und in eine Vorstadt, deren hübsche Häuser in Maulbeergärten versteckt lagen.

Kara-Kontschar zog aus seinem Gürtel ein verschnürtes Lederbeutelchen hervor, entnahm ihm zehn Golddinare und legte sie dem Bootsmann auf die breite Handfläche.

»Ich weiß nicht, ob wir uns noch einmal begegnen werden. Sag mir für alle Fälle deinen Namen.«

Der Bootsmann schob lächelnd seinen roten Turban in den Nacken.
»Ich bin meines Zeichens ein Schmied und heiße Kerim-Gulem. Dich aber habe ich erkannt, wenn du mir auch deinen Namen verschwiegen hast. Dein Rappe mit den schlanken Beinen und dem Schwanenhals kann nur jemandem gehören, über den schon Märchen und Lieder im Schwange sind. Wenn du gekommen bist, um gegen die Heiden zu kämpfen, so trage ich mich dir als Gefolgsmann an.«
Aber Kara-Kontschar achtete schon nicht mehr darauf, was der Mann sagte. Er spähte in die Ferne, wo sich jenseits des Kanals eine Staubwolke näherte, aus der allmählich vorgestreckte Pferdeköpfe und über deren Mähnen gebeugte Reiter hervortraten. Das Gebrüll ihrer heiseren Stimmen hörte man schon. Ihnen voran ritt auf einem Schimmel ein Mann, der im Sattel so toll hin und her schwankte, daß es aussah, als müßte er jeden Augenblick herunterfallen. Sein weißer Turban und sein gelber Chalat waren voller Blutflecke; auch das Pferd, in dessen Hals ein langer Pfeil steckte, war blutüberströmt. Wie der Wind jagten die Kiptschaken über die Brücke.
»Sie sind schon nah, sind dicht hinter uns! Rettet euch!« hörte man ihre verzweifelten Rufe.
Kara-Kontschar zügelte seinen Rapphengst, der beim Anblick der ins Tor hineinjagenden Pferde unruhig zu tänzeln begann. Den Kiptschaken folgten Kara-Kontschar und seine Begleiter. Hinter ihnen schlossen sich knarrend die Torflügel, und die Wächter schoben schwere Balken vor.
Einer der Kiptschaken war bei den Wächtern stehengeblieben, denen er erzählte:
»Der neue Sultan hatte uns hinter den Räubern hergeschickt, die unser Vieh fortgetrieben hatten. Als sie uns erblickten, stoben sie davon wie erschrockene Ratten und ließen die geraubte Herde im Stich. Wie konnten wir ahnen, daß sie uns eine Falle stellen würden, die unseren Untergang besiegelte. Beim Garten des Lustschlosses Tilljala brachen etwa zweihundert dieser rasenden Heiden aus einem Hinterhalt hervor und umringten uns von allen Seiten, beschossen uns mit Pfeilen, hieben mit Säbeln auf uns ein und fingen die ledigen Rosse ein, deren Reiter hatten ins Gras beißen müssen. Fast unsere ganze Abteilung ist dort aufgerieben worden. Wir paar Mann sind die Überlebenden... Warum hat der Sultan uns in den sicheren Tod geschickt?«
»Warum habt ihr euch denn so ein Schwein zum Sultan gewählt?« rief Kara-Kontschar.
Alle blickten sich um und starrten den an, der es wagte, diese Majestätsbeleidigung auszusprechen.
»Allah und die eigene Feigheit«, fuhr Kara-Kontschar unbeirrt fort, »haben die bösartige Hündin – ich meine Turkan-Hatun – und die ganze Meute ihrer Schmarotzer aus Chowaresmien ausgetrieben, und auch der feiste Muhammed mit dem dicken Hintern ist geflohen. Und ihr, statt froh zu sein, daß der Sturm diesen ganzen Schwarm feiger Schakale in die Wüste hinausgefegt hat, ihr wählt schleunigst diese Vogelscheuche

Chumar-Tegin, dem man nicht einmal eine Herde räudiger Ziegenböcke anvertrauen möchte, zum Sultan und Befehlshaber des Heeres und betraut ihn mit der Verteidigung eurer Stadt! Sklaven seid ihr, die nicht ohne Stockprügel leben können...«

Seine beiden Begleiter, die sich vor ihn stellten, versuchten ihn zu beschwichtigen:

»Still, Kara-Kontschar! Hier sind doch lauter Kiptschaken, vom gleichen Stamm wie der Sultan. Laß uns weiterreiten!«

»Welch eine kühne Sprache dieser Dschigit führt!« sagten die Krieger und Wächter, die Kara-Kontschars Worte gehört hatten.

»Aber er spricht die Wahrheit. Hat sich denn Chumar-Tegin jemals in der Schlacht oder durch Verstand und Uneigennützigkeit ausgezeichnet? Sein ganzes Verdienst und seine ganze Kunst bestand darin, sich wie ein Schatten an die Königinmutter zu heften. Mit einem solchen Schattensultan ist uns Tod und Untergang gewiß.«

Während sie durch die Hauptstraße ritten, sprach Kara-Kontschar zu seinen Begleitern:

»Jetzt will ich allein weiterreiten. Darum verlaßt mich und reitet zum Markt, wo ihr in Merdans Teehaus, das jedermann euch zeigen kann, auf mich warten sollt!«

Die meisten Buden des Basars waren schon geschlossen, in den anderen aber, die noch offen waren und ihre Seiden- und Wollstoffe zur Schau stellten, luden die Verkäufer schon nicht mehr die Vorübergehenden zum Kaufen ein. Trübselig saßen sie herum und fragte sich, was wohl die nächste Zukunft ihnen bringen würde.

»Keine Elle Stoff werden wir mehr verkaufen. Wer sollte denn auch jetzt ans Kaufen denken? Und falls die wilden Mongolenhorden in die Stadt eindringen, so werden sie sich alles ohne Bezahlung aneignen. Dann darf man sich noch glücklich schätzen, wenn man seinen Kopf auf den Schultern behält.«

Der Turm des ewigen Vergessens befand sich neben dem Palast des Schahs. Eine seiner Seiten war einem freien Platz zugewendet. Im Näherreiten betrachtete Kara-Kontschar die kleinen runden Luftlöcher, welche die Fenster ersetzten, und dachte bei sich: ›Hinter welchem mag sie wohl verborgen sein, sie, die Blume der Wüste? Ob sie überhaupt noch lebt? Und wenn ja, ob sie sich in der Kerkerhaft die frischen und lieblichen Züge ihres unschuldigen Gesichtes bewahrt hat und das Feuer ihrer Augen? In diesem entsetzlichen Turme verwandelt sich blühende Jugend rasch in sieches Greisentum, und viele werden darüber wahnsinnig... Vielleicht ist sie an die Mauer gekettet?‹ Er entsetzte sich bei diesem Gedanken. ›Nein, dann lieber den Tod, sofortigen Tod in der Schlacht, als sie, das Licht meines Lebens, verändert und entstellt zu sehen, häßlich, wahnsinnig!...‹

Am Fuße des Turmes, in der Nähe einer niedrigen Eisentür, schlummerte auf den Stufen ein bärtiger Wächter, über dessen Knien quer ein alter Krummsäbel lag. Neben ihm, auf einem kleinen Teppich, lagen einige trockene Fladen und in einer Holzschale zwei schwarze Kupfermünzen. Ja, in solchen Zeiten wie eben jetzt sorgten die Verwandten schlecht für ihre im Turm schmachtenden Angehörigen. Da dachte jeder nur an sich – wie er sich selber retten könnte. Durch die Luftlöcher in den Mauern streckten sich abgezehrte knochige Hände, und man hörte Rufe wie:

»Denkt an die Leidenden und Verschmachtenden! Werft den des Lichtes Beraubten ein Stück Brot zu!«

»He, Alter! Komm mal her zu mir!« rief Kara-Kontschar den Wächter an, der aus seinem Schlummer auffuhr und, seinen grauen Bart verwundert schüttelnd, den Dschigiten anstarrte. Aber der Aufforderung Folge zu leisten, daran dachte er nicht.

»Was willst du?«

Kara-Kontschar ritt näher, und der Greis erhob sich.

»Nimm diese Münze«, sprach Kara-Kontschar zu ihm, »und erzähle mir, ob wieder neue Gefangene ins Gefängnis eingeliefert worden sind.«

»Und wenn's gleich viele wären, so geht's dich doch nichts an«, antwortete mürrisch der Wächter.

»Von den früheren Gefangenen sind aber gewiß auch nicht wenige übriggeblieben?«

»Wer vor Schmutz, Krätze und Hunger nicht krepiert ist, der hängt am Haken der Hoffnung.«

»Da hast du noch einen Dinar. Sag mir, sind auch Frauen unter den Gefangenen?«

»Zwei Greisinnen sind es, die der neue Sultan eingesteckt hat, weil sie ihm eine Krankheit haben anhexen wollen.«

»Und junge Frauen sind keine da?«

»Was rückst du mir so zu Leibe? Wer bist du: der oberste Kadi, der oberste Henker oder der oberste Imam? Ich darf mich nicht mit dir unterhalten. Vielleicht bist du ein Räuber und willst die anderen Halsabschneider befreien. Nimm dein Geld zurück und scher dich fort von hier!«

Kara-Kontschar hob die Peitsche, um dem Wächter einen Hieb zu versetzen, doch eine Hand hielt ihn zurück. Er drehte sich um, und sein zorniger Blick begegnete den brennenden Augen eines in Lumpen gekleideten hochgewachsenen Greises, dem das lange Haar auf die Schultern herabwallte.

»Offenbar kennst du die hiesigen Verhältnisse nicht, sonst würdest du nicht so mit diesem Alten sprechen. Laß uns etwas abseits gehen, dann will ich dir alles erklären. Sieh nur, während seiner Rede sind schon mindestens zehn Schergen des Sultans aus dem Tor getreten und verwenden kein Auge von dir. Höre auf meinen Rat und folge schnell, sonst könnten sie sich noch auf dich stürzen.«

Kara-Kontschar ließ sich das gesagt sein und ritt hinter dem seltsamen Greis her, der in der Quergasse seine Schritte noch mehr beschleunigte und erst stehenblieb, nachdem er in eine Sackgasse eingebogen war.

»Wundere dich nicht, daß ich dich angesprochen habe. Ich gehe schon ein ganzes Jahr täglich zum Gefängnis, um meinem Herrn, den man in die unterirdischen Verliese geworfen hat, Brot zu bringen. Er heißt Mirza-Jussuf und war der Hofchronist des Schahs Muhammed, der ihm nur Gnade und Freundlichkeit erwies. Als aber die alte Hyäne Turkan-Hatun den ›Speer der Macht‹ ergriff, ließ sie das ›große Schwert des Zornes‹ auf das Haupt des armen Mirza-Jussuf niedersausen, ohne Rücksicht auf sein weißes Haar und seine körperliche Gebrechlichkeit. Mitleidlos ließ sie ihn einkerkern ...«

»Doch weshalb?«

»Weil er sie in seiner Chronik den ›schwarzen Fleck auf dem Mantel des mächtigen Chowaresmiens‹ genannt und ihre Gemeinheiten darin verzeichnet hatte. Die Imams verrieten es der Königinmutter, und nun muß ich Almosen erbetteln, um mit den milden Gaben, die man mir spendet, das Leben des hilflosen Greises und das meine zu fristen. Ich warte nur auf die Mongolen. Wenn sie in die Stadt eindringen und die Schergen und Henker wie Mäuse nach allen Seiten davonrennen, werde ich diesen gemeinen Gefängniswärter mit meinen eigenen Händen erwürgen und alle Gefangenen freilassen und mit ihnen auch meinen ehemaligen Herrn. Selber aber werde ich dann fortwandern ... in meine Heimat ...«

»Ist deine Heimat weit von hier?«

»Sehr weit. Ich stamme aus russischem Lande und werde hier Saklab genannt, bei uns zu Hause aber ›Großvater Slawko‹.«

Kara-Kontschar wurde nachdenklich.

»Sag mir, Beg-Dschigit«, fuhr der alte Saklab fort, »wen du suchst. Vielleicht kann ich dir helfen ...«

»Befinden sich viele Frauen im Turme? Der Wächter behauptet, nur zwei Greisinnen.«

»Er lügt! Ganz oben im Turm, gleich unterm Dach, sind kleine Zellen. In ihnen hält man die widerspenstigen Frauen aus dem Harem des Schahs eingesperrt.«

»Sind auch Turkmeninnen darunter?«

Der Greis dachte nach, dann sagte er:

»Ich werde es in Erfahrung zu bringen suchen. Dieser Wächter ist bestechlich. Er liebt das Geld, und obgleich er in abgerissenen Kleidern umherläuft, ist er doch reich. Von allen für die Gefangenen bestimmten Gaben behält er mehr als die Hälfte für sich. Er hat ein Gartenhaus und einen Harem von acht Frauen. Siehst du jene kleine Pforte dort? Da wohnte mein ehemaliger Herr Mirza-Jussuf. Ich hüte sein Haus und achte auf seine Bücher ... Er hatte eine Pflegetochter namens Bent-Sankidscha. Doch die reiste nach Buchara und ist seither verschollen. So bin ich allein zurückgeblieben.«

»Ich vertraue dir, alter Saklab, und glaube nicht, daß du mein Verderben willst. Morgen früh werde ich vor der Pforte sein.«

Um Gurgandsch einzunehmen, muß man es erst zerstören

Nachdem das Mongolenheer das Stammland des chowaresmischen Reiches überflutet hatte, ging es nicht sofort an die Belagerung der Hauptstadt. Erst brandschatzte es die Dörfer in der näheren und weiteren Umgebung, deren Bewohner als Gefangene in die Mongolenlager getrieben wurden. Dschagatai und Ugedai wählten den außerhalb der Stadt gelegenen Palast Dschelal-ed-Dins, das Lustschloß Tilljala, zum Aufenthaltsort. Ihre Feldherren Kadan, Bogurdschin, Tulen-Dscherbi, Tadschibek und andere trugen Sorge für schleunigste Herstellung der nötigen Belagerungsmaschinen, Katapulte und Schildkröten; mit der Leitung dieser Arbeiten betrauten sie chinesische Ingenieure. Eine Schwierigkeit bereitete der Mangel an Steinen, die als Wurfgeschosse dienten. Da rieten die Chinesen, aus den Stämmen der Maulbeerbäume große Kugeln zu drechseln und sie im Wasser zu härten. Einzelne Reitertrupps reizten die Belagerten zu Ausfällen und versuchten, unter Anwendung ihrer alten List, sie durch Scheinflucht in einen Hinterhalt zu locken. Doch die Krieger von Gurgandsch, durch Erfahrung klüger geworden, gingen ihnen nicht in die Falle, sondern kehrten stets wieder in den Schutz ihrer Mauern zurück.
Den Oberbefehl über die Verteidigungsarmee führte Sultan Chumar-Tegin. Ihm zur Seite standen Ogul-Chadschib (der Verteidiger von Buchara), Er-Buka-Pechlewan und Ali-Durugi. Beim Kriegsrat zeigte der Sultan Briefe der beiden Söhne des Mongolenkagans vor, worin die Bevölkerung aufgefordert wurde, die Stadttore zu öffnen und sich den Mongolen zu ergeben bei Zusicherung ihres Lebens.
»Warum sollte man sich nicht mit ihnen verständigen können?« fragte der Sultan. »Lieber legt man durch Zahlung eines Tributs die Sache friedlich bei, als daß man die Einwohnerschaft der Stadt den Schrecken einer Belagerung aussetzt und schlimmstenfalls dem sicheren Tod.«
Aber Ogul-Chadschib, unterstützt durch viele andere, widersprach ihm:
»Du hast wohl vergessen, Padischah, was die Mongolen mit Buchara, Samarkand, Merw und anderen Städten getan haben, deren Einwohner ihren hinterhältigen, unehrlichen Versprechungen getraut haben?«
»Immerhin sollte man sich vergewissern, was sie wollen und ob sie es nicht doch ehrlich meinen.«
Und in der Nacht ritt der Sultan mit einem kleinen Gefolge zum Palast Tilljala hinaus, wo Dschagatai und Ugedai beim Trinkgelage saßen. Wie ein Bittsteller, die Hände auf der Brust zusammengelegt, trat Chumar-Tegin vor Dschingis-Khans Söhne.
»Was bringst du uns?« fragte Ugedai lachend. »Wo sind die goldenen Schlüssel zu den Toren der Hauptstadt?«
»Ich beuge mich vor der Macht Dschingis-Khans, des Beherrschers des Ostens, und erbiete mich, ihm, wie auch andere Begs, zu dienen.«

»Was wir brauchen, das ist die Hauptstadt Gurgandsch, aber nicht solche sich nach dem Winde drehende Wetterfahnen, wie du eine bist. Wie könnten wir einem einzigen deiner Worte trauen, wenn du imstande bist, das eigene Volk zu verraten, indem du dich erbietest, gegen es zu kämpfen?« entgegnete finster Dschagatai. »Ergreift ihn!«

Die Henker ergriffen Chumar-Tegin und seine Gefährten, rissen ihnen die Kleider vom Leibe und brachen ihnen das Rückgrat, dann warfen sie sie in eine Schlucht, wo sie, noch halb lebend, von Schakalen und Hunden angefressen wurden.

Als Dschutschi-Khan mit seinen Truppen vor Gurgandsch eintraf, hatten die Krieger seiner Brüder bereits einen engen Ring um die Stadt geschlossen. Damit man die Belagerungsmaschinen in die nötige Nähe der Mauern bringen konnte, arbeiteten dreitausend Mongolen und Gefangene an der Ausbesserung der zerstörten Brücke über den Kanal. Sie wurden aber bei ihrer Arbeit gestört durch einen Ausfall, den Kara-Kontschar an der Spitze einer Kavallerieabteilung unternahm und wobei sich unter den Säbelhieben der Turkmenen ein Wall von Mongolenleichen an der Brücke türmte. Dieser Erfolg ermutigte die Belagerten.

Da konzentrierten die Mongolen ihre gesamte Heeresmacht um die Stadt und trieben außerdem noch viele Tausende von Gefangenen herbei, die sie zwangen, alle Gräben und Kanäle zuzuschütten. Als das geschehen war, konnten sie ihre Belagerungsmaschinen dicht an die Mauern heranbringen und mit dem Sturm beginnen. Die Katapulte schleuderten die gehärteten Holzkugeln und Töpfe mit brennenden Flüssigkeiten gegen die Mauern und in die Stadt, deren Holzhäuser Feuer fingen, welches so hoch aufloderte, daß es unmöglich war, den Brand zu löschen.

Am energischsten und entschiedensten gingen von Norden her Dschutschi-Khans Truppen vor, und zwar drangen sie durch einen unterirdischen Gang in die Stadt ein, den Gefangene hatten unter den Mauern durchgraben müssen. Nach einem verzweifelten, aber ziemlich kurzen Handgemenge entfaltete sich auf dem Nordturm der Stadt die riesige weiße Fahne mit den sieben Yakschwänzen des ältesten Sohnes des großen Mongolenkagans.

Dies weckte den Neid Dschagatais und versetzte ihn in eine rasende Wut. Ein ums andre Mal warf er seine Truppen gegen die Mauern, deren Verteidiger jedoch eine unglaubliche Standhaftigkeit bewiesen und die hartnäckig wiederholten Anstürme abschlugen, so daß die Verwundeten, Verbrannten und Verbrühten hohe Haufen am Fuße der Mauern bildeten.

Kara-Kontschar
im Turm des ewigen Vergessens

Mehrmals war Kara-Kontschar zu der ihm bezeichneten Pforte geritten, um den alten Saklab zu treffen. Endlich erblickte er ihn. Der Greis war nicht mehr in Lumpen gekleidet wie früher, sondern trug einen gestreiften Chalat und auf dem Kopfe einen hohen Turban, und diese Tracht gab ihm ein so verändertes Aussehen, daß man ihn kaum wiedererkennen konnte.

»Vergib mir, kühner Beg-Dschigit, daß ich dir nicht schon früher die Ergebnisse meiner Nachforschungen gemeldet habe. Aber der Gefängniswächter war stumm, als hätte er Wasser im Munde. Offenbar hat er Angst vor den Schergen, den Dschandaren, oder er ist mit ihnen im Einverständnis. Ich habe ihn auf jede erdenkliche Weise die Zunge zu lösen versucht, aber vergeblich. Erst als ich ihm anbot, für ein paar Fladen am Tage in seine Dienste zu treten, wurde er zugänglicher und machte mich zum Aufseher über seine acht Frauen. Und als ich einmal seiner Hauptfrau, die ein sehr boshaftes Frauenzimmer ist, eine wohlverdiente Züchtigung angedeihen ließ, schenkte er mir vor Freude diesen Chalat und diesen Turban.«

»Was schwätzest du mir die Ohren voll mit deinem Unsinn?!« brauste Kara-Kontschar auf. »Ich gab dir fünf Goldstücke. Jetzt sage mir, was du in Erfahrung gebracht hast.«

»Natürlich habe ich manches in Erfahrung gebracht. Wenn auch Nasar-Bobo selber schweigt, glaubt er denn, daß seine Frauen schweigen? Von ihnen hat er sich in schwachen Stunden aushorchen lassen, und von ihnen habe ich erfahren, was wir wissen müssen. In diesem Turm kleben an der Innenwand mehrere Kammern wie Schwalbennester. In der Mitte aber sind die Balken durchgefault und die Fußböden bis in den Keller hinunter eingestürzt.«

»Möge der Satan dich gleich mitstürzen lassen!« knirschte Kara-Kontschar.

»Zu diesen Kammern kann man nur über angelehnte Holzleitern hinaufgelangen, die mit morschen Stricken aneinandergebunden sind. Früher pflegte Nasar-Bobo da hinaufzusteigen, jetzt aber läßt er es hübsch bleiben aus Angst ...«

»Wer ist denn in diesen Kammern?«

»Menschen, die den Zorn des Schahs von Chowaresmien erregt haben ... Und in einer dicht unterm Dache, ist eine junge Turkmenin eingeschlossen.«

»Sag mir ihren Namen!« rief der Dschigit und packte den Alten an den Schultern.

»Man sagt, ihr Name sei Gül-Dschamal.«

»Du wirst mich sogleich zu ihr führen!«

»Ja, meinst du denn, daß das einfach ginge? Zweihundert Dschandaren, die vor lauter Langeweile fast umkommen, lungern am Tore des Palastes und warten bloß darauf, sich auf irgendein Opfer zu stürzen... Und du willst an ihnen vorbei stracks zum Gefängnis gehen? Da würdest du höchstens selber in die unterirdischen Verliese geraten.«

»Schweig, feige Seele! Geh zum Gefängnis und erwarte mich dort. Ich werde alle aufrütteln und gleich nachkommen.«

Kara-Kontschar spornte sein Pferd und jagte in die enge Gasse hinein. Er ritt in jenes Stadtviertel, wo die Handwerker wohnten, die Eisen-, Kupfer- und Waffenschmiede, kunstfertige Meister, die Ringpanzer, Rüstungen und Schilde anfertigten. Die Luft war erfüllt von den dröhnenden Schlägen der Hämmer auf die Ambosse.

Aber auch hier war die emsige Tätigkeit keine allgemeine. Eifrig arbeiteten nur die Waffenschmiede. Wer benötigte denn auch am Tage des Untergangs gehämmerte Kupferschalen oder Krüge mit hübschen Gravierungen?

Kara-Kontschars Erscheinen erweckte die Neugier einer Gruppe sich streitender Schmiede, die sofort verstummten. Was wollte dieser finstere Reiter auf dem Rapphengst in ihrer Gasse?

Kara-Kontschar hielt inmitten der Menge sein Roß an und begann voll Leidenschaft:

»He, ihr Schmiede, ihr Eisenarme und Kupferbrüste! Wie lange sollen sich die Begs und Khane noch über euch lustig machen? Erst hat euch der Schah Muhammed das Mark aus den Knochen gepreßt, bis er mit Truhen voll Gold das Weite suchte. Nach ihm hat sich seine Mutter, diese boshafte Hyäne, bei Nacht und Nebel fortgeschlichen. Jetzt ist Chumar-Tegin, der sich selbst zum Sultan ernannte, zu unseren Feinden übergegangen und hat ihnen wahrscheinlich schon verraten, von welcher Seite her man am leichtesten die Mauern von Gurgandsch erstürmen kann. Wollt ihr noch lange mit den Augen blinzeln und warten, bis irgendein neuer Sultan euch verrät und verkauft? Nein, begeben wir uns mitsammen zum Schloß, um es in Trümmer zu legen und den im Turme Eingeschlossenen das Tor der Freiheit zu öffnen. Denn die dort schmachten, sind keine Räuber und Mörder, sondern Menschen, die das Mißfallen des Sultans erregten, weil sie sich nicht scheuten, ihm die Wahrheit zu sagen.«

»Gehen wir! Gehen wir!« riefen die Schmiede. »Zerstören wir den Palast des Schahs, öffnen wir die Tore des Gefängnisses!«

»Nehmt eure Hämmer mit und Zangen und Meißel, nehmt alles mit, was ihr braucht, um die Ketten zu brechen, mit denen eure sterbenden Brüder an die Mauern geschlossen sind.«

Alle Schmiede und viele andere Handwerker versahen sich mit dem nötigen Werkzeug, mit Schwertern und Speeren und zogen drohend zum Schlosse.

Bei ihrem Nahen stürzten die Dschandaren aus dem Hauptportal und versuchten die Menge zu zerstreuen, wurden aber niedergeschlagen und unter den Füßen zertrampelt. Während ein Teil der Handwerker den Palast plünderte, waren andere Kara-Kontschar behilflich, die eiserne Tür

des Gefängnisses zu öffnen. Der Wächter Nasar-Bobo, den man überwältigt und gefesselt hatte, stand dabei und schwur unter Krokodilstränen, daß er für die Gefangenen stets wie für seine eigenen Kinder gesorgt hätte.
Tugan, der mit den Schmieden gekommen war, rief:
»Schnell! hinunter! Im Kellergewölbe verschmachten meine Freunde, hilflos, in ewiger Finsternis erblindet. Manchem von ihnen werden die Beine gelähmt sein, und er wird nicht mehr ohne Hilfe laufen können!«
Mehrere Männer stiegen in die Finsternis hinunter, aus der die Gefangenen, sich gegenseitig stützend, heraufkrochen, einer nach dem anderen.Schwankende Gestalten in stinkenden, schmutzigen Lumpen, mit langen Nägeln und verfilztem Bart- und Kopfhaar. Ihre vom Licht geblendeten Augen versagten, sie stießen überall mit den Köpfen an, torkelten und taumelten, tasteten sich mit den Händen an der Wand entlang, weinten und lachten und konnten nicht glauben, daß sie wieder unter freiem Himmel und unter freien Menschen waren.
»Geht zum Markt, damit alle sehen, wie die Schahs von Chowaresmien für ihre Untertanen gesorgt haben!« rief man ihnen aus der Menge zu. »Laßt euch von den Kaufleuten saubere Hemden und Hosen geben!«
Kara-Kontschar betrat mit einer lodernden Fackel den Turm. Kalt und feucht wehte es ihn an. Vor sich her stieß er den erschrockenen, Gebete murmelnden Wächter Nasar-Bobo, der die schwankenden Leitern hinaufsteigen mußte. Ihm nach stieg Tugan und schlug unterwegs die Türschlösser zu den Zellen der Gefangenen mit dem Hammer auf. Elendsgestalten, Frauen, in Lumpen gehüllt, erschöpft und abgezehrt, taumelten, sich an den Wänden aufrecht haltend, heraus und stiegen weinend hinunter. Als Kara-Kontschar und Tugan mit Nasar Bobo bis zum Stockwerk unter dem gewölbten Dach gelangt waren, blieb der Wächter vor einer eisernen Tür stehen, deren kleine viereckige Öffnung mit einem Eisengitter versehen war.
»Hier«, sagte Nasar-Bobo, »wird bis zum Tode eine Frau aus Muhammeds Harem gefangengehalten, die es gewagt hat, ihre Hand gegen den Schah zu erheben.«
»Worauf wartest du noch? Öffne!« gebot Kara-Kontschar.
»Zürne mir nicht, tapferer Held, aber den Schlüssel zu dieser Tür hat der Padischah selbst in Verwahrung gehabt.«
»So hast du ihn also nicht?«
»Nein, mein Gebieter!«
»Dann pack dich zu den Teufeln!«
Und Kara-Kontschar gab dem Wächter einen Stoß, der den verzweifelt Heulenden, unterwegs an morschen Balken Anstoßenden hinunterbeförderte in die Finsternis zu den aufgeschreckten, winselnden und kläffenden Hunden.
Kara-Kontschar schaute durch die vergitterte Öffnung in die Zelle. Er erblickte nur einen Fetzen von einem alten Teppich, auf den die schrägen Sonnenstrahlen fielen.

›Wo ist sie?‹ fragte er sich. ›Die Kammer ist leer... Sollte sie tot sein?‹
Plötzlich glitt drinnen ein Schatten vor die Öffnung, und ein dunkles Gesicht, dessen große schwarze Augen ihn unverwandt anstarrten, erschien.
Kara-Kontschar hatte sich für diesen Augenblick viele schöne Worte aus alten Liedern zurechtgelegt, aber jetzt entsann er sich an keines mehr. Alle waren sie auseinandergeschwärmt wie Bienen.
»Ich bin's!« war alles, was er sagte.
Eine schwache schüchterne Stimme flüsterte:
»Beleuchte dein Gesicht, damit ich dich erkennen kann.«
Kara-Kontschar wich etwas zurück und erhob seine brennende Fakkel.
»Ich erkenne die Narbe, die von der Tatze einer wilden Bestie herrührt. Du bist's, du, den niemand und nichts zurückhalten kann!«
»Geh ein wenig von der Tür weg! Gleich wirst du frei sein.«
Die Mädchengestalt glitt wie ein Schatten hinweg und ließ sich auf den alten Teppich nieder, und die Sonnenstrahlen beleuchteten ihren bräunlichen, fast nackten, nur von ein paar roten Fetzen und einigen Schnüren blauer Glasperlen bedeckten schlanken Körper. In die großen schwarzen, schwermütig blickenden Augen war ein Ausdruck höchster Spannung getreten.
»Laß mich machen«, sagte einer der Schmiede, der mit heraufgekommen war. »Ein Schmied versteht sich auf Schlösser und Riegel besser als ein Held aus der Wüste Kara-Kum.«
Und er zertrümmerte mit einem kräftigen Schlag das Schloß. Die Tür sprang auf, und Gül-Dschamal versuchte, ihre Blöße schamhaft mit den Armen zu verdecken.
»Ich kann so nicht aufstehen, die letzten Fetzen würden mir vom Leibe fallen«, sagte sie.
»Dreh dich um und schau sie nicht an!« gebot Kara-Kontschar dem Schmied. »Wirf ihr deinen Überrock hinein! Ich werde dir dafür einen anderen geben, einen seidenen!«
Er kehrte sich um und stieg eine schmale, halbzerfallene Treppe zum Dach des Turmes hinan.
Durch die Öffnungen in der Mauer erblickte er Rauchschwaden, die mit einem Wirbel von Funken zu den Wolken aufstiegen. Die ganze Stadt stand in Flammen. Um die Stadtmauer herum jagten, Staub und Wolken aufwirbelnd, Reiterabteilungen der Mongolen. Auf einem Turme im Norden wehte eine große weiße siebenschwänzige Fahne.
Auf den Treppenabsatz heraus trat Gül-Dschamal, die in dem langen Überrock des Schmiedes und mit einem blauen Turban auf dem Kopfe wie ein feiner schlanker Knabe aussah. Mit erstaunt in die Höhe gezogenen Brauen schaute sie in die Ferne und fragte dann:
»Was geht in Gurgandsch vor? Was für Menschen sind das, die dort vor den Toren der Stadt galoppieren?«

»Der Krieg ist bis vor die Tore der Stadt gerückt, in welche die Feinde eben eingedrungen zu sein scheinen. Jetzt werden wir beide nebeneinander kämpfen. Das verheerende Feuer des Krieges und die Tränen in deinen traurigen Augen haben uns vereint...«, sprach Kara-Kontschar.
»In diesem furchtbaren Turm des Vergessens vergaß ich alles außer dem Haß, den ich gründlich lernte. Ich will dir überallhin folgen, aber wie eine wütende Tigerin, nicht mehr wie die frühere harm- und sorglose Gül-Dschamal...«
Aber Kara-Kontschar hörte schon nicht mehr auf das, was sie sagte. Er hatte seine Augen mit der Hand beschattet, und sein Blick drang durch die Rauchschwaden und Staubwolken hindurch in die Ferne.
»Was haben diese Wahnsinnigen getan?« rief er. »Sieh nur, der Dscheihun ist über seine Ufer getreten, und seine Wasser fluten auf uns zu. Er wird die Häuser unterspülen, und sie werden zusammenstürzen wie Kinderspielzeug. Schau, die hohen Pappeln dort fallen schon krachend um, wie von der Axt gefällt... Diese stumpfsinnigen, erbarmungslosen Barbaren haben den alten Damm zerstört, der schon seit tausend Jahren die mächtige Strömung eindämmt... Jetzt werden die Fluten die ganze dichtbevölkerte Stadt überschwemmen und zerstören. Gül-Dschamal, wir müssen sofort diesen alten Turm verlassen und zu fliehen suchen, denn unter dem Druck der Wassermassen wird er einstürzen und uns unter sich begraben, wenn wir länger säumen...«
Ein großer Teil der Stadt war schon durch die ununterbrochenen Sturmläufe zerstört, zu denen die Mongolen ihre Tausende von Gefangenen immer wieder mit Gewalt antrieben; aber die Einwohner von Gurgandsch hörten nicht auf, sich mit verzweifelter Wut zu verteidigen. Dennoch nahmen die Mongolen ein Stadtviertel nach dem andern ein, obwohl sie, an den Kampf zu Pferde auf freiem Felde gewöhnt, in den engen winkligen Gassen, wo ihnen oft noch der Weg durch zusammengestürzte brennende Häuserruinen versperrt wurde, nur mühsam vorwärts kamen. Aber hartnäckig brachen sie sich Bahn und verwundeten die Verteidiger mit ihren sicher treffenden langen Pfeilen.
Am erbittertsten und ingrimmigsten setzten sich die Handwerker von Gurgandsch zur Wehr, denn sie wußten, daß ihr Schicksal besiegelt war, wenn sie in Gefangenschaft gerieten. Die Geschicktesten, Stärksten und Brauchbarsten unter ihnen würden in die ferne Mongolei verschleppt, die anderen aber, die weniger Tauglichen oder gar Untauglichen, auf der Stelle umgebracht werden.
Selbst die Frauen und Mädchen kämpften auf den Mauern und Dächern an der Seite ihrer Väter, Gatten und Brüder wie Löwinnen. Und wenn einer verwundet niederfiel, so errichteten die Frauen unerschrocken eine kleine Schutzwand aus Steinen und Erde vor ihm, um ihm den Pfeil aus der Wunde zu ziehen und ihn vor neuen Schüssen zu schützen.
Die heldenmütige Verteidigung der Hauptstadt Gurgandsch durch ihre Einwohner bildet, wenn nicht das einzige ruhmreiche Blatt, zumindest

eines der wenigen ruhmreichen Blätter in der traurigen Geschichte vom Untergang des großen chowaresmischen Reiches. Alle anderen Städte hatten durch blindes Vertrauen in die heuchlerischen Zusicherungen der Mongolen, durch Kleinmut und Schwäche ihren entsetzlichen Untergang selbst verschuldet. Im Kampf um Gurgandsch aber verloren die Mongolen eine gewaltige Zahl ihrer Krieger, und die Gebeine der Gefallenen bildeten ganze Hügel zwischen den Trümmern, die noch viele Jahre später zu sehen waren.

Erst als nur noch drei Stadtviertel von den Mongolen unbesetzt geblieben waren, beschlossen die überlebenden Verteidiger, sich zu ergeben; sie sandten eine Delegation zu Dschutschi-Khan, damit sie ihn um Gnade und Schonung anflehe.

Doch Dschingis-Khans Sohn ließ ihnen antworten:

»Warum habt ihr nicht eher an Unterwerfung gedacht und euch fügsam gezeigt, als meine Truppen vor eure Stadt rückten? Kann ich jetzt, nachdem ich so viele meiner besten Kämpfer eingebüßt habe, ihren Kameraden verbieten, Rache zu nehmen und sich durch Plünderung schadlos zu halten? Nein, euch wird keine Gnade gewährt werden und keine Schonung!«

Die Mongolen erneuerten ihren Angriff mit Ungestüm, und die letzten Verteidiger wurden entweder gefangengenommen oder getötet, aller Besitz geplündert. Wer sich vor den Barbaren hatte retten können, der fand den Tod in den Wellen oder wurde unter den zusammenstürzenden Gebäuden begraben, denn auf Befehl Dschagatais, der seinem älteren Bruder den Besitz der »Perle Chowaresmiens« mißgönnte, wurde der Hauptdamm zerstört, der die Wasserversorgung von ganz Chowaresmien regulierte. Die Fluten überschwemmten die ganze Stadt und rissen bis auf wenige Ausnahmen alle Gebäude mit sich fort. Noch jahrelang war die Stelle, an der die Hauptstadt des Reiches gestanden hatte, mit Wasser bedeckt. Nur ein Teil des aus Ziegeln erbauten alten Palastes Keschki-Achtschak und zwei Grabmale des chowaresmischen Schahs blieben erhalten.

Aber nicht nur Gurgandsch, sondern noch einige andere Städte verschwanden in den Fluten, und der Fluß änderte seinen Lauf und floß durch die Wüste ins Abeskunische Meer.

Während des verzweifelten Kampfes befand sich Hadschi Rachim auf den Mauern der Stadt Gurgandsch und half, da er in Arabien sich Kenntnisse in der Wundbehandlung erworben hatte, den Verwundeten oder sonstwie zu Schaden Gekommenen, indem er ihnen ihre Wunden verband und behandelte.

Nach der Überschwemmung der Stadt gelang es ihm, sich auf das aus Ziegeln erbaute Mausoleum des Schahs Tekesch zu retten, und er verbrachte dort zwei Tage, bis er in einem vorbeifahrenden Boot den ihm schon bekannten Schmied Kerim-Gulem erblickte, welcher sich seiner erbarmte und ihn abermals in sein Boot aufnahm. Zu zweit retteten sie noch, wen sie retten konnten, aber dem Räuber Kara-

Kontschar und der von ihm aus dem Gefängnis befreiten Gül-Dschamal begegneten sie nicht wieder. Erst viel später hörte Hadschi Rachim zu wiederholten Malen das Märchen eines Maddachs über die Heldentaten Kara-Kontschars, der in der Wüste Kara-Kum auf die Mongolen Jagd gemacht und eine grenzenlose Liebe zu einer Hirtin namens Gül-Dschamal gefaßt hatte. Der Maddach pflegte sein Märchen mit der Beschreibung der Überschwemmung zu beenden, die das berühmte und reiche Gurgandsch fortspülte und in deren tosenden Fluten auch Kara-Kontschar und Gül-Dschamal umgekommen seien. Man habe ihn noch verzweifelt gegen die Wogen ankämpfen sehen, um Gül-Dschamal zu retten. Doch später fand man auf einer Anhöhe beider entseelte Körper nebeneinander liegen. Das kleine Händchen der Turkmenin war fest umschlossen von der starken Hand ihres Befreiers.
Zum Schluß faßte der Maddach die Moral seiner Geschichte in folgenden Worten zusammen: Liebe, wahre, auf Herzensneigung beruhende Liebe könne ja gar nicht anders enden als nur mit dem Tode... Wenn aber seine Zuhörerinnen zu weinen begannen, dann tröstete er sie mit den Worten:
»Leute, die es eigentlich wissen müßten, erzählten mir auch etwas anderes: daß nämlich die Nachricht über den Tod der beiden Liebenden nicht zuträfe. Kara-Kontschar soll auf seinem Rapphengst entkommen sein und Gül-Dschamal gerettet haben. Er führte sie in eine Jurte im Innern der Wüste Kara-Kum, in der Nähe der Brunnen Bala-Ischen. Dort lebten sie glücklich viele Jahre lang, was ich auch euch allen wünsche!«

Hadschi Rachim beim jungen Batu-Khan

Verachte ein schwaches Jungtier nicht,
vielleicht ist es ein Löwenjunges...
(Arabisches Sprichwort)

Mit Mühe nur gelang es dem Derwisch Hadschi Rachim, durch die Reihen der gewalttätigen mongolischen Truppen zu gelangen, und nur dem an seiner spitzen Mütze befestigten Goldplättchen mit dem Falken verdankte er es, daß er wohlbehalten schließlich doch die weiße Jurte im Uluß des Regenten des nordwestlichen Territoriums des riesigen Mongolenreiches erreichte. Hadschi Rachim hatte gehört, daß Dschutschi-Khan, der älteste der Söhne der einzige sei, der es bisweilen wage, seinem Vater zu widersprechen. Doch es hieß auch, daß der Kagan seinem Erstgeborenen nicht traue und ihn im ständigen Verdacht habe, er zettele Verschwörungen gegen ihn an. Darum auch hatte er ihn als Regenten des entferntesten Gebietes eingesetzt, über Länder, die erst noch erobert werden mußten. »Ich gebe dir alle Länder im Westen, soweit, wie nur der Huf eines mongolischen Pferdes treten kann!« hatte der Kagan zu seinem ältesten Sohn gesagt.

In der Jurte saß nach morgenländischer Weise mit untergeschlagenen Beinen auf einem niedrigen Thron Dschutschi-Khan, seinem Vater ähnlich durch seinen hohen Wuchs, die bärenhaften Bewegungen und den kalten Blick der grünlichen Augen. Von den meisten Mongolen unterschied er sich durch einen langen Schnurrbart und durch einen schmalen schwarzen Kinnbart, der kunstvoll mit Roßhaaren durchflochten war. Sie endeten in einem dünnen Zöpfchen, das Dschutschi nach mongolischer Sitte über sein rechtes Ohr legte. Vor dem Thron hatten sich zahlreiche Bittsteller mit dem Angesicht zur Erde geworfen – Khane, Ulemas, Kaufleute und einfache Leute aus dem unterworfenen Volke der Chowaresmier. Mitten durch die mit gebeugten Rücken am Boden Liegenden hindurch schritt, indem er immerfort den alten Derwischruf »Ja-guu! Ja-chak!« wiederholte, der Hadschi Rachim bis zum Throne, vor dem er, auf seinen Stab gestützt, stehenblieb.
Dschutschi-Khan heftete seinen finsteren durchbohrenden Blick auf den Derwisch und fragte:
»Worum bittest du, Kiptschakenschamane?«
Er brächte einen eigenhändig geschriebenen Brief des Großwesirs Machmud-Jalwatsch, sagte der Hadschi.
»Warum erst so spät? Ich erwarte ihn schon lange.«
»Ich befand mich in der eingeschlossenen Stadt Gurgandsch, wo ich aufgehalten wurde.«
»Im Einverständnis mit meinen Feinden stehst du also?«
»Ich habe als Arzt den Verwundeten Beistand geleistet.«
Der Derwisch öffnete das mit Wachs verklebte Ende seines Stabes und zog ein zusammengefaltetes, mit einem roten Siegel versehenes Blatt Papier hervor. Dschutschi-Khans Schreiber nahm es entgegen, entfaltete es und betrachtete es erstaunt.
»Hier stehen nicht mehr als drei Worte!« rief er voller Erstaunen. »Diesem Menschen vertraue!«
»Klar und genügend«, meinte Dschutschi-Khan. »Führt meinen Sohn Batu-Khan her!«
Einige der Krieger liefen eilends fort und kehrten bald zurück mit einem etwa neunjährigen Knaben, der munter zwischen zwei ihn führenden Greisen hersprang und einen Bogen mit drei roten Pfeilen[1] in der Hand hielt. Von den Greisen, die sich vergeblich bemühten, ihn festzuhalten, sich losreißend, lief er zu seinem Vater hin, warf sich mit gewohnter Geste vor ihm auf die Knie nieder, berührte den Teppich mit der Stirn und sprang wieder auf, alle Anwesenden der Reihe nach mit glänzenden Augen betrachtend.
»Dies ist mein Sohn Batu-Khan«, stellte Dschutschi-Khan stolz seinen Sohn vor. »Ich hatte Machmud-Jalwatsch gebeten, mir einen gelehrten Mirza zu schicken, der meinen Sohn Lesen, Schreiben und jene Sprache

[1] Drei rote Pfeile — das Zeichen hoher Geburt.

lehren kann, die meine neuen Untertanen, die Einwohner Chowaresmiens, sprechen. Traust du dir zu, ihm ein solcher Lehrer zu sein?«
»Ich könnte den Knaben Bücher in turkmenischer, persischer und arabischer Schrift lesen lehren und will es mit Freuden tun«, entgegnete der Hadschi. »Nur die heiligen Bücher kann ich nicht so erklären wie die Imams in den Moscheen. Ich würde ihn nach Büchern unterrichten, in welchen Reisen durch die Welt beschrieben werden, in denen gesagt wird, was das Gute und was das Böse ist, worin zur Liebe der Heimat ermahnt wird und zur Ausübung der Menschenpflichten ...«
»Das ist nützlich und gut«, meinte Dschutschi. »Ein solcher Lehrer wird ihm die Haut eines Steppenwilden abziehen und ihn zu einem weisen Regenten der Völker machen. Batu, gehorche deinem neuen Lehrer. Und dir, Mirza, gestatte ich, ihn notfalls mit dem Rohrstock zu strafen ...«
»Wenn er mir von Helden und ihren Kriegstaten erzählt, werde ich ihm schon zuhören!« rief der Knabe, sich trotzig abwendend.
»Ich werde dir von den Eroberungen des großen Iskander-Rumi erzählen, der in jugendlichem Alter viele Länder erobert hat, deren Herrscher weit mehr Truppen, Waffen und Schätze besaßen als er und die dennoch von ihm geschlagen wurden ...«
Der Knabe wandte sich dem Derwisch wieder zu und musterte ihn mit neugierigem Interesse.
»Wodurch vermochte Khan Iskander solche Siege zu erringen?« verlangte Dschutschi-Khan zu wissen.
»Wenn man ihn selbst fragte, hätte er, so heißt es, geantwortet: ›Ich unterdrücke die Untertanen des eroberten Landes nicht!‹ «
Dschutschi-Khan blickte seinen Sohn an und sagte:
»Mein Vater, der große Kagan, der einzige Dschingis-Khan, hat die eine Hälfte des Erdkreises erobert und Iskander-Rumi die andere. Was bleibt dann für dich noch zu erobern übrig, Batu-Khan?«
Ohne sich zu besinnen, antwortete der Neunjährige:
»Ich werde dem Iskander alle seine Länder wegnehmen!«
Von diesem Tage an blieb Hadschi Rachim im Lager Dschutschi-Khans als Lehrer von dessen Sohn Batu und befaßte sich mehrere Jahre mit dessen Erziehung und Bildung bis zu Dschutschi-Khans plötzlichem Tode, der ihn von der Hand heimlich ausgeschickter Mörder ereilte. Es wurde gemunkelt, Dschingis-Khan selber habe sie gedungen – und so berichten auch orientalische Chronisten –, damit sie seinen Erstgeborenen umbrächten. Auf einer Treibjagd kam Dschutschi-Khan in Verfolgung eines Hirsches von seinem Gefolge ab. Erst nach langem Suchen fand man ihn mit gebrochenem Rückgrat in einem Röhricht liegen. Er lebte zwar noch, konnte aber kein Glied bewegen und kein Wort sprechen. Nur seine Augen blickten traurig und düster, bis sie sich für immer schlossen.
Um diese Zeit kehrte der berühmte Feldherr Subudai-Bahadur von

einem Feldzug nach dem Westen zurück. Er setzte den Knaben Batu vor sich aufs Pferd und sagte zu ihm:
»Hier würde dich dasselbe Schicksal ereilen, das meinen Gebieter Dschutschi-Khan betroffen hat. Du sollst mit mir nach China reiten, wo du das Waffenhandwerk erlernen wirst. Ich werde dich wie meinen eigenen Sohn erziehen und einen großen Feldherrn aus dir machen.«[1]
Als er sich von seinem Schüler Batu getrennt hatte, griff Hadschi Rachim wiederum zum Wanderstab und gedachte wehmütig seines einstigen Wandergefährten Tugan, der in Gurgandsch seinem Gesichtskreis entschwunden war. Der Hadschi wußte nicht, ob Tugan in den Fluten des Dscheihun oder unter den Schwertern der Mongolen umgekommen war oder ob er sich hatte retten können. Wanderte Tugan gleich ihm durch die Welt? War er frei oder Sklave? Um diese Fragen kreisten Hadschi Rachims Gedanken unablässig, und er harrte des Tages, da er seinem »jungen Bruder« wieder begegnen würde.
In allen Städten, durch die er kam, erkundigte sich der Derwisch nach Tugan und ließ sich von überlebenden Augenzeugen der großen Katastrophe des Untergangs des chowaresmischen Reiches ihre Erlebnisse und Leiden schildern, die sie beim Einfall der erbarmungslosen Mongolen hatten durchmachen müssen. Er schrieb diese Berichte glaubwürdiger Personen auf und sammelte sie. Schließlich entschloß er sich, ein Buch über den großen Kagan zu verfassen, worin er beschrieb, wie aus Temudschin der Welteroberer Dschingis-Khan wurde und wie die Erde sich überall, wohin die Mongolen kamen, in eine Wüste verwandelte.

---

[1] Batu (nach Schreibweise russischer Chronisten Baty) fiel im Jahre 1237 zusammen mit Subudai an der Spitze eines dreihunderttausend Mann starken Heeres in Rußland ein und unterwarf es.

Achter Teil
Die Schlacht an der Kalka

Dschingis-Khans Befehl

> ... Ihr (das heißt der Mongolen) Aussehen ist entsetzlich und flößt Schrecken ein. Sie haben keine Bärte, manche nur ein paar Haare über der Oberlippe und am Kinn. Ihre Augen sind schmal und lebhaft, ihre Stimmen dünn und scharf. Sie sind von starkem Körperbau und langlebig.
> (Kurakos, armenischer Historiker des XIII. Jh.)

Im Frühling des Jahres des Drachens (1220), im Monat Safar (April), entbot Dschingis-Khan zwei seiner Feldherren zu sich, die in erfolgreicher Ausführung schwieriger Aufträge erprobt waren: den alten einäugigen Subudai und den jungen Dschebe-Nojon.[1]
Unverzüglich fanden sich die beiden in der gelbseidenen Jurte des »Erschütterers des Erdkreises« ein und warfen sich zum Kotau auf dem Filzteppich vor dem goldenen Thron nieder, auf welchem Dschingis-Khan auf der Ferse seines linken Fußes saß und das rechte Knie mit dem Arm umfaßt hielt. Von seiner schwarzlackierten runden Mütze mit dem großen Smaragd hingen schwarzbraune Fuchsschwänze herab. Seine grünen Katzenaugen ruhten mit leidenschaftslosem Blick auf seinen beiden in gebückter Haltung verharrenden, unbesiegbaren Bahaduren. Dann begann der »Einzige und Allerhöchste« zu sprechen:
»Kundschafter teilten mir mit, daß der Schah Muhammed, dieser Sohn einer gelbohrigen Hündin, heimlich sein Heer verlassen und sich, nachdem er die Spuren seiner Flucht sorgfältig verwischt, kürzlich an der Übergangsstelle über den Dscheihun gezeigt habe. Mit sich führt er die unermeßlichen Reichtümer, die seine Vorfahren im Laufe von Jahrhunderten angehäuft haben. Man muß sich seiner Person und seiner Schätze versichern, ehe er Zeit findet, ein neues großes Heer zu sammeln. Wir geben euch zwanzigtausend Reiter. Sollte der Schah über ein Heer verfügen, so groß, daß ihr euch erst bedenken müßt, ob ihr ihm eine Schlacht liefern könnt, dann steht ab vom Kampf! Gebt mir aber unverzüglich Nachricht... Dann werde ich Tochutschar-Nojon schikken, und er wird allein fertig werden dort, wo ihr zu zweit nicht zu siegen verstandet... Wir denken jedoch, dieses unser Gebot ist stärker als alle Truppen Muhammeds: Solange ihr ihn nicht an einer Kette vor mein Angesicht schleift, kehrt nicht zurück!... Wenn jedoch der von euch geschlagene Schah entkommen und eine Zuflucht in hohen Bergen und düsteren Höhlen findet oder wie ein listiger Zauberer, der sich unsichtbar macht, vor den Augen der Menschen verschwinden sollte, dann

[1] Zu dieser Zeit rüstete Dschingis-Khan, nachdem er Buchara und Samarkand erobert, für einen Angriff auf Indien.

braust wie ein Orkan durch seine Lande ... Städten gegenüber, die sich euch gehorsam zeigen, erweist euch nachsichtig. Laßt nur einen Verweser und eine kleine Garnison zum Schutze in ihnen zurück. Doch jede Stadt, die Widerstand leistet, nehmt im Sturme ein! Und habt ihr sie eingenommen, so laßt keinen Stein auf dem andern, sondern verwandelt alles in Schutt und Asche! ...
Wir denken, daß ihr beide diesen Befehl auszuführen imstande sein werdet.«
Dschebe-Nojon fragte:
»Wenn aber der Schah von Chowaresmien unentwegt weiter nach Westen fliehen sollte, wie weit sollen wir uns bei seiner Verfolgung von deiner Jurte entfernen?«
»Bis ans Ende der Welt! Bis ihr das letzte Meer erblickt!«
Subudai-Bahadur hob den Kopf und fragte mit seiner heiseren Stimme:
»Und wenn der Schah sich in einen Fisch verwandelt, um sich in den tiefsten Tiefen des Meeres zu verbergen?«
Dschingis-Khan legte einen Finger an seine Nasenwurzel, kratzte sich und richtete einen mißtrauischen Blick auf Subudai.
»Seht zu, daß ihr seiner vorher habhaft werdet! Wir gestatten euch, daß ihr euch zurückzieht.«
Beide Feldherren erhoben sich aus ihrer knienden Stellung und näherten sich, rückwärts schreitend, dem Ausgang.
Am selben Tag noch jagten sie mit zwanzigtausend mongolischen und tatarischen Reitern gen Westen.

Ein Bericht an den »Erhabensten«

Zwei Jahre lang fahndeten Dschebe-Nojon und Subudai-Bahadur mit zwei Tumen in Befolgung des erhaltenen Befehls in den Gebirgstälern und Wäldern Nordirans nach dem geflohenen Herrscher, bis im Volke umlaufende Gerüchte, wonach Muhammend, von allen verlassen, auf einer einsamen Insel im Abeskunischen Meer gestorben sei, auch ihnen zu Ohren kamen.
Da ließen sie einen Mongolen, der des Sanges und alter Lieder kundig war, vor sich kommen und sangen ihm ihren Bericht an den »Einzigen und Erhabensten« vor. Der Sänger mußte ihre Worte neun mal neunmal[1] wiederholen, dann erst schickten sie ihn zu Dschingis-Khan, der ein Lager in der Nähe der Stadt Nessef bezogen hatte, in einer Ebene, die reich an grünen Wiesen und klaren Gewässern war. Da die Wege noch

[1] Wenn einer der mongolischen Feldherren, die nicht schreiben und lesen konnten, einen wichtigen Bericht dem Kagan zu senden hatte, so verfaßte er ihn in Form eines Liedes, den ein Sänger, den sie als Kurier benutzten, auswendig lernen und dem Kagan vortragen mußte. (Die Zahl Neun galt als eine heilige Zahl.)

immer von hungrigen Banden der Flüchtlinge aus den von den Mongolen verwüsteten Städten unsicher gemacht wurden, gab man dem Kurier zum Schutze dreihundert zuverlässige Krieger mit.
Während des ganzen Rittes sang der Sänger seinen Begleitern alte Lieder vor, worin von den heimatlichen Steppen, den waldigen Bergen die Rede war und von den Mädchen am Ufer des Kerulon, die der roten Flamme des Lagerfeuers gleichen.
Kein einziges Mal aber sang er den Bericht der Bahadure, die ihn abgesandt hatten.
Als der Sängerkurier im Lager des großen Kagans angelangt war, die acht Wachen der Turgauden passiert hatte und zwischen den reinigenden Opferfeuern hindurchgeschritten war, blieb er vor dem goldenen Eingang des gelbseidenen Zeltes stehen, zu dessen beiden Seiten zwei Rosse von außerordentlicher Schönheit – ein milchweißes und ein rehbraunes – mit weißen Halftern an goldenen Pfählen festgebunden waren.
Der von solcher Pracht überwältigte Kurier fiel mit dem Gesicht auf die Erde, wo er liegenblieb, bis zwei der Turgauden, wahre Athleten, ihn aufhoben und, ihn unter den Armen stützend, in die Jurte führten, bis vor den goldenen Thron, auf dem der Kagan mit untergeschlagenen Beinen saß.
Dort ließen sie ihn auf den Teppich fallen, und kniend, mit geschlossenen Augen, trug der Sängerkurier den eingelernten Bericht dem »Einzigen und Erhabensten« im rhapsodischen Singsang vor, wobei er die hohen Töne laut herausschmetterte, wie er das vom Vortrag seiner Lieder aus alten Zeiten her gewöhnt war.

»Bericht an den Erhabensten von seinen eifrigen Dienern und Kriegern Subudai-Bahadur und Dschebe-Nojon.
Der Sohn der schwanzlosen Füchsin, Muhammed, Schah von Chowaresmien,
endete sein ruhmloses Leben elend im Zelte eines Aussätzigen.
Dschelal-ed-Din aber, diese Schlangenbrut, entschlüpfte unseren Händen,
wie Rauch, der sich verflüchtigt, verschwand er über die Berge des Irans.
Aber wir werden ihn schon noch fassen! Jetzt ziehn wir in den Kampf,
um die Kraft der Völker des Kaukasus zu erproben und sie zu schlagen.
Dann kehren wir heim in die Steppen der Kiptschaken,
wo unsere Pferde sich ausruhen sollen vom weiten Ritt.
Wir werden alle Wege uns merken,
die saftigsten Wiesen finden
für dein Roß, das goldig schimmernde,
auf welchem du wie ein Gewitter westwärts stürmst,
den Erdkreis unter dein Joch zu beugen

und Mongolenhand auf alles zu legen.[1]
Es gibt keine Kraft in der ganzen Welt,
die stark genug wäre, uns zurückzuhalten
von unserem Lauf bis zum letzten der Meere.
Dort, wo die grünen Wogen unserer Rosse Hufe bespülen,
werden wir einen Hügel errichten, so hoch, wir man noch keinen gesehen,
einen Hügel aus Köpfen, die wir unseren Feinden abgeschlagen.
Und auf dem Gipfel des Hügels werden wir deinen Namen,
den heiligen, erhabenen, in Fels hauen lassen.
Dann erst werden wir unsere Rosse heimwärts lenken,
nach Osten, zu deiner goldenen Jurte!«

Nachdem er sein Lied geendet hatte, blickte der Sängerbote zum ersten Male dem Herrscher der Mongolen in die grausamen grünen Augen. Dann warf er sich wieder mit dem Gesicht auf die Erde.

Undurchdringlich, mit halbgeschlossenen Augen, saß Dschingis-Khan da und kratzte sich nachdenklich die nackte Ferse seines linken Fußes. Schließlich sagte er mit müder Stimme, indem er einen flüchtigen Blick auf den Boten warf:

»Du hast eine Kehle wie eine Wildgans ... Du sollst belohnt werden!«

Er wühlte in einem gelbseidenen Beutelchen, das an der Lehne des Thronsessels hing, entnahm ihm ein Stück Zucker[2] und steckte es dem vor ihm Knienden eigenhändig in den Mund. Dann sagte er:

»Dschebe-Nojon und Subudai-Bahadur mit Lob zu bedenken, dazu ist es noch zu früh. Warten wir erst das Ende ihres Feldzuges ab, dann wird sich zeigen, ob es ein erfolgreicher war. Unsere Antwort werden wir durch einen anderen Boten senden.«

Mit einer Bewegung der Finger entließ der Kagan den Sängerkurier, den man, ebenso wie die dreihundert Begleiter, auf seinen Befehl reichlich mit Speise und Trank (Kumyß) bewirtete, ehe man sie wieder zurückschickte.

Ein Jahr verging, ohne daß irgendwelche Nachricht von Subudai und Dschebe und dem von ihnen nach Westen geführten Mongolenheer zum Kagan gelangt wäre. Da diktierte Dschingis-Khan seinem Sekretär Ismail-Hodscha, dem Uiguren, einen Brief, von dessen Inhalt sonst niemand etwas erfuhr, und vertraute ihn zur Beförderung einem mit Schellen behängten Kurier an, der Falkenfedern an seiner Kappe trug,

---

[1] Nach Meinung einiger Historiker war Subudais Feldzug, der mit der Schlacht an der Kalka ein Ende fand, eigentlich ein strategischer Erkundungszug zur Vorbereitung des von Dschingis-Khan geplanten Einfalls in Osteuropa. Infolge des Todes des großen Kagans wurde dieser Einfall erst zwölf Jahre später (1237) von seinem Enkel Batu-Khan gemacht, dessen Berater dabei eben Subudai war.

[2] Zu jener Zeit war Zucker, der aus indischem oder ägyptischem Zuckerrohr gewonnen wurde, eine höchst seltene und kostbare Leckerei.

als Zeichen besonderer Eile. Als Eskorte für den Kurier bestimmte Dschingis-Khan zehntausend dem Kommando Temnik-Tochutschats unterstellte Reiter.
»Du wirst bis ans Ende der Welt reiten«, sagte Dschingis-Khan zu ihm, »bis du Dschebe-Nojon und Subudai-Bahadur gefunden hast. Dem letzteren soll der Bote vor deinen Augen unseren Brief übergeben. Die beiden haben sich so weit vorgewagt, daß sie von dreiunddreißig aufrührerischen und empörten Völkern bedrängt werden. Es ist Zeit, ihnen zu Hilfe zu kommen.«
Noch am selben Tage brach Temnik-Tochutschar mit seiner Truppe nach dem Westen auf, um die bis zum Rande der Welt vorgedrungenen Mongolen zu suchen.

Auf der Suche nach dem letzten Meer

> Vorwärts, ihr starkbeinigen Rosse!
> Euren Schatten überholt der Völker Furcht.
> (Aus einem mongolischen Liede)

Wie zwei riesige schwarze Schlangen, die nach ihrem Winterschlaf, den sie unter den Wurzeln einer uralten Platane gehalten, auf die Waldwiese hinauskriechen und, nachdem sie sich in den Strahlen der Frühlingssonne erwärmt, sich über die Wege hinschlängeln, bald einander berührend, bald sich trennend, so daß alles Getier des Waldes entsetzt vor ihnen flieht, während über ihnen die Vögel mit ängstlichem Gekreisch flattern, so wälzten sich die beiden von dem ungestümen, draufgängerischen Dschebe-Nojon und dem listigen, verschlagenen Subudai-Bahadur befehligten mongolischen Heerwürmer, bald vereint, bald getrennt, über die Straßen und Felder immer weiter nach Westen, vor sich entsetzte Menschen herscheuchend und hinter sich die mit Ruß bedeckten Trümmer verwüsteter Städte und Berge verkohlter und aufgedunsener Leichen zurücklassend.
Diese Vorhut der Heeresmacht Dschingis-Khans zog durch Nordiran und zerstörte unter anderen Städten Har, Simnan, Kum, Sendschan. Nur die reiche Stadt Hamadan wurde verschont, weil deren Magistrat den beiden mongolischen Feldherren eine Gesandtschaft mit kostbaren Geschenken entgegenschickte: eine Herde Reitpferde und zweihundert mit Kleidern beladene Kamele.
Einen hartnäckigen Widerstand hatten die Mongolen in Kaswin zu brechen, dessen Einwohnerschaft sich in erbitterten Straßenkämpfen mit langen Messern verteidigte. Zur Strafe wurde die Stadt dem Erdboden gleichgemacht.
Die Wintermonate verbrachten die beiden Heere in der Umgegend der Stadt Rei,[1] wo man ihnen von allen Seiten Herden fetter Hammel und

---

[1] Rei lag in der Nähe des heutigen Teheran.

ausgezeichneter Pferde zutrieb und auch Lastkamele mit Ballen voller Kleidungsstücke.

Als unter der Frühlingssonne die Berghänge des Iran zu grünen begannen, zogen die Mongolen weiter durch Aserbaidschan, vorbei an der großen und reichen Stadt Tauris, die sich wie die Stadt Hamadan durch kostbare Geschenke Schonung erkaufte. Ebenso verschonten die Mongolen im Kaukasus die Hauptstadt Appana Gandsche, von deren Bewohnern sie Silber und Kleider forderten und auch erhielten. Auf ihrem Weitermarsch nach Grusien stellte sich ihnen das starke Heer der Grusier in den Weg. Subudai ritt mit der Hauptstreitmacht voraus, Dschebe legte sich mit fünftausend Reitern in einen Hinterhalt. Beim ersten Zusammenstoß mit den Grusiern griff Subudai zu dem selten versagenden Täuschungsmanöver einer Scheinflucht. Alle Vorsicht außer acht lassend, verfolgten die Grusier ungestüm seine fliehenden Mongolen. Da fielen Dschebes Tataren aus dem Hinterhalt über sie her, Subudais Reiter machten kehrt, und die von allen Seiten umzingelten überraschten Grusier wurden niedergemetzelt. Dreizehntausend von ihnen mußten ihr Leben lassen.

Dennoch scheuten sich die Mongolen, ins Innere dieses von Schluchten und Tälern durchzogenen, von einer sehr kriegerischen Bevölkerung bewohnten Berglandes vorzudringen, wo sich die an die weiten Steppen Gewöhnten beengt fühlten. Nachdem sie die Einwohner der Stadt Schemacha ausgerottet, zogen sie weiter nach dem schirwanischen Derbent, einer auf einem unzugänglichen Berge gelegenen Festung, die ihnen den Durchzug nach Norden sperrte. Zu Raschid, dem Schah von Schirwana, der sich in dieser Festung eingeschlossen hatte, schickte Dschebe-Nojon einen Boten mit der Aufforderung:

»Sende mir deine vornehmen Begs, damit wir mit dir Frieden und Freundschaft schließen!«

Raschid sandte zehn Greise vornehmster Abkunft zu ihm, von denen Dschebe einen vor den Augen der anderen mit dem Säbel erschlug, und verlangte:

»Gebt uns zuverlässige Führer, die unser Heer aus diesen Bergen herausführen, dann werdet ihr verschont bleiben. Erweisen sich eure Führer aber als unzuverlässig, so erwartet euch alle das gleiche Schicksal wie diesen Mann hier.«

Durch Vermittlung der Begs, die Dschebe-Nojon als Geiseln behielt, wurden die geforderten Führer gestellt. Sie führten auf Bergpfaden, wobei sie Derbent umgingen, das mongolische Heer aus den Bergen heraus und wiesen ihm den Weg in die Steppe. Daraufhin ließ Dschebe-Nojon auch die Geiseln frei, und die Mongolen zogen nach Norden.

Im Land der Alanen und Kiptschaken

So gelangten Dschebe und Subudai mit ihren Truppen ins Land der Alanen im Nordkaukasus, wohin aus den ungeheuren Steppen viele Lesghinen, Tscherkessen und Kiptschaken den Alanen zu Hilfe gekommen waren.
Einen ganzen Tag lang tobte die Schlacht zwischen ihnen und den Mongolen, blieb aber bei gleichem Kräfteverhältnis unentschieden. Keiner trug den Sieg davon.
Da sandte Dschebe-Nojon einen Kundschafter zu dem angesehensten der Kiptschakenkhane, namens Kotjan, mit einem Brief folgenden Inhalts:
»Wir Tataren sind von gleichem Blut wie ihr Kiptschaken. Ihr aber verbündet euch mit Andersstämmigen gegen eure Brüder. Die Alanen sind sowohl uns wie euch Fremde. Laßt uns miteinander einen unverbrüchlichen Freundschaftspakt schließen. Dafür werden wir euch nicht beunruhigen und euch so viel Gold und reiche Kleider schicken, wie ihr nur wünscht. Ihr aber zieht von hinnen und überlaßt es uns, mit den Alanen fertig zu werden.«
Durch die reichen Geschenke, die Dschebe ihnen auf vielen Pferden schickte, ließen sich die Kiptschakenkhane bestechen, verließen noch in selbiger Nacht verräterisch ihre bisherigen Bundesgenossen, die Alanen, und führten ihre Krieger nordwärts.
Nach Abzug der treulosen Kiptschaken griffen die Mongolen von neuem an, besiegten die Alanen, verwüsteten deren Dörfer, die sie der Plünderung und dem Feuer überlieferten. Die Alanen mußten sich auf Gnade und Ungnade unterwerfen, und ein Teil von ihnen schloß sich den mongolischen Truppen an.
Dschebe und Subudai, die sich nun nicht mehr im Rücken durch die Schwerter der Alanen bedroht zu fühlen brauchten, brachen hierauf in die Kiptschakensteppe ein und überfielen die Nomadenlager, wohin die einzelnen Kiptschakenkhane, die sich infolge des geschlossenen Paktes in Sicherheit wiegten, mit ihren kleineren Abteilungen zurückgekehrt waren. Die ihnen auf den Fersen folgenden Mongolen rissen sie aus ihrem Wahne, indem sie die Kiptschakensiedlungen zerstörten und so viel an Hab und Gut mit sich fortschleppten, daß dessen Wert ein Mehrfaches dessen betrug, was die Kiptschakenkhane als Judaslohn für ihren Verrat erhalten hatten.
Diejenigen Kiptschaken, die tiefer in der Steppe drinnen wohnten, luden, als sie von dem Einfall der Mongolen hörten, schleunigst ihre Habe auf Kamele und flohen damit teils in die Sümpfe, teils in die Wälder am Oberlauf der Flüsse Kalmius und Samara.[1]
Die Mongolen verfolgten die Fliehenden an den Ufern des Dons entlang

---

[1] Auf diesen beiden Flüssen wurde ein lebhafter Handelsverkehr zwischen dem Asowschen Gebiet und dem Dnepr-Gebiet unterhalten.

bis zum Chasarischen Meer,[1] in dessen Fluten sie die meisten von ihnen ertränkten. Die Überlebenden machten sie zu ihren Pferdeknechten und Viehhirten.

Darauf zogen die Mongolen weiter auf die Chasarische Halbinsel und überfielen die am Meer gelegene reiche Kiptschakenstadt Sudak, bis dahin ein wichtiger Hafen für viele ausländische Schiffe, die neben anderen Waren vor allem Tuche und Stoffe gebracht und dafür Sklaven, Eichhörnchen, schwarzbraune Füchse und Rindsleder eingetauscht hatten, wegen dessen guter Beschaffenheit die Kiptschakenländer berühmt waren.

Beim Nahen der Mongolen flohen die Einwohner von Sudak, die einen suchten Zuflucht in den Bergen, die anderen bestiegen Schiffe und fuhren übers Meer nach Trebisond. Dschebes und Subudais Horden plünderten die Stadt und ruhten sich dann in den Nomadenlagern der Kiptschaken ein Jahr lang aus. Dort gab es endlose Wiesen mit üppigem Graswuchs, fruchtbare Felder, die von Sklaven bestellt wurden, Melonen- und Kürbisfelder und große Herden fetten Rindviehs und feinwolliger Schafe.

Die mongolischen Krieger fühlten sich hier wohl wie zu Hause an den Ufern des Onon und Kerulon, dennoch sagten sie, die heimatlichen Steppen wären ihnen teurer und sie möchten sie mit keinen anderen vertauschen, deshalb würden sie nach der Eroberung des Erdkreises schleunigst dorthin zurückkehren.

Dschebe und Subudai hielten sich einige Zeit in der Kiptschakenhauptstadt Scharukan auf, wo es sogar Steinhäuser und auch viele Speicher und Lager voll fremdländischer Waren gab, doch überwogen zusammenlegbare Jurten, in denen sowohl die Khane wie die einfachen Nomaden hausten. Im Frühling zogen sie hinaus in die Steppe, und für den Winter kehrten sie in die Stadt zurück.

Nach dem Einfall der Mongolen stellten die Kaufleute der Seestädte, die Krieg befürchteten, den Handel mit den Steppenbewohnern ein. Das ausgeplünderte Scharukan[2] verödete, und die Mongolenhorden zogen nach Lukemore weiter.

Dort schlugen sie an den tiefer gelegenen, windgeschützten Stellen zwischen den Hügeln ihre Zelte auf, die sie den Kiptschaken weggenommen hatten. Jeder Kuren – zu dem allemal tausend Krieger gehörten – bildete einen Ring von mehreren hundert Jurten, und in der Mitte eines jeden Ringes stand die mit den von einem Halbmond herabwallenden Roßschweifen geschmückte größere Jurte des Tausend-

---

[1] Im XIII. Jahrhundert hieß das Schwarze Meer bei den muslimischen Schriftstellern das Chasarische Meer und die Krim Chasarien. Später wurde das (Weiße) Kaspische Meer Chasarisches Meer genannt. (Kunik.)

[2] Nach Ansicht einiger Gelehrter lag die Kiptschakenhauptstadt Scharukan (das heißt Scharuk-Khan) an der Stelle des heutigen Charkow, welches daher auch seinen Namen hat.

schaftsführers. Neben den Jurten waren die stets gesattelten, zum Abmarsch bereiten Reitpferde mit den straff angezogenen Zügeln angepflockt; die übrigen Pferde aber weideten in riesigen Herden draußen auf der Steppe unter Aufsicht der zu Knechten gemachten Kiptschaken. Die Krieger des Mongolenheeres befolgten nach wie vor die strengen Gesetze – die »Jassa« –, die Dschingis-Khan ihnen gegeben hatte. Ihre Lager waren stets von einer dreifachen Postenkette umgeben, und an den Wegen, die in die Gebiete der Bulgaren, Russen und Ugren führten, lagen Vorhutposten im Versteck auf der Lauer und fingen alle, die durch die Steppe ritten, und fragten sie aus. Solche, die Neuigkeiten über die Nachbarstämme zu melden wußten, schickten sie zu Dschebe-Nojon, die anderen schlugen sie kurzerhand tot.

Viele der mongolischen Krieger hatten in ihren Jurten ihre mongolischen Frauen bei sich, die ihnen aus der fernen Heimat auf allen Feldzügen hierher gefolgt waren, und außerdem vielfach noch Frauen und Kinder, die sie unterwegs erbeutet hatten. Die Mongolinnen waren wie ihre Männer gekleidet und kaum von ihnen zu unterscheiden. Mitunter nahmen sie auch kämpfend an den Schlachten teil, meistens aber beschränkten sie sich darauf, für die Kamele, Pferde und Wagen zu sorgen und auf die Gefangenen zu achten, denen man das Brandmal des Besitzers auf die Hüfte einbrannte, und ihnen ihre Arbeit zuzuteilen. Mit ihnen zusammen melkten sie die Kühe und Pferde- und Kamelstuten und kochten während der Rast in Kupfer- und Steinkesseln das Essen.

Kinder, die unterwegs geboren oder mitgeschleppt worden waren, saßen in den Wagen oder hingen, wenn sie noch kleiner waren, in Lederbeuteln an den Pferden oder auf dem Rücken ihrer Mütter.

Etwas abseits von den Jurten der Mongolen hatten die Krieger verschiedener Stämme, die unterwegs zu den Mongolen gestoßen waren, ihre Zelte aufgeschlagen. Hier sah man breite turkmenische Jurten, rote Tangutenzelte, die schwarzen Zelte der Belutschen und schließlich die einfachen Laubhütten der Alanen und anderer Stämme.

Diese ganze zügellose Rotte wurde von den Mongolen stets als erste in den Angriff getrieben, wofür sie nach dem Kampfe die von den Mongolen verschmähten Beutereste auflesen durfte.

Im Tatarenlager unweit der Kalka

Subudai-Bahadur hatte befohlen, ihm ein Zelt auf einem hohen Gebirgsstock am Meeresufer an der Mündung eines träge dahinfließenden trüben Flusses aufzuschlagen. Dieser Befehl wurde von seinen Kriegern, die sich eine längere Rast und Erholung in einem Standquartier erhofften, fröhlich befolgt. Zwölf Kamele – auf denen gefangene Kiptschakinnen mit ihren spitzen Filzmützen saßen – trugen mehrere auseinandergenommene Jurten herbei. Während die Mongolen die halbrunden Gitter aufstellten, sie mit weißem Filz überzogen und mit

schräggelegten buntgewebten Läufern untereinander verbanden, mußten die Kiptschakinnen ihnen Lieder vorsingen.
»Wozu drei Jurten?« fragte der finster blickende Subudai.
»In der einen wirst du deine Gedanken denken, in der zweiten werden wir deine Lieblingsjagdpanther unterbringen. Und die dritte soll die hübschesten der gefangenen Kiptschakinnen aufnehmen, die wir für dich ausgewählt haben, weil sie gut zu singen und tanzen verstehen.«
»Ugga!« unterbrach sie Subudai. »Mögen in der zweiten Jurte meinetwegen die Panther hausen. In der dritten aber soll mir der alte Saklab das Essen kochen. Für Kiptschakinnen habe ich während eines Feldzuges keine Verwendung. Verteilt sie unter die Hundertschaftsführer.«
Also ließ sich Saklab mit seinen Kesseln, großen Holzlöffeln und einem langen, dünnen Messer in der dritten Jurte nieder.
Die Tataren hatten ihn unterwegs in der Nähe von Astrabad festgenommen und zu Subudai gesagt:
»Dieser Greis ist ein gebürtiger Russe. Er hat beim Mirza des Schahs von Chowaresmien, dem er entflohen ist, als Koch gedient und war auf dem Wege in seine Heimat. Er spricht viele Sprachen und versteht sich auf die Zubereitung der verschiedensten Speisen, wie Pilaf mit Mandeln, Tschilaf mit Pflaumen, Kaime, Kaimak, Chalwa und Pachlawa... Er hat einen Pflegesohn bei sich, einen schweigsamen Jüngling namens Tugan, der ihm bei der Küchenarbeit an die Hand gehen mag.«
Da hatte sich Subudai erzürnt:
»Für mich reicht der Alte allein aus. Gehilfen braucht er zum Essenkochen keinen. Am Kochkessel möchte jeder gern Gehilfe sein. Diesen Jüngling rüste man mit einem Schwert aus, setze ihn auf ein räudiges Pferd und stecke ihn in die Vorhut, damit er das Waffenhandwerk erlerne. Hat er das Zeug zu einem guten Krieger, so gebe man ihm ein besseres Roß samt Sattel und eine Rüstung. Taugt er aber nicht zum Krieger, so wird er beim ersten Zusammenstoß getötet werden. Kein Schade!«
In seiner weißen Jurte, an dem nach Süden, zum Meere hingehenden Eingang saß Subudai auf einem Sattel und starrte mit seinem einen Auge auf das graue unruhige Meer, wo Wind und Wellen, die Fische und sogar die in den Lüften schwebenden Vögel ganz anders waren als an den blauen Seen der Mongolensteppe.
Von fernher rollten einförmig die Wogen heran, und in der dunstigen Ferne wurde bisweilen ein fremdes Schiff sichtbar, das sich aber hütete, dem von den Tataren besetzten Strand zu nahe zu kommen.
Hier war freie Steppe mit weitem Horizont, hier gab es kleine, mit Wasservögeln bevölkerte Seen, und in dem hohen Gras weidete das den Kiptschaken geraubte weiße langgehörnte Rindvieh neben Herden feister Hammel mit Fettschwänzen. Subudais Krieger schlugen sich jeden Tag den Bauch mit Fleisch voll und rekelten sich faul auf persischen Teppichen. Mitunter ritten die Mongolenkhane mit dem Jagd-

falken auf der Faust auf die Beize, oder sie veranstalteten Pferderennen, um die Rosse zu prüfen, die eigenen und die erbeuteten: turkmenische, persische, kaukasische und andere.
Weiter flußaufwärts hatte in der Steppe der andere Feldherr der Mongolen, Dschebe-Nojon, sein Lager auf einem Hügel aufgeschlagen. Durch die Ebene zog sich eine Hügelkette nordwärts, auf deren Gipfeln Wachen postiert waren.
Obgleich die beiden Orkhone gleichzeitig und mit dem gleichen Auftrag von Dschingis-Khan nach Westen ausgesandt worden waren, kamen sie doch nicht immer gut miteinander aus, gerieten oft in hitzigen Streit miteinander, und ein jeder war beständig darauf erpicht, dem anderen Fehler nachzuweisen. Nicht ohne Hintergedanken hatte Dschingis-Khan die Nebenbuhlerschaft der beiden in seine Pläne einkalkuliert, weil er wußte, daß jeder bemüht war, den anderen auszustechen. Sehr oft pflegte er mehrere seiner Krieger mit derselben Aufgabe zu betrauen, darin lag beinahe System.
Dschebe war ein Draufgänger, der blindlings vorwärts stürmte. Seine Truppen waren durch sein Ungestüm schon mehrmals in die mißlichste Situation geraten, aus der ihnen dann Subudai wieder hatte heraushelfen müssen, indem er seine gepanzerte Reiterei – Mann und Roß waren mit schweren chinesischen Eisenpanzern ausgestattet – in den Kampf warf.
Hinterher pflegte dann Dschebe, staubbedeckt und blutbesudelt, bei seinem Nothelfer zu erscheinen und versuchte ihm klarzumachen, daß er keinerlei Fehler begangen habe, daß nur die Zahl der Feinde zu übermächtig gewesen sei. Und Subudai, zufrieden und selbstgefällig lachend, daß er den Rivalen wieder einmal hatte heraushauen müssen, forderte ihn auf, statt sich in langatmigen Erörterungen zu ergehen, doch lieber von dem jungen, am Spieß gebratenen Hammel zu kosten, der wie beim Padischah von Chowaresmien mit Knoblauch und Pistazien gefüllt war.
Dschebe hielt sich, weil er auf sechzig Schritt Entfernung eine huschende Zieselmaus mit dem Pfeil in den Kopf traf, auch sonst für unfehlbar und war der Meinung, ihm könne kein Versehen unterlaufen. Wegen seines Ungestüms und seiner Treffsicherheit hatte er ja eben auch den Zunamen »Dschebe«, das heißt »Pfeil«, erhalten. So nannten ihn alle, obgleich sein wirklicher Name anders lautete.
Vor jeder Schlacht pflegte er das Gelände zu inspizieren, indem er auf einem hohen Pferd durch die vordersten Reihen ritt, und zu wiederholten Malen war er nur knapp mit dem Leben davongekommen, gerettet durch seine Leibwächter.
Subudai machte, insbesondere durch die Büschel grauer Haare am Kinn, den Eindruck eines Greises. Niemand wußte, wie alt er wirklich war. In seiner Jugend war ihm durch eine Muskelverletzung an der rechten Schulter der rechte Arm verkrümmt und gelähmt worden, und er hatte sich zum Linkshänder ausgebildet. Ein Säbelhieb hatte ihm die linke

Gesichtshälfte gespalten und das Auge ausgeschlagen, weshalb sein linkes Augenlid unter der gespaltenen Braue stets zusammengekniffen war, während der Blick des rechten, weitgeöffneten Auges jeden zu durchbohren und durch ihn hindurchzusehen schien.
Alle Krieger, die ihn kannten, behaupteten, daß er listig und vorsichtig sei wie ein alter Fuchs und böse wie ein Panther, der einmal in eine Falle geraten ist. Mit Subudai an der Spitze des Heeres, sagten sie, brauche man keinen Feind zu fürchten und auch nicht den Tod.
Dschebe erwog, auf welchem Weg man bis zum letzten, die Erdscheibe umspülenden Meere gelangen könne, und schmiedete eifrig Pläne. Er war es auch gewesen, der den durch den Sängerkurier dem Kagan übermittelten Bericht verfaßt hatte.
Subudai hatte ihn nur mit einem Kopfnicken gebilligt und sich dabei gedacht:
›Ob du wohl so weit kommen wirst? Oder ob du bald an der Stelle bist, wo du wie eine Saigaantilope rückwärts fliehst und ich dir zum letzten Male werde beispringen müssen?‹
Dschebe forschte die Reisenden aus, die von seinen Kundschaftern in der Steppe festgenommen und vor ihn gebracht worden waren. Er wollte von ihnen Genaues über die westlich und nördlich wohnenden Stämme erfahren, über die Wege, die zu ihnen führten, über die Flüsse, die dazwischenlägen, und über die Furten, wo man sie überschreiten könne, über die Beschaffungsmöglichkeiten von Proviant und Futter, über Weideplätze für die Pferde, über die Lage der Städte und Festungen, über Stärke, Bewaffnung, Kampfesmut und Kampfkraft der feindlichen Heere und über die Entfernung bis zum letzten Meere.

Der Brodnik Ploskinja in tatarischer Gefangenschaft

Einmal brachten die Kundschafter einige Leute aus einem ihnen bis dahin noch unbekannten Stamm zu Dschebe. Es waren hochgewachsene, breitschultrige, rotbärtige Männer in abgetragenen Halbpelzen, absatzlosen, mit Riemen verschnürten weichen Stiefeln. Ihre Mützen aus grauem Luchsfell hatten sie keck auf ein Ohr gerückt. Ihr hauptsächliches Gewerbe bestand darin, auf Fähren und Booten Reisende über Flüsse und Seen zu befördern.
»Wer seid ihr? Woher kommt ihr?« fragte Dschebe.
Der größte und breitschultrigste unter ihnen antwortete auf Kiptschakisch:
»Man nennt uns ›Brodniki‹, das heißt ›Umherstreifende‹, weil wir durch die Steppe streifen. Unsere Väter und Großväter sind vor den Fürsten geflohen, um hier in der Steppe ein Leben in Freiheit zu führen.«
»Wenn ihr eure Fürsten so wenig achtet und vor ihnen auf der Flucht seid, so seid ihr also Räuber und Landstreicher?«

»Nein, Räuber sind wir nicht und eigentlich auch keine Landstreicher. Wir sind freie Menschen, Jäger, Fergen und Fischer.«
»Und wer bist du?« fragte Dschebe direkt.
»Ich heiße Ploskinja, und die Brodniki haben mich zu ihrem Anführer gewählt.«
Dschebe sandte Boten zu Subudai und ließ ihm sagen:
»Komm her. Wir haben Leute gefangen, die uns nützlich sein können.«
Doch die Boten kehrten ohne Subudai zurück und berichteten:
»Subudai-Bahadur sitzt auf dem Teppich, und neben sich hat er einen Sack Bohnen. ›Ich bin beschäftigt‹, sagt er, ›und kann nicht kommen.‹ «
»Das bedeutet: Nach wem man fragt, zu dem man jagt«, meinte Ploskinja.
Dschebe ließ die Brodniki in sicherem Gewahrsam zurück und ritt mit Ploskinja und einer Eskorte selber zu Subudai.

Gegen den erlöschenden roten Abendhimmel hoben sich Subudais drei Jurten dunkel ab. Von Rauchwölkchen umkräuselt, ragten die kriegerischen Insignien empor – Stangen mit Büffelhörnern und Roßschweifen. Vom zitternden Schein des Feuers beleuchtet, saß der Einäugige auf einem seidenen Perserteppich und legte mit Bohnen, die er mit der Linken einem bunten Sack entnahm, sonderbare lange Streifen.
»Wer ist das?« fragte Subudai, indem er einen Moment sein Auge fest auf Ploskinja heftete; dann fuhr er in seiner Beschäftigung fort. »Setz dich, Dschebe-Nojon!«
Dschebe nahm neben ihm auf dem Teppich Platz und schaute gelassen dem Spiel des Bahadurs zu. Niemals konnte man vorher erraten, was der alte Fuchs zu tun beabsichtigte.
Ploskinja sah sich mit lebhaften Augen in der Jurte um und hing seinen eigenen Überlegungen nach, während er ehrfurchtsvoll am Eingang stand zwischen zwei von Waffen starrenden Mongolen.
Dschebe, der Subudais Hand, die flink die Bohnen auf dem Teppich hin und her schob, mit den Blicken folgte, berichtete seinem Waffengefährten, was er von dem gefangenen Brodnik in Erfahrung gebracht hatte, und riet ihm, Ploskinja als Führer zu benutzen.
»Was machen eben die Kiptschakenkhane?« unterbrach ihn Subudai, sich an Ploskinja wendend.
»Sie sind von Furcht ergriffen«, entgegnete Ploskinja. »Bei eurem Einzug in ihre Stadt Scharukan sind sie alle davongelaufen, teils in die Sümpfe, teils auf russisches Gebiet.«
»Wer ist zu den Russen geflohen?«
»Viele von ihnen, angefangen mit dem Bedeutendsten und Reichsten, Kotjan, bis zu den Lukomorer Polowezers, den Toksebitschs, den Bagubrasows, den Bastejews und anderen ...«

Subudai gab sein Spiel mit den Bohnen auf und heftete seinen Blick unverwandt auf Ploskinja.
»Und wo steht denn jetzt das Hauptheer der Russen?«
»Wer außer Gott kann das wissen?«
Subudai krümmte sich zusammen und sein weitgeöffnetes Auge glühte zornig. Drohend erhob er seinen linken Zeigefinger mit dem abgeknabberten Nagel.
»Sage alles, was du weißt! Verwische keine Spuren; wenn du nicht willst, daß ich dich unter ein Brett lege, auf das Brett aber zwanzig Männer sich setzen lasse, so daß du quiekend verenden mußt wie eine zerquetschte Maus.«
»Warum sollte ich etwas verschweigen und Spuren verwischen?«
»Sprich, wo sind jetzt die russischen Fürsten? Rüsten sie sich zum Kriege?«
»Laß mich nachdenken«, sagte Ploskinja, stellte sich spreizbeinig hin und wandte den Blick nach oben zum Rauchfang.
Subudai maß ihn mit einem mißtrauischen Blick, dann begann er von neuem seine Bohnen auf dem Teppich hin und her zu schieben. Schließlich zischte er:
»Hör mal, du Steppenvagabund! Wenn du mir alles sagst, was du weißt, sollst du eine Belohnung erhalten. Schau her! Diese Reihe von Bohnen hier, das ist der Don, und jene dort, das ist der Eksi... Tritt näher und zeige mir, wo die russische Stadt Kiew liegt.«
Ploskinja tat einen Schritt auf ihn zu, doch die mongolischen Wachen trennten ihm mit einem Schwerthieb den Gürtel entzwei.
Da kniete Ploskinja nieder und kroch auf den Knien zu Subudai hin.
»Verstehe!« sagte er, indem er die Stirn kraus zog und seine Fellmütze in den Nacken schob. »Dies hier ist unser Dnepr... Und da mündet er ins Meer, dort bei Olesche... Und dieses Flüßchen hier, das soll wohl die Kalka sein, wo wir eben stehen?... Ja, aber höre mal, mein durchlauchtigster Khan, der Dnepr fließt doch nicht schnurgerade von Norden nach Süden, sondern wie ein gekrümmter Arm. Da, wo die Schulter ist, da liegt die Stadt Kiew, wo aber die Faust ist, da ist schon das Schwarze Meer. Und dort, wo der Ellbogen in die Steppe hineinragt, dort liegt mitten im Flusse die Insel Chortiza, und da bei Chortiza, am Ellbogen also, sammelt sich das russische Heer.«
Und während dieser Darlegung verschob Ploskinja die Bohnen so, daß der Dnepr ein Knie machte.
»Und wie weit ist's von hier bis Kiew?« fragte Subudai und nahm gleichzeitig eine Handvoll Goldmünzen in die Hand, warf sie in die Höhe, fing sie wieder auf und legte sie neben sich.
Ploskinjas Augen funkelten, und er leckte sich die trockenen Lippen.
»Was willst du in Kiew? Von dorther werden die Russen nicht kommen. Von hier bis Kiew ist es doch weit, an die sechshundert Werst...«
»Was ist das – ›Werst‹?« fragte Subudai böse. »Ich weiß nicht, was du

damit meinst. Sag mir klipp und klar, wie lange man von hier bis Kiew zu Pferde braucht.«
»Wenn du von hier aus mit einem Pferd losreitest und im gestreckten Galopp, so wirst du etwa zwölf Tage brauchen, mit zwei Pferden aber schaffst du es in sechsen.«
»Na, siehst du, jetzt hast du dich doch ganz verständlich und vernünftig ausgedrückt.«
»Die Russen werden aber nicht von Kiew aus durch die Steppe ziehen. Sie werden vielmehr auf Booten den Dnepr befahren, bis zum ›Knie‹ oder ›Ellbogen‹, bis zu dieser Ecke hier, wo die Insel Chortiza liegt. Hier setzen sie dann auf die andere Seite über, um auf dem kürzesten Wege, dem ›Salosny Schljach‹, dem ›Eisenwege‹, hierher nach Lukomore zu ziehen. Mit einem guten Pferde braucht man dazu nur drei oder vier Tage, hat man aber zwei Pferde, so schafft man es in zwei Tagen.«
»In zwei Tagen?« verwunderte sich Subudai. »In zwei Tagen können die Russen vom Dnepr bis hierher gelangen?«
»Sieh her! Von hier aus, von Chortiza aus, haben die Russen häufig Überfälle auf die Lager der Polowezer gemacht. Zu Pferde kann man, wenn man nicht durch Wagen behindert wird, in zwei, drei Tagen dasein.«
Subudai war sichtlich äußerst zufrieden, Informationen erhalten zu haben, die von großer Wichtigkeit für ihn waren. Lachend patschte er sich aufs Knie, befahl, man möge Kumyß bringen, und fuhr fort, den Brodnik auszuhorchen nach den Wegen, nach den Furten in den Flüssen, nach der Stärke des russischen Heeres, er wollte wissen, ob die russischen Krieger beritten, gut ausgerüstet und tüchtige Kämpfer wären.
»Sie sind tapfere Kämpfer und schlagen mit ihren Streitäxten tüchtig zu, aber auch mit gewöhnlichen Äxten...«
»Wie groß ist das Heer dieser Russen?«
»Wenn alle Fürsten der umliegenden Länder ihre Mannen nach Chortiza führen, der Kiewer, der Tschernigower, der Smolensker, der Galizier, der Wolhynier und noch die übrigen kleineren, so dürften an die fünfzigtausend[1] Mann zusammenkommen – Fußvolk, Schützen und Reiter.«
»Die Russen haben also fünf Tumen«, meinte Subudai und legte dorthin, wo die Bohnen das Knie des Dnepr markierten, fünf Goldstücke. »Und wie viele Reiter können die Kiptschaken stellen?«
»Da dürften auch noch mal fünfzigtausend zusammenkommen. Diesseits des Dnepr hat sich schon eine unzählige Menge von Kiptschaken gesammelt.«
Subudai legte noch fünf Goldstücke zu den anderen.

[1] Offenbar eine übertrieben hohe Zahl, um die Mongolen einzuschüchtern. In Wirklichkeit war die Zahl viel kleiner, aber die zeitgenössischen Chronisten legen sich darin nicht fest.

»Im ganzen werden uns also zehn Tumen gegenüberstehen?« fragte Subudai und sah dabei den unergründlich schweigsamen Dschebe an. »Erinnerst du dich, Dschebe-Nojon, mit was für einem Heer wir vom Schwarzen Irtysch aus gegen Chowaresmien zogen?... Wollen wir nun zeigen, ob wir gelehrige Schüler des ›Welterschütterers‹ Dschingis-Khan sind?«

Ploskinja, der auf allen vieren am Boden hockte, blickte abwechselnd auf die Goldmünzen und auf die beiden in Nachdenken versunkenen Mongolenkhane. Listig und boshaft funkelten seine Augen, als er einschmeichelnd fragte:

»Warum aber, durchlauchtigster tatarischer Orkhon, legtest du nicht auch noch einige Goldstücke auf die Stelle, wo deine Heeresmacht steht? Rühme dich der hohen Zahl deiner Truppen!«

Subudai ballte seine Linke zur Faust und stieß sie dem Brodnik mitten ins Gesicht.

»Da! So viel Tatarentruppen haben wir! Dies aber werde ich mit den Russen und mit den Kiptschaken tun!« Damit scharrte er die zehn Goldstücke zusammen und warf sie in den Sack. »In meinen Sack werde ich sie alle stecken und auffressen wie Quark.«

Erschrocken wich Ploskinja zurück.

»Belohne wenigstens meinen Eifer, gnädigster Khan!«

»Ugga! Geld kriegst du keins. Alle bringen mir nur welches, und ich schicke es meinem Gebieter, dem unbesiegbaren Dschingis-Khan... Aber du kannst dir eine Belohnung verdienen... Hast du Söhne?«

»Vier habe ich, gottlob!«

»Wo sind sie? Weit?«

»An den Furten des Dons.«

»Ich werde eine Hundertschaft zu ihnen schicken und sie im Augenblick herbeischaffen lassen. Du wirst ihnen dann befehlen, als Späher auf die Seite der Russen überzugehen und dort auszukundschaften, wo die einzelnen russischen Regimenter stehen und wieviel ihrer sind. Ferner sollen sie in Erfahrung zu bringen suchen, was die russischen Heerführer vorhaben, und dann schleunigst zurückkommen, um mir alles genau zu berichten. Dann werde ich dich und deine Söhne freigeben, und als Belohnung sollt ihr einen Hengst samt Stuten und Füllen und jeder eine Handvoll Gold erhalten. Nun, was zögerst du? Warum trittst du von einem Fuß auf den andern?«

Ploskinja stellte sich fest auf seine gespreizten Beine, seufzte tief und sagte:

»Schlag mir den Kopf ab, ruhmreicher Khan. Meine Söhne aber laß aus dem Spiel!«

Subudai schlug mit der Faust auf und brüllte heiser:

»So unterstehst du dich, mit mir zu sprechen? He, Nuker! Führt mal meinen geehrten Gast in die Jurte mit den Panthern und stellt dann eine dreifache Wache davor. Saklab aber soll ihn so reichlich bewirten, als wäre er ein Khan.«

»Sollen ihm die Füße gefesselt werden?« fragte einer der Krieger. »So ein Steppenwolf könnte sonst davonlaufen...«
»Ja, vergiß nicht, ihn mit einer starken Eisenkette zu ehren!«

Unruhe in Kiew

> Durch eure verräterischen Umtriebe habt ihr ja erst die Heiden auf russisches Land geführt, infolge eurer Zwistigkeiten kam ja Zwang und Gewalt vom Polowezer Gebiet über uns. Sperrt dem Feind die Tore mit euren scharfen Pfeilen, um des russischen Landes, um der Wunden Igors willen...
> (»Die Mär vom Heereszug Igors«)

Am linken, zur Steppe hin gelegenen Ufer des Dnepr, Kiew gegenüber, war die Fähre samt ihren Fergen am Morgen von einfallenden Polowezern festgehalten worden, die von allen Seiten hineinkletterten und die Fährleute bedrohten. Unter der Last der vielen Menschen neigte sich die Fähre auf die Seite und schöpfte Wasser. Auf einem Pferde, so scheckig wie ein Panther, kam der korpulente, betagte Khan der Polowezer angeritten, begleitet von einer Hundertschaft. Einer von ihnen trug den mit Messingschellen behangenen Buntschuk des Khans voran, ein anderer schlug eine Schellentrommel, zwei weitere bliesen auf Schalmeien. Ein Dschigit auf einem wildschnaubenden Roß war bemüht, dem Khan einen Weg zur Fähre zu bahnen, indem er mit der Peitsche knallte und dreinschlug.
Abseits von der Fähre erzählte ein hagerer staubbedeckter Pilger mit einem Bündel auf dem Rücken einer sich um ihn drängenden Zuhörerschaft, daß alle Polowezer vom »Wilden Feld« her auf der Flucht vor den Kriegern eines unbekannten Stammes seien – vor den Tataren, deren Gesichter bartlos, deren Nasen stumpf seien und von denen jeder einen zerzausten Zopf habe wie eine Hexe, und schon beim bloßen Anblick dieser verruchten Gottlosen fielen die Rechtgläubigen wie tot um...
»Was für Menschen sind das? Erzähl es uns, Pilger Gottes! Augenscheinlich bist du ein in den Schriften belesener Mann.«
Und auf seinen langen Stab gestützt, begann der Pilger folgendermaßen:
»Vom Osten her kommt in zahlloser Menge ein giftiges Volk, von dem man in unserem Lande noch nie gehört hat. Tataren heißen sie. Mit ihnen aber kommen noch sieben andere Völker. Und auch den Polowezern, die bislang allen ihnen benachbarten Völkern Gewalt angetan und sie in Gefangenschaft geführt haben, hat nun die letzte Stunde geschlagen. Die Tataren haben sie nicht nur besiegt und aus ihrem Lande vertrieben, sondern sogar mit der Wurzel ausgerottet...«
»Von welchem Stern ist denn dieser fremde Stamm herabgefallen?«

»Darüber ist in den heiligen Büchern geweissagt worden, und auch der Bischof Methodius von Patara bezeugt, daß der griechische Kaiser Alexander von Makedonien in alten Zeiten die heidnischen Völker Gog und Magog gegen Mitternacht bis ans Ende der Welt verjagt hat, in die Wüste zwischen Osten und Norden. Er hat Berge vor sie gerückt und ihnen befohlen, bis ans Ende der Zeiten dort zu wohnen. Und gleichermaßen hat der Bischof Methodius prophezeit, daß am Ende der Zeiten die Berge wieder auseinanderrücken würden, alsdann kämen Gog und Magog wieder hervor und über alle Völker von Ost und Nord her bis zum Euphrat und vom Tigris bis zum Pontischen Meer – über die ganze Erde, ausgenommen Äthiopien...«
»Über die ganze Erde?! Dann wohl auch über unser Land?!« entsetzten sich seine Zuhörer.
Der Pilger fuhr fort:
»Seht ihr denn nicht, was ringsum geschieht? Das sind die Zeichen des Zeitenendes! Ein furchtbarer Stern ist im Osten aufgegangen, dessen Strahlen weit nach Westen reichen, gleichsam als Verkündigung neuen Unheils für die Christen und des Einfalls neuer Feinde. Es sind eben jene unreinen Gog und Magog, die hinter ihren Bergen hervor und über uns kommen! Das geweissagte Ende der Zeiten ist nah! Der Weltuntergang steht unmittelbar bevor!«
Man hörte Seufzen und Wehklagen. Der Pilger nahm seine Filzmütze ab, und seine Zuhörer warfen ihm Kringel und kleine schwarze Kupfermünzen hinein.
Vom rechten Ufer des Dnepr kamen auf großen geteerten Kähnen Mannen des Großfürsten von Kiew angefahren, trieben die Menge auseinander und waren dem Polowezer Khan behilflich, die Fähre zu besteigen. In einem himbeerfarbenen, seidenen, zobelgefütterten Tschekmen, eine spitze, weiße, mit Rotfuchsfell verbrämte Kappe auf dem Kopfe, purpurrote, seidenbestickte Stiefel an den Füßen, stand der beleibte Khan stolz da und hielt sich mit der einen Hand, die im ledernen ›Finger‹-Handschuh steckte, am Geländer fest, während er mit der anderen den Knauf seines von Edelsteinen blitzenden Krummsäbels umklammerte.
Wohl wahrte er eine ruhige Haltung, aber seine Augen schweiften unruhig umher und schielten dann und wann bedenklich und besorgt hinunter auf die dunkle Wasserfläche, die sich unter einem immer heftiger blasenden Winde kräuselte, und weiße Kämme krönten die immer höher gehenden Wogen.
Der Khan belohnte die Fährleute für ihre Mühe freigebig. Sie bekamen einige Händevoll Silbergeld von ihm und legten sich mit allen Kräften in die Ruder. Den ganzen Tag arbeiteten sie, um die gewaltige Karawane überzusetzen: in bestickte Decken gehüllte auserlesene Rassepferde, vor Angst schreiende Kamele, schwerfällige Büffelkühe mit langen Hörnern, fremdländische Sklavinnen von bräunlicher Hautfarbe und mit rabenschwarzen Augenbrauen – man hatte sie eben erst am Ufer

in prächtige Gewänder gekleidet und mit Glasperlen und Bändern geschmückt. Lauter Geschenke für den Großfürsten von Kiew und andere russische Fürsten. In der Menge behauptete man, es wäre Kotjan, der reichste und älteste der Kumanenkhane, der Besitzer von Hunderttausenden durch die unermeßlichen Ebenen des »Wilden Feldes« schweifenden Pferden, die alle sein Brandzeichen trugen – das Abbild eines Hufeisens und darunter zwei Striche.
»Kotjan, der Herr der Steppe! Er ganz allein ist imstande, eine gewaltige Heeresmacht aufzubieten. Nicht ohne Grund ist er nach Kiew gekommen, die Not hat ihn hergetrieben. Auch die anderen Polowezer Khane überschreiten jetzt, gefolgt von ihren gepanzerten Reitern mit Schild und Speer, an allen Furten den Dnepr... Was wird bloß geschehen! Ob sie nicht am Ende gar Böses im Schilde führen? Man hört keine fröhlichen Lieder mehr von ihnen, nur langgezogene Klagelieder, die von ferne wie das Stöhnen von Kamelen klingen... Was suchen sie hier auf unserer Seite?«
Im Schlosse des Großfürsten von Kiew, Mstislaw Romanowitsch, traf man in höchster Eile die nötigen Zurüstungen für eine Zusammenkunft der russischen Fürsten, zu denen man Kuriere entsandt hatte, um sie zu einer Beratung zu berufen.
Es war nicht leicht für den Großfürsten, vor so vielen vornehmen und anspruchsvollen Gästen als Gastgeber mit Ehren zu bestehen, denn jeder von ihnen brachte sein Gefolge mit, und je höher er stand, desto größer war es. Die fürstlichen Tiune zwangen alle Bäcker und Fleischer von Kiew, gefüllte Fleischpasteten und Weißbrote zu backen und sie zum Fürstenhof zu bringen.
Die Macht des Kiewer Großfürsten Mstislaw war lange nicht mehr die gleiche wie die seines Stammvaters Waldimir-Wassili Wsewolodowitsch Monomachos, in dessen Hand sich vor hundert Jahren fast das ganze russische Land befunden hatte: Kiew und Perejaslawl, Smolensk und Susdal, Rostow und sogar das ferne reiche Nowgorod. Ihm hatten alle Fürsten gehorcht, und die Polowezer würden es nicht gewagt haben, sich zu rühren. Bis an alle Grenzen hatte er den Ruhm des russischen Namens getragen. Doch die Jahre waren vergangen, und seine Nachfolger hatten sein weites Gebiet unter sich und ihre Söhne, Neffen und Enkel geteilt und immer wieder geteilt, und jetzt herrschte Mstislaw nur noch über ein kleines, durch ewige Fehden mit den anderen Fürsten und den Polowezern geschwächtes, ausgeplündertes, ohnmächtiges Teilfürstentum. Für die Bewohner der von so vielen Nöten heimgesuchten, teilweise noch immer zerstörten Stadt Kiew war es kein leichtes gewesen, sich einigermaßen wieder zu erholen. Und nun brach neues Unheil aus der Steppe über sie herein, ein Unheil, das aber immerhin wenigstens das einzige Gute hatte, daß es die unversöhnlichen Fürsten, die ihr ganzes Leben lang einander befehdet hatten, einigte.
Nun kamen selbst die Erzfeinde, die stolzen und wilden Polowezer, als Schutzflehende nach Kiew. Verzagt und demütig hockten sie in Scharen

vor den Toren des Palastes, und beim Eintreffen der russischen Fürsten liefen sie herbei, strecken ihnen die Arme flehend entgegen und riefen, nachdem sie ihnen die Säume der Gewände und die Zügel der Pferde geküßt hatten, immer wieder:
»Rüstet Heere aus! Rüstet sie aus und führt sie in unsere Steppe! Helft uns, die bösen Feinde zu vertreiben!«
Die Fürsten, jeder umringt von seinem Gefolge, versammelten sich im Schloßhofe; sie hielten sich voneinander fern, nur mitunter ging einer von Gruppe zu Gruppe, um zu hören, was gesprochen wurde, und so sehr ihnen die Kiewer Tiune auch zuredeten, in die großfürstlichen Empfangsräume hinaufzusteigen, wollten sie sich nicht dazu bewegen lassen.
Auch der Polowezer Khan Kotjan stand, stolzer denn je, auf dem Hofe im Kreise seiner Berater, finsterer Männer mit dunklen Gesichtern, die die Sonne und der Steppenwind gebräunt und gegerbt hatten. Ein Dolmetscher, ein betagter Brodnik, nannte dem Khan die Namen der bereits anwesenden und der immer noch eintreffenden Fürsten und bezeichnete ihm diejenigen, die die einflußreichsten und mächtigsten waren. Nachdem Kotjan bei sich erwogen hatte, vor welchen er sich wohl oder übel demütigen mußte, watschelte er mit seinen krummen Reiterbeinen auf die Betreffenden zu, verneigte sich so tief vor ihnen, daß er mit den Fingerspitzen die Erde berührte, richtete sich dann würdevoll wieder auf und sagte, seinen ehedem schwarzen, aber jetzt graumelierten Bart streichend, zu jedem ein und dasselbe:
„Erweise mir Hilfe, sei mir ein Bruder! Uns allen droht Verderben und Untergang. Stellen wir uns Schulter an Schulter und wehren wir gemeinsam das Unheil ab. Verachte nicht mein bescheidenes Geschenk. Nimm es entgegen. Keinen habe ich vergessen. Jedem möchte ich die ihm gebührende Ehre erweisen mit Pferden, mit Vieh und schönen Sklavinnen ...“
Die Sonne stand schon hoch im Mittag, und immer noch warteten die Fürsten auf dem Schloßhofe, den sie mit Lärm erfüllten, und sprachen aufeinander ein, bis sie heiser wurden. Voller Spannung lauerten sie darauf, wer als erster die Empfangsräume des Großfürsten Mstislaw betreten würde, von dem es hieß, er warte noch auf jemanden – vielleicht auf Kuriere aus dem Norden, vom mächtigen und hochmütigen Fürsten von Susdal, Juri Wsewolodowitsch, der es für unter seiner Würde hielt, nach Kiew zu kommen, und darauf bestand, daß man zu ihm nach Wladimir käme. Auch der Fürst von Galizien, Mstislaw Udatny, war noch nicht zu sehen. Er hatte durch seine Kuriere eine Aufforderung an die Fürsten ergehen lassen, sich bei ihm zu einem »Snem« einzufinden, weil ihnen allen Unheil drohe, das sich nur gemeinsam abwenden ließe.
Auf einmal ging es wie ein Lauffeuer durch den Schloßhof:
„Mstislaw Udatny ist gekommen!«
Und sich gegenseitig mit den Ellbogen stoßend, drängten sich alle, um

jenen Fürsten zu Gesicht zu bekommen, der durch seine Siege über die Polen und die Ungarn berühmt war.
Mit einem für seine Jahre erstaunlich leichten Gang betrat Mstislaw Udatny den Hof, musterte stehenbleibend die Versammelten mit einem durchdringenden Blick seiner lebhaften schwarzen Augen, gleichsam als suche er jemand Bestimmtes unter ihnen, und zwirbelte dabei das eine Ende seines langen Hängeschnurrbartes. Er trug einen in der Sonne glänzenden goldenen Helm und einen goldschimmernden leichten Ringpanzer. Ein roter Korsno umflatterte ihn bei seinem raschen Gang. Als er den Khan Kotjan in einer Ecke des Hofes gewahrte, schritt er stracks auf ihn zu, um ihn zu begrüßen, und der Polowezer beeilte sich, ihm mit ausgebreiteten Armen entgegenzuwatscheln. Beide preßten die Schultern aneinander, und Kotjan ließ seinen Kopf an die Brust des Fürsten von Galizien sinken, wobei er seine Kappe verlor, die in den Staub fiel. Alle konnten sehen, wie die Schultern des Khans krampfhaft zuckten.
»Er weint!« flüsterte man untereinander. »Mag er immerhin weinen. Diese Bösewichter haben nicht wenige von den Unsrigen zu ihren Gefangenen gemacht. Mögen sie jetzt am eigenen Leibe spüren, was Witwen- und Waisentränen sind! Mstislaw ist des Khans Schwiegersohn, da er dessen Tochter zum Weibe genommen hat. Darum auch bemühte er sich so eifrig für ihn.«
Als man dem Großfürsten von Kiew die Ankunft seines galizischen Vetters meldete, zögerte er noch immer, zu dessen Begrüßung auf die Vortreppe hinauszutreten; Erinnerungen an alte Zwistigkeiten hielten ihn davon ab. Der Fürst von Galizien aber zog sich mit seinem Schwiegervater, dem Khan, in eine Ecke des Hofes zurück, wo beide leise und lange miteinander redeten. Wieder geriet alles in Bewegung, und man hörte Ausrufe:
»Wie, die Susdaler sind wirklich gekommen?! Nun, das ist eine starke Hilfe. Wie hätten wir denn auch ohne sie zu Felde ziehen können? Ach nein, nicht der Susdaler ist es, sondern der junge Fürst von Rostow, Wassilko Konstantinowitsch.«
Ein schlanker, junger Herr, dessen Kinn von einem hellen Flaum kaum bedeckt war, betrat den Hof. Ebenso wie der Galizier war er zum Kampf gerüstet mit Helm und Panzer und mit einem langen geraden Schwert gegürtet. Sonst war er bescheiden gekleidet, und sein roter Korsno war ausgeblichen. An den Füßen trug er Lederschuhe, und die um die Waden gewickelten, mit Riemen verschnürten Fußlappen waren aus gewöhnlichem blaugefärbtem Leinen. Seine Kleider waren mit Staub und Schmutz bedeckt, er war wohl eben erst vom Pferde gestiegen. Neben ihm schleppte sich ein Greis, dem die langen, halbergrauten Locken bis auf die Schultern fielen, an einem Lederriemen hing ihm eine Gusli über der Schulter.
»Das ist der blinde Sänger! Der berühmte Sänger Ratibor! Früher ist er Krieger gewesen und hat die Polowezer mehr als einmal aufs Haupt geschlagen, doch Gleb, der Fürst von Rjasan, hat ihn aus Bosheit

blenden lassen und ihn drei Jahre lang gefangengehalten. Im Kerker hat Ratibor zu dichten begonnen, und um seiner Lieder willen ließ man ihn wieder frei. Seitdem zieht er durch die Lande, von Stadt zu Stadt, und singt von längst vergangenen Zeiten... Heute werden wir ihn also hören!«
Der junge Fürst Wassilko machte die Runde, um mit freundlichem Lächeln und höflicher Ehrerbietung die älteren Standesgenossen zu begrüßen, die ihn fragten:
»Weshalb sind denn die Susdaler noch nicht da? Du als ihr Nachbar müßtest es doch wissen. Der Großfürst Juri ist ja außerdem dein leiblicher Onkel. Hast du ihm denn nicht zugeredet?«
»Doch, aber er bedenkt sich noch immer. Selbst die Wahrsager würden nicht sagen können, ob er es über sich gewinnen wird, hierher zu kommen.«

Die Freitreppe herunter kamen jetzt paarweise zehn von des Großfürsten Mannen, lauter stattliche Gestalten in Helm und Panzer, in der Hand einen kurzen Speer. Unten am Fuße der Treppe nahmen sie zu beiden Seiten Aufstellung, in Erwartung des Fürsten, der jetzt, auf einen Stock mit vergoldetem Adler gestützt, heraustrat und streng um sich blickte. Sein von grauen Fäden durchzogener, leicht geteilter Bart, ein Kreuz und ein goldenes Heiligenbild auf der Brust, seine unfrohen, von Nachtwachen müden Züge erweckten eher einen geistlichen denn einen kriegerischen Eindruck. Man sah ihm an, daß er seine Nächte mehr über Gebetbüchern als über Feldzugsplänen verbrachte.
Leicht hinkend stieg er die Treppe hinunter bis zur untersten Stufe, wo er stehenblieb und seine Gäste anredete:
»Ich heiße euch willkommen, meine teuren Gäste!« sagte er mit trauriger, wie von Sorgen bedrückter Stimme.
Alle Anwesenden begannen durcheinanderzusprechen:
»Weshalb hast du uns rufen lassen? Um den Polowezern zu helfen? Mögen sie sich nur selber helfen! Wir haben genug unter ihnen gelitten und haben nichts dagegen, wenn man sie allesamt aufhängt. Wir werden kalten Blutes zusehen. Ohne sie wird das Leben leichter werden!«
Der korpulente Khan Kotjan watschelte auf seinen krummen Reiterbeinen zur Freitreppe, verbeugte sich vor dem Großfürsten, bis er die Erde mit der Hand berührte, faßte dann den Saum von dessen goldbesticktem Gewand und stieß, sich überstürzend, die Worte hervor:
»Vater, ich grüße dich. Du bist stets freundlich zu mir gewesen, wie auch ich zu dir. Sei uns jetzt in unserer Not ein Vater und hilf uns, das schlimme Volk des Khans Tschagonis zu vertreiben! Wie die Wölfe treiben sich diese Bösewichter in unserem Lande umher, das sie uns fortgenommen haben. Heute ist es das unsere, das sie brandschatzen, morgen kann es das eure sein, euer russisches Land! Darum verteidigt uns um eurer selbst willen! Wenn ihr uns heute nicht helft, werden wir gänzlich vernichtet, aber morgen wird die Reihe an euch kommen! Wir

müssen uns vereinigen und zu unserer Verteidigung ein gemeinsames Heer aufstellen!«
»Unke nicht so! Was faselt er da zusammen?« ließen sich unzufriedene Stimmen vernehmen.
»Still! Laßt ihn doch aussprechen!« widersprachen andere. »Wozu nutzlos kläffen und bellen!«
Andere wieder meinten:
»Die Polowezer sind unsere Erzfeinde. Jetzt sind sie machtlos in unsere Hände gegeben. Totschlagen sollte man sie und ihre Reichtümer einsäckeln!«
Immer neue, einander widersprechende Stimmen ließen sich hören und vermehrten den Lärm, bis keiner sein eigenes Wort mehr verstand.
Der Großfürst von Kiew blickte sich hilflos um und hob beschwichtigend die Hände. Doch die Rufe wurden trotzdem immer lauter.
Da erstieg Fürst Mstislaw Udatny rasch und entschlossen die Treppenstufen.
»Ruhmreiche Fürsten und Heerführer und all ihr kühnen russischen Männer!« begann er mit erhobener Stimme. »Sind wir nicht alle Söhne der einen heiligen russischen Erde? Laßt uns alten Zwist und Hader begraben und die Fehden mit den Polowezern vergessen! Wir haben sie geschlagen und zu Gefangenen gemacht, sie haben uns gebrandschatzt und ausgeplündert... Aber jetzt sind schwere Tage für sie wie für uns angebrochen. Beim Nahen dieses neuen unbekannten Feindes scheint mir Freundschaft mit ihnen besser als Feindschaft. Helfen wir ihnen jetzt nicht gegen die gottlosen Tataren, so könnten sie sich ihnen ergeben und so Dschingis-Khans Kriegsmacht noch verstärken.«
»Was sind denn die Tataren für Leute? Vielleicht sind sie auch nur gewöhnliche Sterbliche, einfache Krieger?...«
»Khan Kotjan, der mit den Alanen zusammen gegen sie gekämpft hat, sagt, sie griffen einmütig an und kämpften tollkühn. Sie kommen von weit her, vom Eisernen Tor, und die Polowezer allein waren nicht stark genug, sie aufzuhalten. Die Tataren haben die Zelte der Polowezer geplündert, ihre Frauen zu Sklavinnen gemacht, das Vieh davongetrieben... Jetzt sind sie so mit Beute beladen, daß sie nicht wissen, wohin mit ihr. Sie haben sich daran überfressen wie ein Köter am Aas und haben alle Reichtümer bei Lukomore aufgespeichert... Sie selber aber rücken unbeschwert und unbelastet auf ihren flinken Pferden gegen unser russisches Land heran. Und wenn einer von euch sagen sollte, ich spräche so, weniger aus Liebe zu unserer heiligen russischen Erde, sondern bloß meinem Schwiegervater Kotjan zuliebe, der ersticke an dieser frechen Lüge!«
Die Menge lauschte den Worten des berühmten Helden mit angehaltenem Atem. Dann machten sich einzelne in Ausrufen Luft:
»Bis zum Chasarischen Meere ist's weit... Wohl an die zwanzig Tagesritte...«
»Nicht wir brauchen ja als erste die ungebetenen Gäste zu empfangen.

Der Großfürst von Kiew wird sie empfangen müssen, mag es ihn auch noch so sehr betrüben.«
Die Menge toste, wußte sie doch genau, daß nicht Bruderliebe die Fürsten einte, in deren Brust noch alter Haß und die Erinnerung an frühere Fehden und Zwistigkeiten brannte.
Frommer Gesang ertönte – die Geistlichen veranstalteten eine Prozession, die gerade recht kam, um den hitzigen Streit der Fürsten zu beschwichtigen. Vier breitbrüstige Diakone schwangen die Weihrauchfässer, Knaben trugen brennende Kerzen, greise Oberpriester schritten mit Kreuzen in der Hand dem von zwei Geistlichen gestützten Metropoliten, einem Griechen, voraus, dessen bräunliches Gesicht ein tiefschwarzer Bart umrahmte und dessen Haupt die goldene Mitra krönte.
Langsam näherte sich der Zug unter Gesang und hielt vor der Freitreppe an. Sofort trat Stille ein.
Der Großfürst von Kiew trat auf den Metropoliten zu, verneigte sich mit über der Brust gefalteten Händen vor ihm, küßte ihm die segnende Greisenhand und flüsterte ihm dabei zu:
»Sprich ein mahnendes Wort, heiliger Vater! Ermahne die Fürsten zur Einigkeit! Überrede sie, alte Kränkungen zu vergessen!«
Der Metropolit stieg die Freitreppe hinauf, machte eine Gebärde des Segnens nach allen drei Seiten und begann mit schlechter russischer Aussprache eine recht eingelernt klingende Rede:
»Meine lieben Brüder und Söhne! Beherzigt die Worte des Evangeliums und müht euch, gottesfürchtig zu handeln! Zwingt euch zu guten Taten um des Herrn willen! Hütet eure Zunge, zähmt euren Zorn, seid demütig im Geiste ...«
Der Großfürst von Kiew stand mit sanft geneigtem Kopf da, der Fürst von Galizien sah sich besorgt um, bemerkte aber überall nur unzufriedene Mienen und offene Münder.
Der Metropolit fuhr fort:
»Wenn man dir nimmt – sei demütig und räche dich nicht! Wenn man dich mit Haß verfolgt – dulde! Wenn man dich tadelt – widersprich nicht! Der Herr gebietet uns, durch drei gute Werke den Feind zu besiegen: durch Buße, durch Tränen und durch Wohltun ...«
Der Fürst von Galizien trat zu den Diakonen und flüsterte:
»Der Grieche scheint den Verstand verloren zu haben! Er bringt alles durcheinander. Was faselt er da von Tränen und Buße? Er spricht doch zu Fürsten und nicht zum Gesinde und zum niederen Volk! Stimmt rasch irgendeinen Psalm an, und ihr sollt jeder einen Hammel von mir bekommen!«
Der Metropolit fuhr in seinem unsinnigen Gestammel fort, die Diakone aber stimmten einen Lobgesang zu Ehren irgendeines Heiligen an, in den alle einfielen, die Priester mit ihren tiefen und die Knaben mit ihren hohen Stimmen. Tiune des Großfürsten umringten geschäftig den verblüfften Metropoliten und halfen ihm die Treppe hinauf in die Empfangsräume.

Auf die oberste Treppenstufe trat der junge Fürst von Rostow, Wassilko.
»Die Botschaft, eiligst ein Kriegsgefolge auszurüsten zur Verteidigung unserer russischen Erde, die Fürst Mstislaw Romanowitsch an uns ergehen ließ, bewog mich, mit meinem Gefolge aus dem fernen Norden, aus dem großen Rostow, herbeizueilen. Doch der Mächtigste unter uns, Fürst Juri Wsewolodowitsch, statt dem Rufe zu folgen, stellt Vermutungen darüber an, ob die Tataren bis zu ihm nach Susdal gelangen werden. Und hier muß ich die gleichen Reden hören: ›Sorge jeder für seinen eignen Kopf!‹ Und der Metropolit spricht zu uns mit Worten, wie sie keinem Krieger geziemen, sondern höchstens einem seinem Ende nahen Greis, Worte über Buße und Tränen... Mit stiller Sanftmut werden wir keinen Feind aufhalten, die russische Erde nicht vor dem Einfall fremder Barbarenhorden bewahren...«
»Er hat recht! Gut gesprochen, Wassilko!« rief es aus der Menge.
»Das unbekannte Reitervolk nähert sich rasch, und man muß daran denken, den ungebetenen Gästen einen ihnen gebührenden Empfang zu bereiten. Man muß sie zurückschlagen, daß ihnen die Lust am Wiederkommen für immer vergeht. Schließlich haben die Tataren keine Flügel, um damit über den Dnepr zu fliegen, und wenn sie welche hätten, so müßten sie doch wieder auf der Erde Fuß fassen, und dann werden wir schon sehen, was Gottes Wille ist...«
»Ja, sie sollen unsere Schwerter und Streitäxte zu fühlen bekommen!«
»Mögen unsere Fürsten«, fuhr Wassilko fort, »sich hinaufbegeben zu Mstislaw Romanowitsch und nach alter Sitte sich in engem Kreise zur Beratung niedersetzen und darüber entscheiden, ob wir die Feinde mit Buß- und Reuetränen oder mit unseren Streitäxten und Schwertern empfangen wollen.«
»Fürst Wassilko hat recht gesprochen!«
»So sei es!« wurde von allen Seiten gerufen.
»Doch wer soll an die Spitze des Heeres treten?« wurde von anderer Seite gefragt. »Mstislaw Romanowitschs Befehl unterstelle ich mich nicht!«
»Mag Mstislaw Mstislawitsch von Galizien den Oberbefehl übernehmen!« wurde vorgeschlagen. »Nicht umsonst nennt man ihn den Glücklichen und Erfolgreichen. Unter seiner Führung wird uns Glück und Erfolg beschieden sein!«
Dreiundzwanzig Fürsten begaben sich zur Beratung, um zu entscheiden, was zu tun sei. Lange berieten und erwogen sie, konnten sich aber nicht einigen.
Mstislaw Udatny war dafür, das Lager der Tataren bei Lukomore anzugreifen.
»Wenn wir es in unseren Besitz bringen«, meinte er, »dann gibt es Beute genug, nicht nur für die Fürsten, sondern auch für den einfachen Krieger.«
Dieser Vorschlag fand bei vielen Anklang, aber bei der Wahl des Ober-

befehlshabers für das gemeinsame Heer konnte man durchaus keine Einigung erzielen.
Während der Beratung traf aus der Steppe ein Brodnik ein, der meldete, daß die Tataren in hellen Scharen zum Dnepr zögen. Unter dem Eindruck dieser Meldung beschloß man, in Kähnen bei der Insel Chortiza über den Dnepr zu setzen. Aber jeder Fürst sollte selbständig seine Heerschar führen und keiner dem andern unterstehen. Wer als erster Lukomore erreichte, der sollte nach der Eroberung des Lagers die Beute ehrlich mit den anderen Fürsten teilen.
Dies gelobten alle, und zum Zeichen, daß sie den Eid nicht brechen würden, küßten sie das Kreuz. Im Falle von Streitigkeiten sollten alle vereint gegen den Anstifter des Streites stehen. Dann küßten sie sich alle untereinander zur Besiegelung des Bündnisses.
Als man sich vom Teppich erhob, trat Fürst Wassilko, aschgrau im Gesicht vor Sorge, mit finsterer Miene hinaus auf die Freitreppe, wo ihn der greise Sänger Ratibor erwartete.
»Es wird kein gutes Ende nehmen«, prophezeite Wassilko. »Nicht auf Beutemachen sollte man bedacht sein, sondern auf Kampf und den Feind so aufs Haupt schlagen, daß er sich nicht mehr rühren kann. Aber getrennt zu Felde ziehen, so daß jeder sein Gesicht vom andern abwendet, das bedeutet, willentlich das Verderben auf sich herabbeschwören.«
Der Abend war warm, und über dem Schloß glänzten hell die Sterne. Auf dem Schloßhof hatte man lange Eichentische aufgestellt, an denen getafelt werden sollte. Als sich alle auf den Bänken aus Eichenholz niedergelassen hatten, um die Pasteten und gebratenen Schwäne zu kosten, sah man im Licht der von Knaben gehaltenen lodernden Fackeln den greisen Sänger Ratibor auf der obersten Treppenstufe sitzen und die Saiten seiner Gusli schlagen. Zum sanften Klang seines Instrumentes sang er mit brüchiger Stimme seine Lieblingsmär vom kühnen Heereszug des Fürsten Igor Swjatoslawitsch gegen die Polowezer und von dem durch den Hader der Fürsten herbeigeführten Untergang der tapferen russischen Helden.
Dieser epische Bericht darüber, wie Zwietracht den Feinden die Tore ins russische Land geöffnet hatte, stimmte viele Zuhörer nachdenklich. ›Wird nicht auch jetzt aus der Uneinigkeit der Fürsten uns gleiches Unheil erwachsen? Wird ihr Bruderzwist nicht abermals die Heimat dem Feinde preisgeben?‹ mochte sich wohl mancher fragen.

Subudai-Bahadurs Plan

Subudai berief seine zehn Tausendschaftsführer zu sich, und auch Dschebe kam mit seinen zehn. Alle lauschten Dschebes Worten, der beim Sprechen über die Köpfe der ringsherum im Kreise Sitzenden hinwegschaute, gleichsam als erblickte er etwas in der Ferne.

»Kiew ist eine reiche Stadt...«, sagte er. »Die hohen Kuppeldächer der Bethäuser sind dort mit Dukatengold gedeckt. Wir werden diese Dächer abdecken, das Gold einschmelzen und daraus ein Pferd gießen lassen, ebenso groß wie Dschingis-Khans weißer Hengst Seter, und es neben des Kagans Zelt aufstellen.«
»Ja, stellen wir ein solches goldenes Pferd vor Dschingis-Khans Jurte auf!« riefen die Anwesenden zustimmend.
»Die Russen haben viele Khane – in ihrer Sprache heißen sie ›Konjas‹ –, und alle beißen sie sich untereinander wie Hunde aus verschiedenen Nomadenlagern. Darum wird es nicht schwer sein, sie zu besiegen, denn niemand hat sie wie Pfeile in einen Köcher gesammelt. Sie haben nämlich keinen Kagan, keinen Dschingis-Khan.«
»Einen zweiten solchen Führer wie unseren Kagan fände man auch in der ganzen Welt nicht wieder!«
»Darum sage ich euch: Wir müssen gleich in das russische Land einfallen, es von allen Seiten in Brand stecken und Kiew erobern, ehe noch...«
»Ehe noch?«
»Ehe noch Antwort auf unseren Bericht an den Einzigen und Erhabensten eingetroffen ist.«
»Dschingis-Khan wird selbst in Kiew Einzug halten wollen. Er wird befehlen, seine Ankunft abzuwarten«, sprachen die Mongolen durcheinander. »Für uns, die wir schon so große und feste Städte wie Buchara, Samarkand und Gurgandsch eingenommen haben, wird es nicht schwer sein, auch Kiew zu erobern. Nur schnell muß es geschehen!«
Alle schielten zu Subudai hin, in Erwartung dessen, was dieser schlaue Fuchs und kühne Panther dazu sagen würde. Zusammengekrümmt saß er da und betrachtete mit seinem stechenden Auge der Reihe nach einen jeden der Anwesenden.
»Wenn es aber doch nicht so leicht wäre, die Russen zu schlagen, wie Dschebe-Nojon denkt?« meinte der Tausendschaftsführer Gemjabek. »Russen und Kiptschaken können zusammen an die hunderttausend Mann auf die Beine bringen. Wir aber sind nur zwanzigtausend. Zudem besteht ein Tumen davon noch aus allerlei unzuverlässigem Gesindel, das wie ein Sperlingsschwarm auseinanderschwirren wird, sobald wir zurückweichen müßten. Bei so starker Heeresmacht des Feindes scheint es mir gefährlich, in russisches Gebiet vorzudringen. Deshalb sollten wir lieber von dem Zug auf Kiew abstehen und uns unter die schirmende Hand Dschingis-Khans zurückziehen.«
»Erinnerst du dich denn nicht mehr, tapferer Bahadur Gemjabek, daß die Zahl der Zinzen die der Russen bei weitem überstieg?« fragte Dschebe. »Und dennoch sind wir in ihre gepflügten Ebenen hinter der Großen Mauer eingebrochen.«
Subudai gebot mit einem Wink seiner Hand Stillschweigen, und alle verstummten und neigten sich zu seiner Seite hin.
»Ehe man an eine Sache herangeht, sollte man stets bedenken, wie

Dschingis-Khan in ähnlichen Fällen gehandelt hat und wie er an unserer Stelle handeln würde«, sagte Subudai mit nachdrücklicher Langsamkeit. »Erst muß man dem Feind mit List begegnen, ihm das Fell streicheln, daß er die Augen wohlig zukneift und sich, alle viere von sich streckend, auf den Rücken legt wie eine Katze... Dann aber stürzt man sich auf ihn und beißt ihm die Kehle durch!«
Alle Anwesenden richteten sich auf und tauschten untereinander Blicke. Jetzt war ihnen klar, was zu tun war. An eine Rückkehr unter die schützende Hand des mächtigen Kagans war nicht zu denken.
Subudai fuhr fort:
»Die Zahl der Russen ist groß. Ihrer sind so viele, daß sie uns zertreten könnten, wie der Fuß des Kamels eine Heuschrecke zertritt. Doch bei ihnen herrscht keine Ordnung! Ihre Konjas werden nicht müde, sich untereinander zu raufen wie Knaben und zu beißen wie Hunde. Ihr Heer ist wie eine große Herde starker Ochsen, die nach allen Richtungen sich in der Steppe verstreut... Aber auch die Russen haben ihren Dschebe! Er heißt Bahadur Mastisljab, und man sagt ihm nach, daß er bisher nur Siege errungen habe in seinen vielen Kämpfen. Aber die Russen haben keinen Subudai, um Mastisljab wieder aus der Patsche zu helfen, wenn er durch seine ungestüme Tollkühnheit in eine hineingeraten ist.«
»Wir werden ihn fangen, diesen Mastisljab, und ihn zu Dschingis-Khan bringen!« grölten die Mongolen.
»Ich verspreche euch«, gelobte Subudai, »daß derjenige von euch, der diesen Mastisljab lebendig fängt, ihn selbst zu Dschingis-Khan bringen darf!«
Die Beratung dauerte noch lange und wurde im Flüsterton geführt, damit die Wache vor der Jurte die Beschlüsse der Feldherren nicht vernehme. Dem Bahadur Gemjabek aber wurde, zur Strafe dafür, daß er an Umkehr gedacht hatte, der Befehl erteilt, an der Spitze der Vorhut als erster in das Gebiet der Russen vorzustoßen.
Tags darauf zog Dschebe mit seiner Armee nach Westen. Subudai aber blieb mit der seinen an der Kalka zurück, um die Pferde satt zu füttern und alle Vorbereitungen für den entscheidenden Zusammenstoß zu treffen.

Die Mongolen am Dnepr

Es war ein ungewöhnlich heißes Frühjahr. Viele Tage lang wehten trockene Winde. Das üppig sprossende Gras begann zu gilben und sich zusammenzurollen. Die Sonne brannte unbarmherzig, als wäre sie das an den Himmel versetzte durchdringende Auge Subudais.
Dschebe teilte seine zehntausend Mann in fünf Abteilungen zu je zweitausend Mann auf. Mit einer Abteilung galoppierte er zum Dnepr voraus, die vier anderen folgten ihm auf den sich durch die Steppe windenden jahrhundertalten Pfaden. Einige tatarische Hundertschaften

bekamen den Auftrag, nach allen Richtungen durch die Steppe zu streifen und alle Kiptschaken, deren sie etwa noch habhaft wurden, zusammenzutreiben.
Als Dschebe an der Spitze seiner ersten Hundertschaft zu dem breiten, in der Sonne glitzernden Fluß gelangte, sah er auf der blauen Wasserfläche schwarzgeteerte Boote dahingleiten.
»Schau hin! Russen!« rief der Dolmetscher.
Auf einer Anhöhe am Ufer standen russische Krieger mit eisernen Helmen und kurzen Speeren und spähten, die Augen mit der Hand gegen das Sonnenlicht abschirmend, aufmerksam in die Ferne. Als sie sahen, daß sich nicht Polowezer, sondern Tataren ihnen näherten, liefen sie flugs zum Flusse hinunter, stiegen in ihre Boote und stießen vom Ufer ab.
Dschebe, den spitz zulaufenden Helm auf dem Kopfe, zügelte sein Pferd am Abhang und ließ lange seine schmalen, nicht blinzelnden Augen über das hügelige Gelände des jenseitigen Ufers hinwandern, wo ein menschenreiches Lager dunkel schimmerte. Deutlich sah man die Wagen mit den emporragenden Deichseln und auf der Weide Herden verschiedenfarbiger Pferde. Krieger zu Fuß und zu Pferde bewegten sich auf der Ebene, und hell blitzten die Sonnenfunken auf dem Metall ihrer Waffen und Rüstungen.
Mehrere Boote kämpften gegen die Strömung des wasserreichen Flusses an, und aus einem drang der Ruf:
»He, ihr ungebetenen Gäste! Was sucht ihr bei uns? Welcher unreine, verpestete Wind hat euch hergeweht?«
Die beiden Brodniki in Dschebes Begleitung übersetzten ihm die Worte.
»Nicht gegen euch ziehen wir, sondern gegen die Kiptschaken!« entgegnete einer der Brodniki mit schallender Stimme. »Die Kiptschaken sind unsere Vieh- und Stallknechte. Schlagt sie nieder! Wagen und Vieh aber behaltet für euch. Viel Böses haben die Kiptschaken uns angetan wie auch von jeher euch. Mit euch aber wollen wir keinen Krieg führen, sondern Frieden halten!«
Vom Boot her erschallte die Antwort:
»So schickt Unterhändler, damit wir mit ihnen sprechen!«
»Mit wem sollen sie sprechen? Habt ihr denn einen Oberbefehlshaber?«
»Hier sind viele Fürsten, sie werden sich schon mit euren Unterhändlern verständigen!«
Dschebe wollte vier seiner Krieger als Unterhändler und einen der Brodniki als Dolmetscher ans andere Ufer schicken mit dem Auftrag, dem Großfürsten von Kiew zu bestellen: Die Russen möchten die Kiptschaken, nachdem sie sich ihres Viehs und ihrer sonstigen Habe bemächtigt, in die Steppe hinausjagen, wo die Tataren auf die Ausgetriebenen warten würden, um sie niederzumachen.

Die vier Krieger jedoch traten verlegen von einem Fuß auf den anderen, kratzten sich mit ihren Peitschen den Rücken und fragten:
»Warum sollen wir denn mit den Russen reden? Viel lieber würden wir uns mit ihnen schlagen!«
»Dann werde ich allein mit einem Dolmetscher reiten«, entgegnete Dschebe.
»Nein! Du nicht!« riefen sie da. »Was sollte ohne dich aus unserer Truppe werden? Was sollen die jungen Wölfe ohne die Wölfin anfangen? Dort drüben wird man dir das Fell über die Ohren ziehen. Bleib! Wir reiten ja schon!«
Und sie stiegen mit dem Brodnik zum Fluß hinab und riefen ein in der Nähe fahrendes russisches Boot an. Es legte an und nahm die mongolischen Unterhändler mit.
Lange stand Dschebe auf dem hohen Ufer, in Betrachtung der gegenüberliegenden Seite verloren, wo sich im Dunst weithin Wiesen, Auen und Haine ausbreiteten und blaue Buchten. Über allen Wegen lagerten Staubwolken, aufgewirbelt von den Kriegsscharen, die von überallher ankamen.
Die Nacht verbrachte Dschebe, in einen Schafpelz gehüllt, am Lagerfeuer auf dem Hügel liegend, in Erwartung der Rückkehr seiner Unterhändler. Aber er wartete vergeblich: Die Kiptschaken hatten sie nämlich erschlagen.
Ringsum in der Steppe flimmerten und flackerten die nahen und fernen Lagerfeuer. Überall herrschte reges Leben, Reiter jagten nach allen Richtungen davon, andere kamen angesprengt.
Dschebe fand in dieser ganzen Nacht keinen rechten Schlaf, nur dann und wann schlummerte er ein wenig ein, meistens aber wurde er von schweren Gedanken heimgesucht, oder er erblickte ihm bekannte Gesichter: bald das des furchtbaren Dschingis-Khan, dessen grün schillernde Katzenaugen ihn unter dem mit schwarzen Fuchsschwänzen behängten Helm, ohne zu blinzeln, anstarrten, bald dasjenige Subudai-Bahadurs, dessen eines Auge ihn mit einem strengen Blick durchbohrte, bald bleiche Gesichter von Sterbenden, verzerrt von dem letzten Ausdruck höchsten Grauens und schmerzlichen Leidens ...
Jetzt galt es, den Russen Schlachten zu liefern, den Russen, die den Kampf nicht fliehen, sondern ihn suchen. Sie zu besiegen, würde keine leichte Sache sein. Es könnten Tage anbrechen, an denen möglicherweise Dschebes ganzer durch die Siege in China errungener Ruhm verblaßt ...
Entweder wird man ihn hier in diesen Steppen zum ewigen Schlaf betten, oder sein Name wird von allen in der goldenen Jurte gepriesen werden als der des großen Siegers über Russen und Kiptschaken, als des Helden, der den galizischen Mastisljab überwunden und ihm den Goldhelm abgenommen hat.
Am Morgen wurde Dschebe von seinen Kriegern geweckt.
»Sieh nur«, sagten sie, »was auf der anderen Seite drüben geschieht! Die

Russen haben vom Oberlauf des Flusses so viele Boote herbeigeschafft, daß sie eine schwimmende Brücke über den Fluß bilden. Zahllose Krieger zu Pferd und zu Fuß haben sich am Ufer gesammelt. Bald werden sie zu uns herüberkommen. Was ist da zu tun? Man muß sie am Übersetzen hindern ...«
»Nein«, entschied Dschebe, »hindert sie nicht. Zieht euch in die Steppe zurück und beobachtet sie von ferne.«

Russen und Kiptschaken ziehen in die Steppe

> ... Russen und Kiptschaken beseelte der Wunsch, die Tataren zu schlagen, von denen sie glaubten, daß sie aus Furcht vor einem Treffen den Rückzug angetreten hätten. Deshalb verfolgten sie sie ungestüm und jagten den Spuren der sich immer weiter zurückziehenden Tataren zwölf Tage lang nach.
> (Der Historiker Ibn el-Assir, XIII. Jh.)

Dschebes roter Hengst flog leicht den einsamen Hügel hinan und blieb oben vor dem hohen steinernen Standbild eines Recken stehen, das in alter Zeit von einem geschickten Steinmetz eines Nomadenstammes mit dem Hammer aus einem einzigen großen Felsstück herausgemeißelt worden war ... Jahrhunderte waren seitdem vergangen, und das ehedem menschenreiche Gebiet hatte sich zu einer öden Steppe entvölkert; der steinerne Recke aber mit den breiten, hängenden Schultern, dem flachen Gesicht, das Schwert an der Seite und eine spitz zulaufende Mütze auf dem Kopfe, stand wie früher auf dem Gipfel des Hügels und hielt mit blicklosen Augen unentwegt nach jener Seite hin Ausschau, wohin er einstmals seine Streifzüge unternommen hatte.
Ebenso unbeweglich wie das Standbild saß Dschebe auf seinem Pferd und blickte mit kalten, zusammengekniffenen Augen nach jener Seite, von wo sich Reihen schwarzer Punkte über die von Morgennebeln dampfende grüne Steppe rasch näherten.
Dschebes schaumbedecktes Pferd, das schon längst wieder abgekühlt war, versuchte, mit seinen schwarzen Lippen die verkümmerten Stengelchen des Wermuts zu erhaschen, und stampfte den salzhaltigen Boden, doch sein Reiter konnte seinen Blick noch immer nicht von den sich nähernden dichten Reihen der russischen Krieger losreißen.
Voran kam in breiter Front die Kavallerie, eingehüllt in eine schwarze Staubwolke.
Dann gewahrte man Fuhrwerke, einige davon mit Waffen, Kesseln und Vorratssäcken beladen, andere leer; die Russen rechnen also damit, reiche Beute zu machen.
Dschebe zog am Zügel; es war Zeit, sich aus dem Staube zu machen; denn die Russen und Kiptschaken schienen den einsamen Reiter auf

dem Hügel schon bemerkt zu haben, weil einige von ihnen sich von dem allgemeinen Haufen absonderten und auf den Hügel lossprengten, während eine zweite Reitergruppe vorausjagte, um dem Mongolen den Weg abzuschneiden. Doch Dschebes roter Hengst war einer der besten Renner seines Tumens.

Der Sandboden war abseits vom Wege aufgewühlt, jetzt haben wahrscheinlich Steppenwölfe hier ihr Lager, aber früher mag wohl jemand den Boden aufgewühlt haben in der Absicht, sich den Goldschatz aus dem Hünengrab anzueignen.

Dschebe trieb sein Roß zum äußersten an und auf eine Schlucht zu, wo Gemjabeks Hundertschaften im Hinterhalt liegen. Die mongolischen Späher, die sich dort ins hohe Gras ducken, haben gewiß schon längst ihren vor den Russen fliehenden Feldherrn bemerkt.

Doch die Verfolger kommen ihm immer näher. Es sind die besten Reiter der Russen, und sie haben gute, ausdauernde Pferde. Aber gefährlicher als die, welche er im Rücken hat, können ihm die werden, die ihm den Weg abschneiden wollen. Seitwärts abbiegen ist ein Ding der Unmöglichkeit: Links sind steil abfallende Schluchten, rechts die Russen. Ihrer neun sind es, von denen drei schon etwas zurückbleiben, die vorderen sechs jedoch machen Anstalten, ihn einzukreisen.

Ein Volk grauer Rebhühner flog unmittelbar vor den Hufen des roten Hengstes auf und ließ sich ein Stück weiter seitwärts wieder ins Gras nieder. Ein Hase schoß unter den breiten Blättern der Kletten hervor und mit angelegten Ohren davon. Das Pferd aber rannte unentwegt und leichtfüßig weiter, doch Dschebe konnte schon die gebräunten Gesichter seiner Feinde unter ihren eisernen Helmen unterscheiden. Zwei der Russen deckten sich mit ihren roten Schilden. Einer von ihnen war blutjung, rotwangig, schwarzäugig; der andere hatte einen grauen Hängeschnurrbart. Am bedrohlichsten von allen war ihm ein Kiptschak auf einem Rappen... Er bereitete schon seine Fangschlinge zum Wurfe vor...

Sicher ist Dschebes Auge, und seine Pfeile verfehlen nicht ihr Ziel. Jetzt spannte er seinen Bogen, und gleich darauf warf der Kiptschak in dem leuchtend roten Tschekmen seine Arme in die Luft und stürzte aus dem Sattel.

Inzwischen war der junge Krieger schon so nahe gekommen, daß sein und Dschebes Roß jeden Augenblick aufeinanderprallen mußten. Kraftvoll warf der Jüngling seinen kurzen Speer nach Dschebe; die Waffe streifte aber nur dessen Panzer an der Schulter. Ein zweites Geschoß aus Dschebes Köcher drang dem Jüngling genau zwischen den glänzenden schwarzen Augen in die Stirn.

Leb wohl, helle Sonne, leb wohl, Ruhm!

Dschebe blickte sich nicht mehr um. Seine Augen suchten Gemjabeks Krieger. ›Wo stecken sie denn? Ah, da sind sie!‹ Eine ganze Schar stürmte aus der Schlucht hervor und mit wildem heiserem Geschrei und Geheul den anrückenden Russen entgegen, die sich rasch zu festen

Reihen zusammenschlossen. Ihre roten, oben und unten zugespitzten Schilde bildeten eine Art bewegliche Mauer. Ihre blanken, scharf geschliffenen Schwerter fuhren aus den Scheiden und hoch in die Luft.

Doch Gemjabek und seine Krieger wenden, eingedenk des von Dschebe-Nojon erhaltenen Befehls, jach ihre Rosse, als sie den Russen in Pfeilschußnähe gekommen sind, und jagen an den verblüfften Russen vorbei, die sie mit einem vernichtenden Pfeilhagel überschütten. Dann sausen sie mit verhängten Zügeln in die Steppe.

Mit lauten Rufen setzen die Russen ihnen nach, deren geordnete Reihen sich schon auseinanderdehnen, weil jeder bemüht ist, als erster die fliehenden Tataren einzuholen. Jetzt haben die vordersten eine Gruppe Zurückgebliebener erreicht, säbeln sie nieder, nehmen ihnen Waffen und Stiefeln ab und schwingen sich von ihren Pferden auf die tatarischen.

Dschebe, umgeben von seinen Trabanten, beobachtet kurze Zeit diesen ersten Zusammenstoß zwischen Russen und Tataren, dann reitet er in die Schlucht, um sein Pferd an einer dort sprudelnden Quelle zu tränken. Hierauf erteilt er seiner ganzen tatarischen Streitmacht den Befehl, noch weiter zurückzuweichen.

Aus dem Scharmützel zurückkehrende Reiter berichten, daß ihr Anführer Gemjabek, von einem Pfeil getroffen, mit seinem Pferde gestürzt und von russischen Reitern umringt worden sei, doch habe er sich aufs äußerste gewehrt, und schließlich sei es ihm auch gelungen, in die Steppe zu entkommen, verfolgt von einer ganzen Kiptschakenmeute.

In der Nacht verhörte Dschebe mit Hilfe der dolmetschenden Brodniki einen gefangenen Russen, der aussagte, daß er zur Vorhut gehöre, die unter dem Befehl des tapferen und kühnen Fürsten von Galizien, Mstislaw Udatny, stünde. Seine galizischen und wolhynischen Krieger seien den Dnestr stromabwärts bis zum Meere geschifft, dann den Dnepr wieder stromaufwärts bis zur Insel Chortiza, dem Sammelpunkt aller gegen die Tataren zu Felde ziehenden russischen Truppen.

»Unter den Fürsten herrscht keine Einigkeit«, gestand der Gefangene. »Jeder zieht für sich allein zu Felde, weil sie keinen gemeinsamen Oberbefehlshaber anerkennen wollen, obwohl es der Wunsch der Krieger gewesen wäre, daß man den im Kampfe sehr erfahrenen Fürsten von Galizien zum Oberfeldherrn mache.« Doch diesem Verlangen habe sich der Großfürst Mstislaw Romanowitsch von Rostow widersetzt, der sich auf keinen Fall hätte jemandem unterordnen wollen... Die einfachen Krieger aber versprächen sich aus dieser Uneinigkeit unter den Fürsten nichts als Unheil und Kummer für sich; denn im Falle einer Niederlage würden sich die Fürsten auf ihren schnellen Rossen schon in Sicherheit zu bringen wissen, der einfache Mann jedoch würde seine Haut zu Markte tragen und womöglich sein Leben lassen müssen, denn das gemeine Kriegsvolk sei nur auf Ackergäulen ins Feld gerückt, mit denen man auf einer Flucht nicht weit kommen würde. Die Tataren aber wüßten sich jedem Zugriff zu entziehen, indem sie wie Nattern blitzschnell davonhuschten...

»Sind viele Kiptschaken dabei?« wollte Dschebe wissen.

Ja, deren Zahl wäre groß, wie er gehört hätte, antwortete der Gefangene. Sie zögen am linken Ufer des Dnepr entlang, um sich bei Chortiza mit den Russen zu vereinigen. Auch in Mstislaw Udatnys Vorhut gäbe es eine Kiptschakenabteilung, doch unterstünde diese dem Befehl ihres Wojwoden Jarun.

»Und was halten die Russen von unseren tatarischen Kriegern?«

»Früher haben sie geglaubt, es wären ziemlich schlappe Kämpfer, noch schlechtere als die Kiptschaken.« Darum hätten die Fürsten es auch so eilig, das Tatarenlager zu erobern, um sich der von den Tataren zusammengerafften Beute zu bemächtigen. »Doch jetzt habe ich mich überzeugt«, schloß der Gefangene, »daß die Tataren nicht nur gute Kämpfer, sondern auch treffsichere Schützen sind.«

Dschebe befahl seinen Kriegern, den russischen Gefangenen zu töten und sich dann noch weiter in die Steppe zurückzuziehen. Er verbot ihnen streng, nachts Lagerfeuer anzuzünden.

In der nächtlichen Dunkelheit krochen tatarische Späher und Brodniki bis zu den russischen Vorposten hin, um zu belauschen, was dort gesprochen wurde. Russen und Kiptschaken lagerten getrennt, erstere übernachteten auf dem runden Platz inmitten ihrer kreisförmig zu einer Burg aufgestellten Wagen; letztere sangen und tanzten an ihren Lagerfeuern, denn sie waren voll Freude darüber, daß sie in ihre heimischen Siedlungen zurückkehren sollten, aus denen sie die Tataren vertreiben würden.

Kundschafter berichteten: Die Russen hätten den verwundeten Gemjabek in einem Wolfslager bei einem Hünengrab gefangengenommen und ihn alsdann den Kiptschaken übergeben, die den mit Händen und Füßen an vier Pferde Gebundenen gevierteilt hätten. Sein Kopf aber hinge an einem durch die Ohren gezogenen Riemen an Jaruns Sattel.

Die tatarische Falle

Ohne die schnell vorgehenden russischen Vorhuten aus den Augen zu lassen, zog sich Dschebe zurück. Mitunter kam es zu Scharmützeln mit allzu ungestüm nachdrängenden Kiptschaken, aber nie zu größeren Gefechten und erst recht nicht zu einer Schlacht.

Auf dem Vormarsch fingen die Russen sich Ochsen ein – aus Herden, die früher einmal den Kiptschaken gehört hatten und die Dschebe vorsätzlich von tatarischen Hirten in die Reichweite der Russen treiben ließ. Sobald die Russen sich näherten, ließen die tatarischen Hirten die Herden im Stich und schlossen sich Dschebes Truppen an.

Dschebe legte es darauf an, die Front der Russen so weit wie möglich auseinanderzuziehen, ihre Wachsamkeit einzuschläfern, auch gab er

ihnen die Möglichkeit, sich an den Rastplätzen die Bäuche mit Rindfleisch vollzuschlagen. So wiegte er sie in Sorglosigkeit, und wenn die Russen sich jetzt zur Ruhe legten, verzichteten sie schon darauf, dies hinter geflochtenem Pfahlwerk oder inmitten einer Wagenburg zu tun.
Neue russische Gefangene berichteten, wie zufrieden ihre Kameraden mit diesem Feldzug wären, der ihnen eine solche Überfülle an Beutevieh bescherte. »Bald werden wir alle Schafpelze tragen, und aus den Ochsenhäuten werden wir uns Stiefel machen«, sagten sie. Und andere fragten: »Ja, wo ist denn die zahllose Übermacht der Tataren? Kiptschakenochsen sind ja mehr da als Tataren. Wenn das so weitergeht, werden wir bis nach Lukomore gelangen, ohne das Tatarenlager überhaupt zu sehen zu kriegen.«
Nur eine einzige Truppe rückte in geschlossener Ordnung vor und zerstreute sich nicht. Bei ihr herrschte strenge Zucht, und nachts wurde stets eine Wagenburg gebaut, in deren Schutz man sich niederlegte. Auch wurde niemals versäumt, Wachen nach allen Seiten aufzustellen. Dies war die Truppe des Großfürsten von Kiew, die getrennt von den übrigen marschierte. Die Hälfte der Kiewer Krieger war zu Fuß, die andere beritten. Auch die Kiewer fingen sich von den Kiptschakenherden so viel Ochsen ein, wie sie brauchten, um daraus am Abend, wenn Rast gemacht wurde, in ihren Kupferkesseln eine fette Fleischbrühe zu kochen, an der sie sich satt aßen, ehe sie sich zur Nachtruhe ausstreckten.
Die Tataren behaupteten, die Pferde der Russen wären nicht so wendig und widerstandsfähig wie die ihren, auch flögen die Pfeile der Russen weniger weit als die ihren, dafür aber wären die Russen im Nahkampf stärker, wenn sie mit ihren langstieligen Streitäxten kräftig zuschlügen.
Nach jedem Zusammenstoß mit den Russen flohen die Tataren weit in die Steppe hinein und verbargen sich hinter Hügeln und in Schluchten.
Die drückende Schwüle erschlaffte die Menschen, kein einziges Wölkchen zog über den Himmel, um die unbarmherzig brennende Sonne zu verdecken. In dem aufgewirbelten schwarzen Staub erstickten beinahe Pferde wie Menschen. Selbst wenn man nicht auf den Pfaden und Wegen blieb, sondern über den jungfräulichen Grasboden zog, zerbröckelte die glühheiße Erde unter den Füßen, und eine schwarze Staubwolke senkte sich über das Heer.
Während dieser heißen Tage trockneten die Bäche aus, und die Krieger fingen an zu murren: »Wozu hat man uns in die Steppe gejagt? Statt weiter nach den Tataren zu suchen, wäre es gescheiter, umzukehren und das erbeutete Vieh heimzutreiben.«

Subudai-Bahadur bereitet sich auf eine Schlacht vor

Zwei Tage war der alte Feldherr in der Steppe umhergestreift und hatte die Gegend in Augenschein genommen, um ein Feld auszuwählen, das bei einer Schlacht den Mongolen alle Vorteile sicherte.
Dreimal schon waren Eilboten auf schweißbedeckten Pferden eingetroffen.
»Dschebe-Nojon zieht sich zurück«, meldeten sie. »An der Spitze der nachdrängenden Feinde zieht eine Abteilung von Langbärtigen, die von dem Bahadur Mastisljab angeführt wird. Mit ihm zusammen reiten auch die Kiptschaken des Khans Jarun, an dessen Sattel der Kopf unseres Tausendschaftsführers Gemjabek hängt.«
Am Abend vor der Schlacht kehrte Subudai in seine Jurte auf dem Hügel zurück, wo neben seinem eigenen fünfschwänzigen Buntschuk noch zehn hohe Lanzen mit den Buntschuks seiner Tausendschaftsführer im Boden steckten. Denn jetzt hatte sich das gesamte Heer in der Ebene am Fuße des Hügels gesammelt.
Qualmend brannte in Subudais Jurte das Feuer nieder. In der Wölbung oben staute sich der Rauch vor dem Loch, durch das er nur langsam abzog. Obwohl die Seitenwände der Jurte umgeschlagen und auf das Dach hinaufgelegt waren, drang doch keine Kühle durch das Gitter. Unbeweglich stand die heiße Luft über der ausgedörrten Ebene an der Kalka. Subudai wälzte sich auf einer Filzmatte von einer Seite auf die andere, ihn schmerzten alle Knochen, und da er nicht einschlafen konnte, lauschte er dem immer mehr abebbenden dumpfen Brausen und Summen, das vom Lager her bis zu ihm drang. Durch die Gitter seiner Jurte erblickte er die zahllosen lodernden Lagerfeuer, deren roter Schein die um sie herumgelagerten Krieger grell beleuchteten. Gesprächsfetzen schlugen an sein Ohr, das einförmige Klirren einer Klinge gegen den Schleifstein war zu vernehmen.
Jemand begann zu singen:

> »Die grünen Wiesen am heimatlichen Kerulon siehst du nie wieder.
> Ins Tal der bleichen Schädel und Gebeine führt dich dein Weg.«

Eine zornige Stimme rief:
»Schweig! Du rufst sonst den schwarzen Unglücksvogel herbei!«
Das Lied brach ab.
Rufe: »Halt! Wer da?«
Subudai richtete sich mühsam zu sitzender Stellung auf.
Hufgetrappel und Stimmengewirr kam näher.
Ein Turgaud trat ein und meldete:
»Tochutschar-Nojon ist eingetroffen! Ihm folgen zehntausend Reiter.«
»Was sollen sie mir?«
»Der Nojon kommt den Hügel herauf. Er will dich sehen!«
Subudai erhob sich ächzend und hüstelnd und trat vor die Jurte. Im

Halbdunkel stand ein hochgewachsener Krieger vor ihm, der durch seinen Eisenhelm noch größer wirkte.
»Den Segen des Himmels wünsche ich dir! Ich komme direkt von der goldenen Jurte hierher, um meinen Buntschuk neben den deinen zu pflanzen.«
»Ich bin bisher auch ohne dich mit allem, was mir in den Weg kam, fertig geworden ...«
»Das wissen wir alle. Aber jetzt habe ich mit dir zu reden.«
Beide traten in die Jurte, wo sich Tochutschar neben Subudai auf dem Teppich niederließ, ihm einen Befehl Dschingis-Khans ins Ohr flüsterte, wonach ihm aufgetragen worden war, gen Westen zu ziehen, um das vorausgezogene Mongolenheer zu suchen, und ihm einen Brief des großen Kagans in Aussicht stellte, den ein Sonderkurier noch überbrächte.
Subudai schüttelte hüstelnd den Kopf, dann brachte er seinen Mund an Tochutschars Ohr und sprach ebenfalls im Flüstertone: »Ich weiß nicht, was im Brief des Erhabensten geschrieben steht ... Doch ihm nicht zu gehorchen ist unmöglich. Vielleicht wünscht der Einzige uns Erfolg, vielleicht aber gebietet er uns zurückzukehren ... Dann werden meine Krieger sich weigern, zu kämpfen ... Und morgen werden die Russen hier sein. Wenn ich unmittelbar vor der Schlacht abziehe, was sollen sie dann denken? ... Sie werden sagen, das Heer des großen Dschingis-Khan zeige schon beim bloßen Anblick eines russischen Bartes die Schwänze der Pferde.«
Subudai hustete abermals.
»Ich habe den Brief nicht gesehen! ... Ich habe auch noch nichts von ihm gehört! ... Jetzt lege ich mich schlafen, und morgen früh beim Hahnenschrei rücke ich den Russen entgegen ... Wenn Sulde, Galai und unsere anderen Götter mich vor Pfeil und Schwert bewahren, so werden wir beide uns nach der Schlacht treffen, und du wirst mir dann vor dem ganzen Heer den Brief des Erhabensten übergeben ... Jetzt leb wohl!«

Zweimal blies Subudai während der Nacht die Kohlen an und warf trockene Zweige auf das Feuer. Er schaute zu dem Hahn hinüber, der, mit einem silbernen Kettchen am Fuß an das Gitter der Jurte gefesselt, aufgeplustert dasaß. Er öffnete zwar das runde, glänzende Auge, schloß aber gleich wieder das weiße Lid darüber. Erst gegen Morgen, als Subudai endlich ziemlich fest schlummerte, weckte ihn der Hahn durch sein Krähen. Sogleich trat der alte Saklab ein und fachte das Feuer an. In der Nachbarjurte ahmten zwei Schamanen den Hahnenschrei nach:
»Chori-Chori! Chori-so!«
Subudai betrachtete verwundert den alten Saklab. Was war heute mit dem Sklaven los? Er hatte so ein feierliches Aussehen, während er ein seidenes Tafeltuch auf dem Teppich ausbreitete. Sein graues Haar war glatt gescheitelt, um seinen faltigen Hals hing eine Kette aus Bärenzähnen. Skalab verließ das Zelt und kam mit einer Schüssel voll gekochtem

Reis und Hammelfleisch wieder, die er vor Subudai auf das Seidentuch stellte. Daneben legte er ein paar dünne Fladen.
»Hier hast du einen Reis, auf gurgandsche Art mit rotem Pfeffer zubereitet.«
»Wozu hast du das Halsband angelegt? Aus Freude über das Wiedersehn mit deinen russischen Brüdern?«
Argwöhnisch betrachtete Subudai den Alten, beugte sich über die Schüssel, roch daran und stieß sie von sich.
»Gift! Füttere deinen verstorbenen Vater damit!«
»Ich bin ein Sklave und darum geringer als ein Hund«, antwortete Saklab demütig. »Aber in meinem ganzen langen Leben habe ich niemandem etwas Böses angetan.«
Subudai schaute ihn noch immer finster an.
»Nimm die Schüssel und trag sie mir nach!« gebot er. »Ich will beten und opfern.«
Der Feldherr begab sich hinkend zum Zeltausgang, wo er stehenblieb. Schon am Abend zuvor hatte er an seine Truppen den Befehl erlassen: »Morgen früh mit dem ersten Hahnenschrei stellt euch auf der Ebene hinter den Hügeln in Kriegsordnung auf.«
Reiter jagten nach allen Richtungen davon. Trommeln wurden gerührt; Rufe der ihre Rosse antreibenden Reiter und Hörnerklänge tönten herüber.
Vor der Jurte hockten zwei alte Schamanen in ihren mit der zottigen Seite nach außen gekehrten Pelzen. Ihre hohen Mützen waren mit Schellen behangen. Als sie des Feldherrn ansichtig wurden, begannen sie zu heulen, die Schellentrommeln zu schlagen und tanzend um das Feuer herumzuhüpfen.
Subudai traf seine letzten Anordnungen:
»Jurten, Teppiche und Filzmatten hier zurücklassen! Du, Tschubugan, reitest mit den Lastpferden. Nimm meine drei Panther, den Hahn und den alten Saklab mit dir. Und paß gut auf ihn auf, damit er uns heute nicht zu seinen Brüdern, den Russen, entwischt. Die Pferde!«
Trabanten führten Pferde herbei, zwei waren Zelter, die beim Reiten ausgewechselt wurden, die anderen sechs waren Lastpferde, die schwere Lederbeutel trugen. Man munkelte, Subudai verwahre darin das von ihm angesammelte zusammengeraubte Gold.
Subudai trat zu einem der Lastpferde, es war ein junges, zottiges, braunes, und auf seinen Wink ergriffen zwei der Turgauden es beim Zügel, glätteten ihm das Fell und führten es zum Feuer, neben dem Saklab mit der Reisschüssel stand. Subudai nahm mit der Linken eine Handvoll von dem Reis, warf sie ins Feuer und betete mit lauter Stimme, indem er die Worte in die Länge dehnte:

»Höre mich, Herr, rotes Feuer Galai-Khan!
Dein Vater ist der Kieselstein.
deine Mutter die Härte des Stahls.
Dir bring' ich ein Opfer dar:

gelbes Öl in der Kelle,
schwarzen Wein in der Schale,
fetten Speck, die Schicht unter der Haut.
Nimm es und bring uns Glück.
Den Pferden gib Kraft,
der Hand den sicher treffenden Schlag!«

Beide Schamanen wiederholten unter Schellengerassel Subudais Beschwörungsformel. Dann rissen sie dem alten Saklab die Reisschüssel aus der Hand, hockten sich nieder und verzehrten, gierig schlingend und laut schmatzend, deren Inhalt.

Subudai zog ein schmales Messerchen hervor und machte damit an der Schulter des braunen Pferdes, das mit den Hinterbeinen ausschlug, einen Einschnitt. Schwarzes Blut floß über sein seidiges Fell. Subudai preßte seine Lippen auf die Wunde und saugte sie aus.

In starrer, regloser Ehrerbietigkeit standen die Turgauden da und schauten zu, wie der Feldherr vor der entscheidenden Schlacht sich an heißem Blute sättigte.

Den Hügel herauf kam ein Krieger, dessen Helm und Rüstung mit dicker Staubschicht bedeckt war. Auch sein Gesicht war dadurch fast unkenntlich.

Subudai riß sich von dem Pferde los und wandte sein blutbesudeltes Gesicht, in dem das runde, forschende Auge glänzte, dem Kommenden zu.

»Wer bist du, Bahadur?«

Der Fremde legte seine Hand auf die blutende Wunde des Pferdes und strich dann mit der blutnassen Handfläche über Subudais Kleid (eine Zeremonie, die den Wunsch für Gesundheit und langes Leben ausdrückt).

»Ich bin Dschebe-Nojon.«

»Wo sind die Russen?«

»Nah, ganz nah. Gleich werden sie hier sein. Meine Krieger eröffnen den Kampf und wenden sich dann zur Flucht, um ihre Verfolger hierherzulocken... Mit drei Hundertschaften werde ich über Mastisljab herfallen, der mit seinen Mannen vorausreitet. Ich will ihn lebendig fangen.«

»Fall ihm nur nicht selbst in die Fänge!«

Subudai bestieg einen der braunen Zelter. Vor ihm ritten in einer Reihe drei Mongolen, von denen der mittlere den Buntschuk mit den fünf Roßschweifen trug, langsam den Hügel hinab, an dessen Fuße eine Hundertschaft von Turgauden den Feldherrn erwartete.

Auf der weiten Ebene der Steppe sammelten sich die dichten Massen der mongolischen Reiterei.

Die Schlacht beginnt

> ...Die Russen hatten sich noch nicht zur Schlacht sammeln und ordnen können, als die Tataren sie in großer Zahl angriffen. Auf beiden Seiten wurde mit unerhörter Kühnheit und Tapferkeit gekämpft.
> (Ibn el-Assir, XIII. Jh.)

Als erste erschien an den schluchtenreichen Ufern der Kalka die galizische Reiterabteilung des Fürsten Mstislaw Mstislawitsch Udatny. Gleich darauf sprengten die von Jarun befehligten Polowezer heran. Aber sie fanden die mongolischen Jurten verlassen. In vielen lagen Teppiche und Filzdecken, Säcke mit Korn, aber die Asche der Feuer war noch nicht erkaltet.

»Wie die Hasen sind die Tataren von hinnen geflohen«, sprachen die Männer untereinander. »Aber wohin? Werden wir sie einholen? Oder werden wir uns noch lange in der Hitze hinter dem Tode herschleppen müssen?«

Fürst Mstislaw besaß große Kriegserfahrung, denn sein ganzes Leben hatte er mit kriegerischen Unternehmungen hingebracht, da er stets bereit war, für jeden Beliebigen sein Schwert zu ziehen, wenn nur ein Gewinn für ihn dabei heraussprang. Er freute sich nicht, daß er das Lager verlassen fand. Nicht das Lager, sondern seine Insassen wollte und mußte er in seinen Händen haben. Auf Kundschaft sandte er seinen jungen Schwieger, Danila Romanowitsch, mit den Wolhyniern aus, und seinen Truppen gebot er, die Ringpanzer anzulegen und sich zum Kampf zu bereiten. Der ungeduldige Jarun brach mit seiner Abteilung ebenfalls auf, um schneller an den Feind zu kommen, der nach seiner Mutmaßung erschöpft und ermüdet sein mußte.

Bald kam vom Fürsten Danila ein Reiter mit der Meldung:

»Die Tataren sind ganz in der Nähe. Auf den Hügeln sieht man ihre Späher, die sich verstecken, sobald sie uns erblicken. Was soll geschehen?«

Fürst Mstislaw verlangte ein frisches Pferd. Man führte ihm drei vor. Zwei davon waren ungarische Hengste, braun mit schwarzen Mähnen, stark und breitbrüstig. Staubbedeckt, mit hängendem Kopf, standen sie da. Das dritte, ein Geschenk des Polowezer Khans Kotjan, war ein turkmenischer Hengst, groß, grauschwarz, rot gesprenkelt. Da er von böser Gemütsart war, hatte er den Beinamen »Atkas«, das heißt »Gänserich«, erhalten. Mit Mühe nur konnten ihn die Pferdeknechte bändigen, indem sie sich ihm an die Zügel hängten.

Mstislaw schwang sich in den Sattel und lenkte den Hengst zum Flusse, wo er die Reiter ihre Pferde tränken ließ und dann ihre Reihen ordnete. Der Fürst war auf keinerlei Ränke und Schliche der Tataren gefaßt, er glaubte, sie vermieden eine Schlacht ihrer Schwachheit wegen, und eben deshalb setzte er alles daran, sie rasch einzuholen und zu vernichten. Seine hohe behelmte und gepanzerte Gestalt auf dem turkmenischen

Argamak mit dem geschmeidigen Schwanenhals versinnbildlichte für sein Gefolge den Sieg. Nicht ohne Grund führte Mstislaw schließlich den Beinamen »der Erfolgreiche«.
»Gott hilft!« rief er, sich im Sattel reckend. »Schont dieses giftige Gewürm nicht, sondern zerstampft es! Vorwärts!«
Und auf diesen Feldruf hin setzte sich die Abteilung in Trab, und jeder hielt seine Waffen bereit, in der Erwartung, sogleich auf den Feind einhauen zu müssen...
Mstislaw erblickte vor sich eine Ebene, auf der in Wolken schwarzen Staubes russische und tatarische Reiter dahinjagten. Es war die von Mstislaws jungem Schwieger geführte wolhynische Abteilung, die von allen Seiten durch die Tataren bedrängt wurde. Da tauchte Danilas blaues, goldbesticktes Banner über dem Getümmel auf. Seine Mannen scharten sich dicht um ihn und verteidigten sich und ihn gegen die mit ihren langen Krummsäbeln einhauenden Tataren.
Die Polowezer, über denen Jaruns schwärzliches Banner schwankte, waren weiter voraus. Mstislaw sah sie sich am Fuß der Hügel entfernen, eine Staubwolke vor sich hertreibend.
Mstislaw faßte den Beschluß, mit einer Linkswendung die Hügel zu umgehen, um den Tataren in die Flanke zu fallen und Jarun zu Hilfe zu kommen.
Als er aber eine größere Anhöhe erklommen hatte, war er erschüttert von dem, was er sah.
Auf der Ebene hinter den Hügeln hielten abwartend, reglos in drohendem Schweigen, dichte Reihen tatarischer Reiterei. Deutlich waren ihre eisernen Helme zu sehen, ihre glänzenden Rüstungen, ihre blanken Krummsäbel. Wie viele das sein mochten? Zwanzig Regimenter? Dreißig? Fünfzig? Oder noch mehr? Hier also stand die tatarische Hauptmacht, die nur kleinere Abteilungen zum Dnepr vorgeschickt hatte, um die Russen zum Angriff zu reizen und sie durch Scheinflucht in den Hinterhalt zu locken! Welch listiger Kniff! Und er war darauf hereingefallen, hatte sein Gefolge in die Falle geführt, den Tataren vor die Klinge!... Wo war jetzt ein Ausweg? Wo eine Rettung? Wie sollte man Zeit gewinnen, um den sorglos und vereinzelt nachrückenden russischen Abteilungen Nachricht zu geben, daß sie sich sammeln? Zu einer Macht vereinigt, waren die Russen stark genug, um es mit den Tataren, denen sie an Zahl ungefähr gleichkamen, aufzunehmen, doch in ihrer Zersplitterung in lauter einzelne Häuflein, mit denen ein jeder der Fürsten nach seinem Gutdünken manövrierte und operierte, was sollte da aus ihnen werden? Wenn sich doch nur ein einziger Tag Aufschub gewinnen ließe, um alle Russen zu sammeln und sie dann ihre Kräfte mit denen der Tataren messen zu lassen...
Nein, dazu war es zu spät! Die Zeit war versäumt! Gleich werden die Tataren auf ihren dreißigtausend frischen Pferden vorstürmen und alles unter deren hundertzwanzigtausend Hufen hinwegfegen... »Tote fühlen die Schmach nicht!« flüsterte Mstislaw und schlug zum ersten

Male sein Pferd mit der Peitsche, daß es sich bäumte und einen jähen Sprung tat. Er jagte den Hügel hinunter, und ihm entgegen stürmten die Polowezer Reiter, die mit einem Gebrüll des Entsetzens und der Verzweiflung auf ihre Pferde lospeitschten und die Galizier, und was ihnen sonst noch auf ihrer ungeordneten wilden Flucht begegnete, einfach über den Haufen rannten, auch die Abteilung der Wolhynier, deren Führer, der achtzehnjährige Fürst Danila Romanowitsch, eine schwere Brustwunde empfangen hatte und sich kaum noch im Sattel halten konnte, so fest er sich auch an die Mähne seines Pferdes klammerte.
Lautlos kamen die Tataren in geschlossenen Reihen auf die Ebene heraus. Ihre Ärmel hatten sie bis zur Schulter aufgekrempelt und schwangen ihre Säbel hoch in der Luft. Etwas Unheilverkündendes lag in dieser merkwürdig lautlosen Bewegung der dichten Reiterkolonnen, die sich im Trab den Ufern der Kalka näherten. Nur das Schnauben der Pferde und dumpfes Hufgetrappel war zu hören und dann und wann Geklirr der Waffen.
Die Tataren überquerten den Fluß, ritten das andere Ufer hinauf, und jetzt erst ertönten die durchdringenden Signale der Trompeten. Mit wildem Geheul stürmten sie auf das Lager der Russen zu, wo man schon die wilde Flucht der Polowezer, die völlig den Kopf verloren zu haben schienen, bemerkt hatte und eilends die Wagen kreisförmig zu einer Burg zusammenrückte. Ohne sich mit der ersten russischen Abteilung aufzuhalten, galoppierten die Tataren weiter und fielen über den weit auseinandergezogenen Fuhrpark her.
Alle auf dem Salosny-Weg heranrückenden russischen Abteilungen sahen die fliehenden Polowezer und in ihrer Mitte auf seinem großen schwarzgrauen Hengst den Fürsten Mstislaw Udatny, dessen roter Mantel im Wind flatterte.
Viele der Russen ließen ihre Fuhrwerke im Stich, schwangen sich auf die Pferde und jagten, um sich in Sicherheit zu bringen, zurück zum Dnepr. Andere wieder ordneten die Fuhrwerke kreisförmig zu Wagenburgen und bereiteten den über sie herfallenden Tatarenabteilungen einen blutigen Empfang mit ihren Streitäxten.
Ein Teil der tatarischen Truppen umzingelte das Lager des Kiewer Großfürsten Mstislaw Romanowitsch, der mit zehntausend Mann – Reiterei und Fußvolk – zu Felde gezogen war. Da er keine Verbindung mit den Abteilungen der anderen russischen Fürsten aufrechterhalten hatte, ahnte er nicht, was Mstislaw Udatny hatte unternehmen wollen und unternehmen würde. Er hatte sich gerühmt, daß er allein ohne fremde Hilfe die »von einem bösen Wind herangewehten Tataren des Kahns Tschagonis« vernichten würde.
Um die Mittagsstunde dieses schwarzen Tages hatten die Kiewer auf dem hohen Ufer des Kalka Rast gemacht. Wie gewöhnlich hatten sie ihre Fuhrwerke im Kreis zusammengestellt, als die Lawine der offenbar toll gewordenen Polowezer an ihnen vorüberbrauste.
Die elf Fürsten, die bei dem Kiewer Heer waren, sagten:

»Dies ist unser Tod! Laßt uns denn fest zusammenstehn!«
Sie küßten sich gegenseitig und gelobten einander, bis zum letzten Atemzug zu kämpfen.
Die Kiewer rückten ihre Fuhrwerke noch enger zusammen, deckten sich mit ihren roten Schilden, hinter den Rädern versteckt. Sie überschütteten die heranstürmenden Tataren mit Pfeilen und setzten ihnen mit Schwertern und Streitäxten mächtig zu.

»Und es war eine Schlacht, böse und grausam«

Wolken von Staub schwebten über der breiten ausgetrockneten Erde, und wo diese Wolken besonders dicht waren, dort kämpften Menschen, jagten reiterlose Pferde dahin, ertönten Schreie der Wut, Stöhnen und Seufzen der Verwundeten, der schmetternde durchdringende Klang der Trompeten und die Wirbel der Trommeln.
Von einer Hundertschaft erlesener Turgauden umgeben, hatte Subudai-Bahadur auf einem Hügel Aufstellung genommen. Er schickte Reiter aus, um zu erfahren: »Wie halten sich unsere Bahadure? Sind nicht frische russische Truppen im Anzug? Droht auch sonst keine Gefahr?«
Doch die zurückkehrenden Boten meldeten, daß die Mongolen überall die hastig auf den Dnepr zurückweichenden Russen hart bedrängten und immer weiter vorrückten, obwohl die Russen sich verzweifelt wehrten, selbst die Verwundeten noch; keiner von ihnen bäte um Schonung oder gäbe sich gefangen.
»Ein Geschlecht von Wölfen«, sagte Subudai, »und wie Wölfe sterben sie auch.«
Als er erfuhr, daß die in ihrer Wagenburg verschanzten Kiewer sich wie die Verzweifelten wehrten, sandte er gegen dieses Lager eine Truppe nach der anderen aus mit dem Befehl: »Die Wagen umwerfen! Den Ring durchbrechen! Ringsum anzünden!«
Die Mongolen bestürmten die russischen Deckungen, schleuderten Speere, schossen Pfeile mit glühend gemachten Nadeln an der Spitze, warfen brennende Schilfbündel, aber sie vermochten den tapferen Widerstand der sich verzweifelt wehrenden Russen nicht zu brechen.
Auf Subudais Befehl mußten die Trabanten der Mongolen zu Fuß gegen die Wagenburgen vorgehen, die sie, Keulen und Krummschwerter schwingend, unter wildem Geschrei, womit sie sich gegenseitig ermutigten, erkletterten. Die Russen empfingen sie mit Hieben und Äxten, Schwertern und Knütteln, daß viele der Angreifer mit zerschmetterten Schädeln wieder hinabstürzten...
Am dritten Tage ließ Subudai den Anführer der Brodniki, Ploskinja, zu sich kommen. Der große starke Mann, aschgrau im Gesicht und mager

vor Hunger, konnte kaum mehr gehen. Zwei Mongolen stachen ihn mit ihren Messern, damit er sich überhaupt von der Stelle bewegte.
»Geh zu deinen Brüdern, den Russen«, sagte Subudai zu ihm, »und rede ihnen zu, die Waffen niederzulegen und den Kampf einzustellen. Sie sollen freien Abzug haben, wir werden ihnen kein Leid antun. Und du sollst von mir dafür die Freiheit erhalten.«
Ploskinja, mit der Hand die Kette hochhaltend, die seine Füße fesselte, begab sich zu dem Russenlager, gefolgt von zwei Mongolen, die das Ende eines um seinen Hals geschlungenen Riemens hielten. Einige Schritte vor den Wagen blieb er stehen. Die Russen betrachteten erstaunt von oben herab diese sonderbare Erscheinung. Schließlich erkannten ihn einige:
»Das ist Ploskinja, der Roßkamm. Er hat Pferdeherden von den Polowezern nach Kiew zum Verkauf gebracht und war Dolmetscher bei den Polowezer Khanen!«
»Der tatarische Khan Subudai-Bahadur sendet mich zu euch«, rief Ploskinja den Russen zu, »um euch sagen zu lassen, ihr möchtet den unnützen Widerstand einstellen. Wenn ihr euch unterwerft, so wird er euch freien Abzug gewähren... Nur euer Hab und Gut und eure Waffen müßt ihr zurücklassen – die Pelze, die Fuhrwerke, die Äxte. Alles das brauchen die Tataren zum Ersatz für das, was sie in ihren Feldzügen verloren haben.«
»Das lügst du in deinen Hals, du Schwätzer. Du willst uns täuschen und betrügen, wie du uns beim Pferdehandel getäuscht und betrogen hast, du Roßtäuscher, wenn du uns abgehetzte Gäule für gute angedreht hast. Wir kennen dich, Ploskinja!« riefen die alten Krieger. »Lieber wollen wir mit dem Schwert oder der Axt in der Hand einen Ausfall machen und versuchen, uns zum Dnepr durchzuschlagen. Dann wird wenigstens die Hälfte von uns nach Hause gelangen. So aber, wenn wir uns auf Gnade und Ungnade ergeben, werden wir ohne Waffen in der Hand alle unser Leben in der Steppe einbüßen.«
Doch Ploskinja schwor, daß er die Wahrheit spräche, nahm ein Kreuz, das ihm auf der Brust hing, küßte es weinend und sprach: »Kann ich denn anders reden, wenn die Tataren mich von hinten mit Messern stechen?«
Die Tataren aber, die ihn nicht verstanden, nickten bestätigend mit dem Kopf.
Ungeachtet der Einwände, die seine Krieger erhoben, befahl der Großfürst Mstislaw Romanowitsch die Auslieferung der Waffen an die Tataren. Da verneigten sich die alten Krieger, Abschied nehmend, tief voreinander und verließen einzeln das Lager, um ihre Waffen auf einen Haufen zu werfen. Und dann liefen sie zum Fluß hin, um ihren Durst zu stillen, denn seit drei Tagen hatten sie keinen Tropfen Wasser mehr gehabt. Aber als der Zug der Waffenlosen voll Freude, daß sie die Heimat wiedersehen sollten, sich durch den Staub der Steppe schleppte, holten die wortbrüchigen Tataren sie ein und säbelten sie, ohne Scho-

nung zu üben, samt und sonders nieder. In der öden unabsehbaren Steppe hatten die Wehr- und Waffenlosen keine Hilfe zu erwarten.
Die Mongolen sonderten die elf im Heere des Kiewer Großfürsten anwesenden Fürsten ab und luden sie zu einem Gastmahl bei Subudai-Bahadur ein. Von Reitern umringt, wurden sie ins Mongolenlager geschafft.
Begleitet von seinen Turgauden, ritt Subudai-Bahadur in geringer Entfernung am Lager der Kiewer vorüber und schaute von weitem dem Blutbad zu, das auf seinen Befehl unter den Wehrlosen angerichtet wurde. Die Russen verteidigten sich, indem sie Steine gegen ihre Mörder warfen und sie von den Pferden zerrten, ihnen ihre Säbel entrissen und damit zuschlugen. Ein Hüne von einem Russen verteidigte sich mit einer Wagendeichsel wie mit einem Knüttel gegen einen ihn bedrängenden Reiter, traf aber statt seiner den Kopf des Pferdes, das wie vom Blitz gefällt zusammenstürzte. Der Russe warf sich auf den am Boden liegenden Mongolen, entriß ihm den Krummsäbel und spaltete ihm damit den Schädel, dann richtete er die Waffe, nachdem er auf ein Pferd gesprungen war, auch gegen andere Tataren, die ihn bedrängten, und eine Staubwolke verdunkelte alles ...
Doch bei solchen ungleichen Kräften und so ungleicher Bewaffnung gewannen die Mongolen rasch die Oberhand.
Von einem Hügel aus setzte Subudai-Bahadur die Beobachtung der Bewegungen seiner Reiterverbände fort und war der erste, der drei von Norden her sich nähernde Staubwolken bemerkte.
»Was ist das?« fragte er.
»Das werden wohl Tochutschars zurückkehrende Reiter sein und Ochsenherden, die von den Kiptschaken herangetrieben werden«, antwortete man ihm.
»Nein, nein«, widersprach Subudai. »Das ist ein neues russisches Heer. Blast zum Sammeln! Die Krieger sollen aufhören, den toten Russen die Stiefel von den Füßen zu ziehen. Es gibt eine neue Schlacht.«
Durchdringend bliesen die Trompeten. Von allen Seiten, insbesondere von dort, wo noch Handgemenge stattfanden, antworteten Signale. Mehrere Mongolen verließen den Weg, wo sich die Russen noch verteidigten, und sprengten auf den Hügel zu, auf dessen Gipfel, unbeweglich wie ein steinernes Götzenbild, ihr Feldherr unter seinem fünfschwänzigen Buntschuk hielt. Inzwischen waren die drei Staubwolken von Norden her immer näher gekommen, lösten sich von der Erde, schwammen in der Luft und zerstreuten sich allmählich. Die Turgauden um den schweigende Subudai begannen halblaut unter sich zu sprechen: »Drei Abteilungen sind es ... Wenn es keine Kiptschaken sind, dann können es nur Russen sein ... Jetzt reiten sie durch den Sumpf, darum wirbelt auch kein Staub mehr auf ... Seht, da sind sie schon!«
Aus einem sich lang hinziehenden Röhricht und Weidicht tauchten jetzt auf Schimmeln und Rotfüchsen die ersten Reiter auf, als ob sie aus der

Erde emporwüchsen, und bald füllten sie die ganze Ebene. Eine Zeitlang hielten sie an einer Stelle, als ordneten sie ihre Reihen, und bald hatten sie einen Halbkreis gebildet, über dem drei dreieckige Banner emporragten: im Zentrum ein schwarzes mit Gold und an den Flügeln je ein rotes. Die noch im Handgemenge mit den waffenlosen Kiewern befindlichen Tataren hatten lange Zeit das Eintreffen eines neuen Heeres nicht bemerkt, sondern waren westwärts Schritt für Schritt zum Dnepr vorgedrungen.
Plötzlich stürmte das Zentrum des neu gekommenen Heeres mit ohrenbetäubendem Geschrei über die Ebene hin auf das dichteste Schlachtgetümmel zu. Der rechte Flügel löste sich los und versuchte, westwärts vorrückend, die Kämpfenden zu umfassen, der linke Flügel aber näherte sich erst langsam, dann mit zunehmender Schnelligkeit dem Hügel, auf dem Subudai-Bahadur hielt.
Nach kurzer Überlegung ritt der alte Feldherr mit dem Rufe »Mir nach!« den Hügel hinab und nach jener Seite hin, wo Tochutschars Truppen standen, besser gesagt: wo sie hätten stehen sollen. Aber der Platz war leer, denn Tochutschar hatte schon in die Schlacht eingegriffen, und so jagte Subudai weiter. Die Russen verfolgten ihn nicht. Ihnen war mehr daran gelegen, den bedrängten Kiewern, die sich auf den Dnepr zurückzogen, Hilfe zu bringen.
Subudai ließ durch Meldereiter, die er nach allen Seiten des Schlachtfeldes entsandte, die Mongolen zusammen- und zu den Ufern der Kalka zurückrufen.
»Noch ist der Sieg auf unserer Seite«, sagte er. »Aber die Russen sind ein furchtbares Wolfsgeschlecht. Es könnte noch ein Heer auftauchen und uns den Rückzug nach der Heimat abschneiden. Es ist Zeit, die Pferde zu wenden.«
An der Spitze von dreihundert Reitern, die ihre Pferde eben gewechselt hatten, galoppierte Dschebe-Nojon zum Dnepr. Der ihn als Dolmetscher begleitende Brodnik Ploskinja mußte auf sein Geheiß die verwundeten Russen ausfragen:
»Wo ist Fürst Mstislaw Udatny?«
Einige behaupteten, sie hätten ihn wie der Wind auf seinem schwarzgrauen Hengst dahinbrausen sehen.
Am Ufer des Dnepr gewahrte Dschebe ein eben abstoßendes Boot, worin hell der rote Korsno des Fürsten schimmerte, der, ohne sich nach dem Steppenufer umzuwenden, im Heck saß und sein dem Boot nachschwimmendes Pferd am Zügel hielt. In den Strahlen der untergehenden Sonne leuchtete sein goldener Helm. Dschebe legte den besten seiner Pfeile auf die Sehne seines Bogens und spannte sie straff, doch der Pfeil erreichte das Boot nicht mehr, sondern fiel plätschernd ins Wasser. Dschebe sprang von seinem Pferde, warf sich bäuchlings auf die Erde und biß vor Wut in das gelbe trockene Gras.
Als er sich wieder erhoben und noch einen bösen Blick nach dem sich immer weiter entfernenden Boot geworfen hatte, zog er seinen Säbel

und hieb, da er nicht wußte, an wem er sonst seine Wut hätte auslassen sollen, den alten Brodnik Ploskinja, dessen Dienste man nun nicht mehr brauchte, mitten durch. Dann schwang er sich wieder in den Sattel und galoppierte davon.
Hier muß nachgetragen werden, wie sich das Eintreffen des neuen russischen Heeres auf dem Schlachtfeld an der Kalka erklärte. In der Stadt Rostow hatte eine Zusammenkunft von Kriegsleuten stattgefunden, die in den Diensten der verschiedensten Fürsten standen, über deren Uneinigkeit sie alle einer Meinung waren, nämlich daß sie eine Gefahr für das russische Land bedeutete und die Polowezer und Polen und andere Fremdvölker zu Einfällen in ein Land, worin solche Unordnung herrschte, geradezu ermutigte. Sie kamen überein, nach Kiew, der ältesten und ruhmreichsten der russischen Städte, zu reiten, um dort in die Dienste des Großfürsten zu treten. Unterwegs hörten sie, daß die südlichen Fürsten gemeinsam mit dem Kiewer Großfürsten einen Heereszug zum blauen Asowschen Meere unternommen hätten, um die Tataren des Khans Tschagonis zu züchtigen, und das bewog sie, auf wenig benutzten Wegen und Pfaden durch die Steppe zu ziehen, um sich mit den vorausgezogenen russischen Truppen zu vereinigen. So trafen sie just in dem Moment an der Kalka ein, als die wortbrüchigen Mongolen dabei waren, die waffenlosen Kiewer niederzumetzeln. Ihr unerwartetes Erscheinen gab den fliehenden Russen die Möglichkeit, in leidlicher Ordnung den rettenden Dnepr zu erreichen, wo die zurückgelassenen Boote sie aufnahmen. Die Leichen der übrigen freilich, die im Vertrauen auf Subudais Worte die Waffen gestreckt und den Mördern zum Opfer gefallen waren, deckten das Schlachtfeld, eine Beute

»der grauen Wölfe, die ihre Leichen zerrissen,
und der schwarzen Krähen, die sie zerhackten«,

wie es in einem alten Liede heißt.
So war durch die Kurzsichtigkeit und Eigensucht der aufeinander neidischen russischen Fürsten, die ihre Truppen nicht zu einem einzigen mächtigen Heere hatten vereinigen wollen, aus dem Salosny-Weg, dem Eisenweg, ein Slosny-Weg, ein Tränenweg, geworden, den das rote Blut der russischen Krieger begoß. Unter den Helden, deren Leichen die Walstatt deckten, befanden sich der Rostower Recke Aljoscha Popowitsch und sein treuer Schildträger Terop ebenso wie sein Gefährte, der tapfere Rjasaner Recke Dobrynja Goldgürtel, ferner der ruhmreiche Jekim Iwanowitsch und viele, viele andere kühne Helden aus den nördlichen Landen.

Das Gelage der Tataren auf den Gebeinen der Besiegten

...Die Fürsten wurden zwischen Bretter gelegt und zerquetscht. Selbst aber setzten sich die Sieger darauf zum Mahle nieder...
(Troizker Chronik)

Subudai-Bahadur berief alle seine Hundert- und Tausendschaftsführer zu einem Dankgebet, das zu Ehren des Kriegsgottes Sulde auf einem hohen Hügel am Ufer der Kalka abgehalten werden sollte. So hatte es der finstere Schamane Beki verlangt. Mit seiner hohen spitzen Mütze auf dem Kopfe, ein zottiges Bärenfell um die Schultern, über und über mit Messerchen, Püppchen und Schellen behängt, umschritt der alte Zauberpriester, tanzend und mit einem Klöppel die Schellentrommel schlagend, einen freien Platz, in dessen Mitte, als Opfer ihrer Vertrauensseligkeit, gebunden der Großfürst von Kiew und die übrigen elf Fürsten lagen, die gegen Lösegeld freizulassen die Mongolen abgelehnt hatten.

Kopfschüttelnd und schmatzend betrachteten die Mongolen ihre Gefangenen und bedauerten nur, daß der »Konjas Mastisljab« nicht darunter war, denn gar zu gern hätten sie den berühmten »russischen Dschebe« gesehen.

Schreiend stieß der Schamane seine Gebete hervor, indem er abwechselnd wie ein Star pfiff, wie ein Bär brummte, wie ein Wolf heulte, wie ein Uhu schuhute. So hielt er Zwiesprache mit dem Gott des Krieges, der den Mongolen einen neuen Sieg beschert hatte.

»Hört ihr, wie er zürnt?!« schrie er. »Ihn hungert, er verlangt Menschenopfer!«

Nun wurden Bretter herbeigetragen, die man von den russischen Fuhrwerken losgerissen hatte, und auf die unglückseligen russischen Fürsten gelegt. Dann setzten sich dreihundert tatarische Führer darauf nieder und priesen, indem sie mit Kumyß gefüllte Schalen hoben, ihren schrecklichen Kriegsgott Sulde und den unüberwindlichen »Erschütterer des Erdkreises«, den rotbärtigen Dschingis-Khan. Und sie lachten schnatternd, wenn unter den Brettern hervor das Stöhnen und Fluchen der Gemarterten klang, die unter der Last zermalmt wurden.

Allmählich verstummte das Stöhnen der Unglücklichen und wurde von dem frohlockenden Liede der mongolischen Krieger übertönt:

»Der heimatlichen Steppen denken wir
am blauen Kerulon, am goldenen Onon!«

Als das Gelage seinen Höhepunkt erreicht hatte, erhob sich Tochutschar-Temnik und stieß einen Pfiff aus, das Signal, welches bei einer Treibjagd die Schützen zusammenruft; und als auf dieses ihnen vertraute Zeichen hin alle still wurden, hielt Tochutschar mit lauter schallender Stimme an die Krieger folgende Ansprache:

»Der große Kagan Dschingis-Khan, der Allwissende, der alles Künftige

voraussieht, mag es nach hundert Tagen oder erst nach tausend Jahren geschehen, hat mich mit einem Tumen kühner Krieger euch nachgeschickt, damit ich die unbesiegbaren Tiger Dschebe-Nojon und Subudai-Bahadur suche. Denn das beste Geschenk für einen Krieger, so sprach der Kagan zu mir, ist Hilfe und Verstärkung am Tage der Schlacht...«
»So ist's, so ist's!« schrien die Mongolen wild durcheinander.
»Ohne unterwegs haltzumachen, sind wir durch verschiedene Länder gezogen. Überall sahen wir die Spuren, welche die Klingen der unbesiegbaren Mongolenkrieger hinterlassen hatten, und erkundigten uns: ›Wo sind die ruhmreichen Bahadure Dschebe und Subudai?‹ Erschrocken auf die Knie fallend, deuteten die Befragten mit den Händen nach Westen. Nun, wir trafen gerade im rechten Moment ein, um in die Schlacht einzugreifen. Mit euch vereint, haben wir mit den langbärtigen Russen kurzen Prozeß gemacht.«
»Ja, Ruhm sei dir, Tochutschar! Du kamst zur rechten Zeit!« Der Temnik fuhr fort:
»Der erhabene Gebieter der Welt, der euer gedacht hat, übermittelt euch durch mich seinen Willen. Ein Eilbote, den meine zehntausend Reiter behütet haben wie ihren Augapfel, wie einen kostbaren Edelstein, damit er unversehrt zu euch gelange, bringt euch einen heiligen Brief. Seht, da ist er!«
Ein krummbeiniger Mongole, dessen Mütze die Falkenfedern des Eilkuriers schmückten, trat auf Subudai-Bahadur zu. Er zog aus seinem Busen ein kleines röhrenförmiges Futteral aus Leder hervor, worin eine versiegelte Rolle steckte. Mit seinen gekrümmten Fingern riß Subudai das Wachssiegel ab. Ein weißbärtiger Schreiber mit dem Turban eines Muselmanns auf dem Haupte entfaltete die Schriftrolle, las das Geschriebene für sich durch und flüsterte es dann dem Feldherrn ins Ohr. Dieser erhob sich von seinem Sitz und rief:
»Hört mit Ehrerbietung, was der große Kagan befiehlt!«
Alle sprangen auf. Und ebenso taten alle mongolischen Krieger, die dies sahen.
»Der große Kagan befiehlt! Wir gehorchen!« riefen sie wie aus einem Munde und warfen sich mit dem Gesicht auf die Erde.
Subudai-Bahadur fuhr fort:
»Folgendes schreibt der Unbesiegbare:
Wenn ihr diesen Brief bekommt, dann wendet die Köpfe eurer Pferde nach Osten und reitet her zum Kurultai, um die Unterwerfung des Erdkreises zu beraten.

> Gott im Himmel und der Kagan, Gottes Schatten auf Erden, Siegel des Gebieters über die Kreuzbahn der Planeten, des Beherrschers aller Sterblichen.«

Subudai ließ seinen Blick über die zur Erde gebeugten Rücken hingleiten und hob die Hand.
»Jetzt will ich sprechen!« rief er. »Hört mich an!«

Alle richteten sich zu kniender Stellung auf und blickten mit angehaltenem Atem ihren Feldherrn an.
»Heute wollen wir uns noch unseres Sieges freuen, morgen aber, nach Sonnenaufgang, ziehen wir ostwärts, zur goldenen Jurte unseres Gebieters. Wer zögert – der wird erwürgt!«
Nun nahmen alle ihre Plätze unter freudigem Gejohle wieder ein und setzten das Gastmahl zur Feier ihres Sieges über die Russen fort.
Am Morgen des folgenden Tages, als sie das Gebet zur aufgehenden Sonne verrichtet und Kumyß als Trankopfer dargebracht hatten, bestiegen die Mongolen ihre Pferde. Sie trieben Herden von Vieh und abgerissenen Gefangenen vor sich her. Die Ochsenfuhrwerke, beladen mit Beutegut und verwundeten Mongolen, setzten sich in Bewegung und holperten mit knarrenden Rädern durch die Steppe, bis sie in Wolken von Staub verschwanden. An der Spitze aller ritt Subudai-Bahadur, der in einem an seinem Sattelknauf hängenden Lederbeutel das abgeschlagene Haupt des Kiewer Großfürsten Mstislaw Romanowitsch mit sich führte samt dessen vergoldetem Helm und goldenem Brustkreuz. Und Subudais Mund verzerrte sich zu einer Grimasse des Lächelns beim Gedanken daran, wie er seinen Sack mit dem kostbaren Inhalt vor dem goldenen Thron des Welterschütterers niederlegen würde...
Den Beschluß des Heereszuges bildete die Späherhundertschaft Dschebe-Nojons, der keinen Beutel mit sich führte. Er sang das Lied von den heimatlichen Steppen am blauen Kerulon und goldenen Onon, das melancholisch wie das Heulen des Steppenwindes klang.
Nordostwärts zum Flusse Itil, der jetzt Wolga heißt, zogen die Mongolen und weiter über die südlichen Ausläufer des Uralgebirges zu den Ebenen Chowaresmiens. Die Kiptschakensteppe war wieder frei, denn die Tataren und Mongolen waren ebenso plötzlich wieder verschwunden, wie sie gekommen waren. Nach ihrem Abzug kehrten einige Kiptschakenstämme in ihre verwüsteten Nomadenlager zurück, andere dagegen zogen weiter bis in die ungarische Steppe und an den Unterlauf der Donau. Sowohl die Kiptschaken wie die Russen wiegten sich in dem Wahne, daß die Tataren niemals wiederkehren würden, und die russischen Fürsten, statt ihren Zwist zu begraben und für einen neuen Krieg ein gemeinsames Heer zu rüsten, setzten ihren alten Hader fort, denn sie ahnten nicht, daß Dschingis-Khan einen neuen, noch furchtbareren Einfall in die Länder des Okzidents plante...

Neunter Teil

Dschingis-Khans Ende

Dschingis-Khan befahl, die Pferde umzuwenden

Nach der kühnen Flucht des Sultans Dschelal-ed-Din sandte Dschingis-Khan zur Verfolgung des Flüchtigen die erfahrenen Feldherren Bal-Nojon und Durbai-Bahadur ins indische Land. Jeder von ihnen schlug mit seinen Reitern einen anderen Weg ein, es gelang aber keinem, eine Spur des Sultans zu finden. Unterwegs legten sie die den Bundesgenossen Dschelal-ed-Dins, den Khanen Agrak und Asam-Melik gehörenden Städte in Schutt und Asche.

Auf Flößen, die sie mit Katapulten und zum Schleudern geeigneten Steinen als Munition ausgerüstet hatten, fuhren sie den Fluß Sindh hinunter und gelangten vor die Stadt Multan, die sie belagerten und mit ihren Steinschleudern beschossen. Doch den hohen starken Mauern der Stadt fügten sie damit wenig Schaden zu, und zum Entsatz eintreffende indische Truppen und die für die in Schafpelze gekleideten Mongolen unerträgliche Hitze zwangen sie, die Belagerung aufzuheben und zu Dschingis-Khan zurückzukehren.

Der große Kagan hatte sich vor der Hitze in ein hoch gelegenes Bergdorf zurückgezogen, das meist in Wolken eingehüllt war, und schien alle Kriegs- und Welthändel vergessen zu haben. Bei abendlichen Gelagen lauschte er den Märchenerzählern und Sängerinnen, die persische und chinesische Lieder vortrugen. Tänzerinnen, die soeben erst aus der chinesischen Hauptstadt bei ihm eingetroffen waren und zur Reise hierher fast zwei volle Jahre gebraucht hatten, produzierten sich vor ihm in goldschimmernden Schleiergewändern auf dunkelvioletten afghanischen Teppichen. Um den Flug von Vögeln zu versinnbildlichen, bewegten sie ihre in weiten Ärmeln steckenden zierlichen Arme wie Schwingen, oder sie rollten sich zusammen wie Schlangen, um sich dem Knäuel dann wieder zu entwinden und sich in anmutigem Reigen zu drehen.

Von Krankheit befallen, lagen Dschingis-Khans jüngster Sohn Külkan und seine junge Mutter Kulan-Hatun mit Pelzen zugedeckt auf seidenen Kissen und klagten bald über Frost, der sie schüttelte, bald über Hitze, die sie versengte. Dschingis-Khan besuchte beide täglich, erkundigte sich besorgt nach ihrem Befinden und steckte ihnen Zuckerstückchen in den Mund. Kulan-Hatun beklagte sich weinend über Schmerzen im

ganzen Körper. »Böse Berggeister quälen diejenigen, die an diesem schlimmen Ort bleiben«, sagte sie. »Sahst du die brauenden Nebel aus den tiefen Tälern und Schluchten aufsteigen? Das sind die Seelen der von deinen Kriegern erschlagenen Kinder. Ich und mein kleiner Külkan, wir werden dafür büßen und sterben müssen. Nur das Wasser des blauen Kerulon könnte uns Genesung schaffen. Laß mich heimkehren in die mongolischen Steppen!«
Dschingis-Khan erzürnte sich:
»Allein? Nein, ohne mich wirst du nirgendwohin gehen. Und ich muß erst noch die andere Hälfte des Erdkreises erobern.«
Da Kulan-Hatun daraufhin noch stärker weinte, sandte Dschingis-Khan nach seinem Ratgeber, dem Chinesen Je-Liu-Tschu-Tsai, der unverzüglich mit einem großen Buch in den Händen erschien. Als Kulan-Hatun ihn erblickte, sprang sie von ihrem Lager auf, entriß ihm das Buch, warf es zu Boden und sich selbst darauf.
»Gleich werden wir erfahren, was der Himmel vorhat«, sprach Dschingis-Khan.
»Ich will nicht wissen, was der Himmel mit mir vorhat!« schrie Kulan-Hatun wütend. »Es wird nur geschehen, was ich selbst vorhabe. Und ich will zurück an die Ufer des Kerulon, und alle im Heere wollen das gleiche.«
Dschingis-Khan hob die Brauen und sagte nach einem Schnaufen:
»Bis jetzt habe ich keinen Gegner gefunden, den ich nicht besiegt hätte. Jetzt will ich den Tod besiegen. Wenn du Widerspenstige bei mir bist, wird der Tod dich nicht anrühren. Gehst du aber von mir fort, so werden Gift bei einem Gastmahl oder Pfeil und Dolch aus dem Dunkel dich treffen, und der Todesengel wird deine Seele über die Wolken davontragen...« Dann zu Je-Liu-Tschu-Tsai gewandt: »Du hattest mir versprochen, Schamanen, Zauberer, Ärzte und Weise kommen zu lassen, damit sie mir einen Trank brauen, der unsterblich macht. Warum sehe ich sie immer noch nicht hier?«
»Es sind zuverlässige Leute nach ihnen ausgesandt worden, und es ist nicht zu zweifeln, daß sie bald hier sein werden. Du rückst aber so schnell mit deinem Heer vor, daß sie dich nicht einholen können.«
Als Dschingis-Khan sah, daß Kulan-Hatuns Zustand sich verschlimmerte und daß ihre Schönheit dahinschwand und daß auch sein und ihr Söhnchen immer magerer, blasser und kraftloser wurde, begann sich in ihm eine Unruhe zu regen. Er sprach häufig vom Tode und bestürmte die Ärzte mit Fragen nach einem Mittel zur Verlängerung des Lebens. Wenn aber einer so unvorsichtig war, ihm einen solchen wunderwirkenden Trank anzubieten, befahl ihm der Kagan, von diesem Heiltrank zu kosten, und ließ den Unvorsichtigen dann köpfen, um zu beobachten, ob er etwa doch am Leben bliebe.
Tiefe Niedergeschlagenheit bemächtigte sich Dschingis-Khans, als die Nachricht eintraf, daß bei einer Schlacht um die Festung Baltan ein Pfeil, so groß wie ein Speer, seinen Lieblingsenkel Mutugan, einen Sohn

Dschagatais, tödlich getroffen habe. Dieser Enkel hätte nach dem Willen des Kagans dereinst der Gebieter der muselmanischen Länder werden sollen, und nun hatte ihn der Tod hinweggerafft.
Da gewann Dschingis-Khan die Überzeugung, daß der Tod so blindlings zuschlage, wie eine blinde Kamelstute ausschlage. Wen es zufällig trifft, der muß seinen Geist aufgeben: wer Glück hat, der weicht dem Schlage aus und bleibt am Leben.
Dieser Tod seines Lieblingsenkels erbitterte den Kagan dermaßen, daß er befahl, Baltan unverzüglich und um jeden Preis einzunehmen und die gesamte Einwohnerschaft über die Klinge springen zu lassen. Und so geschah es auch: Keiner der Einwohner wurde verschont und die Stadt und die ganze Umgegend zur Wüste gemacht, in der kein Geschöpf mehr zu leben vermochte. Man gab dem Ort den Namen »Mau-Kurgan«, was soviel wie »Hügel der Trauer« bedeutet. Seither hat sich kein Mensch wieder dort angesiedelt, und die Erde blieb ungepflügt. Ganze Tage saß Dschingis-Khan brütend vor seinem gelben Zelt, das auf der Spitze eines Berges über einem Abgrund aufgeschlagen war. Unter seinen Füßen dunkelten bodenlose Schluchten, und sein Blick schweifte über düstere Bergketten und Schneegipfel hin, die in nebliger Ferne verschwammen und verschwanden. Bisweilen ließ er landeskundige Leute kommen und forschte sie nach den kürzesten Wegen über Indien und Tibet nach den mongolischen Steppen aus.
Auch seine mit Beute beladenen Krieger beseelte nur noch der eine Wunsch, endlich wieder in die heimatliche Stammhorde zurückzukehren. Doch wagte niemand, dies dem Kagan, der in seinem Zorne furchtbar war, zu eröffnen. Keiner kannte Dschingis-Khans innerste Gedanken, keiner konnte voraussehen, welchen Befehl er am nächten Tage geben würde – ob er das Herr zu einem neuen Vormarsch oder zur Heimkehr sich in Bewegung setzen ließ. Ob man daheim würde der Ruhe genießen dürfen, oder ob man noch viele Jahre würde durch die verschiedensten Länder ziehen müssen, um deren Völker mit Feuer und Schwert auszurotten.
Die Truppen begannen schon über den langen Aufenthalt in den Engpässen der afghanischen Berge, wo ihre Pferde zu wenig Futter fanden, zu murren. Um den Kagan von der Notwendigkeit der Rückkehr in die Heimat zu überzeugen, dachte sich Kulan-Hatun, nachdem sie viel mit dem Chinesen Je-Liu-Tschu-Tsai geflüstert und getuschelt hatte, ein Märchen aus, welches der Chinese zwei kühnen Kriegern lehrte, damit sie es Dschingis-Khan wiedererzählten. So geschah es. Die beiden ersuchten um eine Audienz beim »Erhabensten« mit der Begründung, sie hätten ihm Wichtiges und Wunderbares mitzuteilen. Von Je-Liu-Tschu-Tsai wurden sie vor Dschingis-Khans Antlitz geführt, und sie erzählten ihm folgendes:
»Wir hatten uns in den Bergen verirrt. Da erblickten wir ein Tier, das am ehesten einem Hirsch glich, aber von grüner Farbe war. Es hatte einen Pferdeschweif und mitten auf der Stirn ein Horn. Und dieses Tier

rief uns in unserer Sprache zu: ›Sagt eurem Khan, er möge rechtzeitig in seine Heimat zurückkehren!‹ «

Dschingis-Khan hörte sich das Märchen ruhig an. Dann fragte er mit hochgezogenen Brauen die vor ihm Knienden:

»Hattet ihr an jenem Tage, an dem euch das Wundertier begegnete, viel Kumyß getrunken?«

Die Bahadure schwuren, dies wäre nicht der Fall gewesen. Sie wären froh, wenn sie Stutenmilch zu trinken bekämen, auf diesen kahlen Felsen aber müsse man sich schon glücklich preisen, wenn man etwas Ziegenmilch bekäme; von Kumyß könne gar keine Rede sein. Und zur Bekräftigung der Wahrheit ihrer Worte streckten sie den Daumen in die Höhe.

Dschingis-Khan wandte sich an den Chinesen:

»Du kennst ja alle Bücher, in denen alle Geheimnisse der Erde, des Meeres und des Himmels erklärt werden. Hast du je etwas von einem solchen Tier gelesen?«

Je-Liu-Tschu-Tsai brachte ein großes Buch herbei mit Abbildungen verschiedener Tiere: Alles, was kreucht und fleucht und im Wasser schwimmt, war darin zu sehen. Er blätterte eine Weile, dann sagte er:

»Solch ein seltenes Tier heißt der ›weise Go-Duan‹, und es versteht die Sprachen aller Völker. Die Worte, die es an unsere Bahadure gerichtet hat, wollen besagen, daß es zu viel Blutvergießen in der Welt gibt. Schon vier Jahre zieht das große Heer durch die westlichen Länder. Deshalb hat der ewige erhabene Himmel, der das ununterbrochene Morden und Töten verabscheut, dieses Tier Go-Duan gesandt, um dir, mein Herr und Gebieter, seinen Willen zu verkünden. Zeige dem Himmel deinen Gehorsam und schone die Bewohner dieser Länder; das wird dir unendliches Glück bringen. Andernfalls wird der Himmel sich über dich erzürnen und der Blitz dich treffen. So erklärt es dieses alte Buch chinesischer Weiser.«

Alles das hatte Je-Liu-Tschu-Tsai in einem sehr feierlichen Ton gesprochen, so wie man ein Gebet spricht. Dschingis-Khan aber hatte seinen Ratgeber dabei recht merkwürdig forschend angeblickt, mit einem zugekniffenen Auge. Dann heftete er seinen Blick auf die beiden Knienden, rief den einen und dann den anderen zu sich heran, flüsterte ihnen, sich zu ihnen niederbeugend, etwas ins Ohr, worauf jeder von ihnen, ebenfalls flüsternd, antwortete. Darauf gestattete der Khan, der ein äußerst pfiffiges Gesicht machte, den beiden Bahaduren, sich zu entfernen, und befahl, ihnen so viel Kumyß zu geben, wie sie trinken könnten.

»Diese Bahadure sind schlau und findig«, sprach der Kagan zu seinem Ratgeber. »Man muß sie rühmen. Ich fragte sie, erst den einen, dann den andern, in welcher Gangart das Einhorn gelaufen sei. Im Trab, sagte der eine, im Zelterschritt, der andere. Auch ein völlig betrunkener Mongole würde die beiden Gangarten nicht miteinander verwechseln . . . Doch ich habe heute erkannt, daß meine Krieger des Kampfes müde sind, daß sie

Sehnsucht haben nach den heimatlichen Steppen und daß diese Sehnsucht immer stärker in ihnen wächst. Deshalb erkläre ich, daß ich in Übereinstimmung mit dem Willen des Himmels, der mir, seinem Erwählten, dieses Wundertier Go-Duan gesandt hat, das Heer werde kehrtmachen lassen, um es in die Heimat zurückzuführen.«
Als dieser Beschluß Dschingis-Khans bekannt wurde, freuten sich alle Krieger, sangen Lieder und machten sich marschbereit.
Anfänglich hatte Dschingis-Khan beabsichtigt, über Indien und Tibet zu marschieren, und hatte zu diesem Zwecke auch bereits eine Gesandtschaft nach Delhi an den indischen Kaiser Iltutmysch geschickt. Doch der Weg über die Berge war noch mit Schnee bedeckt. Auch zögerte der indische Kaiser mit der Antwort und zog Truppen zusammen, die er Dschelal-ed-Dins Befehl unterstellte.
Währenddessen trafen aus der Mongolei Nachrichten über einen Aufstand der ewig rebellischen Tanguten ein, und die Zeichen, die Dschingis-Khans Ratgeber Je-Liu-Tschu-Tsai in den Sternen gelesen, und die Weissagungen der Schamanen hielten den Kagan davon ab, über Indien heimzuziehen, sondern bewogen ihn, für die Rückkehr den gleichen langen Weg zu benutzen, auf dem er hergezogen war. Auf seinen Befehl mußten die Bergbewohner die Gebirgspässe vom Schnee frei machen, und zu Beginn des Frühlings brach das Mongolenheer auf.

Dschingis-Khans Schriftwechsel mit dem bettelarmen Weisen

Noch während er sein Quartier am Oberlauf des Schwarzen Irtysch aufgeschlagen hatte, war Dschingis-Khan, besorgt um seine Gesundheit und auf Verlängerung seines Lebens bedacht, auf der Suche nach erfahrenen Ärzten gewesen. Man hatte ihm von dem weisen Tschan-Tschun erzählt, der alle Geheimnisse des Himmels und der Erde ergründet haben und sogar ein Mittel wissen sollte, welches Unsterblichkeit verlieh. Der Astronom und Astrolog Je-Liu-Tschu-Tsai behauptete:
»Tschan-Tschun-Tsy ist ein Mensch von höchster Vollkommenheit, der über die Gabe verfügt, sich in andere Geschöpfe zu verwandeln und zu den Wolken emporzuschwingen. Er, der allen irdischen Gütern entsagt hat, lebt mit anderen Eremiten zusammen in den Bergen, wo sie nach dem Stein der Weisen forschen, der ›Dao‹ heißt und dem Menschen langes Leben, ja Unsterblichkeit verleiht. In Meditation versunken, liegt er bald totenstarr da, bald steht er tagelang reglos wie ein Baum da, bald spricht er laut wie der Donner, dann wieder säuselt er sanft wie der leiseste Windhauch. Er hat viel gesehn, viel gehört, und es gibt wohl kein Buch, das er nicht gelesen hätte.«
Diesen ungewöhnlichen Mann zu suchen, sandte Dschingis-Khan den

Chinesen Liu-Tschun-Liu aus, dem er eine goldene Paizsa mit der Abbildung eines wütenden Tigers und der Inschrift »Es steht ihm frei, unumschränkt zu verfügen, als ob WIR selbst es wären« mitgab samt einem Brief, von Dschingis-Khan persönlich an den Weisen Tschan-Tschun gerichtet, dessen nach dem Diktat des schreibunkundigen Kagans von seinem Ratgeber Je-Liu-Tschu-Tsai zu Papier gebrachter Inhalt folgendermaßen lautete:

»Der Himmel hat China seiner unmäßigen Üppigkeit und Wollust wegen und ob seines Hochmutes verworfen. Ich dagegen, ein Bewohner der nördlichen Steppen, habe keine ausschweifenden Neigungen. Ich liebe die Einfachheit und die Reinheit der Sitten, lehne Üppigkeit ab und übe Mäßigkeit. Ich trage immer nur ein einziges Gewand aus Leinwand und nehme stets ein und dieselbe Kost zu mir, das heißt, ich lebe so einfach wie ein Stallknecht oder eine Kuh.

Im Laufe von sieben Jahren habe ich große Taten vollbracht und in allen Weltteilen meine Macht befestigt. Ein Reich wie das meine hat es seit den ältesten Zeiten nicht mehr gegeben, seit den Zeiten, da die Welt von unseren Vorfahren, den Nomadenstämmen Schan-Jui, erobert wurde.

Mein Stand ist hoch, und meine Pflichten sind wichtig. Doch fürchte ich, daß meiner Regierung etwas fehle. Wenn man ein Schiff baut, so stattet man es mit Rudern aus, um es mit ihrer Hilfe fortbewegen zu können. In ähnlichem Sinne wählt man sich weise Männer zu Gehilfen, um mit ihnen den unterworfenen Erdkreis zu regieren.

Ich habe erfahren, daß Du, o mein Lehrer, der Wahrheit am nächsten bist und stets nach erhabenen Gesetzen handelst. Hochgelehrt und erfahren, hast Du die Gesetze in ihrer ganzen Tiefe erkannt. Schon lange lebst Du einsiedlerisch in Felsenschluchten und hältst Dich dem törichten Treiben der Welt fern.

Was soll aber ich tun? Die Entfernung, die uns trennt, und die zwischen uns liegenden Berge und Täler lassen es nicht zu, daß ich Dich treffe. Deshalb habe ich einen Vertrauensmann, meinen hohen Würdenträger Liu-Tschun-Liu, ausgewählt und ihn mit einem bequemen Reisewagen und flinken Reitern als Begleiter zu Dir geschickt, damit er Dir sage, Du mögest die vielen Tausende von Li nicht scheuen und Dich ungesäumt zu mir begeben.

Denk nicht an die weite Entfernung und an die Ausmaße der Sandsteppen, laß Dich nicht durch solche Bedenken abhalten, zu mir zu kommen, sondern habe Mitleid mit meinem Volke. Oder aber teile mir ein Mittel mit, das Leben zu verlängern.

Ich hoffe, daß Du, der Du das Wesen des erhabenen Dao erkannt hast, mit allen Guten mitfühlst und Dich meinem Wunsche nicht widersetzest. Daher muß Dir unser gegenwärtiges Gebot ganz klar sein.«

Mit diesem Brief machte sich Liu-Tschun-Liu auf die weite Reise über Steppen und Berge, stets in höchster Eile, um den Willen des großen Kagans rasch zu vollziehen, auf den Poststationen immer nur gerade so lange verschnaufend, als es Zeit brauchte, die Pferde zu wechseln, bis

er, in China endlich angelangt, den Weisen und Asketen in einer entlegenen Schlucht ausfindig machte. Der abgezehrte alte Mann weigerte sich ganz entschieden, dem Rufe Dschingis-Khans Folge zu leisten, fand sich jedoch bereit, auf den Brief eine schriftliche Antwort zu geben, die Liu-Tschun-Liu durch einen Eilkurier dem großen Kagan übermittelte; denn er fürchtete dessen Zorn zu sehr, als daß er es gewagt hätte, unverrichteterdinge sofort wieder zu ihm zurückzukehren. Er blieb vorerst bei dem Einsiedler, in der Hoffnung, daß er ihn doch noch umzustimmen vermöchte.
Folgendes schrieb der chinesische Weise:
»Tschan-Tschun, der nach dem Dao strebende einsame Bewohner der Gebirge, empfing kürzlich den aus weiter Ferne zu ihm gelangten allerhöchsten Befehl. Ja, das ganze untüchtige Volk der Chinesen hat sich in seinem Hochmut unvernünftig aufgeführt. Wenn ich bedenke, wie stumpf ich selber in den Dingen des Lebens bin, wie wenig Fortschritte ich trotz redlichstem Bemühen in der Ergründung des Dao gemacht habe, worüber ich nicht gestorben, sondern bloß alt geworden bin, wenn ich ferner bedenke, daß ich, obgleich ich in verschiedenen Reichen einen gewissen Ruhm genieße, kein bißchen tugendhafter und heiliger bin als jeder andere gewöhnliche Sterbliche, dann erfaßt mich darob peinliche Scham. Wer kennt denn die verborgensten Gedanken?
Als ich Deinen ungewöhnlichen Brief erhielt, war mein erster Gedanke, noch tiefer in die Berge oder ans Meer zu fliehen, doch dann bedachte ich, daß es klüger sei, sich diesem Gebot nicht zu entziehen, und hielt es für nötig, mich auf die Reise zu begeben, mit Schnee und anderen Unbilden zu kämpfen, um vor den Herrscher hinzutreten, den der Himmel dermaßen mit Kühnheit und Weisheit ausgestattet hat, daß er alle Herrscher übertrifft, die im Altertum und in unserer Zeit regiert haben, also daß sowohl gesittete, gelehrte Chinesen wie auch rohe, wilde Barbaren sich ihm unterwerfen.
Während der Reise würden Wind und Staub mich ununterbrochen umwehen, den Himmel würden Wolken verdunkeln, und ich bin so alt und schwach, daß ich große Anstrengungen nicht mehr ertragen kann und fürchte, ich werde kaum mehr imstande sein, den weiten Weg bis zu Dir zu bewältigen.
Und selbst wenn ich Dich, den Beherrscher aller Völker, erreichen sollte – ist es mir denn gegeben, über Kriegs- und Staatsangelegenheiten zu urteilen und zu entscheiden? Darum bitte ich Dich um gnädigen Hinweis: Soll ich kommen oder nicht? Mein Körper wie mein Geist ist eingeschrumpft und abgezehrt.
Ich erwarte Deine Entscheidung.

Im Jahre des Drachens/im dritten Mond.«

Als Dschingis-Khan diesen Brief Tschan-Tschuns erhielt, war er hocherfreut, belohnte den Boten freigebig, dem Weisen aber antwortete er unverzüglich:

»Wer sich in meine Hand begibt, der ist für mich; wer sich mir aber entzieht, der ist gegen mich. Ich brauche die Mittel des Krieges und der Gewalt, um mit der Zeit nach vielen Mühen in der Welt dauernde Ruhe herzustellen. Erst dann werde ich innehalten, wenn ich alle Herzen des Erdkreises mir unterworfen habe. Zu diesem Zwecke offenbare ich mich der Welt in meiner furchtbaren Hoheit und Majestät, indem ich mich immer inmitten meiner unbesiegten und unbesiegbaren Krieger auf Feldzügen befinde. Ich weiß, es wäre Dir ein leichtes, auf einem Kranich zu mir zu fliegen, mag der Weg, der zwischen uns liegt, auch unermeßlich sein; doch ich brauche nun nicht mehr lange zu warten, um Deinen Wanderstab zu erblicken. Ich antworte auf Deinen Brief, damit Dir meine Gedanken sichtbar sind.
Ausführlicher brauche ich wohl nicht zu sein?«

Mache mich unsterblich

Auf diesen zweiten Brief des großen Kagans hin erklärte sich der weise Tschan-Tschun bereit, sich den Beschwerden der weiten Reise zu unterziehen. Aber er weigerte sich, sie mit einer Karawane zu unternehmen, in Begleitung schöner Sängerinnen und Tänzerinnen, die gleichzeitig aus China zu Dschingis-Khan gesandt werden sollten. Deshalb stellte man ihm eine besondere Eskorte, bestehend aus tausend Mann Fußvolk und dreihundert Reitern. Der Weise nahm zwanzig Schüler mit, von denen einer unterwegs ein Tagebuch führte, worin er alle Aussprüche und Gedichte seines Meisters gewissenhaft notierte.[1]
Tschan-Tschun reiste in aller Gemächlichkeit und machte unterwegs in allen Städten Rast, deren Verweser, die Darugus, ihm feierliche Empfänge bereiteten und ihm eine üppige Bewirtung boten, die der Chinese, der sich nur von Reisbrei und Früchten nährte, jedoch ablehnte.
Auf der ganzen Reise befaßte sich Tschan-Tschun ständig mit Verseschreiben. Während des Rittes durch die mongolischen Steppen legte er seine Gedanken in folgenden Strophen nieder:

»Wohin der Blick auch schweift,
kein Ende der Berge ist zu ersehn...
Von den Bergen strömen Bäche,
und die Winde haben freien Lauf.
Und meine Gedanken fragen:
›Seit fernen Urzeiten der Erde,
warum in allen diesen Tagen
wandern Nomaden umher mit ihrer Herde?
Wie in alten Tagen dient ihnen zur Nahrung

---

[1] Dieses Tagebuch über Tschan-Tschuns »Reise nach Westen« hat sich bis auf den heutigen Tag erhalten.

langgehörntes gehegtes Rindvieh.[1]
Anders als unsre ist ihre seltsame Tracht,
und auch ihre Bräuche sind die unsren nicht!
Wie Kinder sind sie schlichten Gemüts,
kennen die Zeichen der Schrift noch nicht,
sorglos vergehen die Tage und licht,
zufrieden sind sie mit ihrem Geschick.‹

Durch öde Ebenen führte der Weg,
beschwerlich war jeder Schritt.
Seen blauten wie Glas,
Salzgrund glitzerte wie Kristall,
keinen Wandrer erblickst du tagelang
zwischen den Hügeln, so still und stumm...
Einmal wohl im Jahr, wie ein Schatten,
huscht ein fremder Reiter vorbei...
Kein laubiger Baum erfreut deinen Blick,
mit Gras nur sind Eb'ne und Hügel bedeckt...
Aus zottigem Fell ist des Nomaden Gewand
zur Sommers- wie zur Winterszeit.
Nicht Reis kann gedeihn, und alles Volk
ernährt sich von Milch und Fleisch,
und fröhlich trägt jeder mit sich herum
sein einfaches Haus aus Filz...«

Zwei Jahre nach seiner Abreise gelangte Tschan-Tschun endlich zum Ufer des Dscheihun und ließ sich auf die andere Seite übersetzen, wo ihn Dschingis-Khans Leibarzt empfing.
Der Weise schenkte ihm die Verse, die er aus Anlaß der Beendigung der langen und beschwerlichen Reise gedichtet hatte, und sagte:
»Ich bin aus meinen wilden Bergen nur deshalb ins Kriegslager des großen Kagans gekommen, um ihm gewisse wichtige Worte zu sagen. Sollten sie Gehör und Erfüllung finden, so wird der ganze Erdkreis glücklich werden.«
Tschan-Tschuns Verse lauteten also:
»Von alters her preist die Welt den achten der Monde[2].
Zerstreut sind die Wolken,
der Wind ist still und klar die Nacht.
Über das ganze Himmelsgewölb'
ist eine silberne Brücke gespannt.
Im Süden die Drachen, sie strahlen in hellem Glanz!

[1] Da die Chinesen kein Fleisch von Kühen essen und auch deren Milch nicht trinken, muß ihnen die Ernährungsweise der Mongolen sonderbar vorkommen.
[2] Der achte Mond (unser September) war bei den Chinesen der Monat der Erntedankfeste.

Von hohen Türmen klingt frohes Geläut,
man rüstet zum Fest, wie es die Sitte gebeut.
In Strömen ergießt sich der Wein,
der Sänger singt sein Lied;
am stillen Ufer allein
wandert der Weise müd...
Zum mächtigen Khan führt ihn furchtlos sein Weg
damit der blutige Dämon sich sänftige
und aufatme erleichtert die Welt...«

Nach vier weiteren Tagesreisen, während man auch durch die verwüstete und verödete Stadt Balch kam, wo man nur das Gebell und Geheul hungriger Köter hörte, langte Tschan-Tschun in Dschingis-Khans Heerlager an und wurde zu dem an einem steilen Abgrund stehenden gelben Zelt geführt, vor das Antlitz des gefürchteten Herrschers, vor dem sich der weise Mann nur verneigte, nicht aber vor ihm niederfiel, und dabei zum Zeichen der Ehrerbietung die Handflächen zusammenlegte.
In Begleitung des Verwesers von Samarkand, Achaja-Taischi, der des Mongolischen und des Chinesischen mächtig war und als Dolmetscher dienen sollte, stand der gebrechliche Greis mit dem von Wind und Wetter und Sonne bronzierten Gesicht wie ein Bettler – in Schnürsandalen an den bloßen Füßen und in seinem verblichenen Umhang – vor dem mächtigen Kagan, den man den »Einzigen und Erhabensten« nannte, doch er blickte ihm gefaßt und gelassen ins Gesicht, ehe er sich auf dem Teppich niederließ.
Aus seinen grünlich schillernden Katzenaugen blickte der Kagan, dessen roter Bart schon mit dem Reif des Alters sich zu bedecken begann, den Weisen forschend an, von dem er seine Rettung erwartete. Auch Dschingis-Khan trug recht einfache Kleidung aus schwarzem Leinen, so daß er, wenn man von der mit einem großen Smaragd besetzten Mütze absieht, nicht viel kostbarer gekleidet war als sein Gast. Doch wie verschieden war beider Weg gewesen! Der Weise hatte sich von den Menschen in unbewohnte Berge zurückgezogen, um sich dem Studium der Erkenntnis zu widmen und nach der Panazee zu suchen, die die Menschen vor Krankheit, Leid, Alter und Tod bewahre. Stets hatte er sich hilfreich denen erwiesen, die sich mit Bitten an ihn gewandt. Der Kagan jedoch war stets ein Kriegsmann gewesen, der seine Heere gegen andere Völker geführt oder ausgesandt hatte, um ihnen Krieg und Vernichtung zu bringen. Sein Ruhm war durch den Tod Zehntausender von Menschen erkauft worden. Doch jetzt, wo er an der Schwelle des Alters und bald an der Schwelle zum Jenseits stand, jetzt setzte er seine ganze Hoffnung auf diesen asketischen Einsiedler, in dessen Macht es seiner Meinung nach stand, ob er – Dschingis-Khan – wieder jung und stark werden würde und ob er sich für immer den Klauen des unaufhaltsam näher kommenden Todes würde entreißen können, den Klauen

des Todes, der im Sinn hatte, ihn, den Mächtigsten, den Stärksten auf dieser Erde, aus dem Sein ins Nichtsein zu befördern.
Ein langes Schweigen herrschte zwischen diesen beiden so grundverschiedenen Männern, bis Dschingis-Khan schließlich fragte: »Hast du eine glückliche Reise gehabt? Hat es dir unterwegs auch an nichts gefehlt? Hat man dich in den Städten, in denen du Rast machtest, mit allem Nötigen versehen?«
»Anfangs wurde ich mit allem, was ich zur Nahrung brauchte, in Hülle und Fülle versorgt«, erwiderte Tschan-Tschun. »Doch als ich zuletzt durch die von deinem Heere heimgesuchten Gegenden kam, sah ich überall noch die Spuren von Schlachten und Bränden, und es war manchmal nicht leicht, sich in dieser allgemeinen Verwüstung die nötige Nahrung zu verschaffen.«
»Jetzt sollst du alles haben, was du brauchst. Speise jeden Tag an meiner Tafel!«
»Nein, solche Gunst würde mir nicht taugen, da ich gewohnt bin, enthaltsam wie ein Asket zu leben, und die Einsamkeit liebe.«
Diener brachten Kumyß herbei, den zu trinken der Chinese jedoch ablehnte.
»Dann lebe bei mir ganz nach deiner Gewohnheit, tue und lasse, was dir gefällt. Wir werden dich noch zu einer besonderen Unterredung rufen lassen. Jetzt gestatten wir dir, dich zu entfernen.«
Tschan-Tschun erhob sich, legte wiederum zum Zeichen der Ehrerbietung die Handflächen aneinander und verließ die gelbe Jurte.

Bald setzte sich das Mongolenheer in Bewegung, um durch das Gebiet von Mawerannahr nordwärts zu ziehen. Während des Marsches bekundete der Kagan seine Fürsorge für den Weisen dadurch, daß er ihm wiederholt Traubenwein, Melonen und verschiedene Speisen schickte.
Der Übergang über den Dscheihun wurde rasch auf einer kunstvoll errichteten schwimmenden Brücke vollzogen, dann marschierte man weiter auf Samarkand zu.
Einmal, während einer Rast, ließ Dschingis-Khan dem chinesischen Weisen Bescheid sagen, daß er ihn in später Nachtstunde zu einer wichtigen Unterredung erwarte.
Als der geräuschvolle Lärm des Lagers abzuebben begann und schließlich so schwach wurde, daß man immer deutlicher das Quaken der Frösche vernahm, führte Achaja-Taischi den Weisen an den reglos dastehenden Wachtposten vorbei in das gelbe Zelt. Zu beiden Seiten des goldenen Throns brannten in hohen Silberleuchtern dicke Wachskerzen. Dschingis-Khan saß mit unter den Leib gezogenen Beinen auf einem weißen wildledernen Kissen. Unter der breiten Krempe seiner schwarzlackierten Mütze, deren Fuchsschwänze ihm auf die Schultern herabhingen, lag sein Gesicht im Schatten, und nur die Augen, die wie die eines Tigers glühten, sah man. Neben ihm saßen auf einem Teppich zwei

Sekretäre, welche der mongolischen und der chinesischen Sprache mächtig waren.

»Als Mann, der die Einsamkeit liebt, weil da nichts mich beim Nachdenken stört«, begann Tschan-Tschun, »lebe ich schon seit vielen Jahren in den wilden öden Bergen, um mich in die Lehre des Dao zu versenken. Hier aber in dem Lager deiner Krieger und auf dem Marsche herrscht ein beständiger Lärm. Dürfte es mir deshalb nicht erlaubt sein, bald deinem Zuge voraus, bald hinterher zu fahren, je nach meinem Belieben? Es würde mir eine sehr große Gunst sein.«

»Mag es sein, wie du es wünschst«, entgegnete der Kagan. Dann sagte er unversehens: »Erkläre mir, was der Donner ist. Sprechen die Zauberer und der Oberschamane Beki die Wahrheit, wenn sie behaupten, er wäre das Gebrüll der den Menschen zürnenden Götter, die über den Wolken im Himmel wohnen? Und sie zürnen dann, wenn man ihnen keine Tiere von schwarzer Farbe opfert, wie es sich gehört, sondern welche von anderer Farbe, die sie nicht mögen. Ist das wahr?«

»Der Himmel zürnt den Menschen nicht wegen der Gaben und Opfer, die man ihm darbringt, gleichviel, ob sie nun reich oder dürftig sind. Und er zürnt auch nicht, weil ihm die Farbe der Opfertiere nicht zusagt, wenn man ihm statt schwarzer Hammel und Pferde rote, scheckige oder weiße darbringt. Ich hörte auch die irrigen Belehrungen deines Schamanen, wonach man im Sommer nicht in den Flüssen baden oder in ihnen seine Kleider waschen darf... Dies alles fordere, so meinen sie, den Zorn des Himmels heraus, so daß er Gewitter mit Blitz und Donner schicke. Ach nein, nicht darin besteht die Mißachtung, welche die Menschen dem Himmel bezeugen, sondern darin, daß sie viele Verbrechen verüben. In alten Büchern habe ich gelesen, daß unter den dreitausend verschiedenen menschlichen Verbrechen das schändlichste Unehrerbietigkeit gegenüber den Eltern sei. Häufig habe ich nun auf meiner Reise beobachten müssen, daß gerade deine Untertanen es an der nötigen Ehrfurcht ihren Eltern gegenüber fehlen lassen. Selber überfressen sie sich bei ihren Gastmählern und Gelagen, ihre Väter, Mütter und Großeltern aber lassen sie darben. Ob solcher Herzlosigkeit von Söhnen und Töchtern, die ihre Eltern kränken und es an der schuldigen Achtung fehlen lassen, stürzt der Himmel mit Blitz und Donner über ihnen ein. Sorge dafür, o Herrscher, daß in dieser Hinsicht dein Volk Vernunft annimmt und sich bessert.«

»Der Weise spricht klug«, bemerkte Dschingis-Khan und befahl den Schreibern, Tschan-Tschuns Worte sowohl in mongolischer und tatarischer wie auch in chinesischer Sprache aufzuschreiben, damit ein Gesetz erlassen werde, welches den Kindern Achtung und Ehrfurcht vor den Eltern gebietet.[1]

Als auf goldenen Schüsseln die verschiedensten Speisen gereicht wur-

---

[1] Ein solches Gesetz wurde in die »Jassa«, Dschingis-Khans Gesetzsammlung, auch eingetragen.

den, begnügte sich der Chinese mit einer Handvoll körnig gekochtem Reis und ein paar getrockneten Weintrauben.
Als er diese Dinge zu sich genommen hatte, fragte ihn der Kagan ohne Umschweife:
»Heiliger Mann! Längst schon wollte ich dich fragen, ob du nicht eine Arznei hast, die einen alten Menschen wieder jung macht und einem Schwachen frische Kraft gibt. Kannst du nicht bewirken, daß die Tage unsres Lebens ununterbrochen weiterlaufen für immer und keinen Stillstand kennen, so wie das Wasser eines großen Stromes ununterbrochen fließt? Hast du keine Arznei, die Sterbliche unsterblich macht?«
Tschan-Tschun senkte den Blick und legte schweigend seine Fingerspitzen aneinander.
»Wenn du eben jetzt«, fuhr der Kagan fort, »eine solche Arznei nicht bei dir hast, so weißt du vielleicht, wie man sie anfertigt? Oder du kannst mir einen anderen Weisen und Zauberer nennen, dem das Geheimnis, wie man unsterblich wird, bekannt ist? Wenn du mir durch eine solche Arznei ein ewiges Leben sicherst, so sollst du von mir dafür eine unerhörte, noch nie dagewesene Belohnung erhalten. Ich werde dich zum Nojon ernennen und zum Regenten eines großen Gebietes machen... Ich werde dir einen ganzen Futtersack voller Goldmünzen schenken und hundert der schönsten Mädchen aus den verschiedensten Ländern...«
Tschan-Tschun, der dasaß, ohne den Blick zu heben oder ein Wort zu erwidern, begann heftig an allen Gliedern zu zittern. Der Kagan aber fuhr fort, ihn zu verlocken:
»Ich werde dir in deinen Bergen einen Palast von nie gesehener Pracht und Schönheit bauen lassen, daß höchstens der Kaiser von China seinesgleichen hat. Und in diesem wundervollen Palast wirst du ungestört über das Erhabene nachdenken können... Es ist auch gar nicht nötig, daß ich wieder jung werde, mag ich so alt und grau bleiben, wie ich bin, nur nicht sterben will ich, will noch viele, viele Jahre, deren Ende nicht abzusehen ist, am Leben bleiben und das von mir gegründete Riesenreich der Mongolen auf meinen Schultern halten... Mit eigenen Händen will ich...«
Der Kagan unterbrach sich und blickte schweigend mit flammenden Augen in das abgezehrte Asketengesicht.
Tschan-Tschun duckte sich zusammen und begann, mit einem scheuen Seitenblick auf den furchtbaren Dschingis-Khan, leise zu sprechen:
»Was soll mir Gold, da ich die Berge liebe, die Stille, die dem Denken förderlich ist... Wie könnte ich über ein großes Gebiet herrschen, wenn ich nicht einmal weiß, wie ich mich selbst beherrschen soll? Die schönen gefangenen Mädchen, von denen du sagtest, daß du sie mir schenken wolltest, verheirate mit sittsamen Jünglingen. Ich brauche keinen Palast. Denken kann ich auch, wenn ich auf einem Stein sitze... Da ich viele Bücher, oder ich darf wohl sagen, alle Bücher, die von den berühmtesten

Gelehrten meines Landes geschrieben worden sind, gelesen habe, gibt es für mich keine Geheimnisse mehr. Ich kann dir die volle und genaue Wahrheit sagen: Es gibt wohl viele Mittel, um die Kräfte des Menschen zu erhöhen, ihn vor Krankheiten zu bewahren und seine Lebensdauer zu verlängern, aber es gibt und es gab kein einziges, um ihn unsterblich zu machen.«

Dschingis-Khan versank in Gedanken und saß lange mit gesenktem Haupte schweigend da. Die Rohrfedern der Schreiber, die die Worte der Unterredung zu Papier brachten, hörten auf zu kratzen. Man hörte nur das Knistern der tropfenden Wachskerzen.

Endlich sagte der Kagan:

»Unsere mongolischen Greise haben ein Sprichwort, welches lautet: ›Wer die Wahrheit sagt, stirbt an keiner Krankheit‹ – irgend jemand macht dem Leben eines Wahrhaftigen vorzeitig ein Ende... Darum sind alle so emsig bemüht, Berge von Lügen aufzutürmen... Doch du, der du zehntausend Li weit gereist bist, um vor mein Angesicht zu treten, du allein hast dich nicht gefürchtet, mir der Wahrheit gemäß zu sagen, daß es kein Mittel gibt – unsterblich zu werden. Deine Freimütigkeit soll belohnt werden. Wenn du eine Bitte hast, so sprich sie aus. Ich gelobe dir, sie zu erfüllen.«

Tschan-Tschun legte abermals die Handfläche gegeneinander und verneigte sich vor dem Kagan.

»Nur eine Bitte habe ich, und um sie dir zu sagen, habe ich die weite Reise über Berge und durch Wüsten, durch Schnee und Sonnenbrand gemacht. Und diese Bitte lautet: Mach Schluß mit deinen grausamen Kriegen und schenke den Völkern des Erdkreises endlich Frieden!«

Dschingis-Khans Stirn furchte sich, eine Zornesfalte stand ihm drohend über der Nasenwurzel, und seine Brauen zogen sich zusammen. Mit verzerrtem Gesicht schrie er so laut, daß den Schreibern vor Schreck beinahe die Rohrfedern entfallen wären: »Um überall Frieden zu stiften, bedarf es des Krieges! Nicht umsonst sagen unsere Greise: ›Erst wenn du deinen unversöhnlichen Feind erschlagen hast, wirst du Ruhe haben.‹ Noch aber ist mein alter Todfeind, der Tangutenherrscher Burchan, nicht zerschmettert, und auch die andere Hälfte des Erdkreises liegt nicht unter meiner Ferse... Darf ich das dulden? Wenn du gleich ein Weiser bist, so ist doch deine Bitte unvernünftig. Mit solchen Bitten falle uns nicht wieder lästig!«

Dschingis-Khan richtete sich halb auf, und vor Wut zitternd, mit den Händen die Seitenlehnen seines Thronsessels umklammernd, zischte er böse:

»Wir gestatten dir, dich zu entfernen!«

Den Winter dieses Jahres verbrachte Dschingis-Khan in seinem Winterlager vor Samarkand.

Erst gab es viele Regengüsse, die das Erdreich aufweichten und jede Fortbewegung äußerst erschwerten. Später folgten häufige Schneefälle,

und in der starken Kälte, die hereinbrach, erfroren eine große Anzahl von Pferden und Ochsen, deren Kadaver an den Wegen herumlagen.
Tschan-Tschun wohnte in Keh-Sersil, dem inmitten von Gärten gelegenen früheren Lustschloß des Schahs von Chowaresmien, wo er sich die Zeit mit Verseschreiben vertrieb. In Scharen kamen die Dorfbewohner zu ihm, denen die Mongolen alle Habe, das Vieh und auch die Frauen und Kinder geraubt hatten. Er verteilte unter sie die Speisen, die ihm der Kagan von seiner Tafel sandte, und kochte eigenhändig Grützbrei für die Hilfesuchenden.

Die Rückkehr der Mongolen in die Stammhorde[1]

Als der Befehl Dschingis-Khans, der den Wunsch nach Ortsveränderung verspürte, das Heer aus der Umgegend von Samarkand abzog, zwang man die ehemalige Königinmutter Turkan-Hatun und alle Frauen des Harems ihres Sohnes Muhammed sowie andere gefangene Frauen vornehmer Abkunft, sich längs der Straße, die die mongolischen Krieger zogen, aufzustellen und mit lauter Stimme Klagelieder anzustimmen, die den Untergang des chowaresmischen Reiches besangen.
Zu Beginn des Jahres des Widders (1223) hatte Dschingis-Khan sein Lager am rechten Ufer des Flusses Dscheihun aufgeschlagen, wohin er seine Söhne zu einem Kurultai berief. Außer dem ältesten Sohne, dem widerspenstigen stolzen Dschutschi, kamen sie alle: Dschagatai, Ugedai und Tuli. Mit ihnen und seinen Khanen, Orkhonen und Nojonen beriet Dschingis-Khan den Plan der Eroberung aller westlichen Länder im Laufe der nächsten dreizehn Jahre.
Bis zu den von Menschen verlassenen Gärten, inmitten derer das Lager des Kagans stand, kamen von den nahen Bergen in großer Anzahl Wildschweine, bei deren Jagd sich Dschingis-Khan gern von seinen Staats- und Kriegsgeschäften erholte.
Auf einer solchen Jagd, die man zu Pferde unternahm und wobei man die Wildschweine mit dem Spieß oder mit Pfeilen erlegte, passierte dem Kagan das Mißgeschick, daß bei der Verfolgung eines riesigen Keilers sein stolperndes Pferd ihn abwarf und davongaloppierte. Der Eber blieb neben dem unbeweglich vor ihm liegenden Gestürzten stehen, starrte ihn eine Weile an und lief dann, ohne ihm ein Leid anzutun, in ein Röhricht. Jäger, die Dschingis-Khans Pferd eingefangen hatten, kamen herbei und brachten den Kagan ins Lager zurück, wo er sogleich Tschan-Tschun zu sich rufen ließ, damit er ihm erkläre, ob in diesem noch so

[1] Stammhorde nannten die Mongolen den nordöstlichen Teil der Mongolei an den Flußläufen des Kerulon und Onon, wo Dschingis-Khans nächste Verwandte lebten.

glimpflich abgelaufenen Sturz ein Zeichen des Himmels zu erblicken sei.
Der Weise sprach:
»Wir alle müssen unser Leben wie ein kostbares Gut hüten. In seinem vorgeschrittenen Alter sollte der Kagan weniger auf die Jagd gehen. Daß aber das unreine Tier nicht gewagt hat, den vor ihm liegenden ›Erschütterer des Erdkreises‹ anzufallen, ist ein sicheres Zeichen, daß er unter dem besonderen Schutz des Himmels steht.«
»Die Jagd aufgeben? Nein, dieser Rat ist unbefolgbar! Die Jagd zu Pferde ist uns Mongolen von Kindheit an dermaßen zur Gewohnheit geworden, daß wir sie auch im Greisenalter nicht ablegen können. Übrigens werde ich deine Worte in meinem Herzen verwahren.«
Zur Belohnung wollte er dem Chinesen eine Herde prächtiger Milchkühe und eine Herde auserlesener Pferde schenken, aber der Weise lehnte das Geschenk ab mit der Begründung, er könne, da er in einem gewöhnlichen Fuhrwerk in seine heimatlichen Berge zurückkehre, damit nichts anfangen.
Kurz nach diesem Vorfall machte Tschan-Tschun seine Abschiedsvisite bei dem Kagan und trat in Begleitung seiner zwanzig Schüler und einer Reitereskorte seinen Heimweg an. Viele Personen aus der nächsten Umgebung Dschingis-Khans gaben dem ehrwürdigen Greis das Geleit mit Krügen voll Wein und Körben voll seltener Früchte, und beim Abschied wischten sich alle die Tränen aus den Augen.
Im Jahre des Affen (1224) führte Dschingis-Khan sein Heer zurück in die mongolische Steppe.
Wie ein alter Tiger, der eine Kuh verschlungen hat und nun mit hängendem Bauch sich in sein Lager zurückschleppte, so langsam bewegte sich das schwer mit Beute beladene Mongolenheer heimwärts. Jeder Krieger hatte mehrere Lastpferde, Kamele und Ochsen. Zahllose Hammelherden und der Troß knarrender zweirädriger Karren voller Kleidungsstücke, Waffen, Teppiche, Geräte und anderen den Moslems geraubten Dingen folgten dem Zuge.
Auf Kamelen, Pferden und Wagen saßen mongolische und fremdstämmige Weiber und Kinder, und in langen Reihen schleppten sich, abgezehrt, zerlumpt und barfüßig, die Gefangenen hinterher.
Ohne Hast und überall Rast machend, wo fette Weideplätze dazu verlockten, bewegte sich der Zug heimwärts, und überall auf seinem Marsche, zu dem er einen ganzen Sommer und einen ganzen Winter brauchte, ließ er eine schreckliche Spur zurück in Gestalt von Kadavern der abgehetzten Rinder und Hammel und Menschenleichen – Leichen der unglückseligen Gefangenen, die den Strapazen des Marsches durch die wasserlosen steinigen Ebenen Zentralasiens erlegen waren.
Im Frühling traf Dschingis-Khan mit seinem Heer in seiner Stammhorde am Kerulon ein und gebot, ihm sein gelbes Zelt in der Stanowitsche Buki-Sutschegu aufzuschlagen, wo er allen seinen angesehenen Khanen und Feldherren zur Feier des Sieges und der Heimkehr ein Gastmahl

ausrichtete, so reich und üppig, wie es die Steppe bis dahin noch nicht gesehen hatte. Drei Tage nach diesem Gastmahl starb Dschingis-Khans jüngste Gemahlin Kulan-Hatun. Man munkelte, die Brüder des Kagans trügen an ihrem Tode die Schuld... Doch wer wird jemals die Wahrheit ergründen?
Während des Jahres 1225 – des Jahres des Huhns nach dem mongolischen Kalender – befaßte sich Dschingis-Khan mit der Zusammenstellung der »Jassa«, welche das mongolische Volk »auf den Weg der Vernunft und des Wohlstandes führen« sollte.[1]

Dschingis-Khan beschließt, auf einem Feldzug zu sterben

Doch es ließ dem Kagan keine Ruhe, als er hörte, daß die rebellischen Tanguten wiederum Aufstände gegen seine Oberhoheit angezettelt hätten. Er fühlte sich an sein Versprechen gemahnt, daß er seinerzeit dem vorwitzigen dreisten Gesandten gegeben hatte, seinen Herrscher Burchan zu züchtigen, und traf Anstalten zu einem Feldzug. Er gab seinen Söhnen Kunde von seinem Vorhaben und teilte ihnen zugleich mit, daß er das Heer selbst gegen die Tanguten führen werde. Wieder fanden sich die Söhne ein außer dem eigensinnigen Dschutschi.
Der seinem ältesten Bruder mißgünstige zweite Sohn des Kagans, Dschagatai, der Regent von Mawerannahr, ließ sich während des Familienrates also vernehmen:
»Unser Bruder Dschutschi hat, scheint es, das Land der Kiptschaken liebergewonnen als seine mongolische Heimat. Wie ich höre, hat er seinen Kriegern strengstens verboten, einem der Kiptschaken auch nur ein Härchen zu krümmen. Er führt, wie man mir berichtete, offen solche schamlosen Reden wie: ›Der alte Dschingis muß den Verstand verloren haben, daß er so viele Städte und Länder zerstört, so viele Völker vernichtet.‹ Ja, man behauptet sogar, er sinne auf Meuchelmord an unserem Vater, den er auf einer Jagd erschlagen lassen will, um dann ein Freundschaftsbündnis mit den Moslems zu schließen und sich von seiner Stammhorde ganz loszulösen.«
Da entbrannte Dschingis-Khan in Wut und schickte seinen Bruder Utschigin samt zuverlässigen Leuten nach Chowaresmien mit dem Befehl, sein Sohn Dschutschi möge sich ungesäumt aufmachen, um vor das Antlitz des erzürnten Vaters zu treten. »Wenn er sich aber weigert, meinen Willen zu erfüllen, so überantworte ihn demTode. Von mir habt ihr keine Vorwürfe zu gewärtigen.«
Dschutschi aber schützte Krankheit vor, die ihn hindere, die Reise zu unternehmen. Dschingis-Khans Leute jedoch meldeten dem Kagan, daß

---

[1] Jassa oder Jassah, auch Jassak. Von dieser Sammlung von Gesetzen sind nur noch unbedeutende Fragmente erhalten.

sein Sohn kerngesund sei, denn er reite häufig auf die Jagd. Sie würden versuchen, in Dschutschis Nähe zu bleiben, um Gelegenheit zur Ausführung des vom Kagan erhaltenen Auftrages zu finden.
Dschagatai verließ seinen Vater, um sich nach Samarkand zurückzubegeben, wohin Regierungspflichten ihn riefen. Dschings-Khans Lieblingssöhne, Ugedai und Tuli, aber blieben bei ihrem Vater und begleiteten ihn auf seinem Feldzug gegen die Tanguten, den er zu Beginn des Jahres des Hundes (d. h. des Jahres 1226) unternahm. Er gelangte zunächst bis zum Ort Ongon-Talan-Chudun, wo er ein entsetzliches Traumgesicht hatte und von seinem nahen Ende zu sprechen begann. Er ließ seine Söhne, die bei einem anderen Truppenteil standen, zu sich entbieten, und als sie in der Morgendämmerung des folgenden Tages eintrafen und sich gesättigt hatten, sprach Dschingis-Khan zu den übrigen in der gelben Jurte anwesenden Personen:
»Entfernt euch alle, denn ich wünsche mit meinen Söhnen allein zu sprechen.«
Als alle sich entfernt hatten, hieß Dschingis-Khan seine beiden Söhne, sich neben ihn zu setzen. Erst erteilte er ihnen allerhand Ratschläge für das Leben ganz im allgemeinen, dann kam er auf die Kunst des Regierens zu sprechen, und schließlich sagte er: »Bewahret alles, was ich euch sage, gut in eurem Gedächtnis, meine Söhne, und wisset, daß entgegen meinen Erwartungen die Zeit meines letzten Feldzuges angebrochen ist. Mit Hilfe unseres Kriegsgottes Sulde habe ich für euch, meine Söhne, ein Reich von solcher ungeheuren Ausdehnung erobert, daß man von seinem Nabel aus nach jeder Seite hin wohl ein Jahr braucht, um seine Grenzen zu erreichen. Nun vertraue ich euch mein letztes Vermächtnis an: ›Vernichtet stets eure Feinde und erhebt eure Freunde!‹ Dazu aber ist es nötig, daß unter euch Brüdern Einigkeit herrsche und daß ihr handelt, als ob ihr ein einziger wäret. Dann werdet ihr ein sorgenloses und angenehmes Leben haben und euch eurer Herrschaft lange freuen können. Mein Nachfolger soll, wie ich schon früher bestimmt habe, Ugedai sein, er muß auf dem weißen Filz der Ehre zum Kagan erhoben werden. Steht fest und unerschütterlich auf eurem Posten an der Spitze des Reiches und tragt Sorge, daß meine ›Jassa‹ nicht gefälscht werde. Das Gesetz ist die Grundlage des Staates. Schade, daß meine Söhne Dschutschi und Dschagatai nicht zugegen sind, wirklich jammerschade! Ich warne sie, meinen Willen zu mißachten, wenn ich meine Augen für immer geschlossen habe und nicht mehr bei euch bin. Bruderzwist brächte Unheil über das Reich. Obgleich ein jeder sein Haupt am liebsten daheim zur letzten Ruhe bettet, werde ich doch den einmal begonnenen Feldzug zu Ende führen, um meinen Namen bis zum Ende mit unvergänglichem Kriegsruhm zu bedecken. Jetzt gestatte ich euch, euch zu entfernen!«
Also rückte er mit seinem Heer weiter, und überall, wohin er kam, beeilte man sich, sich ihm zu unterwerfen. Die Oberhäupter der Stämme und Städte versicherten ihm ihre Ergebenheit. Ein Khan erschien mit einem

Tablett voll der kostbarsten großen Perlen. Der Kagan jedoch, der angesichts seines nahen Endes für irdische Schätze unempfänglich geworden war, befahl, man möge sie in der Steppe ausstreuen. So emsig auch die Krieger sie wieder auflasen, so ging doch manche im Staub verloren, so daß noch zu späteren Zeiten der eine oder andere glückliche Wanderer eine solche Perle fand.
»Jeder einzelne Tag ist mir jetzt wertvoller als Säcke von Perlen«, pflegte der Kagan zu sagen, den Unrast und Sorge erfaßt hatten.
Der Herrscher der Tanguten schickte dem anrückenden Dschingis-Khan Boten entgegen, die aber, da sie vom Kagan nicht empfangen wurden, sich seinem Ratgeber, dem Chinesen Je-Liu-Tschu-Tsai, anvertrauen mußten, zu dem sie sprachen:
»Jedesmal, wenn unser Herrscher sich gegen den großen Kagan empört hat, mußte unser Volk das durch Einfälle der Mongolen büßen, welche das Land verwüsteten, unsere Städte plünderten und zerstörten und ihre Einwohner töteten. Es wäre töricht, dem ›Einzigen und Erhabensten‹ Widerstand zu leisten. Deshalb sind wir gekommen, ihn um Frieden zu bitten, um Gnade und um Freundschaft, die wir durch einen gegenseitigen Schwur besiegeln wollen.«
Je-Liu-Tschu-Tsai jedoch sagte ihnen, der Kagan könne sie, da er krank sei, nicht empfangen, und vertröstete sie von einem Tag auf den andern.
Der Kagan, dessen Krankheit immer schlimmer wurde, riet seinen Khanen und Feldherren:
»Lasset meinen Tod, wenn er eintritt, nicht ruchbar werden. Erhebt kein Klagen und Jammern, damit der Feind nichts davon erfahre, sich freue und neuen Mut fasse. Wenn die Tanguten euch mit Geschenken aus den Toren ihrer Städte entgegentreten, stürzt euch auf sie und metzelt sie erbarmungslos nieder.«
Der Kagan, dessen Körper trotz der Abzehrung durch die Krankheit noch immer ungewöhnlich schwer wirkte, lag auf einer weißen Filzmatte. Seine Beine hatte man mit einer Decke aus dunklem Zobelfell bedeckt, und sein Kopf, den er, der Welterschütterer, kaum noch zu heben vermochte, ruhte auf einem Sattelkissen aus Wildleder. Bei jedem seiner Atemzüge vernahm man einen dünnen pfeifenden Laut wie das Piepsen einer Maus. Lange konnte sich der Kagan nicht darüber klarwerden, wo denn diese Maus säße, bis er sich davon überzeugen mußte, daß sie in seiner Brust saß und, wenn er keinen Atemzug tat, still war – kurzum, daß diese Maus seine Krankheit war.
Wenn er sich von der Seite, auf der er meistens zu liegen pflegte, auf den Rücken drehte, sah er über sich die einem Rade ähnliche Öffnung im Dach der Jurte, durch welche der Rauch abzog. Langsam bewegte sich der Zug der Wolken darüber hin, und einmal flogen auch, hoch am Himmel, Kraniche darüber hinweg. Bis zu ihm drang ihr Ruf, wie ein Sehnsuchtsruf nach der Ferne, nach unbekannten, nie gesehenen Ländern. Und dem Kagan fiel dabei ein, wie er bis zum letzten Meere

hatte reiten wollen und wie schon an den Grenzen Indiens sein Körper, der sich über und über mit roten juckenden Flecken bedeckte, die Hitze nicht mehr hatte ertragen können, so daß er sein Heer zurück in die kühlen mongolischen Steppen hatte führen müssen. Alt und geschwächt muß er nun sein Leben im kalten Land der Tanguten beenden, in einem Tal zwischen lila Bergen, wo eine solche Temperatur herrscht, daß am Morgen das Wasser in den Schalen gefriert. Mit jedem Augenblick fühlt er seine Kräfte mehr und mehr schwinden, und die Ärzte ...? Ach, diese Ärzte ... Entweder täuschen und betrügen sie ihn, oder sie sind wirklich so unwissend, daß sie kein Kraut, keine Arznei kennen, die ihm so viel seiner Kraft wiedergäben, daß er sich wieder auf sein Roß schwingen und durch die Steppe jagen könnte in Verfolgung langhörniger Hirsche oder wilder Steppenesel ... Die störrischen wilden Esel ... Und wo war denn seine störrische Eselstute, die widerspenstige schöne Kulan-Hatun? Auch sie ist nicht mehr, hat ihn verlassen ... Also hatte der chinesische Weise doch recht gehabt mit seiner Behauptung, daß es ein Mittel, Unsterblichkeit zu erlangen, für uns sterbliche Menschen nicht gäbe! ...
Die trockenen spröden Lippen mühsam bewegend, flüsterte der Kagan vor sich hin:
»Ähnliche Leiden wie jetzt habe ich nicht einmal damals ausstehen müssen, in meiner freudlosen Jugend, ehe ich das Volk der blauen mongolischen Steppe in meiner Hand sammelte ... Schwer, sehr schwer hab' ich es damals gehabt, so schwer, daß die Sattelriemen sich bis zum Zerplatzen spannten und die eisernen Steigbügel zersprangen ... Doch das war nichts gegen meine jetzigen Leiden, die unermeßlich sind ... Unsere Greise sprechen die Wahrheit, wenn sie sagen: ›Der Stein hat keine Haut, der Mensch keine Ewigkeit!‹ ...«
Dschingis-Khan verfiel in einen unruhigen Schlaf. Die Maus aber piepte immer lauter in seiner Brust. Er bekam Stechen in der Seite, und sein Atem stockte. Als er wieder zu sich kam, kniete Je-Liu-Tschu-Tsai zu seinen Füßen und betrachtete ihn unverwandten Blickes.
»Gutes ... oder Schlechtes?« fragte der Kagan seinen Astrologen mühsam.
»Aus bucharischem Lande ist der Dolmetscher Machmud-Jalwatsch eingetroffen. Er sagt, daß dort ...«
Doch der Kagan bewegte ärgerlich die Hand, und der Chinese verstummte.
»Ich will wissen«, flüsterte der Kagan, »ob ich in meinem Leben Gutes oder Schlechtes getan habe ...«
Je-Liu-Tschu-Tsai wurde nachdenklich. Was sollte man einem aus dem Leben Scheidenden auf eine solche Frage antworten? Hunderte von Bildern zogen blitzschnell in langer Reihe vor seinem inneren Auge vorüber. Er sah Asiens Gebirge und Ebenen von Strömen und Flüssen durchzogen, die von Blut und Tränen getrübt waren ... Er sah die rußgeschwärzten Trümmer der Städte, auf denen sich verstümmelte und

aufgedunsene Leiber türmten – Leichen von Greisen und Kindern, von kräftigen Männern und blühenden Jünglingen, und er hörte den dumpfen Lärm der die Häuser plünderten Mongolen und ihr schauerliches Geheul, wenn sie die um Gnade und Schonung flehenden, weinenden Einwohner zu Tausenden niedermetzelten: »So befiehlt es die Jassa! So befiehlt es der Kagan!« Entsetzlicher Leichengestank trieb die letzten Überlebenden aus ihren Schlupflöchern inmitten der Trümmer, und sie hausten in Laubhütten zwischen Mooren und Sümpfen, jeden Augenblick der Rückkehr der Mongolen gewärtig, die ihnen ihre Fangschlingen um den Hals warfen und sie in die Sklaverei schleppen würden. Ein besonders fürchterliches Bild hatte sich ihm als Inbegriff der Kriegsgreuel unvergeßlich ins Gedächtnis gegraben: An der Mauer des zerstörten Samarkand lag, alle vier dürren langen Beine von sich gestreckt, ein Kamel, in dessen vor Entsetzen weit aufgerissenen Augen noch Leben war, und Menschen, gierige Teufel vor Hunger, stießen sich gegenseitig mit bis zum Ellbogen blutigen Armen fort und rissen aus dem aufgeschlitzten Leib des Tieres die Eingeweide heraus, die sie sogleich verschlangen... Und nun ähnelte der schweigend daliegende »Erschütterer des Erdkreises« mit seinen langen knochigen Gliedern ganz jenem Kamel, und ein gleiches Entsetzen vor dem Tode weitete seine Augen. Und wie die Hungrigen um jenes Tier, drängten sich seine Nachfolger und Erben gierig um ihn, um sich der besten Stücke des Erbes zu bemächtigen.

»Kannst du dich... denn nicht... erinnern?« stammelte der Kagan. »Sprich!«

Je-Liu-Tschu-Tsai flüsterte:

»Viele Taten hast du in deinem Leben vollbracht..., große sowohl wie auch furchtbare... Sie wahrheitsgemäß aufzuzeichnen, wird Aufgabe der Geschichtsschreiber sein, sie zu wägen, die der Nachwelt...«

»Wir befehlen, daß man sofort gebildete Männer berufe, damit sie meine Worte und Taten aufzeichnen...«

»Das wird geschehen!«[1]

Es war still geworden in der gelben Jurte. Das Feuer knisterte, und mitunter ließ ein durch die Öffnung im Dach hereinfahrender Windstoß über dem offenen Feuer aus Wermut und Heidekraut ein blaues aromatisches Rauchwölkchen aufsteigen.

Dann entrangen sich dem Mundes des Kagans die Worte:

»Welche ist denn... die beste... meiner Taten?«

In dem Wunsche, dem Sterbenden Trost zuzusprechen, antwortete Je-Liu-Tschu-Tsai:

---

[1] Nach dem Tode Dschingis-Khans wurden offizielle Chroniken seines Lebens nach Schilderungen von Augenzeugen in mongolischer, chinesischer, tatarischer und persischer Sprache verfaßt, von denen die meisten nichts weiter als billige, die Wahrheit entstellende Lobhudeleien des Kagans sind. Nur einige wenige (vor allem arabische) zeitgenössische Chronisten geben ein wahrheitsgetreues Bild.

»Die beste deiner Taten – das ist deine Gesetzessammlung, die Jassa, die so gut ist, daß deine Nachfolger, wenn sie sie ehrerbietig befolgen, zehntausend Jahre über den Erdkreis herrschen werden...«[1]
»Ja... Das ist wohl wahr... Dann wird die Ruhe eines Kirchhofs herrschen..., in den öden Steppen wird saftiges Gras grünen, und zwischen den Hünengräbern werden... mongolische Pferde weiden...«
Und nach einem kurzen Schweigen fügte er noch leiser hinzu:
»Und störrische Wildesel...«[2]
Und dann lag er reglos da, mit geschlossenen Augen, spitzer Nase und eingefallenen Schläfen.
Lautlos traten die Männer ein: Machmud-Jalwatsch, der chinesische Leibarzt des Kagans und der Oberschamane. Sie knieten zu Füßen Dschingis-Khans nieder und verharrten still und unbeweglich in dieser Stellung, darauf wartend, daß es dem Kagan gefallen möge, sie anzureden.
Schließlich, nach langer, langer Zeit, öffnete Dschingis-Khan wieder die Augen, und sein Blick, angezogen von dem leuchtend roten Chalat und dem schneeweißen Turban, blieb auf Machmud-Jalwatsch haften.
»Wie regiert mein Sohn Dschagatai das ihm zugeteilte Reich im Westen?«
Machmud kreuzte die Hände über dem Leib und verneigte sich bis zur Erde.
»Dein tapferer Sohn Dschagatai-Khan und alle Mongolen-Bahadure sowie die unterworfenen Völker des westlichen Reiches an den Ufern des Dscheihun und des Serafschan beten zu Allah für deine Gesundheit und wünschen dir, du mögest noch viele, viele Jahre dich deiner Herrschaft erfreuen.«
»Und wie regiert mein ältester Sohn Dschutschi sein Reich im Norden?«
Machmud-Jalwatsch bedeckte sein Gesicht mit beiden Händen. Nach mongolischer Sitte war es unschicklich, beim Gespräch über den Tod eines einem nahestehenden Menschen dessen richtigen Namen zu gebrauchen, da der Verstorbene schon ein »heiliger Schatten« geworden ist. Man behalf sich, indem man seinen Namen durch ehrerbietig umschreibende Worte ersetzte.
Deshalb begann Machmud folgendermaßen:
»Der, welcher von dir den Befehl hatte, die Völker des Nordens zu

---

[1] Bereits 141 Jahre (das heißt 1368) nach Dschingis-Khans Tode (der im Jahre 1227 erfolgte) wurden die Mongolen aus dem von ihnen okkupierten China vertrieben, und 153 Jahre nach seinem Tode (also im Jahre 1380) schlug am 8. September der russische Großfürst Demetrius IV. Donskoi die Tataren unter Khan Mamai vernichtend auf dem Kulikowo Pole (das heißt Schnepfenfeld).
[2] Wahrscheinlich wieder eine Erinnerung an Kulan-Hatun (Kulan = Wildesel).

regieren, erklärte seinen Begs, daß er zu einem großen Feldzug rüsten werde...«

»Zu einem Feldzug?... Gegen mich?«

»Nein, mein Gebieter! Die scharfe Spitze der Speere seiner Krieger war gen Westen gegen die Bulgaren, Kiptschaken und Russen gerichtet. Doch die Krieger mußten wieder heimreiten, denn wie ein Donnerschlag an einem heiteren Tag brach ein großes Leid über sie herein...«

»Erkläre dich deutlicher!«

»Eine Jagd wurde in der Steppe abgehalten. Fünftausend Krieger verteilten sich als Treiber über die Ebene, um Wildschweine, Wölfe und mehrere Tiger aus ihren Schlupfwinkeln aufzuscheuchen. Weitere fünftausend Reiter trieben aus entlegeneren Teilen der Steppe Antilopen und Wildpferde heran. Als am Abend nach der Jagd alle um die lodernden Lagerfeuer sich sammelten, um das Festmahl zu beginnen, fehlte einer, den in den furchtbarsten Schlachten kein Pfeil versehrt hatte. Lange suchte man nach ihm, und wie fand man ihn schließlich? Allein und verlassen lag er in der Steppe, lebend noch, doch konnte er kein Glied mehr rühren und kein Wort mehr sprechen, nur seine Augen starrten mit einem zornigen Blick ins Leere... Und dennoch war kein Tröpfchen Blut an ihm zu sehen.«

»Sollte... sollte er... umgekommen sein?«

»Ja, so ist es. Er ist umgekommen, der dir so teure, der dir am allernächsten stehende, mit dem Ruhm zahlloser Siege bedeckte Bahadur..., mit gebrochenem Rückgrat lag er da...«

Dschingis-Khans Gesicht verzerrte sich. Seine Hände verkrampften sich in die Zobeldecke.

»Utschigin hat sich übereilt...«, flüsterte er.

Laut fragte er:

»Und wer wird jetzt Regent von Chowaresmien sein?«

»Dein junger Enkel Batu-Khan unter der Regentschaft seiner weisen Mutter. Sie hat die Krieger um sich gesammelt und ist zusammen mit ihrem Sohn auf einen Hügel gestiegen. ›Hört, ihr Bahadure, ihr Sieger in allen vier Weltgegenden!‹ hat der feurige Jüngling, der auf seines Vaters braunem Hengst saß, den Versammelten zugerufen. ›Eure Schwerter haben schon Rost angesetzt! Schärft sie an einem schwarzen Stein! Ich werde euch nach Westen führen, über den großen Strom Itil. Wie ein Gewittersturm wollen wir über die Länder der feigen Völker hinbrausen, und ich werde das Reich meines Großvaters Dschingis-Khan bis an die äußersten Grenzen des Erdkreises ausdehnen... Und ich schwöre euch, daß ich die Bösewichter, die meinen Vater umgebracht haben, ausfindig machen und sie lebendigen Leibes in Kesseln mit siedendem Wasser kochen werde!«

Mit aschgrauem Gesicht richtete sich Dschingis-Khan mühsam auf und stützte sich auf die Ellbogen, seine umherirrenden Augen nahmen einen furchtbaren Ausdruck an, während er die Worte herauspreßte:

»Es ist gut, jung zu sein, sogar mit einem Block[1] um den Hals..., wenn vor einem der Ruhm künftiger Siege leuchtet... Doch Batu ist noch ein Knabe, er wird Fehler machen, und man wird auch ihn umbringen! Wir befehlen, daß mein allergetreuester Bahadur Subudai ihm stets als Ratgeber zur Seite stehe... Er wird über ihn wachen und ihn lehren, wie man Kriege führt... Und Batu wird die Reihe meiner Siege fortsetzen... Und über den ganzen Erdkreis wird sich die mongolische Hand strecken...«

Dschingis-Khan fiel auf die Seite. Sein linkes Auge war zusammengekniffen, sein rechtes, blitzend und drohend, beobachtete die am Fußende seines Lagers Knienden, die scheu ihre Blicke senkten. Alle schwiegen lange Zeit.
Die Worte des Dichters Chosrewani, der im zehnten Jahrhundert lebte, drängen sich einem unwillkürlich auf:

Vier Männer saßen machtlos
neben dem Lager des sieggewohnten Feldherrn:
ein Arzt, ein Schamane, ein Derwisch und ein Sterndeuter.
Sie hatten Arzneien bei sich
und wußten alte Beschwörungsformeln,
Talismane hatten sie und ein Horoskop...
Doch keiner konnte ihm auch nur ein Tröpfchen Genesung spenden...

In der Totenstille begann das draußen vor dem Zelt angepflockte Pferd zu wiehern. Alle fuhren zusammen und sahen nach dem Kagan hin, dessen rechtes Auge seinen Glanz verloren hatte und matt geworden war.
Schon lange war es die Gewohnheit Dschingis-Khans gewesen, auf seinen Zügen einen Sarg mit sich zu führen, einen ausgehöhlten und innen mit Gold ausgelegten großen Eichklotz.
In der Nacht legten Dschingis-Khans Söhne heimlich den Leichnam ihres wie zur Schlacht in einen Ringpanzer gekleideten Vaters da hinein. Seine Hände umfaßten den Knauf eines auf seiner Brust liegenden scharf geschliffenen Schwertes. Ein schwarzer Helm aus brüniertem Stahl beschattete das bleiche Gesicht mit den gesenkten Lidern. Weiter wurden ihm in den Sarg mitgegeben: Bogen und Pfeile, ein Dolchmesser, ein Feuerstahl und eine goldene Trinkschale.

Wie es der Kagan befohlen hatte, wurde sein Tod verschwiegen, und die Feldherren wahrten das Geheimnis, solange sie die Hauptstadt der Tanguten belagerten. Als eine Abordnung mit Ehrengaben aus dem Stadttor trat, um ein Friedensangebot zu machen, stürzten sich die

---

[1] In seiner Jugend hatte Dschingis-Khan drei Jahre als gefangener Sklave (mit einem Block um den Hals) bei einem dem seinigen feindlichen Nomadenstamm verbracht.

Mongolen auf sie und metzelten sie nieder. Dann drangen sie mordend und raubend, sengend und plündernd in die Stadt ein und legten sie in Schutt und Asche.

Als dies geschehen war, stellte man Dschingis-Khans in Filzdecken gehüllten Sarg auf einen mit zwölf Ochsen bespannten Wagen und trat den Rückweg an.

Damit niemand vorzeitig von dem Tode des Beherrschers der Völker des Erdkreises erzählen konnte, erschlugen die Bahadure unterwegs jedes ihnen begegnende Lebewesen, ganz gleich ob Mensch, ob Tier, und sprachen dabei zu den Sterbenden:

»Begebt euch in das Reich über den Wolken, um dort mit Eifer unserem heiligen Gebieter zu dienen!«

Bei der allgemeinen Beweinung des Todes Dschingis-Khans hielt dessen ruhmreicher Bahadur Dschebe-Nojon, der Besieger der Merkiten, Chinesen, Kiptschaken, Iraner, Grusinier, Alanen und Russen, folgende Ansprache:

»Einstens jagte ›der, welcher unser Reich errichtet hat‹, auf dem Berge Burchan-Chaldun. An einer einsamen Stelle am Abhang rastete er unter einem alten Baum. ›Dem, der nicht mehr ist‹, gefiel diese wilde Gegend sehr und vor allem eine hohe schlanke Zeder, deren Spitze bis an die Wolken reichte. Und ich hörte aus seinem Munde die Worte: ›Dieser Platz ist so recht geeignet als Weideplatz für einen wilden Hirsch und auch als letzte Ruhestätte für einen großen Herrscher. Behaltet ihn im Gedächtnis!‹«

Man kam infolgedessen überein, den Eichensarg mit dem toten Dschingis-Khan unter der hohen Zeder auf dem Berge Burchan-Chaldun in die Erde zu senken.

Im Laufe der Jahre wuchs rings um das Grab herum ein so dichter Wald, daß selbst die Hüter dieser Stätte, die zu betreten verboten war, nicht mehr den Weg zum Grabe hätten weisen können.

Epilog

Hier zogen die Mongolen durch

Ihr schneebedeckten Berge!
Saht ihr, wie ich Sklave ward der Ungläubigen?
Wie ich mit Fesseln an den Händen ging,
mein Haupt beschützend vor dem Schlag der Peitsche!
Und niemand war da, den mein Leiden rührte,
allein die Berge nur erzitterten davon.
(Lied eines Gefangenen aus Chiwa, Wamberi)

Auf der breiten Karawanenstraße, die vom großen Strom Dscheihun aus nach Osten führte, wo jahrhundertelang reiche Karawanen gezogen waren, hörte nach der Verwüstung des Landes durch die Mongolen auf einmal jede Bewegung auf. Die kleinen Buden und Einkehrhäuser am Wegrande standen leer und verlassen da, ohne Tür und Tor, die von den Kriegern aufgebrochen und als Brennholz benutzt worden waren. Die nicht mehr bewässerten Gärten welkten, denn es gab niemanden mehr, der die Gräben gereinigt und Wasser zugeleitet hätte.
Eigentümlich und ungewöhnlich mutete ein junger düsterer Reiter an, der, mit einem fremdländischen Umhang umgetan, einsam des Weges ritt, auf dem überall von Schakalen benagte Menschenknochen umherlagen. Das schwarze sehnige Pferd arabischen Blutes klapperte gleichmäßig mit den Hufen, dann und wann von dem Reiter durch einen Pfiff ermuntert.
»Was für eine tote Wüstenei! Kein Mensch, kein Kamel, kein Hund!« seufzte der Reiter. »Während des ganzen Tages habe ich nichts als zwei Wölfe gesehen, die ohne Hast den Weg überquerten, als wären sie die Herren dieser schweigenden Ebene, die einem endlosen Friedhof gleicht... Wenn das noch lange so weitergeht, wird sich mein braves Pferd mitsamt seinem Herrn bald für ewig neben diesen gebleichten Schädeln, in denen noch die Spuren der mongolischen Schwerter zu sehen sind, zur Ruhe legen...«
Eine dunkle, sonderbare, sich bewegende Masse erregte seine Aufmerksamkeit. Das Pferd schnaubte und spitzte die Ohren. Beim Näherkommen sah der Reiter, daß es zwei große düstere Geier waren, die über ihrer in der Mitte des staubigen Weges liegenden Beute hockten. Von einem Pfiff des Reiters aufgescheucht, hoben sie sich mit schwerem Flügelschlag empor und ließen sich unweit auf der nächsten Anhöhe wieder nieder. Auf dem Wege, im prallen Sonnenschein, lag in sonderbarer Haltung, die wie durch einen Krampfanfall bewirkt aussah, ein Mädchen in zerfetzter turkmenischer Kleidung, dem die Geier bereits das Gesicht durch Schnabelhiebe entstellt hatten. Aber noch immer war zu erkennen, wie fein und zart ihre Züge gewesen waren.
»Diese Mongolen! Greifen Kinder auf und schleppen sie mit, ohne für

sie zu sorgen, und lassen sie schließlich am Wege liegen, wenn sie ihrer überdrüssig geworden sind!«

Ein Hieb mit der Peitsche, und das Pferd setzte sich in Galopp. Hinter einer Wegbiegung holte es eine Gruppe Mongolen ein. Zwei Fuhrwerke, hoch beladen mit geplündertem Gut, bewegten sich auf hohen knarrenden Rädern langsam vorwärts.

Auf jedem saß auf den Sachen eine Mongolin mit einer Männermütze aus Fuchsfell und in einen Schafpelz gekleidet und trieb mit monotonen Rufen die Zugochsen an, die gleichmütig in einer Staubwolke dahintrotteten.

Hinter den Fuhrwerken her hinkten und humpelten drei halbnackte erschöpfte männliche Gefangene, deren Hände auf dem Rücken zusammengebunden waren, und eine vor Schwäche wankende Frauensperson. Mit aus dem Maule hängender Zunge trottete ein großer zottiger Hund neben ihnen her, und ein etwa siebenjähriger Mongolenknabe mit einer Gerte in der Hand trieb die Gefangenen vor sich her wie ein Hirt die Kühe.

»Uragsch, uragsch, muu!« rief er und peitschte abwechselnd einen jeden mit seiner Gerte. Er trug einen um den Gürtel aufgeschürzten Chalat, der ursprünglich einem Erwachsenen gehört hatte, seine Füße steckten in viel zu weiten Stiefeln, die er, damit er nicht herausrutschte, unterhalb der Knie mit einem Riemen umschnürt hatte. Besonders auf die Frau hatte er es abgesehen, der er immer wieder einen Hieb versetzte, so daß ihr durch die Fetzen ihrer Kleidung durchschimmernder knochiger Rücken schon ganz mit roten Striemen bedeckt war. Die Ärmste, die nur noch weiterstolperte, weil sie, mit einem Strick an den Wagen gebunden, fortgezogen wurde, jammerte:

»Laßt mich doch los! Ich verspreche euch zurückzukommen. Ich will nur meine Tochter holen, die allein zurückgeblieben ist.«

»Wozu brauchst du jetzt noch eine Tochter!« brüllte ein alter Mongole sie an, der aus einer Staubwolke auftauchte. »Selber kann sie sich kaum noch weiterschleppen und will noch ein Kind tragen!« Und er beugte sich von seinem Grauschimmel herab und zog der Frau mit der Peitsche eins über. Sie stürzte vornüber. Der Strick spannte sich, und sie wurde fortgeschleift. Da zeterte die Mongolin auf dem Wagen:

»Wenn es ein lahmes Schaf wäre, nähme ich es auf den Schoß. Von einem Schaf hat man wenigstens das Fell und das Fleisch. Aber was für einen Gewinn haben wir denn von einem solchen Geschöpf? Ihre Tochter ist schon verreckt, und nun macht sie auch noch schlapp. Und es ist noch so weit bis nach Hause, bis an die heimatlichen Ufer des Kerulon! ... Laß sie liegen!«

»Sie wird nicht verrecken, sie ist zäh!« entgegnete der Alte mit vor Wut heiserer Stimme. »Sie sowohl wie auch die anderen drei werden bis zu unserer Jurte mitkommen. Manche unserer Nachbarn bringen an die zwanzig Sklaven mit heim, und wir sollten nicht einmal vier heimbringen? He, ihr Viehzeug, vorwärts! Uragsch, uragsch!«

Und er hieb mit der Peitsche auf die Frau ein, die am Boden hingeschleift wurde. Der Strick riß, und die Gefangene blieb liegen.
Die Wagen fuhren weiter. Der Alte brachte seinen Grauschimmel mit einem Zungenschnalzen zum Stehen, dann wandte er sich an den jungen Reiter mit der Frage:
»Wird sie am Leben bleiben oder nicht?«
Dann machte er ihm den Vorschlag:
»Kauf sie mir ab. Du kannst sie billig haben..., für zwei Golddinare.«
»Sie wird nicht einmal mehr die Nacht erleben. Aber wenn du zwei Kupferdirhems für sie haben willst?«
»Gib her! Vielleicht bleibt sie wirklich nicht am Leben, dann bekomme ich nicht einmal das...«
Und er steckte die zwei von dem jungen Reiter erhaltenen Kupfermünzen in seinen Stiefelschaft. Dann ritt er im Trab davon, um seine Wagen einzuholen.
Der junge Reiter bog seitwärts vom Wege ab und galoppierte, ohne sich umzusehen, über das ausgetrocknete Feld...
Vor ihm stiegen weiße Trümmer auf, altes, von Bögen durchbrochenes Mauerwerk mit noch erhalten gebliebenen bunten arabischen Inschriften. Mit welcher Kunstfertigkeit hatten die Baumeister diese harmonischen Bauwerke errichtet, und welche Mühe unbekannter Arbeiter, die die Ziegel zu schönen Palästen, Moscheen und Minaretten aufeinandertürmten, steckte darin. Doch die Mongolen hatten das alles achtlos in rußbedeckte Trümmer verwandelt.
„Eine Garbe trockenen Klees und ein paar Fladen nur, wenn wir die hätten, würden wir in einem Tageritt bis zu den grünen Bergen gelangen, wo man mit Menschen ein freundschaftliches Gespräch am Lagerfeuer führen kann«, flüsterte der Reiter.
Da stand er schon vor dem massiven Bogen mit dem schweren Tor darunter, dessen weit offenstehende Flügel mit Eisen beschlagen waren. Die runden Köpfe der Nägel waren so groß wie Teller.
›Das so vertraute Tor!‹ dachte der Reiter. ›Einst durchschritten es der Derwisch Hadschi Rachim, der Bauer Kurban-Kysyk und der Knabe Tugan. Inzwischen ist dieser Knabe zu einem geschickten und tüchtigen Krieger herangewachsen, doch wie ein obdachloser Wanderer findet er weder Brot noch Unterkunft in dieser ehedem so blühenden, volkreichen Stadt Buchara.‹
Laut hallten die Hufschläge des Grauschimmels unter dem hohen dunklen Torbogen wider. Ein Rotfuchs huschte vorbei und verschwand hinter einem Schutthügel.
Behutsam setzte das Pferd seine Füße zwischen die Trümmer und arbeitete sich allmählich durch bis zum Hauptplatz der toten Stadt.
Stattliche Gebäude hatten früher diesen von einer geräuschvollen Menschenmenge überfluteten Platz umgeben. Jetzt standen ringsum nur ausgebrannte Ruinen, und der ganze Platz war mit Schutt und Asche bedeckt. Weiß schimmerte das Skelett eines Pferdes. Hoch am tür-

kisblauen Himmel schwebten mit unbewegt ausgebreiteten Schwingen Aasgeier.
Vor den Stufen der Moschee zügelte Tugan sein Roß, das mit gespitzten Ohren schnaubend zurückwich. Auf einem Steinpult lag aufgeschlagen ein riesengroßer Koran, dessen von Regen wellig und fleckig gewordene Blätter sich im Winde bewegten.
Tugan stieg vom Pferde, breitete seinen Umhang aus und zerbröckelte trockenes Brot darauf. Dann setzte er sich, das Ende des Zaumes in der Hand, auf die Stufen.
Hinter einem Haufen von Ziegelsteinen regte sich etwas, und zum Vorschein kam eine fast zum Skelett abgemagerte Frau. Indem sie ihre Blößen mit dem Fetzen ihres Kleides, so gut es ging, verdeckte, kam sie mit ausgestreckter Hand näher und konnte ihre Augen, in denen die Gier brannte, nicht von den Brotrinden losreißen.
Tugan gab ihr eine Handvoll Zwieback, den sie mit einer hoheitsvollen Gebärde wie eine Kostbarkeit entgegennahm. Dann ging sie mit langsamen Schritten etwas abseits, wo sie sich niederhockte. Sie wollte schon den Zwieback in den Mund mit den entzündeten Lippen stecken, als sie sich plötzlich eines anderen besann und ihn auf einer Steinplatte in mehrere gleiche Häuflein aufteilte. Vorsichtig leckte sie jedes Krümchen, das an ihrer Hand haftengeblieben war, mit der Zunge ab, dann rief sie:
»He, ihr Füchslein, kommt herbei! Habt keine Angst! Es ist einer von den Unsrigen!«
Aus einer schwarzen Öffnung zwischen den Steinplatten tauchten nacheinander vier zerzauste Kinderköpfchen auf. Sich dicht aneinanderdrängend, näherten sich die Kinder langsam der Frau. Sie waren nackt und ihre von der Sonne verbrannten Körper mager wie Skelette, nur ihre Bäuche waren aufgebläht wie Ballons. Noch zwei weitere Kinder krabbelten aus dem schwarzen Loch heraus, die aber so kraftlos waren, daß sie gar nicht erst versuchten, sich zu erheben, sondern auf allen vieren zu der Frau hinkrochen, zu deren Füßen sie sich niederkauerten, indem sie ihre Arme über den aufgeblähten Bäuchen verschränkten.
Die Frau gab den Händen, die sich nach den Zwiebäcken ausstreckten, einen Klaps und steckte reihum den Kindern kleine Bröckchen in den Mund. Dabei erzählte sie dem Fremden:
»Meinen Mann haben sie, weil er seine Familie beschützen wollte, totgeschlagen, diese entsetzlichen flachgesichtigen Männer in Schaffellen, und meine Kinder haben sie allesamt mit sich fortgeschleppt. Wer weiß, ob sie noch am Leben sind... Auch mich hatten sie mit einer Fangleine hinter sich hergezogen und mich als Sklavin gehalten, die allen zu Willen sein mußte. Doch in einer Nacht gelang es mir, zu fliehen und mich in diesen Trümmern meines Hauses zu verbergen. Tags huschen die Eidechsen flink hier umher, nachts schleichen sich die Schakale heran. Ich las diese von allen verlassenen Kinder auf... Mit ihnen

zusammen habe ich nach Eßbarem gesucht und Wurzeln wilder Zwiebeln ausgegraben... Jetzt sind sie meine Kinder geworden, und wir werden beieinander bleiben, bis wir sterben... Vielleicht aber bleiben wir auch am Leben...«
Tugan gab der Frau seine letzten Zwiebäcke und ging, sein Pferd am Zügel führend, zur Stadt hinaus.
Immer näher kam Tugan der Stadt Samarkand. Karawanen traf er unterwegs keine. Hier und da zeigten sich ein paar Bauern auf den Feldern. Ein- oder zweimal galoppierten mongolische Kuriere.
Dann warfen sich die Bauern auf den Boden – wie hingemäht sanken sie um – und verkrochen sich in den Kanälen und Gräben.
Erst wenn die Staubwolke, die die Mongolen begleitete, hinter den Hügeln verschwunden war, wagten sich die Leute wieder hervor, um ihrer Arbeit nachzugehen.

Wo ist die geräuschvolle Stadt Samarkand?

Einige Tage später hielt Tugan auf einer Anhöhe neben zahllosen Grabhügeln. Vor ihm schimmerte ein grünes Flußtal, worin die Trümmer des noch vor kurzem so berühmten Samarkand aufgetürmt lagen. Kleine Häuschen mit flachen Dächern klebten eins am andern, doch keinerlei Leben und Bewegung war in den Straßen der früheren Hauptstadt von Mawerannahr wahrzunehmen, die ehedem ein verkehrsreiches, arbeitsames Zentrum des Landes gewesen war.
Zerstörte, vom Regen unterspülte Festungsmauern schlossen den Stadtkern ein. Noch ragten dort die Mauern einer vom letzten Schah von Chowaresmien erbauten Moschee empor sowie zwei runde Türme.
Ein lahmer Bettler kam herangehumpelt und sprach Tugan, indem er ihm seine hagere Hand aus den Lumpen hervor entgegenstreckte, um ein Almosen an:
»Beglücke einen Armen durch eine milde Gabe, ruhmreicher Beg-Dschigit! Allah beschirme dich in den Schlachten und lenke die feindlichen Pfeile und Schwerter von deinem Herzen ab!«
»Wo ist denn die Stadt, die prächtige Residenz der Schahs und Sultane? Wo sind die reichen Kaufleute und die bunten Basare, wo alle Kostbarkeiten der Erde zu finden waren? Wo die geräuschvollen Werkstätten, aus denen der fröhliche Lärm der Arbeit dröhnte?« fragte Tugan mehr sich selbst als den Bettler, der ihm antwortete:
»All das gibt es nicht mehr, seitdem die Mongolen hier durchgezogen sind. Einen Teil der Einwohnerschaft unserer Stadt haben die Barbaren niedergemetzelt, den anderen als Gefangene fortgeschleppt in ihre weit entfernten Steppen. Und der Rest ist geflohn..., in die Berge, in deren Unzugänglichkeit schon viele umgekommen sind...«
»Werden die Flüchtlinge denn noch lange so umherirren?«
»Dort, hinter der Stadt, flußaufwärts, fangen die Menschen sich zu

sammeln an, bauen sich Hütten aus Lehm und Reisig. Sie leben aber in ständiger Angst vor einer plötzlichen Rückkehr der Mongolen ... Sie haben Furcht davor, gefangen und verschleppt zu werden ... Allah beschütze dich für deine Freigebigkeit!«
»Was ist denn das für ein Turm in der Stadtmitte?«
»Wende deine Schritte ab von diesem Turm! Dort ist ein Gefängnis. Ja, die Mongolenkhane haben in der zerstörten Stadt ein Gefängnis eingerichtet. Und ihre Henker zertrümmern mit Eisenkeulen den Verurteilten die Schädel ... Laß dir erzählen, wie sie das machen!«
Aber Tugan hörte schon nicht mehr auf den Bettler, sondern ritt den Abhang des Hügels hinab. Durch die Trümmer bahnte er sich einen Weg zu den inneren Festungsmauern, wo sich die beiden alten Türme stumm und düster erhoben. Längs der Mauer hockten Angehörige der Gefangenen. Lanzenbewehrte Wächter standen vor dem Tor.
»Wohin willst du? Reit weiter!« rief einer der Posten.
»Ich habe ein Anliegen an den Aufseher des Gefängnisses«, erwiderte Tugan.
»Hast wohl Sehnsucht, selber in den Turm geworfen zu werden?«
»Vielleicht ..., wenn mein Bruder darin schmachtet.«
»Wir haben nicht wenig Gefangene drin, aber lange brauchen sie nicht zu schmachten. Man führt sie auf eine Plattform über dem Graben und gibt ihnen mit einer Eisenkeule einen Schlag auf den Schädel. Sieh mal unten im Graben nach. Vielleicht findest du dort den Leichnam deines Bruders ...«
»Er ist Derwisch, ein gelehrter Mann, der Bücher schreibt. Hadschi Rachim-al-Bagdadi heißt er.«
»Einen Derwisch, so einen langhaarigen verrückten, den haben wir allerdings. Wir nennen ihn Diwonà, das heißt: Blödel. Doch ich habe schon viel zu lange mit dir geschwatzt! Binde dein Pferd an einen der Pfähle und geh in den Hof. Frag dort nach dem Vorsteher des Gefängnisses. Sein Haus wirst du gleich sehen. Neben der Tür hängt an einem Haken ein Krug. Vergiß nicht, mindestens sechs Dirhems hineinzutun. Dann wird der Vorsteher dich anhören.«
Tugan tat, wie man ihm geheißen hatte. Der feiste Gefängnisvorsteher stand auf der Terrasse seines Hauses in einem roten wattierten Chalat, und seine bloßen Füße steckten in grünen Pantoffeln. Ein halbnackter, sehr hagerer Koch, an dessen Füßen eine eiserne Kette klirrte, zerhackte mit einem Hackmesser Hammelfleisch zu Kebab. Der Vorsteher, dessen Bartspitze ebenso wie seine Nägel mit Henna rotgefärbt waren, schlug dem Koch mit einem Rohrstock auf die Schulter und sagte dazu: »So, jetzt tu Pfeffer dran!«, ein weiterer Schlag. »Und nun gieß Granatapfelsaft zu! So! Sei nicht faul!« Wieder ein Stockschlag.
Tugan ließ in den an der Tür hängenden Tonkrug zehn Kupferdirhems fallen. Der Vorsteher betrachtete den Fremdling mit finsterem, argwöhnischem Blick.
»Ich bin ein muslimischer Krieger aus der Abteilung Subudai-Bahadurs.

Mit seiner Erlaubnis bin ich unterwegs auf der Suche nach meinem Verwandten. Hier ist meine Paizsa!« Damit holte er ein an einem Schnürchen um seinen Hals hängendes Täfelchen mit der Abbildung eines Vogels und einer Inschrift hervor und gab sie dem Vorsteher, der sie lange in seiner Hand drehte und wendete und sie schließlich dem Eigentümer zurückgab.
»Was hat dich in dieses Haus der Ausgestoßenen geführt?«
»Ich suche einen Verwandten von mir – den Derwisch Hadschi Rachim-al-Bagdadi. Befindet er sich etwa hier?«
»Allah verdamme ihn und bewahre uns, mich und dich, vor einer weiteren und näheren Bekanntschaft mit ihm!«
»Wofür hat man ihn denn eingesperrt? Ich kannte ihn als einen gerechten Mann.«
»Der und ein Gerechter! Ein schöner Gerechter! Auf Betreiben des Scheich-ul-Islam und der Imams ist er eingesperrt worden wegen Freidenkerei und Lauheit in Glaubensdingen, die so weit geht, daß er in einem Gespräch niemals den Namen Allahs im Munde führt! Sein Ende wird schrecklich sein. Doch er hat es verdient!«
Nach einigem Nachdenken meinte Tugan:
»Die Anschuldigungen, die man gegen ihn erhebt, sind, wie ich von dir höre, schwere. Doch vielleicht würdest du mir trotzdem erlauben, sein Los zu erleichtern?«
»Nur auf Fürsprache Machmud-Jalwatschs, des Großwesirs unseres großmächtigen Gebieters Dschagatai-Khan, hat man ihm das Leben geschenkt. Doch die Freiheit geben wird man ihm jedenfalls nicht eher, als bis er ein Buch über das Leben und die Feldzüge des großen Kagans Dschingis-Khan, des Erschütterers des Erdkreises, geschrieben hat.«
»Und wenn er mit diesem Werke fertig ist, wird man ihn dann freilassen?«
»Das möchtest du wohl gern? Nein, selbst wenn er seine Sünden bereute, würde man ihn aus diesem Gefängnis nur herauslassen, um ihn auf den Hauptplatz der Stadt zu führen, wo man ihm vor allem Volke die Zunge ausreißen und die Hände abhauen wird... Deshalb schreibt der Diwonà ja schon zwei Jahre an dem Buch, und er wird wohl noch weitere dreißig daran schreiben, um den Tag seines Verderbens so lange wie möglich hinauszuschieben.«
Tugan erwiderte:
»Da der Hadschi mein Wohltäter gewesen ist, mich Arabisch lesen und schreiben gelehrt und mich gespeist hat zu einer Zeit, da ich nahe daran war, Hungers zu sterben, bin ich bereit, für ein gottgefälliges Werk meinen einzigen Golddinar zu opfern.«
Dabei zeigte er die Goldmünze vor.
»Du aber, großer Vorsteher, erweise dem zum Verderben Verurteilten eine Gnade und erlaube mir, den Hadschi Rachim zu sehen und zu sprechen.«

»Gib das Goldstück her und geh in den nächsten Hof. Dort kannst du mit ihm sprechen, soviel du willst.«
Tugan legte den Dinar in die mit Henna rotgefärbte Handfläche des Gefängnisvorstehers und trat durch ein steinernes Tor.

Im eisernen Käfig

In der Tiefe eines engen Hofes sah man im Dunkel das Gitter eines Käfigs schimmern, hinter dem eine in Lumpen gehüllte menschliche Gestalt hockte. Neben dem Käfig stand eine schlanke Frau, die in einen bis zur Erde reichenden Schal gewickelt war, wie ihn die Frauen des Nomadenstammes der Lulen zu tragen pflegten.
Bei Tugans Näherkommen wandte die Frau, die sich an die Wand drückte, den Kopf nach ihm um und überraschte ihn durch den Anblick ihm bekannter Züge: Dieselben forschenden braunen Augen blickten ihn an, doch hatten sie den ihnen früher eigen gewesenen Ausdruck der Sorglosigkeit verloren. Dann wandte sich die Frau wieder ab. Doch für Tugan gab es keinen Zweifel mehr — es war Bent-Sankidscha!
Tugan trat näher an den Käfig heran, um den Gefangenen, der darin kaum aufrecht sitzen konnte, zu erkennen. Brennende Augen glühten ihn unter einer zottigen schwarzlockigen Mähne aus dem Dunkel an, als ob sie ihn verschlingen wollten. Trotz der furchtbaren Veränderungen in dem abgezehrten Gesicht erkannte Tugan in dem Gefangenen den Hadschi Rachim-al-Bagdadi.
Auch der Derwisch hatte seinen ehemaligen Wandergefährten erkannt, denn er preßte sein haariges Gesicht gegen die Gitterstäbe und sagte mit heiserer Stimme:
»Du kommst eben zur rechten Zeit, mein jüngerer Bruder Tugan. Tritt noch näher und höre meinen letzten Wunsch. Die Imams wollen mich hier im Käfig lebendigen Leibes verfaulen oder mir die Ohren abschneiden lassen ... Können sie aber damit den freien Gedanken töten? Meinen lodernden Haß ersticken? Wenn sie meine Aufzeichnungen lesen, werden sie sowohl mich als auch mein Werk auf dem Scheiterhaufen verbrennen. Ich habe nicht, wie sie es wollten und wie sie es selber getan, den rotbärtigen Dschingis-Khan in den Himmel gehoben und auf die tatarischen Unterdrücker Loblieder gesungen ... Ich habe kühn die Wahrheit geschrieben. Habe aufgezeichnet, was meine Augen gesehen haben. Ich tat, was ich konnte. Doch nun ist der letzte Tag gekommen, der Tag unserer Trennung ... Begrabt mich unter den alten Platanen am Ufer des Salars ... Mein Lehrer Abu-Ali-Ibn-Sina war der größte der Weisen, er kannte alle Geheimnisse des Weltalls, nur ein einziges kannte er nicht – wie man sich vor dem Tode retten kann. Und so starb er, von den rachsüchtigen, boshaften Imams verfolgt, im Gefängnis auf faulem Stroh ...«
Tugan sprach leise auf den Hadschi ein:

»Weißt du noch, was du mich damals in der Wüste gelehrt hast, als wir beide mit Stricken gebunden waren und über uns das Schwert des schrecklichen schwarzen Reiters Kara-Kontschar hing? Warst du es nicht, der damals mich ermunterte: ›Laß den Mut nicht sinken! Die Nacht ist noch lange nicht zu Ende!‹ Jetzt spreche ich dasselbe zu dir: ›Laß den Mut nicht sinken! Die Nacht hat noch nicht einmal begonnen!‹ «
Der Hadschi nahm eine straffere Haltung an, gleichsam als hätte dieser Zuspruch ihm seine Kräfte wiedergegeben, und Tugan setzte seine Überredung fort, indem er mit halber Stimme weitersprach:
»Höre, mein älterer Bruder, und tu, was ich dir sage. Ich werde dir drei schwarze Pillen geben, die du schlucken wirst. Dadurch wirst du so steif und starr wie ein Leichnam werden und keine Schmerzen mehr empfinden. Und ein Traumgesicht wirst du haben, als flögest du über die Berge in ein Tal kühler Ströme und duftender Blumen. Pferde, weiß wie Schnee, weiden dort, und goldene Vögel singen mit den herrlichsten Stimmen. Dort wird dir auch das Mädchen wieder begegnen, das du vor sechzehn Jahren liebtest.«
»Und dann, wenn ich wieder erwacht bin, werde ich mich hinter diesen eisernen Käfiggittern wiederfinden?... Nein, solche Träume taugen mir nicht!«
»Warte und höre erst weiter! Während deine träumende Seele in jenem Bergtal weilt, um ungetrübtes Vergessen zu genießen, melde ich dem Gefängniswärter deinen Tod und bitte ihn, deinen Leichnam der Erde übergeben zu dürfen. Mit einem Haken wird man deinen Körper aus dem Käfig ziehen und zur Grube der Hingerichteten schleifen... Ertrage diesen Schmerz, wie stark er auch sei, beherrsche dich und schreie und weine nicht! Sonst wird man dir mit einer Eisenkeule den Schädel einschlagen...
Wenn um Mitternacht die Schakale zur Grube schleichen, um die Gebeine zu benagen, werde ich mit drei Kriegern kommen. Wir werden dich in ein Leinentuch hüllen und an einen einsamen Ort schaffen... Dort wird deine Seele wieder in deinen Leib zurückkehren. Ich werde dich auf ein Pferd heben und mit dir nach Westen oder nach Osten reiten, wohin du willst, um ein neues Leben zu beginnen...«
»Ja, du hast recht: Die Nacht ist noch nicht zu Ende... Meine Seele ist bereit, sich in das Tal der schneeweißen Rosse zu begeben... Gib mir nur rasch die drei schwarzen Pillen!«
Und der Hadschi streckte die Hand aus, die schwarz und hart war wie die Klaue eines Königsadlers. Tugan entnahm einem farbigen Beutelchen die drei schwarzen Kügelchen und reichte sie dem Hadschi, der sie ohne Zaudern verschluckte. Nach einer kleinen Weile flüsterte er irgendwelche Worte vor sich hin, die immer leiser und unverständlicher wurden, er begann zu taumeln und fiel schließlich auf die Seite.
Ein lanzenbewehrter Wächter näherte sich dem Käfig.

»Mein Vorgesetzter läßt dir sagen, du möchtest nicht länger bei dem ausgestoßenen Verbrecher bleiben«, sprach er.
»Der Hadschi ist tot.«
Ungläubig stierte der Wächter in den Käfig, dann steckte er seine Lanze durch das Gitter und stach damit nach dem liegenden Derwisch.
»Er schreit nicht... Er rührt sich nicht... Offenbar ist er wirklich tot... Nun, dann wird man seinen Körper in die Grube werfen. Wenn ihr ihn bestatten wollt, dann müßt ihr euch beeilen, sonst haben ihm morgen früh die Hunde und Schakale das Fleisch von den Knochen genagt... Na ja, irgendwann müssen wir alle mal abkratzen...«

Die letzte Seite des Buches

Der Beharrliche und Geduldige wird das günstige Ende einer begonnenen Sache sehen.
(Hadschi Rachim)

Tugan und Bent-Sankidscha wanderten nebeneinander durch die lautlosen Straßen der Ruinenstadt. Der Hufschlag des Pferdes, das Tugan am Zügel führte, hallte zwischen den Mauern der zerstörten und verlassenen Gebäude wider. Im Gespräch gedachten beide der fernen Tage ihrer Jugend, die sie in Gurgandsch im Hause des bei der Überschwemmung umgekommenen Chronisten Mirza-Jussuf verbracht hatten.
»Während dieser ganzen langen Jahre des Umhergetriebenwerdens habe ich stets an dich gedacht«, gestand er ihr.
»Und ich habe das Sturmgewitter, dessen Blitzstrahlen und Donnerschläge unser ganzes Land erschütterten, überlebt, wie ein Mäuschen, das in seinem Loche verschont bleibt, während der Sturm ringsum die mächtigen Bäume entwurzelt.«
»Erzähle, wie es dir in all den Jahren ergangen ist!«
»Als die Mongolen mich damals in Buchara zwangen, vor ihrem grausamen Herrscher den Untergang meines Vaterlandes in Klageliedern zu besingen, fand dieser Gefallen an mir und befahl, mich bei dem das Heer begleitenden Chor chinesischer Sängerinnen zu behalten... So begleitete ich diesen Länder- und Menschenvernichter auf seinem Zuge. Einmal klagte Dschingis-Khan über Augenschmerzen und darüber, daß er alles doppelt sähe, statt eines Mondes deren zwei... Er glaubte, böse Geister trieben ihr Spiel mit ihm. Die Schamanen erwiesen sich außerstande, die bösen Geister durch ihre Zaubertänze und -sprüche zu vertreiben. Die Ärzte getrauten sich nicht, ihm in seine Entsetzen einflößenden Katzenaugen zu sehen. Nur ein einziger, ein arabischer Kaddach namens Sin-Saban, erklärte sich bereit, den Erschütterer des Erdkreises von seinem Augenübel zu kurieren, und die Kur gelang. Auf Dschingis-Khans Frage, was der Arzt zum Lohn verlange, deutete dieser mit dem Finger auf eine der Sängerinnen, und diese Sängerin war – ich!

Man übergab mich ihm, und er sperrte mich ins Enderun. Wenn ich ihm vorsingen sollte, sang ich von einem schwarzlockigen Jüngling, und er prügelte mich dafür mit seinem Gürtel. Da sang ich ihm ein Lied von einem Krieger, der das Lächeln verlernt hat, und er prügelte mich mit einem Riemen. Da lief ich ihm davon, und die Frauen des bei uns verachteten Nomadenstammes der Lulen, die das Feuer anbeten, gewährten mir Obdach in ihren Zelten. Ich kleidete mich wie sie, und niemand erkannte oder verriet mich. Der alte Kaddach stürzte sich selbst ins Unglück, indem er zum großen Kagan ging, um sich bei ihm über meine Flucht zu beklagen und ihn zu bitten, er möge mich durch seine Krieger suchen lassen. Der Mongolenherrscher geriet in solchen Zorn, daß alle sich erschrocken zu Boden warfen und ihr Gesicht in den Händen verbargen. ›Wie konntest du mein Geschenk aus deinen Händen lassen?‹ schrie Dschingis-Khan den Alten an ›Ein Mann, der es nicht versteht, eine Frau zum Gehorsam zu zwingen, hat in meinem Reiche sein Leben verwirkt. Packt ihn!‹ Und die Henker ergriffen den alten Araber und schlugen ihm auf der Stelle seinen klugen Kopf ab. Ich aber lebte unbehelligt bei den Nomadenfrauen. Als ich hörte, man habe den Hadschi Rachim in einen Käfig gesperrt, ging ich regelmäßig hin, um ihm Brot, Nüsse und Trauben zu bringen, und half ihm als Schreiber...«

»Wie? Du, die du selbst Verfolgung zu dulden hattest, halfst ihm?«

»Ja, aller drei Tage ging ich zu ihm ins Gefängnis. Mit dem Brot steckte ich ihm verstohlen stets einige Blätter unbeschriebenes Papier zu, er aber vertraute mir die von ihm in den letzten drei Tagen beschriebenen Blätter an, deren Text ich dann ins reine schrieb. Seine Handschriften gab ich ihm beim nächsten Besuch zurück, so daß sich im Laufe der Zeit bei mir wie bei ihm ein Manuskript seines Buches ansammelte. Gesegnet sei das Andenken Mirza-Jussufs, der mich das Schreiben lehrte!«

»Du hast eine große Tat vollbracht!« sprach Tugan. »Wenn die tükkischen Imams seine Aufzeichnungen verbrennen sollten, so bleibt uns wenigstens die von dir angefertigte Abschrift erhalten, und unsere Enkel und Urenkel werden auf diese Weise Kenntnis erhalten von den Gewalttaten Dschingis-Khans...«

Sie näherten sich einem schnell strömenden trüben Flusse, an dessen Ufer die Lulen ihre wollenen Zelte aufgeschlagen hatten.

Am Fuße einer alten Platane legte Bent-Sankidscha einen Stoß beschriebener Blätter auf einen kleinen Teppich. Beim Licht des über den Trümmern Samarkands aufsteigenden Mondes konnte man die sauber und gleichmäßig zu Zeilen gereihten Schriftzeichen erkennen, die von dem Leben des weit in der Welt umhergetriebenen Wanderers berichteten.

Während Bent-Sankidscha, die sich auf den Teppich niedergehockt hatte, die Blätter ordnete, sagte sie:

»Obwohl die Kräfte des Hadschi Rachim durch den Aufenthalt in dem kalten Käfig aufs äußerste geschwächt wurden, verzagte er doch nie, gleichsam, als erwärmte er sich an der Glut seiner Gedanken. Und er erlahmte nicht, auch wenn ihm das Schreiben noch so mühsam und sauer wurde. Sieh nur, hier, auf den letzten Blättern, die er mir gegeben, wie zittrig seine Schrift geworden ist und wie die Buchstaben aus der Zeile springen... Höre an, was er auf der letzten Seite geschrieben hat!«

Und sie begann zu lesen:

»Mein abgenutztes Kalum schrieb die letzten Zeilen des Berichtes über den Einfall der erbarmungslosen Mongolen in die blühenden Täler unserer Heimat... Mit brennendem Zorn im Herzen würde der Verfasser dieses Buches gern noch gegen die Kleinmütigen und Selbstsüchtigen unter Chowaresmiens Einwohnern eifern, die sich nicht dazu aufraffen konnten, den Kampf gegen Dschingis-Khan, den grausamen Vernichter friedlicher Stämme, aufzunehmen. Wenn die gesamte Bevölkerung des Landes einmütig zum Schwerte gegriffen und sich rücksichtslos den Feinden der Heimat entgegengestellt hätte, würden die anmaßenden Mongolen und ihr rotbärtiger Herrscher sich kein halbes Jahr in Chowaresmien haben halten können und wären schon längst und für ewig wieder in ihren fernen Steppen verschwunden...

Der Sieg ist den Mongolen zugefallen weniger dank der Kraft ihrer Krummsäbel als infolge der Uneinigkeit, Nachgiebigkeit und Zaghaftigkeit ihrer Gegner... Hat doch der tapfere und kühne Sultan Dschelal-ed-Din gezeigt, daß man mit einer kleinen Abteilung tollkühner Dschigiten die mongolischen Horden zu schlagen vermag...

Doch das Kalum entfällt meinen erkaltenden Fingern... Die Kräfte des wandernden Derwischs schwinden zusehends, und die Tage enteilen, den Tag der Abrechnung näher zu bringen... Nur noch einige Strophen aus dem Lied eines Dichters[1] vermag ich aufzuzeichnen:

Wie Frühlingsregen, wie der Herbstwind
schwand meine Jugend hin.
Ich säumte auf dem Weg des Lebens;
der Karawanenführer aber
ließ die Kamele schon beladen
und drängte zum Aufbruch...

Zum Abschied möchte ich mich noch vor meinen unbekannten Lesern rechtfertigen. Die hochmütigen und aufgeblasenen Imams und Ulemas werfen mir Unglauben vor. Boshaft und blöd ist ihre Kurzsichtigkeit! Ein Unglauben wie der meine ist keine kleine und nichtige Sache! Es gibt keinen Glauben, der fester und inbrünstiger wäre als der meine, denn ich glaube an den Sieg des gefesselten Denkers über den stumpfsinnigen Henker, an den Sieg des unterdrückten unermüdlichen Arbeitenden über den grausamen Unterdrücker, an den Sieg des Wissens über die Lüge!... Ich weiß, es wird eine bessere Zeit kommen, da Wahrheit, Freiheit und die Sorge um den Menschen unsere Heimat zum

---

[1] Chosrewani (X. Jh.).

allgemeinen Glück und zum Licht führen werden!... Diese Zeit wird kommen!«
Bent-Sankidscha legte ihr feines bräunliches, mit drei silbernen Ringen geschmücktes Fingerchen an die Lippen und versank in Nachdenken, wobei sie die geschwungenen Augenbrauen zusammenzog. Dann legte sie die beschriebenen Blätter sorgfältig zusammen und wickelte sie in ein Stück bunten Stoffes. Als das getan war, erhob sie ihre glänzenden schwarzen Augen zu Tugan und sagte flüsternd:
»Und jetzt werde ich drei kühne Jünglinge aus dem Stamme der Lulen herbeirufen, damit ihr euch nach der Grube der Hingerichteten aufmacht, um dem Hadschi Rachim zu helfen. Die Nacht ist ja noch lange nicht zu Ende... Wir werden ihn retten!«

Zweites Buch
Batu-Khan

Erster Teil

Dschingis-Khans Vermächtnis

Wenn Kummer so starken Rauch entwickelte wie Feuer, so wäre die ganze Welt in Rauch gehüllt.
(Schahid aus Balch, XIII. Jh.)

In der Behausung eines morgenländischen Chronikschreibers

Eine braune hagere Hand führte flink die Rohrfeder über ein schmales Blatt Papier. Halblaut überlas der Fakih noch einmal die Zeilen, die sich in schöner arabischer Zierschrift untereinanderreihten. Stille herrschte in der Hütte, und wie ein Widerhall des eintönigen Gemurmels, das aus dem Munde des Lesenden kam, rauschte draußen unaufhörlicher Regen ebenso eintönig auf das Schilfdach der Hütte nieder.
»Durch Befragung aller darum Wissenden wollte ich Dschingis-Khans Vermächtnis in Erfahrung bringen, doch das Unglück brach über mich herein. In Buchara wurde ich von den heiligen Imams ergriffen ...
Sie erklärten, ich sei ein großer Sünder, der Allah nicht die ihm gebührende Ehre gäbe, und sperrten mich in einen abscheulichen Eisenkäfig ein, so niedrig, daß ich mich nicht darin aufrichten konnte. Die Kleider verfaulten mir am Leibe, und ich knotete mühsam die Enden der Fetzen aneinander. Einmal am Tage goß der Gefängniswärter mir trübes Wasser in eine Holzschale, doch meistens vergaß er es. Dann und wann brachte er einen gefesselten Sklaven mit, der schimpfend den verunreinigten Boden meines Käfigs mit einem Schaber säuberte. Die Verwandten anderer Gefangenen blieben voll Entsetzen vor meinem Käfig stehen und starrten mich schaudernd an: war ich doch ein von den heiligen Imams Verfluchter, ein zu ewiger Verdammnis Verurteilter, den seine Strafe schon hier auf Erden ereilt hatte und auch noch nach dem Tode treffen würde, wo das ewige Feuer seiner harrte ...«
Der Fakih brachte den niedergebrannten Docht seines tönernen Öllämpchens wieder in Ordnung und fuhr im Lesen fort:
»Einst bemerkte ich neben meinem Käfig ein junges Mädchen aus dem von den Kiptschaken verachteten Nomadenstamm der feueranbetenden Lulen. Ohne den Spott und die Verwünschungen der Umstehenden zu fürchten, legte sie mir eine Handvoll Rosinen und Nüsse hin und lief davon. Am nächsten Tag erschien sie wieder, diesmal aber in einen langen, bis auf die Erde reichenden schwarzen Schal gehüllt. Lautlos glitt sie an den Mauern des Gefängnishofes entlang bis zu meinem Käfig und schob mir einen Fladen und ein Stück Melone durch die Gitterstäbe, die sie dann mit ihren silberberingten braunen Fingern umfaßte. Lange

sah sie mich unverwandt aus ihren undurchdringlichen schwarzen Augen an und flüsterte schließlich leise:
›Bete für mich!‹
Ich meinte, sie verlache mich und spotte meiner, und wandte mich ab. Doch tags darauf stand sie von neuem neben meinem Käfig und wiederholte beharrlich ihr:
›Bete für mich, daß mein Krieger, mein Glück, zurückkehrt!‹
›Ich verstehe mich nicht aufs Beten... Und wozu auch... Ich bin ja ein von den heiligen Imams Verfluchter.‹
›Die Imams sind schlimmer als der tückische Eblis. Sie blasen sich wichtigtuerisch auf, die Boshaften. Wenn sie dich verflucht haben, so bedeutet das, daß du ein Gerechter bist. Bitte Allah um Gnade für mich wie auch für jenen, der fern von mir weilt!‹
Ich versprach ihr, ihre Bitte zu erfüllen. Als sie wiederkam – und sie kam noch einige Male –, sagte ich ihr zum Troste, daß ich jede Nacht neunmal neun Male[1] die glückbringenden Gebete für sie aufsage.
Eines Tages kam das Mädchen – sie hieß Bent-Sankidscha – mit einem Jüngling, der das Lächeln nicht zu kennen schien. Seine schwarzen Locken fielen ihm bis auf die Schultern, und seine Waffen waren mit Silber beschlagen. Schweigend blickte er mich an und wandte sich dann an das Mädchen:
›Ja, er ist es..., er, der keine Arglist kennt... Ich werde ihm helfen!‹
Wir sahen einander lange in die Augen. Um uns vor den uns scharf beobachtenden Luchsaugen der Kerkermeister nicht zu verraten und uns keiner Gefahr auszusetzen, hüteten wir uns wohlweislich, unser Geheimnis preiszugeben und zu bekennen, daß wir Brüder waren... Ja, der schlanke Jüngling war kein anderer als mein Bruder Tugan, den ich vor langer Zeit verloren hatte und den jemals wiederzusehen ich mir schon längst keine Hoffnung mehr machte.
Während Tugan das junge Mädchen ansah, um den Anschein zu erwecken, er spräche mit ihr, sagte er zu mir:
›Höre mich an, du Gerechter, der du von den Imams verflucht worden bist. Ich habe dir drei schwarze Kügelchen mitgebracht, die du verschlucken sollst. Dann wird dein Geist von hinnen fliegen, über die Berge in ein Tal der kühlen Ströme und duftenden Blüten. Rosse, so weiß wie Schnee, weiden dort, und goldene Vögel singen mit menschlichen Stimmen. Dort wirst du dem Mädchen begegnen, das du geliebt hast, als du sechzehn Jahre alt warst.‹
Ich unterbrach den Jüngling:
›Und wenn ich wieder erwache, werde ich dann wieder an den Eisenstangen meines Käfigs nagen?... Wenn dem so wäre, dann frommt mir kein solcher Traum.‹
›Warte doch mit dem Streiten, du Unband, und höre mich erst zu Ende.

---

1 Bei vielen Völkern des Orients gilt die Zahl Neun als eine geheiligte und glückbringende Zahl.

Während dein Geist im Gebirgstal bei den schneeweißen Rossen weilt und sich dem Genuß ungetrübten Vergessens hingibt, werde ich deinem Kerkermeister sagen, du wärest gestorben. Nach den Gesetzen, die unser Glauben vorschreibt, wird man deinen Leib ungesäumt der Erde übergeben. Man wird deinen Käfig aufbrechen, deinen Körper mit eisernen Haken packen und zur Grube der Hingerichteten schleifen. Wie schmerzhaft dies auch sein mag, hüte dich zu schreien und zu weinen. Sonst wird man dir den Schädel mit einer Eisenkeule zerschmettern... Um Mitternacht, wenn du zwischen den Leichen liegen wirst und Hunde und Schakale sich heranschleichen, um die Gebeine zu benagen, werde ich mit drei Kriegern zur Grube kommen. Wir werden dich in Decken wickeln und zu unserem Lagerplatz schaffen. Dort wird man zum Klang der Schellentrommeln und Messingbecken Lieder singen, die deinen Geist aus dem Tal des Vergessens zurückrufen. Ich schwöre dir, daß das Leben wieder in deinen Körper und das Bewußtsein wieder in deinen Kopf zurückkehren wird. Dann wirst du dich auf ein Pferd schwingen und weit fortreiten in andere Länder, um ein neues Leben zu beginnen...‹«

Der Fakih hielt inne und lauschte; ihm war, als hätte er ein Geräusch hinter der dünnen Wand seiner Hütte vernommen. Einige Augenblicke verharrte er reglos, dann fuhr er im Schreiben fort:

»Es geschah, wie der Jüngling, der das Lächeln nicht zu kennen schien, gesagt hatte. Dank seiner kühnen Hilfe befand ich mich unerwartet in Freiheit, erschöpft zwar, doch lebendig. Einige Tage blieb ich in der Sandsteppe bei den Feueranbetern, dann begab ich mich in die Stadt Sygnak, wo ich ein zweites Leben anfing...«

Der Gast aus der Finsternis

Der Fakih Hadschi Rachim hielt abermals inne. Er legte sein Kalam behutsam auf ein Messingtablett und strich sich mit der Hand den ergrauenden Bart. Deutlich war jetzt durch das Rauschen des Regens und die dünne Wand ein Tappen und Rascheln zu vernehmen. Auch der große weiße Hund, der zusammengekuschelt an der Tür gelegen hatte, setzte sich auf, spitzte die Ohren und ließ ein dumpfes Knurren hören.

›Wessen Schritte können es in der Finsternis dieser feuchten, kalten Herbstnacht sein? Nur ein böser Mensch wird, getrieben von einer feindseligen Absicht, bei Nacht und Nebel umherstreifen...‹

Das Öllämpchen, das auf einem Packen alter Bücher stand, warf einen trüben Lichtschein auf das abgezehrte Gesicht des Hadschis und auf die unebenen, verrußten Wände des Raumes, dessen Fußboden mit einem alten Teppich belegt war. Der Fetzen bunten Stoffes, der das schmale Fensterchen verdeckte, bewegte sich. Eine braune Hand, die sich zum Fenster hereingestreckt hatte, hob jetzt den Rand empor. In der Finsternis blitzten schräge Schlitzaugen auf.

»Wer ist draußen?« fragte Hadschi Rachim und legte eine Hand auf den Kopf des Hundes, der aufgesprungen war. »Kusch, Akbai!« befahl er ihm.
»Erwärme einen Erfrorenen, der sich verirrt hat! Erlaube ihm, seine durchnäßten Kleider zu trocknen!« sprach der Unbekannte vor dem Fenster in kaum hörbarem Flüsterton.
›Er spricht so leise, als fürchtete er einen ungebetenen Lauscher‹, dachte der Fakih. ›Ob man ihm wohl trauen darf?‹
»Ich sehe Bücher bei dir«, sprach der Fremde. »Bist du etwa der Lehrer Hadschi Rachim?«
»Du hast dich nicht geirrt – der bin ich!«
»Dann laß mich rasch ein! Der Großwesir von Mawerannahr sendet dir einen Salam...«
»Dieser Name öffnet jedem die Tür meiner Hütte, die ansonsten allen verschlossen ist.«
Der Fakih schob den Holzriegel zurück, und der Unbekannte trat, sich bückend, ein. Dann richtete er sich wieder auf und blickte sich im Raume um. Hadschi Rachim musterte, während er den Hund zurückhielt, seinen nächtlichen Besucher, der, braungebrannt und stämmig, in mongolischer Tracht vor ihm stand. In seiner Haltung und in seinen Bewegungen lag trotz seiner Jugend etwas Gebieterisches. Der Ankömmling löste seinen Gurt, legte die Oberkleidung ab und hängte sie an einem in der Wand steckenden Holzpflöckchen auf. Nachdem er sich mit Mühe die gelben, völlig durchnäßten Stiefel von den Füßen gezogen hatte, warf er sie beiseite und hockte sich in der Nähe des Herdes, dessen Feuer im Erlöschen war, auf dem alten abgeschabten Teppich nieder. Seelenruhig, als wäre er bei sich zu Hause, trocknete er seine nassen Hände an einem auf dem Teppich liegenden Schafpelz ab.
»Man muß das Licht löschen!«
Der Mongole drückte mit zwei Fingern den schwelenden Docht des Öllämpchens zusammen, und es wurde ganz dunkel im Zimmer. Nur das Rechteck des Fensters schimmerte heller hinter dem Vorhang.
»Warum tust du das?«
»Ich werde von Bewaffneten verfolgt, von den Mördern meines Vaters«, entgegnete der Mongole flüsternd. »Sie wollen mir den Garaus machen. Den Lichtschimmer aus deinem Fenster sieht man von weitem. Darum fand ich mich ja auch zu dir her in der stockdunklen Nacht... Jag den Hund hinaus!«
»Er ist mein einziger Beschützer...«
»Hinaus mit ihm. Er könnte knurren, und es entstände Lärm in ganz Sygnak.«
»Vor einem Beschützer braucht man sich doch nicht zu fürchten.«
»Draußen wird er ums Haus herumlaufen und uns vor der Annäherung böser Menschen warnen.«
Sich seinem gebieterischen Gast fügend, öffnete der Fakih die Tür und jagte den zottigen Köter in die Dunkelheit hinaus. Unschlüssig zögerte

er in Erwägung, ob es nicht doch besser wäre, zu fliehen; aber eine starke Hand zog ihn zurück. Der nächtliche Gast schob selbst den Riegel vor, ohne dabei den Fakih loszulassen, zog ihn dann mit sich zum Teppich, wo er ihn zwang, sich neben ihm niederzuhocken. Im Flüsterton redete der Fremde hastig auf seinen Gastgeber ein, dann und wann sich in seiner Rede unterbrechend, um auf den Hund draußen zu lauschen.
»Schieb den Riegel nicht zurück. Sie könnten sich heranschleichen und mir hinter der Tür auflauern. Sie haben meinen Vater meuchlerisch umgebracht. Doch ich werde sie dafür, daß sie ihm das Rückgrat brachen, lebendigen Leibes in einem Kessel mit siedendem Wasser kochen. Das schwör' ich beim ewigen Himmel! Und du..., wenn du versuchen solltest, von hier zu entfliehen, werde ich dich erwürgen!«
Indem er noch etwas Unverständliches vor sich hin murmelte, drehte sich der Unbekannte auf die Seite und legte sich lang, ohne dabei die Hände seines Gastgebers loszulassen, die er mit heißen Fingern fest umklammerte. Er wurde vom Fieber geschüttelt. Plötzlich sprang er auf die Füße, lauschte und wich gegen die Wand zurück.
»Da sind sie!« flüsterte er. »Der Tod hat mich eingeholt! Schau nach! Aber verrat mich nicht!«
Von draußen drang das rasende Gebell des Hundes herein. Jemand schien nahe an die Außenwand der Hütte getreten zu sein. Man hörte streitende Stimmen. Ein starker Schlag ließ die Wand erzittern.
»Heda, Wirt! Öffne die Tür!«
Hadschi Rachim antwortete:
»Wer wagt es, mitten in der Nacht den Schreiber des Distriktvorstehers zu stören?«
»Öffne, flugs! Oder wir werden dir deine Bude in Stücke schlagen! Wir suchen einen entsprungenen Verbrecher.«
»Zwei Tage liege ich schon krank, und niemand ist gekommen, um mir das Herdfeuer anzuzünden und Wasser zu wärmen. Sucht euren Verbrecher im Schilf oder sonstwo, aber nicht im Hause eines friedlichen Mannes.«
Die Stimmen fuhren zu streiten fort. Dann dröhnten Schläge gegen die Tür, und plötzlich wurde der Lärm durch einen Schrei, ähnlich dem eines verwundeten Tieres, übertönt. Man hörte Jammern und Stöhnen. Dann entfernten sich die Schritte, und die Stimmen verstummten allmählich.
Der Hadschi wollte sprechen, aber die Hand seines Gastes hielt ihm den Mund zu.
»Du weißt ja nicht, wie hinterlistig sie sind«, flüsterte der Mongole ihm ins Ohr. »Sie tun alles mit Vorbedacht. Die einen sind fortgegangen, um sich in einen Hinterhalt zu legen; die andern aber liegen vor der Tür auf der Lauer. Man muß abwarten und sich auf einen Kampf gefaßt machen.«
Beide traten zum schmalen Fenster, wobei sie den Atem anhielten, und spähten angestrengt in die Nacht hinaus, konnten aber in der Stock-

finsternis nichts unterscheiden. Undeutliche Geräusche vermischten sich mit dem Rauschen des Regens, dessen Tropfen jetzt stärker und dichter auf das Laub und das Dach der Hütte trommelten.

Ein Mann ohne Pferd ist hilflos wie ein Falke mit gebrochenen Schwingen

Als sich der Fenstervorhang von den ersten Sonnenstrahlen rosig färbte, zog der Unbekannte seine Stiefel an, befühlte seinen noch immer nassen blauen Tschapan und schleuderte ihn unmutig in eine Ecke. Ohne seinen Wirt um Erlaubnis zu bitten, nahm er dessen alten verblichenen Mantel vom Holzpflock und zog ihn mit Anstrengung über seine breiten Schultern.

»Das schlimmste ist, daß ich kein Pferd habe... Es wird schwer sein, ihnen zu entwischen... Vielleicht ist mir dein zerschlissener Mantel dabei behilflich... Ich werde mich für einen Bettler ausgeben...«

Er trat zur Tür und lugte durch den Spalt hinaus, prallte aber erschrocken zurück und drückte sich gegen die Wand. Nach einem kurzen Zögern machte er dem Fakih ein Zeichen, die Tür zu öffnen, an der sich ein schüchternes Klopfen hören ließ. Hadschi Rachim schob den Riegel zurück. Auf der Schwelle stand im Scheine des Morgenrots ein junges Mädchen, ein halbes Kind noch, in einem langen, bis an die Fersen reichenden orangefarbenen Hemd. Um den bräunlichen Hals trug sie eine Kette aus hellblauen Glasperlen. In den Händen hielt sie einen Tonkrug, den sie lächelnd dem Hadschi darreichte. Auf einem breiten grünen Blatt, das die Öffnung des Kruges bedeckte, lagen drei frisch gebackene knusprige Fladen.

»As-Salam-aleikum, Hadschi Rachim!« grüßte das Mädchen, und zwei lustige Grübchen bildeten sich auf ihren Wangen. »Mein ehrenwerter Wohltäter Nasar-Kjarisek schickt dir frisch gemolkene Milch und diese heißen Fladen und läßt fragen, ob du sonst noch irgend etwas brauchst.«

Nachdem er den Krug mit Dankesworten entgegengenommen hatte, trat der Hadschi hinter dem Mädchen aus der Hütte.

An den Brombeerbüschen hingen die Regentropfen und glänzten und funkelten, daß es aussah, als wären die Blätter mit Diamanten überschüttet. Der Hund saß mitten auf dem Pfade und schielte mit blutunterlaufenen Augen hinüber zu einem Fleck, wo im feuchten Grase ein Mensch lag, zugedeckt mit einem grauen Umhang, wie die Araber ihn zu tragen pflegen. Unweit davon zupfte ein gesattelter Schimmel, der mit einer Fangschlinge angebunden war, Gras. Geduldig schien er auf seinen Herrn zu warten, hob den kleinen Kopf mit den lebhaften schwarzen Augen und schüttelte die seidige Mähne, um die ihn umschwirrenden Bremsen zu verscheuchen.

Der Fakih kehrte in seine Hütte zurück, wo sein ungebetener nächtlicher Gast hinter der Tür auf ihn wartete.

»Leb wohl, mein Lehrer Hadschi Rachim!« verabschiedete der Fremde sich.
Der Hadschi hielt ihn am Ärmel zurück.
»Nimm was zu essen auf den Weg mit!«
»Hast du mich wirklich bis zu diesem Moment nicht erkannt?« fragte der Fremde, indem er die heißen Fladen sich in den Busen steckte. »Vor zehn Jahren lehrtest du mich das Kalam führen und schwere arabische Wörter schreiben. Die meisten habe ich wieder vergessen, nur zwei nicht: ›Dschichan-gir‹ – Beherrscher des Erdkreises... Bald wirst du von mir hören! Ich werde nach dir senden...«
Der Fremde blieb auf der Schwelle stehen und betrachtete erstaunt das junge Mädchen.
»Wer bist du? Woher kommst du? Wie heißt du?«
»Ich heiße Juldus, bin Waise und lebe bei Nasar-Kjarisek.«
»Deine Stimme klingt wie eine Schalmei. Du wirst der Glücksstern auf meinem Wege sein...«
Er trat rasch über die Schwelle und erblickte den Schimmel.
»Da hat der Himmel mir ja auch ein Pferd gesandt!« rief er erfreut. »Es wird mich auf meinen Siegeszügen begleiten, wie der weiße Hengst Seter Dschingis-Khan auf seinen Feldzügen begleitet hat. Jetzt fühle ich mich wieder stark!«
Mit dem geschmeidigen Gang eines wilden Tieres glitt der junge Mongole über das Gras zu dem weißen Roß hin, zog geräuschlos den Pflock aus der Erde und schwang sich, nachdem er die Fangschlinge zusammengelegt hatte, in den Sattel. Das feurige Roß galoppierte davon und verschwand hinter dem Pappelhain.
Das Mädchen sah mit erstauntem Blick dem Davonreitenden nach, dann richtete sie ihre glänzenden Augen auf den Hadschi Rachim, der reglos dastand, eine Hand in seinem grauen Bart vergraben.
»War das ein Räuber?« fragte das Mädchen.
»Nein, aber ein ungewöhnlicher Mensch!«
»Wieso kein Räuber? Er hat doch ein fremdes Pferd gestohlen!«
»Er wird auf ihm Kaiserreiche bezwingen... Geh heim, Sternchen... Juldus... und richte dem ehrenwerten Nasar-Kjarisek aus, der kranke Fakih danke ihm für seine Fürsorge und Gewogenheit und gedenke freundlich seiner.«
Das Mädchen wandte sich schnell ab und rannte ein paar Schritte, dann auf einmal ging es gesetzter, sichtlich bemüht, sich wie eine Erwachsene zu betragen.
Der graue Umhang auf dem Grase geriet in Bewegung. Der alte Hund Akbai sprang zurück und bellte heiser. Unter dem Umhang hervor kam der schwarze Lockenkopf eines Jünglings, der gleich darauf ungestüm aufsprang, seinen zu Boden gefallenen blauen Turban aufhob und ihn sich so schief aufsetzte, daß er über die rechte Augenbraue zu sitzen kam. Nach dem Krummsäbel und den zwei Dolchen zu urteilen, die ihm im Gürtel steckten, war der Jüngling ein Krieger.

»Wo ist mein Pferd?« rief er, indem er zu der Stelle hinlief, wo eben noch der weiße Hengst gegrast hatte. Dort beugte er sich zur Erde nieder, um die Spur zu untersuchen. »Ah, ich sehe, ein Mann mit Mongolenstiefeln hat sich dem Tier genähert, hat es gestohlen! Was nützt mir mein blanker Säbel, wenn der Dieb fern ist? Ohne Roß bin ich hilflos wie ein Falke mit gebrochenen Schwingen!«
Verzweifelt griff sich der Jüngling mit beiden Händen an die Schläfen und warf sich mit einem Seufzer auf die Erde.
»Sei nicht betrübt«, sagte, zu ihm hintretend, der Fakih. »Auf deinem Hengst ist ein Mann davongeritten, der dir dafür tausend Stuten geben wird...«
Der Jüngling rührte sich nicht, doch Hadschi Rachim fuhr in seinem tröstlichen Zuspruch fort:
»Glaube meinen Worten, du hast nichts verloren, vielleicht aber viel gewonnen!«
»Der Hengst war mein treuester, in der Schlacht erprobter Freund. Mehr als einmal hat er mich vom Tode errettet! Wehe dem Krieger ohne Roß!«
»Ich kenne den Mann, der auf deinem weißen Hengst davongeritten ist, und ich sage dir, daß du dein treues Tier wiederbekommen wirst. Das ist ebenso wahr, wie ich der Fakih Hadschi Rachim bin.«
Der Jüngling erhob sich rasch, raffte mit schnellen Bewegungen seinen Burnus von der Erde auf und verneigte sich ehrerbietig vor dem Gelehrten.
»Wenn der Mann, den ich vor mir sehe, der durch sein Wissen berühmte Fakih Hadschi Rachim, genannt al-Bagdadi, ist, so glaube ich ihm aufs Wort. Freiheit und Muße, Behaglichkeit und Segen mögen in deinem Hause walten! Ich bitte dich, deinen weisen Rat einem Wanderer angedeihen zu lassen, der von den fernen Bergen Kurdistans hierhergekommen ist, um dir einen Gruß zu entbieten von Dschelal-ed-Din, dem tapfersten der Helden!«
»Mein junger Bruder«, sagte der Fakih. »In diesen furchtbaren Tagen, die den ganzen Erdkreis erschüttern, hast du dich über Abgründe von Not und Gefahr zu mir durchgeschlagen, um mir Worte des Grußes von einem berühmten Helden zu überbringen – damit bereitest du mir eine zwiefache Freude. Tritt ein in mein bescheidenes Haus!«

Der Lebensweg eines Dschigiten

> Mein Leben und meines Lebens Zeit heftete ich an die Spitze meiner Lanze.
> (Aus dem Poem »Dschangar«)

Der junge Krieger trat, sich bückend, durch die schmale niedrige Tür der Hütte und hockte sich dicht am Eingang nieder. Hadschi Rachim setzte sich auf den alten Teppich in die Nähe des Herdes. Beide Männer strichen sich die Wangen und betrachteten, wie Anstand und Sitte das erforderten, ziemlich lange einander, ohne das Schweigen zu brechen. Endlich legte der Fakih die Spitzen seiner Finger gegeneinander und fragte mit der Würde und Schwermut eines Menschen, der vieles in seinem Leben gesehen hat:

»Wer bist du? Welchem Geschlecht entstammst du? Welchen Namen gab dir dein weißbärtiger Vater? In welchem Lande erblicktest du das Licht der Welt? Wenn du auch des Kiptschakischen mächtig bist, so zeigt doch dein Gebaren und deine Kleidung, daß du ein Fremdländer bist.«

Nachdem er einige Male aus Höflichkeit in die vorgehaltene Hand gehüstelt hatte, begann der junge Krieger mit leiser Stimme und ruhigem Tonfall also:

»Ich heiße Arapscha, doch meine Kriegsgefährten gaben mir den Beinamen ›An-Nasir‹, weil ich in der Schlacht die Besonnenheit zu verlieren pflege und, vom Zorn übermannt, mich ins gefährlichste Handgemenge stürze und nicht wanke und weiche, bis der Feind in die Flucht geschlagen ist... Obgleich ich dir sagte, daß ich Arapscha heiße, weiß ich dennoch nicht – ich schwöre dir's –, wie mein Vater mich genannt hat und wo ich die Tage meiner Kindheit verbracht habe. Dunkel entsinne ich mich eines Waldsees, auf dem ich mit meinem Vater im Boot fuhr und zusah, wie er silberschuppige Fische aus einem Netz in einen Korb schüttete. Ich entsinne mich, wie warm und geborgen ich in den Armen meiner Mutter lag und ihren Liedern lauschte. Auch eines Schwesterchens erinnere ich mich noch... Dann nahm das alles ein Ende. Räuber überfielen uns und brachten mich und meine kleine Schwester in eine große Stadt und an Bord eines Segelschiffes, wo schon sehr viele Knaben und Mädchen waren. Der ganze Schiffsraum war voll davon. Wir waren da zusammen mit einer Herde großer weißer Gänse eingesperrt, die mit ihren Schnäbeln nach uns hackten und uns bissen. Das Schiff fuhr erst auf einem breiten Strom abwärts und dann übers Meer. Die Schiffer verkauften uns Kinder allesamt auf dem Markt, und ich bin nie wieder einem meiner damaligen Leidensgefährten begegnet, auch meiner Schwester nicht.«

»Die verderbliche Habsucht der vom Glanz des Goldes verblendeten Kaufleute ist am Unglück so vieler unschuldiger Kinder schuld, die, in fremde Länder verschleppt, ihr Leben lang das drückende Joch der Sklaverei tragen müssen«, meinte der Fakih seufzend.

»Wahrscheinlich stamme ich aus einem nördlichen Lande: aus dem der Mordwinen, Saksinen, Urussen«, fuhr Arapscha fort, »weil die Männer dieser Völker ihrer großen Körperkräfte wegen bekannt und als Sklaven begehrt sind. Mir jedenfalls hat Allah große Kraft verliehen. Auf dem Sklavenmarkt von Derbent, welches am Eisernen Tor im Kaukasus liegt, wurde ich verkauft und wechselte oft den Herrn. Als ich herangewachsen war, zwang man mich, die schwersten körperlichen Arbeiten zu verrichten: Mit einem Esel zusammen mußte ich das Schöpfrad am Brunnen drehen, Balken schleppen, mit einem Block um den Hals den

Boden umgraben, der hart und trocken war wie Stein, und der Himmel erschien mir in diesen Jahren der Sklaverei ebenso schwarz und trocken wie die fremde Erde, die ich umgrub.«
»Ja, eher erbarmt ein Reicher sich seines Viehes als über einen mit Vernunft begabten Sklaven!« sagte der Hadschi Rachim bitter.
»Ich war siebzehn Jahre alt, als mein Lebensweg eine andere Wendung nahm. Einst hütete ich am Abhang eines hohen steilen Berges die Hammel meines Herrn, eines aserbaidshanischen Khans. Da erschien unvermutet auf einem Abhang ein Reitertrupp, dem auf einem herrlichen Rappen ein junger Krieger voranritt. Plötzlich gab die von Regengüssen unterspülte Erde unter den Hufen seines Rosses nach, und es rollte samt dem Reiter in den Abgrund. Dem Krieger gelang es, sich mit der Geschmeidigkeit einer Katze unter seinem Pferde hervorzuwinden und sich an einem Busch festzuhalten. Ich warf ihm das Ende meines Arkans zu und zog ihn herauf. ›Auch dein Pferd werde ich retten können‹, sagte ich zu dem Krieger, und er erwiderte: ›Wenn es dir gelingt, meinen Rappen zu retten, darfst du mich bitten, um was du willst, ich werde deine Bitte erfüllen.‹ Die Dschigiten entfalteten zwei Arkane; einen band ich mir um den Leib und kletterte trotz der Fesseln an meinen Füßen den Abhang hinab. Wie durch ein Wunder hatte das gestürzte Pferd auf einem schmalen Vorsprung Fuß fassen können, wo es ruhig Gras zupfte. Als ich mich dem Hengste näherte, begann er bösartig zu schnauben, aber es glückte mir, ihm mein Fangseil um den Leib zu schlingen, und die Dschigiten zogen das Tier nach oben. Das Hinaufklettern fiel mir nicht leicht, weil die Fesseln mich dabei sehr behinderten...«
»Tapferer Jüngling!« rief der Hadschi aus. »Du standest unterm Schirm des Höchsten!«
»Die Krieger erkundigten sich nun bei mir nach Weg und Steg durchs Gebirge, und ich gab ihnen Auskunft, warnte sie vor den Stellen, wo die Kurden gewöhnlich im Hinterhalt liegen, um Vorüberziehende zu überfallen, und empfahl ihnen Umgehungswege. Dann fragte mich der Recke: ›Und was erbittest du dir denn nun von mir?‹ – ›Die Freiheit!‹ antwortete ich ohne Besinnen. ›Folge mir‹, forderte der Recke mich auf, ›und du wirst dir die Freiheit mit dem Schwerte verdienen!‹... Der Krieger auf dem Rappen war kein anderer als der durch die Lande irrende Dschelal-ed-Din, der berühmte und furchtlose Kämpfer gegen die Mongolen, die er bei Perwan aufs Haupt geschlagen hat.
Seit jenem Tage bin ich einer seiner Krieger; er gab mir einen Krummsäbel und das Streitroß, das ich mir heute während des Schlafes so schmählich habe stehlen lassen!«
Und der Jüngling seufzte.
»Dein Pferd wirst du zurückerhalten«, beteuerte nochmals der Fakih. »Doch erzähle weiter!«
»Seit dem Tage, da ich mich frei und auf dem Rücken eines feurigen

Rosses fand, gewahrte ich, daß der Himmel über meinem Haupte nicht schwarz, sondern blau ist, daß er leuchtet wie ein Türkis, genau wie in meiner Kindheit, als ich mit meinem Vater in einem Boote über den Waldsee fuhr. Und da begriff ich, daß nichts in der Welt süßer ist als die Freiheit! Drei Jahre folgte ich dem kühnen Kämpfer gegen die Unterdrücker, schützte ihn mit meinem Leibe in der Schlacht und erwarb mir den rühmlichen Beinamen ›An-Nasir‹ – ›der Siegreiche‹. Wiederholt hat mir Dschelal-ed-Din von einem Gelehrten, einem Fakih, erzählt, den er in dem von den Mongolen unterjochten Chowaresmien gekannt habe; als einen Sucher der Wahrheit hat er ihn mir geschildert, diesen Hadschi Rachim al-Bagdadi, und gesagt: ›Wenn die schwarze Wolke des Unheils über deinem Haupte sich zusammenzieht, so nenne ihm meinen Namen, und er wird dir die Hand der Barmherzigkeit entgegenstrecken‹...«

Der Hadschi erhob sich, trat zu Arapscha und reichte ihm beide Hände.

»Der Name Dschelal-ed-Din leuchtet wie ein heller Stern in dunkler Nacht. Setze dich neben mich!«

Der Fakih und der junge Krieger faßten sich bei den Händen, preßten ihre Schultern aneinander und setzten sich nebeneinander auf dem alten Teppich nieder.

»Erzähle mir nun, mein junger Freund Arapscha An-Nasir, weshalb du dich von dem heldenmütigen Dschelal-ed-Din trenntest. Ist er noch am Leben? Er ist doch nicht etwa in die Hände der erbarmungslosen Mongolen gefallen? Ein unerwarteter Wind wendet ja häufig das Segel am Lebensschifflein eines Menschen. Manchmal vermeint man, ein tapferer Krieger stünde auf dem Gipfel seines Ruhms, und plötzlich stürzt er in den Abgrund des Unglücks und steht wieder an derselben Stelle, wo sein Aufstieg begonnen hatte...«

»So erging es auch mir«, sagte der Jüngling. »Bei einem Zusammenstoß mit einer mongolischen Truppe entging ich mit knapper Not der Gefangenschaft und habe seither meinen tapferen und hohen Gönner, der weit nach Westen gezogen ist, nicht mehr gesehn. Ich schlug mich ostwärts durch, auf Gebirgspfaden, die oftmals gefährdet waren durch Banden wilder Bergbewohner, und schloß mich endlich einer nach Chowaresmien ziehenden Karawane an, die zu schützen ich mich den Kaufleuten gegenüber verpflichtet hatte. Ich brannte vor Begier, neue Länder zu sehen. Unterwegs wurden wir auf unserm Zug durch die Wüste von Räubern angefallen, von denen ich mehrere in meinem Zorn erschlug und die übrigen in die Flucht jagte. Die Kaufleute aber wußten den großen Dienst, den ich ihnen erwiesen hatte, nicht zu schätzen. Am Ziel der Reise glücklich angelangt, lohnten sie mir so gering ihre Errettung aus Lebensgefahr – Allah strafe sie dafür! –, daß ich mich nur mit Mühe bis hierher nach Sygnak durchbrachte. Ich hatte nämlich den Entschluß gefaßt, dich aufzusuchen, dich, die Leuchte des Wissens. Als ich mich im Dunkeln deinem Hause näherte, kam ich gerade dazu, wie irgendwelche Leute deine Hütte erbrechen wollten. Ich stieß meinen Kampfruf aus, fiel über sie her, verwundete drei – einem hieb ich das Ohr ab –, und die anderen gaben Fersengeld, ohne sich noch einmal umzusehn.«

»So warst du es also, der den Schrei ausstieß, der wie der Schrei eines verwundeten Tieres klang?«

Mit verwunderten Augen maß der Gelehrte den bescheiden dasitzenden Jüngling.

»Doch wie konntest du es wagen, nach diesem Handgemenge noch hierzubleiben? Die entflohenen Mongolen werden dich bei ihrem Anführer verklagen und zugleich auch mich, und er wird eine größere Abteilung schicken, damit sie uns ergreifen, dich und mich. Für dich werden sie sich eine qualvolle Todesstrafe ausdenken dafür, daß du es gewagt hast, das Schwert gegen diese neuen Beherrscher des Erdkreises zu erheben. Wir täten klug daran, sofort zu fliehen ... Dir wird es, jung und stark wie du bist, nicht schwerfallen, aber ich, der ich alt und schwach bin, wie soll ich ihnen entkommen?«

Arapscha stand auf und zeigte auf die Peitsche, die an seinem Gürtel hing:

»Das ist alles, was mir von meinem Pferd geblieben ist. Ohne Pferd werde auch ich nicht sehr weit fliehen können. Dennoch dürfte es wirklich klüger sein, sich von diesem Ort zu entfernen, statt hier tatenlos auf Häscher und Henker zu warten. Wenn du auch alt und schwach bist, ehrenwerter Hadschi Rachim, so wirst du als Derwisch doch gewohnt sein, weite Wege zu wandern. Laß uns in die Steppe gehn, wo wir uns bei den Nomaden verborgen halten können. Wer auf einem Flecke sitzt, den beschleicht der Unglücksskorpion.«

»Du sprichst wie ein rechter Krieger«, sagte der Fakih. »Ich werde mit dir gehn, um nicht von neuem in einen eisernen Käfig gesperrt zu werden.«

Er nahm eine Laterne und eine Kürbisflasche von der Wand und hängte sich beides an den Gürtel. Statt des weißen Taleisans setzte er eine spitze Derwischmütze mit der weißen Binde des Mekkapilgers auf. Er holte einen langen Stab hervor, zog alte derbe Schuhe an die Füße und blieb dann nachdenklich mitten in der Hütte stehen.

»Ich bin bereit, bis ans Ende der Welt zu wandern. In meinem ganzen Leben habe ich niemandem etwas Böses angetan, und doch habe ich viele Jahre umherirren müssen wie ein Verbrecher ... Und nun beginnt abermals eine Zeit der Wanderschaft. Meinen alten Mantel hat mein nächtlicher Gast mitgenommen, ich werde also wohl oder übel die Kleider anziehen müssen, die er mir zurückgelassen hat ...«

Er hob den blauen Mongolentschapan von der Erde auf.

»Noch niemals habe ich ein so prächtiges Gewand getragen mit Knöpfen aus sechs roten Steinen, die wie echte Rubine funkeln ... Alles andere muß ich hier zurücklassen! Leid tut es mir nur um die von mir verfaßte Chronik, worin ich die erstaunlichsten Begebenheiten gewissenhaft

verzeichnet habe, die sich während des Einfalls des rotbärtigen Dschingis-Khans in Chowaresmien zugetragen haben.«
»Trauere nicht zu früh!« sprach Arapscha, indem er ehrerbietig die Hand des Hadschis faßte und sie über seine Augen führte, zum Zeichen, daß er fortan freiwillig dessen Murid sein wolle.
»Gestatte mir, fortan dein Schüler zu sein, dir überallhin zu folgen und das Buch mitzunehmen, von dem du sprachst. Ich werde es in meine Reisetasche stecken.«
»Brav gesprochen!« lobte der Hadschi und übergab dem jungen Krieger ein in Leder gebundenes Manuskript, dazu ein Messingkästchen samt Schreibzeug. Mit einem letzten wehmütigen Blick umfaßte der Fakih noch einmal das Innere seiner Behausung, in der er mehrere Jahre verbracht hatte.
»Nun rasch fort!«
Beide verließen die Hütte, die der Hadschi von außen verschloß, indem er einen hölzernen Riegel vorschob.
»Akbai! Hierher!« rief er seinem Hund zu. »Du wirst unser Haus bewachen. Dein Herr wird kaum wiederkehren.«
Gehorsam legte sich der Hund auf die Türschwelle und schaute mit erhobenem Kopf aus seinen roten Augen recht verdutzt den beiden Wanderern nach, die sich in Richtung auf die öde Steppe raschen Schrittes entfernten.

Die Mongolen rüsten für einen Feldzug

> Stärke und Disziplin der in unser Land eingefallenen tatarischen Heere waren so ungewöhnlich, daß es den Anschein hatte, sie vermöchten die ganze Welt zu erobern.
> (Chinesischer Chronist des XIII. Jh.)

Seit langer Zeit – genau: seit dem Einfall der Mongolen – hatte die friedliche Stadt Sygnak in ihren engen Gassen nicht so viele Kamelkarawanen, so viele nach allen Richtungen galoppierende Reiter, so viele eilig dahinschreitende Fußgänger gesehen. Jeder wollte erfahren, inwieweit die aus der Steppe wie Vogelschwärme hereinschwirrenden Gerüchte, daß die Mongolen einen großen Feldzug gen Westen planten, sich bewahrheiteten.
Die erregte Menge verstummte auf einmal, als Trupps mongolischer Reiter angesprengt kamen. Man beeilte sich, ihnen auszuweichen, denn sie ließen ihre kleinen, bös schnaubenden Pferde ohne Rücksicht auf die Leute in den Gassen ausgreifen und hieben dabei nach links und rechts mit ihren Peitschen nach den Köpfen der nicht rechtzeitig Ausweichenden. Infolge ihrer Bartlosigkeit ähnelten die von der Sonne gebräunten, von Schmutz verkrusteten, finsteren und unbewegten Gesichter dieser Reiter denen mürrischer alter Weiber. Sie ritten zum

Hauptplatz der Stadt, wo sich hinter einem hohen Bogen aus farbigen Kacheln der Palast des Regenten dieses Gebietes erhob, der kein anderer war als Dschingis-Khans Enkel, Tangkut-Khan. Hier auf dem Platz bildeten sie Kreise, in deren Mitte Lagerfeuer angezündet wurden. Das nötige Brennmaterial verschafften sie sich, indem sie die Türen der nächsten Häuser herausbrachen und die Bäume der umliegenden Gärten fällten. Auch was sie zur Nahrung brauchten, nahmen sie den Bewohnern, in deren Häuser sie eindrangen, einfach weg und ließen auch sonst noch manches mitgehen, was ihnen in die Hände geriet und ihr Gefallen erregte. Über den Feuern hingen Kessel, in denen eine Suppe kochte, deren Hauptbestandteile Fleisch und geröstete Hirse bildeten und die mit Milch und Salz gewürzt war.
Diese biwakierenden Reiter waren die Leibwächter – Turgauden – der elf von Dschingis-Khan abstammenden mongolischen Prinzen, die aus ihren entlegenen Lagerplätzen in Sygnak eingetroffen waren. Die Hauptmacht ihres Heeres folgte ihnen in Eilmärschen nach. Man rechnete jeden Tag mit ihrem Eintreffen.
Sygnaks Einwohner zitterten vor diesen mongolischen und tatarischen Kriegern und gaben ihnen widerspruchslos alles, worauf die Schlitz- und Schieläugigen ihre begehrlichen Blicke hefteten. Man erinnerte sich noch allzugut des vor fünfzehn Jahren erfolgten ersten Einfalls der Mongolen und Tataren unter dem furchtbaren Dschingis-Khan. Das ganze Land hatte in Flammen gestanden, und alle Wege und Straßen waren voll gewesen von den aus brennenden Dörfern und Städten flüchtenden Einwohnern, denen die Furcht vor den wilden Reiterhorden aus der Steppe im Genick saß, denn wer in ihre Hände fiel, wurde entweder totgeschlagen oder als Sklave in die ferne Mongolei verschleppt. Die gefangenen Frauen und Kinder aber verteilten die fremden Krieger unter sich als rechtmäßige Beute wie zweibeiniges Vieh.
Schließlich hatten die blutigen Metzeleien aufgehört, und die mongolischen und tatarischen Truppen waren wieder nach Osten abgezogen.
Diejenigen der geflüchteten Einwohner, die dem Tod und der Gefangennahme entgangen waren, weil sie sich in Bergen und Sümpfen versteckt gehalten hatten, kehrten allmählich zu ihren zerstörten Wohnstätten zurück, die sie notdürftig wieder herrichteten, oder sie bauten sich primitive Lehmhütten. Die Bauern setzten die eingetrockneten Bewässerungsgräben wieder instand und bestellten ihre Felder. Die Kaufleute stellten sich den Mongolen zur Verfügung, als Steuereinnehmer zum Beispiel, und waren bald wieder reich genug, um sich neue schmucke Häuser bauen und schöne Gärten anlegen zu können. Die Imams ließen die von den Mongolen besudelten Moscheen reinigen und weihten sie neu. Wieder ließen die Asantschi fünfmal des Tages von den Minaretten ihre hellen Stimmen ertönen, um die Rechtgläubigen zum Gebet zu rufen. Wie früher wurden die Lauen, nicht genügend Frommen, im Gebete Säumigen, die dem Rufe nicht rasch genug Folge lei-

steten, von eigens dazu angestellten Aufsehern mit den Peitschen angetrieben, ihren religiösen Pflichten zu genügen.
Als nun plötzlich im Frühjahr des Jahres 1237 die Turgauden der mongolischen Prinzen in Sygnak einrückten, erschraken die Einwohner der Stadt. Der Regent schickte seine Dschigiten zu allen Khanen der Umgegend aus, damit sie Hammel, Füllen und was er sonst noch an Nahrungsmitteln zur Bewirtung seiner fürstlichen Gäste brauchte, requirierten, und die Bevölkerung mußte an den Ufern des Seihun mehrere tausend Jurten zur Aufnahme der wilden Krieger aus dem Osten bauen.

Der unbesiegbare Feldherr

Der Tumen Subudai-Bahadurs kam herangejagt, eingehüllt in eine Staubwolke, die den ganzen Himmel bedeckte – voran die Hundertschaft der Kundschafter auf rotbraunen Pferden, dahinter eine Hundertschaft auf milchweißen Pferden. Und dann kam er – der große mongolische Feldherr, der noch niemals eine Niederlage erlitten hatte, der einäugige Subudai-Bahadur. Groß war sein Ruhm: Er hatte die Kiptschaken und die Urussuten in der Schlacht am Flusse Kalka besiegt, er hatte drei chinesische Hauptstädte erobert und zerstört, zwanzig Völker unterworfen.
Gebückt saß er auf seinem rehbraunen Pferd, dessen schwarzer Schweif bis zur Erde reichte. Es ging in raschem Paßschritt, bei dem sein Reiter gleichmäßig hin und her geschaukelt wurde.
Bereits als Jüngling war Subudai-Bahadur durch einen Schwertstreich, der die Muskeln durchhauen hatte, am rechten Arm verwundet worden, welcher seitdem verkrümmt blieb. Ein zweiter Schwerthieb ins Gesicht hatte eine Narbe zurückgelassen, die sich von der rechten Augenbraue über die ganze Wange hinzog. Das rechte Auge war ausgeflossen, das weit offene linke aber schien mit bohrendem Blick in die geheimsten Gedanken der Menschen einzudringen.
Die Krieger seines Tumens nannten ihn den »Panther mit der zerhauenen Pranke« und behaupteten, mit ihm könne man nicht in Not geraten, da er wie ein Panther, der einmal der ihm gestellten Falle entgangen ist, jede Gefahr wittere und auch die listigsten Schliche des Feindes errate.
Dschingis-Khan hatte ihn mit der Erziehung seines Enkels Batu-Khan beauftragt, jenes Enkels, der berufen war, die Eroberungen seines Großvaters fortzusetzen.
Vor der Stadt, auf der Heerstraße, im Schatten einer hohen Korkulme, wurde der mongolische Feldherr von einer Deputation, bestehend aus den angesehensten Bürgern der Stadt Sygnak, Imams, Kadis und Kaufleuten, erwartet. Auf silbernen Tabletts wollte man ihm Erfrischungen und Geschenke darbieten und ihn einladen, sich von den Anstrengungen des Rittes in dem neuen prächtigen Hause eines der reichsten Kaufleute

auszuruhen. Ein Pfirsichgarten mit einem Wasserbecken zwischen blühenden Rosenbüschen und marmornen Liegebänken ringsumher würde ihm Gelegenheit bieten, sich durch ein Bad zu erfrischen.

Als die ersten Hundertschaften vorübergesprengt waren und Subudai-Bahadur sich der Deputation gegenüber befand, trat einer der Imams vor, um eine Rede zu halten, die er also begann:

»O Größter der Großen, Tapferster der Tapferen!...«

Ohne ihn und die übrigen Deputierten in ihren Chalaten aus Brokat, Samt und Seide eines Blickes zu würdigen, wandte Subudai jäh sein Roß, das ihn, seinem Schenkeldruck gehorchend, nordwärts in die öde Steppe davontrug.

Mit Mühe nur holten der Wekil und einige Khane auf schaumbedeckten Rossen ihn ein.

»So warte doch!... Stürme doch nicht mit solcher Windeseile davon!... Gujuk-Khan und Tangkut-Khan gebieten dir, dich zu einer wichtigen Beratung im Palast des Regenten einzufinden!« riefen sie keuchend hinter Subudai her.

Der Feldherr nickte zwar zustimmend mit dem Kopfe, zügelte aber sein rehbraunes Roß, das seinen gleichmäßigen Lauf durch die Steppe fortsetzte, keineswegs.

»Der Bahadur reitet nicht hin... Der Bahadur muß seinen goldnen Hahn füttern!« stieß er heiser hervor und spornte seinen Rehbraunen zu noch größerer Eile an.

Und der ganze Tumen, der mit verhängten Zügeln hinter seinem Anführer herpreschte, hatte rasch eine große Strecke zwischen sich und die Stadt Sygnak gelegt.

In der offenen Steppe, in der Nähe des Flusses Seihun, wurde haltgemacht. Die zehntausend Mann zerstreuten sich längs des Ufers, wo Jurten aufgestellt wurden, die Lastkamele schon tags zuvor hierhergebracht hatten. Sklaven trugen trockenes Schilf herbei, um Lagerfeuer anzuzünden, über denen in chinesischen Kupferkesseln Reis und Füllenfleisch gekocht werden sollte.

Subudai-Bahadur stieg vor der für ihn bestimmten Jurte, neben deren Eingang eine mit Büffelhörnern und Roßschweifen gekrönte Lanze in der Erde steckte, vom Pferde. Der mit einem Teppich verhängte Eingang wurde von zwei finster blickenden Posten bewacht und von zwei angeketteten roten mongolischen Wolfshunden, die den Fleischgeruch witterten und vor Hunger und Ungeduld heulten.

In der Mitte der Jurte, die der Bahadur betrat, stand auf glimmenden Kohlen ein chinesischer Bronzekessel mit Fleischbrühe. Tropfen davon sickerten aufzischend in die Glut.

Ein alter Sklave, dessen finsteres Gesicht von grauem, bis auf die Schultern herabfallendem Zottelhaar umrahmt war, reichte dem eintretenden Feldherrn eine blaue Schale hin, welcher Subudai mit seiner gesunden Linken eine Handvoll Hirsekörner entnahm, um sie einem goldschimmernden Hahn mit einem prachtvollen bunten Schwanz hinzustreuen. Das Tier, das mit dem Kopf unterm Flügel aufgeplustert an der Gitterwand gesessen hatte, machte ein paar Stelzschritte, soweit es ein dünnes Silberkettchen erlaubte, dessen eines Ende an seinem Bein und dessen anderes an der Wand befestigt war. Mit zur Seite geneigtem Kopf, gleichsam lauschend, stand der Hahn ein Weilchen da, ehe er lässig die Körner aufzupicken begann, von denen die meisten bei seinen Schnabelhieben umherflogen. Subudai beobachtete seinen Lieblingsvogel mit vorgeneigtem Oberkörper, bis dieser alle Körnchen aufgepickt hatte und flügelschlagend mit gerecktem Hals seinen Schrei ausstieß, dem von verschiedenen Ecken und Enden des Lagers her andere Hähne antworteten.

›Ein kleines Tier, und weckt doch ein ganzes großes Heer‹, dachte der Bahadur.[1]

Gebückt, leicht hinkend, ging er zu einer Filzmatte mit darübergebreiteten weichen Hundefellen, um sich darauf niederzulassen.

Die Imams sind in Verlegenheit

Dem hohen Kacheltor des Hauses des Regenten Tangkut-Khan näherten sich gewichtigen Schrittes zwei Greise in rotgestreiften Seidenchalaten. Einer hielt eine prächtige weiße Rose in der Hand, der andere einen rotbäckigen Apfel. Diese Geschenke trugen sie mit solcher feierlichen Behutsamkeit, als ob es die zerbrechlichsten, randvoll mit köstlichem Getränk gefüllten Glasschalen wären.

Hinter den Greisen her trotteten zwanzig hagere und hungrige Koranschüler mit trübsinnigen Gesichtern.

Die schneeweißen Turbane der beiden Greise, ihre gepflegten langen Bärte, die würdevollen Gesichter – alles wies darauf hin, daß die beiden den Rang eines Imams oder Ischans innehatten, den Rang eines Mittlers zwischen gewöhnlichen sündigen Menschen und dem über den Wolken in kristallenen Himmeln thronenden Allah, dem allmächtigen Gott, neben dem es keinen anderen gibt.

Da die Wache am Tor strengste Anweisung hatte, niemandem in den Garten oder in den Palast des Regenten Zutritt zu gewähren, baten die Imams, den Wekil herauszurufen. Lange mußten sie warten, bis der Wekil kam, besorgt und aufgeregt, aller Augenblicke sich den Schweiß mit den Fingerspitzen von der Stirn wischend, von welcher sein Turban in den Nacken gerutscht war. Als er die Angekommenen erblickte, erging er sich in tausend Entschuldigungen, daß er die Diener Gottes so lange habe warten lassen müssen.

»Tangkut-Khan hat mir befohlen, alle Wünsche der Prinzen, von denen ein jeder mit einem Troß von Dienern, Pferden, Falken, Windhunden

---

1 Zu jener Zeit nahmen Führer von Karawanen oder Truppen Hähne mit auf weite Reisen und Märsche, damit sie ihnen als Weckeruhren dienten.

angekommen ist, auf den leisesten Wink zu erfüllen. Für alle muß Platz geschafft werden, jeder will nach seinem Geschmack beköstigt sein. Da weiß man manchmal wirklich nicht, wo einem der Kopf steht. Was führt euch zu mir, heilige Väter?«
Der älteste Imam oder Ischan sprach:
»Seit dem Tage der Ankunft der Prinzen in Sygnak müssen wir ihre Namen in unsere Gebete einschließen und vom Himmel Glück und Segen auf ihre Häupter herabflehen. Auch müssen wir Allah – sein Name sei gelobt! – um Sieg für ihre Waffen in dem bevorstehenden Feldzug gegen die Ungläubigen – die Allah strafen möge! – bitten, damit ihnen eine Rückkehr im Glanz ruhmreicher Taten beschieden sei.«
Der Wekil seufzte.
»Im ganzen sind elf Prinzen[1] angekommen«, berichtete er. »Der Höchste und zugleich der Unruhigste von ihnen ist Khan Gujuk, Sohn des Kagans und Erbe des mongolischen Reiches. Er pflegt die meisten seiner Befehle zu widerrufen, dann sendet er Eilboten herum, stampft zornig mit den Füßen und schlägt jeden, der es ihm nicht recht macht, mit einem beinernen Schaufelchen auf die Wangen. Dabei ist er es selbst, der alles in Verwirrung bringt, weil er nicht zu wissen scheint, was er eigentlich will. Wie es heißt, soll er den Oberbefehl über das Heer führen... Kann denn eine schnatternde Gans über Falken gebieten?«
»Davor möge Allah uns bewahren!« riefen die Greise. Dann fügten sie hinzu: »Wir hatten gehört, an die Spitze der Truppen solle der junge Khan Batu gestellt werden, der Sohn des umgekommenen Dschutschi-Khan – dessen Asche wohlriechend sein und in Frieden ruhen möge! Ist das wahr oder nicht?«
»Allah, der Allwissende, wird auch dieses wissen!« sagte der Wekil flüsternd. »Es heißt, Gujuk-Khan und Batu-Khan seien einander so spinnefeind, daß sie sich gegenseitig die Augen auszureißen imstande wären.«
»Oh, was für Zeiten!«
»Als Batu-Khan mit fünf Reitern hierher in den Palast seines Bruders Tangkut-Khan kam, war dieser ganz und gar nicht über jenes Ankunft erfreut. Beide Brüder gerieten sehr bald miteinander in Streit. Mit blut-

---

1 Zur Teilnahme an diesem Feldzug nach Westen waren elf Prinzen in Sygnak zusammengekommen – Söhne der fünf Söhne Dschingis-Khans: 1. die vier Söhne seines verstorbenen ältesten Sohnes Dschutschi: die Khane Batu, Ordu, Scheibani (in der Folge berühmt als Feldherr) und Tangkut; 2. Sohn und Enkel von Dschingis-Khans zweitem Sohn Dschagatai: Chaidar und Buri; 3. die zwei Söhne des zur Zeit herrschenden Kagans Ugedai: Gujuk (später für kurze Zeit ebenfalls Kagan) und Kadan; 4. die zwei Söhne von Dschingis-Khans drittem Sohn Tuli: Budschek und Mengu (Freund Batus, dem er in der Folgezeit half, Kagan zu werden), und schließlich 5. Dschingis-Khans letzter Sohn, Külkan (der späterhin bei Kolomna in der Schlacht gegen die Russen fiel). Alle diese Prinzen rechneten damit, als Regenten der im bevorstehenden Feldzug zu erobernden Länder eingesetzt zu werden.

unterlaufenen Augen schrie Batu: ›Alle Gebiete längs der Westgrenze sind von unserem Großvater Dschingis-Khan mir unterstellt worden. Nur meiner Jugend wegen und infolge meiner Abreise nach China in den Krieg hast du, Tangkut, hier die Regentschaft geführt. Jetzt aber will ich selbst mein Erbe verwalten und mein Teilfürstentum regieren!‹ Tangkut-Khan antwortete: ›Du bist seit zehn Jahren nicht mehr hier gewesen. Deine Spuren hat der Wind verweht. Jetzt bin i c h hier der Herrscher. Geh nach China zurück!‹, und Tangkut-Khan rief seine Nuker zusammen. Batu-Khan entgegnete: ›Du schnatterst wie ein Gänserich, zitterst aber dabei wie ein Frosch im Sumpf. Willst du nicht freiwillig zurücktreten, so werde ich dich dazu zwingen und dich zu meinem Diener machen!‹ Schon kamen die Nuker von allen Seiten mit gezückten Schwertern herbeigelaufen. Batu-Khan stürzte zum Ausgang, schwang sich auf sein Pferd und jagte davon, unbekannt wohin . . .«
Die Imams fragten:
›Für wen sollen wir denn nun beten? Welcher von diesen beiden Khanen wird die Oberhand gewinnen?«
»Wie könnte ich euch das sagen, ich – eine kleine Mücke!« rief der Wekil und verschwand hinter dem Tor.
Die beiden Priester schüttelten ratlos die Köpfe, bargen ihre mitgebrachten Geschenke im Busen und blickten einander mit an die Lippen gelegtem Zeigefinger schweigend an.
»Klugheit gebietet, abzuwarten und vorerst für keinen von beiden zu beten«, sagte schließlich der eine.
»Das wäre unvorsichtig«, gab der andere zu bedenken.
Über Klugheit und Vorsicht streitend, traten sie den Rückweg an, gefolgt von den zwanzig trübsinnigen Schülern.

Gujuk-Khans Schaufelchen

Dschingis-Khans Enkel Gujuk-Khan, Sohn des Kagans Ugedai und Erbe des Mongolenreiches, verließ infolge seiner sprunghaften Wesensart plötzlich den Palast des Regenten von Sygnak und ließ sein himbeerfarbenes Zelt fern der Stadt auf einem Hügel in der Steppe aufschlagen. Von hier oben überblickte er das Tal, durch das ununterbrochen Truppen zogen, die voneinander gesondert ihre Zeltlager, die sogenannten Kurien, aufschlugen.
Rings um das Zelt Gujuk-Khans standen die zahlreichen Jurten seiner Turgauden, das heißt seiner Leibwächter; dieser Leibgarde gehörten junge Männer aus den angesehensten Familien an. Die Pferde des Khans, edle Tiere von besonderer Schnelligkeit und Gewandtheit, mit denen er bei Treibjagden gern prunkte, waren innerhalb des Ringes der Jurten untergebracht. Sie waren sorglich in Decken eingehüllt, daß nur ihre Schweife und Ohren zu sehen waren, und erfreuten sich der sorgfältigsten Pflege.

Bestrebt, es seinem Großvater Dschingis-Khan in Entfaltung von Prunk gleichzutun und die von ihm eingeführte Ordnung zu wahren, hatte Gujuk neben seinem Zelte eine hohe Stange aufpflanzen lassen mit einer schwarzen fünfeckigen Fahne oder Standarte, worauf mit Goldfäden ein Reiter mit einem Tiergesicht gestickt war – der grimme Kriegsgott der Mongolen: Sulde.
Nach den Versicherungen der Schamanen hatte dieser Gott Dschingis-Khan auf allen seinen Feldzügen unsichtbar begleitet und ihm die den ganzen Erdkreis erschütternden Siege beschert. Ein milchweißer, schwarzäugiger Hengst, der nie einen Sattel kennengelernt hatte, diente dem unsichtbaren Gott als Reittier und stand, von zwei Schamanen gewartet, stets vor des Kagans Zelt angepflockt.
Auch vor dem himbeerfarbenen Zelt seines Enkels stand ein solcher ungesattelter Schimmelhengst, dessen Wartung zwei Schamanen oblag, die tänzelnd die beiden vor dem Zelteingang brennenden ewigen Feuer umschritten und dazu große Schellentrommeln schlugen. Ihre Mäntel waren mit Schellen benäht, und am Gürtel hingen Filzpuppen.
Vier Mongolen kamen langsam den Hügel herauf, sie gingen vornübergebeugt und setzten ihre krummen Beine grätschig. In der hinter dem Rücken verborgenen Rechten hielt jeder von ihnen einen Pfeil. Als die vier sich den Feuern genähert hatten, ließen sie sich von den Schamanen, die dazu Gebete krächzten, beweihräuchern, damit der heilige Rauch alle bösen und verbrecherischen Gedanken mit sich fortnähme. Am Eingang kreuzten zwei Leibwächter ihre Speere und gaben, nachdem sie sich niedergehockt hatten, genau acht, daß die Eintretenden den Vorhang mit dem Pfeil beiseite schoben und über die Schwelle hinwegschritten, ohne sie zu berühren, denn eine Berührung hätte den Zorn des Himmels heraufbeschwören können, der sich dann mit Donner und Blitz über dem Haupte des Herrn des Zeltes entladen hätte.
Die vier stiegen nacheinander über die gekreuzten Speere hinweg, warfen sich mit den Gesichtern auf die weißen Filzmatten nieder und riefen:
»Sei ruhmreich, siegreich und langlebig, Erhabener!«
»Näher zu mir!« wurden sie aufgefordert.
Die vier richteten sich aus ihrer liegenden Stellung auf und krochen auf den Knien näher zu dem mit Gold und Elfenbeinmustern verzierten niedrigen Thron hin, auf dem mit untergeschlagenen Beinen ein Jüngling saß, dessen Gesichtszüge aufgedunsen waren und dessen Bauch sich stark vorwölbte. Auf seiner orangefarbenen Mütze zitterte ein Büschel weißer Reiherfedern – nur ein Sprößling aus Dschingis-Khans Geschlecht durfte die Federn dieses heiligen Vogels als Kopfschmuck tragen. In die ärmellose himbeerfarbene Seidenjacke des Jünglings waren goldene Drachen hineingewebt, seine Füße steckten in hochhackigen Schuhen aus rotem Saffianleder. Neben ihm auf dem Thron lagen rechts ein Metallstab mit goldenen Einkerbungen – als Insignum

der Macht – und links ein aus dem Stoßzahn eines Elefanten geschnitztes Schaufelchen mit langem Stiel.
Khan Gujuk betrachtete aus schmalen Augen aufmerksam die Gesichter der vier vor ihm Knienden.
»Mit leeren Händen, so kahl wie die Latschen einer Gans, kehrt ihr zurück... Wo ist sein Gürtel? Wo seine Mütze? Wo habt ihr seine Rubinknöpfe gelassen?«
Der Khan griff nach dem elfenbeinernen Schaufelchen und schlug damit die vier auf die Backen. Sie duldeten es reglos, mit steinernen Gesichtern, nur den Kopf schienen sie nach jedem Schlage tiefer zwischen ihre breiten Schultern einzuziehen.
»Verzeihe uns, Herrscher der Welt!« riefen sie wie aus einem Munde und warfen sich wieder mit den Stirnen auf die Filzmatte nieder.
»Sprich du zuerst, Munke-Sal! Du bist der Vernünftigste.«
»Ich werde sprechen, wie du es befiehlst. Wir erfuhren, daß Batu-Khan, der die Hand nach einem fernen Stern auszustrecken gewagt hat, mit fünf Kriegern nach Sygnak geritten sei, nachdem er Subudai-Bahadur verlassen...«
»Hat er mit Subudai-Bahadur Streit gehabt?«
»Davon ist nichts verlautet...«
»Das war der Moment, den man hätte abpassen müssen... Wo man nicht hätte schlafen dürfen... Warum habt ihr ihn nicht ergriffen?«
»Er stürmte direkt zu seinem Bruder, dem Regenten Tangkut-Khan, in dessen Palast es zwischen beiden Prinzen zu einer heftigen Auseinandersetzung kam. Beide schrien furchtbar laut. ›Schlagt ihn tot!‹ rief Tangkut-Khan seinen Kriegern zu. Aber Batu-Khan entkam ihnen, schwang sich unter fürchterlichen Verwünschungen, die seinem Bruder galten, aufs Pferd und sprengte davon...«
»Habt ihr ihn aufgespürt? Wo ist er?«
Die vier warfen sich wieder aufs Angesicht.
»Ihr seid keine Krieger!... Dummköpfe seid ihr, lahme Ziegenböcke, die das Fleisch ihres Vaters gefressen haben!« kreischte Gujuk-Khan. Nachdem er sich mißtrauisch umgesehen, fuhr er zornig, aber mit zum Flüstern gedämpfter Stimme fort: »Macht euch auf die Suche nach dem Verhaßten! Er trägt einen blauen Tschapan mit sechs Rubinknöpfen, daran könnt ihr ihn erkennen... Erwürgt ihn, und ihr sollt Anführer einer Hundertschaft, nein, einer Tausendschaft werden. Kehrt ihr aber wieder mit leeren Händen zurück, so wird dieser Prahler womöglich zum Dschichangir gewählt, und ihr entgeht alsdann dem Tode nicht... Der Henker wird euch erst die Ohren abschneiden, ehe er euch das Rückgrat bricht! Seid dessen eingedenk! Eilt!«
Die vier wichen, auf allen vieren kriechend, vor ihm zurück bis zu dem schwarzen, mit silbernen Störchen bestickten Türvorhang, unter dem sie hinterwärts durchkrochen.

Der tapfere Nasar-Kjarisek

Voll innerer Unruhe kehrte der alte Nasar-Kjarisek vom Markt in Sygnak in seine Jurte zurück.
»Diese Neuigkeiten machen einen zittern und beben!« brummte er in seinen Bart. »Am besten, ich begebe mich zu meinem Khan Bajander, um zu erfahren, ob auch alles wahr ist, was ich gehört habe.«
Eilends begann er sich umzukleiden.
»Ich muß fertig sein, ehe Kys-Tugmas was merkt, sonst liegt sie mir wieder in den Ohren, ich arbeitete nicht genug, ginge nur müßig... Daß alle Ehefrauen keifen müssen! Doch sie soll mir nur kommen. Ich werde ihr beweisen, wer Herr im Hause ist, und sei's mit einer Tracht Prügel...«
Er zog einen schwarzen Tschapan an, der aber vor Alter schon aus den Nähten platzte, darum zog er noch einen Ziegenpelz darüber, gürtete ihn mit einem Riemen, holte aus einem Sack ein Paar vertretene Stiefel mit spitzen Absätzen hervor, die schon sein Vater getragen hatte, als er gegen die einfallenden Mongolen ins Feld gezogen war. Auf den Kopf stülpte er sich eine Lammfellmütze mit Ohrenklappen und steckte noch eine Peitsche in den Gürtel. Dann betrachtete er sich und brummte:
»So werde ich wohl vor den Augen des gestrengen Khans Gnade finden... Also gehn wir, eine wichtige Sache soll man nicht auf die lange Bank schieben...«
Da kam Turgan, Nasars jüngster Sohn, angelaufen, der mit anderen Knaben zusammen in der Steppe die Fohlen des Auls gehütet hatte, und sperrte vor Staunen Mund und Nase auf: ›Der Vater im Ziegenpelz... Bei einer solchen Hitze... Was für ein närrischer Einfall!‹
Schon wollte er den Vater bitten: ›Befiehl mir, dich zu begleiten!‹, doch hielt er die ihm schon auf den Lippen schwebenden Worte zurück, aus Angst, die Sache dadurch zu verderben. Er duckte sich am Eingang nieder und beobachtete alle Hantierungen des Vaters mit lebhaften glänzenden Mausaugen. Neben ihm hockte das Waisenmädchen Juldus, welches Nasar zur Zeit des Mongoleneinfalls in seine Familie aufgenommen und wie seine leibliche Tochter erzogen hatte. Die Kinder stießen sich ab und zu gegenseitig mit dem Ellbogen an und wiesen eins das andere durch ein Blinkern der Augen auf Nasar und sein Tun.
»Führe die Stute herbei!« befahl der Vater seinem Sohn streng.
›Da hab' ich doch richtig vermutet!‹ dachte Turgan triumphierend und sauste Hals über Kopf los, hin zur Schlucht, wo ihre alte Stute weidete. Er kletterte ihr auf den knochigen Rücken und lenkte sie heim zur Jurte. Nasar rieb die Stute mit einem Stück Filz ab, legte ihr eine alte Satteldecke auf das magere Rückgrat, paßte sorgfältig den auseinanderplatzenden, nur mit Schnüren notdürftig zusammengehaltenen Sattel an und legte schließlich darauf noch ein Stück Filz. Die Stute stampfte mit den Hinterbeinen und versuchte ihren Herrn zu beißen, als er den Sattelgurt unter dem aufgeblähten Bauch straff anzog.

Nasars Frau, ein längst verblühtes mageres Weib mit eingefallenen Wangen, war dabei, aus einigen Handvoll Mehl Teig für Fladen einzurühren. Sie warf bei ihren Hantierungen fortgesetzt Seitenblicke auf ihren Mann, ohne sich entschließen zu können, ihn zu fragen, was er eigentlich vorhabe.
›Sicher führt der Alte wieder irgendwas im Schilde!‹ dachte sie.
»Wohin will unser Herr aufbrechen?« fragte Juldus schüchtern flüsternd, als Nasar aus der Hütte trat.
»Wohin? – Na klar, in den Krieg!« sagte Turgan überzeugt.
»Was redest du da? Was für ein Krieg?« rief seine Mutter erschrocken.
»Die Jungen behaupten, es gäbe bald Krieg«, antwortete Turgan. »Sieh nur, was der Vater macht!«
Nasar, der noch einmal in die Hütte zurückgekehrt war, trat nahe an die Gitterwand und nahm einen alten Krummsäbel herunter, den er sich umgürtete, indem er die Enden des schmalen Riemens fest über seinem Pelz zusammenknotete. Seine Frau und die beiden Kinder verfolgten mit erstaunten Blicken jede seiner Bewegungen.
Also ausgerüstet trat Nasar-Kjarisek schweren Schrittes vor seine Hütte, sichtlich bemüht, sich ein stolzes, kühnes Ansehen zu geben. Nachdem er der Stute die Zügel über den Hals geworfen hatte, stieg er in den Sattel, dabei schielte er nach der Tür der Jurte. Kys-Tugmas wickelte die frisch gebackenen heißen Fladen in einen sauberen Leinenlappen und gab sie Juldus, die damit vor die Tür lief, um sie Nasar hinaufzureichen. Mit der einen Hand ihre Augen gegen das Sonnenlicht abschirmend, blickte sie ihm in das faltige Gesicht, gespannt, was er sagen würde.
Nasar wußte wohl, welche Gedanken seine Familie bewegten, aber durfte man denn bei einer so wichtigen Angelegenheit Weib und Kinder ins Vertrauen ziehen?
Er steckte das Bündelchen in den Busen und sagte mit einer gewissen feierlichen Wichtigkeit:
»Ich begebe mich zum Khan Bajander!«
Er stieß seiner knochigen Mähre die Absätze in die Weichen, und sie trottete gemächlich den in die Steppe hineinführenden Pfad entlang.
Turgan lief zur Mutter und flüsterte ihr ins Ohr, als hätte er Angst, daß der Vater ihn noch hören könnte:
»Ich lauf' dem Tatu nach. Bis zum Khan ist's ja nicht weit. Vielleicht bin ich schneller dort als er und komme bald wieder zurück!«
»Paß nur ordentlich auf ihn auf!« ermahnte ihn die Mutter und ging zum Herd zurück. Sie steckte ein Bündel vertrocknete Stachelzweige hinein und fachte durch kräftiges Blasen das Feuer, das nahe am Verlöschen gewesen war, wieder an.
›Was für ein närrischer Einfall! Wie kann er in seinem Alter noch in den Krieg ziehn? Er wird in den ersten Abgrund stürzen und nicht wiederkommen... Und was soll dann aus mir, seiner Witwe, werden?‹...
»Nun, was trödelst du, Turgan? Lauf zu, damit du den Vater noch

einholst! Halte dich aber in einiger Entfernung, damit er dich nicht bemerkt. Sonst wird er womöglich böse und verhaut dich...«
Turgan zog seine Pluderhosen hoch und rannte los, in der Richtung, in der sein Vater davongeritten war.

Die Freigebigkeit des Khans

Das Gerücht von dem von den Mongolen beabsichtigten Kriegszug nach Westen durchraste die Kiptschakensteppe wie ein Orkan, der an einem stillen Sommertag plötzlich über die Ebene hinfegt, Sandsäulen aufwirbelt, Sträucher entwurzelt und mangelhaft befestigte Jurten umwirft. Nach allen Himmelsrichtungen jagten Eilboten, die Nachrichten aus einem Nomadenlager dem andern übermittelten: Nachrichten über das große Ereignis, das das friedliche Leben der Nomadenvölker stören sollte. Alle zwölf Stämme des großen Kiptschakenvolkes wurden zum Heeresdienst einberufen.
Nasar-Kjarisek ritt an dem mit Pappeln bestandenen Ufer des von den Regengüssen geschwollenen und getrübten Flusses Seihun entlang. Vor ihm breitete sich die weite Ebene aus. Reiter galoppierten nach allen Richtungen, Reihen zweihöckeriger Kamele, mit Gittern und Stangen für Jurtengerüste, mit Filzmatten und Teppichen, Säcken, Kesseln und anderen mehr oder minder verrußten Gegenständen eines Nomadenhaushalts beladen, zogen in rhythmischem Schritt dahin. Nebenher gingen Frauen und Kinder. Halbnackte Sklaven trieben Herden von Schafen und Kühen vor sich her. Unruhe hatte sich der Steppenbewohner bemächtigt und trieb sie durch die Steppe, die sonst in schweigender Erhabenheit schlummerte.
Endlich erreichte Nasar-Kjarisek den Lagerplatz der elften Frau des Khans Bajander und geriet in ein fassungsloses Erstaunen – hier war alles wie immer! Ungeachtet der allgemeinen Unrast und Verwirrung ringsum, hatte der Khan seine unerschütterliche Ruhe bewahrt. Im Lager wurden Vorbereitungen für eine Jagd getroffen. Schmuck gesattelte Rassepferde wühlten mit ihren Hufen den Sand auf. Zehn gewandte Jünglinge, die auf dem Handschuh ihrer Linken jeder einen Falken trugen, standen in einer Reihe vor dem Zelt des Khans und warteten auf dessen Erscheinen. Die mageren schmalschnäuzigen Hunde hatten bereits mehrmals eine wütende Beißerei angefangen.
Nasar kletterte von seiner knochigen Stute herunter, fesselte ihr die Vorderbeine und schritt mit soviel Würde, als er nur immer aufbringen konnte, den Hügel hinan, auf dessen Spitze die Jurte des Khans stand, der eben zum Zelteingang heraustrat. Sein Gesicht glänzte vom üppigen Schmaus. Er trug schmucke Jägertracht – einen gelbseidenen Chalat, dessen Unterteil in weite wildlederne Pluderhosen hineingesteckt war, und Reitstiefel mit nach oben gebogenen Spitzen. Die Krempe seiner weißen Filzmütze war hinten abwärts und vorn aufwärts

gebogen. In dem gestreiften Schal, mit dem er sich den recht ansehnlichen Bauch umwunden hatte, steckte ein indischer Dolch, von dem nur der aus Elfenbein geschnitzte Griff zu sehen war.
Als der Gebieter der Steppe mit seinem scharfen Adlerblick den alten Nasar erkannte, der, unter seinem Ziegenpelz schwitzend und sich an seinem alten Krummsäbel halbtot schleppend, gebückt den Hügel heraufkraxelte, dachte er:
›Gewiß kommt der Alte, um etwas zu erbitten... Mitunter ist es recht nützlich, sich einem schlichten Manne freundlich zu erweisen, damit der Ruf meiner Freigebigkeit von einem Lagerfeuer zum andern durch die ganze Steppe eile... Das ist gerade jetzt besonders wichtig, wo die Khane Kampftruppen für den Kriegszug sammeln...‹
»Frieden und Ruhm dem Khan Bajander!« rief Nasar-Kjarisek und verbeugte sich dabei so tief, daß seine mageren Schultern aus seinem abgeschabten Pelz hervorstachen. »Pferdeherden ohne Zahl nennt der Khan Bajander sein eigen. Allah möge seine schützende Hand über ihn und seine Herden halten!«
Der Khan war stehengeblieben und hatte seine Hand in den gestreiften Schal gesteckt.
»Sei gegrüßt, Großvater Nasar-Kjarisek! Wohin willst du mit deinem rostigen Säbel?«
»Ein Gerücht schwirrt durch die Kiptschakensteppe...«
»Ein Gerücht? Was für eins denn? Was ist dir denn zu Ohren gekommen?«
»Sofort, mein Khan, sofort werde ich dir alles erzählen... Ich war auf dem Basar in Sygnak. Still und unbemerkt saß ich in einer Aschchane in meinem Eckchen und lauschte den Reden der Standespersonen. Ein Kaufmann in einem kostbaren Seidenchalat schien sehr viel zu wissen. Dinge, von denen wir einfachen Leute nicht einmal eine Ahnung haben. Er ist der Mehllieferant der mongolischen Khane und hat daher häufig Gelegenheit, sich mit ihnen zu unterhalten. Er will von ihnen gehört haben, daß in Sygnak die höchsten mongolischen Prinzen und Fürsten, die Enkel des großen Erschütterers des Erdkreises, eingetroffen seien...«
Der Wunsch, zu erfahren, welchen Eindruck seine Neuigkeit auf den Khan mache, ließ Nasar innehalten. Der Khan stand da mit dem undurchdringlichen Blick eines alles vermögenden und alles wissenden Menschen. Die Dschigiten seines Gefolges aber spitzten die Ohren und traten neugierig einen Schritt näher.
»Was du sagst, klingt wie Wahrheit«, bemerkte der Khan. »Was wurde sonst noch auf dem Basar gesprochen?«
»Der erwähnte Kaufmann behauptete, den Prinzen folge ein Heer von Mongolen und Tataren, ein Heer, so groß, daß allein der Durchmarsch durch unsere Steppe zehn Tage dauern werde...«
»Auch ich hörte von der Ankunft der mongolischen Prinzen. Weshalb aber kommen sie hierher? Unsere Länder sind längst von ihnen erobert,

die unterworfenen, botmäßigen Völker wagen sich nicht einmal zu rühren... Was also wollen sie noch? Hast du nicht hierüber etwas gehört, Nasar-Kjarisek?«
»Es heißt, nachdem der schreckliche Kagan Dschingis-Khan die eine Hälfte des Erdkreises erobert habe, wollen seine Enkel auch noch die andere erobern.«
Khan Bajander schüttelte den Kopf.
»Als wenn das eine so leichte Sache wäre. Zahllose Völker bevölkern die Erde, und Dschingis-Khan lebt nicht mehr... Wer soll ihn ersetzen? Wer das Heer anführen? Wer hat seine Erfahrung in der Kriegskunst, seinen anschlägigen Kopf? He, Dschigiten, führt mein Roß vor!«
»Halt, warte noch, mein ruhmreicher Khan!« rief Nasar erschrocken. »Sieh deinen alten Pferdehirt gnädig an! Du bist mächtiger als alle anderen Sultane der Steppe. Ich bitte dich, vergiß über dem Feldzug nicht mich! Vierzig Jahre lang habe ich dir Tag und Nacht treu gedient, in Schnee und Unwetter bin ich alt geworden. Jetzt stehen an meiner Stelle fünf Söhne, beherzte Burschen alle fünf. Sie hüten deine Pferde und haben sie bis zu diesem schrecklichen Tag bewahrt, an dem überall die Schlachtrufe[1] der Kiptschakenstämme zu hören sind: ›Ujbas, Toktabajer! Djuit, Durutajer! Daukara, Dschersaizer! Greift zu den scharfen Klingen, ihr Batyre! Schwingt euch aufs Roß! Auf, auf, ins Feld!‹«
Noch majestätischer als zuvor stand jetzt der Khan da, nur in seinem linken, leicht zusammengekniffenen Auge blitzte ein lustiges Fünkchen auf, als der alte Nasar seinen alten Säbel über seinem Kopfe schwang und mit überschnappender Stimme die Schlachtrufe der Kiptschakenstämme ausstieß.
»Bist ja ein ganz verwegener Krieger, Nasar... Ich erinnere mich sehr wohl deiner Verdienste. Sag, was begehrst du denn?«
»Meine fünf Söhne brennen darauf, unter deinem ruhmreichen Buntschuk zu Felde zu ziehn. Jedoch... viele Rosse haben sie aufgezogen, aber selber besitzen sie keines... Nicht ohne Grund führst du den Namen Bajander. Gib jedem meiner Söhne ein Roß samt Sattel, und sie werden mit dir in die Schlacht ziehen, werden deine zuverlässigen Pfeile sein: Wohin du sie schickst, dorthin fliegen sie. Alle deine Befehle werden sie treu ausführen.«
Der Khan berührte mit den Fingerspitzen seiner Rechten das Ende seines Bartes und sprach:
»Gut, es sei, wie du wünschest, mein treuer Nasar-Kjarisek. Jeder deiner Söhne soll von mir ein Roß erhalten, für Sattel und Zaumzeug aber mögen sie selber sorgen. Doch umsonst ist der Tod... Wollte ich an meine Dschigiten alle meine Pferde verteilen, würde ich bald als Bettler

1 Jeder der Kiptschakenstämme, ja jede Sippe hatte einen eigenen Schlachtruf – »Uran«, an dem sich die Mitglieder eines Stammes im Handgemenge mit dem Feind erkannten und der ihre Reihen wieder zusammenschloß.

durch die Steppe wandern müssen. Darum soll jeder deiner fünf Söhne nach Beendigung des Feldzugs mir anstelle des von mir erhaltenen Pferdes ein anderes junges, und zwar mit einem Teppich bedeckt, zuführen. Und noch eins: Während deine Söhne sich Ruhm erwerben, sollen ihre Frauen mir jede einen Teppich knüpfen...«

»Ich bitte dich, vielgerühmter Khan, woher soll ich Wolle für Teppiche nehmen?«

»Du wirst bei meinem Verwalter welche erhalten. Wenn ihr, du und deine Söhne, mit meinem Vorschlag einverstanden seid, so magst du für jeden ein Pferd aus meinen Herden aussuchen. Ich werde sie alle fünf in meine Tausendschaft aufnehmen.«

»Allah möge dich um deiner Freigebigkeit willen segnen, durchlauchtigster Khan!« rief Nasar, indem er sich mit über der Brust gekreuzten Armen vor dem sein Pferd besteigenden Khan tief verneigte.

Dann richtete er sich seufzend wieder auf, steckte seinen alten Säbel in die Scheide und blickte kopfschüttelnd dem mit seinem Gefolge davongaloppierenden Khan nach. Als er seinen düsteren Blick von der Kavalkade abwandte, bemerkte er Turgan, seinen Jüngsten, der sich, die Fersen unterm Hintern, niedergehockt und seine Knie mit den Armen umfaßt hatte. Seine schwarzen Augen beobachteten scharf den Gesichtsausdruck des Vaters. Als er Trauer darin wahrnahm, sprang er auf und lief zu Nasar hin.

»Was hat dich betrübt, Tatu? Ich habe alles mit angehört... Jetzt werden wir außer der alten Stute noch fünf gute Pferde haben. Sollte es denn so schwer sein, dem habgierigen Khan fünf junge später dafür wiederzugeben? Kleinigkeit! Die Brüder ziehn doch in den Krieg und werden mit Beute beladen heimkehren... Eine ganze Pferdeherde werden sie vor sich hertreiben.«

»Wer außer Allah, dem Allwissenden, weiß das mit Bestimmtheit? Wer vermag zu sagen, ob deine Brüder als ruhmreiche Bahadure wiederkehren werden oder ob man uns nur ihre blutbefleckten Schwerter zurückbringen wird...«

»Reite schnell, die Pferde holen! Beeil dich, Tatu, ehe der Khan sich eines andern besinnt. Befiehl mir, hinter dir herzulaufen!«

Turgan half seinem Vater auf die Stute hinauf, und beide schlugen die Richtung zu den Weidegründen des Khans ein, wo sich tausendköpfige Herden halbwilder Pferde tummelten.

Auf der Spur des gestohlenen Pferdes

Arapscha führte den Hadschi Rachim so sicher durch die öde hügelige Steppe, als wäre er schon wer weiß wie viele Male auf diesen verschlungenen, kaum bemerkbaren Pfaden gewandert. Mitunter blieb Arapscha stehen, um genau die Spuren zu untersuchen, stieg dann auf einen Hügel, um die weite Steppe zu überblicken. Solche Pausen be-

nutzte der Hadschi dazu, sich seufzend in den Sand zu legen und ein wenig auszuruhen. Schließlich sagte er flehend:
»Wohin führst du mich? Ist der Weg, den wir zu gehen haben, noch sehr weit?«
»Wir gehen immer den Spuren meines gestohlenen Schimmels nach... Ich weiß, wo wir uns notfalls verbergen können. Schneller vorwärts!«
Sie folgten einem schmalen Pfad, der sie auf eine mit Kies übersäte Anhöhe hinaufführte. Oben bog Arapscha seitwärts ab und stieg in eine Schlucht hinab, wo sie längere Zeit in einem ausgetrockneten Bachbett weiterwanderten.
Indem er mit ausgestrecktem Arm auf einen Hügel wies, sagte Arapscha zum Hadschi:
»Wir wollen da hinaufsteigen und uns hinter den Steinen verbergen. Von dort oben können wir die ganze Steppe übersehen.«
Als sie den steilen Hang des Hügels erklommen und den steinigen Gipfel erreicht hatten, was den Hadschi ziemliche Anstrengung kostete, warfen sie sich hinter den Stauden einer Klette zu Boden. Von hier oben genossen sie einen weiten Ausblick nach allen Himmelsrichtungen.
»Schau, dort auf dem Weg...«, flüsterte Arapscha. »Da sind sie!... Sie suchen etwas...«
Auf kleinen, aber kräftigen, langmähnigen Pferden kamen vier mongolische Reiter angeritten. Der vorderste saß mit weit vornübergebeugtem Oberkörper im Sattel, und seine Augen suchten den Boden nach Spuren ab. Jetzt beugte er sich ganz tief herab und versetzte dann seinem Tier einen Peitschenhieb, daß es wie ein Pfeil davonschoß. Seine drei Gefährten trieben ebenfalls ihre Pferde an, und bald waren sie hinter den Hügeln verschwunden.
»Sie folgen der Spur meines Schimmels. Sie hoffen ihn einzuholen. Genau das habe ich erwartet. Aber sie könnten vielleicht zurückkehren... Wir müssen weitergehen, über diese scharfen Kiesel, wo man unsere Spuren nicht sieht.«
Die Wanderer bahnten sich einen Weg durch Schluchten hinan zu einer Art Hochebene, wo der schmale Pfad sich mit einem breiteren Weg kreuzte, auf dem Hirten pfeifend ihre Hammel- und Ziegenherden trieben.
»Hier verliert sich unsere Spur für jeden Verfolger«, sagte Arapscha. »Wir wollen zusehn, daß wir ein Nomadenlager erreichen, wo wir uns ein wenig ausruhen und erholen können.«
Ein schmaler Pfad brachte sie auf den Gipfel eines Hügels, von wo aus man weite Sicht auf die grüne Ebene hatte, die von zahlreichen Herden friedlich grasender Pferde belebt war. Berittene Hirten, die bemüht waren, die Herden der Stuten und Füllen gesondert zu halten, schwangen ihre langen Stangen, an deren oberem Ende eine Schlinge befestigt war, die zum Einfangen der weidenden Tiere diente.
Nach der langen Wanderung über steinige und dornige Pfade und öde Sandhügel, auf denen höchstens spärliche Stengelchen des grauen

Wermuts gediehen, war der Blick auf die von den schrägen Strahlen der untergehenden Sonne beschienene Ebene mit den satten Pferden und munteren Hirten besonders anziehend. Über einen kleinen See, dessen Spiegel unweit erglänzte, strichen Wildenten hin. Aus dem Schilfgestrüpp brach ein schlanker, gesattelter Schimmelhengst hervor und galoppierte mit hellem Gewieher zu den rotbraunen Stuten hin.

»Ei, schau, mein ehrenwerter Murschid! Da ist er ja, mein Aktschian!« rief Arapscha voll Freude und rannte, nachdem er Mantel und Reisetasche in den Sand geworfen hatte, hügelab. »Warte hier auf mich!... Ich will ihn bloß einfangen!«

Der Fakih setzte sich nieder und beobachtete, was vorging.

Hinter dem Hengst jagten zwei Pferdehirten her. Arapscha war über die grüne Ebene gerannt und im Schilf verschwunden, in dessen Schutz er den Bach durchwatete, zu einer Stelle, auf die der Schimmelhengst losgaloppierte.

Da vernahm der Hadschi hinter sich leise Stimmen. Er sah sich um. Drei Mongolen kamen auf ihren krummen Reiterbeinen auf ihn zugewatschelt. Einer von ihnen entfaltete ein Bündel Stricke, und ehe der Hadschi sich dessen versah, hatten sich alle drei auf ihn gestürzt und ihn gebunden.

»Siehst du, er hat einen blauen Tschapan mit roten Knöpfen an«, sagte der erste, während sie ihren Gefangenen auf seine Füße stellten. »Ganz gewiß ist er's!«

»Nein, das ist er nicht, kann's gar nicht sein! Der, den wir suchen, ist jung, diesem hier aber wächst graue Wolle am Kinn.«

»Was kümmert das mich, ob er alt oder jung ist? Der Khan hat gesagt: ›Wenn ihr einen im blauen Tschapan mit sechs roten Knöpfen seht – der ist's, dem macht den Garaus!‹ «

»Bringen wir ihn zum Khan. Mag er selbst entscheiden.«

»Was wollt ihr eigentlich von mir?« rief der Hadschi Rachim. »Ich bin ein armer Derwisch und Bücherschreiber!«

»Sing andern deine Liedchen vor! Ein armer Derwisch – und woher hast du Rubinknöpfe? Für einen einzigen dieser Knöpfe kann man eine Herde der besten Stuten kaufen...«

»So nehmt den Tschapan samt den Knöpfen! Er gehört mir nicht.«

»Was zaudert ihr?« rief im Heranreiten ein vierter Mongole. »Beeilt euch! Die Pferdehirten kommen gerade hierher geritten... Werft ihm das Tuch über den Kopf und biegt ihm die Füße in den Nacken!«

Das waren die letzten Worte, die der Hadschi hörte. Starke Hände packten ihn, ein buntes Tuch verhüllte sein Gesicht. Die Sonne flammte grell vor ihm auf und zerstob in tausend Funken.

Geschrei, Hundegebell, ein qualvoller Schmerz im ganzen Körper – und der Fakih verlor das Bewußtsein.

Das weiße Roß

...Leicht jagt sein Roß dahin,
um einen halben Klafter geschwinder ist es als der Gedanke,
um einen ganzen geschwinder als der Wind...
(Aus dem Poem »Dschangar«)

In der grünen Steppe weideten in Freiheit mehrere tausend Pferde, und es hatte den Anschein, als zerstreuten sie sich ohne alle Ordnung und Aufsicht. Aber das schien nur so: In Wirklichkeit waren die sich langsam über die Ebene hinbewegenden Tausende von Pferden in Herden eingeteilt und diese Herden wieder in Unterabteilungen, sogenannte Kosjaks, und die Hirten achteten streng darauf, daß diese Trennung auch scharf durchgeführt wurde und die Tiere nicht durcheinandergerieten.

Jeder Kosjak bestand aus einem alten Muttertier und fünfzehn bis zwanzig jungen Tieren von gleicher Farbe – dunkel- oder hellbraun, rötlich, falb und so weiter. Ein alter böser Hengst wich seinem Kosjak nicht von der Seite und wehrte jedem anderen Hengst eine Annäherung. Die Hirten ritten laut schreiend und ihre Lanzen mit den Fangschlingen schwenkend zwischen den Herden umher und trieben geschickt diejenigen Hengste auseinander, die sich ineinander verbissen hatten.

Unter diesen Pferdehirten waren auch die fünf Söhne Nasars: der älteste – Demir – war etwa dreißig Jahre alt, der jüngste – Mussuk – siebzehn. Alle fünf Brüder waren als tollkühne Rossebändiger und furchtlose Wolfsjäger berühmt. Nur mit der Schlinge allein traten sie den wilden Bestien entgegen. Winter und Sommer, Tag und Nacht schützten sie Khan Bajanders Herden vor Dieben und Raubtieren. Der Khan aber sorgte recht schlecht für seine treuen Wächter; zwar hatte er ihnen oft genug versprochen, er würde sie »wie ein Khan« belohnen, doch bislang trugen sie statt ordentlicher Kleider verschlissene und verschossene Lumpen auf dem Leibe und an den Füßen selbstgefertigte Stiefel aus den ungegerbten Fellen von Zieselmäusen; die Mütze aber ersetzte ihnen ihr zerzaustes, wie eine Mähne so langes Kopfhaar. Von der Sonne nicht nur braun, sondern schwarz gebrannt, waren sie wie ihre Pferde und ihre großen zottigen Hunde die reinsten Naturwesen, ein Teil der Steppe, der Reihergrasebene, des Windes, der vorübersegelnden Wolken.

In diese Herde nun war Arapschas Schimmelhengst eingebrochen, galoppierte, sich seiner Ungebundenheit freuend, mitten zwischen den einzelnen Kosjaks hindurch und nahm kühn den Kampf mit den anderen Hengsten auf. Mit wildem Aufstöhnen schlug er sein Gebiß in den Hals eines roten Hengstes, warf ihn nieder und sprengte mit hellem triumphierendem Wiehern weiter über die Steppe, und der Wind ließ seine Silbermähne flattern.

Beim ersten Pfiff Arapschas stutzte der Hengst und blieb lauschend

stehen. Auf den zweiten Pfiff antwortete er mit einem freudigen Wiehern und jagte mit stolz gebogenem Hals in federnden Sprüngen seinem Herrn entgegen.
Doch die zwei Hirten, die dem Schimmel gefolgt waren, schnitten ihm jetzt den Weg ab, und ehe noch Arapscha zu seinem Aktschian hingelangte, hatten sich um dessen Hals zwei Fangschlingen gelegt. Vergebens bäumte und warf das edle Tier sich nach allen Seiten, es kam nicht los.
»Laßt ihn! Es ist mein Schimmel! Er trägt meinen Sattel!« schrie Arapscha wütend.
»Sieh zu, daß du von hier fortkommst, solange deine Glieder noch heil sind, du Steppenstrolch, du Pferdedieb!« riefen ihm die beiden Hirten drohend zu. Einer von ihnen sprang vom Pferde und klammerte sich an Aktschians Zügel. »Das Land und die Herden darauf gehören dem Khan Bajander. Ein herumstreunendes Pferd ist die Beute des Khans!«
Arapscha riß sein Schwert aus der Scheide und rief mit solcher Wut, daß die Hirten unwillkürlich zurückwichen:
»Ihr elenden Sklaven und Pferdehüter des Khans! Ihr scheut euch nicht, fremde Pferde zu stehlen. Am Ende wollt ihr gar sein schimpfliches Brandmal auf das Silberfell meines Hengstes drücken?!«
»Der Khan wird dir eigenhändig sein Brandmal auf die Stirn drücken«, erwiderte ihm einer der Pferdehirten. »Und du wirst als Aas auf einem Kurgan liegen.«
Er hatte nach dieser frechen Antwort kaum noch Zeit, beiseite zu springen und dem Säbelhieb des sich wutentbrannt auf ihn stürzenden Arapscha auszuweichen. Doch unerwartet stellte sich dem Wütenden ein aus einer Laubhütte heraustretender stämmiger junger Mongole in einem zerrissenen Mantel in den Weg.
»Halt ein, Beg-Dschigit!« sagte er ruhig. »Du hast immer noch Zeit, den Flegel mit blankem Säbel zusammenzuhauen. Doch erst höre an, was ich dir sagen werde. Deines Schimmels wirst du nicht verlustig gehn.«
Auf ein Zeichen seiner Hand lösten die Pferdehirten die Schlingen um Aktschians Hals.
Der Sprecher trat mit einer Sicherheit auf, die zu seiner Jugend – ein dunkler Flaum beschattete kaum seine Oberlippe – und zu seiner zerschlissenen ärmlichen Kleidung in seltsamem Widerspruch stand. Die schrägen Augen unter den zusammengezogenen Brauen hatten einen kalten Blick von fast gläserner Starrheit, und man verspürte dahinter eine unablässige Gedankenarbeit.
Überrascht von dem gebieterischen Gesichtsausdruck des Unbekannten, hielt Arapscha unwillkürlich inne, und ihm fielen plötzlich die Worte des Hadschis ein: ›Du wirst dein Roß wiedererhalten. Ein ungewöhnlicher Mann ist darauf fortgeritten, der dir dafür tausend Stuten geben kann …‹
»Deinen Hengst wird niemand anzurühren wagen«, fuhr der Mongole fort. »Ich bin auf ihm hierhergeritten, als ich, von Feinden verfolgt, keine

andere Möglichkeit der Rettung hatte ... Ich kaufe dir ihn ab ... Wieviel Golddinare willst du dafür haben?«
»Ich – meinen Aktschian verkaufen?!« rief Arapscha. »Das Roß ist des Reiters bester Freund! Verschachert man denn seine Freunde um Geld?«
»Das heiß' ich wacker gesprochen!« lobte der Unbekannte. »Dieses edle Tier ist es wert, einen Sultan, einen Khan oder gar den Kagan auf seinem Rücken zu tragen. Wozu brauchst du, der du zwar ein kühner und tapferer, aber doch nur ein einfacher Krieger bist, ein so edles Roß? Ich will dir so viel dafür zahlen, daß du dir zehn gute Pferde und seidene Kleider für das Geld kaufen kannst. Also sprich, was verlangst du für den Hengst?«
»Nichts. Er ist mir nicht um Geld feil!« entgegnete Arapscha. »Eben erst habe ich ihn mit Mühe wiedergefunden und soll mich gleich wieder von ihm trennen?... Ich habe keine Heimat, keine Jurte, keinen weißbärtigen Vater, auch keinen kühnen Bruder ... Dieses Schwert und dieses Roß sind mein ganzer Reichtum. Warum willst du mich darum bringen? Wer wird mich im Getümmel der Schlacht oder am Rande des Abgrunds retten, wenn du mir mein Pferd nimmst? Nein, ich gebe es nicht her!«
»Ich brauche es aber. An seiner Stelle will ich dir das beste Tier aus diesen Herden geben. Bist du damit einverstanden?«
Arapschas Augen weiteten sich, und er wollte schon in ungestümem Zorn auffahren, da kamen ihm wieder des Hadschis Worte in den Sinn; er bedachte sich, schüttelte seine schwarzen Locken und sagte:
»Wenn du meinen Schimmel nicht dazu brauchst, um ihm eine brokatene Satteldecke überzulegen und darauf zum Erstaunen der Menge über den Marktplatz zu reiten, sondern um auf ihm in die Schlacht zu reiten – so schenke ich ihn dir! Auf seinem Rücken wirst du zu einem fernen glitzernden Stern emporfliegen – mein Aktschian wird das Roß eines Siegers sein ...«
Der Unbekannte im zerschlissenen Mantel stutzte. Für einen Augenblick hefteten sich seine starr und gläsern blickenden Augen prüfend auf Arapschas Gesicht. Dann, zu den Pferdehirten gewandt, fragte er in lässigem Tonfall, als handele es sich um eine nichtige Sache:
»Sagt, könnt ihr mir ein Pferd aus eurer Herde verkaufen, welches ich selber aussuchen werde?«
Die Pferdehirten tauschten Blicke und geflüsterte Worte untereinander, dann antwortete der jüngste unter ihnen, der von der Sonne so dunkel gebrannt war, daß er wie ein schwarzer Käfer aussah:
»Es sind nicht unsere Pferde, sondern die des Khans Bajander. Doch unser Khan liebt das Gold, und wir wollen dir gern ein Pferd verkaufen, welches du dir aussuchen magst, wenn du nicht weniger dafür bezahlst als die Händler auf dem Markt von Sygnak. Willst du uns fünfundzwanzig Golddinare geben? Dann fangen wir dir das Tier ein, das du uns bezeichnest, und wenn du noch eine Kleinigkeit für unseren Eifer dazulegst, so wollen wir es vor deinen Augen bändigen.«

»Ich bin kein Händler, ich schachere und feilsche nicht, sondern nehme, was ich will«, erwiderte der seltsame Unbekannte. »Ihr sollt bekommen, was ihr verlangt habt, und außerdem soll ein jeder von euch noch einen Golddinar als Draufgeld haben.«
»Tausend Jahre sollst du leben!« riefen die Pferdehirten. »Bezeichne uns rasch das Pferd, das du brauchst!«

Die Hirtenbrüder

Nasar-Kjarisek hatte es eilig, seine Söhne aufzusuchen, um sie mit der Nachricht von dem gnädigen Geschenk des Khans zu erfreuen. Er ließ seine magere Stute ausgreifen, so rasch sie nur konnte, bald im Trab, bald wieder im Trott, und langte schließlich in dem Tal an, wo die Pferdeherden des Khans Bajander weideten. Hinter ihm her lief, mit Sprüngen, wie sie ein Hase macht, der kleine Turgan. Er kletterte auf einen Hügel und rief seinem Vater aufgeregt zu:
»Schneller, Tatu, schneller! Hierher! Hier werden Wölfe gefangen!«
Nasar ließ seine Peitsche knallen und zwang seine Stute den Hügel hinauf.
In einem kleinen Talgrund zwischen den Hügeln galoppierten schreiend und pfeifend Dschigiten des Khans Bajander hinter mehreren Wölfen her, die von hageren Windhunden ihnen zugetrieben worden waren und die, wie um sich zu retten, den Pferden geradezu unter die Hufe stürzten. Einen besonders hitzigen Kampf lieferte ein großer alter Wolf seinen von allen Seiten auf ihn eindringenden Verfolgern, nach denen er, indem er sich fortwährend um seine eigene Achse drehte, geifernd schnappte. Ein Dschigit sprengte stracks auf die Bestie zu und ließ sich auf sie fallen, wobei er versuchte, sie an den Ohren zu packen. Der Wolf, der über die ihn bedrängenden Hunde hinwegsetzte, jagte mit seinem Reiter auf dem Rücken in großen Sprüngen davon, die Berittenen hinter ihm her.
»Laß ihn nicht los, Nuri! Halt ihn fest bei den Ohren, Nuri!«
In eine Staubwolke gehüllt, verschwanden Wolf, Hunde und Jäger hinter einer Anhöhe.
Da sah Nasar-Kjarisek an der Stelle, wo eben noch der Wolf sich so erbittert seiner Verfolger erwehrt hatte, einen mit Stricken gebundenen Mann liegen. Er hatte einen blauen Tschapan an, und neben ihm lag eine Derwischmütze, die dem alten Nasar recht bekannt vorkam. Er lenkte seine Stute zu dem Gefesselten hin, stieg ab und beugte sich über ihn.
»Ei, das ist ja unser Nachbar, der Fakih Hadschi Rachim!« wunderte er sich. »Der Wolf wird ihn doch nicht erdrückt und erstickt haben? He, Hadschi Rachim, lebst du noch? Großer Allah, komm zu Hilfe!«
Der am Boden Liegende kam langsam zu sich, schlug die Augen auf und heftete sie erstaunt auf das ihm so wohlbekannte Gesicht des sich über ihn neigenden Greises.

»Ich weiß nicht, ob ich noch lebe oder ob der erbarmungslose Asrail mich bereits in das Reich der Nacht getragen hat... Auf mir haben die Hunde ihren Kampf mit dem Wolf ausgetragen, die Jäger sind auf ihren Rossen über mich hinweggaloppiert... So viele Male hast du mich vor dem Hungertod gerettet, Nasar-Kjarisek... Laß mich jetzt nicht hier umkommen, sondern rette mich noch einmal!« bat der Hadschi.
Nasar-Kjarisek löste dem Hadschi die Fesseln und legte sie sorgfältig zusammen.
»An diesen Stricken sollen meine Söhne die schändlichen Schurken aufhängen, die meinem ehrenwerten Nachbar so übel mitgespielt haben«, sagte er.
Der Greis half dem mit Wunden bedeckten Derwisch auf den Rücken der Stute hinauf und führte sie mit behutsamer Langsamkeit am Zaum. Dennoch ächzte der Hadschi bei jedem Schritt, den das Tier machte, und klagte:
»Die Goldamsel verfolgt die Bremse und ahnt nicht, daß der Jäger bereits die Sehne seines Bogens gespannt hat, worauf der Pfeil ruht, der ihr gilt. Im selben Moment setzt der Tiger zum Sprung auf den Jäger an, um ihn zu zerreißen... Wer vermag in die Zukunft zu sehn und zu sagen, wen der Tod schneller ereilt – den Tiger oder den Jäger, die Goldamsel oder die Bremse? – Ich war unter den Würgegriffen der Mongolen dem Tode nah, und wer rettete mich aus der Not? – Ein alter böser Wolf und wütende Hunde!«
Am Fuße eines Hügels neben einer klaren Quelle standen zwei Schilfhütten, in denen Nasars Söhne hausten. Der Alte führte seine Stute dorthin und half dem ächzenden Hadschi Rachim herunter, um ihn unter Dach und Fach zu schaffen. Da blieb der Derwisch vor Überraschung wie angewurzelt stehen – vor ihm stand sein nächtlicher Besucher.
»Wer hat es gewagt, dich zu kränken?« fragte der junge Mongole, wobei er die Augenbrauen unwillig zusammenzog. »Mein blauer Tschapan beschmutzt, besudelt und zerrissen... Was ist geschehn?«
Der Hadschi berichtete, was ihm zugestoßen war. Der Jüngling bedeckte für einen Augenblick seine Augen mit einer Hand, mit der andern klammerte er sich an den Ärmel des Tschapans, den der Hadschi trug, und flüsterte:
»Das waren sie! Sie lassen nicht ab, mich zu verfolgen... Weil du meine Kleider anhattest, haben sie dich für mich gehalten... Meinetwegen warst du dem Tode nah!«
Jetzt kam auch Arapscha angelaufen:
»Vergib mir, mein Lehrer! Ich bin schuld... Wie konnte ich, dein Schüler, dich auch allein lassen!«
»Du kennst ihn?« fragte der Mongole den Hadschi, indem er auf Arapscha deutete. »Sprich, darf man ihm vertrauen? Kann man sich auf ihn verlassen?«
»Er ist tapfer wie ein Bergpanther und hart wie ein Diamant! Seine

Zunge kennt die Lüge nicht, seine Hand wird er niemals verräterisch gegen einen Freund erheben!«
»Das zu hören ist mir lieb... Ich werde ihn erheben.«
In ehrerbietiger Haltung näherte sich ihnen der älteste der Pferdehirten.
»Höre, Khan, bist du gleich ohne Roß und ohne Jurte, so wollen wir doch, sofern in deinem Beutel Gold klingt, ein treffliches Pferd einfangen...«
»Geh, Arapscha«, sagte der Mongole, »und such dir das beste Tier aus!«
Arapscha ließ seinen Blick über die Herde schweifen und bezeichnete sodann einen jungen braunen Hengst, der höher von Wuchs und auch unruhiger als die anderen Tiere war. Während sie friedlich grasten, lief er mit erhobenem Kopfe hin und her und ließ sich in Beißereien mit anderen Hengsten ein.
»O je!« riefen die Pferdehirten. »Der wird nicht leicht zu fangen sein. Das ist kein Hengst, sondern Feuer... Scheu und wachsam ist er. Mit der Peitsche darf man ihm nicht zu nahe kommen, er würde sich wie wild auf den stürzen, der ihn zu schlagen wagte...«
Der alte Nasar-Kjarisek mischte sich ins Gespräch:
»Mussuk wird ihn einfangen, und Turgan, mein Jüngster, wird ihn bändigen. Es wäre nicht das erstemal...«
Turgan, der sich inzwischen auf die magere rote Stute geschwungen und gierig dem Gespräch der Männer gelauscht hatte, frohlockte. Seine Augen blitzten vor Stolz, weil man ihm den Mut, die Kraft und die Geschicklichkeit zutraute, die dazu gehörten, einen so wilden Hengst zu bändigen.

Die Bändigung des wilden Hengstes

Mussuk, dem seine Kameraden wegen der Geschmeidigkeit seiner Glieder den Spitznamen »Katze« gegeben hatten, zog den Gurt um seine schmalen Hüften straffer, sprang auf ein mageres Pferd und galoppierte, die dünne lange Stange mit der Fangschlinge in der Hand, auf den braunen Hengst los. Zunächst ließ er sein Pferd einen weiten Kreis um den braunen Hengst beschreiben, der von der Gefahr, die ihm drohte, nichts ahnte. Plötzlich schien ihn aber irgend etwas zu beunruhigen. Einige Muttertiere, die den Hirten ebenfalls kommen sahen, wichen, ihre Füllen schützend, beiseite und ließen Mussuk den Weg frei.
Der Braune spitzte argwöhnisch die Ohren. Er spürte das Nahen eines Feindes und suchte, so rasch ihn seine Beine trugen, das Weite, immer darauf bedacht, sich unter den anderen Pferden der großen Herde zu verlieren. Aber Mussuk ließ ihn nicht einen Augenblick aus den Augen. Er jagte dem Braunen mitten durch die auseinanderstiebenden Kosjaks nach und kam ihm mehrmals so nahe, daß er sich schon anschicken wollte, dem Hengst die Schlinge um den Hals zu werfen; doch der Braune schlug jedesmal geschickt einen Haken und stürmte, die ge-

sträubte Mähne schüttelnd und wütend die Luft mit dem Schweif peitschend, davon, um sich erneut unter der immer unruhiger werdenden Herde zu verbergen.
Mussuk, der bei der Verfolgung immer mehr in Eifer geriet, sah nichts mehr als das seiner Schlinge stets wieder entwischende Tier, dessen er habhaft werden wollte und mußte, koste es, was es koste. Das hagere Steppenpferd, auf dem Mussuk, tief über den Hals gebeugt, saß, schien den geheimen Wunsch und den brennenden Ehrgeiz seines Reiters zu verstehen. Mussuk brauchte es gar nicht zu lenken, sondern es jagte von ganz allein hinter dem flüchtigen Braunhengst her, den es immer wieder unter den Hunderten und aber Hunderten von Pferden herausfand. Endlich gelang es dem jungen Pferdehirt, sein Opfer einzuholen, ihm die Schlinge über den Kopf zu werfen und den in seiner Raserei prächtig anzusehenden Hengst mitten im vollen Laufe so kräftig zurückzureißen, daß sich das Seil wie eine straffe Saite spannte, der Hengst mit den Vorderbeinen in die Höhe ging und nur auf den Hinterbeinen stand.
Bei diesem Anblick stießen die anderen Pferdehirten, die jeder Phase der aufregenden Jagd gespannt gefolgt waren, ein wildes Geheul aus. Die übrigen Pferde standen, wie betroffen vom Sieg des Menschen, erstarrt, wie festgebannt da.
Auch der eingefangene Hengst, dem dergleichen noch niemals widerfahren war, stand, über das Gefühl schmerzhafter Beengung um den Hals erstaunt, ebenfalls einen Moment lang reglos da. Dann senkte er den Kopf und versuchte unter Aufbietung aller seiner Kräfte bei weitgespreizter Beinstellung, das Seil zu zerreißen. Hierauf machte er, sich wieder aufbäumend, einen verzweifelten Sprung zur Seite, um mit einem Ruck das Seil der mit eisernem Griff zupackenden Hand des Hirten zu entreißen, doch die Schlinge zog sich dadurch nur noch fester zusammen und würgte ihn noch stärker. Der Hengst schnaubte und winselte, toll vor Wut, ließ sich auf die Knie fallen, machte neue Sprünge und warf die Vorderbeine in die Höhe.
Aber Mussuks Reittier war in solchen Kämpfen erfahren und gab keinen Schritt nach, und Mussuk selber beobachtete jede Bewegung des rasenden Hengstes. Jetzt kamen ihm seine Kameraden zu Hilfe: Zwei Hirten packten den Braunen fest bei den Ohren, zwei andere beeilten sich, ihm die Beine mit Riemen zu fesseln, und ein fünfter legte ihm als Trense einen härenen Strick ins Maul, dann schlang er den Strick geschickt dem Hengst um den Bauch und verknotete das Ende auf dem Rücken.
Da saß auch schon ein barfüßiger Knabe mit aufgekrempelten Hosenbeinen dem Hengst auf der Kruppe, klammerte sich mit der Linken in die dichte Mähne und ergriff mit der Rechten den Strick, den man an Stelle eines Zügels dem Tier zwischen die Lefzen gezogen hatte.
Die Pferdehirten lösten dem Hengst wieder die Fußfesseln und sprangen behend beiseite. Turgan schwang die Peitsche, und das Pferd jagte, wie vom Teufel geritten, in die Steppe hinein.

Der alte Nasar, dem vor Staunen der Mund weit offenstand, rief, indem er mit den Armen fuchtelte, voller Begeisterung:
»Berikellja! Das Söhnchen wird einmal ein verwegener Dschigit werden!«
Bald war der Hengst schon so weit fort, daß seines Reiters rotes Hemd nur noch als rotes Pünktchen zu sehen war. Die Zurückgebliebenen beobachteten gespannt den Kampf des Pferdes mit dem Knaben, der fest saß und sich durch keinen noch so unvermuteten Sprung abwerfen ließ, mochte der Hengst sich auch noch so sehr bäumen und abwechselnd vorn und hinten ausschlagen.
Turgan, der sich mit aller Kraft am Strick festhielt, verlor nicht den Mut; bald schlug er das Tier mit der Peitsche, bald versuchte er es durch freundliche Schmeichelworte zu kirren, und schließlich begann der Hengst dem Zügel und dem Schenkeldruck zu gehorchen.
Als die älteren Brüder, die alle auf dem Sprunge standen, dem Knaben zu Hilfe zu eilen, falls es not täte, dies bemerkten, rief Demir, der Älteste:
»Der Junge hat es gebändigt, aber seine schwachen Kräfte werden aufgebraucht sein. Höchste Zeit, ihm beizustehn!«
Und er warf sich auf sein Roß und galoppierte in die Steppe hinein, hin zum Bruder, der den erschöpften Braunen schon so weit gebändigt hatte, daß es keine schwere Sache mehr zu sein schien, ihn vollends zahm zu machen. Aber kaum merkte der Hengst die Annäherung eines neuen Reiters, so geriet er abermals in Wut und vollführte die tollsten Sprünge. Doch war er sichtlich ermüdet und fiel schließlich bei immer mehr abnehmenden Kräften in einen kurzen Trab; seine Bewegungen wurden gleichmäßiger und williger. Deutlich war zu spüren, daß er dem Zügel gehorchte, als er sich, einen Kreisbogen beschreibend, der Stelle näherte, wo Nasar-Kjarisek mit seinen Söhnen und den andren Hirten zusammen stand. Der wilde Hengst war gebändigt. Demir, der dem Knaben hatte zu Hilfe eilen wollen, war neben ihm hergeritten; jetzt hob er ihn, indem er sein Pferd dicht an den Hengst herandrängte, zu sich herüber, faßte den seines Reiters ledigen Hengst am Zügel – und siehe da: Dieser ließ sich führen und trabte willig nebenher. So gelangten sie zur Hütte, wo die hinzulaufenden Brüder den müden Turgan, der sich kaum auf den Füßen halten konnte, herunterhoben und ihn abwechselnd umarmten und küßten.
Der ebenfalls herbeieilende Arapscha faßte den braunen Hengst am Zügel, tätschelte ihm den Hals und gab ihm Kosenamen. Mit gespreizten Beinen stand das Tier da und ließ mit hängendem Kopf und hängenden Ohren die Liebkosungen gleichgültig über sich ergehen.
Der alte Nasar riet dem jungen Krieger:
»Führ ihn bis Sonnenuntergang im Schritt herum. Gib ihm bis Mitternacht kein Wasser. Er wird ein erstklassiges Schlachtroß werden . . ., ein ruhmreiches!«
Der junge Mongole, der dem Schauspiel der Bändigung des wilden

Hengstes gleichfalls mit größter Aufmerksamkeit beigewohnt hatte, zog jetzt einen Lederbeutel und schüttete die abgezählten Golddinare lässig in die hingehaltenen hohlen Hände Demirs, des ältesten der Brüder, dann schwang er sich auf Arapschas Schimmelhengst und rief:
»Habt Dank, ihr Hirten! Und auch du, Dschigit, sei bedankt! Bald werdet ihr von mir hören.«
Er wollte sein Roß antreiben, zügelte es jedoch sogleich wieder und spähte aufmerksam in die Ferne. Auf den das Tal umgebenden Hügeln war eine weit sich auseinanderziehende Reiterkolonne erschienen, die an den kleinen, aber kräftigen Pferden mit dicken Hälsen unschwer als eine mongolische zu erkennen war. Bald war die Hütte von den Mongolen umringt. Ihr Anführer, ein junger Khan mit strengem, steinernem Gesicht, kam, gefolgt von drei Kriegern, deren mittlerer einen Lanzenschaft trug, an dessen Spitze als Fähnchen ein gelber Fetzen flatterte, stracks auf die Pferdehirten zugeritten. Als er des jungen Mongolen auf Arapschas Schimmelhengst ansichtig wurde, beugte er den Oberkörper bis zum Sattelbogen nieder und sprach:
»Mendu, Batu-Khan! Es war nicht leicht, dich zu finden... Doch warum trägst du diese einem Dschingis-Sproß so wenig ziemende Kleidung?«
»Gujuk-Khans gelbohrige Hunde waren mir hart auf den Fersen... Ich verbarg mich vor ihnen in der Hütte dieser Armen...«, antwortete der Dschingisid.
»Mein ehrwürdiger Vater, Subudai-Bahadur, war deinetwegen recht unruhig. Er läßt dich bitten, ungesäumt in seinem Zelte zu erscheinen.«
»Ich bin bereit, Bahadur Urjanch-Kadan!«
Die Mongolen ließen ihre Pferde Galopp laufen und waren bald hinter den Hügeln verschwunden.
Arapscha hatte sich abgewandt, um seinem Aktschian, von dem ihm der Abschied schwerfiel, nicht nachzuschauen. Mit einem Grasbüschel wischte er seinem neuen Reittier den Schweiß ab und flüsterte ihm zärtlich zu:
»Sei nicht traurig! Beklage die verlorne Freiheit nicht! Jetzt bist du mein Freund geworden. Bisher hat mich Mißgeschick verfolgt, du aber machst mir neue Hoffnung! ›It-Almas‹ sollst du künftig heißen... So treu und ergeben wie ein Hund wirst du mir sein und hart und stark und ausdauernd wie ein Diamant...«

Bestechliche Richter

Kys-Tugmas war in Erwartung der Rückkehr ihres Mannes mehr als einmal vor die Hütte getreten und hatte nach dem Weg geschaut in der Richtung, aus der er kommen mußte. Schließlich setzte sie sich müde auf ein Teppichstück auf die Schwelle und starrte schweigend den öden Hügel an, über dem wie ein rosa Wölkchen eine kleine Heuschrecke kreiste.

›Nichts Gutes würde dabei herauskommen, ich wußte es ja... Gleich, als er fortritt, schwante mir, daß ihm was Schlimmes zustoßen würde‹, dachte Kys-Tugmas. ›In seinem Alter zieht man doch nicht mehr in den Krieg! Er kann ja nicht einmal mehr einen Sack Dschugara vom Felde nach Hause tragen, ohne unterwegs die Hälfte zu verlieren. Aber er ist eigensinnig wie ein alter Ziegenbock und schlägt aus wie ein junges Böckchen...‹

Gegen Abend kam Kys-Tugmas' Lieblingssohn Mussuk angeritten. Er koppelte sein Pferd und ließ es grasen. In der Hütte zog er seinen Tschekmen und sein Hemd aus, die beide recht zerrissen und der Ausbesserung bedürftig waren, und warf sie der Mutter in den Schoß.

»Solange ich keine Hausfrau habe, wer soll mir da die Sachen flicken, wenn nicht du?« meinte er.

Dann streckte er sich der Länge nach auf der Erde aus und beobachtete die flinken Hände der Mutter, die mit raschen Stichen Flicken auf die durchlöcherten Stellen nähte.

»Wo ist Juldus?«

»Wo soll sie sein? – In der Steppe, die Lämmer hüten.«

Trotz ihres Namens – »sie möge keine Töchter haben« – hatte Kys-Tugmas sich stets nach einer Tochter gesehnt und darum eine Liebe zu ihrer Pflegetochter gefaßt. Eine Tochter umschmeichelt doch stets die Mutter und bleibt ihr, auch wenn sie in eine fremde Jurte heiratet, näher als die Söhne, die der mütterlichen Zucht völlig entwachsen.

Oft in der letzten Zeit hatte Kys-Tugmas gedacht:

›Sie ist bald in dem Alter, wo man sie verheiraten kann mit einem Manne, der den Pflegeeltern als Kalym eine Kuh, ein Pferd und ein Kamel für sie bieten kann. Juldus ist ein hübsches, wohlgebautes Mädchen mit glänzenden braunen Augen und einem ewig lächelnden Gesicht. Ihr glänzend schwarzes Haar ist stets sorgfältig in sechzehn Zöpfchen geflochten und mit Schnüren von Glasperlen durchzogen. Ihre ärmliche Kleidung tut ihrer Hübschheit durchaus keinen Abtrag. Mehr als ein Dschigit hat seine Augen voll Wohlgefallen auf ihr ruhen lassen...‹

Wohl wußte Kys-Tugmas, daß ihr Sohn Mussuk ebenfalls Gefallen an Juldus gefunden hatte, doch welchen Gewinn hätte man davon gehabt, die bettelarme Waise dem eignen armen Sohn zum Weibe zu geben? War es nicht klüger, er wartete noch mit dem Heiraten, Juldus aber gab man besser einem reichen Viehbesitzer oder einem Mullah zur Frau?

Solche Gedanken äußerte Kys-Tugmas niemals laut, aber sie hatte schon mehr als einmal geseufzt, wenn sie bei sich erwog:

›Mussuk ist starrsinnig wie sein Vater und wird nach seinem Kopfe handeln. Und dann kommen wir niemals aus der Armut heraus...‹

Der an der Schwelle liegende Hund hob knurrend den Kopf und rannte dann mit lautem Gebell in die Steppe. Ein Nomade kam vorbeigeritten und rief, indem er mit der Hand nach der Seite hin winkte, irgend etwas.

»Da ist ja auch Juldus«, sagte die Mutter.

Den über den Hügel führenden Weg herab kamen, von einer Staubwolke eingehüllt, in langer Reihe die Lämmer. In ihrer Mitte ging, ein Hirtenlied trällernd, welches die Herde zusammenhielt, ein zartes junges Mädchen; auf den Händen trug es ein Lämmchen, das sich den Fuß verletzt zu haben schien. Beim Klang der Mädchenstimme kamen Frauen aus allen Jurten heraus, um ihre Lämmer heimzuholen. Als die Herde sich aufgelöst und Juldus auch das lahmende Lämmchen abgeliefert hatte, rannte sie schnell nach Hause. Beim Eintritt in die Jurte gab sie Mussuk ein Zeichen mit den Augen.

Als er daraufhin zu ihr trat, flüsterte sie ihm zu:

»Ein Mann, der vorüberritt, sagte, er habe unsere Stute herrenlos in der Steppe unweit des Weges grasen sehen. Der Sattel sei ihr vom Rücken heruntergerutscht... Wenn nur dem Vater kein Unglück zugestoßen ist? Ich habe Angst, der Mutter etwas zu sagen...«

Mussuk schlich sich unbemerkt von der Mutter hinaus zu seinem Pferd. Plötzlich horchte er auf. Aus der Steppe war ein Schrei an sein Ohr gedrungen.

»Das ist doch Turgans Stimme?« sagte sich Mussuk.

Und richtig – der Knabe erschien oben auf dem Hügel, er rannte, strauchelnd und holpernd, als wollten ihm seine Beine nicht mehr gehorchen, er fiel hin, raffte sich wieder auf, humpelte weiter und schrie und weinte: »Wai-ulai!«

Mussuk fing in seinen Armen den Knaben auf, der an allen Gliedern zitterte und vor lauter Aufregung kein Wort hervorbringen konnte. Über Turgans vom Staub verschmutztes Gesicht rannen Tränenbächlein.

»Was ist denn geschehn?«

»Man will ihn henken!« stammelte der Knabe.

»Wen?«

»Unsern Tatu!«

Mussuk trug den Bruder in die Jurte und schöpfte eine Kelle voll Wasser, die er dem Jungen hinhielt. Turgans Zähne schlugen beim Trinken gegen den Rand der hölzernen Kelle.

»Draußen vor der Stadt... Tatu wollte zum Basar reiten... Da packten ihn Dschigiten, banden ihn mit einem Strick und schleppten ihn fort... Ich wollte mich bis zu unserm Tatu durchzwängen, wurde aber so heftig zurückgestoßen, daß ich taumelte und hinfiel...«

»Sprich weiter!«

»Sie schrien und schimpften und behaupteten, unser Tatu wäre ein Plünderer... Aber unser Tatu hat niemanden ausgeplündert, er ist immer bloß von andern ausgeplündert worden.«

»Wo hat sich denn das zugetragen?«

»Am Namasa-Tor, wo die hohen Pappeln stehn...«

Mussuk riß seinen an der Wand hängenden Krummsäbel aus der alten rotbraunen Scheide und lief, wie er war – ohne Rock und Hemd –, mit nacktem Oberkörper, zu seinem Pferd, dem er die Fußfessel löste.

»Juldus!... Turgan!...« rief er, indem er in den Sattel sprang. »Lauft

in die Steppe und sucht unsre Stute! Ich reite zur Stadt, den Vater retten!«
Eine große Menschenmenge drängte sich um eine hohe Korkulme vor einem der Stadttore von Sygnak. An einem der dicksten Äste des weitverzweigten Baumes hingen mit krampfhaft gestreckten Beinen und grauenhaft verzerrten Gesichtern mehrere Männer, und zwei Henker waren gerade dabei, die Schlinge um die Hälse noch anderer ärmlich gekleideter Kiptschaken zu legen, die mit auf den Rücken gebundenen Händen zitternd dahockten.
Ein wohlbeleibter Mullah, der, auf einem alten Schimmel sitzend, die Menge weit überragte, las laut und vernehmlich einen Erlaß vor:
»Der Regent des Gebietes befiehlt – hört ja alle aufmerksam zu! – Weil sie sich weigerten, die anläßlich der Ankunft des unbesiegbaren mongolischen Heeres auferlegten Steuern zu zahlen, und weil sie für die Versorgung der tapferen Krieger benötigte Korn- und Mehlvorräte verheimlichten, wurden folgende hinterhältige Krämer der Stadt Sygnak zum Tod durch den Strang verurteilt...«
Lärm und Geschrei veranlaßten den Mullah innezuhalten. Streng blickte er in die Richtung, aus der der Tumult sich näherte, um die Übertreter der Ordnung festzustellen. Drei herangaloppierende Reiter bahnten sich einen Weg durch die Menge, indem sie mit Peitschen rücksichtslos nach links und rechts auf die Köpfe und Schultern der Menschen einschlugen. Voran ritt ein halbnackter junger Dschigit, der mit fürchterlichem Geschrei seinen Krummsäbel über seinem Kopfe schwenkte.
Bei seinem Anblick ließ sich der dicke Mullah von seinem Schimmel fallen.
»Unbesonnener, was tust du?« wurden warnende Stimmen unter der Menge laut. »Du mißachtest den Befehl des Gebietsregenten!«
»Zum Schaitan mit allen euren Befehlen!« brüllte der Dschigit. »An Stelle diebischer Krämer hängt man hier tapfere Krieger des Khans Bajander! Gleich wird er selbst mit seinen Dschigiten angaloppiert kommen und euch niedersäbeln wie Gras!«
Der Dschigit ritt zu der großen Ulme hin, wo die beiden Henker eben einen verzweifelt sich wehrenden Greis aufknüpfen wollten. Mit einem Säbelhieb schnitt der Dschigit den Strang entzwei, und die Henker purzelten vom Ast, auf dem sie saßen, herunter.
»Bindet dem Alten die Hände los, oder ich schlage euch die Köpfe ab!«
Die Zuschauer halfen beim Losbinden des Greises und stellten ihn auf seine Füße.
»Sei gegrüßt, Tatu Nasar-Kjarisek!« sagte der Dschigit, indem er vom Pferde sprang. »Setz dich schnell auf mein Roß! Zu früh hat man dich auf die Wanderschaft zu den paradiesischen Gärten Allahs schicken wollen...«
»Du kamst gerade noch zur rechten Zeit, Söhnchen«, erwiderte der Alte. »Diese Schafsköpfe waren beauftragt, ein paar reiche Krämer aufzuhängen, die ihre Vorräte verheimlicht hatten. Die von den Krämern

bestochenen Richter aber ließen die wirklichen Schuldigen ungeschoren und griffen sich unterwegs die ersten besten armen Leute, darunter auch mich, um sie an Stelle der Verurteilten zu hängen. Mich, mich haben sie hängen wollen, mich, den Vater von fünf tapferen Dschigiten! Na wartet nur, ihr schändlichen Schakale! Ich werde zu Khan Bajander reiten, und er wird kommen, um euch allen den Hals umzudrehn!«
Das Geschrei und die Aufregung der immer größer werdenden Menge verstärkte sich. Der Mullah machte sich eiligst aus dem Staube und büßte alle Würde ein, wie er so mit aufgehobenen Rockschößen davonhastete. Seinem Beispiel folgten auch die beiden Henker, denen Steine und Erdklumpen nachgeschmissen wurden.
Mussuk war unterdessen seinem Vater behilflich gewesen, aufs Pferd zu steigen.
»Zwei mir bekannte Hirten, denen ich auf dem Wege hierher begegnete«, so erzählte er, »bat ich, mir zu helfen. Gut, daß wir nicht zu spät gekommen sind!«
»Gut, daß ich einen kräftigen Hals habe! Der alte Nasar-Kjarisek läßt sich nicht wie ein ausgeweidetes Rind aufhängen, dem ganzen Basar zum Spaße ... Ich will doch noch mit euch als Batyr in den Krieg ziehn und ruhmbedeckt und beutebeladen mit einer ganzen Pferdeherde heimkehren!«

Der Rat einer Frau

Umringt von einer Schar Kiptschaken, kehrte der alte Nasar-Kjarisek zu seiner Jurte zurück. Aus den benachbarten Jurten und Lagern lief man herbei, um den Glückspilz zu sehen, dem es gelungen war, seinen Kopf aus der Schlinge des allgewaltigen Kadis zu ziehen. Jeder wollte den Zaum des Rosses berühren, auf welchem, die Arme in die Seiten gestemmt, der alte Nasar angeritten kam, der noch immer seinen alten, aus den Nähten platzenden Ziegenpelz und den Krummsäbel am Gurt trug.
Das gab ein aufgeregtes Fragen und Antworten:
»Wer hat ihn denn gerettet? Wo steckt dieser Wagehals?« – »Sein junger Sohn Mussuk war es ... Er hieb den Strang mit seinem Säbel durch ... Und die Menge verjagte die Henker, diese verfluchten Hunde, mit Steinen ...« – »Welcher seiner fünf Söhne denn?« – »Der Hübsche dort, der neben ihm geht ... Er steht im Dienste des Khans Bajander ...« – »Dann wird ihm wohl nichts geschehen ... Vor dem Khan hat man mehr Respekt als vor dem Mullah ...«
Mit umständlicher Würde und Feierlichkeit stieg Nasar vom Pferd. Jetzt konnte er sich vor seiner Frau im vollen Glanz des Ruhmes sonnen, vor ihr, die ihn so oft einen alten Ziegenbock genannt hatte, der zu nichts Rechtem mehr tauge, am allerwenigsten zur Arbeit ... Und nun kehrte er zurück, nicht weniger berühmt als der Khan Bajander selbst.

Kys-Tugmas aber begann beim Anblick ihres quicklebendig heimkehrenden Mannes zu schluchzen, als hätte man ihn ihr auf der Totenbahre als Leiche wiedergebracht.
»Wärest du lieber gestorben, statt uns Tag für Tag durch deine närrischen Einfälle in neue Nöte zu bringen!« rief sie. »Habe ich dir nicht vorausgesagt, du seiest zu alt, um noch in den Krieg zu ziehn? Na, und wie weit bist du gekommen? Nicht mal bis vor die Stadt... Da gerietest du schon in die Schlinge! Keinen Schritt mehr laß ich dich aus dem Hause!«
»Das ist ja eine Hyäne, aber kein Weib!« entrüstete sich Nasar. »Nichts begreift sie. Wenn ich der Schlinge des Kadis entschlüpft bin, so bedeutet das, daß ich zu Hohem auserkoren bin, daß weder Pfeil noch Schwert mir etwas anhaben können! Ich werde ruhm- und siegreich heimkehren mit einer ganzen Herde erlesener Rosse... Und alle werden sprechen: ›Salam dir, ruhmreicher Nasar-Bei, siegreicher Batyr!‹ Gleich morgen will ich zum mongolischen Hauptanführer Subudai-Bahadur reiten. Er wird mir einen mir gebührenden Platz in seinem Heer anweisen...«
»Übel kann einem werden, wenn man dich reden hört, alter hohler Kürbis!« keifte Kys-Tugmas und verschwand mit einer Handbewegung, die andeuten sollte, daß jede Widerrede hoffnungslos sei, in der Jurte. Nasar aber ließ sich auf der Schwelle seiner Jurte auf einem alten Teppichfetzen nieder. Um ihn drängten sich die Nachbarn, und er erzählte ihnen mit allen Einzelheiten, wie der Khan Bajander, der Freigebige, seinen – Nasar-Kjariseks – Söhnen die besten Pferde aus seinen Herden geschenkt habe, wie er ihn, den alten Nasar, umarmt und ihn seinen älteren Bruder und Vater genannt und sich mit ihm beratschlagt habe, welchen Weg er seine fünftausend Mann starke Truppe am besten führen solle...
Alle hörten ihm mit offenem Munde zu, staunten über seine Findigkeit und Tapferkeit und meinten, es müsse eine besondere Truppe unter seinem – Nasars – Kommando formiert werden, und es bestünde kein Zweifel, daß diese Abteilung sich ganz besonders hervortun und überreich mit Beute beladen heimkehren würde.
Am späten Abend, als die Neugierigen sich wieder verlaufen hatten, setzte sich Kys-Tugmas zu ihrem Mann auf die Schwelle, streichelte seine Hand und flüsterte ihm zu:
»Mußt du wirklich in den Krieg ziehn? Und warum denn? Bleib doch lieber zu Hause!«
Nasar blies sich vor Wichtigkeit auf und wiederholte, daß er morgen ganz bestimmt zu Subudai-Bahadur gehen würde.
Nachdem Kys-Tugmas sich von ihm hatte erzählen lassen, was für ein Mann dieser Subudai-Bahadur sei und was für Launen er habe, sagte sie:
»Obgleich dieser Bahadur ein vornehmer und reicher Mann ist, geh dennoch nicht mit leeren Händen zu ihm. Die Reichen lieben es, Ge-

schenke anzunehmen. Darum bring ihm was, und wär's auch bloß ein Ei! Dann wird er dich gnädiger anhören. Und weißt du, was du ihm bringen wirst? – Unsern langbeinigen Hahn! Er ist zwar alt und hat schon fast keine Federn mehr, aber er ist doch immerhin von bucharischer Rasse. Und krähen tut er am Morgen so laut, daß die Asantschi ihren Ruf zum Gebet vom Minarett herab nicht lauter erschallen lassen könnten. Vielleicht bringt er dir Glück – unser Hahn...«

Juldus

Am frühen Morgen trieb Juldus wie immer die Lämmer zur Weide, wobei sie ein Liedchen vor sich hin trällerte. Mussuk ritt hinter ihr her, als sie aber durch ein grünes Tal zu einem Hügel gelangt waren, stieg er von seinem Pferd und setzte sich mit ihr ins grüne Gras.
Juldus fragte ihn über den bevorstehenden Krieg aus, wie lange es wohl dauern würde, bis die Dschigiten aus dem Felde zurückkehrten. Und ihr sonst so fröhliches Gesicht, in dessen Wangen sich beim Lachen schelmische Grübchen bildeten, wurde lang, und ihre schmalen Augenbrauen zogen sich finster zusammen. Kein Wunder! Wie oft hatten sie beide so zusammengesessen und über ein gemeinsames Leben gesprochen und Zukunftspläne geschmiedet, und jetzt zerstoben alle diese Träume wegen des schrecklichen Krieges wie eine aufgescheuchte Schar von Vögeln. Und was erst, falls Mussuk nicht wiederkehren sollte? Haben nicht schon genug kühne Dschigiten ihr junges Leben in fernem Lande lassen müssen? In menschenleeren Wüsten, wo Geier und Schakale die bleichen Gebeine der Gefallenen benagen...
Doch Mussuk pfiff lustig und lachte sogar. So ein Einfall in Feindesland ist ein Festtag für einen jungen Dschigiten. Er sieht ein neues Stück Welt, wird ob seiner Unerschrockenheit und Tapferkeit berühmt und am Ende gar Bahadur... Wenn er dann heimkehrt, bringt er allen Geschenke mit, die schönsten aber für Juldus: ein bis zu den Fersen herabwallendes rotes Seidenhemd, einen mit farbigen Perlen bestickten Gürtel, grüne Glasperlen, die wie Smaragde funkeln, und einen Stein, der blaue Funken sprüht.
Aber auch mit solchen Versprechungen konnte Mussuk die zärtliche, schüchterne Juldus nicht beruhigen. Eine Träne nach der andern rollte ihr über die Wange. Sie sagte:
»Wozu ist dieser verfluchte Krieg gut? Alle wissen noch genau, was hier in Sygnak geschah, als die furchtbaren Mongolen kamen. Die Häuser haben sie niedergebrannt, die Einwohner der Dörfer und Städte niedergemetzelt oder wer weiß wohin verschleppt, insbesondere die Frauen und Kinder... Damals habe ich Vater und Mutter verloren... Nein, ich mag deine Geschenke nicht, ich brauche sie nicht. Alles, was wir brauchen, ist eine Jurte, die wir am Ufer des Baches aufstellen, aus dem wir einen

frischen Trunk zu einem heißen Fladen oder einem Stück Käse schöpfen können. Und wo wir unsere eigenen Lämmer hüten. Dich aber verlangt es danach, mit den erbarmungslosen Mongolen auszuziehen und unschuldige, friedliche Menschen totzuschlagen, ihre Jurten zu zerstören und ihnen den letzten Bissen vorm Munde wegzunehmen.«

Mussuk aber rief unbekümmert:

»Weine nicht, Juldus! Du bist mein Glücksstern! Ich werde ins Feld ziehn und Tag und Nacht an dich denken! Wer früh ausreitet – der findet das Glück! Wer aber immer und ewig nur auf ein und demselben Flecke hockt – der verliert auch sein Letztes...«

Er umarmte sie, sprang auf sein Pferd und galoppierte davon, ihr mit seiner Papacha Abschiedsgrüße zuwinkend.

Auf dem Weg zu den Herden des Khans Bajander traf er eine Jagdgesellschaft, die auf goldgezäumten Rossen zur Beize ritt, denn auf ihren Fausthandschuhen saßen verkappte Falken. Windspiele sprangen um die Pferde herum. In der Ferne trieb eine weit auseinandergezogene Kette von Dschigiten das Wild herbei. Als Mussuk ganz dicht an den Reitern in mongolischer Tracht vorbeiritt, brachen aus dem Dickicht vier Antilopen hervor und jagten mit zurückgeworfenem Gehörn über die Steppe. Die Reiter nahmen sofort die Verfolgung auf, und die Jagd zog sich nach jener Gegend hin, wo Juldus ihre Lämmer weidete.

In Mussuk blitzte unwillkürlich der Gedanke auf:

›Wenn nur die Mongolenkhane beim Anblick des hübschen Mädchens ihren Dschigiten nicht befehlen, es mitzunehmen. Ein Khan unterordnet sich nicht dem Gesetz, sondern verstößt nach Lust und Laune dagegen, ohne daß es einen Schutz gegen seine Willkür gäbe!‹

Als Mussuk am übernächsten Tage gegen Abend in die väterliche Jurte heimkehrte, fand er die Familie beim Abendessen um eine Schüssel mit Pilaf herumsitzen, aus der jeder reihum mit den Fingern sich eine Handvoll Reis herauslangte und zum Munde führte. Als Mussuk beim Eintritt den üblichen Gruß sprach, verstummte das Gespräch, das die vier Brüder mit dem Vater geführt hatten.

›Woher haben sie denn Pilaf?‹ wunderte sich Mussuk. ›Wenn sie sich das leisten können, muß doch Geld im Hause sein... Aber woher? Wo und auf welche Art hat der Vater soviel verdienen können, um alle seine Söhne mit teurem Pilaf zu bewirten?‹

Mussuk blickte sich um. ›Warum hat die Mutter so verweinte Augen? Warum klappert sie so ärgerlich mit dem Geschirr? Und der kleine Turgan sitzt nicht wie sonst neben dem Vater, sondern kauert mit einem schuldbewußten Ausdruck im Gesicht auf der Türschwelle und wagt kaum oder nur höchst schüchtern die Augen zu heben.‹

»Warum setzt du dich denn nicht zu uns, um mit uns zu essen?« fragte Demir, der Älteste.

Mussuk zauderte unschlüssig. Was ist geschehn? Eine furchtbare Ahnung befiel ihn und ließ seinen Atem stocken.

Der Vater aber langte mit den Fingern die Fleischstückchen aus der

Holzschüssel und steckte sie zum Zeichen seines Wohlwollens den Söhnen der Reihe nach in die geöffneten Münder. Heute ist er der Gastgeber und kann seinen Gast ehren, indem er ihm einen schmackhaften Brocken oder ein fettes Stück Fleisch in den Mund steckt.
Jetzt fischte er ein besonders großes und fettes Stück Hammelfleisch aus der Schüssel und hielt es Mussuk vor den Mund. Der aber wandte sich schroff ab:
»Essen werde ich nichts!«
Die hölzerne Schüssel war bald bis auf den Grund geleert und kein Reiskörnchen mehr übrig.
Nachdem er sich den Mund gewischt hatte, wandte sich Demir mit der Wichtigkeit und Würde des Erstgebornen an Mussuk:
»Unser jüngerer Bruder Mussuk wird begreifen, daß wir, die Söhne eines ehrenwerten Vaters, mit gutem Sattelzeug und scharfen Klingen dem Khan Bajander unter die Augen treten müssen. Wenn er in uns nur struppige, zausige Baibuschi sieht, wird er uns keines Wortes würdigen ...«
Mussuk sprang auf und wich zur Tür zurück.
»So trog mich meine Ahnung nicht. Es ist wahr, ihr habt Juldus wie ein Huhn auf dem Basar verkauft an einen fetten Bei oder an einen Sklavenhändler?«
»Aber so überleg doch selber! Vornehme und reiche Männer aus Sygnak ritten auf der Jagd hier vorbei, und als sie Juldus erblickten, riefen sie: ›Das ist die Blume, die unser Khan sich wünscht!‹ Sie boten dem Vater einen sehr anständigen Preis – vierundzwanzig Golddinare. Wie sollten wir sonst zu soviel Gelde kommen? Hier ist dein Anteil. Wir haben ehrlich geteilt, wie du siehst, und auch dich nicht vergessen.«
Bei diesen Worten warf Demir vier Goldmünzen auf den Filzteppich.
Mit der Hand am Griff des Messers, das in seinem Gürtel steckte, antwortete Mussuk böse, doch leise:
»Ich habe keine Brüder und auch keinen Vater mehr! Hütet euch, meinen Weg je wieder zu kreuzen!«
Damit stürzte er zur Jurte hinaus. Alle warteten schweigend mit niedergeschlagenen Augen, was er zur Mutter und zu Turgan sagen würde, die ihm beide weinend nachgelaufen waren. Sie hörten, wie er sich draußen aufs Pferd schwang.
»Wirst du wiederkommen?« fragte die Mutter.
»Niemals!«

»Man rufe alle Derwische zusammen!«

Subudai-Bahadur sandte nach allen Ecken und Enden der Stadt Sygnak Nuker aus, damit sie den Aufenthalt des Fakihs, Derwischs und Chronisten Hadschi Rachim al-Bagdadi ausfindig machten und ihn vor sein Angesicht brächten.

Die Nuker aber kehrten unverrichteterdinge mit der Antwort zurück: »Dieser von dir gesuchte Derwisch befindet sich nicht mehr in der Stadt. Die Tür seiner Hütte ist verschlossen, und niemand vermag zu sagen, wohin er sich gewandt hat.«
Erzürnt schickte Subudai-Bahadur daraufhin zwei Hundertschaften aus mit dem Gebot, für den Morgen des nächsten Tages sämtliche Derwische von Sygnak samt ihren Scheichen und Pirs vor ihn zu führen.
Am andern Morgen trieben mongolische Reiter eine Schar von Derwischen und zerlumpten Bettlern zu Subudais Lager. Die Derwische waren in weite, kittelartige, mit bunten Flicken besetzte, um die Hüften mit Baststricken gegürtete Gewänder gekleidet. Einige wiederholten im Chor immer wieder den Ruf: »Ja-guu! Ja-chak!«, andere heulten dumpf oder sangen trübselige Lieder, wieder andere murmelten heilige Beschwörungsformeln. Tanzende Derwische drehten sich zum Klange verschiedener Instrumente auf dem rechten Fuß wie Kreisel. Einem äußerst schmutzigen Bettelmönch mit langem Zottelhaar saß ein Äffchen auf der Schulter, das vor lauter Angst an Durchfall litt.
Die Nuker stellten die schreienden, rufenden, singenden, heulenden, bellenden, tanzenden Derwische, die beteuerten, sie wären Heilige und unterstünden nur Allahs Gebot, im weiten Halbkreis vor Subudais Jurte auf. Gerade als der letzte der sich wie besessen drehenden Tanzderwische wie besinnungslos zu Boden sank, trat lahmend und gebückt der berühmte Feldherr der Mongolen aus dem Zelt, und der finstere, furchtbare Blick seines einen weitgeöffneten starren Auges ließ alle verstummen. Der Derwisch, der wie besinnungslos zu Subudais Füßen niedergesunken war, öffnete jetzt ganz vorsichtig die Lider und beobachtete durch die Spalten jede Bewegung des Bahadurs.
Neben Subudai stellte sich nun ein junger Dragoman auf, in einem rotgestreiften Chalat mit einem weißen Turban auf dem Kopfe, um die Worte, die Subudai abgerissen und heiser hervorstieß, zu übersetzen: »Heilige seid ihr, sagt man... Ihr habt dem Reichtum entsagt und das Gelübde der Armut abgelegt... Euch erhört der Himmel, ihr wißt alles, heißt es ...«
»Wir wissen durchaus nicht alles!« riefen die Derwische im Chor. »Wir wissen nicht einmal, wer uns heute ernähren wird!«
Der Bahadur umfaßte die Menge wiederum mit seinem finsteren starren Blick, und sie verstummte scheu.
»Ich suche einen Derwisch mit Namen... Wie heißt er doch?« wandte sich Subudai-Bahadur an den Dragoman.
»Hadschi Rachim aus Bagdad... Wer von euch kennt ihn?«
»Wir kennen ihn nicht. Er gehört nicht zu uns. Wähle an seiner Stelle einen aus unserer Mitte. Wir werden dir treu dienen.«
Subudai wartete, bis wieder Schweigen eingetreten war.
»Ihr alle zusammen seid nicht soviel wert wie er allein. Schweigt, die ihr ihn nicht kennt. Nur der spreche, der ihn kennt!«
»Ich kenne ihn, ich werde sprechen!« ließ sich die Stimme eines Greises

vernehmen, der sich jetzt durch die Menge drängte. Als er vor Subudai stand, holte er mit zitternden Händen aus einem roten Tuch einen großen, fast federlosen Hahn mit einem fleischigen, auf die Seite fallenden roten Kamm hervor.
»Du bist der größte unter den großen Feldherren!« rief der Greis. »Durch Steppen und Flüsse wirst du schreiten und die ganze Welt besiegen! Nimm darum von mir den besten der Hähne an! Wie die Asantschi von der Spitze des Minaretts läßt er seinen Ruf stets zur selben Stunde erschallen, und er kräht lauter als alle anderen Hähne. Zum Preis deiner Taten wird er seine Stimme vor Aufgang der Sonne ertönen lassen und dir neuen Ruhm bringen!«
Der Greis setzte seinen Hahn vor den Bahadur auf die Erde, und das fast federlose Tier machte auf seinen langen dünnen Stelzbeinen ein paar Schritte.
Wie ein Lächeln glitt es über das Gesicht des Mongolenfeldherrn und verzerrte seine Züge.
»Ich fragte: Wo ist der Hadschi Rachim?« sagte er.
»Ich werde dir schon sagen, wo er ist. Jedenfalls nicht weit. Er liegt krank in meiner Jurte, in der Jurte eines ehrlichen alten Mannes, der sein Leben lang unermüdlich hat arbeiten müssen, in der Jurte deines ergebenen Dieners Nasar-Kjarisek. Die Söhne Schaitans haben den Hadschi übel zugerichtet.«
»Nimm zwei Krieger«, befahl Subudai dem Dragoman, »und schaffe mir den Hadschi herbei. Laß den Alten nicht einen Schritt von deiner Seite, und wenn er gelogen hat, sollen ihm die Krieger das Fell windelweich gerben.«
»Es wird geschehen, wie du sagst, Erhabener!«
Ehe Subudai in seine Jurte zurückging, blieb er noch einmal stehen und fragte den alten Nasar:
»Ich nehme diesen kahlen Hahn von dir an. Was willst du dafür haben?«
»Ich bitte nur um eins: Laß mich mit dir ins Feld ziehn!«
»Schaffe mir erst den Hadschi Rachim herbei!«
Subudai ging schleppenden Schrittes in sein Zelt zurück, und die Derwische brachen in Wehklagen aus:
»Wer wird uns heute satt machen? Warum riefest du uns hierher?«
Subudai warf dem Dolmetscher ein paar Worte zu.
»Stille!« gebot hierauf der Dragoman. »Subudai-Bahadur befiehlt euch, für den Sieg der Mongolen zu beten. Wer von euch an dem Feldzug nach dem Westen teilnehmen will, dem sei es erlaubt, aber ernähren muß er sich selbst.«
»Du hast die Macht, Erhabener!« riefen die Derwische. »Befiehl, daß man uns heute zu essen gibt!«
Subudai-Bahadur entgegnete:
»Ich bin ein Krieger im Dienste meines Khans, ich kann niemandem zu essen geben. Aber geht nach Sygnak zu den reichen Kaufleuten und sagt

ihnen, der Führer des mongolischen Heeres befehle ihnen, euch allen heute zu essen zu geben.«
Singend und heulend, schreiend und rufend, murmelnd und bellend zogen die Derwische in ungeordnetem Haufen über die Steppe zurück zur Stadt Sygnak.

Der Traum des Eroberers

In Schrecken und Flammen werden wir die Völker stürzen, wir, die todbringenden Söhne Dschingis-Khans.
(Aus einem alten Mongolenlied)

Erstaunt ließen die Wachtposten die seltsamen Wanderer passieren, die sich zur Jurte des obersten Feldherrn Subudai-Bahadur begaben. Voran schritt ein hagerer Derwisch mit der hohen spitzen Mütze und der weißen Binde des Mekkapilgers. Hätte er nicht einen blauseidenen Tschapan mit in Gold gefaßten Rubinknöpfen getragen, würde man ihn für einen ganz gewöhnlichen Bettler gehalten haben. Über der Schulter hing ihm ein Reisesack, aus dem ein dickes, in Leder gebundenes Buch mit Messingspangen herausguckte. In der Hand hielt er einen langen Wanderstab und eine aus Schilf geflochtene Laterne mit einer dicken Wachskerze. Hinter dem Derwisch schleppte sich ein Greis in einem aus allen Nähten platzenden Ziegenpelz, dem ein Krummsäbel am Gurt hing. Den seltsamen Zug beschlossen drei Reiter auf kleinen, aber kräftigen grauen Pferden – der junge Dolmetscher und zwei mongolische Krieger, die ohne Aufhören ein und dasselbe traurige Lied wiederholten. Als sie sich den Wachtposten näherten, riefen sie die Parole: »Achtung und Gehorsam!«, dann stimmten sie ihre trübselige Weise in langgezogenen Tönen wieder an. Der Derwisch schob, als er sich den Posten näherte, seine Mütze in den Nacken, und auf seiner Stirn erglänzte eine goldene Paizsa mit der Abbildung eines fliegenden Falken.
Die Posten schauten ihm verblüfft nach.
»Geht er zu ihm?«
»Zu wem denn sonst?«
Vor der Jurte des Feldherrn blieb der Derwisch nachdenklich stehen. Zwei riesige rotbraune Wolfshunde waren bei seiner Annäherung kettenklirrend aufgesprungen und wollten an ihrem wütenden Gebell fast ersticken.
Aus der Jurte ertönte eine Stimme:
»Der Lehrer möge eintreten!«
Der Posten stieß den auf seinem Stab gestützten, reglos und selbstvergessen dastehenden Derwisch mit dem Schaft seiner Lanze an und deutete dann mit der Spitze auf den Zelteingang.
In der Jurte saßen auf einem Teppich, über ein Pergamentblatt gebeugt, mehrere mongolische Heerführer.
Subudai-Bahadur hob sein sonnengebräuntes Gesicht, heftete den

starren Blick seines weitgeöffneten Auges einen Moment auf den eingetretenen Derwisch und beugte sich dann wieder über das Pergament, worauf mit schwarzer Tusche Kreuze, Schlangenlinien und kleine Kreise gezeichnet waren, die Berge, Flüsse und Städte kennzeichnen sollten.

»Ihr seht«, sagte Subudai, indem er mit seinen kurzen, knorrigen Fingern auf dem Blatt herumfuhr, »von Sygnak bis zum Flusse Itil braucht eine Karawane vierzig Reisetage. Wir aber werden zwei-, dreimal länger zu gehen haben... So bald wir einen Dschichangir gewählt haben, wird das Heer aufbrechen.«

»Die Himmelsbewohner über den Wolken mögen uns beistehn!« riefen die Mongolen, erhoben sich und verließen, indem sie ihre Hände gegen die Brust drückten, einer nach dem andern die Jurte.

Subudai-Bahadur blieb allein zurück. Mit zusammengekniffenem Auge blickte er den Derwisch scharf an, als wollte er dessen geheimste Gedanken ergründen. Der Hadschi ertrug den stechenden Blick des durch seine Siege ebenso berühmten wie durch seine Grausamkeit berüchtigten Feldherrn.

»Ich habe gehört, du wüßtest vieles.«

»Mein ganzes Leben war nur ein einziges Lernen«, erwiderte der Hadschi. »Doch konnte ich mir nur ein winziges Körnchen vom Allwissen aneignen.«

Subudai-Bahadur fuhr fort:

»Du warst der erste Lehrer meines Zöglings, der nun schon zehn Jahre lang an meiner Seite durch vieler Völker Länder gezogen ist. Im Sattel hat er das Handwerk des Kriegers und die Kunst des Feldherrn gelernt. Hast du davon gehört?«

»Ich höre es jetzt.«

»Ich will, daß er die großen Taten vollende, die sein Großvater, der Erschütterer des Erdkreises, nicht mehr vollbringen konnte. Ich hörte dich einmal – es ist schon lange her – von dem tapferen Feldherrn Iskander Dsul-Karnain erzählen, der seine ersten Kriegszüge ebenfalls schon als Jüngling unternahm. Er hatte erfahrene Ratgeber...«

Subudai-Bahadur kniff bei diesen Worten sein eines Auge zusammen, wandte sich ab und schwieg eine Weile. Dann wandte er sich wieder dem Derwisch zu:

»Batu-Khan wird hin und her gerissen von seinen leidenschaftlichen Wünschen und Begierden wie ein Panther, der in eine Ziegenherde geraten ist und bald nach rechts, bald nach links springt. Er bedarf eines ergebenen, treuen und vorsichtigen Ratgebers, der sich nicht scheut, ihm die Wahrheit zu sagen, und ihn warnt.«

»Ich bin Araber. Die Lüge gilt bei uns als Laster.«

Der Wachtposten trat ein und blieb, den Vorhang hebend, am Eingang stehen.

»Achtung und Gehorsam!« sagte er halblaut.

Ächzend erhob sich Subudai-Bahadur und ging humpelnd dem unge-

stüm eintretenden Batu-Khan entgegen, der einen neuen Tschapan mit in Gold gefaßten Rubinknöpfen trug. Sein junges Gesicht mit den schräggestellten Augen brannte vor innerer Unruhe. Sein Mund war zu einem raubgierigen Lächeln verzogen, und gegen die dunkle Gesichtsfarbe schimmerten die großen Wolfszähne besonders weiß.
Subudai-Bahadur verneigte sich tief vor dem jungen Khan:
»Du äußertest das Verlangen, den Weisen zu sehen. Da ist er.«
Batu-Khan ging rasch auf den Hadschi zu.
»Ja, ich habe nach dir geschickt, mein alter Lehrer«, sagte er. »Fortan sollst du mich nicht mehr verlassen. Auf dem in Bälde beginnenden Feldzug sollst du mein Chronist sein. Du sollst meine Befehle, meine Aussprüche, meine Gedanken schriftlich niederlegen, damit meine Urenkel wissen, wie der Einfall des unüberwindlichen Mongolenheeres in die Länder des Westens vor sich gegangen ist. Sieh her!«
Er hockte sich auf den Teppich nieder, nahm das Pergamentblatt zur Hand und fuhr mit dem Zeigefinger darüber hin.
»Du, Subudai, setzt dich neben mich, und du, Hadschi, nimm auf meiner anderen Seite Platz! Das hier ist der große Weg« – wieder zeigte er auf das Kartenblatt –, »der wie ein blutroter Faden nach Westen führt. Ich werde weiter vorrücken als mein Großvater und meine Heere bis ans Ende der Welt führen ...«
Und Batu-Khan erging sich in langen Ausführungen über den bevorstehenden Heereszug, zählte, auf das Pergament deutend, die Namen der zu erobernden Gebiete und Städte auf. Offenbar war dieser Kriegszug ein lang gehegter, sorgsam durchdachter Plan.
»Du wirst jede meiner Unternehmungen genau beschreiben, damit nichts vergessen wird, und so meinen Namen berühmt und unsterblich machen.«
Subudai blickte mit einem Gesicht, das wie eine steinerne Maske der Gleichgültigkeit aussah, zur Seite.
»Ich will und muß die Pläne meines Großvaters verwirklichen. ›Die Mongolen sind das tapferste, stärkste und klügste Volk auf Erden‹, hat er gesagt. Sie sind das vom Himmel zur Weltherrschaft auserwählte Volk. Alle anderen Völker müssen, soweit sie überhaupt am Leben gelassen werden, ihnen untertan sein und als Sklaven für sie arbeiten. Alle, die sich des Ungehorsams vermessen, sollen vom Erdboden verschwinden, hinweggefegt werden und wie getrockneter Mist im Feuer verbrennen!«
Batu-Khan wandte sich an Subudai-Bahadur mit der Frage:
»Rücken wir bald ins Feld?«
Der Bahadur fuhr zusammen, als erwachte er aus tiefem Sinnen.
»Sobald wir dem Heer das Vermächtnis des heiligen Regenten verlesen und den Dschichangir eingesetzt haben werden. Bis dahin – darum bitte ich dich, Batu-Khan – sei besonders vorsichtig. Halte dich zurück und abseits. Hüte dich vor Trinkgelagen. Man darf sich keiner unnützen Gefahr aussetzen, wenn man am Beginn einer großen Sache steht. Wenn

dir etwas zustößt, wird ein anderer – entweder Prinz Gujuk oder Prinz Külkan – sich an die Spitze des Heeres stellen, aber keiner von ihnen wird imstande sein, die hochfliegenden Pläne deines Großvaters zu verwirklichen, und das Heer wird zerfallen ...«
»Dse, dse! Ich müßte ständig jemanden um mich haben, der mich stets an das Wichtigste und Dringlichste erinnert und sich auch nicht scheut, mir die reine Wahrheit zu sagen. Sonst bekomme ich ja nichts als Schmeicheleien und Lobhudeleien zu hören. Du wirst mir deinen Beistand nicht versagen, mein alter Lehrer, und auch an jenen kühnen Jüngling denke ich, der mir seinen Schimmelhengst überlassen hat – an Arapscha. Subudai-Bahadur möge den Auftrag erteilen, ihn zu suchen. Er scheint mir treu und keines Verrats und keiner Tücke fähig zu sein. Du aber, Hadschi Rachim, der du von heute an der Chronist meines Heereszuges sein sollst, beginne mit der Aufzeichnung meines Grundsatzes: ›Ein großer Feldherr soll rätselhaft und schweigsam sein. Um stark zu sein, muß man sich mit einem Geheimnis umgeben ..., muß fest und unbeirrt, kühn und mutig seinen Weg gehen ..., darf keinen Fehler machen ... und muß seine Feinde schonungslos vernichten!‹ «

Der Eroberer des Erdkreises

Vierzig Tage waren seit den letzten Vorgängen verstrichen. Von Osten her trafen ununterbrochen mongolische Truppen ein, denen Abteilungen von Kirgisen, Altaiern, Uiguren und anderen Nomadenstämmen folgten. In der Kiptschakensteppe brannten überall die Feuer der Kriegslager. Die verschiedenen Stämme schlugen getrennt voneinander ihre Lager auf und vermieden jede Vermischung, ja jede Annäherung.
Wie die Stuten und Füllen der einzelnen Kosjaks einer Pferdeherde dank der Wachsamkeit der Hengste zusammenbleiben, so scharten sich die Krieger eines jeden Stammes um ihre Anführer in Erwartung des Signals zum Aufbruch nach Westen: neun rauchende Feuer, entzündet auf der Spitze des »Hügels der dreißig Helden«.
Die vierzigtägige Wartezeit verbrachten die mongolischen Prinzen bei Festgelagen und mitternächtlichem Gebet. Im kultischen Tanz und durch Prophetie suchten die Schamanen den »Tag des glücklichen Mondes« zu ermitteln, an dem die Götter der Wahl eines Dschichangirs, eines Oberbefehlshabers des Heeres, günstig sein würden. Ein Gemunkel und Geraun aus tausend Mündern verbreitete sich: Nur dem Khan Gujuk gebühre die Würde eines Dschichangirs, sei er doch der Nachfolger des Kagans Ugedai, und die seiner Jugend noch mangelnde Erfahrung würde er samt dem Ruhm während des Kriegszuges erwerben ... Die alten, mit Narben bedeckten, im Kampf erprobten Krieger aber schüttelten dazu den Kopf:
»Wollen doch erst mal abwarten, was der unbesiegte und unbesiegbare Subudai-Bahadur dazu sagt«, meinten sie. »Er, Dschebe-Nojon, Bo-

gurtschi und Muchuri, der Verweser Chinas, bildeten die vier Hufe des Siegesrosses Dschingis-Khans, nur dank ihnen konnte er von Sieg zu Sieg stürmen. Doch es handelt sich ja nicht bloß um die Wahl eines Dschichangirs, sondern auch erprobte und erfahrene Kommandeure des rechten und des linken Flügels müssen gewählt werden und ebenso ein ungestümer Temnik als Anführer der Vorhut der Kundschafter, und zwar einer, der sich darauf versteht, die Feinde in eine Falle zu locken... Der scharfsinnige Subudai-Bahadur mag entscheiden, ob Gujuk-Khan zum Dschichangir taugt..., ob er sich auf die Führung eines Heeres versteht, das sich zur Eroberung des Erdkreises anschickt...«

Während die Khane und Prinzen über die Wahl und den zu Wählenden unterhandelten, saß der alte Subudai-Bahadur, der eigentliche Leiter der bevorstehenden militärischen Operationen, scheinbar teilnahmslos in seiner Jurte, aus der er nicht herauskam und in die seine schweigsamen Turgauden niemanden hineinließen, und keiner wußte, welchen Überlegungen der weitblickende, verschlagene Greis nachhing.

In den Jurten rings um Subudais Jurte herum war ein ewiges Kommen und Gehen von Boten, mongolischen Unterbefehlshabern und Kiptschakenkhanen. Die letzteren übergaben den Jurtdschi, den Gehilfen des Feldherrn, buntbemalte Pfeile, deren jeder ein Symbol für tausend Reiter war. Der eine oder der andere der Khane wurde von den Jurtdschi zu Subudai hineingeführt, der den Mann mit seinem einzigen Auge förmlich verschlang, einige abgerissene Worte zu ihm sprach und sich dann entweder knurrend abwandte: »Können wir nicht brauchen!«, oder ihm eine goldene Paizsa übergab.

Ein jeder, der eine solche Paizsa erhielt, verpflichtete sich zu unbedingtem Gehorsam gegenüber dem Dschichangir, dessen Befehle er blindlings auszuführen gelobte. Mit der Ausführung eines Befehls zu zögern, eigenmächtige Operationen durchzuführen, zum Beispiel von einem Flügel auf den andern hinüberzuwechseln oder einen anderen als den vorgeschriebenen Weg einzuschlagen – das waren Verstöße gegen die Subordination, die ohne Ausnahme mit dem Tode geahndet wurden.

Die buntbemalten Pfeile, welche die Khane oder Begs dem Jurtdschi des Bahadurs übergaben, waren Unterpfänder der Treue. Dieses Treuegelöbnis band den Anführer und seine Gefolgschaft. Jeder fremdstämmigen Tausendschaft wurde ein kundiger mongolischer Nuker zugeteilt, der dafür zu sorgen hatte, daß die von Dschingis-Khan aufgestellten Kampfregeln streng eingehalten, daß ein Fünftel der gemachten Beute an den Dschichangir und ein zweites Fünftel an den Kagan abgeliefert wurde. Ferner hatte der mongolische Nuker darüber zu wachen, daß zwischen den einzelnen Truppen keine Zwistigkeiten entstanden. Auch hier stand auf die geringste Übertretung der in der Jassa aufgezeichneten Gesetze sofortige Todesstrafe.

Die Ausrüstung, das heißt Pferd samt Sattelzeug und Waffen, hatte jeder Krieger selbst zu stellen. Die Tausendschaften waren unterteilt in Hundertschaften und diese wieder in Zehnergruppen.

Endlich erklärten die Schamanen, daß die über den Wolken wandelnden guten Gottheiten am einundvierzigsten Tag der Wahl des Dschichangirs günstig sein würden. An dieser Wahl durften nur die vornehmsten Khane und die Tausendschaftsführer teilnehmen. Die Unterführer lagerten sich mit ihren Abteilungen rings um den »Hügel der dreißig Helden« und erwarteten voll Spannung die Entscheidung.
Khan Bajander war noch vor Sonnenaufgang von seinem Nomadenlager aufgebrochen, um am Fest der Wahl teilzunehmen. Eine Goldpaizsa mit der Abbildung eines fliegenden Falken hing ihm an einer gelben Schnur auf der Brust. Es war nicht leicht gewesen, diese Paizsa zu erhalten. Am Vortag hatte der Khan dem Bahadur fünf Pfeile überbracht zum Zeichen dafür, daß er mit fünf Tausendschaften zum Heer stoßen werde. Als der Bahadur ihm daraufhin das ovale Goldplättchen, das er einer Schatulle entnahm, übergab, hatte er gesagt:
»Mögen sich deine fünftausend Kiptschaken-Dschigiten auf den Feind stürzen wie Falken auf ihre Beute. Du selbst aber sei vorsichtig wie ein Wolf am lichten Tag und geduldig wie ein Rabe bei dunkler Nacht. Bei Rasten, Gelagen und Belustigungen sollen deine Kiptschaken mit den Mongolen so einträchtig zusammen leben wie drei Monate alte Kälber. Von der Tapferkeit und Treue deiner Kiptschaken werde ich mich in der Schlacht persönlich überzeugen.«
Khan Bajander wurde von hundert tollkühnen Dschigiten begleitet. Mit ihren schönen Pferden, ihren Seidenchalaten und Schaffellmützen bildeten sie ein prächtiges Gefolge.
Der Khan gehörte zu den Auserwählten, die den »Hügel der dreißig Helden« zu betreten berechtigt waren, und unter denen, die ihm folgen durften, war seine älteste Frau, die matronenhafte Burla-Hatun, trotz ihrer Wohlbeleibtheit eine recht majestätische Erscheinung. Die üppigen Falten ihres Seidenkleides bedeckten den ganzen Rücken ihres Rosses von der Mähne bis zum Schweif. Die jüngeren Frauen des Khans und einige Mägde halfen ihr aus dem Sattel. Oben auf dem Hügel, wo sie etwas atemlos ankam, wurde ihr ein Platz links von dem goldenen Thron unter anderen ebenso wohlbeleibten Frauen von Kiptschakenkhanen angewiesen, deren Gesichter unter den riesigen, mit weißen Federn bebuschten Turbanen versteckt waren. Die Männer vom Ordnungsdienst ermahnten Burla-Hatun, ja nicht auf den vor dem Thron ausgebreiteten heiligen bunten Teppich zu treten. Hinter der alten Khanum her trippelten zwei schlanke Töchter Bajanders. In dem goldenen Gürtel, den sie um ihre schmale Taille trugen, steckte ein zierlicher Dolch. Beide Mädchen machten argwöhnische Gesichter, als müßten sie vor irgend etwas Unangenehmem auf der Hut sein.
Durch die Menge ging ein Getuschel und Gewisper:
»Das sind die künftigen Frauen des Dschichangirs... Khan Bajander führt sie hierher zur Brautschau... Glücklich ist der Khan, daß er so schöne Töchter hat! Ein Mongolenkhan wird sein Schwiegersohn werden...«

Die Wahl des Oberbefehlshabers

Im Osten erglühte der Horizont. Der zuerst goldgelbe Streifen loderte feurig auf, und endlich rollte der Sonnenball über den Himmelsrand. Sogleich ertönte wildes heiseres Geschmetter langrohriger Trompeten, das den Beginn der Feierlichkeit verkündete.
Gemäß dem Brauch der Steppenvölker fielen alle, nachdem sie das Haupt entblößt, anbetend zu Boden und erwiesen der aufsteigenden Himmelsleuchte göttliche Verehrung. Die Schamanen schlugen wie toll ihre Schellentrommeln und leierten in einem unharmonischen Singsang Gebete und Beschwörungen her, mit denen sie die immer zorngrollenden Götter über den Wolken gnädig zu stimmen suchten, damit sie den Verstand der versammelten Khane erleuchteten und sie befähigten, die rechte Wahl zu treffen: denjenigen der Dschingisprinzen zum Dschichangir zu erheben, an dessen Buntschuk sich das Kriegsglück heften würde.
Rechts von dem leeren goldenen Thron saß der junge Gujuk-Khan, um dessen schwellende Lippen ein zufriedenes, glückliches Lächeln huschte. Wer anders als er, der Sohn des Kagans, der Erbe des goldenen Throns, sollte denn Dschichangir sein? Er ließ einen prüfenden Blick über die gelben Gesichter der Khane gleiten, die ihre Gedanken unter der steinernen Reglosigkeit eines ehrerbietigen Lächelns verbargen. Batu-Khans Abwesenheit beunruhigte ihn, und er drehte sich häufig um, konnte ihn aber nirgendwo erblicken. Nur Batus Brüder Ordu, Scheibani und Tangkut saßen mit finsteren, aber gespannten Gesichtern abseits in einer Gruppe beisammen.
Das Geschrei und Geheul der Schamanen brach jäh ab. Gujuk-Khan, der sich für den Vornehmsten in der Versammlung hielt, erhob sich zu einer Ansprache, aber im selben Augenblick fingen die Trompeten von neuem wild und heiser zu schmettern an, und er setzte sich notgedrungen wieder hin.
Da sprang der berühmte Feldherr Dschebe-Nojon auf, Subudais alter Waffengefährte, der ungestüme Anführer der Kundschaftertruppe, der eben wegen seines Ungestüms den Namen »Pfeil« trug. Mit mächtiger Stimme, die aus einer breiten Brust kam, rief er die Worte, die gewöhnlich vor der Bekanntgabe eines Befehls Dschingis-Khans gesprochen worden waren:
»Hört, ihr Unbesiegbaren, die ihr den auf ihre Beute sich stürzenden Falken gleicht! Hört, ihr Krieger, die ihr kostbar seid wie die Diamanten auf der Mütze des Kagans! Ihr Truppen, die ihr aus einem härteren Stoff geformt seid als der aus Fels getürmte Hügel! Ihr Bahadure, die ihr in engen Reihen nebeneinandersteht wie Rohr an Rohr im dichten Schilfdickicht! Vollzieht den Willen des heiligen Regenten. Nur in seinen Worten wohnt Weisheit, nur seine Befehle werden euch den Sieg bescheren und nie verblassenden Ruhm und Reichtum und Überfluß!«
An allen Enden riefen die Nuker:

»Hört die Worte des heiligen Regenten! Hört sie mit Ehrerbietung und mit Zittern!«
Alle fielen auf die Knie, berührten mit den Händen den Erdboden und lauschten mit erhobenem Kopf gespannt auf das, was noch gesagt werden würde.
Vier Schreiber Subudai-Bahadurs, mohammedanische Uiguren, die ihrer klangvollen Stimmen wegen zu Heerrufern bestimmt worden waren, nahmen so Aufstellung, daß das Gesicht eines jeden einer anderen Himmelsrichtung zugewandt war, dann entfalteten sie Pergamentrollen und begannen gleichzeitig zu lesen, wobei sie sich bemühten, einer den andern zu übertönen:
»Hört, ihr Unbesiegbaren, hört und vernehmt die Worte, die der heilige Regent vor zehn Jahren euch zum Vermächtnis hat aufzeichnen lassen. Sie lauten: ›Wir haben unseren ältesten Sohn Dschutschi auf den hohen Thron eines Khans erhoben und ihm die westlichen Ulusse unterstellt mit dem Auftrag, das Heer der unbesiegbaren Mongolen weiter nach Sonnenuntergang zu führen und den Erdkreis bis zum letzten Meer zu bezwingen, bis dahin, wohin der Huf eines mongolischen Rosses eben noch zu treten vermag. Doch ein heimtückischer Feind, der sich – wie ein schwarzer Hund an einem Regentag – an unseren Erstgeborenen, den unbesiegbaren Bahadur Dschutschi, heranschlich, fiel ihn meuchlerisch an und verwandelte seinen sterblichen Leib in Staub, den der Wind verwehte. Hört, meine getreuen Kampfgenossen! Wir ernennen zum Befehlshaber über die in die Abendländer ziehenden mongolischen Truppen unseren tapferen, heldenmütigen Enkel Batu-Khan, den erstgeborenen Sohn unseres erstgeborenen Sohnes Dschutschi-Khan. Er wird das durch mich geeinte große mongolische Volk zu neuen ruhmvollen Siegen führen, wozu ich ihm das weiße Banner mit dem roten Schweif meines Streitrosses übergebe. Unserem treuen Diener, dem kriegserfahrenen Subudai-Bahadur, befehlen wir, unserem Enkel Batu-Khan zu helfen, die goldenen Zügel fest zu fassen und zu halten. Unserem Enkel gebieten wir, in allem den weisen Ratschlägen des vorsichtigen Subudai-Bahadur zu folgen. Tut er das, so wird er den Morgenstern vom Firmament reißen, alle Feinde vernichten und den Erdkreis bis zum Gestade des letzten Meeres erobern, in dessen Fluten die Sonne hinabsinkt. Dann werden Seuchen, Hungersnot und Dürre aufhören und allgemeiner Friede herrschen.‹ Hört ihr Krieger, so ist es der Wunsch des heiligen Regenten, so soll es auch der Wunsch des ganzen mongolischen Volkes sein!«
»So sei es!« riefen die Mongolen und Tataren, die um den Hügel herum knieten. »Der Wille des heiligen Regenten soll uns wieder in den Krieg gegen andere Völker führen! Das weiße Banner mit dem roten Schweif seines Streitrosses soll uns den Weg weisen! Zeigt es uns!«
Aus einer Hundertschaft verwegener Reiter löste sich einer auf schneeweißem Hengst und flog mit Windeseile hinauf auf die Spitze des Hügels, wo er das ungestüme Roß hart am Rande des Abgrunds zügelte.

Ihm folgten drei andere Reiter, von denen der mittlere ein weißes fünfeckiges Banner[1] mit neun breiten, im Winde flatternden Bändern trug. An dem Goldknauf des Fahnenstocks wehte ein langer roter Pferdeschweif, der den alten Mitkämpfern Dschingis-Khans noch in guter Erinnerung war.
»Das ist Batu-Khan! Der Sohn Dschutschis und Enkel Dschingis-Khans!« rief und schrie man durcheinander. »Er reitet den Seter, das schneeweiße Roß des Kriegsgottes Sulde! Führ uns in die Schlacht, Batu-Khan!«
In der Morgensonne schimmerte Batus goldener Helm, sein Kettenpanzer und das goldene Saum- und Sattelzeug seines tänzelnden feurigen Hengstes mit den flammenden Augen. Seinen Krummsäbel über dem Kopf schwingend, rief jetzt der junge Mongolenprinz mit so starker Stimme, daß die Ebene verstummte:
»Mein erhabener Großvater, der Erschütterer des Erdkreises, hat mir befohlen, alle Länder des Westens bis zum Gestade des letzten Meeres zu erobern. Ich schwöre, daß ich sein Vermächtnis erfüllen und mit euch, meine treuen, an Tapferkeit unübertroffenen Bahadure, bis zum Ende der Welt ziehen werde!«
Ein freudiges Getose rollte durch die Reihen der Krieger und verstummte wieder.
»Ich verspreche, daß ich alle meine Krieger in Seide kleiden werde, daß jeder einen neuen Pelz haben soll. Ich werde Hunderttausende von Rindern und Hammeln erbeuten und mit ihrem Fleisch das ganze Heer bis zur Übersättigung speisen! Vor uns liegen reiche Länder, deren Völker durch das geruhige Leben träge geworden sind. Mit euch, meine unbesiegbaren Bahadure, werde ich diese feigen Völker, die das Kämpfen verlernt haben, unterwerfen. Eure Peitschen werden auf ihren feisten Nacken tanzen!«
Von neuem tönten Rufe, die sich über die ganze Ebene fortpflanzten.

---

1 Das Banner Batu-Khans. Mongolische und chinesische Geschichtsquellen melden von einem weißen und einem schwarzen Banner Dschingis-Khans. Weiß galt bei den Mongolen für eine heilige, den guten Gottheiten geweihte Farbe; Schwarz war den unterirdischen Rachegöttern gefällig. Das »neunschwänzige« Banner war nach der Meinung der einen Geschichtsforscher ein Buntschuk (= Feldzeichen) mit neun Pferdeschweifen oder Yakschwänzen; nach Meinung anderer war das Banner aus Stoff und zeigte einen silbernen Gierfalken (= Jagdfalken), der einen schwarzen Raben in den Fängen hält. Dieses Banner endete in neun langen breiten Zipfeln oder Bändern. Wie bei den chinesischen Bannern wies die Zahl der Bänder (oder am Buntschuk die Zahl der Roßschweife) auf die Würde und den Rang des Feldherrn hin. (So ähnlich wurden früher bei den Türken einem Pascha bei feierlichen Anlässen die Roßschweife vorausgetragen, deren Zahl seinen Rang anzeigte: ein Brigadegeneral war ein Pascha von einem Roßschweif, ein Divisionsgeneral ein Pascha von zwei Roßschweifen, und drei Roßschweife bezeichneten den General-en-chef.)

»Du bist der wahre Enkel des Erschütterers des Erdkreises! Mit dir an der Spitze werden wir alle Völker unterwerfen!«
»Und noch eins schwöre ich! Ich habe meine Feinde nicht vergessen. Ich werde jene nächtlichen gelbohrigen Hunde, die meinen Vater erwürgten, aufzuspüren wissen, und ich werde sie lebendigen Leibes in Kesseln mit siedendem Wasser kochen! Und wenn selbst einer meiner Brüder unter den Schuldigen wäre, würde ich mit ihm ebenso verfahren... Wir wollen nicht länger zögern. Morgen in aller Frühe brechen wir zum Feldzuge auf. Der erste Sammelpunkt der ganzen Heeresmacht wird an den Ufern des großen Flusses Itil sein. Von dort aus wird die fröhliche Jagd auf die Völker und Stämme beginnen. Dort werde ich meine kühnen Adler und Falken aufsteigen lassen!«
Als Batu-Khan geendet hatte, stieß jeder der Kiptschakenstämme seinen Uran aus:
»Manatàu! Karaburà! Amandschùl! Uibàß! Djuit! Ebugannàm-kaidschuljaim!«
Der neue Dschichangir aber ritt, nachdem er seinen Schimmelhengst gewendet hatte, langsam der Jurte Subudai-Bahadurs zu. Mehrere Khane liefen zu ihm hin, faßten die goldenen Zügel seines Rosses, berührten die Steigbügel und rieben ihre Wangen und Bärte an den Schäften seiner wildledernen Stiefel.
»Wir flehen dich an, großer Dschichangir! Steig herab von deinem Roß und nimm auf dem Thron Platz, der dir und nur dir allein gebührt. Erfreut über deine Wahl, wollen wir ein Festgelage veranstalten. Alle Khane und Kiptschakensultane brennen darauf, die Erde vor deinen Füßen zu küssen und dir so ihre Ergebenheit und ihren Eifer zu bezeugen.«
Mit einem herablassenden Lächeln sprang Batu-Khan aus dem Sattel, und die Khane traten auseinander, um ihm den Weg zu dem buntgemusterten Teppich freizugeben, der vor dem goldenen Thron ausgebreitet war.
Doch ein junger Krieger mit einem weißen Turban auf den schwarzen Locken sprang dazwischen, stieß die Khane unsanft beiseite und versperrte mit seinem Lanzenschaft dem jungen Dschichangir den Weg zum Thron.
»Zurück, Batu-Khan!« rief er. »Sieh, was dich erwartet!«
Kraftvoll schleuderte er seine Lanze in die Mitte des buntgemusterten Teppichs, die Klinge durchstieß das Gewebe, und die Waffe verschwand. Der schwarzlockige Krieger packte den Teppich am Rande und schlug ihn zurück – die schwarze Öffnung eines tiefen Brunnenschachtes gähnte darunter.
Batu-Khan rief: »Arapscha, mir nach!«, stürzte zur Jurte Subudai-Bahadurs und verschwand hinter dem Vorhang am Eingang.
»Welche hinterlistigen Bösewichter! Welche gelbohrigen Hunde konnten ihm eine solche Falle stellen?« flüsterten die Khane untereinander und drängten sich zum Brunnen vor, um schaudernd in den gähnenden Schacht hinabzublicken.

»Subudai-Bahadur will sprechen!« ging ein Raunen und Rufen durch die Menge.
In der Tat hatte sich der alte Feldherr erhoben und war schleppenden Schritts zum Thron hingegangen, vor dem er jetzt in gebückter Haltung stand. Mit seinem vorquellenden, nicht blinzelnden linken Auge umfaßte er die schweigende Menge der Khane und Gäste.
»Zwei Tage war ich abwesend und habe die schwarzen Mangusse, diese Nachtgespenster, übersehen, die dem neuen Dschichangir eine Grube gruben. Aber solange ich lebe, wird es diesen giftigen Ungeheuern nicht gelingen, den durch das Vermächtnis des heiligen Regenten eingesetzten Dschichangir umzubringen. Denen, die versucht haben, ihm diesen Untergang zu bereiten, werde ich die Zungen mit glühenden Zangen ausreißen lassen, und wir wollen sehn, ob sie dabei ebenso tapfer sein werden, wie sie listig waren, als sie diese Grube gruben. Aber jetzt gibt es kein Zögern mehr. Nicht erst morgen, sondern heute, sofort brechen wir zum Feldzug auf! Rollt die Zelte zusammen! Sattelt die Rosse! Nuker, entzündet die Signalfeuer!«
Ächzend und noch tiefer gebückt als sonst, humpelte der alte Bahadur zu seiner Jurte.
Der Wind war abgeflaut, und in der unbewegten Luft stiegen über dem Hügel neun dunkle Rauchsäulen zum Himmel auf und verkündeten allen Nomadenstämmen den Beginn des großen Feldzuges nach dem Westen.

Zweiter Teil
Batu Khans Zug nach Westen

...Es ist irrig, zu meinen, die Invasion der Mongolen sei ein sinnloser Einfall einer ungeordneten asiatischen Horde gewesen. Es war vielmehr der wohldurchdachte Angriff einer Armee, deren militärische Organisation auf weit höherer Stufe stand als die Truppen ihrer Gegner.
(Napoleon)

Der Ausmarsch des Heeres

Seit dem Tage, da der alte Nasar-Kjarisek seinen langbeinigen, fast federlosen bucharischen Hahn dem mongolischen Feldherrn zum Geschenk dargebracht hatte, war der Hadschi Rachim nicht viel anderes als ein Gefangener im Zelt des einäugigen grimmen Subudai-Bahadur, der, schnaufend und die Worte gleichsam ausspuckend, also zu ihm gesprochen hatte:
»Es ist der Wunsch des großen Dschichangirs Batu-Khan, daß du, sein vielwissender Lehrer, stets um ihn seiest und mit glühendem Eifer seine Feldzüge beschreibst... Ja!... Er wird dafür Sorge tragen, daß du stets genügend Papier und schwarze Tusche hast und zweimal am Tage deinen Pilaf mit Hammelfleisch erhältst... Du wirst alles bekommen..., dafür bürge dir mein Wort, das hart wie ein Feuerstein ist!... Dieser Greis hier« – damit deutete der Bahadur auf Nasar – »wird für dich sorgen... und aufpassen, daß du nicht entläufst... Ja!... Auch wirst du nicht wie ein Dschigit auf einem unbändigen Pferde galoppieren, denn dabei würdest du bloß deine Schreibfedern und deine Papierbogen verlieren... Du wirst vielmehr auf einem kräftigen tangutischen Kamel reiten... Das heißt: ihr beide werdet auf ihm reiten und immer hinter mir her... Ja!... Und du, du Hahnemann, merke dir, daß, falls dieser gelehrte Büchermann träge im Schreiben sein sollte oder gar Miene macht zu fliehen..., daß dann meine Nuker unmißverständlich mit dir reden und dir den Pelz ausklopfen werden, daß der Staub von sechzig Jahren herausstieben soll...Widersprich nicht! Schweige!...So hat es der Dschichangir befohlen, und so wird es sein! Dich, Alter, betraue ich überdies noch mit der Pflege des Weckhahns...Und nun dürft ihr gehn!...Ja!...«
Und damit hatte sich der Bahadur abgewandt, als hätte er den Fakih völlig vergessen. Zwei stämmige Mongolen griffen dem Hadschi unter die Arme und schleppten ihn zu einem riesigen dunkelgrauen Kamel. An jeder Seite des Tieres hing ein geflochtener Weidenkorb etwa in Form einer Wiege.
Das Kamel ließ sich mit einem langgezogenen Stöhnen auf die Knie nieder, und die Mongolen hoben den Hadschi in eine der Wiegen. Sie war ziemlich eng, und der Insasse mußte seine Knie bis zum Kinn anziehen.

Nasar-Kjarisek kletterte in den anderen Korb, wobei er unzufrieden murrte:
»Ich sollte lieber auf einem Streitroß sitzen! Ziemt es sich denn für einen alten Krieger, in einer Wiege zu hocken?...«
Sorgfältig band er mit einem weißgegerbten Riemchen seinen Hahn am Korbe fest.
Das Kamel wurde beiseite geführt zu einer Stelle, wo es neben anderen, mit Teilen auseinandergenommener Jurten beladenen Artgenossen niederknien mußte.
Nasar-Kjarisek flüsterte dem in Nachdenken versunkenen Fakih zu:
»Alles, was dieser hinkende krumme Schaitan gesagt hat, wird in Erfüllung gehn... Nur eins nicht: Für unser Essen werden wir selbst sorgen müssen. Die ewig hungrigen Mongolen werden uns auch nicht ein Körnchen Reis abgeben, sondern ihn selber auffressen... Aber ich will versuchen, mich mit dem Koch unseres grimmigen Bahadurs anzufreunden, dann wird für uns schon was abfallen.«
Der Greis kletterte aus seinem Korb und schlich sich behutsam davon.
Der Hadschi beobachtete das unruhige, geräuschvolle Treiben ringsum. Krieger liefen geschäftig hin und her und spornten sich gegenseitig zur Eile an. Subudai-Bahadur verlangte nach seinem Roß. Kiptschakenfrauen nahmen Jurten auseinander, rollten die Filzteppiche zusammen, schoben die Wandgitter ineinander und banden das Gestänge zusammen. Diese Arbeit begleiteten sie mit einem schrillen Gesang. Dann luden sie alles den Kamelen auf und dazu noch Kupferkessel, eiserne Dreifüße und große Leder- und Wollsäcke. Nuker schleppten Mehl- und Kornsäcke herbei, zogen Widder an den Hörnern fort, banden den Reservepferden Quersäcke auf, zogen die Riemen straff und stürmten im Galopp davon, um sich ihrer Truppe anzuschließen, die sich bereits in der Ebene sammelte.
Subudai-Bahadur humpelte, begleitet von einem uralten und mehreren jüngeren Schamanen, zu den herabbrennenden neun Feuern, in deren Glut er mit seinem einen Auge starrte und dabei ein Gebet murmelte, das ihn gegen Gift, Pfeile und bösen Blick feien sollte. Die Schamanen rasselten mit ihren Schellentrommeln und heulten Beschwörungsformeln. Der Wind trieb die Schwaden graublauen Rauches zusammen und hüllte den Bahadur, der dabei von Funken überschüttet wurde, darin ein.
»Ein gutes Zeichen!« sagten die Mongolen. »Der Rauch verscheucht das Unglück, und die heiligen Funken verheißen Erfolg!«
Lange starrte Subudai in die Glut, in innere Schau versunken, als stünden Bilder künftiger Schlachten vor seinem Auge: Er sah Zerstörung und Tod, die Unmenge der obdach- und heimatlos gewordenen Flüchtlinge, die langen Züge der Gefangenen, aber er sah auch die aufgehende Ruhmessonne seines Zöglings Batu-Khan, des Eroberers des Erdkreises, der eben auf seinem Schimmelhengst angeritten kam, gefolgt von seinen in drei Reihen geordneten Leibwächtern. Der vorderste von ihnen trug an einer langen Bambusstange das fünfeckige weiße

Banner, dessen neun lange Zipfel zuckend im Winde flatterten. Es zuckte auch der mit Silberfäden auf die Seide gestickte Gierfalke mit dem schwarzen Raben in den Fängen. Batu-Khan hatte einen leichten Federhelm auf, der mit einem Büschel Silberreiherfedern geschmückt war. Gekleidet in einen blauseidenen Tschapan mit in Gold gefaßten Rubinknöpfen, saß er sicher auf seinem feurigen Roß, dessen Zügel er lässig mit der Linken anzog, in der Rechten hielt er eine kurze Peitsche.
»Ich bin bereit«, sagte er zu Subudai. »Schau, das Heer hat schon die Zelte abgebrochen; die Krieger brennen darauf, schleunig zum Flusse Iltis zu gelangen, um wie ein Wirbelsturm über die angstzitternden Stämme und Völkerschaften des Abendlandes hinzubrausen.«
Batu-Khan wies mit der Peitsche nach Westen über die ins Endlose sich erstreckende Ebene hin. Überall sah man lange Kolonnen berittener Krieger auf dem Vormarsch nach Westen.
Der Bahadur, wie aus tiefen Sinnen geweckt, fuhr auf, dann bückte er sich ächzend und berührte mit seinen knorrigen Fingern die trockene Erde.
»Ich bin längst fertig«, sagte er. »Du hast wahr gesprochen: Mit einem solchen Heer wirst du den Völkern der ganzen Welt den Arkan um den Nacken werfen...« Und indem er dicht neben seinen Zögling trat, flüsterte er ihm warnend zu: »Entferne dich keinen Schritt von meiner Seite. Du weißt, daß Gefahr dir nicht aus Westen droht, sondern hier durch die von falschen Freunden gegrabenen Gruben und durch das süße Lächeln der Verräter!«
Batu-Khan legte die Stirn in Unmutsfalten, und sein Mund verzerrte sich zu einem bitteren Lächeln. Er ließ die Peitsche durch die Luft sausen und sagte:
»Überdrüssig bin ich dessen. Wären wir doch erst in den Kiptschakensteppen am Itil, wo der freie Wind weht, weit fort von diesen durch Verrat, Neid und Schmeichelei vergifteten Orten.« Und halblaut fuhr er fort: »Ich reite für immer von hier fort, ohne mich noch einmal umzublicken. Und nie werde ich hierher zurückkehren. Dort im Westen, dort werde ich mir die Völker unterwerfen und ein neues Reich gründen von noch nie dagewesener Größe, und Karakorums arglistig zuschlagende Tatze soll mir da nicht hinreichen!«
»Gut, gut!« knurrte Subudai-Bahadur mit einem scheelen Blick auf die umstehenden Mongolen.
Die Schamanen warfen jetzt Hände voll getrocknetem Wermut ins Feuer. Funkensprühend züngelten gelbliche Flammen auf.
Subudai-Bahadur bestieg seinen rehbraunen Hengst und ritt mit finsterem, strengem Gesicht hinter Batu-Khan her. Die Weiber luden die letzten Kessel auf die Kamele, die Mongolen schwangen sich in die Sättel, und bald zog eine lange Karawane nach Westen, wo der Himmel mit grauen Wolken verhängt war.

Unterwegs

... Alle mongolischen Prinzen rückten im Frühling des Jahres des Affen, im Monat Dschumad, nach Westen vor. Nachdem sie den Sommer auf Märschen verbracht hatten, vereinigten sie sich im Herbst auf bulgarischem Gebiet mit den von Batu, Urdu, Scheibani und Tangkut geführten Horden, denen jene Gebiete zugesprochen worden waren.
(Raschid-ed-Dins Chronik)

»... Welchen Wolken soll ich die funkelnden Blitze treffender Worte entreißen? Aus welchem See der Weisheit mit dichtem Netz den silberschimmernden Schwarm wahrer, erregender Gedanken fischen? Woher den Kessel voll siedendem Pech nehmen, um mit brennendem Mitleid und glühender Empörung die Bilder der Not und des Elends, der Verzweiflung und des Jammers und der unstillbaren Tränen auszumalen, von denen jeder Schritt des vorrückenden Mongolenheeres begleitet ist?... Dieses Heer vertilgt und vernichtet alles, was ihm in den Weg kommt... Ob Mann, ob Weib, ob Kind – alle werden zu hilflosen Opfern der unerbittlich grausamen Krieger... Jeder Widerstand wird mit dem Tode bestraft, jede Unterwürfigkeit hat Sklaverei im Gefolge – und nirgendwo ist Rettung... Wo wären auch die Wagehälse, denen beim furchtbaren Geheul einer Tod und Verderben bringenden Horde von viermalhunderttausend Mongolen das Herz nicht in der Brust bebte? Wer sollte die Räuber aus der Steppe, die nur von dem einen Gedanken beseelt sind: zu rauben und zu morden, dorthin zurücktreiben, woher sie gekommen sind?...«
So schrieb Hadschi Rachim, während er in dem geflochtenen Korb hockte, ein Blatt graues samarkandisches Papier auf den Knien. Er machte sich fleißig »Reisenotizen«, während das große dunkelgraue Kamel mit weit ausgreifendem Schritt hinter der Schutzgarde des Bahadurs, des »Tollkühnen«, herlief, ohne je zurückzubleiben.
Subudai-Bahadur ritt auf seinem Rehbraunen der Kolonne voran, bei einem Anstieg den Schritt verlangsamend, auf dem Gipfel der Hügel anhaltend, dann wieder auf weiter Ebene den Schritt beschleunigend. Dann wurden die Insassen der Körbe – der Hadschi und der alte Nasar – bei dem ungestümen Gang ihres Lasttieres tüchtig hin und her geschaukelt.
»... Das Heer, das im Frühling von Sygnak aufgebrochen war, zog während des ganzen trockenen, heißen und regenlosen Sommers westwärts.[1] Der jahrhundertealte Karawanenweg führte von einem Steppen-

1 Ein Teil des mongolisch-tatarischen Heeres zog unter Scheibanis Führung nordwestwärts ins bulgarische Reich, am Fluß Kama, und eroberte es schnell. Der übrige, größere Teil des Heeres zog durch das »Völkertor« auf der uralten, zwischen der Nordküste des Kaspischen Meeres und den südlichen Ausläufern des Uralgebirges hinführenden Karawanenstraße nach Westen.

flüßchen zum andern, so daß diese Unzahl von Pferden nicht allzu empfindlich unter Durst und Hunger aus Mangel an Wasser und Futter zu leiden hatte. Die Steppe grünte, und je weiter man vorrückte, desto häufiger stieß man auf morastige Wiesen, die von den Frühjahrsüberschwemmungen her noch halb unter Wasser standen, auf Sümpfe und Flüßchen, wo die anspruchslosen Tatarenpferde genügend Futter fanden.

Dreiunddreißig Tumen, jeder zehntausend Mann stark, zogen auf dreiunddreißig Wegen in einem so breiten Strom dahin, daß es drei Tagereisen erfordert hätte, um zu Pferde vom äußersten linken bis zum äußersten rechten Flügel zu gelangen.

Jeder Tumen macht für sich in einem gesonderten Lager Rast; die geeigneten Lagerplätze auszuwählen ist Aufgabe der vordersten Späher.

Den äußersten rechten, das heißt nördlichen Flügel führt Khan Scheibani, dem die beiden anderen Brüder Batu-Khans beigeordnet sind. Jeder von ihnen ist Kommandeur eines Tumens, und sie stehen durch Meldereiter in ständiger Fühlung miteinander. Die Aufgabe, mit der sie der Dschichangir beauftragt hat, ist die Eroberung des an der Kama, einem Nebenfluß des Itil, gelegenen nördlichen bulgarischen Reiches. Das Zentrum des Heeres führt Gujuk-Khan, und die Tumen der übrigen Dschingisiden bilden den linken, südlichen Flügel. Gujuk-Khan hat sich nicht ohne Grund das Kommando über das Zentrum vorbehalten, hofft er doch immer noch, daß die Kommandogewalt über alle Truppen des Mongolenheeres auf ihn übergehen wird, falls Batu-Khan abgesetzt werden oder sterben sollte – wovor ihn der Himmel bewahren möge!

Wo Batu-Khan sich befindet – weiß niemand mit Gewißheit. Gewöhnlich reitet er mit Subudai-Bahadur, dessen Tumen wegen seiner Blitzzüge berühmt ist. Wie ein Orkan braust er dahin und erscheint bald auf dem rechten, bald auf dem linken Flügel, zuweilen auch in der Mitte, hält seine Nachtrast und verschwindet wieder.

Subudai-Bahadurs Troß ist sehr klein; vier rasche Kamele, die ein schnell auseinandernehmbares Zelt tragen und leichte chinesische Lederkoffer, in denen die Pergamentblätter mit den Karten jener Länder aufbewahrt werden, die man mit Krieg zu überziehen gedenkt. In diesen Koffern sind auch die Paizsas verwahrt, goldene, silberne und hölzerne, die Batu-Khan an solche Leute verteilt, denen er eine Gnade erweisen möchte. Außerdem gehört zu diesem persönlichen Troß des Bahadurs oder ›Ataliks‹ – wie er auch genannt wird – ein großer eiserner Kampfwagen.[1] Dies ist ein geschlossener, mit Eisenblech beschlagener Kasten auf zwei hohen Rädern. Alle vier Wände haben Schlitze, die zur Beobachtung, aber auch als Schießscharten für die Bogenschützen dienen.

---

1 Dieser eiserne Kampfwagen Subudais wird von chinesischen Chronisten ausdrücklich erwähnt.

Jeden, der sich diesem Kampfwagen ohne Befugnis und Erlaubnis nähert, trifft unfehlbar ein vergifteter Pfeil. Mitunter, wenn er vom Reiten ermüdet ist, schläft der alte Feldherr in diesem Wagen – zusammengerollt wie ein Raubtier.
Ein kleines, hellhöriges Pekineserhündchen bewacht den Schlummer seines Herrn. Wenn es die Schritte eines ihm unbekannten Menschen hört, erhebt es ein durchdringendes Gekläff. Der Wagen wird von vier paarweise vorgespannten Pferden gezogen. Auf dem linken Vorderpferd sitzt der Wagenlenker.
Weil er einen verräterischen meuchlerischen Überfall auf Batu-Khan befürchtet, hat Subudai ihm einmal angeraten, auch für sich so einen Wagen anzuschaffen. Aber Dschingis-Khans Enkel hat ihm unwillig erwidert:
›Dein wachsames Auge und die Ergebenheit meiner Turgauden sind mir ein genügender Schutz!‹
Es wäre irrig, zu glauben, daß die Dschingisprinzen die wirklichen Kommandeure ihrer Truppen seien. Sie sind es nur dem Namen nach. Jedem ist ein Temnik beigegeben, der die Kriegskunst auf den Kriegszügen des Erschütterers des Erdkreises erlernt hat. Der Temnik trifft die nötigen Dispositionen, kommandiert faktisch die Truppe, bestimmt die Rastplätze, sendet Späher und Meldereiter aus und unterhält eine stete Verbindung mit Subudai-Bahadur, der in Wahrheit der eigentliche Oberkommandierende ist. Aller neun Tage jagen Meldereiter von allen Tumen zu ihm hin und berichten ihm genauestens, wo und in welchem Zustand sich ihr Truppenteil befindet, wie die Stimmung unter den Kriegern ist, ob die Rosse noch Fleisch auf den Rippen haben, welche Fütterungsmöglichkeiten unterwegs bestehen, welchen Zeitvertreiben die Dschingisprinzen obliegen, was sie speisen, ob sie mit Falken und Windhunden auf die Jagd gegangen sind und dergleichen mehr.
Subudai hört alles aufmerksam an, stößt sein ›Ich höre, ich höre!‹ hervor, lobt niemals, sondern schnauft und knurrt nur bei- oder mißfällig und stellt die sonderbarsten Fragen: Wer von den Kiptschakenkhanen sich den Mongolenprinzen demütig nähere und worüber sie tuschelnd die Köpfe zusammenstecken? Bleibt der Meldereiter die Antwort auf solche Fragen schuldig, so jagt ihn der Bahadur fort und verbietet ihm, ein zweites Mal wiederzukommen.
Batu-Khan ist meistens in Subudais Gesellschaft zu sehen. Er nimmt von dem alten Feldherrn jeden Rat und jede Lehre an, aber Subudai erteilt sie ihm in einer Form, als wäre nicht er selber, sondern der junge Khan der Klügere und Erfahrenere. Als ehre er in dem Enkel den Großvater, mit soviel Achtung begegnet der grimme Alte seinem ehemaligen Zögling.
Jeder der beiden hat eine Tausendschaft von verwegenen Kriegern zu seinem persönlichen Schutz. Batu-Khans Nuker führen den Beinamen ›die Unbesiegbaren‹; fünfhundert reiten rote Pferde und fünfhundert braune. Führer einer Hundertschaft der ›Braunen‹ ist seit Beginn des

Feldzuges der schwarzlockige Arapscha. Seit Arapscha am Tage der Wahl Batus zum Dschichangir ihm das Leben gerettet und die Ränke seiner Feinde zuschanden gemacht hat, vertraut Dschingis-Khans Enkel diesem jungen Krieger rückhaltlos. Subudais Nuker führen den Beinamen ›die Tollkühnen‹. Es sind fast lauter Krieger, die schon früher des Bahadurs Feldzüge mitgemacht haben und blindlings jeden Befehl ausführen. Aus ihren Reihen gehen die Führer der einzelnen Truppenteile hervor. So hatte es Subudai-Bahadur schon zu Lebzeiten des mächtigen Erschütterers des Erdkreises gehalten...«

Wer zurückbleibt, sieht dem Tod ins Auge

›Ich habe kein Zuhause mehr, keine Eltern, keine Geschwister... Alle sind sie verweht wie Spreu im Winde. Nur ein einziger Freund ist mir geblieben – Khan Bajanders Pferd, das freilich besser gesattelt sein könnte... Als Einzelgänger streune ich herum wie ein einsamer Steppenwolf... Ich sollte mich irgendeinem Truppenteil anschließen. Doch wer wird bereit sein, mich aufzunehmen? Ich habe weder Schwert noch Lanze, nur ein Messer... Alle ziehen sie sippen- und geschlechterweise oder nach Stämmen geordnet zu Felde und nehmen keinen Fremden in ihre Gemeinschaft auf... Wer aber so hin und her geworfen wird wie ich, der ist nichts Besseres als ein Herumtreiber, ein Karapschik... Jeder Krieger hat das Recht, mir unter der Beschuldigung, ich sei ein Pferdedieb, meinen Braunen und meinen ledernen Schnappsack wegzunehmen...‹

Solchen trübseligen Gedanken hing Mussuk nach, während er auf einem Hügel in der endlosen Steppe saß. Unten im Hohlweg weidete neben einer ausgetrockneten Pfütze sein Brauner, der schon recht abgemagert war.

Mehrere Tage war Mussuk von einem Nomadenlager der Kiptschaken zum andern geritten und hatte überall um Aufnahme in eine Truppe gebeten. Aber davon hatte niemand etwas wissen wollen. »Wir sollen wohl mit dir dann auch unsere Kriegsbeute teilen? Das könnte dir so passen, wie? Wo ist denn deine Sippe? Hast wohl eine Schurkerei auf dem Gewissen, daß du dein Gesicht nicht wieder in eurem Lager zu zeigen wagst?«

In einem der Nomadenlager, wo er seine Bitte ebenfalls vorgetragen hatte, war ihm von einem würdigen, gutmütig lachenden Ältesten, der die Binde eines Mekkapilgers an seiner Lammfellmütze trug, folgende freundliche Belehrung zuteil geworden: »Du kennst doch den strengen Befehl des Dschichangirs, wonach die einzelnen Stämme geschlossen am Heereszuge teilzunehmen haben, und zwar in Tausendschaften, Hundertschaften und Zehnergruppen eingeteilt. Auch soll jeder Dschigit gut beritten und gut bewaffnet sein, denn sonst wäre es ja kein Heer,

sondern eine wilde Horde, eine Herde ohne Hirt... Du weißt sicherlich ebensogut wie ich, daß jeder Dschigit berechtigt ist, umherstreifende verdächtige Einzelgänger vom Pferde herunterzuholen und kurzen Prozeß mit ihnen zu machen... Hast du von einem solchen Befehl gehört?... Doch du dauerst mich, und ich will mich deiner erbarmen. Ich werde dich als Knecht für die Reservepferde in unseren Stamm aufnehmen, falls der Rat keine Einwände dagegen erhebt. Ja mehr noch... Ich will dir auch Waffen geben, denn ich sehe, daß du waffenlos bist. Dafür wirst du mir aber dein Pferd geben. Nein, ich will dir's nicht wegnehmen – nur gegen ein anderes eintauschen. Für das Schwert, welches du von mir haben sollst, treibst du mir drei Kühe zu, für Schild und Lanze – ebenfalls drei, für den stählernen Helm – weitere drei und für den Kettenpanzer nochmals sechs. Im ganzen also fünfzehn Kühe.[1] Du bist ein findiger Dschigit, dir wird es nicht schwerfallen, fünfzehn Kühe aufzutreiben...«
Zu diesem menschenfreundlichen Vorschlag hatte Mussuk nur den Kopf geschüttelt:
»Daran ist überhaupt nicht zu denken!«
»Wenn du willst, kannst du auch mit dem Schwert allein ausziehen. Die übrigen Waffen erbeutest du vom Feinde. Gelegenheiten dazu wird es ohne Zahl geben.«
Mussuk war schleunigst davongeritten, um ja recht schnell aus der Nähe dieses gar zu liebenswürdigen Stammesältesten zu kommen. Und seine Irrwanderung durch die Steppe hatte wieder von vorn begonnen.
Das Unglück bringt die Pechvögel einander näher...
Mussuk erspähte in der Ferne zwischen Sandhügeln eine Reiterschar. Aber – Himmel! – was waren das für Gäule! Alte, kahle, abgetriebene Klepper! Kein Muselman hätte so eine erbärmliche Kreatur noch Roß genannt. Für solche Schindmähren hatte man die verächtliche Bezeichnung »Jaba« – Zugvieh für Düngerfuhren.
Aber diese Reiter waren nicht waffenlos. In den Händen eines jeden befand sich ein langer Spieß. Eine gefährliche Sache ist es, solchen Buschkleppern in der öden Steppe zu begegnen. Mussuk stieg hastig hügelab, schwang sich auf seinen Braunen und schlug sich seitwärts in die Büsche. Nachdem er sein Pferd einen weiten Halbkreis hatte beschreiben lassen und über Sandhügel geritten war, sah er die Strauchritter wieder vor sich, diesmal aber ganz nah. Jetzt waren es aber schon acht, und dieser achte lag als Wächter auf einem Hügel, während die sieben anderen sich mit Messern an einem toten Kamel zu schaffen machten. Einer von ihnen winkte mit seiner blutbesudelten Hand Mussuk herbei.

---

1 Im Mittelalter wurden Waffen sehr hoch bewertet. Für eine volle Ausrüstung mußte ein Krieger eine Summe anlegen, die dem Wert einer kleinen Herde von etwa 15 bis 18 Kühen gleichkam. (Siehe Delbrücks »Geschichte der Kriegskunst«.)

»Höre, du einsamer Steppenwolf, du verwegener Falke, du tollkühner Panther!« redete er ihn an. »Willst du mit uns zu Mittag essen?«
Mussuk, der schon zwei Tage lang keinen Bissen gegessen hatte, schwankte unschlüssig, aber nicht lange. Nachdem er sein Pferd gekoppelt hatte, trat er zu den sieben beim Kamel.
»Nimm den Kopf!« sagte einer. »Alles können wir sowieso nicht mitnehmen.«
›Sie sehen wirklich wie Strolche aus‹, dachte Mussuk bei sich. Aber der Hunger stachelte ihn.
»Wessen Kamel ist das?«
»Der Eigentümer ist weit... Man soll in solchen Fällen nicht viel fragen...«
Der größte und hagerste der sieben, ein Schieläugiger, trennte mit raschen Schnitten den Kopf des Kamels ab und reichte ihn Mussuk: »Nimm!«
Mussuk dankte und nahm den Kopf, den er in ein Tuch wickelte.
»Aus welchem Trupp seid ihr?«
»Aus dem Trupp des Tapfersten der Tapferen, aus dem Trupp des Batyrs Murat-Bei.«
»Ist eure Abteilung groß?«
»Nicht groß, dafür aber besteht sie aus lauter Wagehälsen. Und falls du Lust haben solltest, dich uns anzuschließen, so wären wir schon unser neun – eine heilige Zahl!«
»Und ihr wollt mit dem Heer des Dschichangirs ziehen?«
»Warum sollten wir nicht mitziehen? Unterwegs werden sich uns noch mehr solcher Herumtreiber anschließen, wie du einer bist, und bald wird sich ein ganzer Tumen unter dem grünen Banner Murat-Beis gesammelt haben...«
Der oben auf dem Hügel rief:
»In der Ferne sind Menschen zu sehn! Augenscheinlich noch mehr hungrige Gäste.«
Von Unruhe erfaßt, wischten sich alle ihre blutigen Hände im Sande ab, sprangen auf ihre Pferde und stoben auf einem schmalen Seitenpfade davon.
Der Schieläugige befand sich neben Mussuk.
»Falls der Eigentümer des Kamels dessen Kopf bei dir findet, wird er dir dafür den deinen abreißen... Rette dich, indem du dich uns anschließt. Ich, der Batyr Murat-Bei, der Anführer dieser Abteilung, bin bereit, dich zu meinem Gehilfen zu machen.«
›Geh mit dem, der dich ruft!‹ fiel Mussuk ein Kiptschakensprichwort ein, und er nahm das Angebot des Beis an.
Lange trabten sie kreuz und quer durch die Steppe. Auf einmal stieß Murat-Bei einen schrillen Pfiff aus, und alle seine Gefährten fielen gleichzeitig über Mussuk her. Sie warfen ihn so heftig aus dem Sattel in den Sand, daß er wie betäubt dalag. Zwei setzten ihm die Spitze ihrer Spieße auf die Brust.

»Lieg still und rühr dich nicht, du Bettler, du Strolch!«
Murat-Bei bestieg Mussuks Braunen. Einen Moment schien er zu überlegen, ob er dem Bestohlenen als Gegenwert nicht wenigstens seinen alten kahlen Klepper dafür zurücklassen sollte, dann aber besann er sich anders und band dessen Zügel an seinem Sattelknopf fest.
»Batyr Murat-Bei!« rief Mussuk. »Du versprachst mir doch, mich in deine Abteilung aufzunehmen... Willst du dein Wort brechen?«
»Ich habe mir's anders überlegt. Wer kann wissen, was für ein Kerl du bist... Vielleicht schneidest du des Nachts uns allen die Hälse ab...«
»Laß mir wenigstens ein Pferd!« stöhnte Mussuk, der die Spitzen der Spieße auf seiner Brust fühlte.
Irgend etwas schien den Bei in Unruhe zu versetzen.
»Vorwärts! Schneller!« rief er.
Mussuk hörte das Getrappel der sich entfernenden Kavalkade, blieb aber unbeweglich liegen. Sein Gesicht hatte er mit den Innenflächen der Hände verdeckt. Sein Untergang erschien ihm jetzt unvermeidlich – ringsum öde, nackte Steppe, umherstreifende Räuberbanden und hungrige wilde Tiere... Hilfe durfte er keine erwarten, und in seiner Verzweiflung rief er aus:
»Gerechter alter Chysr! Komm mir zu Hilfe! Rette mich! Ich will dir auch einen fetten Hammel schlachten!«

Allein in der Wüste

Die dunkle Nacht brach herein. Nur einige wenige Sterne flimmerten am Himmel. In der Ferne heulte ein hungriger Wolf. Ein anderer antwortete ihm, und mit durchdringendem Winseln fielen die Stimmen der Schakale in dieses Duett ein.
Unbeweglich und aufmerksam lauschend, saß Mussuk da und kämpfte angestrengt gegen die Müdigkeit an, die ihn aber schließlich doch übermannte. Die Augen fielen ihm zu, und allmählich versank er in tiefen Schlaf.
Mussuk träumte:
Er säße auf einem hohen Hügel. Vor ihm dehne sich weit die blühende Steppe. Überall grasten scheckige Pferde und rote Füllen. Aus der Erde wuchs rasch ein üppiger Brombeerstrauch empor, höher und immer höher, bis zum Himmel. Seine Zweige schlangen sich ineinander und spannten sich wie ein Bogen über die ganze Ebene. Über diesen Bogen lief wie über eine Brücke die rote Kuh, die seiner – Mussuks – Mutter gehörte, und wenn sie den Kopf schüttelte, klangen die Glöckchen, die ihr am Hals hingen. Ihr nach sprang, mit dem Melkeimer in der Hand, ein junges Mädchen, dessen roter Rock im Winde wehte. Mussuk erkannte sie sofort – es war Juldus. Ihr Gang war nicht ganz sicher auf dem schmalen Brückensteg, als hätte sie Angst abzustürzen. Am blauen Himmel zogen kleine weiße Wölkchen dahin. Jetzt war die Kuh ungefähr

bis zur Mitte der Brücke gekommen, die sich unter ihrem Gewicht einbog. Mit kläglichem Muhen blieb das Tier stehen. Juldus aber rief mit der ihm so wohlbekannten hellen Stimme: »Mussuk!« ...
Mit Mühe öffnete Mussuk die schlafschweren Lider. Sengende Sonne blendete ihn. Große grüne Fliegen umschwirrten sein Gesicht. Da hörte er abermals ganz deutlich: »Mussuk!« ...
Er kniff die Augen zusammen und schirmte sie mit der Hand. Da unterschied er fünfzehn hochgewachsene gelbe Kamele, deren prunkvolles Geschirr mit Troddeln und Fransen geschmückt war. Zwischen den Höckern der Kamele waren zweisitzige Palankine befestigt, in denen, hinter farbigen Vorhängen versteckt, Frauen saßen. Sie trugen helle seidene Kleider, und ihre Gesichter waren so dick mit weißer Schminke bedeckt, daß man ihre Züge kaum unterscheiden konnte und sie sich alle ähnlich sahen. Sie blickten neugierig zu Mussuk her, und eine von ihnen warf ihm lachend eine Handvoll Datteln und Nüsse zu, eine zweite, deren zierliche Glieder goldene Armbänder schmückten, warf ihm gar ein seidenes Beutelchen zu. Da kamen mit wildem Geschrei mongolische Reiter angaloppiert, und die Kamele beschleunigten, heiser brüllend, ihren rhythmischen Schritt. Immer leiser wurde das Schellengeläut, und die Karawane verlor sich zwischen den Hügeln – als wäre das Ganze bloß ein Traum gewesen...
Aber es war kein Traum gewesen, denn vor Mussuk auf dem Boden lagen verstreute Datteln, Feigen und Nüsse, auch einige Anisplätzchen waren darunter und ein gestreiftes seidenes Beutelchen. Mussuk hob es auf. Pistazien, Mandeln und ein Stückchen Zucker,[1] das wie Eis aussah, fand er darin und außerdem – neun Goldmünzen. Mussuk beeilte sich, dieses seltsame und kostbare Geschenk in seinem Busen zu verbergen.
›Der gute alte Chysr hat mein Flehn erhört und mir geholfen!‹ dachte Mussuk, stand auf und bestieg den nächsten der mit grauem, hartem Gras spärlich bewachsenen Hügel, um Umschau zu halten.
Vor ihm zog sich der von den Kiptschakensiedlungen westwärts zum Flusse Itil führende schmale Handelsweg dahin – eine in die lehmige Erde seit Jahrhunderten eingetretene Kamelspur. Hie und da schimmerten weiß von der Sonne gebleichte Gebeine von Mensch und Tier, verblichene Tuchfetzen lagen herum und Losung von Kamelen und Hammeln.
›Ich darf von hier nicht fortgehn. Ich muß hierbleiben!‹ sagte sich Mussuk. ›Vielleicht bringt der alte Chysr mir noch ein zweites Mal Glück!‹
Aber lange, lange blieb es still in der Steppe. Die Sonne sank schon wieder am glühenden Himmelsgewölbe hinab, als sich in der Ferne

1 Zucker stellte zu jener Zeit noch eine große Kostbarkeit dar. Er wurde in Indien und Ägypten aus dem Zuckerrohr gewonnen, hatte die Form eines Kristalls und war durchsichtig, von leicht gelblicher Farbe.

zwischen den Hügeln ein Reitertrupp zeigte. Zehn vorzüglich bewaffnete Dschigiten galoppierten mit gefällten Lanzen daher. Voran ritt ein junger Krieger, dessen Haupt ein weißer Turban krönte, während alle anderen schwarze Lammfellmützen trugen. Die stolze Haltung und das strenge Gesicht mit dem schwermütigen Ausdruck kamen Mussuk bekannt vor, noch bekannter aber das schlanke braune Roß.
Als der Turbanträger herangekommen war, brachte er sein Roß zum Stehen und fragte Mussuk:
»Wie heißt du? Wo ist deine Truppe? Was treibst du hier?«
Mussuk berichtete hastig sein Mißgeschick, wie er um sein Pferd gekommen sei, und gestand seinen Wunsch, am Feldzug teilzunehmen.
Mit unbewegter steinerner Miene hörte der Reiter diese Erzählung an, dann sagte er:
»Ich bin der Hundertschaftsführer Arapscha. Ich erkenne dich wieder: Du warst Pferdehirt beim Khan Bajander. Deshalb glaube ich dir und will dich mit mir nehmen..., vorerst zur Probe als Pferdeknecht... Später jedoch sollst du ein Roß, eine Lanze und ein Schwert erhalten. Sitz hinter einem meiner Männer auf!«
Mussuk stieg zu einem der Dschigiten aufs Pferd, hielt sich am Gürtel des vor ihm Sitzenden fest, und fort ging's – wie der Sturmwind, der über die Steppe hinwegfegt.
In Mussuk leuchtete ein Hoffnungsschimmer auf. – Vielleicht hatte ein neuer, glücklicherer Abschnitt seines Lebens eben begonnen!

Das Tor der Völker

Hadschi Rachim, der so eng zusammengehockt in seinem knarrenden Korbe saß, als er nur konnte, ließ sich weder durch das Schaukeln noch durch den Staub, der sich auf den Blättern seines Buches absetzte, in seiner Beschäftigung stören.
»... Ununterbrochen zieht das Heer des ›blendenden‹ Batu-Khan nach Westen – auf dem Wege, der seit jeher ›das Tor der Völker‹ genannt wird und zwischen dem Steinernen Gürtel und dem Abeskunischen Meer hinführt. Hier sind einstmals die kriegerischen Schan-Jui oder Hun-nu, Vorfahren der Mongolen, aus den östlichen Steppen nach Westen gezogen, um dort unter den Völkern Entsetzen und Schrecken zu verbreiten.
Dem Heere voraus reiten die Späher, doch auch ohne sie wäre der Weg durch die Steppe zum großen ›Tor der Völker‹ kaum zu verfehlen. Überall bemerkt man verlassene Rastplätze. Am Horizont sind die Stangen von Hünengräbern zu sehen, worin unbekannte Völker ihre Recken bestattet haben... Friede ihrer Asche!...
Solange es Frühling war und überall noch Wasserlachen standen und Regen fiel, war der Heereszug noch keine so qualvolle Strapaze wie jetzt. Als die heißen Tage kamen und die Erde unter den Strahlen der

unbarmherzig sengenden Sonne auszudorren begann, wirbelten die aber Tausende von Rossen Staubwolken auf, die den ganzen Himmel verdunkelten. Bisweilen verdeckte dieser feine dichte Staub die Sonne so vollständig, daß es am Tage so finster war wie in der Nacht. Auf eine Entfernung von wenigen Schritten konnte man ein Gesicht kaum noch erkennen. Jeder Reiter muß darauf achten, daß er den Anschluß an seine Zehnermannschaft (und diese zehn wieder an ihre Hundertschaft) nicht verliert und womöglich dann tagelang auf der Suche nach seiner Abteilung umherirrt. Es macht manchmal einen gespenstischen, schreckenerregenden Eindruck, wenn sich dieses vierhunderttausendköpfige Heer, eingehüllt in Wolken aufgewirbelten Staubes, im Halbdunkel beinahe lautlos fortbewegt und ringsum nur die Schatten von Pferden und Menschen zu sehen sind... Niemand spricht ein Wort. Wozu auch sprechen und wovon? Alles ist bereits gesagt und alles bekannt. Auch dringt beim Sprechen der Staub allzuleicht durch den geöffneten Mund und durch die Nase in die Kehle und in die Brust. Viele leiden an Störungen des Gesichts, des Gehörs. Sie beseelt nur ein Gedanke: Rast machen, um den Staub aus den Kleidern schütteln und eine Schale Wasser trinken zu können!

Gegen Abend wird, gewöhnlich an den Ufern eines Flüßchens, ein Lager aufgeschlagen. So viele Lagerfeuer lodern, daß man meint, die ganze Steppe brenne. Die Rosse und Kamele werden in die Steppe geführt, wo sie frei weiden. Ein schwacher Wind trägt die Staubwolken fort, und endlich, wenn spät in der Nacht der blaue Himmel wieder sichtbar wird, weht aus der Steppe ein leichter Duft von Wermut heran...«

Aufbrüllend läßt sich das graue Kamel auf die Knie nieder. Mit steifen Gliedern klettern der Hadschi Rachim und der alte Nasar-Kjarisek mühsam aus ihren Korbwiegen und vertreten sich die Füße. Gründlich klopfen sie ihre Mäntel aus, auf denen sich eine dicke Staubschicht festgesetzt hat. Sie sehen das Vergebliche ihrer Bemühungen ein und werfen die Mäntel auf die Erde, froh, daß in ihrer Nähe schon ein Lagerfeuer brennt, über dem bereits ein rußiger Kochkessel hängt, und daß sie sich neben den wärmenden Flammen der Länge lang ausstrecken können.

Nasar-Kjarisek, der in Dingen des Alltags findig ist, geht zu Subudai-Bahadurs Koch und schmeichelt ihm mit ehrerbietigen Worten der Begrüßung. Ein Topf Reisbrei oder Fleischbrühe ist der Lohn dieser Schmeichelei. Mitunter bäckt er selbst Fladen in der heißen Asche oder brät über den Kohlen schmale Fleischscheibchen; unerfindlich bleibt, wie er zu ihnen gekommen ist. Dabei erzählt er endlos Märchen oder singt mit brüchiger Stimme alte kiptschakische Helden- und Liebeslieder.

Der Fakih, dessen ›bleibende Statt‹ das Kamel geworden ist, darf sich nicht von der Karawane entfernen. Er gibt sich die größte Mühe, alles aufzuzeichnen, was er sieht und hört. Ihm ist nicht entgangen, daß Bahadur Subudai nicht immer mit seinem Tumen reitet, daß er vielmehr

in Begleitung seiner Schutzhundertschaft häufig abseits vom Hauptwege reitet. Mitunter bekommt ihn der Hadschi tagelang nicht zu Gesicht, und meist ist dann auch der junge Dschichangir verschwunden. Erscheinen sie dann aber am Abend an dem im voraus bestimmten Rastplatz, so sitzt der Hadschi in der Nähe der beiden und notiert alle ihre Worte.
Immer gegen Sonnenuntergang beschleunigt die Karawane ihren Schritt. Mensch und Tier wissen, daß es bald Wasser und Erholung geben wird, und eilen rascher vorwärts. Der Karawanen-Baschi hat schon am Morgen Kundschafter vorausgeschickt, die auf leichten Rossen davongejagt sind. Wenn sie einen geeigneten Platz, zum Beispiel den flachen Gipfel eines Hügels, gefunden haben, so geben sie Signale, indem sie ihr Roß bald nach rechts, bald nach links wenden oder indem sie zwei-, dreimal im Kreise herumreiten. Alle diese Zeichen haben eine den Kriegern verständliche ganz bestimmte Bedeutung.
Auf dem ausgewählten Platz läßt man die Kamele niederknien und bindet die schweren Traglasten los; dann werden die von ihrer Last befreiten Tiere in die Steppe geführt, wo sie die ganze Nacht der Nahrungssuche obliegen. Inzwischen haben Sklaven aus unterwegs gesammeltem Reisig Feuer entzündet, über die sie große dreifüßige chinesische Bronzekessel stellen, welche aus Lederschläuchen mit Wasser gefüllt werden. Später werden dann Reis und Fleischstücke in das kochende Wasser getan. Die Wachtposten achten streng darauf, daß niemand aus anderen Abteilungen des Heeres sich der Lagerstelle der Abteilung Subudais nähert. Nur seine Leibgarde der Tollkühnen darf in Subudais unmittelbarer Nähe sein und im weiteren Umkreis die Krieger seines Tumens. Die Tollkühnen lagern sich auf Filzpferdedekken um ihre besonderen Lagerfeuer, auf denen in Kesseln kocht und siedet, was ihnen unterwegs aufzutreiben gelungen ist. Die an den Vorderbeinen gekoppelten anspruchslosen Pferde suchen sich ihr aus unscheinbaren Pflänzchen und aus Wurzeln bestehendes Futter in der Steppe. Ihre Anspruchslosigkeit in bezug auf Nahrung ist so groß, daß man auf ihnen ohne Bedenken über den ganzen Erdkreis hinreiten könnte, sie würden stets das Nötigste zu finden wissen. Im Dunkeln hört man die Zurufe der Wachen auf den Hügeln und dazwischen den sich in regelmäßigen Abständen wiederholenden Ruf: »Achtung und Gehorsam!« Mitunter werden auch Zelte aufgeschlagen; dann weiß jeder, was das heißt – zwei oder drei Tage Marschpause! Und jeder freut sich auf die Erholung nach den Anstrengungen. In den Zelten werden Filzmatten und Teppiche ausgebreitet und seidene Kissen daraufgelegt. Vielleicht steht eine Beratung bevor oder eine Treibjagd.
In der tiefen Nachtstille vernimmt man das Geräusch sich nähernden Hufschlags. Batu-Khan kommt da angeritten und mit ihm Subudai-Bahadur und eine kleine Schar ihrer erlesensten Krieger. Vor dem einäugigen finsteren Alten zittern alle mehr als vor dem jungen strahlenden Batu. Dem einen sehenden Auge Bahadurs entgeht nichts, nicht

die kleinste Unordnung. Dann sagt er ein paar leise Worte, Reiter jagen Hals über Kopf davon, irgend jemand wird fortgeschleppt, und von irgendwoher hört man verzweifeltes Angst- und Wehgeschrei, manchmal auch Todesschreie. Batu-Khan übersieht solche Kleinigkeiten; seine Gedanken sind mit großen Plänen beschäftigt, und wenn er spricht, so von Dingen, die noch ungeboren im Schoße der Zukunft ruhen. Wenn die beiden Feldherren ihr Zelt betreten, muß das Essen schon fertig sein. Der »Ausbreiter des Tischtuches« und der »Servierer« stehen mit über dem Bauch zusammengelegten Händen bereit und harren der Befehle und Winke ihrer Herren, die ihre Mahlzeit im Beisein dreier Gebete und Beschwörungen murmelnder Oberschamanen einnehmen...

Batu-Khans Siebengestirn

Zusammen mit dem die Vorhut bildenden Tumen der Unbesiegbaren des jungen Dschingis-Enkels zieht eine Karawane von fünfzehn gelb- und graugefleckten tangutischen Kamelen. Noch halb wild sind sie und bösartig, aber außerordentlich groß, stark und schnellfüßig. Niemals bleiben sie auf den Eilmärschen zurück. Diese fünfzehn Kamele tragen Batu-Khans Siebengestirn, das heißt seine sieben schönsten Frauen, die schon in Sygnak Batus Mutter Ori-Fudschin aus den vierzig Frauen seines Harems ausgewählt hat.
»Du wirst neue Länder erobern«, so hatte die kluge und besorgte Mutter zu ihrem Sohne gesprochen. »Und in jedem Lande wird das unterworfene Volk dir die allerschönste und betörendste, zugleich aber auch tückischste unter den Töchtern des Landes senden, damit sie dich verderbe. Denke an das Schicksal deines Großvaters: Der Dolchstoß einer Tangutenprinzessin, die man ihm zuführte, beschleunigte sein Ende. Traue den Fremden und ihren Überredungskünsten nicht! Hüte dich vor Geschenken deiner Feinde! Wie nachts am Großen Wagen der Ewigkeit sieben Sterne leuchten, so sollen auch dir unterwegs sieben Sterne leuchten und dir Glück und Freude bringen, sieben der Schönsten, die ich selbst unter deinen vierzig Frauen ausgewählt habe.«
Batu-Khan, der seiner Mutter die höchste Ehrerbietung zollte, meinte, er müsse erst mit Subudai darüber sprechen. Am andern Tag erschien er mit dem Feldherrn zusammen in der Jurte seiner Mutter.
»Mein Lehrer und zugleich Chronist meiner Feldzüge, der Hadschi Rachim, hat in den Büchern nachgeforscht und mir erklärt, Iskander der Zwiegehörnte habe auf seinen Kriegszügen keine Frauen mit sich geführt, sondern sein ganzes Sinnen und Trachten auf die Vernichtung fremder Völker und die Eroberung ihrer Länder gerichtet...«
Ohne sich lange zu besinnen, erwiderte Ori-Fudschin:
»Auch ohne erst in Büchern nachforschen zu müssen, weiß ich, daß Iskander, nachdem er Persien unterworfen und die Tochter des besiegten Perserkaisers zur Frau genommen, durch Gift erkrankte und in

der Blüte seiner Jugend starb. Die Himmlischen mögen dich vor einem solchen Los bewahren!«
Der alte Subudai-Bahadur verneigte sich vor der Chanum bis zur Erde. »Deine Worte«, sagte er, »glänzen von Weisheit wie kostbare Diamanten. Und wenn du, von Sorge um das junge Leben deines Sohnes erfüllt, wünschen solltest, daß er alle seine Frauen mit ins Feld nehme, so soll es meinetwegen geschehen, und sie werden in meiner Abteilung ebenso unantastbar sein wie in diesem Uluß. Dein Befehl ist wie ein Feuerstein, und ich bin nur der Funke, den du damit herausschlägst. Wenn der Dschichangir eben jetzt sein strahlendes Siebengestirn nicht sehen mag, weil ernstere Gedanken und Sorgen ihn bewegen, so wird er es vielleicht unterwegs zu sehen wünschen. Vorsorglicher ist es, die Frauen mitzunehmen.«
Ori-Fudschin verneigte sich vor ihrem Sohn so tief, daß die Federn ihrer perlenbestickten Mütze seine staubigen Stiefel berührten.
»Du bist der Gebieter, du bist der Dschichangir, du befiehl auch!«
Widerstrebend sagte Batu-Khan:
»Es sei, wie du willst. Doch eine der sieben werde ich selbst auswählen. Es soll ein Mädchen sein, welches den Namen ›Stern-Juldus‹ trägt. Subudai-Bahadur, du wirst mir ein solches Mädchen ausfindig machen.«
In den nächsten Tagen machten die Krieger des Bahadurs in Sygnak mehrere junge Mädchen namens Juldus ausfindig, und die vor Angst Zitternden wurden vor Batu-Khan gebracht, der sie alle gelangweilt betrachtete und schließlich auf eine ganz junge Magere deutete, die fast noch ein Kind war und der Tränen in den Wimpern hingen. Man hüllte sie in einen seidenen Schleier und führte sie zur Chanum Ori-Fudschin, die ihr gebot, sich zu entkleiden, und sie dann genau betrachtete. Doch ihre scharfen Augen konnten keine äußeren Fehler an dem untadelig gewachsenen Mädchen finden, das scheu war wie eine Wildgans.
»Was kannst du?« fragte die Chanum mit tiefer Stimme.
»Ich kann eine bösartige Kuh melken...«, stammelte Juldus.
»Keine leichte Sache!« lachte die Chanum belustigt. »Dazu braucht man Geduld. Was kannst du noch?«
»Lämmer weiden..., buntgemusterte Strümpfe stricken..., Rosinenfladen in der Asche backen...«
»Auf einer Reise ist das alles sehr nützlich«, meinte die Chanum und sah das junge Mädchen schon viel freundlicher an. »Was kannst du noch?«
Lautlos war Batu-Khan ins Zelt getreten und hatte des Mädchens Antwort gehört.
»Unsere Kiptschakenlieder kann ich singen und Märchen kann ich erzählen, Märchen von Dschinns und kühnen Dschigiten...«
In Batu-Khans Augen blitzten lustige Funken auf, und er tauschte einen Blick des Einverständnisses mit seiner Mutter.
Ori-Fudschin hatte mit dem Kopfe genickt und gesagt:
»Sie darf mit!«

Der siebente Stern

Als das Heer der Tataren und Mongolen zum Feldzug aufbrach, hob man Juldus und eine chinesische Sklavin, die ihr von Ori-Fudschin-Chanum beigegeben worden war, in den Palankin auf dem siebenten der tangutischen Kamele, in eine Kedschawe, wo sie unter einem Baldachin hinter einem seidenen Vorhang saß. Am zweiten Tag der Reise war ihr eine große Unruhe anzumerken. Sie verbarg ihr Gesicht den ganzen Tag unter dem Schleier und sprach am Abend zu ihrer Sklavin:

»Nicht weit von uns sehe ich zwei auf einem Kamel..., einen Greis und einen Derwisch... Falls sie nach mir fragen sollten, untersteh dich nicht, ihnen zu antworten. Ich habe Furcht vor diesem Greis, er hat mir schon viel Unglück und Herzeleid gebracht... Schminke mich so, daß er mich nicht wiedererkennt!«

Die in weiblichen Künsten und Listen erfahrene Chinesin legte ihrer Herrin eine dicke Schicht weißer Schminke und dann Rot auf, zog die Brauen nach und verlängerte sie bis zu den Schläfen, so daß Juldus sich selber nicht mehr erkannte, als sie in ihren kleinen Silberspiegel blickte.

Die Karawane mit Batus Siebengestirn hatte eine besondere Eskorte, die streng darauf achtete, daß zwischen ihr und dem übrigen Troß keine Berührung stattfand. Auf den ersten vier Kamelen saßen vier stattliche mongolische Fürstentöchter aus den vornehmsten Geschlechtern. Sie entsprachen dem orientalischen Geschmack, welcher in der Körperfülle ein Hauptmerkmal weiblicher Schönheit erblickt. Hinter ihnen ritten zwei kiptschakische Fürstentöchter, gewöhnlich zu zweit auf demselben Kamel, damit sie unaufhörlich miteinander plaudern konnten. Eine von ihnen war die Tochter des Khans Bajander. Ihren beiden Dienerinnen überließen sie das andere Kamel. An einem Rastplatz gesellten die beiden Kiptschakinnen sich zu Juldus und erzählten ihr, daß eine jede von ihnen ihr eigenes Reitpferd besitze, auf dem sie an Treibjagden und Pferdewettrennen teilzunehmen gedächten.

»Dich freilich hat mit allem, was du am Leibe trägst, mit deinen Kleidern und deinem Schmuck, erst die Chanum Ori-Fudschin ausstatten müssen. Sonst besäßest du wohl nicht einmal ein Hemd, ganz zu schweigen von einem eigenen Pferd! Batu-Khan wird dich keines Blickes würdigen, und du wirst die Schalen spülen müssen, aus denen wir trinken. Du gehörst zu den Arbeitenden...«[1]

Juldus krümmte sich unter dieser Beleidigung und schmiegte sich zurückweichend an ihre chinesische Sklavin. Mit unbewegtem, unter der Schminke wie versteinertem Gesicht betrachtete sie die Kiptschakenfürstinnen.

---

1 Bei den Völkern Mittelasiens, bei denen Vielweiberei bestand, wurden die Frauen eines wohlhabenden Mannes gewöhnlich in privilegierte (aus reichen Familien stammende) und in arbeitende geteilt. Den letzteren wurde die ganze Arbeit im Haushalt aufgebürdet.

»Warum antwortest du uns denn nicht, du Kuhmagd? Hast du das Sprechen verlernt?«
Juldus schlug ihre Augen nieder. Sie wollte wohl antworten, vermochte es aber nicht. Sie rollte und drehte vor lauter Verlegenheit aus dem Seidentuch, das sie in der Hand hielt, eine Puppe, wie es die kleinen Mädchen in den Nomadenlagern zu machen pflegen. Endlich brachte sie hervor:
»So geht doch fort von hier, wenn ich eine Kuhmagd bin. Wenn mein Herr es befiehlt, werde ich die Schalen spülen, und befiehlt er's – so treibe ich euch mit einer Rute aufs Feld wie Kühe ...«
»Sie ist noch ein richtiges dummes Kind!« sagte die eine.
»Und wird ihr ganzes Leben lang dumm bleiben!« fügte die andere hinzu, und beide hüpften kichernd davon.
Am nächsten Tage, während der Rast, kamen drei der Mongolinnen zu Juldus – die erste, Buraktschin mit Namen, die hochmütigste der vier, war nicht mitgekommen. Sie befühlten den Stoff von Juldus' Kleid, und sie befühlten auch die zarten schlanken Glieder des jungen Mädchens, das es willig zuließ; sie betrachteten und befühlten endlich die Grübchen in Juldus' Wangen und brachen dann in Lachen aus. Die älteste der drei wollte zuerst ihre Lachlust bezähmen und die Würdevolle markieren, stimmte dann aber in das Gelächter ihrer Gefährtinnen ein. Sie nahmen das aus dem Seidentuch zusammengedrehte Püppchen aus Juldus' Hand, wiegten es auf dem Arm und machten ihr vor, wie sie ein Kind stillen würden. Dann gingen sie mit einem freundlichen Abschiedsgruß fort. Die jüngste von ihnen kam noch einmal zurück und flüsterte Juldus zu:
»Komm mal zu mir, zum Plaudern... Ich reite auf dem vierten Kamel...«
Allein geblieben, knotete Juldus das Püppchen wieder auseinander, schüttelte das Tuch glatt und hüllte sich hinein. Dann brach sie in bittere Tränen aus, nicht zum ersten Male, seit ihr Pflegevater und der älteste Bruder, Demir, sie zur Karawanserei geführt und als Sklavin an einen schwarzbärtigen Kaufmann verschachert hatten, als wäre sie ein Schaf oder sonstein Haustier. Das hatte sie aufs tiefste gekränkt und empört.
Was hatte sie denn für Schuld? Sie hatte davon geträumt, in einem ganz bescheidenen Hüttchen am Quell zu leben, zusammen mit Mussuk, der jeden Abend von den Herden heimkommen und ihr erzählen würde, was tagsüber geschehen war: wie die Hengste miteinander gekämpft hatten, und wie er als guter Hirt den sich anschleichenden Wolf vertrieben hatte...
Eine sanfte Bewegung am Ellbogen scheuchte sie aus ihrem Sinnen und Weinen auf. Sie hörte eine feine Stimme flüstern:
»Worüber weinst du, Sternchen? Das ist doch noch kein Unglück! Ein großes Unglück ist etwas ganz anderes. Hoffentlich steht es dir nicht noch bevor!«
Es war I-La-He, die chinesische Sklavin; sie kauerte in kniender Stel-

lung vor Juldus auf dem Teppich und verneigte sich ehrerbietig, wobei sie ihre Handflächen auf den Teppich legte.
»Was wäre denn ein großes Unglück?« fragte Juldus.
»Wenn man zusehen muß, wie das eigene Kind stirbt!«
Die Chinesin strich sich mit der kleinen Hand über die Augen, als wollte sie eine Träne fortwischen.
Ringsum brannten Lagerfeuer und beleuchteten mit ihrem roten Schein die liegenden und sitzenden Krieger. Die beiden Frauen, die sich inmitten der gewaltigen Männerschar ganz verloren vorkamen, rückten auf dem kleinen Samtteppich, auf dem sie saßen, enger zusammen und schmiegten sich aneinander. Während das Schreien, das Lärmen, das Klirren der Waffen allmählich verstummte und die vom Tagesmarsch ermüdeten Männer in Schlaf und Vergessen sanken, fragte Juldus ihre Sklavin:
»Du hast wohl viel Unglück durchgemacht?«
Die Chinesin sagte:
»Ja, es fällt mir schwer, an all das Unglück zu denken, das ich erleben mußte. Doch höre! Großes wie kleines Leid haben meine Augen gesehen. Mein Leben begann glücklich und sorglos im Hause meines Vaters. Er kannte die Bedeutung eines jeden Sternes und sagte aus ihrer Bewegung den Menschen ihre Zukunft voraus. Jede Nacht verbrachte er auf dem Dache des kaiserlichen Palastes und schrieb alles, was er durch die Bewegung der Sterne und die Kreuzung ihrer Bahnen erfuhr, in ein großes Buch. Am Morgen zeigte er es dann dem Hauptaufseher des Palastes, der das Wichtigste dem Kaiser berichtete. Als ich herangewachsen war, gab mein Vater mich einem Anführer von zweihundertfünfzig Reitern, einem fröhlichen und angesehenen Manne, zum Weibe. Er war zwar zwanzig Jahre älter als ich, doch wir lebten in glücklicher Ehe, die mit zwei artigen Kindern gesegnet war. Wir wohnten in einem netten kleinen Hause mit einem hübschen Garten und einem Teiche, wo Lotos wuchs und Goldfische schwammen. Plötzlich kamen Dschingis-Khans Reiterhorden angebraust, zu einer Zeit, da niemand sie erwartet hatte. An ihrer Spitze stand derselbe einäugige Feldherr, der jetzt dem jungen Batu nicht von der Seite weicht. Mein Mann stürzte sich mit seiner Abteilung in die Schlacht und kehrte nicht wieder. Die Mongolen schlugen meine Mutter tot und führten meine Kinder fort. Einer ihrer Hundertschaftsführer, ein wilder, furchtbarer Mann, machte mich zu seiner Sklavin. Ich versuchte, es ihm in allen Dingen recht zu machen, so gut ich konnte. Ich wollte durchaus leben, um meine Kinder zu suchen. Ihm schmeckten aber meine Honigfladen und die Pilzpasteten so gut, daß er gar nicht daran dachte, mich gegen Lösegeld freizugeben, wie ich es ihm anbot. Schließlich schenkte er mich der Chanum Ori-Fudschin. So kam ich in ihre Jurte. Nun hat sie mich dir beigesellt, damit ich dich lehre, anmutig mit kleinen Schritten zu trippeln und dich zierlich zu verneigen, angenehm mit zwitschernder Stimme zu singen und zu sprechen, mit zierlichen Bewegungen den Tee

in die dünnen Porzellanschalen zu gießen, wie es die vornehmen Damen im kaiserlichen Palast tun. Willst du das lernen?«
»Wenn es nötig ist, werde ich alles lernen«, antwortete Juldus.
»Das ist noch nicht alles. Ich werde dich lehren, gruslige und lustige Märchen so interessant und spannend zu erzählen, daß dein Herr nicht müde wird, dir zuzuhören. Dann wird er dir alles gern zu Willen tun und dir jede deiner Bitten erfüllen. Ich werde dir das Märchen von dem auf der Himmelsbahn fahrenden großen Wagen erzählen, der mit Schwalben bespannt ist, und das Märchen von dem armen Hirten, der einen Drachen dazu zwang, eine Stadt zu erbauen, deren Bewohner keine Tränen kennen, und noch viele, viele andere Märchen.«
Von diesem Tage an fühlte Juldus sich nicht mehr so einsam. Sie sah in der Chinesin ihre Beschützerin, befolgte alle ihre Ratschläge und Unterweisungen, ließ sich von ihr alle Märchen erzählen, von denen man annehmen konnte, daß sie ihrem Herrn und Gebieter gefallen würden, und ließ sich zeigen, wie sie ihn anmutig und zierlich empfangen, bewirten und zerstreuen mußte, falls es ihm einfallen sollte, sie zu besuchen.

Ein Gespräch mit dem Dschichangir

Am Morgen des fünfzehnten Tages des Monats Rebi ließ der »Blendende« den Hadschi Rachim zu sich in das goldgelbe Zelt rufen. Batu-Khan saß auf einer einfachen dunklen Filzmatte, die auf einen persischen Samtteppich geworfen war. Neben ihm lag ein Köcher mit drei roten Pfeilen,[1] ein Bogen und ein Krummschwert. Über ihm hing ein Bronzeschild.
Mit einer Handbewegung lud der Dschichangir den Fakih ein, neben ihm Platz zu nehmen. Der Hadschi traf, nachdem er vor dem Khan den Boden geküßt hatte, Anstalten, die Worte, die der »Blendende« zu ihm sprechen würde, aufzuschreiben.
Dem Munde des Khans aber entstürzten die im Flüsterton gesprochenen Worte so geschwind, daß es schwer war, sie alle nachzuschreiben, und der Hadschi verwahrte sie in seinem Gedächtnis.
»Heute wird die große Beratung der Khane stattfinden ... Der Tag könnte blutig enden, falls die Mongolen, die Überlegung verlierend, beginnen sollten, aufeinander einzuhauen ... Dann werden frische Grabhügel den Weg zum Tore der Völker säumen ... Ja, das könnte geschehen. Erinnerst du dich an den großen Kurultai meines Großvaters, des unbesiegbaren Dschingis-Khan? Ich erinnere mich noch sehr genau an alles, obgleich ich damals erst sieben Jahre alt war. Zuerst

1 Personen der hohen mongolischen Aristokratie hatten eine bestimmte Anzahl von Pfeilen im Köcher. Je weniger Pfeile, desto höher der Rang. Nur der einfache Krieger war verpflichtet, einen vollen Köcher zu haben.

stellte der heilige Regent Fragen, und die Khane antworteten ihm, lebhaft zwar, aber ohne sich gegenseitig zu unterbrechen. Und ein jeder wog seine Worte auf der Waage der Vorsicht. Und als dann der Erschütterer des Erdkreises sprach, fielen seine Worte ihnen ins Herz wie ein Blitz, wie ein Schwerthieb, wie der Sprung eines Rosses über einen Abgrund, über den es nur ein Hinüber, aber kein Herüber mehr gibt... Niemand wagte zu widersprechen oder Zweifel am glücklichen Verlauf des geplanten Kriegszuges zu äußern. Heute haben die Khane die großen und weisen Regeln des Einzigen vergessen. Sie zanken sich untereinander wie in den Tagen, ehe der heilige Regent sie alle in seiner mächtigen Faust zusammenpreßte... Auf der heutigen Beratung werden vermutlich alle Khane – mit Ausnahme meiner Brüder und Mengu-Khans – mich lächerlich und kläglich zu machen versuchen, damit ich wie ein von vielen Pfeilen durchbohrter, weidwunder Keiler mich im Röhricht verkrieche... Das aber wird nicht geschehn! Entweder erschlage ich alle, die vor mir den Boden nicht küssen wollen, oder ich falle, von ihren Schwertern in Stücke zerhauen! Längst schon hätte ich ihnen allen das Rückgrat gebrochen, doch ich bin eingedenk des Gebotes meines Großvaters: ›Keinen Zwist unter meinen Nachkommen!‹ Ist nicht in ihre Hände die Gewalt über den Erdkreis gegeben? Weshalb rütteln sie dann an dem Pfeiler, der das Zelt des Geschlechtes Dschingis-Khans stützt? Warum sägen sie diese tragende Säule unten an? Aber heute werde ich ihnen zeigen, ob ich das neunschwänzige Banner meines Großvaters zu Recht führe!...«

Der Türvorhang bewegte sich. Man hörte draußen böses Geschrei. Eine große breitflächige Hand langte herein und griff nach dem Pflock.

»Das ist ein Fremder, keiner von den Unseren«, flüsterte Batu-Khan, während er nach seinem Bogen griff, einen der roten Pfeile auflegte und die Sehne spannte. Die Sehne schwirrte, der Pfeil durchdrang die Hand und heftete sie an den Holzpflock. Die Hand wurde mit Gewalt zurückgerissen und verschwand, wobei sie den Pfeil mit fortnahm. Die Stimmen verhallten.

Batu-Khan schlug mit einem Schlegel gegen den Bronzeschild. Ein mongolischer Wachtposten, der einen Lederhelm mit Nackenschutz aufhatte, trat mit einem kurzen Speer in der Hand ein.

»Wer war das, der eben hat hier eindringen wollen?«

»Ein Eilbote von Gujuk-Khan. Er wies eine goldene Paizsa vor und wollte, nachdem er mich beiseite gestoßen hatte, ohne Erlaubnis ins Zelt. Ich zog mein Schwert und schlug ihn mit dem Griff ins Gesicht, auf den Mund, daß die Zähne ihm ausfielen, und drohte ihm, wenn er noch einen Schritt mache, ihm die Klinge zwischen die Brustrippen zu stoßen.«

»Du hast wie ein treuer Wächter gehandelt«, lobte Batu-Khan. »Du sollst belohnt werden! Wo ist der Hundertschaftsführer Arapscha?«

»Er hat den Boten mit in seine Jurte genommen.«

»Wozu?«

»Um ihm das linke Ohr abzuhauen.«

Batu-Khans Augen bekamen einen schielenden Ausdruck, wie immer, wenn er nachdenklich vor sich hinblickte. Dann lachte er und fragte:
»Wie heißt du?«
»Mussuk.«
»Wo und wann habe ich dich schon gesehn?«
»Als ich für dich den braunen Hengst einfing, den der Hundertschaftsführer Arapscha jetzt reitet. Zu seiner Abteilung gehöre ich, er hat mich in sie aufgenommen.«
»Daran erkenne ich Arapscha! Wehe denen, die sich ihm in den Weg stellen! Schlimm wird es ihnen ergehn! Doch er vergißt auch jene nicht, die ihm einen Dienst erwiesen haben. Du kannst gehn.«
Der Wachtposten entfernte sich gehorsam, und Batu-Khan wandte sich wieder dem Hadschi Rachim zu:
»Ich führe die Horden nach Westen und weiß, was mich dort erwartet. Meine Kundschafter und die Kaufleute, die ich in die Gebiete der Urussuten entsandte, haben mir genau berichtet... Ich werde die Urussuten unterwerfen und alle jene Völker, die noch hinter ihnen im Abendlande wohnen. Die Urussuten, diese Waldbauern, zu unterwerfen, wird kein schweres Werk sein. Sie sind in viele kleine Stämme zersplittert, und ihre Khane-Konjasi hassen sich gegenseitig. Noch kein Dschingis-Khan hat sie und ihre Völker geeint. Ich werde meine Verwalter in ihren Städten einsetzen, damit sie die Steuern von ihnen eintreiben, und werde meinen Zug fortsetzen bis zum letzten Meer. Und alle Völker, auf die ich stoße, werde ich unter die Hufe meines Rosses zwingen... Dann wird die Hand des Mongolen sich auf den ganzen Erdkreis legen...«
Lautlos zwar, aber schwerfällig, trat der Bahadur Subudai ins Zelt. Er drehte sich noch einmal jäh zur Tür um und lauschte aufmerksam, wobei er die Hand an die Ohrmuschel legte. Nur sein krummer runder Rücken war zu sehen, über dem sich der fleckige blaue Tschapan straff spannte. Dann schlurfte er krummbeinig zu Batu-Khan hin, der erst abwartete, bis der Alte ächzend seine tiefe Verbeugung bis zur Erde vor ihm gemacht hatte, ehe er ihn durch eine Handbewegung einlud, sich zu ihm zu setzen. Mit einem scheelen, mißvergnügten Seitenblick auf den Fakih ließ sich der alte Feldherr schnaufend und seufzend nieder.
»Sprich ohne Vorbehalt und ohne Bedenken. Mein Lehrer ist mir treu ergeben und wird schweigen wie ein Stein am Wege!«
»Was ich schon früher sagte, bestätigt sich. Gujuk-Khan hat seine Tausendschaft hierher zu unserem Lager geführt. Ich habe die Posten verstärkt und befohlen, niemanden nahe heran zu lassen. Auch die anderen Khane haben, entgegen dem ausdrücklichen Befehl, Gefolge von mehreren hundert Mann mitgebracht. Ihre größeren Verbände stehen nicht weit und können, falls die Khane Alarm schlagen, sofort zur Stelle sein.«
»Was also ist zu tun? Kämpfen?«
»Das wird man heute abend sehn. Die Tollkühnen und die Unbesiegbaren sind bereit...«

Die große Beratung der Dschingisiden

Haß, Zorn und Neid bestimmen das Naturell dieses Volkes.
(Raschid-ed-Din)

Der Abend war still, kein Lüftchen regte sich. Ein leichter Regen hatte den lästigen Staub niedergeschlagen. Ringsum loderten die Lagerfeuer, und der Geruch von gebratenem Hammelfett verbreitete sich überall in der Luft.

Mit trunkenem Gelächter und groben Schimpfworten kamen die Khane angeritten und hielten zehn Schritt vor dem goldgelben Zelt ihre Pferde an. Denn weiter ließen die Turgauden sie nicht, die ihnen den Weg mit ihren vorgehaltenen Speeren versperrten. Die Khane hatten beabsichtigt, in hellen Haufen sich zum Zelt zu begeben. Doch drei Oberschamanen forderten sie auf:

»Geht einzeln zwischen den Feuern hindurch. Der heilige Rauch reinigt die Herzen von bösen Vorsätzen und vertreibt die schwarzen Geister der Finsternis.«

Zu beiden Seiten des zum Zelte führenden schmalen Pfades standen Reihen von Wachtposten. Die Khane und ihre Unterführer mußten sich wohl oder übel dazu bequemen, langsam zwischen dieser Gasse hindurchzugehen, an acht aus Steinen und Lehm errichteten Opferaltären vorbei, deren Rauch sie umwirbelte, da die Schamanen mit Schilffächern ihn zu ihnen hinwedelten. Andere Schamanen rasselten mit Schellentrommeln und intonierten dazu in halblautem Singsang altertümliche und geheimnisvolle Beschwörungsformeln.

Zwei Posten hielten mit ihren Speeren den Zeltvorhang hoch und gaben genau acht, daß keiner der Eintretenden die Schwelle mit dem Fuß berührte.

Im Zeltinnern brannten auf hohen Bronzeständern Öllämpchen, die einen Duft von Ambra, Muskat und Aloe verbreiteten. Auf bunten Teppichen lagen Saffian- und Seidenkissen. Im Hintergrund des Zeltes hing, die Hinterwand verdeckend, ein breiter, himbeerroter, mit goldenen Blumen und Vögeln bestickter Seidenvorhang herab.

In goldglitzernder chinesischer Galakleidung stand Subudai-Bahadur am Zelteingang und forderte die Eintretenden auf, ihre Waffen ab- und neben der Tür niederzulegen. Dann, als sie das getan hatten, bat er sie, weiterzugehen und sich auf die rechte Seite zu setzen.

Mengu-Khan und Batu-Khans vier Brüder nahmen auf der linken Seite Platz. Hinter den Khanen nahmen die obersten Heerführer, die vornehmsten der Nojone und die tapfersten Bahadure ihre Sitze ein.

Als letzter trat Gujuk-Khan mit kleinen Schrittchen ins Zelt, denn er trug rote Saffianstiefelchen mit sehr hohen gebogenen Absätzen. Sein vorgewölbter Bauch war mit einer Schärpe aus Brokatstoff umwickelt, in der ein chinesischer Dolch mit einem Griff aus Nephrit steckte. Sein

blauseidener Tschapan war mit Rubinknöpfen besetzt. Darunter trug er eine mit goldenen Drachen bestickte karmesinrote Weste.
Nachdem er die bereits Versammelten mit einem argwöhnischen Blick gemustert hatte, setzte er sich mit einem verächtlichen Lächeln auf den Lippen in der Tiefe des Zeltes nieder.
Drei seiner Leibwächter machten den Versuch, hinter ihm ebenfalls ins Zelt zu schlüpfen, doch Bahadur-Khan zischte sie an:
»Was fällt euch ein? Zurück! Wer hat euch erlaubt, bei der Beratung der Fürsten anwesend zu sein?«
Gujuk-Khan legte sich ins Mittel:
»Laß sie herein, damit sie lernen, Rates zu pflegen!«
»Arapscha! Wirf sie hinaus!« gebot Subudai.
Die drei versuchten beharrlich, in Gujuks Nähe zu gelangen, da packte Arapscha einen von ihnen am Rockschoß und zog ihn aus dem Zelt. Batus Brüder drängten die beiden anderen hinaus.
Drei Sklaven in weiten chinesischen Gewändern gingen zwischen den Gästen umher und boten ihnen von goldenen Tabletts einfache hölzerne Ajaks, mit weißschäumendem Kumyß gefüllt, an. Diese grauen Holzschalen hütete Batu-Khan wie ein Heiligtum, denn aus ihnen hatte einstens der große Dschingis-Khan getrunken. Alle nahmen diese einfachen Gefäße mit Ehrfurcht entgegen. Elf Schalen waren es – genau die Zahl der Khane aus dem Geschlecht Dschingis-Khans. Die leeren Tabletts in den Händen, standen die Sklaven mit ausgestreckten Armen starr und steif da.
Jetzt ging Subudai-Bahadur zum Vorhang im Hintergrund des Zeltes und zog ihn behutsam zurück. Dahinter saß auf einem niedrigen und breiten, mit Goldverzierungen geschmückten Thron in strenger regloser Haltung der junge Batu. Er trug einen glänzenden Kettenpanzer aus Stahl, auf dem die Lichtfünkchen schillernd spielten. Auf dem Haupte hatte er einen chinesischen Goldhelm, der mit einem Diamanten von der Größe eines Taubeneis geschmückt war. An den Seiten hingen vier schwarzbraune Fuchsschwänze herab. Auf der Brust des Blendenden prangte an einer Goldkette eine Paizsa, ein ovales Goldplättchen mit der Abbildung des Kopfes eines wutschnaubenden Tigers. Diese Paizsa hatte einstmals Batus Vater Dschutschi aus der Hand seines Vaters Dschingis-Khan empfangen. Der Tigerkopf besagte: »Alle müssen dem Verwahrer dieser Paizsa gehorchen, als ob wir, der Kagan, selbst beföhlen!«
Auf seinen Knien hielt Batu-Khan ein chinesisches Schwert mit langem Griff, der von Diamanten glänzte.
Tiefe Stille legte sich über den Raum, während alle ihre Augen auf den Dschichangir hefteten, der finster mit steinernem Gesicht über die Versammelten hinwegsah, als wäre er wer weiß wie weit allen irdischen Dingen entrückt.
Auch Gujuk-Khan hatte eine Weile wie gelähmt dagesessen, dann wandte er sich dem neben ihm sitzenden Khan Külkan zu und sagte zu

ihm zwar flüsternd, aber immerhin so laut, daß alle es hören mußten:
»Eine Feldratte, die sich einbildet, ein Löwe zu sein.«
Subudai kniete vor dem Thron nieder und sprach:
»Für diesen Feldzug ist Batu-Khan zum Dschichangir erkoren worden. Er ist kühn und gerecht, ein Batyr ohne Furcht und Tadel, es steht ihm zu, sich ›Sain-Khan‹ – der Heldenmütige – zu nennen. Ihr seht die Paizsa auf seiner Brust und wißt, was der Kopf des grimmen Tigers bedeutet. Erweist ihm die ihm gebührende Ehrfurcht, als säße der heilige Regent vor euch. Wenn das ganze Heer dem Sain-Khan gehorcht, wie es dem Einzigen und Erhabensten gehorcht hat, so ist die Zeit nicht fern, da der ganze Erdkreis unter den Hufen unserer Rosse liegt. Beugt euch vor dem Dschichangir!«
Batu-Khans Brüder erhoben sich, verschränkten die Arme über der Brust und verbeugten sich vor ihrem Bruder bis zur Erde. Ihrem Beispiel folgten Mengu-Khan und mehrere ältere Feldherren und Nojone, sie verneigten sich und küßten den Teppich vor dem Thron. Sieben Prinzen aber blieben, nachdem sie zu Gujuk-Khan hinübergeschielt, reglos sitzen.
Um Batu-Khans Lippen zuckte es unmerklich.
»Verteilt die Schalen!«
Batu-Khan krümmte sich noch mehr zusammen und gab den Sklaven ein Zeichen. Behend und lautlos gingen sie um alle Dschingisiden herum und reichten ihnen die mit Kumyß gefüllten Holzschalen. Auch Batu-Khan nahm eine solche Trinkschale zur Hand und wollte eben den Mund zu dem alten gebetartigen Trinkspruch öffnen. Aber Gujuk-Khan kam ihm zuvor; um zu zeigen, daß er der rechtmäßige Erbe des Thrones der Kagane sei, sagte er hastig den Spruch:
»Die ersten Tropfen unseres heimatlichen Kumyß aus diesen heiligen Schalen wollen wir trinken auf die Gesundheit, die Größe und die Macht des großen Beherrschers aller Mongolen und der ihnen untergebenen hundertsiebzig Völker, auf unseren unterm Schutz des ewigen blauen Himmels stehenden Kagan Ugedai!«
Mehrere der Khane hoben ihre Schalen zu den Lippen, die meisten aber warteten ab, was Batu-Khan tun würde.
Er saß weiterhin reglos auf seinem Thron, und als Gujuks Worte verhallt und ein erwartungsvolles Schweigen eingetreten war, sagte er laut und feierlich gedehnt:
»Die erste Schale leeren wir zum Gedenken an den heiligen Regenten, der von uns gegangen ist, um in jener Welt über den Wolken zu gebieten, zum Gedenken an den größten aller Krieger, der uns den Befehl zum Beginn dieses Feldzuges als Vermächtnis hinterlassen und uns geboten hat, den Schrecken vor dem Wort ›Mongole‹ bis zu den äußersten Grenzen der Welt zu verbreiten...«
Langsam trank Batu-Khan seine Schale bis zur Neige aus; die nachgebliebenen Tropfen goß er sich auf die Hand und strich sich damit über

die Brust. Alle Prinzen setzten sofort ihre Schale an die Lippen. Konnte es denn einer von ihnen ablehnen, zum Gedenken an den großen einzigen und erhabenen Erschütterer des Erdkreises zu trinken?
Die Sklaven brachten nun auf silbernen Tabletts goldene Becher und Schalen verschiedenster Formen und füllten sie aus dem neben der Tür hängenden großen kalbsledernen Schlauch mit Kumyß. Alle tranken auf den Gründer des Mongolenreichs und auf die bevorstehenden Siege.
Von neuem begann Batu-Khan zu sprechen, mit leiser Stimme, doch waren seine Worte überall im Zelt deutlich zu verstehen. Alle saßen reglos da und lauschten im Vorgefühl, daß die heimlichen bösen Leidenschaften, die in den Dschingisiden kochten, jeden Moment explodieren könnten.
»Wir wollen jetzt darüber reden, was für diesen Feldzug nützlich ist und was als schädlich abgestellt werden sollte ...«
Gujuk wurde sichtlich von einer inneren Unruhe ergriffen, er rutschte und drehte sich hin und her und flüsterte mit seinen beiden Nachbarn. Er hatte tagsüber schon zuviel von dem berauschenden Airan getrunken, und seine Augen waren blutunterlaufen. Mit heiserer wütender Stimme schrie er auf einmal los:
»Was kannst du schon abstellen? Wer wird dich anhören wollen? Kommt es dir zu, auf dem Thron zu sitzen? Steht es dir zu, Truppen zu führen?« Und indem er sich den Khanen zuwendete, rief er, wobei er tat, als wollte er vor Lachen fast ersticken: »Stimmt es nicht, daß Batu-Khan nichts anderes ist als ein Weib mit Bart? Ich werde dem letzten meiner Nuker befehlen, ihn mit einem Holzscheit zu verbleuen!«
Der Gujuk-Khan nahestehende Feldherr Buri brüllte, so laut er konnte:
»Ha, ha, ha! Laß mich das besorgen! Ich will ihn mit einem Fußtritt vom Throne stoßen!«
Prinz Külkan lachte kreischend auf wie ein Betrunkener und machte Anstalten, über die um ihn Herumsitzenden hinweg zu steigen.
»Stoßt diesem Weibe mit dem Bart einen Holzschwanz in den Leib! Laßt mich mal durch, ich werde das machen!«
Auf ein Zeichen Gujuks zogen alle seine Anhänger Dolche aus dem Busen und stürzten zum Thron hin.
Batu-Khan zog den Kopf ein. Seine Augen wurden zu kleinen Spalten, er fletschte die Zähne. Plötzlich richtete er sich hoch auf, warf sein Schwert weg und zog eine Peitsche aus seinem Stiefelschaft. Wütend hieb er damit auf die Köpfe der auf ihn Eindringenden ein.
»Ich belege mit dem großen Fluch jeden, der während des Feldzugs dem Dschichangir nicht gehorcht! Und du, Gujuk, du wirst niemals Kagan werden, ebensowenig wie ein Huhn sich zu den Wolken emporschwingt. Zurück! Auf die Knie!«
Da dröhnte die heisere zornige Stimme Subudai-Bahadurs:
»Oije! Urjanch-Kadan! Rufe die Tollkühnen und die Unbesiegbaren herbei!«
»Tollkühne und Unbesiegbare – hierher!« rief eine starke Stimme.

Hinter dem Vorhang hervor, aus Lederkoffern und zusammengerollten Teppichen, wo sie sich versteckt hatten, sprangen Krieger hervor und hin zu Batu-Khan, den sie auf ihre Arme nahmen und mit ihm hinter der Zeltwand verschwanden. Andere warfen sich auf die aufsässigen Khane, legten sie mit Faustschlägen ins Gesicht um und schleppten sie an den Beinen aus dem Zelt. Bei diesem Tumult wurden die Bronzeständer mit den brennenden Öllämpchen umgerissen, und es wurde dunkel im Zelt. Kriechend versuchten die zurückgebliebenen Khane den Ausgang zu erreichen. Draußen vor dem Zelt sammelten sie sich wieder, wischten sich das Blut aus dem Gesicht, ordneten ihre zerrissene Kleidung notdürftig. Einige wollten durchaus wieder in das Zelt hinein, aus dem noch immer das dumpfe Geräusch von Schlägen, Geschrei und das Klirren zerbrechenden Geschirrs herausdrang, aber die unerschütterlichen Posten am Eingang wehrten ihnen den Zutritt und stießen sie mit ihren Speeren sehr unsanft zurück.
Aus einem Seitenvorhang kroch jetzt Subudai heraus, der in seinen Händen das von Batu-Khan weggeworfene ererbte Krummschwert mit dem Diamantgriff in den Händen trug. Sofort scharten sich die Tollkühnen und die Unbesiegbaren um ihn. Geduldig und ruhig wartete er, bis sein Sohn Urjanch-Kadan zusammen mit anderen Kriegern den strampelnden und zappelnden Gujuk-Khan herausgetragen und ihn auf seine Füße gestellt hatten. Da näherte sich Subudai dem Sohne Ugedais, machte ächzend eine tiefe Verbeugung, warf sich auf die Erde nieder und berührte sie mit der Stirn. Gujuk machte Miene, den vor ihm Liegenden mit einem seiner Saffianstiefel ins Gesicht zu treten, doch hinter ihm Stehende zogen ihn noch im letzten Moment zurück. Subudai, der sich wieder erhoben und aufgerichtet hatte, sagte:
»Dem Sohne des Größten Achtung und Gehorsam! Womit kann ich dir meine Ergebenheit beweisen?«
»Wo ist er?« schrie Gujuk wieder wütend. »Ich werde ihm das Gesicht zerfleischen! Eine Ratte ist er, aber kein Dschichangir!«
Subudai kniff sein rotes Auge zusammen.
»Der heilige Regent spricht jetzt, hoch oben, über den Gewitterwolken, mit den Himmlischen. Er sieht von dort oben aus, wie glücklich der Feldzug sich anläßt, sieht das unbesiegbare Heer der von ihm geeinten Mongolen auf dem unaufhaltsamen Vormarsch nach Westen ... Was aber soll er von dem Streit unter seinen Enkeln denken? Nein, unter seinen Bahaduren darf es keinen Zwist geben, darf keine Feindschaft herrschen. Vielmehr müssen alle eng zusammenstehen wie die Bäume eines dichten Waldes. Ja, ja, ja, einig müssen sie sein, einig!«
Das letzte Wort schrie er wild hinaus.
Alle Khane waren still geworden während Subudais Rede. Selbst Gujuk hatte aufgehört, zu zucken und zu zappeln, sondern stand reglos und nachdenklich da. Er begriff, wie gefährlich es wäre, sich dem Einäugigen zu widersetzen.
»Unbesiegbare, macht euch bereit!« rief der Bahadur.

Seine Krieger schlugen mit der Handfläche ihrer Rechten gegen die Griffe ihrer Krummsäbel und zogen sie aus den Scheiden.
Subudai fuhr fort, laut und eindringlich auf Gujuk-Khan einzureden: »Der als Dschichangir eingesetzte Batu-Khan befiehlt dir, Gujuk-Khan, sofort, ohne Atem zu holen, ans Ufer des großen Stromes Itil aufzubrechen und dort auf ihn und das Heer zu warten, wo das Flüßchen Jeruslan sich in den Itil ergießt.«
Wieder loderte die Zornesflamme in Gujuk auf.
»Die Sprache, die du anschlägst, geziemt sich nicht gegenüber dem Erben des goldenen Thrones! Mäßige dich, du schieläugiger Viehtreiber, den nur die Gnade meines Großvaters über seinen Knechtsstand erhoben hat! Schweig, Krüppel, und gehorche!«
Subudai fuhr hoch, wobei er zischend den Atem einzog; er beherrschte sich aber. Seine Krieger freilich versicherten später, daß in diesem Moment sein blutunterlaufenes Auge geglüht habe wie ein rotglühender Nagel.
»Ja, ich erfülle den Willen meines und des für alle hier einzigen Gebieters, den Willen des Dschichangirs, und wer sich ihm widersetzt und seine Befehle nicht ausführt, der wird in neun Teile zerrissen werden! Oije, Unbesiegbare! Hebt den berauschten Khan Gujuk auf sein Roß, bindet ihm die Arme zusammen und begleitet ihn dann in sein Lager. Er ist noch zu jung, um zu wissen, was er sagt und tut, zumal da ihm der Airan zu Kopfe gestiegen ist. Überliefert ihn den Händen des Nojons Burundai und kommt schleunigst zurück. Solltet ihr mich nicht mehr hier finden, so galoppiert mir nach und holt mich ein. Uragsch! Uragsch!«
Dem Khan Gujuk wurden die Arme auf den Rücken gebunden, dann hob man ihn auf sein Pferd.
Subudai blickte sich um. Die blitzenden Schwerter über der rechten Schulter, standen seine Nuker reglos wie aus Stein da. Als die Khane und Nojone sich entfernt hatten, rief Subudai den Hundertschaftsführer Arapscha zu sich heran.
»Wo ist der Dschichangir?«
»Wir haben ihn in dein Zelt getragen. Ich habe die Wachen verstärkt.«
»Gut so. Man muß auf einen neuen Schlag gefaßt sein. Befiehl den Trommlern und Trompetern, mit dem ersten Hahnenschrei das Heer zum Aufbruch zu wecken!«

Am Ufer des Itil

> Es kam die Zeit, da überschritt der böse Tatar die schützende Grenze – die Wolga.
> (Orest Miller)

Die Vorhut des Mongolenheeres, das im zeitigen Frühjahr aus Sygnak aufgebrochen war, langte im Spätherbst am Ufer des Itil an. Ein halbes Jahr hatte der Marsch durch die Steppen bis zu den äußersten Grenzen der Urussuten, Bulgaren und der anderen noch nicht unterworfenen Völker gedauert. Die mit einer dicken Staubschicht bedeckten Reiter der beiden Tausendschaften der Tollkühnen und Unbesiegbaren zerstreuten sich auf den Sandhügeln längs des Ufers des mächtigen Stromes, dessen Anblick sie stark beeindruckte.

»Wenn man sein Wasser staute«, so sprachen die Mongolen untereinander, »würde es an einem einzigen Tage gewiß bis zum Himmel steigen.«

»Dieser Strom ist etwas anderes als unser blauer Kerulon und unser goldener Onon, die man beide durchwaten kann.«

»Da wird gewißlich das halbe Heer ersaufen, wenn der halsstarrige Subudai darauf besteht, daß wir hier übersetzen, und uns zwingt, ans andre Ufer zu schwimmen.«

Batu-Khan ritt auf seinem Schimmelhengst, dessen Fell vom Staub dunkelgrau geworden war, zum Ufer hinab.

Unruhige graue Wellen spülten große gestreifte Muscheln ans Ufer, und der Wind verwehte den Gischt.

»Hier haben unsere mongolischen Steppen ein Ende«, sagte Batu zu dem herbeieilenden »Atalik«. »Jenseits des Flusses wird alles anders sein. Dort wird mein Ruhm zu leuchten beginnen.«

Am gegenüberliegenden Flußufer dehnten sich auf abschüssigen Hügeln krause Wälder, die der goldene Herbst schon berührt hatte. Als himbeerfarbene Flecke zeichneten sich dichte Espenhaine ab. Auf zweien der Hügel ragten aus rohen Balken errichtete Wachttürme empor. Als lange gelbe Streifen hoben sich die Sandbänke von dem grünen Ufer ab. Schwärme von Schnepfen, Wildenten, Möwen und anderen Vögeln zogen vorüber.

Als einsamer Koloß ragte ein felsiger Berg auf, in dessen grauer Wand schwarze Löcher gähnten, die mit weißen seltsamen Säulen abwechselten. Zwei Frauen kamen den Abhang herunter gerannt und trieben zwei zu Füßen des Berges am Ufer weidende Kühe mit Gerten in den Wald hinein.

»Da läuft uns unser Mittagessen davon«, scherzte einer der mongolischen Krieger.

Auf dem Gipfel des Berges drängten sich viele Menschen zusammen, die sich augenscheinlich in großer Aufregung befanden, denn sie liefen hastig von einer Stelle zur andern.

Ein Möwenschwarm schoß zum Wasser hinab, in dem dunkle Balken schwammen. Mit Geschrei umflatterten die Vögel diese Balken und ließen sich darauf nieder.

»Das sind keine Balken! Seht doch nur! Leichen sind es! Die Leichen erschlagener Bulgaren! Das Werk der Krieger des Khans Scheibani... Er ist dabei, mongolische Ordnung bei den Bulgaren einzuführen...«

In der Tat, es waren Leichen mit aufgedunsenen blauen Gesichtern, die langsam gegen das Ufer getrieben wurden und an den Sandbänken liegenblieben.

Dem Heer wurde eine dreitägige Rast bewilligt. Überall längs des Ufers begannen die Lagerfeuer auf der Ebene zu rauchen.
Am ersten Rasttage sagte der Hundertschaftsführer Arapscha zu Mussuk:
»Auf Befehl des Tausendschaftsführers Kundschi wird dir eine wichtige Aufgabe übertragen: Versuche einen von den an diesen Ufern lebenden Menschen zu fangen und führe ihn her. Gewiß müssen eine ganze Menge Leute sich hier vom Fischfang und vom Anbau von Gerste nähren, denn überall sieht man frische Saaten, und im Wasser sind Netze ausgespannt. Auch kann man am Ufer drüben schmale schwarze Kähne bemerken. Sieh also zu, einen von diesen Fischern zu erwischen, wenn er ans Ufer herabkommt, um nach seinem Fang zu sehn. Ich gebe dir ein paar Nuker zur Unterstützung mit.«
Mit fünf Mongolen ritt Mussuk davon durch die Federgrassteppe. Aber sie wären fast alle im Morast versunken und retteten sich mit knapper Not, indem einer den anderen am Fangseil herauszog. Dann schlichen sie am Fluß durch Röhricht, wobei sie ihre Pferde am Zügel führten. Zweimal fuhren ganz dicht an ihnen Boote vorbei. Das eine wurde von Frauen in weißen, mit roter Borte besetzten Kleidern gerudert, im andern saßen ein Greis und ein Knabe, von denen jeder ein Ruder handhabte, das kurz war wie eine Schaufel. Die Boote waren so schmal, daß es wirklich eine gewisse Kunst erforderte, nicht umzukippen.
Mussuk vereinbarte mit seinen Leuten, daß er den Greis und den Jungen beschleichen wolle, denn gewiß führen sie zu einer Sandbank. Einer der fünf blieb hinter einer Anhöhe bei den Pferden, die vier anderen versteckten sich im Ried am Ufer, wo sie auf ein Zeichen von Mussuk warteten.
Langsam kämpfte das Boot gegen die Strömung an, und ebenso langsam kroch Mussuk behutsam am Ufer hin, immer auf ungefähr gleicher Höhe mit dem Boot. Unterwegs mußte er durch zwei in den Strom mündende Flüßchen waten, deren Wasser ihm bis an den Hals ging. Dabei scheuchte er eine Wildsau mit ihren Frischlingen aus ihrem Versteck auf.
Mehrmals verlor Mussuk das Boot aus den Augen, das sich vom Ufer entfernte und auf eine mitten im Strom gelegene Insel zusteuerte, wo sich der Greis lange im Röhricht zu schaffen machte, seine Beutelnetze überprüfte und die gefangenen Fische ins Boot warf. Mussuk lag völlig durchnäßt auf dem Uferrande und wartete ab, was weiter geschehen würde. Das Boot näherte sich wieder mehr dem Ufer und schwamm mit der Strömung flußabwärts, und zwar so schnell, daß Mussuk es schließlich aus den Augen verlor. Er durchwatete wieder die beiden sumpfigen Flüßchen und hörte plötzlich, gerade als er ans Ufer hinaustreten wollte, ganz in der Nähe Stimmen. Er warf sich hin und kroch so leise wie nur irgend möglich auf eine kleine Bucht zu, wo der Greis und der Knabe ihr Boot aufs sandige Ufer gezogen und ein Feuer angezündet hatten, neben dem sie lagerten. Auf dem Feuer stand ein berußter Kochtopf,

aus dem noch ein Fischschwanz hervorguckte. Die Fischsuppe floß schaumig über den Topfrand ins zischende Feuer, in das der Knabe eben ein paar Hände voll Reisig warf. Der Greis hatte die Hände unter seinem kahlen Kopf gefaltet und starrte in den Himmel, zu dem sein grauer Bart emporragte. Es dauerte nicht lange, so war er, wie sein Schnarchen verriet, eingeschlafen. Mussuk konnte deutlich alle Einzelheiten seines Anzugs erkennen: das geflickte Hemd aus grauem Leinen, das bis über die Knie reichte, wo die breiten Hosen aus grobem Stoff durchgescheuert waren. An dem alten Ledergürtel mit Messingschnalle hing eine hölzerne Scheide für das Messer. Auf einmal richtete sich der Knabe auf und sah sich beunruhigt nach allen Seiten um. Mussuk brach durchs Schilf, dessen Halme er knickte, und warf sich auf den Liegenden, während der Knabe kopfüber zum Boot floh, hineinsprang und vom Ufer abstieß, wobei er gellend schrie: »Großvater! Großvater! Schnell zu mir ins Boot!«

Mussuk hatte es für eine leichte Sache gehalten, den hageren knochigen Greis in seiner liegenden Stellung zu überwältigen. Er lag auf ihm, hielt ihm die Hand fest, die nach dem Messer zuckte, und versuchte, ihn mit einem Riemen zu binden. Aber der Greis entwickelte ungeahnte Kräfte. Er wußte, er kämpfte um sein Leben. Als er seine Hand losgerissen hatte, ergriff er einen Stein und schlug damit den Mongolen ins Auge. Mussuk war zumute, als drehe sich die ganze Bucht samt Boot um ihn, aber er ließ nicht locker, denn er wußte, daß man eine »Zunge«, die noch Aussagen machen soll, lebendig fangen muß. Der Greis biß und schlug wie ein wildes Tier um sich und brüllte: »Ach, die Pest über dich! Du wirst mich nicht überwältigen, du gelbschnäuziger junger Hund!«

Und in der Tat: Es gelang ihm, sich frei zu machen und aufzukommen, wenigstens auf die Knie. Mussuk drückte ihn aber wieder zu Boden und hielt ihm beide Hände fest.

Der Alte schrie dem Knaben zu: »Fahr nicht fort, Kirpa! Gleich werde ich ihm den Rest geben!«

Er trat Mussuk so kräftig in die Magengrube, daß der junge Krieger auf die Seite kugelte; aber das Geschrei war von den vier Mongolen gehört worden, sie eilten herbei und warfen sich im selben Moment auf den Alten, als dieser seinen Gegner schon unter sich gebracht hatte und eben nach dem Messer griff. Wütend kreischte der Alte und setzte sich auch gegen die neuen Angreifer verzweifelt zur Wehr, diese aber hatten ihn bald überwältigt und ihm die Arme mit weißgegerbten Riemen auf dem Rücken zusammengeschnürt. Der Knabe war indessen mit seinem Boot bis in die Flußmitte gerudert, wo die Sonnenkringel im Wasser flirrten. Die Mongolen stopften dem Greis als Knebel Blätter und Gras in den Mund und banden ihm dann mit einem Lappen den Mund zu.

Weiter stromaufwärts zeigte sich nämlich ein großes Boot, das mit der schnellen Strömung rasch dahinglitt. Vier Ruderer legten sich mächtig ins Zeug. Im Heck saß ein Mann von recht vornehmem Aussehen am Steuer; er trug einen mit goldenen Blumen bestickten Kaftan aus him-

beerfarbenem Samt. Zu seinen Füßen hockten auf dem Boden des Bootes noch zwei sehr kräftige Burschen mit langen Messern im Gürtel. Der Mann im Kaftan lenkte das Boot geradeswegs auf die Sandbank zu, in deren Ufer es sich mit voller Wucht knirschend bohrte. Die Ruderer ließen ihre Ruder fahren, sprangen mit Speeren in der Hand auf den Sand und zogen das Boot aufs Trockene.
Der Mann im Kaftan sagte mit gebieterischer Stimme:
»Guten Tag, Jägerlein! Was für ein Tier habt ihr denn da gefangen? Wartet damit, ihm den Garaus zu machen. Er ist ein alter Mann, der viel gesehen und gehört hat und uns allerhand wird erzählen können ... Er ist gewiß der geschickteste Fischer weit und breit und kennt alle Welt hier ... Doch wer seid ihr?«
Mussuk, dem das Blut in die Augen geschossen war, raffte sich mühsam unter Ächzen und Stöhnen auf. Einer der Mongolen antwortete:
»Wir sind Nuker des Dschichangirs Batu-Khan. Was mischst du dich in unsere Angelegenheiten?«
»Ich bin Fürst Gleb Wladimirowitsch, Gesandter des großen Rjasaner Volkes an euren großen Khan, zu dem ich unterwegs bin, um ihn zu begrüßen und ihm noch viele, viele Jahre des Wohlergehns und der Herrschaft zu wünschen. Wie lange habe ich noch bis zu ihm zu fahren?«
»Wenn du langsam mit uns fährst, wirst du in drei Tagen bei Batu-Khan sein. Ziehst du es aber vor, schnell vorbeizurudern, so wirst du hundert Tage fahren und doch nicht bis zu ihm gelangen, sondern vorher irgendwo ein Grab finden.«
»So fahre ich mit euch. Zeigt mir den Weg, es soll euer Schade nicht sein.«
Mussuk war inzwischen wieder zu Atem gekommen, hatte seine Wunden im Fluß gewaschen und sich den Kopf mit einem Fetzen von seinem Hemd verbunden. Jetzt konnte er mit seinem unbeschädigten Auge den Rjasaner Fürsten betrachten: Er war nicht mehr jung. Ein ehedem schwarzer, jetzt bereits stark ergrauter Vollbart wallte ihm auf die breite Brust herab. Die mit Biberfell verbrämte Samtmütze war schon recht verschossen, auch der hübsch geblümte Kaftan war abgetragen. Das strenge Gesicht und die durchdringenden schwarzen Augen mit dem kalten Blick wirkten recht unfreundlich. Augenscheinlich hatte dieser Mann einstmals in Ehren und Wohlstand gelebt, dann aber mußte ihn das Leben wohl in eine harte Schule der Entbehrungen genommen haben.
Nach längerem Hin- und Widerreden einigte man sich, daß der Rjasaner mit seinem Boot dicht am Ufer hinfahren sollte, damit die Mongolen sich zu Pferde in seiner Nähe halten konnten.
Den hart mitgenommenen Mussuk hob man auf sein Roß, den Gefangenen aber band man mit einer Lederschlinge um den Hals am Steigbügel des voranreitenden Nukers fest, und er mußte zusehen, wie er mit seinem Knebel im Munde Schritt hielt.

Batu-Khan hatte den Hadschi Rachim in sein gelbes Zelt beschieden, damit er bei der Unterredung mit den Fremdländern zugegen sei. Der »Blendende« saß in einem Brokatkaftan mit blitzenden Diamantringen an allen Fingern seiner beiden Hände im Hintergrund des Zeltes auf dem goldenen Thron.
Zu seiner Linken saßen schweigend und würdevoll die obersten Heerführer der Mongolen, an ihrer Spitze Subudai, zu seiner Rechten in hohen, spitzen, mit Perlenschnüren umwundenen Mützen und in goldblumenbestickten Seidenkleidern die vier stattlichen Mongolinnen aus dem Siebengestirn.
Daraus, daß nur die vier Mongolinnen anwesend waren, konnte man erkennen, daß eine geheime Beratung bevorstand, denn zu solchen geheimen Beratungen wurden die drei anderen Frauen nie zugelassen, da der Dschichangir wiederholt die Feststellung getroffen hatte, die Kiptschaken, und insbesondere die plapperhaften Kiptschakinnen, seien falsch und hinterlistig.
Sklaven kredenzten schäumenden frischen Kumyß in kostbaren Schalen, und nach einem langen Ritt durch die verbrannte Steppe ist dieser kalte säuerliche Trunk ein wahres Labsal.
Als erster trat der Hundertschaftsführer Arapscha ins Zelt, der statt der bei den Mongolen üblichen Mütze einen safrangelben indischen Turban trug, das eine Ende der Tschalma fiel ihm auf die linke Schulter herab. Ein kurzer Tschekmen umspannte straff seine schlanke Gestalt und die geraden Schultern. Seine Augen hatten einen starren Blick, und noch keiner seiner mongolischen Waffengefährten hatte diesen stolzen Jüngling lachen sehen.
Ihm auf den Fersen folgte Mussuk mit verbundenem Gesicht. Am Vorabend hatte der Hadschi Rachim sein in Bagdad erworbenes heilkundliches Wissen an ihn gewandt und ihm die Wunden ausgewaschen und zugenäht. Als Batu-Khan von der Gefangennahme des Greises durch Mussuk hörte, äußerte er den Wunsch, beide zu sehen und zu sprechen.
Hinter Mussuk schob man den alten Flußfischer ins Zelt. Seine Hände waren noch immer auf dem Rücken festgebunden, um den Hals baumelte ihm noch immer die Lederschlinge, und sein sonnenverbranntes Gesicht war voller Kratzer und Wunden, auf denen inzwischen das Blut verkrustet war. Er blieb gerade und aufrecht stehen und blickte mit seinen hellen Augen frei und furchtlos um sich, während die anderen vor dem Throne niederknieten. Zwei Dolmetscher übersetzten dem Khan Batu die Antworten des Greises auf die Fragen, die sie ihm stellten.
»Der Eroberer des Erdkreises wünscht zu wissen, wie du heißt, woher du stammst, was du hier am Flusse treibst.«
»Ich bin der Sklave und Diener des großen Magiers und Sterndeuters

Gasuk, des Hüters des heiligen Urakberges... Ich trage das Brandmal meines Herrn...«
»Zeige es!«
»Vor vierzig Jahren brannte man mir es auf der Hüfte ein.«
Ein mongolischer Krieger streifte dem Greis die Leinenhosen über die Schenkel herab und drehte ihn so, daß der Dschichangir das rotschimmernde Brandmal sehen konnte: einen Kreis und darin die Hörner eines Ziegenbocks.
»Was bedeutet diese Tamga?«
Bevor er auf diese Frage antwortete, drehte sich der Alte zu dem mongolischen Krieger um und sagte streng:
»Hast du mir die Hose heruntergestreift, so zieh sie auch wieder hinauf. Du siehst doch, daß ich meine Hände nicht gebrauchen kann.«
Der Mongole tat, wie man ihm geheißen, und der Alte wandte sich Batu-Khan zu.
»Hast du drüben am Ufer den grauen Berg gesehn? Er heißt Berg des Khans Urak. Und dort wohnt der Zauberer, der über hundert Jahre alt ist, sogar ich könnte trotz meines grauen Bartes sein Enkel sein. Er erinnert sich aber genau an alles, was in früheren Zeiten war und geschah. Jedesmal wenn Vollmond ist, wird auf dem Berg eine Feier zu Ehren des Wasser- und des Donnergottes veranstaltet, dann kommen von überallher die Kumanen und andere Steppenbewohner angeritten. Den Göttern werden schwarze Ziegenböcke geopfert, und Airan wird getrunken. Darum eben zeigt Gasuks Tamga die Hörner eines Ziegenbocks...«
»Wie heißt du?«
»Man nennt mich Großvater Wawila. Ich stamme aus Rjasan und war früher Bortnik.«
»Und wie gerietest du in die Sklaverei?«
»Nowgoroder Flußpiraten, Uschkuiniki nennt man sie, bemächtigten sich meiner mit List und Tücke, als ich im Wald Bienenhonig sammelte, und verschleppten mich flußabwärts, wo sie mich an einen Händler verkauften, der mich an einen anderen weiterverkaufte und dieser wieder an einen dritten. So ging ich von einer Hand zur anderen, bis ich zum Zauberer Gasuk kam.«
Subudai-Bahadur unterbrach den Redefluß des Greises, der wie die meisten alten Leute leicht ins Schwatzen kam: »Halt ein! Antworte nur auf das, was man dich fragt!«
Batu-Khan fragte:
»Was für Truppen hast du drüben auf der andern Seite gesehn? Sind viele Krieger zu Fuß und zu Pferde dort?«
»Ich bin Fischer und liege den ganzen Tag auf dem Wasser und im Röhricht. Was kriegt man denn da schon zu sehn?«
»Was aber hörtest du von anderen?«
»Gehört habe ich, daß die Kumanenkhane, die noch kürzlich in der Gegend umhergestreift sind, schleunigst abgezogen sein sollen... in die

Steppen ... Es heißt, sie hätten ihre Herden alle fortgetrieben und ihre Jurten abgebrochen. Noch nie hat man sie auf so überstürzter Flucht gesehn ...«

»Nach welcher Richtung ziehen sie denn fort?«

»Nach Lukomore, zum Blauen Meer.«

Der Greis blickte mit zusammengezogenen Brauen finster vor sich hin. Subudai griff abermals ins Gespräch ein:

»Kannst du mir die Namen der Kumanenkhane nennen, die hier in der Gegend ihre Nomadenlager hatten?«

»Das hat noch gefehlt!« rief der Greis. »Was man nicht alles von mir wissen will. Wenn ich mit ihnen Handel oder Roßtausch getrieben hätte, dann wüßte ich's wahrscheinlich. Frag mich doch lieber, was für Fische im Strom vorkommen! Viele Störe gibt es hier, Zander und Hechte. Frag mich, wo die besten Fangstellen sind, und ich will es dir so genau sagen, als wäre ich beim Wassermann zu Besuch gewesen.«

»Wer ist denn das – der Wassermann?« fragte Batu-Khan.

»Wie? Den Wassermann kennst du nicht? Das ist der Meerkönig, der unterm Wasser auf dem Grunde sitzt in seinen reichen Schlössern mit seinen hundert Töchtern, den Nixen.«

»Hast du sie gesehn?«

»Vierzig Jahre treibe ich nun Fischfang auf diesem Strom und soll sie nicht gesehn haben? Nicht nur gesehn, auch gehört! Des Nachts singen sie ihre Lieder zu ihren Reigen und locken damit die Wanderer und ziehen denjenigen, der ihnen traut, in die Tiefe hinab. Dann kitzeln sie ihn zu Tode ... Aber zurück an die Oberwelt lassen sie ihn nicht wieder.«

Bei dieser Erzählung des Alten wurden Ausrufe der Verwunderung laut. Die vier Mongolinnen tuschelten untereinander und schlugen die Hände vor Verwunderung über dem Kopf zusammen.

»Und den Wassermann – hast du den auch gesehn?« fragte Batu-Khan.

»Mehr als einmal! Er steckt sein bärtiges Gesicht aus dem Schilf heraus, das Haar hängt ihm in Strähnen auf die Schulter herab und der Bart ins Wasser. Dann glupscht und glotzt er mit seinen Krebsaugen und ruft laut, daß es schallt: ›Khan Urak! Khan Urak!‹ «

Subudai-Bahadur wandte sich an den Dschichangir.

»Gestatte mir ein Wort, Blendender! Dieser Greis scheint viele Märchen zu kennen und versteht sie gut zu erzählen. Ich wette, daß ihm das Mundwerk einen ganzen Tag lang nicht stillstehen würde oder auch zwei, besonders wenn man ihm etwas Airan in die Schale gießt. Man sollte ihn nicht töten. Er kann uns beim Zug durch das Land der Urussuten von Nutzen sein. Vielleicht läßt du ihn auch manchmal zu dir rufen, damit er dir die Zeit mit Märchenerzählen vertreibt. Er hat uns etwas Wichtiges kundgetan, nämlich: daß die Kumanenkhane abgezogen sind mit ihren Viehherden. Darum müssen wir uns sputen und sie einholen, denn wir brauchen viel Fleisch, um unsere Krieger nach den Strapazen wieder etwas herauszufüttern. Wir müssen unverzüglich über den Strom setzen.«

»Mag es so sein, wie du sagst. – Arapscha!« rief Batu-Khan. »Geh und binde dem Alten die Arme los. Löst ihm auch die Schlinge um den Hals, damit er sich verschnaufen kann.«
Arapscha erhob sich aus seiner knienden Stellung, zerschnitt mit einem Dolch, den er aus seinem Gürtel zog, die Fesseln des Gefangenen, entfernte die Schlinge von dessen Hals und schüttelte den Alten kräftig. »Der Dschichangir schenkt dir dein Leben. Danke ihm dafür! Wenn du dir Mühe gibst, kannst du sein Fischer, sein Märchenerzähler und sein Dolmetscher werden. Verneige dich und küsse die Erde!«
Der alte Fischer wollte die Arme ausstrecken und biegen, aber durch die Riemen, mit denen er gefesselt gewesen war, waren sie so angeschwollen und in den Gelenken so steif geworden, daß er sie kaum bewegen konnte.
Er wurde gepackt und aus dem Zelte geschleppt.
Batu-Khan fragte Mussuk noch über Einzelheiten der Gefangennahme des Greises aus und befahl dann, man möge dem jungen Krieger zur Belohnung ein seidenes Gewand geben.

Der Übergang über den Itil

Alle tatarischen und mongolischen Truppen erhielten, sobald sie am Ostufer des Itil anlangten, den Befehl des Dschichangirs, drei Tage Rast zu machen und dann aufs westliche Ufer überzusetzen. Eilboten jagten durch die Steppe, an den Zeltlagern hin, denn einige Abteilungen waren noch nicht eingetroffen, sondern irgendwo in der verdorrten Ebene zurückgeblieben.
Als einer der ersten traf Khan Külkan ein, der jüngste Sohn Dschingis-Khans, ein Nachkomme von dessen letzter Frau, der schönen jungen Merkitin Kulan-Hatun, die in Karakorum am Gift starb, das ihr bei einem Festmahl von neidischen Verwandten in die Speisen oder in die Getränke gemischt worden war. Groß und hübsch wie seine Mutter, mit schmalen, leicht schielenden Augen, immer sorglos und halb im Rausch, antwortete Külkan dem Eilboten des Dschichangirs: Er vermute, daß hier eine reiche Jagd auf Wasservögel und Steppenantilopen sein müsse, und er werde erst über den Itil setzen, wenn er nach Herzenslust seiner Jagdleidenschaft gefrönt habe.
Er ließ die Jurte aufschlagen, die seine Mutter von dem heiligen Regenten zum Geschenk erhalten und die ihr Sohn geerbt hatte. Statt mit Filzmatten war die Jurte mit gefleckten Bergpantherfellen bedeckt und innen mit Zobel gefüttert. Jeden Tag veranstaltete Külkan-Khan Gastmähler darin und vergnügte sich in der Gesellschaft vornehmer Khane seines Alters.
Begleitet von einer Hundertschaft der Tollkühnen, stellte sich ein zweiter Bote ein, durch den der strenge »Atalik« dem unbekümmerten Dschingisiden ausrichten ließ: Wer einen Befehl nicht ausführe, müsse

gewärtigen, dem Tod ins Angesicht zu sehen, und wer mit dem Übergang über den Strom säume, werde seines Postens enthoben und auf den allerniedrigsten versetzt. An seine Stelle aber käme ein Gehorsamerer und Flinkerer...

Der Bote ergänzte von sich aus: Die Unbesiegbaren und zehntausend auserlesene Krieger hätten den Befehl erhalten, sich sofort auf ihre Rosse zu schwingen, falls Khan Külkan wieder mit einer Weigerung kommen sollte.

So unmißverständliche Worte zerstreuten augenblicklich die Nebel des Rauches in Külkans Kopf. Er berief seine Nojone und Bahadure, die sich zum größten Teil noch sehr gut entsinnen konnten, wie Dschingis-Khan bei solchen Gelegenheiten gehandelt hatte. Hammel und Ziegenböcke wurden in aller Eile geschlachtet und aus ihren Fellen Schläuche gefertigt, die, nachdem man sie mit Luft aufgeblasen, zu Flößen vereinigt wurden. Lange Stangen, die man aus den Stämmen junger Bäume herstellte, dienten als Staken beim Fortbewegen dieser Flöße, auf denen die Krieger und der Train oder Troß übergesetzt wurden, der bei Külkan wie bei allen Dschingisiden sehr groß und auf dem Vormarsch schon oft genug belastend und hemmend gewesen war.

Von Külkans Abteilung galoppierten die Eilboten weiter, um auch bei anderen Abteilungen nach dem Rechten zu schauen.

Subudai hatte rechtzeitig alle nur denkbare Vorsorge getroffen: Vom Oberlauf des Stromes trafen aus dem Lande der Bulgaren – eines Volkes, das am Unterlauf der Kama ansässig war – tausend geteerte Boote mit je zwanzig Ruderern ein, ein Geschenk, das Scheibani-Khan auf Subudais Ersuchen seinem Bruder Batu machte. Die Ruderer waren zerlumpte halbnackte Bulgaren, deren Körper von der sengenden Sonne dunkel waren wie Kiefernborke.

Subudai ordnete an, daß in jedes Boot zwanzig Reiter mit Sattelzeug, Schnappsack und Pferdefuttervorrat für drei Tage zu steigen hätten. Die Pferde sollten schwimmen. Allerdings hatte man schwere Bedenken, ob sie wohl sich gegen die starke Strömung würden behaupten können.

Arapschas Hundertschaft mußte als erste das Wagnis unternehmen. Arapscha maß vom sandigen Ufer aus die Breite des Stromes mit den Augen. An Mut würde es nicht fehlen, aber würden die Kräfte ausreichen? Ein stämmiger Mongole in blauem Tschapan mit sonnverbranntem jungem Gesicht trat zu ihm und blickte ihn mit herrischen kalten Augen an. Es war Subudais Sohn Urjanch-Kadan, der sich im Krieg gegen China durch Kühnheit und Entschlossenheit des Angriffs ausgezeichnet hatte.

»Wie ich höre, sollst du als erster hinüber ans andre Ufer. Aber es handelt sich nicht bloß ums Übersetzen. Du mußt dich auf einen Kampf gefaßt machen, denn drüben haben sich unbekannte Reiter gesammelt. Wie viele – das weiß man nicht, auch nicht, welchem Stamm sie angehören, ob es Saksinen, Burtassen, Kumanen oder Urussuten sind. Aber das tut ja auch nichts zur Sache. Man muß sie jedenfalls vom Ufer drüben vertreiben und nach der Landung die Boote wieder hierherüber schicken. In jedem Boot müssen fünf unserer Krieger bleiben, um auf die Bulgaren aufzupassen, sonst könnte es denen einfallen, flußabwärts davonzurudern. Den Rossen muß man Obroti oder Trensen anlegen und sie aneinanderbinden, und die schwächeren Tiere müssen neben den Booten schwimmen und am Tschembur gehalten werden. Mein Vater will dir seinen Lieblingshengst, den Rehbraunen, anvertrauen, damit er den anderen Pferden das Beispiel gebe, denn er ist bereits über den silbernen Ulug-Kem wie auch über den wasserreichen Dscheihun geschwommen.«

»Ich werde den Rehbraunen des Bahadurs wie meinen Augapfel hüten«, sagte Arapscha. »Aber warum fünf Krieger in jedem Boote als Aufpasser lassen? Einer wird auch genügen! Keiner der Bulgaren wird wagen, ungehorsam zu sein.«

»Vorsicht bei einer großen Sache kann nie schaden!« antwortete Urjanch-Kadan.

Krummbeinig und mit krummem Rücken stand Subudai-Bahadur unweit des Ufers neben seinem rehbraunen Hengst mit der schwarzen Mähne und dem langen schwarzen Schwanz. Subudai tätschelte ihm den muskulösen Hals und die breite Brust, flüsterte ihm etwas ins Ohr und fütterte ihn mit kiptschakischen Hirsefladen. Der Rehbraune schüttelte den Kopf und wedelte mit dem Schweif, um die ihn umschwirrenden Bremsen zu verscheuchen, und schien im übrigen durchaus einverstanden zu sein, den Ruhm eines mongolischen Schlachtrosses auch bei dem bevorstehenden Unternehmen aufrechtzuerhalten.

Mussuk gehörte zu der Hundertschaft, die dazu bestimmt war, als erste den Übergang über den gewaltigen Strom zu riskieren. Er war zu allem bereit. Mußte etwas riskiert werden, so riskierte man es eben! Zu seinen Füßen lag der Sattel, neben ihm stand das rotbraune Kiptschakenpferd, das Arapscha ihm geschenkt hatte; aber es war nur ein mittelmäßiges Tier und schon recht von Kräften.

Arapscha, der hinzutrat, fragte seinen Schützling:

»Nun, wie steht's?«

»Ich fahre hinüber.«

Arapscha befühlte dem Pferd die Rippen, die Höhlen unter den Augen und meinte:

»In schlechtem Zustand ist das Tier. Es wird's wohl kaum aushalten. Setz dich ins Heck des Bootes und halt das Pferd fest am Zügel. Hilf ihm beim Schwimmen und gib acht, daß ihm kein Wasser in die Ohren kommt. Falls der Zügel reißen und das Roß ersaufen sollte – geschähe dir bloß recht. Du hättest dich eher um einen festeren Zügel kümmern sollen.«

Voll Wohlgefallen blickte Subudai Arapschas wohlgenährtes muskulöses Pferd an, dessen braunes Fell wie Seide glänzte, und gestattete, daß es mit seinem Lieblingspferd zusammengebunden wurde. Er selber führte seinen Rehbraunen zum Ufer hinunter und ins Wasser hinein und

flüsterte ihm abermals etwas ins Ohr; dann gab er ihm einen Patsch mit der flachen Hand.
»Uragsch! Vorwärts!«
Der Hengst beschnüffelte mit geneigtem Kopf das Wasser, schnaubte und ging dann entschlossen voran. Neben ihm ging Arapschas schlanker Brauner, und die Rosse der ganzen Hundertschaft folgten den beiden. Von den Hügeln am Ufer aus beobachteten die Mongolen den Übergang. Erst war eine Sandbank zu überschreiten, dahinter begann sofort das tiefe Wasser. Der Rehbraune warf sich hinein und tauchte darin unter, nur Stirn und Ohren ragten noch hervor. Arapschas Brauner war ihm zur Seite geblieben, und zwei, drei der folgenden Rosse schwammen munter den beiden nach. Schließlich waren alle hundert im Wasser und kämpften wacker gegen die Strömung.
Jetzt stießen auch die ersten Boote vom Ufer ab. Sie kamen aus der Mündung des Jeruslan heraus. Die Waffen der Krieger blitzten in der Sonne. Mehrere der Reiter zogen ihre Rosse am Zügel hinterher. Mussuks rotes Pferd hielt sich anfangs wacker, aber das Boot fuhr zu schnell, es blieb zurück, und der Zügel straffte sich immer mehr.
›Wenn der Riemen reißt, ersäuft es!‹ dachte Mussuk. ›Dann bin ich wieder ein Pferdeknecht ohne Roß.‹
Er bat die Ruderer:
»Rudert langsamer, sonst ersäuft ihr mir mein Pferd!«
Aber die rasche Strömung führte die Boote mit sich fort, und in der Mitte des Flusses merkte Mussuk voll Entsetzen, daß sein geschwächtes Tier zu ermatten begann und sich ein-, zweimal auf die Seite legte.
»Wenn ihm das Wasser in die Ohren kommt, ist es hin«, murmelte Mussuk. Er ermunterte das Tier: »Nun, sei stark, mein Freundchen, streng dich noch ein bißchen an. Tu dein Bestes, mein Tierchen!« Und er zog das Pferd mit aller Kraft näher zu sich heran. Er war bemüht, den Kopf des Pferdes über Wasser zu halten, und es ruderte wieder lebhafter mit den Beinen, doch nicht für lange, dann legte es sich wieder auf die Seite, und sein hellroter Bauch erschien an der Oberfläche. Mussuk war darauf bedacht, wenigstens Nüstern und Ohren des Tieres über Wasser zu halten. Er blickte sich um: Das rechte Ufer näherte sich schnell; ganz deutlich sind schon die gelben abschüssigen Uferbänke zu sehen, auf denen silbrig schimmerndes Riedgras wächst. Weiter sieht man Männer, auf der Flucht, wie es scheint, aber im Davonlaufen schießen sie Pfeile ab, von denen einige die Boote erreichen, die meisten aber ins Wasser fallen. Die Mongolen spannten ihre Bogen, legten ihre langen Pfeile auf die Sehne und trafen besser.
Der Kiel des Bootes knirschte auf sandigem Grund. Die Krieger sprangen ans Land und liefen schnell zu ihren Pferden, die etwas weiter stromabwärts sich dem Ufer näherten. Als Mussuks Roß Grund fühlte, versuchte es, sich auf die Beine zu stellen, doch zwei Pfeile bohrten sich ihm in die Flanken. Auf dem Wasser bildete sich ein roter Fleck, und das Tier sackte von neuem ab.

Inzwischen waren die Pferde mit Subudais Hengst an der Spitze zu einer Sandbank gelangt, die sie erkletterten. Die Mongolen eilten herbei, warfen ihren Pferden den Sattel auf den nassen glänzenden Rücken, zogen den Gurt an, sprangen auf und ritten auch schon den sandigen Abhang hinan, bereit zum Kampf.
Arapscha, der ebenfalls ans Ufer gesprungen war, hatte die leeren Boote sofort wieder zurückgeschickt und blickte ihnen nach zum linken Ufer hinüber, wo sich auf der Ebene Fußvolk und Reiter in langen Zügen wie Ameisenzüge fortbewegten. Den rückkehrenden Booten kamen schon neue aus der Mündung des Jeruslan entgegen, und überall auf der ganzen Wasserfläche des breiten Itil sah man Ohren und Schnauzen schnaubender Rosse.
Laut ertönte Arapschas Stimme:
»Aufsitzen! Schnell! Vorwärts!«
Und mit wildem Geschrei setzten die Mongolen den fliehenden Kriegern des ihnen unbekannten Volkes nach.

Der blutige Komet

Die fünfzehn gelbgrauen zweihöckrigen Tangutenkamele standen noch am linken Ufer des Itil. Mit erhobenen Köpfen und vorgeschobener Unterlippe, was ihrer Physiognomie einen anmaßenden Ausdruck verlieh, blickten sie mit glänzenden Augen auf den wasserreichen Fluß und auf die ungewöhnliche Geschäftigkeit der Menschen.
In seiner Kedschawe hockte, sein Schreibpapier auf den Knien, der Hadschi und fixierte seine Eindrücke und Gedanken:
»... Wozu diese Hast und Unruhe der Menschen angesichts der feierlichen Ruhe des Himmels und der Steppe? Nichts in der Natur ändert sich ja durch diese ameisenhaft wimmelnde und kribbelnde Geschäftigkeit: Die Ebenen der Erde sind und bleiben grenzenlos. Wäre es nicht weiser, sie mit dem gemessenen Gang der Handelskarawanen zu durchschreiten? Wer mit Windeseile zu Pferde dahinjagt, wird der nicht auch nur zu dem Punkte gelangen, zu dem auch das gleichmäßig schreitende Kamel ihn hintrüge? ...«
Hinter dem im Winde flatternden Vorhang saß auch Juldus in ihrer Kedschawe, blickte mit weit aufgesperrten erstaunten Augen auf das bewegte und geräuschvolle Schauspiel des Flußübergangs und suchte unter der vieltausendköpfigen Schar der Krieger einen schlanken und ranken jungen Dschigiten. Einige Male glaubte sie ihn zu erkennen, mußte aber dann einsehen, daß sie sich durch Ähnlichkeiten der Gesichtszüge hatte täuschen lassen. Nein, er war's nicht. Es waren nicht seine katzenhaft geschmeidigen Bewegungen.
›Ob er noch lebt?‹ fragte sie sich bang. ›Oder ob er schon irgendwo in der Steppe liegt, als Fraß der Geier und Krähen?‹
Manchmal wich auch dieses Gefühl der Trauer einer böseren Regung:

›Wenn er nun am Verkauf der Pflegeschwester mitschuldig gewesen ist? Doch warum? Vielleicht, weil er dann am Feldzug teilnehmen konnte ... – Wenn dem so wäre, dann mögen ihn die Raben fressen, dann mag er in der verdorrten glühenden Wüste verschmachten, und niemand komme, um ihm die ausgetrockneten brennenden Lippen zu netzen! ...‹
Die chinesische Sklavin berührte sanft die Schulter ihrer Herrin.
»Der Dschichangir schaut zu dir her!«
Batu-Khan, der auf seinem schneeweißen Roß an der Spitze seines Gefolges einen Hügel am Ufer hinangeritten war, wies jetzt mit der Hand auf die gegenüberliegende Seite des Stromes. Ein Reiter nach dem andern entfernte sich aus seinem Gefolge, um, im Galopp davonjagend, die erhaltenen Befehle auszuführen oder weiterzugeben.
Arapscha, der Juldus während des Marsches infolge seiner arabisch-muselmännischen Kleidung aufgefallen war und dessen Namen sie daraufhin in Erfahrung gebracht hatte, kam jetzt, eben erst vom rechten Ufer zurückgekehrt, auf die Kamele zu und erteilte den in der Sonne im Sande sitzenden Kameltreibern einige kurze Befehle. Sie sprangen auf und führten die Tiere am Zaum zum Ufer hin.
Die bulgarischen Ruderer waren dabei, immer aus je drei Booten, über die sie, nachdem sie sie zusammengebunden, Bretter legten, eine Art Fähre zu bilden. Arapschas knappe Befehle und Anweisungen wurden überall ohne Widerspruch ausgeführt. Sklaven schleppten Pfähle herbei, rammten sie am Ufer in den Boden des Flußbettes und verflochten sie mit Weidenzweigen, und da sehr emsig und geschwind gearbeitet wurde, führten bald vom Ufer mehrere Stege ins Wasser, an denen die Fähren anlegen konnten.
Die Arbeiten der Zimmerleute beaufsichtigte ein großer dicker Mann in seltsamen, weit seinen Körper umwallenden Gewändern. Von seinem blauen Mützchen hing ihm eine lange Feder bis auf den Rücken hinab.
»Dieser Mann mit der langen Feder an der Mütze«, flüsterte die Chinesin ihrer Herrin zu, »ist ein Landsmann von mir und ein großer Baumeister und Gelehrter. Ich höre ihn in unserer Sprache schimpfen: ›Nein, hier mag ein Hund leben! Für mich ist dieses barbarische wilde Land nichts!‹ ...«
Einige der sieben Sterne Batus und ihre Dienerinnen wurden ängstlich und unruhig, als es soweit war, daß die Kamele auf die Flöße geführt werden sollten.
»Nein, wir wollen nicht mitfahren! Wenn die Boote nun umkippen? Mag es erst jemand anders probieren!« piepsten sie mit feinen Vogelstimmen.
»Mag die kleine Schwarze es zuerst versuchen!« sagte die erste der Mongolinnen, die hochmütige Buraktschin.
Ohne die Sprecherin anzusehen, befahl Arapscha den Treibern, zuerst das siebente Kamel, auf dem Juldus mit ihrer chinesischen Dienerin saß, auf die Fähre zu führen. Im Vorbeireiten sagte I-La-He zu ihm:
»Befiehl dem Meister Li-Tun-Po, zusammen mit meiner kleinen Chanum hinüberzufahren!«

Arapscha aber sah sie nur mißtrauisch an und wandte sich wortlos ab. Am Steg ging das Kamel in die Knie, Juldus und I-La-He entstiegen ihrer Sänfte und trippelten vorsichtig auf die Fähre. Vor ihnen her ging der chinesische Meister, der darauf achtete, daß sie nicht stolperten, hinter ihnen führten die Treiber das zottige Kamel auf die schwankende Fähre. Es brüllte und geiferte und wollte durchaus nicht niederknien, sondern stand mit hochgerecktem Hals da und drehte den Kopf nach allen Seiten, als wolle es das Schauspiel so recht genießen.
Juldus, in ein safrangelbes Tuch gehüllt, kauerte sich auf einem hingebreiteten Teppich nieder. Hinter ihr stand ihre Sklavin. Die Taue, die die Fähre am Steg hielten, wurden gelöst, und die bulgarischen Sklaven tauchten ihre Ruder ins Wasser.
Man hörte eine Männerstimme rufen:
»Halt! Wartet noch!« Batu-Khan kam auf seinem weißen Hengst angesprengt, sprang leicht aus dem Sattel, faßte die Zügel seines mißtrauisch schnaubenden Rosses und führte es auf die Fähre neben das Kamel. Dem Dschichangir folgte Arapscha. Mehrere Mongolen kamen angelaufen und wollten offenbar auch noch mit, aber Arapscha stieß sie zurück. Einer von ihnen stolperte und purzelte ins Wasser.
Batu-Khan, der zwischen dem Hengst und dem Kamel stand, schaute mit raubgierigem Blick auf das Ufer, dem sie entgegenfuhren: Vor ihm breitete sich das Land aus, durch dessen Eroberung er sich nie verlöschenden Ruhm erwerben würde. Ungeduld und hochgespannte Erwartung malten sich auf seinem Gesicht.
»Wie heißt du, kleine Hatun?« fragte er das zierliche junge Mädchen im safrangelben Schleier.
»Juldus, mein Gebieter.«
»Ein glückverheißender Name!«
Der chinesische Baumeister trat zu Batu-Khan und sprach:
»Heute ist ein großer Tag. Du, Blendender, überschreitest den Strom, der den Orient vom Okzident scheidet. Du stehst zwischen einem kühnen Hengst, dem Gefährten des Kriegers, und einem ausdauernden Kamel, dem geduldigen Freunde des Wanderers, und vor dir leuchtet der Stern, der dir Glück bringt!«
Unbemerkt hatte I-La-He ihrer Herrin etwas zugeflüstert, und Juldus, eingedenk des von der alten Chanum Ori-Fudschin erhaltenen Rates, erhob sich und sagte, vor Erregung rotglühend, zu dem jungen Khan:
»Wie ein heller Komet wird dein Name über den dunklen Himmelsrand fliegen und durch glänzende Siege den Weg des mongolischen Heeres erhellen.«
Batu-Khan unterdrückte ein flüchtiges Lächeln und wurde gleich wieder unnahbar und undurchdringlich.
»Ich werde die mir aufgetragene Sendung erfüllen und die Macht der Mongolen bis ans äußerste Ende des Erdkreises ausdehnen«, sagte er kalt.
Das gegenüberliegende Ufer, wo auf einer weit ins Wasser hineinra-

genden Landzunge eine Hundertschaft in Reih und Glied Aufstellung genommen hatte, war schon ganz nahe.
Hörner schmetterten das Signal:
»Achtung und Gehorsam!«
Viele Tage dauerte es, bis das ganze große Heer der Mongolen und Tataren über den Fluß gesetzt war. Die Boote reichten nicht aus, und es wurden Flöße gebaut aus Balken und aus aufgeblasenen Fell- und Lederschläuchen, mit denen man vor allem das Vieh, den Proviant, die zusammengelegten Jurten und die Lasttiere hinüberschaffte.
Batu-Khan hatte den Abteilungen der Vorhut den Befehl zum Vormarsch in die große Polowezer Steppe und zur Verfolgung der hastig südwärts fliehenden Nomadenstämme erteilt, er selbst aber blieb einige Zeit in der Nähe des Urakberges.
»Wer sich euch widersetzt«, so hatte er zu seinen Kriegern gesprochen, »den sollt ihr vernichten. Die Khane, die sich samt ihrer ganzen Sippschaft euch unterwerfen, mögen sich dem Heere anschließen, ihre ganze Habe aber an Vieh und anderem soll euch als Beute gehören. Mögen sie durch Tapferkeit sich neue Reichtümer erwerben...«

Der Zauberer vom Urakberg

Im Herbste des Jahres der Muschel (das heißt des Jahres 1237 nach unserer Zeitrechnung) stand Batu-Khans goldgelbes Zelt mit dem darüber wehenden fünfeckigen, neunschwänzigen Banner bereits auf dem rechten Ufer des Itil, gegenüber der Mündung seines linken Nebenflusses Jeruslan, am Fuße des düsteren Urakberges dicht an einem klaren Bach. In Hufeisenform waren um das goldgelbe Zelt herum die Zelte des Siebengestirns aufgeschlagen. Die übrigen Dschingisprinzen hatten ihre Zelte längs des Stromes errichtet, und jedes bildete das Zentrum eines Ringes von Jurten, in denen die Leibwachen des betreffenden Prinzen untergebracht waren, ferner die Schamanen und Zauberer, die Hetzjäger und Falkoniere, die Wärter der Pferde und Hunde, die Flötenspieler und Trompeter und das übrige Gefolge.
Boote und Flöße besorgten den Verkehr zwischen den Lagern zu beiden Seiten des Stromes, beförderten Krieger und Diener, Vieh und Lasten, denn am linken Ufer, wo sich grüne Wiesen ausbreiteten, weideten Tausende von Pferden und standen die Zelte der noch nicht übergesetzten Abteilungen, die überwiegend von Völkern und Stämmen gestellt wurden, die sich dem Heer der Mongolen und Tataren auf seinem Vormarsch nach Westen angeschlossen hatten.
Zur Feier der Überschreitung des Ost und West, unterworfene und noch nicht unterworfene Länder trennenden Stromes wurde das Nadamfest begangen.
Die Führer der einzelnen Abteilungen nahmen mit ihren grellbunten Bannern an hohen Bambusstangen auf dem Gipfel des Urakberges

Aufstellung. Unter den vielen im Herbstwind lustig flatternden Fahnen hoben sich die mächtigen Seidenbanner der elf Dschingisiden durch ihre glänzende Farbigkeit hervor.
Der Wind trieb die großen grauen Wellen des gewaltigen Stromes vor sich her und mit ihnen die Boote, die die Krieger zur Teilnahme an der Feier vom Ost- aufs Westufer brachten. Batu-Khan hatte mehrmals Beratungen mit den ihm ergebenen Khanen abgehalten. Er hatte eine abergläubische Furcht vor den bösen Hexenkünsten der Zauberer vom Urakberg, befürchtete, sie könnten einen Sturm heraufbeschwören. Denn der Oberzauberer, der uralte Gasuk, war nicht gekommen, um den Anführer des Mongolenheeres zu begrüßen. Er hielt sich vielmehr in einer tiefen Höhle versteckt, und seine Gehilfen, die Unterzauberer, ließen niemanden zu ihm hinein. Batu-Khan hatte einen Befehl an seine Krieger erlassen, worin er ihnen ein ehrerbietiges Verhalten gegenüber den zauberkundigen Männern zur Pflicht machte.
»Wenn der himmlische Gebieter des Donners, Chochodoi-Morgon, ergrimmt, kann keine irdische Macht vor seinen Blitzen Schutz gewähren. Man muß die Schamanen und Zauberer aller Völker achtungsvoll und entgegenkommend behandeln, damit sie alle guten und bösen Gottheiten um Hilfe für den Sieg des mongolischen Heeres anflehen.«
Gasuk, dem Oberschamanen des Donnergottes Chochodoi-Morgon, wurde befohlen, bei der Nadamfeier zu erscheinen und für den Sieg des Dschichangirs zu beten. Die Unterzauberer aber antworteten, Gasuk wäre so uralt, über tausend Jahre alt, daß er schon in der Erde Wurzel geschlagen habe und sich nicht vom Flecke rühren könne.
»Man muß diesen Eigensinnigen unbedingt sehen und in Erfahrung bringen, was er eigentlich in seiner Höhle treibt«, sagte Batu-Khan zu seinem Berater Subudai-Bahadur. »Vielleicht übt er seine Zauberkünste uns zum Schaden? Sollte man ihn nicht günstig stimmen, indem man ihm Kühe und Rosse schenkt oder was sonst einem Greise gefallen mag? Oder sollte man ihn lieber umbringen lassen?«
Subudai-Bahadur erwiderte:
»Männer in so hohem Alter lieben nur noch die Ehre. Auch denke ich, daß er von den Anbetern seines Gottes mehr Gold hat zusammenbringen können, als du auf deinen Kriegszügen erbeuten wirst.«
Batu-Khan kniff die Augen zusammen.
»Man schaffe ihn herbei!«
Subudai ließ Arapscha rufen, welcher, nachdem er den Feldherrn angehört hatte, erklärte:
»Allein werde ich da wohl nicht viel ausrichten.«
»Unsere Schamanen sollen dir ihren Beistand leihen.«
»Nein, nicht der Schamanen bedarf es dazu, sondern einer Hundertschaft.«
»Nimm meinetwegen drei Hundertschaften! Dem alten Zauberpriester stehen womöglich seine bösen Geister bei. Sieh dich nur ja vor, daß du sie nicht beleidigst.«

Subudai ließ die Anführer zweier Hundertschaften herbeiholen, und Arapscha erklärte ihnen, worum es sich handelte.
»Dieser Zauberer, den wir unversehrt aus seiner Höhle herausholen sollen, hat, wie man sagt, die Fähigkeit, sich in einen Bären oder eine Schlange oder sonstein Tier zu verwandeln. Doch habt keine Furcht! Wir handeln im Auftrag des Ataliks, und mit ihm ist der große Kriegsgott Sulde, der stärker ist als alle anderen Himmelsbewohner.«
»So ist es«, sagte Subudai.
»Uns ist dennoch nicht geheuer dabei zumute«, sagten die beiden flüsternd. »In der Schlacht zu kämpfen, das schreckt uns nicht, aber einen Zauberer zu fangen, der die Gabe hat, sich in alle möglichen Tiere zu verwandeln, das macht uns bange.«
»Wenn es euch gelingt, ihn zu fangen, so winkt euch eine große Belohnung von Batu-Khan!« sagte Subudai.
»Ja, eine große Belohnung!« bekräftigte Batu das Versprechen seines Bahadurs.
»Geht zu Werke wie bei der Jagd auf einen listigen Fuchs oder schlauen Dachs, deren Höhlen ebenfalls viele Notausgänge haben, durch die sie das Weite suchen können, wenn Hunde in ihren Bau eindringen.«
»Wir verstehen!«
»Umgebt den Berg mit einem Ring von Kriegern. Macht die Notausgänge ausfindig. Ist der Zauberer noch in seiner Höhle, so werdet ihr euch seiner Person bemächtigen, ist er jedoch daraus entwischt, so kann er noch nicht weit sein, und ihr werdet ihn einholen.«
»Wir haben verstanden.«
»Haltet Nachforschungen, ob ihr nicht irgendwo Pferde oder Kamele für eine Flucht bereitgestellt findet. Neben jede Höhle, neben jedes Loch, worin ein Mensch sich verbergen oder wodurch er entschlüpfen könnte, postiert eine Wache.«
»Wir haben verstanden.«
»Nehmt euch Spürhunde mit, damit ihr sie notfalls auf die Fährte setzen könnt. Ich aber werde die Höhle durch den Haupteingang betreten.«
Dreihundert Reiter umstellten den Urakberg. Ein jeder träumte davon, sich die zugesicherte Belohnung zu verdienen und außerdem die in der Höhle versteckten Goldschätze zu heben. Gewissenhaft untersuchten sie jeden Busch, jeden Strauch.
Arapscha heischte Einlaß am Haupteingang, der durch eine große Steinplatte versperrt war. In einer schmalen Öffnung zeigte sich ein weißbärtiger, triefäugiger Greisenkopf, dessen zahnloser Mund etwas Unverständliches murmelte.
»Bist du der Oberzauberer?« fragte Arapscha.
»Nein, ich bin sein Ur-Ur-Urenkel.«
Die Gehilfen Gasuks schworen, daß es einen anderen Eingang als diese schmale Öffnung nicht gäbe und daß Gasuk zur Nachtzeit durch diese Ritze in Gestalt einer Fledermaus aus- und einzufliegen pflege.
Arapscha ließ Gefangene herbeiholen, die mit Hacke und Schaufel die

Erde neben dem Eingang aufgraben mußten. Er selber spähte durch das Luftloch in die Höhle. Plötzlich erschien eine Eule in dem Spalt und starrte ihn aus ihren weitgeöffneten runden Augen an.
»Scher dich fort!« sagte Arapscha zu ihr, ergriff sie und warf sie in die Luft. Die Eule strich mit lautlosem Flügelschlag dicht über den Boden hin, stieg dann in die Höhe und ließ sich im dichten Gezweig einer Silberpappel nieder.
Einer von den Unterzauberern sagte zu Arapscha:
»Da siehst du es. Gasuk hat sich erzürnt und in eine Eule verwandelt. Diese Nacht wird es einen Sturm auf dem Strom geben wie noch nie.«
»Desto besser«, entgegnete Arapscha. »Dann werden unsere Soldaten sehen, daß ihr Zauberer vom Urakberg uns übel gesonnen seid. Dafür wird man euch lebendigen Leibes auf einem Scheiterhaufen verbrennen.«
»Nein, tut das nicht!« riefen die Zauberer erschrocken. »Wir wollen auch für eure Gesundheit, für euer Waffenglück beten.«
Die Gefangenen hatten inzwischen die Platte gelockert und den Eingang freigelegt. In Begleitung zweier Mongolen betrat Arapscha die Höhle, die übrigen Krieger blieben am Eingang und banden die Zauberer, die drohten:
»Der Himmel wird auf die Erde stürzen, und die ganze Welt wird zugrunde gehen, wenn ihr euch an Gasuk vergreift!«
An den feuchten Wänden der Höhle waren Lagerstätten aus Stangen und Fellen angebracht. Ein uralter Bronzekessel stand auf einem Dreifuß in der Mitte der Höhle. Die Kohlen darunter glimmten noch. Durchgewühlte Ledertruhen standen offen, daneben lagen Kleidungsstücke, wie in höchster Eile zusammengerafft und wieder fallen gelassen, ferner Kupferschalen und -krüge. In einer dunklen Ecke stand reglos ein steinernes Götzenbild von doppelter Mannesgröße.
Arapscha fachte die Glut an und warf Birkenrinde hinein. Als die Flammen hell aufloderten, sah er den Götzen in seiner ganzen Scheußlichkeit: Mit vorstehenden Glotzaugen stierte er die Eindringlinge an, und seine überlangen Arme reichten wie bei einem Menschenaffen bis auf die Erde. Seine kurzen Beine waren in den Knien eingeknickt.
»Gasuk ist uns entwischt«, stellte Arapscha fest, »und zwar in solcher Hast, daß er sein Gold auf der Erde verstreut hat.« Und er wies auf die Münzen, die überall am Boden lagen; es waren sehr alte, abgegriffene Münzen mit der Abbildung eines Opfersteins, auf dem ein Feuer loderte. Die beiden Mongolenkrieger lasen sie gierig auf.
Arapscha betrachtete und tastete den auf einem Steinsockel stehenden Götzen. Auf einmal drehte sich die Statue ganz leicht um ihre eigene Achse, und eine ängstliche Stimme rief:
»Tötet mich nicht!«
Im Zugang zu einem unterirdischen Gewölbe kauerte zusammengeduckt ein altes Weib und streckte furchtsam flehend die Hände aus.
»Wo ist Gasuk?«

»Entflohen ist er, der Wortbrüchige. Mich mitzunehmen, hatte er versprochen... Statt dessen hat er mich hier eingesperrt... Sein Gold hat er mitgenommen und die junge Frau...«
Ächzend und stöhnend kroch die Greisin aus der Grube und rückte eine der Ledertruhen von der Wand ab. Dahinter zeigte sich ein niedriger Gang.
»Man muß auf den Knien hindurchkriechen. Nach ungefähr tausend Schritten gelangt man in einen dichten Wald. Dort sollten Pferde für ihn bereitstehn...«
Arapscha drehte das Standbild wieder in seine frühere Lage, gebot seinen Kriegern, bis zu seiner Rückkehr in der Höhle zu bleiben und ein wachsames Auge auf die Alte zu haben, und eilte davon zu Subudai-Bahadur, um ihm Meldung zu machen.
Es dauerte nicht lange, da kehrten die auf Kundschaft ausgesandten Krieger zurück. Sie führten mehrere mit ledernen Säcken beladene Pferde mit sich. Auf einem der Pferde saß ein Greis gebückt im Sattel. Er war in einen Bärenpelz eingemummt, und die grauen Zotteln seines Bartes, womit sein ganzes Gesicht dicht bewachsen war, standen wirr nach allen Seiten. Ohne auf das zu achten, was rings um ihn vorging, leierte er im heiseren Singsang ein eintöniges Lied in einer unverständlichen Sprache und schwenkte dabei einen Stab mit goldenem Knauf. Auf einem anderen Pferde saß eine bräunliche junge Frau, deren schwarze, argwöhnisch umherschielende Augen einen bösen, stechenden Blick hatten. Sie murmelte Verwünschungen zwischen den Zähnen, mit denen sie jeden, der ihr nahe kam, anbleckte.
Subudai trat aus seiner Jurte, um sich den tausend Jahre alten Hexenmeister anzusehen.
»Bringt ihn am Abend zu Batu-Khan«, gebot er den Kriegern. »Mein Jurtdschi soll ein Verzeichnis machen von allem, was dieser alte Schlaufuchs bei sich hat. Wenn Kostbarkeiten dabei sind, so gehören sie selbstverständlich dem Dschichangir, der von dem Alten hören will, was sich in den tausend Jahren seines Lebens hier ereignet hat. Es ist gut und nützlich, alles zu wissen. Legt den Zauberern Ketten an, damit ihre Anhänger einsehen, daß es unmöglich ist, sich den Augen des erhabenen Gebieters des Erdkreises zu entziehen.«

Das Nadamfest des Mongolenheeres

Zufrieden über die geglückte Überschreitung des Itil, hatte Batu-Khan seinen Kriegern ein Fest ausgerichtet. Auf einer großen Wiese am Fuße des Urakberges hockten im weiten Halbrund in vielen Reihen hintereinander die mongolischen und tatarischen Krieger, hinter denen sich noch Reiter auf ihren Rossen drängten. Batu und die anderen Khane hatten sich am Berghang auf hingebreiteten Teppichen gelagert.

Heiser und wild gellten die langen Hörner. Mit lauter, durchdringender Stimme riefen die Herolde:
»Kommt zum Kampf, ihr Tapferen und Unerschrockenen. Meßt eure Kräfte!«
Die tüchtigsten Athleten traten in den Ring und stellten sich in mehreren Gruppen auf. Jeden der Wettkämpfer begleiteten treue Freunde, die darauf achteten, daß der Wettkampf auch in den gehörigen Formen nach den festgesetzten Regeln vor sich ging, ohne unerlaubte Griffe und Kniffe, ohne Mord und Totschlag oder Körperverletzungen.
»Fangt an, oije, fangt an!« riefen die Herolde. »Das Auge des Dschichangirs ruht auf euch. Er wird dem Kühnsten und Gewandtesten den Preis verleihen! Jeder muß dreimal zum Kampfe antreten, und wer die Erde kein einziges Mal mit der Schulter berührt, den werden wir zum Bahadur ausrufen. So ist es Brauch bei uns und bei allen Menschen.«
Zuerst traten zwölf junge Krieger vor, hoch und breitschultrig, auserlesen von ihren eigenen Kameraden. Die übrigen Mitbewerber hockten sich rings um den Kampfplatz nieder, bis die Reihe an sie kam.
Die Kämpfer lockerten zunächst ihre Glieder und Muskeln, indem sie von einem Bein aufs andere traten, die Arme wie Flügel schwenkten, Kniebeugen machten und auf einem Fleck hüpften. Gras und Erdklumpen flogen in der Luft herum, und die Kämpfer näherten sich allmählich einander, indem sie die Sprünge des Adlers nachahmten.
Sechs Ringerpaare klammerten sich gleichzeitig in kraftvoller Umarmung aneinander. Sie packten sich an den Schultern, an den Armen, um den Leib, um den Hals und versuchten, einander aus dem Stand zu heben und umzuwerfen. Um jedes Ringerpaar standen, liefen und hockten die Freunde und feuerten die Kämpfer durch Zurufe an.
Kam einer zu Fall und berührte sein Oberkörper die Erde, so mußte er aus dem Wettkampf ausscheiden. Verbissen und finster verließ er mit seinen Freunden das Feld. Der Sieger aber begab sich in der gleichen, die Adlersprünge nachahmenden Gangart zum Platz, wo die Kampfrichter saßen. Dort standen Säcke voll süßem Backwerk. Mit beiden Händen griff der Sieger hinein und führte das Gebäck an die Lippen, wie um zu kosten, ließ es dann aber unversehens in die aufgehaltenen Rockschöße seiner Freunde fallen. Einen Teil aber warf er aufs Feld als Dankopfer für die Götter, die ihm den Sieg verliehen hatten. So betraten Gruppen von gegnerischen Paaren eine nach der andern den Kampfplatz, von dem die Besiegten sich beschämt wieder davonschlichen, während die Sieger gegeneinander zum Kampfe antraten.
Erster Sieger war ein hochgewachsener, bärenstarker junger Krieger von furchteinflößendem Aussehen, der alle seine Gegner besiegte; den letzten warf er hoch über seinen Kopf hinweg in den Sand, wobei er einen wilden Triumphschrei ausstieß. Der Gefallene, der zuvor schon viele Siege davongetragen hatte, lag unbeweglich da, und Tränen flossen über sein breites Gesicht. Tagrul, der Sieger, trat zu ihm hin und fragte:
»Warum trauerst du?«

»Wenn ich tot wäre, brauchte ich nicht zu trauern. Aber als Besiegter weiterzuleben, das raubt mir alle Freude!«
Tagrul beugte sich zu ihm nieder, half ihm behutsam auf und sprach: »Wir wollen beide noch ruhmreiche Taten für die Größe des Mongolenreiches vollbringen!«
Beide zogen ihre Messer, und jeder beleckte die Klinge des andern mit der Zunge, drückte ihm die Nase auf beide Wangen, und einträchtig umschlungen verließen sie den Kampfring als Verbrüderte.
»Der Blendende schickt mich zu euch«, rief ein Reiter, der hinter ihnen hergaloppiert war, ihnen zu, »um euch für eure Heldenmütigkeit zu loben und euch zu sagen, daß er euch beide unter seine Turgauden aufnimmt.«
Nach den Ringkämpfen gab es Wettkämpfe im Bogenschießen und Pferderennen. Doch dann setzte ein Wolkenbruch den Kampfspielen vorzeitig ein Ende. Tosend schlugen die Wogen des mächtigen Itilstromes gegen das Ufer. Die Boots- und Fährleute konnten sich nicht entschließen, noch einmal überzusetzen. Die Krieger sprangen auf ihre Rosse und sprengten davon zu ihren Einheiten.
»Sicherlich haben die Zauberer vom Urakberg den Sturm heraufbeschworen, und wer weiß, was in dieser Nacht noch geschieht!« sprachen die Mongolen untereinander. »Was für Abenteuer und Drangsale werden wir wohl noch im Lande der Urussuten zu bestehen haben?«

Die schlimme Nacht

»Woher kommst du, kühner, fremder Krieger?
Welchem Land entstammst du, welcher Sippe?
Sag, wie ruft man dich bei Namen
und wie beim Namen deines Vaters?«
(Aus einer alten Bylina)

Gegen Abend nahm das Unwetter an Heftigkeit noch zu. Der Strom rollte wild seine Wogen und schleuderte sie mit furchtbarer Kraft gegen die steilen Ufer. Der Wind rüttelte heulend und fauchend an den Zelten, als wollte er sie allesamt in den Fluß hinabwerfen. Wie Sturzbäche prasselten die Regenfluten vom schwarzen Himmel auf das tatarische Heerlager herab.
Zitternd saßen die Mongolen um die erloschenen Lagerfeuer und verwünschten die bösen Urussutenmagier, die sie mit Sturm und Kälte empfangen hatten. In den Zelten, deren Abzugsöffnungen mit Filz verdeckt worden waren, herrschte Kälte und Finsternis; die flackernden Flämmchen der blakenden Öllämpchen schwankten bei jedem Windstoß und warfen gespenstische Schatten auf die Wand.
Arapscha machte einen Kontrollgang durch das Lager, um sich zu vergewissern, ob die Wachen alle auf ihren Posten waren, die er immer wieder ermahnte:

»Seid auf eurer Hut! Es ist eine schlimme Nacht. Solche Nächte liebt der Feind!«
Es war so dunkel, daß man keine zwei Schritte weit sehen konnte. Arapscha trat ins Zelt des Dschichangirs, der sich, auf weichen Fellen sitzend, mit seinem treuen Ratgeber Subudai unterhielt, und blieb ehrfurchtsvoll am Eingang stehen.
»Die bösen Götter der Urussuten haben uns das Fest verdorben«, sagte Batu-Khan. »Wahrscheinlich wollen sie uns durch Sturm und Regen davon abschrecken, weiter in ihre Länder vorzudringen.«
Ein heftiger Windstoß ließ die Zeltwände erzittern. Batu-Khan hob lauschend den Kopf.
»Hörst du, wie der Itil brüllt? Und dennoch haben wir ihn bezwungen!«
Batu-Khan schwieg und lauschte von neuem. Durch das Brausen des Unwetters hörte man streitende Stimmen. Arapscha eilte aus dem Zelt, kam aber bald wieder zurück.
»Ein Unbekannter verlangt dich zu sprechen, Blendender. Er behauptet, er hätte dir Wichtiges zu melden.«
»Er möge eintreten.«
Ein fauchender Windstoß ließ, als Arapscha die Zelttür öffnete, den Vorhang wild flattern. Eisige Regenspritzer drangen herein. Die Flamme des Öllämpchens flackerte wie toll, und es wurde fast dunkel im Zelt. Erst allmählich beruhigte sich die Flamme wieder und verbreitete etwas mehr Helligkeit.
Der Unbekannte nahm beim Eintritt seine dunkle, mit Biberfell verbrämte Kappe ab, um das Wasser abzuschütteln. Dann trat er ein paar Schritte näher und ließ sich auf den Teppich nieder.
»Ich entbiete meinen Gruß dem großen Zaren der Mongolen«, sagte er mit heiserer tiefer Stimme. »Dein Ruhm eilt deinem mächtigen Heer voraus.«
»Sei mir als Gast willkommen«, erwiderte Batu-Khan gnädig die Schmeichelei. »Was hat dich bewogen, bei solchem Unwetter mein Zelt aufzusuchen?«
Neugierig musterten die Mongolen den nächtlichen Besucher, der zwar tatarisch sprach, aber den Kumanen mit ihren hervorspießenden breiten Backenknochen nicht ähnlich sah. Die große Hakennase gab seinem hageren Gesicht einen raubvogelhaft gierigen Ausdruck. Unter überhängenden buschigen Brauen brannten tief in ihren Höhlen liegende dunkle Augen. Beim Sprechen fuhr sich der Fremde mit der knotigen, sehnigen Rechten häufig durch den schwarzen, aber bereits angegrauten Bart.
»Großer Khan, keinen einfachen Wanderer siehst du vor dir, sondern einen reich- und hochgeborenen Mann, den Großfürsten Gleb Wladimirowitsch von Rjasan.«
Batu-Khan kniff die Augen zusammen.
»Warum kommst du denn als Gesandter Rjasans so allein, Konas Galib?«

Der Fürst legte seine Stirn in Unmutsfalten.
»Nein, großer Khan, ich komme nicht als Gesandter Rjasans zu dir. Ich komme, um mich dir als Bundesgenossen anzutragen.«
»Wie das?«
»Ich kenne alle Wege und Stege, alle Städte der russischen Lande. Ich werde mich dir nützlich erweisen können.«
»Subudai-Bahadur, zeige dem Konas den Plan vom Lande der Urussuten!«
Subudai-Bahadur breitete ein Pergamentblatt auf dem Teppich aus.
»Sieh her, Konas! Hier ist der Itil, da dein Rjasan, dort Uldemir. Du siehst, hier sind alle Urussutenstädte, Flüsse und Wege aufgezeichnet.«
»Eine Karte der russischen Länder?« verwunderte sich Fürst Gleb. »Wie konntest du sie dir verschaffen?«
»Ich kann alles!« sagte Batu-Khan und legte seine Hand flach auf die Karte. »So wird das Land der Urussuten unter meiner Hand zerdrückt werden. Ich werde alle Fürsten zwingen, sich mir zu unterwerfen! Bist du vielleicht deswegen hergekommen, Konas?«
Der Großfürst machte ein überraschtes Gesicht, und Batu fuhr spöttisch fort:
»Wo sind denn deine Mannen? Wo sind deine Geschenke, Konas Galib?«
Der Rjasaner schüttelte bekümmert seine ergrauten Locken.
»Ich habe keine Mannen mehr, kein Volk und auch keine Reichtümer! Meine Feinde haben mir alles genommen. Ich mußte außer Landes gehen und lebe nun schon viele Jahre als Verbannter bei den Polowezern.«
Batu-Khans Gesicht hatte sich verfinstert.
»Was willst du dann bei mir oder von mir?«
»Ich will dir behilflich sein, deine und meine Feinde in alle Winde zu zerstreuen.«
»Wer sind deine Feinde?«
»Die Fürsten, die jetzt über Rjasan herrschen.«
»Ich bestrafe meine Feinde schon selbst. Wenn wir kommen, werden sie sich allesamt in alle Winde zerstreuen, nicht nur die Kumanen.«
»Ich hasse das ganze Rjasaner Volk!« brach der Großfürst aus. »Die Wetsche[1] von Rjasan hat mich verbannt!«
Batu-Khan sah den finster schweigenden Subudai-Bahadur an.
»Was meinst du dazu, mein weiser Ratgeber?«
»Der unsterbliche Krieger, dein erhabener Großvater, hat zur Belehrung seiner Nachkommen die Jassa, eine Sammlung weiser Gesetze, hinter-

1 Der Großfürst Gleb Wladimirowitsch von Rjasan wollte mit seinen Brüdern nicht die Herrschaft teilen, er lud sie samt anderen Verwandten zu einem Gastmahl und ließ sie durch gedungene Polowezer Meuchelmörder umbringen. Diese Schandtat rief eine Empörung unter dem Volke hervor, und Gleb sah sich gezwungen, zu den Polowezern zu fliehen.

lassen, deren siebenundfünfzigstes lautet: ›Spione, falsche Zeugen, alle zu schändlichen Lastern neigenden Menschen sowie Zauberer sind zum Tode zu verurteilen.‹«
Fürst Gleb prallte unwillkürlich zurück. Mit einem durchdringenden Blick aus seinen zusammengekniffenen Augen sagte Batu-Khan:
»Konas Galib! Nicht mein Verbündeter wirst du sein, sondern mein gehorsamer Vasall. Und wenn du dir einfallen lassen solltest, mich zu täuschen und zu hintergehen, so verlierst du dein Leben! Du darfst dich entfernen! Arapscha, kümmere dich um ihn!«
Der Rjasaner, der eine tiefe Verbeugung gemacht hatte, wartete noch auf ein freundliches Wort; aber Batu wandte sich ab. Subudai starrte, ohne mit einer Wimper zu zucken, vor sich in die Luft. Mit steinernem Gesicht öffnete Arapscha die Tür der Jurte.
In den schwarzen unguten Augen des Fürsten flammte Zorn auf. Dann schritt er in das Unwetter und in die Finsternis hinaus.

Das Märchen vom Khan Itil

»...Tschi-tschi, der Anführer des gen Westen ziehenden Stammes der Hun-nu, sagte:
›Wir sind ein kriegerisches Reitervolk, dessen Namen alle Barbaren mit Entsetzen erfüllt. Und wenn wir auch sterben, der Ruhm unserer Tapferkeit wird uns überleben, und unsere Kinder und Kindeskinder werden die Führer der Völker sein.‹«
(Aus einer morgenländischen Chronik)

Infolge des Unwetters, das die Festversammlung auseinandertrieb, fiel auch das abendliche Gastmahl aus. Batu-Khan äußerte die Absicht, den Abend mit einigen wenigen Gesellschaftern im Zelt seines siebenten Sternes Juldus-Hatun zu verbringen, und gebot dem Baurschi, die nötigen Vorbereitungen für ein Gastmahl zu treffen.
»Für wieviel Gäste?« flüsterte der Baurschi, vor Ehrfurcht fast ersterbend.
Batu-Khan stieß ein zischendes »Chi-chi!« hervor und wandte sich ab.
Der Baurschi schärfte seinen Gehilfen ein, von dem goldenen Tafelgeschirr und von den aus Sygnak mitgenommenen Vorräten alles bereitzuhalten, was nur irgend gebraucht werden könnte, mochten auch noch soviel Gäste zum Mahle erscheinen.
Die Jurte des siebenten Sterns stand auf einer Anhöhe und war von einem Graben umgeben, in den das Regenwasser ablief. I-La-He erteilte ihrer Herrin die letzten Ratschläge, wie sie sich kleiden und benehmen und was sie sagen sollte.
»Ich werde immer um dich sein und dir notfalls soufflieren. Sei also ganz unbesorgt.«
Als erster kam auf Befehl des Dschichangirs der Hadschi Rachim. Juldus erschrak zuerst, beruhigte sich aber bald, als sie sah, daß er ihr

gepudertes und geschminktes Gesicht nicht erkannte. Der Fakih grüßte ehrerbietig, und die Chinesin bot ihm ein Sitzkissen aus Wildleder an. Wie es früher am Itil ausgesehen habe, vor tausend Jahren, wollte sie von dem gelehrten, vielgewanderten Hadschi wissen; sie hörte seine ausführliche Beschreibung aufmerksam an und wurde nicht müde, ihm immer neue und eingehende Fragen zu stellen.

Eine kleine Kavalkade machte vor der Jurte halt: Es war Batu-Khan in Gesellschaft des Ataliks und einiger Khane, die bei der Tafel meistens um ihn waren.

Juldus empfing ihre Gäste in einem chinesischen Seidengewand. Auf dem Kopfe trug sie eine hohe Sammetmütze, mit goldenen Spitzen besetzt. Vor Batu-Khan verneigte sie sich bis zur Erde.

»Kleine Juldus-Hatun«, redete er sie an, als er sich auf für ihn bereitgelegten Saffiankissen neben dem Feuer niedergelassen hatte, »mir ist eingefallen, daß du eine gute Märchenerzählerin bist. Darum wollte ich dir einen sonderbaren Menschen zeigen, der selber eine richtige Märchengestalt ist – einen Zauberer namens Gasuk, von dem man sagt, er sei tausend Jahre alt. Aber das ist ganz gewiß erlogen...«

I-La-He flüsterte ihrer Herrin etwas zu, und Juldus sagte:

»Wenn er wirklich tausend Jahre alt ist, müßte er sich an das Volk der Hun-nu erinnern können, das hier am Strom gelebt hat, und an dessen berühmten Zaren Itil.«

»Das hast du dir gut ausgedacht«, sagte Batu-Khan. »Wir wollen hören, was der Alte uns darüber zu sagen weiß.«

Krieger führten nun auf einen Wink Batus den Zauberer Gasuk herein, der mit der jungen schwarzäugigen Frau zusammengekettet war. Beiden wurde bedeutet, sich an der Wand der Jurte niederzulassen. Alle betrachteten den Zauberer neugierig, der die weißbewimperten Lider gesenkt hielt. Nur dann und wann schoß ein von Haß und Schrecken erfüllter Blick unter den buschigen Brauen hervor. Seine spitze Mütze war mit lauter alten Münzen benäht, sein mit grauem Lammfell gefütterter Kaftan mit unverständlichen Schriftzeichen bestickt. Seine Füße staken in Saffianlederstiefeln mit weiten weichen Schäften, deren lange Spitzen nach oben gebogen waren. Nachdem er sie mit vieler Umständlichkeit ausgezogen hatte, zeigte sich, daß seine Zehennägel von ganz ungewöhnlicher Länge und wie vertrocknete Schoten zusammengedreht waren. Zwischen den gespreizten Zehen steckten getrocknete Frösche, die bei jeder Bewegung der Zehen raschelten. Mit offenen Mündern starrten die Mongolen den Alten an. So einen Schamanen hatten sie in ihrem ganzen Leben noch nicht gesehen.

Batu-Khan fragte:

»Sag, Alter, wieviel Jahre zählst du?«

»Ich erinnere mich nicht genau. Nebel hat die verwichenen Jahre eingehüllt. Vielleicht zähle ich ihrer tausend, vielleicht auch noch mehr.«

»Dann kannst du dich wohl noch auf die Zeit besinnen, da hier am

Strome das Volk der Hun-nu lebte? Kannst du uns nicht etwas von ihrem Zaren Itil erzählen?«
Der Greis nickte bejahend mit dem Kopfe, bewegte seine Zehen, daß die Frösche laut raschelten.
»Das Märchen vom Khan Itil habe ich früher von unseren blinden Märchenerzählern gehört.«
»Erzähle uns dieses Märchen!«
Gasuk schloß die Augen, wiegte den Oberkörper langsam hin und her und begann in halb singendem Tonfall:
»Damals, am Ende vergangener Jahrtausende und am Anfang neuer Jahrtausende, zu einer Zeit, da es viele herrliche, weit und breit berühmte Recken gab, lebte hier, am Ufer des Stromes auf diesem Berge, der Khan Urak – ein starker, mächtiger und ruhmreicher Fürst. Sein Palast stand auf dem Gipfel des Berges und war von einer hohen Palisade aus Eichenstämmen umgeben, auf jedem der Pfähle aber steckte ein Menschenkopf, den der Khan in der Schlacht einem seiner Feinde abgeschlagen hatte. Im Pferdestall des Khans wurden hundert goldmähnige Hengste gefüttert, und in der Steppe weideten Stutenherden, so viele, daß der Khan selber nicht ihre genaue Zahl wußte. Alle Völker und Stämme ober- und unterhalb des Stromes waren ihm untertan. Fremde Kaufleute kamen auf Schiffen aus dem glühendheißen Arabistan und aus dem eiskalten Lande Warangistan, wo es ein halbes Jahr lang Nacht ist, und jedes Schiff hielt am Urakberge an, und die Kaufleute brachten dem Khan, der seinesgleichen nicht hatte, Geschenke dar, wodurch sein Reichtum immer größer wurde.
Einmal erhob sich ein furchtbarer Sturm und wühlte den Strom bis zum Grunde auf. Alle Zauberer flehten die Götter an, einzuhalten in ihrem Zorn. Doch der Sturm nahm an Stärke und Heftigkeit immer mehr zu, und die Wellen warfen die Schiffe ans Ufer wie Spielzeug, daß sie zerschellten. Der Oberzauberer saß Tag und Nacht betend auf einem Felsen, endlich aber sprach er zum Khan Urak:
›Heute nacht, als der Sturm etwas nachgelassen und der Mond sich für kurze Zeit am Himmel gezeigt hatte, ist mir der Wasserzar erschienen. Er hat langes wirres Haar und einen ebensolchen Bart, der ihm bis zu den Schenkeln reicht, wo sein Körper in einen schuppigen Fischschwanz endet. Statt der Hände hat er Pfoten mit Schwimmhäuten, auf dem Kopf aber trägt er eine goldene Krone mit Diamanten, die wie Sterne funkeln. Er peitschte mit seinem Fischschwanz wütend das Wasser, daß die Wellen haushoch gingen, und schalt: ‚Euer Khan Urak verdankt seinen ganzen Reichtum nur dem Strome, auf dem die Schiffe fahren, die ihm Geschenke bringen; mich aber vernachlässigt man völlig. Das mag ich nicht länger dulden. In jedem Jahr soll mir der Khan eine seiner Töchter zum Weibe geben. Weigert er sich, das zu tun, so werde ich alle Schiffe, die den Strom befahren, versenken, und keiner der fremden Kaufleute wird es mehr wagen, hierher zu kommen.‘‹
Wohl oder übel mußte sich der Khan dazu bequemen, den Wasserzaren

zu versöhnen. Er händigte dem Oberzauberer kostbare Geschenke in reichverzierten Kästchen ein, die dieser dem Wassermann, den er nächtlich zu erscheinen beschwor, zuwarf. Im Herbst eines jeden Jahres nach der Ernte opferte der Khan dem Wassermann eine seiner Töchter, und als ihm ein Sohn und Erbe geboren wurde, nannte er ihn zu Ehren des Wasserzaren Itil.

Als der junge Khan mannbar geworden war, tauchte der Wasserzar dort, wo der Strom dem Palast am nächsten kommt, auf und rief:

›He, Khan Urak! Man sagt, dein Sohn sei ein tapferer Batyr geworden. Sende ihn zu mir, damit er um eine meiner Töchter freie, die ihm am meisten von allen gefällt. Er soll in meinem Unterwasserreiche bleiben und mein Erbe werden. Weigert er sich aber, meinen Wunsch zu erfüllen, so werde ich einen solchen Sturm entfesseln, daß die Wellen nicht nur deinen Palast, sondern dein ganzes Reich fortspülen sollen.‹

›Nun gut‹, sagte der Khan. ›In drei Tagen darfst du den Besuch erwarten.‹

Als der junge Khan, der auf der Falkenbeize gewesen war, in den Palast zurückkehrte, sprach der alte Khan zu ihm:

›Der Wassermann will, daß du ihn besuchst und um eine seiner Töchter freist. Mach dich also mit dem Gedanken, sein Schwiegersohn zu werden, vertraut und schicke ihm Geschenke und Brautwerber.‹

Da rief der junge Khan:

›Seit fünfzehn Jahren gibst du ihm alljährlich eine deiner Töchter zum Weibe, und noch keine einzige von ihnen ist einmal zu dir auf Besuch gekommen, um dir wenigstens deinen Enkel zu zeigen! Und das gleiche Schicksal soll auch mir beschieden sein. Befinde ich mich erst einmal auf dem Grunde des Stromes im Kristallpalast des Wassermanns, dann werde ich mein ganzes früheres Leben vergessen: Eltern und Vaterhaus, meine Gefährten ... Nein, ich liebe die weiten Steppen und ihre Gewitterstürme, liebe die Rosse und das Weidwerk. Ich mag nicht hinab in die Tiefen des Wassers! Lieber sammle ich eine Schar tapferer Dschigiten um mich und ziehe mit ihnen aus, um fremde Länder zu erobern!‹«

Batu-Khan, der bis hierher unbewegt der Erzählung gelauscht hatte, beugte sich jetzt vor und rief dem Alten zu:

»Ja, so spricht ein wirklicher Bahadur! Wenn einer wie er auf Eroberungen auszieht, so wird er große Taten vollbringen!«

»Höre, was weiter geschah!« beschwichtigte der alte Zauberer Batus Eifer. »Itils Vater antwortete seinem Sohne also:

›Auf Eroberungen ausziehen ist ein recht gewagtes Unternehmen. Man kann dabei gewinnen, man kann dabei aber auch Kopf und Kragen verlieren. Bleib lieber daheim und gründe am Unterlauf des Stromes, wo er sich in viele hundert Arme teilt, eine Stadt und uneinnehmbare Burg. Und baue dir dort einen Palast mit einem Gemach, dessen Wände aus lauter bunten Kacheln bestehen. Das kannst du dann mit Wasser füllen lassen, so daß dein Nixenweib darin herumschwimmen und ihren

Vater empfangen kann, falls es ihm einfallen sollte, euch zu besuchen.‹
›Ich weiß, was zu tun ist‹, sagte der junge Khan. Er entbot zur Feier seiner Hochzeit tausend wackere Dschigiten und tausend Fischer und ließ viele lange Netze vorbereiten. Am Ufer, wo große Scheiterhaufen loderten, sangen die Zauberer und schlugen dazu die rasselnden Schellentrommeln. Dann riefen sie dem Wassermann zu, Prinz Itil käme mit seinem Gefolge angefahren, um ihn unter dem Wasser in seinem Kristallpalast zu besuchen.
Khan Itil setzte sich auf die Rückbank eines großen Bootes, das von zwanzig Ruderern in prächtigen Brokatgewändern fortbewegt wurde. Der Prinz trug einen rotsamtenen Tschapan und eine Zobelfellmütze mit purpurnem Deckel. Mit ihm war im selben Boot der Großwesir seines Vaters, der ein herrlich verziertes Kästchen mit kostbarem Geschmeide in den Händen hielt – ein Brautgeschenk für die Tochter des Wasserzaren.
In der Mitte des Stromes, wo die tiefsten Strudel waren, zogen die Ruderer ihre Ruder ein, und der junge Khan rief dreimal laut den Wasserzaren. Beim dritten Male geriet das Wasser in Bewegung, die Wellen wogten immer heftiger, mit Blitz und Donnerschlag brach ein Sturm los. Der Prinz, der das Schmuckkästchen in der Hand hielt, beugte sich weit über den Bootsrand und rief dem Wassermann zu, näher heranzuschwimmen.
Währenddessen hatten die tausend Fischer ihre großen langen Netze ins Wasser gelassen und näherten sich nun mit ihren Booten von allen Seiten dem prinzlichen Boot.
Bei einem besonders furchtbaren Donnerschlag, der auf einen blendendgrellen, schwefelgelben Blitz folgte, stieß der Großwesir dem jungen Khan ein Messer in den Rücken und warf ihn durch einen heftigen Stoß kopfüber ins Wasser. Die ob dieser Untat empörten Ruderer erschlugen den tückischen Wesir mit ihren Rudern und stürzten ihn ebenfalls in die aufgewühlten Fluten.
Doch die Fischer waren inzwischen herbeigekommen und fischten beide, den Prinzen und den Wesir, wieder heraus. Itil war unversehrt. Er hatte Verrat gewittert und darum einen stählernen Panzer unter seinem Tschapan angelegt. Der Wesir hingegen war tot. Mit gebrochenem Rückgrat zog man ihn aus dem Wasser, und in seinen Taschen fanden sich alle für die Nixe, die Wasserprinzessin, bestimmten Geschmeide, während das Kästchen, das die Fischer später fanden, nichts als gewöhnliche Kieselsteine enthielt.
Itil stieg wieder in sein Boot und befahl den Fischern:
›Werft eure Netze tiefer aus und fischt mir diesen Wassermann heraus!‹
Die Fischer taten, wie ihnen geheißen wurde, aber sie fingen nur einen riesengroßen Hausen, der auf dem Kopfe lauter Auswüchse hatte, die wie eine Krone aussahen, und einen langen weißen Bart. Dieses Ungetüm wälzte sich wie toll umher und zerriß die stärksten Netze.«

»Dse-dse!« riefen die Zuhörer.
»Da rief der junge Khan Itil:
›Am Ende ist das gar mein Schwiegervater! Es würde mir schlecht anstehen, Fischsuppe aus ihm zu kochen! Laßt ihn wieder frei!‹
Der Hausen tauchte unter, und das Unwetter wurde noch heftiger. Die Wellen türmten sich bergehoch, traten übers Ufer und spülten Boote, Hütten, Menschen, Ochsen und Pferde samt Wagen fort. Der Donner dröhnte ohne Unterlaß, und die Blitze leuchteten so grell, daß man hätte davon blind werden können. Vom Himmel schüttete es, als sollte alles Lebendige auf Erden ersäuft werden. Das war die Rache, die der Donnergott auf Bitten des Wasserzaren am Khan Urak nahm. Der Palast ging in Flammen auf und brannte bis auf den Grund nieder. Die Wasserfluten spülten die verkohlten Schuttmassen fort. Der Khan erstarrte vor Entsetzen zu Stein; von Wellen überflutet, sah er mit großen Augen dem Untergange seines Reiches zu. Das Ruderboot des jungen Khans landete nach stürmischer Irrfahrt im Wipfel einer alten Birke. Als der Sturm sich gelegt und die Flut sich verlaufen hatte, richtete der junge Khan zu Ehren seines verstorbenen Vaters einen feierlichen Leichenschmaus aus. Jeder Geladene brachte eine Mütze voll Erde mit und leerte sie über dem versteinerten Körper des alten Khans Urak aus. So entstand der hohe Kurgan auf dem Urakberge, an dem seither alljährlich Gottesdienste zu Ehren des Wasser- und Donnergottes abgehalten werden, um ihren Zorn zu besänftigen und sie den Bewohnern des Gebietes um den Urakberg herum günstig zu stimmen...«
Der alte Zauberer schwieg, und seine Zuhörer saßen still und stumm da, nur das Geraschel der vertrockneten Frösche war zu hören.
Da unterbrach Batu-Khan die Stille mit der Frage:
»Und was wurde aus dem jungen Khan Itil? Hat er eine neue Stadt gegründet und sich einen Palast gebaut? Oder ist er ausgezogen, um andere Länder zu erobern?«
»Nein, eine Stadt und einen Palast hat er nicht gebaut. ›Dazu ist später auch noch Zeit!‹ meinte er. Er sammelte vielmehr ein großes Heer und zog damit gegen die westlichen Völker. Dem Heere folgte ein großer Troß von Wagen, mit Ochsen bespannt, und Kamelen. Darauf saßen Weiber und Kinder und Greise. Weit fort zog das Heer, zehn Jahresreisen weit, und Khan Itil schlug damit die Heere aller Völker, auf die er stieß, und eroberte neunundneunzig Reiche. Doch er starb eines schimpflichen Todes. Obwohl er dreihundert Frauen hatte, nahm er als jüngste noch die Tochter des zuletzt von ihm besiegten Kaisers zum Weibe. In der Hochzeitsnacht erstach sie ihn. Itils Krieger beschlossen, den Leichnam des Tapfersten der Tapferen auf einem Scheiterhaufen am Ufer der Donau zu verbrennen. Aber im Mondlicht tauchte eine Nixe aus den Fluten der Donau auf und sprach zu den Kriegern, die die Totenwacht hielten:
›Ich bin die Tochter des Wasserzaren. Khan Itil war mir angelobt. Legt seinen Körper in einen Kristallsarg und versenkt ihn auf den Grund des

Flusses. Ich werde ihn behüten und mit meinen Schwestern, den Nixen, Lieder singen ...‹
So taten die Krieger auch. Als der Kristallsarg auf den Grund der Donau versenkt worden war, zeigte sich die Tochter des Wasserzaren noch einmal über dem Wasser. Sie machte ihrer Trauer in bitteren Tränen Luft und verschwand dann für immer von der Oberwelt.«
»Was wurde denn aus dem Volke der Hun-nu, nachdem der Khan Itil gestorben war? Kehrte es wieder in seine Heimat zurück?«
»Es zerfiel in lauter kleinere Stämme, die sich in Kriegen mit anderen Völkern aufrieben. Nichts als die Lieder und Märchen ihrer Heldentaten ist erhalten geblieben.«
»Kleine Juldus-Hatun«, wandte sich Batu an seinen siebenten Stern, »hat dir das Märchen gefallen?«
»Nein, nein!« rief Juldus, die sich während des Zuhörens an ihre Sklavin I-La-He geschmiegt hatte. »Es klang viel zu traurig! Viel schöner ist ein anderes Märchen, von dem wir freilich vorerst nur den Anfang kennen, aber es ist ein fröhlicher Anfang, und es handelt von einem Bahadur, der noch kühner und mächtiger ist, als Itil-Khan es war. Und dieser siegreiche Bahadur heißt – Batu-Khan! Als blendender Stern wirst du den Ruhmesweg der Mongolen erhellen!«
Batu-Khan schlug sich mit der Faust aufs Knie.
»Ja, das werde ich ganz gewiß! Ich schwöre es beim ewigen blauen Himmel! Den ganzen Erdkreis werde ich erobern und das Volk der Mongolen berühmt machen über alle anderen Völker!«
Und die anwesenden Khane riefen wie aus einem Munde:
»Du bist der Blendende und das Herz des Mongolenvolkes!«
Batu-Khan verständigte Arapscha durch ein Zeichen, den alten Zauberer vom Urakberge samt seinem Weibe aus der Jurte zu führen. Dann warf er mit hochgezogener rechter Braue einen Blick auf den wartenden Baurschi, ihm damit bedeutend, daß das Mahl aufgetragen werden sollte.

Dritter Teil
Die Mongolen im Anmarsch auf Rußland

Vor jener Unglückszeit, vor jener bösen,
standen in Flammen jenseits des Stroms die Wälder,
die alten, dichten Nadelwälder.
Und schwarzer Rauch stand drüber, der die Sonne
selbst verhüllte am Himmel.
Vor Rauch und Flammen konnte kein Vogel
mehr über die Wälder fliegen...
Und Gerüchte gingen um im Land von Mund zu Mund
und kündeten Schrecken, kündeten Krieg...
(Iw. Rukawischnikow, »Jarilo«)

Der älteste Waldbewohner

Der menschenscheue, finstere Saweli Sewrjuk, mit Beinamen Dikoroß,[1] was ungefähr soviel wie »der Wildwachsende« bedeutet, lebte am Ufer jenes einsamen Sees, der ganz verloren in der Tiefe der ungeheuren und jahrtausendealten rjasanschen Wälder lag. Auf einer Lichtung standen die paar Hütten des Weilers und ein aus Brettern und Balken gezimmertes Kapellchen. Ringsum wucherten üppig Brombeer-, Himbeer- und Johannisbeerhecken. Sowohl die Lichtung wie auch der Weiler hießen Perunow Bor – zu deutsch: Peruns Wald.

Die ältesten der Waldbewohner behaupteten, hier hätten früher Zauberer gelebt und hölzerne Götzenbilder angebetet, und in der Tat lag ein solches Götzenbild, morsch und gleichsam in die Erde hineingewachsen, in einem Himbeergestrüpp mitten im dunklen Tannenwald.

Nach allen Richtungen hin zogen sich grundlose Sümpfe und Moore, über die auf kaum bemerkbaren Pfaden höchstens die Hasen laufen konnten. So mancher des Weges Unkundige oder Unvorsichtige, Wanderer oder Jäger, war in diesen Morästen versunken, getäuscht durch die grüne Decke, die smaragdgrüne Wiesen vorgegaukelt hatten.

Außer Dikoroß wohnten noch einige Waldbauern im Weiler Perunow Bor. Sawelis nächster Nachbar zur Rechten war ein Mordwine namens Waula, der seine Heimat auf der Suche nach einem besseren Los verlassen hatte. Untersetzt, schwarzhaarig und pockennarbig wie er selber war auch seine Frau, mit der er nur mordwinisch sprach, weshalb er ja auch seinen Beinamen erhalten hatte, denn Waula bedeutet »der Lis-

---

1 Zu jener Zeit führten die Leute außer ihrem christlichen Taufnamen noch einen zweiten, gewöhnlich altslawischen Namen, die beide in die Kirchenregister eingetragen wurden. Aus den Zunamen sind später die Familiennamen gebildet worden. Da die Leute damals aber sehr abergläubisch waren und an Behexungen, Verwünschungen, an den bösen Blick und dergleichen fest glaubten, verschwiegen sie meistens ihren christlichen Taufnamen samt dem Zunamen und legten sich noch einen Beinamen zu, der im täglichen Umgang viel häufiger als ihre richtigen Namen gebraucht wurde. So wähnten sie sich gegen magische Einwirkungen besser geschützt, denn die Namensmagie war damals sehr im Schwange.

pelnde«. In ihrer Hütte wimmelte es von Kindern – alle klein, flink und schwarzäugig wie Mäuse.
Sawelis anderer Nachbar, der zur Linken, war ein gebürtiger Rjasaner namens Swjaga, hochgewachsen, hager, knochig und sehnig. Er wohnte in einer Art Holzgerüst, das mit Rasen und Schichten von Birkenrinde gedeckt und abgedichtet war. Den meisten Platz in seiner Hütte nahm ein Lehmofen ein. Da dieser Ofen keinen Schornstein hatte, sondern der Rauch durch ein Schiebefensterchen über der Tür abzog, waren Swjagas Kinder, lauter Flachsköpfe, stets mit Ruß beschmiert. Swjagas Frau, groß und hager wie ihr Mann, half ihm im Sommer bei seiner Holzfällerarbeit und ebenso im Winter beim Transport der Kiefern- und Fichtenstämme übers Eis zum nächsten Kloster. Sie war darum ewig mit ihrer Hausarbeit im Rückstand, mit der sie aus Zeitmangel nie fertig wurde.
Schließlich wohnte noch der Bauer Lichar Kudrasch im Weiler. Er stammte aus der Susdaler Gegend und hatte sich später als seine jetzigen Nachbarn hier ansässig gemacht. Er war mit seiner jungen Frau gekommen, und sie hatte ihm fleißig beim Bau der Hütte geholfen, die auch einen als Viehstall dienenden Anbau besaß. Aber bald nach der Geburt eines Töchterchens hatte die Frau das Fieber bekommen und war nach kurzem Krankenlager gestorben. Aus einem Lindenklotz hatte Kudrasch ihr einen Sarg zurechtgehauen und sie darin unter einer jungen Birke begraben. Sein Töchterchen hatte der Witwer mit der Flasche aufgepäppelt. Als Weschnjanka ein bißchen größer war, war ihr Vater oft für längere Zeit abwesend: bald als Bauarbeiter in Rjasan, bald trieb er Tauschhandel auf dem »Wilden Feld« mit den nomadisierenden Polowezern, dann wieder streifte er wochenlang durch die Wälder, um Eichhörnchen, Hermeline und Marder und andere Pelztiere in Fallen zu fangen. Weschnjanka aber lebte währenddessen beim Nachbar Dikoroß und dessen Frau wie deren eigenes Kind.
In der Siedlung galt Saweli als der Älteste; länger als die anderen hier ansässig, war er ihnen in allen Dingen beispielgebend: wann man mit dem Pflügen beginnen mußte, wann man, unbesorgt um Morgenfröste, mit dem Säen anfangen konnte, wann man die gefangenen Fische, die eingemachten Beeren, die eingesalzenen Pilze über die gefrorenen Sümpfe zum Kloster zu schaffen hatte und so fort. Sawelis Vater und Großvater hatten als erste das Urwalddickicht gelichtet, die gewaltigen Baumriesen gefällt, den Boden gerodet und Wurzeln und Baumstümpfe weggebrannt, sie hatten die erste Saat in die jungfräuliche Erde gesenkt – zuerst Hafer und in den nächsten Jahren Roggen und Hanf.
Wenn es nach Dikoroß gegangen wäre, so wäre er gern noch tiefer in den Urwald eingedrungen, um dem Zugriff des Steuereinnehmers des Klosters und den Tiunen des Fürsten zu entrinnen. Aber mit ihren scharfen, raubgierigen Augen wissen sie einen ja überall zu finden, kommen zu den frischgerodeten Stellen, beginnen zu rechnen, und das Ergebnis ihrer Rechnerei ist eine Erhöhung des Zinses. Dann spielt sich

stets die gleiche Szene ab: Dikoroß wirft unmutig seine Hundsfellkappe zu Boden, schüttelt zornig sein Zottelhaar und brummt: »Habt die Güte, mit der Eintreibung des Zinses zu warten. Selbst einem Pferd gönnt man ja eine Atempause, führt es auf die Weide, wo es frei springen und grasen darf. Weshalb denn einen Menschen zu Tode schinden? Ich muß doch alle Arbeit allein machen, habe keine Zeit, meine Hände in den Schoß zu legen. Lange noch wird's dauern, bis mir in meinem Söhnchen ein Helfer herangewachsen ist.« Und wieder stemmt er sich auf die Handgriffe seines Pfluges oder seiner Egge oder greift zur Axt, um sie an hundertjährige Stämme zu legen und eine Schneise zu schlagen, wobei er fast bis zum Leib im Morast steht.

Ja, seine ganze Hoffnung hatte Dikoroß auf seinen Sohn gesetzt, seinen Einzigen. Solange der noch ein Knirps gewesen war, hatte der Vater ihn Glusdyr, das heißt »junges Vögelchen«, genannt; als das fixe Bürschlein aber heranwuchs, gaben die Nachbarn ihm wegen seiner Findigkeit und Flinkheit den Beinamen Toropka, was ungefähr soviel wie der »Hurtige« oder »Flinke« heißt. Der Knabe hatte zwar bei der Taufe vom Popen noch einen anderen Namen erhalten, doch der war viel zu schwer auszusprechen: Anempodist – dabei konnte man sich ja die Zunge verrenken. Groß und kräftig, zottelköpfig und sommersprossig, war Toropka das Ebenbild seines Vaters; wie dieser konnte er Bäume fällen, Neuland umpflügen, ein Eichhörnchen im Sprung mit dem Pfeil seines Bogens treffen.

Auch eine Witwe lebte noch in Perunow Bor, aber sie wirtschaftete wie ein Mann, pflügte selbst ihren Acker, hackte Holz und fing mit dem Netz im See Karpfen und Bleie. Witwe war sie seit der Zeit, da Flußpiraten am Unterlauf der Wolga ihre beiden Kinder, einen Knaben und ein Mädchen, geraubt und später an bulgarische Kaufleute verkauft hatten. Ihr Mann, der versucht hatte, den Räubern die Kinder wieder zu entreißen, war von ihnen auf einen brennenden Scheiterhaufen geworfen worden, was seinen Tod zur Folge hatte. Davon rührte auch ihr Beiname Opalonicha, »die Versengte«, her. Um die schreckliche Erinnerung aus ihrem Gedächtnis zu verbannen, verließ sie den Ort, wo ihr das Unglück zugestoßen war, und siedelte sich in Perunow Bor an, wo sie durch harte ermüdende körperliche Arbeit ihren Gram zu übertäuben suchte. Sie warf sich auf die Schafzucht, und bei ihr gediehen die Tiere, die den anderen unter den Händen wegstarben. Aber so hart die Opalonicha auch arbeiten mochte, ihre Kinder konnte sie nicht vergessen. Große Zuneigung faßte sie zu Lichars Töchterchen Weschnjanka, die sie wie eine Mutter betreute. Im Hungerjahr aber fand sie auf einem Friedhof zwei Waisenkinder, die nahm sie zu sich und nährte und erzog sie wie leibliche Kinder.

Ankömmlinge aus der »Welt«

Nur höchst selten verirrte sich jemand aus der Außenwelt nach dem Peruns Wald; er lag zu weit abseits der großen Straße. Eher noch als Menschen ließen sich Tiere im Wald und im Weiler blicken – ein plumper Braunbär zum Beispiel oder ein mächtiger Elch; manchmal setzte auch ein schlanker gefleckter Hirsch mit leichten Sprüngen über die Lichtung auf der Flucht vor einem Luchs. Im Winter aber kamen die Wölfe rudelweise bis dicht an die Hütten heran, und ringsum auf den Krautäckern mästeten sich die Hasen.

Als sich auf den Sümpfen eine feste Eiskruste gebildet hatte, dick genug, um das Gewicht von Roß und Reiter zu tragen, kamen zum weltabgeschiedenen See seltsame Besucher aus der Welt[1] – ein Ritter und ein Mönch samt einem Knecht.

Sie saßen auf erlesenen Rossen, und ihre Waffen waren mit Silber beschlagen. Der stets zu Scherzen aufgelegte junge Ritter, der seinem Aussehen nach über große Körperkräfte verfügen mußte, freundete sich rasch mit den Leuten von Peruns Wald an, wohingegen der alte Mönch mit langem, halbergrautem Haar, der unter seinem Halbpelz einen schwarzen Leibrock trug, sie durch sein mürrisches, finsteres Wesen eher abstieß. Beider Leidenschaft schien die Jagd zu sein, denn sie erkundigten sich sofort bei Kudrasch und Dikoroß, was für Spuren wilder Tiere sie bemerkt hätten, ob es Bärenhöhlen in der Nähe gäbe, ob Elche sich in der Gegend hätten sehen lassen. Als sie sich für die Jagd umgekleidet, Schneeschuhe angeschnallt und zum Jagdspieß gegriffen hatten, machten sie sich in Gesellschaft von Dikoroß, Kudrasch und Toropka auf und streiften tagelang durch den verschneiten Wald, den Fährten von Bär und Elch folgend.

In Sawelis Hütte zurückgekehrt, aßen sie Kohlsuppe mit Elchfleisch und erzählten sich gegenseitig ihre Jagderlebnisse.

»Warum, Vater Epimach«, fragte Dikoroß einmal den finsteren Mönch, »hast du die Kutte genommen? Schwert und Speer hätten wahrlich besser zu dir gepaßt. Bei der Bärenjagd entwickelst du eine erstaunliche Geschicklichkeit. Du taugtest wirklich eher dazu, im Kampf deinen Mann zu stehn, denn als frommer Büßer Kniefälle zu tun.«

Der Finstere antwortete:

»Meinst du denn, es sei mir, dem Ritter Ratibor, dessen ganze Lust es war, in den wilden Polowezer Steppen Kämpfe zu bestehen, eine Freude gewesen, den Panzer abzulegen? Bin ich etwa aus freien Stücken ein

1 In so weltentlegenen Walddörfern pflegte man eine dicht besiedelte Gegend »Welt« zu nennen. Wenn so ein Hinterwäldler aus seiner Einsamkeit in ein größeres Kirchspiel oder gar in eine Stadt gefahren war, so pflegte er zu sagen: »Ich bin in der Welt gewesen«, »Ich kehre aus der Welt zurück«, und seine daheim gebliebenen Dorfgenossen erkundigten sich eifrig bei ihm: »Nun, was gibt's Neues in der Welt?«

Gefangener des Klosters geworden? Ich habe einem Hochgestellten im Wege gestanden – und da mußte ich mich wohl oder übel unterwerfen und mich dazu bequemen, in ein weltabgeschiedenes Kloster einzutreten... Es tummeln sich jetzt gar viele Fürsten und Fürstlein hier, und sie wetzen gierig ihre Zähne, ob sie an einer noch reicher besetzten Tafel noch günstiger zu Stuhle kommen... Nun, mögen sie sich meinetwegen weiterhin katzbalgen! Ich sitze geruhig in meiner Zelle und schreibe meine Chronik, zeichne gewissenhaft alles auf, was ich gesehn und erlebt habe... Kommt aber dieser junge Rittersmann mich holen, so vertausche ich die Gänsefeder mit der Saufeder...«

»Wenn nun aber die Feinde in unser Land einfallen«, fragte Dikoroß, »wirst du dann auch in deiner Zelle bleiben?«

»Dann werden mich weder die Steinmauern noch die Verbote des Abtes im Kloster halten. Dann trete ich als einfacher Krieger ins Gefolge des tapferen Ritters Jewpati ein und lasse mein Blut und mein Leben für unser heiliges russisches Land auf dem Felde der Ehre.«

Mitten im Winter kam ein Händler mit seinem Schlitten nach Peruns Wald. In dem Korbgestell aus Weidengeflecht fanden sich manche für Weiber und Kinder verlockende Waren: Nadeln und Spangen, bunte Bänder, mit Blumen bestickte Kopftücher, Glasperlen und Honigkuchen. Geld nahm der Mann für seine Waren nicht, er tauschte sie nur gegen Felle ein – Marder-, Fuchs-, Biberfelle und andere. Toropka erhandelte gegen ein Bund Eichhörnchenfelle grüne Glasperlen und schenkte sie Weschnjanka.

Der Händler war kein Russe, das erkannte man schon an seiner Tracht. Auf dem Kopf trug er eine mit einem weißen Handtuch umwundene topfartige Mütze, die Schäfte seiner Stiefel waren aus lauter kleinen bunten Saffianlederstücken zusammengenäht, und auch sein Kaftan hatte einen ungewöhnlichen Schnitt. Die Weiber hatten gleich gemerkt, daß er nicht rechts geknöpft wurde wie bei allen rechtgläubigen Christen, sondern links wie bei den Ungläubigen oder Linkshändern.

Von diesem Händler hörten die Waldbauern zum ersten Male, daß von Osten her ein entsetzliches Volk sich nähere, das alle Städte und Dörfer dem Erdboden gleichmache und alles, was Odem hat, töte – Männer, Weiber, Greise und Kinder – ohne Unterschied und ohne Erbarmen.

»Nun, so erzähle uns von diesen Unholden!«

»Diese Unholde – sie heißen Tataren und Mongolen – kamen eines Tages auf ihren Pferdchen angebraust, als führe ein Hagelwetter über unsere Köpfe hin. Es war die Vorhut des Khans Scheibani, des Enkels von Tschagonis, die in unser Bulgarenland einfiel, unsere Städte zerstörte, darunter auch meine am Flusse Kama gelegene Vaterstadt Bilar. Nur solche Männer, die sich auf irgendein Handwerk verstanden, ließen sie am Leben, schleppten sie aber in Ketten fort, weit fort, in ihr unbekanntes Land. Von den anderen konnten nur diejenigen ihr Leben retten, denen es glückte, rechtzeitig in unzugängliche Wälder und Berge zu fliehen. In fünf von unseren Städten haben sie Besatzungstruppen zurückgelassen, um uns Bulgaren unters Joch der Unfreiheit zu beugen; ihr Hauptheer aber ist weitergezogen in die Polowezer Steppen... Wartet nur, bald werdet auch ihr sie zu sehn bekommen, diese Unholde, mit denen zu kämpfen zwecklos ist, weil ihrer so viele sind wie Mücken in der Luft über einem Sumpf... Furchtbar anzusehn sind sie in ihren rußigen Schafspelzen... Ihrem Angriff kann niemand widerstehen.«

»Für euch Bulgaren mögen diese Tataren furchtbare, unwiderstehliche Feinde sein«, meinte Dikoroß, »denn ihr seid im Stiefelflicken und Schachern geübter als im Kämpfen. Nein, tüchtige Krieger seid ihr Bulgaren noch nie gewesen.«

»Warten wir's ab, was von euch tüchtigen Kriegern übrigbleibt, wenn die Tataren über euch herfallen.«

»Hüte deine lose Zunge«, verwarnte ihn die Witwe Opalonicha. »Wir werden diesem Tschagonis mit unseren Äxten einen Empfang bereiten, wenn es ihm einfallen sollte, sich mit seinen Heiden hier zu zeigen... Auch wir Frauen werden kämpfen, Schulter an Schulter mit den Männern!«

»Mögen diese Tataren nur brüllen, wenn sie wie eine Woge über uns hinbranden«, sagte Dikoroß. »Auch der Bär brüllt, wenn er sich in den Jagdspieß stürzt. Auch die Polowezer pflegen beim Angriff wie wilde Tiere zu heulen, um ihren Gegnern damit Schrecken einzujagen. Unsre Rjasaner Mannen sind daran gewöhnt und wissen genau, wie man sie in die Steppe zurückjagt. Warum sollten die Tataren schrecklicher sein als die Polowezer?«

Der erste Alarm

Der Händler war auf seinem Schlitten wieder davongefahren; das Gespräch der Waldbauern drehte sich noch eine längere oder kürzere Weile um die Tataren und Mongolen des Tschagonis, dann gerieten sie in Vergessenheit. »Bis zu uns ist's noch weit!« – »Bis hierher werden sie kaum kommen!« Ein halbes Jahr später, nämlich im Spätherbst, kam ganz abgehetzt und außer Atem aus dem nächsten, zwanzig Werst von Perunow Bor entfernten, am Rande eines Tannenwaldes gelegenen Kirchspiel Jarustowo ein Eilbote, der auf den schon leicht gefrorenen Pfaden mitten durch die Sümpfe gelaufen war. Er rief durchs Fenster einer jeden Hütte deren Bewohnern zu, sie möchten sich alle versammeln, um den Willen des Fürsten von Rjasan zu vernehmen, in dessen Auftrag er, der Bote, hier erscheine. Dann setzte er sich auf einen der herumliegenden Stapel von Balken, bis alle Bewohner des Weilers, auch Weiber und Kinder fehlten nicht, sich um ihn versammelt hatten.

»Der Fürst Juri Ingwarewitsch von Rjasan, unser Vater...«, begann der Bote, aber Kudrasch unterbrach ihn:

»Was heißt hier Vater?... Wir haben ihn noch nie gesehn, diesen Vater!«

Der Bote wischte sich mit dem Ärmel über die Nase und fuhr unerschütterlich fort:
»... unser Landesvater, ruft sein Volk auf, sich zum Heereszug zu sammeln. Schreckliche Feinde sind im Anzug gegen das Rjasaner Land, und noch bevor sie unsere Grenzen erreicht haben, muß man ihnen ins Wilde Feld entgegenziehen und sie gar nicht erst auf unsere Äcker und Fluren lassen.«
»Von wem weißt du denn das alles?« unterbrach hier Swjaga den Eilboten. »Wer hat dich hierher zu uns geschickt? Der Amtmann oder der Pope oder wer sonst? Was versetzt du uns in Angst und Schrecken?«
»Ein fürstlicher Tiun kam zu uns nach Jarustowo und mit ihm, zu seinem Schutz, zwanzig Otriko, alle gut beritten. Der Schultheiß hat sie in unsere Hütten einquartiert, und wir müssen sie und ihre Pferde nun schon den zweiten Tag füttern, und fressen tun sie wie die Wildsäue, als hätten sie in Rjasan nichts zu essen bekommen. Der Tiun berief die Gemeindeversammlung ein und erzählte uns, ein unbekanntes wildes Barbarenvolk, Tataren genannt, zöge heran, und alle Männer und Burschen von sechzehn Jahren aufwärts müßten mit Äxten und Spießen oder sonstwie bewaffnet nach Rjasan kommen, wo der Fürst einen ›großen Polk‹ bilden und an alle Schwerter und Speere und Streitäxte verteilen werde. Diesen Aufruf zu den Waffen haben die Tiune des Fürsten in alle Städte und Kirchspiele des Landes gebracht: nach Saraisk, nach Murom und auch zu den Fürsten nach Susdal, nach Wladimir...«
Dikoroß, der den Boten finster angehört hatte, räusperte sich und fragte:
»Wer bist du denn?«
»Ich? Ich bin Jaschka Brech.«
»Von welchen Brechs? Vom Fischer Pachom?«
»Eben von dem... Pachom Terentitsch ist mein Vater.«
»Er ist mein Vetter... Aber sprich: Warum hat der Fürst sich so lange besonnen? Warum hat er die Männer nicht schon früher zu den Waffen gerufen? Die Tataren stehen schon an unserer Grenze, und er – denkt endlich daran, seine Tiune auszusenden! Warum habt ihr denn nicht besser achtgegeben? Und was ist mit den Susdalern? Ihr Polk ist doch viel stärker als der Rjasansche. Warum sind die Susdaler nicht auf Grenzwacht gezogen? Jetzt werden die Tataren uns Rjasaner hart bedrängen, und die Susdaler, die sicher im Schutze ihrer festen Mauer sitzen, lachen sich eins ins Fäustchen und sprechen: ›Schlagt sie nur ordentlich aufs Maul!‹ Warum rücken nicht alle zusammen aus... in einer geschlossenen Front?«
»Schau einer an! Wie du dir das denkst? Die Fürsten sind untereinander wie Hund und Katze, möchten sich am liebsten gegenseitig die Gurgel durchbeißen. Die werden sich gerade gegenseitigen Beistand leisten!«
Dikoroß beschied den Boten:
»Sage dem Amtmann und dem Tiun, wir Waldbauern aus Perunow Bor werden morgen alle nach Rjasan marschieren... In Jarustowo werde

ich bei deinem Vater vorsprechen... Dann wollen wir sehn, was und wie...«
Mit diesem Bescheid machte sich der Bote auf den Rückweg und war bald auf einem Waldsteig zwischen den mit Schnee bedeckten Tannen verschwunden.

Der Aufbruch ins Wilde Feld

Saweli Dikoroß traf seine Vorbereitungen. Er zog dem letzten der erlegten Eichhörnchen das Fell ab und hängte es zu den anderen umgestülpten Fellchen unter der Oberlage seiner Hütte auf.
»Falls irgendwas passieren sollte, dann tausche die Felle gegen Getreide ein«, sagte er zu seiner Frau.
Dann ging er in den Wald und brachte noch einen ordentlichen Vorrat Brennholz ein. Sein leichtes Zimmermannsbeil ließ er der Frau für die Wirtschaft zurück, an sein schweres Holzfällerbeil aber machte er einen neuen, festeren und längeren Stiel. Er schärfte die Stoßklinge an seinem Jagdspieß und umwickelte das Verbindungsstück straff mit neuen Sehnen. Auch für seinen Sohn Toropka verfertigte er eine Waffe aus einem Sensenblatt.
Mit Hilfe Weschnjankas knetete Sawelis Frau Mariza einen aus Roggenmehl und Gerstenkwas angerührten Teig und buk davon drei große Brote und einige kleinere Rundbrötchen. Eines der Brote zerschnitten die Frauen in dünne Scheiben und rösteten sie im Ofen. Diese Zwiebäcke legten sie als Wegzehrung den Männern in die Rucksäcke und packten auch Zwiebeln, gedämpfte Rüben und eine Handvoll Salz mit ein.
»Unser Salz geht zur Neige«, sagte Mariza. »Deshalb gebe ich euch nur eine Handvoll mit. Draußen in der Welt wird man leichter welches bekommen als hier.«
Am Morgen, als durch die dunklen Tannen die ersten Strahlen des purpurnen Morgenrots leuchteten, versammelten sich die Waldbauern von Peruns Wald vor Sawelis Hütte. Jeder trug auf dem Rücken einen Sack mit Mundvorrat, am Gurt ein Beil und ein Paar Ersatzbastschuhe. Die Bäuerinnen hatten sich in ihre Mäntel und Kopftücher warm eingemummt, um ihren Männern das Geleit bis zu dem niemals zufrierenden Bach zu geben, über den als Steg drei Bretter gelegt waren. Hier warfen sie sich, Abschied nehmend, ihren Ehegatten an den Hals und klagten und jammerten wie um Verstorbene:
»Ach, wir armen unglücklichen Seelen! Warum müßt ihr von uns gehn und uns allein zurücklassen?«
Dikoroß hob seine Frau Mariza, die sich verzweifelt zu Boden geworfen hatte, behutsam auf und tröstete sie:
»Warum sorgst und grämst du dich so sehr? Ist es denn gefährlicher, gegen die Heiden zu ziehn, als auf die Bärenjagd zu gehn? Ist nicht eins

so schlimm wie das andre? Paß nur gut auf den Braunen auf... Und vor wilden Tieren und bösen Menschen seid auf der Hut... Versteckt euch notfalls... Vielleicht komme ich bald aus dem Kriege zurück, auf einem guten Tatarenroß, und bringe dir einen Samtmantel mit und ein warmes Kamisol mit Pelzbesatz und neue Schuhe mit hohen Absätzen...«

»Ach, Sawuschka, mein Lieber, nichts von alledem brauche ich, kommst du nur mir heil und gesund wieder nach Hause! Ach, diese verfluchten Heiden, sie werden dir deinen Brausekopf abschlagen, und niemand wird an deinem Grabe weinen... Das Schicksal, das wir Frauen zu tragen haben, ist doch recht beklagenswert! Und achte mir ja auf unsern Sohn! Hüte ihn wie deinen Augapfel! Habe ich ihn denn dazu unter Schmerzen geboren und aufgezogen, daß er mir in der Schlacht erschlagen wird? Laß ihn daheim! Wir wollen ihn im tiefsten Waldesdickicht verbergen... Ach, werde ich dich jemals wiedersehn, mein liebes Herzenskind?«

Und sie umschlang ihren Sohn und wollte vor Weinen und Schluchzen schier ersticken.

Dikoroß legte ihr die Hand sanft auf die Schulter und sprach leise mit ganz ungewohnter Zärtlichkeit zu ihr:

»Sei still, mein Schwänchen, und hör, was ich dir zu sagen habe... Es ist etwas Wichtiges!«

Mariza stellte ihr Weinen ein.

»Falls dir das Leben hier in der Waldeinsamkeit zu schwer werden sollte oder wenn die wilden Tiere überhandnehmen, dann verrammle die Hütte und zieh hinüber nach Jarustowo, ins Kirchspiel, meinetwegen zu Pachom Terentitsch, dem Fischer. Dann werde ich dich manchmal dort besuchen...«

Die Männer rissen sich aus den Umarmungen der sich fest an sie klammernden Frauen los, überquerten im Gänsemarsch auf dem Steg den Waldbach und gingen weiter, ohne sich noch einmal umzublicken. Und als sie schon im Morgennebel zwischen den hochragenden Stämmen des dichten und dunklen hundertjährigen Waldes den Augen ihrer zurückbleibenden Weiber entschwunden waren, klang deren Gezeter und Gejammer ihnen noch immer ans Ohr oder im Ohr.

Auch Weschnjanka war bis zum Bach mitgegangen, aber sie klagte und jammerte nicht, sondern blickte stumm mit weitgeöffneten, angstvollen Augen in die Ferne, den Schwindenden nach oder auch ins Unbestimmte, und als die Weiber wieder heimgekehrt waren, schlich sie sich in Sawelis Scheune, die auch dem Braunen als Stall diente, schlang ihren Arm um den Hals des Pferdes und flüsterte ihm ins Ohr:

»Nun sind wir beide verwaist, Braunchen! Ob wir unsere Herren jemals wiedersehn werden? Oder werden sie vom Schwert des Feindes hingemäht werden wie die Grashalme von der Sense des Schnitters?«

Der Braune schüttelte schnaubend den Kopf und berührte mit seinen weichen Lippen das junge Mädchen an der Schulter.

Sturmzeichen

Vor Mittag noch erreichten die Waldbauern aus Perunow Bor das an der großen Straße von Murom nach Rjasan gelegene Kirchspiel Jarustowo. Das dunkle Holzkirchlein, das einst von der ganzen Gemeinde an einem einzigen Tag erbaut worden war und darum im Volksmund das »Eintägige« hieß, stand mitten im Kirchhof und war von Grabkreuzen allerseits umgeben, zwischen denen sich heute die Bauern drängten, bewaffnet mit Hellebarden, Spießen, Streitäxten und Heugabeln. Ihr Rufen und Schreien war schon von weitem zu hören, und oben vom Turm herab ließ die Kupferglocke ihr Sturmgeläut erklingen.
Um den Kirchhügel herum schlängelte sich ein Bach, der in seinem Bett zwischen den verschneiten Ufern dunkel schäumte. Hier am Wasser war ein buntes Zigeunerlager aufgeschlagen, um dessen Feuer sich an die hundert Menschen in ungewöhnlicher Tracht drängten. Die Männer trugen Filzmützen, die mit roten Bändern benäht waren; hell leuchteten die grellfarbigen Kittel aus hausgewebtem Wollstoff der Weiber und ihre vorwiegend gelben und grünen Kopftücher; die Kinder liefen recht zerlumpt, ja fast halbnackt herum und streckten allen, die vorübergingen oder stehenblieben, bettelnd ihre Hände hin. Die Weiber jammerten:
»Brot... Essen müssen... Hunger! Uns Bulgaren... Tataren gemetzelt...«
Von manchen bekamen sie eine kleine Gabe oder ein Stück Brot, aber die Geber beschleunigten ihren Schritt, um aus der Nähe des Lagers zu kommen.
»Wieder Bulgaren... Wie viele Flüchtlinge sind nun schon aus diesem Land zu uns gekommen! Was für ein Unglück muß über sie hereingebrochen sein!«
Auf den Stufen des Kirchleins erschien jetzt ein alter Priester in einem Meßgewand aus lilagefärbtem, grobem Leinen mit aufgenähten gelben Kreuzen. Mit beiden Händen hob er ein Messingkreuz hoch und segnete damit die Menge.
Mit dumpf dröhnender Stimme schrie er:
»Sammelt euch, Rechtgläubige! Ein heidnisches Kriegsvolk, Pferdehirten aus der Steppe, angeführt von dem gottlosen Khan Batyga, bedrängt unser Land vom Wilden Felde her. Am Fluß Woronesh hat man ihr Lager erspäht.«
Aufmerksam lauschten die Bauern dem Priester, der schreiend fortfuhr:
»Als unserm Fürsten gemeldet wurde, daß der erbarmungslos grimme Batyga an der Grenze unseres Landes stehe, entsandte er eilends Boten zu seinen Brüdern nach Murom, Kolomna und Krasny und zu seinen Söhnen Feodor und Wsewolod Jurewitsch nach Saraisk und Pronsk, um von ihnen Beistand zu erbitten, den sie alle auch bereitwillig zugesagt haben. Sie würden uns nicht im Stich lassen, haben sie geantwortet, sondern mit ihren Kriegern kommen, um Schulter an Schulter mit uns zu kämpfen.«

Er machte eine Pause, während welcher aus dem Lager der bulgarischen Flüchtlinge die bittenden Rufe »Brot! Gib Brot!« herüberdrangen. Dikoroß stand, auf seinen Spieß gestützt, unter der Menge und neben ihm sein Sohn Toropka, der von der Seite her dem Vater in das düstere Gesicht mit den streng und trüb blickenden Augen schaute.

»Vater?« fragte er leise, indem er den Vater am Ärmel zupfte. »Vater, ziehn wirklich die Heiden gegen uns, oder faselt er nur etwas zusammen?«

»Wir werden weiter hören«, entgegnete Dikoroß, und zu seinem Nachbar gewendet, fragte er: »Was meinst du dazu, Kudrasch?«

»Ich habe mir die Bulgaren dort drüben am Bach angeschaut«, sagte Kudrasch mit einem traurigen Kopfschütteln. »Früher kamen die bulgarischen Kaufleute in schmucken Kleidern auf großen Handelsbooten zu uns. Und nun sieh dir jene dort an! Werden wir auch barfuß durch die Welt irren müssen, von Haus und Feld vertrieben? Und wohin sollen wir dann unsere Schritte wenden?«

»Sammelt euch, Rechtgläubige!« schrie der Priester wieder hysterisch. »Laßt es nicht zu, daß sich der verfluchte Khan Batyga der Herrschaft über unser Land bemächtigt! Tretet alle ins Heer des Fürsten Juri Ingwarewitsch ein!«

»Ja, aber wo ist denn der Sammelplatz?« brummte Dikoroß. Und die Menge nahm seine Frage auf und rief: »Freilich, wohin sollen wir uns denn begeben? Wo ist denn der Sammelplatz? Und wer wird uns führen?«

»Gleich wird einer der Mannen des Fürsten, der ruhmreiche Ritter Jewpati Kolowrat, zu euch sprechen!« sagte der Priester und barg sein Kreuz im Busen und seine klammen Hände in den weiten Öffnungen seiner Ärmel.

Ein hochgewachsener Krieger, dessen Haupt ein Eisenhelm schützte und an dessen enggeschnalltem Ledergürtel ein Krummsäbel in grüner Scheide hing, trat vor. Er reckte sich hoch auf, indem er eine Streitaxt in der erhobenen Rechten schwenkte, und umfaßte die Menge mit einem frohgemuten Blick. Ehe er zu sprechen begann, verneigte er sich höflich nach allen Seiten:

»Erlaubt mir, ihr wackeren Krieger und Bärenjäger, ihr kühnen Männer und Burschen, die ihr die Zierde und die Hoffnung unseres Rjasaner Landes seid, ein paar Worte zu euch zu sprechen!«

»Sprich, sprich, Jewpati! Wir hören!«

»Ich kenne diese Heiden, die Tataren, diese Pferdehirten. Mit eigenen Augen habe ich sie gesehn, mit meinen Händen sie gepackt und manchem von ihnen das Rückgrat gebrochen. Aber auch sie haben mir nicht wenige Narben beigebracht. Diesen Eisenhelm hier auf meinem Kopfe und diesen Krummsäbel hier habe ich einem erschlagenen Tatarenfürsten abgenommen.«

»Schau an, unser Jewpati Kolowrat, das ist ein Tausendsassa.«

»Vor zwölf Jahren – viele von euch werden sich dessen gewiß noch

entsinnen – zog ich mit den Rostowern gegen diese tatarischen Übeltäter, bis ans Blaue Meer. An der Kalka stießen wir mit ihnen zusammen, da haben wir sie zum ersten Male kämpfen gesehen, haben ihre Finten und Listen kennengelernt, wie sie vor uns flohen, aber nur zum Scheine, um uns in einen Hinterhalt zu locken. Sie sind tüchtige Kämpfer, das muß man ihnen lassen, aber nicht standhaft. Wenn etwas nicht auf den ersten Anhieb gelingt, nehmen sie Reißaus und sammeln sich erst wieder, wenn sie weit genug sind, um sich in Sicherheit zu wähnen.«
»Hörst du«, sagte Kudrasch zu seinem Nachbar, indem er ihn in die Rippen knuffte. »Der kennt dieses Tataren- und Heidengesindel. Ihm sollten wir uns anschließen, da werden wir diesen Pferdehirten nicht in die Falle gehn ...«
»Gewiß, mit wem sollten wir denn sonst auch gehn? Mit ihm sind wir auf die Bärenjagd gegangen, mit ihm werden wir auch gegen die frechen Tataren ziehn.«
Der Ritter Kolowrat sprach noch ein paar zündende Worte, mit denen er an die Heimatliebe der Männer appellierte und sie aufforderte, sich in Rjasan dem großen Polk anzuschließen.
Als er geendet hatte und den Kirchhof verlassen wollte, erblickte er inmitten der ihm Platz machenden Menge den alten Dikoroß. Da blieb er bei ihm stehen und grüßte:
»Ei, guten Tag, Saweli! Hast du dich auch entschlossen, in den Krieg zu ziehn?«
»Ei freilich. Und meinen Sohn hier, den habe ich auch mitgebracht, und auch die Nachbarn sind alle mitgekommen. Wir wollen unter deinem Banner kämpfen.«
»Mir soll's nur recht sein; ich nehme euch gern auf. Am Hofe des Fürsten zu Rjasan werdet ihr mich finden.«
Inzwischen hatten zwei seiner Mannen ein großes, feuriges Schlachtroß herbeigeführt. Der Ritter sprang in den Sattel und sprengte in der Richtung auf Rjasan davon.

Die Rjasaner Wetsche

...Sprich, stolze, erhabene Stadt,
wo ist die Zeit deines blühenden Ruhms,
als deine Stimme, Geißel der Fürsten,
in stürmischem Thing mit ehernem Klange
zum Richtplatz oder aufs blutige Schlachtfeld
zusammenrief deine folgsamen Söhne?
(Dm. Wenewitinow)

Vom frühen Morgen an läutete die Rjasaner Versammlungsglocke und rief das Volk zur Wetsche. Mahnend klangen ihre langgezogenen tiefen Töne durch die stille Frostluft und verbreiteten ringsum Unruhe und Aufregung. Man hörte ihr sonores Geläut weit in den umliegenden Dörfern.

Die Leute traten auf die Vortreppe ihrer Häuser hinaus, lauschten eine Weile dem Geläut und griffen dann hastig nach Überrock und Pelz und Mütze. Auf beiden Ufern der Oka krochen über die schneebedeckten Äcker lange dunkle Schlangen von Menschen zur Stadt hin.
»Hört nur die Glocke!« sprachen die Bauern erregt untereinander. »Was kann ihr Geläut denn nur bedeuten? Was mag bloß geschehn sein?«
Jetzt kam das auf dem Steilufer gelegene, von einem hohen Erdwall umgebene alte Rjasan in Sicht. Dieser Wall und der von einer hohen Palisade umgebene Detinez im Herzen der Stadt, mit den Wachttürmen aus dem harten Holz hundertjähriger Eichen, machten Rjasan zu einer uneinnehmbaren Veste.
Welche Gefahr könnte denn dieser wohlbefestigten Stadt drohen? Warum läutet die eherne Wetscheglocke so beharrlich? Herrscht wieder Bruderzwist unter den Fürsten, und will man wieder mal die Bauern zwingen, sich gegenseitig totzuschlagen wie vor zwanzig Jahren am Flüßchen Lipiza? Und wozu eigentlich? Damit man den einen Fürsten los wird, bloß um den andern auf den Hals zu bekommen? Mögen die Herren gefälligst ihren Streit untereinander austragen!
Auf dem Platz auf dem Sokolberg wimmelte es rund um die Fotjanowsäule von Bauern, die wie an jedem Markttag beim Morgengrauen mit ihren Fuhren in die Stadt gekommen waren, um die Erzeugnisse ihres Gewerbefleißes abzusetzen: Korn und Mehl, ausgenommene, in der Kälte gefrorene Schweine und Kälber, irdenes Geschirr, Holzbottiche und andere Gefäße und was sonst noch alles. Doch am heutigen Tage waren die Männer in solcher Überzahl, daß die Frauen unter dieser Menge ganz verlorengingen.
Von allen Seiten strömten Land- und Stadtbewohner in hellen Scharen auf den Platz, und jeder war bemüht, sich zum Vorhof der Mariä-Himmelfahrts-Kathedrale durchzuzwängen, weil dort die Fürsten zum Volke sprechen würden.
Dikoroß und seinen Gefährten aus Peruns Wald gelang es, sich bis in die Nähe des Glockenstuhls vorzudrängen, wo zwei kräftige Burschen, die ihre Halbpelze ausgezogen und ihre Mützen abgenommen hatten, unermüdlich am Seile zogen.
Nach einem lebhaften Wechselgeläut kleinerer Glocken trat ein Kirchendiener aus der Kirche und winkte den beiden Glöcknern mit einem Tüchlein zu, zum Zeichen, daß sie aufhören sollten, am Strang zu ziehen. Der eherne Mund der Glocke verstummte, und die beiden Burschen wischten sich mit den Ärmeln den Schweiß von ihren hochroten Gesichtern. Die Menge drängte sich noch näher heran. Die Bauern kletterten auf ihre Wagen oder auf ihre Zugpferde. Alle wollten den Grund des Sturmgeläuts erfahren.
Gemessenen Schrittes trat der Sängerchor, der ein Kirchenlied in langgezogenen Tönen intonierte, aus dem Portal der Kathedrale. Dahinter kamen, ihre Weihrauchfässer schwenkend, vier stämmige Diakone im

Ornat; ihnen folgten feierlich zehn Priester in goldbestickten Meßgewändern, die in ihren Händen silberne und kupferne Kreuze hielten, schließlich erschien der Bischof, gestützt von zwei Knaben in Novizentracht.
Unmittelbar hinter der Geistlichkeit trat der Fürst Juri Ingwarewitsch, dem ein mit Perlen und Edelsteinen besetzter roter Korsno um die Schultern flatterte, aus dem Kirchenportal. Zwanzig Krieger mit geschulterten blanken Schwertern bildeten seine Leibgarde und hielten das Volk in respektvoller Distanz. Dem Fürsten folgten die Mitglieder seiner Familie und seines Hofstaates: die Großfürstin Agrippina Rostislawna im Kreise ihrer Schwiegertöchter, der jungen Frauen ihrer sieben Söhne und Neffen, die ältesten Bojaren und andere Vornehme.
Der Fürst bestieg eine steinerne Estrade unweit des Glockenturms, sein Gefolge und die Geistlichkeit nahm ringsum Aufstellung. Auf der anderen Seite des Kirchhofs hatten sich die Ältesten der Stadt und ihrer Vorstädte versammelt und standen bescheiden, aber nicht ohne Würde da in Schafspelzen und Kaftanen aus hausgewebtem Tuch. Einer von ihnen, der älteste und ehrwürdigste, der Starost der Unterstadt, trat vor, verneigte sich tief vor dem fürstlichen Paar, wobei er seine Zobelfellmütze gegen die Brust drückte, und sprach:
»Heil dir, Fürst Juri Ingwarewitsch, der du unser aller Vater bist. Möge Gott dir und deiner Gemahlin, unserer verehrten Fürstin Agrippina Rostislawna, Gesundheit und langes Leben schenken. Kein Kummer soll deine Herrschaft trüben, und mögest du in deinem Glück uns, deine treuen Untertanen, nicht vergessen! Erlaube mir nun aber die Frage: Warum hast du dein Volk zur Versammlung gerufen?«
Der Fürst, der seinen finsteren Blick über die Menge hatte hinschweifen lassen, schüttelte seine ergrauenden langen Locken und begann, nachdem er sich nach allen Seiten hin verbeugt hatte, mit müder, erloschener Stimme:
»Hört mich an, Rechtgläubige! Aus triftigem, dringlichem Anlaß, nicht ohne beängstigenden Grund habe ich euch durch die Wetscheglocke seit dem frühen Morgen zur Versammlung rufen lassen: Gemeinsam, aus einem Herzen, mit einem Willen, müssen wir über eine unaufschiebbare, wichtige Angelegenheit entscheiden ...«
»Sprich, sprich, wir werden hören und erwägen, erwägen und entscheiden!« ließen sich Stimmen aus der Menge vernehmen.
»Schon seit längerer Zeit, seit dem Frühjahr, erreichten uns schlimme Botschaften aus dem Wilden Feld: daß Verwirrung herrsche unter den Polowezer Khanen, daß der Polowezer Polk blutige Kämpfe zu bestehen habe mit einem unbekannten Volk aus den Steppen jenseits der Wolga, daß dieses fremde Volk die Polowezer geschlagen, sie aus ihren Lagern vertrieben und vollständig ausgeplündert habe. Die vornehmsten der Polowezer Khane sind von den frechen Eindringlingen erniedrigt und zu Pferdeknechten gemacht worden ...«

»Wer sind diese Fremden? Wie heißen sie? Sind es Pferdehirten aus den Steppen?«
»Diese Fremden sind die gottlosen Mongolen und Tataren, und sie stehen jetzt, nachdem sie die Polowezer vertrieben, deren Jurten vernichtet und deren Vieh abgeschlachtet haben, unmittelbar an unseren Grenzen, am Fluß Woronesh. Dort haben sie haltgemacht, aber offenbar nur, um zum Schlage gegen unser Land auszuholen. Botschafter haben sie an uns gesandt, zwei Männer und ein Weib ...«
»Wo sind sie? Laß sie kommen, damit wir sie uns ansehn und ihnen gründlich Bescheid sagen, welchen Weg sie zurückreiten müssen.«
»So führt die tatarischen Abgesandten her!« gebot der Fürst einigen Leuten aus seinem Gefolge. »Und hütet sie wie eure Augäpfel, damit ihnen kein Leids geschieht, denn immerhin sind es Abgesandte des mächtigen Batyga.«

Die tatarischen Abgesandten

Mehrere Krieger eilten in den Palast des Fürsten und kehrten alsbald mit drei sonderbaren und fremdartigen Gestalten zurück, die sie zu einem erhöhten Gerüst in der Nähe des Glockenstuhls geleiteten, wo sie von allem Volke gesehen werden konnten. Der erste war ein Greis; zu einem bis an die Fußknöchel reichenden Pelz aus gelblichen Fuchsfellen trug er eine Fellmütze, die mit einem weißen Gewebe umwunden war. Der zweite war ein rüstiger, stämmiger Krieger; zu einem blauen Kaftan trug er eine Filzmütze, am Gürtel hing ihm ein Krummsäbel. Sein kurzer Hals saß auf reckenhaften Schultern, sein finsteres Gesicht war bartlos, und seine Augen hatten einen gebieterischen Blick, den er über die Menge hinstreifen ließ mit dem Gleichmut eines Mannes, der gewohnt ist, zu befehlen, zu verurteilen oder zu begnadigen. Die dritte Gestalt war die erstaunlichste – ein altes Weib, in dessen verschwollenem Gesicht das Merkwürdigste die Augen waren, die einen wahnwitzigen Ausdruck hatten. Um die Schultern hing ein Bärenfell, auf dem Kopf saß eine hohe, spitze Kappe, am Gürtel hingen neben ein paar langen, schmalen Messern Riemchen, auf denen Bärenzähne und -klauen und kleine Muscheln aufgereiht waren. Dieses sonderbare Wesen, das in den Händen eine runde Schellentrommel hielt, konnte sich keinen Moment still verhalten, es murmelte halblaut seltsame Worte, wozu es mit den Fingern der Trommel leise dumpfe Töne entlockte, und die Augen irrten wie suchend unstet umher.
»Das ist ja eine Hexe ..., eine Zauberin!« ging es verwundert durch die Menge. »Sag uns, Fürst, was wollen diese Abgesandten von uns?«
Der Fürst wandte sich an einen der Duma angehörenden Bojaren:
»Veranlasse sie, dem Volke selbst zu sagen, was sie in unsere Stadt geführt hat.«
Lichar Kudrasch stieß Dikoroß mit dem Ellbogen an:

»Sieh doch mal den Dolmetscher! Erkennst du ihn wieder? Ist es nicht der bulgarische Händler, der einmal zu uns nach Perunow Bor kam, um seine Tücher, Nadeln und Glasperlen gegen Felle einzutauschen? Höchstwahrscheinlich war der ganze Handel bloß ein Vorwand, und in Wirklichkeit war er nichts weiter als ein Spion und hat Wege und Stege ausgekundschaftet. Der Teufel soll ihn doch gleich in Stücke reißen!«
Der Dolmetscher sprach halblaut mit den tatarischen Abgesandten, übersetzte das, was sie ihm sagten, dem Bojar, der sich schließlich an die gespannt wartende Menge wandte:
»Höre, mein Fürst, und du rechtgläubiges Volk, was die Mungalen von uns fordern! Sie behaupten, ihr Zar Batyga Dschutschijewitsch sei der Zar aller Zaren, denn alle Völker hätten sich der Herrschaft seines Großvaters, des Khans Tschagonis, unterworfen. Diese Abgesandten fordern nun, daß sich auch das russische Volk dem Zaren Batyga Dschutschijewitsch unterwerfe. Wolle es sich aber nicht beugen, so werde der Zar Batyga es unter den Hufen der Rosse seiner zahllosen Krieger zerstampfen, wie er die Polowezer und deren Khane zerstampft und die letzteren zu seinen Pferde- und Ochsenknechten gemacht habe.«
»Eitel Prahlerei! Niemals wird das geschehn!« rief der Ritter Jewpati Kolowrat, der in der Nähe des Fürsten stand.
»Gewiß ist es Prahlerei«, sprach der Fürst, und er forderte den Bojaren auf: »Sage ihnen, sie möchten uns nicht drohen, sondern in vernünftigen und verständlichen Worten sagen, was sie von uns und in unserem Lande wollen.«
Der Bojar richtete diese Worte an den Dolmetscher, und der Dolmetscher übersetzte sie dem mongolischen Krieger, der darauf heftig mit dem Fuß aufstampfte, den Griff seines Krummsäbels krampfhaft umfaßte und zornig etwas erwiderte. Der Greis stand unbeweglich daneben, die Handflächen überm Bauch ineinandergelegt, das Hexenweib aber zappelte mit allen Gliedern und murmelte Unverständliches. Als der Bojar sich die Antwort des Kriegers hatte übersetzen lassen, sprach er zu dem Fürsten:
»Zürne mir nicht, mein Fürst, ob der schamlosen Worte, die ich von diesem mungalischen Abgesandten zu hören bekam. Sie fordern vom Fürsten wie vom ganzen Volk einen ständigen und ewigen Tribut, einen Zehent, das heißt den zehnten Teil dessen, was ein jeder besitzt.«
Totenstille lagerte über der Menge, eine Stille wie vor dem Sturm, und deutlich konnten alle die unwillige Antwort ihres Fürsten hören:
»Wenn wir einmal nicht mehr sind, dann mögen sie sich alles nehmen!«
Lachen und Rufe verbreiteten sich in der Menge:
»Hoho! Sieh mal an! Was sie haben wollen! Da, nimm und friß! Jage sie ins Wilde Feld zurück, Fürst, und hetze die Hunde hinter ihnen her!«
Mit zornigen Blicken beobachteten die Abgesandten die Menge, durch die das Lachen und Rufen über den ganzen Platz hinrollte.
Der Fürst drehte sich zu dem Ritter Kolowrat um und forderte ihn auf: »Beschwichtige unsere Schreihälse! Du verstehst es, mit ihnen zu reden.

Besänftige sie, sonst vergreifen sie sich womöglich noch an den Abgesandten.«
Nachdem Jewpati mit der Hand der Menge Schweigen geboten hatte, rief er so laut und deutlich, daß auch die ganz hinten stehenden und die auf ihren Fuhren sitzenden Bauern seine über den Platz hinschallenden Worte verstehen konnten:
»Höre mich an, Volk von Rjasan! Eure Stadt ist die Hauptstadt des Landes und kein großes Dorf mehr... Für einen Städter, noch dazu einen Hauptstädter, schickt sich ein ungehobeltes, bäurisches Benehmen aber nicht, sondern ein manierliches, höfliches, mit einem kleinen Lächeln... Es ziemt sich nicht und taugt auch zu nichts, fremde Gesandte mit beleidigenden Worten zu empfangen und sie mit Hunden fortzuhetzen. Ihr seid allesamt wackere, brave Männer, also benehmt euch nicht wie freche Dreckspatzen, sondern wie kühne Falken!«
»Hoho!« toste es in der Menge. »Wie beredt unser Jewpati ist!«
»Die Abgesandten der Mungalen haben viel von uns verlangt. Aber haben die Polowezer Roßtäuscher nicht ebenfalls immer den dreifachen Preis für ihre Gäule gefordert? Wir werden ihnen, den Mungalen, antworten, wie wir den Polowezern geantwortet haben: ›Danke, werte Gäste, für die Nachfrage!‹ Denn nicht wir sind es, die darüber entscheiden können, ob wir die mungalischen Forderungen annehmbar finden oder nicht, sondern über uns ist noch einer, der Großfürst Georgi Wsewolodowitsch, unser Herr, der in Wladimir, der Hauptstadt von Susdal, residiert. Zu ihm wollen wir mit einem Geleit die Abgesandten des Mungalenzaren Batyga schicken, mit allen geziemenden Ehren, in einer Troika. Mag der Großfürst dann darüber entscheiden, ob wir den Tataren den geforderten Zehent von unserer gesamten Habe entrichten oder noch etwas damit warten sollen.«
»Richtig, Jewpati, richtig! Man soll ihnen das Geleit nach Wladimir geben!«
»Jetzt aber bittet Fürst Juri Ingwarewitsch seine teuren Gäste«, wandte sich der Ritter direkt an die Abgesandten, »ihm ins Haus zu folgen und Salz und Brot mit ihm zu essen und Pirog und Kalatsch.«
Die Mongolen folgten der Einladung und entfernten sich mit dem Fürsten und seinem Hofstaat, aber das Volk wollte noch lange nicht auseinandergehen, sondern es führte erregte Reden untereinander: daß man die Heimat verteidigen und dem Feinde entgegentreten müsse, noch ehe er ins Rjasaner Land eingedrungen sei.
Der Fürst trug Sorge, daß den Tatarenabgesandten eine vorzügliche Bewirtung zuteil wurde, und tat ihnen die Ehre an, das Mahl, an dem auch die Ritter und Bojaren teilnahmen, mit ihnen zu teilen. Diener trugen zahllose schmackhafte und sättigende Gerichte herein, aber die Botschafter aßen sehr wenig und berochen und kosteten jedes Gericht vorher argwöhnisch. Wein und Met aber rührten sie überhaupt nicht an. Nach dem Essen fuhr ein Schlitten mit einem Dreigespann vor. Der Sitzkorb war mit warmen, weichen Fellen ausgelegt, und eine große

Decke aus Bärenfellen war darüber gebreitet, doch die Mongolen weigerten sich, in den Schlitten zu steigen, sondern verlangten nach ihren Rossen, um den Weg im Sattel zurückzulegen. Für den Fall, daß seine Gäste doch noch anderen Sinnes werden sollten oder unterwegs schlafen wollten, befahl der Fürst, das Dreigespann solle hinter den Reitern herfahren. Mit dem Schutz der Gesandtschaft aber betraute er ein halbes Hundert seiner berittenen Mannen.

Nachdem der Fürst seine Gäste bis vor das Tor seines Palastes geleitet hatte, ließ er den Ritter Kolowrat rufen und sprach zu ihm:

»Trübe Ahnungen beschleichen mein Herz. Eine drohende Wolke zieht vom Wilden Felde herauf. Man muß sich aller erdenklichen Hilfe versichern, alle zu den Waffen rufen, die ein Schwert halten können. Mit den tatarischen Abgesandten habe ich meinen Bruder nach Wladimir geschickt, damit er den Großfürsten bitte, das Volk von Susdal, Rostow und Belosersk aufzurufen und auch Groß-Nowgorod um Waffenbeistand zu ersuchen und unverzüglich mit seiner ganzen Heeresmacht hierherzueilen und den Tataren entgegenzuziehen, während wir versuchen wollen, sie durch Unterhandlungen so lange hinzuhalten. Denn ich habe meinen Sohn Feodor und meine klügsten Bojaren mit Geschenken zum Khan Batyga geschickt, damit sie ihm schmeicheln und ihn überreden. Du aber, Jewpati, du sollst ungesäumt dein Pferd satteln und nach Tschernigow reiten, um den Fürsten Michael untertänigst zu bitten, uns mit seinen Truppen zu Hilfe zu kommen. Einen anderen als dich zu ihm zu schicken, trage ich Bedenken, aus Angst, er würde nicht zurückkehren... Dich aber kenne ich und vertraue dir. Du wirst deine Rjasaner Brüder in ihrer Not nicht im Stich lassen und rechtzeitig mit Hilfe eintreffen. Nimm aus meinen Ställen Pferde zum Wechseln, so viele du für nötig erachtest, und beeile dich mit deiner Rückkehr.«

In der gleichen Nacht noch preschte der Ritter Jewpati Kolowrat nach Tschernigow.

Im Wilden Feld

Seit drei Tagen bereits ging der Marsch südwärts, immer tiefer ins Wilde Feld hinein. Rjasan, das vorderste Bollwerk des russischen Landes nach Osten, lag mit seinem Tumult, seiner Unruhe bereits hinter den Kriegern, deren erste berittene Abteilung von dem Fürsten Wsewolod Pronski befehligt wurde. In langer Reihe hintereinander rückten die Reiter auf dem schmalen, jahrhundertealten Pfad durch die Steppe nach Süden. Aber noch weit vor ihnen, daß man sie gerade noch am Horizont sah, befanden sich die Spähtrupps, die vorausgesandt worden waren, um das Gelände zu erkunden, ob sich nicht irgendwo feindliche Verbände zeigten. Von den Gipfeln der Hügel und einsamer Kurgane meldeten sie durch Zeichen, indem sie ihre Mützen in die Höhe warfen oder ihre Pferde bestimmte Drehungen machen ließen, ihre Befunde

dem nachrückenden Gros und sprengten dann wieder in die weite Steppe hinaus, die sich öde und grenzenlos in schneeiger Weiße ausdehnte. Hier und da schimmerte auf den abschüssigen Hügeln Espengesträuch, das sein herbstrotes Laub noch nicht völlig verloren hatte, oder es dunkelte der Streifen eines Eichenhaines längs der Ufer eines tief in die Erde eingesenkten schmalen Flußbettes.
Von dem in südöstlicher Richtung führenden Hauptweg zweigte ein Netz kleiner Seitenwege ab, die von Kamelkarawanen aus dem fernen Surosh, von Pferde- und Hammelherden und von umherstreifenden Räuberbanden im Laufe der Zeit ausgetreten worden waren. Alle kamen sie nach dem Waldgebiet, dem Salesse, wie damals Nordrußland genannt wurde; die einen, um Handel und Tauschhandel zu treiben; die andern, um zu rauben und zu plündern.
Unterm Fußvolk marschierte auch Toropka und beobachtete gespannt die Manöver der Spähtrupps. Er dachte kaum an die Gefahr, der er entgegenging, es kam ihm eher spaßig als unheimlich vor, daß er einem unbekannten Feinde entgegenzog, mit dem er auf Leben und Tod würde kämpfen müssen. Vielleicht wird er sich vor den anderen auszeichnen und Ruhm dabei gewinnen. Sein Vater hatte am Vorabend zu ihm gesagt: »Wir sind ja beide oft genug zusammen auf die Bärenjagd gegangen, und du wirst ja aus Erfahrung wissen, daß ein wildes Tier am furchtbarsten ist, solange man es nicht sieht. Hat man es aber erblickt, so weiß man, woran man ist, und denkt nur noch daran, es nicht entkommen zu lassen. Ein Tatar ist ebenso ein Mensch wie unsereiner, keinesfalls etwa stärker; und beim Angriff schreit er bloß, weil ihm die Angst im Nacken sitzt, und eben diese Angst ist es, die ihn vorwärts treibt, während ihm vor Entsetzen die Augen aus den Höhlen quellen. Du aber sei auf deiner Hut, und vor allem: weiche nicht zurück, sonst machst du dem Feinde bloß Mut, sondern empfange ihn – je nachdem – entweder mit der Axt oder mit dem Spieß.«
›Der Vater kennt ja das Kriegshandwerk‹, sagte sich Toropka. ›Schließlich hat er mit den Susdalern gekämpft und ist mehr als einmal mit blutdurchtränkten Verbänden vom Wilden Felde heimgekehrt.‹
Nach Toropkas Berechnungen mußte das Heer aus mehr als zweitausend Mann bestehen, die zwar in Hundertschaften eingeteilt waren, aber ansonsten ziemlich ungeordnet durcheinandermarschierten, wie es einem jeden gerade paßte. Jede Hundertschaft stand unter dem Befehl eines »Sotskis«, eines Gefolgsmannes des Fürsten, der seine Leute hoch zu Roß, das mit Messingplättchen und Ketten geziert war, anführte. Jeweils mehrere dieser Hundertschaften waren einem kriegserfahrenen Starosten unterstellt, der schon früher ins Dikoje Pole zu Felde gezogen war.
Jeder Hundertschaft folgte der zugehörige Train, »Towary« genannt, bestehend aus Wagen und Schlitten mit geflochtenem Korbgestell. Roggenbrote, Säcke mit Mehl und Hirse, Fett und anderer Proviant waren in diesen Fuhrwerken verstaut, aber auch Panzer und Harnische,

Waffen und Pelze, damit die Krieger auf dem Marsche an ihrer Ausrüstung nicht so schwer zu schleppen hatten. An abschüssigen Stellen gerieten die Wagen und Schlitten oft genug ins Rollen und Rutschen, und dann liefen die Krieger eilends herbei, um sie vor dem Umkippen zu bewahren.

Die Waldbauern von Perunow Bor marschierten mit den Bauern aus Jarustowo in der gleichen Hundertschaft. Voran trippelte mit kleinen Schrittchen der Mordwine Waula. Er sang seine heimatlichen Lieder, brach aber mitten im Gesang ab, sobald ihm, der sein ganzes Leben im Walde verbracht hatte und für den hier in der Steppe alles neu war, etwas ins Blickfeld geriet, das seine Aufmerksamkeit erregte. Als einmal ein Rudel Antilopen aus einem Hohlweg hervorbrach, beim Anblick der vielen Menschen erst stutzte und dann wie der Wind davonstob, die gebogenen Hörner dicht am Rücken, kauerte sich der kleine Mordwine nieder und schlug sich wie toll vor Begeisterung auf die Schenkel.

Hinter dem in seinen Lindenbastschuhen trippelnden Kleinen ging mit weit ausgreifenden Schritten schweigend, lang und hager, Swjaga, in seine unfrohen Gedanken vertieft.

»Du hast lange Beine, Swjaga«, sagte Waula zu ihm, »fang doch mal einen der Böcke am Schwanz!«

»Wieso ich? Ich denke, ihr Mordwinen seid alle so flinke Kerle, daß ihr einen Hasen bei den Löffeln fangt. Spring ihm doch selber nach!«

Lichar Kudrasch, der sich etwas abseits hielt, kletterte auf jeden Kurgan hinauf und erzählte, mit der Hand in die Ferne deutend, seinen Kameraden, was er von da oben aus sah:

»Dort fließt von Osten her die Kiefern-Rjassa und von Westen her die Beeren-Rjassa. Beide münden sie in den Woronesh, an dessen Steilufer im vergangenen Jahr die weißen Weshi der Kumanenkhane standen. Sie wollten uns Hammel- und Ochsenherden verkaufen ... An die zwölf Tage habe ich bei ihnen verbracht, habe ihre Wagen mit Eisenklammern und deren Räder mit Eisenreifen versehen. Es sind recht nette Leute. Ich habe auch ihre Sprache ein wenig sprechen gelernt. Viele Freunde habe ich mir unter ihnen erworben ... Ja, im Frühling, da ist es schön in der Steppe. Das Gras steht übermannshoch. Ein Ochse verschwindet ganz und gar darin, nicht einmal seine Hörner gucken mehr daraus hervor. Und die Hirten machen aus der Schafsmilch Käse und aus der Stutenmilch Kumyß. Ja, im Frühling, da herrscht Leben und Freude in der Steppe, an allen Lagerfeuern erklingen Lieder, und es wird getanzt ...«

Dikoroß war im allgemeinen sehr schweigsam auf dem Marsch. Zwei- oder dreimal tat er seinem Sohn gegenüber die Äußerung:

»Wer weiß, ob wir heil nach Hause zurückkehren werden.«

Beim Dunkelwerden machte die Hundertschaft der Perunswalder und Jarustower in einer Schlucht am flachen schrägen Ufer eines Flüßchens halt. Am anderen hohen und steilen Ufer, das Deckung gegen Sicht bot, wurden Posten für die Nacht ausgestellt. Im Inneren des aus Wagen und

Schlitten gebildeten Ringes wurden die Lagerfeuer entzündet. Man hatte unterwegs genug Gras und Kletten gesammelt, um davon das Feuer die ganze Nacht hindurch nähren zu können. Die an den Vorderfüßen gefesselten Pferde weideten in der Nähe, wo sie Schilf und Gras fanden. In ihre Pelze eingehüllt, lagen die Bauern um die Lagerfeuer herum und lauschten den Berichten jener, die mit dem Leben in der Steppe vertraut waren und ihren Kameraden manche interessante Einzelheiten aus dem Leben der Polowezer zu erzählen wußten und über das Leben von Landsleuten, die bei den Polowezern ihr Dasein als Gefangene oder »Gefesselte« fristeten und von denen mancher durch kühne Flucht seine Freiheit wiedergewonnen hatte.

Mitten in der Nacht weckte Saweli seinen Sohn, damit er bis zum Tagesanbruch auf einem Hügel Wache halte.

»Verbirg dich und verhalte dich mucksmäuschenstill, damit die Tataren nichts von deiner Anwesenheit merken. Sie könnten dich sonst beschleichen und dich niedermachen. Merkst du aber irgend etwas Verdächtiges, so schlage sogleich Lärm und rufe Hilfe herbei«, ermahnte er ihn.

Toropka erstieg den Hügel und verbarg sich dort oben zwischen vertrocknetem Klettengestrüpp. Dunkelheit ringsum – die Lagerfeuer, an denen die Bauern friedlich schliefen, waren niedergebrannt. Unruhig wieherten die weidenden Pferde, als spürten sie die Nähe eines fremden Tieres.

Den Schaft seines Spießes fest umklammernd, saß Toropka im Gestrüpp und lauschte aufmerksam in die Dunkelheit hinein. Jede Spur von Müdigkeit war verflogen. Manchmal bildete er sich ein, mit dem Messer zwischen den Zähnen kröche ein Tatar auf ihn zu. Durch die niedrig ziehenden Wolken blickte hier und da der tief dunkelblaue Himmel hindurch, an dem kleine Sterne flimmerten. Leise rauschten die hohen Stengel des dürren Steppengrases. Toropka hing seinen Gedanken und Erinnerungen nach, er hörte noch einmal das Geschrei der Weiber, die sich an ihre zu Felde ziehenden Ehemänner geklammert hatten, fühlte noch einmal fast körperlich deutlich die Umarmungen seiner Mutter beim Abschied und sah die abseits stehende Weschnjanka, die ihn mit angstvoll weitgeöffneten Augen nachgestarrt hatte. Aber die trüben Bilder der Vergangenheit wurden bald verdunkelt und verdrängt durch leuchtende Bilder der Zukunft: Er sah sich auf einem leichten schlanken Polowezer Roß als Späher der Vorhut über die Steppe galoppieren, auf Erkundigungsritt nach dem verborgenen Feind. Und in dieser Richtung gingen schließlich alle Gedanken, alle Erwartungen Toropkas.

Ein gedämpfter, schwermütig gedehnter Ruf klang aus der Steppe herüber, ungefähr wie ein Eulenruf klang es. Etwas näher ertönte ein anderes Geräusch, ein leises Geheul. Was war denn das? Ein Wolf? Oder sollten es gar tatarische Späher sein, die sich im Schutze der Dunkelheit angeschlichen hatten und mit diesen Tierrufen einander Zeichen gaben? Gegen den helleren Himmel zeichneten sich die Klettenstengel deutlich ab, und an einer Stelle begannen sie jetzt zu schwanken. Das mußte doch einen Grund haben... Irgendwer kroch da durchs Gestrüpp... Jetzt zeigte sich auch der Kopf eines Menschen... Der Mensch richtete sich langsam und behutsam auf, drehte sich, nach allen Seiten ausschauend, um sich selbst und sank lautlos wieder ins Gras... ›Ist das nun einer von unseren Leuten oder ein Feind?‹ fragte sich Toropka. ›Soll ich schreien? Um Hilfe rufen?... Ist es ein Mungale, so läuft er fort, ist es aber einer von den Unsern, so wird man mich auslachen, daß ich mich habe ins Bockshorn jagen lassen...‹

Toropka lauschte angestrengt auf das leiseste Rascheln... ›Wird der Kopf sich wieder zeigen?‹... Ja, abermals richtete sich der Unbekannte auf, doch jetzt rechts von Toropka und ihm näher. Toropka ist ganz Auge und Ohr. Da vernimmt er ein Geräusch links von sich, wie das Atmen eines Tieres... Er verspürt den scharfen Geruch eines Schafspelzes und hört ein Flüstern... Aber es sind keine russischen Worte, sondern Worte einer ihm unverständlichen Sprache... Ganz dicht bei ihm liegt jemand auf der Lauer mit dem Schwert oder dem Bogen... ›Bemerkt er mich, so ist's um mich getan!‹ durchfährt es Toropka. ›Ich darf nicht länger zögern! Ich muß ihm zuvorkommen! Vielleicht ernte ich für meine Kühnheit Lob und Ruhm von den Alten‹, nimmt er seinen Gedanken von vorhin wieder auf.

Fester faßt er seinen Spieß, spannte alle seine Kräfte an und stürzte los. Die scharfe Spitze seines Speeres bohrte sich in etwas Weiches, Nachgiebiges... Ein heiseres Stöhnen, zuerst unterdrückt, um sich nicht zu verraten..., dann lauter und kläglicher... Im selben Moment warf sich ein schwerer Körper auf Toropka, und ein zweiter warf sich ihm gegen die Beine, daß er wankte. Harte Hände preßten sich ihm aufs Gesicht, drückten ihm Mund und Nase fest zu, daß ihm der Atem wegblieb. Vergebens bäumte er sich auf, versuchte sich dem Griff zu entwinden, doch das Gewicht, das an ihm hing, wurde nur noch schwerer. Jemand würgte ihn am Halse. Aber kein Laut – kein Schrei, kein Stöhnen – entrang sich seiner Kehle. Man warf ihn vollends nieder und schleifte ihn am Boden hin. Wie sollte er jetzt dem Vater von seiner Not Kenntnis geben? Wenn der Vater wüßte, in welcher Gefahr sein Sohn schwebt, er würde ihn gewiß nicht im Stich lassen... Aber Toropka vermag kaum zu atmen, geschweige denn zu schreien... Er wird durchs Gestrüpp geschleift. Die Stacheln der Kletten zerreißen ihm Haut und Kleider. Die Hände, die sich auf sein Gesicht pressen, haben einen fremdartigen Geruch... Jetzt wird ihm ein Lappen zwischen die Zähne gestoßen und ein anderer ihm vors Gesicht gebunden... Seine Beine und Arme sind im Nu von Stricken umwunden.

Die Tataren zogen den Kalmiusweg

Im Sommer des Jahres 6745 seit Erschaffung der Welt[1] kam der gottlose Zar Baty mit einer großen Schar tatarischer Krieger ins russische Land und stand am Flusse Woronesh, nahe dem Rjasaner Land. (Chronik)

Die Tataren waren den alten Kalmiusweg nordwärts gezogen, über die Wasserscheide zwischen Don und Donez. Hier wurde der Vormarsch leichter. Man brauchte keine wasserreichen Flüsse mehr zu überqueren. Eine dünne Schicht späten Schnees bedeckte den hartgefrorenen Steppenboden, in den Schluchten hatte der Wind hier und da Schneewehen zusammengefegt. Zum Feuermachen gab es genug Steppengras und Klettenkraut. Im Herbst hatten keine Steppenbrände gewütet, und das vom Herbstregen niedergeschlagene dürre Gras bot hinreichend Futter für die bedürfnislosen tatarischen Rosse. Den Weg wiesen dem in breiter Front mit weit ausgespannten Flügeln vorrückenden Mongolenheer Polowezer Führer, die von mongolischen Posten streng bewacht wurden und denen Todesstrafe drohte bei einem Fluchtversuch oder bei einem Versehen. Es herrschte eine gewisse eifersüchtige Rivalität zwischen den einzelnen Truppenteilen und Stämmen, von denen Subudais strenger Befehl ohnehin forderte, daß sie sich getrennt voneinander hielten.

Blieb einer aus irgendeinem Grunde hinter seiner Abteilung zurück und suchte nun Anschluß bei einer anderen, so wurde er mit Spott und Hohn begrüßt:

»Oije, du Herumtreiber, du Landstreicher! Von welchem Stamme bist du denn?«

Dann mußte der Betreffende mit seinem Uran antworten: »Uibaß!« oder »Eh-eh, buganam kaida kujaim!« und sogleich hieß es: »Na ja, ein Toksabajer! Da sieht man's wieder, die Toksabajer kaufen ein Roß mit angenähtem Schweif!« oder »Ein Dshusnajer, na ja, die können ja niemals ihre Peitsche finden, weil sie ihnen auf dem Rücken steckt!« oder »Ein Karabikli, natürlich. So einer war auf seinem gestohlenen Roß eingeschlafen, das den Dieb zu seinem Herrn zurücktrug!«, und was dergleichen Stichelreden mehr sind.

Jede Abteilung unterhielt durch Meldereiter eine stete Verbindung mit ihrem Khan und dieser wieder mit dem Hauptquartier des Dschichangirs.

Die elf Dschingisprinzen führten und befehligten wohl nominell jeder seinen Tumen von zehntausend Berittenen, in Wirklichkeit hielt aber ein ihnen zugeordneter Ratgeber, ein Temnik, die ganze Macht in seinen Händen. Diese Prinzen verbrachten ihre Zeit ohne Sorgen und Verantwortung auf der Jagd mit Falken und Windspielen, oder sie veranstalteten Trinkgelage und verließen sich im übrigen ganz und gar auf

1 Das heißt im Jahr 1237 unserer Zeitrechnung.

ihre Ratgeber, die in den Feldzügen des furchtbaren unbesieglichen Erschütterers des Erdkreises Dschingis-Khan eine strenge Kriegsschule durchgemacht hatten.
In diesem dreimalhunderttausend Mann starken Heer, das in breiter Front unentwegt nordwärts zog, gab es nur eine erstaunlich geringe Zahl eigentlicher Mongolen: viertausend im ganzen, doch sie bildeten den Kern, das Rückgrat, da sie die Elitetruppe waren, die Garde und Leibgarde der Dschingisiden. Sie waren es auch, die darauf achteten, daß alle Befehle des Hauptquartiers, der »Orga«, strikt ausgeführt wurden, denn sie stellten auch für alle fremdstämmigen und fremdsprachigen Truppenteile die Befehlshaber und Kommissare.
Die Reiter zogen ohne Gepäck, ohne Jurten. Sie schliefen auf dem blanken Erdboden neben ihrem Pferde, bedeutete doch der Verlust des Pferdes den sicheren Untergang für einen Reiter. Manche Krieger besaßen nicht nur ein Pferd, sondern mehrere und wechselten unterwegs ab. Jurten wurden auf dem Vormarsch nur für die vornehmsten Khane mitgeführt, für die es sich nicht schickte, mit den einfachen Kriegern zusammen allzuoft am Lagerfeuer zu sitzen. Gestänge und Matten für diese Jurten wurden auf Kamelen transportiert, die von geschickten Gefangenen geführt wurden. Außerdem waren diese Kamele mit Kochkesseln und sonstigem Zubehör sowie mit Säcken voll Proviant beladen: Mehl, Reis, getrocknete Weintrauben, gedörrtes und geräuchertes Fleisch, speziell Pferdefleisch, und gesalzenes Fett.
Auf den Rastplätzen schlugen die mit klirrenden Ketten gefesselten Gefangenen rasch die Zelte auf, in denen neben den Khanen deren Frauen, die Ratgeber und Sterndeuter, die Schamanen und Ärzte, die Schreiber und andere wohnten. Für alle diese mußten die Gefangenen auch das Essen bereiten, während von den einfachen Kriegern ein jeder selber für sich sorgen mußte. Sie waren darauf angewiesen, von dem zu leben, was sie sich unterwegs auf irgendeine Weise verschaffen konnten. Der Hunger war die hauptsächlichste der treibenden Kräfte, die es den Abteilungen nicht erlaubte, allzulange Rast auf einer Stelle zu machen; wenn sie nicht Hunger leiden wollten, mußten sie vorwärts und immer weiter vorwärts. Und wie ein Heuschreckenschwarm fraßen sie jedes Gebiet kahl, durch das sie kamen.
Dem Khan Bajander war der Auftrag zuteil geworden, mit einer fünftausend Mann starken Abteilung dem Hauptheer vorauszuziehen und Erkundungen über den Stand der russischen Vorhuten und Grenzwachen vorzunehmen und eventuell eingebrachte Gefangene sofort zum Hauptquartier ins Zelt Subudai-Bahadurs zu schicken, damit sie dort verhört wurden.
Vier Hundertschaften, die der Khan aus seinen fünftausend Mann ausgewählt hatte, ritten weit voraus, sie bildeten sozusagen die Augen und Fühler des Heerwurms und mußten dem Khan jeden Tag Bericht erstatten über alles, was sie wahrgenommen hatten in der Einöde zwischen den Polowezer Steppen und den russischen Wäldern. Dieser

öde Streifen, ein »Niemandsland«, bestand aus einem hügeligen Gelände mit einigen seltenen Eichenhainen längs der Flußläufe und zahlreichen Schluchten und Erdklüften, in denen man sich leicht verbergen konnte, um die Steppe zu beobachten. Ganze Regimenter hätten in diesen Schluchten und Klüften Platz gefunden. Darum rückten Khan Bajanders Spähtrupps nur langsam und vorsichtig vor, aus Furcht vor Hinterhalten.
Jeden Tag kamen Meldereiter von Subudai-Bahadur mit dem Befehl: »Schafft Gefangene herbei! Wenn der Khan nicht bald Gefangene schickt, werde ich ihn in die Nachhut versetzen, wo er sich an den Überbleibseln der Beute künftiger Siege wird genügen lassen müssen.«
Ärgerlich rief der Khan seine Tausendschaftsführer, die »Bin-Baschi«, zusammen und schalt sie aus, weil ihre Leute keine Gefangenen einbrachten. Die Bin-Baschi hinwiederum rüffelten die »Jus-Baschi«, die Führer der Hundertschaften, die ihre Wut den »On-Baschi«, den Führern der Zehnergruppen, entgelten ließen, welche dann ihre Mannschaften ordentlich zusammenstauchten.
In einer der vier Hundertschaften, die dem Heere voranzogen, standen die vier Söhne Nasar-Kjariseks; ihr Jus-Baschi Tüljab-Birgen, ehedem Falkonier des Khans, ließ nach dem erhaltenen Anschnauzer die vier Brüder vor sich bescheiden.
»Kühne Dschigiten, Steppenwölfe wollt ihr sein und versteckt euch wie Eidechsen im Sande?« begann er. »Reitet heute nacht voraus, bis zu jenem fernen Eichenhain dort, wo man urussutische Reiter bemerkt haben will. Dringt bis zu ihnen vor, nehmt wenigstens einen von ihnen gefangen und bringt ihn lebendig hierher zu mir, damit wir ihn verhören können.«
Die vier Brüder, die der empfangene Befehl keineswegs freute, blickten finster und mürrisch ihren Vorgesetzten an, der sich seinen glänzenden schwarzen Kinnbart strich.
»Warum antwortet ihr nicht?« fragte er ungehalten.
Demir, der älteste der Kjarisek-Söhne, antwortete:
»Wenn wir dir einen Urussuten bringen, was gibst du uns zur Belohnung?«
»Ich werde euch beim Khan rühmen. In seinem Ermessen steht es, euch zu belohnen.«
»Ee-eh! Nein! Gib jedem von uns einen Schafpelz! Du siehst ja, in welch zerrissenem Tschapan wir auf freiem Felde übernachten müssen. Wir frieren, du aber führst zwei Ballen Schafpelze mit dir, die aus einem Kiptschakenlager stammen...«
»Also gut, bringt mir morgen einen Urussuten, so sollt ihr jeder einen Schafpelz haben... Nur kommt mir ja nicht mit leeren Händen zurück, und bringt mir keinen Halbkrepierten an, sondern einen, mit dem man sich vor dem Khan sehen lassen kann... Und man wird ihm die Fußsohlen brennen, damit er alles ausplaudert, was er weiß... Allah stehe euch bei!«

Bei der vordersten Hundertschaft

Tüljab-Birgens Hundertschaft, die vorderste der Mongolen, hatte im »Tal der wandelnden Toten«, durch welches ein Bach floß, Rast gemacht. Die Frühfröste hatten das Wasser mit einer Eisrinde bedeckt. Einige Erdhütten, von einem Wall und einem Pfahlzaun umgeben, befanden sich noch in einigermaßen leidlichem Zustand. Früher war hier ein Sammelplatz der Rjasaner Grenzwacht gewesen, die sich aber bei der Kunde von der Annäherung der Tataren nordwärts zurückgezogen hatte. Hierher waren ehedem die russischen Kaufleute gekommen, um mit den viehzüchtenden Nomaden Tauschhandel zu treiben. Überall war die Erde noch mit Pferdemist und Hammellosung bedeckt. Nur eine ausgemergelte Greisin mit brennenden schwarzen Augen und einer Eulenschnabelnase im hageren Gesicht hatten die Mongolen bei ihrer Ankunft bei den Hütten auf der Schwelle einer derselben angetroffen. Die Mongolen plünderten die Hütten aus, taten der Greisin, der sie nur ihren aus Pluderhosen und einem zerrissenen Tschapan bestehenden Anzug und einen zersprungenen Tonkrug ließen, aber nichts zuleide. Am Abend, als die Mongolen sich zum Schlafen niedergelegt hatten, schlich die Alte zum Lagerfeuer und scharrte die Überbleibsel der Mahlzeit zusammen. Dann kehrte sie still zur Schwelle ihrer Hütte zurück.

»Wer bist du?« hatte der der Hundertschaft beigegebene kiptschakische Führer Sentjak die Greisin gefragt.

»Ich bin eine Jassyrka und stamme aus dem Kaukasus, aus Pjatigore ... Solange ich kräftig genug dazu war, habe ich arbeiten müssen. Nun aber, wo ich alt und schwach geworden bin, sagt man mir: ›Scher dich zum Teufel!‹ Aber wohin soll ich denn gehn? Noch dazu durch die verschneite Steppe? ...«

Die Mongolen hatten aus der am besten erhaltenen Hütte, die durch einen bauchigen Lehmofen erwärmt werden konnte, ein Quartier für ihren Jus-Baschi Tüljab-Birgen gemacht. Da lag er nun, in seinen Schafpelz gehüllt, auf der Schlafpritsche und starrte brütend ins lodernde Feuer.

Seine Leute aber verwünschten dieses »Tal der wandelnden Toten«.

»Gibt es denn in dieser Lausesteppe keinen besseren Ort«, murrten sie unzufrieden, »als diese feuchten verfallenen Erdhütten, die wie aufgewühlte Gräber aussehen, mit dieser wandelnden Leiche von Greisin, die nur darauf zu warten scheint, daß wir alle hier krepieren? Wie lange sollen wir's denn noch hier aushalten, wo wir vor Nässe und Kälte keine Gelegenheit haben, unsere Kleider zu trocknen? Warum geht's denn nicht weiter vorwärts, zu den Städten hin, an deren rauchenden Trümmern wir uns wärmen können, nachdem wir uns zuvor neu eingekleidet haben in dicke, warme Urussutenpelze aus Marder- und Zobelfellen ...?«

Die abergläubischen Dschigiten ließen ihre Lagerfeuer aus Furcht vor Gespenstern die ganze Nacht nicht ausgehen, und die auf den Hügeln

aufgestellten Wachen zitterten vor Angst, sie könnten es mit spukenden Geistern zu tun bekommen, mit den Seelen unbestatteter Krieger, die hier ihr Leben im Kampfe hatten lassen müssen. Die Hauptschuld an der Gespensterfurcht der Leute trug der ihnen in Sygnak beigegebene Mullah Abdu-Rassully, ein hagerer Eiferer mit dichtem Rotbart, der seine Gläubigen streng dazu anhielt, daß sie auch fünfmal täglich ihre Gebete verrichteten, und ihnen zur Warnung vor Lässigkeit in Glaubensdingen Gruselgeschichten erzählte, in denen der tückische Eblis, der Schaitan, und böse Djinne, die nachts den schlafenden Menschen das Blut aussaugen, eine große und schreckenerregende Rolle spielten. Zum Schutze gegen diese bösen Geister beschrieb der Mullah schmale Papierstreifchen mit Koransprüchen, die man zusammengerollt am Körper tragen mußte; ohne diese wirksame Hilfe, behauptete der Mullah, wären die Krieger schon längst die Opfer von Krankheiten, bösen Geistern und des bösen Blicks geworden.
Der Mullah hauste bei dem Jus-Baschi in der Hütte, verfügte aber über eine Art sechsten Sinn: Sobald nämlich irgendwo etwas Eßbares gekocht oder gebraten wurde, spürte es der Mullah, selbst wenn er im tiefsten Schlafe lag, und dieser Spürsinn führte ihn mit untrüglicher Sicherheit zu dem betreffenden Feuer hin, wo er sich im Kreise niederhockte, um an der Mahlzeit teilzunehmen. Die Krieger blickten ihn bei solcher Gelegenheit nicht gerade mit sehr freundlichen Augen an, denn die in den Polowezer Stammsitzen erbeuteten Hammel waren längst aufgezehrt, und Schmalhans war Küchenmeister. Sie mochten den Kreis ums Feuer und um den Kessel, worin Hirse mit Stücken Dörrfleisches kochte, noch so eng gebildet haben, den Mullah focht das nicht an: Er sprach sein Gebet und zwängte sich dann zwischen zwei der am Boden Hockenden.
Tüljab-Birgen ließ zwei On-Baschi, Kadyr und Dschabar mit Namen, zu sich rufen und sprach zu ihnen:
»Zwei Tage schon sind die vier Brüder fort. Ob es Allah gefallen hat, sie in bittere Not zu stürzen? Man müßte ihren Spuren folgen und in Erfahrung zu bringen suchen, was aus ihnen geworden ist. Du, Kadyr, reitest auf ihren Spuren zum Eichenhain, du aber, Dschabar, machst einen weiten Bogen und näherst dich dem Hain von der Seite her. Sollten sich noch Urussuten dort verborgen halten, so werden sie bestimmt eure Verfolgung aufnehmen. Ihr weicht dann zurück und lockt sie hierher. Ich aber falle dann mit der ganzen Hundertschaft über sie her. So werden wir ganz gewiß ein paar Gefangene machen. Solche Gefangene zum Verhör ins Hauptquartier zu schicken, ist ein dringlicher Befehl Batu-Khans, der ausgeführt werden muß, koste es, was es wolle. Also, macht euch auf!«
Der stämmige Jus-Baschi Tüljab-Birgen lehnte am Türpfosten der Erdhütte, und trotz der Dunkelheit war sein finsterer Blick unverwandt über die Steppe hinüber zum fernen Eichenhain gerichtet. Mit seiner Hand, die kräftig und muskulös war, vermochte er spielend ein eben erst

eingefangenes halbwildes Roß zu bändigen. Sein Bart war tiefschwarz und sorgfältig geschnitten, worauf er ebenso großen Wert legte wie darauf, daß sein brauner Hengst immer so glatt gestriegelt war, daß sein Fell seidig glänzte. Beides besorgte einer seiner Nuker, der zwei Schritte von ihm entfernt am Boden hockte, des leisesten Winkes seines Vorgesetzten gewärtig. Aber Tüljab-Birgens Gedanken weilten jetzt nur bei den ausgesandten vier Brüdern, auf deren Rückkehr er noch immer hoffte.
Unweit von ihrem Anführer saßen rings um ein Lagerfeuer die Dschigiten und lauschten einer Erzählung des rotbärtigen Mullahs Abdu-Rassully.
»Die ganze Steppe ringsum ist ein stummes Grab. Hier haben Völker mit Völkern gekämpft, und die Gefallenen blieben meistens unbestattet. Darum finden sie nun keine Ruhe und müssen nachts umgehen. In ganzen Scharen tauchen sie auf Geisterrossen gespenstisch wie Nebel aus Schluchten und Klüften auf und jagen in geräuschlosem Galopp über die Steppe. Nur wenn die gegnerischen Scharen aufeinanderprallen, vernimmt man deutlich das Klirren von Schwertern, die gegen Panzer und Kettenhemden schlagen, und schmerzliches Stöhnen ...«
Aus der Ferne drang durch die Nacht ein Verzweiflungsschrei herüber, brach ab und wiederholte sich bald darauf.
»Das Feuer löschen!« gebot der Jus-Baschi.
Die Dschigiten warfen Erde aufs Feuer, daß es erstickte. Alles versank in Dunkelheit. Geräuschlos schlichen die Dschigiten auf die Anhöhen. Aus der Ferne hörte man Hufgetrappel galoppierender Pferde sich nähern. Im trüben Schein des Mondes, der eben durch die Wolken brach, konnte man Schatten auf der Ebene wahrnehmen, die sich rasch näherten.
»Das sind sie, die Toten ...«, flüsterte entsetzt irgendwessen Stimme im Finstern.
»Schweig und gib acht!« lautete die Zurechtweisung, die dem Geisterseher zuteil wurde.
Es waren mehrere Dutzend Pferde, die in die Schlucht hereinstürmten und hin zum Bach. Man hörte das dumpfe Hufgetrappel, das Plätschern des Wassers, das Schnauben der saufenden Pferde. Aber irgend etwas mußte sie erschreckt haben, denn ungestüm, einander stoßend, stoben sie wieder davon, den Abhang der Schlucht hinan und in die dunkle Steppe hinein.
Unweit hörte man andere Geräusche, ein Aufwinseln, ein dumpfes Aufschlagen.
»Zündet das Feuer wieder an und holt Fangseile!« rief halblaut der Jus-Baschi.
Unter den Dschigiten gab es ein hastiges Hinundherrennen. Als der Schein des Feuers sich wieder verbreitete, beleuchtete er einen Schecken, dem ein sich immer straffer spannender Arkan um den Hals geworfen war. Der Jus-Baschi war gerade dabei, das Ende des Seils um

den Stamm einer Eberesche zu schlingen, der bei jedem Sprung des gefangenen Tieres erzitterte.
»Macht ein Ende mit ihm!« rief Tüljab-Birgen, indem er das Seil immer straffer anzog.
Drei lange rotgefiederte Pfeile drangen dem wütenden Tier tief in die Flanken. Die Vorderbeine des Pferdes knickten ein, und es sank vornüber, wollte sich wieder erheben, doch einer der Dschigiten sprang hinzu und schnitt ihm die Kehle durch.
»Chysr, der Gerechte, hat uns einen Abendschmaus geschickt«, sagte der Mullah. »Betet und preist Tag und Nacht den Namen des Allerhöchsten, und er wird es euch lohnen.«
Die Dschigiten hatten sich inzwischen die Ärmel aufgekrempelt und gingen nun daran, mit geübten Schnitten und Griffen das Tier abzuhäuten und es kunstgerecht in Stücke zu zerlegen, die sie auf die blutige Innenseite des scheckigen Felles häuften.
Zufrieden lachend, rühmten sie ihren Jus-Baschi:
»Ja, er ist ein kühner Dschigit, unser Tüljab-Birgen! Während allen vor Angst die Glieder schlotterten, weil sie meinten, es seien galoppierende Gespenster, warf unser Jus-Baschi ihm mit geschickter Hand den Arkan über den Kopf. Wären wir nicht so müßige Gaffer gewesen, hätten wir noch mehrere von den Wildpferden fangen können.«
»Waren es denn wirklich Wildpferde?« fragte der Führer Sentjak. »Vielleicht waren es bloß verwilderte, denn seit dem Erscheinen der Tataren in der Polowezer Steppe irren viele ausgebrochene Pferde durch die Steppe. So auch dieser Scheck... Seht, das Zeichen des Khans Kotjan ist ihm eingebrannt... Wildpferde haben ein anderes Fell, ein sandfarbenes mit einem dunklen Streifen auf dem Rücken... Aber wir werden diesen Schecken uns ebensogut schmecken lassen, als wäre es ein Wildpferd gewesen.«

Der erste russische Gefangene

Nach dem Essen erzählte Sentjak den Dschigiten, die träg und müde vor lauter Sattheit im Halbschlummer ums Feuer herumhockten und -lagen, von den Einfällen der Kiptschaken ins urussutische Waldgebiet. Der Frost hatte zugenommen, und leichter Schneestaub wirbelte tief über der Erde und deckte die Liegenden allmählich zu. Auch der Jus-Baschi saß, in einen Schafpelz gehüllt, bei seinen Untergebenen am Feuer und blickte, ohne zu blinzeln, schweigsam brütend in die züngelnden Flammen. Von fern hörte man das Heulen eines Wolfes, wieder zeigten sich Schatten auf der Ebene! Tiere oder Menschen? Feind oder Freund?
»Die ersten zehn!« sagte der Jus-Baschi, ohne sich zu rühren.
Zehn Dschigiten sprangen auf und liefen zu ihren Pferden hin, sprangen in den Sattel und preschten den Abhang hinauf. Ihre Schatten ver-

schwanden, wie von der Finsternis verschluckt. Tüljab-Birgen ging in seine Hütte. Die übrigen Dschigiten blieben am Feuer sitzen. Während sie zu ihren Waffen griffen, lauschten sie gespannt.
»Es sind die Unsern!« sagte einer.
Auf der Anhöhe erschienen vier Reiter. Am Pferde des vordersten war ein Gefangener festgebunden, dessen Arme auf dem Rücken gefesselt waren. Er war barhäuptig, und sein Flachshaar stand wirr und struppig nach allen Richtungen. Sein junges Gesicht hatte einen zerquälten Ausdruck. Seine Füße konnte er offenbar nur noch mit allergrößter Mühe heben.
Der zweite Reiter saß oder besser: hing vornübergebeugt auf seinem Pferd, in dessen Mähne sich seine Finger verkrallt hatten. Unablässig wiederholte er im wimmernden Tone:
»Waj-ulaj! Es brennt! ...Feuer ist in mir! Wasser! Gebt mir kaltes Wasser, damit ich das Feuer in meinem Leib damit lösche!«
Langsam ritten die Reiter den Hang herab und hielten am Lagerfeuer an. Der Jus-Baschi war, beide Hände hinter den Gürtel geschoben, aus seiner Hütte herausgetreten und trat jetzt, als er die vier Brüder erkannt hatte, auf den Gefangenen zu, um ihn aufmerksam zu betrachten.
Der gefangene Russe, ein blutjunger Bursch, dessen Gesicht blau gefroren war, leckte sich immerfort die gespaltene Oberlippe, aus der Blut sickerte. Nachdem er einen mißtrauischen Blick auf den Anführer geworfen hatte, stand er wieder gleichgültig wie versteinert da und stierte in die Luft.
Drei der Brüder sprangen von ihren Pferden und hoben den vierten vorsichtig herab. Dann betteten sie ihn auf eine Filzmatte, die sie neben dem Feuer ausgebreitet hatten. Mit geschlossenen Augen, das Gesicht von Totenblässe überzogen, lag der Verwundete auf dem Rücken; ganz spitz war seine Nase geworden, der Mund verzerrt, und die Lippen flüsterten fast lautlos ein paar Worte.
Der Mullah kauerte neben dem Sterbenden nieder, faßte ihn an der Schulter und gebot ihm streng, nachdem er ihn lange betrachtet hatte:
»Sprich mir nach! ›Gott, König der Könige! Gelobt sei Allah! Es ist kein Gott außer Allah!‹«
Tüljab-Birgen, der Jus-Baschi, stand mit hochgezogener rechter Augenbraue daneben und starrte dem Sterbenden in das krampfhaft zuckende Gesicht, dann machte er eine hoffnungslose Handbewegung, ließ seinen Schafpelz von der Schulter gleiten und deckte damit den Sterbenden zu.
Nun erstatteten die drei anderen Brüder ihrem Vorgesetzten Bericht:
»Wie befohlen, schlichen wir uns durch Schluchten bis zum Eichenhain. Die Rosse ließen wir unten zurück und erklommen einen Hügel, von dessen Gipfel aus wir das Lager der Urussuten überblickten. Es waren ungefähr tausend Mann. Wir wollten versuchen, einen von den Schläfern fortzutragen, und krochen noch näher zu ihnen hin. Demir, der voranskroch, stieß auf diesen Knaben hier, der aufsprang und ihm seinen Spieß in den Leib stach. Vermutlich hat er ihm die Gedärme durchbohrt.

Wäre dein ausdrücklicher Befehl nicht gewesen, so hätten wir sofort mit diesem Säugling ein Ende gemacht, weil es uns so kränkte, daß ein so tapferer Dschigit, ein so mutiger Rossebändiger um einer solchen Rotznase willen sein Leben lassen muß. Wir banden und knebelten ihn. Hätte Demir einen Schrei ausgestoßen, die Urussuten würden uns auf der Stelle entdeckt und gefaßt haben, sie waren ganz dicht neben uns. Doch Demir verbiß mannhaft seinen Schmerz. Eher hätte er sich die Zunge abgebissen, als einen Schmerzenslaut von sich zu geben... Vierundzwanzig Stunden mußte er leiden, denn so lange mußten wir, im Eichenhain versteckt, warten, weil sowohl rechts wie auch links von uns Abteilungen der Urussuten vorüberzogen... Jetzt steht der Gefangene vor dir. Wir haben deinen Befehl ausgeführt, unsern Bruder Demir aber ruft Allah zu sich. Gib uns nun die versprochenen Schafpelze!«
Trocken sagte Tüljab-Birgen:
»Der Tapfere war der Dschigit Demir! Allah wird ihn zu sich in die Haine seines Paradieses nehmen... Mein Pelz bedeckt ihn... Warum aber habt ihr den Gefangenen ausgeplündert, ihn seiner Kleider und Schuhe beraubt, daß er barfuß laufen muß? Ich muß ihn heil und unversehrt zum Khan Bajander schicken. Nackt und bloß aber wird er uns noch in dieser Nacht erfrieren.«
Murrend schickten die Brüder sich an, den Gefangenen wieder anzukleiden. Sentjak, der ein wenig Russisch verstand, stellte dem Gefangenen einige Fragen, die dieser wortkarg beantwortete. Er machte dabei ein böses Gesicht und leckte an seiner gespaltenen und blutenden Lippe.
»Toropka heißt er und stammt aus dem Peruns Wald. Wie groß das Heer ist, weiß er nicht. Von Kampfgeist beseelt sind aber alle Urussuten und brennen darauf, mit den Tataren zu kämpfen.«
Tüljab-Birgen hörte aufmerksam zu, was ihm Sentjak verdolmetschte, und veranlaßte den Mullah, alles genau aufzuschreiben auf einem der schmalen Papierstreifen mit Koransprüchen.
Doch der Dolmetscher hatte bald alle seine russischen Wörter, die er wußte, verbraucht und konnte nichts weiter aus dem Gefangenen herauslocken. Auch einige Peitschenhiebe auf den Kopf brachten nicht mehr aus dem trotzig schweigenden Knaben heraus.
Der Jus-Baschi sagte, er selber wolle den Gefangenen zu dem Khan bringen. Sein brauner Hengst stand gesattelt bereit, angebunden neben der Erdhütte. Zehn Dschigiten sollten als Begleitung mitreiten. Doch mitten in der Nacht sich ins Schneegestöber hinauszuwagen war riskant. Die Pfade waren schon verweht, und der Schneesturm nahm noch immer zu. Es war rätlicher, bis zum Tagesanbruch zu warten, und Tüljab-Birgen begab sich in seine Hütte zurück.
Toropka saß in der Nähe des Lagerfeuers auf der Erde. Seine auf dem Rücken zusammengebundenen Arme waren stark geschwollen und schmerzten heftig. Von der Seite her wurde ihm auf Kopf und Schultern

Schnee geweht, und er konnte ihn mit seinen gebundenen Händen nicht abklopfen. Selbst den Kopf zu schütteln fiel ihm schwer, weil noch immer die Schlinge des Fangseils, dessen anderes Ende ein junger Dschigit fest in der Hand hielt, ihm den Hals zuschnürte und bei jeder Bewegung sich noch enger zusammenzog. Auf der Satteldecke lag neben ihm der mit dem Schafpelz zugedeckte Leichnam des für immer verstummten Demir.

Eine lange Zeit verging mit quälender Langsamkeit. Das Feuer war schon beinahe niedergebrannt, nur noch die letzten Flämmchen flakkerten verzweifelt und beleckten mit ihren Züngelchen die in der Asche verglimmenden Holzkohlen. Alle schliefen, nur Toropka war wach und wälzte in seinem Hirn Gedanken, wie er dieser Gefangenschaft wieder entrinnen könnte. Und noch ein Mensch schlief nicht: die alte Greisin, die wie immer auf der Schwelle ihrer Hütte hockte und mit bösen schwarzen Augen zu dem Dschigiten hinüberstarrte, dem Wächter des Gefangenen, der das Ende des um Toropkas Hals sich schlingenden Seils in seiner Hand hielt.

Geduldig wartete sie, bis er sich auch auf die Seite legte, dann stand sie auf, näherte sich mit lautlosen Katzenschritten dem Feuer. Doch heute suchte sie nicht nach den Überresten des Essens. Sie beugte sich über den schlafenden Wächter und sah ihm prüfend ins Gesicht. Alsdann tat sie einen Schritt auf Toropka zu, zog aus den Falten ihrer Pluderhosen das Bruchstück eines Messers hervor und durchschnitt damit vorsichtig den härenen Strick. Schweigend deutete sie mit der Hand in die Richtung, wo der gesattelte Braunhengst des Jus-Baschi angebunden stand, und verschwand hierauf so lautlos, wie sie gekommen war.

Toropka fühlte wohl, wie seine Fesseln sich lockerten, konnte aber trotzdem noch keine Bewegung mit den steif gewordenen Armen und den erstarrten Händen machen. Langsam strömte das Blut in die abgeschnürten Glieder, und erst ganz allmählich wurden die abgestorbenen Finger wieder bewegsam und biegsam.

Abwartend saß Toropka da und ließ dabei seinen schlafenden Wächter nicht aus den Augen. Schließlich erhob er sich und ging mit vorsichtigen Schritten durch den weichen flaumigen Schnee auf das braune Roß zu, dessen Zügel er mit bebenden Fingern löste.

Dann sprang er in den Sattel und war bereits auf dem Hügel oben, als er hinter sich Rufe hörte. Doch der Wind der freien Steppe blies ihm schon um die Ohren, der Schnee peitschte ihm ins Gesicht; der starke Hengst aber trug ihn mit geschmeidigen Sprüngen vorwärts, hinein in die Weite der stummen unermeßlichen Ebene...

Sonne gewesen und er konnte den unheimlichen [illegible] und [illegible] ausdörrenden Selbst, den Kopf zu schütteln [illegible] immer die Schlinge des Galgenstrick, dessen [illegible] Gschiger fest in der Hand hielt, ihm den Hals zuschnürte [illegible] Bewegung sich noch enger zusammenzog. Auf der [illegible] ihm der mit dem Schafpelz zugedeckte [illegible] stummen Lemur.

Eine lange Zeit verging mit quälender [illegible] zuletzt beinahe die Temperatur, nur noch die [illegible] kerten verzweifelt und tatschten mit ihren Zungen [illegible] verglimmenden Holzscheiten, die schläfrig [illegible] wälzte in seinem Hirn Gedanken, wie er [illegible] entfliehen könnte, und noch ein Mensch [illegible] der wie immer auf der Schwelle [illegible] schwarzen Augen an den Fingernägeln [illegible] Gefangenen, der das Ende des um Tomas' Hals [illegible] Seils in seiner Hand hielt.

Geduldig wartete sie, bis er auch auf [illegible] aber näherte sich mit lautlosem Katzenschritt [illegible] suchte sie nicht näher den Hinterresten de[illegible] den schlafenden Wächter und sah ihn [illegible] sie einen Schritt auf Tomas zu, zog au[illegible] das Bruchstück eines Messers hervor und [illegible] den braunen Strick. Schweigend deutete [illegible] tung, wo der gestrickte Zaunhengst des [illegible] und verschwand darauf so lautlos, wie sie [illegible] Toropka [illegible] wohl, wie seine Tasse [illegible] trotzdem noch keine Bewegung und [illegible] den erstarrten Händen [illegible], langsam [illegible] geschnürten Glieder, und erst ein [illegible] Finger wieder bewegsam und bewegsam.

Abwartend sah Toropka da und hielt [illegible] nicht aus den Augen, schließlich erhob [illegible] Schritten durch den wechselvollen [illegible] dessen Zügel er mit bebenden Fingern [illegible]

Dann sprang er in den Sattel und war [illegible] er hinter sich Rufe [illegible] der Wind [illegible] schon nur die Ohren [illegible] Harnast aber trug [illegible] schnaubige [illegible] die Weite der stummen [illegible]

Vierter Teil
Die ersten Zusammenstöße mit den Mongolen

In unserer ganzen Geschichte hat es kein furchtbareres und verhängnisvolleres Ereignis gegeben, nichts, was einen erschütternderen Eindruck auf die Einbildungskraft unserer Vorfahren hätte machen können, als diesen verheerenden Orkan, der über fast alle Gebiete des alten Rußlands hinwegraste, der Hunderttausende von Menschenleben vernichtete, unser Vaterland mit Brandstätten und Trümmern bedeckte und den überlebenden Teil der Bevölkerung unter das verhaßte Tatarenjoch beugte.
(Wsewolod Miller, Bylinen)

Eine russische Gesandtschaft an Batyga

Die furchtbaren Nachrichten über den Einbruch tatarischer Horden in russisches Land stimmten den Fürsten Feodor sehr nachdenklich und veranlaßten ihn, alle seine Angelegenheiten vor seinem Ausritt ins Wilde Feld bis ins kleinste zu ordnen und zu regeln. Wenngleich er jung war, so war er doch ein guter Haus- und Landesvater, und seinem scharfen Auge entging nichts. Um sich ein genaues Bild der Lage zu machen, besprach er sich sowohl mit den Bojaren wie auch mit den verschiedenen Fürsten und Heerführern, die aus allen Himmelsrichtungen in Rjasan eintrafen, verschmähte es aber auch nicht, sich mit dem einfachen Mann aus dem Volk auf der Gasse und auf dem Markt in ein Gespräch einzulassen, um zu erfahren, ob sie alle miteinander bereit wären, für das russische Vaterland einzustehen, und in welchem Sinne er die Verhandlungen mit dem Tatarenzaren würde führen müssen.
In einem Punkt schienen sich alle Meinungen zu treffen: ›Sei unbesorgt‹, hieß es, ›wir werden dem ersten Schlag unsere Brust bieten und ihn auffangen. Die Wladimirer und Susdaler, obgleich unsere Nachbarn, werden nicht gesonnen sein, uns beizustehen, sie werden sich vielmehr sogar freuen, daß wir Rjasaner geschwächt werden. Ja, möglicherweise sähen die Susdaler es gar nicht ungern, wenn der Fürst von Wladimir dabei Gelegenheit fände, das ganze geschwächte Rjasaner Land unter seine Herrschaft zu bringen und dessen Bojaren zu seinen Pferdeknechten zu erniedrigen. Aber das soll und wird nicht geschehn!‹
Niemand hätte genau zu sagen gewußt, worüber sich der hochmütige Großfürst von Wladimir, Georgi Wsewolodowitsch, mit den Abgesandten der Tataren beraten und welche Vorteile er bei ihnen für sich herausgeschlagen hatte.
Die zu den Russen geflüchteten Kumanenkhane aus der Polowezer Steppe beteuerten, daß es müßig sei, mit den Tataren und Mungalen Verträge zu schließen, da sie sie sowieso nicht halten würden. Einer von diesen Khanen erzählte, daß die Tataren ihm durch Boten und Unterhändler hoch und heilig hätten versprechen lassen: »Ergebt euch ganz in unseren Willen, und wir werden euch eure Habe, alle eure Rinder-, Hammel- und Pferdeherden lassen!« Wer solchen Versprechungen aber

traue, dem würde noch am selben Tage das Fell über die Ohren gezogen wie einem Hammel. So war es eben diesem Khan ergangen, dem von allen seinen nach Zehntausenden zählenden Herden nichts weiter geblieben war als die drei Pferde, auf denen er angeritten kam. Andere Khane wiederum waren gezwungen worden, niedrigste Knechtsdienste als Pferdeknechte zu leisten. Jetzt, so berichteten einstimmig die Flüchtlinge, treffen die Tataren Vorbereitungen für einen Überfall auf die Städte der Urussuten. »Und das wird ein Kampf auf Leben und Tod. Darum traut ihren Versicherungen nicht!« warnten die Khane.
Fürst Feodor Jurewitsch war ein unerschrockener Mann und seit seiner frühesten Jugend ein kühner Jäger auf Bären, Panther und Auerochsen. Er faßte den Entschluß, ins Lager des Tatarenzaren Batyga zu reiten, als ob es sich darum handelte, sich in die Höhle eines Raubtiers zu wagen. ›Wo du mit der Kraft nichts erreichst, versuch es mit einer List!‹ sagte er sich.
Alles war schon zur Abreise bereit, alles war von den Fürsten genau durchgesprochen und reiflich erwogen worden. Die Geschenke waren ausgewählt und, in Lederkoffern oder Quersäcken verpackt, bereits den Tieren aufgeladen oder in den Schlitten verstaut worden. Versiegelte Lehmkrüge mit berauschendem Met und Biertönnchen ruhten, sorgfältig mit Filz umwickelt, auf einer Unterlage von Heu. Ausgeweidete Kälber und Schweine, steif gefroren in der Kälte, streckten aus den Fuhren alle viere in die Luft.
Für den Zaren Batyga und für die zehn mungalischen Prinzen, die, wie man von geflohenen Polowezern erfahren, sich dem Zaren angeschlossen hatten, wählte der Fürst Feodor auf Rat seines Vaters elf der besten hochgewachsenen Hengste mit buschigen Schweifen und seidig wallenden Mähnen, die man, damit sie schön glänzten, mit Kwas angefeuchtet und mit roten Bändern durchflochten hatte. Auf ihren glatten Rücken lagen bunte Schemachateppiche. Auch der »rechten Hand« des Zaren Batyga, dem Temnik Sebjadai, war ein solches Roß, und zwar das prächtigste von allen, als Geschenk zugedacht.
Doch weshalb zögerte der Fürst noch mit dem Aufbruch? Die Schlittenfuhren sind bereits vorausgefahren; die zwölf Hengste mit geflochtenen Schwänzen und Mähnen sind unter Aufsicht und Wartung erfahrener Pferdeknechte ebenfalls schon unterwegs. Schon stampft ungeduldig an der Freitreppe des fürstlichen Schlosses der stattliche rote Hengst, der so rasch wie der Wind ist – ein Geschenk eines Polowezer Khans. Und auch die Reisegefährten des Fürsten Feodor, Fürst Isheslawlski und vier Bojaren, schlaue und kluge Diplomaten, alle in Halbpelzen und Zobelkappen, haben sich an der Treppe versammelt; aber Fürst Feodor zaudert immer noch, tritt manchmal auf die Freitreppe hinaus und hält besorgt nach allen Seiten Ausschau.
»Nun, da kommt sie endlich, die sehnlichst Erwartete!« rief jemand.
Von Schneestaub umstiebt, kamen mehrere Reiter angesprengt und zügelten ihre Pferde vor der Freitreppe. Zwei der Reiter sprangen

behend ab und faßten einen Apfelschimmel am Zaum, auf dem eine schöne junge Frau saß. Auf den ersten Blick hätte man sie für einen Jüngling halten können; denn sie trug Halbpelz und Zobelkappe, hohe Reitstiefel aus Saffianleder und war sogar mit einem Schwert gegürtet. Allen Rjasanern war diese strahlend schöne Dame, die griechische Prinzessin Eupraxia und Gemahlin des Fürsten Feodor, wohlbekannt, hatten sie sie doch oft genug bei Gottesdiensten in der Kathedrale und bei Feierlichkeiten im Schloß an der Seite ihres Gemahls gesehen.
Gewandt schwang sie sich aus dem Sattel und lief lachend mit von der Winterluft frisch geröteten Wangen und leuchtenden braunen Augen auf den Fürsten zu.
»Mir war ja so bange, daß ich dich womöglich nicht mehr antreffen würde, Feodor!« rief sie und fiel ihm um den Hals.
Seinen Arm um ihre Schultern gelegt, führte der Fürst seine Gemahlin die Treppe hinauf zur Fürstinmutter, die, einen Fuchspelz hastig umwerfend, ihrer Schwiegertochter entgegengeeilt kam und sie mit zitternden Händen umarmte. Beide Frauen brachen in Tränen aus.
»Beruhige dich, Jewpraxijuschka!« tröstete Feodor seine Gemahlin. »Ich reite ja nicht in den Kampf, sondern zu Verhandlungen, zu Friedensverhandlungen. Ich werde schon alles in beste Ordnung bringen, und meine erfahrenen Ratgeber werden mir behilflich sein, den Tatarenzaren Batyga zu besänftigen. Wo aber ist unser Wanjatka?«
»Er kommt mit dem Schlitten hinterdrein. Mir aber ging das Fahren zu langsam, und ich ritt voraus.«
»Bist ja noch ganz wie ein junges Mädchen, flink wie ein Wiesel«, scherzte die Fürstinmutter.
»Eben das sage ich auch immer«, pflichtete Feodor ihr bei. »Du könntest noch den Reigen anführen«, sprach er zu seiner Gemahlin, und ins Ohr flüsterte er ihr: »Das liebe ich ja gerade so sehr an dir... Ich weiß, daß du bereit bist, überallhin mit mir zu reiten, sei's auf die Jagd, sei's ins Feld.«
»Nimm mich mit, Feodor. Vielleicht gelingt es mir, durch Schmeicheleien und Scherze den bösen Tatarenzaren umzustimmen.«
Feodor zog das junge rosige Gesicht dicht zu sich heran, blickte in die glänzenden braunen Augen und küßte die blaß gewordenen Lippen. Behutsam löste er dann ihre Hände von seinen Schultern und gab seiner Mutter mit den Augen einen Wink, die daraufhin ihre Schwiegertochter von hinten umschlang. Die junge Fürstin knöpfte hastig ihren Halbpelz auf.
»Warte, Feodor!« sagte sie. »Nimm die Perlenkette aus Zargrad mit. Ich gebe sie dir, obwohl sie mir so lieb ist. Vielleicht kannst du der Tatarenzarin damit eine Freude machen und sie zur Bundesgenossin gewinnen, daß sie ihren grimmigen Gemahl versöhnlich stimmt. Und nimm auch meinen Segen...«
Bei diesen Worten nahm sie ein an einem Silberkettchen ihr um den Hals hängendes Heiligenbildchen ab. Feodor entblößte sein Haupt und neigte

es vor seiner jungen Frau. Sie küßte ihn auf die Stirn und hängte ihm das Kettchen um. Er riß sie zum letzten Kusse an sich, dann wandte er sich jäh ab und stürmte die Treppe hinunter zu seinem ungeduldig stampfenden Hengst.

Laut weinend warf sich Eupraxia der alten Fürstin Agrippina in die Arme, der junge Fürst aber galoppierte, ohne sich noch einmal umzublicken, über den weiten Schloßplatz. Starr bohrten sich seine Augen in die blaugraue neblige Ferne, denn von dem hochgelegenen Platz aus konnte man weit über die verschneite Ebene hinsehen, auf welcher hier und da dunkle Baumgruppen kleiner Haine aufragten. Niedrig und langsam zogen graue Wolken über die öden Felder hin. Man hörte das trostlose Heulen des Windes und das heisere Krächzen der Dohlen und Krähen, die in Schwärmen den zum Wilden Feld hinführenden Weg überflogen.

Vier Tageritte waren es bis zu Batygas Lager. Unterwegs passierte die Rjasaner Gesandtschaft die russischen Grenzposten.

Obgleich der Fürst ein Zelt mit sich führte, ließ er es doch erst am vierten Tage aufschlagen, als tatarische Wachen schon in der Ferne zu sehen waren. Feodor schlief, in einen Schafpelz gehüllt, wie die Reisegefährten neben dem Lagerfeuer und nährte sich von gleicher Kost wie sie. Die ganze Nacht über wurde eine Wache ausgestellt, denn von den Tataren mußte man Überraschungen gewärtigen.

Am letzten russischen Posten erzählte man dem Fürsten von einem jungen Krieger, der einen Tataren mit dem Spieß niedergestochen hatte, dann aber von dessen Gesellen überwältigt und ins Tatarenlager geschleppt worden war. In der Nacht jedoch war es ihm geglückt, die tatarischen Wächter zu überlisten und ihnen auf einem gestohlenen Roß zu entkommen.

Fürst Feodor, der das Abenteuer aus des jungen Menschen eigenem Munde hören wollte, gebot, den aus der Gefangenschaft Entflohenen vor ihn zu führen, fragte ihn nach Namen und Herkunft aus und lobte ihn für seine Unerschrockenheit, die er mit dem Geschenk von einem Paar Lederstiefeln belohnte.

»Ich habe mich über dich gefreut, Toropka, du flinker Bursch«, sagte er. »Wenn es zum Kampfe kommt, werden sich gewiß in unseren Reihen noch viele solcher verwegener Burschen finden. Den Schlitz- und Schieläugigen soll es nicht gelingen, uns mit ihrer Übermacht zu erdrücken!«

Im Tatarenlager am Flusse Woronesh

Also schrieb Hadschi Rachim:

»... Möge der Himmel den weit umhergetriebenen Ruhe- und Heimatlosen vor neuem Unheil bewahren, das von überallher, wie schwarze Wolken vor dem Orkan, heranrückt! ...«

Batu-Khan hatte inmitten eines Eichenhaines am Flusse Woronesh ein großes Lager aufschlagen lassen. In der grasreichen Steppe fühlten sich die Tatarenpferdchen sogar im Winter wohl und behaglich. Bei ihrer Anspruchslosigkeit fanden sie genug Futter, wenn sie mit ihren Hufen den Schnee aufscharrten.

Die Zeltlager der übrigen Dschingisiden breiteten sich in der Steppe weit nach Osten hin aus.

Die Tataren- und Mongolenkrieger versprachen sich von dem Einfall ins Land der Urussuten ein Prasserleben in Hülle und Fülle. Auch der einfachste von ihnen würde sich ordentlich herausfuttern und beim Plündern so viel Beute machen, daß er reich wie ein Khan heimkehren und über Tausende von Sklaven gebieten würde.

Freilich ließen sich manche auch bedenklich stimmen dadurch, daß die Urussuten – wie es hieß – ein starkes, böses und zähes Volk seien, standhafte Männer, die den Eindringlingen ihr Vieh und ihre Äcker nicht widerstandslos überlassen, vielmehr sich tapfer zur Wehr setzen würden.

Das Eintreffen der Gesandtschaft, die der junge Sohn des Konas von Rjasan führte, überraschte die Tataren. Um sich ein Ansehen zu geben, ließ Batu-Khan den Fürsten Feodor durch den Wekil bescheiden: Er sei mit wichtigen und unaufschiebbaren Staatsgeschäften überhäuft und könne die Gesandten erst in vier Tagen empfangen.

Auf diesen Bescheid hin schlugen die Urussuten ihre Zelte – ein großes fürstliches mit goldner Spitze und drei kleinere, alle aus bucharischem Gewebe – am Ufer des Woronesh auf. Subudai-Bahadur umstellte ihr Lager mit Wachen, um die Fremden vor etwaigen dreisten Übergriffen seiner Krieger zu schützen, von denen er wußte, daß sie sich alles anzueignen pflegten, was ihnen in die Augen stach. Dieser unausrottbare Hang zur Aneignung fremden Hab und Gutes hatte gleich nach der Ankunft der Urussuten zu etlichen Zwischenfällen geführt, die von Subudais Tollkühnen beigelegt wurden, indem sie auf die allzu Neugierigen und Zudringlichen mit den Speerschäften einschlugen.

Während die nötigen Vorbereitungen zum Empfang der urussutischen Delegation getroffen wurden, pflog Batu-Khan lange Unterredungen mit dem Sohne Subudais, Urjanch-Kadan, der auf Kundschaft ins Rjasansche geritten und eben erst zurückgekehrt war. In seiner Begleitung war die Schamanin Kerinkai-Sadan gewesen und hatte Krankheit und Unheil auf die Häupter der Urussuten herabgezaubert, damit diesen der Mut sank.

Urjanch-Kadan berichtete von den Städten Rjasan und Uldemir, die er auf seinem Erkundigungsritt gesehen hatte:

»Das sind keine unbefestigten, wehrlosen Städte, sondern wehrhafte Festungen, deren starke, hohe Mauern sich erst nach vielen Sturmangriffen werden brechen lassen. Im Sommer sind die Wege im Lande der Urussuten die reinsten Fallen: Überall gibt es Sümpfe, die einen Vormarsch ebenso behindern wie die vielen Flüsse und Bäche, die im Sommer von den Urussuten mit Booten befahren werden; nur wenn sie

zugefroren sind, kann man sie zu Fuß oder zu Roß überqueren. Man muß also dieses Land zur Winterszeit mit Krieg überziehen. Überall stehen dichte Wälder, die den Verteidigern sichere und unzugängliche Verstecke bieten ...«
Batu-Khan verlangte die von der urussutischen Gesandtschaft mitgebrachten Geschenke zu sehen, die Gesandten selber ließ er jedoch noch nicht vor sein Angesicht.
Urussutenkrieger führten die zwölf herrlichen Rosse am Zaum herbei, darunter einen Rappen mit einem Sattel, der mit Gold und Perlen verziert war und mit einer brokatenen Satteldecke. Dieses prächtig geschmückte Roß war für Batu-Khan bestimmt, die anderen für die übrigen Dschingisiden und für Subudai-Bahadur bestimmten Pferde waren mit Teppichen bedeckt.
Zehn von den Urussutenkriegern trugen jeder ein Bündel, bestehend aus vierzig der besten dunklen Zobelfelle. Aber noch weitere Geschenke gab es: mit Brokat und Samt bezogene Pelze aus Fuchs- oder Zobelfellen, für Batu ein gerades Schwert mit Goldgriff, Silberschüsseln, Silberschalen und Silberbecher und für seine Frauen Geschmeide aus Gold und Edelsteinen, Kopfbinden, Ringe und Perlenketten.
Dennoch machte Batu-Khan, der vor seinem Zelt stand, als die Geschenke an ihm vorübergetragen und im Innern seines Zeltes niedergelegt wurden, kein zufriedenes Gesicht. Von den Chinesen, so meinte er, hätte er prächtigere und kunstvollere Gaben erhalten. Wirkliche Freude zeigte er nur über die zwölf Rosse, von denen jedes an silbernem Zaum von zwei Pferdeknechten ihm vorgeführt wurde. Die Tiere tänzelten und bäumten und zogen dabei die Knechte mit in die Höhe. Am tollsten trieb es der Rapphengst, dessen Beine von den Hufen bis zu den Knien schlohweiß waren; er biß nach den ihn haltenden Knechten, daß sie immerfort auf ihrer Hut sein mußten. Diesen Hengst wählte Batu für sich, die übrigen Pferde ließ er zu den anderen Prinzen schaffen.
Schließlich geruhte Batu, die urussutischen Gesandten in seinem Zelt zu empfangen, wo sich die Dschingisprinzen und die Nojone und Orkhone des Tatarenheeres versammelt hatten. Der Dschichangir saß auf einem goldenen Thron und trug ein mit goldenen Drachen besticktes Gewand (unter dem er aus Argwohn gegen die Urussuten ein stählernes Kettenhemd anhatte) und eine mit taubeneigroßen Diamanten besetzte Mütze. Auf einem Teppich links von ihm saß sein Siebengestirn. Die »Sterne« hatten sich bereits mit den vom Fürsten von Rjasan überbrachten Geschenken geschmückt. Buraktschin, die älteste der sieben Frauen, trug ein Halsgeschmeide aus großen Perlen, die anderen goldene Armbänder und Juldus, die jüngste, einen Kopfputz aus Perlenschnüren. Rechts vom Thron des Dschichangirs saßen die Khane und Heerführer.
Der junge Fürst von Rjasan wirkte trotz seines nur mittleren Wuchses sehr stattlich, denn er hielt sich kerzengerade und blickte den Versammelten stolz ins Auge, ohne seinen Blick zu senken, ohne zu lächeln – es war der Blick eines kühnen, ungezähmten Falken. Ohne seine

Waffen, die ihm die Wächter vor dem Zelte abgenommen hatten, trat er ein. Ihm folgten, ebenfalls waffenlos, sechs Ritter aus seinem Gefolge und vier Bojaren, seine Ratgeber. In zwei Reihen nahmen diese zehn Männer hinter ihrem Fürsten Aufstellung. Feodor entblößte sein Haupt, verneigte sich vor dem Dschichangir so tief, daß seine Fingerspitzen den Fußteppich vor dem Thron berührten, und sein Gefolge ahmte sein Beispiel nach.
»Gesundheit und Wohlergehen sei dir für viele Jahre beschieden, Zar der Tatarenländer und Führer des tapferen Tatarenheeres!« grüßte der Fürst.
Lange schwieg Batu, dann kniff er die Augen unmutig zusammen und beugte sich zu dem Fürsten Gleb Wladimirowitsch hinab, der, ihm zu Füßen, demütig vor seinem Thron kauerte.
»Wie erlaubt sich dieser Flegel mich zu grüßen? Bedeute ihm, daß er nicht meinesgleichen ist, sondern mein Diener.«
Fürst Gleb sprach zu dem Gesandten der Rjasaner:
»Fürst Feodor Jurewitsch, du erdreistest dich, vor Seiner mungalischen Majestät aufrecht zu stehen? Du hast wahrscheinlich vergessen, daß Zar Batyga über die halbe Welt gebietet, daß er der Enkel Dschingis-Khans, des Herrschers über alle östlichen Länder, ist? Falle schnell auf dein Angesicht nieder und ehre Seine Majestät durch diesen Kniefall!«
»Dein Gesicht kommt mir recht bekannt vor ... Bist du nicht Fürst Gleb Wladimirowitsch, der Verräter, der seine Brüder heimtückisch zu einem Gastmahl lockte und sie meuchlerisch alle umbringen ließ? Bist du jetzt auch ein Verräter an deinem Vaterlande geworden und hilfst als Überläufer den Tataren, die russischen Lande zu verwüsten? Erkläre deinem neuen Herrn, daß wir Christen nur vor dem heiligen Bilde Gottes in die Knie sinken und uns bis zur Erde neigen, wenn wir vor dem Himmelskönig unser Gebet verrichten. Einen irdischen König haben wir bisher noch nicht anerkannt. Und glaube mir, Fürst, wären wir, du und ich, einander anderswo begegnet, wir würden anders miteinander gesprochen haben ...«
»Der leibhaftige Judas!« flüsterten die Bojaren untereinander.
Als Gleb Feodors kühne Worte übersetzt hatte, bedeckten sich Batus Lippen mit Schaum.
»Der ganze Erdkreis lag meinem Großvater, dem heiligen Krieger, zu Füßen!« begann er wutschnaubend. »Über den ganzen Erdkreis hat er den Schrecken vor dem Namen Mongolen verbreitet. Meint ihr Urussuten, uns trotzen zu können? Die Länder aller Völker, die uns vermessen getrotzt haben, sind in Schutt und Asche verwandelt worden! Worauf gründet ihr eure Hoffnung? Bildet ihr euch ein, stärker zu sein als wir?«
Ruhig antwortete Feodor:
»Von deinem erhabenen Großvater, dem Khan Tschagonis, habe ich gehört, und ich verehre diesen großen Krieger. Dir, seinem Enkel,

wünsche ich Gesundheit und Wohlergehen für viele Jahre. Doch wozu brauchst du, da du ohnehin schon so reich und mächtig bist, noch unser ärmliches Rjasaner Land? Ihr Tataren sprengt auf euren Rossen über die endlose weite Steppe hin, wir Rjasaner aber haben uns wie Bären in den Wäldern verkrochen und leben in rauchigen Hütten... Warum sollten wir nicht gute Nachbarschaft halten können?«
»Wie kannst du dich unterstehn, so frech dem Gebieter der unbesiegbaren Mungalen zu antworten?« zischte Gleb.
Batu-Khan richtete einige halblaute Worte an den zu seiner Rechten sitzenden Subudai-Bahadur, und Feodor war sofort im Bilde, wer dieser einäugige dickliche Greis war – der berühmte Feldherr und Ratgeber des Tatarenzaren.
Subudai sprach:
»Am Himmel ist nur eine Sonne und auf Erden nur ein Herrscher – der mongolische Kagan. Ihm müssen sich alle beugen und die Erde vor seinen Füßen küssen. Auch ihr Urussuten werdet es tun müssen – freiwillig oder gezwungen. Ihr werdet dem Kagan Tribut entrichten und seinen Namen in euren Gebeten preisen, wenn Batu euch seine Ferse auf den Nacken setzt. Glaubt ja nicht, daß ihr ihm in eurer Unverschämtheit weiterhin trotzen dürft...«
Hier trat der Baurschi ins Zelt, warf sich vor dem Throne nieder und meldete in ehrfürchtigem Flüstertone:
»Es ist alles bereit fürs Gastmahl, Blendender. Gestatte, die Speisen aufzutragen!«
»Trag auf!« sagte Batu-Khan, der wieder in undurchdringliche Reglosigkeit zurückgefallen war.
Feodor und seine Gefährten mußten wie unbeachtet stehenbleiben. Es hatte ganz den Anschein, als habe man sie vergessen. Fürst Gleb beobachtete spöttisch seine Landsleute und strich sich dabei den angegrauten schwarzen Bart. In seinem abgeschabten Kaftan hatte er etwas von einem kahlen alten, aber noch immer furchtbaren Steppenadler an sich, der mit einer Kette am Bein festgeschlossen ist.
»Weshalb steht ihr denn, werte Gäste?« fragte er die russischen Gesandten. »Man hat euch zwar nicht geladen, sondern ihr seid ungebeten erschienen, doch da ihr nun einmal da seid und das Gastmahl im Gange ist, so wird es auch für euch langen. Laßt euch nieder, dort, wo ihr steht.«
Der wohlbeleibte stattliche Fürst Isheslawlski, der neben Feodor stand, flüsterte diesem zu:
»Laß uns um unseres russischen Landes willen den Schimpf ertragen... Nach Hause zurückzukehren ist leicht, sich mit den Tataren verständigen – schwer!«
Der junge Fürst Muromski sagte:
»Mir schwant, daß wir allesamt nicht nach Hause zurückkehren werden, weder ich noch du. Setzen wir uns und sehen wir, ob die Ehre, die die Tataren uns erweisen, süß ist.«

»Setzt euch!« forderte der Baurschi jetzt die Russen auf. »Batu-Khan lädt euch zum Mahle ein.«
Die russischen Gesandten traten zur Zeltwand zurück und ließen sich dort mit untergeschlagenen Beinen auf einem Teppich nieder, denn sie waren mehr als einmal bei den Polowezern zu Gaste gewesen und kannten die Bräuche der Nomaden. Sie wußten, daß jedes Gericht und die Reihenfolge, wie es dem Gast serviert wird, eine eigene Bedeutung hat und die größere oder geringere Achtung anzeigt, die man dem Gaste erweist. Sie waren gespannt, ob man ihnen die Achtung erweisen würde, die man einem Gesandten schuldet.
Nach tatarischem Brauch wird ein gekochter oder gebratener Hammel oder ein anderes Tier – ein Füllen, eine Wildziege – nach ganz besonderen, uralten Regeln zerlegt. Mit dieser Aufgabe ist eine spezielle Person betraut, die in dieser wichtigen Funktion Erfahrung hat. Der ganze Körper wird in zwei Hälften zerlegt, deren jede auf eine besondere Schüssel gelegt wird. Jede Hälfte wiederum wird in zwölf oder vierundzwanzig Teile zerlegt und diese wiederum auf besonderen Schüsseln serviert – je nach Anzahl der Gäste. Wenn sehr viele Gäste anwesend sind, kommt es vor, daß nicht jeder eine Schüssel für sich erhält, sondern daß zwei oder drei sich in eine Schüssel teilen müssen.
Diener traten paarweise ein und trugen feierlich eine goldene und im übrigen silberne Schüsseln vor sich her. Der Baurschi ließ sich, nachdem er die goldene Schüssel dem ersten Diener aus den Händen genommen hatte, vor dem Dschichangir auf die Knie nieder. Auf der Schüssel lagen ein von Fleisch umgebener Beckenknochen und der Kopf eines Hammels. Batu-Khan nahm mit beiden Händen die Schüssel in Empfang und stellte sie vor sich nieder. Dann zog er ein silbernes dünnes Dolchmesser aus seinem Gürtel, schnitt sich ein Ohr vom Kopf des Hammels ab und überreichte ihn dann seinem Bruder Scheibani, der zu seiner Rechten saß. Währenddessen waren die Diener lautlos zwischen den Gästen hindurchgeglitten und hatten die Silberschüsseln vor sie hingestellt. Vier der Gäste erhielten zum Zeichen höchster Ehre, die man ihnen erwies, jeder eine Schüssel für sich allein. Die übrigen mußten sich paarweise mit einer begnügen.
Die russischen Gesandten beobachteten aufmerksam diese Verteilung der Schüsseln und wußten nun: Diese beiden Khane hier, die das rechte und das linke Schulterblatt des Hammels erhalten haben, sind die Anführer des rechten und des linken Flügels des Heeres; jene, die an den Knieknochen nagen, befehligen die Vorhut.
Die älteste der Frauen bekam das Bruststück, unter die übrigen wurden die kleineren Teile verteilt.
Der Baurschi sprach eine Art Gebet, worauf alle Tataren zu essen begannen.
Die Gesandten waren also vergessen worden?... Nein, auch ihnen brachten Diener zwei Schüsseln, doch es lagen darin Eingeweide, die Schwanzknochen und die Füße. Die Russen begriffen, daß dies eine

absichtliche Beleidigung war, ein Schimpf, den man ihnen hatte antun wollen, indem man ihnen jene Teile servierte, die ansonsten unter die Dienerschaft verteilt wurden, und zwar unter die niedrigsten: unter die Weiber, die die Innereien säubern, und unter die Knaben, die getrockneten Mist ins Feuer unter dem Kessel werfen. Darum streckte keiner der Russen die Hand nach den Schüsseln aus, sondern sie ließen sie unberührt stehen und sahen ruhig dem Mahle der Tataren zu. Einige von den Scherzen, die auf ihre Kosten gemacht wurden, konnten sie verstehen.

Fürst Gleb, der mit zwei Tatarenkhanen aus einer Schüssel aß, drehte sich zu seinen Landsleuten um und fragte:

»Warum langt ihr nicht zu, werte Gäste? Eure Zurückhaltung ist ja eine Kränkung für den Gastgeber!«

Fürst Pronski antwortete ihm:

»Weil wir das Polowezer Sprichwort nicht vergessen haben: ›Bevor du zu einem Gastmahl gehst, iß dich daheim satt!‹, und wir danken dem freundlichen Gastgeber für die reichliche Bewirtung.«

Endlich hatten die Gäste alle Fleischschüsseln geleert und wischten ihre fettigen Hände an den Schirinki ab, aber auch an den Schößen ihrer Pelze oder an den weichen Schäften ihrer Stiefel. Diener trugen auf silbernen Tabletts goldene Becher und Schalen von verschiedener Größe und Form herein, die mit berauschenden Getränken gefüllt waren: mit Kumyß und Chorsa, und jeder ließ sich nach seinem Geschmack bedienen.

Alle hielten die Schalen in der rechten Hand; auch die russischen Gesandten, denen man ebenfalls Schalen mit Chorsa gebracht hatte.

Hierauf kniete der Baurschi vor Batu-Khan nieder und sprach eine Art Dankgebet, das folgendermaßen lautete:

»Für deine gastfreie Bewirtung möge dir, unüberwindlicher, heldenmütiger Khan, des Himmels reicher Segen auf dein Haupt niederströmen.

In einen glückbringenden Vogel verwandelt, möge unser Beschützer, der streitbare Gott Sulde, dieses goldene Zelt besuchen, in dem wir sitzen.

Mögen die Hausfrauen dieses Zeltes zwölffach fruchtbar sein und ihre Augen vor Freude leuchten, wenn sie dir einen Sohn gebären und keine Tochter.

Möge der Reichtum niemals von dir weichen, und das dir vom Himmel bescherte Glück soll von niemandem gestört werden.

Dein Zelt soll immer von tausend Kamelen umgeben sein, deren Höcker vor Fett herunterhängen, und von laut wiehernden Hengsten samt Stuten und Füllen und zahllosen Herden von Schafen und Hammeln sowie von fetten Rindern.

Sinnt aber jemand Böses wider dich, so soll sein Pferd auf dem Feldzug verenden, und sein Weib soll sterben, ohne die Rückkehr ihres Mannes erlebt zu haben. Und mögen die Zelte und Jurten deiner Neider zu-

sammenbrechen und ihre zersplitternden Stangen deinen Feinden in den Rücken dringen!«
Alle führten nach diesen Worten ihre Schalen zum Munde, und auch die Russen hoben die ihren zu den Lippen; doch da rief einer der Khane:
»Und mögen die Urussuten elend zugrunde gehn wie die Heuschrecken unter den Füßen der Kamele!«
Und andere pflichteten ihm bei:
»Wie Sperlinge vor dem Gierfalken, so sollen die Urussuten auseinanderstieben oder wie Schakale vor dem Wolfshund!«
Da ließen die Gesandten ihre Schalen sinken und stellten sie vor sich hin. Als Batu-Khan das gewahrte, begann er sich über sie lustig zu machen:
»Warum seid ihr allein gekommen? Ihr hättet eure Weiber mitbringen sollen!«
Und Fürst Gleb, der in das allgemeine Gelächter mit einstimmte, ergänzte:
»Insbesondere die junge Frau des Fürsten Feodor, eine ob ihrer Schönheit berühmte ausländische Prinzessin. So berühmt ist sie wie ein Stern am Himmel ...«
Der stark berauschte Batu sagte zu dem Fürsten Feodor:
»Galoppiere schnell nach Hause und hole sie her, damit sie uns vorsinge und vortanze und uns durch ihre Schönheit ergötze!«
Der Fürst erwiderte ruhig:
»Das wäre eine eines Fürsten und Ritters unwürdige Handlungsweise! Wenn du uns besiegt haben wirst, werden dir ja ohnehin alle unsere Besitztümer gehören.«
In die Frauen des Dschichangirs, die bis jetzt fast so unbeweglich wie Götzenbilder dagesessen hatten, kam bei diesen Worten des Urussutenfürsten, die sie sich hatten übersetzen lassen, Leben. Zwei von ihnen klatschten in die Hände, und die jüngste sagte:
»Dieser Urussutenfürst ist ein tapferer und edler Mann und ein braver Ehegatte!«
Fürst Isheslawlski flüsterte dem Fürsten Feodor zu:
»Wir haben hier nichts mehr zu tun.«
»Das scheint mir auch so.«
Feodor erhob sich und sagte zu dem Tatarenzaren, der ihn mit zugekniffenen Augen musterte:
»Verzeih mir, erlauchtester Khan, doch wir müssen an den Heimweg denken ...«
»Warum? Sprecht doch erst dem Kumyß zu!«
»Wir wären ja froh, mit dir ein unverbrüchliches Bündnis zu schließen und gute Freund- und Nachbarschaft mit dir zu halten. Jedoch, wie es bei uns heißt: ›Mit Gewalt kann man sich keinem angenehm machen!‹ Deine treuen Freunde – ja, das könnten wir sein, doch deine Sklaven – nein, das werden wir nie und nimmer sein! Wenn du unser Land

durchaus mit Krieg überziehen willst, so werden unsere Schwerter den Streit entscheiden.«

Feodor und die übrigen Russen seines Gefolges verneigten sich tief vor Batu-Khan und entblößten dabei ihr Haupt. Als Feodor sich wieder aufgerichtet und seine Locken geschüttelt hatte, heftete er seinen Blick auf Batu-Khans jüngste Frau, die so lobend von ihm gesprochen hatte. Sie hatte dick weiße Schminke auf ihr Gesicht gelegt, und ihre Augenbrauen waren kohlschwarz nachgezogen. Dann setzte er seine Zobelkappe auf und schritt kühn und stolz aus dem Zelt.

Batu-Khan raunte Subudai einige Worte zu. Der Bahadur stand ächzend auf und watschelte rückwärts gehend zum Ausgang. Unbeweglich saß Batu da, auf die Seitenlehne seines Thrones gelehnt. Alle erstarrten und lauschten. Von draußen drang das Geräusch von Hufschlägen herein. Am Zelt vorbei galoppierten Reiter.

Auf einmal verzweifelte Schreie..., unterdrücktes Ächzen und Stöhnen..., Klirren zusammenschlagender Schwerter.

Batu-Khan regte sich noch immer nicht, und keiner seiner Gäste wagte, sich von seinem Platz zu erheben. Sie verharrten ebenso reglos wie er in ihrer lauschenden Stellung.

Atemlos kehrte Subudai zurück. Sein eines Auge blitzte. Schweiß perlte ihm auf der Stirn und rann ihm übers ganze Gesicht.

»Nun?« fragte Batu-Khan.

»Sie sind alle erschlagen bis auf einen Diener, einen Greis... Er entriß einem unserer Krieger einen tatarischen Säbel und verteidigte damit die Leiche seines Herrn, des Konas Feodor... Ich befahl, ihn zu schonen, und er steht jetzt mit gezücktem Schwert über der Leiche seines Herrn... Der heilige Krieger, dein Großvater, pflegte zu sagen: ›Einen treuen Diener muß man belohnen, selbst wenn er der Diener eines Feindes ist!‹«

»Ich will ihn sehn... Konas Galib, führ ihn her!«

Fürst Gleb Wladimirowitsch erhob sich und verließ, ebenso wie vorher der Bahadur rückwärts gehend, das Zelt. Bald darauf kehrte er mit einem hochgewachsenen Greis zurück, den zwei mongolische Krieger an den Ellbogen festhielten oder stützten. Des Alten Gesicht hatte ein Säbelhieb zerschnitten, und das Blut troff ihm in den weißen Bart.

»Wer bist du?« fragte Batu-Khan.

»Ich bin der Erzieher des Fürsten Feodor Jurewitsch.«

»Wie heißt du?«

»Aponiza.«

»Willst du in meine Dienste treten, Aponiza? Du sollst hochgeachtet werden.«

»Befiehl, daß man mich tötet, aber in deine Dienste werde ich niemals treten!«

Batu-Khans jüngste Frau bat mit zitternder, schwacher Stimme:

»Töte ihn nicht, Dschichangir, sondern laß ihn gehen!«

Batu-Khan nickte zustimmend mit dem Kopfe und sagte zu dem Alten:

»Du bist ein treuer Diener deines Herrn. Um deiner Treue willen verzeihe ich dir deine Worte. Du sollst von mir ein Roß erhalten. Reite nach Rjasan zurück und melde dem Fürsten, daß ich seinen Sohn wegen der Unverschämtheit, mit der er zu dem Beherrscher des Erdkreises zu sprechen sich erdreistet hat, habe hinrichten lassen. Subudai-Bahadur, sorge dafür, daß vier Krieger diesen Mann geleiten und ihn sicher zum urussutischen Grenzposten zurückbringen!«
Aponiza wurde aus dem Zelt geführt, und das Gelage nahm seinen Fortgang. Batu-Khan erwog mit seinen obersten Feldherren die Angriffspläne auf das Gebiet der Urussuten.

Eine friedliche Begegnung mit Mongolen

Als Toropkas Verschwinden von den Kriegern des vordersten russischen Postens, bei dem sich auch Dikoroß befand, bemerkt wurde, packte Unruhe die Männer aus Peruns Wald. Sie stiegen auf die Anhöhe und untersuchten genau die Spuren am Boden. Sie fanden eine Blutlache und kamen nach langem Hin und Her zu dem Schluß, es müsse ein Kampf stattgefunden haben. Bluttropfen zogen sich bis zu einer Stelle hin, wo die Spuren von vier Pferden zu sehen waren, die direkt zum Lager der Tataren hinführten. Sawelis finstere Menschenscheu nahm zu. Einsam wanderte er in der Steppe umher, besessen von der fixen Idee, einen Tataren zu fangen, um von ihm zu erfahren, ob sein Sohn Toropka noch am Leben sei. Lichar Kudrasch versuchte ihn davon zu überzeugen:
»Wenn sie Toropka kaltgemacht hätten, so hätten diese Wüteriche ihn seiner Kleider beraubt und seinen Leichnam nackend liegengelassen. Da wir aber Toropkas Leiche nirgendwo gefunden haben, so steht einwandfrei fest, daß sie ihn lebendig festgenommen und fortgeschleppt haben.«
Die Kälte nahm zu. Der Wind fegte Haufen trockenen Schnees zusammen, der wie Nadeln ins Gesicht stach. Der Himmel war klar und wolkenlos. Man konnte weit über die Steppe hinsehen. Die Tataren aber waren spurlos verschwunden. Schon seit drei Tagen hatten sich ihre Reiter nicht mehr gezeigt, die man früher in weiter Ferne, direkt am Horizont, hatte dahinjagen sehen.
Saweli redete den Leuten aus dem Peruns Wald zu, sich mit ihm weiter vorzuwagen.
»Vielleicht haben sich unsere Fürsten schon mit dem Zaren Batyga verständigt, und die Tataren sind bereits wieder in ihre Länder abgezogen, und wir frieren hier ganz unnütz.«
Die Waldbauern aus Perunow Bor waren einverstanden, mit ihm zu gehen. Kudrasch übernahm es, sie dorthin zu führen, wo er einstmals mit den Polowezern Tauschhandel getrieben hatte. Der übrige Teil der

Abteilung versprach, am Eichenhain auf die Perunswalder zu warten. Die vier Nachbarn – Kudrasch, Waula, Swjaga und Saweli – nahmen ihre Streitäxte mit, als sie bei hellem Mondschein loszogen. Da sie alle Hügel, Schluchten und Kurgane der Umgebung schon gut kannten, war kaum zu befürchten, daß sie in die Irre gehen würden. Brot hatten sie für mehrere Tage bei sich. Als sie sich dem Hohlweg näherten, suchten sie Deckung im Gebüsch. Lange lagen sie dort und warteten auf den Anbruch des Tages. Der Weiler lag in einer Mulde inmitten der Schlucht, durch die ein kleines Flüßchen floß. In glutrotem Nebel ging endlich die Sonne auf. Graue Wolken zogen, sich zusammenballend, herauf. Hinter einem Hügel tauchte ein berittener Tatar auf, der eine lange biegsame Lanze in der Hand hielt. Sein rotes Pferd war zottig und auch er selbst, denn er trug einen Pelz so alt und dunkel wie die Erde. Nach allen Seiten hin ausspähend, ritt er behutsam auf den Weiler zu. Gerade neben dem Gebüsch, in dem die vier Waldbauern verborgen lagen, versetzte er seinem Pferd einen Peitschenhieb, galoppierte ein Stück, hielt wieder an, spähte umher und ritt, nachdem er sich vergewissert hatte, daß ihm keine Gefahr drohte, tief in den Hohlweg hinein. Man hörte unter den Hufen seines Pferdes das spröde Eis knacken. Dann verstummte der Hufschlag. Offenbar tränkte der Reiter sein Pferd. Bald erschien er auf einer kleinen Anhöhe jenseits der Schlucht wieder. Einsam ritt er über die verschneite öde Ebene, bis er hinter den Hügeln verschwand.
»Im Weiler ist niemand«, sagte Saweli. »Sonst wäre der Schieläugige nicht so schnell wieder davongeritten, sondern hätte sich mit seinen Genossen in ein Schwätzchen eingelassen, wie das so üblich ist. Und wir hätten es gehört.«
»Du bist immer noch von der Idee besessen, deines Sohnes entseelten Körper zu finden«, sagte der neben Saweli liegende Swjaga. »Doch glaube mir: Deinem Toropka war der Tod noch nicht bestimmt. Er wird uns alle überleben.«
»Meine Seele hat keine Ruhe«, entgegnete Saweli. »Tag und Nacht treibt es mich um. Ich werde mich noch weiter vorwagen. Falls mir etwas zustoßen sollte, werde ich rufen, dann steht mir bei.«
Gebückt kroch er weiter und hinunter in den Hohlweg. Lange blieb er fort. Wolken waren unterdessen heraufgezogen und hatten den grauen Himmel bedeckt. Dichter fielen die Schneeflocken. Die Ferne war wie von einem Schleier verhüllt. Die drei Perunswalder warteten geduldig. Plötzlich war Saweli wieder bei ihnen.
»Ein Schneegestöber, das einen oder auch zwei Tage anhalten kann«, meinte er. »Die Siedlung ist menschenleer. Die Leiche einer hingemordeten Greisin liegt unten vor einer der Hütten. Wir wollen das Weitere im Hohlweg abwarten. Dort steht eine Scheune, da sind wir wenigstens unter Dach und Fach. In der Steppe würden wir erfrieren. Brot haben wir ja genug mit.«
Unaufhörlich fiel der Schnee. Der Wind trieb ihn in die Gesichter der Menschen und verklebte ihnen die Augen. Eng aneinandergedrängt

stiegen die vier Waldbauern in den Hohlweg hinab. Die halbzerstörten Hütten oder Scheunen waren düster und leer. An einer Wand lehnte die Leiche der Gemordeten, deren graubehaarter Schädel gespalten war. Das eine Auge blickte die Vorübergehenden an, als wäre noch Leben in der Alten. Aus der Scheune sprang mit großen Sätzen ein graues Tier heraus, das den Abhang hinaufjagte und verschwand.
»Ein Wolf!« sagte Saweli. »Zwei habe ich schon verscheucht. Sie nagten an den Knochen eines geschlachteten Rosses.«
Die vier Männer krochen in eine Lehmhütte hinein, die noch ein heiles Dach hatte. Die Tür verrammelten sie mit einem Pfahl. Es wurde stiller um sie; das Heulen des Sturmes drang wesentlich gedämpfter zu ihnen herein.
»Wenn Tataren kämen, so könnten sie uns beim Schlafittchen nehmen, als wären wir junge Hunde.«
»Ich werde mich vor die Tür setzen«, sagte Saweli. »Werde mir Mühe geben, nicht einzuschlafen. Wenn mich das Schneegestöber verschüttet, so grabt mich aus. Ich werde den garstigen Gedanken nicht los, die Wölfe könnten womöglich meinen armen Toropka benagen.«
Am andern Morgen mußten sie den Wache haltenden Saweli aus einer Schneewehe ausgraben.
Er sträubte sich, mit in die Hütte zu gehen.
»Ich habe euch in die Sache mit hineingezogen, also ist es auch meine Pflicht, hier draußen zu sitzen und aufzupassen, daß euch nichts passiert.«
Doch die Nachbarn drängten ihn trotz seines Sträubens in die Hütte, wo im Herde ein Feuer aus Zweigen und Steppengras brannte und im Topf darüber ein Mehltrank kochte.
Plötzlich hörte man von draußen eine heisere Stimme rufen:
»Ist hier eine lebendige Seele? Antwort – oder wir brauchen Gewalt!«
Die vier Bauern griffen zu ihren Äxten und stellten sich hinter der Tür auf, die sie vorsichtig und nur einen Spalt breit öffneten. Ein reifbedeckter Greis stand draußen, dessen totenbleiches Gesicht und weißer Bart blutüberströmt waren. Hinter ihm hielten vier Tataren hoch zu Roß.
»Gottes Segen!« grüßte er. »Laßt uns Atem schöpfen und uns drin erwärmen. Die ganze Nacht sind wir in der Steppe umhergeirrt und beinahe erstarrt. Ich heiße Aponiza und stehe in Diensten des Fürsten Feodor Jurewitsch von Rjasan ... Vor den Tataren hier braucht ihr keine Angst zu haben. Sie sind mir als Begleiter mitgegeben worden und haben Auftrag, mich sicher bis zum ersten russischen Vorposten zu bringen. Sie werden euch kein Haar krümmen.«
Die Bauern traten zurück, steckten ihre Äxte in den Gürtel, und Kudrasch forderte in der Sprache der Polowezer die Mongolen auf:
»Tretet ein und brecht das Brot mit uns!«
Die Tataren sprachen untereinander, dann gingen zwei, um die Rosse zu koppeln, während die beiden anderen eintraten. Zum Zeichen einer

freundschaftlichen Gesinnung kreuzten sie die Hände zum Gruß über der Brust.
Alle hockten sich rund um das Feuer auf die Fersen nieder und musterten einander prüfend und verstohlen von der Seite her. Die Tataren streckten ihre klammen Hände zum Feuer aus. Kudrasch zog aus seiner Tasche Birkenrinde und einen Brotlaib hervor, zerschnitt ihn mit dem Messer und gab auch jedem der Tataren ein Stück.
»Woher und wohin des Wegs, Aponiza? Wer hat dich so übel zugerichtet?«
Aponiza erzählte seinen Landsleuten von dem Meuchelmord an den russischen Gesandten und daß Zar Batyga ihn verschont habe, damit er dem Fürsten Juri Ingwarewitsch den Tod seines Sohnes Feodor melde, dessen Erzieher er – Aponiza – gewesen sei.
»Wie sieht denn dieser Batyga aus?« wollten die Perunswalder wissen. »Hast du ihn wirklich von Angesicht zu Angesicht gesehn?«
Neugierig betrachteten die Waldbauern die vier Tataren.
Wieviel Schreckliches hatten sie von diesen Heiden gehört, und nun saßen vier dieser Teufel vor ihnen und kauten zufrieden ihr trockenes Brot. Sie hatten lange Pelze an, mit der haarigen Seite nach außen gekehrt, ebensolche Pluderhosen, doch mit dem Fell nach innen. Die Hosen waren aus Pferdefell, die Pelze aus Schaffell. An den Füßen trugen sie weite, mit Filz gefütterte Stiefel. Ihre Köpfe bedeckten spitz endende Mützen aus Hundefell, deren Klappen Ohren und Nacken schützten. Am Gürtel hingen ihnen lange Krummsäbel, weiter Schlagkugeln und Ketten, an deren Ende ein Eisengewicht befestigt war.
Einer der Tataren zog aus seinem Busen eine Holzschale hervor, bröckelte sein Brot hinein und zeigte auf den Topf. Waula goß ihm von dem Mehltrank ein.
»Ist deine Jurte weit von hier?« fragte er, und Kudrasch übersetzte die Frage in die Sprache der Polowezer. Als der Mongole nachgedacht und begriffen hatte, machte er eine unbestimmte Bewegung mit der Hand und sagte:
»Zwei Jahre zu reiten.«
»Und wie viele Jahre bist du schon im Felde?«
»Zwanzig.«
Das Gesicht des Tataren war dunkel und borkig wie Kiefernrinde. Ein dünner, langer Schnurrbart zog sich von der Oberlippe um die Mundwinkel zum Kinn.
Als er das aufgeweichte Brot aufgegessen hatte, trank er den Rest des Mehltranks und reichte die Schale seinem Nachbarn, der ebenfalls von dem Mehltrank verlangte.
Mit finsterem Gesicht schielten sie aus ihren Schlitzaugen zu den Russen hin und musterten sie vom Kopf bis Fuß.
»Obgleich sie unser Brot essen«, sagte Kudrasch, »wären sie bestimmt nicht abgeneigt, uns die Kehlen durchzuschneiden... Macht euch sacht

von hier fort«, gebot er den Tataren. »Wir selber werden Aponiza geleiten.«
Die Tataren sprachen miteinander, wobei sie kein Auge von den Russen verwandten. Einer nach dem andern verließen die Bauern die Hütte. Da sprangen die Mongolen auf und liefen ebenfalls hinaus. Sie griffen zu ihren kurzen Speeren mit eisernen Haken.
»Damit wollen sie uns aus dem Sattel vom Pferd herunterziehen«, sagte Kudrasch.
Aponiza bestieg sein Roß. Auch die Mongolen schwangen sich in die Sättel, ritten aber nicht davon, sondern warteten.
»Gehn wir, Rechtgläubige«, sagte Aponiza. »Und seid auf eurer Hut. Sie führen bestimmt etwas im Schilde!«
Die Bauern stiegen den Abhang hinan, wobei sie bis zu den Knien im Schnee versanken. Als sie oben auf der Ebene waren, gingen die vier Perunswalder in einer Reihe hinter dem reitenden Aponiza her. Plötzlich kamen die Mongolen, tief über die Mähnen ihrer Pferde gebeugt, aus dem Hohlweg herausgeprescht, jagten auf die Bauern zu, schossen ganz dicht an ihnen vorbei, machten eine jähe Kehrtwendung und galoppierten wieder davon. Hinter sich her zogen sie den Mordwinen durch den Schnee, dem sie zwei Fangseile übergeworfen hatten.
»Helft, Brüder, helft!« schrie der Fortgeschleifte kläglich.
»Der Arme ist verloren!« rief Swjaga.
»Ach, was hab' ich angerichtet!« jammerte Saweli. »Meinen Nachbar hab' ich ins Unglück gestürzt! Was mußte ich euch auch überreden, mir hierher zu folgen?«
Weit entfernt von ihnen, auf einer Anhöhe, zügelten die Tataren ihre Rosse. Sie hoben Waula auf, der mit einer Schlinge um den Hals hinter dem vordersten Reiter herlaufen mußte. Die anderen drei folgten. Mühevoll schleppte sich Aponizas übermüdetes Pferd durch die tiefen Schneewehen. Finster und betrübt schritten die Bauern hinter ihm her und sahen sich immer wieder nach jener Richtung um, in der die Tataren mit dem Mordwinen verschwunden waren. Dann ließen sie den Kopf hängen und sprachen besorgt über die Zukunft, von der nichts als Unheil und blutige Schlachten zu erwarten waren.
»Wenn die Unholde sich nicht gescheut haben, den Fürsten und die übrigen Gesandten zu ermorden, so ist an Friede und Freundschaft mit ihnen nicht zu denken!«

Der Schneesturm über der »Orga«

Das gelbe Zelt mit dem goldenen Drachen an einer Stange überragte die übrigen Jurten und Zelte des Tatarenlagers. Die Seile der Zeltwände waren an Pfählen befestigt, die in Messingknäufen endeten.
Tagtäglich kamen die Khane zur Beratung in dieses Zelt, und abends fanden darin Schmäuse und Gelage statt, wobei Chorsa, Arsa und

Kumyß in Strömen flossen und auch der Met, den die rjasanischen Gesandten mitgebracht hatten.
Obgleich es Frostwetter war, so wärmte die helle Sonne dennoch ein wenig, und im Lager herrschte ein geräuschvolles, fröhliches Leben und Treiben.
Die Pferde weideten in der weiten Steppe, die bisher weder Sichel noch Sense kennengelernt hatte. Von der unübersehbaren Ebene des Wilden Feldes stiegen überall Rauchwölkchen zum Himmel auf. Überall standen auch die schwarzen Rundjurten mit weißem Oberteil, die Wohnungen der Khane, die auf Lastkamelen mitgeführt worden waren. Aber es gab auch ganz weiße Jurten, die man den geschlagenen Kiptschaken abgenommen hatte. Tagsüber erweichten die Sonnenstrahlen die Oberfläche des Schnees und tauten sie auf, nachts verhärtete sie sich wieder zu einer harschen, unter den Tritten knirschenden Kruste. Wenn der Nordwind schneidend kalt blies, trieb er raschelnd und klirrend Wolken von feinem, vereistem Reif über die Steppe hin und überschüttete die sich um die Jurten und Lagerfeuer drängenden Mongolen damit. Nachts nahm der Wind an Stärke zu und hatte sich bald in einen wild heulenden Orkan verwandelt. Die leichtgebauten Jurten erzitterten unter seinen Stößen, schwankten, und manche wurden auch fortgeweht. Ja, er warf sogar das goldgelbe Zelt Batu-Khans in den nächsten Scheiterhaufen. Die Diener und Krieger hatten alle Hände voll zu tun, zu retten, was zu retten war, die Zeltwände zusammenzulegen und den goldenen Thron und andere kostbare Gegenstände zuzudecken. Batu mußte sich dazu bequemen, sein Quartier in einer gewöhnlichen Filzjurte aufzuschlagen, wo der beißende Rauch des Feuers sich am Boden zusammenballte, weil ihn der eisige Wind, der durch die Abzugsöffnung im Dach hineinblies, nicht entweichen ließ.
Die an die Schneestürme ihrer heimatlichen Steppen gewöhnten Mongolen zogen die gewöhnlich aufgekrempelten Ärmel ihrer Pelze herunter, mummelten sich fest ein und rollten sich im aufgewühlten Schnee zusammen wie Murmeltiere. Die Kost, mit der sie sich begnügen mußten, war den Umständen entsprechend recht kärglich. Meist bestand sie aus Mehlsuppe mit etwas Fett und gerösteter, zwischen den Zähnen knirschender Hirse. Die in den ausgeplünderten Kiptschakensiedlungen erbeuteten Vorräte gingen auf die letzte Neige, und die Krieger sprachen davon, daß es allerhöchste Zeit wäre, den Zug nach den westlichen Ländern fortzusetzen.
Alle blickten sie jeden Tag von neuem zu Subudais Jurte hin, wo die neun Buntschuks der neun Batu-Khans Elitetruppen bildenden Tumen aufgepflanzt waren – von einem Halbmond gekrönte Lanzen, an denen Roßschweife im Winde flatterten. Tagtäglich fragten die Krieger sich, wann sie wohl aus der Erde gezogen und dem Heere nordwärts oder westwärts vorangetragen werden würden in das Land der widerspenstigen Urussuten.
Aus der weißen Filzjurte Batu-Khans traten zwei Mongolen, sprangen

auf ihre reifbedeckten Rosse und jagten nach verschiedenen Seiten davon, daß der Schneestaub nur so stiebte.
Ein wenig später führten Batus Leibwächter jenen Rapphengst mit den weißen Beinen, Geschenk des gemeuchelten Rjasaner Fürsten, vor. Batu, in einem mit gelber chinesischer Seide überzogenen Polarfuchspelz, bestieg es und ritt zu einer kleinen Schlucht, wo er vor einer anderen weißen Jurte aus dem Sattel sprang und hinter dem Türvorhang aus Teppichen verschwand. Zwei seiner Leibwächter stellten sich mit ihren Speeren als Wache davor auf, andere führten den Rappen beiseite und hockten sich dann um das Zelt herum nieder.
»Wer wohnt denn in diesem Zelt?«
»Der siebente Stern.«
»Es wird eine Beratung geben. Die Nojone und Orkhone sind bereits versammelt.«
»Und worüber wird beraten?«
»Vielleicht über den Aufbruch des Heeres.«
»Ob wir am Ende den Rückzug antreten?«
»Schweig, sonst erwürgt man dich!«
»Noch länger hierbleiben ist unmöglich. Die Rosse finden nichts mehr zu fressen. Sie haben das ganze Gras schon bis aufs letzte Hälmchen abgezupft.«
»Je nun, im Lande der Urussuten werden wir unsere starren Glieder wieder wärmen.«
»Und unsere Pferde mit Getreide satt füttern.«
Gongschläge dröhnten.
»Neun! Das gilt dir, Gardi-Hel!«
Einer der im Kreise Hockenden erhob sich und steckte den Kopf zur Tür hinein, ohne erst die Mütze abzunehmen. Nachdem er einen Befehl entgegengenommen hatte, drehte er sich zu einem seiner Gesellen um.
»Oije, Oru-San! Der Blendende hat befohlen, sofort die Schamanin Kerinkai-Sadan herbeizuholen. Laß uns zusammen gehn. Einer allein wird nicht mit ihr fertig.«
Der Angeredete, ein flachgesichtiger, plattnäsiger junger Krieger, schüttelte heftig den Kopf.
»Nein, ich geh nicht mit, Gardi-Hel. Du weißt, sie beißt.«
»Komm, wenn man dich ruft. Beiß sie wieder!«
Widerstrebend stand Oru-San auf, und beide stapften, bis zu den Knien einsinkend, durch den Schnee zu einer schwarzen Jurte hin, die abseits unter einer einsamen alten Eiche stand, an deren knorrigen Ästen noch die Hälfte des Laubes laut im Winde raschelte.
Die zur Hälfte vom Schnee verwehte Jurte machte den Eindruck, als sei sie unbewohnt, kein Rauch stieg aus ihr auf, nichts regte sich drin, auch nicht, als Oru-San und Gardi-Hel aus vollem Halse die Schamanin bei Namen riefen. Mit den Händen räumten sie den Schnee vor dem Eingang beiseite und schlugen den Filzdeckel, der die runde vergitterte Öffnung im Dache verschloß, zurück. Dumpfe Laute, einem hündischen

Knurren oder Bellen nicht unähnlich, wurden vernehmbar. Zwei weitere Krieger kamen hinzu und öffneten die Tür. Unter einem Haufen von Filzmatten und Schaffellen hervor kamen die dumpfen, knurrenden Laute. Unbeeindruckt von den Schimpfworten, die ihnen entgegengeschleudert wurden, warfen die Krieger den Haufen auseinander, und darunter zeigte sich der Zottelkopf einer Greisin, deren Augen vor Zorn wie glühende Kohlen funkelten. Mit heiserer Stimme fauchte sie wie eine Katze:
»Was wollt ihr von mir? Wie ist euer dummer Name? Wer braucht was? Wer hat ein Anliegen an mich?«
Der älteste der Krieger, der die Formen eines höflichen Umgangs zu kennen schien, antwortete, ohne sich durch den barschen Empfang erzürnen zu lassen:
»Von wem wir etwas brauchen, an wen wir ein Anliegen haben, zu dem sind wir mit einer ergebenen Bitte gekommen. Der Blendende schickt uns Kleine, Winzige, zu dir, der großen Schamanin, die mit den Ongonen Zwiesprache hält, er schickt uns zu dir, der Allwissenden, und läßt dich bitten, in wichtiger Sache zu ihm, den schwere Sorge drückt, ins Zelt zu kommen.«
Eine hagere Greisin kroch vollends aus den Fellen und Filzen und hockte sich nieder, indem sie ihre Knie mit den Armen umschlang.
»Ihr albernen Narren, ihr. Benimmt man sich denn so wie ihr, wenn man mit einer Bitte, einem Anliegen kommt? Das reißt den Filz vom Dach, stößt eine alte, schwache Frau in die Kälte hinaus! Nein, erst macht Feuer, damit ich mir Hände und Füße wärmen kann! Drei Tage liege ich schon frierend und fröstelnd unter den Fellen und Filzen und bin ganz erstarrt. Niemand ist gekommen, um mir einen trockenen Fladen oder eine heiße Brühe zu bringen. Schert euch fort von hier, ihr Tölpel, ehe ich einen Schwarm von Raben mit kupfernen Schnäbeln und ehernen Krallen auf euch herabstoßen lasse!«
Einer der Krieger schlug mit einem Stahlfeuerzeug Funken, ein anderer hielt trockene Birkenrinde darunter, der dritte häufte Wacholderzweige in der Mitte der Jurte zusammen, der vierte aber, Gardi-Hel, holte die Alte, die eigensinnig unter ihre Felle und Decken zurückkriechen wollte, wieder daraus hervor.
Bald knisterte ein lustiges Feuer, und Gardi-Hel zog die Alte an den Händen dorthin, aber die Schamanin sträubte sich und biß ihn so derb in die Hände, daß er sie losließ. Ihr braunes Gesicht war mit roter und blauer Farbe beschmiert, ihr Haar, grau und zottig, war in lauter kleine, vom Schädel abstehende Zöpfchen geflochten, die wie Schlangen aussahen.
Jetzt stülpte sich die Schamanin rasch eine mit langschnäbeligen Vogelköpfen und Fuchsschwänzen verzierte Mütze auf, warf sich über die Schultern ein Bärenfell, behängte sich die Brust mit Kupfertellern und umgürtete sich mit einem Riemen, an welchem Götzenbilder aus Filz baumelten. Dann ergriff sie eine große Schellentrommel samt Schlegel,

hing sich eine Tasche um, aus der eine Rohrpfeife, das Schulterblatt eines Hammels und das Vorderbein einer Ziege herausragten, und alles das tat sie, Gebete oder Beschwörungen murmelnd oder vor sich hin singend, so schnell, daß die Krieger, die ängstlich zu ihr hinschielten, gar nicht alle Einzelheiten verfolgen konnten.

Schließlich entschied Gardi-Hel, daß es genug der Vorbereitungen seien. »Jetzt laß uns zu Batu-Khan gehen!«

»Nein, ohne den Oberschamanen Beki gehe ich nicht!«

»Oru-San, führe sie am Ellbogen, wir wollen die Erhabene ehrerbietig zu Batu-Khan geleiten.«

Daraufhin packten alle vier Krieger die Schamanin und drängten sie, von hinten mit den Knien nachhelfend, zur Hütte hinaus. Obwohl die Alte sich wütend sträubte, schleppten die vier sie bis zur Jurte, vor der die Unbesiegbaren Wache hielten. Hier besann sich die Alte und trat mit einer Würde durch die Tür, wie sie einer berühmten Seherin ansteht, die mit den heiligen Ongonen Zwiesprache hält, um von ihnen den Willen des Himmels zu erfahren und Künftiges voraussagen zu können.

In der Jurte waren die vornehmsten Khane versammelt. Neben dem Feuer, von dem ein warmer Hauch die Eintretende anwehte, saß Batu-Khan mit untergeschlagenen Beinen auf einem Teppich. Mit zusammengekniffenen Augen fixierte er die Schamanin, die am Eingang stehengeblieben war und nach einer tiefen Verbeugung bis zum Boden mit den Schellen zu rasseln begonnen hatte. Dann sprang sie, immerfort rasselnd, wieder auf und stürzte wie gehetzt zu der jungen Chanum hin, die vor ihr erschrocken bis an die Wand zurückwich. Zum Zeichen höchsten Entzückens faßte die Schamanin die Lieblingsfrau Batu-Khans an beiden Ohren, berührte mit ihrer Nasenspitze deren Wangen und mit der Zungenspitze die inneren Augenwinkel. Als sie ihrem Überschwang an Zärtlichkeit Genüge getan hatte, hockte sie sich neben Juldus nieder und heftete ihren irren Blick auf Batu-Khan.

»Du – Freude aller Menschen«, begann sie, »du edelster und tapferster Sain-Khan! Du schwarzgefleckter Panther, der brüllend auf dem Gipfel eines schneebedeckten Berges umherstreift! Du einsamer Königsadler, der hoch über Felsen seinen Schrei ausstößt! Du Herz des ganzen Volkes, sprich, weshalb ließest du mich vor dein Angesicht rufen? Alles vermag ich, und alles will ich für dich tun!«

Batu antwortete:

»Ich habe dich rufen lassen, große Schamanin, die du eine Mütze trägst, welche den Völkern Furcht und Schrecken einflößt, weil ich heute ein Traumgesicht hatte.«

»Sprich, erzähle!«

»Dieser Traum hat mir meinen Geist getrübt und mein Herz verwirrt. Deute mir den Traum, denn ganz gewiß hängt mein Weg davon ab. Du hast die Gabe, mit den entsetzlichen gelben Geistern Zwiesprache zu halten – mit den siebenundsiebzig Ongonen an den siebenundsiebzig Seiten des Weltalls. Rufe sie herbei und befrage sie, was ich tun soll:

Sofort – dem Schneesturm zum Trotz – nach Norden ziehen in die Wälder der langbärtigen Urussuten oder abwarten? Oder nach Süden umkehren und dort in den warmen Tälern am Gestade des Blauen Meeres umherziehen? Soll ich nach Rjasan oder nach Kiwamen mein Heer führen?«
Die Schamanin verdrehte ihre Augäpfel so sehr, daß nur noch das Weiße zu sehen war, und brach, indem sie den Oberkörper hin und her wiegte, in ein Geheul aus:
»Ajun-jeje! Ajun-jeje!«
Alsdann zog sie ein Lederbeutelchen aus der Tasche und schüttete daraus ein grünes Pulver ins Kohlenfeuer. Ein hellblaues Rauchwölkchen stieg auf, und in der Jurte verbreitete sich der honigsüße Duft von Steppenkräutern.
»Erzähle deinen Traum, und ich will die siebenundsiebzig gelben Ongone herbeirufen und sie befragen, was dir Glück und Erfolg bringen wird und was Unglück und Tränen.«
Batu-Khan beugte sich zu der Schamanin hin und begann halblaut zu sprechen:
»Mir war im Traum, als ob mein Kopfwirbel brenne, so als wären glühende Kohlen aus einer grauen Wolke auf mich herabgefallen. Davon begannen meine Lungen und mein Herz zu hüpfen. Ich sah mein neunschwänziges Feldzeichen sich verbiegen und umsinken, sah, wie böse Feinde sich meiner Herden bemächtigten, wie sie meine Kamele mißhandelten, wie eine meiner Jurten nach der andern abgebrochen und nach fernen Orten geschafft wurde. Deute mir, Kerinkai-Sadan, diesen Traum! Was will der Himmel mir dadurch verkünden?«
Die Schamanin sprang auf, rasselte wieder mit ihrer Schellentrommel und heulte, brummte, schrie, wobei sie Wolf, Bär und Eule nachahmte. Sie tänzelte und sprang immer auf einer Stelle und hüpfte dann plötzlich auf einem Bein zur Jurte hinaus und, gefolgt von den Kriegern, auf die einsame Eiche zu, kletterte mit ungewöhnlicher Gewandtheit am Stamm empor bis zur Spitze hinauf. Dort oben fuhr sie fort zu schreien, zu rasseln. Dann warf sie Knochen, die sie ihrer Ledertasche entnahm, in nördlicher Richtung, rutschte hierauf am Stamm herab und kehrte, wiederum auf einem Bein hüpfend, in die Jurte zurück.
Batu-Khan, der vor den Eingang der Jurte getreten war, hatte mit Spannung das seltsame Treiben der Schamanin verfolgt. Jetzt setzte er sich wieder auf den Teppich.
Die Schamanin kniete vor ihm nieder, hielt sich die Schellentrommel vors Gesicht und sagte mit einer tiefen, männlichen Stimme:
»Ich bin auf den Wipfel des Baumes gestiegen. Ich war im Himmel und schwebte auf Wolken. Ich sprach Gebete. Die Ongone sind mir hierher gefolgt. Gleich werden sie zu sprechen beginnen und dir deinen Traum deuten.«
Mit anderer, kreischender Stimme fuhr sie fort:
»Der Sohn des Konas von Rjasan, der beste der Recken, kam her, um

dir, dem Beherrscher aller Völker des Erdkreises, seinen Gruß zu entbieten. Dabei schaute er aber nach allen acht Seiten, um die Menge deiner Krieger zu zählen. Als Geschenk brachte er dir zwölf herrliche Rosse, darunter einen Rappen, der den Ongonen als Reittier dienen könnte. Was tatest du mit dem Konas und diesem Rappen?«
Batu-Khan kniff die Augen zusammen, schüttelte den Kopf und machte eine abwehrende Geste, als wollte er sagen: ›Ich kann mir schon denken, was du jetzt von mir verlangen wirst!‹ Laut aber erwiderte er:
»Was ich tat? – Ich erschlug den Konas von Rjasan, und auf dem Rappen werde ich selber reiten.«
Jetzt sprach die Schamanin wieder mit tiefer Männerstimme:
»Deute mir, großer gelber Ongon, diesen Traum Batu-Khans! Prophezeit er nicht schleichendes Unheil, das nur durch Gebete sich bannen läßt?«
Und wieder schnappte ihre Stimme über, und sie heulte wie ein Wolf, als spräche jetzt ein anderer Geist aus ihr:
»Der geplante Feldzug gegen die Urussuten wird schwer sein, denn an Stelle eines jeden Kopfes, den du dem Feinde abschlägst, werden ihrer vier nachwachsen. Ohne Gebete und Opfer wird man die Urussuten nicht besiegen. Neunundneunzig Tiere – Rosse, Ochsen, Hammel, Ziegen –, alle schwarz und ohne Fehl, soll man zum Opfer bringen und als erstes den Rappen des Konas von Rjasan ...«
Die Stimme der Schamanin war immer leiser und leiser geworden, und es hatte den Anschein, als käme sie vom Dach der Jurte herab. Jetzt warf die Greisin sich zu Boden.
Es war still in der Jurte. Alle warteten darauf, was Batu-Khan nun sagen würde.
Der Blendende kniff die Augen zusammen und sagte:
»Oh, du bist klug wie ein alter Wolf und listig wie ein schlauer Fuchs, der schon einmal in ein Fangeisen geraten ist! Vielleicht sagst du mir, ob es am Ende nicht rätlicher ist, überhaupt nicht nach Norden zu ziehen in die Urwälder und Bärenhöhlen des Urussutenlandes? Vielleicht droht dort meinem ganzen Heer der Untergang? Vielleicht sinkt dort mein neunschwänziges Feldzeichen, und meine Krieger werden Gefangene anderer Völker?«
Als die Schamanin schwieg, fuhr Batu-Khan nach einer Weile fort:
»Viele, denen das Herz zittert wie ein Lämmerschwanz, sprechen zu mir: ›Warum gegen die Urussuten ziehen? In ihrem Lande gibt es undurchdringliche Wälder, wo Zauberer ihr Unwesen treiben, und ihnen dienen die Bären. Lieber durch die Steppe zum Blauen Meer ziehen, durch die Steppe, wo im Wind das silbrige Federgras wogt, wo Herden weißer Ochsen, weißer Hammel und weißer Ziegen grasen. Dort gibt es ein freies Nomadenleben ...‹ Sind es nicht diese feigen Seelen, die dich, Kerinkai-Sadan, deine ängstlichen Lieder gelehrt haben? Wo ist mein Lehrer, der Hadschi Rachim?«
Hinter den breiten Rücken der Khane erhob sich, hager und abgezehrt, der Fakih, die spitze Derwischmütze auf dem Haupte.

Die Hände über dem Leib unterhalb des langwallenden Bartes gefaltet, sagte er:
»Achtung und Gehorsam! Ich höre dich, Batu-Khan!«
»Wie handelte Iskander, der Zwiegehörnte, wenn er einen Feldzug unternahm? Suchte er gute Weideplätze auf und ließ sich's dort wohl sein?«
»Nein, Dschichangir, er suchte die Begegnung mit dem Feind und stürzte sich auf ihn wie ein Königsadler, der aus den Lüften herabschießt.«
»Schlachtete und verspeiste er vor der Schlacht sein bestes Roß?«
»Nein, Dschichangir. Sein Lieblingsroß Bukephalos führte er auf allen seinen Feldzügen mit sich, sogar dann noch, als das treue Tier alt geworden war.«
»Ich danke dir, mein weiser und getreuer Lehrer Hadschi Rachim. Und was hat mein Ratgeber in kriegerischen Angelegenheiten, mein getreuer Bahadur Subudai, dazu zu sagen? Sollen wir den Feldzug gegen die Urussuten beginnen oder den Rückzug zum Blauen Meer antreten?«
Subudai, dessen eines sehende Auge mißtrauisch umherirrte, sagte:
»Schon viel zu lange steht das Heer hier. Die Vorräte sind aufgebraucht. Die Schneestürme nehmen zu. Höchste Zeit, gegen die Städte der Urussuten vorzurücken, wo sich sowohl Roß wie Mann wieder herausfuttern kann. Und du wirst in Rjasan auf dem Rappen des Rjasaner Konas einreiten, auch wenn dich siebenundsiebenzigtausend Feinde daran hindern wollten. Der Schamanin Kerinkai-Sadan schenke, damit sie nicht Hunger zu leiden braucht, eins von den Schweinen, welche die Rjasaner mitgebracht haben, und zwar eins, das so groß ist wie ein Pferd. Den siebenundsiebenzig Ongonen wollen wir in der Stadt Uldemir Opfer bringen, sobald wir die urussutischen Pferdeherden erbeutet haben. Kerinkai-Sadan soll inzwischen fleißig beten, damit die Ongone die Schneestürme beschwichtigen, denn wenn sie noch neun Tage so weiter wüten, so werden sie uns für immer verschütten.«
Subudai-Bahadur schwieg und kratzte sich an seinem stark behaarten, von Läusen zerfressenen linken Schienbein.
Die Nojone und Orkhone wechselten mit funkelnden Augen bedeutungsvolle Blicke untereinander.
»Ich danke dir, mein weiser Subudai. Solche Worte habe ich von dir erwartet. Morgen brechen wir die Zelte ab, und das Heer soll in neunundneunzig schwarzen Strömen sich ins Land der Urussuten ergießen. Ich werde den Rappen besteigen, der mir Erfolg bringen soll, denn er trägt ein glückverheißendes weißes Sternchen auf der Stirn. Meinen Schimmel Aktschian soll man, gut in Decken eingehüllt, von kiptschakischen Knechten ans Blaue Meer bringen lassen, denn er ist in Arabistan geboren und dürfte die urussutische Bärenkälte kaum ertragen. Und noch eins: Man soll die urussutischen Bauern nicht niedermetzeln, sondern sie gefangennehmen und vorm Heere hertreiben. Wir brauchen sie bei der Eroberung der Städte, wobei sie als erste die Mauern erklimmen sollen.«

»Und womit soll man sie ernähren?« fragte einer der Khane.
»Wozu Gefangene satt füttern. Mögen sie sich selbst ernähren vom Fleisch getöteter Rosse oder wovon sie sonst mögen. Heute werden wir noch sorgenlos der Ruhe pflegen, aber morgen beginnt der blutige Ernst aufs neue!«

Die Mongolen rücken weiter vor

Als erster von allen Tumen des Tatarenheeres nahmen die durch ihre Eil- und Gewaltmärsche berühmten Tollkühnen Subudais den Vormarsch wieder auf. Mehrere gefangene Polowezer mußten neben dem Bahadur reiten und ihm die unter den Schneewehen kaum wahrnehmbaren Wege weisen und ihm Auskunft geben über alles, was ihm seltsam und ungewöhnlich erschien.
Durch einen überraschenden Handstreich hatte seine Vorhutstreife drei Jäger festgenommen, an deren Gürteln etwa zwei Dutzend erlegte Eichhörnchen baumelten. Die Gefangenen, um die ein zottiges schwarzes Hündchen kläffend herumsprang, wurden dem Bahadur vorgeführt, der sie von der Höhe seines rehbraunen Hengstes herab mit seinem einen sehenden Auge förmlich durchbohrte.
»Was tut ihr hier?« ließ er sie durch den Polowezer Dolmetscher befragen.
»Wir sind auf der Eichhörnchenjagd.«
»Und wo pflegt ihr zu nächtigen? Habt ihr hier in der Gegend eine Hütte, zu der ihr jeden Abend zurückkehrt?«
»Nein, solange wir auf Fang sind, nächtigen wir im Walde unter freiem Himmel. Unsere Hütte steht weit, weit von hier. Es wäre ganz unmöglich, jeden Abend dorthin zurückzukehren.«
»Wie weit von hier steht sie denn?«
»Sechzehn Tagesmärsche.«
»Und da schlaft ihr im Walde wie die Hasen im Schnee?«
»Warum denn wie die Hasen? – Wir graben eine Grube im Schnee bis auf den Waldboden. Dann zünden wir auf der Erde ein Feuer an, und wenn der Boden ausgetrocknet ist, schlafen wir neben dem Feuer wie auf einem Ofen, oder wir lassen das Feuer ganz ausgehen und legen uns auf der warmen Stelle nieder, wo es gebrannt hatte.«
»Und dabei friert ihr nicht?«
»Frieren? Ach wo! Es ist warm wie in einer Hütte. Man muß nur den Pelz ausziehn und ihn sich um die Schultern legen.«
»Und das Feuer? Das macht ihr wohl aus Zweigen?«
»Ach wo, man fällt drei nebeneinander stehende Bäume, zündet den mittelsten an, und dann brennt das Feuer die ganze Nacht hindurch. Ein Stamm fängt am andern Feuer. Man muß bloß nachts einmal aufstehn und die angekohlten Enden ins Feuer schieben.«
»Zeigt es uns!« gebot Subudai-Bahadur.

»Ei, warum nicht?... Zeigen kann man's schon.«
Die Jäger nahmen ihre Äxte zur Hand, die sie auf dem Rücken getragen hatten. Einer von ihnen wollte sogar seinen Halbpelz ablegen, doch die Kameraden warnten ihn:
»Vorsicht, man wird ihn dir bloß stehlen!«
Im Handumdrehn waren drei Tannen gefällt, abgeästet und die Stämme nebeneinandergelegt. Am mittelsten Stamm häufelten die Jäger Birkenrinde auf, schlugen mit Hilfe eines Feuersteins Funken, die die Rinde in Brand setzten. Dann warfen die Jäger Zweige in das immer heller lodernde Feuer, dessen Zungen bald die Stämme beleckten.
Subudai hatte alles aufmerksam beobachtet und sagte dann:
»Diese Jäger werden den gefangenen Urussuten, die künftig nicht mehr erschlagen werden, zeigen, wie man Schneisen in den Wald schlägt, damit wir unsere chinesischen Schleudermaschinen nach Rjasan bringen können, um die Mauern damit zu zertrümmern.«
Mit dem Zeigefinger auf das Hündchen deutend, das die Mongolen erbost anknurrte, fragte er:
»Wie heißt dieses Tier auf urussutisch?«
»Ei nun, Kläffer! Wie soll der Köter denn sonst heißen?«
»Wie heißt das Tier?« fragte der Bahadur den zweiten Jäger.
»Schwarzer!«
Und der dritte antwortete auf die gleiche Frage:
»Belferer!«
Subudai schüttelte den Kopf und meinte:
»Die Sprache der Urussuten scheint recht schwer zu sein: drei verschiedene Worte für ein und dasselbe Tier. Die Urussuten scheinen rechte Wirrköpfe zu sein, daß ein jeder ein Ding nach seinem eigenen Gutdünken benennt. Darum verstehen sie einander wohl auch nicht. Bei uns heißt ein Hund – Hund, und damit genug!«

Die Fürstin Eupraxia

Drei Tage waren seit der Abreise der Rjasaner Gesandten verstrichen, aber keinerlei Kunde hatte man von ihnen, so daß man sich ernstlich um ihr Schicksal zu beunruhigen begann. ›Weshalb schicken sie keinen Boten?‹ fragte man sich. ›Ob sie wohl selber bald zurückkehren werden?‹
Die Fürstin Eupraxia wurde von innerer Unruhe umhergetrieben.
›Warum ließ ich ihn allein reiten? Warum habe ich nicht darauf bestanden, ihn zu begleiten?‹ machte sie sich Selbstvorwürfe. ›Ich hätte ihm zur Seite stehen können...‹
Stundenlang spähte sie vom hohen Turm über die verschneite Ebene hin, ob sich die Ersehnten nicht endlich zeigten. Doch trostlos öde dehnte sich das weite Feld bis in die Unendlichkeit. Vergebens strengte sie ihre schönen braunen Augen an, immer trüber wurden die ehedem

so leuchtenden, und ihr hübsches junges Gesicht wurde immer bekümmerter und blässer.

»Warum härmst du dich denn so? Machst dir dumme Gedanken«, redete ihr die Kindermuhme gut zu. »Ist das denn recht? Was soll denn der Fürst, unser Väterchen, sagen, wenn er zurückkehrt? Schelten wird er, daß wir dir nicht den Kopf zurechtgerückt haben ...«

»Ach, mein Herz ahnt ein Unglück!«

»Hör auf, so lästerliche Reden zu führen. Wirst das Unglück mit deinen Worten erst heraufbeschwören!«

Hastig und ängstlich bekreuzigte sich die Alte und verneigte sich vor dem Heiligenbild in der Ecke.

Eupraxia, die ruhelos durch die Gemächer wanderte, trat, angelockt durch zornig erregte Stimmen, in den Saal, wo Fürsten, Wojewoden und Bojaren versammelt waren und sich nicht einig werden konnten. Sie stritten und tranken, und des Trinkens und Streitens war kein Ende.

»Man muß noch einmal Boten nach allen Städten entsenden«, sprach ein weißhaariger Fürst, dessen düstere Miene seine eigenen Worte Lügen zu strafen schien. »Alle Fürsten, das ganze russische Volk muß man sammeln und mit vereinten Kräften gegen die Tataren ziehen.«

»Was sprichst du von vereinten Kräften?« unterbrach ihn Fürst Juri Ingwarewitsch. »Habe ich nicht zum Susdaler Fürsten Boten entsendet? Und er? Nicht einmal die Mühe einer Antwort hat er sich gemacht ... Und wozu auch? Unser Untergang kommt ihm sehr gelegen ... Er lauert ja schon lange auf eine günstige Gelegenheit, sein Gebiet auf Kosten des unsern zu erweitern.«

Der Weißhaarige schüttelte mißbilligend den Kopf und sagte, indem er die Augenbrauen noch finsterer zusammenzog:

»Es wäre an der Zeit, diese Zwistigkeiten zu begraben. Einzeln werden die Tataren einen jeden von uns leicht überwinden; halten wir aber zusammen, dann werden sie kein so leichtes Spiel mit uns haben. Wir müssen einig sein und nur mit e i n e m Kopf denken.«

Ein junger Fürst sprang mit flammend rotem Gesicht von seinem Platz und rief:

»Und zu diesem Kopf sollen wir dich wohl ernennen?«

»Keineswegs«, entgegnete der Alte ruhig. »Ich bin zu alt.«

»Ich kenne dich! Längst gierst du nach Macht! Ich aber werde mich dir nicht unterordnen!«

»Genug des Streites!« griff Juri Ingwarewitsch beschwichtigend ein. »Wenn wir uns erst von Batyga werden gebieten lassen müssen, wird's weit schlimmer sein. Ich gedenke, den Tataren mit meinen Rjasanern im Wilden Feld entgegenzutreten, um sie dort aufzuhalten, bis aus Wladimir Unterstützung kommt.«

»Die Rjasaner allein sind dazu zu schwach«, wendete der weißhaarige Fürst ein. »Man muß das ganze russische Volk, den gemeinen Mann in Dorf und Stadt zur Erhebung aufrufen ...«

»Den gemeinen Mann? Was der uns wohl hilft?« meinte einer der

Heerführer verächtlich. »Ungeübt im Waffenhandwerk, wie er ist...« »Vielleicht hilft er uns mehr als mancher Heerführer!« versetzte mit boshafter Herausforderung der junge Fürst.
Die Sitzenden sprangen auf, bereit, sich aufeinander zu stürzen.
»Schämt euch, ihr Fürsten! Nehmt doch Vernunft an!« beschwor Fürst Juri Ingwarewitsch die Streitenden. »Uns allen droht doch der Untergang! Und was tut ihr?«
»Und was tatest du?« ließ sich eine freche Stimme vernehmen.
»Immerhin habe ich meinen Sohn nicht geschont, habe ihn zum Tatarenzaren gesandt«, entgegnete der Fürst von Rjasan mit Würde. »Und Gott weiß, was ihm zugestoßen sein mag..., am Ende gar ein Unglück... Bis jetzt ist noch keine Kunde von ihm gekommen...«
»Vielleicht ist es ihm gelungen, den Zaren Batyga zur Umkehr zu bewegen? – Vielleicht werden die Tataren überhaupt nicht unser Land überfallen? – Und warum fürchten wir uns dann vor ihnen? – Womöglich sind sie gar nicht so furchtbar...«
So redeten die Fürsten durcheinander und versuchten einer den andern zu überschreien.
Eupraxia, die an der Tür stehengeblieben war und dem Streit zugehört hatte, ging traurig in ihr Turmzimmer zurück. Noch trostloser war ihr jetzt zumute als zuvor schon. Sie bewog die Kinderfrau, eine Wahrsagerin zu holen. Die Wahrsagerin streute Körner aus, goß Wachs, warf Schatten auf ein weißes Tuch.
»Bald wird ein Gast zu dir kommen, Fürstin!« schwatzte sie. »Geschenke von Übersee bringt er dir... Eine sehr große Freude wird dir zuteil werden... Weshalb härmst du dich so? Dein Herz ist fern und nicht hier... Ein kühner Mann hat es mit sich genommen... Ist er es, um dessentwillen du die langen Nächte schlaflos verbringst? Sei ruhig, ihm droht keine Gefahr!... Sieh doch, was für ein weiter Weg auf ihn wartet! Sieh selbst, wenn du mir nicht glaubst. Hier ist dein Falke und das da sein Weg..., ein langer, langer Weg!«
Eupraxia schaute auf das Tuch, und ein undeutlicher, unklarer Schatten darauf erschien ihr wirklich wie das liebe vertraute Antlitz des Gatten. Da faßte sie wieder Mut und Zuversicht und entließ in ihrer Freude die Wahrsagerin reich beschenkt.
Auch die Kinderfrau äußerte sich zuversichtlich:
»Siehst du, ich habe recht behalten. Habe ich dir nicht gesagt, wie töricht es ist, vor der Zeit zu weinen? Unser lieber Fürst kommt wieder.«
Eupraxia rief die Mädchen zusammen, damit sie ihr mit flinken, geschickten Händen ein neues Kleid zum Empfang des Gatten nähten, denn der Fürst sah es gern, wenn seine Frau, die er durch Geschenke verwöhnte, sich putzte und schmückte. Dann erfreute er sich erst recht ihrer Schönheit. Unter Gesang ging die Arbeit flott voran, mit kleinen Stichen nähten die Mädchen die weiche Seide zusammen, während Eupraxia auf ein für ihren Gatten bestimmtes Hemd ein kunstreiches Muster stickte. Zwei Tage schaffte ihr die Arbeit Ablenkung, dann aber

ließ sie die Hände verzagt in den Schoß sinken. Vergeblich war alles Zureden selbst der Fürstinmutter, die, ihre eigne Unruhe verbergend, ihrer Schwiegertochter Trost zusprach. Wieder saß Eupraxia still und stumm am Fenster und blickte sehnsüchtig über die menschenleere Steppe hin, und Tränen entströmten unablässig ihren ungehorsamen Augen. Jedem Zuspruch unzugänglich und abweisend gegen die Schwägerinnen, die sich bemühten, sie aufzuheitern, hing sie ihren trübsinnigen Gedanken nach:

›Von dem alten Fürsten ist Schutz und Hilfe nicht zu erwarten... Und Feodor ist noch immer nicht zurück... Wer wird sich meiner und meines Söhnchens annehmen, wenn die Tataren kommen? Und sie werden kommen, sonst wäre Feodor längst zurück... Die Fürsten sind nicht gesonnen, ihren alten Zwist und Hader zu begraben... Eher lassen sie das russische Land zugrunde gehn... Die Tataren werden kommen, und sie werden mich töten oder verschleppen!‹

Trippelnd kam ihr Söhnchen angelaufen, schmiegte sich an sie und hob die Augen, die ganz die seines Vaters waren, zu ihr auf. So klein das Kind noch war, es spürte doch den geheimen Kummer der Mutter. Eupraxia schloß ihren Liebling fest in die Arme und hielt nur mit Mühe die Tränen zurück.

»Nein, den Tataren gebe ich dich nicht, Wanjuscha! Feodors Sohn wird kein Sklave der Tataren werden, ebensowenig wie seine Gattin sich zu ihrer Buhlerin hergibt!«

Ein verworrener seltsamer Lärm drang von unten zu ihr herauf. Türen wurden zugeworfen, lautes Jammergeschrei erhob sich.

Ihr stockte der Herzschlag. Das Kind auf dem Arm, hastete sie, ganz außer sich, die Treppe hinunter und stürzte in den Saal. In den Armen weinender Frauen lag schluchzend die Fürstinmutter Agrippina, und der Fürst Juri schien den Verstand verloren zu haben. Er zerriß seine Kleider und schrie immer wieder dasselbe:

»Mein Sohn! Ich..., ich bin an seinem Tode schuld, ja ich!«

Vor ihm stand erschöpft der greise Aponiza, des Hauses getreuer Diener und Erzieher des jungen Fürsten Feodor. Seine Kleider waren zerrissen und blutbesudelt, eine Wunde zog sich ihm quer übers abgezehrte Gesicht, an seinem weißen Bart klebte geronnenes Blut. Auch er schluchzte bitterlich:

»Gemeuchelt haben sie ihn, die Verfluchten! Und die anderen auch... Außer mir ist keiner mit dem Leben davongekommen. Mich schickten sie, um die Kunde von seinem Tode nach Rjasan zu bringen... In meinen Armen verschied er, unser lieber Falke!«

Eupraxia brach in kein Geschrei aus, sie schluchzte und klagte nicht. Schweigend wandte sie sich von diesem Bild des Jammers ab, verließ, ihren Sohn an die Brust drückend, den Saal, stieg die Wendeltreppe hinauf bis zum höchsten Turmzimmer, trat ans Fenster, öffnete es und stürzte sich zusammen mit dem Kinde hinunter auf die dunkel schimmernden Steine des Schloßhofes.

Die gefangenen Mongolen

Der Rjasaner Polk war tief ins Wilde Feld vorgedrungen und hatte dort, vom Schneesturm überrascht, ein Zeltlager aufgeschlagen. Die Fürsten und Wojewoden saßen in engem Kreise beieinander im Beratungszelt und erwogen, wie man das russische Land vor dem feindlichen Einfall bewahren könnte. Von draußen drang das Heulen und Pfeifen des Sturmes herein. Mit Flackerschein brannten die Kienspäne in zwei Standleuchtern; die verkohlten Stücke des Kiens fielen zischend in mit Wasser gefüllte Kübel. Ein Diener kniete vor dem Feuer und gab acht, daß es nicht erlosch. In einer solchen Nacht brauchte man keinen Überfall zu befürchten.

Draußen näherte sich Hufschlag, jemand fragte, wo der Fürst Juri Ingwarewitsch zu finden sei. Der schwere Zeltvorhang wurde ein wenig aufgehoben, und ein über und über mit Schnee bedeckter Edelknabe trat oder besser kroch ins Zelt. Nachdem er seine Kappe abgenommen hatte, meldete er:

»Der greise Wojewode Ratibor ist gekommen. Er sagt, er brächte wichtige Nachrichten und könnte damit nicht bis zum Morgen warten.«

»Ein schöner Wojewode«, spöttelte einer der Anwesenden, der schon lange mit Ratibors Sippschaft in Fehde lag. »Er sollte lieber in seiner Klosterzelle sitzen und eifrig dem Gebete obliegen, statt sich in der Nacht herumzutreiben wie ein Waldgeist. Offenbar rauben die Sünden, die er auf dem Gewissen hat, ihm den Schlaf und die Ruhe.«

»Gott hört dich, du solltest keine solchen Unwahrheiten sprechen!« verwies ihn ein anderer aus der entgegengesetzten Ecke des Zeltes. »Mit Gewalt hat man den tapferen Recken zu einem Mönch gemacht!«

»Schluß mit der alten Zwietracht! Fortan wollen wir ein Herz und eine Seele sein!«

Alle wurden still. Der Knabe hob den Vorhang auf, und Ratibor, groß und schwerfällig, trat ein. Nachdem er seine Pelzmütze abgesetzt, seinen Halbpelz aufgeknöpft und seinen langwallenden Bart glattgestrichen hatte, bekreuzigte er sich dreimal vor dem Heiligenbild, das, in Gold eingefaßt, auf einem Lederkoffer in der Ecke stand. Nachher verbeugte er sich vor dem Fürsten von Rjasan, der ihn mit den Worten begrüßte:

»Tritt näher, Vater Ratibor. Setz dich zu uns. Schwere Gedanken bewegen uns eben. Vielleicht kannst du uns eine gute Zeitung melden?«

Ratibor ließ sich nieder und begann zu erzählen:

»Mit meinen hundert Mann lag ich im Hinterhalt, im Röhricht. Es war meine Absicht, einen oder mehrere dieser Tataren zu fangen. Man muß doch irgendwie aus ihnen herausbekommen, was sie eigentlich vorhaben. Doch keiner wollte sich blicken lassen. Das Schneegestöber hatte uns ganz zugeweht. Es ärgerte uns, mit leeren Händen und unverrichteterdinge wieder abziehen zu müssen. Da bemerkten wir zu unserem Glück einen Trupp dieser Heiden, die offenbar in der gleichen Absicht unterwegs waren wie wir, nämlich um einen von uns zu fangen. Als wir auf sie losstürzten, ergriffen sie die Flucht, aber es glückte uns doch, wenigstens zwei von ihnen von ihren Pferden herunterzureißen. Einer von ihnen ergab sich willig, der andre jedoch wehrte sich brüllend und kreischend wie ein wildes Tier. Nur mit äußerster Gewalt vermochten wir ihn zu bändigen und mit Riemen zu binden.«

»Habt ihr euch ihrer also lebendigen Leibes bemächtigen können?«

»Ja. Wir haben sie auch verhört und ausgeforscht. Der eine von ihnen weiß anscheinend allerhand, will aber nicht mit der Sprache heraus.«

»Da verstehst du dich eben nicht aufs Foltern«, meinte einer der Anwesenden. »Hättest du sie doch lieber hierhergebracht.«

»Ich habe sie ja hergebracht.«

»So laß sie hereinführen«, sagte der Fürst.

Junge Krieger, es waren fast noch Knaben, führten die beiden gefangenen Mongolen, deren Hände auf den Rücken gebunden waren, ins Zelt. Der ältere war ungleich besser und reicher gekleidet als der jüngere: Er trug einen tuchenen Kosakenrock, der mit Lammfell gefüttert war und auf der linken Schulter blaue Tressen hatte. Seine Füße steckten in weißen Lederstiefeln. Sein Gesicht, das etwas Käuzchenhaftes hatte, war braun und hager, wie aus Kupfer gehämmert. Seine Augen hatten einen hochmütigen fatalen Blick, den er forschend einen Moment auf jeden der im Zelt Anwesenden heftete. Es waren die Augen eines wilden und stolzen, aber abgehetzten Tieres, das zwar in die Falle gegangen ist, aber auf dem Sprunge steht, bei erster Gelegenheit seine Freiheit wiederzugewinnen. Der andere, weit schlichter gekleidete Gefangene, dessen Pelz recht zerrissen war und dessen Füße mit Stücken von Lammfell umwickelt waren, war ein junger Bursch von höchstens siebzehn Jahren, der die Russen, die er wohl zum ersten Male in seinem Leben sah, mit erschrockener Neugier betrachtete.

Man ließ Lichar Kudrasch rufen, damit er bei dem Verhör dolmetsche.

»Willst du auf unsre Fragen antworten?« wandte er sich an den älteren der Gefangenen.

Dieser maß den Frager mit einem geringschätzigen Blick und drehte den Kopf zur Seite.

»Wenn du dich weigerst, wird man dich mit Feuer sengen und brennen.«

»Ich werde antworten«, sagte der Gefangene.

»Wer bist du? Wie heißt du?«

»Ich bin ein Hundertschaftsführer aus dem Tumen des Herrschers aller Herrscher Batu-Khan und heiße Urjanch-Kadan.«

»Wie groß ist euer Heer?«

»So groß ist Batu-Khans Heer, daß man neunundneunzig Jahre braucht, um es zu zählen.«

»Wo befindet sich Batu-Khan jetzt?«

»In der Steppe. Einen Pfeilschuß weit von hier, unmittelbar vor der Front eures Heeres.«

»Was hat er vor?«

»Er will die Urussuten unterwerfen und sie sich botmäßig machen.«

»Warum dieser Stillstand? Warum zögert er hier so lange mit dem Vormarsch? Fürchtet er sich vor uns?«
»Batu-Khan fürchtet sich vor nichts. Er wartet nur ab, bis der Schneesturm sich ausgetobt hat. Die bösen Geister der Urussuten spucken uns den Schnee ins Gesicht, sie wollen uns nicht in ihre Gebiete lassen. Aber sobald unsere Ongone die Mangusse der Urussuten vertrieben haben, wird Batu-Khan weiter vorrücken, geradeswegs auf die Stadt Rjasan zu.«
»Wer ist euer Hauptanführer?«
»Die elf Prinzen aus dem Geblüt des großen heiligen Kriegers Dschingis-Khan.«
»Ziehen sie alle elf gegen Rjasan?«
»Wenn alle gegen Rjasan ziehen wollten, so würde es den Truppen an Raum und den Rossen an Nahrung fehlen.«
»Wie also soll der Marsch vor sich gehn?«
»Die Truppen werden in breiter Front vorrücken, ein Hauptheer mit zwei weit ausgestreckten Flügeln wie bei einer Treibjagd. Den äußersten rechten Flügel befehligt Scheibani-Khan, den äußersten linken Gujuk-Khan.«
»Und wer von ihnen wird auf Rjasan vorrücken?«
»Zuerst Gujuk-Khan und dann Batu-Khan.«
»Und die anderen Anführer?«
»Die werden gegen andere Städte der Urussuten ziehen.«
Fürst Juri ließ jetzt den zweiten, jüngeren Gefangenen durch Lichar Kudrasch ins Verhör nehmen.
»Wie heißt du?«
»Ich heiße Mussuk und bin ein Sohn des Nasar-Kjarisek.«
»Ist das alles wahr, was dein Kamerad Urjanch-Kadan eben ausgesagt hat?«
»Fast alles ist wahr.«
»Was ist denn nicht wahr?«
»Das findet selbst heraus. Ich werde nichts verraten!«
»Ist er dein Anführer?«
»Ja, das ist er, ein hoher Anführer.«
»Wie seid ihr in Gefangenschaft geraten?«
»Urjanch-Kadan wollte erkunden, wo das Hauptheer der Urussuten steht. Wir kamen vom Wege ab und gerieten in einen Hinterhalt.«
Der Fürst Juri Ingwarewitsch wurde sehr nachdenklich, und auch die anderen Wojewoden ließen die Köpfe hängen. Sie hatten begriffen, daß der Kampf gegen die wie Wolken heranziehenden Tataren ein sehr harter und erbitterter Kampf auf Tod und Leben sein würde.
»Wer gibt einen verständigen Rat? Wer sagt ein ermutigendes Wort?« fragte Fürst Ingwarewitsch.
Es war, als ob ein spöttisches Lächeln über die Züge des älteren Gefangenen huschte.
»Nun, Kudrasch«, sagte der Fürst, »dann nimm die beiden Gefangenen

und halte sie in festem Gewahrsam. Binde ihnen Arme und Beine mit gegerbten Riemen; Stricke würden sie womöglich zernagen und dann entfliehn.«
Lichar Kudrasch führte die Gefangenen hinaus. Ratibor strich sich bedenklich seinen Bart. Irgend etwas schien ihn zu bedrücken. Die Wojewoden verharrten in düsterem Schweigen.
»Du hast eine große Kriegserfahrung«, sagte Fürst Juri zu Ratibor. »Vielleicht äußerst du dich zuerst über das, was wir soeben von den Gefangenen gehört haben.«
»Nun, der Ältere mag wohl aus Prahlsucht übertrieben haben. Freilich, groß ist ihr Heer, das ist wahr. Doch das ist nicht nur ein Vorteil für sie, sondern zugleich auch ein Nachteil. Ein so gewaltiges Heer verträgt keinen Stillstand. Die Unzahl von Pferden braucht immer neue Weideflächen, die nur allzu rasch wieder abgegrast sind. Noch wenige Tage, und unter ihren Herden wird eine Seuche ausbrechen. Darum auch rücken sie nicht alle gegen Rjasan vor, sondern in breiter Front auch gegen andere Städte, um Korn und Heu für Roß und Mann zu finden. Wenn unter unseren Fürsten Einmütigkeit herrschte und wenn sie sich alle mit ihren Aufgeboten zum Kampfe stellten, wir brauchten die Mungalen wahrhaftig nicht zu fürchten.«
»Ob die beiden wohl die Wahrheit gesprochen haben?«
»Natürlich nicht in allen Dingen. Daß man neunundneunzig Jahre brauche, um die Zahl der mungalischen Krieger festzustellen, ist natürlich eine offenkundige Lüge. Alles andere aber wird wohl wahr sein.«
»Und was wäre deiner Meinung nach zu tun?«
»Die mungalische Front reicht von hier bis nach Pronsk. Mit einem einzigen Wogenschlag können sie uns nicht überfluten. Wenn der Mungale nicht gelogen hat, so stehen vor uns die von Gujuk-Khan und Batyga befehligten Truppen. Man muß, ohne auch nur eine einzige Stunde zu verlieren, vorrücken und Gujuk-Khans Flügel von Batygas Mitte abspalten. Bei diesem Schneesturm werden sie von unserer Annäherung nichts merken. Wir greifen Gujuk-Khan an und vertreiben ihn. Dann wenden wir uns gegen Batyga. Das wird ein schweres Stück Arbeit sein, doch wenn wir warten, bis die gesamte mungalische Heeresmacht über uns herfällt, werden wir's noch schwerer haben. Dann ist unser Ende gekommen! Wer sich nur auf die Verteidigung beschränkt, wird geschlagen werden. Wir müssen einen Angriff wagen...«
Dieser Vorschlag Ratibors löste unter den Wojewoden und Fürsten Meinungsverschiedenheiten aus; auf einmal wußte jeder etwas Besseres, doch Fürst Juri Ingwarewitsch entschied sich schließlich für Ratibors Vorschlag und erteilte den Befehl, bei Tagesanbruch vorzurücken und den linken Flügel der Tataren anzugreifen.

Die Schlacht auf dem Wilden Felde

»... Auf der nackten kahlen Erde lagen sie, in Schnee und Eis, von niemand geborgen, und ihre Leiber dienten den wilden Tieren zum Fraß, und die Aasvögel hackten ihnen die Augen aus. Das ganze Feld war ein einziges Leichenfeld.«
(Mär vom Einzug des Khans Baty, XIII. Jh.)

Bei Tagesanbruch waren die russischen Krieger, die, ohne Feuer anzuzünden, im Schnee genächtigt hatten, in Bereitschaft. Der Sturm hatte nachgelassen, und der Schnee fiel in großen Flocken. Hinter den Hügeln dämmerte der Morgen herauf. Die Krieger erhoben sich, griffen zu Schwert, Axt und Speer. Wer einen Panzer besaß, legte ihn an.
Fürst Juri Ingwarewitsch ritt die Front seines Heeres ab. Die Krieger standen Schulter an Schulter.
Der Fürst zügelte sein Roß und hielt eine Ansprache, die in der klaren Frostluft von allen deutlich vernommen wurde:
»Haltet euch bereit, ihr meine tapferen jungen Brüder und kühnen Krieger, ihr, die ihr die Blüte und Zierde Rjasans seid! Der verfluchte Feind steht mit erhobenem Schwert an unseren Landesgrenzen und streckt die gierige Hand aus, um uns unserer heiligsten Güter und unserer Freiheit zu berauben. Nachdem er die Polowezer vertrieben und ihr ganzes Gebiet an sich gerissen hat, bedroht er auch das unsre mit Feuer und Schwert. Keinen Stein werden die frechen Mungalen auf dem andern lassen. Eure Tapferkeit allein ist der Schutzwall, der unsere Heimat, unsere Städte und Dörfer, unsere Felder und Wälder, unsere Weiber und Kinder, unsere Väter und Mütter schirmt. Hält dieser Wall nicht, so wird sich der tückische Feind an unseren brennenden Städten erwärmen, sich an unserem Hab und Gut bereichern. Noch steht der Feind vor euch! Weicht nicht vor ihm zurück, ich selbst führe euch an, gehe euch voran, den Sterbekelch zu leeren. Sterben wir gemeinsam für die freie Heimat unseres Vaters Ingwar Swjatoslawitsch!«
Das Gesicht des Fürsten war streng und hart, in seinen Augen glühte ein unbeugsamer Wille. Fest umspannte seine Rechte den Griff seines Schwertes, während die Linke das ungeduldig stampfende Roß zügelte.
Die Krieger reagierten auf die Ansprache ihres Fürsten mit lauten Zurufen:
»Wir halten stand! Sei nicht bange! Eher wird die Oka rückwärts fließen, als daß wir weichen.«
Die Wojewoden ritten durch die Reihen ihrer Abteilungen und belehrten die Krieger:
»Wir wollen den linken Flügel des Feindes von der Mitte trennen und dann mit dem Flügel Schluß machen, ehe wir uns auf die Mitte stürzen. Seid standhaft! Die Mungalen sind tückisch und verschlagen und wenden gern den wölfischen Kniff an: Sie stellen sich, als wollten sie mit eingezognen Schwänzen fliehen... Aber nur, um euch in einen Hinterhalt zu locken. Traut ihnen nicht, und laßt euch zu keiner un-

bedachten Verfolgung hinreißen, sondern haltet, Schulter an Schulter, stand in Erwartung des zweiten Schlages. Nur so werden wir die Mungalen besiegen und vertreiben...«
Die mit flockigem Schnee bedeckten Krieger hörten gespannt den Ausführungen ihrer Wojewoden zu. Ihre Pelze und Bauernkittel, die mit einem schmalen Riemen gegürtet waren, in denen ein Messer in hölzerner Scheide steckte, ihre Bastschuhe und Fußlappen, die bis zu den Knien hinauf um die Wade gewickelt waren, ihr ganzer Anzug ebenso wie ihre Bewaffnung, alles sprach von einem harten und schweren Leben in arbeitsamer Dürftigkeit. Dennoch hatten sie sich alle wie ein Mann erhoben, um ihre Heimat zu schützen und den Feind zu hindern, ihre Hütten und Häuser zu zerstören und ihren zurückgebliebenen Angehörigen Gewalt und Schande anzutun.
Langsamen Schrittes stapften sie vorwärts und die Abhänge der Hügel hinan. Der Sturm hatte den Schnee kniehoch zusammengefegt. Die vorderen Reihen hatten bereits den Kamm der Hügelkette erstiegen und blieben stehen.
Plötzlich durchschnitt ein gellend scharfer Schrei die gespannte Stille: »Urussut! Urussut!«
Die beiden Gefangenen, die gefesselt neben Ratibor einherschritten, hatten ihn ausgestoßen, so laut sie nur konnten, um den Ihren ein Zeichen zu geben. Dieser Ruf wiederholte sich vorn, rechts und links und pflanzte sich fort bis in die weiteste Ferne. Die tiefverschneite Ebene, die eine tote Wüstenei gewesen zu sein schien, belebte sich mit einem Schlage. Dunkle Gestalten erhoben sich aus dem Schnee, kehlige Rufe erklangen und Waffengetös und Hufgetrappel, und eine große Reiterschar jagte über die Schnee-Ebene hin und verlor sich im dämmrigen Nebel. Das Getöse, das Geschrei und Getrappel verstummte allmählich, nur aus weiter Ferne hörte man zuweilen noch einen vereinzelten Ruf. Dann war nichts mehr zu sehen und nichts mehr zu hören.
»Dieses verfluchte Tatarenpack! Wie aufgescheuchte Hasen laufen sie davon. Aber nein, sie wollen uns sicherlich bloß verlocken, ihnen unbesonnen nachzustürmen... Doch uns führen sie nicht so leicht hinters Licht!« So sprachen die Russen untereinander.
Die Wojewoden wiesen ihren Leuten Plätze an, wo sie sich, gut gedeckt hinter Anhöhen, niederlegen sollten. Durch die niedrig hängenden Wolken brach die purpurrote Sonne und färbte die leicht bläulich schillernde weiße Schneefläche rosig. In der Ferne sah man jetzt deutlich mongolische Reiter, die kehrtgemacht hatten und auf die Russen zukamen, die abwartend und schweigend dicht aneinandergedrängt hinter ihren Deckungen im Schnee lagen.
Schon war das gleichmäßige dumpfe Getrappel der dahinjagenden Pferde zu hören; es war, als erbebte die ganze Steppe unter dem Schlag der Zehntausende von Hufen. In eine Wolke von Schneestaub und Dampf gehüllt, der von den erhitzten Tieren aufstieg, näherten sich die Mongolen mit unheimlicher Geschwindigkeit.

Wild kreischten sie ihr:
»Kchu, kchu, kchu! Uragsch!«
Jetzt waren sie schon am Fuß der Hügel, jetzt stürmten die Vordersten schon den Abhang hinauf zum Kamm, wo sich die Rjasaner versteckt hatten. Einige Pferde stolperten und stürzten, die anderen galoppierten weiter, und ihre Zahl vergrößerte sich stetig. Jetzt waren die Vordersten kaum noch zwanzig Schritte vom Kamm entfernt, da sprangen die Rjasaner auf und warfen sich todesmutig dem Feind entgegen mit den Rufen:
»Vorwärts, Rjasaner! Vorwärts für das Land der Väter!«
Die Tatarenrosse scheuten, bäumten sich, schlugen aus, machten kehrt, warfen ihre Reiter ab und stürzten. Aber immer neue kamen und jagten weiter vorwärts, überall von den Russen mit wütenden Schlägen der Äxte und Beile empfangen. Die Tataren schwangen ihre Krummsäbel und ließen sie niedersausen, andere in den hinteren Reihen spannten ihre Bogen und schossen lange Pfeile mit gehärteten Stahlspitzen auf die Rjasaner ab, von denen mancher niederstürzte, sich wieder aufraffte, weiterkämpfte und abermals hinsank. Die meisten aber rückten vorwärts, hügelab, der mongolischen Reiterei nach, die zurückflutete wie eine Brandungswelle, die gegen einen harten Felsen geprallt ist. Die Attacke hatte die russischen Reihen nicht zum Wanken gebracht, im Gegenteil, die tollkühn kämpfenden Russen überwältigten den Feind, durch dessen zurückflutende Reihen sie sich eine Gasse bahnten. Aber auf einmal stoben die Mongolen davon, Verwundete und Tote zurücklassend, die den ganzen Hügelabhang bedeckten. Blutüberströmte Pferde wälzten sich zuckend und mit allen vieren ausschlagend am Boden, andere richteten mühsam sich wieder auf und galoppierten hinkend davon, ihre mit den Füßen im Steigbügel hängenden Reiter hinter sich her durch den Schnee schleifend, der sich überall blutrot färbte.
Aber auch die Reihen der Rjasaner, die sich jetzt langsam zurückzogen, waren durch diese Attacke stark gelichtet worden. Viele von ihnen lagen steif und schmerzlich verkrümmt im Schnee und starrten mit offenen glasigen Augen zu den niedrig hängenden bleiernen Wolken empor.

Der Marsch auf Rjasan

Batu-Khans Heer, dessen einzelne Abteilungen durch flinke Meldereiter in Verbindung miteinander und mit der Orga standen, rückte unentwegt nach Norden vor. Aber der von neuem losbrechende Schneesturm störte bald diese Verbindung, einzelne Truppenteile kamen von der vorgeschriebenen Marschroute ab, und schließlich wußte Batu-Khan nur den Standort seines eigenen Tumens der Unbesiegbaren und des von Subudai-Bahadur befehligten Tumens der Tollkühnen.
Den Vormarsch noch weiter fortzusetzen schien ein Ding der Un-

möglichkeit; aber Stillstand war fast ebenso unmöglich, denn die Rosse fanden unter dem tiefen Schnee keine Nahrung mehr. Was sie an kümmerlichen Moospflänzchen mit den Hufen hervorscharrten, reichte selbst bei ihrer ungemeinen Anspruchslosigkeit nicht mehr aus. Batu-Khan erließ den Befehl, aus den Vorräten für die Pferde seiner Leibgarde so viel Weizen herauszugeben, daß jedes Tier eine Schüssel voll davon bekam. Hielt der Schneesturm noch einige Tage an, so würde das den Untergang des ganzen Heeres zur Folge haben.
»Vorwärts, nach Rjasan!« wiederholten die Mongolen immer wieder.
Für Batu und die vornehmsten Khane wurden wieder Jurten aufgestellt. Man mußte auf dem Bauch am Feuer liegen, denn durch die Abzugsöffnung im Dach trieb der Wind in tollen Stößen den Schnee herein, und erstickende, in die Augen beißende Rauchschwaden erfüllten die Jurte, so daß man nicht einmal aufrecht sitzen konnte.
Auch Batu-Khan lag so auf dem Bauche am Boden und betrachtete ein Pergamentblatt, worauf die wichtigsten Städte, Flüsse und Wege des urussutischen Gebietes in groben Umrissen aufgezeichnet waren. Er berechnete die Entfernungen, die man im Eilmarsch zurücklegen mußte.
Die von Subudai-Bahadur ausgesandten Kundschafter kehrten von ihrem Erkundungsritt zurück. Ihr Anführer, ein Greis, trat zu Batu-Khan und seinen Nojonen ins Zelt, ließ sich am Feuer auf die Knie nieder, streifte die Ärmel seines zerrissenen Pelzes auf und wärmte seine klammen Glieder.
Auf Batus Frage berichtete er:
»Nicht weit von uns liegt in den Schluchten das Heer der Urussuten. In einer so stockfinsteren Nacht besteht Gefahr, daß die Feinde sich ungesehen an uns heranschleichen und uns überrumpeln.«
»Was weißt du sonst noch?«
»Links von uns marschieren die Truppen Gujuk-Khans. Die Krieger murren und meinen, man müsse erst abwarten, bis sich der Schneesturm gelegt habe, aber Khan Gujuk treibt sie vorwärts. ›Wir müssen vor Batu-Khan in Rjasan sein, sonst bleibt für uns nichts von der Beute übrig. Dort gibt es Weiber, Gold, Korn in Mengen ...‹ «
»Dieser Eifer Gujuk-Khans, an den Feind zu kommen, ist sehr löblich und ein gutes Beispiel für die anderen Tumen. Weißt du, wo Gujuk-Khan ist? Würdest du ihn zu finden wissen?«
»Gewiß«, sagte der Krieger, »ich weiß, wo er ist, und werde ihn finden.«
»Subudai-Bahadur wird dir ein Papier mit meinem Siegel geben. Reite damit zu Gujuk-Khan und melde ihm: Der Dschichangir befiehlt den Truppen Gujuk-Khans, schleunigst den Feind aufzusuchen, der vor uns in der Steppe steht und unseren Vormarsch aufhalten will, und ihn zu zerschmettern. Sollte Gujuk-Khan jedoch seine Streitmacht für einen Angriff für zu schwach halten, so möge er mir dies mitteilen und auf mich warten. Dann werde ich Subudai-Bahadurs Tollkühne zum Angriff vorschicken, die mit den Urussuten kurzen Prozeß machen werden.«
Subudai-Bahadur, der neben Batu-Khan am Boden lag, hatte während-

dessen aus seinem Busen ein goldenes Kästchen mit einem Siegel und roter Farbe hervorgezogen und auf einen Streifen Papier den Namenszug des Dschichangirs gedrückt. Der Krieger steckte den Papierstreifen ins Innenfutter seiner zerrissenen Mütze und kroch wieder zur Jurte hinaus.
Mitten in der Nacht hielt ein zweiter Meldereiter vor Batu-Khans Jurte, ein junger, schwarzäugiger Bursch in einem Kosakenrock. Er trat ein und hockte sich vor dem Feuer auf die Fersen nieder. Mit scharfem, durchdringendem Blick betrachtete er der Reihe nach alle Anwesenden, als suche er einen ganz Bestimmten unter ihnen.
»Wo ist Subudai-Bahadur?« fragte er endlich.
Ein verschwollenes, rotes Greisengesicht guckte unter einem Schafpelz hervor, und eine heisere Stimme fragte mürrisch:
»Was will man von mir?«
»Ich bringe dir eine Unglücksbotschaft. Laß es mich nicht entgelten und nicht mit dem Leben dafür büßen!«
»Sprich!« knurrte Subudai.
»Unterwegs zu Gujuk-Khan traf ich deinen Sohn, den tapferen Dschigiten Urjanch-Kadan, der vier Krieger bei sich hatte...«
»Als er fortritt, waren es neun«, warf Subudai dazwischen.
»Wir gelangten in eine Schlucht, so schmal, daß wir im Gänsemarsch reiten mußten. Da wurden wir von Urussuten überfallen. Sie waren in großer Überzahl. Ich hatte das Glück, zu entkommen, weil mein Roß mit mir davonstürmte. Oberhalb der Schlucht band ich es an und wagte mich nach einiger Zeit nochmals in die Schlucht hinein, wo ich die Leichen von dreien unserer Krieger fand, nicht aber die deines Sohnes und eines jungen Kiptschaken namens Mussuk. Es ist zu befürchten, daß sie beide in Gefangenschaft geraten sind.«
Subudai saß geduckt da, als habe er einen Schlag auf den Kopf erhalten. Sein eines, weit aufgerissenes Auge verengte sich allmählich zu einem schmalen Spalt, und eine Träne rollte ihm über die aufgedunsenen, runzligen Wangen.

Das Totenfeld

O Feld, o Feld! Wer hat mit
Totengebein dich übersät?
(Puschkin)

Am Morgen warfen die Strahlen der Wintersonne einen blutroten Streifen über die tiefverschneite Ebene. Meldereiter kamen und berichteten Batu-Khan, daß Gujuk-Khan, wie befohlen, das Heer der Urussuten angegriffen habe. Die Feinde aber hätten sich erbittert zur Wehr gesetzt und mit einer Wut gekämpft wie böse Geister, wie Mangusse. Gujuk-Khans Truppen hätten sich unter großen Verlusten an Rossen und Reitern zurückziehen müssen.

Batu hielt Rat mit seinen Khanen, die der Meinung waren, Gujuk müsse seinen Angriff wiederholen. Doch Batu widersprach:
»Wenn es Gujuk-Khan nicht einmal geglückt ist, die Hügel einzunehmen, hinter denen nur ein kleiner Teil des Urussutenheeres im Hinterhalt lag, wie will er dann die starken Mauern der festen Stadt Rjasan brechen? Er hat sich und uns Mongolen alle mit Schimpf und Schande bedeckt. Mag er sich erst die Hosen wieder flicken lassen, die ihm im Kampfe geplatzt sind. Wir befehlen: Unsere Unbesiegbaren und Subudais Tollkühne rücken unverzüglich aus, um die Hügel anzugreifen, hinter denen die Urussuten sich versteckt haben. Sobald sie die Feinde von dort vertrieben haben, rücken sie ohne Säumen auf Rjasan vor. Ich selbst werde das Kommando in der Schlacht übernehmen. Gefangene werden keine gemacht! Auf dem weiteren Vormarsch werden nur so kurze Rasten gemacht, als nötig sind, die Pferde zu füttern und ihnen eine kleine Atempause zu gönnen. Erst vor den Mauern Rjasans schlagen die Khane ihre Jurten wieder auf.«
Ganz unvermittelt hörte das Schneegestöber auf. Der Wind trieb die grauen Wolken nach Süden, und am klaren blauen Winterhimmel erschien strahlend die Sonne. Hell glitzerte und gleißte die Ebene, unter deren dicker Schneedecke Tausende von Gefallenen und auch Verwundeten begraben lagen.
Ein Rudel Wölfe kam angetrottet, einer hinter dem andern, und jeder der nachfolgenden trat genau in die Spur des Leitwolfes, der sich nach jener Seite hin wendete, von wo er den schärfsten Blutgeruch witterte. Die gefräßigen Bestien näherten sich den dunklen Menschenkörpern im Schnee, von denen sich manch einer noch rührte. Dann tat der Leitwolf einen Sprung zur Seite und wendete sich anderswohin.
Schwärme von Dohlen und Krähen zogen durch die Luft, die sie mit ihrem mißtönigen Gekrächz erfüllten, zum Schlachtfeld, ließen sich nieder und hüpften auf die Menschenleiber zu. Wenn sich eine Menschenhand erhob, flatterte das Aasgevögel krächzend auf und suchte sich einen anderen Fraß.
Die Wölfe hatten sich zu einer Schlucht hingewendet und wollten eben hinunter, da machten sie erschrocken kehrt und stoben wie toll davon; auf einem roten Hengst kam ein stattlicher junger Ritter, behelmt und gepanzert, aus dem Hohlweg herausgesprengt. Hinter sich her zog er am Zügel ein Mongolenroß. Oben hielt er an und blickte erst den fliehenden Wölfen nach, dann ließ er seine Augen suchend über das Feld schweifen. Ein schweres Stöhnen erregte seine Aufmerksamkeit. Unweit von ihm lag ein graubärtiger Krieger von reckenhaftem Wuchs in einer Blutlache.
Der Ritter sprang aus dem Sattel und beugte sich über den am Boden Liegenden.
»Ratibor! Lebst du noch?«
Er zog eine tönerne Flasche hervor und hielt sie dem Verwundeten an

die Lippen. Gierig trank Ratibor, dann schlug er mit einem schweren Seufzer die Augen auf.
»Steh auf, Ratibor! Raff dich zusammen! Komm zu dir! Mongolische Streifen sind in allernächster Nähe!«
»Wer bist du?«
»Roman..., ein Rjasaner Fürstensohn... Erinnerst du dich meiner nicht mehr? Wir waren einmal zusammen auf der Bärenjagd...«
»Sei mir behilflich... Allein fällt es mir schwer, mich aufzurappeln... Hilf!«
Ächzend und stöhnend erhob sich der alte Recke mühsam und bestieg mit Romans Hilfe das Mongolenroß. Dann verschwanden beide Reiter in der Schlucht.
Auf dem Totenfelde hielten Wölfe und Krähen ein blutiges Mahl.

Fünfter Teil
Die Rjasaner Erde brennt

O heilig Vaterland!
Wes Herze bebte nicht,
wenn es, dich segnend,
dein gedenkt?...
(W. Shukowski)

»Faßt die Äxte fest!«

Über die winterlich kahle, weite, weiße, dann und wann von Schluchten durchschnittene Ebene stapfte festen gemessenen Schrittes Saweli Dikoroß nord- und heimwärts.
In der Ferne sah er mitunter dunkle Punkte, die sich vereinzelt oder in Gruppen in gleicher Richtung fortbewegten – Häuflein der wenigen mit dem Leben davongekommenen und nun ebenfalls der Heimat zustrebenden Rjasaner.
Einst hatte es hier am Wege kleine Siedlungen gegeben deren Bewohner mit den Nomaden der Steppen Tauschhandel getrieben hatten. Jetzt waren die verfallenen menschlichen Behausungen verödet, und der Wind strich durch die weit offenen Türen und Fenster. Scharen von Krähen und Dohlen fielen in die menschenleeren Gehöfte ein und flogen unwillig krächzend wieder davon, weil sie nichts zu fressen fanden.
Auf Mongolen stieß Saweli bei seiner einsamen Wanderung nicht. Die erholten sich offenbar von den Kämpfen, bargen ihre Verwundeten und plünderten die toten Russen aus. Wohl aber wurde er von einigen von kräftigen, zottigen Pferdchen gezogenen Korbschlitten überholt, aus denen Kinderköpfchen herauslugten. Bauern und deren Frauen schleppten sich matt und müde hinterher und trieben ihr Vieh – Rinder und Hammel – mit der Gerte an.
»Woher des Wegs, ihr guten Leute?« erkundigte sich Saweli.
»Aus dem Grenzgebiet hinter Pronsk. Wir sind den Tataren knapp entkommen, dank dem Schneesturm und der Nacht, die uns vor ihren Blikken verbargen. Wir wollen nach Rjasan, wo wir Schutz zu finden hoffen. Hier ist es zu unsicher. Wer diesem Tatarengesindel in die Hände fällt, um den ist's geschehn, der hat das liebe Gotteslicht am längsten erblickt. Na, hü, Brauner! Hott, Bunter! Vorwärts!«
Saweli schritt gleichmäßig aus, wie er es gewohnt war, wenn er durch den Wald oder hinter Pflug und Egge her übers Feld schritt. Tag und Nacht ging er, nur kurze Rast sich gönnend, und besorgt lauschte er auf jedes Rascheln, aus Furcht, plötzlich wieder Tataren vor, neben oder hinter sich auftauchen zu sehen. Endlich zeigten sich in der morgengrauen Ferne unter tief herabhängenden Wolken die schneebedeckten Wälle, Mauern und Palisaden von Rjasan. Bläuliche Rauchwölkchen

kräuselten sich über den Hütten der Vorstädte. Bäuerinnen trieben Kühe und Pferde zur Tränke an die Wake im Fluß. Alles mutete so heimelig und friedlich an, als ob überhaupt nichts Furchtbares geschehen, als ob keine blutige Schlacht auf dem Wilden Felde geschlagen worden wäre.
Am Stadttor wurde Saweli von behelmten Wächtern angehalten. Auf ihre Streitäxte gestützt, versperrten sie ihm den Weg.
»Wer und woher bist du? Was veranlaßt dich, nach Rjasan zu kommen?«
Als sie erfuhren, daß Saweli an der Schlacht teilgenommen habe, in der so viele Rjasaner ihr Leben hatten lassen müssen, riefen sie einen der Otroki herbei und trugen ihm auf, Saweli zum Wojewoden zu bringen.
Überall auf den Straßen standen ausgespannte Fuhren voll Heu, Korn, Holz und solche mit den Habseligkeiten von Flüchtlingen, die mit der Hoffnung hierhergekommen waren, hinter den hohen und starken Mauern der Stadt Schutz und Sicherheit zu finden.
Der Wojewode, ein finsterer alter Mann, stand, den Halbpelz über die Schultern geworfen, auf der Außentreppe eines aus Balken gezimmerten Hauses und hörte sich, dann und wann traurig den Kopf schüttelnd, die Berichte einiger Krieger an, allesamt Verwundete, wie die blutgetränkten Verbände, die sie um den Kopf, um die Schultern, um den Arm trugen, bewiesen.
Ein Bauer mit einem Kopfverband und darum ohne Mütze sprach:
»Ja, hart war es. Wir haben ja wohl unsern Mann gestanden, doch die Tataren waren in gar zu großer Überzahl. Ihrer zehn stürzten sich auf einen von uns. Wir schlugen sie zurück, dachten: ›Nun werden wir wohl Atem schöpfen können!‹ Nicht dran zu denken! Sie kamen schon wieder angejagt, diese Verfluchten, und brüllten ihr unmenschliches: ›Kchu, kchu, uragsch!‹ Manchem haben wir es gegeben, daß er das Wiederaufstehn für immer vergaß; doch auch von uns blieb kaum einer übrig. Alle haben sie dort auf dem Wilden Feld ihr Leben gelassen – auch unser Fürst Juri Ingwarewitsch.«
»Und wie hast du dich denn retten können?«
»Zur Nacht, als die Tataren sich ruhig verhielten, stahl ich mich in eine Schlucht hinab, verband meine Kopfwunde mit meinem Hemd und grub mich in eine Schneewehe ein. Gegen Morgen heulten die Wölfe wie wild. Ich machte mich auf und davon, immer in nördlicher Richtung, umging die Straße nach Pronsk und wurde schließlich von Flüchtlingen mitgenommen.«
Der Wojewode entblößte sein Haupt, bekreuzigte sich mit einem Blick auf das goldene Kreuz der Kathedrale und sprach feierlich:
»Ewiges und ehrendes Gedenken denen, die ihr Leben für unser Heimatland geopfert haben. Enkel und Urenkel werden derer gedenken, deren Blut auf dem Wilden Feld geflossen ist. Nicht wir waren die Angreifer. Die Tataren, diese Räuber und Mordbrenner, sind in unser Land eingefallen, um es mit Krieg zu überziehn, zu morden und zu plündern. Sie nehmen uns unsre Habe, töten unsre Männer und führen unsre Frauen

und Kinder fort in Gefangenschaft und Sklaverei. Laßt uns kämpfen, Brüder, kämpfen bis zum letzten Atemzug! Wir werden diesen Heiden unser teures Heimatland nicht kampflos preisgeben!«
Feste und unbeugsame Entschlossenheit malte sich auf den Gesichtern aller, und viele Stimmen riefen:
»Ja, wir werden kämpfen und keinen Fußbreit weichen!«
Der Wojewode fuhr fort:
»Und wenn wir fallen sollten, so werden unsre Söhne in die Wälder fliehn, und wenn sie erwachsen sind, werden sie den Söhnen des Zaren Batyga gründlich heimzahlen. Mir schwant, die frechen Tataren, die bald hier sein werden, sind nicht aufzuhalten. Sie werden weiter vordringen bis Susdal, Rostow und Nowgorod ... Werden sie sich aber auch halten können? ... Wir waren es, die den Wald hier gerodet, die jungfräuliche Erde mit Pflug und Egge gefurcht und Sümpfe und Moore trockengelegt haben. Den Tataren aber wird es hier auf die Dauer nicht gefallen. Sie werden sich gewaltsam alles aneignen, was ihre Begehrlichkeit reizt, dann aber werden sie in ihre Steppen zurückkehren. Sie sind gewöhnt, auf ihren schnellen Rossen über die Steppe hinzujagen, aber mit Pflug und Egge Furchen in der Erde zu ziehen, dazu sind sie nicht geschaffen. Darum laßt die Arme nicht mutlos sinken, Brüder! Faßt die Äxte fest! Auf den Mauern unserer Stadt Rjasan wollen wir ihnen einen harten, erbitterten Kampf liefern!«

Auf den Mauern von Rjasan

> ... Im Kriege, nicht im Frieden, leuchtet uns der Strahl der Hoffnung.
> (Aus einer antiken Tragödie)

Auf dem hohen Steilufer über der Oka gelegen, schien die Stadt Rjasan wirklich uneinnehmbar zu sein. Die Erdwälle waren durch eine Palisade aus Eichenstämmen geschützt. Die steilen Hänge, die mit Wasser begossen worden waren, hatten sich mit einer Eisschicht bedeckt, über welche hinaufzuklettern einfach unmöglich war.
Die gesamte Einwohnerschaft der Stadt und der umliegenden Siedlungen hatte sich wie ein Mann zur Verteidigung der Hauptstadt erhoben. Die Kämpfer erinnerten sich an so manche Erzählung aus alten Zeiten, in denen sowohl die Polowezer wie auch die Susdaler die Stadt belagert hatten. Aber es war keine leichte Sache, diese Mauern zu erklimmen, wenn von oben herunter kochendes Wasser und siedendes Pech auf die Angreifer gegossen wurde. Der Wojewode und die Bojaren riefen keine Freiwilligen mehr auf. Jetzt sammelten alle Stadtviertel ihre eigenen Mannschaften, und keiner der Bürger entzog sich seiner Wehrpflicht, jeder brachte seine Axt, sein Schwert, seine Pike oder Lanze oder seinen Bogen mit. Tag und Nacht dröhnte das Hämmern der Schmiede, fauchten die Blasebälge. Schwerter wurden gefegt oder

frisch geschmiedet, Helme, Panzer und Schilde gefertigt, Schleudern, Bogen und Pfeile neu hergestellt oder in Ordnung gebracht. Man traf alle nur erdenklichen Vorbereitungen, um eine lange Belagerung zu überstehen.

Saweli, vom Wojewoden zum Anführer eines halben Hunderts Krieger eingesetzt, war auf dem ihm angewiesenen Posten nicht untätig. Er trug für einen genügenden Vorrat an Pfeilen und Steinen Sorge, die in Haufen neben den Verteidigern aufgestapelt waren. Auch Äxte, Speere und Spieße beschaffte er und grub mit seinen Leuten zusammen eine Erdhütte aus, worin die Verteidiger bei Unwetter Unterschlupf finden konnten.

In der Nähe befand sich ein Warenspeicher des Händlers Shiwila Jurjatitsch, wo Getreide, Salz, Hanf und anderes gelagert war. Saweli ging zu dem Manne hin und fragte ihn streng:

»Du wärmst dich hier auf der Ofenbank, Shiwila Jurjatitsch. Weshalb sieht man dich nie auf dem Wall? Wir sind tags und nachts auf Posten und bekommen nicht mal eine warme Suppe. Wie gedenkst du uns zu helfen?«

Der wohlbeleibte Kaufmann duckte sich bei diesen strengen Worten und antwortete mit schwacher, wehleidiger Stimme:

»Ich bin doch kein Hiesiger, sondern aus Nowgorod. Und beim Rollen einer Teertonne habe ich mir einen Nabelbruch geholt, und das macht mich recht untauglich. Lieber will ich euch meine Handlungsgehilfen auf die Wälle schicken, brave, tüchtige Burschen, und zusehn, wie ich hier mit der Arbeit allein fertig werde. Außerdem habe ich ja dem Fürsten schon zehn Bootsladungen Korn geschenkt. Aber ich will mich gern obendrein verpflichten, für eure Verpflegung zu sorgen. Von morgen an sollen meine Köchinnen für deine Leute täglich einen Kessel Brühe und einen Kessel Grütze kochen. Vielleicht vergibt unser Heiland in seiner Gnade mir dafür meine Sünden ...«

Saweli pflegte auf den Wällen zu übernachten, aber meist fand er keinen Schlaf. Das Herz war ihm schwer; von Unruhe getrieben, stand er auf, wanderte auf den Wällen umher und spähte angestrengt in die neblige Ferne, ob nicht etwa schon irgendwo die Feuer der Tataren aufloderten. Am andern Morgen ritten zwei Reiter in Polowezer Tracht auf Schecken an ihm vorbei. Einer von ihnen rief ihn an:

»He, Nachbar! Warum willst du mich denn nicht erkennen?«

»Kudrasch! Wie kommst du denn zu dieser absonderlichen Verkleidung?«

»Ich bin im Begriff, mit meinem Polowezer Blutsbruder hier hinaus aufs Wilde Feld zu reiten, um im Auftrag des Wojewoden den Leichnam des Fürsten Feodor zu suchen und zu bergen. Wir wollen versuchen, uns bis zum Flusse Woronesh durchzuschleichen, wo Zar Batyga damals sein Lager aufgeschlagen hatte. Vermutlich sind jetzt keine Tataren mehr dort. Wenn es uns gelingt, den Leichnam zu finden, wollen wir ihn auf Schleichwegen nach Saraisk bringen, damit man die sterblichen

Überreste unseres jungen Fürsten neben denen seiner Gemahlin und seines Sohnes beisetzt.«

»Der Herr schenke ihnen die ewige Ruhe!« sagte Saweli, indem er seine Kappe abnahm und sich mit einem Blick auf das Kreuz der Kathedrale bekreuzigte. »Doch ich fürchte sehr, Kudrasch, du begibst dich unnütz in Gefahr. Du wirst den Streifen der Tataren in die Hände fallen, denn Zar Batygas Heer rückt mit seinem ganzen Troß heran. Du hast keine Aussicht, durchzukommen. Sie werden dich schnappen und dir das Fell über die Ohren ziehn!«

»Das wollen wir erst mal sehn!« meinte Kudrasch. »Batyga soll sich bloß nicht so mausig machen. Vielleicht stolpert er auch mal. Gewiß, er hat zwei Arme, doch auch mich hat meine Mutter nicht bloß mit einem in die Welt gesetzt. Warten wir's also ab. Wenn ich sehe, daß ich nicht durchkomme, sammle ich eine Schar braver Burschen. Dann folgen wir der Spur der Tataren und Mungalen, um sie an den Fersen zu packen. Wir werden ihnen keine Ruhe lassen, ehe wir nicht eine gehörige Anzahl von diesen Heiden ins Jenseits befördert haben, wenn sie überhaupt ein Jenseits haben, die Verfluchten, oder selber ins Gras beißen. Willst du nicht mit uns kommen, Saweli?«

Saweli überlegte, schwankte innerlich, dann aber sagte er:

»Nein, Kudrasch, das geht nicht. Der Wojewode hat mir meinen Posten hier auf dem Wall angewiesen. Freiwillig werde ich diesen Platz nicht räumen. Du hoch zu Roß und ich mit der Axt in der Faust – so dienen wir beide bis zum letzten Atemzug der Sache der Heimat!«

»Nun, sei's drum! Leb wohl, Saweli!« Aber als er schon ein Stück fortgeritten war, kehrte Kudrasch noch einmal um. »Die Hauptsache habe ich ja ganz vergessen: Ich habe deinen Toropka gesehn, Saweli. Er lebt, ist den Tataren entflohn, und das Pferd, auf dem er ihnen entwischt ist, das ist ein Prachttier. Wie der Wind läuft es, und unter seinen Hufen erbebt die Erde, und seinen Nüstern entströmt Dampf!«

»Sprichst du auch wirklich die Wahrheit? Sagst du das nicht bloß mir zum Troste?«

»Bei Gott, es ist die volle reine Wahrheit! Toropka ist als Meldereiter des Fürsten Pronski hier in der Stadt gewesen, um ein Schreiben von ihm zu überbringen. Dann jagte er gleich wieder davon. ›Falls du meinen Vater treffen solltest, Kudrasch‹, so sagte er zu mir, ›so bestelle ihm schöne Grüße. Und sag ihm, den Tataren werde ich nicht feig den Rücken zeigen. Einmal habe ich es ertragen, ihr Gefangener zu sein, ein zweitesmal nicht wieder.‹ Nun leb wohl, Saweli. Weiß Gott, ob wir uns nochmals wiedersehen werden. Himmel, was für Zeiten!«

Lichar Kudrasch schwenkte die Peitsche und ritt seinem Polowezer Gefährten nach. Saweli wandte sich wieder seinen Obliegenheiten zu. Jetzt, nachdem er erfahren hatte, daß sein Sohn nicht tot war, sondern noch lebte, war ihm viel leichter zumute, die Welt war wieder lichter geworden... Er setzte sich auf eine Mauerzinne und schaute, den Kopf in die Hände gestützt, in die Ferne. Ihm war, als lächelten ihm Toropkas graue Augen aus seinem mageren, sommersprossigen Gesicht an. ›Nun ist mein Toropka ein tapferer Reiter, als wäre er der Ritter Georg selbst!‹ dachte Saweli bei sich.

»Die Tataren kommen!«

Auf den Wällen Rjasans hatte sich in diesen kritischen Tagen ganz von selbst eine eigene Ordnung eingebürgert.
Jedes Stadtviertel schickte seine Leute auf die Wälle zu dem Abschnitt, der ihnen zur Verteidigung angewiesen worden war. Bestimmte Abschnitte wurden von den Handwerkern besetzt – von den Zimmerleuten, Maurern, Sattlern, Schneidern und so weiter. Auch die Kaufleute hatten ihre bestimmten Posten angewiesen bekommen, die sie mit ihren Handlungsgehilfen zusammen zu halten hatten. An anderen Stellen freilich mischten sich alle Stände durcheinander. Die Verteidigung der Stadt leitete der Bojar Wadim Danilytsch Kofa, der auf der Wetsche vom Volke einstimmig gewählt und vom Fürsten Juri vor dem Heereszug ins Wilde Feld im Amte bestätigt worden war.
Auf einem Roß, dessen weiße Mähne den silberschimmernden Locken des Reiters und seinem silberwallenden Bart recht angemessen war, zeigte sich Wadim Kofa täglich in der Stadt und auf den Wällen, überall, wo Vorbereitungen zur Verteidigung der Stadt getroffen wurden, und vergewisserte sich mit eigenen Augen, ob alle nötigen Maßnahmen angeordnet und die Anordnungen auch befolgt wurden.
»Gießt noch einmal Wasser auf die Außenhänge der Wälle!« befahl er. »Sie müssen so eisglatt sein, daß keiner seinen Fuß darauf setzen kann. Sorgt dafür, daß genug Kessel mit siedendem Wasser und Pech zur Hand sind und auch Reservetonnen mit Wasser, ebenso ein genügender Holzvorrat. Jeder muß seine Pflicht bis zum äußersten erfüllen und darf den ihm angewiesenen Posten eigenmächtig nicht verlassen. Und achtet nicht bloß stur darauf, was unmittelbar vor euch in eurem eignen Abschnitt vorgeht, sondern auch darauf, was in den Nachbarabschnitten los ist! Ihr habt es mit heimtückischen, hinterhältigen Feinden zu tun!«
Einmal zügelte der Bojar sein Roß unmittelbar neben dem nimmermüden, rastlos tätigen Saweli.
»Warum mußten gerade wir in eine so schlimme, böse Zeit hineingeboren werden?« sagte er mit umwölkter Stirn zu Dikoroß. »Unsere Augen werden noch viel Not und Elend mit ansehn müssen, und das Blut wird in solchen Strömen fließen, daß wir uns darin werden waschen können!«
»Warum bist du so verzagt, Bojar? Wenn du, als unser Führer, schon verzagst, was sollen dann wir einfachen Krieger tun? Noch scheint die Sonne über Rjasan, noch atmen wir den freien frischen Wind, noch

brauchen wir die Hände nicht mutlos sinken zu lassen, noch können wir für unser Vaterland einstehn!«
»Und wo ist der Rjasaner Polk geblieben? Wo sind meine Söhne und Schwiegersöhne? Wo ist unser Fürst samt allen seinen Rittern und Recken, die Blüte und Zierde Rjasans?«
Saweli stieß einen schweren Seufzer aus.
»Vielleicht kommen die Tataren gar nicht hierher zu uns«, sagte er.
»Doch, doch«, widersprach der Bojar. »Daran, daß das Tatarenheer hierher im Anmarsche ist, gibt es keinen Zweifel. Sie werden unser Land verwüsten und nicht eher wieder abziehn, ehe sie sich nicht an unserem Blut gesättigt haben.«
»Vielleicht verschlucken sie sich daran!«
Nach diesem Gespräch mit dem Bojaren hielt Saweli die ganze Nacht Wache auf dem Walle und verscheuchte den Schlaf, der ihn gegen Morgen übermannen wollte. Angestrengt spähte er in die Ferne über die verschneite Ebene hin. Aus gold- und purpurschimmerndem Wolkenbett stieg die Sonne am Horizont auf. Öde lag die weite Ebene vor Sawelis Augen, nur hier und da zeichneten sich einsame Eichen und kleine Haine auf der weißen Fläche dunkel ab. Plötzlich zog etwas Sawelis Aufmerksamkeit auf sich: dunkle Punkte, die sich bewegten. Er rieb sich die Augen und schaute wieder hin. Kein Zweifel! Sie bewegten sich, vermehrten sich, krochen wie Ameisen in langem Zug, der sich teilte und nach verschiedenen Seiten hin verästelte. Und es dauerte nicht allzulange, so konnte sein scharfes Auge galoppierende Reiter deutlich unterscheiden.
›Die Tataren! Wer anders sollte es sein?‹ durchfuhr es Saweli, und er lief, so schnell ihn seine Beine trugen, zum Hause des Wojewoden, der ihm schon entgegengeritten kam. »Sie kommen! Sie sind da! Die Tataren!« rief Saweli außer Atem. »In hellen Haufen rücken sie heran!«
»Lauf rasch zur Kathedrale«, gebot ihm der Wojewode, »und wecke den Glöckner, damit er Sturm läute!«
Saweli gehorchte. Das Hauptportal der Kathedrale stand offen. Frieden umfing ihn beim Eintritt. Vor den gold- und silbergerahmten Heiligenbildern brannten die Öllämpchen und verbreiteten ein gedämpftes Licht. Der alte Küster im Leinenrock war gerade dabei, mit einem Birkenreisbesen den Steinboden zu kehren.
»Wo ist der Glöckner?« fragte Saweli ihn. »Er soll die große Glocke läuten!«
»Beide Glöckner sind auf den Wällen. Und der Protopope erlaubt nicht, daß ohne seinen Segen geläutet wird ...«
»So versteh doch!... Die Tataren kommen! Warum willst du mich da erst zum Protopopen schicken? Hol den Glöckner herbei, sag' ich dir.«
Saweli packte den Kirchendiener am langen schwarzen Leibrock und zog ihn hinter sich her.
»Warum vergreifst du dich an mir? Wo bleibt da die Achtung vor der Geistlichkeit?«

»Wo der Glöckner ist, will ich wissen. Lauf und hol ihn, oder ich läute selber!«
»Da ist unser alter Glöckner«, sagte der Kirchendiener, indem er sich bemühte, sich loszureißen, und auf einen Greis deutete, der in der Ecke neben dem Kerzenkasten saß. »Er ist blind und jetzt im Ruhestande.«
In der Tat, man sah, daß der Alte auf beiden Augen den Star hatte. Aber er hatte den laut genug geführten Wortwechsel zwischen Saweli und dem Kirchendiener gehört und kam angehumpelt.
»Kannst du die Glocken läuten?« fragte ihn Saweli.
»Wie sollte ich nicht? Vierzig Jahre lang habe ich sie ja geläutet, kenne jeden Strang...«
Zu dritt stiegen sie die Wendeltreppe hinauf zum Glockenstuhl. Durch die Oberlage der Balken hingen Seile verschiedener Stärke herab. Der Blinde betastete sie und klammerte sich dann an das stärkste.
»Soll ich großen Sturm läuten?« fragte er. »Und was wird der Protopope dazu sagen? Wird er nichts dagegen einzuwenden haben?«
»Sollte er etwas dagegen einzuwenden haben, so wird er vom Wojewoden eins dafür ins Genick bekommen, weil die Glöckner nicht auf ihrem Posten waren... Reiß an den Stricken, so stark du nur kannst... Läute Sturm, schlag Alarm!«
»Wie bei einer Feuersbrunst?«
»Ja, wie bei der größten Feuersbrunst!«
Mit den ihm gewohnten gleichmäßigen Bewegungen zog der Blinde am Strang. Oben, durch die Schallöcher, flogen die tiefen Töne der großen Glocke über die noch schlafende Stadt hin und weckten in den aus dem Schlaf auffahrenden Einwohnern Rjasans ein beklemmendes Gefühl: Das Unglück, das man tagtäglich erwartet hatte und an das man doch bis zum letzten, allerletzten Moment zu glauben sich geweigert hatte, jetzt war es über die Stadt hereingebrochen. Die Glockentöne riefen alle Männer zur Verteidigung auf die Wälle. Haus- und Hoftüren wurden aufgerissen und krachend wieder zugeworfen, Hunde fingen zu heulen an, Menschen stürzten auf die Straßen und Gassen und blieben lauschend stehen, dann liefen sie weiter, zu den Mauern. An allen Ecken und Enden der Stadt fielen die Glocken der anderen Kirchen in das Geläut der Kathedralglocke ein, und die Glocken der Kirchen in einigen der von ihren Bewohnern noch nicht völlig verlassenen umliegenden Kirchspielen antworteten ihnen.
Überall rief das Sturmgeläut die Männer auf, zu Schwert und Axt zu greifen und damit den ungebetenen Gästen einen blutigen Empfang zu bereiten.
Im Laufschritt war Saweli auf den Wall zurückgekehrt und beobachtete nun, auf seine Axt gestützt, wie sich die schwarzen Massen der Lanzenreiter der Stadt immer mehr näherten. Er sah, wie auf der anderen Seite des Flusses aufgeregte Menschen vor ihren Häusern standen und gestikulierend in die Steppe deuteten. Dann liefen sie nach verschiedenen

Richtungen auseinander: die einen zu den Stadttoren hin, die andern am Ufer entlang flußaufwärts zu den Wäldern.
Zu immer schnellerem Lauf trieben die Tataren ihre Pferde an, und bald kamen die vordersten unter Geheul und Geschrei auf die mit einer glatten Eisschicht bedeckten Mauern und Wälle zugesprengt, vor denen sie ihre erhitzten Rosse zügelten, daß eine Wolke von Dunst und Dampf bis hinauf zu den Verteidigern stieg, deren Gesichter oder zumindest Köpfe oben in den Scharten für die Angreifer sichtbar waren.
Eine Hundertschaft der tatarischen Reiter löste sich von den übrigen und hielt einen Umritt um die Stadt, wobei sich die Reiter in Dreierreihen hintereinander ordneten. Der vorderste trug eine Standarte: eine Lanze, an deren Spitze ein roter Roßschweif hing. Hinter ihm ritt einer, dessen Kettenhemd vergoldet war, auf seinem Silberhelm schwankte ein weißer Federbusch. Die übrigen trugen weniger prächtige Panzer und Kettenhemden. In der Rechten hielten sie einen kurzen Speer, in der Linken einen Rundschild.
Eine zweite Hundertschaft galoppierte in die nächst gelegene Siedlung, von wo noch das aufgeregte Geläut der Kirchenglocke zu hören war, das aber gleich darauf verstummte. Und über den Hütten wirbelte schwarzer Rauch auf.
Eine dritte Hundertschaft blieb auf dem jenseitigen Ufer der Oka und beobachtete, was auf den Stadtmauern vorging. Eine Zehnergruppe ritt hinunter zum zugefrorenen Fluß und übers Eis hinweg auf das Stadttor von Rjasan zu. Alle Angst vergessend, nur von Neugier beherrscht, blickten die Rjasaner, von denen mancher sogar auf die Palisaden hinaufgeklettert war, ihren Feinden entgegen. Die langen Schöße der Pelze fielen den Reitern fast bis auf die Füße. Manche trugen auf der Brust aneinandergereihte Metallplättchen aus Eisen oder Kupfer. Auf dem Rücken waren solche Schutzplättchen nicht zu sehen, denn nach mongolischen Ehrbegriffen bietet der Tapfere dem Feinde die Brust und nur der Feige ihm den Rücken dar. An ihren Sätteln hingen Lederfutterale, sogenannte Saadaki, Köcher zur Aufbewahrung der Pfeile, aber auch des Bogens.
Einer der zehn, ein langbärtiger Greis, ritt ganz nahe zum Stadttor hin, klopfte mit dem Stiel seiner Peitsche an den eisenbeschlagenen hölzernen Torflügel und rief den oberhalb des Tores auf der Mauer Stehenden zu:
»Seid gegrüßt, Rjasaner! Der große Zar Batu-Khan, der Eroberer des Erdkreises, der Bezwinger aller Völker, ist zu euch gekommen. Schickt würdige Bürger mit Salz und Brot und den Schlüsseln der Stadt zu ihm heraus zum Zeichen gehorsamer Unterwerfung ...«
»Da kann er lange warten!« wurde er von einem Rjasaner unterbrochen. »Reitet nur dahin zurück, woher ihr gekommen seid, und vergeßt ja nicht, euren Zaren Batyga mitzunehmen. Aber du Bösewicht, du Verräter und Überläufer, woher stammst du denn? Bist wohl gar ein gebürtiger Rjasaner?«

»Öffnet das Tor und laßt die Gäste ein!« fuhr der Langbärtige fort. »Wenn ihr euch gehorsam unterwerft, soll euch kein Haar gekrümmt werden. Widersetzt ihr euch aber, so wird man euch bis auf den letzten Mann erschlagen, und eure Stadt wird bis auf den letzten Balken der ärmsten Hütte eingeäschert werden.«
»Wieviel hast du denn von deinem Batyga bekommen dafür, daß du dein Heimatland verkaufst, du Judas?«
Steine flogen von den Mauern herab und auch Pfeile schwirrten durch die Luft. Die Tatarenrosse scheuten und galoppierten Hals über Kopf mit ihren Reitern davon.

Die Belagerung Rjasans

Also schrieb Hadschi Rachim:
»... Oh, was für Schreckenszeiten sind angebrochen! Wieviel Not und Elend, wieviel Grausamkeit muß man täglich mit ansehen!
Nach der Schlacht in der Kiptschakensteppe, in der das tapfere und todesmutig kämpfende Rjasaner Heer geschlagen wurde, wollte Batu-Khan nicht länger säumen. Er sandte dem Khan Gujuk den Befehl, als erster gegen Rjasan vorzurücken und die Stadt zu überfallen. Gujuk-Khan, obwohl er selbst schon insgeheim sich mit dem Gedanken getragen hatte, dem Dschichangir zuvorzukommen und seinen Truppen die Freude der Plünderung einer so reichen Stadt zu machen, konnte es dennoch nicht unterlassen, sich vor dem Boten Batu-Khans wichtig zu machen und ihm zu zeigen, daß er durchaus nicht gleich auf den Pfiff zu parieren brauche.
»Meine Truppen sind nach der ruhmreichen Schlacht müde, und ich will ihnen erst eine Atempause gönnen. Danach werde ich weiter vorrücken. Rjasan wird meinem Zugriff nicht entschlüpfen«, sagte er. Und in der Tat, sein Tumen war durch den erbitterten Kampf mit den Urussuten ziemlich stark mitgenommen worden. Die Schamanen, die nicht nur Zauberpriester, sondern zugleich auch Heilkundige waren, hatten mit dem Verbinden und der Pflege der Verwundeten genug zu tun.
Batu-Khan beriet sich mit Subudai-Bahadur über die nächsten Unternehmungen. Der grimmige Schneesturm hatte aufgehört, und von den anderen von der Marschroute abgekommenen Heeresabteilungen trafen nach und nach Meldereiter ein. Burundai ließ wissen, daß er auf Pronsk zu marschiere, daß aber die Unwegsamkeit der dichten Wälder seinen Vormarsch stark behindere. »Auf solchen Wegen kommen unsere Fuhrwerke kaum vorwärts und die Poroki überhaupt nicht.«
Subudai ließ ihm im Namen Batus antworten: »Du bist wohl tapfer, aber nicht findig. Laß von den gefangenen Urussuten Schneisen durch die Wälder schlagen, breit genug, daß drei von unseren Fuhren nebeneinander durchkommen. Nimm Pronsk ein und ziehe dann ungesäumt vor Rjasan. Treibe auch sämtliche Gefangene dorthin. Vor Rjasan wird

es ein Treffen aller tatarischen Truppen geben. Wer dem Befehl nicht oder auch verspätet nachkommt, hat den Tod zu gewärtigen.«

Ohne Burundais Antwort abzuwarten, rückten Batu und Subudai mit ihren Tollkühnen und Unbesiegbaren in Eilmärschen nach Norden vor. Die Verwundeten wurden auf nachfolgenden Fuhrwerken transportiert. Batu-Khan hatte erklärt: »Ich selbst werde Rjasan einnehmen!«

Zwei Tage später stand er mit seinen Truppen vor den Toren der Stadt und schickte den Konas Galib mit der Aufforderung zur Übergabe zu den Rjasanern. Aber man bewarf den Überläufer von der Mauer herab mit Steinen, von denen einer ihm eine starke Kopfverletzung zufügte, so daß er schimpfend und sich das Blut vom Gesicht wischend zurückkehrte.

Um den Rjasanern angst zu machen, befahl Batu-Khan, die umliegenden Siedlungen niederzubrennen. In Begleitung des Konas Galib machte er einen Ritt rings um die ganze Stadtmauer und ließ sich über ihre stärksten und schwächsten Punkte unterrichten, wo sie am leichtesten zu brechen oder zu untergraben wäre und so weiter. Aber die Eroberung der Stadt dürfte bei ihrer guten Befestigung durchaus keine leichte Sache sein, zumal die steilen Wälle ganz und gar vereist und unbesteigbar glatt sind.

Mit Peitschenhieben zusammengetriebene Gefangene wurden gezwungen, Sturmleitern zu zimmern. Die Gefangenen, die schon ganz ausgehungert und abgezehrt waren, baten um Essen.

»Unsere Rosse verlangen auch kein Futter«, entgegnete man ihnen. »Ebenso wie sie könnt ihr Pflanzenwurzeln fressen oder Pferdemist!«

Widerstrebende wurden durch unbarmherzige Prügel zur Arbeit gezwungen, und manchem von ihnen wurde durch die oben an den Stöcken befestigte Eisenkugel der Schädel zerschmettert. Finster und schweigend bauten die Gefangenen mit Hilfe von Äxten und Beilen, die sie sich in den Hütten zusammengesucht, und aus Balken, die sie aus dem Dachwerk der Häuser ausgebrochen hatten, die Sturmleitern und -treppen. Tags darauf trafen die ersten Rammböcke ein, die man auf Schlittenkufen gestellt und auf Waldschneisen herbeigeschafft hatte. Eine Schleudermaschine und ein Rammbock, und zwar die größten, wurden vor dem Haupttor der Stadt in Stellung gebracht und begannen unter Gepolter ihr Zerstörungswerk. Eine andere Maschine brach, als man sie über den Fluß ans andere Ufer schaffen wollte, durch das Eis und versank im Wasser. Die Gefangenen wurden gezwungen, sie wieder herauszuholen, und viele von ihnen versanken und ertranken dabei... Batu-Khan ist starrsinnig. Furchtbares wird geschehn! Allah bewahre uns!...«

»Hörst du nicht die Hunde bellen?«

Eine silbrige Mondnacht hatte den Peruns Wald in Schlummer versenkt. Tief vom Schnee verweht waren die Hütten, und die unendliche Stille des Winterwaldes wurde höchstens durch ein Knacken im Flechtwerk der Zäune oder im Astwerk der Bäume unterbrochen. Auch die Hunde blieben stumm. Sie hatten sich zusammengerollt und ihre Schnauzen ins zottige Fell gesteckt. Im bläulichen Licht zeichneten sich die schneebedeckten Heuschober als undeutliche Buckel ab, und schwarz ragten die Stämme der kahlen Bäume und vor der Hütte des Dorfältesten eine hohe Stange mit einem Büschel Tannenzweigen am Topp empor ...
Auf einmal kläffte am äußersten Rande des Weilers ein Köter, dann ging das Gebell in ein feines langgezogenes Gejaule über. Andere Hunde fielen ein, und schließlich jaulte und heulte es an allen Ecken und Enden von Perunow Bor. Irgendwo klappte eine Gartenpforte, ein Pferd wieherte hell.
Die Witwe Opalenicha, deren Hütte am äußersten Ende der Siedlung stand, sprang von ihrer Schlafpritsche auf, schob vorsichtig den Riegel des mit einer Fischblase bespannten Fensters zurück und preßte ihr Auge an den schmalen Spalt. Sie erblickte die dunklen Umrisse eines Mannes, der gerade über den Flechtzaun kletterte und dann zur Tenne hinlief.
»Weschnjanka, steh auf!« rüttelte die Witwe das fest schlafende junge Mädchen wach. »Hörst du nicht die Hunde bellen? Sie sind da, die Heiden! Eben ist einer über unsern Zaun geklettert. Hoffentlich steckt er uns bloß die Hütte nicht in Brand! Wie sollten wir armen Frauen das Feuer allein löschen können?«
Beide Frauen schlüpften in ihre hohen Schuhe, banden ihre Tücher um den Kopf und warfen den Pelz über. Wieder lugten sie durch den Fensterspalt hinaus. Draußen war bis auf die unausgesetzt kläffenden Hunde alles ruhig.
»Tantchen, ich fürchte mich! Was soll bloß aus uns werden?« flüsterte das junge Mädchen. Die resolute Witwe aber schnallte einen Gürtel um, wickelte Brot in ein Tuch und langte unter der Bank eine Axt hervor. »Nimm das Brotmesser und die Holzschüssel ... Vergiß auch das Feuerzeug nicht!«
Die Witwe klemmte ihre Fausthandschuhe zwischen die Zähne, öffnete die Tür, und auf ganz leisen Sohlen traten die beiden Frauen hinaus vor die Hütte und achteten sorglich darauf, immer im Schatten zu bleiben. Der Fremdling machte sich am Heu zu schaffen und schlug Funken aus dem Stahl.
Ein Schrei gellte am andern Ende der Siedlung. Aus der Tiefe des schlafenden Waldes klang das Echo wider. Ein zweiter Schrei – ein Schrei voller Schmerz und Entsetzen, der tierische Schrei einer schwer verwundeten Frau.
Im Nu war das Dorf wach. Pforten knarrten, Hufe trappelten über

Bretter, Tritte knirschten im Schnee. Ein verhutzelter alter Mann ohne Pelz und Mütze jagte auf einem ungesattelten Gaul vorbei und rief: »Es brennt! Die Tataren! Rettet euch!«

Eine scharfe Axt in der Hand, schlich sich die Witwe Opalenicha von hinten her zu dem Eindringling hin. Im Mondlicht unterschied sie einen langen, bis zu den Fersen reichenden Pelzrock, weiße Stiefel aus Hundefell, eine häßliche Kappe auf dem Kopf und einen krummen Säbel am Gürtel.

Der Bedrohte sah sich erst um, als die beherzte Witwe die Axt bereits über seinem Kopfe schwang... Ein sicherer Schlag..., und der Mann fiel vornüber mit dem Gesicht in den Schnee, der sich sofort rötete und in dem das Blut eine Rinne bildete.

»Wir wollen uns hintenherum durch die Gemüsegärten davonschleichen. Komm, rasch!« sagte die Opalenicha zu dem jungen Mädchen. »Und halte dich stets im Schatten!«

Aber es war schon zu spät. Über den Zaun kletterten Spießgesellen des Erschlagenen, die die langen Schöße ihrer Pelze aufgerafft und hinten in den Gürtel gesteckt hatten. Beide Frauen fanden eben noch Zeit, in einen Reisighaufen zu kriechen.

An mehreren Stellen fing das Dorf zu brennen an. Mit riesigen Zungen wollte das Feuer den Nachthimmel belecken, schwarze Rauchwolken stiegen auf.

Kläglich brüllten die erschrockenen Kühe, die ins Freie getrieben wurden, die Pferde scheuten und bockten. Von überallher ertönte verzweifeltes Jammergeschrei von Frauen, die nicht wußten, was sie zuerst von ihrer Habe retten, wohin sie fliehen sollten, und die aus den brennenden Hütten ihre weinenden Kinder heraustrugen.

Aus dem Walde erschallte ein neues, nie gehörtes Gebrüll, das immer näher kam:

»Kchu, kchu, kchu, uragsch!«

Wie eine Lawine donnerte eine Schar von Reitern über das Dorf hin und erfüllte es mit einem fürchterlichen Getümmel. Mit ihren Krummsäbeln schlugen sie rücksichtslos auf alles ein, was ihnen in den Weg kam, und mit ihren Arkanen fingen sie die fliehenden Frauen ein.

Von beiden Seiten waren die Tataren in das Dorf eingedrungen und trieben alles vor sich her bis zum freien Platz in der Mitte des Dorfes.

In einer Siedlung außerhalb der Stadt Rjasan

Nach seinem Ritt rings um die Stadtmauer kehrte Batu in die Siedlung am andern Ufer der Oka zurück.

In den von ihren Bewohnern verlassenen Hütten drängten sich die tatarischen Krieger. Sie rannten in den Straßen umher, schleppten Heu herbei, rissen die Strohdächer herunter – alles taugte als Futter für ihre

Pferde. Rauchwölkchen stiegen von manchen Hütten auf. Gefangene Urussutinnen mußten ihren neuen Herrn Fladen und Plinsen backen.
Batu-Khan ritt den weißbeinigen Rappen mit dem sternförmigen Fleck auf der Stirn. Durch die zu einem schmalen Spalt zusammengekniffenen Augenlider blickte er wie abwesend über die Menschen hinweg, und auf seinem sonnverbrannten unbewegten Gesicht war weder Sorge noch Freude zu erkennen. Hinter ihm ritten, in Dreierreihen, die ihm ergebenen Khane, eine Schar von Schmarotzern, die zwar den Ehrentitel von Tausendschafts- und Zehntausendschaftsführern trugen, aber in Wirklichkeit keinerlei Befehlsgewalt hatten. Sie waren Batu-Khans Gesellen bei Schmäusen und Gelagen, und ihre Pflicht war es, ihn durch Scherze zu erheitern und ihm abenteuerliche Heldentaten ruhmreicher Recken zu erzählen. War aber einer von ihnen mit dem Dschichangir unter vier Augen, so gab er sich zur Ohrenbläserei her, schwärzte die anderen Khane bei ihm an und trug ihm jeden Tratsch und Klatsch des Lagers zu, denn Batu liebte es, sich auf diese Weise über alles unterrichten zu lassen, was in seiner nächsten Nähe und etwas weiter weg im Lager der anderen Dschingisiden geschah. Und nur zum Zwecke solcher Zwischenträgereien duldete er diese Khane um sich und pflegte ihnen stets sehr aufmerksam mit lauernd zusammengekniffenen Augen zuzuhören.
Batus Baurschi zeigte seinem Herrn eine geräumige Hütte, in der vordem der »Schamane der Urussuten« – wie er sich ausdrückte – gewohnt habe. Gemeint war der Pope.
Aber Batu-Khan, nicht gewillt, darin sein Nachtquartier aufzuschlagen, wehrte ärgerlich und ungnädig mit einer Handbewegung ab. Sein Ratgeber Subudai, der auf seinem Rehbraunen gerade angeritten kam, fragte mit heiserer Stimme den Baurschi:
»Ziemt es sich für den Dschichangir, in der Jurte eines Schamanen zu wohnen? Noch dazu eines urussutischen?« Er wies mit dem Stiel seiner Peitsche auf das von einem goldenen Kreuz gekrönte hohe Spitzdach der Holzkirche. »Was für ein Haus ist das da?«
»Das Haus des urussutischen Gottes«, wurde ihm geantwortet.
»Nun also. Dort, in der Wohnung eines Gottes, ist auch die Wohnung des Dschichangirs«, entschied Subudai-Bahadur streng.
Batu-Khan schielte von der Seite her nach dem Baurschi hin, der die Augen gesenkt hielt, während die Khane der von Subudai-Bahadur getroffenen Entscheidung eifrig zustimmten, dann lenkte er sein Roß zur Kirche hin. Der Baurschi eilte ihm voraus zur Kirchentür, vor der vier mongolische Krieger saßen.
»Kein Zutritt!« sagte einer von ihnen unfreundlich.
Der Baurschi wollte sich gerade in einen Wortstreit mit den vieren einlassen, als der Bahadur, der ihm gefolgt war, fragte:
»Wer hat euch hier als Wache aufgestellt?«
»Gujuk-Khans Hundertschaftsführer Munke-Sal.«
»Dann begebt euch zu diesem Munke-Sal zurück und sagt ihm, er möge

für seinen Khan eine passendere Jurte wählen als diese. Packt euch, aber flink!«
Die vier sahen einander verdutzt an, stießen einen Pfiff durch die Zähne aus und stapften, die Schöße ihrer langen Pelze aufhebend, zu ihren Rossen hin, die sie an der Umzäunung des Kirchhofs festgebunden hatten. Einer von ihnen drehte sich noch einmal um und fragte:
»Wirst du auch für uns eintreten, wenn Gujuk-Khan uns mit seinem beinernen Schaufelchen auf die Backe schlägt?«
»Wer hat dir das eine Ohr abgeschnitten?« fragte Arapscha. »Paß nur auf, daß ich dir nicht auch noch das andre abschneide.«
Zähnefletschend wollte der sich duckende Mongole sein Schwert ziehen, besann sich aber eines andern und schob es böse wieder in die Scheide zurück. Während er sich in den Sattel schwang, rief er frech: »Auch du wirst eines Tages Gleiches erleben!«, und sprengte davon.
Zornig blickte Arapscha ihm nach.
»Gujuk-Khan sendet wieder Mörder aus!« meinte er dann.
Krieger führten den greisen Kirchendiener herbei, den sie in dem neben der Kirche gelegenen Hüttchen aufgegabelt hatten. Der Greis, der eine Kappe aus Hundefell, Leinenhosen und Leinenhemd und Lindenbastschuhe trug, zitterte, aber nicht vor Angst, sondern vor Kälte. Sein Gesicht war schon ganz blau angelaufen. Mit einem großen Schlüssel schloß er die Kirchentür auf und ließ den Baurschi eintreten, der mit auf dem Bauch gefalteten Händen auf der Schwelle stehenblieb. Batu sprang von seinem Rappen und trat, den Baurschi beiseite schiebend, ebenfalls ein. Die Kirche war noch völlig unversehrt. Durch die schmalen, mit Fischblasen bespannten Fenster drang das Tageslicht nur trübe herein. Am Altar vorn glänzten die vergoldeten Türen des geschnitzten Schreins. Vor den meisten Ikonen flackerten noch die Ölflämmchen und erhellten die mürrischen Gesichter der Heiligen. Batu-Khan schritt durch die Kirche bis zum Allerheiligsten und ging dort um den Altar herum. Er fand im Tabernakel fünf Hostien und befahl dem ihm devot folgenden Baurschi, sie zu kosten – ob sie giftig seien. Der Baurschi biß ein Eckchen von der einen Oblate ab, kaute und sagte dann: »Awwa! Das Brot schmeckt gut, doch der Himmel bewahre dich und mich vor Unheil!«
Batu ließ in der Mitte der Kirche Decken ausbreiten, auf denen er sich niederließ und im Halbkreis um ihn herum die Khane.
»Der Fußboden ist aus Stein«, sagte Batu-Khan. »Zündet ein Feuer an und bereitet mir Tee!«[1]
Der Baurschi, der recht aufgeregt mit dem Dolmetscher – und dieser mit dem greisen Kirchendiener – geflüstert hatte, sagte:
»Hier darf man kein Feuer anzünden. Das würde den Gott der Urussuten

1 Die mongolische Aristokratie kannte schon den Genuß des Tees, den sie im Tauschhandel gegen Felle, Häute und Wolle u. a. m. aus China bezog. (Siehe chinesische Chroniken des XIII. Jh.)

erzürnen, und er würde das ganze Haus in Feuer aufgehen lassen. Der Mann da wird aber den Ofen heizen, und es soll dir schon warm werden.«
Subudai quartierte sich und seine Gehilfen im Hause des urussutischen Schamanen ein. Es bestand aus einem Flur und zwei durch eine Wand getrennte Stuben. Ein großer tönerner Ofen heizte beide Stuben. In der einen wurden vier mongolische Jurtdschi und zwei uigurische Schreiber mohammedanischen Glaubens untergebracht, die zweite nahm Subudai für sich. Als er bei seinen Gehilfen den Rjasaner Fürsten Gleb erblickte, fragte er ihn:
»Was sind Buchweizenplinsen?«
»Das kann man nicht erklären, die muß man kosten. Laß dir eine Baba holen und dir jeden Tag welche von ihr backen, und du wirst deine Freude daran haben.«
»Was ist eine Baba?«
»Draußen im Hof bietet ein Krieger eben zwei zum Kauf an.«
»Wieviel verlangt er dafür?«
»Ich führe sie gleich her.«
Gleb ging hinaus und kehrte mit einem Mongolen zurück, der zwei sich sträubende Frauen ins Zimmer stieß, eine Matrone in einem blauen Sarafan und ein ängstlich sich an die Ältere schmiegendes junges Mädchen, unter dessen Schafpelz, den sie mit dem Leder nach außen trug, ein roter Sarafan hervorschaute.
Die Ältere, die Witwe Opalenicha aus dem Peruns Wald, ließ beim Eintritt ihre Augen in die Ecke wandern, wo die Heiligenbilder zu hängen pflegen, die aber längst heruntergerissen worden waren. So verneigte sie sich, das Kreuz schlagend, vor dem leeren Schrein, verschränkte hierauf ihre Arme unter ihrem stattlichen Busen und heftete ihren Blick auf den einäugigen Bahadur, der neben der Ofenbank auf einer Satteldecke auf dem Fußboden hockte.
»Hier hast du zwei ganz vortreffliche Babas«, sagte Fürst Gleb auf tatarisch. »Die ältere ist eine erfahrene Köchin, die junge ein Gartenblümchen, ein Mohnblümchen.«
Subudai warf einen flüchtigen Blick auf die Frauen.
»Kniet nieder!« gebot der Fürst den beiden Frauen. »Dies ist ein großer und berühmter Khan, von heute ab werdet ihr seine Jassyrki sein.«
»Wozu denn niederknien?« murrte die Matrone. »Die Diele starrt doch von Schmutz, von den Dreckfinken vollgetrampelt.«
»Verneige dich vor deinem Chosjain!«
»Wieso denn mein Chosjain? Mein Seliger ist doch schon bald zehn Jahre tot. Nun, Weschnjanka, komm, machen wir ihm unsre Verbeugung, wenn's durchaus sein muß!«
Subudai sah die beiden Russinnen, die sich vor ihm verbeugten, aus seinem einen Auge starr an. Dann sah er zu dem Fürsten hinüber, der sich auf die Eichenbank gesetzt hatte. Da stand auch der Bahadur auf, nahm seine Satteldecke, breitete sie auf der Bank aus und hockte sich mit untergeschlagenen Beinen darauf nieder.

»Wie heißen sie?«
Gleb übersetzte Subudais Frage und die Antwort der Witwe: »Opalenicha heiß' ich, und das ist Weschnjanka.«
»Deine Tochter?«
»Nein, eine Waise aus der Nachbarschaft. Ich vertrete Mutterstelle an ihr.«
»Wie kommst du zu deinem merkwürdigen Namen?«
»Man hat meinen Mann ins Feuer geworfen.«
»Wer? Die Tataren?«
»Ach wo! Unsre eignen! Nowgoroder Flußräuber. Seither heiße ich eben Opalenicha, und sie heißt Weschnjanka, weil sie im Frühling geboren ist und auch weil sie selber so hold wie der Lenz ist.«
»Schwer sind die urussutischen Namen auszusprechen und noch schwerer zu behalten«, meinte Subudai-Bahadur. »Nun, wie steht's? Wollt ihr für mich arbeiten, oder soll ich andre rufen lassen?«
»Mein ganzes Leben lang habe ich für irgendwen arbeiten müssen... Das ist nun einmal Frauenlos.«
»Sie sollen Buchweizenplinsen backen und Roggenfladen und einen Laib Brot.«
»Wenn Gerstenkorn und Mehl da wäre, ließe sich das schon machen.«
»Wendet euch an den alten Saklab, der wird euch alles beschaffen, was ihr braucht«, mischte sich Fürst Gleb ein. »Er hat sein Russisch noch nicht verlernt.«
Lebhaft wandten sich die beiden Frauen nach Subudais altem Diener um, der bescheiden an der Tür stand.
»Bist du einer von uns? Ein Rjasaner? Ein Jassyr?«
»Vierzig Jahre schmachte ich nun schon in Gefangenschaft. Die Kette ist mir schon ins Fleisch eingewachsen. Auch euch wird es so ergehn. Sitzt einem erst einmal die Schlinge um den Hals, so zieht man den Kopf sein Lebtag nicht wieder heraus.« Der Greis stieß einen schweren Seufzer aus, dann sagte er sachlicher: »Da habt ihr Mehl, und hier ist Kwas...« Bei diesen Worten schob er einen Sack und einen Tonkrug zum Ofen hin, wobei die Kette an seinen Füßen klirrte.
»Ach du meine Güte!« rief die mitleidige Opalenicha, indem sie die Hände zusammenschlug. »So schleppt er nun schon bald ein halbes Jahrhundert das Eisen an den Füßen mit sich herum!« Und kopfschüttelnd drohte sie mit dem Finger dem sie unverwandt betrachtenden Bahadur.
»Wir wollen später weiterreden«, sagte der Greis. »Jetzt will ich Holz herbeitragen.«
»Nun ja, Weschnjanka, Krieg ist Krieg. Wir müssen den Teig anrühren.«
Die Witwe seufzte und wollte, die Schlinge, die ihr noch um den Hals hing, ganz vergessend, auf den Ofen zugehen. Sie wurde jedoch von dem alten Mongolen, der das Ende der Fangleine in den Händen hielt, mit einem so heftigen Ruck zurückgezogen, daß sie nach Luft schnappte.

Sie blieb stehen, den Blick auf Subudai geheftet, der sich an den Mongolen wandte mit der Frage:
»Wo hast du diese Frauen her?«
»Ich gehöre zu einer Hundertschaft, die ausgesandt worden war, die Stadt zu umgehn. Da ritten wir durch einen Wald, dort trafen wir auf diese Leute, hauptsächlich Frauen. Manche hieben wir nieder, andre, wie diese beiden, nahmen wir mit uns.«
»So, so...«
»Ja, diese beiden habe ich selber mir mit dem Arkan eingefangen...«
»So...«
»Ja, und nun will ich sie verkaufen...«
»So...«
»Ja, meine Stiefel sind schon sehr alt und schlecht, haben überall Löcher, und ich friere an die Füße...«
»So...«
»Ja, und bei den Urussuten habe ich keine Lederstiefel gesehn, sie gehn in Bastschuhen aus Lindenrinde.«
»So...«
»Und da will ich nun diese Frauen gegen ein Paar neuer Stiefel eintauschen.«
»So, so... Und da verlangst du wohl von mir, deinem Anführer, daß ich meine Stiefel ausziehe und sie dir gebe? Deinen Vorgesetzten scheust du dich nicht auszuplündern? Weißt du, was ich mit dir dafür gleich machen werde?«
Der alte Mongole machte vor Schreck immer größere Augen und riß den Mund immer weiter auf.
»Das..., das hab' ich..., das hab' ich doch nicht gewollt«, stammelte er. »Nimm diese beiden Frauen als Geschenk von mir an, großer Khan, und der ewige blaue Himmel bewahre dich!«
Damit löste er die Schlingen vom Halse der Frauen und entfernte sich, rückwärts schreitend, aus der Hütte.

»Wir erbarmen uns auch des Viehs«

Subudais rehbrauner Hengst war draußen vor der Hütte an der Freitreppe angebunden, und vor ihm lag ein Heubündel und ein Haufen Stroh. Er wurde jedoch mitten im Fressen gestört, weil Batu-Khan den Bahadur zu sprechen verlangte und Subudai sich seinen Hengst vorführen ließ. Denn obwohl er bloß über die Straße hätte zu gehen brauchen, ist es doch »für einen Khan unschicklich, mit den Sohlen die Erde zu berühren«.
Kaum hatte Subudai seinem Tier die Sporen gegeben, als ihm eine Schar von Kriegern entgegenkam, die sich schreiend neugierig um einen Reiter drängte. Er führte nämlich ein zweites Pferd am Zügel, über dessen Sattel quer ein bewußtloser Mann gebunden war, den man für tot hätte

halten können, denn sein Gesicht war weiß von Frost wie das eines Toten.
Als Subudai dieses toten oder scheintoten Mannes ansichtig wurde, begann er zu brüllen wie ein Wahnsinniger. Er trieb seinen Hengst mit einem Peitschenhieb zwischen die sich drängende und schiebende Menge der Krieger hinein, sprang aus dem Sattel und warf sich auf den Bewußtlosen.
»Urjanch-Kadan!« rief er mit verzweifelter Stimme. »Öffne die Augen! Wach auf! Sieh mich an! Mein Sohn, hörst du mich nicht?« Und er preßte sein Gesicht auf die Kleider des Erfrorenen, umfaßte und betastete dessen unbewegliches Gesicht.
»Es ist sein Sohn«, raunte und summte es in der Menge. »Er muß ihn wohl sehr liebgehabt haben... Und mit Recht, denn obwohl noch jung, war Urjanch sehr tapfer und versprach ein großer Held und Heerführer zu werden.«
»Wohin soll ich ihn bringen?« fragte der Mongole, der das Pferd führte, auf dem der Bewußtlose lag. »Ist's nicht besser, ihn gleich auf dem Scheiterhaufen zu verbrennen, da er doch nicht wieder ins Leben zurückkehrt?«
Subudai riß ihm die Zügel aus der Hand und führte das Roß eigenhändig zur Vortreppe seines Quartiers.
Schluchzend rief er:
»Ach, Urjanch-Kadan, du darfst nicht sterben! Ich werde dir meinen Odem durch die Nase einblasen, mein Herz werde ich mir ausreißen und es in deine Brust einsetzen an Stelle deines erfrorenen. Du aber, der du noch jung und stark bist, du sollst leben, vom Ruhm des siegreichen Helden umglänzt... Verlasse diese Welt, verlasse deinen Vater noch nicht!«
Von dem Lärm und Geschrei angelockt, war die Witwe Opalenicha auf die Freitreppe herausgetreten. Mit zusammengezogenen Brauen blickte sie den schreienden und brüllenden Subudai an, der außer sich zu sein schien. Sie begriff, daß er um seinen Sohn klagte und trauerte.
Schnell lief sie die Stufen hinunter, riß den Feldherrn mit einem Ruck zurück, löste mit geschickter Hand die Stricke, die den Körper Urjanch-Kadans festhielten, hob ihn herunter, lud ihn sich auf den Rücken und stieg behutsam mit ihrer Last die Treppe wieder hinauf. Im Flur legte sie den leblosen Körper des Erfrorenen aufs Stroh. Dann kniete sie nieder, knöpfte ihm die Kleider auf und murmelte dabei vor sich hin:
»Er lebt ja noch, der Arme. Das wäre nicht das erstemal in meinem Leben, daß ich einen Erfrorenen durch Abreiben wieder zum Leben erweckte! Gebt mir einen Lappen, ein Stück Filz und Lampenöl, dazu ein Gefäß mit Schnee! Man darf ihn nicht in die warme Stube schaffen, sonst würde das Fleisch ihm in Fetzen von den Knochen fallen!«
Verblüfft durch das herrische Benehmen der Witwe, hockte sich Subudai reglos neben seinem Sohne nieder und beobachtete, einen Finger

im Munde, was vor sich ging. Auch Fürst Gleb hatte sich zu der Gruppe gesellt.
Die Opalenicha zog dem Bewußtlosen die absatzlosen, mit Filz gefütterten weichen Wildlederstiefel ab und rieb ihm mit flinken Bewegungen die schon ganz weiß gewordenen erstarrten Füße mit Schnee und einem Filzstück. Zwei der umstehenden Mongolen, die ihr zugesehen und begriffen hatten, worauf es ankam, standen ihr bei, und zu dritt rieben sie den ganzen Körper des Erfrorenen mit Schnee ein. Schließlich behandelte die Witwe mit schonender Behutsamkeit Urjanch-Kadans Gesicht.
»Da nimm, meine Tochter«, sagte, während er dabei Subudai ansah, der Priester, der eigentliche Herr des Hauses, »und reib ihn mit Gänsefett ein!« Und er reichte der Opalenicha eine Holzschüssel mit Gänseschmalz. »Und flöße ihm auch etwas Wein ein!«
Lange mühte die Witwe sich um den Bewußtlosen. Endlich öffnete er die Augen, und ein Blick, fern und unklar, glitt über die um sein Lager Versammelten hin, blieb an Subudais Gesicht haften, und Erinnerung und Bewußtsein schien im Hirn des Wiederbelebten aufzudämmern.
»Vater! Höre!...« flüsterte er fast tonlos. »Wilde Wölfe sind sie, diese Urussuten... Man muß sie alle totschlagen!... Denn ergeben werden sie sich nie und nimmer...«
»Was sagst du, mein Sohn? Was ist dir zugestoßen? Wer hat dir Böses angetan? Sprich, ich werde den Übeltäter lebendigen Leibes in tausend Stücke hauen lassen!«
»Sie hatten mich gefangengenommen...«
Urjanch-Kadan verlor abermals das Bewußtsein. Subudai rüttelte ihn, aber die Witwe Opalenicha schob ihn einfach beiseite und sagte streng: »Laß ihn in Ruh! Faß ihn nicht an!«
»Höre, du Urussutin! Rette meinen Sohn!« beschwor Subudai sie. »Erhalte ihn mir! Ich werde dir die Freiheit schenken und dich außerdem reich belohnen, so reich, wie du es dir nicht einmal im Traume vorstellen könntest...«
»Auch ohne Belohnung werde ich das Meine tun. Erbarmen wir uns doch auch des Viehs, wenn es krank ist... Eine Menschenseele hat er ja doch...«
Subudai trat vor das Haus zu seinem Rehbraunen, flüsterte ihm etwas ins Ohr, blies ihm seinen Odem in die Nüstern und wartete, was für ein Zeichen ihm das Tier geben würde.
»Zeig mir an, treuer Kamerad. Was soll man mit diesem Weibe tun? Soll man ihr den Kopf abschlagen oder sie in einen Zobelpelz hüllen? Soll man sie noch weiter mitnehmen oder sie nackt in die grimmige Kälte des Winterwaldes hinausjagen? Welch ein Weib! Nein, kein Weib – ein Bahadur! Wirklich, ihresgleichen hab' ich noch nie gesehn!«
Der Hengst warf den Kopf vor und zurück, als stimme er nickend den Worten seines Herrn zu, dann faßte er ihn mit weichen Lippen am Ärmel.

Unruhige Nächte

Der Feind kennt die Absichten seines Feindes nicht.
(Orientalisches Sprichwort)

Die ganze Nacht brachte Saweli in großer Unruhe zu. Er blickte durch die Schießscharten aufmerksam in die Ferne, lauschte dem Lärm, der in der aufgerührten Stadt herrschte. Nichts mehr von der gewohnten nächtlichen Stille! Tausend Feuer brannten rings um die Mauern der Stadt und auf der Ebene jenseits der Oka, als hätte eine Geisterhand freigebig ringsum glühende Kohlen ausgestreut. Um ihre Feuer die ganze Nacht nähren zu können, rissen die Tataren Hütten- und Scheunenwände und Zäune auseinander. Am Horizont loderten riesige Feuersbrünste, deren purpurner Widerschein auf den niedrigen Wolken zitterte.

Einige der Mitverteidiger Rjasans traten zu Saweli und starrten ebenfalls in die Ferne.

»Da brennt Pronsk.«

»Was du nicht sagst... Es sind doch fast fünfzig Werst bis dorthin...«

»Na, und wenn schon?«

»Tatsächlich, es ist Pronsk!«

»Sieh nur, da haben sie auch Sobolewka in Brand gesteckt...«

»Brüder! Brüder! Da brennen sie ja Uchorskaja nieder!«

»Wo?«

»Dort, hinter dem Wald...«

»Ist das nicht Perewoloki?«

»Nein, das haben sie bis jetzt noch nicht angerührt.«

»Was ist denn aber das dort, Brüder?... Diese verfluchten Unmenschen!«

»Da brennt es auch! Dort drüben, ganz weit weg...«

»Das ist Jarustowo...«

»Wie? Jarustowo...?« stöhnte Saweli auf. »Jarustowo liegt doch ungefähr vierzig Werst hinter Rjasan...«

Und er dachte an die Seinen, denen er geraten hatte, im Notfalle beim Fischer Pachom in Jarustowo Zuflucht zu suchen.

»Weshalb sollten sie denn auch so lange damit warten, bis sie Rjasan genommen haben? Was sind für diese verfluchten Hunde dreißig Werst? Schau nur, wie viele es sind! Ringsherum wimmelt es von ihnen! Sie sengen und plündern...«

In der Richtung von Jarustowo war der Feuerschein besonders grell. Eine helle gelbe Flamme stieg himmelhoch empor und beleckte die Wolken.

»Solche Narren!« meinte ein junger Krieger. »Da haben sie die Heuschober zu ihrem eigenen Schaden angezündet.«

»Nein, du redest unüberlegt. Das werden wohl kaum die Tataren getan haben«, entgegnete Saweli. »Denen ist Heu kostbarer als Getreide. Ihre Pferde würden ihnen ja sonst krepieren... Und wo sollten die Schufte denn hin? Es werden wohl die Unsern gewesen sein. Und sie haben

richtig gehandelt, denn wenn wir alle Heu- und Kornschober niederbrennen, hungern wir die Tataren aus ...«
»Ja, ein angenehmes Leben soll ihnen hier nicht blühn, diesen Schurken! Unterwerfen werden wir uns ihnen nicht!«
Die Nacht verlief weiterhin so unruhig. Die Wache schloß die Augen nicht für einen Augenblick.
Am Morgen krähten jenseits des Flusses die Hähne, denen ihre Rjasaner Artgenossen durchdringend antworteten. Die mit Reif bedeckten Krieger auf den Wällen blickten zu dem erlöschenden Feuerschein am Horizont hinüber. Die Lagerfeuer der Tataren aber flimmerten weiter mit Tausenden von Lichtern.
Die Sonne stieg über der blauen Zacke der fernen Wälder auf. Ihre über die Schneefläche gleitenden rosigen Strahlen beschienen die Tataren, die in schwarzen Strömen auf Rjasan zufluteten. Pferde und Menschen zogen Schlitten, auf denen Balken, Stangen und Bretter lagen. Aufgeregt und neugierig drängten sich die Rjasaner auf den Wällen und suchten zu erraten, was ihre Feinde vorhatten. Scharen von Gefangenen wurden von den sie umkreisenden Tataren mit Peitschenhieben herbeigetrieben. Deutlich konnte man von der Mauer aus erkennen, daß viele der tatarischen Reiter sich schon mit russischen Pelzen und Röcken ausstaffiert hatten, während die Gefangenen halb entkleidet und abgerissen, viele nur in Unterhosen und Hemd, waren. Wenn einer hinfiel, wurde er so lange mit der Peitsche geschlagen, bis er sich wieder aufrappelte oder für immer lang ausstreckte.
Die Gefangenen schickten sich jetzt an, um die ganze Stadt herum einen Holzzaun zu errichten, zu dem sie die von den Hütten und Häusern ausgebrochenen Balken und Latten und Bretter zusammenfügten.
»Sieh an. Als ob sie Hammel einzäunten!« sprachen die Männer auf der Mauer untereinander.
»Sie werden uns auch das Fell über die Ohren ziehn wie Hammeln ...«
»Erst hübsch abwarten, wer wem ... Mögen sie nur hier heraufkommen, die Biester!«
Zum Stadttor kamen einige Reiter geritten, unter ihnen Fürst Gleb, der sich verschwor, niemandem in Rjasan sollte irgendein Schaden an Leib und Leben zugefügt werden, wenn die Stadt den Mongolen ihre Tore öffnete.
»Öffnet die Tore und geht auf das Feld hinaus. Euer Hab und Gut laßt zurück ... Ihr werdet frei abziehen dürfen, wohin ihr wollt. Nicht ein Härchen werden die Tataren euch krümmen!«
»Das ist Gleb Wladimirowitsch, der Brudermörder. Seine nächsten Blutsverwandten hat er heimtückisch gemeuchelt ... Traut ihm nicht, diesem verfluchten Kain!« raunte es oben auf der Mauer. »Nicht umsonst hat man ihn in den Kirchenbann getan ...«
»Deine Brüder hast du gemordet, du Kain, und jetzt verkaufst du deine Heimat, du Judas!« rief man zu ihm hinunter. »Ein Pfahl aus Espenholz gehörte dir in den Rücken!«

Von der Mauer herab schwirrten Pfeile. Ein wohlgezielter Stein traf den verräterischen Fürsten, der sich gezwungen sah, sein Roß hastig zu wenden und davonzujagen.
Bei Tagesanbruch wurde die Wurfmaschine näher dem Stadttor in Stellung gebracht. Gedeckt durch große hölzerne Schutzschilde, begannen die Tataren die Beschießung der Stadt.
In die eiserne Schale am Kopfende des Wurfhebels wurde, nachdem er nach unten gedrückt worden war, ein großer Stein gelegt, dann ließ man den Hebel in seine alte Lage zurückschnellen, und der Stein wurde gegen das Stadttor oder gegen die Stadtmauer geschleudert. Unweit davon hatten sich in den Trümmern eines Hauses tatarische Reiter in den Hinterhalt gelegt in Erwartung eines Ausfalls der Belagerten.
Doch der Wojewode Kofa hatte seinen Leuten strengstens anbefohlen:
»Spart eure Kräfte! Schlagt die Ungläubigen zurück! Aber wagt euch nicht zum Tor hinaus. Diese Heiden sinnen nur auf Tücke und Verrat!«

Wessen Gott ist der stärkere?

Den dem Sturmangriff auf Rjasan vorausgehenden Abend verbrachte Batu-Khan in der Kirche, die er zu seinem Quartier gemacht hatte. Die Jurtdschi schrieben die letzten Befehle für die Truppen aus, worin denjenigen die strengsten Strafen angedroht wurden, die sich bei dem bevorstehenden Angriff feige zeigen würden.
Finster und wortkarg saß Subudai-Bahadur neben Batu, und auf Fragen, die man an ihn richtete, nickte er nur bejahend mit dem Kopf oder erhob verneinend den Finger. Endlich sagte er:
»Heute erteilst du, Blendender, den Befehl zum Angriff. Einen abgeschossenen Pfeil kann man nicht mehr zurückholen. Befiehl auch, daß man Tausende von Lehmöfen herstelle, um darin morgen nach errungenem Sieg zu dessen Feier den Festschmaus zu kochen... Diese Nacht aber muß man schlafen und Kräfte für den morgigen Tag sammeln.«
Die umsitzenden Khane stimmten dem Bahadur eifrig zu und sprachen den üblichen Wunsch aus:
»Es fehle uns nicht an Kriegern, die von Blut, und an Schmäusen, die von Fett und Öl triefen.«
Batu-Khan sagte beunruhigt:
»Ich hatte meinen Lehrer, den Mirza Hadschi Rachim, herbefohlen... Wo bleibt er?«
»Er ist draußen vor dem Hause... und läßt fremden Muselmännern seinen Schutz angedeihen...«
»Das ist seine Sache nicht! Ich habe ihn rufen lassen, und er hat hier zu sein.«
»Blendender..., er will nicht kommen...«
Batu-Khan stand rasch auf und verließ die Kirche. Auf dem Vorhof stieß

er auf eine Gruppe kniender Männer in farbigen, wattierten und pelzverbrämten Chalaten, deren Köpfe mit weißen Turbanen umwunden waren. Einige von ihnen ergingen sich in Wehklagen, andere sprachen Gebete. Bei ihnen stand der Hadschi mit erhobenem Arm. In seiner Hand blitzte im hellen Mondlicht eine goldene Paizsa, die er einer Schar mongolischer Krieger entgegenhielt, und jedesmal, wenn die Mongolen Miene machten, mit erhobenen Schwertern auf die Turbanträger einzudringen, hob er die Hand noch höher.
Batu-Khan warf dem neben ihm stehenden Dolmetscher barsch ein paar Worte hin, und die lauernden Mongolen wichen zurück. Sie versuchten zu entfliehen, aber aus dem Dunkel trat eine Abteilung der Unbesiegbaren mit blanken Schwertern hervor und hielt sie zurück.
»Ihr gelben Narren! Ihr herumstreunenden Hunde! Was habt ihr hier an der Schwelle des Hauses eures Dschichangirs zu suchen?« fragte der Dolmetscher mit scharfer Stimme die Mongolen. »Bedauert euer schönes Leben, das nicht stärker als ein dünnes Fädchen ist...«
Die also Angeredeten schrien und brüllten, den Dolmetscher unterbrechend, wild durcheinander:
»Wir haben sie gefangen... Sie sind unsere rechtmäßige Beute... Es sind Händler, und wir wollen sie niederhaun, um uns ihres Goldes und ihres Silbers zu bemächtigen. Sie waren zusammen mit Urussuten... Mit welchem Rechte hindert dieser langbärtige muselmanische Zauberer uns daran, indem er über ihre Häupter schützend die goldene Paizsa des heiligen Kriegers hält? Nun gut, solange er den Arm über sie erhoben hält, werden wir sie nicht anrühren, läßt er ihn aber sinken, werden wir sie niedersäbeln und uns in die Beute teilen...«
Batu-Khan stampfte wütend mit dem Fuße auf.
»Ihr werdet gleich meine Entscheidung hören«, sagte er. »Ihr Muselmänner aber, antwortet mir! Wo ist eure Heimat? Wie lauten eure Namen? An wen habt ihr ein Anliegen? Sprecht schnell!«
Die knienden Kaufleute verneigten sich bis zur Erde. Der Würdigste von ihnen, ein Mann mit einem langen schwarzen Bart, richtete sich auf und sagte:
»Wir sind Kinder verschiedener Länder, doch eines Glaubens Söhne – Anhänger Mohammeds. Wir sind Kaufleute und gekommen, um mit deinem Heere Handel zu treiben. Mit unserem Gold und Silber wollen wir von deinen Kriegern kaufen, was sie zu verkaufen haben, und an sie verkaufen, was sie brauchen: getrocknete Weintrauben, Pistazien, Ingwer, Korn und Brot. So werden wir dem allgemeinen Nutzen dienen.«
Batu-Khan deutete auf den Hadschi.
»Habt ihr diesen Menschen früher schon gekannt?« fragte er.
»Nein, wir sahen ihn zum ersten Male in dem Augenblick, da er seine Hand schützend über uns hielt.«
»Verspracht ihr ihm eine Belohnung dafür?«
»Wir versprachen und versprechen ihm von neuem eine Belohnung für

unsere Errettung. Er aber lehnte sie ab mit den Worten: Derwische hätten keinen Besitz und verachteten das Gold!«
»Ja«, unterbrach ihn der Hadschi, »sie verachten das Gold, ausgenommen dieses goldene Plättchen mit dem Namenszug des Erhabenen.«
Heftig und vehement sprach Batu:
»Hört, ihr Kaufleute! Batu-Khan unterwirft sich alle Länder und Völker, und wer sich ihm nicht unterwirft, der findet den Tod! Geht zu Subudai-Bahadur, er möge untersuchen, wer von euch tatsächlich Kaufmann ist. Bei wem sich das bestätigt, der wird eine Paizsa erhalten, damit er mein Heer begleiten und frei mit meinen Kriegern handeln kann. Wer von euch sich aber als Lügner erweist, dem wird das Genick gebrochen werden, und seinen Leichnam wird man den Hunden zum Fraße vorwerfen, wie man es auch mit denen tut«, dabei wandte sich Batu-Khan an die Mongolen, »die wie jene da Unordnung stiften.«
Die Mongolen warfen sich bäuchlings in den Schnee und begannen zu heulen:
»Verzeih uns, großer Dschichangir!«
»Aus welchem Tumen seid ihr, ihr Herumtreiber, ihr Strolche, die ihr euren Truppenteil eigenmächtig verlassen habt?«
»Aus dem Tumen des Sohnes unseres Kagans, aus Gujuk-Khans Tumen.«
»Dacht' ich mir's doch! Ihr wißt es offenbar nicht nach Gebühr zu schätzen, zu den Truppen des künftigen Kagans zu gehören, und macht Gujuk-Khans Namen Schande. Subudai-Bahadur möge untersuchen, ob ihre Angaben stimmen, dann schneide man ihnen das rechte Ohr ab und schicke sie unter Bewachung in Gujuk-Khans Lager zurück.«
Abermals erhoben die im Schnee Liegenden ein Jammergeschrei und winselten um Gnade. Ohne sie weiter zu beachten, faßte Batu den Hadschi Rachim am Ärmel seines Halbpelzes – ein Geschenk, das er selber seinem Lehrer gemacht hatte – und führte ihn mit sich in die Kirche, wo er sich beim weit offenen Eingang zum Allerheiligsten auf dort ausgebreitete Teppiche und Felle niederließ und auch den Hadschi zum Sitzen nötigte, um sich mit ihm in ein Gespräch zu vertiefen.
Der russische Pope ging, die Hand an dem auf seiner Brust hängenden silbernen Kreuz, auf leisen Sohlen durch die Kirche und befestigte, sich jedesmal bekreuzigend, neue Wachskerzen vor den Heiligenbildern. Dies tat er auf ausdrücklichen Befehl des Dschichangirs, der ihm durch den Dolmetscher hatte erklären lassen: »Ich will jedem Gott der Urussuten die ihm gebührende Achtung erweisen. Ich will nicht, daß irgendeiner der urussutischen Götter mir zürnt und mir schadet.«
Verstohlen schaute der Pope zu Batu-Khan hin, der bisher schweigend dem Hadschi gelauscht hatte und zu dem der Derwisch jetzt sagte:
»Ich flehe dich abermals an: Laß mich fort von hier! Ich will nicht in diesem Meer von Blut ertrinken! Warum vernichtest du so viele Völker, die doch alle friedlich und frei leben wollen?«
»Mögen sie sich ihre Freiheit mit dem Schwert bewahren! Wir Mongolen

sind das stärkste Volk, uns muß sich der ganze Erdkreis unterwerfen.«
»Wozu brauchst du mich dabei? Laß mich fort!«
»Nein, ich lasse dich nicht. Ich höre von allen nur Schmeicheleien, nur drei Menschen sagen mir die Wahrheit: Subudai-Bahadur, Juldus-Hatun und du ... Mein Wunsch aber ist es, solche Menschen um mich zu haben, die mir die Wahrheit zu sagen wagen, natürlich nur unter vier Augen. In Gegenwart anderer möchte ich dir das nicht empfehlen, und wenn du dich dennoch erdreisten solltest, es zu tun, so würde ich dir das Rückgrat brechen lassen ...«
»Wer die Wahrheit sagt, stirbt nicht an einer Krankheit, heißt es ...«
Batu wandte sich zum Popen um.
»Was duftet denn hier so?«
»Ich habe Weihrauch vor den Heiligenbildern entzündet ...«
»Was ist das, ›Weihrauch‹? Zeig her!«
Der Pope streute Weihrauch auf die glimmenden Holzkohlen des Räucherfäßchens und schwenkte es vor einem der Heiligenbilder, daß der Rauch in duftenden Wölkchen aufstieg.
Batu-Khan sagte, behaglich schnuppernd und schnaufend:
»Dse, dse! Das riecht gut! Schwenke das Faß dichter vor meiner Nase!«
Der Pope bekreuzigte sich erschrocken und murmelte:
»Herr, vergib mir gnädigst meine Sünde! ...«
Dann schwenkte er sein Weihrauchfaß unmittelbar vor der Nase des Mongolenherrschers.
»Wessen Götter sind die stärkeren? Die urussutischen oder die mongolischen?« fragte Batu den Popen.
»Es gibt nur einen Gott!«
»Das ist nicht wahr. Bei euch selber hängen doch eine ganze Menge an der Wand. Es gibt sehr viele Götter, gute wie böse. Der mächtigste unter ihnen aber ist Sulde, unser Kriegsgott. Er wird uns den Sieg schenken, und alle werden sich unserm Schwert unterwerfen, und die Mongolen werden den ganzen Erdkreis beherrschen! ...«

Die letzten Tage von Rjasan

> ... Zugrunde gegangen waren Stadt und Land Rjasan, ihre Macht und Stärke war vernichtet, und nichts war zu sehen als Rauch und Asche und Erde ...
> (Mär von der Ankunft des Khans Baty, XIII. Jh.)

Am frühen Morgen rückten die Tataren, die Leitern hinter sich herzogen, ganz dicht an die Mauern Rjasans heran. Es waren Leitern von verschiedener Form und Größe, die meisten in aller Hast und Eile aus Brettern oder Balken oder Stämmen gezimmert, darunter auch ganz einfache – Balken oder Stämme, in die man Kerben gemacht hatte.
Vor den Mauern ertönte das wilde Geschrei der Tataren, das Jammern geprügelter Gefangener, das Klopfen der Äxte und das Winseln der

Pfeifen, mit denen sich die Tataren vor einem Sturmangriff aufzumuntern pflegten. Von allen Seiten gleichzeitig wurden die Leitern an die Mauern gelehnt. Als erste mußten russische Gefangene hinauf, die mit Lanzenstichen und Schlägen angetrieben wurden. Halbnackt, blau und zitternd vor Kälte und auch vor Angst, klommen sie empor zu den Mauerzinnen und flehten die Verteidiger Rjasans kläglich an, ihr Leben zu schonen.

»Verschont uns, Brüder! Laßt uns über die Palisade hinüber zu euch, und mit euch zusammen werden wir uns gegen die Tataren wenden... Nicht freiwillig kommen wir ja, sondern gezwungen, man sticht und schlägt uns von hinten...«

Von oben aber antwortete man ihnen:

»Nichts da! Kehrt um, ihr Feiglinge, ihr Hasenfüße! Entreißt den Tataren doch die Schwerter und haut auf sie ein! Zerbrecht die Leitern!«

Einige der Gefangenen, die nicht gegen ihre eigenen Brüder kämpfen wollten, stürzten sich von der Leiter hinab, rollten über die mit glatter Eisschicht bedeckten Hänge und wurden unten von den Tataren zusammengehauen.

Saweli, mit einer langstieligen Axt ausgerüstet, wartete oben, bereit, jeden niederzuschlagen, der die Leiter heraufgestiegen kam. Drei Leitern wurden vor ihm angelehnt, und auf jeder kletterten Männer zu ihm herauf. Waren es Russen oder Tataren? Brüder oder Feinde? Halbnackt, in spärlichen Lumpen, kletterten sie mit dem Todesmut der Verzweiflung und des Entsetzens und schrien dabei gellend.

»Wer bist du? Einer von uns oder nicht? Bekreuzige dich!« rief Saweli dem ersten zu, der aber nicht antwortete, sondern bloß wild schreiend seinen Knüppel schwang, um Saweli damit einen Schlag zu versetzen. Doch der Knüppel flog ihm aus der Hand, und er selber stürzte kopfüber hinab.

Der nächste rief:

»Dikoroß! Gevatter! Schlag nicht zu, um Gottes willen, ich bin Waula, und hinter mir kommt Swjaga!«

Sawelis Axt blieb in der Luft hängen, bis seine beiden Nachbarn aus dem Perunswald sich über die Palisade aus Eichenpfählen hatten rollen lassen, und sauste dann auf den Schädel eines jungen Tataren nieder, der hinter den beiden Bauern flink hatte sich über die Palisade schwingen wollen. Mit gespaltenem Schädel stürzte er in die Tiefe. Wütend schlug Saweli jetzt zu, aber die Wut machte ihn nicht blind, und keiner seiner Schläge, die so kräftig waren, als wollte er im heimischen Walde jahrhundertealte Tannen fällen, verfehlte sein Ziel.

Swjaga und Waula hatten sich neben ihm aufgestellt und stießen mit Stangen alle hinunter, die herauf wollten. Ebenso verzweifelten Widerstand wie die drei Perunswalder leisteten die Verteidiger der Stadt überall auf den Mauern und schlugen den ersten Angriff ab, unterstützt dabei von ihren Frauen, die große Eimer, randvoll mit siedendem Wasser gefüllt, auf die Stürmenden entleerten und Stein- und Eisblöcke auf sie hinabwälzten. Gegen Mittag war der Sturm abgeschlagen, und die Tataren zogen sich zunächst zurück. Unten am Fuße der Mauer krochen mühsam und vor Schmerzen schreiend die Verwundeten und Verbrühten. Tataren gingen zwischen ihnen herum und schafften ihre eigenen Leute fort; jeden Russen aber schlugen sie tot.

Im Laufe der nächsten hundert Stunden wurden die Angriffe bei Tag und Nacht wiederholt. Aber die Rjasaner standen ihren Mann und wichen und wankten nicht, obwohl sich ihre Reihen bedenklich lichteten. Frauen nahmen die Plätze der Männer ein, die von Pfeilen oder von Steingeschossen aus der Schleuder getroffen worden waren. Aber während die Verteidiger keinen Ersatz für die ausfallenden Kämpfer hatten, führten die Mongolen immer neue frische Truppen in den Kampf.

Saweli, Swjaga und Waula standen einander bei und lösten einander ab. Auch während der kurzen Kampfpausen verließen sie ihren Posten nicht, sondern legten sich gleich auf der Mauer oder in der Erdhütte hin und schliefen, den Arm unter den Kopf geschoben, augenblicklich vor Erschöpfung ein.

Neben der Steinschleudermaschine traten auch zwei Rammböcke am Stadttor in Aktion – große Balken mit Eisenköpfen, die an festen Gestellen hingen und, von Gefangenen und den hinter ihren runden Lederschilden sich bergenden Mongolen in Schwung gebracht, mit furchtbarer Kraft dröhnend gegen die Torflügel schlugen, daß die Eichenbohlen barsten. Von den Mauern wurde kochendes Wasser und siedendes Pech auf die Bedienungsmannschaften der Kriegsmaschinen herabgeschüttet, und ein Steinhagel prasselte auf sie herab. Aber die Rammböcke donnerten unentwegt gegen das Tor, bis es zertrümmert war.

Mit Triumphgeschrei wollten die Tataren eindringen, stießen aber gegen eine Steinmauer, die in den letzten Tagen von den Frauen, denen die Kinder bei der Arbeit geholfen hatten, unmittelbar hinter dem Holztor errichtet worden war.

Aber die Tataren ließen sich dadurch nicht beirren. Sie vermehrten die Zahl der Sturmleitern und schickten ihre tollkühnsten Krieger hinauf, um den beharrlichen Widerstand der Rjasaner zu brechen. Den Verteidigern dämmerte allmählich die Einsicht, daß das Ende ihrer Stadt nahe war.

Am fünften Tage der Belagerung, am 20. Dezember, begab sich die Witwe des Fürsten Juri Ingwarewitsch, die Fürstin Agrippina, in Begleitung ihrer jungen Schwiegertöchter und aller Bojarinnen in die Kathedrale, wo sich schon viele Rjasaner Frauen versammelt hatten, um dort, im Gotteshause, den unvermeidlichen, nahe bevorstehenden Untergang zu erwarten. Der Bischof und die Priester sprachen Gebete und sangen fromme Hymnen. Sie stellten allen, die den Märtyrertod erleiden würden, die ewige himmlische Seligkeit in Aussicht. Der alte blinde Glöckner läutete unermüdlich die große Sturmglocke, als wollte er durch das Geläut kundtun, daß der Kampf fortdauere, daß keiner daran denke, sich zu ergeben, daß vielmehr alle russischen Menschen bereit seien, für das teure Heimatland, das Land ihrer Väter und Vorväter, Blut und Leben zu lassen.

Am sechsten Tage der Belagerung, am 21. Dezember, legten die Tataren wiederum die Sturmleitern an und erklommen sie mit brennenden Fackeln in der Hand. Während die Schützen von unten einen Pfeilhagel zu den Verteidigern hinaufschickten, dem viele zum Opfer fielen, brachen sich die Stürmenden, dank einer unvorstellbaren Übermacht, endlich Bahn durch die Palisaden. Ein wildes Freudengeheul ertönte an allen Ecken und Enden der Stadt. Schon liefen die ersten der Tataren durch die Straßen und Gassen, drangen in die Häuser ein und metzelten erbarmungslos alle Bewohner nieder, auch Greise und Kinder. Dann zertrümmerten sie das Portal der Kathedrale und drangen ins Innere des Gotteshauses ein. Unter den Frauen und Priestern richteten sie ein grauenhaftes Blutbad an, dann steckten sie die Kirche in Brand. Kleine Kinder warfen sie vor den Augen ihrer Mütter ins Feuer, schändeten die Frauen und schlitzten ihnen dann die Bäuche auf. Am Abend war kein Einwohner Rjasans mehr am Leben. Ein Zeitgenosse schreibt: »... Niemand war da, um zu klagen und zu jammern und sich wegen der Umgekommenen zu grämen: weder Eltern um ihre Kinder noch Kinder um ihre Eltern, auch nicht Geschwister um ihre Geschwister – alle waren sie tot, lagen starr und stumm da...«

Als Saweli an diesem Tage von der Mauer aus hinabblickte, entsetzte er sich: Nicht weniger als acht Leitern lehnten vor ihm an der Mauer, und auf jeder stiegen ganze Scharen von Feinden zu ihm empor. Saweli stieß viele der Heraufgekommenen wieder hinab, aber rechts und links von ihm kletterten andere auf die Mauer und über die Palisade. Und seltsam, sie rührten ihn nicht an; sie hatten anderes zu tun, sie eilten, bemüht, einander zu überholen und sich gegenseitig die besten Beutestücke streitig zu machen, zum Detinez, dem fürstlichen Palais. Saweli wurde mit fortgerissen von einer Woge fliehender Rjasaner, die zu einem über den Fluß überhängenden Mauervorsprung hindrängten, wo sie über den vereisten Hang hinunterrutschten ins Wasser, denn eben an dieser Stelle war die Eisdecke geborsten. Wer noch Kraft genug hatte, schwamm durch das eiskalte Wasser hinüber ans andere Ufer und floh dann über das Feld hin zum Wald.

Die Tataren, die nichts anderes als Plündern und Beutemachen im Kopfe hatten, kümmerten sich um die Fliehenden nicht. ›Ohnehin werden sie ja nicht weit kommen. Entgehen werden sie uns sowieso nicht‹, mochten sie wohl denken.

Unter den wenigen, die sich auf diese Weise retteten, war Saweli. In nassen Kleidern, die Axt im Gürtel, blieb er drüben auf dem Felde noch einmal für einen Moment stehen, um sich zum letzten Male nach der Stadt umzublicken, die in einem Wirbel von Flammen und Rauch aufging, aus dem zeitweilig die Glockentürme der Kirchen herausragten.

Deutlich war das höllische Triumphgeheul der Sieger zu hören, in das hinein das gleichmäßige Sturmgeläut der großen Kathedralglocke dröhnte, die der blinde Glöckner noch immer in Bewegung setzte. Und nicht eher hörte der eherne Mund auf, das russische Volk zur Verteidigung seiner Heimat aufzurufen, als bis der Greis, unter dem Dolchstoß eines wütenden Tataren verendend, seinen letzten Atemzug tat.

Abschied von den Gefallenen

Die Stadt war zerstört, der Brand erloschen. Über Nacht hatte Schnee die verkohlten Trümmer mit einer Decke überzogen, unter der Rjasan lag wie eine verstümmelte Leiche unter einem silberschimmernden Leichentuch.

Batu-Khan wünschte einen Ritt durch die eroberte Stadt zu machen. Die Unbesiegbaren wurden durch Meldereiter beordert, sich am folgenden Tage bei Sonnenaufgang vor dem Tore von Rjasan längs der Oka aufzustellen.

Zehn Hundertschaften hatten sich in zehn Reihen aufgestellt. Vor jeder halben Hundertschaft hielt ein Führer mit einem Speer in der Hand, an dessen Spitze ein farbiger Tuchfetzen hing; vor jeder Hundertschaft hielt ein Dschagun (das ist ein Hundertschaftsführer), und hinter ihm, zur Reglosigkeit erstarrt, standen der Trommler oder Pauker mit zwei mit Leder bespannten Kesseln, der Trompeter oder Hornist, der sein Blasinstrument über die Schulter gehängt trug, und der Gongschläger, dessen Aufgabe es war, durch Schläge in bestimmter rhythmischer Folge auf ein rundes Messinggong Signale für eiliges Sammeln und für den Rückzug zu geben.

Auch die mongolischen Heerscharen hatten sich merklich gelichtet, in vielen Zehnerreihen fehlte ein Reiter, in manchen sogar drei. Und man sah nicht wenig Verwundete mit Verbänden.

Längs des Flusses am Fuße der zerstörten Mauer und auf dem Wege lagen ausgeplünderte Leichen, fast alle in den ungewöhnlichsten Stellungen, und der Schnee verhüllte barmherzig ihre Nacktheit. Hier und da ragten in die Luft gereckte Gliedmaßen aus dem Schnee hervor, und auf ihnen saßen kreischende Dohlen und Raben.

Die Rosse waren schon ungeduldig geworden vom langen Stehen und stampften und rissen an den Zügeln. Da ertönte in der Ferne ein Hornsignal, andere Hörner nahmen es auf, und so kam es näher und näher. Der Dschagun der ersten Hundertschaft kommandierte:

»Achtung und Gehorsam!«, und »Achtung und Gehorsam!« wiederholten die übrigen Führer der Hundert- und Zehnerschaften. Die Reiter richteten sich gerader im Sattel auf, faßten die Zügel fester. Es herrschte gespannteste Erwartung.

Von der Vorortskirche her kam eine Gruppe von Reitern angaloppiert. Voraus ritten drei, von denen der mittlere ein fünfeckiges weißes Banner

mit neun Bändern oder Schwänzen trug. Mit Goldfäden war darauf ein Gierfalke eingestickt, der einen Raben in den Fängen hält. Unter der goldenen Lanzenspitze hing der rote Schweif von Dschingis-Khans Hengst. Hinter den dreien kam ein einzelner Reiter, auf dessen Speer der Kopf des Wojewoden von Rjasan steckte. Wadim Danilytschs Gesicht, dessen Augen geschlossen waren, hatte einen strengen, aber ruhigen Ausdruck. Der Wind spielte mit dem weißen Bart- und Haupthaar, dessen Locken flatterten. Weiter führten zwei Schnelläufer, ganz in Weiß gekleidet, auch ihre Wildlederstiefel und hohen Schamanenkappen waren weiß, einen Schimmelhengst von makelloser Reine und blendender Schönheit mit feurigen schwarzen Augen am Zaum. Er bog den Hals stolz, setzte seine schwarzen Hufe wie tänzelnd in den Schnee. Eine Decke von himbeerfarbenem Samt mit prächtiger, in der Morgensonne glitzernder Goldstickerei lag auf seinem Rücken. Voll Ehrerbietung blickten alle auf das weiße Roß, denn sie glaubten, daß auf ihm unsichtbar der Kriegsgott Sulde ritte.
»Batu-Khan ist unberechenbar«, ging ein Raunen durch die Reihen. »Heute weiht er den Hengst dem Gott Sulde, aber wenn es ihm einfällt, reitet er ihn morgen selber. Heute reitet er den weißbeinigen Rappen des Urussutenfürsten, morgen vielleicht besteigt er einen Braunbären...«
Ja, Batu ritt den gold- und silbergezäumten Rapphengst mit den bis zu den Knien weißen Beinen und dem sternförmigen weißen Fleck auf der Stirn, das Geschenk des Fürsten Juri von Rjasan, dessen Hauptstadt er, Batu, hatte in Schutt und Asche legen lassen. Zu einem silberschimmernden Ringpanzer, der in der Sonne schillerte und gleißte, trug der Dschichangir einen Goldhelm mit einem Busch langer weißer Federn. Im Gefolge des Dschichangirs waren mehrere Khane, deren prächtig geschmückte Pferde einen seltsamen Kontrast zu dem rehbraunen Hengst des unter ihnen reitenden Subudai bildeten, denn dessen schlichtes Sattelzeug war aus ganz gewöhnlichem Leder.
Batu-Khan ritt die Front seiner Tausendschaft ab. Die Mongolen und Tataren schrien »Uragsch!«, und die Kiptschaken stimmten mit ihrem »Jaschasyn!« in das Geschrei ein.
Eine Hundertschaft sonderte sich von der Tausendschaft ab und folgte dem Dschichangir und seiner Kavalkade über den Fluß, wo in den Löchern zwischen den Eisschollen ebenfalls Leichen lagen.
Das Stadttor war schon wieder passierbar gemacht. Unter Aufsicht von Mongolen mit geschulterten blanken Säbeln hatten Gefangene den Schutt und die steinerne Schutzwand wegräumen müssen.
Innerhalb der teilweise zerstörten Mauer war alles zerstört. Hier und da qualmten noch Balken; es roch nach versengtem Fleisch. Schmutzige Wasserbächlein aus geschmolzenem Schnee rannen von den rauchenden Brandstätten herab.
Batu-Khan ritt die steinerne Erhöhung vor der zerstörten Kathedrale hinauf. Die Wetscheglocke, die ehedem das Rjasaner Volk zur Ver-

sammlung gerufen hatte, war von dem zerstörten Gebälk herabgestürzt und lag noch unversehrt, aber rauchgeschwärzt auf der Erde.
Ein düsterer Anblick bot sich dem Auge des Mongolenherrschers. In der Mitte des Platzes war aus Balken, Türen, Fensterrahmen, Wagen, Schlitten, Rädern und Deichseln ein riesiger Holzstoß aufgeschichtet, und darauf lagen in regelmäßigen Reihen dicht nebeneinander die Leichen der bei der Einnahme der Stadt gefallenen Mongolen, Tataren und Kiptschaken. Wie viele es waren? Wer würde das erfahren? Niemand zählte sie und ermittelte, woher sie stammten ... Wer könnte sagen, was aus den Jurten werden würde, wo die Zurückgebliebenen nach Westen ausschauten nach dem Vater, dem Sohn, dem Bruder, der versprochen hatte, mit Pferden und Kamelen voll reicher Beute heimzukehren ...
Schweigend, mit furchtbaren Wunden bedeckt, lagen sie dicht nebeneinander auf dem Rücken, und aus ihren starren, von Todesqual verzerrten Gesichtern stierten glanzlose glasige Augen hinauf zum kalten fremden Himmel.
Scheu verstummten die lauten Gefährten des Dschichangirs bei diesem Anblick. Männer, die kürzlich noch ihre Kameraden gewesen waren, lagen jetzt stumm und steif da, und ihre Seelen waren eingegangen in jene unbekannte Welt über den Wolken, wo sie sich als gespenstische Schatten zu den Heerscharen des heiligen Kriegers versammelten ... So lehrten es die Schamanen.
Den toten Mongolen und Tataren hatte man ihre Kleider gelassen. Niemand würde sich des Frevels erdreistet haben, einem toten Kameraden seinen Tschapan oder die ärmellose Jacke zu stehlen. Vielen der Toten standen Kupfer- und Holzschalen mit Korn oder Fleischstücken als Wegzehrung für den Marsch ins Jenseits auf der Brust. Hervorragende Bahadure gingen mit blankem Krummschwert, das man ihnen an der Hand festgebunden hatte, ins Totenreich ein.
In der eingetretenen Stille, einer wirklichen Totenstille, vernahm man plötzlich ein langgezogenes klägliches Stöhnen und Jammern, das sich mehrmals wiederholte. Deutlich waren die Worte »Wie schwer ... Wasser! ...« zu verstehen.
Unruhe erfaßte die Mongolen. Den heiligen Scheiterhaufen darf man nicht noch einmal auseinanderreißen.
Batu-Khans Gesicht blieb unbeweglich.
»Macht schneller!« stieß er zwischen den Zähnen hervor.
Einer der Khane aus seiner nächsten Umgebung sprach in singendem Tonfall:
»Glücklich, wer zusammen mit den Bahaduren im Rauch des heiligen Scheiterhaufens hinaufsteigt zu den Wolken, hinter denen der diamantene Palast des großen und schrecklichen Gottes Sulde steht!«
Trommelwirbel, Hörnerklang. Dreißig weißgekleidete Schamanen mit Bärenfellen über den Schultern umwandelten, ein durchdringendes Klagegeheul dabei ausstoßend, den riesigen Scheiterhaufen im Tänzel-

schritt zum Gerassel ihrer Schellentrommeln. Mongolische Krieger, die unter den zu Bestattenden nahe Angehörige hatten, stiegen von ihren Rossen und schlossen sich dem Zuge der Schamanen an, wobei sie in der rechten Hand ein besticktes Seidentuch hochhielten.
Die chinesischen Meister entzündeten mit leicht brennbaren Flüssigkeiten getränktes Werg und setzten damit an allen acht Seiten den Scheiterhaufen in Brand. Schwarze Rauchschwaden stiegen auf, Flammen loderten empor und fraßen sich schnell durch die trockenen Bretter und Balken hindurch, erfaßten die Leichen und erhoben ihre gelben Zungen zum Himmel.
Immer stärker wurde die Hitze. Die dem Scheiterhaufen zunächst Stehenden wichen allmählich Schritt für Schritt zurück, aber entfernen durfte sich niemand, solange der Dschichangir unbeweglich dastand und schweigend von seinen toten Kriegern Abschied nahm, von denen er offenbar einen Abschiedsgruß erwartete.
Die öldurchtränkte Kleidung der Gefallenen ging in gelben Flammen auf. In der Hitze begann die Starre des Todes sich zu lösen, und in die entseelten Körper kam noch einmal Bewegung: Sie krümmten sich, regten die Glieder, ja, einer, ein Hundertschaftsführer, richtete sich auf und wendete, gleichsam von seinen rundherum stehenden Kameraden Abschied nehmend, den Kopf im Kreise.
Ihre Augen gegen das grelle Licht der Flammen mit den Händen schirmend, stierten die Krieger in die zum Himmel steigenden, von Purpurstreifen durchzüngelten, blaugrauen Rauchschwaden, in denen sie auf kurzbeinigen Mongolenpferden dahingaloppierende Reiter zu erblicken wähnten, die sich zusammen mit den sprühenden Funkengarben emporschwangen zu der Welt jenseits der Wolken, um einzugehen in das Reich des heiligen Regenten Dschingis-Khan...
Die Hitze wurde schier unerträglich. Ein heißer Wind fauchte über den Platz hin und wirbelte glühende und brennende Teile hoch empor, daß ein dichter Funkenregen niederging.
Sein Gesicht mit dem Ärmel verdeckend, rief Batu-Khan:
»Bai-aralla, ba-atr dsoriggei!«, das heißt: »Dank euch, ihr heldenmütigen Recken!«
Er versetzte seinem Rapphengst einen Peitschenhieb und sprengte davon, hinunter zum Fluß. Hinter ihm her jagten, in ungeordnetes Durcheinander geratend, die mongolischen Krieger und riefen, mit ihren Waffen klirrend, ihren toten Kameraden ebenfalls den Abschiedsgruß nach:
»Baijartai, baijartai!« – »Auf Wiedersehn! Auf Wiedersehn!«
Der von dem brennenden Scheiterhaufen aufgewirbelte Funkenflug setzte Rjasan zum zweiten Male in Brand, der tagelang wütete und weithin zu sehen war, und ein erstickender, Übelkeit erregender Gestank von versengtem Fleisch hing in der Luft.
Drei Tage lang machte das mongolische Heer Rast. Das von überallher zusammengetriebene Vieh wurde geschlachtet, die Khane aßen ge-

kochtes Füllenfleisch und tranken Wein aus den Kellern des Fürsten von Rjasan dazu; die einfachen Krieger begnügten sich mit Tee, den man mit Mehl und Rindertalg eingedickt hatte, und unterhielten sich flüsternd miteinander:
»Wenn bei der Einnahme einer jeden urussutischen Stadt so viele von den Unsern ins Gras beißen müssen, werden wohl nur wenige Bahadure in die Heimat zurückkehren... Tschui! Denken wir nicht an den morgigen Tag und an das, was er bringen mag, sondern genießen wir den heutigen! Laßt uns vergnügt und lustig sein, in vollen Zügen trinken und uns den Bauch vollschlagen!...«

[illegible] und trocken. Wein [illegible]
[illegible] die [illegible] begonnen [illegible]
[illegible] eingedeckt hatte [illegible]
[illegible]

Wenn bei der [illegible] jeden [illegible]
[illegible] wenn [illegible]
[illegible]
[illegible]
[illegible] und [illegible]
ins den [illegible]

Sechster Teil

Schwarze Wolken über russischem Land

»... Böse Kunde kam, worüber alle in arge Bestürzung gerieten ...«
(Alte Chronik)

»Es knarrt«

In einer langen Winternacht stand ein einsamer Posten Wache auf der steinernen Mauer der Stadt Wladimir im Lande Susdal. Über dem Halbpelz aus Schaffell trug er einen braunen Bauernkittel. Mit den Füßen aufstampfend und sie gegeneinanderschlagend, ging er zwischen zwei Schießscharten hin und her, und seine Lindenbastschuhe verursachten ein knarrendes Geräusch auf dem knirschenden Schnee. Über die Ohren hatte er die Klappen seiner Hundefellmütze gezogen. Sein struppiger Bart schimmerte silbrig vom Reif. Er ließ seine Augen nach allen Seiten wandern und spähte scharf in die Ferne, zu den verschneiten Wäldern hin, die im bläulichen Schein des abnehmenden Mondes schlummerten.

Schibalka – so hieß der Mann – hielt, wie man es ihm eingeschärft hatte, den südwärts nach Rjasan führenden Weg unter ständiger und genauer Beobachtung. Dort, hatte man ihm gesagt, fanden Kämpfe statt ... Welche Nachrichten wohl von dorther kommen würden? Ob es den Rjasanern gelang, die aus dem Wilden Felde hereingebrochenen wilden Tatarenhorden zurückzuschlagen? Oder hatten die Feinde gar die Stadt umgangen und zogen jetzt über Susdaler Gebiet direkt gegen Wladimir?

Schibalka ist schon ein alter Mann, doch noch immer hält seine harte schwielige Hand den Speer fest – nicht weniger fest als in jüngeren Jahren. Und wie damals, so ist er auch heute bereit, in den Kampf zu ziehn, wenn der Heimat Gefahr droht. Und dennoch beschleichen ihn schwarze Gedanken, die sein Gemüt umdüstern wie graue Wolken den Himmel.

Friedlich schläft die Stadt. Kein Geräusch, kein Rascheln in der unbeweglichen Frostluft ...

Doch da! Waren das nicht leise Stimmen, fein wie Kinderstimmen, die von unten heraufklangen? Schibalka lauschte. Ja, es waren Stimmen, und sie näherten sich. Drei Schatten tauchten auf und glitten an der Mauer hin. Drei Knaben, in Pelze eingemummt, eng aneinandergeschmiegt, trippelten da heran.

»Wer da? Antwort oder ich schlag zu!« rief Schibalka mit heiserer Stimme und stampfte den Schaft seines Spießes hart auf den Boden auf.

»Großväterchen Schibalka! Nicht böse sein! Ich bin's ja bloß – Bulatko!« erwiderte einer der Knaben. »Und die Nachbarskinder sind auch mit – Pospelka und Nesamaka!«
»Daß du's bist, sehe ich, du kleiner Teufel! Weshalb schlaft ihr nicht? Warum treibt ihr euch zu nachtschlafender Zeit auf den Mauern herum? Wenn der Fürst davon erfährt, wird er mit Recht zornig werden.«
»Wir sind ja bloß gekommen, um nachzusehn, was da so knarrt, Großväterchen...«
»Was knarrt? Wo? Wieso?«
»Der Nesamaka sagt, daß die Erde stöhne. Ich aber denke mir, ob es nicht am Ende die Tataren sind, die sich anschleichen... Wenn die Tataren kommen, wollen auch wir mit ihnen kämpfen. Schließlich sind wir ja keine kleinen Kinder mehr... Da sind wir nun hergekommen, um zu erfahren, was das für ein Knarren ist...«
»Ei, sieh mal an, was ihr euch da ausgedacht habt! Was für ein Knarren soll denn das sein?« meinte Schibalka.
»Nimm du nur deine Kappe ab, dann wirst du's schon hören... So freilich nicht!«
Schibalka nahm seine Fellmütze ab und lauschte.
Durch die Stille der mondhellen blauen Nacht hörte man deutlich ein fernes und unaufhörliches Geknarr und dazu Geräusche, die wie gedämpftes Sprechen und leises Weinen klangen.
Schibalka lauschte und spähte unverwandt in die Ferne, um zu ergründen, welche Ursache diese Geräusche haben konnten, die von den weiten Schneefeldern herübertönten.
»Schau mal dorthin! Großväterchen!« sagte Bulatko.
Schibalka machte eine abwehrende Handbewegung.
»Ach, ihr kleines Gesindel! Das ist doch der Winter, der, in sein Bärenfell eingemummt, über die Felder geht, an die Dächer klopft, die Weiber aufweckt, daß sie in der Nacht die Öfen heizen. Und hinter ihm kommen die Schneestürme und verlangen nach Arbeit: Eine Fuhre wollen sie verwehen oder einen Wanderer erfrieren lassen... Der Winter aber stapft durch den Wald und streut Rauhreif aus seinem Ärmel, schreitet über den Fluß, und unter seinen Füßen gefriert das Wasser zu fünf Ellen dickem Eis... Daher knarrt's und knistert's so, und der Schneesturm heult mit Weiberstimmen...«
Die Knaben aber ließen sich durch solche Fabeleien nicht beruhigen, sondern spähten ebenfalls in die Ferne und sagten dann, indem sie mit dem Finger deuteten:
»Aber sieh doch, Großväterchen, dort auf dem Fluß!«
Der Mond trat hinter den Wolken hervor, und in seinem flimmernden Silberschein sah man deutlich Pferde, Schlitten und hinterherschreitende Menschen. Langsam kam der Zug auf dem am Ufer eingefahrenen Wege näher. Das unaufhörliche Knarren der Kufen und das Weinen wurde immer stärker und störte die feierliche Stille der Frostnacht. Hinter dem ersten Zug, der sich flußabwärts fortbewegte und im

blauen Nebel versank, erschienen andere, die ebenfalls wie Schatten vorbeizogen und verschwanden.
»Das sind Flüchtlinge...«, sagte Schibalka. »Sie suchen Zuflucht und Schutz in den Wäldern... Die Tataren sind also nah.«
»Was sind die Tataren für Leute, Großväterchen? Hast du sie gesehn?«
»Gesehn noch nicht, aber von ihnen gehört. Wilde Menschen sind es, sie leben auf dem Wilden Felde zusammen mit ihrem Vieh und überwältigen alle durch ihre Bosheit.«
»Werden sie uns auch überwältigen, wenn sie kommen?«
»Vielleicht kommen sie gar nicht. Vielleicht sind sie schon von den Rjasanern zurückgeschlagen worden. Mit diesen Pferdehirten muß man es ebenso aufnehmen wie mit einem Bären. Weichst du ängstlich vor ihm zurück, so holt er dich ein und zerreißt dich; gehst du ihm mutig mit dem Jagdspieß zu Leibe, so wirst du ihn zu Fall bringen, und das Fell wird dein sein.«
»Sieh doch! Da kommen Flüchtlinge hierher! Und hinter ihnen Reiter... Sind das die Tataren?«
Eine Reihe von Schlitten näherte sich dem Tor in der Festungsmauer. Ihnen folgte eine Gruppe von Reitern, auf deren Speeren, Helmen und Brustpanzern das Mondlicht glitzerte.
Schibalka griff hastig nach einem Klöppel und hämmerte damit auf eine Roheisenplatte, die zwischen zwei Schießscharten hing, damit man notfalls Alarm schlagen und die Wache herausrufen könne.
Der Zug von Schlitten und Reitern, zwei Dutzend mochten es etwa sein, hatte inzwischen vor dem Tor angehalten, welches das »Goldene« hieß. Einige Reiter waren abgestiegen und klopften an. Krieger kamen herbeigelaufen, und hinter ihnen stieg langsamer der Sotnik auf die Mauer. Er hüllte sich fester in seinen Bärenpelz und fragte die Ankömmlinge von oben herab:
»Wer seid ihr?«
»Fürst Roman Ingwarewitsch von Rjasan mit einer wichtigen Nachricht.«
»Und die anderen? Wer sind die?«
»Flüchtlinge sind es. Laßt uns und sie in die Stadt ein.«
»Ja, laßt uns ein!« riefen die Flüchtlinge. »Wir haben Fürchterliches ausgestanden und suchen einen ruhigen Platz...«
»Den würdet ihr hier wohl nicht finden. Jeden Tag erwarten wir die Feinde. Fahrt weiter, in abgelegenere Gemeinden, dort werdet ihr Aufnahme und Ruhe finden... Nur den Fürsten und seine Mannen werden wir einlassen!«
Die schweren Torflügel öffneten sich, ließen die Reiter durch und schlossen sich wieder. Geschrei und Weinen hörte man auf mehreren der Schlitten. Flüche und Verwünschungen gegen den Fürsten Georgi Wsewolodowitsch und die Einwohner von Wladimir wurden von den erbitterten und enttäuschten Flüchtlingen ausgestoßen. Dann mußten sie wohl oder übel weiterfahren auf der Suche nach einem Asyl.

Die Hand des Fürsten ist schwer und knauserig

Fürst Georgi Wsewolodowitsch war ein hochgewachsener, wohlbeleibter, breitschultriger Mann. Ein ehedem schwarzer, jetzt aber angegrauter Vollbart deckte seine mächtige Brust. Der durchdringende Blick seiner dunklen strengen Augen unter schwarzen Brauen hervor machte seine Höflinge und seine Untertanen erzittern. Wenn er in der Kathedrale dem Gottesdienst beiwohnte und sich eifrig bekreuzigte, wobei die Finger seiner Rechten nacheinander die weiße offene Stirn, den goldenen Knopf seines Rocks auf der Mitte seines Leibes und die breiten Schultern berührten, dann bewunderten alle seine hoheitsvolle Erscheinung und seine würdevollen Gebärden, namentlich, wenn er stolz das ebenfalls ergrauende lockige Haar zurückwarf.

Im Volke hieß es, er sei ein »starker und knausriger Herr, der keinem etwas erlasse und gegen niemanden Nachsicht übe«. Wenn er durch sein Fürstentum reiste, konnte keiner sich von seinen Zahlungen und Abgaben drücken, ja versuchte es gar nicht erst, denn der Fürst verstand es, von jedem herauszuholen, was ihm zukam, und sei es nur eine Docke Wollgarn. Er hielt sich für klüger als alle anderen und liebte es, Belehrungen zu erteilen. Widerspruch duldete er nicht.

»Du bist noch zu jung, um mir zu widersprechen! Wenn du so lange wie ich auf meinem Thronsessel gesessen hättest, würdest du manches wissen und besser verstehen«, so pflegte er zu sprechen und hinzuzufügen: »Es ist mein mir von Gott beschiedenes Amt, über Menschen zu herrschen und sie zu richten.«

Als die erste Kunde vom Einfall der Tataren und Mungalen von bulgarischen Flüchtlingen, die mit Weib und Kind und Kegel im Susdaler Fürstentum anlangten und Asylrecht erbaten, gebracht wurde, lachte Georgi Wsewolodowitsch bloß und meinte:

»Was tut's! Den Bulgaren geht es schlecht, mir wird's dafür desto besser ergehn. Seid willkommen und einen Silberdreier für acht von euch, ihr werten Gäste, kunstfertige Gerber und Lederer. Für alle wird sich Platz finden. Solche Meister brauche ich gerade. Ich werde euch in verschiedenen Städten ansiedeln. Und die Büttner und Schäffler sollen euch Zuber zum Gerben machen, worin ihr das Leder weichen und walken könnt, um schließlich daraus Stiefel zu nähen. In einem Jahr werden alle meine Bojaren und Mannen Lederstiefel tragen und brauchen nicht mehr in Bastschuhen umherzuschleichen.«

Und der Fürst siedelte die bulgarischen Loh- und Weißgerber in Kineschma und anderen Orten seines Fürstentums an, und sie gingen an die Herstellung der verschiedenen groben und feinen Ledersorten – Rindsleder und Leder aus Pferde- und Wildschweinshäuten und aus Ziegenhäuten das vielbegehrte feine und weiche gefärbte Saffianleder. Und die Schuster machten daraus Schuhwerk aller Art.

Aber es kamen neue und schlimmere Nachrichten: Die Tataren und

Mungalen wären im Wilden Felde in der Nähe der Rjasaner Grenze aufgetaucht. Der Fürst legte die Stirn in Falten, regte sich aber nicht allzusehr auf.
»Die Rjasaner«, so räsonierte er, »haben von eh und je ihre Nasen viel zu hoch getragen. Sie besitzen die Anmaßung, ihren Fürsten ›Gossudar‹ zu nennen. Dabei haben wir Susdaler die Rjasaner stets geschlagen, ihre Stadt niedergebrannt, ihre Fürsten und Bojaren in unseren Verliesen gefangengehalten und ihre Bauern in unsere entlegensten Gebiete umgesiedelt. Man hätte meinen sollen, sie würden nie wieder auf die Beine kommen... Aber siehe da! Von neuem kamen Ansiedler, und Rjasan blühte wieder auf und gedieh und gedeiht besser als früher..., wie Melde auf einer Brandstätte...«
Als die Rjasaner den Einfall hatten, die bei ihnen angelangte tatarische Gesandtschaft aus zwei Kriegern oder Spähern und einer Zauberin nach Wladimir zu geleiten, nahm Fürst Georgi die Steppensöhne gastfreundlich auf und spreizte sich vor ihnen in seinem Reichtum und seiner Macht. Er thronte auf seinem goldenen Sessel in einem Gewand aus kostbarstem Brokat, und die Bojaren und Bojarinnen prunkten in Kleidern aus Brokat und Samt. Und er sprach mit den tatarischen Gesandten herrisch und gebieterisch, ohne seine Worte zu mildern und seine Rede zu versüßen. Mit geringen Geschenken schickte er sie zurück, obwohl er es sich durchaus hätte leisten können, wertvollere zu geben.
Demütig bittend kamen die Rjasaner zu ihm, ließen ihren Stolz beiseite und flehten ihn unter Tränen um Hilfe und Beistand an.
»Schick uns deine Krieger, Fürst, und stelle dich an ihre Spitze. Übernimm auch die Befehlsgewalt über den Rjasaner Polk! Wenn wir einig sind, werden wir unbesiegbar sein. Die Polowezer Kundschafter berichten, daß die Tataren und Mungalen zahllos seien, ein Heer, wie es noch keins gegeben habe... Jeder Mann, der eine Axt noch schwingen kann, muß sie ergreifen. Einmütig müssen wir dem Feinde entgegentreten, sonst werden sie unser russisches Land in Schutt und Asche legen.«
»Sieh einer an, auf einmal bekommt ihr es mit der Angst zu tun. Wie ihr reden und bitten könnt... Habt euch wer weiß was ausgedacht«, entgegnete der Fürst und beschied die Bittsteller abschlägig. Selbst zu kommen, lehnte er rundweg ab, aber auch von seinen Kriegern wollte er keinen den Rjasanern zur Hilfe senden.
»Ihr hättet früher daran denken sollen, mit Wladimir und Susdal in Frieden und Freundschaft zu leben. Hättet keinen Zwist zwischen uns aufkommen lassen dürfen... Sollten aber die Tataren und Mungalen bis hierher kommen, so werde ich schon selbst mit ihnen fertig werden...«
So mußten die Hilfesuchenden unverrichteterdinge wieder heimreiten. Und die Männer von Rjasan, Pronsk, Murom und Saraisk mußten allein ins Wilde Feld rücken und zusehen, wie sie die Tataren und Mungalen von ihren Grenzen abhalten konnten.

Die Bojaren versuchten ihren Fürsten Georgi vorsichtig auszuhorchen, was er denn zu tun gedächte, falls die Tataren und Mungalen wirklich bis vor seine Hauptstadt rückten. Georgi Wsewolodowitsch rollte drohend die Augen und ließ sich folgendermaßen aus:
»Ich kenne die Gepflogenheiten dieser Pferdehirten... Es besteht nicht der geringste Anlaß zur Beängstigung. Sie werden herkommen, sich eine Weile in den Dörfern und Kirchspielen herumdrücken und schließlich mit dem Vorschlag herausrücken, man möge ihnen einen Tribut zahlen. Da ist es dann unsere Sache, ihre Abgesandten durch Klugheit milde zu stimmen, sie mit Weißlachs und gefüllten Pasteten zu traktieren, ihnen reichlich starken alten Met zu kredenzen und ihnen Geschenke zu machen: tausend Paar rote Stiefel, hundert Samt- und Zobelpelze und dazu noch Tand und Geschmeide für die Frauen der Tatarenkhane, alles was wir in unseren Truhen vorrätig haben. Verlangen sie noch mehr, zum Beispiel Pferde – Rappen, Füchse, Schecken –, so sollen sie auch die haben. Davon werden wir noch lange nicht arm. Meine Stadtmauern aber sind stark, die Tore fest. Die Steppenbewohner können mit ihren Pferdchen weder darüber hinwegspringen noch sie einrennen, höchstens werden sie sich die Köpfe daran einrennen...«
Immerhin hielt er es doch für rätlich, etliche Maßnahmen zu treffen, und wenn sie bloß darin bestanden, daß er die besten Tiere seines Marstalls in entfernte, nördlich gelegene Städte schickte, Korn und Heu, das jenseits des Flusses lagerte, in die Stadt schaffen ließ, sein Kriegsgefolge verstärkte, indem er Freiwillige anwarb. Er setzte Jeremei Glebowitsch als Wojewoden ein und schrieb Briefe an die Fürsten von Nowgorod, Rostow, Belosjorsk und andere, daß sie sich bereit halten sollten, auf den ersten Ruf hin mit ihrem Heerbann nach Wladimir zu eilen, um gemeinsam mit ihm und seinem Polk die russischen Lande gegen die Feinde zu verteidigen.
Er erklärte allen, die es hören wollten, zu wiederholten Malen, es bestünde wirklich kein Grund zur Beängstigung, er hätte an alles gedacht, alles vorausgesehen, jede nötige Vorsorge getroffen, daß die tatarischen und mungalischen Pferdehirten sich drei Jahre lang an den Mauern seiner Hauptstadt die Köpfe blutig rennen könnten und am Ende doch wieder abziehen müßten.

Die Tataren sind nah

Es war am dreiundzwanzigsten Tage des zehnten Monds, des Studen, das heißt Frostmonats.[1] Der Fürst Georgi Wsewolodowitsch hatte zum Abendessen mit bestem Appetit einen Gänsebraten mit Sauerkohl und als Nachtisch noch ein paar eingemachte Äpfel verspeist und sich dann

1 Bis zum XV. Jahrhundert war der Dezember (= Studen) der zehnte Monat des Jahres, das mit dem März, dem Lenzmonat, begann.

warm und bequem auf der mit Schaffellen bedeckten Ofenbank zum Schlafen ausgestreckt.
Mitten in der Nacht wurde er behutsam von einem alten Krieger seines Gefolges geweckt, der ihn sanft an der Schulter rüttelte. Ihm träumte gerade, der Erzbischof Mitrofan drohe ihm vom Altar aus, vor dem er in vollem Ornat stand, mit dem Finger und spräche zu ihm: ›Steh auf, Fürst, die Sonnenwende ist vorbei, es geht auf den Sommer zu, und der Bär in seiner Höhle hat sich von einer Seite auf die andere gewälzt...‹ – »Da werde ich mich wohl auch umdrehn müssen!« murmelte der Fürst schlaftrunken und wollte sich dabei auf die andere Seite drehen. Doch die Hand eines Kriegers, die ihn an der Schulter festhielt, hinderte ihn daran.
»Steh auf, Fürst, wach auf!« wiederholte der dem Fürsten treu ergebene Mann. »Schlimme Botschaft aus Rjasan!«
»Aus Rjasan? Was für Botschaft?« fragte der Fürst, seinen Geist mühsam sammelnd.
»Fürst Roman Ingwarewitsch ist mit zwei Dutzend Reitern gekommen, und man hat ihn eingelassen.«
»Was für Kunde bringt er?«
»Das will er dir selbst sagen.«
»Ja, was ist denn in Rjasan los?« fragte sich der Fürst mehr selbst als seinen Getreuen, der ihm aber antwortete:
»Es gibt kein Rjasan mehr!«
»Was redest du da? Bist du von Sinnen? Wo ist Fürst Roman?«
»Drüben im Audienzsaal«, antwortete der alte Krieger, während er seinem Herrn einen weiten, wallenden Mantel aus Eichhörnchenfellen um die Schultern hing. Die starken Hände des Fürsten zitterten, und es dauerte lange, bis sie die Ärmellöcher fanden.
Der Fürst begab sich zum Audienzsaal, wo gewöhnlich die Beratungen mit den Bojaren stattfanden und wo sich bereits einige seiner vertrautesten Ratgeber versammelt hatten.
Der trübe Schein der flackernden Öllämpchen vor den dunklen Heiligenbildern fiel auf die Balkenwände, die hier und da mit Tuch bespannt oder mit Teppichen verhängt waren. An der Spitze der schweigenden Bojaren standen die beiden Fürstensöhne – Wladimir und Wsewolod. Auch die drei Wojewoden – Shiroslaw Michailowitsch, Jeremei Glebowitsch und Pjotr Osladukowitsch – waren zugegen. Sie bewahrten von allen die meiste Ruhe und Haltung. Kein Wunder – in ihrem langen, an Kriegen und Kämpfen reichen Leben hatten sie so viel gesehen, daß sie nichts mehr in Erstaunen setzen konnte.
Am Tisch, auf einer mit einem Teppich bedeckten Bank, saß Fürst Roman; er hatte seinen Lockenkopf auf die Arme gelegt und war, von Müdigkeit überwältigt, eingeschlafen.
Der Fürst von Wladimir und Susdal trat ein und begann mit lauter, gebieterischer Stimme zu sprechen:
»Was bringt man für Kunde aus Rjasan? Haben die Rjasaner sich tapfer

geschlagen, oder haben sie Fersengeld gegeben und ihre Vaterstadt dem Feinde feig überlassen?«
Fürst Roman aber hatte kein Wort gehört, so tief und fest war sein Schlaf. In der Stille hörte man seine gleichmäßigen Atemzüge und das leichte Klirren der Fenster aus Glimmer.
»Ich frage: Wie haben die Rjasaner gekämpft? Wahrscheinlich haben sie ihre Stadt übergeben...«
Fürst Roman, aus seinem Schlafe auffahrend, hörte gerade noch die letzten Worte. Wütend sprang er auf, beherrschte sich aber noch im letzten Augenblick und stand in geduckter Haltung da, bereit, sich auf den Fürsten Georgi zu stürzen.
»Nicht dir geziemt es, eine solche Sprache zu führen!« rief er mit heiserer Stimme. »Du hast wahrhaftig nicht das mindeste Recht, Rechenschaft von uns zu fordern. In schwerer Stunde hast du uns im Stich gelassen, hast uns keinen Beistand gewährt... Rjasan hat aufgehört zu sein! Die Mungalen haben es niedergebrannt, und auf den brennenden und rauchenden Trümmern ihrer Vaterstadt haben alle Rjasaner ihr Leben gelassen. Aber keiner ist zurückgewichen, und wir haben unsre Stadt nicht feig übergeben! Erst über unsere Leichen hinweg sind die verfluchten Mungalen eingedrungen...«
»Und Fürst Juri Ingwarewitsch?«
»Ist auf dem Wilden Felde gefallen.«
»Und die Fürsten von Pronsk, von Murom, Wassili Kraßny und Gleb Michalowitsch von Kolomna?...«
»Alle tot, alle haben sie ihr Leben lassen müssen, weil die Susdaler, die Rostower, die Nowgoroder ihnen nicht zu Hilfe gekommen sind. Nicht gedacht habt ihr daran, uns Beistand zu leisten! Hinter euren dicken Mauern habt ihr euch verkrochen, habt auf dem warmen Ofen gehockt...«
»Erdreiste dich nicht, in meiner Gegenwart so freche Reden zu führen!« warnte ihn der Fürst von Wladimir.
»Freche Reden? – Ja, wo habt ihr denn sonst gesteckt, ihr Susdaler! Ihr Saljuiki! Ihr Schnepfen, ihr Sumpfvögel! In eurem Sumpf habt ihr gehockt!«
»Du nimmst dir arg viel heraus!« keuchte Fürst Georgi.
»Und du lästere die Rjasaner nicht! Stumm und starr liegen sie auf den verschneiten Feldern, und niemand ist da, um eine Handvoll Heimaterde auf sie zu werfen... Den Schädel schlag' ich dir ein, wenn ich noch ein Wort des Hohnes aus deinem Munde höre!«
Und der Rjasaner griff nach seinem neben ihm auf der Bank liegenden Schwert. Doch noch ehe er es aus der Scheide hatte ziehen können, waren die beiden Fürstensöhne ihm in den Arm gefallen, und die Bojaren warfen sich zwischen die Streitenden.
Auch Fürst Georgi hatte nach seinem an der Wand hängenden Schwert gelangt und brüllte nun, indem er sich loszureißen versuchte:
»Er hat mich nicht zu belehren. Ich hau' ihn nieder! Heimatlos und

bettelarm ist er als Schutzflehender gekommen und krächzt wie eine Krähe, die sich in ein Bojarenschloß verflogen hat...«
»Väterchen«, besänftigten ihn seine Söhne. »So darf man zu einem Gast nicht sprechen.«
Eine kräftige, tiefe Männerstimme übertönte plötzlich den Streit mit den im singenden Tonfall gesprochenen Worten:
»Friede, Heil und Segen diesem Hause!«
Alle blickten sich um. In der Tür stand ein hagerer Mönch von hohem Wuchs. Die schwarze Kutte wallte ihm bis auf die Füße herab, die Kapuze hatte er tief in die Stirn gezogen. Der graumelierte Bart, die große, leicht gebogene Nase und die unter buschigen Brauen tief in ihren Höhlen liegenden Augen verliehen dem Gesicht einen finsteren, asketischen Zug. In der rechten Hand hielt er ein Messingkreuz, in der linken einen langen Stab.
»Zwist und Hader in den fürstlichen Gemächern?« sprach er. »Jetzt ist nicht die Zeit für Zank und Streit! Ich komme von dorther, wo der Himmel mit dem Rauch der Brände überzogen ist, die ein gottloses Heidenvolk in unseren Dörfern und Städten angelegt hat.«
»Wer bist du? Woher kommst du? Was willst du?« fragte Fürst Georgi Wsewolodowitsch.
»Ich bin ein Knecht Gottes, der Pilger Theophil Newru aus Nowgorod, und komme aus dem Heiligen Lande, aus der Stadt Jerusalem, wo ich am Grabe unseres Herrn gebetet habe. Im Wilden Felde geriet ich in Gefangenschaft der unbarmherzigen Tataren; durch Gottes wunderbare Vorsehung aber gelang es mir, ihnen zu entfliehen, und ich kam hierher in die große und berühmte Stadt Wladimir, um euch zu mahnen: Tut Buße, ehe es zu spät ist! Zahllos wie Heuschreckenschwärme kommen die Horden der wilden Mungalen, und es gibt keine Mauer, sei sie auch noch so hoch und noch so stark, die sie nicht mit ihren Wurfmaschinen und ihren Rammböcken zerbrechen, keine Stadt, die sie nicht niederbrennen, nachdem sie die Einwohnerschaft in wilder Mordgier niedergemetzelt haben. Vom Schöpfer und Allerhalter sind sie euch als Geißel gesandt worden zur Strafe für eure Sünden. Und allen ist der Untergang gewiß, und bei den Nachgeborenen wird sogar die Erinnerung daran erlöschen, daß es einmal ein heiliges Rußland gegeben hat!«
»Hör auf mit deinen Unkenrufen!« rief der greise Wojewode Shiroslaw.
Aber unbeirrt fuhr der eifernde Mönch fort:
»Unsere Äcker werden erstickt werden von Hexenzwirn, Klette und Wolfsmilch. Nur drei Monate und drei Tage noch wird diese Welt bestehen, dann werden wir alle erschlagen daliegen, und die Posaunen der Erzengel werden ertönen und uns zum Jüngsten Gericht rufen. Die heidnischen Tataren aber werden von Gottes Blitzstrahlen zerschmettert werden. Darum sage ich euch: Tut Buße, tut Buße!«
Der Mönch bekreuzigte sich dreimal und küßte inbrünstig sein Messingkreuz.
»Ich schwöre bei diesem wundertätigen Kreuz, daß alles, was ich euch

gesagt habe, die volle und reine Wahrheit ist, die mir offenbart wurde von den erleuchteten Priestern und Einsiedlern auf dem heiligen Berge Athos.«

Fürst Georgi bekreuzigte sich und küßte das ihm vom Mönch hingehaltene Kreuz.

»Vater Theophil«, sagte er, »wir sprechen eben über Staatsangelegenheiten und haben keine Zeit für dich. Warum irrst du zu so später Nachtstunde umher, und wie bist du eigentlich hier hereingekommen? Geh hinaus zu meinen Kriegern, damit sie dich zu einer warmen Hütte geleiten. Morgen werde ich nach dir schicken.«

»Heil diesem Hause!« grüßte der Mönch und entfernte sich würdevoll. Des Fürsten Zorn war durch die Dazwischenkunft des Wandermönchs verraucht, und er fiel wieder in seinen gewöhnlichen selbstbewußten Tonfall.

»Unrecht war es von mir, mich zu solchen Unglücksworten hinreißen zu lassen und die Sprache eines Unwissenden zu führen. Ewiges ehrendes Gedenken denen, die ihr Leben für die Verteidigung unserer heiligen russischen Erde gelassen haben! Heben wir das Schwert auf, das ihren starren Händen entfallen ist, und führen wir den Kampf weiter, bis wir die Tataren und Mungalen aus unserem Fürstentum vertrieben haben. Ich werde meinen Heerbann teilen: Mit der einen Abteilung soll mein ältester Sohn, Fürst Wsewolod, nach Kolomna gehen, mit der anderen Abteilung wird mein jüngster Sohn Wladimir nach Moskau ziehen. Den Wojewoden Philipp Njanka gebe ich ihm als Beistand mit. Doch beeilt euch, sonst könnten euch die Tataren zuvorkommen. Hier in Wladimir aber bleibt während meiner Abwesenheit Pjotr Osladukowitsch als Wojewode zurück...«

Alle waren überrascht von der Absicht des Fürsten, in so unruhigen Zeiten seine Residenz zu verlassen. Aber alle schwiegen. Nur Fürst Wsewolod beteuerte:

»Wir werden deinen Wunsch erfüllen, lieber Vater, und kämpfen, so lange unsere Kraft reicht und über unsere Kraft...«

Fürst Georgi erhob sich und wandte sich dem Heiligenschrein mit den Ikonen hin. Nachdem er sich feierlich bekreuzigt hatte, sprach er ein Gebet:

»Allmächtiger gnädiger Gott, hilf mir, ein allrussisches Heer zu sammeln. Erfülle mit Tapferkeit die Seelen der russischen Menschen, damit sie einmütig zusammenstehen und sich geschlossen den gottlosen Heiden entgegenstellen! Hilf uns, die Ruchlosen, die auch dir ein Greuel sein müssen, ins Wilde Feld zurückzutreiben.«

Dann umarmte er seine Söhne und segnete sie. Den Wojewoden bedeutete er durch ein Zeichen, näher zu treten, und sprach zu ihnen mit leiser Stimme, damit die Frauen im Nebengemach nichts davon verstehen sollten:

»Mit meinen beiden Neffen zusammen fahre ich an die Wolga, nach Jaroslawl, Kostroma, Uglitsch, um in den dichten Wäldern einen

Sammelplatz für ein mächtiges und unbesiegbares Heer ausfindig zu machen. Ich zweifle nicht, daß die Fürsten – nahe wie ferne – von Belosero, Pskow, Smolensk, Nowgorod ihre bewaffneten Mannen senden werden. Während die Tataren die Städte unseres Fürstentums Susdal berennen, will ich dieses neue starke Heer formieren und mich dann auf sie stürzen. Sie haben sich bereits in einzelne Abteilungen aufgelöst, die unser Land durchstreifen, und ich werde sie unvermutet angreifen, noch ehe sie sich wieder vereinigt haben. Und so muß und wird mir gelingen, was den prahlerischen Rjasanern mißlungen ist: den Tatarenzaren Batyga zu überwältigen!«
»Gott gebe es! Heil dir!« riefen alle.
Die Wojewoden wollten von dem Fürsten wissen, welche Vorbereitungen er bereits in der Stadt zur Verteidigung getroffen habe, doch er sagte ausweichend:
»Trefft selbst alle nötigen Verfügungen. Ihr seid jetzt die Oberhäupter, die Führer. Zu mir aber sendet jenen schwarzen Mönch, damit ich ihn ausforsche, was er bei den Tataren gesehen hat.«
Der jüngste Sohn des Fürsten, der noch ein Milchbart war, mit Wangen so rosig wie die eines jungen Mädchens, eilte hinaus, um den Mönch zu holen. Roman Ingwarewitsch von Rjasan, der die ganze Zeit über geschwiegen hatte, ließ sich jetzt vernehmen:
»Dieser schwarze Mönch mißfällt mir höchlichst. Seine Teufelsfratze kommt mir auch irgendwie bekannt vor, als hätte ich ihn schon einmal gesehn. Wie ist er hier so plötzlich aufgetaucht?«
Er wurde unterbrochen durch die Rückkehr Wladimirs, dem ein Diener folgte.
»Fürst Georgi Wsewolodowitsch«, sprach der Diener, nachdem er sich ehrerbietig verneigt hatte, »verzeih uns! Dieser Schwarze hat sich mit List in deine Gemächer eingeschlichen. Er behauptete, er sei mit dem Fürsten von Rjasan gekommen. Doch als er durch die schmale und niedrige Tür im Flur ging, stieß er oben am Querbalken an und streifte sich dabei die Kapuze vom Kopf. Sein Haar war kurz geschoren... Wie ist denn das möglich bei einem Mönch? Da stieß er eine Verwünschung aus und war auch schon verschwunden, als wäre er stracks durch die Wand gegangen. Es kann gar nicht anders sein; er ist ein Werwolf, ein Vampir! Ich hörte ihn murmeln: ›Nich, nich, sapalam, bada kumara!‹ Womöglich ist das eine Zauberformel, womit er schwere Krankheit auf uns herabbeschworen hat? Und selber hat er sich in eine rote Wanderratte verwandelt und ist davongelaufen...«

Eilt zur Verteidigung der Heimat herbei!

Als der junge Wladimir seinem Vater zum Abschied die Hand küßte, deren Zeigefinger mit einem dicken Goldring geschmückt war, fragte er:

»Wie viele deiner Krieger vertraust du mir an, lieber Vater?«
»Ich habe mir's anders überlegt, mein Sohn«, antwortete der Fürst Georgi. »Die Krieger werden zur Verteidigung der Stadt unentbehrlich sein. Statt ihrer gebe ich dir den Wojewoden Njanka zum Begleiter, der die Städter rüsten und die Bauern zur Heeresfolge aufrufen wird. So wird er bald ein ganzes Heer um sich geschart haben. Er wird dich lehren, die bösen Eindringlinge zu verjagen. Fürchte dich nicht, ich kenne diese Pferdehirten. Sie werden die Mauern der Städte berennen und dann kehrtmachen und in ihre Steppen zurückreiten.«
»Rjasan haben sie aber doch erobert, lieber Vater«, wendete Wladimir ein.
»Rjasan, pah! Über Rjasans Mauern hätte eine Katze springen können! Und die Rjasaner – sind das etwa Krieger, diese kurzbeinigen groben Klötze? Da sind wir doch andere Kerle – schlank und rank wie Tannen und ein Brustkorb vom Umfang eines Wagenrades... Wir haben die Rjasaner stets geschlagen und werden sie stets schlagen... Sieh zu, mein Sohn, daß du mir Moskau hältst!«
»Das will ich schon, aber gib mir wenigstens eine kleine Schar Krieger mit. Meinem Bruder Wsewolod hast du doch auch sechshundert gegeben.«
»Dafür soll er auch Kolomna halten, und das ist wichtiger als Moskau, es bildet die Schwelle zum Wilden Feld, während Moskau nur ein Kreuzungspunkt zwischen vier Flüßchen ist. Die Tataren werden es wahrscheinlich ganz unbeachtet lassen. Immerhin – zehn Mann magst du dir zu deinem persönlichen Schutz auswählen. Und du kannst sie als Boten verwenden, wenn du mir Nachrichten sendest, damit ich weiß, was in deinem Bereich geschieht. Nun Gott befohlen! Er bewahre und behüte dich in der Schlacht! Kehrst du siegreich zurück, so will ich dich fürstlich belohnen.«
»Gib mir Rjasan als Fürstentum!«
»Nun ja, du sollst es haben. Schon lange trage ich mich mit dem Gedanken, das Rjasaner Gebiet meinem Reich einzuverleiben.«

Bei Tagesanbruch begleitete die Fürstin Agafja Rostislawna, eine stattliche Erscheinung, in ihren Zobelpelz gehüllt, ihren Gemahl bis zur untersten Stufe der mit schönem Schnitzwerk verzierten Vortreppe, an der ein Reiseschlitten hielt. Während der Nacht noch hatte sie alle Köchinnen des Palastes wecken lassen, um einen Vorrat von Pasteten backen zu lassen und mit hausfraulichem Eifer sonstige Vorbereitungen für die Reise des Fürsten zu treffen. Nun aber, da die Stunde des Abschieds geschlagen hatte, war sie bedrückt und still, und obwohl sie den Worten des Fürsten, mit denen er seine baldige Rückkehr in Aussicht stellte, glaubte, konnte sie die aufsteigenden Tränen dennoch nicht zurückdämmen.
In seinen Bärenpelz eingemummt, setzte sich der Fürst bequem in dem aus Lindenbast geflochtenen Schlittenkorb zurecht. Zu ihm stiegen

seine beiden Neffen ein. Der Kutscher knallte mit der Peitsche, und die drei Rosse, die hintereinander eingespannt waren, zogen an. Auf dem ersten saß ein alter treuer Diener des Fürsten. Als der Schlitten zum Tor des Schlosses hinausfuhr, schlug der Fürst den Biberkragen seines Pelzes in die Höhe, um von Entgegenkommenden nicht erkannt zu werden.

In den schmalen winkligen Gassen der Stadt war es noch dunkel. Hier und da schimmerte ein trübes rotes Licht durch die Fischblasen der Fenster – ein Zeichen, daß der Werk- und Alltag seinen Anfang genommen hatte.

Am Stadttor wurde der Zug – zwanzig Schlitten, eskortiert von hundert Reitern – von dem Wächter (es war der alte Schibalka) angehalten. Der Fürst hatte seinen Dienern und Kriegern geboten, sein Inkognito zu wahren, aber der Alte, der seinen Graukopf in den Schlittenkorb steckte, erkannte seinen Landesherrn an dem durchdringenden Blick der schwarzen Augen. Er lüpfte hastig seine Kappe und lief, das schwere Eichentor zu öffnen.

Dicht hinter den Reitern schlüpfte ein bärtiger Mönch in schwarzem Habit zum Tore hinaus.

»Sieh mal an, wie viele von den Schwarzröcken herumlaufen«, brummte Schibalka. »Da ist eben einer von ihnen dem Fürsten über den Weg gelaufen wie ein schwarzer Kater... Das bedeutet nichts Gutes!...«

Auch der junge Fürst Wladimir und sein Ratgeber, der Wojewode Njanka, waren, begleitet von zehn Kriegern, von denen jeder ein Reservepferd mit sich führte, eilends aufgebrochen. In zehn Schlitten führten sie Rüstungen und Waffen, Proviant für die Krieger und Futter für die Pferde mit sich. Zuerst ging es eine Weile am Flusse Kljasma entlang, dann aber auf geraderen Wegen weiter, um die vielen Windungen des Flusses abzukürzen. Überall herrschte in den abgelegenen Walddörfchen Unruhe. Ganz Rußland war in Bewegung geraten. Die Bauern schärften Äxte und Jagdspieße und versuchten in Erfahrung zu bringen, wo sich eigentlich die Sammelpunkte für das Kriegsvolk befänden. Doch niemand konnte ihnen genauen Bescheid geben, denn es fehlte an einem Haupt, das fähig gewesen wäre, das Chaos zu ordnen und die ganze russische Kriegsmacht zu sammeln.

In einer abgelegenen Siedlung mitten im Walde, wo man Rast gemacht hatte, um die Pferde zu füttern, saß der junge Fürst nachdenklich neben einer der Hütten, als ein hochgewachsener Mann, der mit Spieß und Bogen bewaffnet war und auf der Schulter eine erlegte Wildziege trug, aus dem Walde hervor und gemessenen Schrittes auf den Fürsten zutrat. Weißes, an den Spitzen gelb gewordenes Haar fiel ihm auf die Schultern, als er seine Pelzkappe grüßend abnahm. Ohne Scheu knüpfte er ein Gespräch an, und als er hörte, daß er vor dem Sohn des Fürsten von Susdal stehe, verneigte er sich tief vor ihm und legte ihm die erlegte Geiß zu Füßen.

»Halte mit deinen Kriegern zusammen ein Mittagsmahl«, sprach er,

»und wohl bekomm's!« Dann erzählte er weiter: »Als ich von einem wandernden Mönch erfuhr, daß wilde Horden, deren Zahl unübersehbar groß ist, unser Rußland mit Krieg überzogen haben, hielt es mich nicht länger in meiner Einöde, wo ich mit Bären und Elchen zusammen in den Sümpfen und Wäldern schon seit vielen, vielen Jahren lebe und das Weidwerk betreibe. Nebenher sammle ich auch den Honig der Waldbienen aus den Höhlungen alter Bäume. Alle meine Söhne und Enkel, lauter brave Männer und Burschen, siebenundzwanzig an der Zahl, habe ich zusammengerufen, damit sie mit mir zusammen ausziehen gegen die bösen Feinde... Ein paar Rosse für jeden von uns werden wir ihnen hoffentlich abnehmen können... Aber keiner weiß, wohin man sich wenden muß. Kannst du es mir vielleicht sagen?«

»Geh in die nächste Stadt, nach Wladimir.«

»Du meinst, zu deinem Vater? – Nein, der hat eine zu schwere Hand und obendrein keine glückliche... Zwanzig Jahre ist es her, daß der Fürst Georgi Wsewolodowitsch mit dem Susdaler Polk über die Lipiza setzte und am Berge Awdow sein ganzes Heer totschlagen ließ. Zehntausend Susdaler Bauern – und was für wackere Burschen! – büßten es mit dem Leben... Und wer schlug uns? – Unsre eignen Landsleute: die Nowgoroder, Smolensker, Rostower... Und warum schlugen sie uns? Kannst du's mir sagen? – Nein, du kannst es mir auch nicht sagen, denn du weißt es auch nicht...«

»Doch, ich weiß es. Sie wollten meinen Vater aus seinem Fürstentum verjagen.«

»Die Fürsten konnten sich nicht einig werden, wer in Wladimir und Susdal herrschen sollte – ob Fürst Georgi oder sein leiblicher Bruder Konstantin... Ein Bruder zückte wider den andern das Messer. Kain wollte Abel erschlagen, und dafür mußten ihre Bauern ihr Leben lassen. Als wenn's uns nicht gleich wäre, wer von ihnen uns im Nacken sitzt – Konstantin oder Georgi. Von den Tataren war damals noch keine Rede, aber die fürstlichen Brüder führten sich schlimmer auf als die Tataren... Jetzt kratzt sich Fürst Georgi wohl hinterm Ohr und hätte gern ein Zaubertränklein, das die zehntausend Toten wieder zum Leben erweckte, damit sie ihn vor den Tataren schützen... Ei, Fürstensohn, das ist ja eben das Unglück, daß man die armen Toten nicht wieder zum Leben erwecken kann, weder durch Zauberei noch durch Gebete... Wer aber dort mitgekämpft hat, an der Lipiza und am Berge Awdow, und mit dem Leben davongekommen ist, der ist gewitzigt und leistet dem Fürsten Georgi auf keinem Heereszuge mehr Gefolgschaft...«

»Was führst du für lästerliche Reden?« brauste der junge Fürst auf. »Dafür sollte man dich auf der Stelle niederhaun!«

»So wäre es eben noch ein Toter mehr«, meinte der andere gleichmütig. »Und die Tataren kämen deswegen doch... Wir Bauern aber werden mit ihnen kämpfen und sie wieder aus dem Lande jagen, ob's den Fürsten recht ist oder nicht. Wie aber Fürst Georgi Wsewolodowitsch mit ihnen kämpfen wird, das wollen wir erst mal abwarten. Ich werde

aus meinen Söhnen und Enkeln und noch anderen Storonniki eine eigene Rotte bilden, und wir werden die Tataren mit unseren Jagdspießen aufspießen ... Du aber, Fürstensohn Wladimir, zürne einem Greise nicht ob seiner Worte, sondern laß dir mein Ziegenfleisch munden ... Und im Kampf mit den Tataren zeig ihnen nicht den Schweif deines Rosses ...«
Der Alte zog abermals seine Kappe, machte eine tiefe Verbeugung, schüttelte seine weißen Locken und schritt von dannen, gemessen und hochaufgerichtet. Aus den Büschen traten über zwei Dutzend Bauern hervor, ebenfalls mit Spieß und Bogen bewaffnet und von ebenso hohem und kräftigem Wuchs wie der Alte, und folgten ihm im gleichen Schritt.

Wir ziehen gegen Muschkaf!

Subudai-Bahadur sprach zu Batu-Khan:
»Dschichangir, höre deinen treuen Diener, er wird dir den Schlüssel zum Tor der Welt in die Hände legen. Wir müssen unverzüglich gegen Maschfa rücken und die Stadt einnehmen, ehe die anderen Khane uns zuvorkommen. Dort leben viele ausländische Kaufleute, und ihre Speicher sind angefüllt mit Waren aus aller Herren Ländern. Und alle diese Schätze – Gold und Silber, roter Wein aus Griechenland, Tuch aus dem Frankenland – gehören uns, wenn wir die Stadt in unsere Hand bekommen.«
Mit halbgeschlossenen Augen antwortete Batu-Khan in müdem Ton:
»Eben befasse ich mich mit einer wichtigen Angelegenheit. Es wird wohl morgen auch noch Zeit genug sein, darüber zu reden ...«
Schnaufend bückte sich Subudai-Bahadur nieder und näherte seinen Mund Batu-Khans ringgeschmücktem Ohr.
»Im Krieg ist ein versäumter Tag, ja eine versäumte Stunde soviel wie ein entgangener Sieg und kostet die Mühen von neunundneunzig Jahren«, flüsterte er kaum hörbar. »Du vergeudest unnütz einen Tag, der ein Tag der Entscheidung sein könnte ... Jage diese Greiner und Müßiggänger, die sich in deine Nähe drängen, fort zu den roten Mangussen. Tu es, oder ich werde es selbst tun! Gleich werde ich meine Tollkühnen herschicken ...«
Batu-Khan, der vor unterdrücktem Zorn bebte, öffnete seine Augen und heftete sie unverwandt auf Subudais von Narben durchfurchtes und von Haarzotteln umrahmtes Gesicht, das wohl seit der Geburt nicht gewaschen worden war. Er blickte ihm fest in das zusammengekniffene sehfähige Auge, das gefährlich zu funkeln begann. Schaum trat auf die wutverzerrten faltigen Lippen des Bahadurs, welcher einen Wutanfall, der ihn zu übermannen drohte, kaum noch zu unterdrücken vermochte. Batu-Khan, der solche Zornausbrüche seines Erziehers zur Genüge kannte und sie fürchtete, bezwang sich. Er heftete seinen Blick auf die Bittsteller, die bäuchlings vor ihm auf der Erde lagen, gegen die sie ihre Stirn drückten. Es waren lauter Mongolen, und eine lange Reihe weiterer

Bittsteller stand im Mittelgang der Kirche bis zum Portal und bis hinaus auf den verschneiten Hof.
An sie richtete Batu jetzt das Wort:
»Nicht umsonst nennt man mich den ›guten‹, den ›gnädigen‹ Khan! Saint-Khan... Alle, die mir ergeben sind, haben jederzeit Zutritt zu mir, um ihre Klagen vor meine Person zu bringen...«
Er unterbrach sich und warf einen schnellen Seitenblick auf Subudai, der sich die Lippen mit seiner langen Zunge leckte.
»Noch zweien will ich Gehör schenken«, sagte er, »dann sprechen wir miteinander.«
Batu saß mit untergeschlagenen Beinen auf den Altarstufen, und ein Greis im gestreiften Kiptschakenchalat rutschte jetzt auf den Knien zu ihm hin. Mit einem gleichgültigen Blick aus halbgeschlossenen Lidern sah der Dschichangir ihn an.
»Worüber hast du dich zu beklagen?«
»Ich heiße Nasar-Kjarisek. Schon von Sygnak an begleite ich dein unbesiegbares Heer, stets bereit, mit Zittern und Zagen der Ehrfurcht dir zu dienen...«
»Was tust du schwacher Greis denn bei uns?«
»Ich hüte und füttere den Hahn, den Wecker der Tapferen, im Zelte des kühnsten aller Bahadure, im Zelte Subudai-Bahadurs...«
Batu, der nicht ungern Klagen über seinen grimmigen Erzieher und Ratgeber hörte, stieß ein leises »Dse-Dse!« durch die Zähne und fragte:
»Worüber hast du denn Klage zu führen? Hat der kühnste aller Bahadure dich gekränkt?«
»Nein, Allergrößter! Doch Allah – gelobt sei sein Name! – hat mich hart gestraft... Vier meiner Söhne zogen mit mir zusammen zu Felde – lauter wackere Dschigiten, einer so brav und so kühn wie der andere...«
»Das ist ehrend für dich... Sie verdienen Lob...«
»Gleich in einer der ersten Schlachten, die wir den Urussuten lieferten, fiel mein Ältester, mein tapferer Demir – Allah schenke seiner Seele Frieden in seinen paradiesischen Gärten!«
Nasar bedeckte sich die Augen mit dem Ärmel und begann zu schluchzen.
»So finde Trost im Stolz auf deinen tapferen Erstgeborenen... Womit kann ich dich belohnen?«
Nasar wischte sich Augen und Nase mit dem Ärmel und stammelte:
»Deine huldreichen Worte sind meine schönste Belohnung...«
»Ich kenne ihn, diesen Alten«, zischte Subudai. »Man könnte ihn für einen nützlichen Auftrag verwenden. Tritt auf die Seite, Alter, und warte!«
Der nächste Bittsteller trug arabische Tracht: einen gestreiften wollenen Umhang und dazu einen Turban. Sein zerrissener Kaftan hing ihm in Fetzen vom Leibe. Er rutschte ebenfalls auf den Knien zu den Altarstu-

fen hin, schlug sich wie rasend mit den Fäusten gegen die Brust und fing an, unter heiserem Stöhnen zu jammern.
»Was will er? Ich verstehe ihn nicht.«
Der Dragoman erklärte:
»Das ist ein Kaufmann aus Buchara, der älteste von zwölfen, die dein glänzendes Heer begleiteten und den Kriegern ihre Beute abhandelten. Nun beklagt er sich darüber, daß deine Krieger ihn mißhandelt und ihm alle seine Habe weggenommen hätten.«
Batu-Khan erzürnte sich, ein böses Lächeln verzerrte sein Gesicht, und er schlug sich wie zur Bekräftigung seiner Worte auf den Oberschenkel.
»Die Kaufleute sind mir von Nutzen!« schrie er. »Sie bringen die nötigen Waren heran. Sie sind auch für die Krieger von Nutzen, welche ihre erbeuteten Reichtümer nicht durch den ganzen Erdkreis schleppen können. Wer diese mir ergebenen Kaufleute kränkt und beleidigt, der ist des Todes! Kannst du mir die gelben Hunde zeigen, die dich ausgeplündert haben?«
»Die Zahl deiner Krieger ist unendlich wie die Zahl der Zugvögel im Frühling. Doch wenn ich einem von denen, die mich beraubt haben, wieder begegne, werde ich ihn dir zeigen können...«
Subudai mischte sich ein:
»Gestatte mir einen bescheidenen Rat: Mache diesen Alten, den Hüter des Weckhahns, zum Beschützer der Kaufleute. Er ist schlau und wird es schon verstehen, sie zu beschützen und sich selbst nicht dabei zu vergessen.«
»So sei es!« sagte Batu-Khan, indem er sich aufrichtete. Seine Leibgardisten waren ihm dabei behilflich, und er begab sich durch die Kirche zum Ausgang. Die Bittsteller verlegten sich aufs Jammern und Betteln:
»Höre uns an, großer, heldenmütiger Saint-Khan! Höre unsere berechtigten Klagen!«
»Ich sage dir noch einmal: Jage das ganze Gesindel zu den roten Mangussen!« zischte Subudai-Bahadur. »Deine Sache ist es, Krieg zu führen, und nicht Gericht zu halten... Nuker, befreit uns von der Gegenwart dieser Leute! Jagt sie hinaus!« –

Getrennt voneinander wie die gespreizten Finger einer Hand, rückten die Abteilungen wieder vor. Sie sollten und wollten einander beim Plündern der Dörfer und Städte nicht im Wege sein.
Wie die Jäger bei einer Treibjagd das Wild, so kreisten sie von allen Seiten die russischen Gebiete ein und trieben deren Bevölkerung zur Mitte des Kessels hin, um dort alle hinzuschlachten, mit Ausnahme der geschickten Handwerker, die sie zur Bearbeitung von Leder, zur Herstellung von Kleidung und Schuhwerk und zum Schmieden von Waffen brauchten.
Beutelüstern durchstreiften die Mongolen, Tataren und Kiptschaken die Weiler, Dörfer und Kirchspiele, ließen keine Hütte undurchsucht und murrten:

»Wohin hat Batu-Khan uns geführt? Er hat uns den Mund wäßrig gemacht und uns von Zobelmützen und Biberpelzen erzählt, von seidenen Gewändern und ledernen Stiefeln, darein wir uns kleiden können wie vornehme Nojone oder reiche Kaufleute. Aber wir sind noch keinem einzigen Urussuten in Biberpelzen und Lederstiefeln begegnet – alle tragen sie nur geflickte hausgewebte Kittel und schmutzige Schafpelze, und ihre Füße stecken in Lindenbastschuhen. Es hat sich wirklich nicht gelohnt hierherzukommen. Und unsere Rosse sind krank von dem Stroh der Dächer und dem Roggenkorn. Unter der dicken Schneedecke können sie kein Grashälmchen finden. Bald werden wir unsere Pferde los sein, und die erbeuteten Urussutenpferde taugen nicht zum Angriff. Wirklich, mit welchen Beutegütern sollen wir unsere Fuhrwerke beladen? Wahrscheinlich haben diese Schlauköpfe ihr ganzes Hab und Gut in ihren jahrhundertealten Wäldern vergraben, in diesen Wäldern, wo unsere Pferde bis zum Bauch in den Schnee einsinken, wo hinter jeder Tanne der Tod auf den Reiter lauert...«

Immer mehr erbosten sich die Krieger über die geringfügige Beute und ließen ihren Unmut und ihre Bosheit an den unglücklichen Gefangenen aus, die sie bis auf die nackte Haut ausplünderten und dann ihrem Schicksal überließen, so daß die Ärmsten in der grimmigen Kälte erfroren.

Batu-Khans und Subudai-Bahadurs Truppen zogen in Eilmärschen am Lauf der Oka entlang, um als erste die Kleinstadt Muschkaf zu erreichen, wo, wie es hieß, sich die gefüllten Warenspeicher ausländischer Kaufleute befinden sollten.

Der einäugige Bahadur hatte mehrere bulgarische Kaufleute in seiner Nähe, die er darüber befragte, auf welchen Wegen sie hier heraufgekommen wären, was für Handelsgüter sie mitgebracht hätten und gegen welche Waren sie die bei den Urussuten einzutauschen pflegten... Er wollte genau wissen, was für eine Stadt Muschkaf wäre, in welchen Gassen oder Stadtvierteln dort die fremden Kaufleute wohnten und wo sie ihre Läden und Speicher hätten. Wo sie ihr Gold versteckt hielten. Ob der Handel mit den Urussuten einträglich sei und wieviel er einbringe.

Batu-Khans sieben Frauen waren mit bei der Avantgarde. Der Dschichangir hatte nicht darein gewilligt, sie in einem sicheren Kloster zurückzulassen, wo er eine Niederlage für alles von ihm in Besitz genommene Beutegut eingerichtet hatte.

»Meine Sterne sollen stets bei mir sein!« hatte er bestimmt. »Wohin ich auch reite!«

Also hatte man die sieben samt ihren Mägden in Körbe aus Weidengeflecht gesetzt und diese auf Schlitten gestellt. Nur die älteste der drei Mongolinnen – Buraktschin mit Namen – hatte einen schmuckeren Schlitten; auf rotem Grund war er mit märchenhaften Blumen und goldenen Kreuzen bemalt. Er hatte nämlich früher dem Bischof von Rjasan gehört, und wenn die Russen ihn von weitem erblickten, so

bekreuzigten sie sich auch jetzt noch nach alter Gewohnheit und knieten am Wege nieder.
An einer Flußwindung zügelte Batu-Khan seinen Rapphengst und ließ die Krieger an sich vorbeireiten. Hinter ihm hatte eine Leibgarde von hundert Mann Aufstellung genommen.
Viele der vorbeireitenden Krieger hatten zwei, ja sogar drei Pferde: das zweite und dritte führten sie am Zügel neben sich her. Sie dienten als Packtiere und trugen Kornsäcke und lederne Quersäcke, die mit Beutegut vollgestopft waren.
Der Vorhut folgten die Schlitten mit Batu-Khans »Siebengestirn«. Es waren außer dem von drei Schimmeln gezogenen ehemaligen bischöflichen Schlitten noch sechs Personenschlitten und fünf mit dem verschiedensten Gut beladene Lastschlitten, über die man Bärenfelle gebreitet hatte.
Als der Schlitten mit der »Ersten« sich näherte, winkte Batu-Khan einen seiner Diener mit der Hand zu sich und flüsterte ihm einen Befehl zu. Der Nuker ließ den roten Schlitten anhalten, und die stattliche Buraktschin, umwallt von einem weiten violetten Gewand, stieg aus, zwängte sich durch die Schlitten durch, kniete vor dem Dschichangir im tiefen Schnee nieder und verharrte in dieser Stellung.
Aber Batu-Khan rührte sich nicht. Der Krieger sagte zur »Ersten«:
»Der Dschichangir befiehlt dir, wieder einzusteigen. Es wird gleich im schnellen Galopp weitergehn.«
Jetzt kam der Schlitten der in einen Marderpelz gehüllten »Zweiten«, der von drei hintereinandergespannten wachsgelben, weißmähnigen Rossen von ziemlich kleinem Wuchs gezogen wurde. Selbst ihr Vorreiter, der auf dem vordersten Pferde saß, war in Brokat gekleidet, der allerdings durch die Unbilden der Witterung schon arg verblichen war. Hinten am Schlitten war eine rote Kuh angebunden. Ein gefangener junger Urussute, an dessen Körper die Lumpen nur noch hielten, weil sie mit Bast festgebunden waren, peitschte sie mit einer Gerte. Auf einem der drei folgenden Lastschlitten, und zwar auf dem letzten, saßen drei gefangene Urussutinnen. Jede der sieben Frauen des Dschichangirs hatte ein Dreigespann von anderer Farbe – Rappen, Schimmel, Schecken, Füchse. Dem Schlitten der »Sechsten« – es war die Tochter des Kiptschakenkhans Bajander – wurden zwei edle, fürsorglich in warme Decken gehüllte Rennpferde von einem Reiter am Zügel nachgeführt. Der letzte Schlitten, den drei wie schwarze Panther gefleckte Rosse zogen, war leer. Alle anderen Schlitten hatten angehalten, ihre Insassinnen waren ausgestiegen und vor dem Dschichangir niedergekniet, von dem sie ein Zeichen des Wohlwollens erwarteten.
Er aber fragte nur:
»Wo ist Juldus-Hatun?«
Ein Nuker sprengte zu dem Lenker der Pantherfleckigen hin und kam mit dem Bescheid zurück:
»Sie ist mit ihrer Dienerin vorausgeritten... zur Vorhut...«

Batu-Khan ließ den Hundertschaftsführer Kundu rufen und sagte scharf und gereizt zu ihm:
»Die Frauen sollen sofort nach Rjasan zurückfahren. Überall streifen Räuberbanden herum, außerdem steht eine Schlacht bevor, da schweben sie in allzu großer Gefahr...«
Damit galoppierte er davon und seine Leibgarde ihm nach.
Die Frauen aber gebärdeten sich wie toll, schluchzten und schrien:
»Dann soll auch die Schwarze, die Arbeitsfrau, mit uns zurückkehren. Warum darf sie mit dem Dschichangir reiten? Auch wir wollen ihm folgen bis ans Ende der Welt...«
Doch der Hundertschaftsführer, eingedenk des von Batu-Khan erhaltenen Befehls, ließ die sechs Frauen mit Gewalt von seinen Kriegern in ihre Schlitten zurückbringen, die, eskortiert von einer halben Hundertschaft, den Weg nach Rjasan einschlugen.
Zuerst schluchzten die Frauen untröstlich, allmählich aber beruhigten sich ihre aufgeregten Gemüter beim Gedanken an die prächtigen Geschenke, die sie von dem Dschichangir aus der in Rjasan, Perejaslawl, Isheslawl und anderswo gemachten Beute erhalten hatten.
»Wie schade, daß wir nicht mit nach Muschkaf dürfen!« bedauerten sie. »Es soll dort so viele ausländische Waren geben... Doch der Dschichangir in seiner Freigebigkeit wird uns schon nicht vergessen oder benachteiligen...«

Batu-Khan vor Moskau

Batu-Khan hatte es eilig, als erster nach Muschkaf zu kommen.
»Das ist eine junge Stadt«, erzählten die bulgarischen Kaufleute. »Nicht weit davon kreuzen sich die Wasserwege des Urussutenlandes. Kaufleute aus den verschiedensten Ländern, auch solche, die noch weiter wollen, nach dem reichen Uldemir zum Beispiel oder nach Bulgar, machen dort halt.«
Der Dschichangir beschloß, die übrigen Dschingisiden von dieser Handelsstadt fernzuhalten, die sie ohne Sinn und Zweck bloß zerstören würden, während sie, wenn sie erhalten blieb, ihm noch von großem Nutzen sein konnte. Batu hatte seine eigenen Pläne und Gedanken, die er höchstens dem verschwiegenen Subudai anvertraute, dessen kurze brummige Antwort darauf zu lauten pflegte:
»So, so... Wenn wir hinkommen werden wir ja sehn!«
Am Morgen gelangte die erste Tausendschaft, bei der Batu-Khan war, an ein von altem Kiefernwald bestandenes abschüssiges Steilufer. Unten schlängelte sich der Lauf des unter der Eisdecke schlafenden Flusses.
Drüben, am jenseitigen Ufer, erblickte man auf einem Hügel ein verschneites altes (zumeist aus Holzhäusern bestehendes und von Palisaden umgebenes) Städtchen: ungeordnete Häuserhaufen, die sich um

zwei bunte Türmchen und vier kleine Kirchen zusammendrängten, dazwischen die Speicher der Kaufleute. Das Ganze in blaugrauen Dunst und Rauch gehüllt, der über den Holzdächern aufstieg. Moskau!
Offenbar war man hier ganz und gar nicht auf die Ankunft der Tataren gefaßt. Schlitten fuhren in langen Reihen durch die Gassen, Menschen gingen zum Fluß hinunter oder kehrten von dort zurück, die Frauen mit Holzeimern am Schulterjoch. An einer Wake stand ein Schlitten mit einer großen Tonne darauf, die ein Mann voll Wasser schöpfte. Ein paar Frauen standen auf Brettern am Eisloch und bearbeiteten Wäschestücke eifrig mit Bleueln. Aus kleinen Badehäuschen am Ufer, denen in dichten Schwaden Dampf entströmte, kamen nackte Gestalten gelaufen, tauchten in das Eisloch und eilten zurück.
»Was treiben diese Verrückten dort?« fragte Batu den neben ihm stehenden Dragoman, der ihm die Sache erklärte und seine Erklärung mit den Worten beschloß:
»Das ist der Gesundheit sehr zuträglich, und daher sind die Urussuten auch so stark.«
Hochmütig entgegnete Batu-Khan:
»Wer den Schmutz von sich abwäscht, der wäscht auch sein Glück ab!«
Ihn interessierten die großen Boote, die kieloben nebeneinander am Ufer lagen; andere waren im Eis festgefroren, und ihre schlanken Masten ragten in die klare Frostluft.
»Dort wohnen die Kaufleute mit ihren Gehilfen und Ladendienern«, sagte der Dolmetscher. »Mit diesen Booten fahren sie nach Nowgorod, nach Kiew, nach Bulgar und über Smolensk zu den Lateinern. Diese Kaufleute stammen meist selber aus fremden Ländern. Die in diesem Jahr zu früh eingetretenen Fröste haben sie in Muschkaf festgehalten.«
»Ich möchte diese fremden Kaufleute sehen und mit ihnen sprechen«, sagte Batu. »Kein Haar soll ihnen gekrümmt werden. Man soll sie nur festnehmen und mir vorführen.«
Unter einer hohen, jahrhundertealten Kiefer hielt Batu seinen Rapphengst an. Gleich daneben stand eine ganz im Schnee vergrabene baufällige Hütte, die wohl bewohnt sein mußte, denn durch den Abzug über der Tür drang Rauch heraus. Zwei von Batus Leibgardisten rüttelten grob an der Tür, hinter der sich ein Hüsteln und dann der ärgerliche Ausruf hören ließ:
»Was ist los? Schert euch zum Teufel. Reißt mir die Hütte nicht um!«
Aber die Krieger fuhren fort, an der Tür zu rütteln.
»So wartet's doch ab, ihr Verfluchten. Laßt mich doch erst die Schuhe anziehn!«
Das kleine Türchen öffnete sich, und heraus trat in gebückter Haltung ein langer, dürrer Greis, dem das Haar wie gesträubtes Gefieder von dem faltigen bärtigen Gesicht abstand. Die Hand über die weißen Brauen legend, betrachtete er aus tränenden roten Augen die fremden Krieger, die ihn gestört hatten. Sie packten ihn an den Armen und schleppten ihn zu Batu, vor dem er in gebückter Haltung, die ihm durch sein langes Leben

in der niedrigen Behausung zur Gewohnheit geworden war, stehenblieb.
»Wer bist du?« fragte ihn Batu-Khan.
»Der hiesige Totengräber.«
»Wie heißt du?«
»Neupoko werde ich genannt und mit Taufnamen Nikita, mit dem es, wie man sagt, kein Teufel aufnimmt...«
»Was willst du damit sagen?«
»Was ich damit sagen will? Nun, der heilige Nikita ist mein Schutzpatron, und vor ihm fürchten sich alle Teufel.«
»So einen wie dich kann ich brauchen«, meinte Batu.
»Einen wie mich? Ach, wozu wäre ich schon brauchbar, alt und krank und gebrechlich, wie ich bin...«
»Und was tust du denn hier?«
»Ich flehe zu Gott um Vergebung meiner Sünden, und wenn man mich darum bittet, so treibe ich auch Teufel aus.«
»Was für ›Teufel‹ denn?«
»Stinkende und garstige, mit Hörnern, Klauen und Schwänzen. Manchmal haben sie auch ein menschliches Antlitz... Und wenn sie den Menschen schaden können, dann freuen sie sich...«
»Ich kenne sie«, stimmte Batu ihm zu, »bei uns heißen sie ›rote Mangusse‹... Auch bei uns haben sie menschenähnliche Gestalt und fügen mir viel Böses zu. Du scheinst ein sehr brauchbarer Mann zu sein. Bitte dir von mir eine Gnade aus.«
»So erlaube mir, mit meiner alten Mähre auch weiterhin durch die Dörfer rings um Moskau zu fahren und die Toten zu bestatten und solchen, die ohne Angehörige sind, die Augen zuzudrücken. Gib mir was Schriftliches, daß deine schuftigen Krieger mich nicht hindern oder gar mich niedersäbeln...«
Batu-Khan gewährte ihm den Wunsch mit einem Kopfnicken.
»Jurtdschi, häng ihm eine hölzerne Paizsa um den Hals, damit sein Leben vor Mongolenschwertern sicher ist«, gebot er. Dann fragte er nach einer kurzen Pause des Überlegens den Totengräber: »Kannst du auch Krankheiten austreiben?«
»Gewiß kann ich das, erhabener Mungalenkhan. Es gibt dafür Beschwörungen. Aber auch Absude aus getrockneten Kräutern vermögen Krankheiten und Herzeleid zu vertreiben. Wie mit der Hand fortgewischt...«
Doch Batu hörte schon nicht mehr auf den Alten. In der Ferne, jenseits des Städtchens, stieg dicker schwarzer Rauch zum Himmel auf, an drei Stellen zugleich – drei Dörfer brannten dort zu Schutt und Asche. In den Rauchschwaden zuckten und zitterten rote Feuerzungen, und ein Regen von Funken ging im weiten Umkreis nieder und schaffte neue Brandherde. Am Fluß und im Städtchen bekamen die Menschen einen panischen Schrecken. Der Wasserschöpfer ließ seinen Eimer und seine Tonne im Stich, die Weiber rafften hastig ihre Wäschestücke zusammen und stoben wie geängstete Hühner nach allen Seiten auseinander.

»Scheibani ... Khan Scheibani ist im Anmarsch und nähert sich von der andern Seite her der Stadt ... Nun ist er uns doch zuvorgekommen«, sprachen die Krieger Batu-Khans und Subudai-Bahadurs untereinander. Der Bahadur kam angeprescht und spähte mit zugekniffenem Auge in die Richtung des Brandes.
»Wie kommt Scheibani hierher?« fragte Batu.
»Er wird über die Flüsse Shisdra und Ugra gehetzt sein. Sie sind ja zugefroren ... Er verlegt den Einwohnern der Stadt, die er anzünden wird, die Flucht in den Wald. Gib Befehl, die Stadt von unserer Seite her einzuschließen, und laß alle Kaufleute und Handwerker ergreifen. Gewiß wird sich der junge Fürst Uldemir dir als Bittsteller nahen.«
»Ich bleibe hier auf diesem Hügel, auf dem man auch meine Jurte aufschlagen soll«, sagte Batu-Khan.
Subudai entgegnete:
»Unweit von hier liegt in einem windgeschützten Grunde eine Siedlung. Dort kannst du eine saubere, warme Behausung finden.«
»Ich mag nicht. Wir beide sind es gewöhnt, am Lagerfeuer zu schlafen«, lehnte Batu den Vorschlag ab.
»Das stimmt schon«, räumte Subudai ein. »Doch warum bei dieser beißenden Kälte im beißenden Rauch sitzen? Muschkaf ist nicht durch einen Handstreich zu nehmen. Dort führt ein schlauer alter Wojewode das Kommando. Der wird uns schon ein paar Tage zu schaffen machen ...«
»Mag sein, mag sein, doch Muschkaf muß und wird mein sein!«
Fünf Tage lang belagerten Batu-Khan und sein Bruder Scheibani Moskau, dessen Einwohner sich hinter ihren Palisaden heldenmütig zur Wehr setzten; der junge Fürst Wladimir und sein Wojewode Njanka leiteten die Verteidigung mit Sinn und Verstand, lösten erschöpfte Kämpfer durch frische ab und schickten an besonders gefährdete Stellen stets rechtzeitig Verstärkung.
Dann aber trafen die Wurfmaschinen und Rammböcke der Mongolen ein. Hunderte von Pferden und Gefangenen brachten sie vor der Mauer in Stellung. Riesige Steinblöcke und lange Pfeile mit loderndem Werg, das mit brennbaren Flüssigkeiten getränkt war, flogen über die Mauer hinweg in die Stadt. Die Holzhäuser fingen vielerorts zu brennen an, und die Löschmannschaften konnten des Feuers nicht mehr Herr werden.
Am hohen Ufer zwischen zwei Lagerfeuern saß Batu-Khan auf einem umgefallenen Kiefernstamm, über den man einen Teppich gebreitet hatte. Neben ihm Subudai. Beide blickten gleichmütig auf die brennende Stadt. Was bedeutete ihnen das untergehende Muschkaf? Eine Stadt mehr oder weniger – war das nicht völlig belanglos? In jahrelangen Feldzügen hatten sie China, Chowaresmien und andere Länder zerstört. Dabei gewöhnt man sich an den Anblick brennender Städte ...
Einige Krieger kamen und trieben Gefangene vor sich her, die, obwohl blau und zitternd vor Kälte und in Fesseln, dennoch ihr stolzes Auftreten bewahrten, besonders einer, der sich durch bessere Kleidung von den

anderen unterschied. Er trug einen ärmellosen, himbeerfarbenen Pelz, der mit Zobelfell verbrämt war. Der Seidenkaftan, von dem nur die Ärmel sichtbar waren, die gestreiften Wollstrümpfe, die Schnallenschuhe und der breitkrempige, mit einer prächtigen Feder gezierte Hut – alles das sprach von einer fremdländischen Herkunft. Bei den Gefangenen waren der Hadschi Rachim und der alte Nasar, der »Beschützer der Kaufleute«. Der Alte trat jetzt vor, wobei er seinem faltigen Gesicht mit dem Ziegenbärtchen ein ganz besonders wichtiges Aussehen verlieh. In der einen Hand hielt er das Ende des Strickes, mit dem die Gefangenen aneinandergebunden waren, in der andern einen blanken Krummsäbel. Er entblößte sein Haupt und ließ sich auf die Knie nieder. Der vornehme Gefangene nahm ebenfalls seinen Federhut ab.
»Niederknien!« kommandierte Nasar, und die Gefangenen sanken vor dem Dschichangir in die Knie.
»Wer sind diese Leute?« fragte Batu.
»Du wünschtest die fremden Kaufleute zu sehn. Sieh sie hier vor dir. Sie besitzen Schiffe, Warenlager und Verkaufsläden. Mit Müh und Not gelang es mir und dem Fakih, sie aus den Fangschlingen deiner Krieger zu befreien. Dieser Schmucke hier ist ihr Ältester... Auch ihn hatte man gänzlich ausgeplündert, und die blauen Flecke in seinem Gesicht zeugen davon, daß er in sehr enge Berührung mit der tatarischen Kriegsmacht gekommen ist. Als er aber hörte, daß er vor dein Angesicht treten sollte, hat er seine Festkleidung aus einem Versteck hervorgeholt, um in würdiger Verfassung vor dir erscheinen zu können.«
»Mag er erzählen«, sagte Batu, »wer er ist, aus welchem Lande, welcher Stadt er kommt und was für Geschäfte er in Muschkaf hat.«
Der Älteste der Kaufleute erhob sich aus seiner knienden Stellung, machte eine tiefe Verbeugung, wobei er seinen Hut hin und her schwenkte, als wollte er den Schnee davon abschütteln. Dann begann er seine Rede in russischer Sprache, deren er, da er sie seit langer Zeit schon sprach, völlig mächtig war. Der Dolmetscher übersetzte dem Dschichangir seine Rede, die also lautete:
»Ich sowie zwei meiner achtbaren Gefährten, wir stammen aus Lübeck, einer reichen Seestadt im Norden Deutschlands. Die übrigen stammen aus anderen Städten: Ditmar aus Brügge, Rudolf aus Dortmund, Reinhold aus Soest und Karl aus Medebach. Wir alle gehören der Russaria-Gilde an, einer Gilde von Kaufleuten, die ebenso wie vordem unsere Väter mit den Russen Handel treiben. In der Stadt Muschkaf haben wir unsere Warenspeicher und Niederlagen, unsere Verkaufsläden und mehrere große Flußschiffe und Boote. Mit ihnen befahren wir im Sommer die russischen Flüsse. Bei uns daheim nennt man uns auch ›Hanseaten‹. Die Stadt, die den Hauptumschlageplatz für den Rußlandhandel bildet, ist Smolensk, von wo aus man auf dem Dnepr nach Kiew gelangt. Die Unternehmungslustigsten unter uns haben sich mit ihren Waren sogar bis zu der fernen, aber berühmten Stadt Nowgorod und noch weiter bis nach Bulgar an der Kama gewagt.«

»Mit was für Waren handelt ihr?«
»Von den Bulgaren und Arabern kaufen wir orientalische Waren: Ingwer, Pfeffer, Rosinen, getrocknete Früchte. Von den Russen: Wachs, Wolle, Häute und Felle, Borsten, Pech und Teer, Fett, Honig, Flachs...«
»Und was verkauft ihr?«
»Vor allem das berühmte dauerhafte deutsche Tuch und schneeweißes Linnen, ferner Waffen, vorzüglichen Wein von den Bergen am Rhein, kunstreiche Arbeiten aus Edelmetallen, aus Gold und Silber. Aber auch Gegenstände aus Kupfer, Zinnteller und Zinnkrüge, Eisen und Blei, Farben und Waschblau.«
»Könnt ihr mir eure Waren zeigen?«
»Es wäre uns die größte Ehre, deiner Hoheit alles zu zeigen, womit wir Handel treiben, aber leider hat es eine kleine unbedeutende Mißhelligkeit gegeben, die bei geneigtem Wohlwollen deiner Hoheit sich freilich rasch und leicht wieder gutmachen ließe...«
In Batu-Khans Augen sprühten lustige Fünkchen, als er fragte:
»Was für eine Mißhelligkeit?«
»Unsere Speicher und Läden wurden von Gästen heimgesucht, die sich nahmen, was einem jeden von ihnen gefiel. Und es waren mehr Gäste als Waren. Jeder schnitt sich ein Stück Tuch oder Leinen ab, jeder wollte von dem Wein kosten, und so ist uns leider gar nichts mehr geblieben, was wir deiner Hoheit als Zeichen unserer Hochachtung und Ergebenheit zu Füßen legen könnten.«
»Gib deinen Kriegern Befehl, sie niederzuhauen!« zischte Subudai. »Sie sind allesamt schlaue Spione...«
»Nein, ich werde sie vielmehr belohnen und erhöhen«, entgegnete Batu-Khan unerschütterlich.
»Das ist unratsam und obendrein gefährlich.«
»Schweig! Es muß so sein!« erwiderte der Dschichangir und wandte sich wieder den Hanseaten zu.
»Mit anderen Worten: Ihr führt Klage gegen meine Krieger?«
»Keineswegs«, antwortete der Lübecker ruhig. »Wir bedauern lediglich, daß sie uns nicht genug übriggelassen haben, um dir ein deiner Erhabenheit würdiges Geschenk zu machen. So muß sich deine Hoheit mit dieser bescheidenen Gabe begnügen...«
Und er holte einen großen, figurengeschmückten Silberpokal von herrlicher Arbeit aus dem Busen hervor.
Ein Lächeln huschte über Batu-Khans Gesicht, und er schielte von der Seite her zu Subudai hinüber, der finster und mißmutig dastand. Dann nahm er den Pokal entgegen und betrachtete ihn eingehend.
»Warum ist hier nur die Hälfte eines Vogels zu sehn? Und was bedeutet dieser Schlüssel?«
»Das ist das Wappen unserer Hansestadt Lübeck, die Hälfte des germanischen schwarzen Adlers und der Schlüssel Petri, des Schutzpatrons der Kaufleute. Wie bekannt, ist er der Verwahrer des Schlüssels zum

himmlischen Paradiese, dem Garten Gottes, wohin die Seelen der Gerechten nach dem Tode fliegen.«
»Dse-dse!« lachte Batu-Khan. »Ihr Kaufleute bildet euch wohl ein, Gerechte zu sein?... Bald werdet ihr auf eure Pokale und Münzen prägen müssen ›Batu-Khan, Eroberer des Erdkreises‹... Auch eure Stadt Lübeck werde ich im Sturm nehmen.«
Die Kaufleute von der Hanse riefen:
»Bis dahin aber nimm uns in deinen Schutz und laß uns unsere warme Kleidung wiedergeben, damit wir nicht erfrieren!«
»Als Gegengeschenk für den Pokal sollt ihr von mir Tatarenpelze erhalten. Ihr gefallt mir. Solche kühnen Männer wie ihr können mir von Nutzen sein, wenn es kein bulgarisches, russisches, deutsches oder irgendein anderes Reich mehr gibt, sondern nur ein einziges großes mongolisches Reich... Ihr werdet frei durch mein ganzes Reich reisen und Handel treiben dürfen mit Waren, die ich brauche. Bald werdet ihr eure Verluste gedeckt und neue Reichtümer erworben haben... Habt ihr sonst noch eine Bitte vorzubringen?«
»Wir fürchten für unsere Boote. Deine tapferen Krieger haben begonnen, sie zu zerhacken und damit Feuer anzuzünden. Befiehl ihnen, daß sie aufhören, diese nützliche Stadt und unsere Boote und Speicher zu zerstören...«
Batu-Khans Gesicht verfinsterte sich, und zornig ballte er die Fäuste.
»Sprecht von Dingen, die euch angehn, von Leder, Wachs oder Tuch, kümmert euch aber nicht um meine Krieger und um ihr Tun! Wenn der Pfeil von der Sehne geschnellt ist, kann keine Macht der Welt ihn wieder zurückholen. Wenn der Befehl zur Einnahme einer Stadt erteilt ist, dann ist auch meine Macht am Ende, denn meine Krieger wissen, daß sie nach den Gesetzen der Jassa drei Tage Plünderungsfreiheit haben, und niemand darf und kann ihnen Einhalt gebieten. Nach diesen drei Tagen aber lasse ich jedem das Rückgrat brechen, der in der eroberten Stadt noch angetroffen wird. Genug! Wir gestatten euch, euch zu entfernen.«
Ratlos blickten die Kaufleute einander an, unschlüssig darüber, was sie nun tun sollten. Da winkte Nasar-Kjarisek ihnen mit dem Finger:
»Kommt, wir wollen dem Baurschi die versprochenen Pelze aus den Zähnen reißen!«
»Was für ein kluger und angenehmer Mensch ist dieser Kaufmann«, sagte Batu-Khan zu Subudai.
»Und dabei ganz besonders gefährlich«, entgegnete finster grollend der Bahadur.

Der Brand von Muschkaf dauerte fort. Die Holzbauten verwandelten sich in lauter lodernde Scheiterhaufen. In den dunklen Rauchwolken, die den Himmel verhüllten, sah man die weißen Punkte ängstlich hin und her flatternder Tauben. Schwärme von Dohlen und Krähen zogen über die Stadt hin. Die Rammböcke brachen breite Breschen in die Palisaden, durch welche die Tataren in die Stadt eindrangen.

»So befiehlt es die Jassa! Uragsch! Kchu-kchu!« schrien die Tataren und säbelten erbarmungslos nieder, was ihnen vor die Klinge kam. Wenn sie glaubten, genug Beute gemacht zu haben, beeilten sie sich, wieder aus der brennenden Stadt herauszukommen. Manche trieben Frauen vor sich her oder hatten weinende Kinder vor sich auf den Sätteln. Andere schleppten gefesselte Gefangene hinter sich her. Zwei Tage waren die Stadt und die umliegenden Dörfer den Gewaltakten der Tataren preisgegeben; am dritten Tage begannen sich die Truppenverbände wieder zu formieren. Überall wurden Scheiterhaufen aufgeschichtet, auf denen die Leichen der Gefallenen verbrannt werden sollten. Die Tataren saßen im Kreis, aßen Füllenfleisch, sangen, die Oberkörper im Takt hin und her wiegend, ihre traurigen Lieder und riefen den toten Kameraden zum Abschied ihr »Baijartai!« zu.

Am Morgen des vierten Tages zogen sie ebenso schnell wieder ab, wie sie erschienen waren. Als keiner von ihnen mehr zu sehen war, fuhr der hagere struppige Neupoko mit seiner ebenso struppigen, hageren Mähre über den Fluß. Die Kufen seines Schlittens knirschten, und wenn sie an die steif gefrorenen Leichen, die überall herumlagen, stießen, klang es, als ächzten und stöhnten sie. Neupoko bemühte sich, die Leichen wenigstens vom Wege wegzuräumen, aber nicht immer gelang ihm das, denn manche waren am Boden festgefroren.

»Die Erde hält die Toten hartnäckig fest, will sie nicht hergeben«, murmelte der Totengräber, während er langsam weiterfuhr.

Bald schlossen sich ihm noch zwei Menschen an, die irgendwo in einem Keller das Massaker überlebt hatten: ein Greis und ein Jüngling. Der erste beklagte den Verlust seiner Kinder, der zweite den seiner Braut oder Geliebten. Überall suchte er nach ihrer Leiche.

»Woher weißt du denn, daß sie tot ist?« fragte Neupoko. »Hast du denn mit eignen Augen gesehn, wie man sie umgebracht hat? Irgendein Tatarenkhan wird sie als Beute mitgenommen haben.«

»Mein Herz fühlt es«, klagte der junge Bursch, indem er sich mit dem Ärmel über die Augen fuhr.

»Denk mal an – fühlt es!« meinte Neupoko. »Hilf lieber! Siehst doch, wieviel Tote hier umherliegen. Man muß sie alle der Erde übergeben, damit ihre Seelen nicht dazu verdammt sind, nachts als Gespenster umherzuirren.«

Sie machten sich daran, die Leichen ihrer Landsleute auf dem Eise des Flusses reihenweise nebeneinanderzulegen, wobei sie freilich nicht versäumten, deren Taschen nach irgend etwas Eßbarem zu durchsuchen. Als sie auch ein paar tote Tataren fanden, brummte Neupoko, indem er sich bekreuzigte:

»Jetzt werdet ihr euch wohl vertragen und nicht mehr streiten ... Und wenn das Eis erst schmilzt; trägt euch der Fluß alle miteinander hinunter zum Blauen Meer. Gar zu viele Tote sind es, als daß man für jeden ein Grab graben könnte.«

Khan Külkan vor Kolomna

Den Einwohnern von Kolomna erschienen die Befestigungen ihrer Stadt, die so oft Überfälle der Nomaden abgewehrt hatten, ein sicherer und ausreichender Schutz. Das Tor mit der Panzerung aus rostigen Eisen- und Blechplatten war fest geschlossen und der Querbalken vorgelegt. Von den Zinnen der Mauern sahen die Bürger voll Erbitterung die fremden Reiter, die ihre Rosse rings um die Stadt herum tummelten. Mitunter öffneten sich die Torflügel knarrend und knirschend, und Hunderte von Reitern stürzten sich auf die Mongolen, die sofort davonstoben, so daß es kaum gelang, den einen oder andern von ihnen zum Gefangenen zu machen, wie der Wojewode der Stadt es befohlen hatte, im Gegenteil, die listigen Tataren lockten manche Gruppe ihrer Verfolger in einen Hinterhalt. Einige tollkühne Tataren wagten sich in allernächste Nähe von Tor und Mauer und schossen ihre langen Pfeile auf die Verteidiger, und selten verfehlte einer dieser Pfeile sein Ziel. Ein alter Krieger zog eben einen solchen Pfeil ächzend und stöhnend aus der blutenden Brustwunde. Alle betrachteten neugierig das Geschoß: Ein tönernes Pfeifchen war daran befestigt, das während des Fluges einen beängstigenden Heulton erzeugte.
Eine Gruppe tatarischer Reiter auf leichten schnellen Rossen reizten in allernächster Nähe des Stadttores die Russen durch herausforderndes Benehmen zu einem Geplänkel. Aber der Wojewode zügelte die Kampflust seiner Leute, die durchaus einen Ausfall machen wollten: »Noch ist die Stunde nicht gekommen. Traut den arglistigen Tataren nicht, die euch bloß in eine Falle locken wollen.«
Kolomnas Verteidigung lag in den Händen von Jeremei Glebowitsch, der sich in den Kriegen mit den Polowezern ausgezeichnet und reiche Erfahrung erworben hatte. Ihm zur Seite standen der Sohn des Großfürsten, Wsewolod Georgijewitsch, und der dem Rjasaner Gemetzel entflohene Fürst Roman Ingwarewitsch. Wsewolod befehligte eine Truppe von Männern aus Susdal, und Roman stand an der Spitze einer Schar von Kriegern, die, wie er selber, dem Blutbad von Rjasan entronnen waren.
Erst hatte es den Anschein, als wäre die Zahl der die Stadt Kolomna einschließenden Tataren nicht sehr groß, jedenfalls nicht viel größer als die Zahl der Verteidiger. Die beiden jungen Fürsten brannten darauf, mit den Feinden handgemein zu werden, die Belagerer in die Flucht zu schlagen und gegen andere tatarische Heeresgruppen vorzustoßen.
Der Wojewode befahl: Zehn Hundertschaften sollten sich bereit halten für einen Ausfall, der bei Tagesanbruch aus allen Toren der Stadt zugleich unternommen werden sollte. Jeremei Glebowitsch glaubte auf diese Weise die Belagerer überrumpeln und ihren Ring durchbrechen zu können.
»Macht Gefangene«, schärfte er seinen Leuten ein, »damit man sie aushorchen kann, wie groß das Heer der Tataren ist, welche Khane mit

ihren Truppen vor Kolomna liegen und wo die anderen stehen. Ob sie gedenken, ihre Truppen gegen andere Städte zu führen, oder ob sie ebenfalls auf unsere Stadt vorrücken. Also kommt mir keinesfalls ohne Gefangene zurück!«

Der Hauptanführer der vor Kolomna liegenden Tatarenverbände war Dschingis-Khans jüngster Sohn Külkan. Außer über seinen eigenen Tumen von zehntausend tatarischen Reitern gebot er noch über die fünftausend Kiptschaken des Khans Bajander und über einen Tumen aus Kriegern verschiedener Stämme. Diese ganze Macht lag freilich nicht vor Kolomna, sondern hatte sich über das ganze Susdaler Gebiet zerstreut, damit beschäftigt, nach der in die Wälder geflüchteten Bevölkerung zu fahnden und sie auszuplündern. Im Laufe eines Monats hatten sie mehr als ein Dutzend kleiner Städtchen niedergebrannt.

An einem rauhen Wintertage war Khan Külkan vor Kolomna erschienen, hatte befohlen, die Marschjurten am Flußufer, am Saume eines Kiefernwaldes, aufzuschlagen, von wo man einen guten Überblick über die Stadt hatte und alle Einzelheiten der Befestigungsanlagen erkennen konnte. Die leere Fläche des zugefrorenen Flusses, über dessen Eisblöcken Scharen schwarzer Krähen flatterten, bot ein günstiges Gelände für die bevorstehende Schlacht.

Der junge Khan, eine ebenso reckenhafte Gestalt wie sein Vater Dschingis-Khan, betrachtete vom Eingang seines Zeltes aus mit gierigen Blicken die Festung, deren Einnahme und Zerstörung seine erste Ruhmestat bilden sollte. Obwohl wilde Leidenschaften in seiner Seele tobten, war sein Gesicht unbeweglich. Er wurde von Ehrgeiz zerfressen und war unzufrieden, daß er noch keine Gelegenheit gehabt hatte, sich als Feldherr zu bewähren.

›Neunzehn Jahre alt – und noch nichts für die Unsterblichkeit getan!‹ dachte er bei sich. ›Zwar hatte auch mein Vater in diesem Alter noch nichts Großes geleistet. Als Sklave mit dem Block um den Hals hat er schwere Sklavenarbeit mit dem Hammer am Amboß leisten müssen, angetrieben von den Schlägen eines grausamen Herrn... Ich aber, ich bin doch der Sohn des Gebieters über alle Völker des Erdkreises, kommandiere als mächtiger Khan ein Heer von fünfundzwanzigtausend Mann, das ich mit einer Handbewegung in jede beliebige Richtung schicken kann. Ich werde das Werk vollenden, das mein Vater nicht mehr zu Ende führen konnte: Bis zum letzten Meere werde ich mir den Erdkreis unterwerfen... Wenn mich nur meine Nebenbuhler nicht daran hindern wollten. Da ist zunächst Gujuk, mit dem ich mich bis zu meinem Siege werde gut stellen müssen... Aber schlimmer als alle andern ist Batu. Weshalb hat man ihn bloß zum Dschichangir erwählt? Beim ersten Mißerfolg muß er für unfähig erklärt und hingerichtet werden. Ist er erst aus dem Wege geräumt, so kann man daran denken, auch Gujuk zu beseitigen. Die Hauptsache aber ist, sich hier vor Kolomna durch eine glückliche und glänzende Waffentat Ruhm zu erwerben und die Krieger durch Freigebigkeit für sich zu gewinnen, damit sie an den Lagerfeuern Külkan preisen. Später sollen sie mir dazu verhelfen, Kagan zu werden...‹

Khan Bajanders Kiptschaken hatten als rechtgläubige Muselmanen, abgesondert von Mongolen und Tataren, ein Lager für sich bezogen. Seïden, deren grüne Turbane kenntlich machten, daß ihre Träger ihren Stammbaum auf den Propheten selbst zurückführten, unterwiesen die Kiptschakenkrieger in den Regeln und Geboten des Glaubens, auf deren Einhaltung sie streng achteten. Sie malten ihren Zuhörern herrliche Bilder von den paradiesischen Freuden, die genießen würde, wer als Glaubenskämpfer den Tod gefunden.

»Schlagt die Ungläubigen nieder«, so endeten sie gewöhnlich mit Schaum vor dem Mund ihre Reden, »denn wer als Blutzeuge für seinen Glauben stirbt, geht in die Gärten Allahs ein, wo er in den Armen schwarzäugiger und weißhäutiger Jungfrauen ungetrübtes Glück genießt.«

Allerdings waren die Muselmanen durchaus nicht alle einig im Glauben: Es gab da zwei Richtungen – Schiiten und Sunniten –, deren Vertreter sich streng voneinander absonderten, getrennte Lager bezogen, aus getrennten Kesseln aßen. Die Kiptschaken waren Anhänger der sunnitischen Lehre, die persisch sprechenden Iraner aber bekannten sich zu Schia. Die Glaubenslehrer der Schiiten wußten vom Kommen des »Erwarteten« oder des »Herrn der Zeit«, des Mahdi, zu erzählen, der vor langer, langer Zeit verschwunden, doch nicht gestorben sei und wiedererscheinen werde, »wenn die Grenzen des Bösen und der Gewalttätigkeit in der Welt überschritten sind. Dann wird der Mahdi die Gerechtigkeit in der Welt wiederherstellen – weder Arme noch Reiche wird es dann mehr geben, sondern alle werden gleich und glücklich sein.«

Die schiitischen Krieger lauschten gern solchen frommen Geschichten und Legenden. Bereitwillig rückten sie enger zusammen, damit noch ein Plätzchen am Kessel frei werde für den Seïd, den sie ausfragten, ob der verschwundene Mahdi sich nicht am Ende bei den Fremdländischen verborgen halte und ob man den Brunnen finden könne, wohinein die Milch aus den Brüsten der heiligen Marjam geflossen und zur Gestalt eines Halbmondes geronnen sei.

»Wir werden diesen Brunnen unbedingt finden«, erklärte der Seïd, indem er sich mit drei Fingern einen Breikloß aus dem Kessel fischte und ihn mit einer schwungvollen Geste in den Mund beförderte. »Glaubt mir, die Augen eines jeden, der in diesen Brunnen schaut und darin den Halbmond aus der Milch Marjams erblickt, brauchen nie das Höllenfeuer zu sehen...«

Die Kiptschakenkrieger hörten lieber Sagen von den Heldentaten der Recken oder drollige Geschichten über die wunderbaren Abenteuer des Kraftmenschen und Kahlkopfs Ketschel. Nicht müde wurden sie auch, über ihren Hundertschaftsführer Tüljab-Birgen zu spotten, auf dessen prächtigem Roß ein gefangener Urussute davongeritten war. Und zwar kamen sie auf diese Geschichte gerade jetzt immer wieder zurück, weil gemunkelt wurde, unter den Urussuten, die einen Ausfall aus den Toren der Stadt Kolomna gemacht hätten, wäre auch ein junger kühner Bursch auf Tüljab-Birgens Braunem gesehen worden. Und jeder gab nun einen Rat, wie man es anstellen müsse, diesen Braunen wiederzubekommen. Tüljab-Birgen allerdings ging jedesmal, wenn das Gespräch auf diese Sache kam, zähneknirschend abseits und hätte am liebsten die Spötter und Spaßvögel umgebracht.

»So ein Roß, wie mein Brauner war, findet man im ganzen Heer nicht wieder. Alle konnte ich damit überholen. Aber wie soll ich denn jetzt meinen Braunen einholen? Auf einer eurer Schindmähren etwa?«

Der Mullah Abdu-Rassully legte seine Stirn in nachdenkliche Falten und meinte dann mit bekümmerter Stimme:

»Hier, wie immer, könnte nur ein Weib helfen...«

»Ein Weib? Wieso?« riefen die Krieger.

»Nun, so ein Roß, wie du brauchst, könnte dir höchstens Khan Külkan geben. Der hat Rosse, die so schnell sind wie der Wind. Doch der hält alle zehn Finger über seine Pferde. Brächtest du ihm aber eine rotwangige Urussuten-Schöne mit schwarzen Brauen und hellen Augen und machtest sie ihm zum Geschenk, so würde er dir als Gegengeschenk bestimmt eins seiner Pferde geben.«

»Er brauchte mir ja bloß eins zu leihen, damit ich Jagd auf meinen Braunen machen kann.«

»Dann nimm dich aber ja in acht, daß der Urussute dir nicht auch noch das zweite Pferd wegnimmt. Maschalla, maschalla!«

Der Gedanke, daß Khan Külkan ihm helfen könne, setzte sich bei Tüljab-Birgen fest, und schließlich ging er zur Jurte des Dschingisprinzen. Die beiden über und über schneebestäubten Wachtposten gewährten ihm erst nach langem Zureden Zutritt. Neben einem Feuer, das sich von duftenden Kiefernzweigen nährte, saß auf Pantherfellen der erlauchte Sohn des heiligen Regenten. Bei ihm saßen mehrere Tausendschaftsführer, von denen jeder eine Holzschale in der Hand hielt. Ein Diener, ohne Stiefel, nur in Filzsocken, stand vor einem am Haken aufgehängten Weinschlauch und füllte mit einer Kelle die Schalen der Zecher mit starker Arsa. Tüljab-Birgen blieb bescheiden stehen, nachdem er seine Pelzkappe gezogen und zum Zeichen völliger Ergebung in den Willen des Himmels seinen Gürtel sich um den Hals geschlungen hatte. Külkan setzte noch eine ganze Weile seine Unterhaltung mit den Khanen fort, ehe er geruhte, den schweigend wartenden Bittsteller zu bemerken.

»Welche Bitte oder welche Klage hast du vorzubringen, tapferer und ruhmreicher Tüljab-Birgen? Tritt näher!«

»Ich bin ein Opfer der Verzweiflung. Nur du allein kannst mir helfen. Versagst du mir deine Hilfe, so werde ich mich in die Schwerter der Urussuten stürzen müssen. Wenn ich nicht fortschreiten darf auf dem Weg der Tapferkeit, will ich lieber sterben.«

»Worüber grämst du dich?« fragte der Temnik Burundai, der schon unter

Dschingis-Khan sich Ruhm und Erfahrung erworben hatte. »Du bist noch jung, und doch wird dein Name an unseren Lagerfeuern genannt als der eines kühnen Haudegens und gewandten Kundschafters. Schreite auf diesem Wege fort, und es wird dir an Ruhm nicht fehlen!«

»Das ist es ja eben. All das ist – gewesen! Jetzt aber bricht bei meinem Anblick jeder Gelbschnabel in Geschnatter aus, wenn er gleich selbst nicht weiß, wie man einen Schwerthieb führen muß, um den Kopf eines Feindes vom Rumpfe zu trennen...«

»Und welche Bitte hast du auf dem Herzen?« fragte Külkan-Khan.

»Die Bitte... um ein Fünkchen Mitleid... Unter den Urussuten, die täglich einen Ausfall aus der Festung Kolomna machen, reitet einer ein braunes Pferd, das er mir gestohlen hat. Und das bricht mir das Herz...«

»Wie kann ein Krieger sich auch sein Pferd stehlen lassen und zusehn, wie sein Feind es reitet? Fang ihn und hau ihn in Stücke!«

»Du liest wie in einem Buch die verborgensten Gedanken deines treuen Dieners und weißt, worum ich dich bitten will.«

»Ich habe dich verstanden... Gebt dem treuen Tüljab-Birgen eine Schale Arsa. Wir werden eine Treibjagd auf diesen frechen Urussuten veranstalten... Man muß sie beide lebendig festnehmen – Roß wie Reiter. Ich gebe dir vierzig Reiter auf meinen besten Rossen. Du wirst sie am Flußufer entlang Aufstellung nehmen lassen, immer vier Mann aller dreihundert Schritte. Sobald die Urussuten aus dem Tor herauskommen, wird eine Hundertschaft meiner Reiter zwischen sie fahren und den jungen Hund von seinen Kameraden trennen und abseits drängen. Die vierzig Jäger werden mit ihren Arkanen Jagd auf ihn machen, und da sie sich abwechseln und ihre Pferde ausgeruht sind, muß bei einer solchen Verfolgung auf die Dauer auch das beste Roß ermüden. Dann werden sie ihm die Fangschlinge überwerfen können...«

»Du bist klug, du bist groß und großmütig.«

»Dann werde ich selbst diesen Burschen ins Verhör nehmen, du aber, Tüljab-Birgen, darfst ihm glühende Kohlen auf den Rücken legen, damit er die Wahrheit sagt. Und für die Jagd sollst du mein bestes Roß haben.«

»Ich bin dir ergeben für mein ganzes Leben!«

Die Treibjagd

> Er nahm den straffen Bogen aus dem Halter
> und aus dem Köcher den gestählten Pfeil.
> Die Sehne spannte er bis hinters Ohr.
> Da sang die Sehne an dem straffen Bogen,
> da traf der Pfeil den Gegner mitten in das Herz...
> (Aus einem alten russischen Lied)

Toropka war mit der Rjasaner Truppe des Fürsten Roman Ingwarewitsch nach Kolomna gekommen, und der Fürst, der den Jüngling wegen seiner Flinkheit und Genauigkeit schätzte, bediente sich seiner gern als Kurier.

»Was man dem jungen Menschen aufträgt«, pflegte der Fürst zu sagen, »das führt er auch aufs genaueste aus, selbst wenn er in die lodernde Hölle hinab müßte. Ja, er wird dabei auch noch ein Teufelchen mitbringen, das nicht aufgepaßt hat.«
Toropkas liebster Gefährte war sein schlanker brauner Hengst, der ihn aus der Gefangenschaft errettet hatte. Toropka pflegte und verwöhnte ihn und ließ ihn oft die letzte Brotrinde aus der Hand fressen, während er selber leer ausging. In dem belagerten Kolomna Brot und Heu aufzutreiben wurde immer schwieriger, und das Pferd begann schon sichtlich abzumagern. Da nicht abzusehen war, wie lange die Belagerung dauern würde, verwahrte und versteckte ein jeder seine kleinen eisernen Rationen an Brot und anderen Eßwaren. Es wimmelte von Flüchtlingen aus der nächsten und weiteren Umgebung in der Stadt, und die ersten Anzeichen einer Hungersnot machten sich bemerkbar. Pferdefleisch war schon ein Festtagsschmaus geworden, und jedem Gaul folgten die begehrlichen Blicke von Hungrigen.
Um seinen Liebling vor diesem traurigen Los zu bewahren, war Toropka entschlossen, den gefährlichsten Auftrag zu übernehmen, nur um aus der Stadt herauszukommen. Sattel und Geschirr seines Tieres waren stets in bester Ordnung, die Futtersäcke lagen, mit Gerste gefüllt, zum Aufschnallen bereit. Er selber übte sich fleißig im Schießen mit einem Bogen, den er einem gefallenen Tataren abgenommen hatte. Pfeile zu erhalten war nicht schwer, da tagtäglich genug über die Mauern geflogen kamen. Toropka hatte einen mit Sägemehl prall gefüllten Sack an einer Mauer aufgehängt und übte sich fleißig darin, ihn im Vorbeireiten mit einem Pfeilschuß zu treffen, ein Unterfangen, das anfangs durchaus nicht recht gelingen wollte. Der Bogen aus dem Gehörn eines Bergbocks ließ sich sehr schwer spannen, mit Müh und Not gerade nur bis zur Mitte des Pfeils, der infolgedessen auch nur mit halber Kraft von der Sehne losschnellte und weit vorm Ziel matt zur Erde fiel. Die Mongolen haben ja auch eine ganz andere Technik des Bogenspannens: Sie halten die Sehne am Kinn fest und strecken dann den linken Arm mit dem Bogen blitzschnell vor. Allmählich eignete sich Toropka die gleiche Technik an und erlangte darin eine ziemliche Fertigkeit.
Endlich ließ Fürst Roman Ingwarewitsch ihn rufen. Er händigte ihm ein zusammengefaltetes und in ein Stück Stoff gewickeltes Blatt Papier ein und sprach:
»Nicht umsonst nennt man dich Toropka, den Flinken. Fürst Wsewolod erteilt dir einen wichtigen Auftrag. Morgen machen wir einen unvermuteten Ausfall, und es wird ein hitziges Gefecht werden. Die Tataren werden es kaum bemerken, wenn du in Richtung auf den Kiefernwald dich absetzt. Tu es und versuche auf Pirschpfaden nach Norden zu gelangen und diesen Brief, worin Fürst Wsewolod die Schwierigkeiten der Lage von Kolomna schildert, zum Großfürsten Georgi Wsewolodowitsch zu bringen. Es ist eine Bitte um Hilfe, denn in unabsehbaren Scharen rücken die Tataren gegen Kolomna, um uns zu erdrücken.

Schlag die Richtung Kirshatsch, Rostow, Uglitsch ein. Dort ist der Weg noch von Tataren frei. Einen Monat oder auch zwei, wenn's sein muß, glauben wir noch durchhalten zu können, doch wenn bis dahin kein Entsatz gekommen ist, gibt es für uns keine Rettung mehr, und wir sind samt und sonders verloren. Auf dich setzen wir alle unsere Hoffnungen. Sieh zu, daß du richtig und rechtzeitig hinkommst, den Großfürsten findest und mit einem Entsatzheer zurückkehrst.«

Vor Morgengrauen füllte sich die zum Stadttor führende Straße mit bewaffneten Reitern. Toropka und mit ihm drei fürstliche Otroki befanden sich in nächster Nähe des Tores. Diese drei Otroki hatten ebenfalls Auftrag, sich während des Gefechtes abzusetzen und Briefe durch die feindliche Linie nach drei verschiedenen Städten zu bringen.

Bereits in der Nacht hatte ein heftiges Schneegestöber eingesetzt. Nur wenige der Reiter trugen Ringpanzer, die meisten Pelze mit auf Brust und Schultern aufgenähten Eisen- und Knochenplatten.

»Nun, weshalb denn noch länger warten?« ließen sich heisere Stimmen vernehmen. »He, Wächter, macht das Tor auf!«

Knarrend und kreischend drehten sich die Flügel in den verrosteten Angeln und eröffneten den Weg in die unheimliche dunkle Leere, wo Tausende von schielenden Schlitzaugen und scharfen Krummsäbeln warteten.

Die Truppe, an deren Spitze, von seinen Leibgardisten umgeben, Fürst Roman Ingwarewitsch ritt, setzte sich in Bewegung. Die Reiter kannten ihre Aufgabe: Überfall auf das im Walde gelegene Lager der Tataren.

Der von Wolken bedeckte, niedrighängende Himmel begann sich im Osten leicht aufzuhellen, als die Kavalkade ungefähr die Mitte des Flusses erreicht hatte. Toropka schwenkte seitwärts ab und trieb sein Pferd an. Plötzlich rief eine hohe, dünne Stimme ganz in seiner Nähe: »Kchu, kchu, Mongolen!«

Hufgetrappel erscholl auf dem Eise. Reiter waren vor und auch hinter ihm und riefen einander in ihrer ihm unbekannten Sprache etwas zu. Toropka machte eine scharfe Schwenkung, doch vor ihm, zwischen den Eisblöcken, tauchten neue Schatten von Männern zu Pferde auf. Abermals warf Toropka seinen Braunen herum und jagte auf einem schmalen ausgetretenen Pfade davon, wo die Gefahr, daß sein Brauner stürzen könnte, geringer war als auf dem glatten Eise.

Ein Pfeil pfiff dicht an Toropkas Ohr vorbei, und sogleich jagten drei oder vier Mongolen ihm nach, blieben aber nach einiger Zeit zurück. Als die brüllenden, schimpfenden Stimmen verhallt waren, zügelte Toropka sein Pferd und lauschte. Vor sich hörte er wieder dumpfes Hufgetrappel und Stimmen. Wiederum wandte er sich seitwärts und stieß auf eine Gruppe von Mongolen, die ihre Pferde am Zügel hielten.

Ein fröhliches Geschrei ertönte:

»Tüljab-Birgen, dein Brauner kommt von selber zu dir! Nun halt ihn aber fest!«

Freilich verstand Toropka diese Worte nicht. Aber er merkte, daß dies-

mal seine Verfolger nicht hinter ihm zurückblieben, obwohl der Braune das Letzte hergab; im Gegenteil, einer von den Mongolen – ein junger Recke – war schon hart hinter ihm. Toropka überließ es dem Braunen, den besten Weg zu wählen. Er wandte sich im Sattel um, spannte den Bogen, zielte auf den Kopf seines Verfolgers und schoß den Pfeil ab. Der Getroffene stürzte von seinem Pferd, und die hinter ihm galoppierenden Reiter brachen in ein wildes Geheul aus:
»Ein Unglück! Ein Unglück! Khan Külkan ist tot!«
In dieser Verwirrung entkam der Braune, und Toropka lenkte ihn auf einen zwischen dichtem Gebüsch hinführenden Uferweg, der Toropka, wie überhaupt die ganze Gegend, bekannt war, denn das Flüßchen nahm seinen Anfang in jenen Sümpfen, zwischen denen das heimatliche Dörfchen Perunow Bor lag. Schwer atmend ging das Pferd im Schritt. Still schlummerten ringsum die verschneiten Tannen. Der Himmel wurde immer heller. Die wenigen noch an einsamen Eichen hängenden vertrockneten Blätter raschelten dürr im Wind.
›Weshalb habe ich den Weg nach Perunow Bor eingeschlagen?‹ fragte sich Toropka. ›Was zieht mich dorthin, während ich doch nordwärts hätte reiten müssen? Sind es vielleicht Weschnjankas graue Augen, die diese Anziehungskraft ausüben? Nein, nein, die Mongolen sind schuld, sie haben mich vom rechten Wege abgebracht. Da ich aber nun einmal ganz in der Nähe meines Heimatdorfes bin, warum sollte ich da nicht einen Abstecher machen? Vielleicht treffe ich jemanden, der mir erzählen kann, wie es in unserer Gegend zugeht.‹
Um die Mittagsstunde gelangte er zu den gefährlichen Stellen. Die »Fenster« im Morast schimmerten schwarz, und über ihnen stiegen seltsame Dunstwölkchen auf. Mit äußerster Behutsamkeit ritt Toropka auf diesen schmalen, von den Ziegen ausgetretenen Pfaden dahin; denn er wußte, daß ein Fehltritt seines Rosses ihn durch so ein »Fenster« in bodenlose Tiefen stürzen konnte, aus denen es keine Rettung gab.
Endlich zeigten sich auf einer Lichtung die ihm so wohlbekannten jahrhundertealten Eichen, die nahe bei dem Weiler standen und die dem jungen Menschen, der auf sie zuritt, wie alte vertraute Freunde anmuteten. Da lag auch noch im Gestrüpp der Brombeerranken das alte hölzerne Götzenbild, vor dem seine Ururahnen ihre Andacht verrichtet hatten. Jemand mußte erst ganz kürzlich den Schnee abgefegt haben, denn der Birkenreisbesen lag noch daneben. Die Glupschaugen des Götzen starrten trübsinnig in den Himmel.
Ringsum sah Toropka frische Spuren: Frauen und Kinder in Bastschuhen mußten hier hin und her gelaufen sein, und zwar erst vor kurzem. Mit einem Gefühl der Beruhigung, daß sein Gemüt von einem dumpfen ängstlichen Druck befreite, trieb Toropka seinen Braunen den Hügel hinauf.
Doch oben bot sich ihm ein Bild der Zerstörung: Die Hälfte der Hütten des Weilers (darunter auch die von Saweli Dikoroß) stand nicht mehr; nur die am äußersten Rande gelegenen waren erhalten geblieben. Von

Sawelis Hütte stand nur noch der große bauchige Lehmofen und eine hohe Stange, an deren oberstes Ende man einen Besen gebunden hatte. Kläffend stürzte ein zottiger Hund dem Reiter entgegen, andere Hunde antworteten auf das Gebell. Sollte das Pegasch sein? Tatsächlich, er war es! Freudig wedelnd umsprang er seinen jungen Herrn.

Toropka näherte sich der rußgeschwärzten Hütte, in der früher Swjaga gewohnt hatte. Durch einen Spalt im Fenster drang ein schmaler Lichtstreifen heraus.

»He, ihr Leute! Öffnet! Gut Freund ist angekommen! Macht auf!«

Man hörte Kinderstimmchen wispern:

»Mach nicht auf, Mamachen. Vielleicht ist es ein böser Mann ... Frage erst, wer draußen ist!«

Eine Frauenstimme rief durch das Klappfensterchen:

»Wer bist du denn? Woher kommst du?«

»Erkennst du mich denn nicht? Toropka bin ich, der Sohn von Saweli Dikoroß. Macht schnell auf, ich habe Eile und muß gleich weiter!«

Drinnen wurde der Riegel zurückgeschoben, die Tür öffnete sich, und Swjagas hageres Ehegespons trat, in einen zerrissenen Pelz gehüllt, heraus, nahm Toropkas Braunen am Zügel und führte ihn unter das Vordach.

»Ob sich wohl was zum Fressen findet für mein Tier?«

»Doch, doch, mein Lieber, gleich bring' ich's her. Warum sollte ich's denn auch noch länger aufheben. Sowohl unser Pferd wie auch unsre Kuh haben die Bösewichter ja abgeschlachtet. Geh inzwischen in die Hütte!«

Ein rauchender Kienspan verbreitete sein ungleichmäßiges qualmiges Licht, dann und wann flackerte es mit rötlicher Flamme knisternd auf. Swjagas Frau und die drei flachsköpfigen Kinder saßen um Toropka herum, betrachteten ihn mit offenen Mündern und betasteten seinen Ringpanzer, den spitzen Helm und die hohen rotledernen Reitstiefel.

»Auch bei uns erschienen sie, wie vom Himmel gefallen«, erzählte Swjagas abgezehrtes Weib. »Das Korn haben sie geraubt, die Schober angezündet und die Hütten ... Frauen und Mädchen und viele Kinder haben sie fortgeschleppt. Diese drei hatten sich im Reisighaufen verkrochen, wo sie das Tatarenpack nicht aufgestöbert hat, die andern drei aber werde ich wohl nie wiedersehn! Die Opalenicha und deine ...«, hier schluchzte die Frau, »deine Weschnjanka haben sie auch mitgenommen. Bete für sie! Ob denn jemals wieder einer aus tatarischer Gefangenschaft zurückkommen wird? Und wo ist mein Swjaga? Manche behaupten, er wäre auf den Wällen von Rjasan gesehn worden. Andre sagen, er halte sich in den Wäldern verborgen ... Jedenfalls wird er wohl so bald nicht wiederkommen ... Iß, mein Lieber, wenn es auch nur trockenes Brot ist! Wir mischen das Brotmehl jetzt zur Hälfte mit Kiefernrinde, die wir vorher ganz fein zerreiben. Wir müssen sparen mit dem Mehl, sonst reicht es nicht bis zum Frühjahr. Mitunter fängt man auch ein Fischchen im See. Und trinken tun wir heißes Wasser oder einen Absud von dem Schwamm an Birkenstämmen. Die Kinder kriegen ab und an ein warmes Mehlsüppchen...«

»Und was hört man von den anderen Bauern?«

»Diejenigen, die sich in den Wäldern versteckt halten, haben sich zu Scharen gesammelt und lauern den zurückgebliebenen Tataren auf, schlagen sie tot und nehmen ihnen ihre Pferde ab... Wie es heißt, ist die Zahl der Tataren so groß, daß man sich gar keine Vorstellung davon machen kann... Stimmt das? Doch auch unsere Bauern kämpfen wie die Wölfe. Ich meine, die Tataren werden wohl noch eine Zeitlang hierbleiben, irgendwann aber doch wieder abziehn, und dann werden wir uns wieder einrichten...«

Als Toropka sich ein wenig ausgeruht hatte, machte er sich wieder auf den Weg. Vor dem Pferde her lief mit hoch in die Luft gerecktem Schwanze Pegasch, der sich offenbar von seinem Herrn nicht wieder trennen wollte.

Batu-Khans Zorn

Vier nacheinander abgesandte Eilboten wollten dem Dschichangir die Nachricht vom Tode des jüngsten Sohnes des heiligen Regenten Dschingis-Khan überbringen. Sie wurden aber nicht sogleich vorgelassen, sosehr sie auch beteuerten, daß sie nicht warten könnten, nicht einmal so lange, »bis man ein Roß füttert«, daß sie vielmehr unverzüglich mit einer Antwort des Dschichangirs zu ihrer Truppe zurückkehren müßten, denn:

»Wir haben keinen Feldherrn! Das Heer ist führerlos und weiß nicht, was es zu tun hat!«

Doch die Wache haltenden Turgauden stießen sie grob mit den Schäften ihrer Lanzen zurück:

»Wartet gefälligst! Der Dschichangir ist beschäftigt.«

Flüsternd erkundigten die Eilboten sich:

»Womit ist er denn beschäftigt?«

»Mit höchst wichtigen Dingen. Er zaubert zusammen mit einem urussutischen Zauberer, erforscht die Wege zu weiteren Siegen.«

Die Boten banden die Zügel ihrer Rosse an ihren Gürtel und hockten sich in der Nähe von Batu-Khans Jurte nieder. Neue Boten und Meldereiter, die kamen, hockten sich daneben.

Im Vorübergehen wurde Arapscha, der Führer der Batus Leibgarde bildenden Hundertschaft, auf die Wartenden aufmerksam. Mit finsterem Gesicht, das kein Lachen kannte, blieb er vor ihnen stehen und musterte sie, als wollte er sie bis ins Innerste ergründen.

»Eure Sache steht schlecht!« sagte er.

»Was können wir denn dafür? Wir erfüllen nur den vom Temnik Burundai erhaltenen Befehl, dem Dschichangir eine Botschaft zu überbringen...«

»Es ist aber eine schlimme Botschaft... Und ihr wißt wohl, was euch erwartet?«
Die im Schnee Hockenden schnellten wie angestochen in die Höhe und stürzten zu ihren Pferden hin, um sich in den Sattel zu schwingen.
»Achtung und Gehorsam!« rief Arapscha. »Nuker, laßt keinen von diesen Überbringern einer ›schwarzen Botschaft‹ entkommen! Der Dschichangir wird bald mit ihnen sprechen.«
Arapscha betrat die Jurte, wo Batu-Khan mit gekreuzten Beinen am Boden hockte und finster und unverwandt auf die Spitzen seiner zusammengelegten Finger starrte. Neben ihm hockte Subudai-Bahadur, der dem eintretenden Arapscha auf dessen leise Frage »Darf ich?« mit einem bejahenden Kopfnicken antwortete.
»Er und Gujuk-Khan waren meine ärgsten Feinde«, sagte Batu. »Ich kann nicht anders, als mich freuen, daß er tot ist. Ja, ich freue mich, daß die falsche junge Giftschlange nicht mehr lebt! Trauer kann ich über seinen Tod nicht empfinden...«
»Batu-Khan mag sich immerhin freuen«, sagte Subudai. »Der Dschichangir aber ist zur Trauer verpflichtet.«
»Külkan hat mir stets nach dem Leben getrachtet. Er hat mich laut ein ›bärtiges Weib‹ geschimpft. Nur du hast mich damals daran gehindert, ihm die Brust aufzuschlitzen und sein falsches Herz herauszureißen. Viel zu viele von meinen Feinden sind noch am Leben, und da soll ich trauern, daß wenigstens einer von ihnen nicht mehr ist... Mit den anderen werde ich schon noch abrechnen, vor allem mit dem Schlimmsten, mit Gujuk... Dreimal hat Arapscha mich vor seinen schwarzen Bluthunden gerettet...«
»Sprich leiser!« mahnte Subudai. »Niemand im Heer darf davon etwas ahnen. Hast du nicht selber den Ausspruch getan: ›Ein Feldherr muß verschlossen sein wie das Grab...‹ Wenn du jetzt aus deiner Freude kein Hehl machtest, würden alle sagen: ›Batu ist genauso wie sie alle.‹ Du aber sollst wie ein Blitz aus heiterm Himmel niederfahren und sie treffen, alle diese Speichellecker Gujuks... Bleibe unergründlich, undurchschaubar!«
Als ob er zu sich käme, sprang Batu-Khan auf und fragte Arapscha:
»Wo sind sie, diese Überbringer einer ›schwarzen Botschaft‹?«
»Draußen vor der Jurte hocken sie, deines Befehls gewärtig.«
Mit dem Schwert in der Hand trat Batu-Khan aus seiner Jurte. Finster ließ er seinen Blick über die sich vor ihm aufs Angesicht werfenden Trauerboten schweifen. Leise begann er zu sprechen, die ersten Worte durch die Zähne stoßend, und erst allmählich erhob er die Stimme lauter und immer lauter, bis er schließlich die letzten Worte herausbrüllte:
»Euch war er anvertraut, der Sohn des heiligen Regenten, ein Stück der Sonne... Und wie habt ihr ihn gehütet?«
»Er bestand ja darauf, selbst mitzukämpfen«, stammelten die Boten.
»Und ihr habt es zugelassen? Ist es Sache des Feldherrn, in der vordersten Reihe mit dem blanken Schwert in der Hand zu kämpfen? Hat der

heilige Regent jemals ein solches Beispiel gegeben? Er war ein wirklicher Feldherr. Er hatte seinen Kommandostand hinter dem Heer, seine Worte aber setzten Zehn- und Hunderttausende von Reitern in Bewegung. So hat er seine Siege errungen, die den ganzen Erdkreis erschütterten...«

»Wir wissen es...«

»Ihr wißt es? Aber Khan Külkan ließt ihr in sein Verderben rennen, hattet vielleicht noch eure Schadenfreude daran? Keiner zügelte sein Ungestüm, hielt ihn zurück, deckte ihn mit seinem Leib... Verräter seid ihr alle, und es gibt keine Schonung für euch.«

Die Boten warfen sich wieder bäuchlings auf die Erde nieder und vergruben ihr Gesicht im Schnee.

»Jagt zurück und meldet der Truppe, der Dschichangir gebiete euch, die schwere Schuld, die ihr auf euch geladen habt, wieder gutzumachen, indem ihr bis zu meiner Ankunft die Festung Kolomna einnehmt! Finde ich euch aber bei meiner Ankunft immer noch außerhalb und nicht innerhalb der Mauern, so werde ich Befehl geben, euch allesamt umzubringen. Fort mit euch, ihr gelbohrigen Hunde! Was kriecht ihr noch auf dem Bauche vor mir?«

Röchelnd schwang Batu sein Schwert. Die Boten stürzten zu ihren Pferden und schwangen sich in den Sattel; wenige Augenblicke später war keiner mehr zu sehen.

»Hast du's gehört, Subudai?«

»Ja, Blendender, und aus deinem Munde hörte ich die Stimme deines Großvaters!«

»Ich werde die Urussuten lehren, was es bedeutet, einen Sohn des Erhabensten zu töten... Alles, was Odem hat, soll sterben, der letzte Hund genauso wie das letzte Kind! Wie ein Steppenbrand soll mein Heer über die urussutische Erde hinfegen und sie in einen Totenacker verwandeln, dessen Schweigen nur vom Krächzen der Krähen und vom Heulen der Wölfe unterbrochen wird... Rasch, mein Pferd!«

Batu-Khans Augen wurden ganz weit und rund. Schaum trat ihm auf die Lippen. Er stampfte wie rasend mit dem Fuß und brüllte:

»Schneller, schneller! Mein Pferd, mein Pferd!«

Die ehernen Gongs dröhnten, um die Nuker zusammenzurufen. Gellend erklangen die Hörner. Nur Subudai und Arapscha bewahrten ihre Ruhe.

»Gestatte mir, dich daran zu erinnern, daß du die Boten wohl fortgeschickt, aber vergessen hast, für den umgekommenen Khan einen Nachfolger zu ernennen.«

»Vorläufig wird, wie üblich, der älteste Temnik, in diesem Falle Burundai, das Kommando übernehmen. Er ist ein erfahrener Krieger, und morgen werde ich ja selbst an Ort und Stelle sein und ihnen zeigen, wie man eine Festung im Sturm nimmt.«

Und wirklich, am andern Tag erschienen die Vorhuten Subudais und Batus vor Kolomna. Die Schlacht um die Festung war in vollem Gange. Die unablässig gegen die Mauern anstürmenden Mongolen wurden von den Verteidigern immer wieder zurückgeschlagen. Aber mit jedem abgewehrten Angriff wurden die Kräfte der Russen schwächer und mußten schließlich völlig erlahmen, wenn ihnen von nirgendwoher Hilfe kam. Und es kam keine. Die Tataren brachen in die Stadt ein. Unter denen, die den Heldentod starben, war Fürst Roman Ingwarewitsch, der an der Spitze seiner Rjasaner bis zuletzt wie ein Löwe kämpfte. An seiner Seite fiel auch der Wojewode Jeremei Glebowitsch. Was von den Tataren nicht niedergesäbelt wurde, geriet in Gefangenschaft.

Drei Tage zechten die Tataren und feierten auf den rauchenden Trümmern Kolomnas ihren Sieg. Auf dem Platz, wo ehedem die Auferstehungskirche gestanden hatte, ließ Batu-Khan einen riesigen Scheiterhaufen aufschichten, auf welchen man den Leichnam des jungen Khan Külkan legte. Zusammen mit ihm wurden vierzig der schönsten jungen Mädchen Kolomnas lebendigen Leibes verbrannt. Zwei der Lieblingsrosse des jungen Khans, die man zuvor mit prächtigem Goldgeschirr aufgezäumt hatte, wurden zu Füßen ihres toten Herrn getötet. Rosse wie Mädchen mußten den Weg in jene Welt über den Wolken antreten, um droben ihrem so jung aus dem Leben geschiedenen Herrn zu dienen.

Ein zweiter Scheiterhaufen war gleich daneben auf demselben Platz für die gefallenen Mongolenkrieger errichtet worden. Gleichzeitig wurden beide Scheiterhaufen in Brand gesteckt. Mit finsterem Gesicht wohnte der Dschichangir den Bestattungsfeierlichkeiten bei und rief zusammen mit seinen Kriegern den Gefallenen den Abschiedsgruß nach:
»Baijartai! Baijartai!«

Die Wilden bedrohen die Hauptstadt

Die Fürstin Agafja, die Gemahlin des Großfürsten von Wladimir, versuchte vergebens, ihre Sorge um das Land, gegen das ein dunkles Ungewitter heranzog, zu vergessen über ihren Sorgen um Familie und Haushalt. Im Gebet suchte sie Trost und die Kraft, andere zu trösten: ihre beiden jungen Schwiegertöchter Marija und Christina und viele andere Frauen, die in ihrer Bekümmernis sich an die Großfürstin wandten, und so manche versicherte ihr, das Weltende sei gekommen. Jeden Morgen besuchte Agafja die Mariä-Himmelfahrts-Kirche, wo sie im Gespräch mit dem mürrischen Erzbischof Mitrofan ihr schweres Herz erleichterte.

»Bete«, ermahnte sie der geistliche Herr, »bete, daß der Allmächtige dem russischen Heer den Sieg über die gottlosen Tataren schenke! Bete, daß er uns unseren Fürsten und dir den Gemahl und deine Söhne erhalte!«

Die Großfürstin glaubte fest und unerschütterlich, daß ihr Gemahl sein ihr gegebenes Versprechen halten und an der Spitze eines großen Heeres zurückkehren und das Land von den Tataren befreien würde. Wenn sie inbrünstig gebetet hatte und die tränenfeuchten Augen schloß, so sah

sie ihn im Geiste auf seinem Schimmelhengst als Sieger durch das Goldene Tor in seine Residenzstadt Wladimir einreiten...
Mit einer kleinen Schar von Kriegern kam Fürst Wsewolod, und die Großfürstin berief sofort eine Beratung ein, an der die Bojaren, der Wojewode Pjotr Osladukowitsch und einige seiner Unterführer teilnahmen. Auch die beiden Schwiegertöchter der Großfürstin waren anwesend.
»Nur durch ein Wunder ist es mir gelungen, mich hierher durchzuschlagen«, begann der junge Fürst. »Der Erzengel hat mich beschirmt. Die Tataren haben Kolomna von allen Seiten eingeschlossen. Ihr Heer, das von dem jüngsten Sohn ihres Zaren Tschagonis befehligt wird, ist unübersehbar groß. Vorgestern allerdings erhob sich im Tatarenlager ein beinahe tierisches Wehgeheul und Jammergeschrei, wozu die Trommeln gerührt wurden. Gefangene sagten aus, ihr Heerführer Khan Külkan sei von einem russischen Pfeil durchbohrt und getötet worden. Das allgemeine Durcheinander bei ihnen benutzte ich, um durchzuschlüpfen. Die Tataren werden auch hierher mit riesiger Kriegsmacht rücken, die Felder überschwemmen wie das Hochwasser im Frühling, und dann wird kein Durchkommen mehr sein... Ich rate den Frauen, die Stadt zu verlassen und sich nach Norden zu begeben, nach Nowgorod, Kostroma, Belosero oder Galitsch, denn wir werden die Stadt wohl kaum bis zum Eintreffen des Großfürsten halten können.«
Die Großfürstin Agafja jedoch erklärte fest:
»Wir werden euch nicht verlassen. Zusammen wollen wir den bitteren Kelch bis zur Neige leeren.«
Beide Schwiegertöchter brachen in Tränen aus:
»Nein, wir wollen uns nicht von euch trennen«, beteuerten sie. »Wozu auch in kalte winterliche Einöden fliehen, in denen wir mit unseren Kindern wahrscheinlich elend umkommen würden. Lieber wollen wir hier auf den Mauern mit euch kämpfen. Und die Kinder haben auch schon gesagt: ›Wir wollen nicht mehr lernen, sondern den Kriegern helfen, Pfeile auf die Tataren abschießen und Steine nach ihnen schleudern...‹«
»Das ist nicht Sache der Weiber und Kinder«, rügte der Wojewode Osladukowitsch streng.
Eine Pflegetochter der Großfürstin, eine junge Waise, die Fürstentochter Prokuda, die bei den Schwiegertöchtern saß, mischte sich vorlaut ein und sprach:
»Ich habe aber gehört, daß die Tatarenfrauen hoch zu Roß Seite an Seite mit ihren Männern und Brüdern kämpfen...«
»Schweig, Prokuda«, wies die Großfürstin sie zurecht. »Ich habe ohnehin schon mit Mißfallen bemerkt, daß du, statt sittig im Frauengemach zu bleiben, auf die Mauern läufst und dich unter das gemeine Volk mischst.«
»Ich werde bestimmt weglaufen«, trotzte die Pflegetochter, »in die Wälder an der Wolga, um meinen Taufpaten zu suchen. Warum sollen

wir hier sitzen und seufzen? Lieber im Walde und auf dem Felde kämpfen. Dem Tod entgehen wir doch nicht; wenn es uns bestimmt ist, holt er uns überall ein.«
»Ich werde dich im Türmchen einsperren«, drohte die Großfürstin.
»Kommen erst die Tataren, dann gibt es auch kein Türmchen mehr!«
»Was für ein freches, trotziges Ding!« stöhnte die Großfürstin. »He, Kinderfrau! Sperr doch mal Prokuda ins Türmchen ein!«
»Heute ist Schulstunde. Erlaub mir hinzugehn, um mich vom Lehrer zu verabschieden«, sagte Prokuda und lief davon.

Die griechisch-russische Schule

In einem Anbau der Kathedralkirche versammelten sich die Schulknaben. Im Flur klopften sie sich den Schnee von den Sachen und säuberten ihre Bastschuhe mit einem Birkenbesen. Beim Eintritt in die Schulstube legten sie ihre Pelze ab und warfen sie in eine Ecke. Dann kämmten sie sich mit einem Holzkamm, der auf einem Wandbort lag, das kreisrund geschnittene Haar. Hierauf bekreuzigten sie sich fromm vor einem Heiligenbild mit dem brennenden Öllämpchen und begrüßten schließlich den in einem geschnitzten Sessel sitzenden Lehrer:
»Lange Gesundheit sei dir beschieden, Maxim Dalmatowitsch!«
Der also Begrüßte, ein schwarzbärtiger Mönch mit einer großen, spitzen Nase im bräunlichen Gesicht, sah seine Schüler streng an und sagte trocken:
»Setzt euch, und schlagt das Buch auf!«
Es waren im ganzen zwölf Knaben, die sich artig auf die Bänke zu beiden Seiten eines langen, schmalen Tisches aus Birkenholz setzten. Sie legten Bücher aus zusammengehefteten, handbeschriebenen Pergamentblättern vor sich hin, die schon recht abgegriffen und voller Fett- und Schmutzflecke waren, denn aus ihnen hatten schon Generationen von Schulkindern gelernt.
»Aufstehn!« kommandierte der Lehrer, indem er sich selbst aus seinem Sessel erhob, seine Pelzkappe abnahm und sie an einen hölzernen Haken neben dem Bücherregal hängte.
Die Knaben standen auf, und einer von ihnen sprach das Gebet, worauf der Lehrer sein »Setzt euch!« kommandierte.
Kaum waren die Knaben dem Befehl nachgekommen, als die Tür aufgerissen wurde und Prokuda hereingelaufen kam, hinter der eine ältere Kinderfrau über die Schwelle trat. Sie nahm dem Mädchen den Pelz ab, ordnete ihr den Sarafan, strich ihr das Haar glatt und nahm dann in der Ecke auf einem Kasten Platz.
Prokuda sprach mit einer tiefen Verbeugung die üblichen Begrüßungsworte und setzte sich auf eine der Bänke neben die Knaben, wobei sie

den ihr zunächst sitzenden mit dem Ellbogen schubste, damit er nachrücke und ihr Platz mache.
Der Lehrer strich sich mit der Rechten nachdenklich den schwarzen Bart und begann, nachdem er sich geräuspert hatte:
»Heute habe ich ein paar ganz besondere Worte an euch zu richten... Bulatko, sieh mich an. Wereschtschaga, hör auf, deinen Nachbarn Tschapyra mit dem Ellbogen zu stoßen! Seht mich alle an!«
Abermals räusperte er sich, dann fuhr er fort:
»Als Mönch ist es mein Amt, Bücher abzuschreiben und Kinder in der Kunst des Lesens und Schreibens zu unterweisen. Ihr habt nun alle Buchstaben des Alphabetes gelernt, und ich wollte euch eigentlich auf der Leiter der Wissenschaft eine Sprosse höher steigen lassen und mit euch den Psalter und das Stundenbuch lesen...«
Mit offenem Munde hörten die Kinder ihn an. Prokuda hatte eine Wange auf ihre zur kleinen Faust geballte Rechte gestützt und die Stirn kraus gezogen im Bemühen, den Sinn der Worte des Lehrers besser zu verstehen.
»Diese Schule ist vom Großfürsten Konstantin Wsewolodowitsch gegründet worden, einem heldenmütigen und weisen Herrscher, der die Bücher sehr liebte – allein an griechischen besaß er mehr als tausend – und gern Umgang mit gelehrten Männern pflog...«
Der Mönch bedeckte sein Gesicht mit den Händen und verstummte.
Die Kinder stießen einander an und tuschelten: »Warum sagt er das? Was ist denn mit ihm?«
Der Lehrer nahm die Hände vom Gesicht und sprach noch ernster als zuvor:
»Eine schwere, unerträglich schwere Zeit ist angebrochen. Der Feind, ein wilder böser Feind, ist im Anmarsch auf unsere liebe und berühmte Stadt Wladimir, wo diese Schule, die man die griechisch-russische nennt, leuchtet wie ein Öllämpchen in dunkler Nacht. Aber diese Schule und ihre wertvolle Bibliothek, die so kostbare Bücher enthält, worin sich der Geist Gottes und der Geist vergangener Jahrhunderte offenbart – was bedeuten sie einem Barbarenvolke? Ein Tatar wird diese kostbaren Manuskripte ins Feuer werfen, um sich eine Pferde- oder Hammelkeule daran zu braten.«
Der Mönch wischte sich mit der Hand über die Augen und sah dann seine Schüler mit einem Blick an, als wolle er sich zum Abschied ihre Gesichter für immer einprägen.
»Heute ist unsere letzte Schulstunde. Künftig ist mein und euer Platz auf den Mauern. Wir Erwachsenen werden zu Spießen und Schwertern greifen, eures Amtes wird es sein, euren Vätern und Brüdern Handreichungen zu leisten, Pfeile aufzusammeln, Wasser und Brot herbeizuholen...«
»Aber das wollen wir ja!« riefen die Knaben.
»Jetzt habe ich noch eine letzte Bitte an euch. Vielleicht werden die Tataren auch unsre Schule niederbrennen. Laßt uns die Bücher dieser

Bibliothek in den Keller hinunterschaffen und in Kisten verwahren, die wir mit Steinen zudecken. Wer von euch überlebt, wird nach dem Abzug der Tataren sich dieses Verstecks erinnern und diese kostbaren Geistesschätze wieder an Gottes Tageslicht fördern, damit eure Kinder und Kindeskinder wieder aus diesen Büchern lernen. Unsere heilige Pflicht ist es, die Leuchte des Wissens zu wahren und zu bergen. Zieht eure Mäntel an!«
Erfreut über diese unterhaltsame Unterbrechung des Unterrichts, waren die Kinder aufgesprungen und zogen ihre Oberkleider an. Prokuda trat dabei dicht zu Bulatko hin und zog ihn etwas abseits.
»Zu keinem ein Wort über das, was ich dir sagen werde! Kannst du mir von deinen Sachen einen Mantel, Hosen, ein Hemd und Bastschuhe leihen?«
»Ich habe aber nichts Neues, nur Getragenes...«
»Das ist gerade das Rechte. Mein Mütterchen ist willens, sich mit anderen Frauen in der Kathedrale einzuschließen und zu verbrennen, wenn die Tataren kommen. Dazu aber habe ich gar keine Lust. Ich werde mich als Junge verkleiden und ausreißen. Ich will gegen die Tataren kämpfen, bis wir sie wieder zum Lande hinausgejagt haben!«
»Ich auch, Prokuda! Ich komme mit dir. Ich werde dir alles besorgen, was du wünschst!« versprach Bulatko. »Und ich glaube, die andern werden auch alle mitgehn...«

Traurige Tage in Wladimir

Ganz unerwartet standen die Tataren auf einmal vor der Stadt. Bei Tagesanbruch hatten noch mehrere Dutzend Bauernschlitten Wladimir durch das Goldene Tor verlassen mit Bürgern, die es vorzogen, Zuflucht und Rettung in den dichten, unzugänglichen Wäldern zu suchen, und um die Mittagsstunde war die Stadt schon von der ganzen übrigen Welt abgeschnitten.
Zuerst vollzog sich die Annäherung der Tataren ganz friedlich: Langsam näherten sie sich der Stadt wie Volk vom Lande, das an einem hohen Kirchenfesttag zu Markte fährt. Mit jeder Stunde wurden ihrer mehr und mehr, und bald wimmelte es auf allen umliegenden Feldern von ihnen. Überall sah man den Rauch ihrer Lagerfeuer emporwirbeln. An den Fuhrwerken wurden die Gäule ausgespannt und zur Tränke geführt. Kurzum – die Tataren benahmen sich ganz so, als könne ihnen überhaupt keine Gefahr drohen und als existiere kein russisches Heer, das sie hätten fürchten müssen.
Dann vollführten ihre Reiter einzeln und in Haufen rings um die Stadtmauern allerhand Reiterkunststückchen. Die oben auf den Wällen Stehenden hörten in der klaren Frostluft ihre seltsamen, unverständlichen Reden und kehligen Ausrufe und sahen in den von den Ohrenklappenpelzmützen eingemummten, dunklen Gesichtern die

stechenden Schielaugen blitzen. Fast die ganze Einwohnerschaft hatte sich eingefunden, um die Krieger des fremden Volkes zu sehen, über dessen Grausamkeit so viele Greuelgeschichten erzählt wurden. Selbst die Großfürstin war in Begleitung ihrer Schwiegertöchter, ihrer Kammerfrauen und vieler Bojarinnen auf die Mauer oberhalb des Goldenen Tores gestiegen, wo die jungen Fürsten Wsewolod und Mstislaw und der Wojewode Osladukowitsch aufmerksam alle Bewegungen des Feindes beobachteten.

Eine Abteilung von Khanen in prächtigen, rotgestreiften Chalaten oder auch in Kettenhemden und glänzenden Panzern, die alle auf edlen, goldgezäumten Rossen ritten, näherten sich dem Tor. Hundert Lanzenreiter bildeten die Eskorte dieser glänzenden Schar, aus der sich ein Dolmetscher, offenbar ein Polowezer Überläufer, auf einem scheckigen Roß loslöste, noch ein Stück näher ritt und den auf der Mauer Stehenden zurief:

»Schießt nicht, sondern hört mich an! Der große Dschichangir Batu-Khan, der mit seinem unübersehbar großen und unbesiegbaren Heer in euer Land gekommen ist, wundert sich höchlichst, daß der Großfürst und Gossudar Georgi Wsewolodowitsch sich bis jetzt noch nicht eingefunden hat, um dem großen Khan zu huldigen und ihm den Treueid zu leisten. Weshalb schickt der Großfürst keine Begrüßungsgeschenke und öffnet nicht die Tore seiner Residenz? Sollte der Großfürst nichts von der Ankunft des großen Khans wissen? Wo verbirgt er sich? Führt ihn her, damit wir mit ihm sprechen!«

Unter denen auf der Mauer entstand ein Geflüster. Der Wojewode seufzte schwer: »O Himmel, welche Zeit!« Ein paar Ungeduldige ließen sich dazu hinreißen, Pfeile abzuschießen. Einer davon verwundete ein Pferd, das sich auf den Hinterbeinen um seine eigene Achse zu drehen begann. Die Tataren beantworteten diese Herausforderung mit einem Dutzend Pfeilen. Auf der Mauer stieß ein Verwundeter einen gellenden Schmerzensschrei aus.

Der Dolmetscher machte eine Bewegung und fuhr fort:

»Hört auf zu schießen! Seht hierher! Erkennt ihr, wer vor euch steht?«

Zwei tatarische Reiter schleppten einen Jüngling herbei, der sich nicht sträubte, aber vor Schwäche taumelte, denn seine Beine waren so steif, als wären sie aus Holz. Jeder der Reiter hielt ein Ende der Fangseile, die sie dem Jüngling um den Hals geworfen hatten, und zog es bei der geringsten Bewegung, die der Gefangene machte, fester an, so wie Jäger, die ein wildes Tier gefangen haben, die Stricke nach verschiedenen Seiten anziehen, damit es sich nicht auf sie stürzen kann.

Ein Verzweiflungsschrei ertönte auf der Mauer; die Großfürstin hatte ihn ausgestoßen, als sie in dem Gefangenen ihren Sohn Wladimir erkannte, der fortgeritten war, um Moskau zu verteidigen. Und die Frauen konnten sich des Schluchzens nicht erwehren bei dem jammervollen Anblick des Armen, dem man trotz der grimmigen Winterkälte nur die

allernotdürftigste Unterkleidung und um die Füße ein paar Lappen gelassen hatte.
»Mein Sohn, mein Sohn! Mein Wladimir!« stöhnte die arme Mutter. »Was haben sie dir angetan?«
»Weine nicht, mein Mütterchen!« sprach der junge Fürst ihr vom Fuße der Mauer her Mut zu. »Und ihr, meine Brüder und Freunde, verteidigt die Vaterstadt unerschütterlich. Kämpft unerschrocken! Sie haben mich gequält und gekränkt; aber meinen Willen haben sie nicht brechen können. Sie sollen und sie dürfen nicht über uns herrschen. Darum steht fest zusammen und haltet aus bis zum letzten Atemzug!«
Die Wächter des Gefangenen schlugen ihn mit ihren Peitschen, doch der Dolmetscher gebot ihnen Einhalt:
»Genug, haltet ein! Und du, schweig still! Ihr aber, ihr starrsinnigen Einwohner von Uldemir, seht, was für ein jämmerliches Schicksal sich euer Prinz durch seinen unvernünftigen Stolz und Trotz selbst bereitet hat. Er wurde dafür bestraft, daß er sich weigerte, sich dem großen Dschichangir zu unterwerfen. Das gleiche Los erwartet jeden, der ebenso frech und starrsinnig ist. Die Städte Rjasan, Pronsk, Isheslawl, Muschkaf und noch neunundneunzig andere sind von uns eingenommen und in Schutt und Asche gelegt, ihre widerspenstigen Einwohner niedergemetzelt oder in Gefangenschaft geführt worden. Und euren Prinzen Uldemir führen wir, wie ihr ja selber seht, an einem Strick wie einen gefangenen Bären, der zur Belustigung der Zuschauer tanzen soll. Gelüstet es euch nach dem gleichen Schicksal? Wenn nicht, so übergebt die Schlüssel eurer Stadt, und ihr werdet in Ruhe und Sicherheit die Segnungen der Regierung unseres großen Batu-Khan genießen!«
»Hört nicht auf ihn! Hört nicht auf ihn! Traut ja nicht seinen Worten!« rief gellend der Fürst Wladimir. »Verteidigt euch bis zum letzten Atemzug! Die Tataren kennen kein Erbarmen. Wenn ihr euch ergebt, werden sie euch ohne Gnade niedermetzeln! Sie lügen, die Verfluchten, jedes ihrer Worte ist eine Lüge!«
»Lieber sterben wir, ehe wir uns ergeben und unterwerfen!« wurde ihm von der Mauer herab geantwortet. Und alle, auch die Fürsten Wsewolod und Mstislaw, fielen ein und riefen, daß es wie ein Schwur klang: »Ja, wir sterben, doch wir unterwerfen uns nicht! Reitet in eure Steppen zurück! Auf unserer russischen Erde habt ihr nichts zu suchen!«
Die Tataren machten kehrt. Die beiden Reiter, die den Gefangenen bewachten, brachten ihn durch einen Ruck an den Stricken zum Umfallen und schleiften ihn dann wie einen Toten hinter sich her durch den Schnee.
Am selben Tage noch schlugen die Tataren auf der Anhöhe gegenüber dem Goldenen Tor ein goldgelbes Zelt auf und zu beiden Seiten davon ein Dutzend weißer und schwarzer Filzjurten, rund wie Mützen. Die Einwohner der Stadt verfolgten von ihren Mauern aus gierig das Tun und Treiben der Tataren. Keiner sprach von Übergabe, alle wußten nur

zu gut, welches Los denen beschieden war, die den Versprechungen der arglistigen, tückischen Tataren trauten.
Die beiden jungen Fürsten wollten an der Spitze der Krieger einen Ausfall machen, »um in Ehren auf dem Schlachtfelde zu sterben!«, wie sie sagten.
Doch der alte Wojewode gestattete es ihnen nicht.
»Zum Sterben ist es noch immer früh genug«, meinte er. »Vorher aber wollen wir erst noch viele Tataren ins Gras beißen lassen. Das Vernünftigste ist jetzt – abwarten, denn der Großfürst ist ganz bestimmt nicht müßig und wird sich beeilen, uns mit einem großen Heer zu Hilfe zu kommen, um seine Hauptstadt und unser Land zu retten...«
Während der größte Teil von Batu-Khans Heer die Vorbereitungen zum Sturmangriff auf die Landeshauptstadt traf, zog ein kleinerer Teil vor die Stadt Susdal, belagerte sie drei Tage lang und nahm sie dann im Sturm. Von den Susdaler Einwohnern retteten nur die ihr Leben, die schon vorher in die Wälder geflohen waren, die anderen – auch Priester, Mönche und Nonnen, mit Ausnahme von ein paar hübschen jungen Nönnchen, die man in Gefangenschaft führte – wurden schonungslos niedergemäht wie Gras. Das Fürstenschloß und das Dmitrikloster wurden ein Raub der Flammen. Lediglich das der Mutter Gottes geweihte, abseits inmitten eines dichten Waldes gelegene Bogorodizer Nonnenkloster entging der Zerstörung, weil die Tataren es in der Eile nicht fanden.
Am 6. Februar des Jahres 6746 seit der Erschaffung der Welt (des Jahres 1238 nach unserer Zeitrechnung) zogen Tausende von Tataren seltsame, von den Einwohnern Wladimirs noch nie gesehene Maschinerien bis dicht an die Stadtmauern. Es waren Mauerbrecher und Wurfmaschinen, deren Munition, große Steine und hartgefrorene Erdklumpen, auf unzähligen Schlitten herangeführt und aufgeschichtet wurde, ebenso schleppte man Balken und Bretter herbei, aus denen Gerüste errichtet werden sollten.
Zunächst umgab man die ganze Stadt mit einem Pfahlzaun, um etwa fliehende Städter abzufangen. Den Wladimirern blieb keine Hoffnung mehr, denn auf einen jeden von ihnen kamen mindestens zwanzig Tataren. Weinend nahmen sie voneinander Abschied – der Gatte von der Gattin, Kinder von ihren Eltern, der Bruder von seinen Geschwistern, der Freund vom Freunde und der Nachbar vom Nachbarn:
»Morgen, am Tage des heiligen Feodor Stratilos, wird der Schneesturm uns allen das ›Ewige Gedenken‹ singen...«
Am 7. Februar beim Morgengrauen erstürmten die Tataren von allen Seiten die Stadt, deren Mauern sie auf Leitern und Gerüsten erklommen.

Die Großfürstin hatte in Begleitung ihrer Kammerfrauen, ihrer Schwiegertöchter und der Bojarinnen Zuflucht in der Kathedrale gesucht, wo der Erzbischof Mitrofan und die gesamte Geistlichkeit des Erzbistums in den schwarzen Gewändern der Totenmesse vor dem Altar

an der Ikonenwand stand. Nachdem man in feierlichem Chor die Gebete gesprochen hatte, ermahnte der Erzbischof mit seiner tiefen starken Stimme alle Anwesenden, gläubigen und mutigen Herzens in den unvermeidlichen Märtyrertod zu gehen.
»Fügt euch in den unerforschlichen Willen Gottes und denkt an die Rettung eurer Seelen. Empfangt von mir die heiligen Weihen und seid aufgenommen in die große Gemeinschaft der Klosterleute, auf daß ihr, angetan mit dem Ordenshabit, in der Minute eures Todes Engelsgestalt annehmet und auffliegèt zu den himmlischen Wohnungen im Hause unseres ewigen Vaters und Allerhalters. Sieh gnädig auf uns hernieder, o Herr, und breite deine unsichtbare Hand über uns aus! Nimm die Seelen deiner Diener in deinen ewigen Frieden auf!«
Die in der Kathedrale versammelten Frauen traten eine nach der andern vor den Erzbischof hin, der jeder eine Haarsträhne auf dem Scheitel abschnitt (als Symbol der Tonsur) und ihr mit geweihtem Öl ein Kreuz auf die Stirn zeichnete. Die also Geweihten stülpten sich schwarze Kapuzen mit dem aufgenähten weißen Kreuz aufs Haupt und faßten einander fest bei den Händen. So blieben sie stehen und stimmten heilige Psalmen an, während von draußen schon durchdringende Angst- und Todesschreie der von den Tataren geschändeten und gemordeten Frauen hereinklangen.
Schon hörte man das Dröhnen schwerer Rammböcke gegen die verschlossenen Kirchenportale und das Splittern von Holz, als die Großfürstin Agafja ihre Pflegetochter Prokuda vermißte. Man rief nach der Abwesenden; mehrere Kammer- und Kinderfrauen stiegen auf die Empore, ja sogar auf den Turm, um das Mädchen zu suchen; aber sie konnten es nirgendwo finden.
»Ach, weh mir Armen!« klagte die Großfürstin. »So verliere ich alle die Meinen an einem einzigen Tage! Die Ärmste wird sterben, ohne die Weihen empfangen zu haben, und nicht mit mir eingehen ins Paradies!«

Der lebende Scheiterhaufen

Vom hohen Ufer der Kljasma aus verfolgte Batu-Khan aufmerksam den Sturm seiner Truppen auf die Stadt Wladimir. Der glutrote Widerschein der Feuersbrunst schillerte auf seinem glänzenden Helm und auf dem goldenen Geschirr seines Hengstes.
Welle um Welle der Angreifer brandete gegen die Mauer der dem Untergang geweihten Stadt. Am Fuße der Mauer sprangen die Reiter aus dem Sattel und erklommen die Sturmleitern. Die Wladimirer setzten den Angreifern den hartnäckigsten Widerstand entgegen: Für jeden fallenden Verteidiger sprang sofort ein anderer in die Bresche; doch es wurden ihrer immer weniger, während die Zahl der die Mauern erklimmenden Tataren stetig zunahm.
Zur Linken Batus saß reglos wie ein Götze der untersetzte breitschult-

rige Bahadur auf seinem rehbraunen Hengst und sah schweigend dem Todeskampf der Hauptstadt von Susdal zu.
Zur Rechten Batus hockte zusammengekrümmt, mit hängenden Schultern der hagere Temnik Burundai auf seinem dickbeinigen grauen Zelter. Jetzt wandte er sein bartloses gelbes Gesicht dem Dschichangir zu und rief:
»Sieh nur! Khan Gujuks Krieger haben die Stadt an zwei Seiten in Brand gesteckt!«
Mit boshaft verzerrtem Gesicht korrigierte Subudai:
»Gujuk-Khan kommt stets zu spät! Nicht seine Krieger, sondern die Urussuten selber haben ihre Hauptstadt angezündet.«
»Warum zaudern denn deine Unbesiegbaren noch?« drängte Burundai ungeduldig.
»Hör nicht auf ihn!« sagte Subudai bissig zu Batu. »Die Tapferkeit von Belagerten pflegt des Morgens stets am größten zu sein. Man muß abwarten. Um die Mittagspause werden zitternde Greisengestalten angewankt kommen, um dir die Schlüssel für die Tore der Stadt auf goldener Schüssel zu überreichen... So war es überall: in China, in Tangut, in Buchara und in Samarkand, und so wird es auch hier sein!«
Doch auch Batu-Khan hatte keine Geduld mehr zum Warten, ebensowenig wie sein Rapphengst, der tänzelnd von einem Bein auf das andere trat.
»Temnik Burundai! Reit zum Stadttor und schau nach, ob Meister Li-Tun-Po etwa schläft!« brüllte Batu.
Burundai versetzte seinem Pferd einen Peitschenhieb, und es schoß wie ein Pfeil davon.
Am Tor ließen halbnackte Gefangene im gleichmäßigen Takte den eisernen Kopf des Rammbockes gegen die Türflügel donnern.
»Stärker! Stärker!« kommandierte ein Aufseher, und seine Gehilfen schlugen mit Peitschen auf die Gefangenen ein. Einige, die sich weigerten, dem Feinde gegen ihre eigenen Landsleute Beistand zu leisten, wurden sofort niedergesäbelt.
Vom Torturm herunter wurde mit Ziegelsteinen nach den Mongolen geworfen, Pfeile wurden auf sie abgeschossen und Feuerbrände auf die Rammböcke geschleudert. Aber es half alles nichts mehr. Unter der zermalmenden Wucht der Stöße des Rammbocks barsten die Flügel aus Eichenholz, und die Tatarenkrieger, die darauf nur gewartet hatten, drangen so ungestüm ein, daß ihr Anprall die Pferde der ihnen entgegensprengenden Verteidiger einfach umwarf.
Die enge Gasse war durch Barrikaden aus Balken, Wagen, Schlitten, Zäunen gesperrt. Von den Dächern der Häuser herab hagelten Steine und Pfeile auf die Eindringlinge, die von den Verteidigern auf den Barrikaden mit Axthieben und Speerstößen empfangen wurden. Aber so sehr sich auch die Leichen der Angreifer häuften und die Gasse noch mehr versperrten, aufzuhalten oder gar zurückzuwerfen waren sie nicht mehr.

Sie sprangen aus dem Sattel, rissen den Toten die Kleider ab, plünderten Häuser und Läden, saßen wieder auf und drangen weiter vor. Ihre kleinen Pferde kletterten strauchelnd und stolpernd über alle Hindernisse hinweg, und allmählich brachen sie freie Bahn für den langsam hinterher reitenden Dschichangir und sein Gefolge.
Vor der Kathedrale auf dem Hauptplatz, wo sich die Unbesiegbaren zusammendrängten, zügelte Batu seinen Rapphengst. Bei seinem Anblick stellten die Krieger das Plündern ein und warfen sich bäuchlings in den Schnee. Aber Batu nahm überhaupt keine Notiz von ihnen. Sein hochmütiges Gesicht verzog sich zu einem raubgierigen Lächeln, als er zu dem neben ihm reitenden Bahadur sprach:
»Nach Bulgar und Rjasan ist das nun schon die dritte Hauptstadt, die ich einnehme!«
Und Subudai antwortete mit heiserer Stimme:
»So ist's. Und am Schlusse des Feldzuges werden neunundneunzig Hauptstädte in deiner Hand sein...«
»Gewiß. Aber wo bleiben denn die von dir angekündigten Greise mit den Schlüsseln?« fragte höhnisch der Temnik Burundai, der eben angeritten kam, den Bahadur.
»Desto schlimmer für sie«, zürnte Batu-Khan. »Mein Ohr wird taub sein gegen alle Bitten um Gnade... Die gesamte Einwohnerschaft büßt ihren Starrsinn mit dem Leben. Külkans beleidigter Schatten kann sich heute übersatt trinken an Urussutenblut...«
Die hohe, majestätische Kathedrale aus weißem Stein stand noch wie eine unüberwindliche Festung. Tatarenkrieger waren dabei, das mit herrlichen Schnitzereien verzierte Eichenportal aufzusprengen. Aus dem Innern der Kirche vernahm man einen langgedehnten leisen Chorgesang.
»Was singen die da drinnen?« fragte Batu. »Wo ist der Dolmetscher?«
»Hier bin ich!« meldete sich Fürst Gleb. »Die Leute da drin in der Kirche singen ihre eigene Totenmesse, um sich das Sterben zu erleichtern.«
Mehrere Krieger hatten unterdessen einen langen, schweren Balken herbeigeschleppt und ließen ihn nun in gleichmäßigem Schwung gegen das Portal der Kathedrale poltern, das bald zerbrach.
Der Chorgesang war jetzt deutlicher zu vernehmen. In der dunklen Öffnung sah man die kalkweißen, angstverzerrten Gesichter von Frauen in schwarzen Gewändern und mit schwarzen Kapuzen auf dem Kopf; sie hielten brennende Wachskerzen in den zitternden Händen und sangen in langgezogenen Noten:
»Bei deinen Heiligen schenk uns Ruh'!«
Auf erhöhtem Platz vor dem Altar stand im schwarzen Meßgewand, die hohe Mitra auf dem Haupte, der Erzbischof Mitrofan. Mit beiden hocherhobenen Händen schwang er segnend ein goldenes Kreuz über seiner Gemeinde und ermahnte und tröstete sie mit seiner klangvollen Baßstimme:
»Tut Buße! Der Tag des Jüngsten Gerichts ist angebrochen! Habt keine

Furcht! Eure Schuld wird euch vergeben, und eure Seelen werden in den Gefilden der Gerechten Ruhe finden!«
Die armen, Todesängste ausstehenden Frauen, die in vielen Reihen dicht hinter- und nebeneinander standen, schrien mit weitgeöffneten Mündern:
»Rette uns, Herr! Erbarme dich! Wir bereuen...«
Andere fuhren im Gesange fort:
»Bei deinen Heiligen, schenk uns Ruh'!«
Batu-Khan trieb seinen Hengst die Stufen der breiten Domtreppe hinauf, warf einen Blick in das Innere der Kirche und rief seinen am Portal sich drängenden Kriegern zu:
»Uragsch, kühne Falken! Schneeweiße Reiher und fette Enten seh' ich da vor mir! Packt sie! Die Beute sei euer!«
Die Mongolen brachen in ein Freudengeheul aus:
»Uragsch! Kchu-kchu, Mongolen!«
Die Öffnung war aber zu eng für die große Schar der Andrängenden, die von Mönchen in schwarzen Kutten mit wütenden Axthieben empfangen wurden, so daß der Durchgang von den sich immer höher häufenden Leichen bald vollends verstopft war.
»Legt Feuer an das Gebäude!« rief Batu-Khan.
Die Tataren rissen Zäune von den Häusern der Nachbarschaft ab und schichteten in der Vorhalle einen riesigen Scheiterhaufen auf. Die Flamme schoß hoch empor, und ihre Zungen leckten an den festen Mauern und stachen ins Innere der Kirche. Aus den oberen Fenstern wälzten sich Schwaden schwarzen Rauchs. Immer noch hörte man den langgedehnten frommen Gesang, den verzweifelte Angstschreie unterbrachen und der desto leiser wurde, je höher die Flammen stiegen. Schließlich verstummte er ganz, und nur noch Weinen, Schreien und Schluchzen war zu vernehmen.
Da rissen die Mongolen den Scheiterhaufen auseinander und drangen ins Innere der Kathedrale. Sie schleiften die halberstickten und halbbewußtlosen Frauen auf den Platz hinaus, rissen ihnen die Kinder aus den Armen und schleuderten sie in die ringsum lodernden Brände. Dann rissen sie den Frauen die Kleider vom Leibe und warfen sich über die Entkleideten. Wenn sie ihre Lust an ihnen gebüßt hatten, schlitzten sie ihnen die Bäuche auf, schnitten ihnen die Brüste ab und zerstampften sie unter den Hufen ihrer Rosse. Dann jagten sie davon, um Beute zu machen.
Auf dem Hauptplatz der Stadt wartete Batu-Khan in hochmütiger Ruhe auf seinen Anteil an der Beute, denn nach den strengen Gesetzen der Jassa mußte jeder Krieger ihm den fünften Teil dessen, was er erbeutet hatte, kniend zu Füßen legen. Auf ausgebreiteten Pelzen wuchsen die Haufen von Geschmeide: Halsschmuck, Armbänder, Ringe, silberne und goldene Kreuze, Becher und Pokale, von kostbaren Kleidern, Meßgewändern, Pelzen, von wertvollem Kirchen- und anderem Gerät; obenauf lag die goldene Mitra des Erzbischofs.

Hierher schleiften die Mongolen auch die ohnmächtige Großfürstin Agafja und legten sie zu den Vorderfüßen von Batu-Khans schwarzem Hengst nieder. Gleichmütig sah Batu zu, wie seine Krieger der Fürstin die seidenen Kleider vom Leibe und den Kopfschmuck aus dem Haar rissen, ihr die roten Stiefel von den Füßen zogen und das alles auf den großen Haufen des geraubten Gutes legten.
»Dse-dse! Wem gefällt diese urussutische Schöne?« fragte Batu »Ich trete sie ihm ab.«
»Natürlich dem Temnik!« johlten die Mongolen. »Der liebt große Frauen!«
Unter dem allgemeinen Gelächter ritt Burundai näher und betrachtete lange den nackten Körper der Fürstin. Dann stieg er aus dem Sattel. Einige Tausendschaftsführer, die es gelüstete, nach ihm ebenfalls die Ehrenbeute zu versuchen, bildeten einen Kreis um ihn.
Die Großfürstin war inzwischen aus ihrer Ohnmacht erwacht. Sie weinte nicht und schrie nicht. Mit den Händen versuchte sie, sich vor Scham und Entsetzen krümmend, ihre Blöße zu bedecken, und blickte mit starren Augen auf die sich ihr nähernde, dürre, knochige Gestalt...
Man schleppte einen kräftigen Greis, der sich zur Wehr setzte und sich aus den Schlingen zu befreien versuchte, vor Batu-Khan.
»Blendender!« redete der hinzutretende Sotnik Arapscha den Dschichangir an. »Du hast befohlen, die tapfersten feindlichen Bahadure dir vorzuführen... Dieser Greis, den wir im Hause des Urussutengottes überwältigten, kämpfte als letzter allein gegen alle... Weder der Rauch noch das Feuer und auch nicht die drei Pfeile, die in seiner Seite steckten, vermochten ihn zu entmutigen...«
»Berikellja!« rief Batu und gebot dem Fürsten Gleb: »Konas Galib, frage den Alten, wer er ist.«
»Ich heiße Schibalka«, antwortete der Gefangene auf die Frage des Fürsten. »Dreißig Jahre lang habe ich als Wächter auf der Stadtmauer am Goldenen Tor gestanden.«
»Ich verzeihe ihm«, sagte Batu, »und nehme ihn als Nuker in meine Dienste.«
»Schibalka«, übersetzte der Fürst die Worte des Dschichangirs, »der hohe Tatarenzar erweist dir eine große Gnade: Er verzeiht dir, daß du aus Unverstand gewagt hast, gegen ihn zu kämpfen, und ist bereit, dich in seine Dienste zu nehmen. Knie nieder und bedanke dich untertänigst!«
Schibalka rollte grimmig die blutunterlaufenen Augen und keuchte:
»Gut, ich will ihm in Glauben und Wahrheit dienen... Gebt mir einen Jagdspieß, ich will ihn dem hohen Tatarenzaren in den Bauch stoßen... Und auch dich, du Abtrünniger, dich will ich totstechen!«
Und mit diesen Worten spie er dem Fürsten Gleb seinen blutigen Speichel in die Augen.
»Hund!« kreischte Batu und schlug dem Alten mit der Peitsche mitten ins Gesicht. Doch Schibalka stand wie ein Pfahl und wankte nicht,

obwohl vier Mongolen sich auf ihn geworfen und an seine Arme gehängt hatten.
»He, Nuker!« brüllte Subudai heiser.
Einer der Nuker, die zunächst standen, sprang vom Pferde, zog seinen Krummsäbel und stieß ihn dem Russen bis ans Heft in die Brust.
Auf den Lippen des Alten bildeten sich blutige Schaumblasen, und rote Fäden rannen ihm in den grauen Bart.
»Der Tag wird kommen, wo unser Land wieder frei sein wird!« röchelte Schibalka, sackte langsam zusammen und fiel mit dem Gesicht in den Schnee...

Siebenter Teil
»Jewpati der Rasende«

»Welch eine Grabesstille überall!
Wie trostlos diese Leere ringsumher!
Ach, alle, die, ihr Schicksal preisend, hier gelebt,
sie schlafen nun den Todesschlaf auf hartem Stein. –«
(Victor Hugo, »Orientales«)

Rjasans Wurzel

Eine Abteilung von dreihundert Reitern – alle eisengepanzert und -behelmt – ritt von Tschernigow nach Rjasan übers Wilde Feld in lang ausgezogener Reihe, langsam und schweigsam: Weder ein Scherzwort noch ein Schimpfwort war zu hören. Je näher man der Stadt Rjasan kam, desto häufiger stieß man auf zerstörte Dörfer und Weiler – grausige Spuren tatarischer Greueltaten. An der Spitze des Zuges ritt auf einem lebhaften Polowezer Roß ein junger Recke, der sich oft in seinen Steigbügeln aufrichtete, um forschend in die neblige Ferne zu spähen. Eine ihn quälende innere Unruhe wuchs sichtlich. Was würde ihn im heimatlichen Rjasan erwarten? Wird er mit seiner Schar zu spät kommen? Ist am Ende keine Hilfe mehr möglich?
Und die Erlebnisse der jüngst vergangenen Tage fielen ihm wieder ein.
Wenig freundlich hatte Fürst Michail von Tschernigow den Ritter Jewpati Kolowrat, der als Abgesandter Rjasans zu ihm kam, empfangen. Seinen Stolz demütigend, hatte der Ritter durch eine untertänige Verbeugung den Fürsten geehrt.
»Ich komme mit der demütigen Bitte um Hilfe zu dir, Fürst Michail. Der Großfürst Juri Ingwarewitsch von Rjasan fleht dich durch mich an: Laß uns in höchster Not nicht im Stich!«
Und der Ritter hatte dem Fürsten und seinen Bojaren von den wilden Mungalen erzählt, die wie Heuschreckenschwärme vom Wilden Feld her sich den russischen Landen näherten. Alle Rjasaner, alt und jung, hätten sich einmütig zur Verteidigung des Heimatlandes erhoben; aber auf sich allein gestellt, könnten sie mit dem übermächtigen Tatarenheer unmöglich fertig werden.
»Du bist ein beredter Anwalt deines Herrn und Fürsten«, hatte Fürst Michail geantwortet. »Aber es bedarf der reiflichen Erwägung, ob wir euch die geforderte Hilfe schicken können... Wir dürfen unser eigenes Land nicht des bewaffneten Schutzes entblößen...«
»Nein«, stimmten die Bojaren ihrem Fürsten zu, »wir können unmöglich ein großes Heer gegen die Tataren schicken... Was sollte denn dann aus Tschernigow werden? Wer soll unsere Stadt schützen?«
Lange währte der Streit der Meinungen, und Jewpati tat sein Bestes, die

Tschernigower zu überzeugen oder wenigstens zu überreden. Schließlich faßte man den Beschluß, Freiwillige aufzurufen.
Die Birjutschi riefen die Tschernigower zur Wetsche, und Jewpati sprach von der Tribüne herab zum versammelten Volke, schilderte unter Aufgebot aller seiner rhetorischen Künste, die er bei der Rjasaner Wetsche oft genug erprobt hatte, aufs eindringlichste die Bedrohung seiner Heimatstadt und Nordrußlands, ja ganz Rußlands durch das wilde Nomadenvolk.
Die Tschernigower reagierten mit spontaner Einmütigkeit, und viele leisteten dem Aufruf Folge. Doch was nützt ein Heer ohne Waffen, ohne Pferde, ohne warme Kleidung?
Jewpati machte ein finsteres Gesicht: Daheim wartete man mit brennender Ungeduld auf rasche Hilfe, und hier ließen sich die Dinge so wenig hoffnungsreich an.
»Höre, Jewpati«, sprach der Tschernigower Fürst schließlich zu dem Ritter, »wähle dir unter den Freiwilligen dreihundert tüchtige und kühne Burschen aus. Ich werde ihnen tüchtige Pferde, die nötige Ausrüstung und Wegzehrung geben. Das aber ist das Äußerste, was ich tun kann. Mehr kann ich – ich bitte um Nachsicht – beim besten Willen nicht für euch tun.«
Jewpati dankte dem Tschernigower, traf seine Auswahl, und als die dreihundert ausgerüstet waren, brachen sie eilends auf. Nach einem mühsamen Ritt durch die unwegsame Steppe erreichten sie das hohe Ufer der Oka, aber statt der belebten Stadt, die kürzlich noch am andern Ufer gestanden hatte, erblickte sie öde, schneeverwehte Trümmer. Die dreihundert führten ihre Rosse über das Eis des Flusses ans andere Ufer hinüber. In Waken, Wuhnen und Rinnen sah man steif gefrorene Leichen, und auch auf dem Uferhang, auf den Wällen und Wegen lagen Tote. Verwilderte Hunde sprangen mit gesträubtem Fell den Ankömmlingen aus dem zertrümmerten Stadttor entgegen und flohen nach allen Seiten davon. Vorsichtig drangen die Reiter über Schutt und Trümmer bis zum Hauptplatz vor, wo bei Jewpatis Auszug noch die Kathedrale mit ihren verschiedenfarbigen Kuppeln und das Schloß mit seinen schmucken Türmchen gestanden hatte. Jetzt war alles dem Erdboden gleichgemacht. Mitten auf dem Platz fanden sich die Reste eines Scheiterhaufens, vermengt mit verbrannten Menschenskeletten und -schädeln, mit verrußten Helmen und Schilden.
»Wie man sieht, haben auch nicht wenig Tataren ihr Leben gelassen«, sprachen die Tschernigower untereinander.
Schwermütig blickten sie auf die zerstörte Stadt, in der das trübselige Schweigen eines Kirchhofs herrschte. Von ihrem erhöhten Standort aus lag das, was ehedem Rjasan gewesen war, wie auf der Handfläche vor ihnen. Doch wohin sie auch schauten – überall nur Tod und Zerstörung. Zu ihren Füßen lag auf der erhalten gebliebenen steinernen Wetschetribüne die rußbedeckte Kupferglocke, deren eherne Stimme vordem die Rjasaner zur Versammlung gerufen hatte.

Zwischen seinen Kriegern hindurch, die ihm scheu und stumm den Weg freigaben, ging der Ritter Kolowrat zu seiner ebenfalls niedergebrannten Hütte, wo zwischen dem herabgestürzten Gebälk nur noch der Lehmofen aufragte. Auf den Trümmern saß, den Kopf in die Hände gestützt, ein Mann und rührte und regte sich nicht. Die breiten Schultern und die grauen Locken kamen dem Ritter recht bekannt vor. Er arbeitete sich mühselig zwischen den Trümmern durch. Einige Steine kamen ins Rollen, und der Sitzende wandte sich um.

»Jewpati!«

»Ratibor!«

»Auf dich habe ich gewartet, Freund«, sagte Ratibor. »Ich wußte ja, daß du kommen würdest...«

»Gekommen bin ich, aber zu spät«, erwiderte der Ritter mit einer resignierten Handbewegung auf die Verwüstung ringsum. »Wo sind die Meinigen? Weißt du's?«

»Alles, was geschieht, geschieht mit Gottes Willen! Sei tapfer, Jewpati! Vernimm und trage es wie ein Mann! Deine alte Mutter, sie atmete noch, als ich mich hierher schleppte. Von ihr hörte ich, daß die Tataren dein Weib hatten in die Gefangenschaft schleppen wollen, doch sie setzte sich mit der Axt zur Wehr, und da töteten sie sie...«

»Und meine Kinder?«

»In die Gefangenschaft geführt... zusammen mit anderen...«

Jewpati schwieg erschüttert.

»Jewpati!« rief Ratibor. »Laß uns ihnen nachjagen! Wir wollen mit ihnen abrechnen! Hast du die Tschernigower mitgebracht?«

»Ja, aber nur wenige – dreihundert Mann, doch lauter kühne, brave Burschen: Jeder einzelne von ihnen gilt soviel wie zehn.«

»Wir werden noch mehr Männer finden. Viel Volks hält sich in den Wäldern versteckt. Wir werden uns mit diesen ›Storonniki‹ vereinigen und den Tataren nachsetzen... Komm, Freund!«

Einen letzten Blick warf Jewpati auf die Trümmer seines Heims. Auf dem Rückweg zum Wetscheplatz erzählte Ratibor dem Freunde vom Untergang des Rjasaner Polks auf dem Wilden Felde, berichtete ihm, wie Fürst Roman ihn als Verwundeten auf dem Schlachtfeld gefunden hatte; seine Beinverletzung aber hätte ihn gezwungen, den jungen Fürsten allein weiterreiten zu lassen. Er selber sei erst nach der Zerstörung der Stadt in Rjasan eingetroffen, als die Tataren schon in Richtung auf Wladimir abgezogen waren.

Einer von den Tschernigower Freiwilligen, ein breiter, stämmiger Mann, fragte den Ritter, als er mit Ratibor zum Hauptplatz zurückkam, wo sich die Krieger auf verkohlten Balken und auf den Stufen der Tribüne zum Ausruhen niedergesetzt hatten:

»Wie hast du dir das gedacht, Jewpati? Was sollen wir tun?«

Kolowrat, der seinen Helm abgenommen hatte, umfaßte alle mit einem ruhigen Blick.

»Was tätet ihr denn gern, Tschernigower Brüder?«

»Du hast uns zur Hilfe für Rjasan aufgerufen. Rjasan aber existiert nicht mehr...«
Als Jewpati schwieg, fuhr der Stämmige, der der Älteste der Tschernigower dreihundert war, fort:
»Unsere Meinung ist: Wir sollten unseren Zug gegen die Tataren fortsetzen und die gemordeten Rjasaner Brüder rächen!«
»Dank euch, Brüder!« rief der Ritter mit einer tiefen Verneigung. »Auch ich und Vater Ratibor denken so. Wir wollen ohne Säumen den Spuren der Tataren folgen. Vielleicht können wir einige unserer Landsleute aus der Gefangenschaft erretten...«
»Dann laßt uns aufbrechen!« riefen die Tschernigower.
»Beschließt zuerst, wer euer Führer sein soll«, sagte Jewpati Kolowrat.
»Jewpati! Er soll uns führen!« riefen mehrere.
Der Älteste ergriff wieder das Wort:
»Wer anders als du, Jewpati? Du kennst alle Wege und Stege, bist auch ein erfahrener Kriegsmann. Wir aber sind doch Bauern, die von der Egge und vom Pfluge weg in den Krieg gezogen sind... Doch keine Angst, auch wir werden im Kampfe unsern Mann stehn und die Tataren fällen, wie wir Bäume gefällt haben. Sie sollen noch lange an unsere Hiebe denken!«
»Das ist wahr! So sei es!« riefen die andern.
»Dank euch, Brüder aus Tschernigow«, sagte Jewpati.
Ein langgezogener Ton hallte wie ein Klagelaut über den Platz hin. Der Ritter drehte sich um. Einige Männer hatten die schwere Glocke aufgehoben, andere hatten drei Balken herbeigeschleppt, sie aufgerichtet und oben zusammengebunden. Jetzt hing man an diesem Gestell die Glocke auf.
»Sie soll doch nicht hier so herumliegen«, meinte der Älteste, als die Glocke hing und die Männer an ihren Fingerspitzen saugten, da ihnen bei der Anstrengung das Blut unter den Nägeln hervorgetreten war. »Sie ist ja unsere, des Volkes Stimme...«
»Vielleicht ist noch jemand von der Einwohnerschaft am Leben?« sagte Jewpati.
»Nun denn, wer ist der Jüngste von uns?... Du?... Dann laß die Glocke ertönen! Die Tataren werden doch wohl nicht alle Rjasaner erschlagen haben...«
Der Jüngste der dreihundert setzte den Klöppel in Bewegung. Ein starker, langhallender Ton erklang.
»Die Toten weckst du damit auch nicht wieder auf«, meinte skeptisch einer seiner Kameraden.
Der junge Krieger fuhr fort, die Glocke zu läuten, deren eherner Klang über die verwüstete Stadt und die niedergebrannten Vororte hinschallte. Jewpati hielt scharf nach allen Seiten Ausschau. Sollte wirklich niemand auf das Geläut reagieren?
Doch siehe da! Aus schwarzer Finsternis des Kellers, unter verkohlten Trümmern hervor stieg ein Mensch ans Sonnenlicht und blickte, seine

Augen mit der Hand schirmend, in jene Richtung, woher das Geläut der Wetscheglocke erklang. Und nach ihm erschien ein zweiter, ein dritter. Überall krochen rauchgeschwärzte Menschen aus dunklen Löchern hervor: Männer, Greise, Frauen und Kinder. Schwankend näherten sich die abgezehrten Elendsgestalten dem Wetscheplatz. Die tote Stadt belebte sich – es waren nicht viele, die den Untergang ihrer Vaterstadt überstanden hatten, aber immerhin, es waren doch einige. Und auch auf den Schneefeldern rings um die Stadt bewegten sich schwarze Punkte. Bauern, die sich lange Zeit irgendwo versteckt gehalten hatten, kamen, gerufen von dem ihnen vertrauten Ton der Wetscheglocke.
Ratibor eilte ihnen freudig entgegen.
»Gottlob!« rief er. »Rußland lebt noch!... Rjasans Wurzel ist noch nicht abgestorben!«

Auf der Waldlichtung

Still ist's im dichten, jahrhundertealten Walde. Man hört das feine Rieseln der Schneeflocken oder das Fallen größerer Schneeklumpen, wenn ein Eichhörnchen über die Zweige springt oder ein Vogel aufflattert. Mitunter stört auch ein Knacken des Frostes in den Stämmen die Stille und weckt einen Widerhall im dick verschneiten Walde. Dann und wann rauschen leis die vom Winde geschaukelten Wipfel der hohen, schlanken Tannen; dieses leise Rauschen pflanzt sich fort über den ganzen Wald hin, und dann herrscht wieder geheimnisvoll feierliche Stille.
Schneewehen haben das Gesträuch von Heidekraut, Wacholder und Wolfsbeeren zugedeckt. Weder zu Pferd noch zu Fuß ist da an ein Durchkommen zu denken. Höchstens auf kurzen Schneeschuhen, deren Unterseite mit Pferdehaut bespannt ist, kann man durch das Waldesdickicht dringen.
Ein kaum bemerkbarer, gewundener Pfad führt auf eine kleine Waldlichtung hinaus, wo sich die Storonniki versammelt haben: Bauern aus den niedergebrannten Dörfern der Umgegend, einige heil und am Leben gebliebene Verteidiger Rjasans und eine Handvoll Überlebender des auf dem Wilden Felde aufgeriebenen Polks.
Hinter dem Wald, wo sich die jetzt unter dem Schnee begrabenen heimatlichen Fluren weit erstrecken, blitzen Schwerter, fließt Blut, lodern brennende Häuser und Hütten, sterben russische Brüder, schluchzt namenloses Herzeleid...
Auf Schütten aus Kiefernzweigen lagen die Storonniki um wärmende Lagerfeuer herum. Eine jugendliche Stimme intonierte leise mit innigem Ausdruck ein Lied:

»Warum, ihr Brüder, seid ihr so gedankenschwer,
gedankenschwer voll Harm und Bangen?
Warum laßt ihr die Köpfe traurig hangen...?«

Mehrere Stimmen fielen ein:

»Sei er auch noch so arg gesinnt,
der Bösewicht, der Widersacher,
der tückische Tatar...«

Einer, ein jüngerer, brummte unwirsch:
»Zu nichts Gutem taugt euer Gesang!«, und wandte sich unzufrieden ab. Eine schwere Hand schlug ihm so hart auf die Schulter, daß er zusammenfuhr und sich erschrocken umdrehte.
Hinter ihm stand ein hochgewachsener Bauer im Halbpelz, der die Mütze aus Hundefell tief über die Ohren gezogen und im Gürtel eine Axt stecken hatte.
»Warum krächzt du wie eine Krähe oder Eule?« fragte er.
»Pfui, Swjaga!« rief der Bursche, indem er sich die Schulter rieb. »Hast du aber eine Pranke!«
»Warum mißfällt dir das Lied?«
»Es mißfällt mir nicht, aber die Tataren könnten's hören...«
»Tataren? Wie sollten die hierherkommen? Sie würden ja im Schnee versinken.«
»Einerlei. Man sollte jetzt überhaupt nicht singen.«
»Ei, warum denn nicht?«
»Unsere Hütte haben sie niedergebrannt..., den Vater erschlagen..., Ljubascha verschleppt...«, sagte der Bursche mit weinerlicher Stimme.
»Das also ist's? Und das alles ist nur dir allein widerfahren? Deshalb greinst du? Haben wir nicht alle, einer wie der andre, Gleiches erlebt? Haben wir nicht alle ohne Ausnahme erfahren, was Kummer und Herzeleid ist? Trotzdem werden wir morgen den Schieläugigen die Schwänze abhaun! Ganz gewiß werden wir sie zum Teufel jagen!«
Ungläubig schüttelte der Bursche den Kopf.
»Ohne Leid geht's nun einmal nicht ab in der Welt«, fuhr Swjaga fort, indem er sich auf der Schütte aus Tannenzweigen niederließ. »Unsere Sache ist eine gerechte und gute Sache. Weshalb singen denn die Tataren nicht fröhlich, sondern heulen wie die Wölfe zum Steinerbarmen? Weil ihre Sache schlecht und ungerecht ist. Ein braver Mann aber wird immer singen... So ist's.«
»Bei mir singt der Bauch vor Hunger«, klagte der Bursche, der nicht nachgeben wollte.
»Sieh mal an!« lachte laut ein dritter, der sich zu ihnen gesellte. »Ist die Kohlsuppe für dich noch nicht fertig?«
»Macht nichts«, meinte Swjaga. »Wenn das Wasser im Kessel kocht, werden wir uns an einer Mehlsuppe satt essen. Habt nur gütigst Nachsicht, falls etwa das Salz fehlen sollte.«
»Auch vom Mehl ist's die letzte Handvoll...«
»Nun, dann werden wir eben im Traume Pasteten essen!«
Unerwartet ertönte ein scharfer Anruf:
»Halt! Wer da?«
Durch den Wald kam ein stämmiger, kurzbeiniger Bauer auf

Schneeschuhen, der im Gehen häufig den Kopf zurückwarf, so daß sein schwarzer Bart aufrecht in die Luft starrte. Auf dem Rücken trug er einen Sack. Mehrere der Storonniki umringten ihn, während die meisten ruhig am wärmenden Feuer liegenblieben.

Mit spöttischer Stimme rief der Ankömmling:

»He, ihr Kühnen, ihr Braven! Der Schwiegervater kommt von der Schwiegermutter direkt vom nächsten Kirchspiel, um euch einen Sack Roggenmehl zu bringen. An die hundert Werst weit hat er's herangebuckelt. Wer nicht zu faul oder zu hochnäsig ist, mag gefälligst herkommen und die Schüssel oder die Mütze oder auch die Hände aufhalten! Beeilt euch mit dem Plinsenbacken, sonst fällt der aufgegangene Teig wieder zusammen, und die Gevattern haben das Nachsehn!...«

Alle waren aufgesprungen, und es gab ein allgemeines Fragen und Reden:

»Mehl? Woher denn? Wer hat's gebracht?«

»Wer's gebracht hat? – Nun, ein Schwätzer mit einem Vollbart. Das Tatarengesindel hat ihn aus seiner Ofenecke aufgescheucht, und da hat er vor Schreck das Stottern gelernt und heißt seitdem Waula...«

»Waula?« rief Swjaga und eilte herbei. »Gevatter!« Und er stürzte auf den Freund zu, um ihn zu umarmen.

»Ich habe mir gedacht, ihr müßtet wohl Hunger leiden, und da habe ich euch halt das Mehl gebracht«, erklärte Waula.

»Ein braver Kerl, fürwahr!« lobten die Bauern. »Bringt uns was zu futtern, damit wir uns unsere leeren Bäuche wieder vollschlagen können!«

»Setz dich hier zum Feuer, Waula!«

»Nein, hierher zu uns!«

»Und erzähl erst, wie dir's ergangen ist!« sagte Swjaga. »Ich sah dich zuletzt, als du von der Rjasaner Stadtmauer in den Fluß stürztest. Ich dachte, du wärest ertrunken...«

»Nein, mein letztes Stündlein hatte wohl noch nicht geschlagen... Ich kam davon und bin zwei Tage und zwei Nächte im Walde umhergeirrt, auf der Suche nach den Storonniki, und dabei bin ich wieder trocken geworden.«

»Ho, ho, ho!« spotteten die Bauern gutmütig. »Hast dich wohl in deinem eignen Dampf getrocknet?«

»In wessen denn sonst?... Ich gelangte zu einem Weiler, wo zwei Greise mir, nachdem ich mich bei ihnen gewärmt und gestärkt hatte, Schneeschuhe gaben, dazu einen Laib Brot und diesen Sack Mehl. ›Geh in nördlicher Richtung‹, sagten sie, ›da wirst du auf die Storonniki stoßen. Sag ihnen, auch wir Alten schliffen unsere Jagdspieße und würden uns bald zu ihnen gesellen.‹ «

»Und wie steht's dort bei uns?«

»Wißt ihr das nicht selbst ebensogut wie ich? – Schlimm steht's! Die Tataren treiben ihr Unwesen überall und verschonen keinen.«

Von fern hörte man einen durchdringenden Pfiff, dann den Ruf des Wachtpostens:
»Halt! Halt! Wer da? Wer kommt da auf einem Tatarenpferd angeritten?«
Eine merkwürdig hohe und helle junge Stimme antwortete übermütig:
»Das Pferdchen hat allerdings mal den Tataren gehört; doch der Reiter gehört zu euch!«
Auf die Lichtung heraus kam ein Knabe geritten. Er trug einen geflickten Bauernpelz, der seine schlanke, ranke Gestalt eng umschloß, und auf dem Kopf eine zu große Fellmütze. Die kleinen Füße steckten in Lederstiefelchen. Am Schweif des Pferdes, das mager war wie ein Windhund, hielt sich ein zweiter Junge fest und ließ sich ziehen.
Das seltsame Paar forderte den gutmütigen Spott der Männer heraus.
»Das heiß ich doch einen Kriegersmann!... Und der andre, der will wohl das Gäulchen mit sich fortziehn?... Ei, ist wohl noch nicht sehr lange her, daß ihr zwei beiden wie kleine Bären unter der Bank herumgekrochen seid?... Ei der Daus! Was für verwegene Krieger uns Großmütterchen da schickt!«
»Nehmt uns auf, gute Leute!« bat der jugendliche Reiter. »Wir sind den Tataren ausgekniffen!«
»Brav von euch, Jungs!«
»Komm nur zu uns, Stupsnäschen!... Aber wen ziehst du denn hinter dir her?«
»Na, Pospelka doch! Er ist ganz erschöpft. Erst sind wir alle beide geritten, dann aber haben wir uns abgewechselt...«
»Setzt euch zu uns, Jungs!«
Der Knabe stieg vom Pferde, band es an eine Tanne und trat zum Feuer. Seine dunklen Augen erschienen in dem blassen abgezehrten Gesicht riesengroß. Er betrachtete seinen Gefährten und platzte heraus:
»Laß doch den Kopf nicht hängen, Pospelka! Wir haben uns gerettet – und damit gut!«
»Ach, und der arme Bulatko! Was werden sie ihm tun?«
»Wir werden ihm zu Hilfe kommen!«
»Wie seid ihr denn den Tataren entwischt, Jungs? Erzählt!«
»Gleich werd' ich's euch erzählen... Aber, liebe Leute, habt ihr nicht ein Büschel Heu für das Pferd? Ihm verdanken wir es, daß wir mit dem Leben davongekommen sind.«
»Woher sollten wir Heu nehmen? Doch jene Säcke... hinter dem Sattel..., sie sind wohl mit Zwieback vollgestopft?«
»Keine Ahnung, was drin ist. Es sind nicht meine.«
»Na, da wollen wir doch gleich mal nachsehn, was die Tataren euch geschenkt haben.«
Die Quersäcke wurden losgeschnallt und ihr Inhalt auf einen auf dem Schnee ausgebreiteten Bauernkittel entleert. Frauenkleider, ein besticktes Hemd, ein silberner Becher, mehrere Kreuze, wie man sie um den Hals trägt, und drei verknotete Bündel fielen heraus. In dem einen

befanden sich goldene und silberne Ohrringe, im zweiten eine Handvoll Kupfer- und Silbermünzen, im dritten und größten – zerkrümelter Zwieback.
»Nun, der kommt eben recht, damit kannst du dein Pferdchen füttern. Aber seht doch, Brüder! Was ist denn das? Die Ungeheuer haben die Ringe gleich samt den Ohren abgeschnitten!«
Die Männer sprangen auf und starrten entsetzt und empört auf die Ringe, die sie von einem zum andern reichten.
»Das werden wir ihnen heimzahlen, den Schurken, den Räubern, den Mördern! Von wo kommt ihr, Kinder?«
Die Knaben setzten sich ans Feuer und begannen überstürzt zu erzählen, wobei sie sich gegenseitig fortwährend ins Wort fielen:
»Wir sind aus Wladimir. Die Tataren haben die Stadt eingenommen und in Brand gesteckt. Zu dritt sind wir in den Wald geflohn. Tataren von Bei Murats Truppe nahmen uns fest. An ihren Fangseilen schleppten sie uns mit sich fort. Viele Gefangene haben sie gemacht. Aber sie geben ihnen nichts zu essen. In Jarustowo fielen ihnen Fässer mit Wein und Dünnbier in die Hände. Da haben sie sich sinnlos betrunken. Während sie ihren Rausch ausschliefen, gelang es uns, unsere Fesseln zu zernagen und auf Bei Murats Pferd zu entkommen. Den armen Bulatko konnten wir leider nicht retten...«
Waula erhob sich und rief: »Brüder, Jarustowo ist nicht weit von hier. Ich kenne den Weg dahin. Soll ich euch hinführen?«
»Ja, Swjaga und ich, wir kennen dort jeden Baumstumpf«, setzte Waula hinzu. »Wir werden euch hinführen.«
»Gut, gehn wir, gehn wir!« riefen die Storonniki. »Vielleicht kommen wir gerade noch zurecht, ihnen den Katzenjammer zu vertreiben!«
»Pospelka! Sie werden unsern Bulatko retten!« rief der flinke Junge erfreut.
»Ein braves Bürschchen bist du, Stupsnase! Wie heißt du eigentlich?«
»Ich? – Prokuda!«
»Wie? Prokuda! Ja, bist du denn ein Mädel?«
»Freilich! Was denn sonst?« lachte das Stupsnäschen, riß sich die Mütze vom Kopf und schüttelte keck die blonden Zöpfe.
Bald zog die Abteilung der Storonniki im Gänsemarsch durch den Wald – in Richtung auf Jarustowo. Voran ging Waula, ihm folgten Prokuda und Pospelka.
Den Mehlsack und ihre sonstigen geringen Habseligkeiten hatten die Männer dem Tatarenpferd aufgeladen, das Swjaga hinter sich herzog.

»Aman!«

Am sternlosen Himmel stand hell der Vollmond. Rasch flogen kleine Wölkchen über ihn hin, verdunkelten ihn ein Weilchen, als blieben sie an ihm hängen, und flogen weiter.

Besorgt schüttelte Waula den Kopf und brummte seinem bärtigen Vordermann zu:
»Gleich wird ein Schneesturm losbrechen!«
»Der kommt uns gelegen«, meinte Swjaga. »Die Tataren werden sich dann wohl in ihren Hütten verkriechen und uns überhaupt nicht bemerken.«
Die Wolken verdeckten schließlich den Mond ganz, und sogleich legte sich ein dunkler Schatten über den Wald.
»Fühlung halten, Freunde! Immer dicht beieinander bleiben!« mahnte Swjaga.
Da brach der Schneesturm auch schon los. In den Wipfeln brauste und rauschte es, als der Wind mit durchdringendem Geheul darüber hinfegte. Von allen Seiten hörte man es knacken, krachen, splittern. Zweige und Stämme stürzten zu Boden.
»Nicht zurückbleiben!« rief Swjaga seinen Leuten zu.
Das Gehen wurde immer schwerer, bis über die Knie sanken die Männer ein, der Wind benahm ihnen den Atem und trieb ihnen fauchend den Schnee ins Gesicht, daß ihnen die Haut brannte und schmerzte, als wäre sie mit Nadeln zerstochen worden.
»He, ihr Fa-a-alken!« hörte man Stimmen, die dumpf einander zuriefen. Die Männer wußten genau, daß jedem, der zurückblieb, der Untergang sicher war.
Endlich sagte Waula:
»Jetzt wollen wir langsamer gehn. Jarustowo ist nicht mehr weit.«
In der Tat, durch das Fauchen und Heulen des Windes hörte man das böse, wütende Kläffen von Hunden, die keinen Augenblick still waren, als spürten sie das Nahen eines Feindes.
Die Storonniki blieben lauschend stehen und sagten dann:
»Ein Zeichen, daß Tataren im Dorf sind.«
Vom Waldrand aus spähten die Storonniki hinüber zum Dorf, dessen Hütten sich beim bleichen Schein des Mondes, der ab und zu hinter den Wolken hervorguckte, als schwarze Flecken auf der weißen Schneefläche abhoben. Mit dem Rauch, der aus einigen Schornsteinen aufwirbelte, wehte ihnen der Wind den Geruch von angebranntem Fett und Roggenbrot in die Nase. Durch den je nach den Windstößen manchmal sich verdichtenden, manchmal dünner und löcherig werdenden Vorhang des Flockengestöbers flackerte zeitweise trüber Lichtschein in den schmalen Fenstern auf.
Prokuda packte Swjaga am Ärmel.
»Dort drüben, in der äußersten Hütte beim Popen, hat sich Bei Murat einquartiert.«
Swjaga lauschte angestrengt und meinte dann:
»Er scheint sich noch immer nicht ausgetobt zu haben...«
Mit den Stößen des Windes schlug Grölen und Schreien aus rauhen Männerkehlen an ihr Ohr, dazwischen Wimmern, Weinen und Schluchzen von Frauenstimmen.

Im Flüsterton gab Swjaga seine Befehle. Hierauf teilten sich die Storonniki in zwei Gruppen, die kleinere führte Swjaga, von dessen Seite Frokuda nicht wich, die größere Waula. Der geschwächte Pospelka blieb bei dem Pferd am Waldsaum zurück.
Das Schneegestöber hörte plötzlich auf, während die Storonniki schleichend und geduckt sich durch die Gärten dem Pfahlzaun näherten, an dem die Pferde der Tataren angebunden waren. Bewacht wurden sie von einem Posten, der duselnd an einem Pfosten lehnte. Lautlos schlich sich Swjaga von hinten an ihn heran; ein Fausthieb, und der Mann fiel mit ausgebreiteten Armen vornüber in den Schnee, neben nackte, verstümmelte Menschenkörper, die dort lagen.
»Gott! Was ist denn das?« entsetzten sich die Storonniki.
»Weiter, weiter!« drängte Swjaga. »Vielleicht kommen wir noch zurecht, um wenigstens ein paar zu retten.«
Die Storonniki banden die Pferde los, schwangen sich auf und ritten vorsichtig um das Dorf herum. Unterwegs fingen sie noch mehrere halbwilde, gestohlene russische und auch mongolische Pferde ein.
Am Gatter angelangt, stiegen drei der Storonniki ab, schlichen zu einer etwas abseits gelegenen alten Scheune hin und steckten das Stroh in Brand. Das Feuer steckte eine lange rote Zunge zum Scheunendach heraus und zog sie wieder ein. Dann flammte es von neuem auf, flackerte und züngelte und strahlte mit purpurrotem Schein die schwarzen Rauchschwaden an, die sich über dem Dache zusammenballten.
»Vorwärts, Rjasaner!« riefen die Männer und drangen von allen Seiten in die Hütten ein, aus denen bald darauf das Kreischen und Brüllen der überrumpelten Tataren drang, die, noch im Rausch befangen, ins Freie stürzten und auf der Suche nach ihren Pferden wie sinnlos hin und her liefen. In der Finsternis fielen die Storonniki mit Axthieben über die Flüchtenden her. In einer Scheune fanden die Storonniki eine ganze Menge Landsleute gefesselt und banden sie los. Die Befreiten rissen Zaunpfähle aus und beteiligten sich an der Verfolgung ihrer Peiniger.
Mit einem Faustschlag erledigte Waula den betrunkenen Posten vor der Hütte des Popen und trat auf Zehenspitzen leise ein.
Auf dem Tisch sah man noch die Überreste eines Gelages: abgenagte Knochen, Brotrinden, umgeworfene Trinkschalen. Mehrere sinnlos betrunkene Tataren lagen auf dem Fußboden. Der alte Pope, den man seiner Oberkleider beraubt hatte, hockte in einer Ecke und murmelte immer wieder:
»Herr, erbarme dich! Erbarme dich, Herr! Sie wissen nicht, was sie tun!«
Auf dem Ofen lag, mit dem Rock des Popen zugedeckt, Bei Murat und schnarchte. Neben ihm lag stöhnend die Enkeltochter des Popen, deren entblößter, magerer Kinderkörper von einem krampfhaften Schluchzen heftig geschüttelt wurde.
Die Storonniki banden den Bei und schleppten ihn hinaus auf den Hof zum Brunnen mit dem hohen Schwengel. Schwankend stand der Bei, der noch immer nicht recht begriffen hatte, was eigentlich vorging, und

stierte argwöhnisch und grimmig aus blutunterlaufenen Augen die sich um ihn zusammendrängenden Russen an.
»Aman! Aman!« lallte er stumpfsinnig.
»Um was für einen Aman bittest du?« fragte Waula, indem er ihm ein abgeschnittenes Ohr samt Ring ins Gesicht stieß. »Ist dieser Ohrring nicht aus deinem Bündel? Wer hat unsern Mädchen die Ohren abgeschnitten? – Du, Ungeheuer! Wer hat sie vergewaltigt? – Du, Wüstling! Wer hat die Gefangenen splitternackt in die Winterkälte gejagt? – Du, Hundesohn! Wer wird dafür hingerichtet werden? – Du, Aas!«
Prokuda fuchtelte dem Bei mit den Fäusten vor dem Gesicht herum und rief empört: »Was haben sie mit unserm Bulatko gemacht? An den Schwengel haben sie ihn festgebunden und ihn mit eiskaltem Wasser übergossen... Kaum noch am Leben ist er...«
»Bindet den Räuber am Schwengel fest!« befahl Waula. »Und nagelt ihn mit den Ohren am Pfahl fest. Soll er am eignen Leibe spüren, wie unsern Mädchen zumute war, als er ihnen die Ohren abschnitt.«
Swjaga kam auf einem Tatarenpferd angeritten.
»Was haltet ihr euch mit dem Kerl so lange auf?« rief er. »Macht ein Ende mit ihm und sitzt auf! Es sind keine Tataren mehr im Dorf.«
Die aus tatarischer Gefangenschaft Erretteten umringten ihre Retter. Frauen und Kinder weinten vor Freude und Erregung und baten um einen Bissen Brot. Die Storonniki überließen ihnen die ganze von den Tataren zusammengeraffte Beute, für sich behielten sie nur die Pferde, Panzer und Waffen. Die befreiten Männer schlossen sich der Abteilung der Freischärler an. Die Frauen wollten versuchen, mit ihren Kindern durch die Wälder nach ihren Heimatdörfern zurückzuwandern.
»Wir dürfen uns noch keine Rast und Ruhe gönnen!« rief Swjaga. »Wir müssen unsere Spuren verwischen... Vorwärts, Rjasaner!«
»Ich will nicht mit den Frauen gehn, sondern mit euch!« erklärte Prokuda.
Sie half dem noch immer gliederstarren Bulatko aufs Pferd. Hinter ihm saß Pospelka auf.
»Halt ihn gut fest!« ermahnte ihn Prokuda. Dann stieg sie selber zu Pferde und ritt neben ihm her.

Der Tag brach an. Die Wolken hatten sich verzogen. Es war, als hätte nie ein Schneesturm getobt. Öde und verlassen lag Jarustowo da, keine lebendige Menschenseele war darin zurückgeblieben. Nur die Hunde streunten wie lautlose Schatten durch die Gasse und beschnupperten die Leichen der erschlagenen Tataren, die überall herumlagen. Ein Riesenschwarm krächzender Krähen, Aas witternd, flog herbei.
Im Halbkreis saßen, sich die Schnauzen leckend, einige Hunde vor dem Brunnen und verwandten kein Auge von dem an den Schwengel gebundenen Bei Murat, der noch immer böse die blutunterlaufenen Augen rollte und mit erlahmender Zunge lallte:
»Aman! Aman!...«

»Hör du!«

Subudai-Bahadur gab den vor ihm hockenden drei Jurtdschi die letzten Anweisungen. Aufmerksam sahen ihm die drei in das faltige und narbige Gesicht, ängstlich bemüht, ja keins seiner Worte zu verlieren.
»Das wichtigste ist, in Erfahrung zu bringen, wo sich etwa neue Truppen der Langbärtigen sammeln ...«
»Wir verstehen!« flüsterten die Jurtdschi ehrerbietig.
»Die Gefangenen müssen es wissen. Bringt sie zum Sprechen!«
»Wir werden sie zum Sprechen bringen!«
Subudai schlug sich mit der Faust aufs Knie.
»Worauf wartet ihr dann noch? Fort mit euch!«
»Achtung und Gehorsam!« flüsterten die Jurtdschi und entfernten sich rückwärts gehend unter vielen Verbeugungen.
Allein geblieben, setzte sich Subudai mit untergeschlagenen Beinen auf die Eckbank unter den Heiligenbildern.
Die Tür öffnete sich knarrend, und herein stampfte, gefolgt von Weschnjanka, die Witwe Opalenicha, die der Bahadur, seitdem sie seinen Sohn vorm Tode des Erfrierens bewahrt hatte, überallhin mitnahm.
Sie warf ihren Pelz auf die Bank, krempelte die Ärmel ihrer Leinenjacke bis über die Ellbogen auf, wusch sich die Hände im Spülgefäß aus Ton und nahm, nachdem sie ein Kreuzzeichen über dem neben dem heißen Ofen stehenden Backtrog gemacht hatte, vorsichtig das darübergedeckte Tuch ab.
»Der Teig ist aufgegangen«, stellte sie fest. »Es ist Zeit, ihn zu kneten ...«
Subudai heftete seinen Blick auf ihre kräftigen weißen Arme, auf ihren üppigen Busen, über dem sich die rote Schürze spannte. Er leckte sich die vertrockneten Lippen und schlug dann mit einem Messer gegen eine Kupferschale. Der Ton war noch nicht verhallt, als ein bartloser alter Nuker in einem schneebestäubten Pelz herbeistürzte.
»Achtung und Gehorsam!« bellte er heiser.
»Bring die Quersäcke vom Schecken herein!« gebot ihm Subudai.
Eilends lief der Alte wieder auf den Flur hinaus.
Opalenicha klitschte den Teig, den sie eben geknetet hatte, in den Trog zurück und stieß mit dem Ellbogen die halboffene Tür zu.
»Bartloser Dummkopf!« knurrte sie. »Läßt die Kälte herein!«
Weschnjanka flüsterte ihr zu:
»Guck nur, wie der Schieläugige dich anstarrt. Als ob er dich mit seinen Blicken verschlingen wollte ...«
»Übel wird mir von ihm!« antwortete die Witwe bös.
Mit zwei ledernen Quersäcken auf den Schultern kehrte der Nuker zurück und legte sie vor dem Bahadur nieder.
»Aufbinden!« kommandierte Subudai.
Der Nuker löste die Verschnürung und fuhr mit den Händen in die Säcke.

»Hast du drin was gelassen?« zischte Subudai ihn an. »Pack dich!«
Der Nuker prallte erschrocken zurück und verschwand eilends.
»Hör du! Hör du!« rief Subudai streng.
»Dich meint er«, sagte Weschnjanka zur Witwe, die sich ohne Hast die Hände an ihrer Schürze abwischte und einen Schritt näher ging.
»Hör du! Hör du! Wischnak!«
Schüchtern trat auch das junge Mädchen näher.
»Gib! Gib!« sagte Subudai zu ihr, indem er auf die geöffneten Säcke deutete.
Die beiden Russinnen wechselten Blicke. Weschnjanka kniete nieder und nahm einen Sarafan aus Seidenbrokat heraus, den sie der Witwe reichte. Opalenicha faltete ihn auseinander. Weiter zog Weschnjanka Frauenhemden mit schönen Stickereien, rote Schuhe mit aufwärts gebogenen Spitzen aus dem Sack.
Durch Gesten machte Subudai der Witwe Opalenicha verständlich, sie möge den Sarafan anziehen.
»Hör du! Schnell!« rief er ungeduldig.
Sie zuckte die Achseln.
»Putz lieber die Kleine damit heraus. Was soll ich mit solchem Staat?«
»Ugga! Kleine nicht liebhaben!«
Subudai schüttelte ärgerlich den Kopf.
»Hör nur, wie klug er ist. Fängt an, unsre Sprache zu sprechen...«, sagte die Matrone, ging zum Ofen und zog so, daß er sie nicht sehen konnte, den weiten Sarafan an, ordnete die schweren Falten und fuhr mit den Füßen in die spitzigen roten Schuhe.
»Hierher! Hör du! Hierher!« zischte Subudai.
Opalenicha gehorchte.
Auf der Bank lag auf einem Stück grünem Wildleder Geschmeide: funkelnde Diamanten, gelb, grün und blutrot schillernde Edelsteine. Subudai wählte einen Halsschmuck aus großen Goldmünzen, einen Kopfputz aus Perlenschnüren, einige goldene Armbänder und reichte alles Opalenicha.
»Schnell! Schnell!« wiederholte er in höchster Ungeduld.
Achselzuckend legte Opalenicha die Schmuckstücke an. Unter dem tief in die Stirn gedrückten Perlenkopfputz mit länglichen Anhängseln blickten ihre Augen, deren hellen Glanz die dunklen Brauen noch erhöhten, verschmitzt den grimmen Bahadur an. Dann nahm sie, zurücktretend, eine stolze Haltung an und schritt, die Hände auf die Hüften gestützt, in wiegendem Tanzschritt – wie früher beim Reigen – übermütig durch die Stube. Weschnjanka wollte vor Lachen fast ersticken und hielt sich krampfhaft den Mund zu.
»Was sich der runzlige Waldschrat da wieder mal für Unsinn ausgedacht hat!«
Subudai patschte sich entzückt mit der Hand auf den Oberschenkel, verschlang Opalenicha förmlich mit den Augen und gurrte zärtlich:
»Kürültü! Kürültü!«

Opalenicha blieb mitten im Zimmer stehen.
»Genug der Spielerei!« sagte sie. »Es ist Zeit zum Plinsenbacken.«
Und sie machte Anstalten, den Sarafan wieder auszuziehen.
»Ugga! Ugga! Für dir! Hör du! Für dir!« sagte Subudai, drehte sich aber plötzlich um und lehnte sich horchend zum Fenster hinaus. Draußen ertönten Rufe:
»Die Urussuten! Die Urussuten!«
Schläge gegen Kupferschilde dröhnten lang hallend.
Subudais Gesicht nahm einen furchtbaren Ausdruck an. Er klopfte mit dem Messer gegen die Kupferschale, raffte hastig das Geschmeide zusammen, stopfte es in die Quersäcke und watschelte, ohne sich weiter um die Frauen zu kümmern, zur Stube hinaus.
Die Witwe hatte das erschrockene junge Mädchen in ihre Arme geschlossen, und beide standen so lauschend da. Das Hufgetrappel und die Rufe der Mongolen entfernten sich und verhallten bald ganz. Opalenicha warf einen Blick durch die Tür auf die Straße.
»Alle sind sie fort! Nun gilt's, Weschnjanka! Schnell, mach dich fertig! Schneller! Jetzt oder nie!«
Mit behenden Bewegungen zog sie den Sarafan aus, rollte ihn behutsam zusammen und legte ihn samt dem Schmuck und den roten Schuhen auf die Bank.
»Wir brauchen diese Pracht nicht!« sagte sie.
»Beängstigend ist's«, flüsterte Weschnjanka, während sie sich hastig fertigmachte. »Wehe, wenn wir ihnen noch einmal in die Hände fallen. Der Schieläugige war der Schlimmste nicht, hat uns nichts zuleide getan...«
Auch die Witwe hatte währenddessen ihren Pelz aus Hasenfell wieder angezogen und ihr wollenes Kopftuch umgebunden. Jetzt fuhr sie mit den Füßen in ihre Stiefel. Weschnjanka, die schon fertig war, drängte:
»Laufen wir! So Gott will, kommen wir zu den Unsern!«
Vorsichtig und sich nach allen Seiten umschauend, traten die Frauen aus der Hütte, deren Tür sie hinter sich schlossen. Im Backtrog am heißen Ofen schlug der Teig gluckernd Blasen.

Auf der Jagd nach Batyga

Durch die russischen Lande ging das Gerücht, im zerstörten Rjasan hätten die Glocken der eingeäscherten Kirchen von allein zu läuten begonnen. Auch die Wetscheglocke, wieder aus der Asche erstanden wie der Feuervogel, habe ihr Geläut erschallen lassen, um das Volk zum Kampf gegen die Tataren aufzurufen...
Überall ginge ein neuer frischer Zug durchs ganze Volk. Die sich in den Wäldern versteckt haltenden Bauern hätten Freischaren gebildet, an deren Spitze sich der kühne Recke Jewpati Kolowrat gestellt habe, ein tapferer Bärenjäger, der alle Wege und Stege im Walde kenne. Seine

Freischärler hätten schon mehrfach Überfälle auf die Mongolen gemacht und sogar ganze Abteilungen vernichtet...

Wenn ihnen solche Gerüchte zu Ohren kamen, dann fertigten sich die Jäger und Pflüger, deren Arme noch nicht gelähmt und deren Augen noch nicht getrübt waren, aus Messerklingen und Sensenblättern, die sie an Stielen befestigten, Waffen und machten sich, die Axt im Gürtel, auf, um zu Jewpatis kühnen Freischärlern zu stoßen, die auf Batus Spuren hinter den Mongolen her nach Norden zogen.

Die zu ihm stoßenden Männer teilte der Ritter in Zehner- und Hundertergruppen auf, ernannte für jede Gruppe einen Ataman oder Hetman, schulte sie durch Unterweisung für den Kampf mit den Mongolen und warnte sie vor deren Kriegslisten. Kaum ein Drittel der Heerschar des Ritters war beritten, aber das Fußvolk blieb nicht hinter der Reiterei zurück und legte im Eilschritt große Tagesmärsche zurück.

Jewpati, der unterwegs Nachrichten über die Marschrichtungen von Batus Truppen sammelte, indem er alle Entgegenkommenden ausforschte, gönnte seinen Leuten nur kurze Rastpausen. »Vorwärts, vorwärts!« drängte er. Futter und Brot für Roß und Mann mußte unterwegs beschafft werden, damit man ja recht schnell den Erzfeind – den Zaren Batu – einholte.

Auf einem der Rastplätze hielten die Wachtposten zwei Mönche an, welche, mit Säcken auf dem Rücken und die langen Schöße ihrer Kutten hinten in den Gürtel gesteckt, südwärts wanderten, den Polowezer Steppen zu. Der eine, ein kleines feistes Männlein mit Triefaugen, hatte, um nicht zurückzubleiben, sich mit der Krücke seines Wanderstabes im Lendengurt seines Riesenschritte machenden, langen, dürren Gefährten eingehakt und trippelte so hinter ihm her.

»Wohin treibt euch der Teufel?« fragte Waula und setzte mißtrauisch hinzu: »Und warum schlottern euch die Kutten so um den Leib, als stammten sie von fremden Schultern?«

Der Triefäugige trat, sein rotes Bärtchen zupfend, vor, machte, in der Körpermitte zusammenklappend, eine tiefe Verbeugung und sprach:

»Ich will euch sagen, o Brüder, daß wir vor den Bösewichtern fliehen, die Tataren heißen und alles, was Odem hat, erbarmungslos ausrotten.«

»Deshalb seid ihr in die Kutten gekrochen?«

»Diese Kutte«, piepste der Hagere, Lange, »war von jeher die meinige, und sie schlottert mir nur aus Mangel an genügender Nahrung um die Glieder. Die Menschen sind geizig und filzig geworden, sie haben kein bißchen Achtung mehr vor dem geistlichen Stand. Was haben meine Augen nicht alles sehen müssen! Welche Greuel und Untaten! Selbst die stumme Kreatur und fühllose Steine könnten über das, was heutzutage geschieht, blutige Tränen weinen... Weh uns, wehe, dreimal wehe!«

»Und wohin führt euch euer Weg – in den Tod oder vom Tode fort?«

»Was redest du da für Unsinn? Nach Kiew gehn wir. Dort – heißt es – brauchen die Mönche nicht zu hungern und zu wandern, sondern

finden sichere Freistatt hinter Klostermauern, weil das Volk dort fromm und gottesfürchtig ist und die Geistlichkeit achtet, und von den Tataren hat man dort noch nie was gehört.«
»Versteht ihr mit einer Axt umzugehn?« fragte Waula.
»Nie im Leben haben wir eine in der Hand gehabt. Warum hätten wir uns auch mit so weltlichen Dingen befassen sollen? Wir singen unsere geistlichen Lieder und sagen unsere frommen Sprüche auf.«
»Wir sehen mit Mißfallen, daß ihr dem Vaterland den Rücken kehrt just in dem Moment, da es, von Blut überschwemmt, jedes Armes bedarf!« entgegnete Swjaga zornig. »In unserer Schar haben wir auch einen ehemaligen Mönch, den Vater Ratibor, der die Kutte mit dem Halbpelz vertauscht und zum Jagdspieß gegriffen hat. Ihr aber, was tut ihr? Wem seid ihr von Nutzen? Nutzlose, ja schädliche Schmarotzer seid ihr! Antwortet ungesäumt: Wo habt ihr die Tataren gesehn?«
»Im Susdaler Land, o Brüder! Dort sengen und morden sie und tun allen Christenmenschen Zwang und Gewalt an... Der Fürst Georgi Wsewolodowitsch ist, so heißt es, weit fortgereist, in die Wälder von Belosero, um ein großes Heer zu sammeln. Seine Kriegsleute aber haben sich hinter den festen Mauern der Städte eingeschlossen... Wenn wir vielleicht einen Happen zu essen haben könnten?...«
»Nun gut, setzt euch zum Feuer!«
Ohne ihre Rucksäcke abzunehmen, setzten sich die Mönche nieder.
»Was kocht ihr da?« fragten sie.
»Siehst du's denn nicht? Frische Fischsuppe.«
»Fischsuppe? Ist das aber eine Freude, Vater Awraami! Bloß... wo kriegt ihr denn hier mitten im dichten Walde frische Fische her?«
»Warum denn nicht?« scherzte Waula. »Ein Hecht und ein Hausen wanderten durch den Wald. Die Bäume fielen um, die Berge erhoben sich, der Hechtschwanz aber blieb hängen...«
»Welch ein Wunder!« rief der Lange und guckte in den Kessel. »Weshalb sieht man denn aber keinen Fisch im Topf?«
»Macht nichts. Aus deinem Sack guckt ja ein Hechtschwanz heraus. Gib ihn mal her!«
Widerstrebend nahm der Mönch seinen Sack ab und zog brummend einen gefrorenen Hecht heraus.
»Mildtätige Leute haben ihn uns als Wegzehrung mitgegeben. Es ist ja noch ein weiter Weg bis Kiew. Eßt, Brüder, uns aber laßt nun unbehelligt weiterziehn.«
Waula nahm den Fisch und schuppte ihn mit einem Messer, das er aus seinem Stiefelschaft hervorgezogen hatte. Dann zerhackte er den Hecht in Stücke und warf sie in den Kessel.
»Mit einer Mehlschwitze und etwas Salz wollen wir die Fischsuppe anrichten, damit sie gut wird. Du hast doch sicher auch Salz bei dir?«
»Ja, eine halbe Handvoll...«
»Dann gib schon. Seit langem essen wir alles ohne Salz.«
Mit einem tiefen Seufzer holte der Mönch ein Läppchen aus dem Sack

hervor, nahm eine Prise Salz und streute sie in den Topf, dann legte er das Läppchen sorgfältig wieder zusammen und in den Sack. Beide Mönche setzten sich, jeder mit einem Holzlöffel in der Hand, neben das Feuer.

»Weshalb seufzt du denn immerzu, Vater?« fragte Swjaga. »Es kam ein Schatten am Peterstage herbeigeflogen. Setzt sich der Schatten am Peterstage auf einen Baumstumpf. Weint herzzerbrechend zum Steinerweichen unter den Eichen ... Also, weshalb weinst du eigentlich? Willst du in jener Welt mit einem Salzvorrat ankommen? Werdet ihr dort Rechenschaft geben müssen, wie ihr mit den Tataren gekämpft habt?«

»Aber nicht doch, wir haben das Salz euch ja gern gegeben. Doch laßt uns in Frieden unsere Straße ziehn, wenn wir das Fischsüppchen aufgegessen haben!«

»Was für einen Grund sollten wir denn haben, euch zurückzuhalten?« fragte Waula. »Ihr seid uns doch keinesfalls von Nutzen, höchstens zur Last.«

Ohne mehr an die Fischsuppe zu denken, steckten die beiden Mönche ihre Löffel wieder weg, bekreuzigten sich und gingen, nachdem sie sich vor allen verneigt hatten, auf dem Wege nach Süden rasch von dannen. Lachend wollten die Storonniki eben mit Essen beginnen, als zwischen den Tannen abermals ein Wanderer auftauchte, der sein Braunroß am Zügel führte.

»Heda! Wen führt Gott zu uns?« rief der Wachtposten.

»Einen Eilboten aus Kolomna!«

»Dich können wir gerade gebrauchen! Laß uns gleich zum Anführer gehn!«

Auf der Waldlichtung brannten viele Lagerfeuer, um die herum die Krieger saßen oder lagen. Abseits waren die Pferde angebunden. Jeder der Männer beschäftigte sich auf seine Weise: Einer flickte mit Pechdraht seine Stiefel, ein andrer schliff sein Beil an einem Wetzstein, ein dritter gab eine Erzählung zum besten:

»... Da stürzte sich ein Schlagetot von einem Petschenegen namens Rededja auf den Recken Aljoscha Popowitsch und wollte ihm mit dem Kopf einen Stoß gegen die Brust versetzen. Der kühne Aljoscha aber packte den hinterlistigen Rededja am Kopf und schleuderte ihn im hohen Bogen über seinen Scheitel hinweg mit solcher Wucht auf die Erde, daß Rededja mit zerschmetterten Knochen liegenblieb und seinen Geist aufgab ...«

Der Erzähler schwieg, denn aller Aufmerksamkeit richtete sich auf den Ankömmling, einen noch recht jungen, bartlosen Mann, der einen Ringpanzer und hohe bulgarische Lederstiefel trug. Sein brauner Hengst war ein stattliches, wohlgebautes, aber durch übermäßige Anstrengungen abgezehrtes Tier.

»Nach deinem Roß zu urteilen, mußt du einen weiten Weg hinter dir haben«, sagte einer zu dem Ankömmling.

»Aus Kolomna komme ich und bin unterwegs zum Großfürsten Georgi.«

»Warum machst du denn da einen solchen Umweg?« fragte der stiefelflickende Krieger.
»Überall trifft man auf Tatarenstreifen. Da mußte ich unfreiwillig Haken schlagen...«
»Dein Gesicht kommt mir recht bekannt vor, mein Söhnchen«, sagte der Ritter Kolowrat.
»Auch du bist mir nicht unbekannt«, antwortete der Ankömmling. »Pflegtest du nicht nach Perunow Bor zur Bärenhatz zu kommen? Mein Vater, Saweli Dikoroß, führte dich durch den Wald. Sei gegrüßt, Jewpati Kolowrat!«
»Solltest du wirklich Toropka sein? Was für ein kühner Recke bist du doch geworden! Doch weshalb stehst du? Setz dich zu uns!«
Toropka band sein Pferd an einen Baum und ließ sich auf einem Haufen Tannenzweige am Feuer nieder. Ausführlich berichtete er von der Belagerung der Städte Kolomna und Wladimir, über seine Flucht und den Zusammenstoß mit den Mongolen. Jewpati fragte ihn aus, wo eben jetzt Batygas Truppen stünden, und Toropka machte genaue und klare Angaben über alles, was er wußte.
Darauf wandte sich Jewpati an die Storonniki:
»Wir brechen auf! Wir ziehen weiter nordwärts!«

Das nächtliche Scharmützel

»...Sind unser auch wenig, sind wir doch Slawen!
Und unser Schlag trifft sicher und trifft schwer...«
(N. M. Jasykow)

Von entgegenkommenden Dorfbewohnern erfuhr der Ritter Jewpati Kolowrat, daß auf dem Herrenhof des Großfürsten Georgi Wsewolodowitsch in der Nähe von Susdal eine tatarische Abteilung zeche und Orgien feiere und daß bedeutende Khane mit Bannern und Wimpeln dorthin geritten seien.
›Vielleicht befindet sich sogar der Zar Batyga selber dort?‹ dachte Jewpati. ›Jetzt oder nie ist die Stunde für die Abrechnung mit ihm gekommen.‹
Und die Abteilung rückte, nachdem sie sich geteilt hatte, in Eilmärschen auf Susdal. Die »Habichte« zu Pferde machten, um belebte Straßen und Wege, wo tatarische Truppen auf Beutezügen umherstreifen konnten, zu meiden, große Umwege. Das Fußvolk, die »jungen Wölfe«, marschierte auf Waldpfaden geradeaus.
Als sie beim Landgut angelangt waren, hielt Jewpati die berittenen Tschernigower hinter einem Hain zurück, selbst aber schlich er vorwärts bis zum Waldrand.
Hinter dem hohen Staketenzaun hörte man wehmütige Lieder und Triller und Läufe tatarischer Schalmeien. Die Finsternis verdichtete sich rasch. Aus dem Tor des Herrenhofes kamen etwa hundert Reiter heraus,

angeführt von einem Bannerträger, der einen neunschwänzigen Buntschuk trug. Die Mongolen trieben ihre Pferde an und ritten im Galopp davon.
Als es völlig dunkel geworden und über dem schlafenden Wald der helle Mond aufgegangen war, schlich sich Swjaga zu Jewpati hin.
»Die jungen Wölfe sind hier und stehen bereit. Ist's nicht Zeit?«
»So fangt an!« antwortete Jewpati. »Macht aber keinen Lärm, sondern schlagt schweigend zu!«
Ganz leise, ohne einen einzigen Schrei, führten die Storonniki den Überfall aus. Die überrumpelten Mongolen, die nach einem wüsten Trinkgelage in festen Schlaf gesunken waren, konnten lange nicht begreifen, was eigentlich vorging, woher die unbekannten Feinde, die so unvermutet über sie herfielen, eigentlich gekommen waren. Die langen geraden Schwerter der russischen Reiter, deren Panzer im Mondlicht blau schillerten, und die schweren Keulen trafen die fassungslosen Tataren. Nur heiseres Ächzen und Stöhnen unterbrach die nächtliche Stille.
»Geflügelte Mangusse über uns!« ertönte ein Ruf, den die aus ihrem Rausch und Schlaf erwachenden Tataren entsetzt wiederholten. Wie aufgescheuchte Hühner liefen sie verzweifelt auf dem Hofe hin und her; diejenigen aber, die versuchten, durch das Tor zu entrinnen, wurden dort mit Axthieben empfangen.
Der furchtbare Kampf währte die ganze Nacht hindurch, die vom purpurroten Flackerlicht des Brandes erhellt wurde. Die alten Holzbauten loderten in hellen Flammen auf.
In dieser Nacht vernichteten die Storonniki eine zahlreiche feindliche Abteilung, doch erlitten sie selber bei diesem grimmigen Handgemenge erhebliche Verluste.

Im Berendejew-Moor

Als Batu-Khan von der Vernichtung der Mongolentruppe durch die Storonniki erfuhr, sandte er Boten nach allen Richtungen mit dem Befehle aus, daß die über das ganze Susdaler Land verstreuten tatarischen und mongolischen Abteilungen sich bei der Stadt Perejaslawl-Saleßki zu sammeln hätten. Dabei sollten die Truppen beim Vormarsch auf diese im Zentrum des großen, ringförmig eingeschlossenen Gebietes gelegene Stadt wie bei einer Treibjagd alles, was ihnen entgegenkam, nach der Mitte ebendieses Kreises hintreiben.
Neue Boten brachten die Meldung, daß inzwischen die »fliegenden Urussuten« noch einige weitere tatarische Abteilungen völlig aufgerieben hätten und hernach in den dichten Wäldern spurlos verschwunden wären.
Währenddessen rückte Jewpati mit seinen Storonniki immer weiter nach Norden vor. Von Dorfbewohnern, die in den unwegsamen, undurch-

dringlichen Wäldern Zuflucht gesucht hatten, erfuhr er, daß die Tataren ihren Marsch nach Norden nicht weiter fortgesetzt hätten, sondern umgekehrt wären. Diese Nachricht beunruhigte den Ritter sehr; man mußte ernstlich daran denken, zwischen den von allen Seiten heranrückenden Tatarenabteilungen durchzuschlüpfen und sich weiter durchzuschlagen; doch die Verpflegung war zu Ende, weder Heu noch Brot gab es mehr.

Auf Waldpfaden erreichte Jewpati das Berendejew-Moor, dem das in den Plestschejew-See mündende Flüßchen Trubesh entspringt. Wenn er diesem Flußlauf immer folgte, glaubte Jewpati der Einkesselung durch die Tataren entgehen und nach Uglitsch gelangen zu können.

Aber auf dem zugefrorenen Moor erschienen ganz unvermutet tatarische Reiter und ritten mit gefällten Lanzen eine Attacke gegen die auf der weiten glatten Eisfläche des Moores auseinandergezogene Abteilung Jewpatis. Aber als sie bis auf wenige Schritte herangekommen waren, schossen sie Pfeile auf die Storonniki ab, rissen ihre kleinen kräftigen Rosse herum und galoppierten davon, als wollten sie den Gegner zu einer Verfolgung verlocken.

Jewpati, der ihre Kriegslisten kannte, tat ihnen den Gefallen nicht, sondern führte seine Abteilung in die Richtung des Plestschejew-Sees. Unterwegs jedoch stießen sie auf eine neue berittene Abteilung der Tataren, wichen aber einem Kampf aus, indem sie sich in den Wald zurückzogen, ihre Marschrichtung auf das Flüßchen Trubesh aber beibehielten.

Auf dem kahlen Gipfel einer mit Kiefern bestandenen Anhöhe sah man die ganz von Schnee bedeckten Ruinen altertümlicher Bauwerke. –

»Hier hat der Zar Berendei gelebt, der einen bis auf die Knie herabwallenden Bart gehabt haben soll«, sprachen die Storonniki untereinander.

Aber die Höhe dieses Hügels war ebenfalls von einer tatarischen Reitertruppe besetzt, der ein fünfzipfeliges Banner voranflatterte.

»Dort muß Batyga sein!« rief Jewpati. »Vorwärts, meine Falken!« Und an der Spitze seiner Reiterei jagte er auf den Hügel zu, während das Fußvolk gleichmäßig weitermarschierte, bereit, den Tschernigowern zu Hilfe zu kommen. In die Tataren auf dem Gipfel oben kam Bewegung: Sie jagten den Hang des Hügels herab. Am Fuße kam es zum Zusammenstoß. Jewpati warf einige sich ihm entgegenwerfende Tataren zurück und stürmte auf das weiße Banner mit dem Gierfalken los. Ein herkulischer Mongole auf einem Rotfuchs galoppierte mit hochgeschwungenem Krummschwert auf Jewpati zu, um ihm den Weg abzuschneiden. Jewpati aber wich ihm mit einer geschickten Wendung aus, und als der Mongole ihn schließlich erreicht hatte, ritten sie Bügel an Bügel. Beide schwangen ihre Schwerter; Jewpati schlug mit solcher Wucht zu, daß der Krummsäbel seines Gegners zerbrach, und mit einem zweiten Schwertstreich spaltete der Ritter den Mongolen mittendurch

bis auf den Sattelknopf, so daß auf jeder Seite des Pferdes eine Körperhälfte seines Reiters herunterfiel.
Unter den Tataren erhob sich ein Schrei des Entsetzens:
»Uj! Togrul ist erschlagen worden! Wai-dot! Togrul ist tot!«
Jewpati galoppierte weiter bergan. Seine Leute, die ihn inzwischen wieder eingeholt hatten, folgten ihm und ritten heransprengende Feinde einfach über den Haufen. Die Tataren, die oben auf dem Gipfel gewesen waren, stoben in Windeseile nach allen Seiten auseinander.
Als Jewpati oben anlangte und sich umblickte, sah er von allen Seiten her tatarische Verbände anrücken: Immer neue und immer wieder neue kamen aus dem Walde hervor und umringten den Hügel, auf dessen Spitze sich bei den Ruinen des ehemaligen Zarenschlosses die »Habichte« und die »jungen Wölfe« sammelten.
Lange dauerte die Schlacht. In dichter Schlachtordnung griffen die Tataren die Russen immer wieder an, die sich trotz ihrer meist schlechten Ausrüstung wie die Rasenden schlugen und nicht wenige ihrer Feinde töteten. Auf die Dauer aber lichteten sich ihre Reihen bedenklich.
Wo die Schwerter am lautesten gegeneinanderschlugen, wo die Pfeile am dichtesten hagelten, kämpften tollkühn Schulter an Schulter zwei hochragende russische Krieger, die es verschmähten, sich vor den todbringenden Pfeilen zu ducken oder vor den grimmigen Säbelhieben zurückzuweichen. Die Pfeile prallten von ihren Panzern ebenso ab wie die Säbel. Als zwei unüberwindliche Recken standen sie da, den neben ihnen kämpfenden Landsleuten ein leuchtendes Vorbild bietend.
Den Lärm der Schlacht – das wilde Gekreisch der Tataren, die Rufe der Tataren und Russen, das Stampfen und Wiehern der Rosse, das Klirren der Waffen, das Zusammenprallen der Schilde, das Jammern der Verwundeten, die Todesschreie – übertönte ein ermunternder Zuruf einer tiefen, hallenden Baßstimme:
»Halte aus, Freund Jewpati!«
Als Antwort kam die Versicherung:
»Hab keine Angst, Vater Ratibor, ich halte aus!«, gerufen von einer wohlklingenden Stimme, an der früher die Rjasaner bei den Volksversammlungen ihre Freude gehabt hatten.
Die Khane schickten ihre besten Reiter an die Stelle, wo die beiden Freunde fochten: der eine mit dem blitzenden Schwert, der andre mit der zermalmenden Keule, unter deren Hieben zusammenbrach, was sich näher wagte: wer der Klinge entging, fiel der Keule zum Opfer und umgekehrt.
Wie zwei Recken der Vorzeit wüteten sie unter ihren Feinden, ihr Haar flatterte unter dem Helm um die gebräunten Gesichter, und ihre Augen blitzten vor Mut und Entschlossenheit.
Voller Angst wichen die Tataren vor ihnen zurück.
Abseits, umgeben von seinen Temniks, beobachtete Batu-Khan vom

Rücken seines Rapphengstes die Schlacht. Mit einer Handbewegung rief er Subudai-Bahadur zu sich.
»Diese beiden Urussuten da sind Uns lebendig vorzuführen!« sagte er. »Das ist Unser ausdrücklicher Befehl!«
Subudai schickte eine auserlesene Hundertschaft gegen die beiden... und noch eine zweite... Die Krieger kehrten nicht wieder, aber die beiden Urussuten kämpften immer noch.
Ein toll gewordenes Pferd kam herangejagt. Sein verwundeter Reiter, der sich an die Mähne klammerte, weil er sich sonst kaum noch im Sattel hätte halten können, rief, indem er schwer zu Batu-Khans Füßen niederfiel:
»Dschichangir! Sie sind unbezwinglich! Man kann sie nicht festnehmen! Es ist wohl der Kriegsgott der Urussuten, ihr Sulde, selbst!«
Die letzten Worte flüsterte er kaum noch hörbar. Dann durchlief ein krampfartiges Zucken seinen Körper, und er streckte sich aus und verstummte. Die Nuker räumten seinen Leichnam beiseite. Batu-Khan wandte sich mit zorn- und wutverzerrtem Gesicht ab.
»Weshalb schlafen meine Schamanen?« zischte er.
Herbeilaufende Schamanen heulten wie die Wilden, schlugen wie die Besessenen ihre Schellentrommeln, tanzten dazu und flehten mit gellenden Schreien zum mächtigen Kriegsgott der Mongolen, daß er den Kriegsgott der Urussuten treffen möge. Mit verschiedenen Stimmen sprachen sie zu den Göttern und Dämonen über den Wolken und versprachen ihnen reiche Opfer: neun der schönsten schwarzen Rosse und neunundneunzig gefangene Jünglinge.
Doch Gott Sulde schien seinen Mongolen zu grollen: Er wollte sich nicht herabbemühen in das grundlose sumpfige Moor und in den tiefen Schnee. Auch den Schamanen selber gefiel es ja nicht in diesem bösen Urussutenland, wo wilde Schneestürme heulten und grimmige Fröste Stein und Bein zum Erstarren brachten; sie sehnten sich heim nach den weiten Steppen, wo ihre wohlwollenden Götter zurückgeblieben waren.
Und weiter hielt der Tod seine Ernte rings um die beiden furchtbaren Urussutenrecken. Lange schon währte die Schlacht, aber sie schienen keine Müdigkeit zu verspüren: Unermüdlich und mit unverminderter Kraft sausten Schwert und Keule nieder. Laut schallten die Rufe, mit denen die Freunde sich gegenseitig anfeuerten. Und von ihrem Beispiel hingerissen, vergaßen auch die übrigen alle Müdigkeit und schlossen ihre sich lichtenden Reihen immer wieder. Und die Rjasaner »Wölfe« ermunterten die abgesessenen Tschernigower »Habichte«: »Drauflos! Tschernigower!«, und erhielten zur Antwort: »Haltet aus! Rjasaner!«, und beide: »Für Rußlands Freiheit!«
Batu-Khan heulte vor Wut, als er zusehen mußte, wie auch die dritte Hundertschaft unter den Hieben der Recken hingemäht wurde wie Gras von der Sense.
»Ich verliere meine besten Krieger!«
Die ihn umdrängenden Temniks wichen vor seinem Zorn zurück.

»Wai-dot!« riefen sie. »Was soll man mit ihnen machen? Das sind keine Menschen von Fleisch und Blut, sondern Teufel und Zauberer!«
Batu-Khan schlug sich auf die Backen und kreischte:
»Subudai! Subudai!«
Und er brüllte dem heransprengenden Bahadur wutschnaubend einen Befehl entgegen.
Es gab ein Hinundherlaufen von Kriegern, dann hörte man Pferdegetrappel und ein eigentümliches Knarren, Knirschen und Zurufe. Scharfe Schläge gegen Messingschilde riefen die mit den Russen kämpfenden Krieger vom Gipfel des Hügels zurück.
Als der Ritter Kolowrat diesen Rückzug der Tataren sah, schwenkte er triumphierend sein Schwert hoch in der Luft und rief:
»Mir nach ... für ...«
Doch ein heftiger Schlag vor die Brust benahm ihm den Atem und ließ seine Stimme brechen. Blutüberströmt stürzte er zu Boden.
Die Tataren hatten nämlich die chinesischen Steinschleudern eingesetzt, und deren Geschosse, riesige Steinbrocken, sausten mit zermalmender Kraft, die alles umwarf und zerschmetterte, auf die auf dem Gipfel des Hügels zusammengedrängten russischen Krieger nieder.
Wie ein Wolf so wild heulte Ratibor auf, als er den Freund niederstürzen sah, er schleuderte seine Keule fort und eilte zu dem Ritter hin, den er verzweifelt an den Schultern rüttelte.
»Lebst du noch, Jewpati?... So antworte doch, Freund!«
Er preßte sein Ohr auf die Brust des Gestürzten... Das Herz schlug nicht mehr. Alles war zu Ende. Nie wieder würden sie gemeinsam jagen und kämpfen!
Er hob den Kopf und blickte sich um. Von allen Seiten kamen die schweren Steingeschosse angeflogen und fielen mit furchtbarem Krach zu Boden, unter sich die tapferen Storonniki zermalmend.
Ratibor verneigte sich vor dem toten Freund. Dann richtete er sich zu voller Höhe auf und schritt waffenlos, mit stürmisch atmender Brust und brennenden Augen dem unausweichlichen Tod entgegen.

Die Letzten auf dem Hügel

»... Wo man zur letzten Ruh' Jewpati hat gebettet? –
Die hellen Morgenröte wissen's und die Hünengräber.
Ein altes Lied noch wußte von dem Recken zu vermelden.
Doch dieses auch verwehten Wind und Wirbelsturm.«
(Lew Mey, »Das Lied vom Ritter Jewpati«)

Die Schlacht hatte ihren Höhepunkt überschritten und näherte sich dem Ende. Auf dem Hügel zwischen Ruinen und hohen Kiefern stand eng aneinandergedrängt nur noch ein winziges Häuflein – die Letzten von Ritter Kolowrats Schar. Nur selten kam noch ein Steingeschoß geflogen, denn angesichts der wenigen Überlebenden hatte Batu-Khan seinen

Kriegsmaschinisten Befehl zum Einstellen der Beschießung geben lassen.

Ruhig und gefaßt sahen die Storonniki dem unausbleiblichen Tode entgegen. Ihre letzten Pfeile hatten sie verschossen. Nun blieb ihnen nichts mehr zu tun. Doch! – Etwas konnte noch getan werden.

Eine merkwürdig hohe und helle junge Stimme von beinahe kindlichem Timbre intonierte voll Innigkeit in wehmütigen Tönen ein Lied:

»Warum, ihr Brüder, seid ihr so gedankenschwer,
gedankenschwer voll Harm und Bangen?
Warum laßt ihr die Köpfe traurig hangen?...«

Andere Stimmen, junge und alte, tiefe und hohe, klare und rauhe, fielen ein, und auf einmal klang das Lied gar nicht mehr so wehmütig, sondern viel eher mutig und frei. Die Männer, die mit diesen Tönen auf den Lippen vom Leben Abschied nahmen, verkündeten damit, daß der Feind sie nicht hatte bezwingen können.

Erstaunt lauschte Batu-Khan diesem Gesang.

»Man nehme sie fest!« befahl er. »Sie sollen lebend vor mich gebracht werden!«

Die Unüberwindlichen jagten davon, um den heiligen Willen des Dschichangirs zu vollziehen. Sie umringten das Häuflein der überlebenden Russen, warfen ihnen Fangschlingen über und zogen sie fest zu. Dann banden sie den Wehrlosen die Hände auf dem Rücken zusammen und führten sie dem Dschichangir vor, der sie aufmerksam musterte. Viele der Gefangenen, unter denen sich weißbärtige Greise und auch zwei Knaben befanden, bluteten aus Wunden, die ihnen von Säbeln, Pfeilen und Steinen geschlagen worden waren. Sie hielten die Augen nicht wie Schuldige furchtsam und scheu gesenkt, sondern blickten, düster zwar, doch furchtlos und zum Tode bereit, dem grausamen Khan in die Augen.

»Losbinden!« befahl dieser seinen Nukern. Und zu Subudai gewandt, sagte er: »Hänge jedem von ihnen eine hölzerne Paizsa um den Hals!«

»Achtung und Gehorsam!« antwortete der alte Feldherr. »Baurschi, geh und hole meinen Sack mit den Paizsas!«

»Sage ihnen, Konas Galib«, beauftragte Batu den Fürsten Gleb, »daß ich ihnen Leben und Freiheit schenke. Sie sind wirkliche Bahadure!«

Der Fürst verzog unzufrieden das Gesicht, beeilte sich aber, da Batu-Khans Blick unverwandt auf ihm ruhte, dem erhaltenen Befehl nachzukommen.

Mit einer Handbewegung auf die gefangenen Russen rief Batu so laut, daß alle seine Krieger ihn hören konnten:

»Seht, so wie diese muß man seinen heimatlichen Uluß lieben und verteidigen!«

Der Hadschi Rachim trat zu Batu-Khan, seinem ehemaligen Schüler, und sagte, nachdem er sich tief verneigt hatte:

»Du bist wahrhaftig großmütig und gerecht! Durch deinen Mund hat eben

der heilige Krieger zu uns gesprochen. Dein weiser Großvater übte solche Großmut...«
Der Baurschi war inzwischen zurückgekehrt und wollte auf die Gefangenen zugehen, doch Batu hielt ihn durch einen Wink zurück.
Fürst Gleb mußte den Gefangenen die Frage übersetzen:
»Wer hat das Lied angestimmt?«
Die Russen tauschten Blicke untereinander. Dann traten, in der gleichen großherzigen Anwandlung, drei ältere bärtige Krieger einen Schritt vor. Doch sogleich stieß der jüngste der Gefangenen sie zurück und rief mit seiner eigenartig hohen und hellen kindlichen Stimme:
»Es ist nicht wahr! Ich war es! Ich habe mit Singen begonnen!«
Dabei blickte er mit zurückgeworfenem Kopf den Dschichangir herausfordernd an.
Dieser verbiß sich ein Lächeln. Aus seinen zusammengekniffenen, leicht schielenden Augen blickte er forschend in das mädchenhaft zarte Gesicht des sich selbst Bezichtigenden. Er war gerade im Begriff, das Wort an den Fürsten Gleb zu richten, als der hagere Temnik Burundai ihm zuvorkam. Mit den voll bitterem Unmut herausgebrüllten Worten:
»Wenn man sich dem Blendenden naht, hat man die Erde unter seinen Sohlen zu küssen! Auf die Knie, Urussut, und danke dem Dschichangir für seine Gnade!«, versetzte er dem Knaben einen groben Stoß vor die Brust, daß dieser taumelte und seine viel zu große Fellmütze vom Kopf verlor. Dabei lösten sich zwei starke blonde Zöpfe vom Scheitel und fielen auf die Schultern herab.
Da sprang der zweite Knabe auf Burundai zu und klammerte sich an ihm fest.
»Nicht anrühren!« schrie er.
Burundais Rechte fuhr nach dem Schwert, doch eine gebieterische Bewegung des Dschichangirs hielt ihn ab, es zu ziehen, und mit zornigem Gesicht trat er zurück.
»Ein Mädchen?« sagte Batu gedehnt und betrachtete es neugierig. »Wie heißt sie?«
»Sie ist die Für...«, antwortete ihr kleiner Beschützer rasch, wurde aber von dem Mädchen, das sich bemühte, die Zöpfe wieder unter der Mütze zu verbergen, unterbrochen:
»Schweig, Pospelka! Nicht dir galt diese Frage.«
Und zu Batu-Khan gewandt, antwortete sie ruhig:
»Prokuda ist mein Name. Ich bin eine arme Waise.«
»Woher stammst du?«
»Aus der Hauptstadt Wladimir.«
Kopfnickend meinte Batu:
»Meine Krieger haben es niedergebrannt. Es gibt kein Uldemir mehr.«
»Ich weiß. Damals bin ich mit Pospelka zusammen fortgelaufen.«
»Berikellja!« sagte Batu halblaut und lächelte.
Krieger kamen angelaufen und meldeten, man hätte die Leichen des jungen athletischen Kriegers und des alten Schamanen gefunden. Da

Batu sie zu sehen wünschte, wurden Jewpatis und Ratibors entseelte Körper auf einem Schlitten herbeigeschafft. Forschend betrachtete der Dschichangir die Toten, berührte mit den Fingerspitzen behutsam ihre halbgeschlossenen Augen und murmelte:
»Nein, es waren weder Geister noch Zauberer, sondern tapfere Krieger, große Bahadure. Wenn sie noch am Leben wären, hätte ich sie gern ins Herz geschlossen. Meine Krieger können sich ein Beispiel an ihnen nehmen...«
Und sich an die herandrängenden mongolischen Krieger wendend, sprach er:
»Erweisen wir ihnen kriegerische Ehren!«
Da zogen alle Mongolen – Subudai-Bahadur, Burundai und andere Temniks ebenso wie die einfachen Krieger – ihre blitzenden Schwerter aus der Scheide, hoben sie über ihren Kopf empor und schrien dreimal:
»Kchu! Kchu! Kchu!«

Achter Teil
Der Schneesturm wütet

... Unter der Führung des Khans Baty eroberten und verwüsteten die Tataren das östliche Rußland. Die Russen verteidigten sich überall heldenmütig; keine Stadt, kein Fürst ergab sich.
(K. Kostomarows »Geschichte Rußlands«)

Wassilko, Fürst von Rostow

Nachdem der Großfürst Georgi Wsewolodowitsch seine Hauptstadt Wladimir verlassen hatte, wandte er sich nordwärts. Die hintereinander eingespannten Rosse seiner flinken Troika galoppierten ohne Atempause von Kirchdorf zu Kirchdorf. Bei jedem durch Pferdewechsel verursachten Aufenthalt ermahnte der Großfürst die zusammenlaufenden Dörfler streng:
»Greift zu Äxten und Schwertern! Bildet Drushinen und schart euch um eure Fürsten! Bereitet euch für einen Kampf auf Leben und Tod mit einem tückischen und grausamen Feind vor! Niemand wird uns helfen, ihn ins Wilde Feld zurückzujagen. Wir selbst müssen uns helfen und das Vaterland retten. Gott mit uns! Er ist unser Schirm und Schutz! Ich selbst werde mich an eure Spitze stellen und euch in den Kampf führen.«
Und weiter raste das Dreigespann mit dem offenen Schlitten, worin, eingemummt in seinen Bärenpelz, der Großfürst saß. In einem zweiten Schlitten folgten ihm seine beiden Neffen, im dritten ein alter treuer Diener mit dem Reiseproviant. Eine Eskorte von Berittenen deckte den Zug. Ein wegekundiger Begleiter galoppierte voraus, damit man in den tiefverschneiten, trostlosen Einöden den Weg nicht verfehlte. Der Großfürst hatte die Kutscher zu höchster Eile angespornt. Eingelullt vom sanften Schaukeln des dahingleitenden Schlittens, von dem monotonen Hufgetrappel und von den Rufen der Kutscher und Pferdeknechte, war der Fürst während der Weiterfahrt in Schlummer gesunken. Im Ohr klangen ihm noch die Worte, die die Großfürstin beim Abschied zu ihm gesprochen hatte, als sie ihn mit ihren vollen, heißen Armen umschlungen hielt: »Warum verläßt du dein Herzblatt? Wenn es einmal zu sterben gilt, dann lieber an deiner Seite, mit dir zusammen, als allein!«
›Gewiß‹, dachte er jetzt bei sich, als ihm einfiel, wie brüsk, ja herzlos er sich aus ihrer Umarmung befreit und sie beiseite geschoben hatte, ›gewiß hätte man sie irgendwohin in Sicherheit bringen können, nach Belosero zum Beispiel, wohin selbst ein Rabe auf seinen Flügeln nur schwer kommt, geschweige denn die Tataren auf ihren Pferden ... Doch was hätten meine Wladimirer dazu gesagt? ... »Seine Frau hat er bereits fortgeschickt, und nun läßt er selber uns auch im Stich« ...‹
Bei einer Wegbiegung fuhr er aus seinem Nachsinnen oder Träumen auf

und zuckte erschrocken zusammen, als unversehens ein Busch dunkel vor ihm auftauchte. Ihm wollte scheinen, als wäre es ein Tatar, der, über die Mähne seines Rosses gebeugt, sich anschickte, von der straff gespannten Sehne seines gewaltigen Bogens einen Pfeil auf ihn losschnellen zu lassen.

Doch der Kutscher pfiff ein munteres Liedchen und trieb die Rosse mit lautem Zuruf zu rascherem Lauf an, und der dunkle Busch glitt wie ein Schatten vorbei und blieb zurück. Gegen Abend überquerten die drei Troikas bereits die verschneite Eisfläche des Nerosees, und die Mauern des Kremls von Rostow ragten vor dem Großfürsten auf, der beschlossen hatte, Nachtquartier bei seinem Neffen, dem bei hoch und niedrig allgemein beliebten Fürsten Wassilko Konstantinowitsch, zu nehmen, von dem das Volk sagte: »Zu allen ist er lieb- und huldreich und haßt den Stolz.« Doch nicht nur wegen seiner Leutseligkeit, auch wegen seiner Tapferkeit wurde der Fürst Wassilko verehrt. Vor fünfzehn Jahren war er – ein Jüngling noch – mit dem Rostower Polk nach Kiew und ans Ufer der Kalka gezogen, um gegen die Tataren zu kämpfen.

Behutsam fuhren die drei Reiseschlitten durch die schmalen Gassen Rostows und hielten vor dem Schloß. Diener und Krieger kamen herbeigelaufen, waren dem großfürstlichen Gaste beim Aussteigen behilflich und führten ihn untergefaßt die Stufen der Vortreppe hinauf.

»Wo ist mein lieber Neffe Wassilko Konstantinowitsch?« fragte der Großfürst.

»In der Schmiede.«

»Was tut er denn da?«

»Er schmiedet Schwerter.«

Fürst Georgi warf seinen Bärenpelz ab und folgte im Fuchspelz den Kriegern durch dunkle Gassen.

»Die Schmieden liegen bei uns abseits an den Festungsmauern.«

Am Ufer eines Sees zog sich eine Reihe schwarzer Hütten hin, aus deren Schornsteinen feurige Funkengarben zum dunklen Sternenhimmel aufsprühten. Purpurrot leuchteten die von dem Feuerschein der Öfen angeglühten Rauchschwaden. Ein reges Gehämmer verriet, daß die Arbeit im vollen Gange war. Über die Ambosse gebeugt, rückten große kräftige Männer mit riesigen Zangen bis zur Weißglut erhitzte Eisenstangen zurecht, andere ließen mit voller Wucht ihre schweren Hämmer darauf niedersausen.

»Gleich, gleich, teurer Gast!« rief einer von den hammerschwingenden Schmieden, der ebenso rußig war wie seine Kameraden. »Ich will nur noch die beiden Stücke zusammenschweißen. Das Eisen ist knapp, kaum zu beschaffen, in der Stadt habe ich schon alle Riegel, Schwellen und Radreifen losmachen lassen. Alles wird für Schwerter und Streitäxte gebraucht. Und da zuwenig Schmiede da sind, muß ich selbst zum Hammer greifen ...«

»Wie, Wassilko, zum Hammer greifen? Wie ein einfacher Hammerschmied?«

»Unser Fürst hat Geschick zu allem«, mischte sich einer der am nächsten stehenden Schmiede ein. »Ist nicht schlechter als ein richtiger Meister.«
»Gleich wasche ich mir die Hände, und wir gehen heim. Meine liebe Fürstin wird uns mit Kuchen und Pasteten bewirten... He, Tyrja, du Pockennarbiger, komm mal her und lös mich ab!«
Wassilko übergab seinen Hammer einem hochgewachsenen jungen Burschen, dessen Gesicht von zahllosen Pockennarben zerfressen war. Nachdem der Fürst sich die Hände in einem Holzkübel gewaschen hatte, trocknete er sie an seinem versengten Schurz ab. Dann trat er auf seinen Onkel zu. Beim Feuerschein, der in der Esse loderte, konnte man die angenehmen Züge seines hübschen offenen Gesichts deutlich erkennen. Im forschenden oder besser spähenden Blick seiner unter zusammengezogenen schwarzen Brauen ziemlich eng beieinander stehenden Augen lag etwas Raubvogelhaftes, das an einen Falken erinnerte.
Die Fürsten umarmten und küßten sich dreimal.
»Was für Zeiten über uns hereingebrochen sind! Jeder Tag bringt eine neue Trauerkunde vom Fall einer Stadt, vom Tod tapferer Männer, von der Schändung ehrsamer Frauen. Eines Willens, eines Herzens müssen wir jetzt einmütig zueinander stehen...«
»Und eines Kopfes!« entgegnete der Großfürst, während er in stolzer selbstbewußter Haltung hinter seinem Neffen die Schmiede verließ.
Bis tief in die Nacht saßen Neffe und Onkel beim Flackerschein des mit Hanföl gespeisten Lämpchens bei der Tafel. Sie kosteten von der Pastete, von den Plinsen und Stinten und vom geräucherten Bärenschinken. Dazu tranken sie alten Met. Doch ihre Tafelfreuden waren von der bangen Sorge um die ungewisse Zukunft getrübt, und sie erwogen, was gegen die Tataren wohl zu unternehmen wäre. Georgi Wsewolodowitsch legte seinem Neffen seinen Kriegsplan dar:
»Wie die Ströme zur Zeit des Hochwassers, so überschwemmen die Tatarenhorden das ganze russische Land, wobei es unvermeidlich ist, daß ihr Heer sich in immer kleinere Verbände zersplittert. Wir aber müssen uns ein einziges großes und furchtbares Kriegsheer schaffen. Doch sammeln müssen wir es ganz insgeheim, in der Verborgenheit der dichten Wälder, damit die Tataren nichts davon merken. Dann aber müssen wir nacheinander gegen die einzelnen kleineren Abteilungen der Tataren vorgehen und sie aufreiben, ehe sie Zeit finden, sich zu einem größeren Verband zusammenzuschließen. Vielmehr muß eine solche Konzentration ihrer Kriegsmacht nach Möglichkeit verhindert werden durch aufeinanderfolgende Vernichtung der einzelnen Kleinverbände.«
»Dabei würde allerdings viel Zeit verlorengehen. Wo gedenkst du denn ein solches Heer zu sammeln?«
»Irgendwo in Galitsch, Wessegonsk, am Weißen See« (= Belo Osero).
»Das ist aber sehr weit vom Schuß.«
»Meinst du? Dann könnte man die Streitkräfte auch anderswo sammeln... Weißt du, wo? In den unzugänglichen Wäldern an der Mologa. Wie prächtig würde sich beispielsweise der Scherwiner Wald dazu

eignen. Übrigens wäre diese Stelle auch noch aus folgendem Grunde günstig: Auf reiche Beute erpicht, werden die Tataren selbstverständlich nach Nowgorod ziehen. Wo sollten sie denn ihre Gier auch besser stillen können als an den kostbaren fremdländischen Waren der Nowgoroder Kaufleute, deren Speicher davon überquellen? Während die Tataren und die Nowgoroder sich ineinander verkrallen, fällt unser Heer den Tataren in den Rücken und schlägt sie vernichtend aufs Haupt.«

»Ich wäre für eine andere Art der Kriegsführung«, entgegnete Wassilko. »Du weißt, Jewpati Kolowrat hatte kein großes Heer, höchstens anderthalbtausend Mann, und doch hat er den Tataren im plänkelnden Kleinkrieg mächtig zugesetzt...«

»Das schon, aber er ist dabei umgekommen.«

»Allerdings, vorher aber hat er sie doch tüchtig gezaust. Und seine Kampfweise war die richtige. So muß man sich ihnen an die Fersen heften; nachts, wenn alles schläft, Überfälle auf ihre Lager ausführen; sich in den Hinterhalt legen, den richtigen Moment abwarten und dann unvermutet aus dem Walde hervorbrechen... Ich dächte, das Beste wäre, überall Freischaren aufstellen, ihnen alle erdenkliche Unterstützung angedeihen lassen und sich auf eine Überrumpelungstaktik verlegen, kühne Handstreiche unternehmen, so daß die Tataren niemals wissen, woher ihnen Gefahr droht.«

»Nein, das wäre meiner Ansicht nach unrichtig. Das hieße, die Kräfte zersplittern. Im Vertrauen auf Gottes Beistand und unser gutes Recht muß man sich mit der gesamten kompakten Kriegsmacht in den Kampf stürzen, unter Vorantritt der Priester mit den Kirchenfahnen. Dann wird Gott uns nicht verlassen und die unreinen Heiden mit dem Blitzstrahl seines Zornes zerschmettern. Ich habe den untrüglichen Glauben, daß es mir vorbehalten ist, diese ruhmreiche Tat zu vollbringen. Das ganze russische Land wartet auf den Retter, und ich will und werde es retten!... Und dich, mein lieber Neffe, bitte ich inständig, leih mir deinen Beistand zu diesem großen Unternehmen! Dein Wort hat Gewicht, deinem Rate folgt man. Entsende Boten zu allen Fürsten, Wojewoden und Bojaren, damit sie sich mit ihren Drushinen und Aufgeboten an den Ufern der Mologa einfinden, wo ich mein Heerlager aufschlagen will.«

»Was in meinen Kräften steht, soll getan werden, und ich werde mich selber mit meinen Rostowern dort einfinden.«

Das Heerlager

Eilboten stoben von Rostow in alle Winde. Sie überbrachten die Briefe des Großfürsten Georgi Wsewolodowitsch und des Fürsten Wassilko Konstantinowitsch den Fürsten, Wojewoden und Amtmännern nach Nowgorod, Pskow, Polozk, nach den Wolgastädten Sudislawl, Jaroslawl, Kostroma und weiter noch nach Galitsch und Belo Osero. Die Krieger wurden aufgerufen, sich im Heerlager am Roten Hügel einzufinden. Und

die russischen Männer folgten dem Ruf. Von allen Seiten sah man sie zu Fuß und zu Pferd zum Roten Hügel ziehen: die Berittenen in Kettenhemden und Panzern, mit Schwertern und Speeren bewaffnet, das Fußvolk – und sie waren in der Überzahl – in Bauernkitteln und Halbpelzen, ausgerüstet mit Jagdspießen und Äxten.
Aber wen sie am Roten Hügel nicht fanden, das war der Fürst Georgi.
»Wo ist denn sein Heerlager?« verwunderten sich die eintreffenden Männer.
»Der Ort wird geheimgehalten, damit Tataren keine Kunde davon erhalten.«
Die sich an den angezündeten Feuern lagernden Krieger sprachen untereinander:
»Gut, daß der lang zaudernde Großfürst von Wladimir endlich seine Unschlüssigkeit überwunden hat. – Er ist jetzt der allerstärkste unter den Fürsten, und es ist höchste Zeit, daß er sich an die Spitze des russischen Heeres stellt. – Längst schon hätte das geschehn müssen, gleich beim ersten Gerücht vom Einfall der Tataren. – Er hat damals einen verhängnisvollen Fehler gemacht, als er die Rjasaner nicht unterstützte ... Wie viele russische Menschen haben diesen Fehler mit ihrem Leben büßen müssen! Ja, kostbare Zeit ist versäumt und wertvolles Leben unnütz vergeudet worden. – Mit vereinten Kräften müssen wir uns gegen den Feind erheben, nur dann werden wir ihn überwinden ... Ach, um der Uneinigkeit unserer Fürsten willen sieht sich das ganze russische Volk am Rande des Abgrunds!«
Der Großfürst hatte sich nur kurze Zeit in Rostow aufgehalten, dann hatte er sich über Uglitsch an die Wolga begeben, an deren Ufern entlang er bis Myschkin ritt und von dort weiter auf einsamen Waldwegen bis zu der Stelle, wo die Sit in die Mologa mündet. Dort, im Dorfe Boshenki, nahm der Fürst bei dem Popen, dem Vater Wachramei, Quartier. Ebenso uralt wie sein windschiefes Holzkirchlein, liebte der Pope es, im Gespräch bei Erinnerungen an alte Zeiten zu verweilen. Seine Frau Olympiada, ein gastfreundliches Weiblein, das trotz seines hohen Alters noch quicklebendig und flink auf den Beinen war, brachte sich fast um, um ihrem hohen Gast gefällig zu sein, indem sie ihn mit Pasteten (die einen waren mit Grütze und Pilzen, die andern mit Fisch und Zwiebeln gefüllt) und gesalzenen Milchpilzen bewirtete.
Wie der Pope dem Großfürsten erklärte, war das Kirchspiel Boshenki vom Westen her nur auf einem von Beshezk hierherführenden Wege zu erreichen, während man vom Osten her sich nur im Winter ihm nähern könne, und zwar auf dem Eise der zugefrorenen Flüsse Sit und Mologa. Ringsum stünden dichte Wälder, und das Moor sei im Sommer völlig unpassierbar.
»Also ist nicht zu befürchten, daß die Tataren bis hierher kommen?« fragte der Großfürst.
»Wenn sie es versuchten, würden sie allesamt im Moor elend versinken,

dessen dampfende Fenster selbst bei stärkstem Frost nicht zufrieren«, versicherte Vater Wachramei.
»Diese Gegend entspricht also durchaus meinen Absichten, wie ich höre. Das ist mir sehr lieb. Hier werde ich mein Heerlager aufschlagen«, sagte der Großfürst.
»In Gottes Namen, tu das, Herr!« pflichtete der Pope ihm bei. »Ich aber will Bittgottesdienste abhalten und täglich zum Höchsten flehn, daß er dir und deinem Heer den Sieg über unsere Feinde verleihe.«
Die ersten, die dem erlassenen Aufruf Folge leisteten, waren die in nächster Nähe residierenden Fürsten von Sit: Sie schickten Krieger und Schlitten mit Heu, Mehl und Salzfischen. Die Waldbauern von den Ufern der Sit drängten sich, auf ihre Jagdspieße gestemmt, in dichten Scharen vor dem Popenhause. In ihren Mänteln und Hasenfellpelzen und mit dem unter den Wolfsfellkappen bis auf die Schultern herabfallenden langen Haar war es ein eigenartiger Menschenschlag. Ihr Ältester fragte den Großfürsten in der diesem Volk eigenen lispelnden Sprechweise:
»Wossu hast du uns Sisskarer herrufen lassen? Was sollen wir Waldleute für dich tun?«
Der Großfürst, in Dingen der Organisation nicht unerfahren, gebot ihnen, am Ufer entlang Holzhütten zu errichten und in jede Hütte auch einen Ofen aus Lehm und Steinen zu setzen. Andere wieder erhielten den Befehl, Gräben auszuheben, und zwar so tief, daß ein Mensch darin stehen konnte.
»Das ist unsere Sache«, meinten die Bauern von Sit. »Tannen ssu fällen, Gräben im Moor ssu ssiehen, darauf verstehn wir uns. Das ist Arbeit, die wir gewöhnt sind.«
Und ohne zu zögern, stapften sie im Gänsemarsch in den Wald, und bald hörte man die Schläge der Äxte und das Krachen der stürzenden Tannen und Kiefern. Am Flußufer wuchsen Baracken aus dem Boden, deren flache Dächer aus Borke waren, und ein paar Tage später wirbelten überall Rauchwölkchen aus ihren Abzugsöffnungen auf.
Einzeln und in größeren oder kleineren Scharen trafen von überallher Freiwillige ein, denen der Großfürst ebenfalls ihre Arbeit zuwies. Manche gruben Erdhütten, andere fuhren Holz herbei und stapelten es zu langen Verhauen und Sperren auf.
Schließlich traf an der Spitze seiner Rostower – dreihundert Reiter und tausend Mann zu Fuß – auch Fürst Wassilko ein. Der Truppe folgte ein Troß von Schlitten, die mit geschlachtetem Vieh, Mehlsäcken und Heu beladen waren.
Mit zusammengezogenen Brauen umritt der Fürst das Lager, in dem ein geräuschvolles reges Leben herrschte, und betrachtete kopfschüttelnd die Verhaue, vor denen er sein Roß zügelte. Dann lenkte er es zum Popenhause hin, neben dem über einer frischgezimmerten Baracke das schwarze großfürstliche Banner wehte. Mit Goldfäden war darauf das Bildnis des nicht von Menschen gezeugten Heilands gestickt.

»Heil dir, Fürst Wassilko Konstantinowitsch! Erweise mir die hohe Ehre, dich unter meinem bescheidenen Dach zu wärmen«, begrüßte der alte Pope, der in seinem langschößigen verblichenen Leibrock auf die Vortreppe herausgetreten war, den hohen Gast, vor dem er sein Käppchen gezogen und sein Haupt mit den geflochtenen grauen Zöpfchen ehrerbietig entblößt hatte.
»Ei, guten Tag, Vater Wachramei. Lange – seit der letzten Elchjagd – habe ich dich nicht gesehn. Nun, du und dein Kirchlein, ihr werdet beide immer älter«, erwiderte der Fürst leutselig.
»Den Rücken und die Schultern hat die Zeit zu beugen vermocht, aber der alte Kopf sitzt noch fest zwischen ihnen und kann vielleicht noch von Nutzen sein.«
Der Fürst stieg von seinem stattlichen Falben, den ein herbeieilender Krieger am Zügel ergriff und fortführte. Der Fürst stieg die Vortreppe hinauf und küßte dem Popen die segnende welke Greisenhand.
»Was ist denn hier los? Es sieht ja aus, als würde hier eine neue Stadt gebaut.«
»Ja, so sieht's allerdings aus«, pflichtete ihm der Pope bei.
»Und soll diese Stadt lange stehen? Ein Jahr oder zwei oder noch länger?«
»Wie könnte ich unwissender alter Mann, ein bescheidener Diener unseres Herrn, das wissen. Darüber beschließt einzig und allein der Großfürst Georgi Wsewolodowitsch. Er hat den Bau dieses befestigten Lagers angeordnet.«
»Viel Volks ist zusammengeströmt, wie ich sehe. Wie wollt ihr die Leute denn alle verpflegen?«
»Auch dafür hat der Großfürst Vorsorge getroffen. Die eintreffenden Krieger bringen ja alle etwas Brot mit, und die hiesigen Bauersfrauen sind angewiesen worden, Sauerteig anzurühren und fleißig Brot zu backen. Außerdem werden von überallher Mehl und Salzfisch angefahren.«
»Und Heu? Wie steht's damit? Ich habe dreihundert Berittene mit.«
»Für dein Roß wird sich bei mir welches finden. Ich hab' es im Sommer für meine Kuh gemäht. An deine Krieger aber wird der Großfürst welches ausgeben lassen, denn die Bauern haben, wie ich selbst gesehen habe, auch Heu angefahren ... Doch weshalb frieren wir hier draußen? Tritt ein, mein Fürst, in meine ärmliche Hütte, in der ich dich willkommen heiße.«
Der Fürst winkte den Anführer der ersten seiner drei berittenen Hundertschaften, die am Ufer Aufstellung genommen hatten, herbei.
»Besichtige das Lager«, befahl er ihm, »und sorge für Unterbringung der Pferde! Wegen des Futters werde ich mit dem Großfürsten sprechen.«
»Wir haben Heu für drei Tage und Hafer für zehn Tage mit.«
»Daß man unsere Pferde nur nicht für die Kohlsuppe schlachten muß ... Doch da ist ja der Großfürst!«

Mit leicht watschelndem Gang kam der Großfürst Georgi heran. Sein Pelz stand weit offen, und mit dem Ärmel wischte er sich den Schweiß aus dem hochroten Gesicht.
»Sei gegrüßt, mein lieber Neffe, und laß dich umarmen!« rief er fröhlich. »Ich komme eben aus dem Dampfbad, wo ich mich ordentlich gepeitscht habe!... Sechs neue Badestuben habe ich bauen lassen, sonst verlausen mir ja die Leute! Ja, ja, an alles muß man denken. Der Kopf kann einem schon rauchen... Na, komm mit, in mein neues Heim!«

Batu-Khan im Kloster

Als Uglitsch in Sicht kam, zügelte Batu-Khan sein Roß und wies mit seiner Peitsche auf Holzbauten von seltsamem Aussehen, die da ohne jede erkennbare Ordnung teils nebeneinandergestellt, teils aneinandergeklebt waren und allesamt ein Kreuz auf dem Dache hatten.
»Was ist das?« fragte Batu.
Subudai-Bahadur, der neben ihm ritt, fuhr aus seinem Halbschlaf, in den er gefallen war, auf und rief:
»Dolmetscher! He! Man rufe den Dolmetscher!«
»Dolmetscher!« pflanzte sich der Ruf unter den Kriegern fort.
Ein alter Polowezer kam daraufhin herangeritten.
»Das ist das Auferstehungskloster«, erklärte er. »Mehrere hundert Mönche leben hier. Es sind so was wie Schamanen, denen es verboten ist, Frauen anzusehen. Sie verbringen ihre ganze Zeit im Gebet...«
»Im Gebet? Worum beten sie?« wollte Batu wissen.
»Daß Frieden herrsche auf Erden.«
»Friede? – Nichts für mich!«
»Daß die Menschen von Hungersnot, Feuersbrünsten und Erdbeben bewahrt bleiben...«
»Ebenfalls nutzlos für mich. Aber könnten sie nicht von ihren Göttern in Erfahrung bringen, wie mein Feldzug gegen den Konas Jürga ausgehen wird?«
»Sicherlich können sie das.«
»Dann werde ich heute in diesem Gotteshause übernachten«, sagte Batu mit einem Seitenblick auf Subudai, der stark und unzufrieden schnaubte.
»Dolmetscher«, befahl der Bahadur dem Polowezer, »reite mit einer Hundertschaft zum Hause des Urussutengottes und sage seinem Oberschamanen, daß der große Dschichangir sogleich bei ihm eintreffen werde.«
»Dein Befehl soll sofort ausgeführt werden, Unbesiegbarer!«
Und der Polowezer ritt an der Spitze einer Hundertschaft davon, während der Bahadur nach dem Sotnik verlangte. Auf seinem Braunen kam Arapscha angesprengt. Ein Geschirr aus Gold- und Silberplättchen – Kriegsbeute, aus dem Besitz eines besiegten und getöteten Urussutenheerführers stammend – glänzte auf dem Fell des Rosses.

»Laß das Kloster von allen Seiten umstellen. Stelle vor jedes Tor eine Wache. Durchsuche alle Häuser, vor allem die Keller, ob nicht etwa feindliche Krieger sich dort versteckt haben oder ob man uns sonst einen Hinterhalt gelegt hat«, gebot der Bahadur dem Sotnik. »Und sage den Schamanen, welches unermeßliche Glück ihnen beschieden ist, wenn sich der Beherrscher des Erdkreises herabläßt, bei ihnen zu übernachten. Stelle auch in allen Gängen und auf den Treppen der Häuser Wachen auf, und zehn deiner hungrigsten Krieger setze in die Küche, damit sie sich dort 'rausfuttern und zugleich aufpassen, damit die Schamanen keine schlechten oder verbotenen Speisen zubereiten. Wenn sie finden, daß etwas nicht in Ordnung ist, dann sollen sie den Köchen die Peitsche zu kosten geben. Und gib streng acht, daß kein mongolischer Krieger aus einer fremden Abteilung sich ins Haus einschleicht, solange der Dschichangir darin weilt.«

»Achtung und Gehorsam!« grüßte Arapscha und sprengte davon, um für Ausführung der erhaltenen Befehle zu sorgen.

In der Hauptkirche des Klosters wurde ein feierlicher Gottesdienst abgehalten. Zur Rechten standen auf einer mit einem Teppich bedeckten Erhöhung zwei hochlehnige Sessel. Auf einem saß mit untergeschlagenen Beinen Batu-Khan, sein Krummschwert auf den Knien haltend. Im andern saß Juldus-Hatun. Sie trug eine mit goldenen Spitzen und Perlenschnüren umwundene hohe Mütze. Auf dem Boden hockten neben Batu sechs seiner vornehmsten Khane, und natürlich saß da auch Subudai, der voll argwöhnischer Aufmerksamkeit mit seinem zugekniffenen einen Auge alles, was in der Kirche vorging, überwachte.

Der Bischof selber, der vor den Tataren im Kloster Zuflucht gesucht hatte, hielt den Gottesdienst ab. Hager und vom Alter gebeugt, stand er, gekleidet in die prächtigen Meßgewänder und die goldene Mitra auf dem zitternden Greisenhaupte, auf einer Erhöhung in der Mitte der Kirche. Rechts und links von ihm verharrten zwölf mit farbigen Meßgewändern aus Brokat angetane Priester (sechs auf jeder Seite) in feierlicher Reglosigkeit. Zwei Meßknaben, ebenso prächtig in Brokat gekleidet, hielten lange Weihkerzen in den Händen. Vor allen Heiligenbildern brannten Kerzen und Öllämpchen, und ihr flimmerndes Licht spielte in blendendem Glanz auf der goldschimmernden Ikonenwand und auf den goldschimmernden Gewändern.

Batu-Khan schien Gefallen an dem für ihn neuen prunkvollen Schauspiel zu finden. Er nickte zufrieden lächelnd mit dem Kopf und brummte beim Chorgesang mit. Funken sprühten, in allen Farben schillernd, auf seinem Stahlhelm mit dem über die Nase hinragenden pfeilartigen goldenen Steg, der das Gesicht schützte, auf seinem silberschimmernden Kettenhemd und auf dem Geschmeide aus Diamanten und Smaragden, das er um den Hals trug. Jedesmal wenn der wohlbeleibte Diakon sich ihm, mit ausholender Gebärde das Räucherfaß schwenkend, näherte, schnupperte Batu und zog mit vorgestrecktem Kopf den süßlichen Duft laut und tief atmend ein.

Juldus-Hatun saß unbeweglich in ihrem Sessel. In ihrem reichbestickten, silberschillernden chinesischen Seidengewand wirkte sie mit ihrem weißgeschminkten, fast leblos puppenhaften Gesicht wie ein Götzenbild. Nur ihre weitgeöffneten Augen glänzten fieberhaft. Die treue I-La-He, der die innere Erregung ihrer Herrin nicht entging, beugte sich zu ihr nieder und flüsterte ihr warnend ins Ohr:
»Beherrsche dich! Laß dir deine Erregung nicht anmerken...«
»Da ist er«, unterbrach Juldus sie im gleichen Flüstertone. »Dort am Fenster... So nah!... Ich muß ihn unbedingt sprechen.«
In der Nähe des Fensters stand neben einem Seiteneingang, auf seinen Speer gelehnt, ein rotgestiefelter Krieger in Helm und Panzer, dessen bartloses jugendliches Gesicht einen Ausdruck unbeteiligten Gleichmuts zeigte, während er abwechselnd seinen Blick zu Batu-Khan oder zum Fenster hinschweifen ließ, durch dessen Glimmerscheibe das blaugraue Licht eines trüben Frosttages schwach hereindrang.
Plötzlich wurde Mussuk, denn niemand anders als er war es, sich des unverwandt auf ihm ruhenden fiebrig-flackernden Blickes von Batu-Khans Lieblingsfrau bewußt, und er wandte sich ab. Als er nach einiger Zeit sich wieder umdrehte, haftete der beharrliche Blick der kleinen Hatun noch immer auf ihm.
›Warum starrt sie mich denn so an?‹ dachte Mussuk. ›Was ist denn so Besonderes an mir?‹
Noch einmal fing er den Blick der jungen Chanum auf, zu deren Ohr die chinesische Dienerin sich niederbeugte und beruhigend auf sie einsprach. Auf einmal durchzuckte ihn wie ein greller Blitz ein Gedanke: ›Diese dunklen Augen?... Dieses Gesicht mit dem schmalen Kinn?... Wie ähnlich ist es doch einem anderen! Doch was könnte es Gemeinsames geben zwischen einem armen Kind der Steppe und der mit kostbarstem Geschmeide geschmückten Lieblingsfrau des Eroberers des Erdkreises? – Nein, es ist ein Traum! Es kann keine Wirklichkeit sein!‹ sagte er sich und starrte wieder zum Fenster hinaus.
Ein Gebrüll scheuchte ihn aus seinem Sinnen auf. Ein riesenhafter Diakon im Chorhemd verkündete mit Stentorstimme:
»Dem großmächtigsten, ruhmreichen Khan...«
Der Vater Ökonom des Klosters trennte sich von der Gruppe seiner Mitbrüder, näherte sich mit unhörbaren Schritten dem Diakon, dem er ins fleischige rote Ohr flüsterte:
»Stimm den Ton höher!«
Der Vater Ökonom selber stimmte den Ton an, den der Diakon aufzunehmen sich mühte, als er brüllte:
»Unserm Herrn und Herrscher...«
»Noch höher!« beharrte der Vater Ökonom.
Das Blut stieg dem Diakon vor Anstrengung in den Kopf, als er noch etwas höher wiederholte:
»Unserm Herrn und Herrscher über alle Völker nah und fern, dem Zaren Batyga Dschutschijewitsch ein langes Leben!«

Die Chorsänger fielen ein und wiederholten dreimal:
»Ein langes, langes Leben!...«

Nach dem Gottesdienst stiegen die Auserwählten in das lange schmale Refektorium hinab, wo ihnen das schmackhafteste Mahl serviert wurde, das sich die in der Küche arbeitenden Mönche gemeinsam mit dem Vater Ökonom hatten ausdenken können: Fischsuppe vom Sterlet, einen riesigen Stör, Aalpasteten, Piroggen mit einem Füllsel aus feingewiegten Mischpilzen und eine Kutja samt eingemachten Äpfeln und körnigem Kaviar.
Dienende Brüder trugen die Speisen auf geschnitzten Holzschüsseln auf. Aus dem Keller wurden Tonkrüge mit grünem Getreidewein und starkem altem Met heraufgeholt. Auch schäumendes Dünnbier und Fruchtschnaps aus Kirschen und Beeren wurde kredenzt.
Zur Linken Batus, welcher der Tafel präsidierte, saßen der Archimandrit und Subudai-Bahadur, ihm zur Rechten Juldus-Hatun und die sechs vornehmsten Khane. In der Reihe folgten weiter die würdigsten der Mönche, in schwarze Kutten und Kapuzen gehüllt. Der Bischof zog sich, nachdem er das Mahl gesegnet hatte, unter Berufung auf seine durch Alter und Krankheit geschwächte Gesundheit in seine Zelle zurück.
Batu-Khan kostete von allen Speisen, mit großer Vorsicht freilich, nahm aber von jedem Gericht nur sehr wenig. Subudai kaute Buchweizengrütze mit Zwiebeln und Fastenöl. Er schöpfte sich die Grütze mit seiner eigenen Kupferschale, die er aus dem Busen hervorgezogen hatte, aus der Schüssel. Aus der gleichen Schale kostete er auch, nachdem er sie mit der Zunge blank geleckt hatte, von allen Getränken. Was ihm nicht schmeckte, schüttete er kurzerhand auf den Fußboden.
Als das Mahl vorgeschritten war, trat die chinesische Dienerin I-La-He zu Batu und meldete ihm:
»Juldus-Hatun kann den Geruch des Salzfischs und die groben Stimmen der urussutischen Schamanen nicht länger ertragen. Es ist zu befürchten, daß sie vor Schwäche ohnmächtig wird. Darf sie sich mit deiner Erlaubnis von der Tafel entfernen?«
Batu warf einen forschenden Blick auf Juldus. Reglos, mit gesenkten Augen, saß sie da, als schliefe sie. Er befahl, sie in ein Gemach zu führen, wo sie sich ausruhen und erholen könne.
Der Vater Ökonom erhob sich und führte, indem er beim Gehen sich den Vollbart strich, die Chanum und ihre Sklavin hinaus und in die beste der Zellen.

An der Zellentür

Arapscha hatte Mussuk rufen lassen und ging mit ihm treppauf und treppab durch die langen Gänge und in dunkle Winkel hinunter. Schließlich ließ er ihn als Wache in einem langen, schmalen Gang zurück, der

sein trübes Licht durch kleine, mit Fischblasen bespannte Fenster empfing. Ihnen gegenüber befand sich eine Reihe verschlossener Türen. Arapscha deutete auf eine von ihnen und sagte:
»Hier ruht die Otchan-Hatun unseres Dschichangirs. Laß niemanden zu ihr hinein, bis ich komme, um dich abzulösen. Rühr dich ja nicht vom Fleck!«
Lange stand Mussuk auf seinem Posten. Mönche in ihren schwarzen Kutten gingen flüsternd an ihm vorüber. Jeder schützte mit vorgehaltener Hand seine brennende Wachskerze vor der Zugluft. Dann wurden kehlige Stimmen laut, und Subudai kam. Noch später wurde auch Batu-Khan an Mussuk vorübergeführt. Zwei Khane hatten den Schwankenden untergefaßt und stützten ihn, damit er nicht fiele. Mit der Hand fuhr er gestikulierend durch die Luft, als wolle er ein Insekt fangen, und sprach dazu mit schwerer lallender Zunge zu seinen Begleitern:
»Sich dreimal im Monat zu betrinken, das hat der heilige Regent gestattet... Doch besser ist..., man betrinkt sich bloß einmal... Ich sage..., sowohl die mongolischen Schamane als auch die arabischen Mullahs und die urussutischen Priester sind äußerst nützliche und mir ergebene Männer! Sie lehren das Volk, sich der Macht zu unterwerfen und pünktlich die Steuern zu bezahlen... So beugen sie jedem Aufruhr vor... Ja, ja, sehr nützlich sind sie... Ich werde jedem Schamanen eine Paizsa geben lassen, damit sie unbehelligt durch alle meine Länder reisen können, um Gelder einzutreiben... Ich werde auch einen Befehl erlassen, wonach Schamanen, Mullahs und Priester von allen Abgaben befreit sind...«
Der Archimandrit und vier Mönche, die mit langen und dicken Kerzen leuchtend vorangingen, geleiteten Batu-Khan bis zur Tür seiner Zelle, in die er torkelnd eintrat. Mit tiefen Verneigungen zogen sich der Archimandrit und die Mönche zurück.
Subudai-Bahadur sagte:
»In diesem Hause sind eben lauter Betrunkene. Hoffentlich gibt es keine Brandstiftung! Auch erwarte ich, daß unsere Krieger die Mönche nicht beleidigen, damit es zu keinen blutigen Zwischenfällen kommt. Du, Nuker, rühr dich nicht von der Stelle! Sei ja recht wachsam auf deinem Posten! Ich werde selbst einen Rundgang machen und die Wachtposten überprüfen.«
Mussuk blieb voll innerer Unruhe zurück.
›Ist es nun Juldus gewesen oder nicht?‹ fragte er sich. ›Gewiß wird es eine Täuschung gewesen sein. So märchenhafte Zufälle kommen im Leben nicht vor... Aber jene Stimme, die damals in der Wüste meinen Namen gerufen, und die kleine Hand, die das seidene Beutelchen mit den Datteln, dem Konfekt und den Goldmünzen mir zugeworfen hat?...‹
Durch eins der Fenster, dessen Fischblasenbespannung beschädigt war, sah er hinaus in den großen Klostergarten mit den kahlen schwarzen

Bäumen. Bläulicher Schnee lag zu Wehen aufgehäuft da. Ein ausgetretener Pfad ging quer durch den Garten. Und darauf patrouillierte ein mit einem Speer bewaffneter Krieger, in seinen Pelz gemummt, auf und ab. Der Wind blies durch das schadhafte Fenster herein und überschüttete Mussuk mit feinpulvrigem Schnee.

Ein Rascheln ließ sich hinter ihm hören. Mussuk drehte sich um, wobei sein Stahlpanzer klirrte. Vor ihm stand, in ein leichtes Gewand gehüllt, eine zierliche schlanke Frauengestalt. Um ihren Kopf hatte sie einen bunten Schal gebunden. Ihre weitgeöffneten Augen blickten ihn fragend an.

Die Frau machte noch einen Schritt vorwärts.

»Mussuk?«

Er machte eine Bewegung der Überraschung.

»Ein Gedanke quält mich«, sprach die ihm so vertraute Stimme. »Hast du auch von dem Gelde genommen, das man als Kaufpreis für mich erhielt?«

Tief versenkte Mussuk seinen Blick in die glänzenden Augen.

»Meine ganze Schuld besteht nur darin, daß ich nicht daheim war, als die Brüder meine kleine Juldus fortführten. Wäre ich zugegen gewesen, hätte ich dem schändlichen Handel gewehrt und notfalls mit ihnen, die ich als meine ärgsten Feinde ansehen muß, gekämpft. Als ich erfuhr, was sie getan hatten, fluchte ich ihnen und sagte mich von meinem Vater und meinen Brüdern los.«

»Nun kann ich wieder leben!«

Sie wollte noch etwas sagen, hielt jedoch inne.

Mussuk begann hastig Worte hervorzusprudeln.

»Und nun ist Juldus, meine Juldus, die Frau meines Gebieters. Er gab mir ein Roß, ein Schwert und eine Rüstung. Er ist freigebig, fürsorglich und gerecht gegen seine Krieger. Er ist tapfer und rasch in seinen Entschlüssen. Er vollbringt große Taten. Den ganzen Erdkreis wird er durchziehn und keinen Gegner finden, der imstande wäre, ihn zu besiegen... Ich achtete und liebte ihn...«

»Und jetzt?« fragte Juldus mit erstickter Stimme.

»Jetzt muß ich ihn hassen.«

Mit katzenhafter Geschmeidigkeit hatte Juldus ihre Arme um ihn geschlungen. Die eisige Kälte seines Panzers drang ihr bis ins Mark. Aus Mussuks Gesicht war alle Farbe gewichen. Weiß wie Schnee und reglos und kalt wie sein Panzer stand er da.

»Bist du denn nicht mehr mein Mussuk?« flüsterte sie.

Mit ihrer kleinen Hand berührte sie seine Wangen. Er spürte den Duft unbekannter Blumen. Die Augen halb geschlossen, an allen Gliedern bebend, stand er da und wußte nicht, wie er handeln sollte.

»Sprich, Juldus, liebt er dich sehr?«

»Mich?... Ich weiß es selbst nicht, warum er mich liebt... Er sagte mir einmal, ich hätte ihm, als er sich wie ein Bettler vor seinen Feinden verbergen mußte, drei Fladen gegeben, für die mir drei Reiche zu

schenken er sich gelobt habe – ein nördliches, ein östliches und ein westliches... Ich werde ihm sagen, du seiest mein Bruder, und er wird dich mit Geschenken überhäufen wie im Märchen. In Brokat wird er dich hüllen, dir einen Diamantring an den Finger stecken und dich zum Besitzer einer ganzen Pferdeherde machen.«
»Du willst ihm sagen, ich sei dein Bruder?... Die Brüder haben diejenige verkauft, die mir teurer als Allah war, teurer als das ganze Weltall... Nichts als ein Roß ist mir geblieben, doch ist es mir lieber als ein Bruder... Ich werde Batu-Khan verlassen, von hier fortgehn...«
Juldus fuhr zurück, dann aber warf sie sich wieder an Mussuks Brust und liebkoste mit beiden Händen sein strenges Gesicht.
Man hörte das Knarren einer Tür und ein spöttisches »Dse, dse!«.
Die beiden Liebenden blickten sich um. In der Tür stand Batu-Khan. Aus der Nachbarzelle schauten durch die halbgeöffnete Tür mit hämischen Gesichtern die Khane.

»Beeil dich!«

In der engen Zelle des Klosterbruders, dem die Verwahrung der Kirchengewänder und -geräte oblag, saß auf der mit Schaffellen bedeckten Ofenbank der schwerfällige Subudai mit untergeschlagenen Beinen und betrachtete mit seinem einen nie blinzelnden Auge ein sehr altes Heiligenbild. Es war auf eine Holztafel gemalt, die sich im Laufe der Zeit geworfen hatte, so daß die Firnisschicht rissig geworden war, und stellte den heiligen Wlassi, den Schutzpatron der Tiere – insbesondere der Haustiere –, dar.
›Dieser Gott da‹, so überlegte der Bahadur, ›wäre unserem mongolischen Uluß nützlich.‹ Und er betrachtete genau das strenge dunkelbraune Gesicht des Heiligen, dessen weißer Bart in feinen Ringellöckchen endete. »Ja«, fuhr er dann laut in seinen Überlegungen fort, »das wäre wirklich ein brauchbarer Gott für uns Mongolen. Er liebt und schützt das Vieh: Kühe, Hammel, Pferde... Und unsere Pferde bedürfen eines Beschützers, wenn sie hier im Lande der Urussuten, wo die Wege sich in Sümpfen verlieren und die Tannen so hoch aufragen wie Berge, nicht umkommen sollen... In diesem Lande, wo der Hara-Kun aus Bosheit und Unverstand die Heu- und Getreideschober niederbrennt... Sag, Saklab, du bist doch Russe und mußt es also wissen, weshalb sie das tun... Täten sie nicht gescheiter, sich dem Herrscher der Mongolen zu unterwerfen?«
Der hagere alte Saklab, der auf einer Bank neben der Tür saß, antwortete mit schläfriger Stimme und gleichgültiger Miene:
»Vierzig Jahre bin ich von meiner Heimat fort gewesen... Wie kann ich da wissen, was unsere Susdaler Bauern denken? Mit dir werde ich in der weiten Welt umhergetrieben, kriege außer Kochkessel und Schöpflöffel nichts zu sehen und spreche mit keiner Menschenseele...«

Subudai unterbrach und belehrte ihn:
»Alles zu vergessen, das ist keine Sache... Du hast dich an alles zu erinnern und es deinem Herrn zu erklären!«
Und er richtete sich auf und befahl dem alten Sklaven in scharfem Tone: »Geh und sieh nach, ob die ausgestellten Wachen auch alle auf ihrem Posten sind und nicht schlafen! Und komm mir gleich wieder zurück, hörst du?«
»Selbst nachts hat man keine Ruhe!« brummte Saklab im Fortgehen.
Dem Zurückbleibenden sank der Kopf auf die Brust, die Kinnlade fiel herunter. Subudai duselte ein und sah im Traum – die Steppe, darüber blau und unermeßlich weit den Himmel. Hinter den in lila Tinten verschwimmenden Hügeln geht die purpurne Sonne unter. Gelbe Blumen schaukeln sich auf ihren hohen Stengeln im Winde. Ein Rudel Antilopen jagt über die weite Ebene hin bis zu den Hügeln und springt in die Sonnenscheibe hinein und durch sie hindurch.
›Beeil dich, daß du bis zum nächsten Urton kommst, ehe die Sonne untergeht!‹ raunt irgendwessen Stimme.
Der Schläfer streckt seine Hand aus, um die sinkende Sonne zurückzuhalten. Sein Arm reckt sich über die ganze Ebene bis zum Horizont und wird zum Speer, dessen Spitze die Sonnenscheibe durchbohrt... Aber es ist schon nicht mehr die Sonne, sondern der von Blut überströmte Kopf des Rjasaner Wojewoden Kofa, der, aus zahlreichen Wunden blutend, weitergekämpft hatte, bis der athletische Togrul ihm mit einem fürchterlichen Schwerthieb den Kopf vom Rumpfe trennte. Der abgeschlagene Kopf öffnet Augen und Mund und spricht mit spöttischem Ton und Zwinkern:
›Beeil dich! Sonst wird dein gottloses Heer im Schnee versinken!‹...
Die Tür schlug heftig zu, und im Luftzug begann die Flamme des Öllämpchens zu flackern, daß an der Decke Schatten einen hüpfenden Tanz aufführten.
Mit dem Bein polternd gegen die Bank neben der Tür stoßend, war ein riesengroßer, ganz mit Schnee bedeckter mongolischer Krieger in die Zelle getreten. Die Klappen seiner Pelzkappe hingen ihm über die Ohren ins Gesicht, so daß nur die platte, frostfleckige Nase zu sehen war und die sich mühsam bewegenden Lippen, die ihr »Achtung und Gehorsam!« stammelten.
»Ich höre!« sagte der alte Feldherr.
»Der Sotnik Arapscha befahl mir, einen urussutischen Schamanen zu dir zu führen. Er spricht nur die beiden tatarischen Worte: ›Baisa, Subudai!‹, die er immerzu wiederholt...«
»Wo ist der Schamane?«
»Hier, hinter mir«, sagte der Mongole und trat einen Schritt zurück, um einen Mann in schwarzer Mönchskutte durchzulassen, der, über und über mit Schnee bedeckt, in der Hand einen langen Stab, auf dem Rücken einen Quersack, hinter ihm stand und mit zusammengekniffenen Augen den Bahadur anstarrte. Jetzt nahm er die schwarze Kapuze

ab, die er tief in die Stirn gezogen hatte. Halbergraute Locken kamen zum Vorschein, die, zusammen mit dem schwarzen Bart, dem Bahadur recht bekannt vorkamen.

»Baisa, Subudai-Bahadur!« begann der schwarze Mönch auf tatarisch. »Wichtige Nachrichten!«

»Geh!« gebot der Feldherr dem Krieger. »Aber warte draußen vor der Tür, ich werde dich gleich wieder rufen.«

Als der mongolische Krieger in seinen riesigen Filzstiefeln hinausgestapft war und die Tür hinter sich abgeschlossen hatte, warf der Mönch seine Kutte ab und setzte sich neben Subudai auf die Ofenbank.

»In dieser Verkleidung habe ich die Schwarzröcke gesegnet, und sie haben mir die Hand geküßt«, hohnlächelte er.

»Weiter, Konas Galib!«

»Alle Leute habe ich nach dem Aufenthalt des Großfürsten Georgi Wsewolodowitsch gefragt, und überall hörte ich die gleiche Frage: ›Wo ist der Fürst? Wo sammelt sich das Heer?‹ Denn überall werden Speere und Äxte geschliffen, und die Männer ziehen scharenweise nach Norden, und auch ich machte mich eilends dahin auf. Wo es möglich war, ließ ich mich auf Schlitten mitnehmen, wo es nicht möglich war, ging ich zu Fuß, alles, um dir einen Dienst zu erweisen.«

»Weiter, Konas Galib, weiter! Wo ist Fürst Jürga?«

»Auf schmalen Pfaden wanderte ich durch undurchdringliche Wälder...«

»Wohin?«

»Längs der Mologa...«

»Wo fließt die Mologa?«

»Nach Norden zu... Für wichtige Nachrichten hast du mir einen Sack Gold versprochen.«

»Ich höre aber keine wichtige Nachricht. Du fährst und wanderst, aber ohne Ziel...«

Fürst Gleb hielt inne und warf einen mißtrauischen Blick in das steinerne Antlitz des mongolischen Feldherrn. Seine gekrümmten Finger streckten sich aus, als erwarteten sie das versprochene Gold.

»Eine große Sünde ist's, die ich auf meine Seele lade, indem ich mich gegen mein eigenes Volk wende. Im Jenseits werden mich die Teufel dafür auf Gabeln spießen und im höllischen Feuer schmoren lassen.«

»Und sie werden gut daran tun«, meinte Subudai ungerührt. »Du verdienst es.«

»Ich warte auf das Gold.«

»Du sollst es haben, aber erst laß deine Nachrichten hören.«

»Die Mologa mündet in die Wolga, und in die Mologa mündet das Flüßchen Sit. An diesem Flüßchen liegt das Kirchdorf Boshenki. Dort weilt der Fürst Georgi im Hause des Popen neben der Kirche, und dort ist auch der Sammelpunkt des Heeres.«

Subudai fuhr in höchster Überraschung zurück. Sein rollendes Auge heftete sich an die Decke, als wäre an diesen alten, mit Spinngeweben

überzogenen Balken wunder was Interessantes zu sehen. Mit der Linken langte er in seinen Busen und holte einen abgescheuerten Lederbeutel hervor, der mit einer bunten, in einem Bernsteinkügelchen endenden Schnur zugezogen war.
»Hierin sind dreihundert Goldstücke«, sagte er. »Die Hälfte erhältst du sofort, die anderen – wenn wir am Flüßchen Sit angelangt sind. Du wirst uns den Weg dahin weisen. Hast du gelogen, so wirst du dort auf Gabeln gespießt und über einem Scheiterhaufen lebendigen Leibes verbrannt werden. Meine Nuker werden sich des Auftrags mit größter Freude unterziehn, vermute ich.«
»Das ist aber sehr wenig«, stammelte der Fürst.
»Wenn's dir zu wenig ist und wenn du's nicht magst, dann nimm's nicht.«
Mit den Zähnen nachhelfend, löste Subudai die Verschnürung des Beutels, schüttete, ohne nachzuzählen, die Hälfte des Inhalts sich in den Schoß, griff eine Handvoll von den Goldmünzen und reichte sie dem Fürsten, der beide Hände hinhielt.
»Ich nehme es nur, um meiner Sache zu nutzen«, sagte Gleb. »Doch nach beendigtem Feldzug, wirst du mir da auch helfen, Großfürst von Rjasan und Susdal zu werden? Nur um dieses Ziel zu erreichen, habe ich mich ja auf eure Seite geschlagen und bin euch behilflich, unseren gemeinsamen Feind, den Großfürsten Georgi Wsewolodowitsch, zu vernichten.«
»Morgen ist morgen«, brummte Subudai. »Bis dahin ist noch viel Zeit, um zu beschließen, was zu tun sei.«
Ein starkes Klopfen an der Tür unterbrach das Gespräch der beiden. Eine Frau, die draußen mit beiden Händen gegen die Tür trommelte, rief erregt:
»Baisa, Baisa, Subudai-Bahadur!«
Hastig steckte der Mönch das Geld ein. Subudai barg den Beutel wieder an seiner Brust, stand auf, humpelte zur Tür und schob den hölzernen Riegel zurück.
In einen schwarzen Seidenschal gehüllt, trat die Chinesin I-La-He in höchster Erregung in die Zelle und klammerte sich atemlos an den Feldherrn, der sie zurückstieß, erst den falschen Mönch hinaus ließ und dann hinter ihm die Tür ruhig schloß.
»Ein Unglück! Ein furchtbares Unglück ist geschehn!« stammelte die Chinesin unter Schluchzen und Weinen. »Die schwarzen Schamanen dieses verfluchten Hauses des Urussutengottes müssen dem Dschichangir Gift zu trinken gegeben haben. Er ist toll geworden und tobt mit dem Schwert in der Hand durch alle Gänge, zerschmettert die Urussutengötter und wirft Bänke gegen die Wände ...«
»Das geht mich nichts an«, entgegnete Subudai kalt und ungerührt. »Ich bin sein Berater lediglich in Kriegsangelegenheiten. Ansonsten handelt der Dschichangir, wie es ihm gefällt.«
Ohne Subudai loszulassen, fuhr die Chinesin zu schluchzen fort. Neugierig blickte er ihr in das feine, blasse Gesicht mit dem kleinen

schmalen Mund, dessen zwei vorderste Schneidezähne ihn irgendwie an Hasenzähne erinnerten.
»Warum weinst du da? Tun dir die Urussutengötter leid?«
»Ach nein. Aber in seinem Wahnsinn hat der Dschichangir geboten, meiner Herrin, der kleinen Juldus-Hatun, Hände und Füße zu binden...«
»Das ist sein Recht. Ein Mann kann mit seinem Weibe tun, was ihm beliebt.«
»Und hat sie Rücken an Rücken mit dem jungen Krieger zusammenbinden lassen, der ihre Tür bewachte. In den Garten hat man sie geworfen, in den Klostergarten, wo die menschenfressenden Hunde herumlaufen. Gleich wird der Schamane Beki mit seinen Gehilfen kommen und die Chanum und den jungen Nuker erdrosseln.«
»Das ist alles nicht meine Sache. Mit solchen Dingen hab' ich nichts zu schaffen. Mich geht nur an, was in den Kriegslagern geschieht. In den Jurten der Frauen des Dschichangirs schalten und walten seine Schamanen und die chinesischen Eunuchen.«
»Der Dschichangir hat nur für dich ein offenes Ohr, Unbesiegbarer. Sprich mit ihm, rette Juldus-Hatun! Sie ist unschuldig, ich schwör' es dir. Der junge Nuker ist ihr leiblicher Bruder!«
»Du liegst mir vergeblich in den Ohren, Chinesin! Wende dich an den Hadschi Rachim, der die Chronik der Feldzüge Batu-Khans schreibt. Er ist der Lehrer des Dschichangirs und genießt hohes Ansehen bei ihm. Er wird dir eine Arznei reichen, kraft welcher Batu-Khan genesen und seiner Otchan-Hatun verzeihen wird.«
»Wohin soll ich mitten in der Nacht laufen, wenn überall Wachtposten stehn, die mich nicht durchlassen werden? Wo finde ich den Hadschi? Ach, die Schamanen werden heute meine kleine Herrin erdrosseln, und morgen wird kein Arzt sie mehr retten können...«
Die Chinesin warf sich zu Boden und schlug verzweifelt schluchzend mit der Stirn dagegen.
Behutsam ging Subudai um sie herum zur Tür, öffnete sie und rief den draußen Wache haltenden Krieger heran.
»Lauf zu den Jurtdschi! Sag ihnen, sie sollen sofort zu mir kommen! Unverzüglich! Alle!«
»Achtung und Gehorsam!« rief der Krieger und lief waffenklirrend davon.

Im Klostergarten

Im blauen Schein des abnehmenden Mondes ragten die Bäume des Klostergartens mit ihrer wattebauschigen Schneelast auf den Zweigen wie nebelhafte Schatten auf. Unter einem alten verkrümmten Apfelbaume, der seine durch Pfähle gestützten knorrigen Äste weit ausbreitete, stand, auf seinen Speer gestützt, ein mongolischer Krieger knietief im Schnee und stierte mit vor Staunen und Grauen geweiteten Augen eine Schneewehe an, in der, Rücken an Rücken zusammengebunden, zwei menschliche Körper lagen: ein junger Krieger aus dem Stamme der Kiptschaken im Panzer und ein junges Weib in goldschimmernden Seidengewändern. Der bloße Kopf des Kiptschaken war von langen schwarzen Locken umwallt, die ihm bis auf die Schultern herabfielen.

Die beiden Gefesselten wechselten dann und wann geflüsterte Worte miteinander, die der Mongole nicht verstand. Bisweilen stieß die junge Frau einen tiefen Seufzer aus, der wie ein Stöhnen klang.

»Ich werde dem Dschichangir sagen, du seiest mein Bruder... Und er wird dir nicht nur die Freiheit schenken, sondern obendrein noch Gold, Rosse und seidene Kleider...«

»Nein, das wirst du ihm nicht sagen. Ich will es nicht. Ich will nicht als dein Bruder gelten. Ich bin glücklich, neben dir sterben zu dürfen. Ich werde ihm vielmehr gestehn, daß du meine Geliebte warst, meine Herzallerliebste...«

»Schweig! Nein, das darfst du ihm keinesfalls sagen. Wir müssen zusehn, uns aus dieser Gefahr zu retten!... Du wirst es bei Allah beschwören, daß ich deine leibliche Schwester bin.«

Der Wache haltende Mongole, der den gefesselten Kiptschaken sehr gut kannte und wußte, daß er der Liebling des Sotniks Arapscha gewesen war, stampfte mehrmals unwillig mit dem Schaft seines Speeres auf und rief den beiden zu:

»Baisa! Schweigt still! Der Dschichangir hat euch das Reden verboten!«

›Was mag dem kühnen Jüngling den Verstand getrübt haben, daß er es wagte, die Augen zur Lieblingsfrau des Dschichangirs zu erheben?‹ dachte der Wachtposten. ›Nun, ein schnelles Ende ist ihm gewiß!‹

Eine Hundemeute näherte sich dem gefesselten Paar. Unter den Bäumen schlichen sie sich näher und immer näher. Ein gar zu dreister war schon ganz dicht bei ihnen. Der Mongole warf seinen Speer nach ihm und traf ihn im Rücken. Aufjaulend stürzte der Hund davon, den Speer ein Stück nachschleifend. Auch die anderen Hunde stoben nach allen Seiten auseinander. Der Mongole stapfte durch den tiefen Schnee, hob seine Waffe auf und kehrte an seinen Platz zurück.

Man hörte die Tür zur Vortreppe zuschlagen und die Gartenpforte knarren. Die Hunde stürzten mit Gebell mehreren Männern entgegen, die den Pfad entlangkamen. Es waren Subudai, Arapscha und der Hadschi Rachim, begleitet von drei Kriegern. Der Hadschi, der eine brennende Laterne aus ölgetränkter Seide trug, eilte mit großen Schritten zu dem gefesselten Paar hin und leuchtete, indem er sich über sie beugte, der ohnmächtigen Otchan-Hatun ins leidvolle Gesicht.

»Einst hast du mir Milch und Fladen gebracht, von denen der arme Derwisch sein Leben fristete, nun liegst du, kleine Juldus, im Schnee des Urussutenlandes und schwebst in Gefahr, der Fraß der Bluthunde zu werden... Komm rasch wieder zu dir!«

Er stellte seine Laterne in den Schnee und machte sich daran, der Bewußtlosen die vereisten Stricke von den zarten Gliedern zu lösen, dann war er ihr behilflich, sich aufzurichten, während Arapscha ihr einen Zobelpelz überwarf. Als sich die Fesseln gelöst hatten, sprang Mussuk auf die Beine und trat schwankend vor Subudai-Bahadur hin, der unbeweglich mit gespreizten Beinen dastand, als ginge ihn das Ganze nichts an.
»Wessen Sohn bist du?« fragte der Hadschi.
»Des freien Windes!« antwortete Mussuk.
»Woher kennst du diese Frau? Wer ist sie?« fuhr der Hadschi zu fragen fort.
Mussuk schwieg. Aus dem Zobelpelz ließ sich eine schwache Stimme vernehmen.
»Er ist mein Bruder Mussuk. Wir sind beide Kinder des Nasar-Kjarisek aus Sygnak.«
»Ja, es ist wahr!« bestätigte der Hadschi diese Aussage. »Ich erkenne beide wieder.«
»Genügt!« mischte sich Subudai-Bahadur ein. »Der Hadschi spricht stets die lautere Wahrheit. In diesem Haus der urussutischen Schamanen scheinen alle den Verstand verloren zu haben. Mussuk, du wirst mir beweisen, daß du ein Sohn des Windes bist, und auf eine schwierige und gefährliche Erkundung gehn... Krieger! Tragt die junge Hatun in ihre Gemächer!«
Aus der Zelle des Dschichangirs vernahm man seltsame Schreie und ein wildes Heulen.
Im Gang drückten sich die Leibwachen bleich und verstört gegen die Wand.
»Was gibt es da drin?« fragte Subudai-Bahadur.
»Der Dschichangir hat in seinem Zorn die Urussutengötter zertrümmert und zwei seiner Freunde mit dem Schwert erschlagen. Jetzt weint er...«
»Wie? Er weint?«
»Hörst du es denn nicht?«
Subudai lauschte an der Tür. Von drinnen drang Geheul heraus wie von einem Schakal oder einer Hyäne.
»Geh nicht hinein!« warnten die Krieger den Bahadur, als er Miene machte, einzutreten. »Er wird dich niedersäbeln!«
Arapscha hatte indessen Juldus in die Nachbarzelle getragen und sie auf einem Ruhebett niedergelegt. Die Chinesin begann die erstarrten Glieder ihrer Herrin zu reiben.
Subudai lauschte noch immer an Batus Tür und vernahm Worte wie:
»Welche Qual! Oh!... Welch ein Treubruch! Oh!... Wieder sind mir Bösewichter in den Weg getreten! Aber sie sollen sehen, daß ich Dschingis-Khans Enkel bin! Ja, das sollen sie!«
Subudai bückte sich, so daß sein breiter Rücken rund wurde, öffnete entschlossen die Tür und trat ein.
Unter dem Tisch hervor ragten die Beine der getöteten Khane. Auf dem

Boden stand eine Blutlache. Batu saß mit gekreuzten Beinen auf der Tischplatte. Auf den Knien hielt er sein Krummschwert. Sein Gesicht war geschwollen, seine rot entzündeten Augen hefteten sich drohend auf den eintretenden Bahadur, der sich zur ganzen Größe aufrichtete, dem Dschichangir frei und offen in die Augen blickte und ihn mit freundlicher Teilnahme fragte:
»Warum weinst du, Dschichangir?«
Batu-Khan hob grimmig sein Schwert, hielt es eine Weile über seinem Kopf, als überlege er, wen es treffen solle. Dann sich plötzlich umwendend, hieb er damit wütend auf eine Statue des heiligen Wlassi los, daß die Späne nur so flogen.
»Wofür bestrafst du den Urussutengott?« fragte Subudai mit einer väterlichen Güte und Milde in der Stimme, die bei dem rauhen Manne ganz ungewöhnlich war.
»Man hat mir gesagt«, erwiderte Batu, »dieser langbärtige Gott helfe Unglücklichen und beschütze jegliches Vieh... Nur für mich tut er nichts! Steht da und starrt mich frech und unverschämt an... Weg mit den Urussutengöttern!«
»Was ist denn geschehen? Es ist doch niemand umgekommen?«
»Niemand umgekommen?« ahmte Batu ihn nach, indem er den Bahadur mit einem trüben Blick aus zusammengekniffenen Augen ansah. »Oh, du willst auch unter meinen Freunden sein! Ich brauche aber keine Freunde! Treue Diener brauche ich!... Arglist verzeihe ich niemandem, wer es auch sei!... Da, unter dem Tisch ragen die Beine zweier früherer Freunde hervor! Ich habe sie in die Ecke gestoßen, weil sie gewagt haben, in meinem Namen Verfügungen zu treffen... Oh, so etwas hätte sich einer zu Dschingis-Khans Zeiten erlauben sollen!... Oh! In diesem Hause kriechen schwarze böse Ongone aus allen Ritzen und machen die Menschen verrückt!...«
Subudai verlor seine Ruhe nicht. Batu sprang vom Tisch herab und zog den Bahadur am Ärmel.
»Komm, ich werde dir zeigen, was sie angerichtet haben! Folge mir!... Hadschi Rachim, du kommst auch mit! Wo hast du deine Laterne? Zünde sie an!«
Batu-Khan ging schnell voraus, und alle folgten ihm in den Garten.
»Dort ist niemand«, sagte Subudai.
»Betrügst du mich auch nicht?«
Batu begab sich zu dem breitästigen Apfelbaum, blieb dort stehen, blickte verwundert um sich und pfiff sein »Dse! Dse!« durch die Zähne. Dann eilte er weiter durch die Pforte in den stillen Klosterhof, zu den Scheunen und Pferdeställen.
»Leuchte hier!« gebot er dem Hadschi Rachim.
Im Schnee lag, alle viere von sich gestreckt, ein Rapphengst. Er hob seinen Kopf und blickte seinen Herrn mit klugen Augen an. Dann ließ er den Kopf wieder sinken und schlug mit den Beinen aus.
»Jemand hat das Tier verzaubert: böse Mangusse oder die schwarzen

Schamanen der Urussuten oder gute Freunde... Sie neideten es mir, wollten mir nicht gönnen, daß ich mit ihm den Konas Jürga einhole und erschlage... Oh, sprich, mein Rappe! Wer hat dich umgebracht?«
Mit nahezu menschlichem Stöhnen bog das Roß den Hals zurück und beleckte eine blutige Wunde in seiner Flanke.
»Hadschi Rachim, du verstehst dich auf manche Geheimnisse der Natur, du hältst mit den Sternen Zwiesprache. Versuche in Erfahrung zu bringen, wer diesem Rappen Schaden getan hat!«
Der Hadschi beleuchtete mit der Laterne die Stelle, die der Rappe beleckt hatte, dann legte er die Hand auf und betastete sie.
»Hier ist eine Geschwulst, aus der Blut und Eiter quillt... Da, schau, das ist's, woran dein Roß stirbt.«
Und der Fakih zog eine dünne feine Stahlspitze aus der Wunde.
Batu-Khan beugte sich nieder, um besser zu sehen.
»Das ist eine Frauenhaarnadel!« sagte hinter ihm jemand voll Überzeugung.
»Nein, das ist keine Haarnadel«, widersprach Subudai ebenso entschieden, während er die Spitze genau untersuchte. »Weiber mögen mit Haarnadeln ihren Herrn im Schlafe töten, es wird ihnen aber niemals einfallen, sein Roß zu töten. Das ist das Werk falscher Freunde! Ich habe dich ja oft genug gewarnt vor Liebedienern und Schmarotzern, die dir nach dem Mund reden, aber es ganz anders meinen. Halte nur treue Diener in deiner Nähe... Dies hier ist die Spitze eines Dolchs!«
Das Pferd streckte sich aus und schlug wieder mit den Beinen. Batu-Khan hockte vor ihm nieder.
»Du wirst keinen siegreichen Einzug mehr in eroberte Städte halten, mein Rappe«, sagte er traurig. »Treu hast du mir gedient, doch dein Leben war nur kurz. Oh!...«
Batu-Khan sprang auf, brach in ein Geheul aus und lief hastig durch den Garten zurück zur Vortreppe. Alle eilten ihm nach. Vor der Tür seiner Zelle blieb er trübsinnig stehen und schaute sich wie suchend um. Er trat ein, griff nach dem tönernen Weinkrug und sah den Bahadur von der Seite her lauernd an, als er fragte:
»Und wer ist dort nebenan?«
»Geh hinein und sieh selbst nach!«
Mit dem Weinkrug in der Hand ging Batu in die Nachbarzelle hinüber. Von dem Flackerlicht eines Kienspans, der in einem Halter an der Wand steckte, beleuchtet, lag auf dem Ruhebett Juldus-Hatun. Mit gramvollem Blick sah sie den eintretenden Dschichangir an, dann zog sie sich den Zobelpelz über den Kopf.
»Ist sie gesund?« fragte Batu.
»Juldus-Hatun ist gesund und klagt niemanden an«, antwortete die Chinesin I-La-He.
Batu wandte sich an Subudai:
»Tatest du das? Hast du sie gerettet?«
»Ja, ich!«

»Du allein verstehst mich... Du bist mein treuester Diener. Nicht ich hatte den Befehl gegeben, sie zu erdrosseln... Jene beiden, die jetzt für immer stumm sind, taten es in meinem Namen...«
Gierig setzte er den Krug an die Lippen und tat einen tüchtigen Zug, daß ihm der Wein auf die Brust floß. Wankend sank er dann zu Boden. Subudai nahm ihm vorsichtig den Krug aus der Hand und verließ leise die Zelle.
»Bei Tagesanbruch rücken wir aus«, sagte er zu den wartenden Kriegern. »Haltet euch alle bereit, und macht euch auf einen weiten und schnellen Marsch gefaßt... Ich befahl, die Jurtdschi zu rufen... Wo sind sie?«
»Sie warten auf dich, Unbesiegbarer!«

Batu-Khans Traum

Die Mongolen verließen Uglitsch beim Purpurschein einer Feuersbrunst. Das Kloster, dessen Gebäuden die Tataren den roten Hahn aufs Dach gesetzt hatten, brannte lichterloh. Die Mönche liefen wie aufgestörte Ameisen hierhin und dorthin, rollten Fässer mit Wein oder Öl ins Freie, retteten Heiligenbilder vor der Zerstörung. Batu-Khans strikter Befehl, den urussutischen Schamanen dürfe kein Leid geschehen, hielt die Krieger im Zaum. Sie hüteten sich, den Mönchen ein Haar zu krümmen, aber wenn der Zufall es so günstig fügte, daß gerade kein Vorgesetzter in der Nähe war, rissen sie ihnen die Kutten vom Leibe.
Batu-Khan war nach dem überreichlichen Genuß des alten Mets und der Fruchtschnäpse noch nicht wieder ganz bei klarem Bewußtsein. Subudai hatte dafür Sorge getragen, daß der Dschichangir in einen vom Archimandrit dienstfertig herbeigebrachten Pelz gehüllt und behutsam in einen Schlitten gelegt wurde, auf eine dicke Unterlage von Heu. Neben ihn setzte man die warm eingemummte Juldus. Die Chinesin I-La-He folgte in einem anderen Schlitten, der die Habe ihrer Herrin transportierte.
Wie breite Lavaströme ergossen sich die Heereszüge nach Norden und nach Westen, eine Heimsuchung für alle Dörfer und Kirchspiele, die an ihrem Marschwege lagen. Jede Hütte wurde von den Mongolen geplündert, die alles brauchen konnten, gleichviel ob es nun Hemden oder Unterkleidung, Tücher oder Sarafane waren. Alles wanderte in ihre Quersäcke, und die Schlitten, die den einzelnen Abteilungen folgten, waren übervoll beladen. Das Korn, das sie unterwegs gestohlen hatten, rösteten sie in ihren Kesseln und kauten es während des Marsches, wenn keine Zeit zu längeren Rastpausen war.
Am andern Morgen, auf dem Rastplatz, kam Batu-Khan wieder zu sich. Erstaunt blickte er sich um. Neben seinem ausgespannten Schlitten standen die Pferde mit vorgebundenen Futtersäcken. Auf dem Schnee

lagen verstreute Gerstenkörner und Heubüschel. Im Schlitten neben ihm saß zusammengeduckt sein siebenter Stern. Unter der Pelzmütze hervor blickten braune Augen ihn ängstlich forschend an. Er wandte sich ab. Unweit begann ein junger Tannenwald, an dessen Rand die Lagerfeuer rauchten. Menschen drängten sich dort, Reiter kamen angesprengt. Noch ein Stück weiter war ein Dorf zu sehen, dessen Hütten mit greller Flamme brannten; Schreie tönten herüber und wütendes Hundegekläff.
»Wo sind wir?« fragte Batu-Khan einen Posten, der regungslos dastand.
»Wir sind einen Tagesmarsch von jenem Ort entfernt, wo wir den Palast der schwarzen Schamanen niedergebrannt haben«, antwortete der Mann, der dabei nur mühsam die Lippen bewegte.
»Und was ist das für ein Dorf?«
»Ein störrisches Dorf, die Bewohner wollen sich nicht ergeben, beißen um sich wie gehetzte Wölfe und wollen nicht einsehn, daß es keine Rettung mehr für sie gibt. Viele von unseren Kriegern haben sie schon mit der Axt erschlagen.«
»Wo ist Subudai-Bahadur?«
»Dort drüben beim Lagerfeuer am Waldrand. Auch die Anführer der Tausendschaften sind dort.«
»Ruf sie!«
Der Nuker legte die hohlen Hände an die Lippen und rief:
»Achtung und Gehorsam! Der Dschichangir ist erwacht!«
Die mongolischen Anführer sprangen auf und kamen auf krummen Reiterbeinen angewatschelt. Sie zogen den Schlitten zum Feuer hin. Batu-Khan stand aufrecht darin und ließ seinen argwöhnisch schielenden Blick in der Runde schweifen. Dann stieg er aus, streifte seine Ärmel auf und hockte sich vor dem Feuer nieder, um sich die vor Schmutz starrenden dunklen Handflächen zu wärmen. Die Nojone und Temniks standen im Halbkreis um ihn herum und warteten ehrerbietig darauf, daß er zu sprechen beginnen würde. Sie blieben auch starr und reglos, als Batu-Khan sich wieder aufrichtete.
»Die schwarzen Schamanen, die Urussutenpriester, haben mich mit Zaubertränken aus Hexenbeeren und -kräutern eingeschläfert. Doch ich bin nicht daran gestorben; die gütigen Götter über den Wolken haben mich davor bewahrt und für eine große Tat aufgespart, die uns Mongolen unvergänglichen Ruhm bringen wird. Mein Schatten entwich durch den offenen Mund aus meinem Körper und trug mich empor in blaue Himmelsweiten, wo mein Großvater, der heilige Regent, herrscht. Ja, und ich sah ihn, und er sprach zu mir...«
Alle schlugen die Hände zusammen, brachen in den Ausruf »Bo!« aus und erstarrten wieder.
»Ja, ich sah ihn. Er ist noch größer geworden, sein weißer Bart war noch länger als zu seinen Lebzeiten, er reichte ihm fast bis an die Knie, und seine Schultern waren noch viel breiter... Er sprach zu mir: ›Du, mein Enkelsohn, setzt mein Werk fort. Du hast dich neunhundertneunundneunzig Tagemärsche westwärts vom Berge Burchan-Chaldun entfernt,

wo meine Asche unter einer hohen Zeder in einem goldenen Sarge ruht. Ich sehe von hier oben alles, was bei euch da unten geschieht, und weiß auch, daß du meinen jüngsten Sohn Külkan nicht sicher behütet hast. Warum hattest du kein wachsameres Auge auf ihn?‹ Und ich gestand reumütig: ›Ja, ich bin schuld daran und verdiene Strafe. Du kannst mich dafür hinrichten lassen.‹ – ›Noch ist es zu früh dazu. Auch warst du ja weit entfernt von ihm, als er umkam.‹ So antwortete der heilige Regent. ›Erst muß ich jene strafen, die mir den Sohn erschlugen. Sein Schatten ist noch nicht zu mir heraufgeflogen, er irrt noch über den Schneefeldern des kalten Urussutenlandes umher. Und des Nachts schleicht er zwischen den schlafenden Mongolen umher, auf der Suche nach seinen Mördern, und heult wie ein Wolf nach Rache. »Mich verlangte nach Heldentaten und unvergänglichem Ruhm«, jammert er, »und mußte sterben – so jung und unbekannt.« Keine Lieder wird man vom jungen Khan Külkan singen, und ich werde keine Ruhe finden, bis nicht die große Heldentat vollbracht ist, auf die noch unsere Enkel und Urenkel stolz sein werden, weil sie den Namen der Mongolen mit unvergänglich leuchtendem Ruhm umglänzt, die Tat, von welcher unsere Feinde nur mit höchstem Schrecken und Entsetzen erzählen werden.‹«
Batu-Khan verstummte. Mit finsterem Ausdruck blickte er aus trüben, verengerten Augen seine still und stumm dastehenden Heerführer an. »Habt ihr gehört, was der heilige Regent sprach?«
»Wir haben gehört und verstanden!« antworteten die Gefragten im Flüstertone.
»Ich sprach zum heiligen Regenten«, fuhr Batu in der Erzählung seines Traumes fort, »›Achtung und Gehorsam! Ich gelobe, den begangenen Fehler wiedergutzumachen! Khan Külkans Schatten soll Ruhe auf Erden finden und auf geflügeltem Roß zu dir, unserem Gebieter, emporfliegen, um sich in die Reihen deiner himmlischen Heerscharen einzuordnen!‹«
Der alte Subudai watschelte zu Batu hin, vor dem er kopfnickend stehenblieb und unter Schluchzen stammelte:
»... Du sprichst wahr ... Wir werden unsere Fehler wiedergutmachen!«
»Wer war um Khan Külkan am Tage seines Todes?« fragte Batu-Khan.
»Der Temnik Burundai!« riefen alle wie aus einem Munde.
»Und wo ist der Temnik Burundai?«
Ein an sich hochgewachsener, aber durch das Alter gebeugter Mann mit einem platten, bartlosen Gelbgesicht sank vor Batu auf die Knie nieder.
»Es war meine Schuld ... Ich habe nicht scharf genug auf ihn achtgegeben!« klagte er sich an.
Mit wutverzerrtem Gesicht fuhr Batu-Khan ihn an:
»Du wirst deine Schuld sühnen oder sterben! Ich werde dir eine Aufgabe stellen, und du wirst nicht eher zurückkehren, als bis du sie erfüllt hast. Mit deinem Tumen und mit dem Tumen des Kiptschakengesindels, das

sich dir angeschlossen hat, wirst du dich dorthin begeben, wo hinter den dichten Wäldern am zugefrorenen Flusse...«
»Sit!« half ihm Subudai ein.
»... wo am Flusse Sit das Heerlager des Urussutenkonas Jürga errichtet wird. Du wirst es überfallen, ohne erst lange zu fragen, wie groß die Zahl der Feinde ist und ob man sie wird besiegen können oder nicht. Deine Krieger werden nicht einen Schritt zurückweichen. Wisse, daß deinem Heer Khan Külkans Schatten voranfliegen wird, dem du durch diesen Sieg die Ruhe schenken sollst, damit er mit der Botschaft eines neuen Sieges der Mongolen über ihre Feinde sich aufschwingen kann zu seinem erhabenen Vater, meinem Großvater. Wirst du aber geschlagen und wälzt du dich an der Erde herum wie eine Fledermaus, so wird Khan Külkans Schatten des Nachts zu dir geflogen kommen, um dir das Blut auszusaugen...«
Batu-Khan schwieg. Seine Nasenflügel blähten sich, und er atmete heftig. Er sah den Bahadur an, der, sich abwendend, murmelte:
»Richtig..., sehr richtig!«
»Bereite deine Krieger auf den Angriff vor. Sie haben genug mit den Urussutenweibern gebuhlt. Und sei dessen eingedenk, daß ich und der Unbesiegbare euren Spuren folgen werden. Tragt Sorge, daß wir euch nicht überholen und euch zuvorkommen!«
»Achtung und Gehorsam!« sagte Burundai und warf sich vor dem Dschichangir bäuchlings zu Boden, den er küßte. Dann sprang er auf und lief, die Linke am Krummschwert, eilends davon, zu seinen Kriegern.
Batu-Khan trat mit Subudai-Bahadur etwas abseits von den übrigen und hörte sich an, was der Unbesiegbare ihm darlegte:
»Wenn der junge Krieger Mussuk auch der Bruder deines siebenten Sterns ist, so ist es doch rätlich, ihn weit fortzuschicken, so weit, daß er erst nach neunundneunzig Jahren wiederkehrt oder überhaupt nie! Gewöhnlich findet der Verwandte einer Kaiserin sehr bald Anhänger, die durch Geschenke um seine Gunst werben. Hat er zuviel Geld, dann verlottert er, wird untauglich wie ein durchlöcherter Weinschlauch. Erteile ihm einen gefahrvollen, aber auch ehrenvollen Auftrag, dessen er sich stolz rühmen darf, dessen Ausführung aber nicht leicht ist... Schicke ihn mit einer Hundertschaft auf Erkundung zum Flusse Sit, aber richte es so ein, daß der Temnik Burundai nichts davon ahnt, dann werden wir erfahren, wie der Temnik deinen Befehl ausgeführt hat.«
Batu blickte seinen alten Begleiter durchdringend an, um herauszubekommen, welcher geheime Sinn sich hinter dessen Worten verbarg. Er zog die Stirn kraus und sagte seufzend:
»Ich kenne dich als meinen treuesten Diener und Berater, und ich werde auch diesmal deinen Rat befolgen. Zusammen mit Mussuk werde ich den Sotnik Tüljab-Birgen ausschicken, denselben, dem ein Urussutenknabe das Roß entführt hat. Schon allein die Verzweiflung wird ihn zur Tollkühnheit anspornen...«

»Richtig!« bekräftigte Subudai. »Man muß sich mit dem Angriff beeilen, solange Konas Jürga es nicht vermutet. Man muß über die Urussuten herfallen wie der Geier über den Habicht...«

Batys Pfad

> ... Am Oberlauf der Wolga hatten sich die Russen von uralters her in den Wäldern und Sümpfen ansässig gemacht... Die Überlieferungen über Batys Verwüstungen sind dort noch ganz frisch. Auch »Batys Pfad« kann man sich dort zeigen lassen... Das alte »Russj« ist dort ureigen und uralt, bodenständig und kernig...
> (P. I. Melnikow-Petscherski, »In den Wäldern«)

Nach der Zerstörung der Stadt Wladimir rückte das Tatarenheer in drei Säulen nach Nordwesten vor. Eine Abteilung unter Führung des Temniks Burundai zog nach Susdal, Jurew, Perejaslawl, Skujatin und Kaschin und von da weiter nach Beshezk und zum Roten Hügel (Kraßny Cholm).

Batu-Khans Abteilung zog über Uglitsch und dann am Koroshetscher Fluß abwärts zur Waldsiedlung Koi.

Die dritte Abteilung nahm ihren Weg auf die Stadt Myschkin zu und drang dann auf Waldpfaden bis zum Oberlauf der Mologa vor. Unterwegs versuchten die Tataren aus festgenommenen Bauern durch Folterungen (indem sie sie über dem Feuer lebendigen Leibes rösteten) herauszubringen, wo sich das Heerlager des Konas Jürga von Wladimir befände.

Kleinere Abteilungen hatte Batu-Khan mit dem Befehl ausgesandt, alle Städte, Dörfer und Kirchspiele des Großfürstentums Wladimir-Susdal zu zerstören. Und dies geschah auch.

Anfang März hatte Batu seinen Standort in der Waldsiedlung Koi, wo er viel Heu vorfand, das bereit lag, um im Frühling auf Flößen fortgebracht zu werden. Burundai hatte sein Standquartier in Beshezk, und beide (der Dschichangir wie der Temnik) wußten bereits, daß irgendwo in nächster Nähe, inmitten der dichten Wälder, sich die Streitkräfte des Konas Jürga sammelten.

Auf einer Beratung der Tausendschaftsführer hielt Batu-Khan folgende Ansprache an seine Heerführer:

»Wir müssen in einer einzigen Schlacht das Hauptheer der Urussuten vernichten, sonst werden wir selber in diesen Schneefeldern, Waldgründen und Sümpfen ruhmlos umkommen. Ihr werdet unter rücksichtslosem Einsatz eurer Truppen und eurer eignen Person kämpfen. Nach Vernichtung dieses Heeres werde ich alleiniger Gebieter über das gesamte russische Land sein, da weiter kein gefährlicher Gegner mehr übrig sein wird... Der morgige Tag wird für uns Mongolen ein Tag höchsten Ruhms oder tiefster Schmach sein!«

»Kein Tag der Schmach!« riefen die Tausendschaftsführer.
»Aber nach der Schlacht, in der wir dem Konas Jürga eine vernichtende Niederlage bereiten wollen, werden wir uns keine lange Ruhe gönnen, sondern unverzüglich unsere Rosse auf die zur reichsten aller Urussutenstädte, auf die nach Nowgorod führende Straße lenken. Bevor die Flüsse aufzutauen beginnen, müssen wir dort sein.«
»Und dann?« fragte einer der Anwesenden.
»Dann? – Dann werden wir, wenn wir uns einen Bauch angemästet und uns auf den Nabeln der urussutischen Weiber genug belustigt haben, ins Land jener stolzen Kaufleute ziehn, die wir in Muschkaf zu unseren Gefangenen gemacht haben. In jenem Lande sind die Städte noch größer und reicher, als Nowgorod es ist. Wie heißen diese Städte? Sprich, Hadschi Rachim!«
»Riga, Lübeck, Hamburg, Brügge, Liegnitz«, war die Antwort.
»Ja, so heißen sie, und ich werde sie allesamt in meinen Fäustling stecken. Doch zuerst müssen wir dem Konas Jürga den Garaus machen.«

Im Waldesdickicht

»Durch den Wald – wird's dunkel sein, über die Wiesen – sumpfig...«
(Aus einer alten Heldensage)

Die Wälder waren undurchdringlich, die Wege glichen einander zum Verwechseln. Jäger, die von den Tataren ergriffen worden waren, drückten sich, wenn man sie befragte, sehr unbestimmt aus:
»Was willst du von mir?« fragten sie störrisch. »Wir Sizkarer leben abseits der Welt, wir wissen nicht, was draußen vorgeht, wir haben nichts gehört und nichts gesehn.«
Als Strafe für solchen Starrsinn nahmen die Tataren ihnen die Kleider weg und jagten sie nackt in die Waldwildnis hinein. Aber die Entblößten reizten die Wut der Tataren durch unanständige Gebärden, sobald sie sich in einer Entfernung vor ihren Pfeilen sicher fühlten. Zwei Reiter jagten ihnen wutentbrannt über einen zugefrorenen Sumpf nach, brachen aber durch eins der sogenannten »Fenster« ein und versanken samt ihren Rossen. Die nackten Sizkarer verschwanden unter Hohngelächter mit Hasensprüngen im Dickicht.
Tüljab-Birgen und Mussuk mußten erkennen, daß in diesen urussutischen Wäldern ihr Leben ringsum von Gefahr und Tod bedroht war und daß jeder Schritt nur unter größter Vorsicht getan werden konnte. Sie kamen überein, sich zu trennen: Tüljab-Birgen mit dem größten Teil der Truppe machte an einem Kreuzwege halt, Mussuk ritt mit zehn Mann auf Erkundung weiter.
Der fortwährend zunehmende Schneesturm hatte den Weg verweht. Irgendwo vorn war Hundegekläff zu hören. Mussuk ließ sein Roß bei

den Gefährten zurück und schlich allein vorsichtig vorwärts. Eine Umzäunung wurde sichtbar und daran angebundene Pferde – die vorderste Feldwache der Urussuten.
Behutsam, auf leisen Sohlen, schlich Mussuk zurück, schwang sich aufs Pferd und preschte zu Tüljab-Birgen, um ihm Meldung zu machen. Tüljab-Birgen schickte, nachdem er seine Truppe in ein Versteck im Waldesdickicht gebracht hatte, Meldereiter zu Burundai, von dem gegen Abend Antwort eintraf: Man solle auf ihn warten und keine Handlungen gegen die Vorposten unternehmen, damit sie nicht erschreckt würden. Bald langten die ersten Hundertschaften Burundais an, umzingelten die urussutische Feldwache, erschlugen alle Männer, die sich in ihren Erdhütten sicher gefühlt hatten und darum allzu sorglos gewesen waren, und bemächtigten sich der Pferde. Nur zwei von den Urussuten ließ man am Leben, um sie zu verhören, erfuhr aber nicht viel von ihnen, da sie die Antwort auf die gestellten Fragen verweigerten. Sie sagten, es wäre dies die Feldwache des Anführers Dorosha gewesen. Aber wer unter den Erschlagenen dieser Dorosha war, auch das konnten die Tataren nicht herauskriegen, weil in dem ungleichen Kampf, wo einer gegen zwanzig gestanden hatte, alle Gefallenen ganz gleich gekleidet waren: in Halbpelze aus Schaffell und mit Bastschuhen an den Füßen. Burundai fand sich erst an Ort und Stelle ein, als schon kein einziger der Urussuten mehr am Leben war. Er schickte sofort Boten zu Batu-Khan mit der Mitteilung: Nach einem stark begangenen Weg zu urteilen, müsse sich der Standort des Konas Jürga unweit dieser überrumpelten Feldwache befinden. Er, Burundai, würde am Morgen weiter vorrücken.
In der Nacht begab sich Mussuk mit drei Begleitern abermals auf Erkundung. Bald näherte er sich einer Waldlichtung, die von einem jetzt fest zugefrorenen Fluß durchschnitten wurde. Auf dem jenseitigen Ufer erhoben sich, rings um eine alte Holzkirche, die Hütten eines Dorfes, und daneben sah man neue Baracken. Männer zu Pferd und zu Fuß waren dort drüben in fortwährender Bewegung.
Mussuk hegte keinerlei Zweifel, daß dies das lang gesuchte Heerlager des Konas Jürga sei. Zwischen Tannen versteckt, wartete er ab, was weiter geschehen würde. Die Lichtung hüllte sich in nebligen Dunst. Das Schneegestöber hatte fast ganz aufgehört. Der Silberreif des Halbmonds hing über dem spitzen Wipfel einer hohen Tanne. Mussuk spielte mit dem verwegenen Gedanken, mitten durch das Dorf zu reiten, wo allmählich alles still geworden war. Ein paar Lichter, die nacheinander aufgeflammt waren, erloschen eins nach dem andern wieder.
Unbekümmert um fernes Hundegebell, ritt Mussuk langsam auf die Lichtung hinaus und spähte angestrengt in die Dunkelheit, um sich die Anlage der Befestigungen und Verhaue einzuprägen und um herauszubekommen, von welcher Seite aus und gegen welche Stelle sich ein Angriff am erfolgversprechendsten führen ließe.
Plötzlich ertönte aus dem Dunkel eine Stimme, und ein hochgewachsener Mensch bewegte sich rasch ihm entgegen. Mussuk riß sein Roß

herum und jagte davon, zurück zur Truppe und voller Furcht, daß man ihm auf den Fersen sein könnte. Doch er vernahm kein Hufgetrappel, im Walde blieb alles still.
Nach Empfang der Nachricht von der endlichen Entdeckung des urussutischen Heerlagers ließ Burundai seine Truppe noch näher an das Dorf heranrücken. Mitten in der Nacht, welche die Reiter im Schnee neben ihren Rossen hockend verbrachten, erhob sich ein schneidender Wind, und es begann wieder stark zu schneien. Die Stämme der hohen Tannen, deren brausende Wipfel vom Sturme gepeitscht wurden, schwankten heftig hin und her.
Gegen Morgen erging der Befehl: »Die Rosse mit einigen Händevoll Korn füttern. Die Waffen überprüfen. Wir werden nicht zurückweichen, und wenn wir hier so lange kämpfen müssen, daß ein Säugling in dieser Zeit zum Greise altert!«

»Helft, weiße Murije!«

Drei Tage lang schon hatte es ohne Unterbrechung geschneit. Der ständig zunehmende Wind toste in den Wipfeln der alten Tannen, wehte den Schnee zu hohen Haufen zusammen, doch bloß, um sie wieder, als hätte er sich anders besonnen, auseinanderzufegen und an neuen Stellen flaumige Hügel aufzutürmen. Eine dicke weiße Decke hatte sich auf die niedrigen Baracken und auf die Erdhütten des Heerlagers an der Sit gelegt. Alles Lebendige hatte sich vor dem Schneesturm verkrochen.
Nur ein einziger Mensch stand – auf seinen Jagdspieß gelehnt – reglos wie ein vom Blitzschlag getroffener Birkenstamm auf einem kleinen Hügel. Seine Kleidung bestand aus Tierfellen. Gegen das öde Feld gewendet, über welches die vom Winde vor sich hergetriebenen Schneehaufen wie weiße Schatten hinjagten, reihte er in singendem Tonfall nicht ganz klar verständliche Worte zu Sätzen aneinander, die sich wie Beschwörungen anhörten. Dieser Singsang steigerte sich bald zu wildem Geheul, bald wieder dämpfte er sich zum Flüstern herab, und der Sturmwind sang die zweite Stimme dazu.
»Aus der Pforte trete ich ins wilde Feld, schreite über weite Wiesen zum dichten Wald und weiter zum eisigen Fluß, wo eine uralte Eiche steht, und daneben liegt der weiße Stein Alatyr ... Unter diesem Stein leben siebenmal sieben Greise, ungefesselt, ungebunden ... Fortwälzen will ich den weißen Stein, jene Greise herbeirufen, mich tief vor ihnen verneigen und also zu ihnen sprechen: ›Schließt auf eure eisernen Truhen, ihr Greise! Laßt die weißen Murije heraus!‹ ... Mögen die weißen Murije über den Himmel hinfliegen, Sturm- und Schneewolken zusammentreiben, damit die schlimmen Tataren im grimmigen, Steine zersprengenden Frost erfrieren ... Mögen sie ihnen unterm Schnee ein kaltes Grab bereiten! ... Tatar, Tatar! Du Bösewicht aller Bösewichter, du Unhold aller Unholde! Was hast du in unserem Lande zu suchen?

Denk nicht, du könntest dem Schneesturm entrinnen, hinter die steinernen Berge entweichen! Samt der Wurzel sollst du ausgerissen und weggeworfen werden wie Unkraut, verdorren sollst du wie ein Grashalm und zu Staub zerfallen!... Dann wirst du dich deiner Untaten erinnern, doch dann wird es zu spät sein... Mit eisernen Schlössern verschließe ich meine Worte, werfe die Schlüssel unter den weißen Stein Alatyr! Und so sicher und fest die Schlösser schließen, so sicher und fest trifft meine Weissagung ein... Nichts, weder Luft noch Sturm, weder Wasser noch Feuer, kann meine Beschwörung lösen... Mächtig ist der Heerbann, mutig mein Herz, mein Wort fest und stark, fester als Todesschlaf und stärker als Helden- und Riesenkraft... Nicht weiter! Genug! Den Atem schone, kraft allbezwingendem Spruch erhält mein Werk seine Krone!«

Als gehorche er diesem Zauberspruch, brach der Sturm tosend von neuem los und hätte mit seinen heftigen Stößen den Beschwörer fast umgeworfen.

Von irgendwoher vernahm man ein Rufen:

»He! Wenn da eine lebendige Menschenseele ist! Hilf, sonst sind wir verloren!«

»Hierher! Kommt hierher! Hier geht der Weg!«

Aus dem blaugrauen Nebel tauchte ein geisterhafter Schatten auf, dann ein zweiter, ein dritter...

»Gott zum Gruß! Wo sind wir?«

»Dort, wo ihr sein sollt, falls ihr gegen die Tataren zu Felde ziehn wollt!«

»Versteht sich, gegen die Tataren! Unser zwanzig sind wir, dreizehn Männer und sieben Mädel...«

»Ein ganzes Heer, fürwahr! Aber auch wir haben unsere Spieße zum Empfang der Tataren geschärft!«

»Wir suchen das Heerlager des Fürsten Georgi Wsewolodowitsch...«

»Da hat euch euer Glück und Mutterwitz richtig geleitet... Ihr seid nicht in Abgründe gestürzt, sondern zum Ziel gelangt. Geht hinter mir her, Schritt für Schritt in meiner Spur, damit euch kein Waldgeist vom rechten Weg abbringt und die Waldhexe euch nicht zu Tode quält, wenn ihr die ganze Nacht immer zwischen denselben zwei Kiefern herumirrt...«

»O – ho – ho! Wo seid ihr, Rjasaner? Waldleute, Storonniki, haltet euch 'ran, sonst ist der Alte verschwunden, ehe wir uns dessen versehn!«

Starke Stimmen antworteten einmütig, das Tosen des Sturms übertönend:

»Wir kommen, Vater, wir kommen alle!«

»Wer sind diese Leute?« fragte der Greis.

»Mein eigen Fleisch und Blut: zwölf Söhne und sieben Töchter, die alle glücklich den Tataren entronnen sind und darauf brennen, gegen sie zu kämpfen.«

»Ehre und Ruhm ihnen!«

Alle gingen im Gänsemarsch, voran der Alte, der Beschwörer der

Murije, und hinterdrein die zwanzig Rjasaner, jeder in die Fußtapfen seines Vordermanns tretend, robust, breitschultrig, kurzbeinig und täppisch wie Bären, denen sie in ihren zottigen Pelzen sehr ähnelten. Jenseits des Flusses verrieten aufsteigende Rauchwölkchen die Erdhütten, die man sonst für Schneewehen hätte halten können. Und die Rjasaner freuten sich bei dem Gedanken, daß es dort drinnen schön warm sein würde, daß in den Töpfen eine Suppe kochte und daß russische Menschen würden miteinander schwatzen können.

In den Sümpfen an der Sit

Fürst Wassilko fand keinen Schlaf, unruhig wälzte er sich von einer Seite auf die andre und zupfte und zog immer wieder den ihm als Zudecke dienenden Pelz zurecht, denn von der Tür her, in deren Nähe er auf dem Fußboden lag, bloß mit etwas Heu unter sich, kam ein kalter Luftzug, und klagend pfiff der Wind durch die Ritzen in der Wand. Ringsum schnarchten des Fürsten Krieger.
Unablässig quälte ihn die Frage: Was ist in solcher Notzeit zu tun? Und schwarze, schwere Gedanken, einer immer peinigender als der andre, verscheuchten den erquickenden Schlummer von seinen Augen.
War es seinem Onkel, dem Großfürsten, wirklich darum zu tun, hier ein Heer zu sammeln und es dann gegen den Feind zu führen? Oder wartete er hier bloß, bis die Tataren wieder abgezogen waren, und schuf sich inzwischen hier eine neue Residenz, ebenso prächtig wie sein Wladimir? Hatte er nicht schon wiederholt geäußert, man müsse hier Kornspeicher, Vorratskammern anlegen, Wassermühlen bauen, indem man an drei Stellen im Fluß Dämme errichtete.
›Wenn so viel Volks zusammenströmt, wäre es da nicht vernünftiger, das Korn selber zu mahlen?...‹
Und dort, hinter den Wäldern, morden, sengen und rauben die Tataren, stehen die Dörfer in Flammen...
›Nein‹, beschloß der Fürst Wassilko bei sich, ›wenn der Onkel nicht Ernst macht mit dem Kampf, dann trenne ich mich von ihm und ziehe mit meinen Rostowern in die Wälder, lege mich in der Nähe der großen Wege in den Hinterhalt und versuche, an den Khan Batyga, diesen bösen Drachen, heranzukommen...‹
Der Fürst erhob sich, tastete sich im Dunkeln zum heißen Ofen hin, wo die Fußlappen trockneten, wickelte sie sich um die Füße, band über die leinenen Lappen solche aus Wolle und zog schließlich die Schuhe darüber. Dann schlüpfte er in seinen Pelz, gürtete sein Schwert um und trat ins Freie hinaus.
Am sternlosen Himmel stand rechts der junge Mond. Der Wind peitschte dem Fürsten den Schnee ins Gesicht auf seinem nächtlichen Rundgang durchs Lager. Es konnte nicht mehr lange sein bis zum Tagesanbruch, dunkel hoben sich gegen den weißen Schnee die neuen Baracken und

die Befestigungen und Verhaue ab. Tiefe Stille überall, so tief wie der Schlaf, in dem alle noch liegen. Der Feind ist fern. Wie hätte er sich auch hierherfinden sollen, bei dieser Kälte, durch diese Wälder? Kein Anruf eines Wachtpostens, kein Klirren von Waffen, kein Geräusch von Schritten... Stille!
Der Fürst ließ sich auf einen Balkenstapel nieder. Schwermut bedrückte ihn, verdüsterte ihm Geist und Gemüt, griff ihm ans Herz.
›O russische Erde‹, so grübelte er, ›da liegst du nun, reinlich mit Schnee zugedeckt. Einzig und allein die Undurchdringlichkeit deiner Wälder und die Kraft deiner Bauern bieten dir Schutz. Ei, kämen sie doch von überallher hier zusammen, deine Bauern, und fände sich ein anderer Ilja Muromez, um sich an ihre Spitze zu stellen und sie in den Kampf zu führen! Welcher Feind, und sei er auch noch so tückisch, könnte dann standhalten? Alle Feinde würden verjagt werden, wie sie auch früher verjagt worden sind...
Ein böses und arglistiges, erbarmungsloses, fremdes Volk ist bis ins Herz des russischen Landes vorgedrungen, woran es nun saugt und nagt... Ach, wenn das Vaterland doch wieder zu Kräften kommen könnte, um diese gierigen Eindringlinge abzuschütteln!...‹
Man hörte das Klirren eines Steigbügels. Der Schatten eines Reiters glitt heran, immer näher kam er. Der Fürst verharrte in Reglosigkeit. ›Wer streift da mitten in der Nacht durchs Lager? Der Großfürst Georgi etwa? – Das Roß ist von Polowezer Rasse, der Reiter kein Russe! Wie kommt er hierher? Wenn's gar ein Tatar wäre?...‹
Fürst Wassilkos Faust umspannte den Griff seines Schwertes. Er sprang auf den fremden Reiter zu. Der reißt sein Pferd zur Seite und jagt davon, über die Lichtung zum Waldsteig, und verschwindet zwischen den dichten Tannen.
»Ein Tatar!... Ein Späher!...«
Wassilko stürzte dem Fliehenden nach, vermochte ihn aber nicht einzuholen. Von der anderen Seite näherte sich ein zweiter Reiter, dem ein brauner Wolfshund vorauslief.
›Ein neuer Feind? Der darf mir nicht entkommen!‹
Aber der Reiter zügelte sein hageres Roß, und auch der Wolfshund blieb knurrend stehen.
»Wer reitet da?«
»Ein Bote aus Wladimir. Zum Großfürsten Georgi Wsewolodowitsch...«
»Da bist du richtig hier. Schon lange fort von Wladimir?«
»Seit fünfzehn Tagen schon. Ich sah mich zu Umwegen gezwungen. Überall wimmelt's von Tataren! Zweimal kam ich mit ihnen ins Handgemenge. Bin nur mit genauer Not entkommen, dank meinem braven Pferd.«
»Was hört man aus Wladimir?«
»Als ich fortritt, stand es noch. Unterwegs aber gingen schon böse Gerüchte um...«

»Ist die Stadt wirklich gefallen?«
»Ja, gefallen und niedergebrannt. Man sagt, der Himmel wäre drei Tage lang rot gewesen vom Feuerschein...«
Fürst Wassilko ließ den Kopf hängen, doch nur für eine kurze Weile. Gleich raffte er sich wieder zusammen.
»Soeben, ganz kurz bevor du kamst, sprengte hier ein fremder Reiter vorbei und suchte, als ich ihn anrief, das Weite...«
»Einer von uns wäre nicht ausgerissen. Gewiß war es ein tatarischer Späher... Seid auf eurer Hut! Die Tataren sind nahe. Wir werden kaum noch Zeit zu einem tiefen Seufzer haben, da werden sie schon dasein.«
»Folge mir rasch zum Großfürsten!«

Der Sturm braust über die Sit hinweg

Toropka, denn kein andrer als er war der Bote aus Wladimir, fand hier im Heerlager an der Sit Landsleute. Sie erzählten ihm, sein Vater, Saweli Dikoroß, sei am Abend vorher mit einem Schlittenzuge weggefahren, um Mehl, Getreide und Heu herbeizuholen. Toropka blieb nicht lange im Lager. Im Auftrag des Fürsten Wassilko von Rostow begab er sich zu der vorgeschobenen Feldwache am Kreuzweg von der Sit nach Myschkin.
»Dein Roß ist leichtfüßig und flink wie der Wind«, sagte der Fürst zu ihm. »Wenn sich eine Tatarenstreife zeigen sollte, so komme sofort und melde es, damit wir uns rechtzeitig rüsten.«

In einem kleinen Talgrund unter einem hohen Felshang knisterte das brennende Reisig innerhalb einer Umzäunung aus Holz und Reisig, die man aufgerichtet hatte, damit etwaige tatarische Späher, die in der Nacht umherstreiften, das Feuer nicht gewahrten.
»Zeiten sind das! Böse Zeiten! Überall schnüffeln Tataren herum. Wenn sie das Feuer erblicken – gleich hätten wir sie auf dem Hals und wären unsere Köpfe los, ehe wir noch Zeit gehabt hätten, ein Gebet zu sprechen.«
Hinter dem steilen Hang stand wie eine Mauer dichter Nadelwald, der sich, nach der Behauptung der Jäger, bis ans Weiße Meer hinzog. Durch diesen Wald gelangte man nur auf Wildpfaden, aber es sei dort, so hieß es, nicht geheuer: Schrate und andere Waldgeister trieben darin ihr Unwesen.
Am Feuer lagen vier brave tapfere Burschen, die sich weder vor Unwetter noch vor Waldgeistern und Hexenspuk fürchteten. In ihre Pelze und Felle gehüllt, lagen sie auf einer Unterlage von Tannenzweigen, hatten über sich ein Schutzdach und lauschten sorglos den Liedern des fauchenden Schneesturms. Auf Kohlen rösteten sie sich dünne Scheiben Pferdefleisch. Neben ihnen war die rote Pferdehaut ausgespannt. Die Krieger hatten sich beeilt, das Tier abzuschlachten, ehe es selber vor

Hunger krepierte. Bei den vier Wachtposten war auch Toropka, neben dem der treue Hund Pegasch zu einem Knäuel zusammengerollt lag.
Die vier Wachtposten, die nach der Einnahme von Rjasan den Schlingen der Tataren entschlüpft waren, hatten auf eigene Faust einen Kleinkrieg gegen die Eindringlinge geführt und sich dann, als sie hörten, der Großfürst Georg sammle am Oberlauf der Wolga ein neues Heer, dorthin begeben.
Vom Fürsten, der sie als Streifwächter einsetzte, bekamen sie ein gutes Roß, um bei Alarm sofort Botschaft ins Lager schicken zu können, aber kein Futter. »Verschafft euch selbst welches, so gut ihr könnt!« Das war nun freilich ein Ding der Unmöglichkeit, deshalb hielten die Krieger es für klüger, sich auf ihre flinken Beine und Schneeschuhe zu verlassen, das Roß aber aufzuessen.
Die Streifwächter vertrieben sich die Zeit, indem sie sich gegenseitig Geschichten erzählten, Geschichten von Heldentaten, von Wundern der Murijen, von Zauberern und Hexen. Toropka, der sich zu ihnen gesellt hatte, lauschte gern diesen Erzählungen, wurde aber ein Gefühl des Unbehagens angesichts der aufgespannten Pferdehaut nicht ganz los, weil er befürchtete, früher oder später möchte seinem Braunen das gleiche Los beschieden sein.
»Einmal«, so erzählte gerade einer von den vier, »gingen Bauern durch den Wald. Da sahen sie ein buckliges Greislein, das ein Holzbündel schleppte, zehnmal so groß, wie es selber war. ›Weshalb, Alter‹, so fragten sie, ›schleppst du dich mit dem Holz ab? Holz gibt es ja ringsum, soviel du willst.‹ – ›Ich will damit das Heimatland vor den Tataren retten.‹ – ›Wie willst du drolliger Kauz denn mit Holzscheiten die Heimat vor den Tataren retten?‹ In eben dem Augenblick jagten auch schon die Tataren heran. Da warf das bucklige Greislein sein Bündel auf die Erde und schleuderte die einzelnen Scheite nach den Tataren: erst ein Scheit – und wo es niederfiel, stand auf einmal ein Krieger da, ein zweites, drittes und so fort – und ein ganzes Heer erstand und ging zum Angriff über. Trompeten schmetterten, Trommeln rasselten, Schwerter klirrten, und im Handumdrehen waren die Tataren niedergemäht wie Gras mit der Sense... Glaubwürdige Leute behaupten, dieses bucklige Greislein habe sich hier im Lager eingefunden...«
»Ja, so heißt es. Und dann ist noch ein Bauer gekommen«, fiel ein andrer dem Erzähler ins Wort. »Einen langen Bart hat er und einen Schnurrbart wie ein Wels, er wickelt ihn sich um die Ohrmuscheln. Dieser Bauer nun rühmt sich, er könne durch Zaubersprüche Sturm und Regen machen. Ihm seien alle Murije, die schwarzen wie die weißen, gehorsam. ›Ich werde sie herbeirufen‹, hat er gesagt, ›damit sie die Tataren im Schnee erfrieren lassen. Einem russischen Menschen aber, einem Christenmenschen, dem tun die Murije nichts zuleide, denn der weiß ja die Beschwörungsformeln, die ihn gegen Zauber feien... Der Name dieses Hexenmeisters ist Baryba.«
Die Wachtposten unterbrachen sich in ihrem Gespräch, weil sie in der

Ferne auf der Seite, wo die Sit war, zu der ein Waldsteig hinführte, schwarzen Rauch aufsteigen sahen.
»Das ist doch Boshenki, das brennt... Sollte das Tatarengesindel schon so nahe sein?« fragten sie sich, aufs tiefste beunruhigt.
Einer der Posten blieb an Ort und Stelle zurück, die anderen, allen voran Toropka auf seinem Braunen, eilten zum Heerlager.

Die Schreckenskunde

In der Hütte des Popen Wachramei saß an dem alten nachgedunkelten massiven Eichentisch der Großfürst Georgi in Nachdenken versunken, mit auf die Platte aufgestemmten Ellbogen, die Stirn in die hohlen Hände geschmiegt. Seine Finger wühlten in seinem graumelierten lockigen Haupthaar, und seiner Brust entrang sich dann und wann ein dumpfes Stöhnen. Vor ihm lag ein vergilbtes Blatt Papier, aus einem heiligen Buch herausgerissen und in höchster Eile mit großen ungleichmäßigen Buchstaben bedeckt. Unzählige Male schon hatte der Großfürst diese von der Hand seiner Gemahlin Agafja stammenden Zeilen durchgelesen. Sie lauteten:
»Mein kühner Falke du, Fürst Georgi. Wohin hast du deinen Flug genommen? Die bösen Tataren halten die Stadt von allen Seiten eingeschlossen. Tod und Untergang ist der Stadt, dem Volk, mir und unseren Kindern gewiß, wenn unsere einzige Hoffnung sich nicht erfüllt: nämlich daß du, kühner Falke, geflogen kommst und die Feinde zerstreust... Ich bete zu unserem Heiland, daß er mir die Freude gönnt, dir noch einmal in die lieben Augen zu schauen! Doch wie Gott will, so wird es geschehen...«
Der Pope, der ein Kreuz aus Messing gegen seine Brust preßte, war eifrig bemüht, dem Großfürsten Trost und Mut zuzusprechen. Doch dieser hörte kaum den Zuspruch, denn vor seinem inneren Auge stand das Bild, wie er auf der Freitreppe Abschied genommen von seinem blassen Weibe, über dessen Wange heiße Zähren rollten, dessen volle, warme Arme seinen Hals umschlangen und dessen heiße, bebende Lippen sich zum Kusse auf die seinen preßten...
Man hörte draußen Rufe.
»Wo ist der Großfürst? Weckt ihn! Rasch!«
Der Großfürst fuhr aus seinem Sinnen auf und lauschte:
»Meldet dem Fürsten, die Tataren strömen in hellen Haufen herbei!...«
Der Großfürst sprang auf, wobei er in der Hast die Bank umwarf, und stürzte zur Tür hinaus, die er offenließ. Kalte Nebelschwaden drangen in die überheizte Stube. Mit zitternden Händen langte der Pope nach seinem Pelz, in den er hineinfuhr, gürtete ihn mit einem zufällig daliegenden Strick, der zur Verschnürung eines Reisigbündels gedient hatte, griff nach seinem großen Messingkreuz und sprach zu seiner Frau,

die herbeigelaufen war und nun mit vor Entsetzen erhobenen Armen ganz fassungslos neben ihm stand:
»Der Herr behüte dich, Mütterchen Olympiaduschka. Mein Platz ist jetzt dort bei den Kriegern, denn es wird wohl gleich eine mörderische Schlacht auf Leben und Tod entbrennen...«
Auf seinen zitternden, altersschwachen Beinen wankte er davon und verschwand in dem blauen Dämmerlicht.
Der Großfürst kam in die Baracke gestürmt.
»Flink, den Panzer, die roten Stiefel! Schnell, schneller, Argun! Sattelt inzwischen den Braunen!«
Aufgeregt lief der Großfürst in der Baracke umher, indem er die Stücke seiner Rüstung von den Haken riß. Der alte treue Diener war ihm behilflich, sie anzulegen, zog und schnallte die Riemen fest. Krieger kamen, um die Befehle des Großfürsten entgegenzunehmen, und eilten wieder davon. Vom Hofe drangen Rufe herein.
Ein Krieger stieß zwei sich sträubende, vor Kälte zitternde nackte Bauern mit frostblauer Gänsehaut in die Stube.
»Geht, geht!« ermunterte er sie. »Erzählt es selber dem Großfürsten!«
»Da, schau her, Fürst!« sagte der Krieger, während durch die offene Tür das Geschrei der von wilder Panik befallenen Männer hereindrang.
»Sizkarer sind es. Die Tatarenhunde haben ihnen die Kleider weggenommen und sie splitterfasernackt in den Wald gejagt. Sie sind aber dem dreckigen Gesindel entwischt, ihnen entschlüpft wie Nattern!«
»Ehre und Ruhm ihnen!« sagte der Großfürst. »Gib beiden Pelze und Stiefel, Argun!« befahl er seinem Diener.
»Die beiden«, fuhr der Krieger fort, »haben gesehn, wie der Wojewode Dorosha unter den Säbelhieben der Tataren sein Leben aushauchte, nachdem er bis zum letzten Atemzuge tollkühn gekämpft hatte... Sie werden gleich hier sein, diese ungläubigen Hunde!«
Der Großfürst eilte auf den Hof hinaus, wo man seinem braunen Schlachtroß gerade den Sattelgurt festzog. Der Großfürst schwang sich in den Sattel und zog mit der gepanzerten Rechten den Zügel an. Über seine Linke spannte er den Riemen des Rundschildes, nachdem er seinen Goldhelm tief in die Stirn gerückt hatte.
»He, ihr Falken! Seid ihr bereit?«
Von allen Seiten kamen gewappnete Krieger herbeigeeilt, die ihre Rosse am Zügel führten.
Von allen Ecken und Enden des Heerlagers ertönte der Schall der Hörner und Trompeten, überall rasselten die Trommeln.

Die Schlacht

...Habt ihr eure Rosse nicht gekoppelt,
so laßt sie nicht in die Steppe.
Habt ihr keine Wachen ausgestellt,
so überlaßt euch nicht dem Schlummer.
(Aus einem alten Kosakenlied)

Hadschi Rachim schreibt:
»O ewiger Himmel! Immer noch zwingst du mich, voll ohnmächtiger Empörung und hilflosem Mitleid Augenzeuge erschütternder und entsetzlicher Greuel zu sein!
Ich habe einer furchtbaren Schlacht beigewohnt, die bei grimmigster Kälte auf dem Eise eines zugefrorenen bodenlosen Sumpfes ausgetragen wurde. Ich habe gesehen, wie Zehntausende von tierischer Wut erfüllter Tataren über einige tausend urussutische Bauern herfielen, von denen freilich kein einziger daran dachte, sich gefangennehmen zu lassen, sondern alle wehrten sich bis zum letzten Atemzug mit dem Mute der Verzweiflung, wie zum Äußersten getriebene Wölfe, die wütend um sich beißen, wenn sie von Jägern und Hunden eingekreist sind.
Das alles habe ich mit ansehen müssen und bin dennoch nicht gestorben, sondern lebe noch immer!«
Der Hadschi hatte sich bei der zwanzigtausend Mann starken Abteilung des Temniks Burundai befunden. Er saß auf einem frommen Roß, das aber dennoch nicht dem Zügel oder dem Schenkeldruck seines Reiters gehorchte, sondern mit den anderen Pferden der Truppe dahinjagte (oder auch stehenblieb, wenn diese stehenblieben), so daß der Hadschi genug zu tun hatte, sich im Sattel zu halten, indem er sich krampfhaft an der Mähne seines Rosses festklammerte. Er führte einen Lederkoffer mit sich, worin er saubere Binden, pulverisierten Schwefel, gebrannten Filz, Heiltinkturen und anderes mehr zur ersten Hilfeleistung für die Verwundeten verwahrte.
Die Nacht vor dem Angriff auf das Heerlager verbrachten Burundais Reiter im Schnee liegend, zusammengerollt wie Katzen, vor den Vorderhufen ihres Rosses, dessen Zügel sie sich am Gürtel festgebunden hatten. Als am Morgen die Hörner erklangen, auf deren erstes Signal hin die Männer sich bereit machten, waren sie (ebenso wie ihre Pferde) ganz mit Reif bedeckt, daß es aussah, als wären sie versilbert.
Jeder der Mongolen wußte, daß ihnen ein schwerer Kampf bevorstand, und die Aussicht auf ein Grab im fremden Land war für jeden einzelnen aller Wahrscheinlichkeit nach größer als die Aussicht, zu den Überlebenden zu gehören.
Die Pferde liefen in scharfem Trab und, wo das Gelände es gestattete, im Galopp, und dann hörte es sich unheimlich an, wie die Erde unter dem vieltausendfachen Hufschlag stöhnte und wie das Eis krachte.
Hadschi Rachim überließ sich willenlos seinem starken Roß. Der Wald

lichtete sich, und ein zugefrorener Flußlauf wurde sichtbar. Von Reihe zu Reihe pflanzte sich der Befehl des Temniks Burundai fort:
»Säbel aus der Scheide!«
Ein Pfeifen und Klirren ging durch die Luft, als die mongolischen Reiter, nachdem sie sich den rechten Ärmel bis zum Ellbogen aufgekrempelt hatten, blankzogen und ihre Krummschwerter mit der flachen Klinge auf ihre rechte Schulter legten. Die Rosse beschleunigten ihren Lauf. Die Bäume lagen jetzt hinter ihnen, und sie flogen über eine breite verschneite Lichtung hin.
Kreischend stießen die Mongolen ihr gelles Feldgeschrei aus: »Kchu, kchu, Mongolen! Uragsch, uragsch!«
Die Lichtung erstreckte sich weit am Flußufer hin, auf der anderen Seite säumte sie ein nicht allzu hoher, aber sehr dichter und sumpfiger Wald. Ein Hügel mit einem Dutzend verschneiter Kiefern erhob sich abgesondert. Auf dem anderen Flußufer drüben sah man die Hütten des Dorfes sich um die alte Kirche drängen und daneben die neu errichteten Baracken. Beide Ufer waren durch Verhaue und Barrikaden gesperrt. Offenbar hatten die Urussuten keinen Überfall erwartet. Sie kamen halb bekleidet aus den Hütten und Baracken gelaufen und zogen sich im Gehen fertig an. Sie eilten zu einer Baracke hin, über der ein schwarzes Banner wehte. Erst als die Mongolen auf der Lichtung erschienen waren, fingen die Hörner und Trompeten der Urussuten zu schmettern und die Trommeln zu rasseln an.
Sehr bald nach dem Alarm tauchte neben der Kirche auf braunem Hengst ein schwarzbärtiger Reiter in gleißendem Ringpanzer und funkelndem Goldhelm auf – der Konas Jürga, der Befehlshaber der Urussuten. Ihn begleiteten drei berittene Bannerträger, von denen der mittelste ein schwarzes Banner schwenkte, das mit dem Bild des Heilands golden bestickt war.
Die Mongolen, eingedenk des strikten Befehls ihres Dschichangirs, sich durch kein Hindernis auch nur einen Augenblick aufhalten zu lassen, teilten sich: Eine Abteilung ritt nach links auf das Eis des Flusses hinab, am anderen Ufer wieder die Böschung hinauf und zu den Hütten hin; die zweite Abteilung jagte nach rechts, an den Verhauen entlang und um sie herum, und dann ebenfalls hinunter aufs Eis, wo sie mit den Urussuten ins Handgemenge kam. So die beiden Flügel – das Zentrum aber stürmte, ohne Besinnen, tollkühn, stracks auf die Verhaue und Wälle los, die unter dem gewaltigen Anprall von Tausenden von Pferdebrüsten wankten und zusammenbrachen. Aber auch viele der Rosse brachen zusammen, ihre Reiter abwerfend. Nachdrängende zerstampften die Leiber ihrer gestürzten Kameraden unter den Hufen ihrer Rosse, ohne sich aufhalten zu lassen. Sie stürmten über Verwundete, Leichen und Trümmer hinweg auf die Befestigungen hinauf und auf der anderen Seite den steilen Hang zum Fluß hinunter, wobei wieder so mancher Reiter aus dem Sattel seines zusammenbrechenden Pferdes stürzte und kopfüber aufs Eis hinunterrollte, das die schwere

Belastung nicht aushielt; an vielen Stellen brach es, und viele sanken unter und ertranken.
Vom andern Ufer her hatten sich inzwischen die Verteidiger den Angreifern entgegengeworfen. Der Hauptzusammenprall fand auf dem Eise des Flusses statt; so manches verbissen kämpfende Feindespaar stürzte in die Löcher, ohne daß die Gegner voneinander gelassen hätten, so daß einer den andern mit sich in den kalten Tod riß.
An der Spitze seiner Reiterei jagte der Großfürst über den Fluß und warf sich drüben auf der Lichtung den aus dem Walde heranstürmenden Mongolen unerschrocken entgegen. Die russischen Krieger waren im Gebrauch ihrer schweren Langschwerter äußerst geschickt, und so mancher tatarische Krummsäbel flog, seinem Besitzer aus der Hand geschlagen, durch die Luft, oder seine Klinge brach in Stücke. Die Russen kämpften ein jeder auf sich allein gestellt, die Mongolen aber hielten sich immer in Zehnergruppen dicht beieinander.
Der Hadschi, dessen Pferd mitten in den Strom der dahingaloppierenden Rosse hineingeraten war und mitgerissen wurde, so daß an ein Zügeln überhaupt nicht zu denken war, ließ sich aus dem Sattel seines weiterstürmenden Rosses in den Schnee fallen und hatte dabei Glück: weder brach er sich bei dem Sturz irgendein Glied, noch verletzten ihn die Hufe der Pferde seiner an ihm vorbei und über ihn hinweg stürmenden Hintermänner. Er rappelte sich auf und humpelte beiseite. Von einem kleinen Hügel aus beobachtete er den Fortgang der Schlacht und stellte dabei seine Betrachtungen an:
›Wenn es dem Konas Jürga gelingt, sich mit seinen Mannen durch die Reihen der Tataren durchzuschlagen und sich einen Weg in den Wald zu bahnen, so besteht womöglich einige Aussicht für ihn, sich und seine Mannen vor dem Untergang zu retten, der ihnen hier sicher ist, wo ihr verhältnismäßig geringes Häuflein im weiteren Verlauf des Kampfes zwischen den übermächtigen Scharen ihrer Gegner zerstreut und vernichtet werden wird ...‹
Lange flatterte das mit dem Bilde des Heilands bestickte schwarze Banner über dem Schlachtfelde, stürmte eine Weile sogar ungestüm voran, dann aber begann es zu wanken, und endlich sank es. Zusammen mit seinem Bannerträger fiel, von zahllosen Pfeilen und Speeren durchbohrt, auch der Großfürst.
Als Schlachtenlenker hatte der Temnik Burundai zu seinem Standort den mit Kiefern bewachsenen Hügel gewählt, zu dem auch der Hadschi jetzt hinstrebte. Mit einem gleichmütigen Ausdruck in seinem reglosen gelben Gesicht beobachtete der auf seinem rehbraunen Hengst sitzende Mongolenführer das Hin und Her im Gewoge der Schlacht, das Tausende zu Roß und zu Fuße kämpfender Krieger im steten Wechsel von einer Seite des Schlachtfeldes auf die andere warf.
Als Burundai das schwarze Banner des Großfürsten schwanken und sinken sah, spornte er seinen Hengst und jagte mit dem Rufe »Mir nach!«, gefolgt von einer Schutzhundertschaft, hügelab zu der Stelle hin,

wo der Konas Jürga vom Rosse gesunken war, in der Hoffnung, sich womöglich seiner Person noch lebend zu versichern. Rücksichtslos warfen seine Nuker alles zur Seite, aber den Ort deckten so viele Verwundete und Getötete, daß es nicht leicht war, den feindlichen Anführer sogleich unter ihnen herauszufinden. Endlich erkannten sie ihn an der silbergleißenden Rüstung und an den roten Stiefeln, er lag in nächster Nähe des schwarzen Banners. Ihre eigenen Verwundeten brachten die Tataren nach Möglichkeit in Sicherheit, den russischen machten sie den Garaus. Der Großfürst war bereits tot. Ein tiefer, wuchtiger Hieb mit einem tatarischen Krummschwert hatte ihm den Goldhelm vom Kopf geschlagen und ihm die Stirn gespalten. Zwei Pfeile steckten ihm noch im Hals.

Burundai stieg ab, stapfte durch den blutgetränkten Schnee zu dem Gefallenen hin und trennte ihm mit einem kleinen scharfen Dolch eigenhändig den Kopf vom Rumpfe, zog einen dünnen Riemen durch beide Ohren und hing ihn am Schweif seines Pferdes auf, daß das graumelierte, lockige Haupthaar und der lange, schwarze Bart herabwallten. Dann wischte er sich die blutbesudelten Finger an seiner Hose ab und meinte, während er sich wieder in den Sattel schwang:

»Nun kann mir Batu-Khan nicht vorwerfen, daß ich und meine Krieger dem Namen der Mongolen Schande gemacht hätten. Im Gegenteil, mit neuem Ruhm haben wir ihn bedeckt, denn der Kopf des urussutischen Konas hängt am Schweif meines Hengstes!«

»Doch nicht am Schweife von Batu-Khans Roß!« bemerkte einer von den alten Nukern. »Nimm dich in acht! Das wird der Dschichangir dir nie verzeihn!« fügte er warnend hinzu.

Als Toropka von der Feldwache ins Lager zurückkam, das er vor kurzem noch in so friedlichem Zustande verlassen hatte, war der mörderische Kampf – ein Verzweiflungskampf auf seiten der sich mit Äxten und Spießen zur Wehr setzenden Russen – in vollem Gange.

Fürst Wassilko kämpfte auf der äußersten Linken in der vordersten Reihe seiner Rostower, die wie ein unerschütterlicher Wall dem Angriff der mongolischen Reiterei nicht nur standhielten, sondern sogar langsam, aber stetig sich vorschoben. Wie ungestüm auch die Angreifer in immer neuen Wellen gegen diesen Damm anbrandeten, die Schulter an Schulter kämpfenden Rostower schlugen sie jedesmal wieder zurück und rückten unbeirrt Schritt für Schritt in Richtung auf den Waldsaum vor, ja es hatte fast den Anschein, als wären nach den ersten abgeschlagenen Attacken der Mongolen die Kräfte der beiden sich bekämpfenden Parteien nicht nur in ein gewisses Gleichgewicht gekommen, sondern als würden die Russen allmählich die Oberhand gewinnen. Doch auf dem Waldpfad zeigten sich neue Reiterverbände der Tataren, die in ununterbrochenem Strom aus dem Walde hervorbrausten und die Luft mit ihrem gellenden Feldgeschrei erschütterten. Es waren die Tumen Subudais und Batus, die zur Verstärkung herankamen und deren vorderste Reiter schon ihre Arkane dem Fürsten Wassilko, an dessen

Seite Toropka geeilt war, über den Kopf warfen. Der Fürst versuchte die Schlingen durchzuschneiden, aber immer neue legten sich ihm um den Hals, und er wurde mit einem Ruck zu Boden gerissen. Unter Triumphgeheul schleiften die Tataren ihn hinter sich her durch den Schnee.[1]
Toropka wollte dem Fürsten zu Hilfe eilen, aber der Hufschlag eines herangaloppierenden Pferdes warf ihn zu Boden. Mühsam rappelte er sich wieder auf und taumelte noch ein paar Schritte weit über lauter Leichen, da traf ihn ein zweiter Schlag auf den Kopf und warf ihn endgültig um. Er fiel zwischen zwei Leichen, die eines Landsmannes und die eines Feindes, hörte noch einige Augenblicke den Lärm der Schlacht, dann vergingen ihm die Sinne.

Der verhängnisvolle Tag

> 1238. Juri II. (Großfürst von Susdal oder Wladimir)... wurde am Flusse Sit vernichtend geschlagen und ließ zusammen mit den vornehmsten Männern sein Leben auf dem Schlachtfelde. Damit war Rußlands Schicksal auf zweieinhalb Jahrhunderte hinaus entschieden.
> (K. Marx, »Chronologische Exzerpte«)

Seinem Tumen voran sprengte Batu-Khan aufs Schlachtfeld. Vergeblich hatte Subudai-Bahadur ihn davon abzuhalten versucht, indem er ihm vorhielt:
»Denke an deinen weisen Großvater. Niemals ist er wie ein Berauschter seinem Heer vorangesprengt. Stets blieb er hinter seinen eisernen, unbesiegbaren Tumen und lenkte sie geschickt, indem er Verstärkung dorthin schickte, wo ein entscheidender Schlag geführt werden mußte. Laß dir das Schicksal deines unbekümmert draufgängerischen Oheims, des jungen, tapferen Külkan-Khans, zur Warnung dienen. Statt sich durch seine Tollkühnheit Ruhm zu erwerben, durchbohrte ihm, ohne Nutzen für unsere Sache, ein tödlicher Pfeil die Kehle...«
Batu-Khan aber antwortete nach einem längeren mürrischen Schweigen trotzig:
»Ich will nicht, daß Burundai mir abermals einen großen Sieg wie eine reife Frucht vor der Nase wegpflückt!«
Batu-Khan griff in die Schlacht ein, als der Sieg der Mongolen noch nicht

1 Chronisten berichten, der gefangene Fürst wäre von den Tataren in ihr Lager gebracht worden, wo sie ihm Speise und Trank anboten, die er stolz zurückwies, weil er von den Feinden seiner Heimat nichts annehmen mochte. Als sie ihn zu überreden versuchten, sein tapferes Schwert in Batus Dienste zu stellen, und Wassilko ein solches Anerbieten als seiner unwürdig empört zurückwies, befahl Batu, ihn für seine frechen Reden mit dem Tode zu bestrafen. Mannhaft, ohne einen Schmerzenslaut von sich zu geben, ertrug der Fürst die Qualen einer martervollen Hinrichtung.

entschieden war. Die Russen kämpften so zäh und tollkühn, daß der Temnik seine überall gebundenen Truppen nicht zu einem vernichtenden Schlage sammeln konnte. Aber das Eintreffen der beiden neuen Tumen entschied den Ausgang der blutigen Schlacht. Die Russen setzten sich, soweit ihnen das noch möglich war, kämpfend vom Feinde ab und flohen in die Wälder. Den frischen Verstärkungen noch Widerstand zu leisten, dazu waren ihre Kräfte schon viel zu sehr zermürbt. Auch war kein Führer mehr da, der sie hätte sammeln und ihre Kräfte zweckvoll einsetzen können: Der Großfürst Georgi war gefallen, der Fürst Wassilko gefangen. Die überlebenden Russen schlugen sich jeder auf eigene Faust und in so ungeordneter Weise, daß auch die größte Tapferkeit und selbstloseste Aufopferung einzelner sich als nutzlos erwies.
Von dem Hügel aus, von dem zuvor der Temnik Burundai die Schlacht beobachtet hatte, beobachtete sie jetzt der Dschichangir. Er vernahm das gellende Geschrei seiner Reiter, die sich auf die Urussuten stürzten, sie dann aber in völliger Lautlosigkeit niedersäbelten. Nur das Wehgeschrei Sterbender und Verwundeter erfüllte die Luft.
Langsam und finster stieg der Temnik den Hügel hinan, ließ sich, oben angekommen, vor dem Dschichangir aufs Knie nieder und küßte die Erde vor den Hufen von Batus Hengst. Aus den Händen eines ihm folgenden Kriegers nahm er dann einen stählernen Schild mit goldenem Ornament entgegen, worauf das abgeschlagene Haupt des Konas Jürga lag. Hoch hob er ihn mit ausgestreckten Armen über seinen Kopf empor.
Batu-Khan blickte starr in die Ferne und tat, als bemerkte er den Temnik überhaupt nicht.
»Weshalb steht das Haus des Urussutengottes in Flammen?« rief er unwillig. »Habe ich nicht ausdrücklich befohlen, die urussutischen Schamanen zu schonen, damit sie für den großen Kagan der Mongolen beten?«
Burundai verharrte noch immer schweigend in kniender Stellung mit dem hocherhobenen Schild. Batu heftete seinen Blick auf das abgeschlagene Haupt des besiegten Gegners, das, fern von Kummer und Leid, die Augen wie zum Schlummer geschlossen zu haben schien.
Dann beugte er sich tief herab und berührte ein Ohr des abgeschnittenen Kopfes.
»Die Ohren sind durchgerissen! Bringst du mir als Geschenk einen Kopf, den du schon am Schweif deines Rosses nachgeschleift hast? Willst du mich verhöhnen? ... Geh!«
Batu gab dem Schild einen so heftigen Stoß, daß der Kopf herunterfiel und den Abhang hinunterrollte, bis er im Schnee steckenblieb.
Mit bösem Gesicht erhob sich Burundai und schlich in geduckter Haltung beiseite.
Voll Spannung beobachtete Batus Gefolge, was der Dschichangir weiter tun, wie und an wem er seinen Zorn austoben würde. Aber mit undurchdringlichem Gesicht fuhr Batu-Khan fort, den Ausgang des Kampfes zu verfolgen. Die Urussuten wichen überall zurück, sie flohen

übers Eis des Flusses ans andere Ufer und suchten Rettung und Zuflucht in dem dichten Wald. Die Tataren versuchten so viele wie möglich von ihnen einzuholen und niederzusäbeln.
Der Dschichangir wünschte den Leichnam des erschlagenen Großfürsten zu sehen und ließ sich von dem Temnik Burundai zur Stelle hinführen, wo er lag.
Zwei Mongolen waren in einen hitzigen Streit um die roten Stiefel des toten Fürsten geraten. Einer der beiden hatte sich bereits den rechten Stiefel fest unter den Arm geklemmt und war gerade dabei, auch noch den linken vom Bein des Toten zu ziehen, woran ihn sein mißgünstiger Kamerad mit Gewalt zu hindern suchte. Beide waren sie so aufgebracht gegeneinander, daß sie in ihrer Wut das Näherkommen der Heerführer gar nicht bemerkten.
»Festnehmen!« befahl Batu. »Die Stiefel aber bringt zu meinem Schlitten!«
Ein paar von Batus Leibwächtern waren von ihren Pferden gesprungen und hatten sich der beiden Raufbolde bemächtigt.
»Die weisen Gesetze der Jassa Dschingis-Khans, deren ein jeder Krieger stets eingedenk sein soll, verbieten Streit, Rauferei und Totschlag zwischen Kriegern des großen Eroberers des Erdkreises. Wenn wir Mongolen anfangen, untereinander zu streiten und uns zu bekämpfen, wie können wir dann über unsre Feinde siegen? Vollzieht sogleich an ihnen die verwirkte Strafe!«
Unter rohem Lachen stellten die Nuker einen der Raufbolde auf den Kopf. Der Unglückliche setzte sich zur Wehr, strampelte mit beiden Beinen, schrie, er sei nicht schuld, Schuld habe der andre, der Kiptschak. Aber das half ihm alles nichts. Zwei muskulöse Nuker beugten seinen Rumpf so weit herum, daß sie die Füße des Delinquenten mit den Fersen gegen seinen Nacken preßten. Ein trockenes Knacken der brechenden Wirbelsäule, ein jäh abreißender durchdringender Schrei. Die gleiche Prozedur wiederholten sie mit dem Kiptschaken, der brüllte, er wäre Buribai, der Sohn von Subudais Hahnenwärter Nasar-Kjarisek. Wiederum der durch Mark und Bein gehende, jäh abreißende Schrei vor dem trockenen Knacken, und die schlaffen Körper der beiden Hingerichteten blieben mit wie vor Erstaunen weit aufgesperrten Augen im Schnee liegen.
Die Schlacht ging zu Ende. Die Mongolen waren dabei, den letzten sich noch wehrenden Urussuten den Garaus zu machen.
Batu-Khan ritt an den mit Menschenleichen und Pferdekadavern bedeckten Befestigungen entlang und übers Eis aufs andere Flußufer hinüber, wo er sich über dem Feuer der Trümmer der ehemaligen Holzkirche einen gefrorenen Hammel, den man im Hause des urussutischen Schamanen gefunden hatte, im Ganzen am Spieß braten ließ.
Subudai, der neben dem Dschichangir auf einer Pferdedecke hockte, deutete zum Himmel hinauf und murmelte:
»Die urussutischen Schamanen sind doch recht mächtig und vermögen

uns zu schaden. Es ist höchste Zeit, daß wir endlich aus diesen dichten Wäldern herauskommen.«
»Erst werde ich Nowgorod einnehmen«, antwortete Batu-Khan.
Gegen Mittag drehte sich der Wind und wehte nun in genau entgegengesetzter Richtung. Er trieb die grauen Wolken rasch auseinander, und am türkisblauen Frühlingshimmel zeigte sich die helle Sonne, deren warme, goldene Strahlen über die Schneefelder glitten. Überall bildeten sich im schmelzenden Schnee, in dem die Pferde bis zu den Knien einsanken, rieselnde Bächlein.
Ein paar schwarze Saatkrähen hatten sich auf den Leichen der Gefallenen zum Fraß niedergelassen. Die Tataren nahmen ihre Fellmützen ab, kratzten sich am glattrasierten Hinterkopf und schnupperten in die Frühlingsluft.
»Ein warmer Wind weht von den mongolischen Steppen her... Da, schau nur den schwarzen Vogel. Gewiß hat er den Frühling auf seinem Schwanze mitgebracht...«
Rasch aufeinanderfolgende Gongschläge gaben das Signal zum Sammeln. Die Tataren schimpften zwar, daß man sie um ihre Beute prelle, ließen aber, an eiserne Disziplin gewöhnt, das Leichenfleddern sein und ritten im Galopp zur rauchenden Brandstätte, in die sich das Dorf inzwischen verwandelt hatte. Neben der einzigen heil gebliebenen Baracke nahe der Kirche war Batu-Khans goldglitzernder Buntschuk mit dem roten Roßschweif aufgepflanzt.
Die Jus-Baschi und On-Baschi sprengten nach allen Richtungen davon, um ihre Leute zu sammeln. Man hörte Rufe:
»Wir ziehen gegen Nowgorod, gegen das reiche Nowgorod!... Rasch fort von hier aus diesen verhexten Sümpfen!... Wenn wir noch länger hierbleiben, gehn wir noch alle drauf!...«
Die Hundertschaften formierten sich aus den Zehnergruppen. Manche der Reiter zogen magere Beuterosse an der Fangleine hinter sich her. Der Buntschuk mit dem roten Roßschweif begann zu schwanken und der Schutzhundertschaft des Dschichangirs voranzuschweben. Batu-Khan, der auf einem Apfelschimmel ritt, wahrte ein undurchdringliches Gesicht und hielt die Augen die ganze Zeit über beharrlich auf den durch den jahrhundertealten Wald führenden Weg geheftet. In seinem Gefolge war unter den Khanen auch Subudai-Bahadur.

Nach der Schlacht

> ... Russisches Lied!
> Nicht von allein gewannst du Wort und Weise:
> aus Schnee und Regen flossest du zusammen,
> aus Rauch und Ruß von brandgeschwärzten Stätten,
> von feuchten Gräbern weht der Sturmwind her...
> (Lew Mei)

Eine heiße rauhe Zunge leckt ihm das Gesicht... Ein leises Winseln und ein beharrliches Kläffen trifft sein Ohr... Langsam kommt Toropka zur Besinnung. Sein erster klarer Gedanke jagt ihm einen fürchterlichen Schrecken ein:
›Ein menschenfressender Hund! Erst wird er mir das Blut vom Gesicht ablecken, dann wird er mich benagen!‹
Mit vieler Mühe zieht er seinen eingeklemmten rechten Arm unter einem schwer darauf lastenden Körper hervor und packt den Hund an der Kehle. Am Halse hängt dem Tier das Ende eines Stricks... ›Ei, das ist doch Pegasch!‹
In der Dunkelheit betastet ihm Toropka die langgestreckte Schnauze, die aufrecht stehenden Ohren, die breite Brust mit den von Wolfsgebissen herrührenden alten Narben... ›Kein Zweifel, es ist Pegasch!‹
Toropka macht eine vergebliche Anstrengung, sich zu erheben, auf seinen Beinen liegt der Kadaver eines Pferdes, auch sein linker Arm ist gequetscht und eingeklemmt... Vielleicht ist sein Schicksal erfüllt? Zwischen Leichen liegt er, und nun ist er selber an der Reihe, nun tritt der Tod auch ihn an. Ach, welch brennender Durst! Trinken, trinken! Toropka greift in den nassen Schnee und ballt ihn in der Faust. Er schmeckt nach Blut!
›Wo bin ich?‹ – Die letzten Augenblicke fallen ihm wieder ein: heranbrausende Tataren mit grimmigen Gesichtern, ein Schlag auf den Kopf, der Sturz... ›Ja, dies ist das Schlachtfeld... Doch welch merkwürdige Stille...‹
Über ihm wölbt sich der dunkle Nachthimmel, an dem schmal die silberne Mondsichel steht. Ihr matter Schein erhellt kaum die Schneefläche. In der Nähe ragen ernst und finster hohe Tannen auf.
Ein Stöhnen... jetzt hier, jetzt dort... Klägliches Seufzen, traurige kummervolle Laute, als ob die russische Erde über ihre gemordeten Söhne weinte!
›Wo mögen denn die Tataren sein? Sie pflegen doch stets ihren verwundeten Feinden den Garaus zu machen...‹
Toropka möchte schreien, um Hilfe rufen, aber er scheut sich, es zu tun, aus Furcht, die Tataren könnten ihn hören.
Pegasch ist still geworden. Er sitzt da und lauscht. Dann beginnt er zu knurren. In der nächtlichen Stille hört man ein Rascheln, Schritte, Gemurmel. Jemand kommt, spricht mit sich selbst, aber man kann die Worte nicht verstehen. Es muß wohl eine fremde Sprache sein. Mit vieler Mühe richtet Toropka den Kopf auf. Ein hochgewachsener Mann

in langem Gewande, das ihm bis auf die Fersen herabreicht. Auf dem Kopfe hat er eine spitze Mütze, überm Rücken hängt ihm eine Tasche, in der einen Hand hält er einen Stab, mit der andern eine Laterne, deren schwaches Licht, weil sie baumelt, hin und her geistert. Auf dem Schnee zittert ein heller Fleck.

Ein Leichenfledderer?

Wieder ein durchdringendes Stöhnen in nächster Nähe:

»O Tod!... Durst, Durst!... Etwas zu trinken! Ich verbrenne inwendig!«

Der langbärtige Unbekannte nähert sich und bückt sich suchend.

Toropka faßt Mut.

»Hierher, zu mir!« ruft er.

Der seltsame Mensch tritt heran, aber er hat seinen Stab erhoben. Pegasch knurrt ihn an; seine Nackenhaare sträuben sich.

»Pegasch, zurück!« ruft Toropka.

Der Fremde läßt den Stock sinken und kommt noch einen Schritt näher.

»Ich Doktor... Dich gesund machen!...« radebrecht er.

›Am Ende ein tatarischer Wunderdoktor? Doch wenn er merkt, daß er keinen Tataren vor sich hat... Ob er mir dann einen Schlag mit seinem Stab versetzt?‹ fragte sich Toropka. ›Doch so oder so ist mir der Tod gewiß... Vielleicht hat er doch Mitleid mit mir?‹

Und Toropka faßt sich ein Herz und bittet:

»Hilf!«

Der Langbärtige beugt sich über Toropka, leuchtet ihm mit der Laterne, in der ein Wachslicht brennt, ins Gesicht, dann stellt er sie auf das tote Pferd und legt seinen Stab und seine Tasche in den Schnee. Ächzend vor Anstrengung, räumt er zwei Leichen beiseite, die den Verwundeten fast erdrücken, und murmelt dabei etwas Unverständliches in seinen Bart. Toropka fühlt sich befreit, jetzt kann er schon den linken Arm bewegen. Aber noch muß er die Beine unter dem Pferdekadaver hervorziehen. Mit äußerster Anstrengung gelingt schließlich auch das. Toropka richtet sich zu sitzender Haltung auf. Der Heilkundige betastet ihm den Schädel, die Haare sind mit Blut verklebt. Der Nacken ist steif, der rechte Arm läßt sich nur schwer bewegen. Der Fremde kniet nieder, knöpft vorsichtig Toropkas Halbpelz auf und macht die Schultern frei, die von schwarz geronnenem Blut bedeckt sind. Er holt einen Lappen hervor, feuchtet ihn mit einer Flüssigkeit aus einem seiner Fläschchen an, verbindet alsdann die Wunde und knöpft den Pelz wieder zu.

»Wirst gesunden...« Und indem er mit der Hand auf seine eigene Brust deutet: »Ich... Doktor... Hadschi Rachim...«

Würdevoll und gemessen entfernt er sich hierauf, um seinen Schritt dorthin zu lenken, von woher neues Stöhnen erklingt.

Toropka kauert auf dem toten Pferd und grübelt:

›Was soll ich jetzt anfangen? Wo sind die Tataren hin? Wenn ich nur wüßte, nach welcher Seite sie abgezogen sind... Einerlei! Ich muß zum Walde hin, wo mein Brauner angebunden ist, und dann nach Hause, nach Perunow Bor... Irgendwie werde ich schon hinkommen... Zwei

Freunde sind mir ja geblieben: mein Pferd und mein Hund!... Wo mag der Vater sein? Ob er in der Schlacht mitgekämpft und sein Ende durch Feindeshand gefunden hat? Man muß nach ihm suchen...‹
Toropka müht sich ab, das alles dem Hunde zu erklären, der ungeduldig die Vorderpfoten bewegt und sich darüber klarzuwerden versucht, was sein Herr eigentlich von ihm verlangt.
»Pegasch, lauf übers Feld, schau den Gefallenen ins Gesicht, sieh nach, ob unser Herrchen dabei ist... Ja, such Herrchen! Wo ist es denn? Geh, such!«
Er streichelt dem Hund die Schnauze und gibt ihm dann einen Stoß. Pegasch läuft, so schnell er kann, davon, springt über Leichen, schnuppert hier und nimmt Witterung dort, bleibt plötzlich vor einem Haufen von Menschenleibern stehen und verbellt ihn.
Mühsam richtet sich Toropka auf und schleppt sich zu jener Stelle hin, die zerquetschten Beine wollen ihm nicht recht gehorchen, namentlich, wenn er über etwas hinwegsteigen muß, aber er zwingt sich sogar, seinen Schritt zu beschleunigen. Wahrscheinlich hat Pegasch den Vater gefunden. Banger und auch froher Ahnung voll, beugt er sich über die reglosen, bereits mit leichter Schneeschicht bedeckten Körper, von denen er einige beiseite räumen muß... Nein, es ist der Vater nicht! Ein junges hübsches Gesicht, doch bleich und starr wie aus Wachs... Ein Knabe, dessen langbewimperte Augen leer und stier zum Himmel hinaufblicken... Auf den Wangen kleine Sommersprossen, der kleine hübsche Mund ist leicht geöffnet, als hätte er eben noch zärtliche Worte geflüstert...
Irgendwie kommt ihm das Gesicht tief vertraut vor.
»Weschnjanka! Wie bist du hierher geraten? Und in Knabenkleidern?... Auch du niedergeworfen vom furchtbaren Schlag eines Tataren?...«
Toropka hockt sich neben dem reglosen Mädchenkörper nieder, und auf einmal merkt er, auch die anderen sind keine Männer, sondern Weiber in Männerkleidung... Vorsichtig drückt er seine Lippen auf das blasse liebe Gesicht... Weschnjanka! Und ihre Abschiedsworte fallen ihm wieder ein und wie zärtlich und wehmütig sie dabei gelächelt hat.
»Weschnjanka! Weschnjanka!« flüstert er. »Sag doch noch ein letztes Wort, ein einziges... Du versprachst, auf mich zu warten... Und nun müssen wir uns hier wiedersehen, hier auf diesem Totenfelde!«
Noch einmal berührt er ihre eisigen Lippen mit seinen warmen, faßt sie an den Händen, die ganz kalt und steif sind, und versinkt in kummervolles Brüten.
Plötzlich erklingt eine schwermütige Weise durch die stille Frostnacht, eine Weise, die Toropka daheim in Perunow Bor öfters gehört hat, auf dem Friedhof, wo die Gräber der Lieben sich eng zusammendrängen.
Eine zarte hohe Frauenstimme hat sie angestimmt, und eine zweite, tiefere fällt ein, beide Stimmen verschlingen sich, und dann und wann verstärkt der Chor ihren Klang. Leicht schweben die Töne über das

Schnee- und Totenfeld hin, wo die russischen Krieger mit offenen Augen liegen, als ob sie den Worten und der Weise lauschten.
Die hohe Stimme klagt:

»Der schöne Sonnenball ist fortgerollt
hinter die Berge, die ragenden,
hinter die Wälder, die rauschenden,
hinter die Wolken, die ziehenden,
hinter die Sterne, die schimmernden...
Ist fortgerollt und hat mit meiner Herde,
mit meinem Herzeleid mich hier allein gelassen,
allein gelassen hier für alle Ewigkeit...«

Und die tiefe Stimme klagt:

»Der bittre Tod ist jäh herangetreten,
hinterrücks, schleichend wie ein Meuchelmörder,
leichtfüßig springend wie ein junges Weib,
schwerfällig humpelnd wie ein Bettler auf der Pilgerschaft.
In aller Stille kam er angeflogen
als schwarzer Unheilsrabe durch das Fensterchen,
setzte zu Häupten auf den Bettrand sich
und nahm die Seele aus der weißen Brust...«

Toropka wankt zu der Stelle hin, woher der Gesang erklingt. Frauen, von denen die meisten Männerkleidung tragen, sitzen da im Halbkreis und singen. In der Mitte liegen nebeneinander im Schnee die Leichen ihrer Männer, die sie hier zusammengetragen haben. Bei Toropkas Nahen verstummt der Gesang. Voll scheuer Neugierde sehen die Frauen dem langsam auf sie Zukommenden entgegen.
»Gott zum Gruß!« sagt er. »Darf man ein junges Mädchen zu den Euren legen?«
»Woher bist du?«
»Aus der Nähe von Rjasan.«
»Bring sie nur her! Zusammen mit unsern Männern wollen wir sie bestatten, so gut es eben geht ohne Sarg...«
Zwei von den Frauen erheben sich und folgen Toropka. Sie helfen ihm die tote Weschnjanka tragen. Dann betten sie die Tote neben ihre Toten. Toropka setzt sich zu den Frauen in den Schnee und lauscht ihrem Trauergesang, den sie bald einzeln, bald zu zweit oder durch den ganzen Chor verstärkt von neuem anstimmen.

»Wachse, meine Trauer, schieße hoch ins Kraut!
Treibe üppig Knospen, Blüten mancherlei!
Daß Vorübergehende sich daran ergötzen,
Frauen rührend weinen, Männer sich entsetzen...«

Lautlosen Schrittes trat Hadschi Rachim in den Kreis. Er hatte sich so leise genähert, daß die Singenden bei seinem Erscheinen zusammenzuckten und verstummten. Er entbot ihnen einen Gruß, indem er die rechte Hand erst an die Brust, dann an die Lippen und schließlich an die Stirn legte.

»Er bekreuzigt sich auf seine Weise«, meinte eine der Frauen.
»Wer ist es?«
»Ein tatarischer Wundarzt«, antwortete Toropka, »ein Heiliger in der Art eines Narren in Christo. Und er verweigert seine Hilfe niemandem, läßt seine Heilkunst allen ohne Unterschied zugute kommen, gleichviel ob es die Seinigen oder die Unsrigen sind, und er verlangt nicht einmal was dafür.«
Lange stand der Hadschi bei den Frauen, auf seinen Stab gestützt, die Augen starr auf die Toten geheftet. Und da er sich nicht von der Stelle rührte, stimmten die Frauen, nachdem sie Blicke untereinander gewechselt hatten, von neuem ihren schwermütigen Gesang an. Mit eingezogenem Schwanz schlich sich Pegasch zu dem Fremden hin, schnupperte am Saum seiner Kleider, kehrte zu seinem Herrn zurück und rollte sich zu dessen Füßen zusammen.
Schließlich gebot der Hadschi den Sängerinnen durch ein Aufheben seiner Hand Stillschweigen. Seine schwarzen Augen, in denen sich die Lichtfünkchen eines angezündeten Feuers widerspiegelten, glänzten. Er begann zu sprechen, und seine Rede, in die er gelegentlich russische Wörter mischte, wurde immer leidenschaftlicher.
»Ei, sieh mal an«, tuschelten die Weiber untereinander. »Ein Gelehrter... Bloß schade, daß man ihn nicht versteht...«
Als der Hadschi seine Rede beendet hatte, wiederholte er die dreifache Gebärde des Grußes und entfernte sich gemessenen Schrittes.

Die Rast am Ignatsch-Kreuz

Hadschi Rachim schreibt:
»...Ich sah den Tod rings um mich her. Doch Speer und Schwert und Pfeil haben mich bis jetzt verschont, aber ich weiß, daß die Schneide des Unglücks noch immer über meinem Haupt schwebt und mich jeden Augenblick treffen kann, in jenem wahrscheinlich, da ich es am wenigsten erwarte...«
Beim matten Schein des blassen Halbmondes wanderte der Hadschi Rachim auf Waldwegen, über die Tausende von Tataren geritten waren. Die Pferdehufe hatten den Schnee zermanscht, so daß bei jedem Schritt die Füße ausglitten.
An einem Kreuzwege hörte der Hadschi sich beim Namen rufen. Vier Reiter erschienen – Arapscha mit drei Kriegern; einer von ihnen führte des Hadschis Pferd am Zügel.
Arapscha stieg ab, küßte dem Hadschi die Hand und legte sie dann auf seine Augen.
»Als dein Murid durfte ich dich in der Stunde der Not nicht verlassen«, sagte er. »Dein Roß galoppierte reiterlos zwischen den anderen Pferden, der Dschichangir erkannte den gefleckten Barsik und befahl mir, zurückzureiten und dich zu suchen und zu finden – lebend oder tot. Die

Urussuten hätten dich bestimmt umgebracht, wenn du ihnen in die Hände gefallen wärst.«
»Die Urussuten sind ebensolche Menschen wie wir alle«, entgegnete der Hadschi. »Ich stand den Verwundeten bei und hörte die Beerdigungs- und Trauergesänge ihrer Frauen. Sie taten mir kein Leid an. Die Hand des Schicksals und die meines besten Freundes haben mich wiederum aus dem Brunnen der Not herausgezogen.«
Arapscha hielt dem Hadschi den Steigbügel und half ihm in den Sattel.

Die ganze Nacht hindurch und während des nächsten Vormittags zog das Mongolenheer nordwärts, auf die reiche Handelsstadt Nowgorod zu. Doch gegen Mittag wurde es unmöglich, den Vormarsch fortzusetzen. Die Rosse sanken bis zum Bauch in den lockeren Schnee ein. Das Tauwetter hatte die vor kurzem noch so festen Wege in grundlose Sümpfe und in reißende Bäche verwandelt. Roß und Reiter kamen ganz von Kräften, die einen von den fortwährenden Stürzen, die andern von der Mühe, den Tieren wieder aufzuhelfen. Die als Wegweiser dienenden urussutischen Gefangenen behaupteten, daß der Weg weiterhin noch schlechter und ungangbarer würde, daß jeder Verkehr zu Pferd und zu Wagen für fünfzig Tage aufhöre, bis das Hochwasser der Flüsse ins Meer abgeflossen sei.
Batu-Khan schäumte und raste vor Wut und erschlug mit eigener Hand einen Urussuten, der sich unterfangen hatte, beim Anblick eines im Sumpf versinkenden Mongolen laut zu lachen.
Batu sprach:
»Für einen mutigen und beharrlichen Mann gibt es keine Hindernisse. Man hat uns absichtlich in diese Sümpfe geführt, damit wir hier umkommen, wir aber werden stärker und listiger sein als diese Schurken und Schelme und werden ihnen zum Trotz bis zur reichen und berühmten Handelsstadt Nowgorod hingelangen!«
Aber seine Krieger nahmen seine Worte mit Murren auf. An einem Kreuzweg, an dem ein Kreuz von dreifacher Manneshöhe stand, machte das Heer halt. Die Reiter stiegen ab, um ihren Tieren eine Atempause zu gönnen. Subudai-Bahadur gab den Rat, den Schutz und die Hilfe der Götter anzurufen und zu diesem Zwecke die Schamanin Kerinkai-Sadan herbeizuholen.
Auf einem schwarzen Pferdchen, dem während der Zeit der Fröste ein dichtes, zottiges Fell gewachsen war, kam sie angeritten. Als sie Batu-Khans ansichtig wurde, begann sie mit ihrer Schellentrommel zu rasseln, im Sattel auf und nieder zu hüpfen und allerhand Gebets- und Beschwörungsworte auszustoßen.
»Sprich, Dienerin der Götter über den Wolken!« redete Batu sie an. »Soll ich den Vormarsch fortsetzen, wird mir in Nowgorod Glück und Erfolg beschieden sein, oder erwartet mich dort Unheil und Untergang? Befrage die Himmelsbewohner!«
Die Schamanin sprang vom Pferde, drehte sich trommelschlagend im

Kreise, lief tänzelnd umher und stürzte plötzlich mit wenigen großen Sprüngen zu einer einzelstehenden hohen Kiefer hin.
»Ich werde in die Ferne blicken, mit den Wolken sprechen!« rief sie. »Die Götter, die allwissenden, werden mir alles offenbaren!«
Gewandt kletterte sie am Stamm in die Höhe bis hinauf zur höchsten Wipfelspitze. Dort begann sie so heftig zu schaukeln, daß die schwankende Kiefer sich allmählich immer tiefer nach einer Seite hin neigte.
»Hör auf! Nimm dich in acht! Klettere schnell herunter!« riefen die Krieger der Schamanin zu.
Aber die Warnung kam schon zu spät. Die Kiefer stürzte um, und die Schamanin fiel in den Schnee, brach durch die Eiskruste und versank in trübem, morastigem Wasser. Sie zappelte, geriet aber durch ihr Zappeln immer tiefer in das schwarze Sumpfwasser.
»Fangleinen! Werft ihr Fangleinen zu!« brüllte Subudai-Bahadur und löste seinen eigenen Arkan vom Sattelbogen. Er warf der Untersinkenden die Schlinge so geschickt mit der linken Hand zu, daß sie, wenn die Leine lang genug gewesen wäre, sie hätte ergreifen können. Aber sie war zu kurz. Subudai wickelte sie wieder auf und trieb sein Roß näher zu der Unfallstelle hin. Der Rehbraune, der bis zu den Knien im Schnee versank, machte ganz vorsichtige Schritte. Subudai warf die Schlinge von neuem, und sie traf genau den Kopf der Schamanin, die danach faßte. Aber trotz des Halts, den sie so gewonnen hatte, sank sie durch ihr Zappeln immer tiefer ein, so daß bald nicht mehr als ihre Kappe mit den aufgenähten Vogelköpfen herausragte. Subudais Rehbrauner machte noch einen Schritt vor und sank plötzlich ebenfalls ein. Subudai warf sich sofort zurück, um die Belastung zu vermindern, doch das Eis barst schon, und der mit den Beinen um sich schlagende Hengst sank gefährlich schnell unter.
Die Mongolen begannen zu jammern:
»Der Unbesiegbare ertrinkt! Schnell ihm zu Hilfe!«
Zaghaft und behutsam näherten sich Mongolen von mehreren Seiten her der Stelle, wo der alte Feldherr um sein Leben kämpfte. Arkane flogen durch die Luft, legten sich ihm um Arme und Hals. Die Krieger spannten alle ihre Kräfte an, um den Bahadur, der immerfort schrie: »Rettet meinen Hengst! Rettet meinen Rehbraunen!«, aus dem Sumpf zu ziehen. Schließlich hatten sie ihn draußen auf dem Weg, aber das Roß steckte noch immer drinnen im Morast, und zwar bereits bis zum Halse. Sein Kopf hob sich noch einige Augenblicke schnaubend über dem Sumpf, der Rehbraune wieherte verzweifelt; es klang wie ein Notschrei aus Menschenmund... Dann verschwand auch der Kopf. Keine Spur blieb von den beiden Opfern des gierigen Sumpfes. Nur die runde Schellentrommel schwamm auf der schwarzen Brühe.
Mit Gewalt mußten die Krieger den Bahadur zurückhalten, daß er sich nicht noch einmal ins Wasser stürzte, um sein Pferd zu retten.
»Mein Rehbrauner!« jammerte er. »Stets hast du mich aus der Not gerettet! Immer bist du mir ein weiser Ratgeber und treuer Freund

gewesen! Wie soll ich ohne dich auskommen? Rehbrauner!... Diese verfluchte urussutische Erde!«
Mehrere seiner Leibwächter sprangen von ihren Pferden und bildeten einen engen Ring um ihn. Sie warfen sich förmlich auf ihn, drückten seinen Oberkörper zur Erde nieder und riefen:
»Wende dein Angesicht ab und blick nicht mehr hin! Es ist eine verfluchte Stelle! Die schwarzen Mangusse der Urussuten waren nach einem Blutopfer lüstern, sie verschlangen die mutige Kerinkai-Sadan und deinen unermüdlichen Rehbraunen. Wir müssen hier umkehren. Siehst du dieses große Kreuz? Solche Kreuze richten die Urussuten auf den Gräbern ihrer Schamanen auf. Hier hat gewiß schon mancher Wanderer sein Leben aushauchen müssen unter der Mörderhand des Räubers Ignatsch, der die von ihm Erschlagenen in den Sumpf warf. Sag dem Dschichangir, daß wir auf die Eroberung des reichen Nowgorod verzichten. Laß uns umkehren!... Andere Rosse werden dir treu dienen, ebenso treu wie dein Rehbrauner! Wähle dir ein beliebiges!«
Mit einem Ruck seiner Schultern schüttelte der Bahadur die Krieger ab und stand auf. Ohne sich noch einmal nach dem Sumpf umzublicken, bestieg er das nächste beste Roß und ritt zu Batu-Khan hin. Der Dschichangir fütterte seinen von Schweiß und Schmutz bedeckten Apfelschimmel mit einer Brotrinde.
Subudai stieg ab und hockte sich zu Batus Füßen nieder. Eng umdrängten die Tausendschaftsführer die beiden, schweigend und lauschend, gespannt darauf, was für einen Beschluß ihre Anführer fassen würden.
Batu-Khan sprach:
»Bisher hat es nichts gegeben, was mich hätte zurückhalten können. Mein Heer ist durch Wüsten gezogen, über den wasserreichen Itil und über andere große Flüsse geschwommen. Jetzt aber, wo alle Flüsse über ihre Ufer getreten sind und alle Wege in Sümpfe und Seen verwandelt haben, wollen die bösen urussutischen Mangusse alle meine Krieger verderben. Wir kehren um und beziehen ein Lager in den Steppen der Kiptschaken, wo wir und unsere Rosse uns ausruhen können!«
»Zurück in die Steppe!« riefen die Mongolen.
Dieser Freudenschrei pflanzte sich fort durch alle Reihen des Heeres, das auf den grundlosen schwarzen Wegen seinen Marsch in die Steppen antrat.

»Das schwelende Feuer des Ungehorsams soll ausgelöscht werden!«

»... Um die Ehre unserer Heimat ist mir nicht bange...
Wenn auch Unheil über sie hereingebrochen ist,
unsre Nachkommen werden die Not überwinden!«
(A. K. Tolstoi, »Der Drache Tugarin«)

Hadschi Rachim schreibt:
»Die Hand will mir nicht gehorchen, um die traurigen und zugleich ruhmvollen Seiten zu füllen...
In mehreren Heeressäulen marschierten die Tataren zurück in die Kiptschakensteppe. Unterwegs verheerten sie alle Städte und Dörfer, sengten, mordeten, plünderten, nichts ließen sie unversehrt, verschonten niemanden, da sie nicht länger damit rechneten, sich hier seßhaft zu machen. Mochten die Urussuten sie in schrecklicher Erinnerung behalten. So wurden zerstört: Torshok, Twer, Wolok, Dmitrow und viele andere Städte.
Futter für die Pferde gab es keins. Die Tiere magerten zu Gerippen ab und krepierten.
Durch die Schneeschmelze waren nach dem schneereichen Winter auch die kleinsten Bächlein zu reißenden Bächen angeschwollen. Wo es nicht gelang, Furten ausfindig zu machen, kostete jeder Übergang viele von den geschwächten und abgezehrten Rossen, die sich gegen die Strömung nicht zu behaupten vermochten, abgetrieben wurden und ersoffen. Auf dem ganzen langen Marschweg standen zurückgelassene Schlitten, beladen mit schäbigen Pelzen, blutgetränkten Kleidungsstücken, Säkken voll abgetragener Stiefel mit durchgelaufenen Sohlen, zerbrochenem Geschirr, schadhaften Kummeten und Sätteln, kurzum mit allem, was den Tataren in die Hände gefallen war und was sie dann wieder hatten liegenlassen müssen, weil die ausgehungerten, abgemagerten Pferde die Lasten nicht mehr zu tragen oder zu ziehen vermocht hatten. Die Kadaver der gestürzten Pferde (es waren zum größten Teil geraubte Bauernpferde), die trotz aller Bemühungen der mitgeführten gefangenen Bauern, ihre Ernährer wieder auf die Beine zu bringen, keine Kraft mehr zum Wiederaufstehen gehabt hatten, lagen daneben. Die Mongolen trugen solche Verluste in der Hoffnung auf neue Beute verhältnismäßig gleichmütig.«
Ein Teil des tatarischen Heeres war vor der Festung Kosjolsk geblieben. Den Befehl über die Belagerungstruppen führte Gujuk-Khan, der von großen glorreichen Siegen geträumt hatte, dem aber andere Feldherren bis jetzt stets zuvorgekommen waren. Auch die Belagerung von Kosjolsk zog sich zu seinem Leidwesen sehr in die Länge. Die Bevölkerung des ehedem sehr belebten urussutischen Grenzpostens an der Polowezer Steppe setzte sich mutig zur Wehr, machte nächtliche Ausfälle und schlug Angriffe ab, was beides den Belagerern viele Blutopfer kostete. Die Stimmung unter dem Belagerungsheer war ohnehin schon die denk-

bar schlechteste, verschlechterte sich aber noch mehr, als es zusehen mußte, wie andere Abteilungen nach den Kiptschakensteppen abmarschierten. Gujuk-Khan trug sich mit dem Gedanken, die Belagerung aufzuheben. Als Batu-Khan davon erfuhr, kam er sofort herbei, ließ durch seine und Subudais Truppen einen Ring um Belagerte und Belagerer schließen und zwang Gujuk und seine Truppen, die Einnahme der Stadt zu beschleunigen. Kosjolsk gehörte dem minderjährigen Fürsten Wassili. In Gefangenschaft geratene Verteidiger sprachen: »Zwar ist unser Fürst fast noch ein Kind, aber als treue Söhne unsrer Heimat werden wir bis zum letzten Atemzuge kämpfen, um unseren Namen nicht mit Schande zu beflecken.«
Neunundvierzig Tage, länger als anderthalb Monat, lagen die Tataren vor Kosjolsk, weder Versprechungen noch Drohungen vermochten die Verteidiger einzuschüchtern oder ihre Standhaftigkeit ins Wanken zu bringen.
Endlich wurden die Stadtmauern durch Rammen und Sturmwidder gebrochen, aber der darauffolgende Straßenkampf, der allen Verteidigern das Leben kostete, forderte auch noch unglaublich hohe Opfer von den Tataren: Viertausend von ihnen fielen an einem einzigen Tag. Batu-Khan befahl, die Einwohnerschaft erbarmungslos niederzumetzeln, keine lebende Seele, auch Weiber und Kinder nicht, zu schonen. »Eine böse Stadt«, pflegte er zu sagen, »muß vom Angesicht der Erde getilgt werden. Wollte man so viel Widersetzlichkeit ungestraft lassen, würde hier ein ständiges Feuer des Ungehorsams und der geheimen Verschwörung schwelen. Dann würden die Bulgaren wie die Mordwinen, die Rjasaner wie die Wladimirer und alle die übrigen, angesteckt von dem bösen Beispiel, ihre Jagdspieße schärfen und mir in den Rücken fallen, wenn ich mein Heer weiter westwärts führe. Mögen die Urussuten erfahren, daß niemand sich mir ungestraft widersetzt, daß jede Auflehnung gegen die mir von dem großen Welterschütterer übertragenen heiligen Machtbefugnisse schrecklich geahndet wird. Wollen die Urussuten leben und atmen, so müssen sie sich bedingungslos in meine Hand begeben!«
Batu-Khans Nuker suchten in der brennenden Stadt überall nach dem jungen Fürsten Wassili, doch konnten sie ihn nirgendwo finden. Manche versicherten, er sei im Blute ertrunken.
Ohne sich auch nur einen Tag länger aufzuhalten, führte Batu sein Heer in die Kiptschakensteppe.
An der Stelle, wo einstens Kosjolsk gestanden hatte, war nichts als ein Haufen Asche und Steine geblieben. Dahinter lag die urussutische Erde – unterworfen, verwüstet, ausgesogen, sterbend...
»Das Land der Urussuten soll nie wieder seine Wunden heilen, nie wieder zu Kräften kommen! So ist es mein Wille!« sagte Batu-Khan.

Wieder die Steppen!

Hadschi Rachim schreibt:
»Höchstes Glück des Menschen ist eine Jurte in der Heimat, in der Nähe eines klaren Baches... Wer aber endlos in fremden Ländern umherwandert, geht ohne Nachsicht zugrunde...«
In ununterbrochenem, weit ausgebreitetem Strom zog das Mongolenheer durch die Kiptschakensteppen nach Süden. Die Sonne hatte die türkisblauen Himmelstüren geöffnet, durch die sie strahlend hinab auf die weite Ebene blickte. Reiter ritten da, zufrieden und fröhlich, Lieder singend, die ebenso endlos und eintönig waren wie die Wege in der Steppe. Die struppigen, erschöpften Pferde reckten gierig ihre Hälse nach den ersten grünen Sprossen des Steppengrases. Der frische Frühlingswind war geschwängert vom Duft des Heidekrauts und des Wermuts, der den scharfen Verwesungsgeruch der überall herumliegenden, von Aasvögeln und Raubtieren zerrissenen Leichen übertäubte. Sanft gewölbte Anhöhen wechselten mit Tälern ab, in deren Gründen noch weiße Schneelaken schimmerten und die Wasserspiegel kurzlebiger kleiner Seen glitzerten. Ganze Wolken von Wildenten und -gänsen und silbern schimmernden Wildschwänen flogen darüber hin.
Das Heer zerstreute sich über die weiten Ebenen auf der Suche nach den besten Futterplätzen.
Batu-Khan verlangte von den gefügigen Polowezer Khanen frische Pferde. Unter einer der gehorsam herbeigetriebenen Herden auserlesener Hengste und Stuten befand sich auch der schneeweiße Hengst Aktschian, den Batu-Khan beim Auszug ins Feld geritten hatte. Um das edle arabische Vollblut zu schonen, hatte der Dschichangir nach der Einnahme Rjasans ihn den Polowezer Khanen zur Pflege anvertraut.
Nun bestieg Batu den Schimmelhengst wieder und ritt mit seiner Schutzhundertschaft der Unbesiegbaren und mit einem nicht allzu großen Gefolge voraus zu einer schon vorher ausgewählten Stelle am Ufer eines Steppenflüßchens.
In dem von alten Kurganen umgebenen Tal wurde das goldgelbe Zelt aufgeschlagen und daneben die Zelte des Siebengestirns, der sieben Frauen des Dschichangirs.
Der Reihe nach besuchte Batu jedes dieser sieben Zelte, wobei er mit Buraktschis Zelt, dem der ältesten Frau, anfing. Jeder der Frauen überbrachte er Geschenke – Armreifen, Halsketten, Fingerringe, Samt- und Seidenstoffe. Und jede der Frauen versuchte, ihn mit Bitten und Tränen bei sich zurückzuhalten, doch er verließ sie, ohne ihres Schmollens und Jammerns zu achten, um im Zelte seiner Otchan-Juldus den Kumyß zu trinken.
Am Eingang zum Zelt standen mit ehrerbietig gebeugtem Knie der wohlbeleibte Li-Tun-Po, der Kriegsingenieur und Konstrukteur der mongolischen Artillerie und Mauerbrecher, und der junge, schlanke und schmucke Mussuk-Taidschi. Der Chinese trug ein weites, mit goldenen

Drachen besticktes Seidengewand; sein kleines, mit einer langen Pfauenfeder geschmücktes Mützchen hatte er keck in den Nacken geschoben. Der Bruder des siebenten Sterns trug einen mit Diamanten besetzten bunten indischen Turban, und an einem goldenen Gürtel hing ihm ein Krummschwert aus feinstem Damaszener Stahl.
Das Gesicht des Dschichangirs drückte völlige Gleichmütigkeit aus, als er die beiden mit einem flüchtigen Blick streifte.
»Ich habe dich rufen lassen, großer Baumeister, um dir zu sagen, du mögest unter dem Schutz dieses tapferen jungen Kriegers zum Itil reiten und dort in der Nähe des verzauberten Urakberges einen geeigneten Platz für den Bau eines Palastes ausfindig machen. Ich will, daß von seinem Dache aus die heimatlichen Steppen zu sehen sind, daß er von grünen Wiesen umgeben ist, deren Gras die weidenden Stuten bevorzugen, und daß die von ihm zum Strom hinabführende Straße auf eine Stelle am Ufer mündet, wo Seeschiffe anlegen können. Und damit der Palast durch keinen Überfall von Steppenräubern bedroht ist, soll er auf einer von Flußarmen umfangenen Insel stehen.«
»Ich höre und gehorche!« antwortete Li-Tun-Po.
»Dieser mein Palast soll Herz und Hirn des Erdkreises sein. Wie schnelle Pfeile werden meine Befehle von dort aus in alle Länder fliegen, über deren unterworfene Völker ich meine Baskaken setzen will. Wenn sich dann meinem Willen alle Völker des Ostens und des Westens fügen, wird das mir vom großen und erhabenen Dschingis-Khan übertragene Vermächtnis erfüllt sein.«
»Ich höre und gehorche!« wiederholte Li-Tun-Po.
»So wird es sein«, stimmte Subudai-Bahadur zu. »Vom Dache deines goldenen Palastes aus wirst du der ganzen Welt die Fangschlingen überwerfen und sie mit starker Hand zuziehen!«
Batu-Khan richtete einen Blick jetzt auf das sonngebräunte düstere Gesicht Mussuks.
»Du wirst Anführer der Hundertschaft sein, die für sicheres Geleit unseres großen Baumeisters und für den Schutz seiner Person zu sorgen hat. Wenn der erste Wachtturm errichtet ist, wirst du mir einen Eilboten senden, damit ich komme und sehe.«
»Ich verstehe und gehorche!« sagte Mussuk.
»Reitet noch heute!« setzte Batu hinzu, während er ins Zelt trat; ihm folgten sein Lieblingsbruder Ordu, Subudai-Bahadur und der Chronist Hadschi Rachim.
Juldus-Hatun, in einem mit Blumen bestickten safrangelben Gewand, trat bleich, mit erweiterten Augen ihrem Gebieter entgegen. Sie sank vor ihm aufs Knie und küßte mit geneigtem Nacken die Kappen der Stiefel aus rotem Chagrinleder, die dem gefallenen Großfürsten Jürga vom Bein gezogen worden waren. Die chinesische Sklavin I-La-He war ihrer Herrin beim Wiederaufstehen behilflich und führte sie zurück auf das mit wildledernen Kissen gepolsterte Lager.
»Die kleine Hatun fühlt sich nicht gesund«, sagte die Chinesin. »Sie hat

sich über das Ausbleiben von Nachrichten über den Blendenden so sehr gegrämt, daß sie ganz von Kräften gekommen ist und vor Schwäche kaum gehen kann. Doch die Kunst erfahrener und williger Ärzte wird sie wieder kräftigen.«

»Jetzt, wo mein Gebieter heil und unversehrt mir wiedergegeben ist, fühle ich mich schon wieder kräftig und kann ihm Lieder vorsingen und Märchen erzählen ...«, widersprach Juldus leise, indem sie errötend die Augen niederschlug.

Batu-Khan ließ sich neben Juldus auf dem Teppich nieder. Der eingetretene Baurschi reichte ihm ein grünes Seidentuch, und Batu-Khan schüttete Kostbarkeiten auf den Teppich, die in den urussutischen Städten zusammengeraubt worden waren: goldene Kreuze, am Halse zu tragen, Heiligenbildchen in schönen Fassungen, Netze aus Goldfäden, Ohrgehänge, Armspangen und -bänder, Halsketten und viel anderes kostbares Geschmeide. Die Chinesin legte behutsam jeden Gegenstand auf die Innenfläche ihrer rechten Hand und zeigte ihn ihrer Herrin, die ihn flüchtig betrachtete und sagte:

»Ich danke dir, großer Dschichangir, aber ich verdiene so viel Güte nicht.«

Ihr weißgeschminktes Gesicht mit den bis zu den Schläfen hinauf nachgezogenen dunkelblauen schrägen Brauen blieb traurig und erloschen. Nur als sie sich aufmerksam in einem glänzendpolierten Silberspiegel beschaute, wurde sie etwas lebhafter und sagte:

»So also sehe ich jetzt aus. Früher hatte ich durch das tagelange Umherstreifen in der Steppe ein goldbraun gebranntes Gesicht.«

»Du brauchst es auch jetzt nicht mit den chinesischen Salben und Schminken deiner kunstreichen Dienerin zu bestreichen«, entgegnete Batu-Khan. »Hast du sonst noch irgendwelche Wünsche? Dann sage sie mir!«

»Eine Bitte hätte ich, und sie zu erfüllen wäre dir ein leichtes...«

»So sprich sie aus!«

»Mit deiner Abteilung reitet ein Greis, von dessen unangenehmem Gesicht mir oft ganz übel wird. Befiehl ihm, zurück nach Sygnak zu reiten. Dann wird meine Seele Ruhe finden.«

»Wenn dieser Greis den bösen Blick hat und dich krank macht, so soll er in der nächsten Pfütze ertränkt werden! Wo ist er zu finden? Wie lautet sein Name?«

»Nein, nicht doch! Tu ihm nichts Böses an. Sei großmütig und freigebig! Schenke ihm vier Pferde, mit Teppichen bedeckt, doch befiehl ihm, ungesäumt in die Heimat zurückzukehren. Er heißt Nasar-Kjarisek und begleitet den unbesiegbaren Subudai-Bahadur, dessen Weckhahn er hütet.«

»Achtung und Gehorsam!« sagte Subudai-Bahadur. »Otchan-Hatuns Wunsch ist mir Befehl. Ich werde den Alten samt seinem Hahn, einem Kamel und zwei Kedshawes heimschicken. In ihnen kann er die heilige Beute heimbringen, die er in den Städten der Urussuten gemacht hat.«

Der Preis des Verrats

In die Jurte trat Fürst Gleb und betrachtete den Dschichangir und seinen Bahadur mit einem forschenden Blick: Batu machte einen zufriedenen Eindruck, und Subudai sah weniger streng aus als sonst. Fürst Gleb warf sich vor dem Blendenden nieder und küßte die Erde vor ihm. Batu sah von ihm weg, aber der Fürst verharrte in seiner knienden Haltung.

»Was willst du, Konas Galib?« fragte der Dschichangir ihn schließlich.

»Blendender! Freigebiger! Erhabener! Hilf deinem treuen Diener...«

»Was willst du, Konas Galib?« wiederholte Batu stirnrunzelnd seine Frage.

»Ich habe dir treu und ergeben gedient, Blendender, während des ganzen Feldzuges. Jetzt, wo dein unbesiegbares Heer in die heimatlichen Steppen zurückkehrt...«

»Worum bittest du?«

»Befiehl mir, auch weiterhin dir ein ergebener Diener zu sein...«

Da Batu-Khan schwieg, fuhr Fürst Gleb mutiger fort:

»Freilich, daheim, in deinen blühenden Steppen, bin ich dir kaum von Nutzen, doch hier, in russischen Landen, könnte ich dir von großem Nutzen sein... Sei gnädig und ernenne mich zu deinem Baskak in Rjasan!«

Unterstützung heischend, blickte Fürst Gleb den Bahadur an, der mit undurchdringlichem Gesicht dasaß, sein eines sehendes Auge auf die Erde geheftet. Juldus-Hatun hatte sich abgewandt.

Nach längerem Schweigen begann Batu:

»Wer zum Verräter an seiner Heimat geworden ist, ist ein unzuverlässiger Mann, dem niemand trauen kann. Er wird auch seinen Herrn verraten.«

»Dir bin ich immer treu gewesen und werde dir immer die Treue wahren!« rief Fürst Gleb verzweifelt aus. »Denke der wichtigen Dienste, die ich dir geleistet habe! Ich entdeckte dir, wo sich das Feldlager des Großfürsten Georgi befand...«

»So ist's...«

»Bedenke! Freiwillig bin ich zu dir gekommen!«

»Wohin hättest du denn sonst auch gehen sollen? Von den Urussuten warst du geächtet, die Kiptschaken hatte ich mir unterworfen...«

»Jedoch...«

Batu wandte sich an den Bahadur:

»Mein weiser Ratgeber, du versprachst mir, uns vom Krieg meines erhabenen Großvaters gegen den tapferen Wan-Khan zu erzählen.«

Gleichsam aus tiefem Sinnen erwachend, hob Subudai den Kopf und blickte den jungen Dschichangir starr an. Dann begann er mit ruhigem Tonfall in gemessenen Worten zu erzählen:

»Der unsterbliche Krieger, dein erhabener Großvater, führte Krieg gegen den Herrscher der Karaiten Wan-Khan. Der mächtige und starke Stamm war bereits unterworfen, nur der tapfere Wan-Khan wollte sich nicht unterwerfen. Er hatte seine letzten Anhänger um sich geschart und verteidigte sich mit diesem kleinen Häuflein wie ein Wolf. Er war ein starker, mutiger Feind! Dein ruhmreicher Großvater achtete seine Tapferkeit...«

»Und was geschah weiter?«

»Dschingis-Khans Krieger waren des Sieges gewohnt, auf die Dauer konnte ihnen niemand Widerstand leisten. Wan-Khan und sein Häuflein wurde von allen Seiten umzingelt. Er verlor die letzten seiner Krieger und floh, begleitet von zwei Dienern...«

Batu-Khan, der aufmerksam zugehört hatte, nickte mit dem Kopf. Juldus-Hatun rückte näher zum Erzähler hin, und I-La-He preßte ihre beiden Hände erregt gegen ihre Brust.

»Gelang es dem tapferen Wan-Khan, sich zu retten?«

Subudai begann zu schnaufen.

»Nein, Blendender! Die beiden Hunde von Dienern verrieten ihn. Sie erschlugen ihren Herrn, während er schlief, und brachten seinen Kopf dem großen Dschichangir.«

Alle schwiegen. Nach einer Pause fuhr der Bahadur fort:

»Die Niederträchtigen glaubten dadurch die Gunst des großen Kriegers zu gewinnen. Aber er ergrimmte und herrschte sie an: ›Als Wan-Khan glücklich und mächtig war, dientet ihr ihm mit Beflissenheit; als er sich im Unglück euch anvertraute, verrietet und mordetet ihr ihn!‹ Und der weise Dschingis-Khan befahl, den treulosen Verrätern das Rückgrat zu brechen.«

Langsam wandte Batu-Khan sich an den Fürsten Gleb:

»Hörtest du?«

Der Fürst umklammerte flehend die Beine des Dschichangirs, doch Batu stieß ihn mit einem Fußtritt von sich.

»Du sagst, du hättest mir gedient... Dafür belohnte man dich mit Gold. Dem Verrat aber gebührt Strafe. Wie dürfte ich einem Verräter trauen?«

Batu-Khan warf einen verächtlichen Seitenblick auf das aschfahl gewordene Gesicht des Fürsten.

»Ein Mann fürchtet den Tod nicht...«

»Blendender! Verzeih! Erbarme dich!«, stammelte der Fürst.

Ein zitterndes Händchen legte sich auf Batus starke dunkle Hand.

»Gut«, sagte er. »Lebe!«

Fürst Gleb machte Anstalten, dem Dschichangir die roten Stiefel zu küssen.

»Geh!« fuhr dieser ihn heftig an. »Arapscha! Befiehl den Nukern, den Konas Galib aus dem Lager fort und in die Steppe zu führen.«

»Wohin soll ich denn gehen?« rief der Fürst. »Ich habe keine Heimat mehr!«

Batu wandte sich von dem Elenden ab. Zwei Krieger schleppten den widerstrebenden Fürsten hinaus. Mit undurchdringlichem Gesicht ließ Arapscha hinter ihm den Vorhang am Zelteingang herabfallen.[1]

»Rußland wird wieder aufgebaut!«

Im März war es in Perunow Bor totenstill und menschenleer. Die Waldbauern, die seinerzeit dem Aufruf des Fürsten von Rjasan gefolgt waren, hatten – wie man durch Gerüchte erfuhr – bei Susdal, auf dem Berendejew-Moor und an den Ufern der Sit mitgekämpft. Ob sie wohl je wiederkehrten?

Von den niedergebrannten Hütten der von den Tataren zerstörten Siedlung waren allein die Lehmöfen inmitten verkohlter Trümmer übriggeblieben. Nur dicht am See standen noch einige dicht aneinander gedrängte Hüttchen. Dort hausten, betreut von Swjagas Frau, die noch hagerer geworden war, und von zwei obdachlos gewordenen alten Weibern, die Kinder. Jeden Tag leerten die Frauen die im See ausgelegten Reusen, und von den gefangenen Schleien und Karauschen und von Fladen, die man aus Spreu und gemahlener Kiefernrinde buk, nährten sich alle.

Unter den Strahlen der hellen Frühlingssonne waren die Schneemassen geschmolzen. In der Gegend von Perunow Bor war weder zu Fuß noch zu Pferd ein Durchkommen, weil weit und breit alles überschwemmt war. Die Zugvögel kamen in Schwärmen, und in den uralten Wäldern hob ein munteres Zwitschern und Pfeifen an, ein lebhaftes Flattern und Schwirren, das die lastende Stille verscheuchte. Die Buntspechte hämmerten unermüdlich und ließen ihr »Tschok-tschok« erschallen.

Anfang April trafen die ersten Heimkehrer ein. Sie kamen auf Booten über den See gefahren und erzählten den alten Fischerinnen:

»Viele von den Tataren streifen noch in den Wäldern umher.«

Dabei dämpften sie ihre Stimme zum leisesten Flüstern, als fürchteten sie, von den Umherstreifenden gehört zu werden. »Ihr Hauptheer aber ist, wie es scheint, abgezogen ... ins Wilde Feld. Wir aber wollen, wenn ihr erlaubt, hier bei euch bleiben. Uns gefällt es hier. Der Ort liegt abseits, weit weg von den großen Wegen. Man kann Gerste säen, und im See plätschern Fische ... Schlagt uns unsre Bitte nicht ab! Unsere Saat wird aufgehn, und niemand wird uns unser Korn wegnehmen.«

Mit der Zeit kamen noch mehr Heimkehrer und Flüchtlinge. Als die Frühlingswasser sich verlaufen hatten und Wege und Stege getrocknet waren, schleppten sich auch die ersten Pferdchen heran, ausgemergelt und zottig waren sie, doch sie zogen Pflüge und Eggen.

---

1 Laut den Chronisten ist Fürst Gleb noch lange in den Polowezer Steppen umhergewandert. Gegen das Ende seines Lebens verwirrte sich sein Geist. Das Datum seines Todes ist unbekannt. Er blieb verschollen.

Leben und Fröhlichkeit erwachten wieder in Perunow Bor. Die Schläge der Äxte hallten durch den Wald, und das Hämmern der Spechte antwortete und der Ruf der Rotkehlchen, Finken und Meisen, auch das Krächzen der Saatkrähen. In langen Reihen wuchsen Hütten aus weißem Tannenholz aus dem Boden. Von irgendwoher kamen verirrte Hunde herbeigelaufen und kläfften Tag und Nacht.
Von den Tataren kam immer spärlichere Kunde. Die Bauern machten Zukunftspläne und fragten sich, wie es weitergehen würde. Die allgemeine Ansicht war, die Tataren wären ein für allemal abgezogen und würden nicht wiederkommen.
Eine hochgewachsene, fast zum Skelett abgemagerte Frau, die eine ebenso dürre Kuh, bei der alle Knochen durchs Fell spießten, vor sich hertrieb, fand sich eines Tages ein. Die Frauen standen kopfschüttelnd um die Kuh herum, auf deren ausgetrocknetes, wie ein Lappen schlaff hängendes Euter sie bedenklich zeigten. Aber die Besitzerin der Kuh verzagte nicht.
»Sie wird meine Ernährerin sein«, sagte sie. »Ich werde sie auf die Weide treiben, und das frische, saftige Gras wird sie kräftigen. Ich kenne hier alle Stellen, wo das saftigste Gras wächst.«
»Dann bist du wohl gar von hier?«
»Aber gewiß doch! Ich bin hier aufgewachsen ... Dort steht ja noch der Ofen meiner Hütte.«
Swjagas Witwe drängte sich aus der Schar der Weiber hervor.
»Dann bist du wohl die Opalenicha?« rief sie und warf sich der ehemaligen Nachbarin weinend und schluchzend an die Brust. »Wo ist denn deine Schönheit hin, Opalenicha?« jammerte sie.
»Und wo ist dein lieber Mann geblieben?« erkundigte sich die Heimgekehrte. »Er liegt wohl irgendwo tot unter einer Buschweide?«
Und es gab ein Fragen und Gegenfragen nach allen, die je im Peruns Wald gelebt hatten und durch die Ereignisse daraus vertrieben worden waren. Von den Männern, die in den Krieg gezogen waren, hatte man nur spärliche und ungewisse Nachrichten:
»Saweli, sagt man, sei am Flusse Sit gefallen... Waula will man unter den Storonniki bei Susdal gesehen haben... Toropka soll ein tapferer Reitersmann geworden sein, doch auch ihm wird wohl ein Tatarenpfeil die Brust durchbohrt haben ...«
Aber das letzte Gerücht sollte bald Lügen gestraft werden. Im Mai erschien Toropka im Dorf, zu Fuß zwar, ausgehungert, aber heil und unversehrt. Er sei sehr gewachsen, stellten die Weiber fest, die er, nachdem er seinen grimmigsten Hunger ein wenig gestillt hatte, zuerst einmal nach dem Verbleib seiner Eltern ausfragte. Ob sie noch am Leben wären? Ob jemand was von ihnen gehört hatte? Wo man nach ihren Spuren suchen könne und so weiter? Dann erzählte er den gespannt Zuhörenden seine Erlebnisse und Abenteuer und wie knapp er dem Tode entronnen sei. Sein prächtiges Roß habe er leider eingebüßt.
Am selben Tage noch kam auf einem Polowezer Roß Lichar-Kudrasch

angeritten. Als er von Toropka erfuhr, daß Weschnjanka tot sei, warf er sich auf die Erde und gebärdete sich in seiner Verzweiflung wie toll.
»Für wen soll ich jetzt leben? Ohne meine Tochter ist das Leben sinnlos, die Welt mir verleidet!...« wiederholte er immer wieder, in zügellosem Schmerz die Worte herausbrüllend und sich gegen die Brust schlagend.
Die Frauen begossen ihn mit Wasser. Dann lag er lange still, als dächte er über irgend etwas angestrengt nach. Schließlich erhob er sich und sprach mit fester Stimme zu Toropka:
»Hör gut zu, Bursche! Ich habe folgendes erfahren: Das Tatarenheer ist abgezogen, in den größeren Städten aber sind kleinere tatarische Truppeneinheiten zurückgeblieben, um auf unsere Bauern achtzugeben, damit es keine Unruhen, keinen Aufruhr gibt. Jaroslaw Wsewolodowitsch, der neue Fürst von Wladimir, ist in Perejaslawl, seinem Stammsitz, eingetroffen, und man sagte mir, er sammele eine Gefolgschaft um sich. Ich versprach, dem Fürsten zuverlässige Männer zuzuführen.«
Rings um die beiden standen die Kinder und bestaunten, den Finger im Munde, Lichars bunte Polowezer Tracht – Pluderhosen und Kappe.
»Die Kinder sind noch klein, sie müssen erst aufgepäppelt werden. Ihre Väter aber sind alle in der Schlacht gefallen, wir müssen für lange Zeit, so gut es geht, mit den Tataren auszukommen versuchen, ihnen gute Worte geben, die uns aufgebürdeten Lasten als Unterworfene tragen... Später aber werden wir für alles Abrechnung halten! In diesem Sinne hat auch Fürst Jaroslaw Wsewolodowitsch zu seinen Gefolgsmannen gesprochen.«
»Ich werde mit dir gehn!« entschied Toropka.
Beide verließen bald Perunow Bor und hörten während ihrer Wanderung durch den grünen Wald, in dem die fast unwirkliche Stille vor einem Gewitter herrschte, noch lange die Schläge der Äxte und die Rufe der Frauen, die die gefällten Stämme zu Gerüsten für neue Hütten zusammenfügten.
Lichar, der stehengeblieben war, wies mit der Hand in die Richtung, wo die Siedlung lag und aus der das Klopfen und Hämmern herüberschallte.
»Rußland wird wieder aufgebaut!« sagte er.

In der fernen Heimat

Zusammen mit einer Schar verwundeter Kiptschaken und Uiguren, die in ihre Heimat zurückkehrten, ritt auch der alte Nasar-Kjarisek aus Batu-Khans Orga ostwärts fort, den gleichen Weg, auf dem Batu-Khans Heer westwärts gezogen war. Nach vier Monaten, zu Beginn des Herbstes, langten sie in Sygnak an.
Frauen aus der Stadt und aus den umliegenden Nomadensiedlungen standen, auf die Rückkehr ihrer nächsten Angehörigen wartend, an den Wegen.

Nasars Ehegespons, die alte Kys-Tugmas, stand mit dem kleinen Turgan und ihren vier Schwiegertöchtern vor der Tür ihrer Hütte. Angestrengt forschten sie in den schwarzgebrannten Gesichtern der Vorbeireitenden nach Ähnlichkeiten mit den Zügen ihrer Männer und Söhne.
Der Jurte näherte sich mit würdevoll gemessenem Gang ein Kamel, dem vier gesattelte und mit Teppichen bedeckte Pferde folgten. In der Kedshawe auf dem Kamelrücken thronte mit der Würde eines Khans ein Greis, angetan mit einem Brokatchalat und einer runden Biberpelzmütze auf dem Haupte. Man hätte ihn für den Gesandten eines unbekannten Landes halten können. In der Hand hielt er einen langbeinigen Hahn.
Plötzlich rief der Knabe Turgan:
»Das ist doch unser Tatu! Die Brüder aber sind nicht dabei!«
Kys-Tugmas und ihre vier Schwiegertöchter erhoben daraufhin ein Zetergeschrei, daß das ganze Lager zusammenlief. Alle waren betroffen beim Anblick der vier reiterlosen Rosse, an deren Sätteln die Krummsäbel der Söhne Nasars befestigt waren. Die Schwiegertöchter führten unter bitterem Schluchzen und Weinen die Rosse zur Jurte, und Kys-Tugmas warf sich im Übermaß ihres Schmerzes auf die Erde, zerraufte sich das graue Haar und zerkratzte sich Brust und Gesicht mit den Nägeln.
»Meine Söhne!« rief sie. »Wo sind meine Söhne? Wer gibt sie mir wieder?«
Nasar-Kjarisek stieg vom Kamel und sprach feierlich zu seiner Frau:
»Trotz deiner Silberlocken überlebtest du deine vier kühnen Söhne!«
Und er bedeckte seine Augen mit dem Ärmel seines Chalats aus Brokat.
Plötzlich richtete Kys-Tugmas sich auf und fragte:
»Und wo ist mein Sohn Mussuk? Hast du von ihm gehört?«
Nasar-Kjarisek zog die Brauen zusammen, als koste es ihm Anstrengung, sich an irgend etwas zu erinnern. Nach einer Weile strich er sich den weißen Bart und sprach würdevoll:
»Einen Namen habe ich Mussuk gegeben, ein langes Leben möge Allah ihm schenken!«
Die Nachbarinnen eilten hinzu, mühten sich um Kys-Tugmas und trugen sie in die Jurte. Sie sprachen ihr Trost zu, zerrissen dann ihre Kleider, zerrauften ihr Haar, zerkratzten sich die Gesichter und stimmten die Klagegesänge an um die vier kühnen Kiptschakenbatyre Demir, Buribai, Jantak und Klytsch-Nijas, die auf dem großen Feldzug nach Westen hatten ihr Leben lassen müssen.
»Und wo ist deine ›heilige Beute‹?« fragten die Nachbarn den Alten.
»Meine Beute ... Ja ... Wo ist sie? Khan Bajander freilich, der hat jetzt viele neue Sklaven, und sie führen eine große Kamelkarawane her, hochbeladen mit seiner ›heiligen Beute‹ ... Ich aber ..., ich bin leider kein Khan!«
Am Abend, nachdem man den Pilaf sich hatte schmecken lassen, zu dessen Bereitung der langbeinige Hahn sein Leben hatte opfern müssen, saß Nasar-Kjarisek auf einer Pferdedecke vor der Tür seiner Jurte,

umdrängt von seinen Dorfgenossen, die begierig seinen Erzählungen lauschten von den seltsamen, jenseits des wasserreichen Itil lebenden Völkern, zu deren Unterwerfung der tapfere junge Feldherr Batu-Khan, Sohn Dschutschis und Enkel des heiligen Kriegers, des großen und erhabenen Dschingis-Khan, ausgezogen war.

Auszug aus den »Reisenotizen« des Hadschi Rachim

»Viel Mongolenblut ist vergossen worden, sowohl auf den Äckern der Urussuten als auch in ihren dichten Wäldern und in den weiten Kiptschakensteppen... Noch mehr Blut friedlicher Völker ist geflossen, jener Völker, die es gewagt hatten, sich den erbarmungslosen Nomadenhorden zu widersetzen. Und alles das geschah, um den mongolischen Namen mit dem Glanz des Ruhmes und des Schreckens zu umgeben... Mit der Rückkehr in die Kiptschakensteppe fand Batu-Khans erster Feldzug zur Eroberung der Länder der Bulgaren, Urussuten, Burtassen und anderer nördlicher Völker sein Ende.

Aber hierauf allein beschränkten sich die bedrohlichen Absichten des jungen ruhmsüchtigen Dschingis-Enkels nicht. Nachdem er seinen durch den ersten Feldzug erschöpften Mongolen zwei Ruhejahre in den Kiptschakensteppen gegönnt hatte, um wieder zu Kräften zu kommen, unternahm er mit seiner gewaltigen Orda einen neuerlichen, noch verheerenderen Einfall in die Länder des Westens. Der erste Angriff richtete sich gegen Kiwamen, die Urussutenstadt mit den goldenen Kuppeln, und brachte im weiteren Verlauf Schrecken und Verwüstung über alle Abendländer.

Doch darüber habe ich in einem zweiten Buch geschrieben, auf welches ich meine wißbegierigen Leser verweise, denen ich ein friedliches, langes Leben wünsche. Mögen ihnen die Leiden erspart bleiben, die der Brand des tosenden Krieges über die Völker bringt...«

Drittes Buch
Zum letzten Meer

Erster Teil
Es geschah in Bagdad

Rußland war durch das Schicksal zu einer hohen Aufgabe auserkoren: Seine unübersehbaren Weiten absorbierten die Kraft der Mongolen und hielten ihre Invasion gerade noch am Rande Europas auf. Die Barbaren wagten es nicht, das unterjochte Rußland beim weiteren Vordringen in ihrem Rücken liegenzulassen, und kehrten in ihre östlichen Steppen zurück. Die Kultur des Abendlandes war durch das zerfleischte, in den letzten Zügen liegende Rußland gerettet worden...
A. S. Puschkin

»Ich werde bis zum ›letzten Meer‹ vordringen, und dann werde ich den ganzen Erdkreis unter meinen Händen haben.«
(Aus den Chroniken von Dschingis-Khan)

Duda der Petschaftstecher

Auf dem Platz vor der Bagdader Hauptmoschee saß an einem Tischchen am äußersten Rande der breiten Steintreppe ein Handwerksmeister, damit beschäftigt, geschliffene Karneolpetschafte zu gravieren; mit hübsch verschlungenen arabischen Buchstaben stach er die Namenszüge seiner Auftraggeber in die Siegel oder auch geheimnisvolle Beschwörungsformeln und Bannsprüche, die dem Träger des Ringes Kraft und Gesundheit verleihen oder ihn vor dem bösen Blick und vor verderbenbringender Magie ihm übelwollender Personen schützen sollten.

»Duda den Redlichen« – so nannte man den Petschaftstecher. Wer unter den vielen Besuchern der majestätisch emporragenden Moschee hätte wohl den über seine Arbeit Gebeugten mit dem langen roten Bart und den schwarzen buschigen Brauen, unter denen die Augen düster glommen, als verhehlten sie einen verborgenen Gedanken, übersehen können?

Eines Tages trat ein wohlgestalter Mann in teurer, aber von der Zeit schon leicht verblichener Tuchkleidung mit einem freundlichen Lächeln auf seinem ruhigen Gesicht zu dem Meister. Er legte einen halbdurchsichtigen milchig-bläulichen Stein, einen sogenannten »Mondstein«, auf das Tischchen und bat, ihn mit folgender Inschrift zu versehen: »Hassan der Behutsame, Bartscherer Seiner Heiligkeit des Kalifen.«

»Entschuldige, wenn ich mich in Dinge mische, die mich eigentlich nichts angehn«, sagte Duda, ohne seine Arbeit zu unterbrechen. »Doch solch eine Inschrift könnte unerwünschtes Gerede verursachen, ja sogar gefährliche Folgen für dich haben. Die Inschrift müßte anders lauten. Seine Heiligkeit der Kalif, der ein Vorbild der Tugendhaftigkeit und Vollkommenheit ist, darf und wird sich den Bart nicht scheren lassen. Dies würde das Volk in Unruhe und Aufregung versetzen. Maschalla, Maschalla! Daß Gott bewahre!«

»Was für eine Inschrift schlägst du denn vor?« fragte Hassan erstaunt und beunruhigt.

»Dein Vorgänger, der seine irdische Rechnung vor fünf Jahren abgeschlossen hat, führte, wie es heißt, den Titel ›Abdulla Berber, der den Bart Seiner Heiligkeit des Kalifen Behütende‹... Solch eine Inschrift kann keinerlei Anstoß erregen ... ›Der den Bart Behütende‹ «, und Duda erhob vielsagend seinen Zeigefinger. »In solchem Falle würde sogar der Kalif selbst – Friede und Glück sei mit ihm! – deine Vorsicht gutheißen.«

»Tu es denn so!« sagte Hassan zum Petschaftstecher und wollte sich bereits zum Fortgehen anschicken, als er plötzlich einen goldenen Ring bemerkte, dessen Inschrift durch irgend etwas seine Aufmerksamkeit auf sich zog. »Was ist denn das für ein Siegel?« fragte er, indem er die Hand nach dem Ring ausstreckte.

Da ergriff der in seinen Bewegungen sonst so gemessene Duda mit einer für ihn ungewöhnlichen Lebhaftigkeit den Ring und barg ihn hastig in seinem Busen in einem ledernen Schächtelchen, worin er auch die übrigen Kostbarkeiten seiner Auftraggeber verwahrte.

»Die Arbeit an diesem Ring ist noch nicht beendet, und ich liebe es nicht, unvollendete Gegenstände zu zeigen.«

In diesem Augenblick kam ein Reiter auf einem feurigen, tänzelnden, goldroten Hengst über den Platz zur Moschee gesprengt. Sowohl Roß wie Reiter waren jung, wohlgebaut und schön. Ohne abzusteigen, rief der Ankömmling, den man auf höchstens fünfundzwanzig Jahre geschätzt hätte:

»Sei gegrüßt, mein ehrwürdiger Lehrer Duda der Redliche! Ist der Ring fertig?«

Der stets so ruhige und hoheitsvolle Duda zeigte plötzlich eine gewisse Unruhe, zog das lederne Schächtelchen hervor, entnahm ihm den goldenen Ring und stieg eilig die Treppenstufen zum Reiter hinunter, der die bescheidene Kleidung eines einfachen Nomaden, eines Beduinen, trug, doch selbst in den Lumpen noch die stolze Haltung eines kühnen, freien Mannes behielt. Der Zauber der Jugend und sein Gesicht, aus dem eine innere Kraft leuchtete, ließen ihn sehr schön und anziehend erscheinen.

»Wer war das?« fragte der Barbier, als der Reiter, nachdem er den Ring entgegengenommen, im Galopp davongesprengt und in einer Staubwolke verschwunden war.

In gereiztem Ton erwiderte Duda:

»Kann dir das nicht gleich sein? Du scherst Bärte, er zähmt Rosse. Bei den Reiterspielen der Araber ist er der Verwegenste und Geschickteste, und es hat noch keinen Hengst gegeben, der sich von seiner sicheren Hand nicht hätte zähmen lassen.«

»Doch wozu braucht er einen solchen Goldring?«

Da wurde der redliche Duda so wütend, daß er zu schreien und mit den Händen zu fuchteln begann und die Gläubigen, die die Stufen zur Moschee hinaufstiegen, voller Erstaunen stehenblieben.

»Was kümmert dich dieser Ring? Was hast du mit ihm zu schaffen? Wärest du ein Dschassus[1] des Gebieters dieser Stadt, so würde ich dir

---

1 Dschassus = Spion, Spitzel.

die Antwort schon nicht schuldig bleiben ... Nun aber sieh zu, daß du dich fortscherst!«
Der Barbier wich zurück und entfernte sich rasch. Er eilte geradeswegs zum Palast, um dem Wekil[1] von dem Vorfall zu berichten.
»Allem Anschein nach war das doch Al-Mansurs Ring ... «, wiederholte er im Laufen aufgeregt ein ums andre Mal. »Das muß man unbedingt melden ... Da steckt gewiß ein Geheimnis dahinter ... «

Genau zur Mitternachtsstunde

In Bagdad bricht die Nacht rasch herein, beinahe augenblicklich. Eine große Anzahl von Lichtern flammte in den Verkaufsbuden der Händler auf, als Duda, weit ausschreitend, in einer Reihe mit anderen Fußgängern durch die engen Gassen eilte.
In einer Sackgasse pochte er an eine kleine Tür. Auf sein bestimmtes Klopfzeichen wurde ihm von einem finsteren, einäugigen Wächter geöffnet, und Duda betrat einen schmalen Hof, der ganz voller zweirädriger Karren stand.
Vorsichtig bahnte er sich einen Weg durch die sich zusammendrängenden Kamele und erreichte schließlich sein Kämmerchen im Keller eines zweistöckigen Gebäudes, wo die Waren des Kaufmanns Machmud aus Urgentsch lagerten.
Der Hausherr, ein reicher Händler und gottesfürchtiger Mann, der Pilgern und Reisenden Herberge gewährte, hatte dem Petschaftstecher vor etlichen Jahren gestattet, in seinem Hause zu wohnen, weil Duda ihm in einen Goldring eine magische Formel des großen Suleiman[2] graviert hatte, welcher Machmud seinen Erfolg im Handel mit chowaresmischen Seiden und Stickereien zuschrieb.
In völligem Dunkel tastete sich Duda zu dem niedrigen Tisch hin, stellte seine mitgebrachte lederne Werkzeugtasche in eine Nische daneben und trat wieder auf den Hof hinaus, wo er sich auf die hölzerne Einfriedigung am Eingang setzte und lange und geduldig wartete, die Augen zu den Sternen erhoben, die hell und strahlend am nachtschwarzen Himmel leuchteten.
Die Kamele im Hof, von denen einige sich bereits niedergelegt hatten, während andere noch standen, schnaubten, und es schien, als ob die

---

1 Wekil = Stellvertreter des Souveräns.
2 Suleiman = der auch im Koran häufig erwähnte biblische König Salomo, der eine hervorragende Rolle in den islamischen Legenden spielt, deren Material im wesentlichen rabbinischen Ursprungs ist. So wurden dem Salomo, der die Auszeichnung genießt, als wahrer Gesandter Allahs und Vorbild Mohammeds zu gelten, von Gott viele geheime Kenntnisse verliehen, er war mit der Sprache der Vögel vertraut, er hatte Macht über Geister und Dämonen, von denen ihm Legionen auf seinen Wunsch zu Diensten standen.

rotgoldenen Lichter des Lagerfeuers, das die Kameltreiber mitten auf dem Hof angezündet hatten, unter ihren Füßen aufflammten.
Endlich zeigte und näherte sich der ersehnte Schatten. Ein Duft von Rosenöl umwehte ihn. Leise flüsterte eine sanfte Stimme:
»Unser ehrwürdiger Hausherr entbietet dir seinen Gruß und läßt dich bitten, für ihn zu beten.«
Während Duda den heißen Fladen und die Tonschüssel mit der dampfenden Brühe in Empfang nahm, kam er mit kleinen Händen in Berührung, die mit silbernen Ringen geschmückt waren, und der Saum eines Schleiers streifte sein Gesicht. Demütig wartete er, bis die redende Schattengestalt verschwunden war, nicht ohne vorher versprochen zu haben, sie werde wiederkommen und ihm glimmende Holzkohlen bringen.
Gierig starrte Duda ihr nach. Bald erschien die Schattengestalt wieder mit einem Kohlenbecken, und als sie in die Glut blies, beleuchtete der rötliche Glanz die zarten Züge eines Mädchengesichts, schwarz gefärbte Augenbrauen und ein besticktes Stirnband. Eine wohlklingende Stimme fragte:
»Weshalb zittern deine Hände so, wenn du die Suppe von mir entgegennimmst? Ich habe jedesmal Angst, daß du sie verschüttest.«
Aber die Frage klang beinahe spöttisch, und mit einem leisen Lachen verschwand das junge Mädchen im Dunkel.
In seine Kammer zurückgekehrt, fachte Duda die glimmenden Kohlen zu hellerer Glut an und entzündete Reisig im Herd. Beim flackernden Licht des Feuers begann er zu schreiben, und zwar auf die Ränder der Seiten eines dicken Korans. Ein-, zweimal zog er ein schmales Messerchen hervor und spitzte damit das ihm zum Schreiben dienende Röhrchen an. Die ganze Zeit über murmelte er seltsame Worte vor sich hin und fuchtelte dazu erregt mit den Händen, als stritte er mit jemandem:
»Um Mitternacht... heute, genau zur Mitternachtsstunde!... Das geht über meine Kraft! Mehr kann mein Herz nicht ertragen!... Es ist Zeit, dieses unstete Leben aufzugeben. Immerhin bleiben mir noch Hoffnungen... Mich zu überlisten wird keinem gelingen. Auf dem Schachbrett des Lebens rettet nur der ›Rösselsprung‹! Es ist töricht, geradeaus gehn zu wollen, wenn der Schaitan[1] einem einen Felsblock in den Weg geworfen hat. Morgen früh muß mein Genius blitzartig aufleuchten. Die Leute werden zusammenlaufen und sich in einem wahnsinnigen Reigen nach der Melodie meines Rohrpfeifchens drehn, das so schwach und unscheinbar ist. Wenn nur meine Kräfte ausreichen! Wenn mich nur der Skorpion des Unglücks nicht mitten ins Herz sticht im gleichen Augenblick, wo der Erfolg mich schon fassen und auf den Kamm der Woge emporheben kann.«
Duda schob den Riegel der Eingangstür vor, dann schlug er eine in der

1 Schaitan = Satan, Teufel.

Mitte des Raumes liegende Filzmatte zurück. Darunter zeigte sich ein Falltürchen.
Bemüht, keinen Lärm zu verursachen, stieg Duda in die schwarze Öffnung hinab, machte, indem er sich in der völligen Finsternis behutsam vorwärts tastete, ein paar Schritte und stieß auf eine zweite Treppe, die nach oben führte. Vorsichtig stieg er hinauf und befand sich in einer Kammer mit einem langen schmalen Tisch in der Mitte. Durch ein ovales Fensterchen fiel schwaches Sternenlicht herein.
Duda kniete nieder und ließ den Kopf auf die Hände sinken. Mit leiser Stimme sprach er Gebete, zuerst in arabischer, dann in einer anderen Sprache.
Er hob den Kopf, blickte zum Fenster hin, dann fuhr er im Beten fort. Dumpfes Schluchzen schüttelte ihn; mit Mühe nur gelang es ihm, es zu unterdrücken, damit es in der Stille nicht hörbar wurde. Endlich zeigte sich in der Fensteröffnung der helle, gleichsam weißglühende Rand des Vollmondes, der gleichgültig seine gewohnte Bahn am Himmel wandelte.
Der Kniende richtete sich auf und klammerte sich mit den Händen an den Tischrand... Ein bleicher, trauriger Mondstrahl beleuchtete eine auf dem Tisch stehende, aus Reisig geflochtene Bahre, auf der ein weiblicher Körper mit einem dunklen Seidengewand lag.
Der Leichnam war so abgezehrt und ausgedorrt, daß er in den weiten Falten des Gewandes kaum zu bemerken war. An den Fingern der auf der Brust gefalteten Händchen blitzten silberne Ringe.
Duda warf den Oberkörper zurück und verharrte in bebender Erwartung. Als die Mondscheibe das Fenster ganz ausfüllte, hob sich gegen den hellen Silbergrund, den es bildete, deutlich ein zartes Profil ab.
Mit wahnwitziger Leidenschaft flüsterte Duda:
»Ich bin hier, ich, dein getreuer Knecht..., hier, neben dir, wie immer! Sanfte, zarte, unschuldige Mirjam! Hörst du mich? Dann streck dein kleines Händchen aus und berühre meine Stirn! Verleih mir Kraft und Stärke!«
Gierig hafteten seine Blicke an dem zarten Profil, als hoffte er noch immer, daß über das stille tote Gesicht ein Zucken des Wiedererwachens zum Leben gehen und der Vorhang der langen Wimpern sich heben könnte.
»Schicksal! Überall Verhängnis! Furchtbares Schicksal, mit dem selbst meine unbändige Willenskraft nicht fertig werden kann... Es vereitelt alle meine Absichten, stört alle meine Pläne und Vorbereitungen, macht alle Beschwörungen zunichte... Doch ich resigniere trotzdem nicht!«
Langsam weiterrückend, entfernte sich der Mond aus dem Oval des Fensters; nun war er gänzlich verschwunden, und das zarte Profil wurde von der Finsternis zugedeckt.
Duda sank in sich zusammen und biß sich die Finger wund, um sein dumpfes Schluchzen zu unterdrücken.
»Mirjam, die strahlende, sündenreine Mirjam tot... Ich sehe sie zum

letzten Male, zum allerletztenmal ... Morgen wird man sie forttragen zur Stätte der ewigen Ruhe ...«

Plötzlich brachten ihn Rufe, die im Hofe ertönten, wieder zu sich.

»Duda! Petschaftstecher! Öffne die Tür gutwillig, oder wir brechen sie mit Gewalt auf!«

Einige Augenblicke schwankte Duda, dann erhob er sich schnell, huschte in sein Zimmer zurück und bedeckte die Falltür mit der Filzmatte.

Das Klopfen an der Tür dauerte fort. Duda schob den Riegel zurück. In die Kammer trat ein schwarzer Sklave mit einer brennenden Fackel, die den engen Raum mit Qualm füllte. Hinter dem Neger stand auf der Schwelle ein Mann in einem gestreiften ärmellosen Mantel, den Duda als den grausamsten der Henker des Kalifen kannte.

»Bist du der Petschaftstecher Duda, den man den Redlichen nennt?« fragte er.

»Du sagst es, ehrwürdiger Mansur, Schwert der Rechtspflege und mächtige Stütze des Thrones Seiner Heiligkeit!«

»Du wirst mir sofort folgen, und wir werden prüfen, wieweit du wirklich redlich bist. Sklaven, packt diesen Menschen an den Armen, und haltet ihn ja gut fest, damit er uns in der Dunkelheit nicht entkommt. Er ist ein Zauberer und könnte sich in eine Fledermaus verwandeln und fortflattern.«

»Nicht doch, mein Herr, ich füge mich in Demut!«

Damit hielt der Petschaftstecher gehorsam seine Hände hin, und zwei riesige schwarze Sklaven banden sie schnell mit festen Stricken zusammen.

Im Palast des Großkalifen

Als die beiden Neger, die den gefesselten Duda an den Armen hielten, mit ihm aus dem Keller in den Hof stiegen, erhob er ein so durchdringendes Geschrei, daß die auf dem Dache schlafenden Leute aufwachten und von allen Seiten scheltend gerufen wurde:

»Weshalb quält ihr einen rechtschaffenen Greis? Laßt ihn los, ihr Bösewichter!«

Mansur trieb die Neger zur Eile an:

»Schneller, schneller, vorwärts!«

Duda sträubte sich:

»Weshalb kugeln mir diese schwanzlosen Affen die Arme aus? Ich muß mich doch von meiner Hände Arbeit ernähren. Ich bin ja bereit, freiwillig mit euch zu gehn.«

Mit einer unbegreiflichen Kraft drehte er sich zu einem der Neger um und herrschte ihn an:

»Sieh mir in die Augen, du geräucherter Schweineschinken! Gleich wirst du selbst wünschen, dich auf die Erde zu legen, hierher, direkt in den

Mist der Kamele... Also leg dich schon hin und schlafe wie ein Murmeltier!«
Der Riesenkerl in buntem Kittel mit dem Messingring in der Nase begann plötzlich zu schwanken, sackte zusammen und wälzte sich auf die Seite.
Duda wandte sich nun dem andern Neger zu, indem er seine brennenden Augen fest auf ihn heftete, und fuhr fort:
»Auch du Faulpelz wirst ja schon vom Schlaf übermannt. Leg dich neben deinen Kameraden und schnarche wie dieser schwarze Büffel!«
Torkelnd trat der zweite Neger zu dem Liegenden hin, warf sich neben ihm nieder, und beide schnarchten um die Wette.
Rasend vor Wut, stürzte Mansur sich auf die pflichtvergessenen Schläfer, stieß sie mit Füßen und beschimpfte sie unflätig. Dann wischte er sich mit dem Ende seiner Leibbinde den Schweiß von der Stirn und drehte sich zu Duda um, der gelassen dastand, die Arme zum Himmel erhoben.
»Perlengleicher Mond!« deklamierte er. »Du leuchtest sowohl den Hoch- wie den Niedriggeborenen, sowohl den Klugen wie den Dummen. Erleuchte die Köpfe der Unverständigen, daß sie Duda den Redlichen nicht fortschleppen wie einen Hammel zur Schlachtbank!« Er verneigte sich vor Mansur und fuhr höflich fort: »Warum diese feinen kunstreichen Hände brechen, die Seine Heiligkeit, zu der du mich führst, benötigt? Ich werde ja freiwillig mit dir gehn. Zuvor aber laß mich diesen beiden groben Kamelen, damit sie nicht tagelang hier herumliegen, befehlen, was sie zu tun haben. He, ihr krepierten Schakale, lauft rasch nach Hause und schlaft euch dort aus bis morgen früh!«
Die beiden Neger sprangen auf die Beine und liefen, nachdem sie ihre weiten Pluderhosen mit den Händen heraufgezogen hatten, so schnell sie konnten, zum Hoftor hinaus.
»Schreite du voran, würdiger Mansur, Erteiler beherzigenswerter Ratschläge!« forderte Duda den Abgesandten des Kalifen auf. »Ich werde in deine Stapfen treten.«
Der Fackelträger ging voraus, ihm folgte der Henker, der sich beständig nach dem Petschaftstecher umblickte, wobei er drohend mit seinem Stab gegen das Pflaster stieß. So zogen sie durch die engen, krummen Gassen des schlafenden Bagdad, die, tagsüber von einer lärmenden Menge erfüllt, jetzt still und verödet dalagen. Nur Rudel hungriger Hunde waren zu sehen, die sich an den Straßenkreuzungen um weggeworfene Knochen balgten und bissen, sowie Nachtwächter, die, ihre Knarren schwingend, dem Zug den Weg vertraten und schon von weitem riefen: »Halt, wer kommt da? Antwortet, oder wir schlagen euch tot!«
Wenn sie hörten, daß es der oberste Henker des Kalifen sei, der da kam, traten sie respektvoll zur Seite und verbeugten sich, Worte der Begrüßung murmelnd, bis zur Erde.
Der Weg führte die drei zum Ufer des großen Flusses Didschle (wie damals der Tigris genannt wurde); dort bestiegen sie ein sie erwartendes

Boot des Kalifen und setzten zum andern Ufer über, wo sie vom Wekil und mehreren bewaffneten Kriegern empfangen wurden.
»Seine Heiligkeit zürnt ob deines Säumens«, sagte der Wekil zum Henker. »Er schläft noch nicht und hat befohlen, den gefährlichen Bösewicht sogleich vor sein Angesicht zu führen.«
»Großer Al-Mansur!« rief Duda mit zum Monde emporgehobenen Armen aus. »Du hast alles vernommen und wirst zu seiner Zeit für alles Rache üben!«
Der Henker zog den Wekil auf die Seite und erklärte ihm in erregtem Flüstertone, was für ein mächtiger Zauberer dieser hochgewachsene, rotbärtige Greis sei. Man dürfe ihn nicht reizen, sondern müsse ihn behutsam in den Palast bringen, wenn man nicht Gefahr laufen wolle, in eine Fledermaus verwandelt zu werden. Die beiden Neger habe er eingeschläfert, daß sie hingestürzt wären wie Betrunkene, dann aber wären sie auf sein Geheiß wieder aufgesprungen und davongerannt, als hätte man sie mit kochendem Wasser begossen.
»Ich verstehe, ich verstehe... Bitte, folge mir, redlicher Duda. Seine Heiligkeit – Friede sei mit ihm! – erwartet dich. Wir müssen uns beeilen.«
Der Palast und der Garten des Kalifen nahmen eine gewaltige Fläche ein, beinahe die Hälfte der Stadt. Die hohe Mauer wurde überragt von weitverzweigten Dattelpalmen, und zwischen ihren üppigen Wipfeln sah man die flachen Dächer unzähliger Gebäude, in denen unter der unermüdlichen Aufsicht von tausend Eunuchen die »Perlen« des Kalifen Mustansir – seine siebenhundert Frauen – lebten. Weiter erhoben sich die feinen pfeilförmigen Minarette des Palastes. Hier und da sah man auf der Mauer unbeweglich dastehende, mit Lanzen bewaffnete Wachtposten. Am Tor, zu dessen beiden Seiten Türmchen aufragten, stand die Wachmannschaft in erregter Erwartung der Rückkehr des obersten Henkers, der stets gereizt und wütend war.
Die Soldaten traten zur Seite, und Duda schritt an ihnen vorbei, würdig und feierlich, durch den prächtigen Garten des Kalifen, ohne sich umzublicken. Der Wekil und der Henker eilten ihm voraus und die Stufen zum Palast hinan, auf deren oberster sie bereits der Großwesir[1], flankiert von zwei Dienern, die reichverzierte Bronzelaternen hielten, ungeduldig erwartete.
»Wer bist du?« fragte er, indem er die Hand auf seinen grauen Bart legte.
»Ich bin ein Sohn Adams, meines Zeichens ein Petschaftstecher, genannt Duda der Redliche.«
»Du wirst sogleich vor dem erhabenen Antlitz des Großkalifen Mustansir[2] – die Gnade des Himmels sei mit ihm – stehen. Merke dir, daß du

1 Wesir oder Großwesir = erster Minister in islamischen Staaten.
2 Mustansir oder Al-Musta'ßim, der 38. und letzte der abbasidischen Kalifen von Bagdad, unter dessen von 1242 bis 1258 währender Regierung die Stadt die Beute der plündernden Mongolen wurde.

ihm keine Frage zu stellen, sondern lediglich die seinen zu beantworten hast.«

»Ich werde nichts sagen, als was Seine Herrlichkeit zu erfahren wünscht«, murmelte Duda.

Alle miteinander stiegen sie nun eine Wendeltreppe zum Dache des Palastes hinauf, das mit weichen Teppichen ausgelegt war. Darüber wölbte sich als grenzenlose Kuppel der mit schimmernden Diamantsternen übersäte saphirfarbene Himmel.

In einer Ecke des Daches lagen ganze Berge von Kissen aus dem berühmten Bagdader roten Saffianleder. Mitten auf diesem weichen Pfühl saß ein Mann mittleren Alters mit einem tiefschwarz gefärbten Bart und einem riesigen blütenweißen Turban. Sein rotseidenes Gewand war auf den Schultern mit goldenen Blumen bestickt. Einige seiner höchsten Hofleute, die sich seines Vertrauens erfreuten, hatten sich, die Arme auf die Knie gestützt, im Halbkreis um ihn niedergehockt. Lange stand Duda wartend da, halb abgewandt, den Blick in die Ferne gerichtet. Jenseits des Flusses, über jenem Stadtviertel, wo sich hauptsächlich der Handel abwickelte, hatte sich schon ein leichter Nebel erhoben. Hier und da flimmerten noch Lichter. Auf der leicht gekräuselten Wasserfläche des Flusses Didschle lag der goldene Widerschein des Mondes, bei dessen hellem Licht man deutlich unterscheiden konnte, wie weit der Strom in der Richtung auf den Persischen Golf zu dahinfloß.

›Endlich bist du im Palast des mächtigen Kalifen‹, dachte Duda, vor Erregung atemlos, äußerlich aber den Anschein der Ruhe wahrend. ›Neun lange Jahre hast du auf diesen glücklichen Augenblick gewartet. Laß ihn nun nicht ungenützt verstreichen!... Und was wird weiter mit mir geschehn? – Das, wozu du dich fähig zeigst...‹

»Höre mich an, redlicher Mann«, unterbrach der sich ihm nähernde Wekil mit halblauter Stimme seinen Gedankengang. »Du wirst sogleich barfuß vor Seine Heiligkeit treten, dich vor ihm auf die Knie werfen und mit geneigtem Haupt warten, bis er dich anzureden geruht.«

Duda streifte seine Sandalen am Rande des Teppichs ab, trat dicht vor den Pfühl, ließ sich auf die Knie nieder, beugte sich vornüber und küßte den Teppich zwischen seinen Händen.

»Sei gegrüßt, Rotbart!« sprach der Kalif ihn nach einer Weile an. »Ich habe gehört, daß du Verborgenes kennst.«

»Du sprichst wie immer die Wahrheit, Unfehlbarer. Deine Macht und dein Ruhm mögen sich noch vermehren! Doch darf ich alles Wichtige, was ich weiß, nur dir allein offenbaren, ohne die Gegenwart weiterer Zuhörer. So verlangt es Al-Mansurs Gebot.«

»Meine ergebenen Freunde«, wandte sich der Kalif an die Umsitzenden, »ihr dürft euch zurückziehen, um in den Sälen des Palastes der Ruhe zu pflegen. Ich aber will allein mit meinem Großwesir hier zurückbleiben.«

Alle erhoben und entfernten sich mit kleinen, achtungsvollen Schritten, die Hände gegen die Brust gedrückt.

Schweigend blickte Duda den Kalifen an und dachte:
›Da sitzt nun vor mir der Mächtigste unter den Moslemin[1], der Nachfolger des Propheten in Person. Dieser Mann verkörpert die höchste Idee des Islams. Ihm wenden sich die Gedanken und Gebete aller Anhänger Mohammeds von allen acht Enden der Welt zu. In seiner Hand liegt es, mich auf den äußersten Gipfel des Erfolges und Glücks zu erheben oder aber mich in den bodenlosen Abgrund des Elends zu stürzen.‹
Der Kalif entnahm einem gravierten silbernen Kästchen einen goldenen Ring und fragte: »Hast du diesen Ring graviert?«
»Ich müßte ihn mir erst ansehn.«
»Da, besieh ihn.«
Auf den Knien rutschte Duda näher zum Pfühl hin, um den Ring aus der gepflegten Hand des Kalifen, bei deren Berührung es ihn vor Ehrfurcht durchschauerte, entgegenzunehmen.
Nachdem er den Ring eingehend betrachtet hatte, sagte der Petschaftstecher: »Ja, vor fünf Jahren habe ich diesen Ring graviert.«
»Und weißt du auch, daß man dir für diese Inschrift deinen unbesonnenen Kopf abschlagen sollte?«
»Das zu tun steht bei dir, Hüter des Gesetzes; doch dann nehme ich das Verborgene mit mir. Du wirst nichts erfahren, und es wird wie das geschliffene Schwert des Schicksals über deinem Haupte hängen.«
Der Kalif erbebte.
»Sag alles, was du weißt«, gebot er dem Petschaftstecher. »Du stehst unter meinem Schutz, und ich verspreche dir, daß dir kein Härchen gekrümmt werden soll...«

Der Rösselsprung

Duda rückte zur Seite, setzte sich in der Haltung eines Betenden auf seine Fersen und drehte sich hastig um. Auf der Plattform hinter ihm war niemand von der Wache mehr anwesend. Zuerst ruhig und gemessen, begann er dann immer schneller und leidenschaftlicher zu sprechen:
»Du weißt, Erhabener, daß seit dem Ableben des weisen Kalifen Harun ar-Raschid[2] die Macht und der Ruhm des großen arabischen Stammes ins Wanken geraten und eine Niederlage auf die andre gefolgt ist.«

---

1 Moslemin = Mehrzahl von Moslem, Anhänger des Islams (arab. »Hingabe an Gott«), der von Mohammed gestifteten Religion.

2 Harun ar-Raschid, der »Rechtgeleitete«, der fünfte Kalif der Abbasidendynastie (er lebte von 766 bis 809), übernahm 786 die Regierung, war aber keineswegs in seinen politischen Entscheidungen immer »rechtgeleitet«, sondern beging verhängnisvolle Fehlgriffe, wie die Teilung des Reiches unter seine Söhne Emin und Mamûn.

»Wie sollte ich das nicht wissen? Wie sollten wir darob nicht trauern?«
»Das vom unbesiegbaren Schwert der Araber geschaffene mächtige Reich, dessen Grenzen sich von den fruchtbaren Ländereien Mauritaniens bis zu den wilden, öden Bergen des chinesischen Kaschgar[1] erstrecken, wurde durch innere Unruhen und durch den Einfall feindlicher Horden wilder Mongolen erschüttert...«
»Auch das ist mir bekannt.«
»Sollen wir Rechtgläubigen uns damit zufriedengeben und das traurige Ende abwarten, zu dem uns die Schwächung der Macht der Araber führen wird, oder sollen wir alle Kräfte sammeln, damit von neuem das grüne Banner des Propheten überall siegreich wehe?«
»Der gleiche Gedanke bewegt schon lange mein Herz.«
»Dich beunruhigt der Ring, den man an der Hand eines erschlagenen Kriegers, des letzten Nachkommen des großen Feldherrn Abd ar-Rahmân,[2] gefunden hat. Vielleicht aber hinterließ er einen Sohn? Einen Sohn, der würdig und schön ist, voll klaren Verstandes? Die Araber haben immer darunter gelitten, daß ihre Scheichs sich untereinander bekämpften.«
»Ja, das ist von jeher unser ständiges Leid!« seufzte der Kalif.
»Große Männer müssen sich zur Vollbringung großer Werke mit würdigen Gehilfen umgeben. Wenn nun ein letzter Nachkomme Abd ar-Rahmâns vorhanden wäre, des großen Feldherrn, der das Frankenheer vernichtete und alle ›Abendländer‹ zu erobern drohte? ... Wenn so ein Jüngling lebte, der die höchsten Wissenschaften in der von dir gegründeten Medresse[3] studiert hätte, der von Schönheit und Männlichkeit glänzte wie der Mond am Himmel, der wilde Pferde zähmen kann und ein helles Schwert sein eigen nennt, das wie ein Blitz herniederfährt, müßtest du nicht wünschen, mächtiger Kalif, daß so ein Jüngling dir nahestünde wie ein Sohn, ergeben, rein und treu wie das Wort Allahs? ... Daß er deine Krieger zu neuen Siegen führe, daß der Ruhm arabischen Heldenmutes wieder so hell zu leuchten beginne wie einst in früheren Zeiten?«
Erstaunt blickte der Kalif seinen Großwesir an, welcher daraufhin leise und ehrerbietig sagte:
»Fraglos wäre es besser, solch einen hervorragenden Krieger zum ergebenen Freund zu haben als zum heimlichen, hinterlistigen Feinde. Jeder, der fähig ist, den Ruhm des arabischen Namens zu fördern, muß die Unterstützung und Zustimmung des allerheiligsten Kalifen von Bagdad finden.«

---

1 Hauptstadt Ostturkestans, 1218 von den Mongolen erobert.

2 Feldherr des Kalifen Hischâm, erschien 732 mit großer Heeresmacht auf französischem Boden, von Karl Martell im Oktober desselben Jahres in einer entscheidenden Schlacht zwischen Tours und Poitiers geschlagen.

3 Medresse = islamische Hochschule.

»Wo ist denn aber dieser Krieger? Zeige ihn mir, wenn er ein Mensch von Fleisch und Blut ist und nicht das Hirngespinst eines geschwätzigen Märchenerzählers auf dem Basar.«
»Ich könnte ihn dir zeigen; doch fürchte ich, später dafür büßen, Tränen des Bedauerns vergießen und mir das Haar raufen zu müssen, weil ich ihn ins Unglück gestürzt habe.«
Der Kalif beschwichtigte Dudas Bedenken:
»Wenn er so ist, wie du ihn schilderst, wenn er keinerlei Verbrechen verübt hat oder verüben wird, so verspreche ich dir, daß er unter meinem ständigen Schutz stehen wird. – Wie denkst du darüber, mein weiser Großwesir?«
»Wenn es dir nicht zu dreist und unsinnig erscheinen wird, möchte ich mir erlauben, dir einen Rat zu geben...«
»Sprich!« befahl der Kalif.
»Du hast doch gewiß von dem neuen furchtbaren und gewaltigen Eroberer Temudschin[1] Dschingis-Khan gehört, der mit Horden wilder Mongolen oder Tataren von Osten her gekommen ist und seinen Enkel in Chowaresmien zurückgelassen hat?«
»Gewiß. Sprichst du von dem schrecklichen Batu-Khan? Weshalb fragst du mich nach ihm?«
»Weil ich dir vorschlagen möchte, jenen kühnen Nachkömmling Abd ar-Rahmâns – falls er wirklich so ist, wie Duda ihn beschrieben hat – als deinen Abgesandten mit einem Begrüßungsschreiben und Geschenken zu dem furchtbaren Batu-Khan zu schicken. Befiehl diesem Jüngling, den Tatarenkhan auch weiter auf allen seinen Feldzügen zu begleiten und ihn zu überreden, daß er von der Eroberung deiner Ländereien Abstand nimmt und statt dessen gegen die Reiche des Abendlandes zieht, um sie zu vernichten und zu erobern... Wir wissen vorläufig noch nicht, worauf Dschingis-Khans Enkel sinnt. Vielleicht hat er es darauf abgesehen, auch in unser glückliches Land einzufallen; dann wird dein Gesandter, der an Ort und Stelle imstande ist, alle Vorbereitungen der Tataren zu beobachten, dich rechtzeitig warnen können, damit unsere heldenmütigen Krieger bereit sind.«
Nach einem kurzen nachdenklichen Schweigen erwiderte der Kalif:
»Du erteilst mir, wie stets, einen nützlichen Rat, mein getreuer Diener. Natürlich muß Al-Mansurs junger Nachkomme erst geprüft werden. Darum führe ihn her, Duda, direkt zu mir, und ich werde dann entscheiden, ob ich den Jüngling zum Tatarenkhan entsende oder ihn mit einer anderen Aufgabe betraue.«
»Mit Freuden werde ich deinen Befehl ausführen«, beteuerte Duda, »und den jungen Abd ar-Rahmân schleunigst zu dir bringen.«
»Zuvor aber erzähle mir, wie du diesen Jüngling gefunden hast, und alles, was du über ihn weißt.«

---

1 Temudschin = scharfer Stahl.

Das Geheimnis des freien Jägers

Duda legte die Spitzen seiner Finger zusammen und begann seine Erzählung:

»Du hast gewiß von der großen Völkerschlacht gehört, die vor fünfhundert Jahren stattfand, als die ruhmreichen arabischen Kriegsscharen, nachdem sie die Spanier unterworfen hatten und über die Pyrenäen gezogen waren, sich wie ein brausendes Meer über die blühenden Ebenen des Frankenlandes ergossen... Du Allwissender und Scharfsinniger wirst dich gewiß erinnern, daß diese Schlacht, die zuerst günstig für unsere siegreichen Löwen stand, lange Zeit unentschieden hin- und herschwankte, weil die Franken, angeführt von ihrem in eine Eisenrüstung eingeschmiedeten kühnen Feldherrn Karl Martell – der Name bedeutet soviel wie ›Hammer‹ –, ebenfalls wie wütende Wölfe kämpften... Es schien, das gnadenvolle Auge des Höchsten leuchtete vor Freude darüber, daß seine Rechtgläubigen überall den Sieg davonzutragen im Begriffe waren... Doch da geschah etwas Entsetzliches, nicht wieder Gutzumachendes: Mitten im Getümmel stürzte zusammen mit seinem Roß unser ruhmreicher Anführer Abd ar-Rahmân, und neben ihm fiel sein treuer Bannerträger. Die grüne Fahne des Propheten, die über dem Heer der furchtlosen Schachiden geweht hatte, wurde in der Hitze des Gefechts von den Hufen der Rosse zerstampft.«

»O welch ein Unglück!« seufzte der Kalif.

»Als sie unser Banner nicht mehr erblickten, verloren unsre Reiterscharen den Zusammenhalt, und ein Teil hielt im Vorgehen inne, um den nächsten Tag abzuwarten. Die Franken aber, die große Verluste erlitten hatten und von der grimmigen Schlacht sehr erschöpft waren, zogen während der Nacht ostwärts ab, im Glauben, daß sie die Schlacht verloren hätten... Vergeblich streiften unsere treuen Ritter das ganze Schlachtfeld ab auf der Suche nach dem Körper Abd ar-Rahmâns. Sie fanden ihn nicht und auch nicht sein Roß und seine Waffen... Wahrscheinlich ist er von Asrail, dem Engel des Todes, lebend empor zu Allahs Thron getragen worden... Hätte sich damals ein kühner Anführer gefunden, der das Heer gesammelt hätte und den abziehenden Franken nachgesetzt wäre, so würde uns ein vollständiger Sieg sicher gewesen sein, und wir würden das ganze Frankenland erobert haben. Die Anführer aber, die in der Nacht Kriegsrat hielten, überlegten lange und kamen zu folgendem Beschluß: ›Wir werden noch immer die Möglichkeit haben, unser Heer zu sammeln, die Reihen neu zu ordnen und wieder in das Frankenland zurückzukehren, um die Ungläubigen endgültig zu vernichten und zu unterjochen.‹ Und – wehe! Unsere Heerscharen kehrten um!«

»Das war ein unkluger, unseres Volkes unwürdiger Beschluß!«

»Die Jahre vergingen, fünfmal hundert Jahre«, fuhr Duda fort. »Die arabischen Scheichs befehdeten sich untereinander, und unter ihnen fand sich kein zweiter Abd ar-Rahmân, der mit mächtiger Hand alle

Rechtgläubigen unter der grünen Fahne vereinigt und sie von neuem wie die zerstörenden Wogen des brausenden Meeres gegen die Ungläubigen in der blühenden Ebene geleitet hätte...«

»Sind denn gar keine Nachrichten über den berühmten Abd ar-Rahmân erhalten geblieben?« fragte der Kalif nachdenklich.

Duda schlug die Hände zusammen:

»Ich habe viel gefragt bei allen, die ich fragen konnte: bei den alten Imams[1], bei den weisesten Gelehrten in der Medresse, bei umherziehenden Sängern und Derwischen, die alle Sagen aus alten Zeiten kennen... Aber Genaues konnte mir keiner sagen. Wenn man jahraus, jahrein auf den Stufen der Moschee sitzt, die ihre Errichtung dir verdankt – gepriesen sei dafür dein Name in Ewigkeit! –, so kommt mancherlei Volk aus allen acht Himmelsrichtungen vorbei, und man kriegt nicht selten Wunderliches zu hören...«

»So erzähl mir nun auch gleich das Wunderliche.«

»Einst kam ein Reisender mit finsterem Gesicht zu mir; seine Augen brannten, als beschäftigten ihn verborgene Gedanken. Mich überraschte es, daß er mir den Auftrag erteilte, einen goldenen Ring mit einer Inschrift zu versehn...«

Duda verstummte.

»Was für eine Inschrift? Sprich schneller!« rief der Kalif mit dumpfer, von heimlichem Zorn bebender Stimme.

»Er befahl mir, folgende Worte einzugravieren: ›Abd ar-Rahmân, der Frankentöter, die Hoffnung der Gläubigen‹.«

»Und du hast diese Worte auch in den Ring eingraviert?«

»Womit man mich beauftragt, das führe ich aus.«

»Wie sah der Mann aus? Bist du ihm später wieder begegnet? Hält er sich noch hier in Bagdad auf, oder ist er nach anderen Ländern gereist?«

»Ich habe ihn mehrmals wiedergesehn. Mein Leben ist lang – was sieht man da nicht alles! Zum letztenmal sah ich ihn, als er, schon stark ergraut, die Moschee betrat. Neben ihm ging ein lebensfroher Jüngling, der heilige Bücher in der Hand trug. Diesen Jüngling hab' ich mir gemerkt. Er besuchte fortan eifrig die Medresse. Einmal rief ich ihn sogar an. Er trat zu mir und setzte sich neben mich. Ich bewirtete ihn mit frischen Datteln. Wir kamen ins Gespräch und wurden Freunde. Er besuchte mich bisweilen bei mir zu Hause und übernachtete bei mir. Mir gefiel dieser fröhliche, gegen jedermann freundliche Jüngling, seine Achtung den Älteren gegenüber, sein lebhafter Geist, seine Vorliebe für alte Lieder und Sagen, die ihm viel mehr zusagten als die geistlichen Bücher, vor allem die Erzählungen von den großen Eroberungen der Araber.«

»Wo ist dieser Jüngling jetzt? Ich werde veranlassen, daß neben deinem

---

1 Imam = Schriftgelehrter und Leiter des gemeinschaftlichen Gebets der Mohammedaner.

Arbeitsplatz ein besonders gewiefter Aufpasser Obacht geben und ihn ausfindig machen soll.«
»Gestatte mir einen bescheidenen Einwand: Das ist ganz überflüssig. Ich weiß, wo der Jüngling sich jetzt aufhält. Nachdem er sein Studium in der Medresse mit höchstem Lob beendet hatte, stellte er sein altes Zelt beim Nomadenstamm der Ben-Abajaden auf. Dort haust er zusammen mit seiner Urahne, die ihm sein Essen kocht und ihm alte Lieder vorsingt. Seine Bücher hat er in einen Teppich gewickelt und verwahrt; denn seinen Lebensunterhalt verdient er mit dem Zähmen und Zureiten störrischer Rosse und mit der Jagd auf wilde Tiere. Er ist der kühnste unter allen Jünglingen des Stammes. Manchmal kommt er auch nach Bagdad, dann besucht er mich und bringt mir irgendein kleines Geschenk mit: bald Käse, bald Datteln oder Weintrauben. Er übernachtet dann auch bei mir und lauscht meinen Erzählungen aus alten Zeiten. Wenn er erfährt, daß du ihn zu sehen wünschst, wird er glücklich sein, mit seiner Stirn den Staub vor deinem Thron wegzuwischen.«
Der Kalif überlegte, dann sagte er:
»Wenn er wirklich studiert hat, wie du behauptest, und seine Seele nach Heldentaten dürstet, so werde ich ihn...« Hier stockte der Kalif, ehe er hinzusetzte: »... so werde ich ihn vielleicht erhöhen.«

Ein paar Tage später erschien Duda der Redliche mit dem Jüngling, von dem er erzählt hatte, im Palast des Kalifen. Mustansir empfing beide in einem Saal, wo inmitten prächtiger Blumenarrangements die silbernen Strahlen mehrerer Fontänen aufsprangen, angenehme Kühle verbreitend.
Abd ar-Rahmân war schlank und schön; er benahm sich sehr bescheiden, doch nicht ohne Würde; seine Kleidung war die übliche gestreifte der Nomaden. Im Gürtel steckte ein alter Dolch von Damaszener Arbeit. Der Kalif ließ den Jüngling auf dem Teppich zu seinen Füßen niedersitzen und schien ihn mit wohlwollendem Blick zu betrachten. Dem Petschaftstecher aber entging nicht ein ungutes, unheilkündendes Funkeln der zusammengekniffenen Augen. Die Fragen des Kalifen nach des Jünglings Herkunft, nach seiner Tätigkeit als Löwenjäger und Rossebändiger und nach seinen häuslichen Verhältnissen beantwortete Abd ar-Rahmân schlicht und offen und schloß:
»Ich glaube bestimmt, daß es Krieg geben wird und daß ich Gelegenheit haben werde, mein Schwert zum Schutze des Banners des Propheten zu ziehen. Gern würde ich Reisen in ferne Länder machen, besonders ins Abendland, nach Spanien, um zu erfahren, ob dort noch kühne Nachkommen unserer großen Eroberer leben.«
»Eine Reise nach Spanien«, warf Duda hier ein, »erscheint mir augenblicklich ganz und gar nicht ratsam, wohl aber eine solche nach Osten und Norden. Dort reifen große Ereignisse heran, dort werden Kriegsvorbereitungen in einem bisher nie gesehenen Ausmaß betrieben.«

»Woraus schließt du das?« fragte der Kalif und befahl, aromatischen Schiraswein zu bringen. Während seine Gäste tranken, lauschte er aufmerksam ihren Antworten.
»Leute, die wie Reisende aus fernen Ländern gekleidet waren«, berichtete Duda, indem er respektvoll seinen Bart strich, »erzählten mir, daß am Unterlauf des großen Flusses Itil[1] ein gewaltiges Heerlager eines unbekannten mächtigen Stammes der ungläubigen Tataren, die auch Mungalen genannt werden, errichtet worden sei.«
»Das ist eine sehr wichtige Nachricht. Ich muß Späher dorthin senden und meinen Gesandten.«
»Wenn du geruhen würdest, Abd ar-Rahmân zum Tatarenkhan zu entsenden unter der Bedingung, daß ich ihn als Schreiber und Arzt begleite, so bin ich überzeugt, daß es ihm bald gelingen wird, sich die Gunst des grimmigen Tatarenkhans zu erwerben, mich aber wird man gewiß dort zum Leibarzt Batu-Khans ernennen. Dann könnten wir deiner Heiligkeit durch zuverlässige Mittelsmänner über alles berichten, was der Beherrscher der wilden nordischen Horden plant, wieviel Macht er besitzt und wie es möglich wäre, ihn zu besiegen.«
»Ich werde deinen Vorschlag erwägen. Jetzt aber begebt euch in mein Gästehaus. Dort wird man Abd ar-Rahmân wie einen lieben Gast aufnehmen und versorgen. Es wird ihm alles, wonach er begehrt, zur Verfügung stehen. Und du, Duda, bleibst bei ihm. Indes wird mein Großwesir euch alles beschaffen, was ihr für die Reise braucht.«
Duda verneigte sich tief vor dem Kalifen:
»Der Höchste erhalte dich und bedecke dich mit Ruhm, der deiner und deiner erhabenen Vorfahren würdig ist.«
Als der Petschaftstecher und der Jüngling sich entfernt hatten, sagte der Großwesir:
»Über diesem Jüngling steigt am Horizont des Erfolgs ein heller Stern auf. Es ist sehr gut, daß du ihn zum Khan der Mungalen entsendest, noch besser aber wird es sein, wenn der mächtige Batu-Khan ihn mit sich bis ans Ende der Welt nimmt, von wo sie beide kaum wiederkehren, sondern zu ihren Vorfahren reisen werden.«
Der Kalif Mustansir schüttelte den Kopf und bemerkte:
»Allah, der Allwissende, allein weiß, was uns Sterblichen am meisten frommt.«

---

1 Itil = Wolga.

Zweiter Teil
Am Unterlauf des Itils

Der »Liebling der Winde«

Leise schaukelnd fuhr der steilwandige Zweimaster »Liebling der Winde« mit den schwarzgeteerten Bordwänden nordwärts über das Abeskunische Meer[1]. Der Wind blähte die Segel, die, aus grauen und roten Quadraten zusammengenäht, an ein Schachbrett erinnerten. Die abgezehrten, halbverhungerten Ruderer, an deren Fußknöcheln Ketten hingen, lagen reglos auf den Bänken neben den langen, trocken gewordenen Rudern.

Der stämmige Steuermann hatte sich seinen blauen Turban aufs Nasenbein gerückt und spähte, auf den Griff des Steuerruders gestützt, aufmerksam in die Ferne, vorbei an dem hochgereckten Schiffsschnabel, der als Raubvogelkopf zurechtgeschnitzt war. Wo der mit tief herabhängenden grauen Wolken bedeckte Himmel und die Wasserfläche zusammenstießen, zog sich ein feiner Streifen von Schilf hin. Dort mündete mit seinen zahlreichen Armen der große Strom Itil ins Abeskunische Meer.

Auf dem gebogenen Hals des hölzernen Raubvogelkopfes am Schiffsbug saß rittlings ein kleiner Neger, dem der Steuermann jetzt zurief:

»Said, schwarzer Frosch, siehst du endlich die Mündung? Hast du eine Meerenge zwischen dem Schilf entdeckt?«

»Ich sehe viele, viele Meerengen!« rief Said zurück.

»Suche nach einem Hügel am Ufer, auf dessen Gipfel sich ein steinerner Götze erhebt. Weshalb kannst du ihn nicht erblicken, kleine schwarze Schlange? Wisch dir die Augen aus!«

»Ein steinerner Götze ist nirgendwo zu sehn. Ich sehe jedenfalls keinen.«

»Klettere auf den Mast, auf die höchste Spitze! Hurtig!«

Auf einer an Deck stehenden Kiste aus Palmholz, die den würzigen Duft eines fernen Landes ausströmte, saß ein junger Araber in einem weiß und rot gestreiften Gewand, das von einem andersfarbigen Stoffgürtel zusammengehalten wurde. Die weiten blauen Pluderhosen waren in grobe Schuhe aus gelbem Leder hineingesteckt. Der Wind zauste die

1 Abeskunisches Meer = Kaspisches Meer.

schwarzen Locken und den Zipfel des schneeweißen Turbans, der als Zeichen des Gelehrtenstandes über das linke Ohr herabhing.
Über dem dichten Röhricht flogen riesige Schwärme von Sumpfvögeln.
»Wo ist die Mündung des Itils?« rief der Araber.
»Der gewaltige Itil hat siebzig Mündungen«, antwortete der Steuermann. »Man muß den Hauptarm finden. Wenn das Schiff in einen der Nebenarme einliefe, bliebe es im Röhricht zwischen den Sandbänken stekken... Suche den steinernen Götzen, Said!«
Das Negerlein schrie von der Mastspitze herab:
»Ich sehe einen Haufen Steine! Daneben liegt auf der Erde irgendeine Steinfigur.«
»Die alten Götter sind gestorben! Die alten Götter haben sich in den Sümpfen versteckt!« lachte der Araber spöttisch. »Im altersmorsch gewordenen Weltall herrschen neue Götter, die zusammen mit den grimmen Tatarenkhanen herbeigeflogen sind. Sie sind es, die den Mungalen Glück bringen.«
»An die Ruder!« kommandierte der Steuermann mit schallender Stimme. »He, Aufseher, wach auf! Legt euch ordentlich ins Zeug! – Sieh dir mal das Wasser an, Scheich Abd ar-Rahmân«, fuhr der Steuermann zu dem Araber gewandt fort. »Wir fahren schon nicht mehr im Salzwasser des Meeres, sondern im Süßwasser des Stromes. Siehst du die Schwärme der silbrigen Fische? Über ihnen kreisen die Möwen... Rudert rascher! Der Itil ist schon nah!«
»An die Ruder!« rief, nun auch erwachend, der sonnverbrannte finstere Aufseher, der auf einer Taurolle geschlummert hatte. Nachdem er seinen zerknautschten roten Turban zurechtgerückt hatte, knallte er mit einer Peitsche, deren sehr langer Riemen auf die nackten Rücken der sich müde erhebenden Ruderer niedersauste. Zugleich begann er mit einem Holzhämmerchen auf einem Brett den Rudertakt zu klopfen.
»Strengt euch an, ihr Nichtstuer! Ihr habt genug geschlafen, solange wir günstigen Wind hatten. Jetzt legt euch ins Zeug! Faulenzern werde ich das Mittagbrot entziehn.«
»Das wirst du nicht tun!« ließen sich einige Stimmen vernehmen. »Ohne uns kämst du ja nicht hin.«
Die graurot gewürfelten Segel hingen schlaff herab, klatschten nur leicht unter den schwachen Windstößen.
»Hadschi-Tarchan![1] ... Dort sehe ich schon Hadschi-Tarchan!« rief der kleine Neger vom Topp herab.
»Oije, Islam-Agha[2], wach auf!« rief der Steuermann nun in die Richtung, wo sich die Kajüte des Schiffseigentümers befand. »Hadschi-Tarchan ist schon nah!«

---

1 Hadschi-Tarchan = alter Name für die Stadt Astrachan, früher die reiche Hauptstadt des Chasarenreiches, die vom Fürsten Swjateslaw von Kiew zerstört wurde.
2 Agha = Herr (türk. eigentlich »älterer Bruder«).

Aus der mit einer schmalen Türöffnung versehenen Kammer drang das durchdringende Gekreisch einer Frauenstimme.
»Fahr geradeaus, Maksum! An Hadschi-Tarchan vorbei! Laß keinen an Deck! Jage jeden, der mit seinem Boot anlegen will, davon! Fahr den Itil flußaufwärts!« ließ sich von ebendorther eine heisere Männerstimme vernehmen.
Maksum legte sich mit dem ganzen Gewicht seines stämmigen Körpers auf das lange Steuerruder und bewirkte dadurch eine leichte Seitwärtsdrehung des Schiffes.
Langsam fuhr man an einer mäßig großen Siedlung vorüber; einstmals war das die reiche Chasarenhauptstadt gewesen. Am Ufer erblickte man Hütten, die auf einem Pfahlrost über dem Wasser standen und mit nachgedunkeltem Schilf gedeckt waren. Ihre Bewohner liefen auf die weit in den Fluß hineinragenden Landungsstege, von deren Ende aus sie die Vorüberfahrenden anriefen und ihnen mit bunten Lappen zuwinkten. Viele sprangen auch in schmale lange Nachen und ruderten hastig auf den »Liebling der Winde« zu, an dessen Deck die mit Stangen bewehrten Matrosen standen und jeden ins Wasser zu stoßen drohten, der sich's einfallen ließe, an Bord zu klettern.
Zusammen mit den Nachen näherte sich auch ein mit mehreren Ruderern bemanntes Boot, worin ein wohlgestalter langbärtiger Mann saß, seinem Aussehen nach ein Kaufmann.
»Oije, Islam-Agha! Holt Islam-Agha herbei!« rief er. »Befindet er sich wohl und munter? Ich bin sein alter Freund, und oft habe ich ihn unter meinem Dach beherbergt. Viele Male bin ich auch mit dem ›Liebling der Winde‹ gefahren. Sagt eurem Herrn, daß Abdul-Fatch aus Bagdad hier sei.«
Der junge arabische Gesandte ging zu der geschnitzten Kajütentür und klopfte laut an.
»Islam-Agha, laß diesen Mann an Bord! Ich habe von ihm gehört und muß mit ihm sprechen.«
Die geschnitzte Tür öffnete sich, und heraus torkelte der wohlbeleibte, breitschultrige Schiffseigner. Er hatte ein dunkelblaues, bis zu den Knien reichendes Hemd an, das von keinem Gürtel zusammengehalten wurde. Sein aufgedunsenes, zerknittertes Gesicht mit dem struppigen schwarzen Bart und den verschwollenen Augen ließ auf eine durchzechte Nacht schließen. Islam-Agha kratzte sich mit der sommersprossigen Hand den Bauch, schlüpfte mit bloßen Füßen in hellgelbe Pantoffeln mit nach oben gebogenen Spitzen und schlurfte zur Deckbrüstung hin.
Neugierig spähte Abd ar-Rahmân durch die halboffene Tür ins Innere der Kajüte. Aus dem dämmrigen Dunkel hob sich die Gestalt einer zierlichen kleinen Frauensperson ab. Sie trug ein nonnenhaft streng anmutendes rauchgraues Kleid von byzantinischem Schnitt, das von einer roten Paspel umsäumt war. Von dem schlanken, nur ganz wenig sichtbaren Hals hingen Perlenschnüre auf die Brust herab. Aus ihren

in dem wachsbleichen Gesicht ungemein groß wirkenden grünlichen Augen heftete sie unter den aufwärts gebogenen langen Wimpern hervor einen erstaunten und fragenden Blick auf den jungen Araber, doch nur für einen Moment, dann wandte sie den hübschen Kopf hastig dem Meere zu, und die korallenroten Lippen flüsterten:
»Ein fremdes, wildes Land... Nichts als Röhricht und Sumpf... Und weiter, arme Daphne, steht dir neue Gefangenschaft bevor...«
Eine feine weiße Hand, am Gelenk von einem silbernen Armband geschmückt, legte sich mit einer unbeschreiblich schmerzlichen Bewegung auf die Augen, und das junge Weib trat in den dunkelsten Winkel der Kajüte zurück.

Seltsame Dinge

Im Glanz der Morgensonne tauchte die Karawane des alten Nurali Tschowdur aus der blauen Steppe auf. Vor den Nomaden lag die fast unübersehbare Wasserfläche des weit über seine Ufer getretenen großen Stromes Itil. Die Hammel, von halbnackten braunhäutigen Kindern angetrieben, trotteten gemächlich den Uferpfad entlang. Ihnen folgten in langer Reihe, an Schwänzen und Nüstern aneinandergebunden, die Kamele, zwischen deren Höckern auf Ballen zusammengeschnürten Hausrats und auseinandergenommener Jurten dunkelgesichtige, abgezehrte Greisinnen saßen mit Säuglingen auf den Armen. Frauen in himbeerroten, aber sehr verblichenen Fetzen schritten mit stolzem, wiegendem Gang auf der einen Seite der Karawane, die Männer, getrennt von ihnen, auf der anderen. Sie sprachen erregt, aber mit gedämpfter Stimme untereinander und fuchtelten dazu heftig mit den Händen. Einige erklommen behutsam und gebückt die sandigen Hügel, kamen aber schnell wieder heruntergelaufen. Alle schienen von Entsetzen gepackt.
Es waren die ihnen vertrauten fetten Wiesen und Weiden. Jahraus, jahrein hatte Nurali Tschowdurs kleiner Nomadenstamm im Frühling hier seine Zelte aufgeschlagen. Früher waren hier Herden gelber Steppenantilopen vorübergejagt, mitunter hatte auch eine Herde scheuer wilder Pferde hier geweidet. Diesmal aber sahen sie auf einer ehedem öden Stelle, auf dem Gipfel eines Hügels mit sanften Hängen ein goldschimmerndes Haus stehen, wie durch Zaubermacht aus dem Boden herausgewachsen. Es wurde gekrönt von einem hohen schlanken Türmchen, das mit farbigen Ornamenten verziert war. Auf allen Pfaden und Wegen galoppierten in der Nähe wie in der Ferne seltsame Reiter, ihre Pferde waren merkwürdig klein von Wuchs und struppig wie Bären, sie entwickelten jedoch eine unglaubliche Geschwindigkeit.
Das Mannsvolk von Nurali Tschowdurs Sippe – insgesamt waren es, Söhne, Enkel und Urenkel, ihrer neunundneunzig – blickte sich unter-

einander an diesem hellen Morgen mit schreckgeweiteten Augen an, und die Älteren riefen verdutzt:
»Was ist das? Narren uns Dschinns[1]?... Nur in Allahs Garten kann es solche goldnen Paläste geben! Oder sollte gar ein mächtiger Ifrit[2] sich hier in der Einöde ein Schloß errichtet haben? Wer könnte sonst in einem so prächtigen Hause wohnen?«
Und alle warteten, was das Oberhaupt der Sippe, der weise Urahn, sagen und beschließen würde. Ungeduldig blickten alle ihn an. Doch Nurali Tschowdur, eingehüllt in einen von der Sonne verblichenen wollenen Umhang, das ehrwürdige Haupt gekrönt von einem hohen weißen Turban, quer vor sich über den Sattel gelegt einen Stock mit von der Zeit abgenutzter Silberkrücke, ritt schweigend auf seinem alten rotgefleckten Falben dahin. Unentwegt starrte er mit seinen tränenden Augen, als traute er ihnen nicht, in die Richtung, wo der märchenhafte Palast stand, wie er in seinem ganzen langen Leben keinen gesehen.
Endlich zog er die Zügel an. Laute Rufe brachten sofort die ganze Karawane zum Stehen. Söhne und Enkel eilten herbei und umstanden den Patriarchen, in dessen weißem Bart der Wind spielte. Mit heiserer, keuchender Stimme flüsterte Nurali Tschowdur die leiderfüllten Worte:
»Neue, schwere Zeiten sind angebrochen... Alles, was wir ringsum sehen, gereicht uns nicht zur Freude. Wenn es aber der Wille des Allmächtigen ist, so müssen wir alles daransetzen, aus der Salzwüste grauen Elends auf den sicheren Pfad der Rettung hinauszugelangen... Hier sind wir vom Verderben umlauert... Auf unseren uralten Weideplätzen grasen bereits fremde Herden... Unsere Herden werden geraubt und fortgetrieben werden, unsere stolzen Frauen geschändet, unsere geliebten Kinder nach fremden Ländern verschleppt und dort verkauft werden... Treibt unsere Herden schleunigst in die fernen Steppen am Großen Stein![3] Rasch fort von diesem furchtbaren Ort, möglichst weit fort von den grausamen, erbarmungslosen Mungalen! Allahs Zorn hat diese wilden Krieger vom Aufgang der Sonne her in die uns seit undenklichen Zeiten gehörenden Gebiete hergetrieben. Ob wir es freilich anderswo besser haben werden?... Schwarze Wolken ziehen sich über unserem Wege zusammen. O welche Zeiten!«
Ächzend und stöhnend reckte Nurali Tschowdur die Hand, in der er den Krückstock hielt, zum Himmel. Er murmelte Gebete, in denen er Allah

---

1 Dschinn = geisterhaftes (sowohl teuflisches wie engelhaftes) Wesen, imstande, unter wechselnden Formen zu erscheinen und übermenschlich schwere Arbeiten zu verrichten.

2 Ifrit = im späteren Sprachgebrauch soviel wie Dschinn; ursprünglich eine besondere Gattung unter den Geistern und Dämonen, denn es heißt im Koran »ein Ifrit, von den Dschinns«.

3 Großer Stein = der südliche Ural.

anflehte, ihm seine Söhne, Enkel und Urenkel zu erhalten. Dann schlug er mit den Sohlen seiner Kawuschen[1] gegen die Flanken seines alten falben Hengstes.

Die Wache der Mongolen

Kreischend rutschte der krausköpfige Negerknabe Said am vorderen Mastbaum, von dessen oberster Rahe aus er Ausschau gehalten hatte, herab und sauste in wilder Hast über das Deck.
»Islam-Agha! Islam-Agha! Vor uns liegt eine auf Rädern rollende Stadt und ein großes goldenes Haus!«
»Du bist wohl mit deinem Hohlkopf gegen den Mastbaum gerannt? Wo soll denn hier eine Stadt herkommen?«
»Der Junge hat recht«, mischte sich ein junger Matrose, der am Steuerruder stand, ein. »Vor uns befindet sich die neue Tatarenstadt, eine bewegliche Stadt, die auf Rädern durch die Steppe rollt.«
»Ich kann beim besten Willen nichts sehn.« Der Schiffer rieb sich mit dem weiten Ärmel seines blauen Hemdes die Augen. »Ihr phantasiert wohl alle miteinander wie die Betrunkenen, seit ihr in diesen Sumpfnebel geraten seid.«
»Schau nur dorthin, Agha!« beharrte das Negerlein und hüpfte aufgeregt auf seinen dürren Beinen hin und her. »Siehst du, dort auf jenem Hügel, dort steht das leuchtende Haus!«
»Ich seh' schon. Aber das sind Lagerfeuer, die brennen.«
»Gar keine Lagerfeuer sind das! Es ist ein Haus aus purem Golde. Es schimmert und flimmert nur in den Strahlen der Sonne wie Feuer.«
»Was faselst du da, du kleiner Frosch? Wie sollte denn hierher mitten in die öde Steppe ein Haus aus Gold kommen?«
»Das ist ein Hinterhalt der Wüstenräuber«, behauptete der junge Matrose. »Hier lauern sie den Pilgern auf, die auf der Wallfahrt nach Mekka sind, und plündern sie aus; ihre Leichen aber werfen sie in den Fluß.«
Die halbnackten, an die Bänke gefesselten Sklaven ließen ihre Ruder fahren. An die Bordwand geklammert, starrten sie gierig in die Ferne, wo das goldglänzende Schloß weiterhin wie Feuer sprühte und leuchtete.
»Ein Haus aus purem Gold, tatsächlich!« riefen sie mit ihren rauhen, groben Stimmen und zerrten an ihren Ketten, als wollten sie sich losreißen. »Wenn man nur ein Stück davon abbricht, so kann ein jeder von uns sich seine Freiheit erkaufen. Laßt uns hingehn und das Haus von Gold niederreißen, das Allah selbst uns geschenkt hat!«
»Es ist eine Stadt! Ich habe die Wahrheit gesagt! Es ist eine Stadt!« jubelte der Negerjunge, indem er vor Freude einen Luftsprung nach dem andern vollführte. »Islam-Agha, du versprachst einen silbernen Dir-

1 Kawuschen = Fußbekleidung aus grobem Leder.

hem[1] demjenigen, der als erster die Mauern der Tatarenstadt erblicken würde. Ich habe sie zuerst gesehn, gib mir also gleich den Dirhem.«

»An die Plätze! An die Ruder!« brüllte der Schiffer.

Der lange Riemen der Peitsche des Aufsehers klatschte auf die nackten Rücken der Ruderer. Vor Schmerz schreiend und heulend, nahmen sie ihre Plätze auf den Bänken wieder ein.

»Vielleicht ist es ein Masar[2]?« meinte der Schiffer ärgerlich. »Gewiß, so wird's sein: ein Gebäude, das irgendein Steppenkhan über dem Grabe eines seiner Vorfahren hat errichten lassen. Ja, ein Masar, ein Grabmal, aber keine Stadt! Wo sind denn die Moscheen, wo die Häuser der Einwohner? Wo ist die Medresse, wo der Basar der Kaufleute? Nein, von mir wirst du keinen Dirhem bekommen, du schwarzes Ferkel, weder einen silbernen noch einen kupfernen.«

»Doch, es ist eine tatarische Stadt«, widersprach der Mann am Steuer im Brustton der Überzeugung, »und zwar die neue Hauptstadt des furchtbaren, unbesiegbaren Stammes, der zum Schrecken aller Völker aus dem Osten hergezogen kam, eine Zeltstadt auf Rädern, die bald hierhin, bald dorthin rollt, je nachdem, wo sich die besten Weiden für das Vieh finden. In jenem goldenen Hause aber wohnt ihr höchster Khan, ihr Kagan[3], der, wie es heißt, einen Kopf von der Größe eines Kochkessels hat. Ein einziger Blick seiner Schielaugen bringt jeden zum Stehen, der es wagt, zu nahe an ihn heranzutreten, ja er wirft ihn glatt um...«

»Rudert schneller! Vorwärts!« brüllte der Schiffer wütend. »Aufseher, peitsche das faule Viehzeug!«

Die Rudersklaven setzten ihre ganze Kraft ein, so daß der Schweiß ihnen in Strömen über den Rücken rann. Aber nur langsam bewegte sich der schöne Zweimaster mit den hohen Bordwänden vorwärts; denn die Gegenströmung war sehr stark.

Auf beiden Seiten des Verdecks standen Matrosen mit langen Staken, um die Wassertiefe zu messen.

»Eine Sandbank! Der Kiel kratzt schon den Grund.«

»Anker werfen!« gebot der Schiffer.

Zwei Anker klatschten ins Wasser, die Taue strafften sich, und das Wasser schäumte gegen die Bordwände. Auf der heftig dahinströmenden Wasserfläche tanzten und wirbelten Strohhalme und kleine grüne Zweige. Das mit hohem Schilf bewachsene Ufer war nicht fern.

Auf der Ebene erschienen Reiter, die langschößige Pelzröcke und spitze Fellkappen trugen. Sie näherten sich dem Fluß, ritten ins Wasser hinein und hielten auf der Sandbank, wo sie ihre schnaubend das Wasser beschnuppernden Rosse zügelten und ihre verhältnismäßig kurzen

---

1 Ein Silberdirhem hatte einen Wert von etwa 20 Kopeken, als Kupfermünze hingegen war ein Dirhem nur 2 Kopeken wert.

2 Masar = Mausoleum über dem Grab eines Heiligen oder Märtyrers.

3 Kagan = Kha-Khan = Khan aller Khane, Großkhan.

Lanzen schwenkten, dazu riefen sie gebieterische Worte in einer dem Schiffsvolk unverständlichen Sprache. Die tieferen Stellen im Wasser verwehrten den kurzbeinigen Rossen, noch näher an den Zweimaster heranzukommen. Die Reiter hatten von Wind und Sonne gegerbte und gebräunte dunkle Gesichter und waren von unterschiedlichem Alter, blutjunge und auch Greise waren darunter. Einer dieser Greise, angetan mit einem prächtigen gelbgestreiften Chalat[1], löste sich aus der Schar, trieb sein Pferd noch etwas tiefer, bis zu den Steigbügeln, ins Wasser hinein und rief erst auf persisch, dann auf arabisch und schließlich in der Kiptschakensprache:
»Wer seid ihr? Woher kommt ihr? Wem gehört dieses Segelschiff, und was hat es geladen? Antwortet! Ich bin der Terdschuman[2] des großen Eroberers des Erdkreises.«
Der Steuermann, der viel in der Welt herumgekommen war, antwortete in der Sprache der Kiptschaken[3]:
»Dieses Segelschiff gehört dem ehrwürdigen Kaufmann Islam-Agha vom ›Eisernen Tor‹[4]. An Bord des Schiffes befindet sich der außerordentliche, erhabene Gesandte Seiner Heiligkeit des Großkalifen Mustansir von Bagdad. Ist es noch weit bis zu den Stufen des Thrones des großen Eroberers des Erdkreises? Der Schiffseigner möchte den Staub des Teppichs vor ihm küssen und ihm wertvolle Geschenke darbringen.«
Der Dolmetscher befahl barsch:
»Laßt ein Boot herab! Fahrt ans Ufer und weist den Firman[5] vor, der euch die Einreise in die Gebiete des mongolischen Reiches gestattet!«
Die anderen Reiter fielen ein:
»Zeigt uns, was ihr für die Krieger des Dschichangirs[6] mitgebracht habt!«
Mit bebenden Lippen gab Islam-Agha seinen Matrosen halblaut hastige Anweisungen:
»Versteckt im Schiffsraum, was sich nur irgend verstecken läßt, und schließt die Luken!«
Ein schmales geteertes Boot schoß aus dem dichten Röhricht am Ufer

---

1 Chalat = morgenländisches Obergewand in Form eines Schlafrocks.

2 Terdschuman = Dragoman = Dolmetscher.

3 Kiptschaken = ein zu den Türkvölkern gehörendes großes Nomadenvolk, das sich das riesige Gebiet vom Aralsee bis zum Dnepr aneignete, von den Europäern auch Kumanen genannt. Zu Ehren ihres Khans Usbek nahmen die Kiptschaken später den Namen Usbeken an.

4 Das Eiserne Tor = die Stadt Derbent am Westufer des Kaspischen Meeres, Eisernes Tor hieß die Stadt, weil ihre starke Festung den Landweg nach dem Iran verschloß.

5 Firman = persisch: fermaî = kaiserlicher Erlaubnisschein oder Paß.

6 Dschichangir = (arabisch) Erschütterer oder Beherrscher des Erdkreises; Titel des Oberbefehlshabers der mongolischen Kriegsmacht.

hervor und auf das Segelschiff zu. Seine Insassen, tatarische Krieger, enterten mit ihren hakenbewehrten Speeren den »Liebling der Winde« und kletterten auf Strickleitern, die sie entrollten und über die Deckbrüstung warfen, an Bord. Im Nu zerstreuten sie sich über das ganze Schiff, kehrten alle Säcke und Ballen um, schlitzten sie mit ihren krummen Messern auf, trugen Pelze und andere Kleidungsstücke, die ihnen in die Hände fielen, auf einen Haufen zusammen und auf einen anderen Ballen mit Datteln und getrockneten Weintrauben.
Von diesem Lärm aufgeschreckt, kamen einige Passagiere aus dem Innern des Schiffs an Deck gestürzt und starrten nun aus ihren im grellen Sonnenlicht zusammengekniffenen Augen voller Entsetzen auf die fremden wilden Krieger.
Der junge arabische Gesandte stand, mit dem Rücken gegen einen Mast gelehnt, die Hand am Griff seines Dolches, in stolzer, unerschrockener Haltung da und neben ihm sein gleichfalls die Fassung bewahrender rotbärtiger Schreiber, einen Beutel aus Teppichstoff und einen großen Koran[1] in den Händen.
Lautlos schlichen sich von hinten zwei Tataren an den jungen Araber heran und versuchten, ihm seinen Rock vom Leibe zu zerren, doch der kräftige Jüngling schüttelte sie mit Leichtigkeit von sich ab und zog dann seinen Dolch zur Verteidigung.
Im selben Moment kam der greise Dolmetscher die Strickleiter heraufgestiegen und rief, nachdem er den Schiffer mit einer hoheitsvollen Geste begrüßt hatte, im Tone eines Gehorsam gewohnten Mannes den tatarischen Kriegern zu:
»Wer wird denn einen vornehmen Fremden kränken, der als Gesandter des Kalifen zum Dschichangir kommt? Laßt ihn gefälligst in Ruh'! Er mag uns seinen Namen nennen!«
»Man beleidigt den Gesandten des Kalifen!« brüllte wie ein Rasender Islam-Agha. »Diese Räuber plündern ihn aus!«
»Das sind keine Räuber«, erklärte der Terdschuman bedeutungsvoll, »sondern die tapferen Bahadure[2] Batu-Khans, des erhabenen Herrschers der Tataren.«
Neben dem Terdschuman war indessen ein junger Krieger aufgetaucht. Er trug eine stählerne Rüstung und einen Helm mit silberner Nasenschiene in Form eines Pfeiles.
»Achtung und Gehorsam!« rief er mit gebieterischer Stimme.
»Achtung und Gehorsam!« wiederholten die mongolischen Krieger wie aus einem Munde und standen unbeweglich wie Bildsäulen an der Stelle stramm, an der ein jeder sich gerade befunden hatte, alle mit dem Gesicht dem gepanzerten jungen Krieger zugekehrt, welcher sich jetzt

---

1 Koran (Alkoran) oder Kuran = das Glaubensbuch der Mohammedaner, eine nach dem Tode des Propheten zusammengetragene Sammlung seiner ihm zuteil gewordenen Offenbarungen.

2 Bahadur oder Bahatur = Held, Recke.

dem mit gesenktem Kopf und hochgezogenen Schultern dastehenden Schiffseigentümer zuwandte mit der Frage:
»Wer ist dieser unüberlegte junge Mensch, der es gewagt hat, wider die tapferen Bahadure des großen Dschichangirs den Dolch zu zücken?«
Dem zornigen Schiffer blieb vor Verblüffung der Mund offenstehen, dann, nachdem er seine heruntergerutschten Pluderhosen wieder heraufgezogen hatte, stotterte er:
»Das ist ja der Gesandte des Kalifen von Bagdad.«
Der junge Araber hatte inzwischen, mit einem wütenden Blick auf seine Angreifer, sein im Handgemenge zerrissenes Obergewand wieder in leidliche Ordnung gebracht und starrte dem gepanzerten Anführer der Mongolen trotzig ins Gesicht. Dieser fuhr, ohne ihn zu beachten und sich erneut an seine Krieger wendend, fort:
»Ihr wißt, Bahadure, daß Gesandte unverletzlich und unantastbar sind, und ganz ungehörig ist es, ihnen die Kleider vom Leibe zu reißen. Bedankt euch bei dem außerordentlichen Gesandten des Kalifen von Bagdad und bei dem Eigentümer dieses Schiffes für die von ihnen erhaltenen Geschenke.«
»Wir bedanken uns für die Geschenke!« riefen die Krieger.
»Eine Zehnermannschaft bleibt hier an Bord des Schiffes. Die andern schaffen die Geschenke ans Ufer und ins Lager Batu-Khans.«
In diesem Augenblick stürzte aus der Kajüte des Schiffers ein schieläugiger alter Mongole, gefolgt von einer zierlichen, schreckensbleichen Frauensperson, der er einen Beutel aus gemustertem Teppichstoff aus den Händen zu reißen suchte. Die Beraubte, an deren Fußknöcheln ein silbernes Kettchen klirrte, war eben im Begriff, ein Jammergeschrei zu erheben, als der alte Räuber beim Anblick seiner strammstehenden Kameraden den Beutel losließ und ebenfalls unbeweglich strammstand.
»Ich bin sicher, daß niemand an Bord, weder der Eigentümer noch der Gesandte oder einer der Passagiere, sich über meine Krieger zu beklagen hat«, sagte der Gepanzerte.
»Wieso sollten wir uns nicht beklagen?« rief der Schiffer empört. »Sie haben doch geraubt, was ihnen nur zwischen die Finger kam.«
»Still!« unterbrach ihn der Anführer. »Merke dir, daß die tapferen Bahadure des erhabenen Dschichangirs niemanden berauben. Sie nehmen sich nur die ihnen als Eroberer des Erdkreises gesetzlich gebührende Beute. Da du aber so vermessen warst, meine Krieger zu beleidigen, indem du sie Räuber nanntest, werde ich sofort, hier an Ort und Stelle, über dich Gericht halten und dir nach den Gesetzen der Jassa[1] die verdiente Strafe zuerkennen, die sogleich nach der Verkündung vollzogen werden wird: ein Keulenhieb auf den Scheitel! Umgewandelt kann diese Strafe werden: in Aufknüpfen am Mastbaum.«
»Niemand hat sich beklagt! Keiner ist beschuldigt worden!« beteuerte

1 Jassa = Dschingis-Khans Sammlung von Gesetzen zur Regelung des Alltagslebens.

Islam-Agha mit zitternder Stimme, indem er sich die trocken gewordenen Lippen leckte. »Wir sind alle hocherfreut, wenn unsere bescheidenen Geschenke den ruhmreichen Kriegern des gerechten Herrschers der Tataren gefallen.«

Der Gepanzerte ließ seinen spöttischen Blick eine Weile auf dem Schiffer ruhen, dann sagte er:

»Gut, ich hebe das Urteil auf, aber meinen Anordnungen habt ihr euch ohne Widerspruch zu fügen. Alle an Bord Befindlichen – Schiffer, Matrosen, Passagiere – haben sich dort drüben in einer Reihe aufzustellen ... mit Ausnahme des Gesandten, der sich auf die andere Seite begeben mag ... So ... und nun – Choni und Munke – durchsucht sie sorgfältig!«

Ein alter Mongole mit einem Raubtiergesicht, in dem die schiefsitzenden Augen wie zwei schmale Schlitze wirkten, trat zum ersten der Reisenden, die sich in Reih und Glied aufgestellt hatten, und unterwarf ihn einer gründlichen Leibesvisitation. In aller Gemütsruhe nahm er ihm die Leibbinde und den Geldbeutel, der dahinter verborgen war, ab, zog ihm den mit einem Türkis geschmückten goldenen Ring vom Finger und die hellgelben Lederschuhe von den Füßen und überreichte diese Gegenstände einen nach dem andern einem zweiten Mongolenkrieger, der einen Schafpelz auf dem Boden ausgebreitet hatte, worin er alles, was ihm eingehändigt wurde, sammelte.

Furchtsam sahen die Reisenden nach der Stachelkeule, die an einem Lederriemen dem alten Mongolen mit dem Raubtiergesicht über der Schulter hing.

Während die Ausplünderung vor sich ging, stellte der Dolmetscher an jeden, der an die Reihe kam, die gleichen Fragen:

»Wer bist du? Was treibst du? Woher kommst du? Wohin willst du? Warum und wozu? Auf wie lange Zeit?«

Ein halbergrauter, sehr reich gekleideter Reisender, der einen gestreiften Seidenchalat, rosa Pluderhosen und einen hellblauen Turban trug, antwortete:

»Ich bin Kaufmann und komme aus der Stadt Urgentsch[1] im großen Reich Chowaresmiens. Ich führe Seidenstoffe bei mir, Edelsteine und Haschisch[2], eine Droge, die jedem, der seine Zuflucht zu ihr nimmt, Seligkeit verschafft ... Was muß ich nach den Vorschriften der weisen Jassa mit meinen Waren tun?«

»Du darfst sie hier alle frei verkaufen, nachdem du zuvor ein Fünftel

1 Urgentsch oder Gurgandsch = Stadt und Chanat in Turkestan in Mittelasien. Damals war es Hauptstadt des bis zum 12. Jahrhundert unter der Herrschaft der seldschukischen Türken stehenden (schon von Herodot erwähnten) Reiches Chowaresmien (auch Chorasmien oder Charism), in das um 1230 die Mongolen einfielen. Auch Timur verwüstete das Land 1372 und 1379. Später kam es unter die Herrschaft der Usbekenkhane.

2 Haschisch = ein aus indischem Hanf gewonnenes Rauschmittel.

für unseren gerechten Dschichangir und ein weiteres Fünftel für den großen Kagan aller Mongolen als Tribut erlegt hast. Das zweite Fünftel wird nach der Residenz Kara-Korum[1] gesandt werden.«
Ein anderer Reisender, der äußerst ärmlich in einen verblichenen Umhang gekleidet und durch seine hohe spitze Mütze als Derwisch kenntlich war, begann in singendem Tonfall eine lange Litanei herzuleiern:
»Ich bin ein unsteter Wanderer auf der flachen Erdscheibe. Mein Name ist Scheich Muslich ad-Din. Ich verfasse anmutige Verse. Ich habe weder Haus noch Garten, um Steuern zahlen zu können. Mein ganzes Hab und Gut trage ich bei mir. Meinen ganzen Reichtum schöpfe ich aus diesem Bronzetintenfaß.«
Der Mongole mit der Keule tastete ihn ab, fand in seinem Busen einen Beutel mit Silbermünzen, nahm ihn an sich, riß auch das an des Scheichs Gürtel hängende Bronzetintenfaß ab und besudelte sich die Hände, als er es öffnete.
Der Derwisch jammerte mit zum Himmel gereckten Armen:
»Wenn mir mein Tintenfaß genommen wird, muß ich meine Leber den Raben zum Fraß vorwerfen.«
Choni, der Mann mit der Keule, entgegnete ungerührt:
»Deine Bronzeschatzkammer können unsere Schreiber brauchen.«
Munke, der zweite Mongole, riß dem Derwisch seinen weiten Mantel ab, breitete ihn auf dem Deck aus und warf die abgenommenen Sachen darauf.
Muslich ad-Din sank auf die Knie nieder, bedeckte sein Gesicht mit den Händen, wiegte den Oberkörper vor und zurück und murmelte unverständliche Worte, zwischen denen er ein klägliches Winseln hören ließ.
Der Gepanzerte trat zu ihm hin und berührte ihn mit der Hand an der Schulter.
»Was bist du eigentlich: ein Bettler, ein Schamane[2], ein Sterndeuter? Worüber jammerst du?«
»Ich bin kein Bettler. Ich war reicher als der mächtigste Herrscher, jetzt aber bin ich ärmer geworden als ein Vogel oder ein wildes Tier, denn ein Vogel hat seine Federn, ein Tier sein Fell. Dreißig Jahre bin ich in diesem Mantel über den Rücken der Erde gewandert. Er war mein Kleid, mein Bett- und mein Tischtuch. Tagsüber hüllte ich mich darein, nachts lag ich darauf, und zu den Mahlzeiten legte ich Brot und Käse darauf. Selbst auf die Gefahr hin, daß du mir den Schädel mit der Keule zerschmetterst, muß ich es aussprechen: Es kann nicht sein, daß die weise Jassa befiehlt, einem Sänger, der die Heldentaten der großen Völker-

---

1 Kara-Korum = älteste Residenz der Mongolenkhane (1235–1260). Auf ihren Trümmern steht das 1585 gegründete buddhistische Kloster Erdenitse.

2 Schamane = Heil- und Zauberkundiger bei Tiefkulturvölkern (besonders Sibiriens).

beherrscher besingt, seinen Mantel und sein Tintenfaß wegzunehmen.«
Choni hatte unterdessen die Enden des Mantels zusammengeknüpft und hob das Bündel in die Höhe. Durch die Löcher und Risse fielen Münzen, Ringe und andere kleine Gegenstände, die man den Reisenden abgenommen hatte, heraus.
Der Gepanzerte sagte zu dem Scheich:
»Du wirst mit mir zu unserem gerechten Khan kommen. Er wird entscheiden, was mit dir geschehen soll... Choni, gib ihm seinen Mantel und sein Tintenfaß zurück!« Dann deutete er mit der Hand auf einen hageren Mann mit einem zerzausten roten Bart, der einen weiß und schwarz gestreiften Tschekmen[1] nach arabischem Schnitt trug: »Und wer bist du?«
»Das ist mein Schreiber«, erklärte der arabische Gesandte. »Er ist gleichzeitig ein weiser Sterndeuter und Wahrsager und ein äußerst geschickter Arzt.«
»Ein Arzt?« rief der Gepanzerte. »Ich brauche dringend einen erfahrenen Arzt! Was bewahrst du in deinem Ledersack auf?«
»Meine Arzneien, mit denen ich die Gläubigen von ihren Krankheiten kuriere und sie vor dem Tode errette. Und dies hier ist die ›Erhabene Rolle‹[2] des Propheten, gelobt und gepriesen sei er!«
Die Mongolen beluden ihr Boot mit den geraubten Sachen; mehrmals mußte es zwischen dem Zweimaster und dem Ufer hin- und herfahren, ehe alles an Land geschafft war.
Bei der vorletzten Fahrt nahmen sie auch das junge Weib mit dem silbernen Kettchen an den Füßen, den Derwisch und den Negerknaben mit.
Zehn Mongolen blieben als Wache auf dem Schiff; sie hockten auf dem Achterdeck in engem Kreis nieder und stimmten ein wehmütiges Lied an.
Islam-Agha stand an der Deckbrüstung und starrte fast tränenblind dem Boote nach, das ihm die junge Frau entführte.
»Dafni[3] hat mich verlassen«, murmelte er schließlich ganz verzweifelt, indem er die Tränen mit der Faust abwischte, »sie, die wie ein Splitter in meinem Fleische war, die giftige Assel!«
Der arabische Gesandte legte ihm teilnehmend die Hand auf die Schulter.
»Wahrlich, auch ein Grund zum Trauern... Auf jedem Markt gibt es Sklavinnen zu kaufen, so viele du nur willst. Wirst eine andre finden, die noch besser ist.«
»Eine bessere als Dafni werde ich niemals finden! Sie stammte von den

---

1 Tschekmen = ein ziemlich kurzer, auf Taille gearbeiteter Rock.

2 Erhabene Rolle = eine bei den Moslemin für den Koran übliche Bezeichnung.

3 Dafni = (griechisch) Daphne (d.h. Lorbeer).

großen Komnenen-Kaisern[1] ab. Es würde mich nicht gereuen, für sie hundert Goldmünzen und einen Sack getrockneter Pfirsiche zu geben. Weshalb hat man sie mir entführt?«
»Was fandest du bloß an ihr? Klein war sie und blaß, trocken wie eine Erbse. Immer hat sie mit dir gestritten, hat dich gebissen und gekratzt und sogar gedroht, dich zu töten...«
»Das ist wahr«, gab der Schiffer zu, dann aber flüsterte er dem Gesandten ins Ohr: »Doch sie verstand es, tiefe Leidenschaft zu wecken.«
»Das ist freilich ein seltenes Verdienst«, meinte der Gesandte.

Abd ar-Rahmân bei der Wahrsagerin

Abd ar-Rahmân sprang aus dem Boot ans Ufer – ans Ufer des geheimnisvollen Landes der Steppenvölker; um es zu erreichen, hatte er die beschwerliche und gefährliche Reise durch die Hochgebirge des wilden Kurdistans gemacht.
Er fühlte festen Boden unter den Füßen, stolperte im Dunkeln aber über Erdhügel, und das harte scharfe Gras, das auf ihnen wuchs, schnitt ihm in die Beine. Trotzdem empfand er es als einen Freund.
»Hassan! Wo ist Hassan?« rief er in die Finsternis nach dem Matrosen, der ihm versprochen hatte, seine Sachen zur Karawanserei[2] zu schaffen.
»Hassan ist hier!« antwortete aus dem Dunkel die Stimme des Matrosen. »Wart ein Weilchen, Agha! Ich muß erst noch die Sachen aus dem Boot tragen und dabei aufpassen, daß keiner von den Halunken was maust. Ich habe da einen Tagedieb gefunden, der bereit ist, mir beim Tragen des schweren Ballens zu helfen. Doch muß ich ihm zuvor eine Schlinge um den Hals legen, damit er mir in der Dunkelheit nicht davonläuft.«
Abwartend stand Abd ar-Rahmân da. Allmählich gewöhnten sich seine Augen an die Finsternis, und er gewahrte zwei Gestalten, die sich ihm näherten: den Matrosen Hassan und den erwähnten »Tagedieb«, beide schwer beladen mit Säcken, in denen sich die kostbaren Geschenke des Kalifen für den Mongolenkhan befanden. Zwar hatte der Schiffer versprochen, einen zuverlässigen Begleiter zu stellen, der den Weg zu den arabischen Kaufleuten zeigen sollte; in der Dunkelheit war aber bei dem Gewimmel von hastenden und schreienden Menschen alles durcheinandergeraten, und der junge Abd ar-Rahmân war von dem treuen Adsum, den die mongolische Wache mitgenommen hatte, getrennt worden.

---

1 Komnenen = ein byzantinisches Fürstengeschlecht, das (1057–1059 und 1081–1185) auf dem Thron von Konstantinopel und (1204–1462) auf dem Throne von Trapezunt saß. Als Herrscher von Trapezunt nannten sie sich Groß-Komnenen.

2 Karawanserei = Reiseherberge.

›Wohin gehen?‹ fragte sich der Jüngling.

Ein kalter Wind blies ihm rauh ins Gesicht, das sich mit feinem Staub bedeckte. Vor ihm, in der Ferne, flimmerten Lichter. Schwarze Schatten huschten vorüber. Man mußte auf der Hut sein: Überall lauerten Menschen, die sich kein Gewissen daraus machten, zu rauben und zu morden. Ob man nicht lieber bis zum Morgengrauen am Flußufer wartete und dann erst auf die Suche nach den gastfreundlichen Landsleuten, den arabischen Kaufleuten, ging?... Sie würden ihm Unterkunft gewähren, ihm ein sicheres Zelt und flinke Diener geben, ein mit Seidenblumen besticktes Tischtuch auf den Teppichen ausbreiten und die herrlichsten Speisen ihm zu Ehren, der als Gesandter des heiligen Kalifen zu ihnen kam, auftragen lassen.

Ein Händchen, fast so klein wie das eines Kindes, berührte zutraulich Abd ar-Rahmâns muskulöse starke Hand, und eine sanfte, wohlklingende weibliche Stimme ertönte freundlich und einschmeichelnd in einer unbekannten Sprache. Das sagte die gleiche Stimme auf arabisch:

»Werter Reisender, wenn du in dieser kalten Nacht ein warmes Obdach suchst, so folge mir. Für dich als Fremden ist es zu gefährlich, nachts durch ein Lager rauher Krieger der verschiedensten Stämme zu streifen. Ganz in der Nähe aber findest du eine angenehme Unterkunft, wo dir schon ein freundlicher Empfang bereitet ist auf einem reinen Teppich, seidenen Kissen, und wo ein warmes Nachtmahl und ersehnte Ruhe nach den Beschwerden der Reise deiner warten.«

Hassan brummte unwirsch:

»Wer bist du denn? Wir kennen dich ja gar nicht, Tochter der Finsternis und der Sünde.«

»Höre auf mich, Reisender! Ich wünsche nur dein Bestes. Bleib nicht hier am Fluß! Und die Übernachtung wird dich auch gar nicht teuer zu stehen kommen. Nur drei Silberdirhem.«

»Hassan, folgen wir ihr. Irgendwohin müssen wir doch sowieso gehn. Also überlassen wir es dem Zufall, wohin.«

»Ich gehorche, Agha, aber Allah bewahre dich vor neunundneunzig Mißgeschicken.«

Beharrlich zog die kleine Hand den jungen Araber fort ins Unbekannte.

»Ich folge dir ja schon«, sagte er. »Und ich will dir fünf Dirhem geben, wenn alles, was du versprichst, sich als wahr erweist. So ziehst du dein Glück hinter dir her.«

»Dir aber wird als Zugabe noch Seligkeit geschenkt werden«, verhieß die einschmeichelnde, sammetweiche Stimme.

Sie schritten über Hügel, durch Gesträuch hindurch. Die roten Lichter verschwanden bald, bald leuchteten sie von neuem auf. Schließlich ging es wieder hügelan. Endlos war der Weg. Auf einmal tauchten dunkle Zelte auf, vertraute arabische Zelte aus Wollgewebe. Durch die Risse in der Zeltwand schimmerte rötliches Licht.

»Wir sind angelangt!« sprach die kleine Führerin und schlug den Vorhang vor dem Eingang zurück.

In der Mitte des Zeltes glimmte ein offenes Kohlenfeuer, darüber hing ein rußgeschwärzter Kumgan[1] aus Bronze.
Unter dem von Holzstangen gestützten Zeltdach hing ein Tonlämpchen, dessen Schein im Verein mit dem Feuer das Zelt leidlich erhellte.
Abd ar-Rahmân stellte seine Reisetaschen ab, dann band er seinen Gürtel mit dem Köcher und dem Krummsäbel in silberner Scheide los und legte alles vor sich auf einen bunten Samt- oder Plüschteppich, auf dem er dann niederkniete, um mit erhobenen Händen ein leises Gebet zu sprechen.
Hassan und der »Tagedieb«, ein zerlumpter Kerl mit unstetem Blick, hatten ihre Lasten gleich am Zelteingang niedergeworfen und wischten sich, während sie auf Bezahlung warteten, den Schweiß mit dem Ärmel vom Gesicht.
Als Abd ar-Rahmân sein Gebet verrichtet und sich wieder erhoben hatte, warf er den beiden einige Geldstücke zu.
»Du mußt noch etwas zulegen. Das war ein schwerer Packen, oh!« stöhnte der Tagedieb. »Man könnte wahrhaftig meinen, es wäre Eisen drin, aber vielleicht ist es auch Gold, dann sei dir Allah gnädig und verdoppele das Gewicht deines Packens.«
Aufmerksam musterte Abd ar-Rahmân den Menschen: seine lange Hakennase, das runde Mützchen, den halbergrauten zerzausten Bart.
»Wie heißt du?« fragte er, indem er ihm noch ein paar kleine Münzen hinwarf.
»Wie ich heiße?« Der Tagedieb zuckte die Achseln und bückte sich, um das Geld aufzusammeln. »Jetzt nennt man mich Samuil den Seufzenden, einst aber war ich Samuil ben-Abram und besaß in Jeruschalaim ein eigenes Haus mit einem Orangenhain ringsum. Damals trieb ich einen Handel mit raren Artikeln und gebot über ein ganzes Hundert solcher seufzenden Diener, wie ich jetzt selber einer geworden bin. An allem sind die Franken, die Kreuzritter, schuld. Der Teufel muß in sie gefahren sein, daß sie nicht ruhig in ihrem Heimatland bleiben können, sondern die friedlichen Einwohner Jeruschalaims in Schrecken und Unruhe versetzen, weil sie glauben, das ›Grab des Herrn‹ befreien zu müssen. Wovon befreien? – Ein Grab ist ein Grab, und ich denke, es braucht keinerlei ›Befreiung‹. Arme Leute aber gerieten dadurch in Not und Verderben. Erst machten die Franken mich zu ihrem Gefangenen, und ein Baron machte mich zu seinem Koch. Es gab bloß nichts zu kochen und zu braten, und ich selbst mußte für meinen Herrn das Hammelfleisch und die Datteln herbeischaffen, das heißt natürlich: stehlen... Später geriet ich in arabische Gefangenschaft und wurde als Sklave in die Fremde verkauft, so weit weg von meiner Heimatstadt, daß ich nun hier am Ufer des Itils bin.«
»Wieviel soll ich dir denn noch zulegen, ehrwürdiger Samuil ben-Abram?«

1 Kumgan = Teekanne oder Teekessel aus Metall mit langer Tülle.

»Wieviel? Bei mir heißt es: Je mehr, desto besser.« Und er schlug die Hände zusammen.
»Ich weiß nicht, welches Geld hierzulande im Gebrauch ist und wie die Preise stehen.«
»Hier sind alle möglichen Geldsorten im Gebrauch, wenn es nur wirklich klingendes Gold oder Silber ist... Gold, ach! Wie lange ist mir kein Golddinar mehr in die Hände gekommen! Und einmal hatte ich in meiner Handlung einen Diener bloß eigens dafür, daß er Gold in Silber und Silber in Gold umwechselte. Weißt du, Herr, was ich dir sagen will?«
»Nun, was willst du mir denn sagen, Samuil ben-Abram?«
»Wenn du eine Handvoll Gold besitzt, so läßt sich diese Handvoll in wenigen Tagen in drei Handvoll verwandeln. Hier strömt jetzt unendlich viel Gut zusammen, geraubtes... Oh, was sage ich da? Natürlich nicht geraubtes, sondern nur von Batus Kriegern aus anderen Ländern hierher mitgebrachtes, aus Ländern, die sie gründlich ›ausgekämmt‹ haben. Aber diese Mongolen haben keine Ahnung von dem wahren Wert der Dinge, die sie in den Händen haben. Jetzt tut ein kluger Mann gut daran, alles, was sie hierhergebracht haben, billig aufzukaufen, um es später für einen teuren Preis wieder zu verkaufen. Wann und wo sollte man wohl ein gutes Geschäft machen können, wenn nicht jetzt und hier?... Du wirst morgen sehen, daß hier eine große Stadt gleichsam aus der Erde emporwächst, eine bemerkenswerte Stadt mit vielen Bewohnern, die alle essen und trinken wollen und was nicht sonst noch alles. Ach, armer Samuil ben-Abram, oh, daß du frei wärest und nicht einen Messingring im Ohr trügest und ein Brandmal deiner Herrschaft, mit einem glühenden Eisen auf deiner rechten Hüfte gebrannt! Du könntest der reichste Kaufmann in dieser jungen mongolischen Hauptstadt werden!«
»Wer ist denn dein Herr?«
»Ich habe keinen Herrn, sondern eine Herrin – Bibi-Gündus... Pst! Sie wohnt hier. Und sie ist klug. Sie braucht einen Menschen nur anzuschauen und weiß sogleich die ganze Wahrheit über ihn, so durch und durch geht ihr Blick. Man zahlt ihr große Geldsummen für das, was sie wahrsagt, als läse sie aus dem Buch des Schicksals.«
»Welche Summe wäre denn nötig, um dich aus der Sklaverei loszukaufen?«
»Geld? – Meine Herrin wird mich nicht verkaufen. Sie bedarf meiner. Sie berät sich in allen Dingen mit mir: darüber, was gekauft werden soll und was verkauft. Zwar hat sie versprochen, mich später freizulassen, doch«, setzte er flüsternd hinzu, »kann man denn einem Weibe trauen? Pst! Leiser... Sie kommt!«

Die weise Bibi-Gündus

Der Vorhang aus Teppichstoff wurde beiseite geschoben, und herein trat eine Frau in einem roten Seidengewand, ihr Haupt war von einem bunten Turban gekrönt.

»Sei gegrüßt, Fremdling. Rast und Ruhe sei dir nach deiner beschwerlichen Reise gegönnt!«

Sie ließ sich am Rande einer Schilfmatte auf die Knie nieder und musterte den fremden Jüngling mit einem klaren, durchdringenden Blick, der gleichsam sagte: ›Ich bin klüger als du!‹ Ihr Gesicht von arabischem Typus mit sehr regelmäßigen Zügen wurde von einem Lächeln erhellt. Die Augen wetteiferten an Glanz förmlich mit der Smaragdkette, die den bräunlichen Hals schmückte, und mit den Diamantohrringen, die bläuliche Funken sprühten.

»Du kommst, scheint es, aus dem glücklichen Arabien oder aus dem fernen vielgerühmten Bagdad? Deine Kleider und die Ornamente auf deinen Reisesäcken deuten darauf hin.«

»Alles erkennt, alles versteht sie!« murmelte Samuil vor sich hin.

Ohne die Bemerkung ihres Sklaven zu beachten, fuhr Bibi-Gündus zu lächeln und zu sprechen fort:

»Falls dir hier in dieser Stadt Sorgen erwachsen sollten, dann höre auf mich, es wird dir Glück bringen. Ich möchte verhüten, daß du, dem hier alles neu und unbekannt sein muß, Fehler machst, die sich nicht verbessern lassen. Wer wartet und wägt bei der Wahl des richtigen Weges, dem erfüllt sich seine Hoffnung; wer aber übereilt handelt, ohne seine Handlungen vorher auf der Waage der Vernunft zu wägen, der wird es zu bereuen haben ... Hier in diesem merkwürdigen Heerlager herrschen ganz eigene Gesetze, Sitten und Gebräuche. Man muß sie kennen, um keine Torheiten zu begehn, die sich nicht wiedergutmachen lassen. Die Tataren sind hier die Herren, und gefällst du ihnen nicht, so können sie dich festnehmen, dir deinen ganzen Besitz wegnehmen, und du verschwindest spurlos in den kalten Fluten des Itils.«

»Sie werden es nicht wagen, den Gesandten des Kalifen anzutasten!« rief Abd ar-Rahmân voll Überzeugung.

»Das dachte ich mir«, meinte Bibi-Gündus immer mit dem gleichen, allmählich nervös machenden Lächeln. Abd ar-Rahmân fühlte sich von ihrem Blick festgebannt wie unter dem Blick einer großen Schlange, die, auf dem Schwanz aufgerichtet, ihr Opfer fasziniert.

»Samuil, bereite den Kebab[1]!« befahl die Herrin dem Juden, ohne sich zu rühren und ohne ihren prüfenden Blick von ihrem Gast abzuwenden.

Abd ar-Rahmân beobachtete den Diener, der ein Bündel eiserner Bratspieße herbeiholte und aus einem rotgestreiften Tuche gehacktes Fleisch auswickelte.

In ihrer Unbeweglichkeit verharrend, kommandierte Bibi-Gündus:

---

1 Kebab = Gericht aus feingehacktem, auf Spießen gebratenem Fleisch.

»Samuil, hole den versiegelten Krug mit süßem Schiraswein! – Und du, mein lieber Gast, wäre es dir angenehm, wenn meine Sklavin Sulfija dir in der Zeit bis zum Nachtmahl Lieder aus deiner Heimat vorsingt? Vielleicht vermag die Musik die Unruhe zu zerstreuen, die sich auf deinem Gesicht ausdrückt... Fürchte nichts, ich sehe dich im Lichte großer Erfolge.«

Abd ar-Rahmân erbebte bei diesen Worten.

»Mein Mädchen singt wie eine Nachtigall. Du solltest ihre Lieder nicht verschmähen«, meinte Bibi-Gündus.

»Nein, ich mag jetzt keine Lieder hören. Wenn du so hellsichtig bist, daß sich vor deinem Blick der Vorhang der Zukunft öffnet, so offenbare mir lieber, was mir in diesem Jahre bestimmt ist.«

Aus dem Gesicht der Wahrsagerin war das Lächeln plötzlich wie weggewischt, und die Züge nahmen einen strengen Ausdruck an. Sie schlug ihre Augen sinnend nieder, hob sie aber nach einer Weile mit einem unverkennbar traurigen Ausdruck wieder zu ihm auf und sagte:

»Ich will dir nicht alles sagen, was ich in deinem Gesicht lese. Willst du, so erzähle ich dir nur von den hellen Tagen des Sieges, verschweige aber die dunklen der Schmach und des Kummers.«

»Der Schmach?« rief Abd ar-Rahmân. »Wie könnte mir Schmach und Unehre auf meinem Wege begegnen? Ich werde niemals etwas Schmähliches und Unehrenhaftes tun oder zulassen. Verschweige mir nichts, sage mir alles, nichts soll mich schrecken. Die Zukunft aber wird zeigen, ob du die Wahrheit gesprochen hast oder nicht. Ich will wissen, was mir droht, um nicht mit geschlossenen Augen am Rande des Abgrunds hinzutaumeln.«

»An dem Kismet[1], wie es im Buch des Schicksals vorgezeichnet ist, vermögen weder Mut noch List etwas zu ändern. Seinem Schicksal entrinnt keiner!«

Bibi-Gündus klatschte in die Hände und rief: »Sulfija!«

Das junge Mädchen, welches den jungen Araber hierher geleitet und bis jetzt in der Tiefe des Zeltes gekauert hatte, in einen schwarzen Schleier mit Silberflitter gehüllt und den Kopf auf die Knie gelehnt, warf den Schleier ab, sprang behend auf und holte mit lautlosen leichten Bewegungen ein Beutelchen aus Wildleder herbei, dazu ein Schilfstäbchen und eine mit Wasser gefüllte Tonschale.

Bibi-Gündus entnahm dem Beutelchen bunte Steinchen und warf sie auf dem Teppich aus, wobei sie unverwandt in das Wasser der Schale starrte, die sie vor sich hingestellt hatte. Dann sammelte sie die Steinchen wieder ein und warf sie von neuem aus.

Abd ar-Rahmân, spürbar erleichtert, weil der forschende Blick der Wahrsagerin nicht mehr auf ihm haftete, beobachtete gespannt ihr Tun. Tief über die Schale gebeugt und ins Wasser starrend, das plötzlich zu

---

1 Kismet = (arabisch) das Zugeteilte; Ergebung ins Kismet ist religiöse Pflicht des Mohammedaners.

wallen anfing, als wäre Feuer darunter, begann Bibi-Gündus kaum vernehmbar zu flüstern:
»Ich sehe Schlachten, viele Schlachten... Dahinjagende Reiter, die von ihren Rossen stürzen... Feuerschein und schwarzen Rauch, der bis zu den roten Wolken aufsteigt... Ganze Städte stehen in Flammen... Die Erde färbt sich rot von dem vielen vergossenen Blut... Doch weder Pfeil noch Schwert werden dir etwas anhaben bis zu dem schwarzen Tag... Ich sehe einen jungen Krieger, der dir ähnlich sieht, auf einer Treppe emporsteigen, die in Fels gehauen ist; höher und immer höher klimmt er bis zum schneebedeckten Gipfel des Berges... Du trägst einen goldenen Talisman bei dir, der dich beschützt... Doch du schwankst, du hältst dich nur mit Mühe aufrecht, um nicht in den Abgrund zu stürzen... Auf der obersten Plattform steht ein junger Krieger, neben ihm eine Frau mit goldschimmerndem Haar... Der Krieger liebt sie, ist bereit, ihr zu vertrauen... Doch hüte dich vor ihr wie vor dem Tod! Verderben droht dir von ihr... Sie will dich in den Abgrund stoßen... Höre! Hüte dich vor der Frau mit dem Goldhaar!«
»Finde ich mein Ende durch diese Frau?« fragte Abd ar-Rahmân mit bebender Stimme.
»Ich warne nur...«
»Werde ich Reichtümer gewinnen?«
»Reichtümer? – Nein! Du strebst nach Ruhm, nicht nach Reichtum... Dein Leben lang wirst du den Erdkreis durchwandern und viele ferne Länder sehen... Doch der Reichtum wird dir wie Sand durch die Finger rinnen. Du bleibst ein Krieger, in den rauhen Mantel der Enthaltsamkeit gehüllt, vom Panzer des eisernen Willens umschlossen.« –

Abd ar-Rahmân ruhte auf dem Teppich. Das Feuer sank in sich zusammen, die glimmenden Kohlen bedeckten sich mit grauer Asche, die das Rot auslöschte. Es wurde ganz dunkel im Zelt. Durch die Risse in der Zeltwand flimmerten zwei blasse Sterne. Aber kein Schlaf wollte sich auf Abd ar-Rahmâns Augen senken. Eine unklare Erregung, die ihn durchwühlte, verscheuchte den Schlummer immer wieder. Er dachte an die Audienz beim Khan, die er hoffte am nächsten Tag gewährt zu bekommen, an die Prophezeiungen der Wahrsagerin, deren Blick er noch auf sich ruhen fühlte, an die anmutigen Bewegungen Sulfijas, als sie ihm beim Nachtmahl, das er mit Bibi-Gündus zusammen eingenommen, die Schalen mit dem berauschenden aromatischen Wein gereicht hatte... Dann drängten Erinnerungen an die beschwerliche Reise auf ihn ein... Dann wieder glaubte er den Juden Samuil mit dem Käppchen auf dem Scheitel und dem zerzausten Bart ganz deutlich vor sich zu sehen, wie er bei der Zubereitung des Kebab mit den Bratspießen hantierte... Als endlich der Schlaf das Bewußtsein mit einem leichten Nebel überziehen wollte, verspürte er einen unmerklichen Lufthauch, der ihn aufscheuchte. Eine kleine, sammetweiche Hand legte sich auf seine Lippen und deckte ihm die Augen zu.

Er streckte den Arm aus und fühlte die Rundung eines biegsamen Frauenrückens, über den zwei dicke Zöpfe herabhingen. Der Duft von Nelken stieg ihm in die Nase... Ein kleiner, feuchter Mund bot sich ihm halbgeöffnet lockend dar...

Abd ar-Rahmân kam zu sich, weil jemand ihn in den großen Zeh seines rechten Fußes gekniffen hatte. Die Schatten der nächtlichen Träume waren entschwunden. Im Zelt glimmten die Kohlen des offenen Feuers und verbreiteten zusammen mit der Wärme eine wohltuende Behaglichkeit.
»Wer ist da?« fragte Abd ar-Rahmân.
»Ich – Adsum, ich bin's, Herr! Der Tatarenkhan hat mich wieder freigelassen, als er erfuhr, daß ich in Diensten des Gesandten des Kalifen von Bagdad stünde. – Man hat dir auch Reitpferde geschickt.«
Die Erinnerung an die Nacht überflutete den Jüngling heiß. Er richtete sich auf und blickte umher. Wo war denn die nach Nelken Duftende?... Statt ihrer kniete der rotbärtige Diener am Rande des Teppichs, eine Messingschüssel und einen Krug mit eingravierten Ornamenten in den Händen.
»Ich habe dir frisches Wasser gebracht, damit du dich waschen und dein Gebet verrichten kannst.«
»Und wer hat die Pferde geschickt?«
Von draußen ließ sich eine Männerstimme vernehmen:
»Deine neuen Freunde, die darauf brennen, von dir Nachrichten aus der Heimat zu hören.«
Abd ar-Rahmân betete, nachdem er seine Kleider geordnet und die rituelle Waschung vorgenommen, drei Rakas Salât[1], dann erhob er sich, nicht ohne zuvor noch einmal vergebens seine Augen auf die Suche nach der nelkenduftenden Sulfija geschickt zu haben.
Der Diener brachte ihm eine große Tonschüssel voll gekochtem Reis mit Rosinen und Hühnerfleisch, die er niederkniend vor seinen Herrn hinsetzte, daneben legte er ein zusammengefaltetes rotes Tuch, das er aus seinem Busen zog.
»Was hast du für Befehle?«
»Wo ist denn...«, fragte Abd ar-Rahmân hastig, besann sich aber des Unschicklichen der beabsichtigten Frage und fuhr mit Würde fort: »...die Herrin des Hauses?«
»Hier!« rief es hinter dem Vorhang, und mit strahlendem Lächeln erschien Bibi-Gündus, wie stets im Glanz ihres reichen Schmuckes aus Diamanten und Smaragden; sogar um den hellblauen Turban mit orangefarbenen Streifen war eine Perlenkette gewunden.
Den Faltenwurf ihres weiten seidenen Gewandes ordnend, ließ sie sich auf dem Teppich nieder.

1 Salât = das rituelle Gebet der Mohammedaner, das in mehrere Teile zerfällt, ein solcher Teil heißt Raka.

Abd ar-Rahmân hatte einige Fragen auf der Zunge, beherrschte sich jedoch, eingedenk des Spruches: »Man soll nicht durch Fragen preisgeben, was einem auf dem Herzen brennt«, und erkundigte sich bloß noch einmal nach den Reitpferden:
»Wer hat sie denn geschickt? Wer erwartet mich?«
Seine Gastgeberin wies mit einer hoheitsvollen Geste auf einen am Zelteingang stehenden Mann, der ehrfürchtig die Hände gegen seine Brust drückte.
»Dies ist der Abgesandte der hier ansässigen arabischen Kaufleute. Er wird dir ausrichten, was ihm aufgetragen worden ist«, sagte Bibi-Gündus.
Der Diener beugte sich zu seinem Herrn hinab, als wollte er ihm ein Kissen im Rücken zurechtrücken, und flüsterte ihm ins Ohr:
»Reite nicht allein, Sajid[1], sondern nimm mich mit. Du weißt nicht, ob du nicht in Augenblicken der Gefahr Beistand brauchst.«
Abd ar-Rahmân fragte den Boten der arabischen Kaufmannschaft:
»Würde sich ein zweites Pferd für meinen Schreiber finden?«
»Es steht schon eins bereit. Und die Rosse sind deiner würdig – schön und feurig.«
»Feurig liebe ich höchstens den Wein, nicht aber die Pferde. Ich bin kein Abenteuer suchender Dschigit[2], sondern ein Ruhe und meine Bücher liebender Fakih[3]«, brummte der Diener.
Abd ar-Rahmân hatte sich erhoben und befahl:
»Höre, du bleibst hier und läßt mein Reisegepäck nicht aus den Augen.«
»Ich gehorche«, entgegnete der Diener. Ärgerlich zog er eine Kalamniza[4] und ein ledergebundenes Buch aus seinem Beutel und legte beides auf den Teppich in der Nähe des Feuers. Dann holte er einen wollenen Reisemantel herbei und war seinem Herrn behilflich beim Anziehen der grünen Saffianlederstiefel mit roten Absätzen und beim Umgürten des Krummsäbels. Auch vergaß er nicht, ihm zwei Dolche in den Gürtel zu stecken. Zuletzt reichte er ihm ehrerbietig den kunstreich gewundenen grünen Turban, das Abzeichen der Nachkommen des Propheten.
»Merke dir«, schärfte Abd ar-Rahmân seinem Diener nochmals ein, ehe er das Zelt verließ, »laß die Sachen ja nicht aus den Augen. Vielleicht werde ich sie sogleich brauchen.«
Vorm Zelt blieb er unwillkürlich wie gebannt stehen. Zwei stämmige Negersklaven mit roten Kopfbinden waren unter Aufbietung ihrer ganzen Körperkraft bemüht, einen ungebärdig stampfenden und sich

---

1 Sajid = Herr (eigentlich: fürstlicher Gebieter).

2 Dschigit = Held (insbesondere Reiterheld der kaukasischen Bergvölker), Recke.

3 Fakih = ursprünglich jemand, der Kenntnis von etwas oder Verständnis für etwas besitzt, später: Belesener, Schriftgelehrter und Gesetzeskundiger.

4 Kalamniza = Federkasten, Pennal.

bäumenden Hengst festzuhalten. Es war ein prächtiges Tier, dessen Fell auf eine höchst seltene Art gescheckt war.
Mit zusammengekniffenen Augen beobachtete der Jüngling ein Weilchen die angestrengten Bemühungen der Neger.
›Man will mich auf die Probe stellen‹, dachte er bei sich, ›ob ich mir getraue, dieses Roß zu besteigen. Aber wer gewöhnt ist, wilde Rosse zu zähmen, freut sich, seine Geschicklichkeit wieder einmal beweisen zu können.‹
Aber nicht nur der prächtig gezäumte Hengst, von dessen Lefzen Geiferflocken auf die Brust niederfielen, nahm des Jünglings Aufmerksamkeit in Anspruch. Gegen einen Steinhaufen zeichnete sich im rosenroten Licht der Morgensonne die Silhouette eines schlanken jungen Mädchens ab, das in graziöser Haltung einen Krug auf der Schulter trug.
Mit sicherem Schritt trat er zu dem Hengst hin, der ihn mißtrauisch beäugte, ergriff mit der linken Hand den Zügel und saß wie durch Zauberei plötzlich in dem arabischen Sattel mit den breiten Steigbügeln.

Bei den arabischen Kaufleuten

Die Diener ritten voraus, auf schmalen Pfaden zwischen niedrigen schilfgedeckten Hütten ihren Weg suchend. Auch eine Menge fahrbarer Jurten war zu sehen. Die Familien der mongolischen Krieger machten sich neben den großen, schweren, aus einem Stück gearbeiteten Rädern zu schaffen: In Tontöpfen und Messingkesseln wurde Essen und Wasser gekocht, auf den Kohlen zerstückeltes Fleisch gebraten.
Vor einem kleinen, von dürftigen Bäumchen umstandenen Hause hatten sich die arabischen Kaufleute versammelt. Jeder war mit mehreren Gehilfen und Dienern gekommen; denn alle wollten sie die letzten Neuigkeiten aus der Heimat erfahren und vor allem, was der Kalif von Bagdad zu dem Einfall der Tataren meinte.
Zu Ehren seines Gesandten waren Teppiche auf dem Weg vor dem Hause ausgebreitet. Auf einem stand der Vorsteher der Kaufmannschaft, der als Zeichen des vollbrachten Haddsch[1] eine weiße Binde an seiner schwarzen Schaffellmütze trug, nebst seinen beiden Enkelkindern, von denen jedes dem Gast ein Tablett mit Weintrauben präsentierte.
Als Abd ar-Rahmân vom Pferde gesprungen war und die Zügel den Dienern übergeben hatte, ließ er sich von dem Ältesten an der Reihe der sich tief verneigenden Kaufleute entlangführen und wechselte mit jedem ein paar Begrüßungsworte. Einige der älteren Leute behaupteten, ihn schon als Knaben gekannt zu haben, ja ein paar Greise versicherten

1 Haddsch = die jedem Korangläubigen wenigstens einmal im Leben vorgeschriebene Wallfahrt nach Mekka.

sogar, sie könnten sich noch deutlich seines im Kampf gegen die Ungläubigen gefallenen Vaters erinnern. Dann wurde er ins Haus genötigt, in das außer ihm nur ein paar der geachtetsten und einflußreichsten Kaufleute Zutritt erhielten. Dort lagerte man sich im Halbkreis auf weichen Teppichen, und Diener schoben jedem Gast ein Seidenkissen als Stütze unter den Arm.
»Wir wollen wissen, wie wir uns verhalten sollen«, sprachen ein paar von den Greisen ängstlich. »Sollen wir hierbleiben und weiter Handel treiben, oder sollen wir alles im Stich lassen, unsere Waren zu einem Spottpreis verschleudern und heimkehren oder anderswohin ziehen? Wir wissen nicht, was die Mongolen im Schilde führen, und trauen ihrem Khan Batu nicht. Zwar hat er uns Handelsfreiheit zugesichert, doch vorläufig darf noch jeder beliebige Anführer einer seiner Horden sich ungestraft alles, was ihm gefällt, von unserm Hab und Gut aneignen. Freilich, wenn hier erst einmal eine zuverlässige, dauerhafte Ordnung hergestellt sein wird, ließen sich Umsatz und Gewinn verzehnfachen. Aber wer bürgt uns dafür? Was meinst du dazu, werter Gast? Und vor allem sage uns die Meinung des Kalifen von Bagdad, den Allah schützen und erhalten möge!«
Nach einigem Nachdenken antwortete Abd ar-Rahmân:
»Der Kalif – Friede sei mit ihm! – wünscht, daß der arabische Name sich auch weiterhin überall der Achtung erfreue, die er seit fünf Jahrhunderten genießt. Er wünscht, daß der arabische Krieger sich durch sein tapferes Schwert und seinen Mut, der arabische Kaufmann aber sich durch Treue und Ehrlichkeit und durch die Güte seiner Waren die Achtung der Welt erringe und erhalte.«
Das war nun allerdings eine äußerst vorsichtig formulierte, den Kern der Frage umgehende Antwort und wurde auch so von den Kaufleuten empfunden, die ihm des langen und breiten erzählten, welch äußerst günstigen Platz Batu-Khan für seine künftige Residenz hier am Ufer des Itils gewählt habe, wo alle Handelsstraßen zwischen dem Morgen- und dem Abendland, zwischen nördlichen und südlichen Ländern sich schnitten und diesen Schnittpunkt zum Zentrum des Erdkreises machten. Kein Zweifel, daß die junge Residenz Kedschi-Sarai[1] bald die erste unter den Hauptstädten der Welt sein würde und daß Schiffe und Karawanen aus allen Ländern, beladen mit allen nur erdenklichen Erzeugnissen des Landbaus und des Kunst- und Gewerbefleißes, hierherkommen würden, sobald nur erst das Vertrauen der Kaufleute auf Sicherheit des Leibes und Lebens und ihres Hab und Gutes gefestigt sei.
Abd ar-Rahmân fragte:
»Ehrwürdige Söhne meiner fernen Heimat, ihr habt viele Länder ge-

---

1 Batu-Khan, der seines Vaters Dschutschi Reich (das ehemalige Kiptschakenreich) geerbt hatte, gründete 1242 an der Wolgamündung die Stadt (Ketschi-) Sarai als Hauptstadt und Residenz seines Reiches der »Blauen Horde«.

sehen, Länder, in denen die Sonne aufgeht, und Länder, in denen sie untergeht. Sagt mir offen eure Meinung: Werden die Tataren imstande sein, die Völker des Abendlandes zu besiegen und ihre Gebiete zu erobern? Scheut euch nicht, mir eure geheimsten Gedanken zu enthüllen.«

Der Vorsteher der Kaufmannschaft antwortete:

»Worauf sich die Überlegenheit der Heere der Tataren über die Heere aller anderen Völker gründet, das ist die blinde Ergebenheit des tatarischen Kriegers gegenüber seinem Anführer und der bedingungslose Gehorsam, mit dem er jeden Befehl seines Vorgesetzten ausführt. Dazu kommt noch das Entsetzen, das die Wildheit dieser Mongolenhorden allen friedlichen Völkern einflößt. Wenn die Völker des Abendlandes nicht die zwischen ihnen seit alters herrschende Zwietracht begraben und nicht einmütig zusammenstehen in der Abwehr gegen die vieltausendköpfigen wilden Horden der Tataren, sondern fortfahren, sich im Bruderhaß gegenseitig zu zerfleischen, so wird Batu-Khan wie ein Wirbelsturm über ihre Länder hinwegfegen und überall Dschingis-Khans Jassa zum Gesetz erheben.«

»Wer ist eigentlich dieser Batu-Khan? Ist er ein erfahrener und umsichtiger Feldherr, ein kühner und großer Eroberer wie Iskander Dsul-Karnain[1]? Ist er ein weiser Herrscher wie Harun ar-Raschid?«

Ihm wurde erwidert:

»Ob er seiner Umsicht, seiner Kühnheit, seiner Erfahrung, seinem Willen und seinem Scharfsinn zu verdanken hat, daß jede seiner Unternehmungen ihm gelingt, oder ob er mit allen Dschinns und Peris[2] im Bunde und unter ihrem Schutze steht, das vermöchte selbst der Weiseste der Sterblichen nicht zu sagen.«

»Und welcher Art sind seine Waffengefährten? Ein Fürst oder Feldherr ist um so größer, je besser er es versteht, sich mit fähigen Gehilfen zu umgeben, die seinen Willen beharrlich ausführen.«

Man antwortete ihm:

»Gewiß hat Batu-Khan sich äußerst fähige Mitkämpfer und Mitarbeiter ausgewählt. Aber entscheidend ist, daß das Heer ihm widerspruchslos gehorcht. Es hat ihm ja auch den Namen ›Sain-Khan‹ gegeben, das heißt: der Heldenmütige, Freigebige, Großmütige ... Daher bin ich der Ansicht, daß Batu-Khan auf seinem Zug ins Abendland alle ihm sich entgegenstellenden Heere und Völker schlagen und unterwerfen und

---

1 Iskander Dsul-Karnain, der Doppelhörnige = Alexander der Große von Makedonien, der größte Feldherr des Altertums (355–323 v. u. Z.). Auf späteren Münzen ist er als Sohn des Jupiter-Ammon mit Widderhörnern abgebildet.

2 Peri = Name guter überirdischer Wesen (männlichen und weiblichen Geschlechts) von wunderbarer Schönheit (ähnlich den guten Feen unsrer Märchen); in der ältesten Zeit aber böse, den guten Geschöpfen feindliche Unholdinnen (unseren Hexen und bösen Feen vergleichbar).

daß seine Macht sich über alle Länder des Erdkreises erstrecken wird bis ans letzte Meer.«
Abd ar-Rahmân stellte eine neue Frage:
»Es ist mir aufgetragen worden, ihn auf seinen Feldzügen zu begleiten. Soll ich das tun?«
»Gewiß sollst du das tun, ganz gewiß!« riefen alle Anwesenden. »Damit kannst du auch uns helfen und dem arabischen Handel Vorteile sichern auf dem ganzen Weg, den Batu-Khan ziehen wird.«
Die Kaufleute erwiesen dem Gesandten ihres Kalifen eine so großzügige Gastfreundschaft, daß man mit den erlesenen Gerichten, die in zahllosen Schüsseln aufgetragen wurden, gut und gern zehn Gesandte samt einer zahlreichen Dienerschaft hätte sättigen können. Nach arabischer Sitte kostete Abd ar-Rahmân nur von jeder Schüssel, die ihm vorgesetzt wurde, kargte aber nicht mit Dank und Lob.
»Verüble uns eine unbescheidene Frage nicht«, sagte der Vorsteher während des Gastmahls. »Doch nur um dir mit Rat und Tat beistehen zu können, hätten wir gern gewußt, was für Geschenke du für den Tatarenkhan mitgebracht hast.«
Abd ar-Rahmân zählte auf: einen goldenen Ring mit einem kostbaren seltenen Stein und einer eingravierten Inschrift (einer magischen Formel des weisen Suleiman), ein Schwert mit einer gravierten Damaszener Klinge, einen goldenen Trinkbecher mit einem gegen Gifte feienden Talisman und noch etliche andere Kostbarkeiten.
»Gestatte mir, dir einen nützlichen Rat zu geben«, sagte der Älteste. »Du weißt, daß wir Araber außer wegen unserer Damaszener Klingen besonders wegen unserer edlen Rosse berühmt sind.«
»Seine Heiligkeit der Kalif hat mir aber kein Roß mitgegeben. Und wo sollte ich jetzt eins hernehmen?«
»So werden wir uns erlauben, dir aus der Verlegenheit zu helfen. Auf demselben Hengst, auf dem du hierhergeritten bist, wirst du auch zum Zelt Batu-Khans reiten. Zwar müssen sich alle gewöhnlichen Sterblichen diesem Zelte zu Fuße nähern, du aber wirst den Wachen erklären, du wolltest auf eben dem Rosse vor dem Sain-Khan erscheinen, das der Kalif von Bagdad ihm als Zeichen seiner Freundschaft sende. Sollte sich der Tatarenkhan zunächst über deine Dreistigkeit erzürnen, so wird sich sein Zorn gewiß besänftigen, sobald er nur erst das wunderbar schöne und edle Tier erblickt.«
Und die übrigen Kaufleute setzten hinzu:
»Und als Geschenk für die Frauen des Khans nimm noch von uns farbige Seidenstoffe mit, und für seine junge Lieblingsfrau Juldus-Hatun[1] ein Halsband aus siebenundzwanzig kostbaren Perlen.«
Abd ar-Rahmân antwortete:
»Ich finde keine Worte, um euch für eure Liebenswürdigkeit zu danken, meine lieben und werten Landsleute. Ihr ehrt mich, als wäre ich der

---

1 Juldus = Stern, Hatun = Frau, Herrin.

Älteste und Würdigste unter euch, wiewohl ich doch der Allerjüngste und Unwürdigste bin. Aber ihr tut es ja auch nicht um meiner geringen Verdienste willen, sondern als Zeichen eurer Achtung für den Kalifen von Bagdad; Frieden sei mit ihm, und seine Macht mehre sich von Tag zu Tag!«
Der Vorsteher der Kaufmannschaft versicherte, er würde sich selbst dringlich bemühen, dem Gesandten des Kalifen einen möglichst baldigen Empfang beim Khan zu erwirken, und bot dem Jüngling Gastfreundschaft in seinem Hause an bis zum Tage dieses Empfangs.

Dritter Teil
Im Hauptquartier Batu-Khans

»Das goldene Häuschen«

Der Tumen[1] der »blauen Unbesiegbaren« war nach einem nächtlichen Gewaltritt eben am Unterlauf des gewaltigen Flusses Itil, ganz in der Nähe seiner Mündung ins Abeskunische Meer, angelangt, und die Reiter hatten sich in der Ebene zerstreut, wo ihre erhitzten Rosse die vertrockneten Halme des silbrigen Reitergrases rupften.
Die erste Hundertschaft der Leibgarde des Dschichangirs schlug, nachdem sie auf ihren milchweißen Rossen einen tiefen Mündungsarm des Stromes durchschwommen hatte, ihr Lager auf einem langgestreckten schmalen Inselchen auf, an dessen nördlichem Rande sich auf einem steinigen Hügel ein Häuschen erhob, klein wie ein Spielzeug und von höchst seltsamem Aussehen. Es schillerte in allen Farben des Regenbogens und wurde gekrönt von einem schlanken Türmchen, das mit farbigen Kacheln ausgelegt und mit einem spitzenartig durchbrochenen Ornament geziert war. Jede Kachel wies die Zeichnung eines phantastisch verschnörkelten Blümchens auf, und in jedes Blümchen war ein dünnes Blättchen Dukatengold hineingeschmolzen. In den hellen Strahlen der Morgensonne glitzerte und gleißte das ganze Häuschen, als bestünde es aus lauter glühenden Kohlen.
Dieses Spielzeughäuschen war auf Befehl des jungen Batu-Khan in kürzester Zeit auf den Ruinen einer alten Stadt von dem bedeutenden chinesischen Baumeister Li Tun-Po, den schon Batu-Khans Großvater Dschingis-Khan aus China mitgebracht hatte, errichtet worden.
Zusammen mit dem Architekten hatten mehr als dreitausend chinesische Handwerker die weite Reise antreten müssen, doch nur ein kleiner Teil von ihnen war bis an den Itil gelangt.
Groß und massig stand Li Tun-Po unbeweglich am Eingang des Märchenhäuschens, in einem weiten schwarzen Seidengewand, das ihm bis zu den Füßen reichte, ein kleines Mützchen auf dem Hinterkopf, dessen lange Pfauenfeder ihm auf den breiten Rücken herabhing. Das glatte gedunsene Gesicht, von dem der Ausdruck unerschütterlicher Ruhe niemals wich, der graue, zu beiden Seiten des Mundes lang her-

1 Tumen = Korps (Division) von zehntausend Reitern, befehligt von einem Nojon.

abhängende Schnurrbart und die verschwommenen schmalen Äuglein schienen von einem seltsamen Mißverhältnis zwischen der beschaulichen Gemütsart eines Philosophen und dem phantastisch-kapriziösen Schöpferdrang eines schönheitstrunkenen Träumers zu zeugen. Die Hände über dem dicken Bauch gefaltet, ließ Li Tun-Po gleichmütig seine Augen über eine lärmende, schreiende Menge erbittert streitender Sklaven, die in zwei dichten Reihen am Wege standen, hinwandern, bis sie auf einem jungen tatarischen Krieger haftenblieben, der sich ihm mit raschen, aber lautlosen, katzenhaft geschmeidigen Schritten näherte. Der mit einem Türkis und mehreren Diamanten besetzte Griff des in einer grünen Scheide steckenden Krummsäbels legte Zeugnis dafür ab, daß der junge Krieger, an dessen schlanker Hüfte die kostbare Waffe mit einem silbernen Gehänge gegürtet war, das Wohlwollen des Khans genoß.

»Mögest du noch tausend Jahre leben, weiser, kunstreicher Li Tun-Po!« grüßte er, und ein Lächeln erhellte dabei sein sonnengebräuntes Gesicht. Mühsam zwang Li Tun-Po seiner Leibesfülle eine so tiefe Verbeugung ab, bis er mit den Fingerspitzen die bunten Steinfliesen berührte, auf denen er stand.

»Dir wünsche ich gleichfalls noch ein tausendjähriges Leben und dann einen ruhmvollen Heldentod auf dem Schlachtfeld, werter Taidschi[1] Mussuk. Der ›Blendende‹ ist anscheinend schon nahe?«

»Noch vor Sonnenuntergang wird er hier sein«, sagte der Prinz. »Du bist nun wohl sehr glücklich, weiser Li Tun-Po?«

»Ich war es, solange ich mit der Ausführung des Befehls des großen Dschichangirs beschäftigt war«, seufzte der Chinese und schüttelte bekümmert den Kopf. »Doch nun, da der wunderbare Palast errichtet ist, worüber sollte ich mich jetzt noch freuen? Was mich nun erwartet, ist die Teilnahme an einem blutigen Feldzug, wo man von mir verlangen wird, Wurfmaschinen zu konstruieren, die anderen Menschen Tod und Verderben bringen... Und du willst mich verlassen?«

»Ja, an der Spitze einer Abteilung der allerkühnsten Späher werde ich dem Heere vorausreiten. Ich werde den Dschichangir übrigens selbst darum bitten; er liebt es nicht, mir in seinem Standquartier oft zu begegnen.«

»Er schätzt dich als einen tapferen Nuker[2], deshalb sieht er dich nicht gern unter den Spaßmachern und Geschichtenerzählern, die ihm bei seinen abendlichen Gelagen Gesellschaft leisten.«

Mussuk legte seine Stirn in bekümmerte Falten und machte eine Hoffnungslosigkeit ausdrückende Handbewegung.

»Vielleicht hat es auch noch einen anderen Grund... Doch es ist

---

1 Taidschi = Titel mongolischer Prinzen.

2 Nuker = Krieger, Berufssoldaten insbesondere der Leibgarde eines Fürsten, von dem sie ganz und gar erhalten wurden und dem sie darum auch zu persönlichen Dienstleistungen verpflichtet waren.

schmerzlich, darüber zu sprechen. Erinnern wir uns lieber daran, wie wir beide alle unsere Kräfte angespannt haben, um den Befehl des Dschichangirs innerhalb der gestellten Frist auszuführen. Ob er uns unsre Mühen danken wird?«

Und beide riefen sich noch einmal die Zeit in die Erinnerung zurück, die sie gemeinsam beim Bau des goldenen Palastes verbracht hatten: Neun Monate – eine glückliche Vorbedeutung! – hatte die Errichtung des Rohbaus gedauert, weitere neun Monate hatten sie für die Einrichtung der Töpferwerkstatt und für das Brennen der verschiedenfarbigen glasierten Kacheln gebraucht, für die Installierung der Tonröhren für die Wasserleitung und der schmalen chinesischen Öfen, kurz, für die gesamte Innenausstattung.

Vielen Gefangenen hatte dieses forcierte Arbeitstempo das Leben gekostet. Ihre von den Peitschenhieben der Aufseher übel zugerichteten, ausgemergelten Leichname wurden kurzerhand in den Strom geworfen, auf dessen Wellen sie, begleitet von Schwärmen kreischender Möwen, schaukelnd ins stürmische Abeskunische Meer trieben.

Jetzt erhofft sich der kunstreiche Architekt aus den Händen des Dschichangirs die höchste Belohnung – vielleicht gar die Erlaubnis zur Rückkehr in seine Heimat. Auch andre erhoffen sich Belohnung. Da haben sich schon die grausamen Sklavenaufseher mit den dreischwänzigen Peitschen am Schultergehänge in Reih und Glied aufgestellt. Es hat sie nicht wenig Energie gekostet, die stöhnenden, schimpfenden Sklaven immer wieder zu unaufhörlicher, pausenloser Fron zu zwingen, ohne Rücksicht auf die Tages- oder Nachtzeit; denn des Nachts hat man beim Schein hochlodernder Feuer gearbeitet. Der Dschichangir ist als freigebig bekannt, gewiß wird er auch den armen geschundenen Arbeitern eine Belohnung zukommen lassen. Um seine Augen nicht durch den abstoßenden Anblick dieser elenden, schmutzigen Kreaturen zu beleidigen, hat man sie allesamt in lange, bunte, der Kriegsbeute entnommene Kittel gesteckt, aus denen unten bloß ihre nackten Füße hervorschauen oder höchstens der ausgefranste Rand eines Hosenbeins.

Wo bleibt denn aber Batu-Khan? Schon hat man in der Ferne die staubbedeckten Hundertschaften aus dem Tumen seiner Leibwache vorbeireiten sehen, jede Hundertschaft auf Rossen von gleicher Farbe, die einen auf Füchsen, die andern auf Schecken, die dritten auf Schimmeln, die vierten auf Rappen und so fort, und alle sind sie zwischen den Hügeln verschwunden.

Endlich kam ein Meldereiter auf schaumbedecktem Roß herangeprescht und rief, ganz außer Atem, schon von weitem:

»Der Khan ist schwer erkrankt! Zündet Feuer an! Überall sollen lodernde Feuer brennen, damit der Dschichangir sich an ihnen wärmen kann..., denn seine Glieder erstarren schon... Und die Schamanen sollen beten und singen!«

Aus der Steppe näherte sich eine lange, von Reitern eskortierte Kamelkarawane. Einige besonders hochgewachsene Kamele, deren Fell von auffallend gelber Farbe war, trugen Palankine[1] von leuchtend bunter Farbe, hinter deren Vorhängen sich Batu-Khans sieben Hauptfrauen, sein Siebengestirn, verbargen. Mit lauter Stimme riefen sie nach Li Tun-Po und verlangten, daß er sofort zu ihnen käme. Der Chinese leistete dem Rufe unverzüglich Folge, ließ sich über den Mündungsarm ans andere Ufer rudern und kniete der Reihe nach vor jedem der sieben Palankine nieder, aus denen ungeduldige, ärgerliche und eigensinnige Frauenstimmen in mongolischer und kiptschakischer Sprache sich vernehmen ließen:
»Was soll das heißen? Warum setzt man uns nicht zur Insel über? Was bedeutet dieser Aufenthalt? Wir sind gekommen, um in dem neuen Palast zu wohnen. Wenn man uns nicht unverzüglich übersetzt, werden wir ein Boot besteigen und selbst hinüberrudern... Wenn uns dabei etwas zustößt oder wenn gar eine von uns ertrinkt, so mag es derjenige, der uns hier zurückzuhalten wagt, vor Batu-Khan verantworten.«
Li Tun-Po beteuerte, daß er von dem Dschichangir den allerstrengsten Befehl erhalten habe, niemanden in das goldene Haus einzulassen, selbst die Frauen nicht, ehe nicht der Khan das Innere des Palastes (welches bisher außer den am Bau beschäftigten Arbeitern noch keines Menschen Fuß betreten) in Augenschein genommen und über die Räumlichkeiten verfügt habe. Wenn er – Li Tun-Po – gegen dieses Gebot verstoße, so müsse er gewärtigen, daß Batu-Khan ihm den Kopf abschlagen lasse.
Eine der Frauen hatte den Vorhang ihres Palankins zurückgeschoben und machte Miene, vom Kamel zu steigen. Dabei schimpfte sie: »Schweig, du dicke Schildkröte! Wenn der Dschichangir schwerkrank ist und keine Befehle erteilen kann, so vertritt ihn seine älteste Frau, und das bin ich. Und wehe dem, der mir nicht gehorcht!«
Jetzt aber griffen die Reiter der Eskorte ein; sie trieben die Kamele der zeternden Weiber mit Peitschenhieben an, und die Karawane entfernte sich unter dem Klang der Schellen und dem Geschrei der Treiber.

Eine zweite Karawane kam in Sicht, voran eine Hundertschaft auf Falben, die von dem Staub der Steppe eine dunkelbraune Färbung angenommen hatten. Große Tangutenkamele trugen Zeltgerüste und Zeltplanen. Mehrere Hengste von seltener Schönheit wurden von erfahrenen Pferdeknechten, deren Obhut sie anvertraut waren, am silbernen Zaumzeug geführt. Eines der Tiere, Batu-Khans Lieblingsroß, war wie ein Panther gefleckt.

---

1 Palankin = Sänfte.

Zwischen zwei Kamelen hing an langen Bambusstangen ein Tragkorb; darin lag, in kostbarste Zobelpelze gehüllt, starr wie ein Leichnam, der Dschichangir.

Als die Kamele das hohe Ufer des Stromes erklommen hatten, wurden Rufe laut:

»Da ist er, der große Fluß Itil!«

Da richtete sich plötzlich Batu-Khan in seinem Tragkorb auf, stemmte ein Knie gegen den Rücken eines der Kamele und spähte aufmerksam und gespannt in die neblige Ferne nach dem in allen Regenbogenfarben schillernden Märchenpalast, auf dessen schlanken Türmchen das neunschwänzige Yakbanner des Dschichangirs aufgepflanzt war.

»Ein Pferd!« rief Batu-Khan.

Eilends führten zwei Turgauden[1] den gefleckten Hengst herbei. Batu-Khan sprang aus dem Korb und schwang sich in den Sattel. Man merkte ihm aber deutlich an, welche Anstrengung es ihn kostete. Mit einer großen Geste wies er auf die vom Sonnenlicht überflutete Ebene hin und auf die blaue Wasserfläche des majestätisch dahinfließenden Stromes, auf dem ein Zweimaster mit geblähten rotgewürfelten Segeln gegen die Strömung ankämpfte.

Unstet, wie die eines Irren, schweiften Batus Augen in der Runde umher, dann rief er mit geller, infolge seiner Erregung und seiner Krankheit gebrochener Stimme:

»Hier will ich mein Hauptquartier aufschlagen, und hier wird die neue Hauptstadt meines großen, den ganzen Erdkreis umfassenden Reiches emporwachsen!«

Da verließen ihn seine Kräfte. Er schwankte und sank vornüber auf den Hals seines Hengstes, in dessen Mähne er sich festkrallte.

Die Turgauden stützten ihn von beiden Seiten, dann hoben sie ihn behutsam aus dem Sattel und legten ihn auf eine mit prächtigen Ornamenten bestickte Satteldecke.

Unter den Kriegern und Dienern gab es ein hastiges Hinundherlaufen. Mit Zeltplanen und Zeltstangen beladene Kamele wurden eiligst herbeigeführt, und bald war über dem am Boden liegenden Kranken ein goldglänzendes Seidenzelt errichtet.

Der Flügel des Todes

Reglos der Länge lang ausgestreckt, lag Batu-Khan auf dem Teppich. Sein krampfhaft verzerrtes Gesicht hatte die Farbe einer Pomeranze. Die entblößten Zähne hatten sich in den Ärmel seines Zobelpelzes verbissen. Sein rechtes Auge war gänzlich, das linke nur halb geschlossen. Die unter dem Lid hervorstierende Pupille starrte unentwegt auf

1 Turgauden = Leibwächter, Trabanten.

einen Punkt an der Zeltwand, genau dorthin, wo durch eine Ritze der Flackerschein eines Lagerfeuers von draußen hereinschimmerte.
Zu seiten des Khans kauerte mit angezogenen Knien seine Lieblingsfrau Juldus-Hatun, ganz in einen schwarzseidnen indischen Schal mit goldner Kante gehüllt, aus dessen Falten hervor jetzt ihre schmale weiße Hand schlüpfte und sich dem Kranken auf den lange nicht rasierten Scheitel legte. Aber in Batus strengem Gesicht zuckte bei dieser Berührung kein Muskel, als wäre sein Geist so weit fort, daß nichts Irdisches ihn mehr anrühren konnte.
Wie Geisterhauch drang das Geflüster der wachhabenden Nuker herein, die hinter dem Türvorhang ganz leise miteinander sprachen:
»Vierzig Tage schon ringt er mit dem Engel des Todes. Der einundvierzigste muß die Entscheidung bringen, er wird ein Tag der Gnade oder der Trauer sein.«
»Ob man nicht an die Ernennung eines Stellvertreters denken sollte?«
»Hüte dich, einen solchen Gedanken auszusprechen! Die Wände haben Ohren... Für ihn, den Einzigen, gibt es keinen würdigen Stellvertreter...«
Hufschlag wurde hörbar... Nur ein sehr hoher Würdenträger durfte es wagen, sich zu Pferde dem Zelt des Oberbefehlshabers des unbesiegbaren Tatarenheeres zu nähern. Jetzt verstummte das Getrappel, statt dessen vernahm man Geklirr von Zaumzeug.
Ein alter Nuker schlug den Türvorhang zurück, und ein großer massiger Mongole trat, den Fuß hochhebend, über die Schwelle, warf sich auf die Knie und kroch zu dem Kranken hin, auf dessen lebloses Gesicht er lange blickte.
Juldus-Hatun, die beim Eintreten des Mannes hastig ihren Schal dichter vors Gesicht gezogen hatte, fiel jetzt vor ihm nieder und küßte den Boden zwischen ihren aufgestützten Händen. Dann richtete sie sich wieder auf, schlug ihren Schal zurück und warf ein Büschel Wacholderzweige auf die erlöschenden Kohlen. Das aufflackernde Feuer tauchte alles in einen rötlichen Schein.
»Sei gegrüßt, Juldus-Hatun«, sagte der Gast. »Was ist mit meinem jüngeren Bruder geschehn? Er verliert anscheinend die letzten Kräfte... Warum ist sein Gesicht so gelb? Welche bösen Geister quälen ihn?«
»Du bringst uns neue Hoffnung, durchlauchtigster Khan Ordu[1].«
Schnaufend hatte sich Batus Bruder erhoben und ging nachdenklich brummend im Zelt hin und her. Dann ließ er sich wieder neben dem Kranken nieder und fragte, in dessen Gesicht forschend:

---

1 Ordu-Khan, Batus älterer Bruder, hatte diesem freiwillig die Herrschaft über die Goldene Horde abgetreten, aber in den Jarlyks[2] des Kagans wurde Ordus Name vor dem Batus genannt.

2 Jarlyk = Erlaß, Vorschrift, die an Stelle schon bestehender Gesetze tritt oder Ausführungsbestimmungen zu diesen enthält.

»Was soll man da tun? Wen soll man rufen? Welche Opfer den unterirdischen Göttern bringen? Je zehn schwarze Rinder, Rosse und Hammel? Oder je neunundneunzig?«
»Das ist alles schon getan worden...«
»Dann muß man sich noch etwas anderes ausdenken... Ich selber werde mich auf mein Pferd schwingen und davonjagen... Doch wohin, wonach?«
Juldus blickte ihn ratlos mit Augen voller Tränen an.
»Man muß einen erfahrenen Arzt rufen«, fuhr Ordu-Khan mit zitternder, heiserer Stimme fort. »Im ganzen Heerlager soll man es bekanntmachen lassen... Und Li Tun-Po soll seine chinesischen Arzneien anwenden: zu Pulver gestoßene Perlen, das Herz einer Fledermaus, getrocknete Seewürmer...«
»Auch das ist alles schon geschehn. Der weise Li Tun-Po hat alle seine Arzneien ausprobiert, und als alles nichts gefruchtet hat, ist er verzweifelt davongestürzt, in die Steppe hinaus, um sich, wie er sagte, den Schädel an einem Stein einzurennen... Jetzt hat man Leute ausgesandt, die nach ihm suchen.«
Ordu bekam einen Tobsuchtsanfall; er riß seine Mütze vom Kopf und in Fetzen, schlug sich mit den Fäusten auf die Knie, mit den Handflächen auf die Wangen.
»Wo nur gleich Hilfe finden? Morgen kann es bereits zu spät sein!« rief er verzweifelt. »Mein Lieblingsbruder wird sterben, und wer soll dann den großen Feldzug gegen die Völker des Abendlandes unternehmen? Niemand hat so fest wie er das Heer in der Hand!«
Juldus-Hatun, die ihren Schal abgeworfen hatte, preßte die Handflächen gegeneinander und flüsterte:
»Ein letztes Mittel bleibt noch. Ich will es ausprobieren!«
Mißtrauisch verfolgte Ordu-Khan die Anstalten der Lieblingsfrau seines sterbenden Bruders. Sie breitete die Arme aus, erhob ihre glänzenden Augen und sprach in singendem Tonfall:
»Gerechter, hilfreicher Chysr[1]! Habe Mitleid und Erbarmen mit uns, die wir hilflos sind wie blinde junge Hunde und nicht mehr ein und aus wissen!«
Wie eine Antwort auf diesen Anruf erklang von draußen eine Stimme:
»Ja, ich bin's! Laßt mich durch!«
Hastig drehte Ordu sich nach dem Teppich am Zelteingang um. Mit einer tiefen Verneigung trat ein alter Nuker ein, der seine Fellkappe

1 Chysr (auch Chidhr) = in mohammedanischen Legenden ein Greis, der, unsichtbar für andre, durch die Welt streift und Seefahrern, Wanderern und Hirten und deren Herden Beistand gewährt, wenn sie seinen Namen in der Not anrufen. Manche identifizieren ihn mit dem Propheten Elias, andre machen ihn zu einem Zeitgenossen Abrahams. Der Name bedeutet soviel wie »Immergrün«, weil Chysr im Reich der Finsternis bis zum Lebensborn vordrang und durch einen Trunk daraus Unsterblichkeit erlangte.

in der Hand hielt und seinen Leibriemen um den Hals geschlungen hatte, ein Zeichen dafür, daß er soeben bei der Verrichtung eines Gebetes gestört worden war.
»Der Hundertschaftsführer Arapscha hat fremde Leute hergeführt. Er sagt, du bedürftest ihrer, großer Khan Ordu.«
»Sie mögen eintreten!«
Der Kranke machte in diesem Moment eine Bewegung mit dem Kopfe, knirschte mit den Zähnen und murmelte:
»Mich friert!«
Juldus-Hatun deckte noch zwei Pelze über ihn.
Die fremden Leute traten ein und knieten auf der Schwelle nieder: als erster ein finsterer hagerer Mann mit einem struppigen roten Bart und einer scharfen Hakennase; dunkle Augen sandten förmliche Blitze unter buschigen Brauen hervor; mit seiner knochigen Hand drückte er einen alten Lederbeutel an seine Brust; als zweite eine junge Frauensperson in einem langen rauchgrauen Kleid von eigentümlichem Schnitt, in ihrem wachsbleichen durchsichtigen Gesicht brannten unruhig große grünliche Augen; auch sie trug einen Beutel bei sich; als dritter ein Negerjunge, der mit dreister Neugier seinen Krauskopf nach allen Seiten drehte, damit ihm ja nichts entgehe.
Arapscha, der die drei Fremden hergeführt hatte, stand mit gebeugtem linkem Knie hinter ihnen und wartete darauf, von Ordu-Khan angesprochen zu werden.
»Erkläre, was sind das für Leute!« befahl dieser endlich, als er sich von seinem Erstaunen wieder erholt hatte.
»Achtung und Gehorsam!« rapportierte Arapscha mit gedämpfter Stimme. »Ein Zweimaster mit wertvollen Handelswaren ist in die Strommündung eingelaufen. Ich ließ ihn von meinen Wachtposten entern und erlaubte ihnen, sich's an Bord etwas wohl sein zu lassen, sie haben ja lange genug gehungert. An Deck ließ ich eine Zehnermannschaft als Wache zurück. Diese Leute aber brachte ich hierher. Der Rotbart ist ein arabischer Khatib[1], zugleich ein kundiger Arzt, dazu noch Petschaftstecher, Sterndeuter und Verfertiger von Talismanen. Er ist der Diener eines jungen arabischen Scheichs, der nach seiner Aussage vom Kalifen von Bagdad als Gesandter zu uns geschickt worden ist.«
»Und jenes Weib, das so bleich ist wie ein in der Sonne gebleichter Hundeknochen?«
»Sie behauptet, aus einem in Rûm[2] ansässigen kaiserlichen Geschlecht

1 Khatib: Jan übersetzt dieses Wort in einer Fußnote mit »Schreiber«, eigentlich aber bedeutet es in seinem ursprünglichen Gebrauch »Wortführer eines Stammes«.

2 Rûm = arabische Form des lateinischen Roma, bei den Mohammedanern das alte Byzantinische Reich bzw. dessen Hauptstadt Byzanz (später Konstantinopel).

zu stammen, und rühmt sich, die allerschwersten Krankheiten heilen zu können, und unser Terdschuman hat außerdem noch aus des Schiffers eignem Munde gehört, daß sie Greise wieder jung machen kann.«
»Und der kleine Mohr dort, ist der auch ein Heilkundiger?«
»Ich habe ihn für alle Fälle auf Anraten unseres großen Schamanen Beki mitgenommen, welcher meinte, wenn alle anderen Mittel versagten, müsse man aus dem Fett dieses schwarzen Kerls eine Salbe herstellen und damit den Kranken einreiben.«
Der Negerjunge, der erriet, daß von ihm die Rede war, begann kläglich zu schluchzen. Der Rotbart mischte sich ein, indem er tadelnd bemerkte:
»Man spricht nicht in Gegenwart eines Kindes aus, was nur Erwachsene zu wissen brauchen!«
Ordu-Khan drehte sich hoheitsvoll zu der jungen Frau um. Er begegnete ihrem kühnen, selbstbewußten Blick.
»Wer bist du?« fragte er sie.
»Ich bin eine griechische Prinzessin aus dem alten Kaisergeschlecht der Komnenen von Rûm.«
»Setz dich dort ans Feuer, Prinzessin aus Rûm.«
Mit graziösen Bewegungen erhob sich Daphne von den Knien und näherte sich dem Feuer, vor dem sie sich niederließ. Als sie ihr langes Gewand aufraffte, gewahrte man, daß ihre kleinen Füßchen, die in roten Schuhen steckten, über den Knöcheln mit einem dünnen Silberkettchen gefesselt waren.
»Wie bist denn du, eine Prinzessin von Rûm, hierher zu uns in die wilde Steppe geraten? Wo sind deine Zofen und Mägde, wo die Eunuchen und Sklaven?«
»Ich befand mich mit meinem Gefolge an Bord eines Schiffs auf der Fahrt zu meinem Verlobten, einem grusinischen Prinzen, als uns ein Sturm überraschte und das Schiff vernichtete. Die Heilige Mutter Gottes bewahrte mich gnädig vorm Tod des Ertrinkens. Ich klammerte mich an den zerbrochenen Mast und wurde von den Wellen ans Ufer geworfen. Dort fanden mich die Kurden, die wie wilde Tiere sind, und schleppten mich mit sich in ihre Berge. Weil ich mich aber weigerte, grobe Arbeiten zu verrichten, und mich vor Peitschenhieben nicht fürchtete, sondern um mich biß, wollten meine neuen Herren mich nicht behalten, sondern brachten mich nach der Stadt Kaswin am Ufer des Abeskunischen Meers. Von dort bin ich auf einem Segelschiff entflohen, auf dem sich auch der arabische Gesandte Abd ar-Rahmân befand, der hierher in euer Lager reiste.«
»Worauf verstehst du dich denn?«
»Ich verstehe mich darauf, in den Büchern der Weisen zu lesen, in denen Geheimes enthalten ist. Ich kenne die Lehre des Hippokrates über die Krankheiten der Menschen und ihre Heilung...«
Ordu-Khan hielt seine breite Hand an die Ohrmuschel, um besser zu hören. Er war aber im Zweifel, ob man den Aussagen der angeblichen Prinzessin Glauben schenken dürfe. Er schaute sie prüfend an und

begegnete wieder dem scharfen Blick ihrer grünen Augen, der dem seinen ohne zu blinzeln standhielt.
»Dse-dse![1] Und was verlangst du?«
»Ich verlange, daß man mich mit der mir gebührenden Achtung behandelt. Ist man dazu bereit, so willige ich gern ein, hier am Hofe des großen tatarischen Feldherrn zu bleiben. Ich werde Kranke heilen, ihre Wunden behandeln... Ich besitze aber noch andere Fähigkeiten: Ich kann Vergangenes enthüllen und den Vorhang vor dem Künftigen lüften.«
»Das haben wir sehr, sehr nötig«, nickte Ordu beifällig. Dann wandte er sich an Arapscha und bestimmte: »Diese nützliche Person wird hierbleiben...« Und nach kurzem Nachdenken fügte er hinzu: »Man weise ihr bei meinem Zelte eine Wohnung an.«
Der Kranke machte abermals eine Bewegung und ließ ein leises Stöhnen hören.
Ordu deutete mit dem Zeigefinger auf den rotbärtigen arabischen Arzt und fragte:
»Traust du dir zu, den Kranken zu heilen?«
»Meine Kunst hat bisher nur bei Toten versagt.«
»Wenn du ihn wieder gesund machst, erhältst du eine ansehnliche Belohnung, stirbt er aber unter deinen Händen, so lasse ich dich lebendigen Leibes auf einen Pfahl spießen und auf dem Scheiterhaufen verbrennen. Mach dich ans Werk!«
Mit vorsichtigen Bewegungen rutschte der rotbärtige Heilkünstler auf den Knien zu dem wieder ganz unbeweglich daliegenden Batu-Khan hin. Juldus-Hatun erbebte, sie schien bereit, mit ihrer Brust den Kranken zu schützen. Ordu-Khan hatte einen blitzenden Dolch aus der Scheide gezogen und zückte ihn gegen den Arzt. Dieser befühlte erst behutsam den unrasierten Scheitel Batu-Khans, dann dessen Puls, wobei die abgemagerte Hand des mächtigen Feldherrn kraftlos in der seinen lag. Bedenklich schüttelte der Rotbart den Kopf, beugte sich dann über die Brust des Kranken und behorchte das Klopfen des Herzens, dann näherte er sein Ohr dem klaffenden, zähnebleckenden Mund und lauschte auf die Atemzüge. Sein ohnehin schon finsteres Gesicht verdüsterte sich noch mehr, und er begann zu zittern.
»Ich fürchte...«, stammelte er.
»Wag es nicht, dich zu weigern! Mach ihn gesund!« herrschte Ordu-Khan ihn an und setzte ihm die Spitze seines Dolches auf die Schulter.
»Ich fürchte, es ist schon zu spät, und ich habe das gegen diese Krankheit wirksame Heilkraut des weisen Suleiman, des Sohnes des Daud[2], nicht bei mir.«
Daphne rief heftig:
»Die byzantische Kaisertochter aber fürchtet sich nicht, ihn wieder

---

1 dse-dse = ja, ja; auch: ei, ei.
2 Daud oder Dawud = David, König von Israel.

gesund zu machen! Ich kenne diese furchtbare Krankheit, wobei das Gesicht des Kranken einen goldgelben Ton annimmt. Es ist das ›goldene Fieber‹.«

»Er ist kein weiser Tabib[1], sondern ein feiger Wurm!« murmelte Ordu-Khan verächtlich. »Mach du meinen Bruder gesund, Prinzessin aus Rûm! Doch merke dir, wenn er stirbt, so wird sein Bestattungsscheiterhaufen mit deinem Blut begossen werden. Steht er aber von seinem Krankenlager geheilt auf, so sollst du neunundneunzig Geschenke erhalten und eine Herde auserlesener Stuten.«

»Und auch die Freiheit?«

Ordu überlegte einen Augenblick, dann sagte er:

»Ja, auch die Freiheit. Ich schwöre es dir beim ewigen Himmel!«

Ein rätselhaftes Lächeln huschte über das wachsbleiche Gesicht der Griechin. Sie zog ihren Beutel, den der Mongole auf dem Schiff ihr hatte wegnehmen wollen, zu sich heran und entnahm ihm ein silbernes Kästchen. Daraus holte sie neun dunkle Kügelchen hervor, die sie in der Hand behielt. Dann beugte sie sich über den Kranken und berührte mit den Fingerspitzen dessen unbewegliche Augenlider, die sich unterdessen beide fest geschlossen hatten. Mit einer jähen Wendung zu Ordu-Khan sagte sie:

»Jetzt heißt es rasch handeln! Der Tod rückt heran. Der Rotbart soll mir beistehn!«

Der arabische Arzt schlug die Hände zusammen und verwahrte sich:

»Das ist wider die Abrede. Du hast dich erboten, ihn gesund zu machen, also tu es auch!« Und er richtete den Blick empor und begann in einer unverständlichen Sprache Beschwörungen zu murmeln.

Ordu hielt den Dolch in der erhobenen Rechten, mit der Linken packte er den Arzt am roten Bart und brüllte ihn an:

»Steh ihr bei, roter Fuchs du!«

Der Arzt verstummte und kroch schnell zu der Griechin hin.

Aufmerksam betrachtete er die dunklen Kügelchen, die auf ihrem schmalen Handteller lagen.

»Was ist das?«

»Als wenn du das nicht ganz genau wüßtest!« sagte Daphne spöttisch.

»Dem Aussehen nach Muskatnüsse ... Doch auf jeder einzelnen ist das Auge des weisen Suleiman[2] eingeritzt.«

»Du sprichst die Wahrheit. Doch nun befolge meine Befehle! Röste diese Nüßlein in einer Bronzeschale, zerstoße und zerreibe sie zu Pulver. Dieses löse in Wasser auf und gib dem Kranken davon dreimal zu

---

1 Tabib = Arzt.

2 Suleimans, d.h. Salomons berühmte Weisheit umfaßte auch die »Weisheit«, um derentwillen Ägypten so berühmt war, d.h. die Geheimwissenschaft. Pythagoras soll seine Kenntnis von Salomon in Ägypten erhalten haben. Salomon übte seine Zauberkraft vermittels eines Ringes aus, auf dem der »erhabenste Name« Gottes eingraviert war.

trinken: jetzt gleich, am Nachmittag und gegen Abend. Es ziemt sich nicht für eine kaiserliche Prinzessin, sich mit solchen einfachen Handreichungen zu befassen, die von Sklavenärzten, wie du einer bist, verrichtet werden können. Ich werde aber bei dem Kranken sitzen und ihn unausgesetzt beobachten. Bald wird er wieder so gesund und stark sein, daß er sich auf sein Streitroß schwingen kann.«
Mit untergeschlagenen Beinen ließ sie sich neben Juldus nieder, faltete die Hände im Schoße und verharrte in dieser Stellung mit gesenktem Kopf und Blick.
Der Arzt tat, was man ihm befohlen hatte. Als die Muskatnüsse in der Bronzeschale über dem Feuer zu knistern begannen, zerrieb er sie mit einem Stößel in einem kleinen Mörser zu Pulver, schüttete es in ein Trinkgefäß voll Wasser und verrührte es mit einem Löffelchen aus Bein.
»Diese Arznei wirst zuerst du selber versuchen!« schnaubte Ordu-Khan grimmig, indem er sich vor der Griechin aufpflanzte.
»Jawohl, aber auch du wirst sie versuchen, mit mir zusammen«, antwortete diese mit zärtlich girrender Stimme.
Der Arzt ließ beide kosten.
»Sehr bitter!« konstatierte Ordu-Khan mit einer Grimasse.
Dann beugte sich der Arzt über den unbeweglich daliegenden Batu-Khan. Lange mußte er sich plagen, bis es ihm gelang, dessen fest zusammengebissene Zähne auseinanderzubekommen. Daphne goß die Arznei dem Kranken in den Mund, wobei ihm ein Teil davon übers Kinn und über die Wangen floß.
Aller Blicke waren gespannt und unverwandt auf Batus Gesicht gerichtet.
Daphne sagte im Brustton der Überzeugung:
»Jetzt wird er schlafen, und seine über den Wolken umherirrende Seele wird in seinen Körper zurückkehren.«
Sie warf einen rätselhaften, betörenden Blick ihrer grünlichen Augen auf den Khan Ordu und schlug sie seufzend nieder.
Ordu machte sich an seinem Gurt zu schaffen und schob dabei unauffällig den blanken Dolch wieder in die Scheide.
Von draußen klang das Klagen und Jammern weinender Frauenstimmen herein.
»Ai-wach! Was für ein Unglück!« stöhnte Ordu, sich an die Schläfen greifend. »Da kommen die ›Zierden des Erdkreises‹. Mit ihrem Gejammer werden sie meinen armen Bruder vollends umbringen!«

Die »Zierden des Erdkreises«

Ins Zelt traten drei junge Frauen in bunten Seidengewändern. Auf dem Kopf trug jede ein goldgesticktes Mützchen mit einer langen weißen Reiherfeder.
»Unser vergötterter Gebieter geht von uns und läßt uns als Witwen

zurück!« kreischten sie, wobei jede die andern zu überschreien suchte. »Wer soll dann für uns sorgen? Ach, verlaß uns nicht! Verlaß uns nicht!«
»Still!« brüllte Ordu wütend. »Entweder ihr verhaltet euch ruhig, oder ich gebe Befehl, daß man eine jede von euch in einen Teppich einrollt und zu ihren Eltern zurückschickt.«
Die drei Frauen verstummten und kauerten sich eingeschüchtert abseits hin, untereinander Blicke tauschend und nur dann und wann noch einmal aufschluchzend. Schweigen herrschte im Zelt. Der Negerjunge hatte sich niedergehockt und war mit auf die Knie gesunkenem Kopf eingeschlafen. Die Prinzessin aus Rûm schien, in anmutiger Pose auf ihren Beutel gestützt, ebenfalls zu schlummern; aber hin und wieder blinzelte sie durch das halbgeöffnete Lid bald des rechten, bald des linken Auges, um sich über die Vorgänge im Zelt zu vergewissern. Khan Ordu hatte sich ebenfalls auf die Seite gelegt und gab bald schnarchende Töne von sich, in die der arabische Arzt einstimmte, indem er dazwischen einen dünnen Pfeifton hören ließ. Der Nuker am Eingang schlief im Stehen, auf seinen Speer gestützt.
Da rutschten die drei »Zierden des Erdkreises« näher zu Juldus hin und zischelten:
»Du bildest dir doch wohl am Ende nicht ein, du wärest Juldus-Hatun? Du bist ein Geschöpf niederster Herkunft und wirst immer Juldus-Karakys[1] sein und bleiben.«
»Meinst du, wir wüßten nicht, was du heimlich treibst?«
»Du betrügst unsern Gebieter mit einem Nuker, der es verstanden hat, sich des Dschichangirs Gunst zu erschleichen.«
»Der Dschichangir ist bloß krank, weil du ihn vergiftet hast.«
Juldus zog schweigend ihren Schal über Kopf und Gesicht, als ob sie sich damit gegen die Anwürfe schützen wollte.
»Schon lange hast du ihn behext!«
»Sieh zu, daß du von hier fortkommst, ehe wir dich mit unseren Händen erwürgt haben.«
»Was hast du hier zu suchen? Es ist Sache der älteren Frauen, unsere Sache, ihn zu pflegen!«
Urplötzlich flogen die Pelze, unter denen Batu gelegen hatte, beiseite. Der Khan sprang auf seine Füße und stand aufrecht vor den drei boshaften Weibern, die zu Tode erschrocken ihre Gesichter vor ihm in den Staub drückten.
»Endlich bist du wieder zu dir gekommen, du, unser leuchtender, herrlicher Gebieter!« schmeichelten sie ihm.
Batu rief mit heller Stimme nach dem wachhabenden Nuker und fragte: »Wer von den hohen Temniks[2] hat heute nacht hier Dienst?«
Der Nuker schüttelte den Schlaf von sich ab und antwortete strammstehend:

1 Ein einfaches Aschenbrödel.
2 Temnik = Titel eines Kommandeurs über zehntausend Mann.

»Achtung und Gehorsam! Burundai, Kurmischi und der alte Narin-Kechen... Sie sind im Zelt nebenan.«
»Hole sie her und zugleich auch Subudai-Bahadur, meinen Bruder Scheibani und Munke-Khan!«
»Achtung und Gehorsam!« antwortete der Nuker und entfernte sich. Seinen Posten nahm ein anderer Leibgardist ein. Inzwischen war auch Ordu-Khan erwacht und blickte, halb aufgerichtet, mit schlaftrunkenen Augen verwundert um sich, ohne recht zu begreifen, was eigentlich vorging.
Batu taumelte, nachdem er die sich an seine Beine klammernden Frauen mit dem Fuße weggestoßen hatte, in die Arme seines Lieblingsbruders.
»Mein ehrwürdiger älterer Bruder, aus weiter Ferne bist du herbeigeeilt, um mich aus den Klauen böser Geister zu retten. Immer und immer, so weit ich zurückdenken kann, warst du mir ein liebevoller, treuer Beschützer!«
Der etwas schwerfällige, biedere Ordu schmiegte sich an seinen Bruder, beleckte ihm zärtlich beide Wangen[1] und flüsterte ihm ins Ohr:
»Ich bin herbeigeeilt, um dir alle Steine aus dem Weg zu räumen und von deinem Lager alle verräterischen und tückischen gelbohrigen Hunde zu verscheuchen... Ich weiß ja, daß du noch für große Ruhmestaten aufgespart bist.«
Juldus-Hatun warf trockene Wacholderzweige ins aufflackernde Feuer, und zuckende Schatten huschten über die Zeltwände.
Drei Temniks traten ein, alle drei noch verschlafen und sich mit den Ärmeln über Mund und Augen fahrend. Es waren: der knickebeinige, rundrückige Narin-Kechen, runzlig wie ein vertrockneter Pilz; der hochaufgeschossene Burundai, hager und quittegelb; der vierschrötige, stämmige Kurmischi mit bleckenden Pferdezähnen.
Hinter ihnen kam der einäugige Subudai-Bahadur angehinkt, der beim Gehen das rechte Bein nachzog.
Batu-Khan wartete ab, bis die Eingetretenen den Kotau[2] vollführt und sich niedergehockt hatten, dann begann er in feierlichem Ton zu sprechen:
»Meine getreuen Diener Burundai, Kurmischi und Narin-Kechen, im Feldzug gegen die Urussuten[3] und in den Kämpfen gegen die Kiptschaken habt ihr alle drei tapfere Taten vollbracht und große Siege errungen. Längst schon hatte ich den Wunsch, euch dafür würdig zu belohnen. Tapferer Temnik Burundai, Besieger der Urussuten am Flusse Sit, ich trete dir eine Kostbarkeit ab, einen von meinen sieben glänzenden Sternen – mein Weib Erke-Chara-Nüdün (Macht der schwarzen Augen). Doch du wirst gewiß auch ihrer Macht nicht erliegen. Dir, mein

1 Die Mongolen kannten den Kuß auf den Mund unter Männern nicht.
2 Kotau = Begrüßung eines Höhergestellten durch Niederknien und ein- oder mehrmaliges Aufschlagen der Stirn auf die Erde.
3 Urussuten = Russen.

braver Kurmischi, schenke ich ein zweites Kleinod – mein Weib Alja-Mindasun (Schelmischer Faden). Ich weiß, daß du diesen Faden fest zwischen den Zähnen halten und dich weder durch Zärtlichkeit noch durch Schlauheit täuschen lassen wirst. Dir aber, ehrwürdiger Narin-Kechen, Kampfgefährte meines Großvaters, dir schenke ich die jüngste dieser drei Schönen – Nabtschi (Süße des Lebens). Mit ihr wirst du ein Leben in eitel Glückseligkeit führen.«
Die drei Temniks warfen sich zu Boden, die drei Frauen aber brachen in ein verzweifeltes Wehgeschrei aus:
»Gib uns nicht fort! Laß uns nicht von dir! Vergib uns unsre Fehler, die wir nur aus Liebe zu dir begangen haben. Wir werden unglücklich sein ohne dich. Nimm uns zurück!«
Batu gebot ihnen mit einer energischen Handbewegung Stillschweigen.
»Ein einmal ausgesprochenes Wort kehrt nicht auf die Lippen, denen es entfloh, zurück. Ihr habt Dinge gesagt, die sich nicht fortwischen lassen wie Puder von der Wange. Bei euren neuen Männern werdet ihr euren Schnabel nicht so scharf wetzen, ihr schwatzhaften Elstern... Temniks, führt eure Frauen hinweg! Gleich soll hier ein Kriegsrat abgehalten werden, dabei haben sie als Frauen von Temniks nichts mehr zu suchen. Geht, schnell!«
Die drei Temniks packten die sich Sträubenden mit derber Hand und schleppten sie aus dem Zelt.
Khan Ordu befahl dem Leibgardisten:
»Nuker! Bring den schwarzen Jungen und den roten Fuchs zum nächsten Jurtdschi[1]. Er soll sie vernehmen. Nachher werde ich selbst noch ein Verhör mit ihnen anstellen. Du aber, Prinzessin aus Rûm, du wirst die versprochene Herde auserlesen schöner Stuten erhalten.«
»Und dazu noch neunundneunzig Geschenke und die Freiheit!« sagte Daphne nachdrücklich, dabei den Bruder des Dschichangirs fest anblickend. »Khan Ordu steht doch wohl zu seinem Wort?«
»Dein Schicksal wirst du später erfahren. Vorläufig wirst du in der Jurte neben meiner wohnen.«
Der Nuker entfernte sich mit der Griechin, dem Araber und dem Negerjungen. Batu-Khan ließ sich auf die Kissen nieder. Sein sonst so strenges, verschlossenes Gesicht war jetzt von zahllosen Fältchen eines innerlichen Lachens überzogen. Zufrieden sah er zu Juldus hinüber, die an der Wand saß und ihn ganz erschrocken anstarrte. Da verdüsterte sich sein Antlitz wieder, und er sagte:
»Um klug zu regieren, muß man alles wissen. In den schlimmen Tagen meiner Krankheit, als alle dachten, ich sähe und hörte nichts, habe ich manches erfahren und erkannt, unter anderem auch, wie man das Mongolenheer bis zum ›letzten Meer‹, in dem allabendlich die Sonne zerschmilzt, führen muß.«

---

1 Jurtdschi = Quartiermeister.

Der arabische Gesandte beim Tatarenkhan

Als Abd ar-Rahmân in das geräumige Zelt geführt wurde, an dessen Wänden wundervolle Teppiche mit darauf gestickten Blumen, Störchen und Drachen hingen, blieb er am Eingang stehen, in dem Wunsche, herauszufinden, wer unter den Anwesenden nun derjenige sei, dem die größte Ehre gebühre. Da aber keiner von den etwa zehn Männern, die im Halbkreis auf einem großen Perserteppich saßen, sich durch seine Kleidung wesentlich von den anderen unterschied (alle trugen sie lange, blaue, kittelartige Gewänder, die um die Hüften von einem Ledergürtel zusammengehalten wurden) und Abd ar-Rahmân nicht dem falschen die Ehre erweisen und sich dadurch lächerlich machen wollte, ließ er sich auf die Knie nieder und begann, gerade vor sich hinsehend und ohne sich an jemanden besonders zu wenden, zu sprechen:

»Der große und heiligste Kalif der islamischen Völker entbietet seinen Gruß dem jungen Befehlshaber des tapferen Tatarenheers und wünscht ihm Gesundheit, langes Leben und zahllose Siege.«

Ein alter, etwas abseits kniender Dolmetscher übersetzte sofort Wort für Wort aus der arabischen in die tatarische Sprache.

»Der Beherrscher aller Rechtgläubigen hat mich, den letzten Abkommen des ruhmreichen arabischen Feldherrn Abd ar-Rahmân, der einstmals die Heere der Franken schlug, hierher zum Herrscher der Tataren gesandt mit der Bitte, mir zu gestatten, daß ich an seinem Feldzug gegen das Abendland teilnehme und meinem erhabenen Herrn Berichte über die geschlagenen Schlachten und über die eroberten Länder schicke.«

Einer von den zehn, ein Einäugiger mit einer quer über das ganze Gesicht verlaufenden roten Narbe, fragte:

»Und wenn wir von Feinden überfallen werden sollten, wirst du dann, wie wir alle, dein Schwert zum Schutz unseres Gebieters, des erhabenen Sain-Khan, ziehen, oder wirst du es in der Scheide schlummern lassen?«

»Ich bin ein Krieger und biete mich und mein Schwert für diesen Feldzug dem Sain-Khan an.«

Hierauf ergriff ein junger Mann das Wort, der sich in seiner Kleidung durch nichts von den anderen unterschied; doch dem Klang seiner Stimme und dem Blick seiner Augen merkte man an, daß er gewohnt war zu befehlen.

»Wenn du als Freund zu uns gekommen bist, so sei dir gestattet, dich dem Tumen der Unbesiegbaren anzuschließen und dem Kalifen von Bagdad durch einen Kurier Berichte über unseren Siegeszug gegen das Abendland zu senden, ohne uns darüber Rechenschaft geben zu müssen, was du ihm schreibst. Ich stelle aber die Bedingung, daß du mir die reine Wahrheit sagst über alles, was du siehst...«

Abd ar-Rahmân, der bei dem letzten Satz begriffen hatte, daß wirklich Batu-Khan zu ihm sprach, rief:

»Gepriesen sei deine weise Entscheidung!«

Batu-Khan ignorierte diese Unterbrechung und fuhr fort:

»Doch jetzt erzähle uns von deinem ruhmreichen Vorfahren und seinem Feldzug gegen die Franken.«
»Bevor ich dir diesen Wunsch erfülle, gestatte mir, die Geschenke, die dir mein erhabener Gebieter schickt, zu deinen Füßen niederzulegen.« Er wandte sich nach einer hinter ihm kauernden Person um.
»Da sind sie!« flüsterte Duda, denn niemand anders als er war Abd ar-Rahmâns Begleiter, und rutschte auf den Knien näher, um seinem Herrn ein in einen prächtigen Seidenstoff gewickeltes umfangreiches Paket einzuhändigen.
Der Gesandte wickelte es auf und breitete seinen Inhalt vor Batu-Khan aus: einen mit herrlichen Edelsteinen verzierten Säbel in einer Scheide aus grünem Samt, einen goldenen Trinkbecher, eine Buchrolle – den Koran – in einer mit geschmackvollen Ornamenten geschmückten Lederhülle, zwei Dolche mit Elfenbeingriffen und noch viele andere Kostbarkeiten.
Gleichgültig blickte Batu-Khan darauf nieder; aber unversehens streckte er seine Hand nach einem schlichten Goldreif aus, den ein Stein zierte, dessen Farbe bald ins Grünliche, bald ins Rötliche spielte.
»Auf jenem Ring da sehe ich eine Inschrift eingraviert. Besitzt sie eine magische Kraft und welche?« fragte er den Gesandten, der sich zu antworten beeilte:
»Jener Ring, auf dem die Worte Allahs ›So geschehe es!‹ eingraviert sind, hat dem großen König und Magier Suleiman ben-Daud gehört und bringt seinem Träger Glück, indem er ihm alle seine Wünsche erfüllt.«
Batu-Khan zeigte das Kleinod dem neben ihm sitzenden Einäugigen mit der großen roten Narbe im Gesicht. Dieser betrachtete es prüfend, nickte dann zustimmend mit dem Kopfe und steckte es dem Khan an den Zeigefinger, indem er sagte:
»Das ist ein deiner würdiges Geschenk!«
Und zu Abd ar-Rahmân gewandt, fügte er hinzu:
»Mein Gebieter dankt dir. Wenn er neunhundertneunundneunzig Siege errungen haben wird, so wird er diesen Ring anschauen und sprechen: ›Ja, so ist es geschehen, wie Allah gewollt hat!‹ ... Jetzt aber wartet er auf deine Erzählung.«

Die Geburt der »himmlischen« Residenz

Ein plötzlicher kalter Windstoß drang ins Zelt, ließ den Türvorhang heftig auf und nieder flattern, warf die glimmenden Kohlen des offenen Feuers auseinander und hüllte alles in einen dichten, erstickenden Rauch ein.
Als sich der beizende Qualm etwas verzogen hatte, sagte der große Bahadur Subudai:
»Das war der Kriegsgott Sulde, der nachsehen kam, ob der Dschichangir

wohl nun bald sein Heer ins Feld führt oder ob er es vorzieht, auf seinen Lorbeeren auszuruhn und sich dem friedlichen Aufbau seiner Residenz und der Errichtung geräumiger Warenspeicher für die ausländischen Kaufleute zu widmen.«
Alle Schmeichler erstarrten. Nur der alte Atalik und Erzieher Batus durfte sich erlauben, so frei ein Tadel enthaltendes Wort auszusprechen.
Batu-Khan maß die Versammlung mit einem stechenden Blick und fragte:
»Wer vermag mir zu sagen: Was ist eigentlich Ruhm?«
Der Erbauer des goldenen Palastes, der kunstfertige Li Tun-Po, antwortete:
»Ruhm bringt nicht nur der Sieg auf dem Schlachtfelde. Wenn ein Herrscher um das Wohl seines Volkes besorgt ist, wenn er neue Städte und Straßen erbaut, wenn er gerecht zu seinen Untertanen ist und sie nicht mit drückenden Steuern belegt, die ihre Kräfte übersteigen, wenn er den Wohlstand seines Volkes sichert, dann erfreut er sich der Liebe seiner Untertanen und eines nie verblassenden Ruhms.«
Der Gesandte des Kalifen sagte:
»Nach Ruhm streben wir alle, und wir erringen ihn am sichersten mit Hilfe unseres Schwertes. Ruhm, das ist die Macht über unterworfene Völker.«
Batu-Khan wandte sich an seinen Chronisten und Sterndeuter Hadschi Rachim:
»Mein weiser Lehrer, du weißt viel. Weshalb erfreut Iskander Dsul-Karnain sich bis auf den heutigen Tag eines ungetrübten Ruhmes unter allen Völkern?«
»In einem alten Buch steht geschrieben: Iskander, der alle Heere besiegte, die sich ihm entgegenstellten, blieb gleichwohl den von ihm unterworfenen Völkern gegenüber gnädig und gerecht. Er unterdrückte sie nicht, sondern machte sie zu gleichberechtigten Kindern der von ihm vereinigten Völkerfamilie. Daher ist Iskanders Ruhm ein wahrer, unvergänglicher Ruhm.«
»Nein, das ist nicht richtig«, widersprach Batu-Khan lebhaft. »Hat denn Iskander irgend etwas geschaffen, das nach seinem Tode unerschütterlich fortbestanden hätte? Sein Reich ist zerfallen ... Seine junge schöne Frau, die Perserin Rouschanak[1], wurde zusammen mit ihrem und Iskanders Sohn, dem Erben seines Reiches, ins Gefängnis geworfen und später von seinen Freunden und Mitkämpfern erwürgt. Sein großes Reich zerstückelten sie in lauter kleine Teile, die allmählich wie Eisstücke an der Sonne schmolzen.«
Die Zuhörer tauschten bedeutsame Blicke untereinander, manche taten leise Ausrufe des Entzückens, während Batu-Khan fortfuhr:
»Ein Herrscher, der nach Ruhm strebt, muß etwas errichten, was seine

1 Rouschanak = Roxane, Tochter des baktrischen Fürsten Oxyartes, seit 327 v. u. Z. Alexanders Gemahlin, gebar nach seinem Tode 323 v. u. Z. einen Sohn.

Lebenszeit überdauert und seinen Namen auch noch nach seinem Tode verkündet, viele Jahrhunderte, Jahrtausende lang.«
»Wie wahr, wie weise gesprochen!« hörte man rufen.
»Ihr dürft euch glücklich preisen, ihr seid vom Schicksal begünstigt!« fuhr Batu-Khan schwungvoll fort. »Euch ist es vergönnt, der Geburt eines neuen Reiches beizuwohnen, das hier in den öden Steppen entsteht und wachsen und immer weiter wachsen wird, bis es den ganzen Erdkreis umfaßt... Ihr steht gleichsam an der Wiege eines neugebornen Kindes, das zu einem mächtigen Helden ohnegleichen heranwachsen und einstens sogar der Sonne ihren Strahlenkranz entreißen wird!«
Batu-Khan hielt inne. Nach einem längeren Schweigen wurden Zurufe und Fragen laut:
»Nenne uns den Namen dieses Helden, dieses Reiches! Von der Geburt welches Kindes, welcher neuen Stadt sprichst du? – Sind wir denn nicht ausgezogen, um die alten Reiche unter den Hufen unserer Rosse zu zerstampfen? Und du sprichst von der Gründung eines neuen? – Dein neues Reich – soll es ein mongolisches oder ein kiptschakisches sein?«
»Nein!« rief Batu-Khan. »Weder das eine noch das andre! Ein mongolisches kann es nicht sein, weil ein solches schon existiert: das Reich des großen Kagans, meines Ahns, mit der von ihm gegründeten weltberühmten Hauptstadt Kara-Korum... Ich aber habe verschwindend wenig Mongolen in meinem riesigen Heer – bloß die viertausend Krieger meiner Leibgarde. Jedoch – dieses Reich kann auch kein kiptschakisches genannt werden, weil schon sehr viele andere Völker dazugehören und noch sehr viel mehr dazukommen sollen. Die Kiptschaken könnten sonst zu stolz werden; sie haben aber gar nichts, worauf sie stolz sein dürften – sie haben gegen mich gekämpft und sind von mir besiegt worden. Ich habe sie dann gezwungen, mir und meinen Zwecken zu dienen.«
Der weise Li Tun-Po fragte:
»Wie soll also dein neugeborenes Reich heißen?«
Nach einigen lauernden Seitenblicken auf die gespannt auf seine Antwort wartenden Khane sprach Batu-Khan ganz langsam und ruhig:
»Batu-Khans Reich soll heißen – die Blaue Horde. Sie ist vom Himmel berufen, über die Völker des ganzen Erdkreises zu herrschen, tausend, zehntausend Jahre lang, ewig! – Und bis in alle Ewigkeit wird dann auch mein Ruhm die ganze Welt erfüllen!«

[illegible] seit über dauer [illegible] und seinen Namen [illegible]
verkündet viele Jahrhunderte, Jahrtausende [illegible]
Wie [illegible] wie [illegible] gesprochen, [illegible] nicht [illegible]
Ihr dürft euch [illegible] Weisen [illegible] Batu-Khan [illegible] fort. [illegible] eines neuen Reiches [illegible] wohnen, das hier [illegible] und wachsen und immer weiter wachse [illegible] Landes, das [illegible] Helden [illegible] und einstens [illegible] der Sohne ihren Stammes [illegible] Batu-Khan [illegible] Nach einem längeren [illegible] und Fragen [illegible]

Nenne uns den Namen dieses Helden [illegible] welches Kindes, welcher [illegible] ausgezogen, um die ersten Reiche [illegible] zerstampfen? Und [illegible] neues Reich [illegible] mongolisches [illegible]

Nein, Herr Batu-Khan [illegible] Weder [illegible] Reiches [illegible] des großen Kaganats [illegible] berühmten [illegible] Batu-Khan [illegible] meiner [illegible] dieses Reich [illegible] Siles genannt [illegible] und noch kein [illegible] Sonnen [illegible] sonst zu stolz werden [illegible] dürften [illegible] worden. Ich habe [illegible] dienen [illegible]

Der Weise [illegible]

Wie soll also dein [illegible] Reich [illegible]

Nach einigen [illegible] wort [illegible] Batu-Khan [illegible]

Batu-Khans [illegible] die [illegible] bündeln [illegible] Erd [illegible] zehnten und Jahr [illegible] Land [illegible] nach Khan [illegible]

Vierter Teil
Nowgorods Gesandter bei Batu-Khan

Das Verhör der russischen Gefangenen

In Batu-Khans belebtem Heerlager saß in einer kleinen Filzjurte auf einem Teppich Hadschi Rachim, der Hofchronist des großen Tatarenherrschers, und machte, über sein »Reisetagebuch« gebeugt, beim schwachen Flimmerlicht eines tönernen Leuchters sorgfältig in arabischer Schrift seine täglichen Eintragungen.

Folgendes schrieb er:

»Mehrmals schon habe ich den erhabenen Sain-Khan darüber reden hören und auch mich selbst davon überzeugen können, daß er über Nachrichten aus einer weit im Norden liegenden reichen russischen Handelsstadt, die den stolzen Namen »Stadtherrschaft Groß-Nowgorod« führt, recht beunruhigt ist. Es ist anscheinend diejenige unter den russischen Städten, die am meisten freiheitsliebend und daher auch am gefährlichsten ist. Sie hat noch nicht die Schwere der herrischen Mongolenfaust verspürt. Als Batu-Khan vor zwei Jahren mit seinem Heer gen Norden zog, gelangte er ungeachtet aller seiner Anstrengungen nicht bis nach Nowgorod, sondern mußte umkehren, weil sein Heer beinahe in den Sümpfen ertrunken wäre. Vielleicht halten sich deshalb die Nowgoroder für unbesiegbar.

Es geht schon lange die Rede, daß Batu-Khan ein neues Heer gegen Nowgorod schicken will. Ich hörte aus seinem eigenen Munde die Worte: »Wenn Subudai-Bahadur das ganze Nowgoroder Gebiet in Schutt und Asche gelegt und alle Einwohner in die Sklaverei getrieben haben wird, erst dann wird an der Nordgrenze meiner Horde die Ruhe eines Nasarestans[1] herrschen.«

Neulich morgens bei einem Gästeempfang im Zelte des Dschichangirs geschah folgendes: Arapscha, Batus Lieblingsleibwächter, trat ein und meldete:

»Erhabener Sain-Khan, du wolltest, daß man dir Gefangene vorführe, die im Norden und in der Stadt Nowgorod gewesen sind. Unter den bei uns befindlichen russischen Gefangenen habe ich zwei gefunden, auf die das zutrifft und die recht verständig aussehn, so daß sie dir gewiß viel erzählen können.«

1 Nasarestan = Friedhof.

»Führ sie sofort zu mir, und rufe auch Subudai-Bahadur hierher, damit er bei dem Verhör zugegen sei. Allen anwesenden Gästen aber entbiete ich hiermit mein ›Selam‹[1].«
Die Anwesenden (bis auf den Hadschi) entfernten sich daraufhin schleunigst unter tiefen Verbeugungen und dem Gemurmel von Segenswünschen, dann erschien Subudai und gleich darauf Arapscha mit den zwei Russen, einem silberhaarigen, sehr hochgewachsenen Greis, dessen Gesicht von einer tiefen roten Narbe entstellt wurde, und einem jungen Mann, fast von gleich hohem Wuchs wie sein Gefährte, aber viel breitschultriger, dessen lebhafte Augen einen aufgeweckten Sinn verrieten. Gewöhnlich pflegten die Gefangenen barfuß und in Lumpen zu gehen, damit die beiden aber vor dem Dschichangir einigermaßen anständig erscheinen konnten, hatte man sie in lange Kittel gesteckt und ihnen auch lederne Kawuschen gegeben. Die Hände hatte man ihnen vorsichtshalber mit Lederriemen fest zusammengebunden.
Auf seine kurze Lanze gestützt, blieb Arapscha neben den Gefangenen stehen und ließ sie keinen Moment aus den Augen, damit sie nichts Unerlaubtes tun konnten. Auch diente er, da er der russischen Sprache mächtig war, als Dolmetscher und übersetzte ihre Antworten und die Fragen Batus, die sich zuerst auf ihre Herkunft und auf Zeit und Ort ihrer Gefangennahme bezogen.
Der Greis erzählte (augenscheinlich sehr wahrheitsgetreu):
»Ich heiße Sawwa Babrownik und hauste im Wald. Mein Gewerbe ist der Biberfang, wie schon mein Name sagt, aber gelegentlich stellte ich auch anderm Wild nach. Häufig fuhr ich nach Perejaslawl zu unserem Fürsten Jaroslaw Wsewolodowitsch und brachte ihm Wild und allerhand Pelzwerk. Mein Gefährte heißt Koshemjaka und ist besonders geschickt im Gerben von Rinder- und Pferdehäuten. Vor zwei Jahren fielen wir am Oberlauf der Wolga einer Tatarenpatrouille in die Hände, und es gelang uns nicht, der Übermacht zu entkommen.«
»Warst du auch in Nowgorod?«
»Ja, viele Male bin ich in meinem langen Leben dort gewesen, ich habe sogar mehrere Male kürzere oder längere Zeit dort gewohnt.«
»Wer regiert dort?«
»Zu meiner Zeit regierten dort die Bojaren, aber es herrschte meist Uneinigkeit unter ihnen, und wenn sie sich dadurch in Ungelegenheiten gebracht hatten, so schickten sie Boten zum Fürsten Jaroslaw von Perejaslawl und baten ihn um Beistand. Der Fürst erschien dann mit seinen Mannen und stiftete Ordnung und Frieden.«
»Hat dieser Fürst so tüchtige Truppen?«
»Oh, seine Truppen sind berühmt, jeder einzelne seiner Krieger trägt einen silberschimmernden Panzer, und wenn seine Reiter auf ihren prächtigen Rossen Einzug halten, dann läuft ihnen alles Volk entgegen und singt ihnen Loblieder.«

1 Selam oder Salam = Frieden.

»Nun, der silberne Panzer allein macht den Helden nicht«, meinte Batu-Khan. »Hat Konas[1] Jaroslaw denn seine und seiner Mannen Tapferkeit auch in anderen Kämpfen als im bloßen Schlichten der Zwistigkeiten der Nowgoroder Bojaren bewiesen?«
»Und ob er die gezeigt hat!« rief Sawwa stolz. »Vor vier Jahren trat ich zusammen mit anderen Jägern in eine neugebildete Hilfstruppe ein, die den Fürsten in seinem Kampf gegen die ihn bedrängenden deutschen Ritter unterstützen sollte, deren Absicht es war, Nowgorod unter ihre Botmäßigkeit zu bringen. An der Mündung des Flusses Omowsha in den Tschudskoje Osero[2] kam es zu einer furchtbaren Schlacht, in der die deutschen Ritter vom Fürsten Jaroslaw aufs Haupt geschlagen wurden. Die Hälfte von ihnen ertrank unter dem Eis des Sees.«
»Wer waren die Unterführer und Verbündeten des Konas?«
»Er hatte ausgezeichnete Heerführer, der tüchtigste aber war sein junger Sohn Alexander. Daß er damals noch keine fünfzehn Jahre alt war, daran darfst du dich nicht kehren. Er kämpfte an der Spitze seiner Hundertschaft ebenso tapfer wie ein erwachsener und erfahrener Krieger.«
»Von diesem neuen Iskander habe ich schon gehört«, sagte Batu-Khan. »Man hat mir berichtet, er übe jetzt die Herrschaft in Nowgorod aus und verstärke unablässig sein Kriegsheer. Ich muß von diesem nordischen Iskander mehr und Genaueres erfahren. Vielleicht werde ich ihm noch einmal im Kampfe gegenüberstehn... Man führe die Gefangenen ab!«
Zwei Wächter bemächtigten sich der beiden und hatten mit ihnen schon beinahe den Ausgang des Zeltes erreicht, da rief Batu:
»Halt! Sagt mir erst noch genau, wie groß das Heer des Konas von Nowgorod ist.«
Der Greis wollte nach einigem Zögern eben den Mund auftun, da ließ sich sein junger Landsmann, als wäre er über den Rand des Teppichs gestolpert, gegen ihn fallen und flüsterte ihm rasch zu:
»Hüte deine Zunge!«
»Gnädiger Khan«, sagte Sawwa bedächtig, »das kann ich dir leider nicht genau sagen. Ich bin damals nicht länger bei der Hilfstruppe geblieben und habe seither nicht in der Stadt, sondern nur im Walde gelebt. Wie könnte ich da wissen, wie viele Krieger der Fürst inzwischen um sich gesammelt hat...«
Batu-Khan furchte die Stirn unmutig.
»Geht jetzt!« gebot er.
Die Gefangenen verbeugten sich und wurden aus dem Zelt geschleppt.
»Dieser junge Iskander des Nordens könnte mir gefallen«, meinte Subudai-Bahadur. »Er ist der geborene Krieger. An deiner Stelle würde ich ihn zum Anführer einer Tausendschaft seiner Landsleute machen, und er müßte mich auf meinem Zug gegen das Abendland begleiten.«

---

1 Konas = Umbildung des russischen Wortes Knjas = Fürst.

2 Tschudskoje Osero = Peipussee in den der Embach oder Emaingi mündet.

»Zunächst müssen wir herausbringen, was dieser Konas mit seinen Truppenrüstungen vorhat«, sagte Batu. Dann fuhr er fort, indem er Arapscha fest ansah: »Und dich betraue ich mit dieser wichtigen Aufgabe.«
»Achtung und Gehorsam!« antwortete Arapscha.
»Du wirst zehn der zuverlässigsten Nuker mit dir nehmen und nach Perejaslawl oder bis nach Nowgorod reiten, um in Erfahrung zu bringen, was für Pläne man dort schmiedet. Du reitest noch heute. Durch zuverlässige Leute sendest du mir Berichte.«
»Das soll geschehn, Erhabener!« versicherte Arapscha und verließ eiligen Schrittes das Zelt.

Russische Flöße kommen an

Batu-Khan befand sich mit den Vertrautesten aus seinem Gefolge auf dem flachen Dach des goldenen Hauses. Vom Südufer des Abeskunischen Meeres war ihm gemeldet worden, daß dort einer seiner Verwandten, Khan Chulagu, ein Heer gesammelt und einzelne Abteilungen nordwärts zum Fluß Kura an die Grenze des Gebietes der Blauen Horde entsandt habe, mit dem Auftrag, dort Zusammenstöße mit Abteilungen Batus zu provozieren, dabei Gefangene zu machen und aus ihnen herauszubringen, was im Heere des Dschichangirs vor sich gehe. Der Bote, der diese Meldung gebracht hatte, ein alter erfahrener Kämpfer, der sich noch an Dschingis-Khan erinnern konnte, war der Überzeugung, daß Chulagu einen Überfall großen Ausmaßes plane.
Alle hatten gespannt in Batu-Khans Gesicht geforscht, wie er auf diese Nachricht reagieren würde, aber er war undurchdringlich geblieben. Aufmerksam hatte er den Boten angehört, seine Meinung über die Sache aber für sich behalten.
Gleich darauf meldete ein Soldat der Palastwache, daß von Norden her, aus der Kiptschakensteppe, ebenfalls ein Eilbote auf schweißbedecktem Roß angelangt sei und darum bitte, sogleich vor das Antlitz des Blendenden geführt zu werden.
»Führ ihn her!«
Der Bote, ein junger Kiptschakenkrieger in einem gestreiften chowaresmischen Chalat mit Aufschlägen aus Fuchsfell, warf sich vor Batus Thronsessel nieder, küßte den Boden und breitete dann als Geschenk für den Khan vor sich das Fell eines Blaufuchses mit langem buschigem Schwanz aus.
»Sei auf der Hut und bereite dich zum Kampf, Erhabener!« rief er. »Den Strom herab kommt ein Russenheer geschwommen. Ich bin hergaloppiert, um dir seine Annäherung zu melden.«
Ein wenig zogen sich Batus Brauen zusammen, dann nahm sein Gesicht sogleich wieder den gewöhnlichen unerschütterlichen Ausdruck an. Er erhob sich, trat zur gegitterten Brüstung und spähte nordwärts über die

Baugerüste und die Holz-, Lehm- und Schilfhütten seiner im Entstehen begriffenen Residenzstadt hinweg in die Ferne. Auf dem breiten blauen Band des Stromes gleißten die Sonnenlichter wie goldene Fische und Schlangen.
Der Bote, der respektvoll zu ihm getreten war, deutete mit der Hand: »Schau dorthin! Dort kommen sie und führen gewiß nichts Gutes im Schilde!«
»Wo aber sind denn ihre Schiffe? Ich sehe weder Masten noch Segel.«
»Sie haben auch keine Schiffe. Sie kommen auf zusammengebundenen langen Balken, auf denen kleine Strohjurten stehn. Mehr als fünfzig solcher Flöße habe ich gezählt.«
»Seht!« rief Batu-Khan. »Dieser nowgorodische Konas hält sein Versprechen, das er mir gegeben. Er schickt mir da das Bauholz für meine künftige Hauptstadt der Welt. Ich will dir danken, Kiptschakenkrieger, für dein scharfes Auge und für die frohe Botschaft! Turgaud, hol einen samarkandischen Chalat für den Überbringer so guter Nachricht!« –

Die aus jahrhundertealten riesigen Baumstämmen zusammengebundenen Flöße hatten nicht ohne Mühe die lange Fahrt aus den tiefen Wäldern von Murom bis nach Nishni-Nowgorod und dann weiter hierher ins Mündungsgebiet der Wolga gemacht. Sie wurden von langen Booten, sogenannten »Dubs«, begleitet, von deren Insassen (Dubowiki) das Floß gesteuert wurde.
Allen Begleitern des schwimmenden Holztransports war vom Khan persönliche Sicherheit, hohe Belohnung und außerdem die Freilassung ihrer etwa in tatarische Gefangenschaft geratenen Verwandten zugesagt worden.
Fast auf der ganzen Floßfahrt hatten die Russen das schönste Wetter gehabt, vor allem am Anfang, und sie hatten untereinander gesprochen: »Die barmherzige Mutter Gottes hält ihre schützende Hand über uns!« Nur zweimal waren bedrohliche Wolken aufgezogen, und einmal hatte sich Sturm erhoben und den Strom bis in seine Tiefen aufgewühlt, daß das graue Wasser doppeltmannshohe Wellen schlug. Da hatte es Awksenti, der älteste Wataman[1], für rätlich befunden, am Ufer anlegen zu lassen und abzuwarten, bis das Unwetter sich gelegt und der eigensinnige Fluß sich beruhigt haben würde.
Endlich zeigte sich den Auslug haltenden Flößern und Ruderern in der Ferne ein schimmernder Punkt, ein schlanker goldener Turm, der unzählige Filzjurten, Holzbaracken und Buden, Lehm- und Schilfhütten, aber auch Steinhäuser überragte und den Russen anzeigte, daß sie dem Orte, wo sich aus einem Heerlager eine Weltstadt entwickeln sollte, nicht mehr fern waren.
Da verstummten sie kleinlaut, von banger Besorgnis angerührt, und nur

---

1 Wataman = eigentlich Ältester und Oberhaupt einer Wataga, so heißt an der Wolga, am Kaspischen und am Schwarzen Meer eine Fischereigemeinschaft.

das Plätschern der Wellen und das Knarren der mit starkem Lindenbast zusammengebundenen Stämme war noch zu hören.
Plötzlich klang aus der Ferne ein wehmütiges Lied:

»Wie der Nebel sich aufs Meer senkt,
so legt der Kummer sich mir aufs Herz...«

»Das sind doch die Unsrigen, die da singen! Hier also ist es uns beschieden, ein heimatliches Lied zu hören!«
Den Flößen kamen Boote entgegengerudert, in denen bewaffnete Mongolen in grellbunter Kleidung saßen, auf den Ruderbänken aber Russen, die Sänger des Liedes. Beim Anlegen an die Flöße riefen sie: »Wie hat Gott euch hierhergeführt, Rechtgläubige?«
»Wir sind Nowgoroder«, antworteten die Flößer ihren Landsleuten, »und kommen auf Befehl unsres Fürsten Alexander Jaroslawitsch, um dem grimmen Mongolenkhan Holz und euch die Freiheit zu bringen!«
Die Mongolen hatten schon mit ihren Bootshaken einige der Flöße geentert und wollten sich hinaufschwingen, aber der Wataman Awksenti befahl seinen Leuten:
»Laßt niemanden herauf! Sonst werden uns die Bösewichter womöglich alle Geschenke stehlen!«
Und er ließ die riesigen Hunde losbinden, die laut bellend von einem Floß aufs andre sprangen und bösartig die Zähne fletschten, wenn einer der Mongolen Miene machte, sich ihnen zu nähern.
Etwa drei Werst oberhalb des Tatarenlagers legten die Flöße am Ufer an, und sogleich kamen von allen Seiten die russischen Gefangenen, unter denen sich die Kunde von der Ankunft ihrer Landsleute in Windeseile verbreitet hatte, herbeigelaufen, um Neues aus der Heimat zu hören. Batus Wache, die am Ufer Aufstellung genommen hatte, war ihnen gegenüber fast machtlos. Die abgemagerten, ungeschorenen, in Lumpen gehüllten Elends- und Jammergestalten stürzten sich ins Wasser und schwammen zu den Flößen hinüber, um ihre Brüder zu umarmen.

Belustigung mit Bären

Gawrila Oleksitsch, der Wortführer der Gesandtschaft aus Nowgorod, welche samt ihren Wagen in Nishni auf die Flöße übernommen worden war, hatte von Batu-Khans Palastaufseher Anweisung erhalten, die wertvollsten der mitgebrachten Geschenke zum goldenen Häuschen schaffen und dort im Hof aufstellen zu lassen, und war selbst für den nächsten Morgen dorthin beordert worden. Er möge aber ja die Bären nicht vergessen, war ihm eingeprägt worden.
Gawrila hatte persönlich jeden Wagen einzeln überprüft, ob alles noch in Ordnung sei, dann war einer nach dem andern abgefahren und am Ort seiner Bestimmung entladen worden.
Neben jeder Fuhre stand ein russischer Doppelposten Wache, der allzu

aufdringlichen Neugier der Mongolen mit Speeren wehrend. In der Mitte des Hofes war ein schwerer Pfosten eingerammt worden. An ihm wurde jetzt der größte der mitgebrachten Braunbären festgekettet. Es war eine furchteinflößende Bestie, die unter wütendem Gebrumm mit den Tatzen die Erde aufscharrte und versuchte, den Pfosten umzureißen.
Ein zweiter Bär lag über einer metallbeschlagenen Truhe, die er mit seinen Vordertatzen umfangen hielt. In der Truhe befand sich allerlei silbernes Gerät und Geschmeide, welches die Nowgoroder als Lösegeld für ihre Gefangenen mitgeschickt hatten.
Auf der anderen Hofseite, wo die Pfähle ragten, an denen sonst die Rosse der den Khan besuchenden Gäste festgebunden wurden, stand ein schönes, außergewöhnlich großes Roß, ein Beutestück, das die Nowgoroder einem von ihnen besiegten schwedischen Heerführer abgenommen hatten. Alles an diesem Tier setzte die Mongolen in Erstaunen: der wie ein Sessel bequeme Sattel, die breiten Steigbügel, die Satteldecke, worauf in Gold ein Leu mit einem Schwert in der erhobenen Pranke gestickt war.
Die Karnai, die langen ledernen Trompeten, begannen heiser zu blasen, als der Dschichangir, in einem Brokatchalat und mit einem edelsteinverzierten Schwert umgürtet, auf der Palastvortreppe erschien und auf einem breiten, niedrigen Thronsessel Platz nahm, dessen Armlehnen von goldenen Löwen getragen wurden. Dieser Thron stammte aus einem chinesischen Kaiserpalast und wurde von Batu, der ihn von seinem Großvater ererbt hatte, als ein Symbol der Macht des großen Eroberers gehütet.
Links vom Thron hatte der Gesandte des Kalifen von Bagdad auf einem Teppich mit goldbestickten Seidenkissen einen Ehrenplatz angewiesen bekommen; rechts vom Thron saß der finstere, einäugige Subudai. Im weiteren Kreise saßen die übrigen mongolischen Heerführer.
Das flache Dach des Hauses erblühte plötzlich, als hätten sich märchenhaft gefiederte Vögel darauf niedergelassen. Es waren Batu-Khans Frauen, die in Begleitung mehrerer Hofleute herausgetreten waren, um sich an dem bevorstehenden Schauspiel zu ergötzen. Entlang der gegitterten Brüstung nahmen sie auf Teppichen und Kissen Platz.
Nach dem zweiten Ruf der Karnai öffnete sich das Tor für den Wortführer der Nowgoroder Gesandtschaft, einen hochgewachsenen, noch jungen Mann von wohlgebildetem Angesicht und Gliederbau, der in seinem silbernen Ringpanzer mit Arm- und Beinschienen und seinem blitzenden Helm neben dem ihn begleitenden mongolischen Dolmetsch, den er weit um Haupteslänge überragte, wie ein sagenhafter Recke wirkte.
Als er vor Batus Thron stand, nahm er seinen Helm ab, ließ sich auf ein Knie nieder, führte ein an einem Silberkettchen ihm um den Hals hängendes aufklappbares dreiteiliges Heiligenbildchen an seine Lippen und sprach, nachdem er es inbrünstig geküßt, mit flüsternder Stimme ein Gebet, das mit den Worten begann: »Der Herr behüte und beschirme

unser Heimatland ...« Das übrige ging in dem von neuem losbrechenden Lärm der Menge verloren.
Batu-Khan wies gnädig auf ein zu seinen Füßen liegendes Kissen, den Gesandten zum Sitzen einladend.
Nun führten Batu-Khans Pferdeknechte das schwedische Roß vor dem Throne hin und her, damit man es von allen Seiten betrachten konnte, dann blieben sie damit dicht vor dem Thron stehen. Ein Diener präsentierte dem Khan auf einem Servierbrett kleine Fladen, von denen er einige nahm und damit das Roß fütterte. Dann tätschelte er ihm den Hals.
»Wie gefällt euch dieses schöne Tier?« fragte er zu seinen Frauen hinauf, die oben lange Hälse machten.
»Es ist ein Tier wie aus einem Märchen!« riefen sie herab. »Doch wir möchten gern, daß der Gast aus Nowgorod uns auch seine dressierten Bären zeigt.«
Der Terdschuman übersetzte den Wunsch der Frauen, und Oleksitsch erhob sich.
»Sage den Herrinnen, daß ich ihnen gleich meine Zöglinge vorführen lassen werde.«
Die Frauen stießen kleine Freudenschreie aus, als ihnen diese Worte übersetzt wurden.
Gawrila schaute hinauf. Neben Batus Lieblingsfrau Juldus erblickte er ein junges Mädchen, auf dessen Gesicht sein Blick haftenblieb, weil ihm alles daran ungewöhnlich erschien: Die mandelförmigen schwarzen Augen blitzten wie Edelsteine, beschattet wurden sie von langen, wie Schmetterlingsflügel bebenden Wimpern; die nachgezeichneten dunklen Brauen zogen sich in schön gewölbten Bögen von einem Ohr zum andern; der kleine korallenrote Mund lächelte rätselhaft. Als sie Gawrilas Blick auf sich ruhen fühlte, streckte sie eine schlanke biegsame Hand mit leuchtend rot gefärbten Fingernägeln nach einer Silbervase aus, zog eine Rose mit langem Stiel heraus und warf sie lachend dem jungen Russen zu, der sie im Fluge auffing und den Dolmetscher leise fragte:
»Was ist denn das für eine Zauberin?«
»Eine der Lieblingstänzerinnen des Erhabenen, Serbiet-Hanum, eine Polowzerin[1]. Aber sie tanzt nicht nur wie eine Libelle, sie singt auch wie eine Nachtigall. Laß dir ja nicht etwa einfallen, sie auszuschlagen, falls der Dschichangir sie dir zum Geschenk anbieten sollte. Es könnte sonst deinen Kopf kosten.«
»Das wäre unverhofftes Pech!« murmelte Gawrila. Dann erteilte er seinen Leuten Befehl, die Bären ein wenig in Bewegung zu bringen.

1 Polowzer oder Polowezer, auch Kumanen genannt = ein ursprünglich östlich der unteren Wolga ansässiger Volksstamm, der um die Mitte des 11. Jahrhunderts in Europa einbrach und sich an den nördlichen Ufern des Schwarzen Meeres bis zur unteren Donau und den östlichen Karpaten ausbreitete.

»Ist es auch nicht gefährlich?« fragte Batu-Khan bedenklich.
»Im Leben ist vieles gefährlich«, lautete Gawrilas kecke Antwort. »Wenn man aber die Gefahr scheut, kann man sie auch nicht bestehn, und es lohnt überhaupt nicht zu leben.«
»Gut gesagt!« lobte Batu.
Der alte Subudai aber schüttelte mißbilligend den Kopf und ordnete an, zehn Pechlewane[1] möchten sich jedenfalls bereit halten.
Zwei russische Krieger machten den auf der Truhe schlafenden Bären munter. Er kroch herunter, ergriff einen kleineren Balken und ging, ihn auf der Schulter balancierend, auf den Hinterpfoten bis zu der Stelle hin, wo sich Batu-Khan befand. Dort ließ er den Balken vorsichtig zur Erde gleiten, setzte sich darauf und winkte mit den Vorderpfoten, als bäte er um etwas zu fressen. Batu ließ ihm durch einen Nuker einen Fladen reichen.
»Wenn du gestattest, großer Khan«, sagte Oleksitsch, »wird dieser Bär mit einigen deiner Krieger kämpfen. Befiehl dreien deiner allerstärksten Männer, ihn zu Boden zu werfen!« Dabei machte er einem seiner Leute ein Zeichen, näher zu kommen: »Komm her, Kirscha, stell dich neben Mischka und paß auf, daß er sich anständig aufführt!«
Kirscha tat, wie ihm geheißen wurde, und ergriff das Ende der Kette, die am Halsband des Bären befestigt war. Auf einen Wink Subudais näherten sich drei von den Pechlewanen dem Bären.
Kirscha sagte gutmütig zu ihm:
»Na los, Mischenka, zeig ihnen mal, wie bei uns in Nowgorod die Ziegenböcke stoßen.«
Der Bär sprang auf und stürzte sich ungestüm auf die drei Kraftmenschen, die vor Entsetzen davonrannten, so schnell ihre Beine sie trugen, und der Bär lief ihnen über den ganzen Hof nach, mit der losgerissenen Kette klirrend, unter dem Jubel und Gelächter der Zuschauer.
»He, Mischka!« rief Kirscha. »Bleib stehn! Komm mal her zu mir und zeig uns, wie du deine Hausfrau liebhast.«
Der Bär blieb stehen, machte kehrt und watschelte auf Kirscha zu, legte ihm die Vorderpfoten auf die Schultern und leckte ihm mit der Zunge das Gesicht.
Der Dolmetscher hatte laut Kirschas Worte übersetzt, und die Mongolen schrien vor Begeisterung »Kchu! Kchu!«. Die Frauen auf dem Dache aber klatschten, kreischend vor Entzücken, in die Hände und wollten sich ausschütten vor Lachen.
Auf ein Zeichen Oleksitschs wurde der Bär zum Wagen zurückgeführt.
Batu-Khans Frauen riefen herunter:
»Können die russischen Bahadure mit dem an den Pfosten geketteten großen Bären kämpfen?«
»Probieren kann man's ja mal«, meinte Oleksitsch. »Was allerdings

---

1 Pechlewan = Kraftmensch, Athlet.

dabei herauskommt, bleibt abzuwarten. He, Leute, kettet mal den Leschi los und führt ihn her!«

Bald näherte sich die mächtige Bestie dem Thron Batus; an zwei straff gespannten Ketten, von denen die eine am eisernen Halsband, die andre an einem breiten Ledergurt um den Leib befestigt war, wurde sie von sechs starken Männern fest- und zurückgehalten, damit sie nicht zu nahe an den Tatarenkhan heranging.

Die Bestie setzte sich und warf schnaubend den Kopf hin und her, wobei sie mit ihren kleinen bösen Augen mißtrauisch auf die Menschen ringsum schielte.

Kirscha trat zu dem Bären hin, schlug ihm auf die Schulter und sprang behend einen Schritt zurück. Gleich darauf versetzte er ihm einen zweiten Schlag und rief:

»He, Leschi! Weshalb hast du denn neulich meinen Hammel zerrissen? Gib ihn mir zurück!«

Das Tier ließ ein gereiztes Brummen hören.

»He, Leschi! Weshalb hast du neulich mein Weib gekränkt, indem du ihr einen Hahn stahlst?«

Die Bestie warf den Kopf noch heftiger hin und her, als wollte sie die ihr zugeschobene Schuld verneinen.

»Was schüttelst du deinen Kopf, als wolltest du deine Untaten ableugnen?« fuhr Kirscha fort. »Hab' ich vielleicht nicht die Wahrheit gesprochen? Komm, laß uns miteinander ringen! Wer siegt, der ist im Recht! Zeig mal deinem neuen Herrn, was du für Kräfte hast!«

Und er stieß den Bär mit der Spitze seines Stiefels an.

Dieser faßte rasch mit beiden Tatzen zu, ließ aber das Bein gleich wieder los, als Kirscha ihn bei beiden Ohren packte. Da richtete er sich auf und ging auf seinen Gegner los. Unversehens warf sich dieser auf das Tier, faßte es um den Leib, hob es mit einer furchtbaren Anspannung aller seiner Kräfte aus und warf es, geschickt mit der Schulter nachdrückend, um. Doch flink sprang das Tier wieder auf und stürzte sich zornig brüllend auf den Menschen. Die Menge erstarrte.

»Du meinst es ernst, wie ich sehe«, sagte Kirscha. »Na, da komm mal in meine Arme!«

Mensch und Tier umschlangen sich wie Ringer und führten, auf der Stelle hin und her tretend, eine Art Ringkampf auf. Plötzlich stellte der Mensch dem Bären ein Bein und warf ihn blitzschnell zum zweitenmal um.

Ein Jubelschrei ging durch die Menge. Kirscha trat, sich den Schweiß von der Stirn wischend, ruhig beiseite. Oleksitsch wandte sich an die sechs Männer, die noch immer die Ketten festhielten, und sagte leise:

»Kettet ihn schnell wieder an den Pfosten, sonst zerreißt er den Kirscha tatsächlich noch. Ich spür' es: Er fängt an, wütend zu werden.«

Die sechs zogen den sich sträubenden Bären zum Pfosten und legten ihn wieder an die Ketten.

Batu-Khan winkte den Dolmetscher zu sich heran und sprach leise mit ihm. Dieser beugte sich daraufhin zu Gawrilas Ohr und sagte:
»Unser großer Dschichangir ist sehr zufrieden und möchte dir und deinen Nukern eine Gnade erweisen. Er läßt dich fragen, wonach dein Herz dürstet.« Und noch leiser riet er ihm: »Erbitte dir die schönste Rose seines Gartens, und er wird sie dir geben!«
Gawrila Oleksitsch würdigte ihn keiner Antwort. Schnell stand er auf und begann, sich an Batu wendend, rasch und eindringlich zu sprechen:
»Erhabner Khan, ich habe deine Hauptstadt Sarai gesehn, die zu wachsen und zu blühen beginnt wie eine märchenhafte Blume. Die Leute werden hier reich werden, und die wieder abreisenden Gäste werden die Erzählungen über die Größe und den Ruhm deines Namens und deiner Taten in alle Welt hinaustragen. Ich aber habe hier auch meine unglücklichen Brüder gesehn; sie sind vor Hunger und schwerer Arbeit ausgemergelt, und viele von ihnen werden nicht mehr lange leben. Du kannst sie und uns alle glücklich machen, und wir werden bis ans Ende unsrer Tage für dich beten.«
»Von welchen Brüdern sprichst du?« fragte Batu-Khan unwillig, und eine steile Unmutsfalte bildete sich auf seiner Stirn.
»Von den Menschen, die deine tapferen Krieger aus unseren zerstörten Städten und Dörfern hierher in die Gefangenschaft getrieben haben. Gib sie frei und laß sie in ihre Heimat zurück!«
Da Batu-Khan unwillig schwieg, flüsterte plötzlich eine sanfte Stimme neben ihm:
»Erfülle die Bitte deines Gastes, erhabener Sain-Khan! Es wird dir bestimmt Glück bringen.«
Gawrila blickte auf und sah Juldus-Hatun, die vom Dache herabgestiegen und im Begriff war, sich neben Batu auf den Thron niederzusetzen. Hinter ihr stand die schöne Polowezerin mit einer Blume zwischen den Zähnen. Sie sah Gawrila jetzt nicht an, lächelte aber mit gesenkten Wimpern verträumt vor sich hin.
»Gut«, willigte Batu-Khan ein. »Ich erlaube dir, die russischen Gefangenen zu sammeln. Du selbst sollst auch dafür Sorge tragen, daß sie unbehelligt in ihre Heimat gelangen.«
»Erhabener Dschichangir!« fiel ihm hier Subudai ins Wort. »Mir fällt ein, daß du einmal den Gedanken äußertest, aus den russischen Gefangenen ein besonderes Regiment aufzustellen...«
»Das habe ich auch nicht vergessen«, entgegnete Batu. »Darum versprich mir, tapferer Batyr[1], daß du zuvor jeden einzelnen deiner Landsleute befragst, ob er nicht Lust hat, in dieses Regiment einzutreten, das mein Heer auf seinem Zug in das Abendland begleiten soll. Jeder Krieger wird von mir Waffen, Kleidung und ein Roß erhalten, in den Schlachten aber soll er Ruhm und Beute mit meinen Batyren teilen.«

---

1 Batyr = Streifzügler, Held.

»Heute, großer Dschichangir, hast du nicht nur viele meiner russischen Brüder, sondern auch mich glücklich gemacht.«
»Du sollst doppelt glücklich werden«, erwiderte Batu. »In der Nähe meines Palastes soll man für dich ein Zelt aufschlagen, in dem du die schönste Blume meines Gartens finden wirst. Jene dort!« Und er deutete mit der Hand auf die schöne Polowezerin.

Als sich nach Beendigung des feierlichen Empfangs die Gäste zerstreuten, trat Gawrila Oleksitsch auf den arabischen Gesandten zu, der auf ihn einen freundlichen, angenehmen Eindruck gemacht hatte, und richtete an ihn die Frage:
»Weißt du nicht, erlauchter Khan, was aus unserem tapferen greisen Heerführer Ratscha geworden ist? Ich sehe ihn nirgends.«
Abd ar-Rahmân wandte sich verlegen ab. Er suchte einer Antwort auszuweichen, aber Gawrila fuhr fort:
»Fürst Alexander von Nowgorod hatte ihn hierhergesandt, um unsere gefangenen Brüder zu erfreuen und ihnen zu versichern, daß sie nicht vergessen seien, daß man ihrer gedenke und Lösegeld und Geschenke schicken werde, um ihnen die Freiheit zu erkaufen.«
Da der andere nicht abließ, sagte Abd ar-Rahmân endlich im Flüsterton:
»Ich habe gehört, es stehe sehr schlimm um ihn. Er hat sich geweigert, in irgend etwas Batu-Khans Willen zu erfüllen, und dafür ist er in Ketten gelegt worden. Ich weiß nicht einmal, ob er noch am Leben ist.«

Lästige Besucher

Eine zweite Audienz beim Dschichangir zu erlangen wollte dem Wortführer der Nowgoroder Gesandtschaft lange Zeit nicht glücken. Endlich erschienen eines späten Abends in dem ihm zugewiesenen Zelt zwei in prächtige Brokatchalate gekleidete Würdenträger Batu-Khans samt ihrem Schreiber. Sie rangen nach Luft und wischten sich die erhitzten Gesichter mit den Zipfeln ihrer Stoffgürtel, gaben sich dabei aber die größte Mühe, einen würdigen, gesetzten Eindruck zu machen, der gleich erkennen ließ, daß sie in einem wichtigen und verantwortungsvollen Auftrag kamen. Auf ihren Fersen hockend, ließen sie die Perlen ihrer Bernsteinketten durch die Finger gleiten, bis sie wieder zu Atem gekommen waren.
Oleksitsch ließ ein flaches Gefäß mit starkem, süßem Honigmet öffnen und kredenzte davon seinen Gästen in silbernen Humpen, um sie zum unbedachten Sprechen zu bringen und ihre verborgenen Absichten zu ergründen.
Ein erfahrener Dolmetscher, der früher einmal in Gefangenschaft der Kiptschaken geraten war und dort ihre Sprache erlernt hatte, vermittelte nicht nur die Verständigung zwischen Oleksitsch und seinen Besuchern, sondern notierte sich alles genau, was gesprochen wurde. Aber weder

er und erst recht nicht die beiden Gäste ahnten, daß Oleksitsch, der am Hofe Mstislaws des Kühnen aufgewachsen war, dort von seinen Polowezer Kinderfrauen deren Sprache erlernt hatte und ihrer durchaus mächtig war.[1]
Zuerst stellten die beiden Würdenträger ziemlich belanglose, vom eigentlichen Zweck ihres Besuches ablenkende Fragen:
Wieviel Tage der Nowgoroder Gesandte zu seiner Reise hierher gebraucht und durch welche Städte ihn sein Weg geführt habe? Ob diese Städte arg zerstört gewesen seien und dergleichen mehr. Auch recht alberne Fragen taten sie: Ob es wahr sei, daß Biber und Blaufüchse auf den Straßen der russischen Städte umherliefen und mit Netzen gefangen würden? Dann erkundigten sie sich, wie viele Frauen der Fürst Alexander von Nowgorod hätte und wie seine Lieblingsfrau hieße. Auch Zahl und Namen seiner Kinder wollten sie wissen.
Oleksitsch antwortete rasch, scheinbar ohne erst nachzudenken, aber er war sehr wohl auf seiner Hut und blinzelte dem Krieger, der das Amt des Mundschenken versah, zu, er möge nur den Gästen fleißig von dem berauschenden Getränk nachfüllen.
Der mit den Würdenträgern gekommene Schreiber hatte von seinem Gürtel ein Bronzetintenfaß losgehakt, es vor sich hingestellt und schrieb mit seiner Rohrfeder ebenfalls alles gewissenhaft nach, wobei er sich dann und wann Städte- und Personennamen wiederholen ließ. Er notierte sich, als das Gespräch darauf kam, sogar die Zahl der Schweden und ihrer Schiffe, die an der Schlacht an der Newa teilgenommen hatten.
Plötzlich begann der jüngere der beiden Besucher grundlos zu lachen und das närrischste Zeug zu fragen, sei es, daß er wirklich schon einen Rausch hatte oder sich nur so stellte.
Ob es wahr sei, daß in den russischen Wäldern ein großes furchtbares Tier mit nur einem langen Horn auf der Nase vorkomme? Ob der Fürst von Nowgorod nicht gern noch eine Mongolin zum Weibe nehmen möchte, und ob dies etwa der eigentliche Grund sei, weshalb der Recke aus dem Norden sich hierherbemüht habe? Ob der hohe Gast Näheres über die Stadt Kyjuw[2] wisse? Khan Mongu habe erzählt, daß dort die Dächer der ›Häuser Gottes‹ aus purem Golde seien. Und in Nowgorod – wären sie da ebenfalls aus Gold?
»Wieviel Tagesritte sind es eigentlich bis Nowgorod? Und sind unterwegs Ausspannen, wo man die Pferde wechseln kann?«
Gawrila vermied es, diese Fragen zu beantworten, vielmehr sagte er ausweichend:
»Wenn euer erhabener Gebieter dies und noch anderes von mir erfahren möchte, so werde ich das nur ihm allein erzählen.«
Dann übernahm er selbst die Führung des Gesprächs:

---

1 In den von den Mongolen eroberten Gebieten war die Kiptschakensprache zur allgemeinen Umgangssprache geworden.

2 Kyjuw = Kiew.

»Würdet ihr mir wohl bloß drei Fragen beantworten?«
»Natürlich werden wir das tun, falls es uns möglich ist.«
»Stimmt es, daß der große Batu-Khan mit einem glühenden Pfeil auf hundert Schritt Entfernung mitten durch einen Goldreif schießen kann, den das kleine Händchen seiner Lieblingsfrau hält?«
»Kcha, kcha!« machten die Würdenträger vor Überraschung, indem sie einander betroffen ansahen.
»Stimmt es, daß der weise Batu-Khan des Nachts im Traum bis über die Wolken hinauffliegt zum heiligen Regenten[1], seinem Ahn, und von ihm Unterweisung erhält, wie man den ganzen Erdkreis erobern könnte, aber auch seinerseits dem Verstorbenen ehrerbietige Ratschläge erteilt, wie man die aus den Seelen der auf den Schlachtfeldern gefallenen tapferen Krieger bestehenden Geisterheere jenseits der Wolken führt. Ich habe gehört, Dschingis-Khans heiliger Schatten sei sehr dankbar für jeden Besuch des von ihm am meisten geliebten seiner Enkel und für dessen kluge Rede.«
Die letzten Worte sprach Oleksitsch in kaum noch vernehmbarem Flüstertone, wobei er sich dicht zu seinen Gästen hinbeugte, die wie zu Stein erstarrt mit offenen Mündern dasaßen. Dann tranken sie schnell ihre Humpen leer, der ältere ließ sich von seinem Schreiber die Rolle des Protokolls reichen und steckte sie in seinen Busen, der jüngere stammelte, seine Stimme ebenfalls zum leisesten Flüsterton herabdämpfend:
»Wir haben keine Weisung erhalten, was wir auf so heikle und wichtige Fragen antworten sollen. Wir werden ein andermal wiederkommen und dir melden, wann der erhabene Sain-Khan dich zu empfangen geruhen wird. Und dann werden wir dir vielleicht auch alles das erklären können, was du zu wissen verlangst.«
Mit Bücklingen entfernten sich beide, nach dem bei ihnen üblichen Brauch die Silberhumpen, aus denen sie getrunken hatten, mit sich nehmend. Draußen schwangen sie sich auf ihre Rosse und ritten eiligst zu dem zurück, der sie geschickt hatte.
Am nächsten Morgen, als die ersten rosigen Strahlen der aufgehenden Sonne durch die Zweige der das Ufer säumenden Bäume drangen, hatten die Krieger schon neben Gawrilas Zelt unter einem an Gabelhölzern hängenden Kupferkessel Feuer angezündet. Sie waren gerade dabei, einen Hammel zu zerteilen und die einzelnen Stücke auf die mit der wolligen Seite nach unten gekehrte, im Gras ausgebreitete Haut zu legen, als sich drei bewaffnete Reiter näherten und etwa zehn Schritte vom Zelte ab von ihren Pferden stiegen. Gawrila, der in zweien von ihnen seine gestrigen Gäste wiedererkannte, erwartete gleichmütig ihre Annäherung, ohne sich von seinem Klappstuhl vor dem Zelteingang zu

1 Heiliger Regent = Bezeichnung Dschingis-Khans. Da die Mongolen sich scheuten, seinen Namen auszusprechen, gebrauchten sie gern dergleichen ehrerbietige Umschreibungen.

erheben. Der dritte war ein stattlicher junger Krieger, an dessen linker Hüfte ein wunderschöner, mit Edelsteinen besetzter Säbel an goldenem Wehrgehenk hing.
Alle drei kamen auf Gawrila zu, die zwei Würdenträger von gestern verbeugten sich tief und nahmen dann eine Haltung an, wie sie Männern ziemt, die einen wichtigen Auftrag auszurichten haben. Auf Oleksitschs Wink war der Dolmetscher wie durch Zauberei plötzlich aufgetaucht und begann die Worte des jungen Kriegers zu übersetzen, welcher, nachdem er eine hoheitsvolle Geste der Begrüßung vollführt hatte, also anhub:
»Unser erhabener Gebieter, der heldenmütige und mächtige Batu-Khan...«
Bei der Nennung dieses Namens stand Gawrila respektvoll auf und entblößte sein Haupt.
»... hat uns befohlen, dir mitzuteilen, edler und tapferer Gesandter von Nowgorod, daß er, abgehalten durch wichtige und unaufschiebbare Geschäfte, bisher nicht in der Lage gewesen ist, dir die nötige Aufmerksamkeit zu erweisen, und erst jetzt die Zeit gefunden hat, dich zu einer Unterredung zu empfangen. Er gestattet dir, werter Bojar[1], morgen um die Mittagsstunde in seinem Zelt zu erscheinen. Am Vormittag wird er dir durch seine Knechte Pferde senden, auf denen du mit deinem Gefolge dorthin reiten wirst, wo unser erhabener Gebieter dich zu empfangen geruht.«
Gawrila, noch immer barhaupt und die Biberfellmütze in der Hand, erwiderte:
»Ich danke deinem erhabenen Gebieter für die mir durch deinen Mund übermittelte huldvolle Einladung. Bestelle ihm, daß sein unwürdiger Diener zur gegebenen Stunde zu erscheinen sich gestatten wird. Es ist mir doch wohl nicht verwehrt, auch einige bescheidene Geschenke mitzubringen?«
»In bezug auf Geschenke habe ich keinerlei Anweisungen erhalten. Darüber wird man dir später noch Bescheid geben.«
Abermals vollführte der Krieger, ohne sich zu verbeugen, eine Geste des Grußes, indem er seine Brust in der Gegend des Herzens, seine Lippen und seine Stirn leicht mit den Fingerspitzen seiner rechten Hand berührte; dann machte er eine scharfe Kehrtwendung und schritt auf seinen Rotfuchs zu, der ungeduldig am Mundstück seines Zaumes knabberte.
Leicht und behend sprang der junge Krieger in den Sattel und spornte sein Roß an, zügelte es jedoch noch einmal, als er einen letzten Blick auf den ihm nachgegangenen Gesandten geworfen.
»Dir schwebt noch eine Frage auf der Zunge, werter Bojar?«
»Du hast's erraten, heldenmütiger Dschigit. Ich möchte gern deinen ruhmreichen Namen wissen.«

---

1 Bojar = Edelmann, vornehme Standesperson.

»Mein Name ist Mussuk, ich gehöre zur Leibwache des Blendenden.« Er wiederholte seinen Abschiedsgruß und sprengte davon.

Die ganze Nacht lag Gawrila Oleksitsch schlaflos auf einer Pferdedecke, die Arme unterm Kopf verschränkt, und seine Gedanken nahmen einen wunderlichen Lauf. Bald sah er im Geiste die Eichenpalisaden von Perejaslawl, die sich im stillen See spiegelten; bald die matt schimmernden Lichter verschneiter Dörfer, die sich an Abhängen hinzogen; bald die ragenden Kathedralen des reichen freien Nowgorod, und er glaubte das feierliche Geläut ihrer Glocken zu vernehmen, welches sich auf einmal in den beharrlich mahnenden, eintönigen Klang der Wetscheglocke verwandelte, die das Volk zur Versammlung rief ...
Dann wieder wanderten Gawrilas Gedanken zu der bevorstehenden Audienz bei Batu-Khan hin. Schon mancher war von einer solchen Audienz nicht wieder zurückgekehrt ... Was mag Baty[1] von ihm wollen? Was führt der Unergründliche im Schilde? ... Ja, wird er überhaupt heil hingelangen bis zu Batys gelbseidenem Zelt, das bewacht wird von schweigsamen Kriegern und kreischenden Schamanen, Betreuern der zwischen Opfersteinen brennenden reinigenden Feuer, vor denen sich jeder, auch der Fremde, ehrfürchtig verneigen muß. Werden Stolz und Wille eines rechtgläubigen russischen Recken sich zu solchem Götzendienst zwingen lassen? Wird sich sein Rücken gehorsam beugen? ... Oder wird sein Los das gleiche sein wie das der unglücklichen Fürsten, die nach der unseligen, mörderischen Schlacht an der Kalka als Gefangene in die Hände ihrer unbarmherzigen Feinde fielen und denen unter den Brettern, die man auf sie legte, alle Glieder gebrochen und sämtliche Knochen zermalmt wurden, während die obenauf sitzenden Tatarenkhane beim Ächzen und Stöhnen der von ihnen Besiegten ihr lärmendes Siegesgelage hielten ... Brütet Batyga[2] über einem neuerlichen Einfall in die russischen Gebiete, die er schon einmal verheert hat? Und wird er, wenn dem so ist, diesmal auch bis vor Nowgorod ziehen? ... Von wem wohl droht der Heimat die größere Gefahr: von den hochmütigen Deutschen und Schweden, die das Land schon hart bedrängen, oder von Batyga, der im Verborgenen bleibt, bis seine Zeit gekommen ist? ...

Der Leidensgang

Als zur festgesetzten Stunde die Krieger mit den versprochenen Rossen eintrafen, stand Gawrila in seinem Zelt schon in seinem blitzenden Ringpanzer bereit, an der Linken in silbergefaßter grüner Scheide das Schwert mit einem Griff aus dem Stoßzahn eines Walrosses, auf dem

1 Baty und 2 Batyga, beides abgewandelte russische Formen von Batu-Khans Namen.

Kopf der schimmernde Helm mit eingelegter Ornamentarbeit, unter dem das leichtgewellte lichtbraune Haar hervorlugte. Die Füße steckten in bestickten roten Saffianstiefeln mit aufwärts gebogenen Spitzen.
Einer seiner Mannen kam erregt zu ihm hereingestürzt und stotterte: »Eben sind die Rosse vom Khan gekommen, nur – sei nicht böse, Herr! – sie sind nicht zu gebrauchen. Es würde sich nicht schicken, daß du einen solchen Gaul besteigst! Die Tataren würden dich verhöhnen!« Und er schlug den Vorhang am Zelteingang beiseite.
Draußen stand spreizbeinig eine alte Schindmähre, der die Hälfte des Schwanzes fehlte, mit hängender Unterlippe, hinter der schlechte gelbe Zähne bleckten. Der Sattel war wohl ein Khansattel, jedoch ebenso wie die schäbige rote Samtdecke und das ganze Zaumzeug im Zustand äußerster Abnutzung und Verwahrlosung. Die beiden anderen Stuten, die mitgeschickt worden waren, sahen nicht besser aus. Einem kühnen Reiter konnte es nicht zur Ehre, sondern nur zur Schande gereichen, wenn er sich auf einen solchen Klepper gesetzt hätte, obwohl die Tiere von schmuck gekleideten schweigsamen Tatarenkriegern feierlich am Zügel gehalten wurden.
Gawrila riß sich wütend den Helm vom Kopf, ließ sich den Panzer abschnallen und die Stiefel ausziehen. Er vertauschte die kriegerische Tracht mit einer ganz unsoldatischen und trat dann hinaus in einem hellblauen Seidenhemd, das am Kragen mit feiner Perlenstickerei besetzt war, darüber trug er einen tuchenen Oberrock mit aufgeschlitzten Ärmeln, der zusammengehalten wurde von einem schlichten Ledergurt. Waffen trug er keine bei sich.
»Man rufe Nikodim!«
»Hier bin ich, Herr!« meldete sich der Gerufene, Gawrilas Reiseschatzmeister.
»Hör gut zu, Nikodim, und tue, was ich dir sage! Du wirst die Mähre da mit dem besten Stück Brabanter Samts bedecken. Als Sattelgurt schnall ihr einen goldenen Gürtel um, und such ja einen recht kostbaren aus. Das Maul umwinde ihr mit Perlenketten. Den beiden anderen Gäulen decke zwei Frauenpelze aus Marderfellen über und befestige sie mit hübschen Gürteln, damit sie unterwegs nicht herunterfallen.«
Nikodim warf einen bedenklichen Blick auf Gawrila Oleksitsch, zu widersprechen wagte er ihm aber nicht.
Oleksitsch erblickte abseits den Hofchronisten seines Fürsten, den Priester Warsonofi, der ihn auf dieser Reise zur Blauen Horde begleitet hatte.
»Hör, Vater, zieh deinen besten Rock an, nimm auch das Räucherfaß mit. Du wirst mich auf diesem Gang begleiten, und ich fürchte, es wird ein schwerer, bitterer Gang werden, von dem wir vielleicht nicht wieder zurückkehren werden.«
»Ich höre, mein Sohn, und ich will auch noch ein Tontöpfchen mit glühenden Kohlen mitnehmen zum Anzünden des Räucherwerks.«
Die mongolischen Krieger standen wie aus Stein gemeißelt; nur ihre

Augenbrauen hoben und senkten sich, während Nikodim mit seinen Leuten die drei Stuten schmückte.
Gawrila war noch einmal ins Zelt gegangen; Batus Dolmetscher, der ihm unaufgefordert hatte folgen wollen, kam sofort, wie von einer kräftigen Hand an die Luft befördert, wieder herausgetaumelt. Endlich hob der Schatzmeister den Türvorhang und meldete:
»Alles ist getan, wie du es befohlen hast, Herr!«
Da trat Gawrila mit einer Mütze aus Biberfell auf dem Kopfe abermals heraus und sagte zu den Mongolen:
»Diese Stuten sind mir versehentlich geschickt worden. Jeder weiß, daß tatarische Khane und russische Fürsten nur auf Hengsten reiten. Stuten wie diese aber dienen Weibern als Reittiere oder werden als Packtiere benutzt. Deshalb führt diese Stuten zur ehrwürdigen Mutter des erhabenen Dschichangirs« – bei diesen Worten nahm er respektvoll seine Mütze ab – »und entschuldigt mich bei ihr, daß ich ihr meiner Armut wegen keine besseren Geschenke schicken konnte. Ich bäte sie, sie von ihrem ergebenen Diener, dem Gesandten von Nowgorod, huldvollst anzunehmen.«
Batu-Khans Diener wollten etwas erwidern, aber er schnitt ihnen barsch das Wort ab:
»Ein Khan steht zu seinem Wort, ein russischer Recke gleichfalls! Was ich euch geboten habe, werdet ihr tun!«
Und langsamen, schweren Schrittes ging er, ohne sich noch einmal umzusehen, nachdenklich gesenkten Hauptes seinem neuen rätselhaften Schicksal entgegen. Ihm folgte der Zug von Menschen, Pferden und Fuhren, welch letztere mit den Geschenken schon immer bereitgestanden hatten für den Fall, daß Batu-Khan seinen Gast aus dem Norden zu sich entbieten würde.
Der holprige Weg führte am Ufer entlang, vorbei an noch im Bau befindlichen Häuschen, an kleinen Buden, in denen gebratene und geräucherte Fische, Roggen- und Weizenmehlfladen feilgeboten wurden. Überall arbeitete eine Menge äußerst abgezehrter russischer Gefangener.
Dann begann der Weg anzusteigen, und der in Gawrilas Nähe gehende Dolmetscher sagte, indem er mit der Hand in die Ferne wies:
»Dort hinter dem Hügel wirst du das Lager und den goldenen Palast des Gebieters der Mongolen sehn.«
Da zeigte sich auch schon das schlanke Türmchen aus buntglasierten Kacheln, das in der Sonne wie eine Fackel brannte. Der Weg bog seitwärts ab, und Gawrilas Augen bot sich ein Schauspiel, bei dessen Anblick ihm ein Schauer eiskalt über den Rücken lief. Längs des ganzen Weges waren in einer Entfernung von mehreren Schritten voneinander Pfähle von Manneshöhe eingerammt, und auf jedem von ihnen steckte ein Menschenkopf. Gawrila verlangsamte seinen Schritt und hemmte ihn schließlich ganz. Auch seine Begleiter blieben stehen.
»Vater Warsonofi, wo bist du denn?«

Der alte Priester trat hinzu, das silberne Rauchfaß und das an einer Schnur hängende Tontöpfchen mit den glimmenden Kohlen in den zitternden Händen.
»Was meinst du, Vater? Laß uns beten!«
»Ich bin bereit!«
»Das sind doch die Unsrigen..., jene, denen Khan Baty die Freiheit versprochen hatte und die mit mir in die Heimat zurückkehren sollten...«
Ein Windstoß zauste das braune, schwarze und graue Haupt- und Barthaar der abgeschlagenen Köpfe. Es waren ihrer gar zu viele; die Pfähle zogen sich hin, so weit das Auge reichte. Auf den entfernteren saßen Krähen und Elstern und hackten, sich gegenseitig lärmend ihre Beute streitig machend, den Köpfen die erloschenen Augen aus.
Vater Warsonofi sprach mit singender Stimme Gebete und schwenkte dazu sein Räucherfaß, aus dem bläulicher Rauch als leichtes Wölkchen zu den toten Gesichtern emporstieg und sie umschwebte, als böte es ihnen einen Abschiedsgruß.
Langsam ging Gawrila weiter, indem er sich fortwährend bekreuzigte. Plötzlich blieb er abermals vor einem Pfahle stehen, auf dessen Spitze ein Greisenkopf steckte, der keinen Kinnbart, nur einen langen Schnurrbart hatte. Der halboffene Mund schien seinen letzten Schrei noch nicht getan zu haben. Unter buschigen, über der Nasenwurzel zusammengewachsenen Brauen starrten zwischen halbgeschlossenen Lidern die noch nicht ausgehackten Augen herab.
»Oh, Ratscha, Großväterchen, liebes...!« stöhnte Gawrila aus tiefster Brust.
Dann bedeckte er sein Gesicht mit der Hand und ging festen Schrittes, ohne mehr stehenzubleiben oder sich umzusehen, weiter.
Vater Warsonofi fuhr fort, mit tränenerstickter Stimme Gebete für die Seligkeit der Hingeschiedenen zu flüstern.

Batys Gunst

Von dem Tage an, da es Batu-Khan in den Sinn kam, seinen Gast aus Nowgorod freundlich zu behandeln, fing für diesen ein neues Leben an. Diener in langen, farbigen Kitteln geleiteten ihn zu einem großen bunten Zelt, das inmitten eines Haines am hohen Ufer aufgeschlagen war. Nahebei standen noch viele andere transportable und weniger prächtige Jurten, deren Bewohnerinnen, mongolische Frauen in grellbunter Tracht mit weißen Turbanen auf dem Kopfe, sich neugierig vor den Eingängen drängten, als man den russischen Fremdling zu seiner neuen Wohnung führte, vor deren mit einem seidenen Teppich verhängten Eingang mongolische Sänger Aufstellung genommen hatten, die bei Gawrilas Ankunft Loblieder ihm zu Ehren anstimmten.
Einige Meter vor dem großen Zelt blieb Gawrila stehen, willens, sich

den fremden Bräuchen zu fügen und auch die sonderbarsten Ansinnen, die man ihm stellen würde, zu erfüllen, sofern sie nur nicht seine Ehre kränkten. Diener breiteten auf der Erde Teppiche aus, der Zeltvorhang wurde von einer unsichtbaren Hand beiseite geschoben, und heraus glitt mit den geschmeidigen Bewegungen einer Pantherkatze ein junges Weib, das bei Gawrilas Anblick wie angewurzelt stehenblieb. In der grellen Sonne glitzerte ihr Geschmeide, die goldenen und silbernen Ringe, Reifen und Spangen, welche die feinen Knöchel ihrer schlanken Arme und Beine, ihre Finger und Zehen schmückten. Rasch tat sie noch ein paar Schritte auf Gawrila zu, sank mit anmutiger Bewegung vor ihm nieder und umfaßte seine Knie.

Der neben Oleksitsch stehende tatarische Dolmetscher, der heute gleichsam als Zeremonienmeister fungierte, soufflierte dem Russen, was er zu tun hätte:

»Umschlinge die schöne Braut mit deinen starken Armen und trage sie in dein Zelt!«

Dem jungen Recken wurde weit ums Herz. Alles war ihm wie ein wunderlicher Traum. Er bückte sich und nahm seine neue, ihm vom launischen Schicksal bescherte junge Braut wie ein Kind auf seine Arme, sie aber schmiegte sich dicht an seine Brust.

»Küß sie, küß sie auf die strahlenden Augen!« soufflierte der Dolmetscher.

»Behalt deine Belehrungen gefälligst für dich! Ich weiß schon selber, was ich zu tun habe.«

Und er trat mit seiner federleichten Bürde über die Schwelle, nach altem Aberglauben behutsam darauf achtend, sie nicht mit dem Fuß zu berühren.

Mitten im Zelte brannte ein Feuer. Sorgsam ging Oleksitsch darum herum und legte das junge Weib auf einen Berg seidener Kissen nieder. Mit einer Entschiedenheit, die kein Widerstreben duldete, schlug er ihr den Schleier vor dem Gesicht zurück und bedeckte die schön geschwungenen Korallenlippen und die vor Freude und Sinnlichkeit aufleuchtenden Augen mit heißen Küssen.

Hinter Gawrilas Rücken hörte der Dolmetscher, der dem Brautpaar nachgegangen war, nicht auf zu soufflieren, doch Gawrila winkte ihm ungeduldig mit der Hand ab.

Draußen tönte der Gesang fort zur Begleitung rhythmischer Schläge auf Schellentrommeln und Messingplatten.

Die Braut entwand sich der Umarmung und hockte sich auf ihren Fersen an der hinteren Zeltwand nieder.

»Setz dich neben sie«, wies der Dolmetscher den Bräutigam an, »und nehmt die Geschenke entgegen. Der erhabene Sain-Khan will dir seine hohe Gunst erweisen.«

Ins Zelt kamen nun hintereinander alte und junge Mongolen und Kiptschaken. Unter hochtönenden Worten der Begrüßung und blumigen Glückwünschen legte jeder seine Geschenke auf einen Teppich vor dem

Brautpaar nieder: Krüge und andere Gefäße aus Silber und Bronze, Trinkschalen, Seidenstoffe und so weiter. Dann entfernte sich jeder rückwärts gehend. Für alle, die erschienen waren, hatte man in den Nachbarjurten auf Teppichen und bronzenen Tabletts eine reiche Bewirtung bereitgestellt.

Als letzte traten zwei junge Krieger von verwegenem Aussehen ein und riefen laut:

»Der Blendende – er lebe tausend Jahre! – hat dir das schnellfüßigste Roß der Welt zum Geschenk gesandt.«

Der Dolmetscher belehrte den Russen:

»Du mußt sofort hinausgehn und es neben deiner Jurte eigenhändig anbinden.«

Oleksitsch sprang auf und eilte hinaus, wo auf einem rosafarbenen Seidengewebe ein ungeduldig stampfender, schön gefleckter, prächtig aufgezäumter Hengst stand, den die beiden Knechte, die ihn festhielten, vergeblich zu beruhigen versuchten. Oleksitsch streckte seine Hand nach den Nüstern des schnaubenden Pferdes aus. Dann ließ er einen Honigkuchen bringen und reichte ihn auf der Handfläche dem Hengst hin, der ihn schließlich, wenn auch noch etwas mißtrauisch, mit seinen weichen warmen Lippen fortnahm.

Auch tags darauf erschienen noch zahlreiche Besucher mit Glückwünschen und Geschenken in Oleksitschs Zelt, darunter, als einer der ersten, auch der arabische Gesandte Abd ar-Rahmân, mit dem Oleksitsch ein langes Gespräch führte, bei dem der junge Araber sprunghaft von einem Thema zum andern wechselte, ganz offensichtlich aber nur, um von einer Sache, die ihm am Herzen zu liegen schien, nicht selber anfangen zu müssen.

Oleksitsch, dem dies nicht entging, wagte endlich eine direkte Frage:

»Kannst du, ruhmreicher Emir[1], mir vielleicht Aufklärung geben über ein entsetzliches Vorkommnis, über das hier im Lager ein jeder zwar Bescheid zu wissen scheint, worüber aber niemand sich mit mir zu sprechen getraut?«

»Bezieht sich deine Frage etwa auf den Tod des greisen Ratscha?«

»Ja. Mir ist unbegreiflich, wodurch mein Großvater Ratscha, der doch so weltklug und erfahren war, sich den grimmigen Zorn des erhabenen Sain-Khan hat zuziehen können.«

»Nach allem, was ich darüber gehört habe, hat sich das so zugetragen: Batu-Khan, der wohl wußte, was für ein ausgezeichneter Heerführer dein tapferer Großvater war, bekam Lust, ihm die höchste Ehre zu erweisen, die einem Ausländer in diesem Feldlager zuteil werden kann: ihn nämlich zum Anführer eines mongolischen oder fremden Truppenteils zu machen. Er schlug dem Russen also vor: ›Tritt in mein Heer ein!‹ – ›Und was dann?‹ fragte Ratscha. – ›Du wirst aus deinen gefangenen Landsleuten ein besonderes Regiment aufstellen und es zu

---

1 Emir = arabischer Fürstentitel.

einer zuverlässigen Kampftruppe ausbilden. Dann werde ich euch Waffen und Pferde geben, und ihr werdet mit meinem Heere zu Felde ziehen.‹ – ›Gegen wen willst du denn zu Felde ziehen?‹ – ›Gegen die widerspenstigen Städte der Russen.‹ Ratscha hielt diesen Vorschlag gar nicht erst einer Erwägung wert, sondern wies ihn glattweg zurück. ›Weder werde ich selbst mich dazu bereit finden, noch werde ich andere dazu überreden.‹

Der maßlos erzürnte Khan befahl, deinen Großvater in eine Grube zu werfen, damit er sich eines andern besänne. Doch als er ihn nach etlichen Tagen wieder vor sich rufen ließ, um seinen Vorschlag zu wiederholen, war die Antwort des standhaften Mannes die gleiche. Da ließ der Khan in seinem Grimme hundert russischen Gefangenen die Köpfe abschlagen, und der erste, den man enthauptete, war dein Großvater...«

»Ja«, sagte Oleksitsch erschüttert, »etwas andres habe ich von meinem furchtlosen Großvater auch nicht erwartet.« –

Für Oleksitsch begannen nun Tage voller Aufregung und Unruhe. Er stellte aus denjenigen seiner Landsleute, die Batu freigab, Trupps zusammen, immer zwanzig bis dreißig Mann, teilte ihnen entsprechende Quantitäten Brot, Mehl, Stockfisch[1] und anderen Proviant zu, gab ihnen auch Pferde zur Beförderung teils der Lasten, teils der Kranken und Schwachen und brachte einen Trupp nach dem andern auf den Weg, der zuerst stromaufwärts an der Wolga entlang und dann durch die Steppe nach Rjasan führen sollte.

Und er drängte und mahnte sie:

»Beeilt euch, seht zu, daß ihr so schnell wie möglich von hier fort- und heimkommt. Der Tatarenkhan könnte es sich anders überlegen und uns alle für seine Neubauten oder für einen neuen Feldzug zurückhalten.«

Mitunter wurde Gawrila Oleksitsch auch zu einer der häufigen militärischen Beratungen der mongolischen Heerführer zugezogen, um Auskünfte und Informationen über die Reiche des Abendlandes zu erteilen. Niederdrückend war es für ihn, mit anhören zu müssen, mit was für aggressiven Absichten gegen russische Städte wie Kiew, Tschernigow und andere, noch weiter westlich liegende, sich die Tataren trugen, deren Vorhut schon ihren Vormarsch nach Westen durch die Polowezer Steppen angetreten hatte. Am meisten aber fürchtete Gawrila Oleksitsch, daß Batu-Khan ihm befehlen könnte, während des ganzen Feldzugs in seinem Gefolge zu bleiben.

So vergingen die Tage... Bei Morgengrauen verließ Gawrila sein Zelt und stieg zum Fluß hinunter, wo längs des Ufers Feuer brannten, um die herum die Flößer saßen und ihre anspruchslose dünne Suppe aus Tonschüsseln löffelten.

»Nährt ihr euch von Fischsuppe?« fragte er, indem er sich auf einen Balken neben einen Greis in einem völlig zerfetzten Schafshalbpelz

---

1 Stockfisch = getrockneter Fisch.

setzte. Durch die Löcher im Pelz schimmerte überall die nackte braune Haut durch.
»Von was denn sonst? Fische gibt es ja wenigstens in Hülle und Fülle, sie krabbeln gleichsam von alleine ans Ufer. Bloß an Salz fehlt es.«
Gawrila ließ einen Pfiff hören, und sogleich tauchte hinter ihm ein finsterer tatarischer Diener auf, der ihm überallhin wie ein Schatten folgte.
»Hast du Salz bei dir, Schakir?« fragte Oleksitsch, der sich schon einige Kenntnisse der Tatarensprache angeeignet hatte.
»Alles, was du nur befiehlst, ist da, mein Khan, und falls es nicht da ist, so hole ich es.«
Und er wühlte in einem Säckchen, das er stets hinter Oleksitsch hertrug, zog eine Lederschachtel hervor und reichte sie Gawrila hin, der ihr eine Handvoll Salz entnahm; als er es aber dem Alten in den Suppentopf streuen wollte, wurde er von dem Greise daran gehindert:
»Halt, halt! Salz ist bei uns kostbarer als Gold. Ich werde es in meinem Ärmel aufheben, um meinen Knust Brot damit zu bestreuen.«
Und der Greis zog aus seinem Busen einen abgerissenen Hemdärmel hervor, verknotete eines der offenen Enden, und Gawrila schüttete ihm mehrere Handvoll Salz hinein.
»Wo ist denn dein Hemd, Alter?«
»Das ist schon längst in Fetzen. Nur der Ärmel ist davon übriggeblieben. Wenn ich erst wieder zu Hause bin, näht mir meine Alte ein neues.«
»Schakir, ein neues Hemd!« befahl Gawrila.
Der Diener warf einen mißtrauischen Blick auf den alten Flößer und erwiderte halblaut:
»Es wäre schon eins da, aber doch nicht für einen solchen Lumpenkerl.«
»Hast du nicht gehört, was ich dir befohlen habe?«
Widerwillig, mit mürrischem Gesicht zog der Diener ein himbeerfarbenes Seidenhemd aus seinem Sack und reichte es Oleksitsch.
Der Alte sprang auf und schlug die Hände zusammen:
»Wo denkst du hin, Gawrila Oleksitsch! Ein solches Hemd paßt für einen vornehmen Bojaren; für mich ist eins aus Sackleinwand gut genug.«
»Wenn's dir nicht paßt, dann tausche es um.«
»Für ein solches bekäme man gewiß fünf Linnenhemden... Nur, bei wem soll ich es umtauschen?«
Andere Flößer, die während des Gesprächs sich der Gruppe genähert hatten, traten nun ganz nahe heran und befühlten mit ihren harten rauhen Fingern das feine Gewebe.
»Das Hemd gehört dir«, sagte Oleksitsch aufstehend, »mach damit, was du willst.«
Und er ging weiter, zu anderen Feuern, wo er sich ebenfalls nach dem Tun und Treiben der Leute erkundigte. Allen stand der Sinn nach nichts anderm als nach der baldigen Rückkehr in die Heimat – an den grauen Wolchow, an den finsteren Ilmensee.
»Geduldet euch noch ein wenig und baut erst Batygas Häuser fertig.

Dann kehren wir alle zusammen in die Heimat zurück«, vertröstete sie Gawrila.
Wenn er seinen Rundgang beendet und den Inhalt seines Sackes an die geschicktesten und eifrigsten Arbeiter verschenkt hatte, bestieg Oleksitsch einen Hügel, von dessen Höhe er lange und sehnsüchtig westwärts in die neblige Ferne blickte. An sein Ohr drangen allerlei Geräusche: Gewieher der Pferde, Geschrei der Kamele, das Klopfen der Äxte, Rufe der Arbeiter und die vertrauten Töne wehmütiger heimatlicher Lieder.
Und wieder vergingen Tage ...
Abends versammelten sich Gäste in Oleksitschs Zelt, Männer aus der nächsten Umgebung Batu-Khans. Diener reichten getrocknete Weintrauben umher, flache Kuchen und Stangengebäck aus süßem Teig; aus Tonkrügen, deren Hälse mit Harz verschlossen gewesen waren, schenkten sie süßen Wein aus.
Wenn die Gäste zu vorgerückter Stunde mehr oder weniger berauscht auf den Kissen lagen, lauschten sie gern den ihrem tatarischen Ohr fremdartig klingenden Akkorden der beiden russischen Guslispieler[1], die zu Oleksitschs Gefolge gehörten, oder auch den Liedern, die der Gastgeber selbst ihnen manchmal vorsang mit seiner tiefen, volltönenden Stimme, die das ganze Zelt erfüllte.
Hatten die Gäste sich endlich verabschiedet, so traten auf leisen Sohlen Sklavinnen ein und tilgten lautlos die Spuren des Gelages. Eine von ihnen aber, die Kupferringe in den Ohrläppchen trug, tuschelte ihrem Herrn ins Ohr:
»Meine schöne Herrin harrt schon lange ihres Gebieters, den sie vergöttert.«
Um sich zu ernüchtern, trat Oleksitsch eine Weile ins Freie hinaus und ergötzte sich am Spiel der im Mondlicht schimmernden Wellen des Itils. Das große Heerlager war schon in tiefen Schlaf gesunken; nur die Rufe der Wachtposten durchbrachen dann und wann die Stille. Als er die Schönheit der sternklaren Nacht genossen hatte, begab sich Gawrila in das Zelt seiner schönen Polowezerin, die ihn, auf einem Teppich kauernd, sehnsüchtig erwartet hatte und ihn voll Freude in ihre geschmeidigen schlanken Arme schloß. Das Mondlicht, das durch die Ritzen der Zeltwand hereinschimmerte, verlieh ihren schwarzen lokkenden Augen einen betörenden Glanz.
Besorgt und neugierig erkundigte sich Serbiet-Hanum:
»Was hat dich so lange von mir ferngehalten? Mit wem warst du beisammen? Worüber habt ihr gesprochen? Was für Nachrichten hast du von deinem ruhmreichen Fürsten? Erzähle mir! Sprich! Ich bin doch vor Ungeduld und Sehnsucht nach dir fast vergangen!«

1 Gusli = Saiteninstrument, das damals so aussah: Ein kleiner flacher Resonanzkasten mit einer Decke aus Ahornholz war mit fünf bis sieben Saiten bespannt, die gezupft wurden.

»Später, ein andermal. Jetzt bin ich müde. Lieber erzähl du mir ein Märchen...«
Und er hob sie auf und trug sie auf ein Lager aus seidenen Kissen, auf die er sie und sich bettete, und lauschte im Halbschlummer einer wundersamen Geschichte von einer wunderschönen Prinzessin, die in einem prächtigen Palast um ihren Liebsten trauert, den Ruhmsucht in weite Ferne getrieben hat, wo er Kämpfe, Gefahren und Abenteuer besteht, oder von einem bösen Zauberer, der eine Prinzessin in einen Vogel verwandelt hat, oder von einer anderen Prinzessin, die, als Jüngling verkleidet, sich aufmacht, um auf den endlosen Wegen Asiens nach ihrem Liebsten zu suchen, der in einer alten Burg im Verlies schmachtet, aus dem ihn die treue Geliebte nach mancherlei Abenteuern schließlich doch noch befreit...
Das eintönige Wortgeplätscher und der gedämpfte melodische Stimmfall schläferten Gawrila bald vollends ein, aber selbst in der Bewußtlosigkeit des Schlafes wollte eine quälende Unruhe nicht von ihm weichen. Im Traume sah er schwere Gewitterwolken aufziehen und sich über seinem Haupte zusammenballen... Er fühlte einen Stich im Herzen, als hätte ein scharfer Pfeil ihn getroffen. Entsetzt fuhr er auf und dachte an die vielen furchtbaren Feinde, die seine geliebte Heimat bedrängten: von Osten her die wilden Tatarenhorden, von Westen her die eisengepanzerten deutschen Ritter... Nach Hause! Schnell nach Hause! –

Die Spielzeugfigürchen

Eines Tages näherte sich dem Wohnzelt Gawrilas ein graubärtiger Wanderer, der einen aus Birkenrinde verfertigten Korb auf dem Rücken trug. Er hatte einen von der Sonne stark ausgeblichenen Bauernkittel an und eine Mütze aus Lämmerwolle auf, wie sie in Nowgorod getragen werden. Am Gürtel hingen ihm, für den Rückweg bestimmt, ein Paar neue Bastschuhe.
Als der tatarische Posten den Alten roh zurückstieß und ihm den Zutritt zum Zelt verwehrte, begann dieser mit zeternder Stimme zu rufen: »Gawrila Oleksitsch! Bester Herr, wo steckt denn deine Gnaden? Diese vermaledeiten Heiden wollen mich nicht zu dir hineinlassen! Eine Botschaft habe ich dir auszurichten, aus der Heimat, von zu Hause.«
Gawrila kam sofort aus dem Zelt und faßte den Alten bei den Schultern. »Bekannt ist mir dein Gesicht, will mich bedünken«, sagte er, nachdem er den Boten lange genug betrachtet hatte. »Aber wo ich dich schon gesehn habe, daran kann ich mich beim besten Willen nicht erinnern.«
»Na, auf dem Markt doch, daheim in unserm Nowgorod. Dort habe ich meinen Stand neben dem des Pfannkuchenbäckers, gegenüber dem des Faßbinders Miron. Mit Jagdschlingen und dergleichen handle ich, flechte Netze für Zobel, Eichhörnchen und Birkhähne...«

»So ... nun, dann laß uns hineingehn. Große Freude hast du mir durch dein Kommen gemacht.«
»Und ich werde dich noch mehr erfreun«, verhieß der Wanderer, indem er Oleksitsch ins Zelt folgte und sich, nachdem er seine Kiepe abgestellt und seinen Kittel abgelegt hatte, neben den glimmenden Kohlen niederließ.
»Was hat dich denn hierhergeführt?«
»Wart, wart! Ich werde dir alles hübsch der Reihe nach erzählen«, beschwichtigte der Alte, indem er in seinem Korb wühlte. »Ich hatte davon gehört, daß du mit den Flößen zur Wolgamündung gefahren seist, und es tat mir leid, daß ich mich nicht auch zu der Flußfahrt gemeldet hatte. Eines Tages kam ich auf deinen Bojarenhof und traf deinen Verwandten Oksen Ossipowitsch auf der Freitreppe, damit beschäftigt, Pfeile zu schnitzen. Während wir noch über das eine und andere schwatzen, kommt deine Hausfrau auf die Freitreppe heraus und spricht zu mir: ›Du bist zu spät gekommen, Väterchen, mein Eheliebster ist weit fortgefahren, zum Tatarenzaren Batyga, um unsere gefangenen Landsleute aus der Sklaverei loszukaufen. Und wie viele Male der Faulbaum noch blühen wird, ehe er wiederkehrt, das weiß nur Gott allein. Ich flehe täglich zu den Heiligen, daß sie ihn mir heil und am Leben erhalten. Würdest du dich aber dazu verstehen können, zu ihm hinzureisen? Wegzehrung und alles, was du sonst noch benötigst, würdest du von mir erhalten ...‹ – ›Oh, das ließe sich schon machen. Auf der Wolga bin ich ja wie zu Hause. Wie oft habe ich sie mit unseren Flußschiffern zusammen befahren!‹ Da nahm sie mich mit hinein in ihre Stube und übergab mir dies hier für dich.« Dabei langte er aus seiner Kiepe einen großen Klumpen graues Moos, nach dem Gawrila gierig griff. »Ja, und sie weinte bitterlich dabei«, fuhr der Alte fort, »herzzerbrechend, das muß man schon sagen ...«
Gawrila hatte inzwischen die Mooshülle behutsam entfernt und zwei aus Lindenholz geschnitzte Figürchen darin gefunden, ihm wohlvertrautes Spielzeug seiner Kinder: Die eine Figur stellte einen auf den Hinterbeinen stehenden Tanzbären vor, die andre einen Balalaika spielenden Bauern in Nowgoroder Tracht.
»Die Bojarin selbst hat die Figürchen so eingepackt. ›Der Geist der russischen Heimat soll meinen Gawrila aus diesem Waldmoos anwehen‹, hat sie dabei gesagt. ›Ach, vielleicht hat er gar – was Gott verhüte! – sein Zuhause vergessen und den Tatarenglauben angenommen ...‹«
Gawrila preßte das Moos an sein Gesicht und atmete den ihm daraus entgegenströmenden Kiefernnadelduft ein. Tiefe Sehnsucht nach seiner Frau und nach seinen Kindern ergriff ihn. Er sah sie im Geiste vor sich: seine Ljubowa mit dem Säugling auf dem Arm und, an ihrem Rockzipfel sich festhaltend, den hinterdreintrippelnden Zweijährigen, dem das hohe Gras fast überm Kopf zusammenschlug. Er vermeinte das fröhliche Lachen zu hören, welches stets so bezaubernde Grübchen in

Ljubowas rosige Wangen höhlte... Wie fern und zugleich wie nah dies alles war! – Wird der unberechenbare Tatarenkhan ihm denn nicht endlich Urlaub gewähren und ihn in die Heimat entlassen?...

Drei Worte

Eines frühen Morgens, noch in der grauen Dämmerung, erschien der Dolmetscher in seinem gestreiften Chalat und bunten Turban bei Oleksitsch und richtete aus:
»Der erhabene Sain-Khan entbietet den Gesandten von Nowgorod unverzüglich zu sich.«
»Hast du vielleicht auch in Erfahrung bringen können, weshalb mich der erhabene Sain-Khan holen läßt?« fragte Gawrila, während er sich rasch ankleidete. »Um die Schale seiner Gnade oder seines Zornes über mein Haupt auszugießen?«
»Wie könnte ich mich unterstehn, darüber Vermutungen anzustellen?« verwahrte sich der Dolmetscher. »Ich lasse mir genügen, was man mir befiehlt, getreulich auszurichten.«
Gawrila drückte ihm eine Goldmünze in die Hand, doch auch damit erkaufte er sich nicht mehr als ein verlegenes Achselzucken.
»Nein, deines Schwertes bedarfst du nicht«, sagte der Dolmetscher, als er sah, daß Gawrila es umgürten wollte. »Zürne mir nicht, daß ich dich darauf aufmerksam mache.«
Gawrila folgte dem Dolmetscher also gänzlich waffenlos. Sogar den unvermeidlichen Dolch hatte er nicht in den Gürtel gesteckt.
Leichter Morgennebel hing noch tief über dem Zeltlager, durch den überall der Schein der Lagerfeuer brach.
Bald hatten sie den Platz erreicht, wo, umgeben von schwarzen kiptschakischen Filzjurten, das goldgelbe Seidenzelt des Tatarenkhans sich erhob. Drei dichte stachlige Dornbüsche wuchsen davor, und der Dolmetscher behauptete, niemand, der böse Absichten wider den Dschichangir hege, vermöge sie zu überschreiten. Gawrila, mit den Bräuchen vertraut, sprang unverzagt darüber hinweg und ebenso über die drei flackernden Feuerbrände, welche von den wie graue Eulen danebenhockenden Schamanen fortwährend unterhalten wurden. Dabei stießen diese barbarischen Medizin- und Wundermänner zum Rasseln der Schellentrommeln ebenso klägliche dumpfe Laute aus wie jene Nachtvögel, denen sie ähnelten, und warfen getrocknete Kräuter ins Feuer, die einen betäubenden Rauch entwickelten, der bösen Geistern so übel bekam, daß sie sogleich die Flucht ergriffen.
»Du erscheinst gerade recht, edler Bojar«, sagte freundlich der Gesandte des Kalifen, dem Oleksitsch vor der mit kunstreichen Schnitzereien verzierten Tür begegnete. »Der ›Erhabene und Einzige‹ hat eben nach dir gefragt.«
Aber noch wehrten ihnen zwei riesige mongolische Nuker, die in Helm

und Harnisch mit über der Brust verschränkten Armen unbeweglich wie hölzerne Götzenbilder vor dem Eingang standen, den Zutritt so lange, bis Abd ar-Rahmân das Erkennungswort laut und deutlich ausgesprochen hatte. Darauf ertönte eine Antwort aus dem Innern des Zeltes, die Tür öffnete sich, die beiden Nuker gaben den Weg frei, und der Russe trat hinter dem jungen Araber gebückt durch die niedrige schmale Tür. Der Dolmetscher folgte ihnen auf den Fersen.

In der Mitte der Jurte, hinter einem glimmenden Kohlenfeuer, dessen Rauch in Spiralen zum Zeltdach emporwirbelte, saß der oberste Befehlshaber des Tatarenheeres. Aus einem Häufchen getrockneter Steppenkräuter zog er ab und an einen Stengel heraus und warf ihn ins Feuer. Etwas abseits kauerte der Chronist des Dschichangirs, der Hadschi Rachim, neben dem sich der Dolmetscher, der den Nowgoroder Gesandten hergeleitet hatte, unter dem halblauten Gemurmel einiger Begrüßungs- oder Gebetsformeln niederließ.

Ein Wirbelwind von Gedanken, Hoffnungen und Besorgnissen kreiste in Gawrilas Kopf. Er wandte die größte Energie auf, um diesen inneren Sturm zu beschwichtigen, fest entschlossen, durch geschicktes diplomatisches Lavieren sich keine Blöße zu geben und kein Unglück über sich und seine ferne Heimat heraufzubeschwören, vielmehr sein möglichstes zu tun, um seinem Volke den Frieden zu bringen.

Mit einer huldvollen Bewegung forderte Batu-Khan seine Gäste zum Sitzen auf, da er aber über dem Austausch von Höflichkeitsfragen und Höflichkeitsformeln eine Zeitspanne verstreichen ließ, die selbst das unter Orientalen übliche Maß weit überschritt, war ersichtlich, daß er noch auf jemanden wartete.

Endlich erschien der Erwartete – der einäugige Subudai –, ließ sich neben dem Dschichangir nieder, wechselte mit ihm ein paar geflüsterte Worte und wandte sich dann an den Nowgoroder Gesandten mit dem krächzend hervorgestoßenen, offensichtlich einen Vorwurf ausdrükkenden kurzen Satz:

»Zeit ist's, höchste Zeit!«

Batu-Khan legte seine Hände so zusammen, daß sie sich nur an den Fingerspitzen berührten, und sagte, nachdem er einen Seufzer ausgestoßen:

»Ich habe dich hergebeten, um über etwas sehr Wichtiges mit dir zu sprechen, und ich möchte, daß du meine Fragen aufrichtigen Herzens beantwortest.«

»Ich höre und verspreche dir, die reine Wahrheit zu sagen, erhabener Sain-Khan.«

Batu-Khan kniff die Augen zu schmalen Spalten zusammen und heftete seinen stechenden Blick auf das gelassene Gesicht des russischen Recken. Langsam, um dem Dolmetscher Zeit zur Übersetzung zu lassen, begann er mit einschmeichelndem Tonfall:

»Wenngleich noch jung, hast du doch bereits, wie man mir erzählte, im gefahrvollen Getümmel der Schlacht dich mannhaft und besonnen gezeigt und an der Seite deines Konas Iskander stets nur Siege erfochten. Das Glück scheint dir hold zu sein.«

»Ich danke dir, erhabener Khan, für deine huldvollen Worte«, antwortete Oleksitsch; bei sich aber überlegte er: ›Wohinaus mag er wollen? Aufgepaßt und sich zu keiner unüberlegten, vorschnellen Antwort hinreißen lassen!‹

Batu-Khan fuhr fort:

»Ich irre doch wohl nicht, wenn ich annehme, daß du dein Glück auf neue Proben zu stellen gedenkst, indem du an jenem großen Feldzug teilnimmst, den ich vorhabe?«

›Er will, daß ich, ohne zu schwanken, ihm das Versprechen gebe, jeden seiner Befehle auszuführen. Und dann werde ich, durch mein gegebenes Wort gebunden, vielleicht gezwungen sein, unehrenhaft zu handeln.‹ So schoß es dem Nowgoroder durch den Kopf; laut aber sagte er: »Wie ein Königsadler, der sich bis zu den Wolken aufgeschwungen hat, überblickt dein scharfes Auge weite, unbeschränkte Räume... Ich aber bin wie ein Bär, der im Dickicht unserer Nowgoroder Wälder haust, nur das Allernächste sieht und nichts anderes kennt und liebt als seine Höhle...«

Batu-Khan schüttelte vorwurfsvoll den Kopf.

»Nein, nein, du machst Ausflüchte. Kühne Krieger, wie du einer bist, führen bei uns den Ehrennamen ›Bahadur‹. Und kühne Bahadure lassen sich's nicht an einem ruhmlosen Höhlendasein genügen, sondern brennen darauf, auf dem Felde der Ehre beim Klirren der Waffen ihren Mann zu stehn. Und ich soll wirklich glauben, du brächtest es über dich, zurückzubleiben und dich in düsteren Wäldern zu verkriechen, wenn mein Heer zu seinem siegreichen Zug über den ganzen Erdkreis hin aufbricht?«

Und mit einem Blick, der bis in die verborgensten Winkel der Seele des in Nachdenken versunkenen Recken zu dringen schien, sagte Batu-Khan nachdrücklich:

»Ich erweise dir eine große Ehre: Du erhältst den Auftrag, die Stadt Kyjuw zu erobern!«

Dem Russen stockte der Atem. Er hatte das scheußliche Gefühl, als sähe Batus stechender Blick, wie sich ihm das Herz in der Brust vor Schmerz und Qual zusammenkrampfte. Doch er wußte sich zu beherrschen und wartete, ehrerbietig schweigend, mit unbewegter Miene ab, was Batu weiter sagen würde.

Und Batu-Khan ließ sich mit sanfterer Stimme also vernehmen:

»Ich zweifle nicht, daß du die Ehre, die allerhöchste, die ich an einen fremdstämmigen Krieger zu vergeben habe, nach Gebühr zu würdigen weißt: Befehlshaber einer Tausendschaft, ja einer Zehntausendschaft zu sein, der sich durch die Einnahme Kyjuws mein unbegrenztes Vertrauen verdient. Schon mein ruhmreicher Ahnherr, der ›Erschütterer des Erdkreises‹, trug keine Bedenken, frühere Gegner, wenn sie ihm solchen Vertrauens wert erschienen, zu Befehlshabern von Abteilungen seines Heeres zu ernennen, wie zum Beispiel Dschebe-Nojon[1], der einer seiner ergebensten und fähigsten Gehilfen wurde.«

»Wohl habe ich«, entgegnete Gawrila Oleksitsch, »im bildhaften Vergleich von Bären gesprochen, die im Waldesdickicht hausen. Doch wir Männer von Nowgorod haben uns niemals feige in den Höhlen unsrer Wälder verkrochen, sondern haben, das Schwert in der Hand, an den Grenzen unsres Landes stets mutig auf der Wacht gestanden gegen jeden Ansturm unsrer Feinde. Kann ich, als treuer Diener meines Herrn, es in diesen stürmischen Zeiten verantworten, ihn und mein Volk im Stich zu lassen und in der Fremde Waffendienst zu nehmen?«

Eines vernichtenden Urteils gewärtig, blickte er dem Dschichangir gefaßt ins Angesicht.

»Dse-dse!« murmelte Batu-Khan und wandte sich dann an Subudai: »Was sagst du dazu, mein weiser Atalik?«

Nach einigem Nachdenken erwiderte der einäugige Feldherr:

»Gestatte mir, deine Frage mit einer Gegenfrage zu beantworten, erhabener Sain-Khan. Erlaube mir, deinen Chronisten, den Hadschi Rachim, zu fragen: Was stand in jenem Brief, den er, in seinem Wanderstab verborgen, trug, als er im Auftrag des Großwesirs Machmud-Jalwatsch aus Urgentsch zu deinem erhabenen Vater, dem unvergleichlichen Dschutschi-Khan[2], kam?«

Hadschi Rachim, bisher ganz in seine Niederschrift vertieft und durch diese unerwartet an ihn gerichtete Frage aufgeschreckt, drückte ehrerbietig die Innenflächen seiner Hände gegen seine Brust und flüsterte:

»In jenem Brief standen nur drei Worte: ›Diesem Menschen vertraue!‹ «

Batu-Khan ließ ein leises zischendes Lachen hören, dann wandte er sich zu dem innerlich vor Erregung zitternden Oleksitsch, der kaum länger seine äußere Fassung zu bewahren vermochte, und sprach:

»Und ich werde dir auch nur drei Worte sagen: ›Dir traue ich!‹ Darum kehre heim in dein Nowgorod und diene deinem Konas Iskander. Mein treuer Emir Arapscha ist dort und wird mich über alles, was bei euch vorgeht, benachrichtigen. Wenn ich auch noch so weit fortziehen werde, so werde ich Nowgorod doch niemals aus dem Sinn und den Augen verlieren. Ich gestatte dir, dich zu entfernen. Die schöne Serbiet-Hanum darfst du mit dir nehmen.«

Als Oleksitsch zusammen mit Abd ar-Rahmân das Zelt Batus verlassen hatte, sprang dieser mit wildem Ungestüm auf und begann wie ein eingesperrter Panther in seinem Käfig hin und her zu laufen. Keuchend überließ er sich ganz seinem plötzlichen rasenden Wutanfall, fast erstickend an dem Wortschwall, den er vehement hervorsprudelte.

---

1 Dschebe = Pfeil, Nojon = Befehlshaber eines Tumens (Division).

2 Dschutschi-Khan, der älteste der Söhne Dschingis-Khans.

»Ungeheure Schlachtenbilder stehen vor meinem inneren Auge... Klirrender Zusammenprall von Tausenden und aber Tausenden gegeneinander galoppierender Reiter... Dichte Reihen von hartnäckig immer wieder anstürmendem Fußvolk... Und ich selber mitten im wildesten Kampfgetümmel, alles vor mir niederwerfend... Der Tod soll furchtbare Ernte halten. Meine Rosse will ich mit dem Blut meiner Feinde tränken, jeden Widerstand erbarmungslos brechen und an Leib und Leben ahnden, gleichviel ob an Männern oder Weibern, Kindern oder Greisen... Kein Hälmchen soll mehr sprießen auf den Äckern und Wiesen, die meine Reiterheere zerstampft haben... Alle Städte werden in Flammenmeeren zusammenstürzen, und nichts als Schutt und Asche soll von ihnen übrigbleiben... Dieser Iskander und sein Gesandter, denen ich großmütig gestatten wollte, teilzuhaben an meinen glorreichen Siegen, sie werden es noch bereuen, daß sie kaltsinnig abgelehnt haben, kurzsichtige Toren, die sie sind! Büßen werden sie ihre Torheit!«

Ganz plötzlich hatte er sich wieder in der Gewalt, kehrte auf seinen Platz am Feuer zurück und fuhr mit finster brütender Nachdenklichkeit fort, Zweige von dem wohlriechenden Steppenkraut ins Feuer zu werfen. Dann gab er dem Dolmetscher einen Wink, näher zu kommen, und flüsterte ihm, seinen Hals umfassend, ins Ohr:

»Künftig wirst du deine Wachsamkeit und Aufmerksamkeit gegenüber diesem Russen verdoppeln, seine geheimsten Gedanken und verborgensten Absichten ergründen, ermitteln, wer ihm gram und wer ihm hold ist... Verstehst du? Du kennst meinen Zorn und kennst meine Huld.«

»Ich werde mir die erdenklichste Mühe geben«, stammelte der Terdschuman, an allen Gliedern zitternd. »Doch die Gedanken und Absichten dieses Russen zu ergründen ist sehr schwer. Er versteht es, sich in Schweigen zu hüllen...«

»Dann wird Serbiet-Hanum dir helfen, sie hat mir schon manche wertvolle Aufschlüsse verschafft... Wir gestatten dir, dich mit Gawrila Oleksitsch auf die Reise zu begeben, und erwarten deine Briefe. Geh!«

Wie jedes Märchen, so hat auch jede wahre Geschichte ihren eigenen Anfang und ihr eigenes, oft unvermutetes Ende...

An diesem Glückstag, an dem Gawrila von Batu endlich Urlaub zur Heimkehr nach Nowgorod erhalten hatte, strebte er froh seinem Zelte zu. In seinem freudig erregten Zustand fiel es ihm zunächst gar nicht auf, daß keiner der als Wache bestimmten Diener ihn vor seinem Zelte empfing. Erst als er auch das Zelt der schönen Polowezerin unbewacht fand, witterte er Unrat. In dem kleinen Hain entdeckte er endlich mehrere Männer und Frauen aus Serbiet-Hanums Dienerschaft. Sie kauerten dort, das Gesicht in den Händen vergraben, zwischen den Büschen auf der Erde und wiegten unter kläglichem Stöhnen und Ächzen den Oberkörper hin und her.

»Was ist geschehn? Sprecht!«

»Zürne uns nicht, hochherziger Bojar! Vergib uns unsere Unachtsamkeit! Wir hätten uns doch niemals träumen lassen, daß solch ein Unglück dich wie uns treffen könnte... Oh, oh, oh!«
»Was für ein Unglück? Redet verständlicher!«
»Unsere köstliche Blume, unsere süße Nachtigall, Serbiet-Hanum ist entführt, geraubt worden.«
Der Dolmetscher, der sich inzwischen wieder an Gawrilas Fersen geheftet hatte, versuchte durch geschicktes Ausfragen der Leute Licht in die dunkle Sache zu bringen, die er dem Nowgoroder schließlich folgendermaßen darstellte:
»Es gibt da einen jungen vornehmen Khan Jesun-Nochai, der seine Tage auf der Jagd und seine Abende bei Gastmählern und Zechgelagen zu verbringen pflegt. Zweimal ist er während deiner Abwesenheit hoch zu Roß hier gewesen und hat, sich auf der Dutare[1] begleitend, vor Serbiet-Hanums Zelt Lieder zum Preise ihrer Schönheit gesungen.«
»Ich glaube diesen Khan zu kennen, er ist sehr streitsüchtig und rauflustig, nicht wahr? Und er reitet einen Rappen.«
»Ja. Heute früh war er zum dritten Male hier und sang ein Lied von einer zierlichen Schönen, die in der strengen Gefangenschaft eines plumpen Bären schmachtet, und kündigte sich als ihren Befreier an. Serbiet-Hanum, deren Neugier durch den Gesang geweckt worden war, ließ sich dazu verleiten, vor das Zelt zu treten. Da riß sie der Khan zu sich herauf, legte die um Hilfe Schreiende quer vor sich über den Sattel und sprengte davon. Die Diener stürzten hinter der Entführten her, konnten aber nichts ausrichten. – Laß es sie nicht zu schwer entgelten!«
Und alle Männer und Weiber fielen vor Gawrila auf die Knie und jammerten:
»Bestrafe uns nicht zu hart!«
»Bestrafen werde ich euch nicht, aber loben kann ich euch auch nicht«, sagte Oleksitsch und ließ sie dann alle schwören, die Entführung vorläufig streng geheimzuhalten, zu niemandem auch nur ein Sterbenswörtchen darüber verlauten zu lassen.
Im Grunde seines Herzens war er dem Zufall gar nicht gram, daß er ihn von diesem gefährlichen Geschenk Batus befreit hatte. Eiligst traf er Anstalten zur Abreise, in ständiger Furcht vor einer Sinnesänderung des Dschichangirs.

Endlich wieder daheim

Die ganze Zeit über sah er die Augen seiner Ljubowa vor sich, bald mit einem herzbewegenden Ausdruck inniger Zärtlichkeit, bald mit einem noch schwerer aufs Herz fallenden stillen Vorwurf, wie an jenem fernen Tage des Abschieds, als sie, die Schultern in den roten, zobelverbräm-

1 Saiteninstrument zum Zupfen.

ten, mit zarten Schneekristallen bestreuten Pelz gehüllt, auf der Freitreppe seines Vaterhauses gestanden und ihm mit einem gestickten Tüchlein nachgewinkt hatte. Da hatte er es einfach nicht über sich gebracht weiterzureiten, sondern war noch einmal umgekehrt, hatte nach der winkenden Hand gehascht, ihr das flatternde Tüchlein entrissen und war dann davongesprengt, daß der Schnee nur so stäubte. Viele, viele Male hatte er sich später diesen Abschied ins Gedächtnis zurückgerufen und das bestickte Tüchlein hervorgezogen, um seinen kaum noch spürbaren Duft von zarten Frühlingsblumen einzuatmen.

Nein, vergessen, wirklich ganz und gar vergessen hatte er sie niemals, seine Ljubowa; aber trotzdem hatte die schöne Polowezerin ihm den Kopf verdreht mit ihren traurigen Liedern und sinnlichen Tänzen, hatte ihn fasziniert durch die schlangenhafte Biegsamkeit ihres anmutigen Leibes und ihrer zierlichen schlanken Glieder, so daß er lange Nächte und manchmal auch ganze Tage bei ihr im Zelt verbrachte, entzückt ihrer betörenden Stimme lauschend, ihre Schönheit genießend und etwa aufsteigende Erinnerungen an Früheres in starkem bernsteingelbem Weine ertränkend.

Und doch – wie gut eigentlich, daß man sie ihm entführt hatte, daß er sie nun nicht nach Nowgorod mitzunehmen brauchte!

Nun war er wieder frei und bei klaren Sinnen, und vor ihm lag der weite Weg, ebenso endlos und quälend wie seine Sehnsucht, die ihm das Herz zusammenpreßte.

Seine Mannen und Diener, alle auf struppigen Pferden, ritten einer hinter dem andern in langer Reihe den schmalen Treidelpfad[1] am Ufer des in Banden des Eises erstarrten Stromes entlang und gönnten sich nur dann und wann eine kurze Rast in einem der unter den Schneewehen begrabenen Dörfchen.

Endlich ist er angebrochen, der ersehnte letzte Reisetag!

Und nun steht Gawrila vor dem wohlvertrauten Tor, dessen Pfosten hohe weiße Pudelmützen aus Schnee tragen. Starke Faustschläge wecken die Hofhunde, die mit lautem Gebell antworten, so daß das Gesinde zusammenläuft und einige Knechte, nachdem sie die Stimme ihres Herrn erkannt haben, den Querbalken ausheben und die Torflügel weit aufreißen.

Langsam reitet Gawrila Oleksitsch in den Hof und zur Vortreppe mit den gewundenen Säulchen, auf deren schrägem Dach jeden Augenblick die Schneelast ins Rutschen kommen kann.

Er wirft einen Blick hinauf zu den in den ersten Strahlen der Morgensonne blinkenden und blitzenden Glimmerfenstern, an deren Rahmen lange Eiszapfen sitzen. Aber noch gewahrt er nichts von seinem Herzblättchen... Er zügelt sein Roß, in der Erwartung, daß sie nun

---

1 Treidelpfad = der Pfad, den die Wolgaschlepper ausgetreten haben.

jeden Augenblick auf den Stufen erscheinen wird, mit herabhängenden Zöpfen, die aufzustecken sie noch keine Zeit gefunden hat.
Doch statt ihrer erscheint der greise Oksen Ossipowitsch, nimmt seine Pelzmütze ab und verneigt sich vor dem heimgekehrten Hausherrn.
»Guten Morgen, lieber Freund!« grüßt Gawrila Oleksitsch. »Wo ist denn meine liebe Hausfrau? Sie ist doch nicht etwa krank?« erkundigt er sich besorgt, indem er aus dem Sattel steigt und einem eilends herzuspringenden Diener die Zügel zuwirft.
Oksen Ossipowitsch kommt die Treppe heruntergeeilt und wirft sich an Gawrilas Brust.
»Sie ist von uns gegangen, hat uns verlassen...«, stammelt er. »Die Kinderfrau wird dir alles erzählen, ich bin nicht dazu imstande.«
Und der Brave macht eine hilflose Handbewegung und läuft, durch die hereinströmenden Mannen, die den Hof mit Lärm und Waffengeklirr erfüllen, sich einen Weg bahnend, zum Tor.
Da kommt nun auf altersschwachen Beinen auch die Amme angewankt. Mit einer Hand rafft sie den hastig übergeworfenen Pelz zusammen, mit der andern zupft sie ihr Kopftuch zurecht. Sie wirft sich zu des Herrn Füßen nieder und beginnt zu klagen:
»Weshalb bist du so lange fortgeblieben, hast in der Fremde ein Lotterleben geführt, darüber dein Herzblättchen vergessen?«
Gawrila beugt sich nieder, hilft der Alten auf und drückt ihr einen Kuß auf den schütteren Scheitel.
»So sprich doch vernünftig und erkläre mir, was eigentlich geschehn ist!«
Nachdem sich die Amme die nassen Augen mit dem weiten Ärmel abgewischt hat, macht sie sich ans Erzählen, unterbricht aber selbst ihre Rede immer wieder durch Seufzer und Schluchzer.
»Sie hat in der letzten Zeit furchtbar viel geweint und sich abgehärmt. ›Ich habe erfahren‹, so sprach sie zu mir, ›daß mein Gawrila sich in der Horde eine Heidin zur Frau genommen hat. Mich Arme hat er vergessen, und da mag ich auch nicht länger leben. Ich würde Hand an mich selber legen, wenn ich nicht Gottes Zorn fürchtete...‹ Und vor zwei Tagen hat sie mich so fest umarmt, als ob es gälte, für immer Abschied zu nehmen, und mich gebeten, gut für die Kinder zu sorgen, und ist gegen Abend fortgeritten, ohne zu sagen wohin...«
Während dieser Erzählung der alten Amme hatten sich auf der Treppe noch andre Kinderfrauen und Dienstmägde versammelt und auch Gawrilas Kinder, einen Knaben und ein Mädchen, die der Vater gerührt ans Herz drückte, mitgebracht. Alle sprachen sie wild durcheinander, so daß keine mehr richtig zu Wort kam, bis Gawrila, die beiden Kinder auf dem Arm, der Sache ein Ende machte, indem er laut rief:
»Ei, genug nun! Laßt das Gackern und Jammern! Ich weiß, wohin die Bojarin geritten ist, und werde sie morgen unter Schellengeläut in der Troika heimholen. Ihr aber geht jetzt ins Haus zurück, eine jede an ihre

Beschäftigung, und sorgt dafür, daß meine Mannen bald etwas zu essen und zu trinken bekommen.«
Alle stiebten auseinander wie Hühnervolk, in das der Habicht fährt, nur die stattliche, hochgewachsene Beschließerin Fjokla Nikanorowna war neben ihrem Herrn stehengeblieben. Als alle andern außer Hörweite waren, zupfte sie ihn am Ärmel, blinzelte ihm listig zu und sagte:
»Ich werde dir verraten, wohin dein Täubchen geflogen ist. Ich habe schon alles ausgekundschaftet. Sie ist in der letzten Zeit öfters bei den Wahrsagerinnen gewesen, und diese ›weisen‹ Frauen haben ihr Gott weiß was für einen Floh ins Ohr gesetzt. Da hat sie das Gelübde getan, ins Kloster einzutreten, den Schleier zu nehmen. Ja, ja, junges Frauenblut ist hitzig und zu allem fähig, wenn es sich hintergangen und betrogen wähnt! Da verfällt es dann auf die wunderlichsten Ideen... Nonne werden – als wenn das ein Spaß wäre! – Siehst du, das ist der Knoten, der sich geschürzt hat. Hoffentlich bist du der Rechte, ihn zu lösen...«

Mißgeschick

Gawrilas Verhalten befremdete seine Mannen; ihn zu fragen aber getraute sich keiner.
»Er bläst Trübsal, unser Falke! – Kein Wunder! Wie viele Tage ist er geritten, was hat er alles für Geschenke auf den Packpferden mitgebracht..., und sein Herzblättchen hat ihn nicht einmal zu Hause empfangen.«
»Finster wie eine Gewitterwolke ist sein Gesicht, wenn er drin in der Stube sitzt und seinen Kummer in süßem Branntwein, den er direkt aus der Kanne trinkt, ersäuft.«
»Wohin ist denn sein Täubchen geflogen?«
»Nicht bloß geflogen – entflogen ist es ihm!«
»Ist denn so was möglich? Vielleicht hat irgendein kühner Bursche die Bojarin gewaltsam entführt?«
»Ei, gewiß – entführt und verführt!«
»Schweig still, du! Wag ja nicht noch mal, so was zu sagen!«
»Nicht ich sage es. Von dem Küchenmädchen hab' ich's gehört.«
»Mir hat die Köchin ganz was andres erzählt: Die Bojarin ist bloß zum Kloster geritten, um dort eine Andacht zu verrichten. Die Beschließerin hat aber die Sache so hingestellt, als ob die Bojarin beschlossen hätte, für immer der Welt zu entsagen. Sie sei des langen vergeblichen Wartens auf ihren Ehgemahl überdrüssig geworden, und als sie nun gar erfahren habe, daß er bei den Tataren eine Heidin zum Weibe genommen, da hat sie's nicht mehr ausgehalten und ist auf und davon.«
»Das klingt zwar recht einleuchtend... Vielleicht aber hat man sie auch vergiftet. Der Bojar hat Feinde genug.«
»Schnickschnack! Vergiftet! – Weshalb denn vergiftet? Nein, weil sie sich gekränkt fühlt, hat sie's getan. So eine schöne und kluge Frau wie

unsre Bojarin – und auf einmal tauscht der Bojar sie gegen eine Bassurmanin[1] ein.«
»Wo ist sie denn, diese Bassurmanin? – Vielleicht hat es nie eine gegeben?«
»Oh, es hat schon eine gegeben. Die Gefangenen haben sie gesehn und es ausgeplaudert.«
»Immerhin – den Schleier nehmen, das ist doch ein starkes Stück. Das heißt doch, sich ewig binden. Da kommt man doch nie wieder von los.«
Alle Gespräche brachen jedoch mit einem Schlage ab, als zwei Diener kamen, um einige der dem Bojaren nahestehenden Mannen zu ihm in die Stube zu rufen. Aber man konnte sie nicht alle finden: Einige waren auf ihre oder andre Höfe gegangen, andre lagen schon in tiefem Schlaf. Ihre Kleidung in aller Hast in Ordnung bringend, sich den Gürtel fester schnallend und sich die Haare glatt streichend, stiegen die zum Bojaren Gerufenen die knarrenden Treppenstufen zu seiner Stube hinauf, in der alles noch genauso war wie früher: in der Ecke die Heiligenbilder in silberner Einfassung, die mit scharlachrotem Samt bezogenen Bänke, das reichgestickte Tischtuch, auf dem die durch die vereisten Glimmerscheiben fallenden Sonnenstrahlen lustige bunte Kringel bildeten.
Noch am selben Morgen seiner Ankunft hatte Gawrila Oleksitsch sich zu seinem Fürsten Alexander Jaroslawitsch begeben wollen, um ihm einen ausführlichen Bericht über seine Reise und seinen Aufenthalt im Feldlager des Tatarenkhans zu geben; doch der vorausgeschickte Bote, der ihn hatte anmelden sollen, war zurückgekehrt mit dem Bescheid, der Fürst befinde sich auf einer Jagdpartie und werde frühestens in zwei Tagen zurückkehren. Also konnte der Bojar sich während dieser Zeit mit seinen eigenen Angelegenheiten befassen.
Jetzt eben saß er weit zurückgelehnt auf der Eckbank unter den Heiligenbildern, hatte Rock und Hemd aufgeknöpft, so daß die freie, schwer atmende Brust mit dem an einem Silberkettchen hängenden Heiligenbildchen zu sehen war. Seine bloßen Füße standen auf einem Bärenfell, die Saffianstiefel lagen unter der Bank. Mit düsterem Blick umfaßte er die Eintretenden, die mit einer tiefen Verneigung in der Nähe der Tür stehengeblieben waren und ihrem Herrn Gesundheit und langes Leben wünschten. Gawrila griff zur großen hölzernen Kanne, die vor ihm auf dem Tisch stand, und trank ihnen zu.
»Guten Tag, Männer! Kommt näher zu mir und setzt euch, wir haben miteinander zu reden ... Heda! Leute! Bringt ein Faß Met und Becher, aber keine kleinen!«
Herbeieilende Diener nahmen von den an den Wänden hinlaufenden Borden Silberbecher und Trinkschalen herab und setzten sie vor die

---

1 Bassurman oder Bussurman = Schimpfname, zunächst für jeden Ungläubigen, insbesondere Mohammedaner, dann für die Türken und Asiaten überhaupt, schließlich für jeden Ausländer und nicht zur griechischen Kirche Gehörigen.

Mannen hin. Drei Diener mühten sich unterdes um den Hausherrn: Einer zog ihm die Stiefel an, die beiden andern halfen ihm in seinen Rock und stützten ihn, als er beim Aufstehen leicht schwankte. Aber Gawrila hatte sich gleich wieder in der Gewalt und ging festen Schrittes zu einem breiten Armsessel hin, in den er sich niederließ. Seine Haltung war aufrecht, und seine Augen schweiften suchend über die Versammelten hin.

»Wo ist denn Kusma Scholoch? He, Kusma!« rief Gawrila so laut, daß man es draußen auf dem Hofe hörte.

»Hier bin ich, hier!« antwortete der Gerufene fröhlich, indem er noch während des Eintretens sich den Rock zuknöpfte. »Kaum hat man mich mit Eiswasser munter gekriegt, aber nun habe ich meine fünf Sinne wieder beisammen.«

Er machte eine Verbeugung und nahm dann auf der Bank Platz, indem er seinen Herrn übermütig anlächelte, dabei aber in dessen Zügen forschte, um zu ergründen, was er sich wohl ausgedacht haben mochte. Gawrila wartete, bis die Diener alle Becher mit Met oder Branntwein gefüllt hatten, dann gebot er ihnen:

»Nun macht schleunigst kehrt und trollt euch. Hier werdet ihr nicht mehr gebraucht. Nachschenken kann hier einer von den Jüngeren.«

»Ich habe euch rufen lassen, Freunde, um ...«, begann Gawrila, verstummte aber gleich wieder und bedeckte mit der rechten Hand seine Augen.

»Der Deutsche rührt sich wohl wieder mal?« fragte der älteste der Mannen, ein Hüne von Gestalt, indem er sich bedächtig den roten Bart strich.

»Das wäre nichts Neues für uns«, entgegnete Gawrila. »Die Deutschen zeigen immer mal die Zähne; aber wir werden sehr bald gründlich mit ihnen abrechnen.«

»Dabei werden wir uns ordentlich tummeln!« spaßte Kusma Scholoch.

»Das werden wir!« pflichteten ihm die anderen bei.

»Vorher bedarf ich aber eures Beistandes noch zu einer andern Sache ..., auch eurer List ...«

Er schaltete eine kurze Pause des Nachdenkens ein, warf dann den Kopf in den Nacken und fuhr fort: »Sogar ein bißchen Mutwillen ist dazu nötig. Doch wir sind ja allesamt Wasja Buslajews[1] Enkel.«

»So ist's, so ist's!« lärmten die Mannen. »Mit dir zusammen sind wir nicht abgeneigt, auch Mutwillen zu treiben ... Nur wissen wir noch nicht recht, worauf du eigentlich hinauswillst.«

»Habt ihr's wirklich noch nicht erraten? Riechst du den Braten, Kusma?«

»Ich denke, ob du uns nicht vielleicht zu einer Jagd brauchst? Ein Füchslein ist entflohn, aber kein gewöhnliches, sondern eins mit einem silbern schimmernden Rücken.«

---

1 Busla = Wüstling, Bummler, auch frecher Tölpel.

»Du hast's getroffen, Kusma. So ist's! Und es ist keine Zeit mehr zu verlieren, denn andre Jäger sind schon hinter dem kostbaren Füchslein her, und diese müssen wir überlisten.«
»Wir fangen das Füchslein schon, verlaß dich drauf!« riefen die Mannen und wechselten Blicke untereinander, die verrieten, daß sie nun begriffen hatten, was Gawrila Oleksitsch im Schilde führte.
»Bären haben wir gehetzt und auf Wölfe Jagd gemacht. Sollten wir da ein Füchslein nicht befreien können?«
Gawrila Oleksitsch erhob sich und entwickelte, die Hände auf die Tischplatte gestützt, seinen Plan.
»Vor allem«, so schloß er, »daß mir keiner von euch erst noch mal zu seiner Frau, seinen Schwestern oder zu irgendwelchen anderen Frauenspersonen geht. Wenn ihr dort auch nur ein Sterbenswörtchen verlauten laßt, so weiß es morgen die ganze Stadt. Nehmt euch frische Rosse aus meinen Ställen, sattelt sie, und wir reiten sofort los.«

Herzeleid bewog sie zu dem Schritt

Etwa zwanzig Werst flußabwärts von Nowgorod entfernt lag auf dem rechten Ufer des grauschäumenden Wolchow, inmitten hübscher Birkenhaine versteckt, das Nonnenkloster der heiligen Praskowia Pjatniza[1]. Die Gebrüder Nosdrilin, ihres Zeichens Lederhändler, hatten hier zum Gedächtnis ihrer verewigten Großmutter Praskowia Dormidontowna, genannt »Kremen«[2], die durch den überseeischen Ausfuhrhandel mit Fellen, Häuten, Borsten, Dachs-, Roß- und anderen Tierhaaren und Wolle den Grund zum Reichtum der Familie Nosdrilin gelegt, eine steinerne Kirche erbauen lassen, zu welcher seither aus allen Ecken und Enden des Nowgoroder Landes die Pilger (vor allem Pilgerinnen) geströmt kamen, da sich unterm Volke der Glaube verbreitet hatte, daß ein Gebet zur heiligen Praskowia bei Frauenkrankheiten wie bei jeglichem Herzenskummer der Weiber helfe. Man schrieb ihr diese Heil- und Segenskraft zu, weil sie zu ihren Lebzeiten selber viel Leid durch ihren Unmenschen von Gatten und ihre dreizehn Kinder, mit denen sie unter großen Schmerzen niedergekommen war, hatte erdulden müssen. So war es denn zum Ausgleich der Märtyrerin nach ihrem Tode vergönnt, die Leiden ihrer Geschlechtsgenossinnen zu lindern.
Aber die Nosdrilins hatten es nicht bei dem Bau der Kirche bewenden lassen, sondern auch noch die Mittel gestiftet zur Errichtung eines Klosters aus Fichten- und Kiefernstämmen samt allen Nebengebäuden, Ställen, Speichern, Badestube, Räucherkammer und Anlegeplätzen für

---

1 Die ursprüngliche Bedeutung des Wortes Pjatniza war Kreuzweg, Scheideweg, man legte der Praskowia diesen Beinamen bei, weil ihr zu Ehren vornehmlich an Kreuzwegen Kapellen errichtet wurden.

2 Kremen = Feuerstein, Kieselstein.

die Fischerboote des Klosters, das eine Fischereigerechtsame besaß. Als Äbtissinnen wurden mit dem Segen des Nowgoroder Erzbischofs äußerst ernste, ja finstere Damen gewählt, denen man zutrauen durfte, daß sie ihre Nonnen unter strengster Zucht zu Gehorsam und Gottesfurcht anhalten und das Klostergut nicht verschwenden, sondern vielmehr mehren würden. Der Mehrung dieses Reichtums dienten zahlreiche Klosterwerkstätten für Weberei, Stickerei, Goldwirkerei, wo die Arbeitenden alle unter scharfer Aufsicht standen, dazu ein Mal- und Schnitzatelier für Heiligenbilder und -figuren, schließlich noch eine ertragreiche Obstgärtnerei nebst Imkerei und die schon erwähnte ausgedehnte Fischerei und Fischräucherei.

Eines Tages kam gleich nach der Frühmette die Botengängerin des Klosters, eine junge Novizin namens Fekluscha, ganz atemlos vor Aufregung in die Zelle der Äbtissin gestürzt und berichtete ihr:

»Vorhin, als der Wächter Micheitsch zur Pforte ging, um sie aufzuschließen, da sah er drei Frauen angeritten kommen: eine junge schöne Bojarin mit zweien ihrer Mägde. Und die Edeldame war ganz prächtig gekleidet und trug Perlengehänge in den Ohren, das habe ich mit eignen Augen gesehn, als sie ihr Kopftuch abnahm und barhaupt auf die Klosterpforte zugeschritten kam, um Einlaß zu begehren. Micheitsch aber, der offenbar vor irgend etwas Angst hatte, wollte sie um keinen Preis hereinlassen und schloß die Pforte ihr vor der Nase wieder zu. Er meinte, der Dame müsse gewiß ein großes Unglück drohen, vielleicht daß ihr eifersüchtiger Ehegatte sie umbringen will. ›Weshalb sonst‹, sagte er, ›ringt sie immerzu so verzweifelt die Hände und wischt sich verstohlen die Tränen ab?‹«

»Und wo sind die drei denn jetzt? Etwa auf dem Wege hierher?«

»Aber nicht doch, Mutter Jewfimija, Micheitsch hat sie ja gar nicht hereingelassen und weigert sich überhaupt, die Pforte wieder aufzuschließen.«

»So ein alter Starrkopf!«

»Nein, er will nicht, will durchaus nicht! Ich sagte zu ihm: ›So mach doch auf, Micheitsch, und laß die Dame herein. Sieh doch nur, wie müde sie von dem anstrengenden Ritt ist!‹ Er aber wehrte bloß mit der Hand ab: ›Vielleicht jagt der Bojar mit seinen Knechten hinter ihr her, dann bekomme ich als erster eins ins Genick. Ich kenne doch eifersüchtige und betrogene Ehemänner!‹ Und weiter hat er gesagt: ›Wenn die Frau Äbtissin die feine Dame durchaus hereinlassen will, so mag sie eine der Novizinnen damit beauftragen, ihr die Pforte aufzuschließen. Ich wasche meine Hände in Unschuld und geh' dem Unglück aus dem Weg. Sag ihr, ich sei mit dem Boot auf dem Wolchow, um Schnäpel[1] zu fangen.‹«

»Ist das ein eigensinniger Greis! Lauf rasch zu Mutter Pawla und bestell

1 Schnäpel = eine sehr schmackhafte Art von Felchen (zur Gattung der Salmoniden gehörig).

ihr: Ich ließe ihr befehlen, der Bojarin die Pforte zu öffnen und sie vorläufig bei sich in ihrer Zelle aufzunehmen. Und die Badestube soll unverzüglich angeheizt werden.«
Feklusсha lief davon, um die erhaltenen Bestellungen auszurichten, und Mutter Jewfimija legte ihre Amtstracht an, um sich der Edeldame in ihrem vollen Ornat zu zeigen.
Die blonde Bojarin wurde also zunächst in die Zelle der Pförtnerin, Mutter Pawla, und von dieser selbst in die tüchtig geheizte Badestube gebracht, wo sich beide wuschen und mit Kwas[1] übergossen.
Hinterher tuschelte die Beschließerin der Äbtissin ins Ohr, daß bei der jungen Bojarin alles in Ordnung sei; sie wäre wohlgestalt an Leib und Gliedern, und nirgendwo wären blaue Flecke und Teufelsmale, auch keine Zeichen von Schwangerschaft zu sehn gewesen. Sie, Pawla, habe der Bojarin selbst mit dem Bastwisch Rücken und Bauch abgerieben, um ganz sicher zu sein.
Wenn man nach dem Äußeren urteilen würde, so könnte man meinen, die Dame lebe in Liebe und in Freude; da sie aber flehentlich immer wieder darum bäte, ins Kloster aufgenommen und eingekleidet zu werden, so müsse der Schaden wohl innerlich sitzen – wahrscheinlich habe sie Herzenskummer.
»Barmherzige Mutter Gottes!« rief die Äbtissin. »Wenn die Dame ins Kloster eintreten will, so wird sie ihm ja wohl auch eine ansehnliche Schenkung vermachen, sowohl an barem Geld wie an Liegenschaften. Sie muß sofort eingekleidet werden, ehe sie sich eines andern besinnt. Feklusсha soll gleich laufen und Vater Dosifei zu mir bitten. Mit ihm will ich die Sache besprechen.«

Im Kloster

Ljubowa kniete auf einem schwarzen Samtkissen in der Mitte der Klosterkirche vor dem Chorpult mit dem großen Bilde der Allerheiligsten Mutter Gottes. Neben ihr hielt eine ältere Nonne auf ihren steif ausgestreckten Armen eine schwarze Nonnenkutte und eine Haube von der gleichen düsteren Farbe. In dieses härene Gewand sollte die junge Bojarin nach der Weihe eingekleidet werden, und ihr schönes Blondhaar, das ihr aufgelöst über den Rücken wallte, sollte dem Schermesser zum Opfer und auf die kalten Steinfliesen fallen.
Vorerst war Ljubowa noch Novizin. Krampfhaft preßte sie ihre über der Brust gefalteten Hände ineinander und stierte mit schmerzlichem, fast irrem Ausdruck unverwandt auf das große Bild der Mutter Maria mit dem Christuskind auf dem Arm. Ihre spröden, zitternden Lippen flüsterten halb unbewußt bald Worte des Gebets, bald stammelten sie irgendwelche Stoßseufzer:

1 Kwas = gegorenes säuerliches Getränk.

»Herr, stärke mich in meinem Glauben, ertöte alle sündige Schwäche in mir! Hilf mir, barmherzige Mutter Gottes, den Willen des Herrn zu erfüllen!«
Hinter ihr ragte die hohe Gestalt der Äbtissin auf, die sich auf einen langen Stab mit goldenem Knauf stützte. Unter finster zusammengezogenen Brauen hervor blickte sie unverwandt auf die blonde Bojarin hinab, wobei in ihren Augen bald ein Ausdruck unversöhnlicher Härte mit dem des Mitleids wechselte. Schließlich wandte sie ihr strenges Gesicht dem Klostergeistlichen, Vater Dosifei, zu, der vornübergeneigt neben der Bojarin stand und sie mit leiser Stimme ermahnte:
»Bete, meine Tochter, bete und bediene dich dabei der von alters her gebräuchlichen Formel: ›Ich sündige Magd Gottes ...‹ «
Doch die Bojarin schien ihn nicht zu hören, denn ganz andere Worte kamen von ihren blassen bebenden Lippen.
Die Äbtissin gab einer mit einem Servierbrett in der Nähe stehenden Nonne ein Zeichen mit den Augen. Die Nonne trat herzu und präsentierte dem Diakon, einem riesengroßen Mann mit rotem Haar und rotem Gesicht, einen Silberbecher mit angewärmtem Wein, wie er zum Abendmahl gereicht wird. Der Diakon ergriff ihn und setzte ihn der Bojarin an die Lippen.
»Trink, meine Tochter, zur Stärkung!« sagte er mit tiefer Baßstimme.
Der aus Nonnen bestehende Chor auf der Empore intonierte einen von der Vergänglichkeit alles Irdischen und von der Nichtigkeit aller weltlichen Freuden handelnden, ungewöhnlich traurigen Psalm. Die sanften Frauenstimmen bekamen dabei einen immer stärker klagenden Tonfall und die Gesichter der älteren wie der jüngeren Sängerinnen einen noch schwermütigeren Zug. Während des Singens bekreuzigten sich die Nonnen fortwährend inbrünstig und sanken dabei lautlos in die Knie und richteten sich ebenso lautlos wieder auf.
Da auf einmal schlüpfte die Botengängerin Fekluscha wie eine Maus durch die Reihen der Nonnen zur Äbtissin hin, die sie zuerst mit einem strengen verweisenden Blick zurückscheuchen wollte, als sie aber Fekluschas aufgeregtes Gesicht sah, hörte sie geneigten Ohres an, was es denn gäbe.
»Berittene sind draußen ...«, tuschelte Fekluscha, »auf flinken Rossen, viele starke Männer. Sie haben das Kloster umzingelt und brechen schon die Pforte auf, wo Mutter Pawla sie vergeblich von ihrem frechen Unterfangen abzuhalten sucht. Nun hat sie mich zu dir geschickt, Mutter Jewfimija, damit ich dich frage, was sie tun soll.«
»Sag ihr, sie soll standhaft bleiben. Wenn der Herr uns beisteht, werden die Teufel weichen müssen.«
Durch die Reihen der stumm dastehenden Nonnen ging ein Rascheln, wie von einem Windstoß verursacht, aber dann herrschte gleich wieder tiefste andächtige Stille. Während Fekluscha wieder hinausschlüpfte, sah die Äbtissin, bedeutungsvoll mit dem Kopf nickend, den Geistlichen an.

»Beeil dich, Vater Dosifei!«
Und einer wohlbeleibten Schwester zischelte sie zu:
»Die Kerzen, rasch!«
Zwei dienende Schwestern gingen durch die Reihen der Betenden und teilten Wachskerzen aus. Eine jede Nonne zündete ihr Licht am Lichte der ihr zunächst stehenden Mitschwester an, so daß es wie ein Feuerstreifen durch den ganzen Raum lief, bis alle Kerzen brannten und die Kirche von mildem Schein durchzittert wurde.
Der Chor ließ noch einen wehmütigen Wechselgesang erschallen, wie er gewöhnlich bei Totenmessen zu hören ist: Auch hier schied ja eine fromme Seele, wenn auch freiwillig den Freuden des Lebens entsagend, aus der Welt, um sich aus einer »sündigen Magd Gottes« in eine »keusche Braut Christi« zu verwandeln.
Vater Dosifei beugte sich wieder zu der knienden Ljubowa hinab und ermahnte sie:
»Wiederhole, meine Tochter, was ich dir vorspreche: ›Freiwillig will ich in den Stand der Engel eintreten...‹«
Eine der beiden dienenden Schwestern schob jetzt eine brennende Kerze der Bojarin zwischen die ineinanderverkrampften Hände, und im flackernden Lichtschein glitzerten die dicken Tränen, die unter den gesenkten Lidern hervor über das leichenstarre, totenblasse Gesicht rannen, wie Perlen.
Vergebens hielt der Geistliche sein behaartes Ohr dicht an Ljubowas Lippen, er fing kein einziges Wort auf. Die Äbtissin aber, Ljubowas Schweigen ignorierend, meinte:
»Sie wird die gebräuchliche Formel schon noch aussprechen... Fahr fort, Vater Dosifei! Vollende die Weihe! Wo sind die Schermesser?«
»Hier, ich habe sie schon in der Hand!« brummte der Diakon im tiefsten, beinahe bedrohlich klingenden Baß.
»Worauf wartet ihr also noch?« drängte die Äbtissin ungeduldig. »Schneid vier Strähnen kreuzförmig auf dem Scheitel weg und scher die Tonsur aus!«
Die Bojarin hatte Augen und Lippen fest zusammengepreßt und sagte kein Wort mehr. Plötzlich riß sie Mund und Augen weit auf wie in unfaßlichem Erstaunen: Sie hatte eine Stimme rufen hören, eine ihr so vertraute Stimme:
»Ljubowa! Mein Täubchen! Du, meine Frühlingsblume! Welcher böse Wind hat dich hierher geweht? Warum bist du von mir geflohn, mein Schneewieselchen?«
Wie aus einem Alptraum auffahrend, sprang die Bojarin auf die Füße und ließ die Kerze fallen. Vor ihr, in dem von blaugrauen Dunstschwaden des Weihrauchs durchwogten Dämmerlicht der Kirche, stand er – ihr geliebter, sehnsüchtig erwarteter Gawrila – und sah sie mit fröhlich-zärtlichem Blick an. Mit ausgestreckten Armen wollte sie auf ihn zueilen, doch die letzten Kräfte schwanden ihr, sie wankte und schlug der Länge nach auf den kalten Steinfußboden hin.

»Was willst du hier, schamloser Bassurman?« kreischte die Äbtissin, sich und ihre Würde vor Zorn vergessend. »Was hast du in einem Nonnenkloster zu suchen? Fort von hier, du tatarischer Werwolf!«
Die Nonnen stiebten wie eine Brut erschreckter Küchlein auseinander und drängten sich in den dunklen Ecken ängstlich zusammen, denn in die Kirche stürmte jetzt, lärmend und ihre Speere schwingend, eine Rotte Bewaffneter.
Ihren Amtsstab wie zum Zuschlagen erhoben, schritt die Äbtissin den Eindringlingen energisch entgegen; aber Gawrila Oleksitsch achtete ihrer nicht, sondern bemühte sich um die Ohnmächtige, die er behutsam und liebevoll aufhob. Dann strebte er mit ihr dem Ausgang zu, gedeckt und gefolgt von seinen Mannen, die es freilich nicht unterlassen konnten, die eingeschüchterten Nonnen mit neugierigen, zudringlichen Blicken zu mustern.
Der Chorgesang der Nonnen auf der Empore brach ab, alles, was Kutte trug, stand wie versteinert da, nur die Äbtissin stampfte wütend mit ihrem Stab auf die Steinfliesen und kreischte:
»Gottloses Pack! Ich werde mich über euch Ruchlose beim Metropoliten[1] von Kiew beklagen, er wird euch strafen, daß Heulen und Zähneklappern sein wird!«

1 Metropolit = Erzbischof (mit Jurisdiktionsgewalt).

Fünfter Teil
Dunkle Wolken ballen sich zusammen

Der Dschinn warnt

(Aus dem Reisetagebuch des Hadschi Rachim)

»Folgenden merkwürdigen Traum hatte ich gestern:
Mir war, als wanderte ich nach Sonnenuntergang über die öde Steppe. Erinnerungen nachhängend, beim achtlosen Gehen gegen Steine stolpernd, über welche grüne Eidechsen huschten, mitunter auch eine goldschimmernde Natter sich schlängelte.
Plötzlich ertönte ein geller Pfiff des Windes und brach kurz ab. Wie ein dunkler Vogel strich etwas über mich hin und verschwand in nebliger Dämmerung.
Wo sich viele staubige, gewundene Pfade kreuzten, saß auf einem mit wilden Kräutern dicht bewachsenen Derwischgrab ein Dschinn, mein Schutzgeist, in Gedanken versunken.
Viele Jahre hatte ich ihn nicht mehr gesehen, doch erkannte ich ihn sofort wieder an dem schönen bräunlichen Gesicht, an den türkisfarbenen leuchtenden Augen mit dem durchdringenden Blick, an seinem leichten Gewand, auf dessen dunklem Blau Goldornamente und Diamantflitter glänzten.
Als ich näher hinzutrat, wurden seine Augen vor Zorn immer dunkler, bis sie ganz schwarz waren. Dann öffnete er den Mund, und die leisen Worte, die in melodischem Fall von seinen Lippen flossen, klangen wie Bruchstücke eines uralten Liedes:
»Du hast mich vergessen, hast dich vom Ewigen abgewandt? Du hast dich auf den lauten Märkten zwischen der unruhigen Menschenmenge herumgetrieben und bist im Waldesdickicht untergetaucht, wo Mißgünstige und Ungläubige einander wie Raubtiere bekämpfen? Monate, Jahre sind spurlos vergangen; doch du vergaßest die Entzückungen des Schaffens und den Hochflug des Geistes durch den blauen Äther zu den funkelnden Gestirnen ...«
Ich schwieg und hielt den Atem an, um ja kein einziges Wort meines Schutzgeistes zu verlieren.
»Heute erscheine ich dir zum letztenmal; denn da du deinem Verhalten nach nichts mehr wissen willst von den stillen Unterhaltungen mit den erlauchten Geistern der Vergangenheit, sondern dich im lauten Getümmel des platten Alltags wohler fühlst, so verdienst du nicht, mich wiederzusehen.«

Ich antwortete:
»Weit und lange bin ich in der Welt umhergeirrt, ständig auf der Suche nach dir, freier, unbändiger Genius; aber es gelang mir nicht einmal, auch nur deinen vorüberschwebenden Schatten zu erspähen, geschweige denn dich selbst.«
Der Dschinn machte eine knappe Bewegung, und sein heller Widerschein, der wie ein perlig gleißender Fleck des Mondlichts auf der grauen Erde lag, ahmte sie genau nach.
»Wo ist deine ungestüme Freundin, die Idee, die dich über das Gemeine erhob? Warum sehe ich sie nicht an deiner Seite? Hast du sie von dir gescheucht?«
»Nein, aber nichtige Menschen töteten, weil sie mir selbst nichts anhaben konnten, aus Unverstand und Bosheit meine leichtbeschwingte Freundin. Seitdem irre ich freudlos umher, abgesondert und einsam.«
»Du redest irre! Mache dich ihnen unentbehrlich. Doch das erreichst du nur durch deinen Willen ... Der Mensch ist sterblich, seine Idee jedoch unsterblich ... Schon sehe ich einen schwachen Schatten deiner Freundin wieder neben dir.«
Der Dschinn richtete sich majestätisch auf. Seine schlanke Silhouette hob sich klar und scharf gegen den Abendhimmel ab, über den in weiter Ferne ein grelles Wetterleuchten zuckte. Mein Schutzgeist deutete nach Westen:
»Dorthin lenke den Schritt! Dort werden auf unübersehbaren Ebenen furchtbare Schlachten geschlagen werden. Du wirst den hohen Mut der Verteidiger ihrer Heimat kennenlernen und den unüberwindlichen Willen des Eroberers, beides – Mut wie Willen – härter als Eisen, glühender als Feuer. Geselle dich zu den Tapferen, damit du der Nachwelt von ihnen berichten kannst.«
Antlitz und Gestalt des Dschinn wurden immer durchsichtiger und lösten sich endlich gänzlich auf.
Unter einem kalten Windstoß verneigten sich die halbverdorrten Pflanzenstengel mit leisem Geraschel. Verlassen und traurig war das Grab. Und ich beschloß, mich nach Westen zu wenden, dorthin, wo das Wetterleuchten am Horizont bedrohlich aufflammte und wieder erlosch. Das also war mein sonderbarer Traum. Ob er in Erfüllung gehen wird? – «

In den roten Strahlen der Abendsonne

Als die warmen Tage zu Ende waren und die kalten Herbstwinde zu blasen begannen, hörte Juldus-Hatun zum ersten Male von den Terminen, die für den Aufbruch der einzelnen Heeresabteilungen festgelegt waren. Die Bäche und auch die meisten Flüsse würden dann schon zugefroren und alle Wege passierbar sein, nicht nur für die Reiterschwadronen, sondern auch für die Kamelkarawanen und den Wagentroß.

Dieser Fuhrpark bestand hauptsächlich aus knarrenden Arbas[1], die von einem Gespann mächtiger Bullen gezogen wurden.
Die stille Juldus-Hatun hatte in Gesellschaft ihrer treuen chinesischen Sklavin I-La-He die ganze Frühlings- und Sommerszeit in dem nicht allzu großen, aber nach einem Entwurf des sinnreichen Li Tun-Po reizend angelegten und von einer hohen Steinmauer umgebenen Garten rund um das goldene Häuschen verbracht. Zu Beginn des Frühjahrs war I-La-He in die Steppe geritten und hatte dort die in ihrer fernen Heimat beliebten Pflanzen – Blumen ebenso wie Zier- und Heilkräuter – mit den Wurzeln ausgegraben, um sie in die Gartenbeete behutsam wieder einzupflanzen.
Auch einen zierlichen Pavillon, der aussah, als wäre er aus lauter Spitzen gemacht, hatte Li Tun-Po konstruiert. Durch den Garten lief ein Kanälchen, welches hauptsächlich der Bewässerung diente, aber auch die Räder einer kleinen Wassermühle drehte, in der feinstes Weizenmehl für den Bedarf im Palast gemahlen wurde.
Selbstverständlich fehlte auch ein von farbigen Steinchen umrahmtes Bassin nicht, worin winzige Zierfischchen mit roten Flossen schwammen. Juldus liebte es, sie zu füttern, wenn sie beim Klang ihres Glöckchens in munteren Schwärmen an der Oberfläche des Wassers auftauchten.
In diesem Herbst hatte Juldus oft tagelang keinen Besuch Batus erhalten, der die einzelnen Truppenteile seines riesigen Heeres inspizierte oder Beratungen mit den Temniks abhielt, die von ihm mit der Vorbereitung des Feldzugs betraut worden waren. Dieser Kriegszug sollte ganz schlagartig beginnen.
Einmal kam Batu gegen Abend zu Juldus in den chinesischen Pavillon, und hier hatten sie zum ersten Male einen Streit miteinander.
Juldus sagte:
»Vergib mir, wenn ich eine Sache berühre, von der ich nur vom Hörensagen weiß. Ich möchte aussprechen, was mir das Herz bedrückt. Ich liebe dich ja, nicht weil du ein unbesiegbarer Feldherr und ein großer Regent bist, sondern seit damals, als du, von Mördern verfolgt, auf einem fremden schneeweißen Hengst, dessen du dich bemächtigt hattest, glücklich den schwarzen Anschlägen auf dein Leben entkamst. Seitdem sind meine Gedanken mit dir beschäftigt...«
Sie verstummte und blickte ihm ängstlich in das braune ernste Gesicht, auf welches die durch das spärliche Laub der Bäume fallenden Abendsonnenstrahlen rote Flecke malten. Wenn ein Windstoß kam, bewegten sich diese roten Flecke, und Juldus mußte unwillkürlich an Ströme von Blut denken, das stets auf einen Wink dieses Mannes floß, der eben so friedlich neben ihr saß.
»Ich vermute, du denkst an den geplanten Feldzug?« fragte er und fuhr,

1 Arba = einfacher, meist vierrädriger, zuweilen aber auch zweirädriger Karren, hier Ochsenkarren.

als sie nickte, fort: »Er ist der Grund, weshalb wir uns in Bälde werden trennen müssen, zum erstenmal, seit wir uns kennen.«
»Das steht in deinem Willen«, sagte sie, bedeckte aber die Augen mit ihrem reichbestickten Ärmel.
»Du weinst?«
»Wie immer, wenn du mich verlassen willst... Ich möchte dich etwas fragen... Darf ich?«
»Sprich!«
»Weshalb mußt du noch einen neuen Feldzug beginnen?«
Sie sah, wie seine Brauen vor Erstaunen sich hoben und die dadurch schräger gestellten Augen mit mißtrauischem Ausdruck zu schielen begannen.
»Wozu diese Frage? Du weißt ja, daß ich das Vermächtnis des heiligen Regenten erfüllen muß, welches lautet, daß das unbesiegbare Mongolenheer bis zum ›letzten Meer‹ vorzudringen habe.«
»Und warum mußt du es erfüllen, das Vermächtnis dieses...«, sie stockte, aus Furcht, ihn zu erzürnen, fuhr aber dann beherzt fort: »...furchtbaren blutdürstigen Greises ...«
Batu zuckte empfindlich zusammen.
»Er hat doch deinen Vater Dschutschi-Khan gehaßt und gefürchtet und würde gewiß auch dich um deiner Siege willen fürchten und hassen.«
Batu kniff ein Auge zu, und ein leichtes Lächeln huschte um seine Mundwinkel.
»Du, Juldus, bist die Kühnste in meiner ganzen Blauen Horde. Was du mir eben sagtest, würde keiner meiner kühnsten Krieger sich auch nur zu flüstern getraut haben.«
»Meine Liebe zu dir ist stärker als meine Angst vor dir. Darum will ich dir gleich noch etwas sagen: Zerstöre die Hauptstadt der Russen, Kyjuw, nicht, sondern mache sie zu deiner zweiten Residenz und zur äußersten Festung gegen das Abendland. Du hast die Grenzen deines Reiches gewaltig erweitert, festige sie nun...«
Batu-Khan war voller Zorn aufgesprungen und fragte:
»Wer hat dich gelehrt, vor mir solche Reden zu führen? Von allein kannst du unmöglich darauf verfallen sein! Aber laß dir gesagt sein: Weiberängste und Weiberschmeicheleien können mich nicht veranlassen, mein Wort zu brechen. Ich habe meinen Kriegern versprochen, daß jeder, der in Kyjuw eindringt, sich ein Stück Gold von den Dächern der Gotteshäuser abbrechen darf. Schon schlimm genug, daß ich vor drei Jahren auf die meinen Kriegern in Aussicht gestellte Plünderung Nowgorods habe verzichten müssen, weil mein Heer in den undurchdringlichen Sümpfen steckengeblieben ist. Löste ich mein zweites Versprechen nicht ein, ich müßte mir gefallen lassen, von meinen Bahaduren ein windiger Prahler genannt zu werden.«
Juldus verhüllte ihr Köpfchen mit ihrem leichten schwarzen Schleier.
»Wieder Tränen?« fragte er unwillig.
»Wirst du lange fortbleiben?«

»Zwölf Monde.«
Bereits im Fortgehen, drehte sich Batu rasch noch einmal um, trat zu Juldus, faßte sie bei beiden Schultern und flüsterte erregt auf sie ein: »Schenk mir einen Sohn! Zwar habe ich schon viele Söhne, doch sehe ich voller Bitterkeit, daß unter ihnen kein begabter Feldherr ist, der würdig wäre, mein Nachfolger zu werden. Alle meine Söhne leben in Zwist miteinander, und am liebsten würde einer den andern vergiften. Mein Nachfolger aber kann nur werden, wer zu gebieten versteht. Doch so einer ist nicht darunter.«
Juldus bedeckte, trotz des Schleiers, ihr Gesicht noch schamhaft mit den Händen, ehe sie antwortete:
»Eben darum möchte ich ja, daß du keine Kriegszüge mehr unternimmst und dir an deinem glänzenden Reich der Blauen Horde genügen läßt, daß du für immer in deiner Hauptstadt Sarai bleibst.«
»Weshalb das?«
»Weil ich glaube, nein, weil ich genau weiß, daß ich dir bald einen Sohn schenken werde, und er wird dir gleichen und auch deine Gabe des Gebietens haben.«
Von den roten Strahlen der untergehenden Sonne übergossen, stand Batu nachdenklich da, dann sprach er:
»Einen kühnen, heldenmütigen Sohn zu haben würde mir die größte Freude sein. Während des ganzen Feldzugs werde ich an dich denken und auf das kostbare Geschenk, das du mir versprochen hast, warten. Doch meine Truppen werden an den bereits festgesetzten Tagen ausrücken... Um mächtig zu bleiben, muß ich meine Nachbarn zertreten, oder sie zertreten mich!«

Batu-Khans Zorn

Selten nur ließ sich Batu-Khan zu Zornes- oder anderen Gefühlsausbrüchen hinreißen; auch wenn in seinem Herzen Stürme der Empfindungen rasten, blieb sein hageres, braunes, wie aus einer Nußschale gedrechseltes Gesicht meist unbewegt. Wenn auf dem Höhepunkt einer Schlacht, bei einer entscheidenden Attacke der Tollkühnen oder beim Sturm auf eine Stadt seine Willens- und Geisteskraft aufs äußerste angespannt war, so bekamen seine Augen wohl einen ganz eigenartigen kalten Glanz, und ein leises, aber selbstbewußtes Lächeln legte sein Raubtiergebiß bloß, doch seine Selbstbeherrschung blieb unerschütterlich, ebenso unerschütterlich wie der Glaube an sein unveränderliches Kriegsglück.
»Sulde[1] hat sich noch nie von mir abgewendet«, pflegte er öfters zu sagen.
Um so sonderbarer war es, daß er eben jetzt manchmal von Zweifeln

1 Der mongolische Kriegsgott.

an die Zuverlässigkeit seines Glücks gequält und von Befürchtungen heimgesucht wurde, der Feldzug und damit sein gigantischer Welteroberungsplan könnte zum Scheitern verurteilt sein.
Um zu überprüfen, inwieweit diese Befürchtungen sachlich begründet waren, berief er den sogenannten »Kleinen Rat« ein, der außer dem den Vorsitz führenden Dschichangir aus acht der befähigtsten und erfahrensten Dschingisiden und Bahaduren bestand. Da ihm jedoch sein Stolz verbot, sich eine Blöße zu geben, hielt er es für richtiger, nicht sogleich die ihm aufgestiegenen Bedenken zu offenbaren, sondern statt dessen seine Partner im Laufe der Beratung so weit zu bringen, daß sie von sich aus die gleichen Bedenken geltend machten.
Zur festgesetzten Stunde traten alle in den Empfangsraum, dessen Eingang zwei vergoldete chinesische »Glücksdrachen« hüteten. Der Boden des gar nicht sehr großen Raumes war mit einem roten chowaresmischen Teppich belegt, an der Rückwand war darüber noch ein zweiter kleinerer persischer Seidenteppich mit seltsamen Ornamenten gebreitet. Und auf diesem wiederum lagen, zu einem Stapel aufgeschichtet, siebenundzwanzig bis zum äußersten weichgegerbte viereckige Kamelhäute, die einen erhöhten Sitz bildeten. Darüber hingen drei Feldzeichen – Tughs – des mongolischen Heeres: in der Mitte der neunschwänzige Tugh[1] des Dschichangirs, des Oberbefehlshabers der gesamten Streitkräfte (acht schwarze Yakschwänze[2] umrahmten den langen roten Schweif von Dschingis-Khans berühmtem Hengst), rechts und links davon die Tughs der beiden Flügel des mongolischen Heeres.
Dieser erhöhte Sitz stellte Batus Feldthron dar. Jeder Mongole kannte des Dschichangirs Ausspruch: »Ein Feldherr soll keinen goldnen Thron mit sich führen; er muß vielmehr den unterworfenen Herrschern ihre goldenen Throne fortnehmen und sie zu Bechern und Humpen für fröhliche Gelage mit seinen treuen Kampfgefährten umschmelzen lassen. Der Thron eines Welteroberers ist der Sattel seines Rosses.«
Rechts von diesem Thron pflegten die Anführer der einzelnen Horden, die Kürjagane-Dschingisiden[3], Platz zu nehmen, links die Temniks. Heute saßen zur Rechten nur Scheibani, Kadan und Mengu; denn Ordu war noch nicht erschienen, und Gujuk hatte sich (wie fast immer) durch einen Eilkurier wegen plötzlicher Erkrankung entschuldigen lassen; zur Linken saßen Paidar, Burundai und der große Atalik Subudai, Batus Erzieher und nächster Ratgeber.
Als Batu mit dem lautlosen Gang eines Tigers eintrat, riefen alle auf ihn

---

1 Tugh oder Buntschuk = Feldzeichen, Standarte, Banner.
2 Yak = tibetanischer Grunzochse, langhaarige gehörnte Büffelart.
3 Dschingisiden = Abkömmlinge Dschingis-Khans: Scheibani und Ordu sind ebenso wie Batu Söhne von Dschingis-Khans erstem Sohn Dschutschi, Gujuk und Kadan sind Söhne Ugedais, Mengu ist Sohn von Dschingis-Khans drittem Sohn Tuli. – Kürjagan = Fürstensohn, Königssohn, Prinz.

Wartenden: »Der ewige Himmel bewahre dich für tausend Jahre!«, und vollführten den Kotau.
Batu nahm seinen Platz auf dem Feldthron ein und musterte aufmerksam jedes einzelne Gesicht. Keinem aber konnte er irgendwelche Unruhe oder Besorgnis anmerken.
Der Negerknabe Said schleppte noch einen Haufen Kissen herbei und schob davon jedem der Kürjagane und Temniks mehrere als Stützpolster unter die Arme.
Das allgemeine Schweigen wurde von Mengu-Khan unterbrochen:
»Es scheint, wir sind schon am Vorabend des ›glücklichen Tages‹, an dem der lang geplante Feldzug beginnen soll. Wie ist dein Gesundheitszustand, geliebter Bruder? Bist du bei vollen Kräften?«
»Dem Himmel sei Dank! Ich fühle mich gesund«, antwortete Batu-Khan. »Und du?«
Mengu murmelte die üblichen Dankesworte. Dann warteten alle gespannt auf das, was nun kommen würde. Batu begann:
»Wie mein Bruder Mengu-Khan ganz richtig sagte: Der ›glückliche Tag‹ steht bevor. Aber ist denn auch alles in Ordnung? Ist nichts versäumt worden?«
Dabei sah er der Reihe nach jeden einzelnen mit lauerndem Blick an und ließ ihn schließlich fragend auf dem ganz links sitzenden Scheibani-Khan ruhen.
Dieser schob seine Mütze aus schwarzem Fuchsfell aufs Ohr und antwortete achselzuckend:
»Was sollte denn versäumt worden sein? Alles ist in Ordnung, in allerbester Ordnung. Unsere Krieger brennen darauf, endlich zu Felde zu rücken. Der Kriegsgott Sulde schwebt unsichtbar über uns und wartet darauf, daß unsere Rosse mit ihren Hufen endlich den Staub aufwirbeln. Der bevorstehende Feldzug wird ebenso ruhmreich verlaufen wie alle bisher von dir unternommenen. Das steht fest, selbst wenn wir auf einen Beistand verzichten müssen, mit dem wir gerechnet haben.«
Alle Anwesenden riefen:
»Es lebe der unbesiegbare Sain-Khan! Er wird alle seine Gegner in den Staub werfen!«
Als der Lärm sich gelegt hatte, sprach Batu leise, doch allen verständlich, die rätselhaften Worte:
»Scheibani-Khan scheint etwas zu wissen, zieht aber vor, es zu verschweigen.«
Dann heftete er seinen Blick auf den nachdenklich gewordenen Mengu-Khan und fragte: »Was sagst du, mein Bruder Mengu, der du mir stets ein kluger Ratgeber gewesen und keiner Tücke fähig bist?«
»Was soll ich sagen? Ich fürchte keine Gefahr! Droht eine oder stößt man sonst auf ein Hindernis, so muß man eben seine Vorsicht, seine Wachsamkeit, seine Geschicklichkeit und seine Kühnheit verdoppeln. Doch mag Scheibani immerhin mit der Sprache herausrücken.«
Der also zum Sprechen Aufgeforderte sah sich im Kreise um, und als

sein Blick auf den Negerknaben fiel, der aufmerksam lauschend mit offenem Munde am Eingang stand, fuhr er ihn an:
»Mach, daß du hinauskommst, kleine schwarze Schlange!«
Als Said verschwunden war, fragte er flüsternd:
»Und wer ist dort hinter dem Vorhang verborgen?«
»Juldus-Hatun«, sagte Batu-Khan. »Sie ist mein Schatten und darf alle meine Gedanken kennen. Melde dich, kleine Herrin dieses Hauses, damit ich weiß, daß du mich auch hörst.«
»Ich höre und gehorche, mein Gebieter!« ließ sich eine sanfte Stimme hinter der schwarzen, mit einem goldenen Drachen bestickten Gardine vernehmen, die gleich darauf zurückgezogen wurde und den Blick auf ein kleines Zimmer freigab, in dessen Hintergrund auf niedrigen Polstern Juldus-Hatun saß und ihr zu Füßen ihre ergebene Sklavin I-La-He.
Durch eine offene Tür, die auf einen Balkon hinausführte, fiel der Purpurschein der erlöschenden Sonne.
»Mir scheint«, sprach Scheibani zögernd, »wir beginnen den Feldzug nicht zum richtigen Zeitpunkt... Ja, zumal da wir gleich zu Anfang eine empfindliche Einbuße erleiden...«
Alle sahen starr den Sprecher an, erschrocken ob seiner Vermessenheit.
»Was für eine Einbuße?« fragte Batu-Khan kalt und mit undurchdringlichem Gesicht.
»Gewiß, eine Einbuße... Unsere Streitmacht hat sich mit einem Schlage um ein Viertel, vielleicht gar um die Hälfte verringert.«
»Wieso das?« fragte Batu gedehnt.
Scheibani beeilte sich, eine Erklärung zu geben:
»Schon lange warten wir auf eine Gesandtschaft von den Kiptschakenbegs[1], doch vergeblich. Obwohl die Kiptschaken von uns aufs Haupt geschlagen und über die ganze Steppe zerstreut worden sind, fahren sie doch hartnäckig fort, uns in einem erbitterten Kleinkrieg Widerstand zu leisten. Mehr als einmal haben wir ihnen durch Abgesandte das ehrenvolle Angebot gemacht, an unserm Feldzug gegen das Abendland als unsere Verbündeten teilzunehmen. Auf diesem Kriegs- und Beutezug hätten sie sich ihre Satteltaschen mit unermeßlichen Reichtümern füllen können. Doch die Kiptschaken tragen anstelle von Köpfen Kürbisse auf ihren Schultern, ja, hohle Kürbisse mit einem Haarbüschel auf dem Scheitel und langen Schnurrbärten. Sie, die zu ihrem und unserm Vorteil mit Leichtigkeit uns sechs Tumen[2] Reiter hätten stellen können, haben es vorgezogen, unser großmütiges Bündnisangebot zu verschmähen, ja sie haben sogar unsere Gesandten erschlagen. Und jetzt brechen sie, sobald unsere Späher sich ihren Lagerplätzen nähern, ihre Kibitken in größter Hast ab, laden sie auf Kamele und ziehen eilends westwärts.

1 Beg oder Bey = ein hoher Würdenträger, eigentlich Herr; bei den Türken später eine Rangstufe unter dem Pascha.

2 Tumen = Division von zehntausend Reitern.

Doch das ist nur der erste Fehler in unsrer Rechnung, es gibt noch einen zweiten ...«
Hier stockte er, offenbar selber erschrocken über seinen Freimut. Alle sahen erst ihn, dann Batu-Khan schweigend an. Dieser fragte gleichmütig:
»Und wo steckt der zweite Fehler?«
»Bei den eigensinnigen, hartnäckigen Russen«, erwiderte Scheibani. »Auch sie könnten uns ein Verstärkungsheer von wenigstens hunderttausend Mann zu Fuß und zu Roß stellen. Vermöchten die Reiche des Abendlandes dann dem Einfall so gewaltiger Armeen standzuhalten?«
»Weshalb der Russen überhaupt Erwähnung tun, noch dazu mit Bedauern darüber, daß sie sich uns nicht angeschlossen haben?« meinte Mengu-Khan verächtlich. »Wir haben sie ja zur Genüge kennengelernt. Diese zottigen Bären lieben ihre Höhlen viel zu sehr, um sich aus ihren Sümpfen und Wäldern herauslocken zu lassen. Zwar kämpfen sie nicht schlecht, wenn es gilt, die Heimat zu verteidigen, doch zu einem Kriegszug in fremde Länder sind sie nicht zu bewegen. Und selbst wenn sie bereit wären, sich uns anzuschließen, diese plumpen Bären vermöchten mit unseren ungestümen Reiterscharen ja doch nicht Schritt zu halten und würden unterwegs hinter uns zurückbleiben.«
»Niemand hat sie um Beistand gebeten, und niemand wird sie darum bitten«, sagte Khan Paidar. »Doch die Kiptschaken ... Wer hätte das vermutet?« Und nach einem abschätzigen Pfiff durch die Zähne meinte er: »Na, die sind jetzt schon weit und werden, ohne sich umzusehn, auch noch weiter laufen und nicht eher haltmachen, bis sie über die Karpaten hinüber sind. Als Freunde sind sie uns verloren – und als Feinde? ... Ich denke, wenn sie so hurtige Läufer sind, hätte uns ein Bündnis mit ihnen wenig genützt, und als Feinde brauchen wir sie ebendarum nicht zu fürchten.«
»Doch weder vergeben noch vergessen darf man ihnen das!« keuchte Subudai-Bahadur mit seiner rostigen Stimme. »Wir müssen diese gemeinen Schakale als Verräter behandeln und ohne Schonung verfahren, wenn sie uns in die Hände fallen. Und für die Madjaren[1] gilt das gleiche, falls sie sich erkühnen sollten, uns mit den Waffen in der Hand entgegenzutreten. Unser erhabener Sain-Khan hat schon zu wiederholten Malen durch sichere Mittelsmänner Briefe an ihren König Bela geschickt und ihn darin ermahnt, er möge es sich ja nicht einfallen lassen, uns anders als gastfreundlich zu begegnen, zumal da sie eines Blutes mit uns sind. Das sollte uns enger aneinander binden als stählerne Ketten, meine ich, und es steht für mich außer Frage, daß sie sich uns als Bundesgenossen anschließen werden.«
»Wenn König Bela aber nur Freundschaft heuchelt, um später zum Verräter an uns zu werden?« gab Scheibani zu bedenken.
Die Teilnehmer am »Geheimen Rat der Neun«, die bisher nur einen

1 Madjaren (deutsche und russische Schreibweise für Magyaren) = Ungarn.

gelassenen Batu-Khan kennengelernt hatten, sahen zum ersten Male einen von rasender Wut gepackten.
Er hatte sich plötzlich vornüber auf beide Hände geworfen, den Thron aus Kamelhäuten mit einem Fußtritt umgestürzt und verharrte nun einige Minuten in dieser Stellung auf allen vieren, mit bleckenden Zähnen und tückisch blitzenden Augen einem wütenden Wolfe, der sich der Hunde erwehrt, ähnlicher als einem Menschen.
»Unsinniges Geschwätz! Unbegründete Befürchtungen!« brüllte er. »Unwürdig hat Scheibani gesprochen.«
Er sprang auf die Füße und fuhr zu toben fort:
»Erbärmlich ist ein Feldherr, der, ehe er zu Feld zieht, nach allen Seiten Ausschau hält nach Bundesgenossen... Ich aber meine, daß alles, was ihm als ein Unglück erscheint, vielmehr als ein Glück anzusehn ist. Ein geheimer Feind ist gefährlicher als ein offener. Welchen Nutzen hätten wir von Verbündeten, die nicht fest, sondern schwankend auf den Füßen stehn und die wir selber fortwährend stützen müßten? In den faulen Sumpf mit ihnen, zu den Mangussen[1]! Wenn unsere Streitkräfte kleiner und die Feinde zahlreicher geworden sind, nun, so müssen wir eben nach der Regel handeln, die mein weiser Erzieher Subudai mich lehrte, als wir in das große Kaiserreich Zsin[2] eindrangen. ›Wenn unser nur wenig sind‹, so sprach er, ›dann müssen wir angreifen wie wilde Tiere, das ganze rasende Rudel auf einmal. Wozu ein andres Heer zehn Tage brauchen würde, das müssen wir in zweien leisten und wie ein Orkan über unsre Feinde hinbrausen. Bedächtige Überlegung und schwerfällige Bewegung hilft da nichts, damit lassen sich keine Siege erfechten.‹ – Habe ich recht? Hast du es mich so gelehrt?« wandte sich der Dschichangir an Subudai-Bahadur.
»Ganz recht, so ist's!« bestätigte der Einäugige mit seiner rauhen Stimme.
»Und wir rücken sofort aus!« rief Batu leidenschaftlich. »Und weh, dreifach wehe allem, was uns unter die Hufe gerät! Wir werden es erbarmungslos zerstampfen! Der rechte Flügel unsres Heeres zertrümmert die Russenstädte Tschernigow und Perejaslawl[3] und zieht dann weiter gegen die Polen und Madjaren oder Ugren[4]. Der linke Flügel aber geht über den Dnepr und überfällt Kyjuw, reißt die goldenen Dächer von den Häusern ihres Gottes und legt die ganze Stadt in Schutt und Asche. Das wird der Todesstoß in den Rücken des am Boden liegenden Urussutenvolkes[5] sein!«
»Ei, wie gut! Ei, wie schön!« riefen die Khane wie aus einem Munde.
»Aber in Kyjuw werden wir uns nicht lange aufhalten«, fuhr Batu-Khan

1 Mangusse = böse Geister, Dämonen, eine Art Vampire.
2 Zsin = China.
3 Gemeint ist das südliche Perejaslawl-Chmelnizki.
4 Ugren = Ungarn.
5 Urussuten = Russen.

keuchend fort. »Vor uns liegt viel neue Beute, sehr viel... Wir müssen zuerst das Heer des Polenkönigs zerschlagen und verhindern, daß es sich in unzugängliche Wälder und Sümpfe oder in uneinnehmbare Festungen zurückzieht, um uns von dort aus später in den Rücken zu fallen. Alsdann werden wir den Deutschen, diesen Prahlhänsen, auf den mit einem weißen Kreuz gezeichneten Rücken klopfen, daß sie mit der Nase in den Staub fallen... Und hernach werde ich meine Rache an den verräterischen Kiptschaken und Madjaren stillen, und das wird mir eine Wonne sondergleichen sein. In Stücke werde ich sie zerreißen wie ein Panther, der einem vor Entsetzen brüllenden Rind auf den Rücken springt. Und dann werde ich meinen tapferen Kriegern und ihren Rossen in der fruchtbaren ugrischen Ebene eine Atempause gönnen.«

Alle lauschten sie wie erstarrt dem reißenden Redefluß des sonst so schweigsamen Dschichangirs, der mit hocherhobenen geballten Fäusten dastand und mit einem boshaften Lächeln auf den bebenden Lippen fortfuhr:

»Ich schwöre, daß ich den Madjarenkönig Bela fangen und ihm meine Zähne in die Kehle schlagen werde, und wenn ich mich an seinem Blute satt getrunken habe, dann werde ich bereit sein, meine Kräfte mit den Herrschern der übrigen abendländischen König- und Kaiserreiche zu messen. Und Scheibani-Khan soll sehn, wer stärker ist, der Gebieter über die flinken mongolischen Reiterheere oder der Gebieter über die schwerfälligen Heere der fränkischen Ritter, die in ihren Eisenpanzern stecken wie Schnecken in ihren Häusern oder wie Schildkröten in ihren Schalen...«

»Du bist ein Tollkopf!« ertönte da eine tiefe Stimme. »Ein Prachtkerl von einem Bahadur!«

In der Tür stand der schwerfällige Ordu-Khan, der, als alle sich nach ihm umdrehten, begeistert fortfuhr:

»Aus deinen Reden höre ich die Stimme unsers Großvaters, des heiligen Regenten, des Erschütterers des Erdkreises!«

Bei der Nennung dieses Namens hoben alle Anwesenden ihre Arme in die Höhe und verneigten sich mehrmals, irgendwelche Beschwörungsformeln murmelnd.

Ordu trat zu Batu, umarmte ihn und leckte ihm mit der Zunge die Schweißtropfen von den Wangen. Dann schichtete er die siebenundzwanzig Kamelhäute wieder aufeinander und war seinem jüngeren Bruder, der ganz graubleich im Gesicht aussah, beim Niedersitzen behilflich.

Mit einer Handbewegung wies Batu dem Bruder den Platz neben sich an und erkundigte sich:

»Warum hast du dich so sehr verspätet?«

Ordu machte eine klägliche Geste und kratzte sich den dicken Nacken.

»Welch ein Unglück! Welch ein Verlust!« jammerte er stöhnend.

»Ich errate es: deine griechische Kaisertochter«, sagte Batu im eisigsten Tone.

Jesun-Nochais verwegene Streiche

Alle Teilnehmer des »Kleinen Rats« tauschten untereinander spöttisch lächelnd Blicke. Ordu-Khan rang in komisch anmutender Verzweiflung die Hände:

»Meine griechische Kaisertochter! Ist sie denn noch mein? Man hat sie mir entführt, oder vielleicht ist sie auch entflohn... Jedenfalls verbirgt sie sich jetzt bei dem jungen Raufbold Jesun-Nochai-Khan, ja, Bruder, bei deinem Neffen und Günstling Nochai, diesem liederlichen Galgenstrick...«

Erstaunte Stimmen fragten:

»Wie? Der würdige Tatar-Khan hat einen Raufbold und Galgenstrick zum Sohn? Ist denn so was möglich?«

»Ihr wißt es nicht, weil der junge Khan beinahe das ganze letzte Jahr ein Nomaden- und Jägerleben in der Steppe geführt hat. Kürzlich aber, auf Grund der Gerüchte über einen unmittelbar bevorstehenden Feldzug, hat ihn sein Vater hierher ins Lager zurückberufen, in der Hoffnung, der Sohn würde sich als wackerer Kämpfer bewähren. Doch der Anfang war durchaus nicht vielversprechend. Nochai sucht mit jedermann Händel, erregt Anstoß durch seine Trinkgelage und noch mehr durch seine Weibergeschichten. Auf seinem Rappen reitet er in berauschtem Zustand zu den Jurten angesehener Khane und singt zur Begleitung der Dutare Lieder zum Preise ihrer Weiber und Kebsweiber.«

»Dse-dse!« riefen die Anwesenden mit mißbilligendem Kopfschütteln.

»Unverständige Weiber, die sich durch seinen Gesang betören lassen, hinaus vor die Jurte zu treten, packt er, hebt sie zu sich aufs Roß und sprengt mit ihnen davon. Man sagt, er hätte sich schon einen ganzen Harem aus geraubten Frauen zugelegt. Als erste ist Serbiet-Hanum, die du dem Nowgoroder Gesandten geschenkt hattest, diesem Frauenräuber ins Garn gegangen...«

»Und als letzte wohl deine Kaisertochter?« fragte Batu-Khan mit leisem Hohn. »Warum hast du denn die beiden, den Entführer wie die Entführte, nicht umgebracht?«

Ordu wandte sich an die Chinesin I-La-He, die zu Füßen ihrer schweigsamen Herrin saß:

»Blume aus dem Lande Zsin, kannst du mir nicht ein paar von deinen Kissen abtreten? Auf diesem heiligen Thron sitzt es sich etwas hart.«

Lautlos brachte I-La-He ihm ein paar Kissen, auf denen Ordu sich bequem zurechtsetzte, ehe er fortfuhr:

»Nein, ich habe Nochai-Khan nicht umgebracht, im Gegenteil, ich habe ihm verziehn, als er zwei Tage später zu mir kam, zum Zeichen seiner Reue die Mütze in der Hand und den Gürtel um den Hals... Er bat mich, ihm die Kehle durchzuschneiden und die Griechin zurückzunehmen, ja er versprach mir als Dreingabe und Buße noch ein prächtiges Roß, einen herrlichen Perserteppich und zwanzig Sklavinnen. Er schwor mir, er sei an jenem Abend, da er mir die Griechin entführt hatte, sinnlos berauscht gewesen. Doch das war alles nicht ernst gemeint. Es war bloß ein neuer Scherz von ihm, den ich aber recht spaßig fand, und ich umarmte ihn und sagte ihm, ich wolle die giftige Natter gar nicht wiederhaben, er dürfe sie ruhig behalten, diese Tochter eines Skorpions. Im Grunde meines Herzens war ich gar nicht böse, diese ewig Unmögliches fordernde Prinzessin aus Rûm auf gute Art losgeworden zu sein. Ich wünschte den beiden viel Glück, und wir umarmten uns nochmals. Dann blieb er noch die ganze Nacht bis zum andern Morgen bei mir. Ich schenkte ihm immer wieder von meinem besten Wein ein, und er sang mir seine schönsten Lieder vor.«

»Nun, dann ist ja alles gut. Und wie, meinst du, könnte man diesen Übermütigen beim bevorstehenden Feldzug einsetzen?«

»Oh, Jesun-Nochai-Khan hat ungeachtet seiner großen Jugend einen scharfen Verstand, ja, ich möchte sagen: Begabung zum Feldherrn. Hör nur, was er mir vorschlug... Doch was ist das? Dieser Frechling ist bereits draußen. Er schreckt doch wahrhaftig vor nichts zurück, heckt jeden Tag neue Streiche aus.«

Von draußen drang durch die geöffnete Balkontür der Gesang einer angenehmen klaren Tenorstimme herein:

»Schön sind die schlanken Mongolenmädchen.
Ihre Augen leuchten wie Glühwürmchen bei Nacht,
die im Frühling über unsre Steppen schwirren.
Glücklich der Bursch, der sich getraut,
so ein Käferchen in seiner Hand zu halten...«

Durch die Mitglieder des Rates ging ein Geraune und Geflüster:

»Wahr ist's! Wunderschön glühn nachts die Leuchtkäfer und wunderschön die Augen unsrer Mädchen!«

Der Sänger draußen fuhr fort:

»Ein zieres Vöglein hegte
Khan Ordu in seinem Zelt.
Smaragdaugen hat dieses Vöglein,
so klar wie der Abendstern.
Doch ein listiger Vogelsteller
fing dem Khane das Vöglein weg
und band es mit silbernem Kettchen
an den Pfahl vor seinem Zelt.

Da sitzt nun das ziere Vöglein
neben dem schwarzen Hengst.«

Die Khane warteten gespannt darauf, was Ordu jetzt tun würde, doch dieser saß ganz ruhig da, die kurzen dicken Finger nach alter Gewohnheit mit den Spitzen gegeneinandergelegt, und lauschte entzückt dem Gesang.

Jetzt stimmte der Sänger ein drittes Liedchen an:

»Im goldnen Märchenpalaste
blüht eine wunderschöne Lilie,
bewacht von hundert Hunden,
bewacht von tausend Kriegern.

Kein noch so verwegner Falke
schwingt sich auf Flügeln zu ihr.
Doch mein verliebtes Liedchen
dringt keck durch das Fenster zu ihr,

preist ihrer Augen dunkle Schönheit,
rühmt ihres Leibes ranke Schlankheit,
lobt ihren federnd leichten Gang,
der dem der scheuen Hindin gleicht.«

Batu-Khans verschlossenes, finsteres Gesicht wurde durch ein rätselhaftes Lächeln erhellt. Er heftete seine Augen unverwandt auf Juldus-Hatun, die empört aufgesprungen war und jetzt ihren schwarzen Schleier zurückschlug. Ihr sonst so sanftes bleiches Gesicht, das selten seinen freundlichen Ausdruck verlor, flammte vor Zorn. Mit geballten Fäustchen stand sie da, alle Muskeln gespannt, und erwiderte frei und unbefangen Batus Blick.
»Gib ihm Antwort durch ein Lied!« sagte Batu-Khan leise und gedehnt.
»Diesem Frechling? – Nein, niemals!«
»Sing! Sing und ruf ihn her!« beharrte Batu-Khan.
I-La-He legte ihre Lippen dicht ans Ohr ihrer Herrin und flüsterte eindringlich so lange, bis Juldus-Hatun zustimmend nickte und, eine Dutare ergreifend, auf den Balkon hinaustrat. Nach ein paar einleitenden Tönen, die ihre Finger dem Instrument entlockten, begann sie mit zarter, rührender Stimme zu singen:

»Weitgereister Wandrer, gern gesehner Gast,
tritt ein getrost in dieses Haus.
Du lebtest unter vielen fremden Völkern
und kannst von ihnen mancherlei erzählen...«

Plötzlich hörte man Juldus-Hatun aufschreien, sie kam ins Zimmer zurückgewankt und warf sich der Chinesin an die Brust.
Über die Brüstung des Balkons, den er offenbar mit Hilfe einer Strickleiter erklommen hatte, schwang sich ein Jüngling, dessen kühnes, tief gebräuntes Gesicht einen herausfordernd selbstbewußten Ausdruck zeigte. Seine mit Fuchsfell verbrämte Samtkappe hatte er keck aufs linke Ohr gerückt.
Als er Batu-Khans ansichtig wurde, fiel er auf die Knie und rutschte bis zu dessen Thron hin, dort drückte er die Stirn ehrerbietig gegen den Boden und wartete darauf, daß er angeredet werden würde. Doch da Batu-Khan, der sich vor Überraschung weit zurückgelehnt hatte, schwieg, rief er:

»Für meine Verwegenheit magst du mich hinrichten lassen, doch zuvor höre mich an, großmütiger Sain-Khan. Ich bin es gewöhnt, mich auf meinem Rappen umherzutummeln, und trage, an meinem Sattelknopf befestigt, stets eine Fangleine und eine seidene Leiter bei mir. Ich habe mich nur deshalb unterfangen, auf dem kürzesten Wege zu dir heraufzusteigen, weil ich einen freundlichen Ruf hörte. Ohne diese verlockende Einladung würde ich nie gewagt haben, die heiligen Teppiche deines Hauses mit meinem Fuß zu entweihen. Doch dieses Lied aus holdem Munde hat mich auf den Weg meiner Pflicht geführt...«
»Welcher Pflicht?« fragte Batu skeptisch.
»Der Pflicht eines mongolischen Kriegers. In der Stunde, da dein riesiges Heer zu Felde zieht, geziemt es sich für einen Jüngling wie mich, in der vordersten Linie zu stehn.«
Batu-Khan zog die rechte Braue in die Höhe und musterte den Jüngling mit einem argwöhnischen Blick. Jesun-Nochai-Khan sprach mit allem Nachdruck:
»Reihe mich als einfachen Krieger in deine gefährdetste Kampftruppe ein und befiehl mir, das Unmögliche zu tun.«
Abermals berührte er den Boden mit der Stirn und verharrte in dieser Stellung.
Batu wandte sich an Ordu mit den Worten:
»Mein Bruder, dir übergebe ich diesen Unbesonnenen. Tu mit ihm, was du willst.«
Ordu trat zu dem Jüngling hin, hob ihn auf und streichelte ihm freundlich die Wange.
»Wunderlicher Kauz! Du treibst deine Possen sogar mit dem Tode. Setz dich dort in die Ecke und warte, bis wir gehört haben, was der erhabene Sain-Khan mit dir vorhat.«
Batu-Khan wandte sich an den einäugigen Atalik:
»Weiser Subudai-Bahadur, wir haben schon oft über den bevorstehenden Feldzug unsre Gedanken ausgetauscht. Ich kenne deine Meinung, aber die andern kennen sie noch nicht. Willst du meinen treuen Mitstreitern nicht deine Auffassung darlegen?«
Subudai begann abgehackt zu sprechen mit einer Stimme, die wie das Knurren eines Wolfshundes klang:
»Wir müssen uns an die Kampfweise des ›Einzigen‹ erinnern und daraus lernen. Denken wir daran, daß sein Plan eines Angriffs auf China unseren Steppenkhanen zuerst als heller Wahnsinn erschien. Das Kaiserreich hatte damals eine Bevölkerung, die dreihundertdreiunddreißigmal größer war als alle Sippen und Stämme der Mongolen unsrer Steppen zusammengenommen. Das chinesische Heer erschien wie ein endloser Wald, doch mitten durch dieses Heer hindurch schlug sich auf Befehl des ›Einzigen‹ unsre tapfere Reiterei... Die chinesischen Städte waren von hohen Wällen und Mauern umgeben, hinter denen sich die erschrockenen Einwohner versteckten. Und doch schlugen wir Breschen in diese Mauern, mochten die Chinesen auch noch so viele

aus Lehm und Stroh angefertigte Popanze, die ihre furchtbaren Götter vorstellen sollten, auf den Zinnen aufstecken... So wird es auch im kommenden Feldzug sein. Wie hoch die Zahl der Russen, Madjaren, Kiptschaken, Polen, Lateiner, Franken und andrer Völker und Stämme sein mag – selbst der ewige Himmel wird das nicht so ohne weiteres sagen können... Doch wir müssen der strengen Gebote des heiligen Regenten eingedenk sein, dann werden wir siegen. Die Hauptstädte der Reiche des Abendlandes werden einstürzen wie unsere Filzjurten während eines Orkans... Unser Angriff muß plötzlich und unerwartet kommen wie ein Blitz aus heiterm Himmel. Den Feind muß man täuschen, sich den Anschein geben, als fürchte man ihn, ›Gar-gar!‹[1] schreien und zurückweichen. Und dann von neuem attackieren, noch ungestümer und tollkühner, wenn er in törichter Siegesfreude uns nachsetzt und in seine eignen Reihen Verwirrung gebracht hat. Doch wozu erzähle ich euch das alles? Wißt ihr es denn nicht selbst ebensogut wie ich?«

Er schloß sein einziges Auge und grunzte wie ein Eber. Es machte den Eindruck, als sei er plötzlich in Schlaf gesunken.

»Gib uns noch einige Ratschläge, ehrwürdiger Atalik!« bat Ordu-Khan.

»Jenen da«, und Subudai deutete auf Nochai-Khan, »ernenne zum Tausendschaftsführer bei den ›Tollwütigen‹. Wenn ihm nicht in seiner Tollwütigkeit gleich bei der ersten Attacke der Schädel gespalten wird, wird wohl aus ihm im Laufe der Jahre einer deiner gefürchtetsten Temniks werden. Prüfe ihn!«

In die allgemeine Stille fielen Batu-Khans Worte:

»Jesun-Nochai[2], du wirst beweisen, daß du den Spürsinn eines Hundes und eine eiserne Kühnheit besitzt. Nimm deine seidene Leiter mit ins Feld, mit ihrer Hilfe wirst du als erster die Mauern von Kyjuw ersteigen. Jetzt gestatten wir dir, dich durch diese Tür zu entfernen. Begib dich in deine Jurte. Einer meiner Turgauden wird zu dir kommen und dir weitere Befehle überbringen.«

Nochai-Khan ging zur Balkonbrüstung, knüpfte seine Strickleiter los und verließ, mit kleinen Schritten rückwärts gehend, unter tiefen Verneigungen den Beratungsraum.

Im Lager der »Tollwütigen«

Sie hatten das Siegel noch eines weiteren Kruges mit bernsteingelbem Masanderanwein erbrochen und tranken ihn leer bis zum letzten Tropfen, den man sich, wie es Brauch war, auf den Scheitel goß. Batu-Khan fuhr mit der Hand in der Luft herum, als wollte er eine flatternde Motte fangen.

---

1 Gar-gar! = Zurück!
2 Jesun-Nochai = Eiserner Hund.

»Ich will sie sehn, diese zügellose Horde... Ich will ihr wildes Gebrüll hören, ihre Lieder, ihre Zwistigkeiten.«
»Es schickt sich nicht für dich, dich unter diese Horde von Säufern und Raufbolden zu mischen«, gab Subudai zu bedenken. Sein Gesicht war wie immer von steinerner Starrheit, nur die große Narbe, die quer über die ganze rechte Wange und das fehlende Auge lief, hatte sich vom Weingenuß blutrot gefärbt. Er fuhr fort: »Diese ›Tollwütigen‹ sind bar aller Ehrerbietung...«
»Der Ehrerbietung bin ich müde... Ich will unerkannt zusehn, wie zwei im Streite aneinandergeraten und ihre Messer ziehn, Blut will ich fließen sehn... Man bringe mir andre Kleider. Und der Heißsporn Nochai soll mich begleiten.«
Subudai erhob sich ächzend, hinkte zu dem an der Tür Wache haltenden Turgauden hin und flüsterte ihm ins Ohr, indem er sich an des Mannes Schultern festklammerte:
»Geh und hole fünf einfache Kapuzenmäntel! Zehn Turgauden zu Pferde sollen zu unserm Schutz ein paar Schritte hinter uns herreiten.«
»Achtung und Gehorsam!« salutierte der Turgaud und verließ das Zelt. Batu-Khan beschäftigte sich noch immer damit, nach einer imaginären Motte zu haschen, und murmelte dabei Unverständliches vor sich hin. Sein Chronist, der Hadschi Rachim, näherte sich ihm auf den Knien und bat:
»Erlaube mir, dich zu begleiten, Blendender. Es finden sich dort Krieger aus neunundzwanzig Stämmen; mit meinen Sprachkenntnissen kann ich dir notfalls behilflich sein, ihren Gesprächen zu folgen.«
»So komm mit, doch gib acht, daß dir nichts zustößt. Wer sollte sonst meine Kriegstaten der Nachwelt überliefern?«
Bald traten fünf in weite Kapuzenmäntel eingemummte Gestalten aus dem Lärm des rauchigen Zeltes in das Schweigen der klaren Nacht hinaus. Gleich darauf ließ sich Hufschlag vernehmen: Einige Reiter folgten den Vermummten.

Auf einer Ebene unweit des Stromes Itil brannten zwischen kleinen Feldzelten aus Filz oder Leinwand zahllose, von wilden pittoresken Gestalten umlagerte Feuer. Unter der zügellosen Horde schien sich alle Manneszucht gelockert zu haben oder noch gar nicht hergestellt worden zu sein. Ein Sprachengewirr herrschte wie beim babylonischen Turmbau: mongolische, kurdische, persische, arabische, lesghische, adygäische Männer, ferner Angehörige der Turkstämme und anderer Völkerschaften aus Gebirgen und Tiefebenen ließen im Zustande halber oder völliger Trunkenheit ihren Zungen freien Lauf.
Einzelne Gruppen hatten um einen Krieger, der ihnen von seinen Waffentaten erzählte, oder um einen Uligertschi[1], der ihnen Lieder zu

1 Uligertschi = Sänger.

einer dünn klimpernden Begleitung auf der Chur[1] vortrug, einen Kreis gebildet und lauschten aufmerksam.
In der Mitte des Lagers, auf einem freien Platz, der auch als Marktplatz diente, lagen schlafende Kamele und neben ihnen auf Warenballen ihre Treiber und Kaufleute.
Die fünf Vermummten gingen von Feuer zu Feuer, blieben hier kürzere, dort längere Zeit stehen.
»Wovon singt er?«
»Von Iskander Dsul-Karnain.«
Plötzlich jagten unter lautem Geschrei zwei Reiter, ganz offensichtlich Verfolgter und Verfolger, quer über die Ebene. Ihre Rosse sprangen mit mächtigen Sätzen über die Feuer hinweg, daß die Funken stiebten und die Umsitzenden fluchend und schimpfend auffuhren und zu ihren Schwertern, Dolchen oder Lanzen griffen. Der Verfolgte, jung und waffenlos, in einem arabischen Tschekmen, gab sich die erdenklichste Mühe, unter Aufbietung seiner äußersten Geschicklichkeit im Reiten auf seinem Braunen einen Vorsprung zu gewinnen und seinem Verfolger zu entkommen, der, behelmt und gepanzert, wütend seinen Rappen spornte, auf dem er tief vornübergebeugt mit gefällter Lanze saß. Von wüsten Flüchen der ergrimmten Horde begleitet, veranstalteten die beiden eine tolle Hetzjagd durch das ganze Lager und verschwanden schließlich in der Ferne zwischen den Hügeln.
Bald darauf kehrte von dorther nur der Verfolger wieder, der jetzt seinen Rappen gemächlich trotten ließ, aber vorsichtig den Feuern auswich, die Schimpf- und Scherzworte jedoch, die ihm von überallher nachgerufen wurden, mit gleicher Münze reichlich heimzahlte. Indessen hatten sich die Wogen des Grimms schon geglättet, und neugierig musterte man alle Einzelheiten der Rüstung und Bewaffnung des Mannes und das Zaum- und Sattelzeug seines Hengstes, an dessen Hals ein seltsamer Gegenstand hing – ein Armstummel mit geballter Faust.
Der fremde Reiter hielt vor einem Feuer, um das herum Kiptschakenkrieger in roten und gelben Chalaten saßen. Bei seinem Erscheinen verstummte der Uligertschi mitten im Lied, und alle Unterhaltungen brachen mitten im Worte ab.
Nach einer gegenseitigen Betrachtung, die eine geraume Weile dauerte, begann der Fremde plötzlich, den Sänger parodierend, mit hoher falsettierender Stimme zu singen:

»Ich bin der Krieger Utboi-Kurdistani[2],
von keinem Gegner überwunden noch im Kampf.
Und das ist gut!

1 Chur = mongolisches Zupfinstrument, mit drei Saiten bespannt.
2 Kurdistani = aus Kurdistan.

Scharen Ungläubiger erschlug ich mit dem Schwert
und bin darum des höchsten Ruhmes wert.
 Und das ist gut!

Ich floh aus der Gefangenschaft der Franken,
der Wächter Wachsamkeit durch Arglist täuschend.
 Und das war gut!

Ich stapelte die abgeschlagnen Christenköpfe
zu einem mächtig hohen Berge auf.
 Und das war gut!

Dschelal-ed-Din, den Schah der Chowaresmier,
mit einem einz'gen Streiche streckt' ich ihn zu Boden.
 Und das war gut!

Dann zog ich ab die Haut vom Leib des Toten
zu einer Decke unter meines Rapphengstes Sattel.
 Und das war gut!

Und seinen Arm, den hängte ich als Talisman
unter die Zügel meines flinken Rosses.
 Und das war gut!

Gewarnt sei, wen's mit mir anzubinden lüstert:
Ihm steht genau das gleiche Los bevor!
 Und das ist gut!«

Da warf einer von den fünf unweit des Feuers stehenden Vermummten seinen Mantel ab und schritt auf die im Kreise sitzenden Kiptschaken zu. »Hört mich alle an!« rief er, und alle drehten sich nach dem schlanken, hochgewachsenen Sprecher um, der einen Rock von Urgentscher Tuch und Schnitt trug.
»Jener Fremde auf dem Rapphengst dort ist bloß ein armseliger Maulheld, ein frecher, eitler Prahler. Niemals hat er Dschelal-ed-Din, den ob seiner Kühnheit gefährlichsten unsrer Feinde, erschlagen. Der Schah lebt heute noch und streift im Iran umher auf der Flucht vor Dschebe-Nojon, welcher ihn, sobald er ihn gefangen hat, in Ketten geschlossen hierher zum erhabenen Sain-Khan bringen wird. Wenn mir keiner von euch sein Schwert, seinen Speer und sein Pferd leiht, damit ich mit diesem Lügner kämpfen und hinterdrein seinen Eselskopf auf einen spitzen Pfahl spießen kann, dann stürze ich mich, das schwöre ich euch, nur mit dem blanken Dolch in der Hand auf ihn!«
Die Kiptschaken sprangen auf. Es ertönten Rufe: »Nenn uns deinen Namen! Nimm mein Schwert! Hier sind Schild und Speer! Besteig mein Roß! ... Wir wollen ein Gottesgericht veranstalten, und Allah wird dem

Gerechten den Sieg geben, den Frevler aber ins ewige Feuer der Dschehenna[1] stürzen.«
»Mein Name ist Jesun-Nochai – ich bin der ›Eiserne Hund‹, der keine Niederlage kennt.«
»Oh, das ist Khan Nochai, des Dschichangirs Günstling und Neffe... Der Verwegenste der Verwegenen!... Er verdient unsern Beistand.«
Eilends holten alle ihre Waffen und Rosse herbei, und jeder wollte dem jungen Khan die seinen aufdrängen. Ohne zu schwanken, wählte Nochai einen großen Fuchshengst und schwang sich in den Sattel. Man hängte ihm ein an einem breiten Lederriemen hängendes Krummschwert um und reichte ihm einen Speer und einen kleinen Rundschild.
»Der Himmel lenke dir die Hand!« So lautete der Segenswunsch der Kiptschaken für den jungen Khan, den sein Gegner Utboi-Kurdistani, nachdem er seinen Rappen mit einem kräftigen Ruck des Zügels zurückgerissen hatte, mit gehässigen Augen maß.
Von dem freien Platz in der Lagermitte wurden nun kurzerhand die Kaufleute samt ihren Kamelen und Waren fortgedrängt. Die von allen Seiten herbeiströmenden Krieger bildeten einen weiten Ring, innerhalb dessen der Zweikampf stattfinden sollte. Mehrere weißbärtige Greise meldeten sich als Richter. Auf das Zeichen des ersten Kampfrichters stürmte Jesun-Nochai wütend auf den Kurden los, vollführte aber eine geschickte Seitenwendung, um einem Speerwurf seines Gegners auszuweichen. Der Speer flog dicht an seiner Brust vorbei und blieb zitternd in der Erde stecken. Da riß Nochai abermals seinen Rotfuchs herum und deckte den Kurden mit einem dichten Hagel blitzgeschwind aufeinanderfolgender Schwerthiebe zu.
Utboi, ganz offensichtlich ein erfahrener Kämpfer, wußte die Hiebe zuerst geschickt abzuwehren, aber als ihm der Helm gespalten wurde, sank er von seinem Rappen, der ledig davongaloppierte und von den Zuschauern eingefangen werden mußte. Nochai hatte sein Pferd neben dem rücklings am Boden Liegenden zum Stehen gebracht und die Spitze seines Speeres bis dicht über seines Feindes Kopf gesenkt.
»Ergibst du dich, du Mistkäfer, du lügnerischer Schakal?«
»Ich ergebe mich und bewillige dir jedes Lösegeld, das du forderst«, stöhnte Utboi. »Nur verschone mich!«
»Wessen weiße Haut bedeckt deinen Sattel? Sprich die lautere Wahrheit, und ich schenke dir dein verwirktes Leben.«
»Nimm alles, was ich habe: meinen Rappen samt Sattel- und Zaumzeug, meine Waffen, selbst den Beutel mit den goldenen Dinaren, nur frag nicht weiter und laß mich gehn!«
Nochai setzte die Spitze seines Speeres leicht auf Utbois blutüberströmtes Gesicht.
»Bekenne ehrlich, was weißt du von Dschelal-ed-Din? Lebt er noch? Und wo verbirgt er sich?«

1 Dschehenna = Hölle.

»Ich weiß gar nichts von ihm. Ich habe ihn nie gesehn, folglich auch nicht getötet. Ich habe gelogen ...«
In eben diesem Moment kam der junge Araber, der vorhin vor dem Kurden geflohen war, auf seinem Braunen angaloppiert.
»Schlag diese Hyäne in Menschengestalt noch nicht gleich tot!« rief er dem Sieger im Gottesgericht zu. »Untersuche erst die weiße Haut unter dem Sattel!«
»Ich will alles eingestehn!« rief der am Boden liegende Kurde. Mit großer Anstrengung stand er auf und wankte auf sein Roß zu. Nachdem er die Riemen losgeschnallt und unter dem Sattel die Haut hervorgezogen hatte, wollte er rasch mit dem Dolch die Hälfte davon abtrennen, wurde jedoch von dem jungen Araber daran gehindert, der ihm die Haut aus der Hand riß und sie ausbreitete. Der Form nach war es unverkennbar eine Menschenhaut, und als der Jüngling den Teil aufschlug, der den Schädel bedeckt hatte, quoll plötzlich eine Fülle hellen seidigen Frauenhaars hervor.
Ein Schrei des Abscheus ging durch die Menge. Utboi aber stammelte schluchzend mit vor Tränen erstickter Stimme:
»Es ist die Haut meiner Lieblingssklavin, die ich über alles geliebt habe und von der ich auf die schändlichste Weise betrogen worden bin: Ich überraschte sie in der geilen Umarmung mit einem Pferdeknecht, dessen Unterarm am Hals meines Rappens hängt.«
Der Kurde schnallte seinen Gürtel samt dem Schwert und dem Dolch ab und legte alles auf die Erde nieder. Den Zügel seines Rosses übergab er Nochai:
»Da nimm es und auch diesen Beutel mit den Golddinaren dazu! Ich habe alles verloren: die Geliebte, mein braves Roß, mein Schwert und meinen ehrlichen Namen!«
Und er wankte unter dem dröhnenden Hohngelächter der »Tollwütigen« beiseite.
In diesem Augenblick schallte eine laute Stimme durch das Lager, die wie der heisere Brunstschrei eines Hirsches klang. Subudai-Bahadur, der ein Roß bestiegen hatte und, gefolgt von seinen vier Begleitern, in die Mitte des Platzes geritten war, beschwichtigte mit einem »Hört!« den allgemeinen Tumult und fuhr, als dieser abgeebbt war, fort:
»Hört mir aufmerksam zu, ihr Krieger, die ihr mich anseht. Der Atalik des erhabenen Sain-Khans spricht zu euch. Legt sofort jeden Zank und Streit im Lager bei und haltet euch bereit zum Aufbruch. Seid eingedenk der Jassa des heiligen Regenten, die es dem Krieger seines Heeres verbietet, zu streiten, zu stehlen, zu lügen. Wer diese Verbote übertritt, wird das mit dem Tode büßen!«
Im ganzen Lager der »Tollwütigen« herrschte jetzt Stille. Ein jeder wollte hören, was der unbesiegbare Feldherr zu verkünden habe.
»Vernehmt den Befehl des Dschichangirs! Sammelt euch zu zehnen und zu hunderten und wählt euch Anführer. Die Tausendschaftsführer und Temniks jedoch wird der Blendende selbst bestimmen. Und sie werden

aus euren Verbänden, die wenig Manneszucht mehr zu kennen scheinen, die Vorhut unserer Streitmacht, ihr scharfes Auge und hellhöriges Ohr machen. Von heute an darf niemand mehr in der Umgebung des Lagers auf eigene Faust umherstreifen. Wer dabei aufgegriffen wird und keine Paizsa[1] vorzuweisen hat oder sich anderswie ausweisen kann, wird auf der Stelle niedergesäbelt. Vergeßt das nicht!... Euer Tausendschaftsführer aber wird auf Befehl des Dschichangirs der Verwegenste der Verwegenen – Khan Jesun-Nochai nämlich – sein. Zeugen seines Heldenmutes seid ihr ja soeben gewesen.«
Diese Ernennung wurde mit großem Jubel aufgenommen. Dann begannen die »Tollwütigen« sich untereinander zu besprechen und zu überlegen, wen sie zu Anführern der Zehner- und Hundertschaften wählen sollten. Über diesen Beratungen war das Interesse an dem durch das Gottesgericht verurteilten Kurden bald geschwunden. Nur der junge Araber konnte seinen Feind nicht vergessen, und als er ihm durch Zufall in der sich schiebenden und drängenden Menge plötzlich noch einmal gegenüberstand, sprach er mit vor Rachsucht glühenden Augen zu ihm:
»Ich, Jussuf as Sakafi, schwöre beim ewigen Gott, daß der gemeine Prahler Utboi meiner Rache nicht entgehen wird. Ich werde ihn fangen und ihm lebendigen Leibes seine Schweinshaut abziehn, um damit den Rücken meines Esels zu bedecken.«
In der Dunkelheit gelang es dem Kurden, in der Menge unterzutauchen, und als er sich von seinem Feinde weit genug entfernt glaubte, um vor ihm fürs erste sicher zu sein, rief er:
»Ich habe mich zuerst vor dem verwegenen Tataren Jesun-Nochai gerettet und nun noch vor dem verrückten Araber Jussuf. Und das ist auch gut!«

Batu kehrte mit seinen vier Begleitern in sein Quartier zurück. Unterwegs überlegte er bei sich:
›Diese aus den verschiedensten Stämmen und Völkern zusammengewürfelten ehrgeizigen, beutesüchtigen und abenteuerlustigen Tollwütigen werden Schrecken und Entsetzen in allen Abendländern verbreiten, in die sie als Vorhut meiner Streitmacht einrücken. Ich werde sie zuerst gegen die Russen schicken, damit sie die Stadt Kyjuw einnehmen und niederbrennen.‹

1 Paizsa = ein als Paß oder Passierschein dienendes Metall- oder Holzplättchen von ovaler Form. Es gab Paizsas verschiedener Grade, je nach dem darauf abgebildeten Tier – die höchste war die mit einem Tigerkopf.

Die Vision vom künftigen Kriege

(Aus den Niederschriften des Hadschi Rachim)

»Der Dschichangir – der Allwissende erhalte und beschütze ihn! – sprach heute morgen zu mir:
»Ich habe dich herbeschieden, mein treuer Lehrer, um dich anzuhalten, mit allem Eifer wieder alles Bedeutende aufzuzeichnen, was dem Gedächtnis unserer Nachkommen erhalten bleiben soll. Allen meinen Temniks habe ich heute befohlen, daß sie morgen, am ersten Tage des Monats der Wettrennen[1], nach Sonnenuntergang sich mit ihren Tumen in Bewegung setzen sollen. Dieser von den hochmütigen Bewohnern der ›Abendländer‹ nicht vermutete blitzartige Beginn des Feldzuges, der sie aus ihrem friedlichen Schlummer aufscheuchen wird, verbürgt uns einen erfolgreichen Verlauf des Krieges.«
Als ich diese Worte vernahm, die der Menschheit den Anbruch einer neuen Schreckenszeit verkündeten, versagten meine Beine mir fast den Dienst. Sain-Khan, der mich aufmerksam beobachtete, fragte mich:
»Warum schlotterst du an allen Gliedern? Hast du Angst? Fürchtest du etwa, der große Plan könnte mißlingen?«
»Nein, Erhabener, ich zweifle nicht, daß du die ›Abendländer‹ überrennen und zerstören und ihre Bewohner zwingen wirst, auf Knien demütig die Brosamen deiner Gnade zu erflehn. Aber ich habe manchmal Bedenken, ob auf die Dauer deine Kraft, dein Genie und deine Gesundheit ausreichen werden, um dem Schlag im Rücken auszuweichen, wenn du die ›Abendländer‹ glücklich überrannt hast...«
Die Rechte des Khans packte mich an der Schulter so hart und schmerzhaft wie eine Adlerklaue.
»Bekenne, wen hast du in Verdacht?«
»Alle! Alle, die den Wunsch und den Ehrgeiz nähren könnten, nach den von dir erfochtenen unvergleichlichen Siegen an deine Stelle zu treten...«
»Nenne Namen! Weshalb wendest du den Blick ab?«
»Dann müßte ich der Reihe nach Dutzende von Namen deiner Brüder und Halbbrüder, deiner Vettern und Neffen, deiner Temniks, Orkhone und Feldherren aufzählen. Willst und kannst du denn aber den Feldzug mit einer Massenhinrichtung deiner Gehilfen und Mitstreiter beginnen?«
»Was wäre ratsamer?«
»Ratsamer wäre es, deine heimlichen Feinde dahin zu bringen, dir eifriger zu dienen.«
Ich sah auf Batu-Khans stets unbeweglichem Gesicht etwas Seltenes vorgehen: Die ewig fest zusammengepreßten Lippen öffneten sich einen kleinen Spalt breit zu einem Lächeln, dessen Charakter freilich schwer zu deuten war. Seine Augen blieben stechend und mißtrauisch. Sogar mir, seinem alten Lehrer, traute er nicht und bemühte sich, mir bis auf

---

1 Also am 1. Oktober.

den Grund meines Herzens zu schauen. Nach einer langen Pause sprach er langsam:
»Mein Lehrer, der du furchtsam zu sein scheinst wie ein Mäuslein, bei uns in der mongolischen Steppe pflegt man zu sagen: ›Bist du einmal in den Sattel gesprungen, so schwinge die Peitsche, aber klettre nicht wieder herunter!‹ Ebensowenig kann ich von dem Rücken des mächtigen Kriegsrosses, das sich morgen abend in Bewegung setzen soll, wieder herunterklettern. Ich kann es nur peitschen, daß es vorwärts stürmt. Merke dir etwas von Wichtigkeit: Ich habe meine gesamte Streitmacht in fünf Heeresgruppen geteilt und dem Kommando der erfahrensten meiner Feldherren unterstellt, als da sind: mein ehrwürdiger älterer Bruder Khan Ordu, mein unvergleichlicher Atalik Subudai-Bahadur, die Kürjagane und Temniks Mengu, Burundai, Scheibani, Kadan, Paidar und andere. Ich habe ihnen die genaue Zahl der Tage genannt, während welcher sie, ohne sich unterwegs in den reichen Städten eine Rast zu gönnen, gewisse Punkte erreichen müssen, von denen aus sie alsdann, wenn die einzelnen Heeresgruppen untereinander Fühlung genommen haben, die ›Abendländer‹ in eine eiserne Umklammerung schließen können. Und ich bin sicher, daß sie die vorgeschriebenen Punkte auch zur festgesetzten Frist erreichen werden. Hier werde ich meinen Kriegern und ihren Rossen eine kurze Atempause gönnen, ehe ich meine Blaue Horde weiterführe. Dann werde ich den Frederikus[1], der sich Kaiser der Germanen, der Römer, der Sachsen und der Araber nennt, aber sich auf einer Meeresinsel versteckt wie ein Uhu in einem hohlen Baumstamm, aus seinem Versteck aufscheuchen und ebenso seinen geschworenen Feind, den schlauen alten Erzzauberer, den Papst[2], und sie zunächst wie bissige Hunde aufeinanderhetzen. Und dann werde ich sie beide züchtigen, wie man freche Köter züchtigt, und sie meinen Schamanen übergeben, damit sie sie lebendigen Leibes in einem Kessel kochen.«
Mit steigender Verwunderung blickte ich den Blendenden an und gab mir Mühe, jedes seiner Worte zu behalten.
Nach einer längeren Pause sprach der erhabene Sain-Khan weiter, und seine Stimme klang wie das unheildrohende Knurren eines Tigers:
»Die erste kurze Rast auf diesem Zuge werden wir in Kyjuw halten, die letzte am Ufer des unendlichen Meeres, das den Erdkreis umspült. Dann

1 und 2 Diese Stelle ist eine Anspielung auf Kaiser Barbarossas Sohn Friedrich II. von Hohenstaufen, dessen Haupt sechs Kronen (die römische Kaiser- und die deutsche Königskrone, die eiserne der Lombarden, dazu die von Burgund, Sizilien und Jerusalem) zierten, und auf seine päpstlichen Gegenspieler – erst Gregor IX. und später Innocenz IV. Friedrich II., geb. 1194 in der Mark Arcona, starb 1250 zu Fiorentino auf einem Kriegszug gegen den Papst Innocenz. Sein Grabmal befindet sich im Dom von Palermo.

wird das heilige Vermächtnis Dschingis-Khans von mir, seinem Enkel, erfüllt sein.«
Er unterbrach sich und trank gierig aus einer goldenen Trinkschale voll Wein. Nach dem letzten Zuge drehte er sich hastig nach der Tür um, durch die eben sein junger Neffe, Khan Nochai, eingetreten und mit über der Brust gekreuzten Armen in ehrerbietiger Verneigung auf dem Teppich an der Schwelle stehengeblieben war.
»Was willst du hier? Hast du etwa vor, mir einen Rat zu geben?«
»Verzeih mir, erhabener Dschichangir, ich vernahm das Ende deiner Rede, und dein Feuer entflammte auch mich. Erlaube mir, zu der Zahl der von dir der Zerstörung geweihten Hauptstädte des Abendlands noch eine weitere hinzuzufügen.«
»Welche?« Und Batu-Khans Finger preßten sich mit solcher Kraft zusammen, daß sie die Trinkschale aus ihrer Form drückten und der Rest des roten Weines sich auf den Teppich ergoß.
»Du erkennst ebenso klar wie ich, daß du dich der Hauptstadt der Griechen[1] wirst bemächtigen müssen, um nicht Feinde in deinem Rücken zurückzulassen... Durch die Einnahme Rûms[2] wirst du außerdem Tausende der besten Schiffe in deinen Besitz bringen, die dir dazu dienen können, deinen Ruhm und deine Macht über alle Meere zu verbreiten. Mir aber gestatte, an dem Sturm auf Rûm teilzunehmen.«
Batu-Khan ließ sich den Zorn, der bei diesem ungebetenen Ratschlag seines Neffen in ihm aufgestiegen war, kaum anmerken. Langsam und gedehnt fragte er in einem unmutigen Tonfall:
»Hast du als frischgebackener Tausendschaftsführer im Tumen meines ehrwürdigen älteren Bruders Ordu-Khan etwa den Ehrgeiz, den obersten Befehlshaber der mongolischen Streitmacht darüber zu belehren, was er zu tun und zu lassen hat? Geh schleunigst von hinnen und zeig deine Verwegenheit besser unter den Mauern von Kyjuw. Hast du gehört? Wir gestatten dir zu gehn!« schrie er in plötzlich hervorbrechender Wut.
Jesun-Nochai-Khan verbeugte sich tief bis zur Erde, murmelte die üblichen Segenswünsche und entfernte sich. Als der Türvorhang hinter ihm herabgefallen war, sagte Batu-Khan:
»Er ähnelt einem Hunde, der an einem großen Knochen nagt. Bis er ihn nicht ganz blank genagt hat, läßt er ihn nicht liegen. An der Eroberung Rûms ist ihm nur deshalb soviel gelegen, weil es seiner Eitelkeit ungemein schmeicheln würde, seine Griechin dort als Kaiserin einzusetzen. Aber sag selbst: Kann ein Feldherr, der selbst gern weitgreifende Pläne faßt, einen solchen Tollkopf hinrichten lassen?«
Diese ganze Unterredung fand im »Goldenen Häuschen« statt. Ob es mir wohl noch einmal beschieden sein wird, darin zu weilen, oder ob ich von dem äußersten Ende des Erdkreises, zu denen Batu-Khans Heere im Begriffe sind aufzubrechen, nie wieder zurückkehren werde?

---

1 und 2 Gemeint ist das byzantinische Reich mit der Hauptstadt Byzanz.

Ich habe die prophetischen Worte des Dschichangirs gewissenhaft aufgezeichnet, weil sowohl die Großtaten eines außergewöhnlichen Menschen als auch die Fehler, die er begeht, und die Art und Weise, wie er sie wiedergutmacht, in den Chroniken verewigt werden müssen, als Lehre für unsere Nachkommen – der Allmächtige schütze sie und uns!«

Sechster Teil

Finsternis legt sich über das Abendland

Khan Mengu vor Kiew

Als Khan Batu im Sommer des vergangenen Jahres mit seinem Heer im Mündungsgebiet des Itils haltgemacht hatte, wagte niemand, an ihn die Frage zu richten: Wird das Heer bald weiter nach Westen marschieren, um die Unterwerfung des Erdkreises zu vollenden?... Batu-Khan liebte es nicht, wenn man ihm Fragen stellte oder unerbetene Ratschläge erteilte, weil das seiner Meinung nach der Selbstherrlichkeit eines Autokraten Abbruch tat.

Eines Tages sagte er zu seinem Lieblingsvetter Mengu-Khan:

»Ich brauche deine Hilfe...«

»Immer werde ich gern bereit sein, dir zu helfen, bisher hast du mir leider nur wenig Gelegenheit dazu gegeben.«

»Ich vertraue dir einen Tumen des rechten Flügels meines Heeres an; mit ihm wirst du schon übermorgen ausrücken und quer durch die Kumanensteppe bis zum Fluß Dnepr vordringen, an dessen rechtem Ufer auf mehreren Hügeln die reiche Stadt Kyjuw liegt. Dort bescheidest du den ältesten Konas der Russen vor dich und befiehlst ihm streng, mir den Eid des Gehorsams und der Treue zu leisten. Darauf wirst du mir durch einen Eilkurier Bescheid senden, selbst aber mit deinem Tumen dich für eine Zeit in die Steppe zurückziehn, etwa einen Tagesritt weit von der Stadt. In keinem Fall aber wirst du Kyjuw einnehmen, selbst dann nicht, wenn die Einwohnerschaft wünschen sollte, sich dir zu unterwerfen.«

»Ich werde tun, was du befiehlst.«

»Falls Fürst und Einwohnerschaft von Kyjuw sich aber weigern sollten, mich als ihren Herrscher anzuerkennen und mir den Eid zu leisten, so beginne trotzdem noch nicht mit der Belagerung der Stadt, sondern ziehe dich in die Steppe zurück und erwarte mich dort. Vergiß nicht, daß nur ich und kein andrer als erster in die Hauptstadt der Russen einreiten darf, denn ich will meinem Tumen als erstem das Recht geben, mit der Plünderung der reichen und berühmten Stadt zu beginnen.«

»Ich habe deine Worte genau vernommen und werde nichts davon vergessen. Es wird alles aufs Haar so geschehn, wie du wünschst.«

»Es ist dir gestattet, dich zu entfernen.«

Mengu-Khan vollführte den Kotau vor dem Dschichangir so tief, daß

seine Stirn den Teppich berührte. Als er wieder aufgestanden war, umarmte Batu ihn, und beide beleckten einander zum Zeichen der Liebe und Freundschaft die Wangen.
In Ausführung des erhaltenen Befehls zog Mengu-Khan mit seinen auserlesenen Truppen in Eilmärschen durch die Steppe, versäumte aber trotzdem nicht, unterwegs alle Nomadenlager der Polowezer, auf die man stieß, gründlich ausplündern zu lassen, und langte schließlich vor Kiew an.

Mit besorgter Unruhe hielten die Einwohner von ihren Mauern Ausschau, und sie hatten das unheimliche Gefühl, als strecke aus der östlichen Steppe ein scheußliches Ungeheuer nach allen Seiten seine gigantischen Fühler oder Fangarme aus.
Jede eintreffende Abteilung ging sofort daran, in großem Kreise ihre Jurten aufzuschlagen und Lagerfeuer anzuzünden. Man hörte bis in die Stadt hinein das Knallen der Peitschen, das Wiehern der Rosse, das Schreien der Kamele und das Brüllen der Ochsen, vermischt mit den Rufen der Treiber, den Kommandos der Anführer, dem Knarren der Karren und dem Quietschen der Räder und alles übertönt von dem wüsten Gegröl der wilden Krieger.
Inmitten des Lagers stand das prächtige Zelt Mengu-Khans aus weißem Filz mit eingewobenen Ornamentstreifen. Über dem Dach wirbelte ein lustiges Wölkchen durch die Luft, der Rauch des im Innern der Jurte brennenden, mit getrocknetem Pferde- und Kamelmist genährten Feuers, der durch das vergitterte Rauchrad im Dach des Zeltes abzog. Neben dem Zelt hing an einer langen Stange Mengu-Khans Buntschuk aus fünf buschigen schwarzen Yakschwänzen. Diese Standarte verriet sogleich jedem, in welch engem Verwandtschaftsverhältnis ihr Inhaber zu dem heiligen Regenten stand.
In seinem Zelt empfing Mengu-Khan eine Abordnung der vornehmsten Bojaren der Stadt Kiew und nahm ihre kategorische Weigerung, sich freiwillig dem Tatarenkhan zu unterwerfen, ziemlich ruhig zur Kenntnis. Seinem Vetter sandte er in Befolgung der von ihm erhaltenen Instruktionen durch einen Eilkurier sogleich Bescheid, und seinem Dolmetscher Chabul, einem Kiptschaken, der des Russischen gut mächtig war, befahl er, mit zwei Turgauden über den Strom zu rudern und auszukundschaften, was in Kiew vorgehe, vor allem, ob damit zu rechnen sei, daß der Fürst von Kiew in höchsteigener Person freiwillig dem Tatarenfeldherrn seine Aufwartung machen würde. Als Chabul mit dem Bescheid zurückkam, damit dürfte nicht zu rechnen sein, ließ Mengu zwei große Boote mit prächtigen Teppichen auslegen. Unter dem Geschmetter der Karnai, der langen Schlauchtrompeten, die den Kiewern die Abfahrt einer vornehmen Gesandtschaft ankündigen sollten, bestiegen drei von Mengu-Khans höheren Kommandeuren die Boote und ließen sich zum andern Ufer des Dnepr übersetzen, wo sie von vornehmen Bojaren in kostbaren Zobelpelzen und Biberfellmützen

empfangen wurden. Als Stimme seines Herrn erklärte Chabul den Bojaren, der Vetter des erhabenen Dschichangirs der Mongolen, Mengu-Khan, erwarte und verlange, daß der Fürst von Kiew sich unverzüglich zu Unterhandlungen bei ihm einfinde.
Allein die Bojaren argumentierten, sie hätten dem Khan ja schon im Namen des Fürsten von Kiew ihre Aufwartung gemacht und ihm ihren Standpunkt dargelegt. Wenn der Tatarenkhan darauf dem Fürsten noch etwas zu erwidern habe, so möchten seine drei Abgesandten mit ihnen zum Schloß des Fürsten gehen und ihm dort erklären, welche Geschäfte sie nach Kiew geführt hätten.
Nach langem Parlamentieren kam man überein, daß die drei tatarischen Kommandeure samt ihrem Dolmetscher und drei von den Bojaren sich sogleich ins Schloß begeben sollten.
Als aber die Tataren auf die erste Mauer gestiegen waren und sich lange und gründlich nach allen Seiten umgesehen hatten, um ja alles recht gut ihrem Gedächtnis einzuprägen, erklärte Chabul plötzlich den russischen Begleitern:
»Unser ruhmreicher Khan Mengu hat uns hergesandt, um euch seinen Willen kundzutun, nicht aber, damit wir eurem Konas unsre Aufwartung machen. Deshalb haben wir beschlossen, doch nicht bis zum Palast mitzugehn, sondern umzukehren.«
»So seid ihr Spione und keine Gesandten!« riefen die Bojaren empört. »Ihr seid auf die Mauern gestiegen, um euch ein Bild von den Befestigungen zu machen!«
Die Menschenmenge, die sich zusammengerottet hatte, rief:
»Schlagt sie tot! Stürzt sie von den Mauern hinab!«
Andre widersprachen:
»Nein, laßt die Spione nicht wieder hinaus!«
Aber vergeblich; die Mongolen wurden ergriffen und von der Stadtmauer hinuntergeworfen.
Als die Abordnung nicht wiederkam, begriff Mengu-Khan, daß Kiew nicht willens sei, sich ihm zu übergeben. Gemäß den erhaltenen Instruktionen ließ er also, nachdem einige Zeit verstrichen war, die Zelte wieder abbrechen und zog sich mit seinem Heer in die Steppe zurück.

Im Zelte Khan Kotjans

Dem Trübsinn verfallen, lebte Khan Kotjan, der älteste und höchste der Polowezer Khane, auf seinen Weidegründen in Scharuchan[1] dahin und konnte an nichts mehr Freude finden. Vergeblich kamen seine wohlgewachsenen stattlichen Söhne zu ihm und küßten ihm ehrerbietig die mit blitzenden Ringen geschmückten Hände. Khan Kotjan streichelte ihnen wohl liebevoll den Kopf, hörte aber ziemlich teilnahmslos an, was

1 Scharuchan = das jetzige Charkow.

sie ihm zu erzählen hatten. Sie klagten darüber, daß gar keine Händlerkarawane sich mehr blicken lasse, sie also nicht wüßten, wem sie ihr Vieh, Felle und Häute verkaufen sollten.
»Die Kaufleute fürchten sich vor den Tataren. Mongolische Banden jagen durch die ganze Steppe wie auf der Flucht vor irgend etwas; in Wirklichkeit aber streifen sie auf der Suche nach Beute umher, oder – was noch schlimmer ist – es sind Kundschafter, die alles ausspionieren, was bei uns vorgeht. Mehr als einmal hat man schon kleinere Trupps von ihnen ganz in der Nähe von Scharuchan gesehn.«
Khan Kotjan stieß einen tiefen Seufzer aus, lehnte den Kopf in den Nacken und schaute wie geistesabwesend zu dem Stückchen blauen Himmel hinauf, das durch die Öffnung im Zeltdach zu sehen war. Schließlich sagte er:
»Heute habe ich eine bemerkenswerte Nachricht erhalten. Ich weiß aber nicht, ob sie Freud oder Leid bedeutet.«
»Eine bemerkenswerte Nachricht? Was für eine?«
»Gleich werdet ihr alles erfahren. Geduldet euch!«
Khan Kotjan schlug mehrmals gegen eine mit Wasser gefüllte Kupferschale und rief:
»He, Knaben! Führt den Mann Gottes hierher, der in der Jurte nebenan bewacht wird. Aber ein bißchen rasch!«
Zwei Halbwüchsige, die vorm Zelteingang gehockt hatten, sprangen von ihren Plätzen auf und liefen geschwind davon. Bald kehrten sie mit einem hageren Manne zurück, den sie an den Ellbogen stützten. Er hatte ein eingefallenes, mit grauen Haarbüscheln bewachsenes Gesicht, seine Lider waren meist halb geschlossen, wenn sie sich aber hoben, so zeigten sich Augen von lebhaftem blauem Glanz. Um den Kopf hatte er einen bunten Stoff gewickelt, am Gürtel klapperten beim Gehen einige Kupfer- und Eisengeräte (wie man sie bei Ärzten oder Roßärzten findet) gegeneinander, und in seiner Linken hielt er ein Buch in abgegriffenem Ledereinband, in seiner Rechten einen langen, am oberen Ende gebogenen Stab, wie ihn die Hirten zum Einfangen ausreißender Schafe benutzen.
»Wünsche Gesundheit für viele Jahre, großer Khan des mächtigen Kumanenvolkes!« begrüßte er den Khan.
»He, Knaben, bringt dem Mann Gottes ein Kissen zum Sitzen und einen Krug Kumyß[1] mit ein paar Fladen!« rief Kotjan.
Als die Dinge gebracht worden waren und der Fremde sich gesetzt und ein Gebet gemurmelt hatte, forderte Khan Kotjan ihn auf:
»Und jetzt sag uns deinen Namen, wer du bist und aus welchem Lande du stammst ... Was treibt dich in der Welt umher, die so freudlos und unruhig geworden ist?«
»Ich bin ein schlichter Knecht Gottes mit Namen Julian. Ich wandere umher, um Kranke zu heilen und Sterbende zu trösten durch Gebete,

1 Kumyß = berauschendes Getränk aus gegorener Stutenmilch.

die ihrem Seelenheil frommen. Meine Heimat ist das Land der Madjaren, meine Vaterstadt die berühmte Stadt Buda. Unser Herrgott und gute Menschen, die sich meiner erbarmen, sorgen schon dafür, daß ich nicht Hungers sterben muß. Zuletzt war ich bei dem schrecklichen Tatarenzaren Batu.« Er unterbrach sich und meinte nach einiger Überlegung: »Aber wenn du nicht allen hier Anwesenden traust oder ihre Schwatzhaftigkeit fürchtest, so schicke die Überflüssigen lieber hinaus.«
»Geht alle hinaus bis auf meine beiden ältesten Söhne!« gebot der Khan.
Als die »Überflüssigen« unter Verbeugungen aus dem Zelt gegangen waren, fuhr Julian mit halblauter Stimme in seiner Erzählung fort:
»Stoße dich nicht daran, daß ich wie ein Bettler gekleidet bin. In meinen Händen befindet sich ein Sendschreiben von der Hand des Tatarenzaren an unseren König Bela, das mir der Khan selber anvertraut hat.«
»Ein Sendschreiben von der Hand Batu-Khans? Und du wirst es mir vorlesen?«
»Ja, das ist der Zweck meines Kommens. Nur deshalb habe ich mich auf diesen gefährlichen Weg hierher gemacht.«
Der »schlichte Knecht Gottes« zog aus seinem Busen eine Schriftrolle hervor, entfaltete sie, strich sie glatt und blickte den Khan fragend an.
»Also lies!« ermunterte ihn dieser.
»Dieser Brief ist in tatarischer Sprache geschrieben«, erläuterte Julian, »aber mit ugrischen Schriftzeichen. Ich habe einen gelehrten Weisen gebeten, ihn in eure Sprache zu übersetzen.«
»Ja«, sagte Khan Kotjan ungeduldig, »doch nun komm zum Inhalt des Briefes.«
»Er ist, wie schon gesagt, an den König Bela gerichtet und in einem sehr anmaßenden Tonfall abgefaßt. Er lautet: ›Ich, der Zar der Mongolen und vom Himmelsherrscher gesandt, um zu erhöhen jene, die sich vor mir beugen, und mit meinem Zorn zu strafen, wer sich mir widersetzt, bin äußerst erstaunt, daß der unbedeutende Zaunkönig der Madjaren bisher noch auf keinen der ihm von mir gesandten vielen Briefe geantwortet hat. Ich habe erfahren, daß du, König Bela, die Absicht hast, dem von mir unterjochten Volk der Kumanen in deinem Königreich Wohnrecht zu gewähren. Ich aber warne dich, dies zu tun. Da sie in Zelten hausen, wird es ihnen ein leichtes sein, sich meinem Zugriff zu entziehen. Wie aber willst du mir entschlüpfen, der du mit deinen Untertanen in großen Städten mit Häusern und Palästen wohnst? Deshalb kann ich mich nicht genug über deine Dreistigkeit verwundern, ich, dem vom Himmel die höchste Gewalt über den ganzen Erdkreis anvertraut worden ist.‹ «
Als Julian mit der Vorlesung zu Ende war, heftete er seine blauen Augen auf den Khan und seine beiden Söhne. Dann rollte er den Brief sorgfältig wieder zusammen und sprach:
»Um dich zu warnen, habe ich die Beschwerlichkeiten des Weges auf mich genommen. Zweifellos wird Batu-Khan mit seiner gesamten Streitmacht bald nach den ›Abendländern‹ aufbrechen und dabei zuerst auf euch Kumanen stoßen. Gewiß wird er sich dafür, daß er euch als Bundes-

genossen verloren hat, an euch rächen. Deshalb rate ich dir, schleunigst deine Zelte abzubrechen und dich zu König Bela zu begeben, der dich wie einen Bruder aufnehmen wird. Aber verlier keinen Tag mehr!«
Khan Kotjan saß mit gesenktem Kopf da. Seine Greisenhände zitterten. Dann zuckte er mit den Achseln, wie wenn er eine drückende Last abschütteln wollte, und wandte sich an seine beiden Söhne:
»Was habt ihr zu diesem Brief zu sagen? Der Jüngere mag zuerst sprechen.«
Kutschum, der jüngere der beiden Brüder, begann:
»Batu-Khan schreibt, er habe dem König Bela schon viele Briefe geschrieben... Ich denke, er wird ihm noch einen schreiben, um ihn einzuschüchtern, sich aber trotzdem nicht von seiner neuen Hauptstadt Sarai fortrühren. Er hat ja auf seinem Feldzug gegen die russischen Fürstentümer, wobei er nicht einmal die reiche Stadt Nowgorod einzunehmen vermochte, sondern vorher umkehren mußte, viel zu viele Krieger verloren, um daran denken zu können, einen Kriegszug gegen das Königreich der Madjaren zu unternehmen... Es sind nur leere Drohungen, darauf berechnet, hasenherzigen Feiglingen einen Schreck einzujagen.«
»Und du, mein Erstgeborner, was meinst du? Was rätst du deinem Vater?«
Mutschugan, der älteste, schüttelte bedenklich den Kopf.
»Mir macht dieser Brief Sorgen, große Sorgen... Dank sei dem Manne Gottes, daß er ihn uns vorgelesen und uns gewarnt hat! Wer könnte bezweifeln, daß Batu-Khan nach so vielen glänzenden Siegen der Meinung ist, sein Heer sei unwiderstehlich, allen anderen Heeren überlegen, das stärkste der Welt? Er hat Blut geleckt und wird, berauscht von den schon errungenen Erfolgen, ausziehn, um sich noch weitere Länder und Völker zu unterwerfen. Hat er uns doch schon früher das Angebot gemacht, uns seinem Heer auf dem Zug gegen die Reiche des Abendlandes anzuschließen.«
»Was rätst du mir also zu tun?« fragte der Khan gedrückt.
»Es gibt keine Wahl. Bleiben wir hier, so heißt das: freiwillig den Kopf unter den scharfgeschliffenen Tatarensäbel legen. Wir dürfen keinen Tag zögern. Wir müssen unsre Zelte abbrechen und schleunigst zu König Bela fliehn. Zwar werden die raubgierigen Tataren hinter uns herjagen, doch dort, in der madjarischen Ebene, werden wir, wenn es zum Kampf mit ihnen kommen sollte, auf den Beistand der Madjaren rechnen können wie sie auf unsern.«
Es wurde totenstill im Zelt. In der Ferne hörte man ein Roß wiehern.
»Du hast wahr gesprochen, mein Sohn, und wie ein echter Krieger. Es darf kein Schwanken mehr geben. Ich sende sofort Boten aus zu allen kumanischen Weidegründen mit der Losung: ›Brecht schleunigst eure Zelte ab, packt euer Hab und Gut auf und zieht eiligst aus unsrer Steppe nach den Karpaten.‹ Der Aufbruch muß noch heute nacht erfolgen; bis die Tataren dahinterkommen, daß es sich nicht bloß um die übliche

Wanderung von einem Weideplatz zum andern handelt, sondern um den Auszug aus dem Lande unsrer Väter, werden wir schon weit sein.«
Khan Kotjan erhob sich und griff sich mit einer verzweifelten Gebärde an den Kopf.
»Oh, wie schwer fällt mir der Abschied von der heimatlichen Erde!« stöhnte er in tiefstem Seelenschmerz. »Fortan werden wir unstete heimatlose Wanderer sein!«

Tamberdys Erzählung

Im Spätherbst dieses äußerst trockenen Jahres entschloß sich Batu endlich zum Aufbruch nach Westen, um sich auch die zweite Hälfte des Erdkreises zu unterwerfen. Wie meist bei den wichtigsten Entscheidungen traf er auch diese, ohne vorher erst mit seinen Gehilfen zu beraten, wiewohl er schon seit langem seine Bahadure ausgeforscht hatte, die kreuz und quer durch die Kiptschakensteppen geritten waren, um sich etwaiger Reisender, Wanderer und Hirten zu bemächtigen, die Auskünfte hätten geben können über die Vorgänge in den großen Ebenen, durch die das Heer würde ziehen müssen.
Einer von den Sotniks[1], der geschickte und gewandte Tamberdy, war in Scharuchan gewesen und hatte dort sogar den Khan Kotjan besucht, von dem er freundlich aufgenommen worden war. Er berichtete dem Dschichangir:
»In der ganzen Kumanensteppe herrscht größte Aufregung unter den Stämmen der Nomaden, die kopflos bald hier-, bald dorthin ziehn, in steter Angst vor uns, weil sie fürchten, daß wir sie völlig ausplündern und vernichten werden. Sie sagen: ›Batu-Khan wird uns unsre Pferde wegnehmen, die er für seinen großen Zug gegen das Abendland braucht, und uns selber wird er zu Sklaven und zu Roßknechten machen.‹«
»Darin haben sie auch so unrecht nicht. Längst hätte ich sie mir unterwerfen und ihnen das Tragen von Waffen verbieten sollen«, meinte Batu-Khan.
»Und welche Befehle hast du nun für mich, erhabener Sain-Khan?« fragte Tamberdy.
»Du wirst noch einmal zu Khan Kotjan reiten und ihm in meinem Namen befehlen, alle seine Krieger zu sammeln und ihnen zu gebieten, sich bereit zu halten und die Ankunft meines Heeres abzuwarten, um sich alsdann ihm anzuschließen. Er selber aber soll unverzüglich hier vor mir erscheinen.«
Tamberdy schwang sich auf sein Pferd und ritt abermals in die Steppe, von wo er nach einiger Zeit enttäuscht und deprimiert zurückkehrte.
»Nun, was ist mit Khan Kotjan?« fragte Batu-Khan. »Warum ist er noch nicht vor mir erschienen, um mich seiner Ergebenheit zu versichern?«

---

1 Sotnik = Hundertschaftsführer.

»Ich habe den Khan schon nicht mehr in Scharuchan angetroffen«, gestand Tamberdy kleinlaut, »und auch sonst nirgendwo. Und ich traf auch niemanden, der mir hätte sagen können, wo ich ihn finden würde. Alles, was ich entdeckte, waren Spuren eines überstürzten Aufbruchs an jenen Stätten, wo vor kurzem noch Kumanenlager gestanden hatten.«

Batu-Khan hatte mit immer mehr sich verfinsterndem Gesicht diesem Bericht gelauscht. Mit den Fingern vollführte er ungeduldig-nervöse Bewegungen. Tamberdy, der diese Anzeichen des aufwallenden Zorns kannte, warf sich platt zu Batus Füßen nieder, der ihn mit mehreren Tritten bedachte.

»Warum hast du geschlafen und mir alles erst so spät gemeldet, du Dummkopf?« rief er erbost. »Ich hätte ihn sonst noch fassen und zertreten können, wie ich dich zertreten werde!«

Bei diesen Worten setzte er seinen Fuß auf Tamberdys Nacken. Zum Glück für den Bedauernswerten trat der gutmütige Mengu-Khan herein und besänftigte den zürnenden Vetter, indem er ihm erst gut zuredete und dann befahl, einen Uligertschi herbeizuholen; denn er kannte Batus Vorliebe für alte Lieder und Heldengesänge und die heilsame, besänftigende, aufheiternde Wirkung der Musik auf Batus Gemüt.

Der Uligertschi, ein von der Bürde des Alters tiefgebeugter Greis mit schütterem, eisgrauem Bart, erschien sogleich, nahm auf einem Teppich zu Batus Füßen umständlich Platz und ließ die Finger seiner Rechten präludierend über die Saiten seiner Chur gleiten. Dann schöpfte er so tief Luft, daß man hätte meinen können, er wolle alle Strophen seines Liedes in einem einzigen Atemzug hintereinanderweg singen, und hub an:

»Mit sinkender Sonne zog der große Blendende aus,
hinaus in die endlos weit sich erstreckende Steppe;
zu ihrer Durchquerung würden viele Monde nicht reichen.
Kreuz und quer streift' er den ganzen Sommer umher
bis zum Herbst, wenn die fallenden Blätter in den Lüften tanzen.
Ja, er blieb auch noch, bis Schnee aus den Wolken fiel
und eisige Winterstürme ihn zu hohen Wehen zusammenfegten.
Rast- und ruhelos umhergetrieben, kam er niemals zum Stillstand,
griff nach der hellen Sonne und band sie an einen Pfahl,
griff nach dem bleichen Mond und schnallte ihn an seinen Sattel. –

Lang hatte der Erhabne in seiner Jurte geruht,
Siegeszüge ins Gedächtnis zurück sich rufend.
Plötzlich schnellt' er mit einem Sprung in die Höhe
und steht da, wie ein gelber Falke schwankend,
den man vom Riemen und von augenbedeckender Kappe befreit.
Und wie ein Panther vom hohen Felsgipfel herab
mit lautem Gebrüll die Luft erschüttert, so auch er:

›Ihr, meine älteren Brüder, Kürjagane, Temniks und Untertanen,
du mein ganzes Volk, mächtig und ohne Zahl,
ohne zu stocken, will ich zu euch sprechen.
Hört alle gut zu, damit kein Wort euch entgehe!
Meinen großen Namen, reich bedeckt mit Ruhm,
man nennt ihn unter allen Strichen des Himmels.
Vom Preise meines Mutes, des grenzenlosen, unvergleichlichen,
hallen wider Altai, Changai und die Steppen der Kumanen.
Doch meine höchste unbändige Kraft in ihrer strotzenden Fülle
hab' ich noch niemals gezeigt, und das bekümmert mich tief.
Drum will auf Suche ich gehn nach dem trutzigen Helden,
der sich mit wildem Geschrei wie ein Rasender auf mich stürzt.
Führet mein edles Roß gezäumt und gesattelt herbei,
leget die Rüstung mir an, reicht meine Waffen mir zu!
Wenn ich als glorreicher Held mich im Kampfe bewährt,
kehre mit reicher Beute ich in die Heimat zurück,
riesige Herden von Vieh und Scharen gefangener Menschen
aus den eroberten Ländern treibe ich vor mir her.
Aus allen Jurten und Zelten strömt mein Volk dann zusammen,
jubelnd jauchzt es mir zu und meinem siegreichen Heer...‹«

Wie toll vor Entzücken sprang Batu-Khan auf die Füße, packte den greisen Rhapsoden fest an den Schultern und schüttelte den darob zu Tode Erschrockenen heftig. Dann entnahm er einem buntseidenen Beutelchen, das an einer Armlehne seines Thronsessels hing, mehrere Stückchen gelben indischen Rohrzuckers[1] und steckte sie dem Uligertschi eigenhändig in den Mund.

»Du hast mein Gemüt erheitert, du hast mir die Sorgen aus Herz und Hirn verscheucht«, sagte der Dschichangir. »Morgen erhältst du von mir ein starkes, frommes Kamel; auf seinem Rücken wirst du meinen Feldzug mitmachen und mit deiner Kunst unsre Siegesmähler verschönern.«

Die Polowezer Steppe brennt

Nachdem die Schamanen lange genug Geister beschworen, Gebete gesprochen und ihre Zaubertänze getanzt hatten, nannte ihr oberster Priester – Beki – endlich einen Tag als den für einen Feldzugsbeginn am meisten glückverheißenden, und die fünf Heeresabteilungen der ungeheuren mongolischen Streitmacht setzten sich vom Itil westwärts zum Dnepr in Bewegung und tauchten in den unermeßlichen blauen Weiten der mit hohem Federgras bewachsenen Kiptschakensteppe unter. Jeder Tumen verfolgte, damit man sich gegenseitig nicht be-

1 Zucker war damals noch eine ungemein rare Kostbarkeit und darum eine sehr hohe Belohnung.

hinderte, seine eigene, vorher genau festgelegte Marschroute, und nur die Flügel hielten ständig Fühlung miteinander, damit (wie bei einer Treibjagd kein Wild) hier kein Nomade, kein Hirt, kein Reisender, kein Händler zwischen den Heeressäulen durchschlüpfen konnte.
Gerastet wurde nur bei Nacht und auch nur dann, wenn die Pferde nach Ruhe und Futter verlangten. Wenn dann die im Kreis um die lodernden Feuer gelagerten Krieger die Aussichten des Kriegszuges untereinander erörterten, verglichen sie ihren Dschichangir wohl mit einem ungeheuren feuerspeienden Drachen, der auf weit ausgespannten Flughäuten heranschwebt, um mit seinen kralligen Fängen seine Opfer zu packen; seine Opfer – das waren zunächst die Kiptschaken und Russen. Dem Gros des Heeres voraus eilte die Avantgarde und dieser wieder als Aufklärer die schnellsten Spähertrupps, um Weg und Steg zu erkunden, Flußübergänge ausfindig zu machen und eventuelle feindliche Bewegungen festzustellen. Weit hinter dem Gros, aber dennoch bestrebt, nicht gänzlich zurückzubleiben, folgte der schwerfällige Troß, lange Züge von Ochsenfuhrwerken, sogenannten Arbas, ferner Kamelkarawanen, hoch beladen mit allem, was ein Heer zu seiner Verpflegung benötigt, und schließlich, als lebender Proviant, gewaltige Viehherden, über denen dicke Staubwolken und Schwärme von Insekten in der Luft hingen.
Unter den Anführern des Heeres befanden sich solche, die bereits die Feldzüge des heiligen Regenten Dschingis-Khan mitgemacht, und andere, die im Kleinkrieg mit dem unentwegten Dschelal-ed-Din, dem letzten Kronprinzen des chowaresmischen Reiches, ihre Fähigkeiten erprobt und die Gebiete der kaukasischen Stämme verheert hatten, ferner solche, die unter dem Oberbefehl des stets zuversichtlichen Khans Scheibani kürzlich erst durch das Land der Bulgaren gezogen waren, wo der Khan bereits Baskaden, das heißt Landesverweser oder Landvögte, eingesetzt hatte. Auch der ungestüme Burundai, der in den verschneiten russischen Wäldern das Heer des Konas Gurga[1] vernichtet hatte, war ebenfalls unter den Feldherren, die den neuen Kriegszug leiteten. Der bei den Feinden Gefürchtetste aber war der einäugige Subudai-Bahadur, der große Atalik, dem höchstens der Nojon Dschebe, der, wie ein einmal abgeschossener Pfeil, nicht mehr zurückzuhalten war, das Wasser reichen konnte. Aber auch die übrigen Kürjagane und Temniks – Mengu, Kadan, Paidar, Narin-Kechen, Kurmischi und andere – galten als furchtlose Tiger. Und unter der Jugendblüte des Heeres waren viele Dschigiten, die durch ihre Kühnheit und Verwegenheit sich einen ebenso großen und geachteten Namen erwerben wollten, wie ihn die Alten schon besaßen. Was Wunder also, daß die Stimmung des ausrückenden vielstämmigen Heeres eine hochgemute war, die den Gedanken, die Feinde, die es noch zu besiegen galt, könnten einen erfolgreichen Widerstand leisten, gar nicht erst aufkommen ließ, zumal

1 Gurga = Fürst Juri Ingwarewitsch von Rjasan.

da das klägliche Los aller Gegner des erhabenen Sain-Khans durch die Schamanen bereits als vom Schicksal besiegelt vorausgesagt worden war. Niemand zweifelte also, daß der Dschichangir diesmal bis zum »letzten (den Erdkreis umspülenden) Meer« vorstoßen würde, an dessen Gestade die Nuker einen riesigen Holzstoß aufschichten und in Brand stecken werden. Die feurigen Zungen werden die rotglühenden Wolken belecken zu Ehren des darüber thronenden heiligen Regenten, der die gänzliche Eroberung des Erdkreises seinen Nachkommen letztwillig befohlen hat, und zu Ehren aller in der Schlacht gefallenen mongolischen Bahadure. Dann wird Batu-Khan auf einem Hengst, dessen Fell milchweiß oder wie das eines Panthers gefleckt ist, auf die Spitze eines Kurgans[1] reiten, seinen Speer in die von ihm eroberte Erde stoßen und rufen: »Höre uns, Erschütterer des Erdkreises, der du von deinem Wolkenthron herabschaust, dein Wille ist erfüllt: der Erdkreis erobert!« Und dann wird Batu-Khan, der das Lächeln nicht kennt, aus vollem Halse lachen, und sein Lachen wird dem Schrei des Königsadlers gleichen.

Die Arba des Sotniks Asargà-Tachjà

Von drei Paaren roter Ochsen gezogen, rollte unter Knarren und Quietschen langsam eine Arba durch die Steppe. Mit einem ins Trommelfell stechenden, durch Mark und Bein gehenden Winseln der Verzweiflung drehten sich die mannshohen Holzräder ohne Speichen und drückten zwei tiefe Furchen in den Steppenboden ein.
Übrigens war das linke von den beiden vordersten Zugtieren dieses Sechsergespanns ein auffällig gefleckter Stier von ungewöhnlicher Größe, selbst von ganz weitem unter der großen Zahl der Karrengespanne für das Auge seines Herrn leicht kenntlich, und das war ja auch der Zweck, weshalb man ein so auffälliges Leittier wählte.
Diese Arba war das Eigentum des Sotniks Asargà-Tachjà, eines in zahllosen Kriegszügen ergrauten Mannes, der noch an der Eroberung der Hauptstadt des chinesischen Kaiserreiches teilgenommen und später den großen Zug durch die wasserlose Wüste Gobi nach Urgentsch, der Hauptstadt der fröhlichen und gutherzigen Chowaresmier, mitgemacht hatte. Bei dieser Gelegenheit war diese Arba in seinen Besitz gelangt, und er hatte zu der im Karren verwahrten Beute (hauptsächlich Kleidungsstücke) eine bisherige Sklavin im Troß seines Vorgesetzten, des Temniks Kurmischi, als sein Eheweib gesetzt, das durch seine hauswirtschaftlichen Fähigkeiten nicht geringe Verdienste um die Mehrung des Wohlstands ihres inzwischen zum Sotnik beförderten Ehemanns sich erworben hatte, der sein ursprüngliches Doppelgespann von ausgehungerten Kamelen durch das Ochsensechsergespann mit

1 Kurgan = Hügel- oder Kegelgrab aus der Vorzeit, Hünengrab.

dem prachtvollen Leitstier ersetzen konnte. Diese junge Frau hatte sich in Sarai dreier elternloser Russenkinder angenommen, eines Mädchens von reichlich drei Jahren und zweier Knaben, die jetzt fünf und sechs Jahre alt waren. Die Kinder stammten vermutlich aus Wladimir oder Rjasan. Zu Skeletten abgemagert, hatten sie kläglich um Brotrinden gebettelt und das Mitleid der Frau des Sotniks erregt. In der Gebärdensprache hatte sie sich bei den erwachsenen russischen Gefangenen nach den Müttern der Kinder erkundigt, indem sie so tat, als ob sie einen Säugling auf den Armen wiege. Einer der Gefangenen hatte darauf mit dem Finger erst auf die Erde und dann hinauf zum Himmel gedeutet, ein andrer aber hatte gesagt: »Nimm sie mit dir und füttere sie wieder heraus! Hier würden sie ohnehin bald elend zugrunde gehn.«
Bei schönem Wetter liefen die Knaben munter neben der Arba her und hetzten die beiden Hunde ihres Pflegevaters, einen Windhund und einen Wolfshund, auf Zieselmäuse und Hasen, mitunter auch auf Füchse, und die Beute wurde, wenn die Jagd erfolgreich war, brav bei der Pflegemutter abgeliefert und wanderte in den Kochtopf. Das kleine Mädchen saß neben der Pflegemutter oder auf ihrem Schoße und trieb die Ochsen mit unermüdlichem »Kcha-kcha!« an. Bei schlechtem Wetter, wenn Regen oder Schnee fiel, krochen Knaben und Hunde ebenfalls in den Karren unter die schützende Zeltplane und hockten sich neben den drei Hühnern samt stolzem Hahn, denen man die Füße zusammengebunden hatte, nieder. Die Frau deckte dann die Kinder mit einer Filzdecke zu, in die drei Löcher geschnitten waren, durch die die Kleinen ihre von der Pflegemutter auf »mongolische Art« zurechtfrisierten Köpfchen steckten: drei kahlrasierte Schädelchen mit einem Rattenschwänzchen von Zöpfchen auf der linken Seite des Hinterkopfes.
Das Oberhaupt dieser Familie ließ sich nur selten bei seiner Arba blikken, weil er sich im allgemeinen nicht von seiner Hundertschaft entfernen durfte. Folglich lag die ganze Sorge auf den Schultern seiner Frau, der die Kinder bei den Arbeiten mit zur Hand gehen mußten: Bei Tagesanbruch wurden die von den Hunden bewachten Ochsen von der Weide geholt, ihnen das Joch aufgelegt, und weiter rollte der fahrbare Haushalt, der reichen Stadt Kyjuw entgegen, wo die Paläste und Gotteshäuser mit Gold gedeckt waren. Asargà-Tachjà hatte sich geschworen, bei der Plünderung dieser Stadt sich kein zu kleines Stück von diesem Golde anzueignen und überhaupt seinen Wohlstand dabei wesentlich zu mehren.

Der eiserne Wagen

Subudai-Bahadurs Troß war nur klein; vier schnell laufende Kamele trugen sein Feldzelt und seine chinesischen Lederkoffer, die zur Aufbewahrung der auf Pergament gezeichneten Karten jener Länder dienten, durch die das mongolische Heer zu ziehen haben würde. Auch die

Feldzugschroniken hatten dort ihren Platz. Das Hauptstück aber war der eiserne Schlachtwagen des großen Ataliks – ein auf zwei hohen Rädern stehender eiserner Kasten, dessen vier Wände mit schmalen Schlitzen versehen waren, die man als Beobachtungsluken und als Schießscharten benutzen konnte. Wer sich ohne ausdrückliche Genehmigung diesem Wagen näherte, wurde unfehlbar von einem vergifteten Pfeil getroffen und starb bald nach der Verwundung unter fürchterlichen Krämpfen.
Es hieß allgemein, der treffsichere Schütze in diesem eisernen Wagen wäre ein junges Mädchen, das Subudais Schlaf bewachte.
Ganz gewiß aber befand sich in dem Wagen ein zottiges Pekineserhündchen, das alle seinem einäugigen Herrn nahestehenden Personen schon am Schritt erkannte und wütend zu kläffen begann, wenn es den sich nähernden Schritt eines Unbekannten vernahm.
Gezogen wurde dieser Wagen von vier paarweise eingespannten Rossen. Auf dem linken Vorderpferd saß ein Reiter, der die Obliegenheiten eines Kutschers versah.
Subudai-Bahadur hatte einmal versucht, den Dschichangir zu veranlassen, sich ebenfalls so einen gegen jeden tückischen Überfall schützenden Panzerwagen zuzulegen, doch Batu-Khan hatte ärgerlich geantwortet:
»Dein scharfes Auge ist vollauf genügender Schutz für mich!«

Ein Brief an den Kalifen Mustansir

»Dem Höchsten Gebieter aller Rechtgläubigen – Allahs Friede sei über ihm! – wünscht zuvor sein ergebenster Diener und eifriger Vollzieher seiner weitsichtigen Entwürfe, Abd ar-Rahmân, der Gesandte Seiner Heiligkeit beim unbesiegbaren Khan der Weißen, Blauen und anderer Mongolenhorden, ewigen Ruhm und glänzende Erfolge bei der Verwirklichung seiner großartigen Absichten sowie dauernde Gesundheit und beständiges Glück. Alsdann fleht Abd ar-Rahmân den Heiligen Kalifen an, sein Auge voll Huld und Gnade nie von ihm abzuwenden und den folgenden Darlegungen ein geneigtes Ohr zu leihen.
Ich schreibe Dir aus der öden, unendlichen, mit Schnee bedeckten Steppe der Kiptschaken, wo jetzt eine solche Kälte herrscht, daß das Wasser sich in ein hartes durchsichtiges Gestein verwandelt. Infolgedessen können sich selbst über die breitesten Ströme ganze Reiter- und Wagenzüge hinbewegen wie auf einem bequemen glatten Weg.
Eben darum bevorzugt der Oberbefehlshaber des mongolischen Heeres diese kalte Jahreszeit zur Durchführung seiner verheerenden Kriegszüge. Allah bewahre die Ländereien Deiner Untertanen vor einem Einfall dieser wilden Tiere gleichenden Tatarenkrieger, die noch keine Niederlage erlitten haben. Ihre genaue Zahl zu nennen ist ein Ding der

Unmöglichkeit: Das Heer strömt über die Steppe hin wie ein brausendes Meer, und wer könnte dessen Wellen zählen?
Dennoch will ich versuchen, Dir einen ungefähren Begriff von der Stärke der mongolischen Streitkräfte zu geben:
Am Hofe des großen Khans Batu halten sich ständig etwa vierzig Temniks auf, von denen jeder einen Tumen von zehntausend Reitern befehligt. Zwar sind unter diesen Temniks auch einige, die diesen Rang nur ehrenhalber innehaben, faktisch also kein Kommando ausüben. Immerhin aber kann man annehmen, daß Batu-Khans Streitmacht, die insgesamt aus zwölf Heeresabteilungen oder Horden besteht, in jeder einzelnen Horde drei bis sechs Tumen hat, das wären also alles in allem schätzungsweise drei- bis viermal hunderttausend Reiter, die durch zahllose Feldzüge im Waffenhandwerk bestens geübt sind und ihren bis zur Grausamkeit strengen Anführern bedingungslos gehorchen. Fälle von Ungehorsam kommen kaum vor. Wie die Rasenden stürzen sie sich beim Angriff auf den Feind, dorthin, wohin der Finger ihres Temniks weist, und bisher hat es noch keine Macht gegeben, die ihrem Angriff hätte standhalten oder ihn gar abschlagen können.
Aus den von ausgesandten Spähern und Spionen übermittelten Nachrichten geht hervor, daß im ganzen Abendland kein so großes und mächtiges und vor allem so rasch bewegliches Heer zu finden sein dürfte wie das mongolische, das freilich nicht bloß aus Tataren, sondern auch aus zahllosen anderen Völkerschaften der Gebirge und Steppen besteht. Das Schicksal der Kaiser- und Königreiche des Abendlandes ist besiegelt: Sie werden von den Mongolen überrannt, unterworfen und ausgeplündert werden.
Durch zuverlässige Männer, Angehörige des arabischen Kaufmannsstandes, habe ich Dir bereits zwei Berichte gesandt, und zwar den ersten aus dem ›Adlerhorst‹ des ›Berggreises‹, der das Haupt einer Gemeinde von Karmaten-Ismaeliten ist, heimlichen Mördern[1]. Er beteuerte mir, daß der erhabene Sain-Khan ihm sehr gewogen sei und ihn sogar seinen ›Bruder‹ nenne. Doch das ist eine Lüge. Ich habe später bei Gelegenheit eines von Batu-Khan veranstalteten Gastmahls das Gespräch auf diesen ›Berggreis‹ gebracht und den Dschichangir vorsichtig auszuhorchen versucht. Er erwiderte, jenen ›Alten aus dem Adlerhorst‹ werde das gleiche Schicksal ereilen, das alle Raubvögel ereilt, wenn sie dem Jäger in die Hände fallen: entweder sie werden zur Beize abgerichtet, damit sie

1 Mit dieser Kennzeichnung als Mörder tut man den Karmaten unrecht. Aus sektiererischen aufständischen Gruppen von Arabern und ›Nabatäern‹, die sich als Geheimbund auf kommunistischer Grundlage organisierten, ging später eine große soziale Bewegung für gleichmacherische Reform und Justiz hervor, die von einer ehrgeizigen Familie, der Dynastie der Ismailiten, die 910 das fatimidische Gegenkalifat gründete, geleitet und zu ihren Zwecken ausgenützt wurde. Sie verkümmerte und unterlag mit dieser Dynastie dem Gegenschlag der Kreuzzüge.

ihrem Herrn Beute erjagen und zutragen, oder man dreht ihnen den Hals um. ›Auf Erden gibt es nur einen Gebieter‹, sagte Batu-Khan, ›und wenn der Berggreis nicht freiwillig zu ihm kommt, um ihm seine aufgehäuften Reichtümer zu Füßen zu legen, wird ihn dieser Gebieter als seinen aufsässigen Feind betrachten, dessen Los schon entschieden und im Buch des Schicksals aufgezeichnet ist.‹ –

Den zweiten Brief schickte ich Dir von der Mündung des Itils nach meiner ersten Audienz bei dem erhabenen Sain-Khan im goldenen Palast seiner neugegründeten Residenz Ketschi-Sarai. Ich zeigte mich entzückt von seinen gegen die Reiche des Abendlandes gerichteten Eroberungsplänen und erwirkte mir die Erlaubnis, an diesem Feldzug in seinem Gefolge teilnehmen zu dürfen.

Dies hier ist nun der dritte Brief. Ich schreibe ihn an einem Lagerfeuer am linken Ufer des Eksi[1]. Drüben, auf dem rechten Ufer des Stromes, breitet sich auf mehreren Hügeln die schöne und reiche Hauptstadt des russischen Reiches aus. Man sieht von hier aus die goldenen Dächer der zahlreichen Gotteshäuser. Aber auch diese prächtige große Stadt Kyjuw ist dazu verurteilt, zerstört und eingeäschert zu werden. Wohl haben sich die Russen bisher überall tapfer gewehrt, doch selbst die tapferste Gegenwehr kann sie vor ihrem Schicksal nicht retten. Und wenn sie sich gleich zur Übergabe der Stadt auf Gnade und Ungnade bereit erklären würden, hülfe ihnen das nichts, denn ich hörte, wie Batu-Khan sich im Kreise seiner Zechgenossen äußerte: ›Ich werde den Fortbestand anderer Hauptstädte neben der meinen nicht dulden. Ketschi-Sarai am Itil soll die einzige Hauptstadt des Erdkreises sein. Von dort aus werde ich die Blitze meiner Befehle zu allen Völkern schicken, die mir zitternd zu gehorchen haben.‹

Doch nicht in Batu-Khans, sondern in Allahs Händen ruhen die künftigen Dinge. Er allein weiß und bestimmt, was geschehen wird, und wir alle sind in seiner Hand.

Ich wiege mich in der verwegenen Hoffnung, erhabener Beherrscher aller Rechtgläubigen, daß Du meine bei Dir eintreffenden Eilkuriere mit wohlwollendem Auge ansehen und sie mit Deiner freigebigen Hand beglücken wirst.

Mögen sich Dir dereinst die Pforten des Paradieses öffnen wie hienieden die Tür der Kaaba[2]!«

---

1 Eksi = Dnepr.

2 Kaaba = würfelähnliches Gebäude in Mekka, seit alters her von den arabischen Stämmen als Nationalheiligtum verehrt, als »Beit Allah« (Haus Gottes) von Mohammed zum Ziel des vorgeschriebenen Haddsch gemacht. Die Mohammedaner führen die Geschichte dieses Gebäudes bis auf vorsintflutliche Zeiten zurück; den jetzigen Bau lassen sie von Ibrahim (= dem biblischen Abraham) und seinem und der Hagar Sohn Ismael, dem Stammvater der Araber, herrühren.

Siebenter Teil
Am Dnepr

Fort von Nowgorod

In diesem unheilschwangeren Jahre 1240, in dem die Tataren sich zu ihrem Einfall in Europa rüsteten, herrschte auch im Stadtstaat Nowgorod große Unruhe. Raubgierige Feinde – Deutsche, Schweden, Dänen, Finnländer – hatten von jeher ein habgieriges Auge auf das Nowgoroder oder Pskowsche Gebiet geworfen. Zuerst waren sie als harmlose Händler auf bauchigen Schiffchen mit den verschiedensten Waren angekommen und hatten dabei die Gelegenheit ausgekundschaftet, später waren sie mit den blanken Waffen in der Hand wiedergekehrt. Auf Nowgorods Notrufe waren stets die Krieger aus Perejaslawler, Wladimirer, Susdaler und Polozker Landen zur Hilfe herbeigeeilt unter der Führung des heldenmütigen Knjas Jaroslaw Wsewolodowitsch oder seines jungen Sohnes Alexander, den die Nowgoroder schließlich bewogen, von ihnen die Fürstenkrone anzunehmen. Alexander Jaroslawitsch führte als Gemahlin Alexandra, die Tochter des Fürsten Brjatschislaw von Polozk, auf sein Nowgoroder Stadtschloß heim.

Am Hofe von Nowgorod traf die junge Fürstin Alexandra Brjatschislawna wieder mit einem Gespielen ihrer Kindheit, namens Wadim, zusammen.

Wadims Vater Grigori, des Polozker Fürsten Hofjägermeister, hatte bei einer Bärenhatz einen schrecklichen Tod gefunden. Der Fürst nahm sich der verwaisten Familie an, insbesondere des kleinen Wadim, den er zusammen mit seinen eigenen Kindern erziehen ließ. Diese waren ihrem Spielgefährten aufrichtig zugetan und schätzten an ihm vor allem seine Fähigkeit, aus weichem Lindenholz allerhand Tiere – Pferde, Rinder, Hühner und so weiter – und auch Rohrpfeifchen zu schnitzen. Am meisten mühte sich Wadim, der kleinen munteren blauäugigen Prinzessin Sakjuschka jeden Wunsch von den Augen abzulesen, und bastelte für sie ganz allerliebste Spielsachen. Als Wadim zum Jüngling herangewachsen war, sprach Fürst Brjatschislaw eines Tages zu ihm:

»Ich sehe, daß du wenig Neigung zum Waffenhandwerk hast, daß es dich vielmehr zu friedlicheren Beschäftigungen zieht. Daher habe ich beschlossen, dich nach Nowgorod zu schicken, wo sich eine sehr berühmte Werkstätte für die Herstellung von Heiligenbildern und Statuen befindet, die von einem erfahrenen Künstler, dem Vater Makari, geleitet wird.

Bei ihm wirst du lernen, unsere Kirchen mit Tafel- und Wandmalereien zu schmücken. Und das ist ein sehr schöner, gottgefälliger Beruf.«
Also reiste Wadim zusammen mit seiner alten Kindermuhme, die ihn auch jetzt noch betreuen und bemuttern wollte, nach Nowgorod, um unter Vater Makaris strenger Anleitung mit großem Eifer dem Studium der Heiligenmalerei obzuliegen, und als Alexandra Brjatschislawna als Herrin ins Nowgoroder Schloß eingezogen war, wurde Wadim dort ein häufiger Gast, ja im Laufe der Zeit beinahe ein Mitglied der fürstlichen Familie. Doch ob er nun unter der Menge stand, die an Festtagen den Schloßhof füllte, oder ob er ins Gewühl des großen Festsaals mitgerissen wurde oder gar zu den Privatgemächern der fürstlichen Familie Zutritt erlangte, stets hingen seine Augen an der jungen Fürstin und verfolgten sehnsüchtig jede ihrer Bewegungen, sein lauschendes Ohr fing jedes ihrer Worte auf, und mit aufeinandergepreßten Lippen beobachtete er eifersüchtig, wie ihre blauen Augen aufleuchteten, ja ihr ganzes Gesicht vor Freude erstrahlte, sobald ihr Blick auf den Fürsten Alexander fiel. Er gab sich die größte Mühe, seine hoffnungslose Liebe, wenn nicht zu unterdrücken, was ihm nicht gelingen wollte, so doch wenigstens vor jedermann zu verbergen, insbesondere aber vor jener, der sie galt. Schließlich rang er sich zu dem Entschlusse durch, Nowgorod zu verlassen. Nur fort von hier, einerlei wohin, nur möglichst weit fort!
Eines Nachmittags, nach einem Bankett im Schloß, saß Wadim in der Werkstatt, damit beschäftigt, von einem alten Bild der Mutter Gottes, das man eigens aus Zargrad gebracht hatte, eine Kopie anzufertigen. Die Arbeit ging ihm ziemlich flott von der Hand, doch entstand auf der glatten Ahornholztafel unter seinen Pinselstrichen nicht das harmvolle Antlitz der schwarzäugigen Maria des Originals, sondern das lächelnde Gesicht der blauäugigen Fürstin Alexandra. Ganz versunken starrte der junge Künstler auf sein eigenes Werk, da hörte er hinter sich ein strenges Räuspern. Als er sich umsah, stand hinter ihm Vater Makari.
»Wahnsinniger!« zürnte der alte Mönch und zog seine buschigen Brauen drohend zusammen. »Vermessener, was für teuflische Leidenschaften brodeln in deiner sündigen Seele? Wie kannst du dich erdreisten, der heiligen Muttergottes die Züge unsrer Fürstin zu geben? Wenn der Herr Abt deine Kopie zu sehn bekäme, so würde er dich ins tiefste Brunnenloch werfen lassen, und wenn gar der Herr Erzbischof von deinem Frevel erführe, so hättest du dein Leben verwirkt. Laß dir das gesagt sein, und kratze sofort die Farben wieder von der Tafel ab und male ein anderes Bild, aber nicht das der Heiligen Jungfrau, das in deinem Herzen sündhafte Leidenschaften entzündet, sondern das des Apostels Petrus, kahlköpfig und graubärtig, oder meinetwegen auch das des heiligen Wlassi, des Schutzpatrons unsres Viehs ... Ich aber muß dennoch zum Vater Archimandrit gehn und ihn fragen, welche Buße ich dir für dein ungewöhnliches Vergehn auferlegen soll.«
Damit schlurfte er hinaus. Sorgfältig reinigte der Zurückgebliebene seine Pinsel und packte sie samt den Tuschnäpfchen und dem übrigen

Malgerät in ein Köfferchen. Hierauf hüllte er das Tafelbild, welches ihm Vater Makaris Tadel zugezogen hatte, in einen Malerkittel aus Leinen. Als er alles an sich genommen, schlich er durch eine Seitentür in den Klostergarten hinaus und von da zur Pforte, deren Hüter gerade ein Nickerchen machte. Also gelangte Wadim unangefochten hinaus und auf kürzestem Wege zu einer Hütte am Stadtrande, wo seine alte Muhme hauste. Ihr erklärte er, er wolle in einem Kloster unweit der Stadt eine Andacht verrichten. Ihr die Wahrheit zu sagen, daß er nämlich Nowgorod auf Nimmerwiedersehn den Rücken kehren wollte, traute er sich nicht. Darum konnte er von seinen Kleidern und sonstigen Sachen auch nur diejenigen mitnehmen, die er leicht, ohne Auffallen zu erregen, in einem Bündelchen bei sich tragen konnte.
Trotzdem brach die Alte unter Tränen in Klagen aus:
»Warum willst du mich in meinem Alter allein lassen, mein Lieber? Ich spüre es, du gehst nicht im guten von hier fort.«
»Sei doch nicht unnötig traurig«, tröstete Wadim sie. »Ich komme ja bald wieder und bring' dir auch was Schönes mit – ein neues Kopftuch oder einen Schafpelz.«
Wadim umarmte die brave Betreuerin seiner Kindheit und drückte sie fest an sich. Sie aber küßte ihn und streichelte ihm zärtlich das Gesicht.
»Und solltest du während meiner Abwesenheit irgendwas brauchen«, schärfte er ihr ein, »so geh ins Schloß zur jungen Fürstin, sie wird dich schon nicht ohne Hilfe lassen.«
Wadim verließ die Hütte, und nachdem er sich aus dem Flechtzaun noch einen brauchbaren Wanderstecken herausgebrochen hatte, schritt er rüstig fürbaß.
›Nach Kiew!‹ sagte er bei sich. ›Ich muß zusehn, daß ich nach Kiew komme. Dort haben in der Petschersker Lawra[1] kunstfertige Meister eine stille Zuflucht vor dem Treiben der Welt gefunden und widmen sich ganz ihrer heiligen Kunst. Unter ihnen werde ich bestimmt einen geeigneten Lehrer finden, und dort werde ich auch in der Abgeschiedenheit meinen Kummer vergessen.‹
Unterwegs schloß sich Wadim Gauklern an, die nach Polozk und Smolensk wollten und den jungen Maler überredeten, ihrer Truppe beizutreten:
»Bei uns wirst du ein frohes, freies Leben führen. Überall auf Märkten, Hochzeiten und anderen Festen gibt es reichlich zu essen und zu trinken. Du kannst für uns komische Masken malen und hübsche bunte Kostüme entwerfen.«
Aber Wadim lehnte den Vorschlag standhaft ab und trennte sich schließlich von den Gauklern, freilich nicht zu seinem Glück, denn tags darauf wurde der allein Wandernde von üblem Gesindel der Landstraße an einem öden Ort überfallen und bös zugerichtet. Man nahm ihm alles ab

1 Petschersker (oder Petscherskaja) Lawra = das berühmte Höhlenkloster von Kiew.

bis auf das Tafelbild und seine Farben und Pinsel. Entkräftet und blutend lag Wadim am Wege unter einer breitästigen Tanne und meinte, sein letztes Stündlein wäre gekommen.
Ein vorüberfahrendes altes Bäuerlein erwies ihm die Dienste eines barmherzigen Samariters: verband seine Wunden, lud ihn auf seinen Wagen und nahm ihn mit zu sich nach Haus. Die Frau des Bäuerleins pflegte den jungen Maler und fütterte ihn heraus. Als Wadim leidlich wieder zu Kräften gekommen war, erzählte er den beiden gastfreundlichen alten Leutchen, was ihm zugestoßen war.
»Ja, ja, du hättest dich von der Gauklertruppe nicht trennen sollen. Mutterseelenallein auf der Straße zu wandern, das ist heuer gefährlich. Viel schlechtes Gesindel treibt sich auf den Wegen herum. Gottlob, du bist noch einmal dem Tode entronnen. Aber auf deiner Weiterreise gib besser acht, schließ dich irgend jemandem an, doch sieh dir zuvor deine Wandergefährten genau an ... Dein Muttergottesbild gefällt mir sehr ... Die barmherzige Mutter Maria darauf sieht meiner Tochter Nastja ähnlich. Die hatte ebensolche blaue Augen und ein freundliches Gesicht. Ich hatte auch einen braven Schwiegersohn, den Jäger Andrei. Er und meine Tochter liebten sich über alle Maßen. Auch ein Söhnchen wurde ihnen geboren. Aber ihr Glück war nur von kurzer Dauer. Eines Tages erkrankte unsre Nastjuka an einem bösartigen Geschwür. Bloß fünf Tage hat sie leiden müssen, dann nahm unser Herrgott sie zu sich. Kurz nach ihrem Begräbnis sagte mein Schwiegersohn zu mir: ›Hier kann ich nicht länger bleiben. Hier erinnert mich alles an Nastja, und der Kummer verzehrt mich. Ich will lieber fortgehn und die weite Welt durchstreifen.‹ Nun, er verließ uns, aber sein Söhnchen, unser Enkelchen, vertraute er uns an, und mein Weib und ich, wir haben's betreut und es aufgezogen. Da steht der Bub nun vor dir. Von seinem Vater hörten wir lange Zeit nicht das geringste, wir fürchteten schon, er müsse wohl irgendwo umgekommen sein, weil er ja keine Gefahr fürchtete und den Tod eher zu suchen als zu meiden schien. Mit dem Jagdspieß ging er auf einen Bären los ... Fünf Bärenfelle haben wir noch von ihm ... Neulich aber kam ein sehr weit entfernter Verwandter von mir, ein rechtschaffener, gottesfürchtiger Mensch, der von einer heiligen Stätte zur andern wallfahrtet und von Almosen lebt, hier durch und brachte uns ein Lebenszeichen von unserm Schwiegersohn und auch Geschenke: ein Paar derbe Stiefel für mich, fast noch ganz neu, für meine Alte Leinen zu einem Sarafan[1] und für das Jungchen ein rotes Hemd. Unser Verwandter erzählte uns, Andrei sei Flößer auf dem Dnepr geworden, er fahre regelmäßig von Smolensk bis Kiew. Das sei aber gar kein so leichter Beruf, sagt mein Verwandter, dazu müsse man starke Muskeln haben und immer die Augen hübsch offenhalten, daß nichts passiert ...«
Und der Alte schickte sich an, umständlich zu erzählen, was er vom Hörensagen über den Flößerberuf wußte, doch Wadim unterbrach ihn:

1 Sarafan = langes Kleid mit Ärmellöchern und Gürtel.

»Könnte ich nicht deinen Schwiegersohn aufsuchen?«
»Daran hab' ich auch schon gedacht. Du müßtest nach Smolensk wandern und dich dort nach Andrei dem Flößer, ehedem Jäger, erkundigen, dann wird man dir schon sagen, wo du ihn findest. Im Laufe eines Sommers kommt er, wie man mir sagte, vier-, manchmal auch fünfmal nach Smolensk. Du wirst ihm von uns Grüße bestellen und ihm erzählen, wie es uns geht, daß wir alle gesund sind, auch sein Söhnchen, welches wächst und gedeiht und auf einen Besuch seines Väterchens wartet. Er soll nur recht bald mal sich bei uns sehn lassen.« –
Als Wadim völlig wiederhergestellt war, rüstete er sich zum Aufbruch. Seinen Gastgebern schenkte er zum Abschied das Marienbild als Gegengabe für die Kleidungsstücke, die sie ihm aus Andreis Hinterlassenschaft überließen.
Ohne weitere Fährnisse brachte er den Weg bis Smolensk hinter sich und fand dort am Ufer eine Menge Flöße zur Abfahrt bereit. Er erkundigte sich nach Andrei, dem ehemaligen Jäger, und gleich der vierte oder fünfte, den er fragte, ein von Wind und Wetter gebräunter stattlicher Mann mit einem scharfen Falkenblick, antwortete ihm:
»Er steht vor dir! Was willst du von ihm?«
»Dein Schwiegervater Prochor Stepanowitsch und sein Weib lassen dich herzlich grüßen, und auch dein Söhnchen Andrjuscha sendet seinem lieben Väterchen Grüße und Küsse.«
Andrei fuhr sich mit dem Rücken seiner rauhen Hand über die Augen, dabei ließ er den Kopf hängen, als drücke ihn etwas nieder, gleich aber warf er ihn wieder in den Nacken.
»Ich danke dir. Und wie geht's daheim? Sind alle gesund?«
»Es geht gottlob recht gut, alle sind bei bester Gesundheit, und dein Söhnchen wächst und gedeiht. Und die Ernte ist heuer recht gut gewesen, viel besser, als man nach den langen Regenzeiten noch zu hoffen gewagt hatte.«
»Das freut mich. Und du, mein junger Freund, wo treibt es dich hin?«
Wadim gestand, daß er hinunter nach Kiew wollte, um dort bei den Meistern der Lawra sich in seiner Malkunst zu vervollkommnen.
»Das trifft sich ja gut«, meinte Andrei, »da kannst du mit uns fahren.« Und er deutete mit dem Finger auf eine kleine Strohhütte, die auf dem vordersten der Flöße stand. »Schau dorthin! Siehst du das kleine Strohhüttchen? Das überlasse ich dir für die Reise. Dort bist du bei schlechtem Wetter vor Wind und Regen geschützt und auch vor Kälte. Kriech nur gleich hinein und schlaf dich aus von deiner Wanderung.«
Wadim befolgte, nachdem er sich höflich bedankt hatte, den Rat und suchte Unterschlupf in dem Hüttchen, in das man nur kriechend hineingelangen und in dem man nur lang ausgestreckt liegen konnte.
Am andern Morgen stießen die Flöße vom Ufer ab und ließen sich von der Strömung flußabwärts treiben. Auf dem Rücken liegend, schaute Wadim auf die Laubkulisse der Ufer hinüber, und es kam ihm so vor, als stünde das Floß still, und alle Dinge an Land – Häuser, Hütten,

Bäume, Sträucher, Felder – bewegten sich in entgegengesetzter Richtung, nämlich stromaufwärts. In der Abend- und Morgendämmerung erspähte Wadim Wild, das zur Tränke an den Fluß kam: Hirsche und Rehe, einmal auch eine Bärin mit ihrem Jungen.
Das vorderste Floß hatte ein Beiboot, einen sogenannten »Dub«; darin lag, durch ein langes, armdickes Hanfseil mit dem Floß verbunden, ein gewaltiger eiserner Anker, der so schwer war, daß nur die vereinte Kraft von mehreren Männern ihn hätte heben können.
Wenn der Dnepr eine so scharfe Biegung machte, daß es aussah, als würden die Flöße direkt aufs Ufer hinauffahren, dann ließ sich Andrei, der meist vorn auf dem ersten Floß saß und scharf Auslug hielt, im Dub vorausrudern und bezeichnete die Stelle, wo der Anker ausgeworfen werden mußte, der die Flöße in der Mitte des Fahrwassers hielt. Wenn das Seil am straffsten gespannt war, riß es mit einem Ruck das erste Floß herum, und die übrigen (mit dem ersten und untereinander verbundenen) Flöße trieben dann an dem ersten vorbei, das damit zum letzten wurde. Auf ein Zeichen Andreis wurde der Anker rasch wieder gelichtet, vom Floße losgemacht, und das Boot ruderte an dem ganzen Zug entlang bis zu dem jetzt zum ersten gewordenen, vordem letzten Floß, auf welchem Andrei (während die Ruderer Dub und Anker vertäuten) vorn wieder Platz nahm und auf die nächste Flußbiegung wartete, wo sich das gleiche Spiel wiederholte.
Auf diese Weise gelangte der junge Maler Wadim im Spätsommer des Jahres 1240 von Nowgorod über Smolensk nach Kiew.

Wadim in Kiew

Kiews Lage versetzte Wadim in Entzücken: Auf mehreren Hügeln am rechten Ufer lag die seit eh und je wegen ihrer schönen Gebäude aus Stein und Holz, wegen ihrer majestätischen Kirchen mit den goldenen Kuppeln berühmte Stadt, in reiches Grün gebettet, und bot dem Auge, besonders einem Malerauge, ein prächtiges Bild. Freilich drängten sich um die Prachtbauten des Klerus und des Adels die sehr bescheidenen, kleinen, schilfgedeckten Lehmhäuser der gemeinen Einwohnerschaft. Wadim ging, von Andrei begleitet und geführt, durch den Podol, den am niedrigsten, direkt am Ufer gelegenen Stadtteil Kiews, wo vorzugsweise Handwerker ihre Wohnungen und Werkstätten hatten. Auf den Straßen, vor und in den Werkstätten sah man viel zugezogene Arbeiterschaft.
»Hier wohnen viele von meinen Freunden, denen ich mehrmals im Jahr Holz bringe – Birken-, Linden-, Ahorn-, Buchen- und Eichenstämme, was ein jeder gerade braucht. Hier triffst du ebenso viele Leute aus Nowgorod, Polozk, Susdal und Wladimir wie aus Kiew selbst, besonders seit dem Einfall der Tataren. Die von auswärts Zugewanderten hoffen, hier bei friedlicher Arbeit ein geruhiges Leben führen zu können. Doch ob sich ihre Hoffnung erfüllt? – Ich bezweifle es manchmal, denn die

Tataren, wenn sie auch an der Wolgamündung vorerst haltgemacht haben, sind ein unruhiges Volk, das von Seßhaftigkeit auf die Dauer nichts wissen mag. Plötzlich, wenn es ihrem Batu-Khan, diesem unersättlichen Menschenfresser, einfällt, stehen sie vor den Toren Kiews.«

Und gleich der erste, bei dem die beiden einkehrten, der Schmied Grigori, bestätigte Andreis Befürchtungen:

»Du kommst zu keiner guten Stunde, Freund!« grüßte er mit verdrossenem Gesicht. »Deine Stämme werden wir allerdings trotzdem brauchen können, auch wenn an Hausbau nicht zu denken ist, denn unsere ganze Sorge und unsere ganze Kraft gilt jetzt der Befestigung der Stadtmauern. Schwere Zeiten sind angebrochen, und es fragt sich noch sehr, ob wir sie überstehn werden.«

»Aber was ist denn so Schreckliches in der Zwischenzeit, seit ich dich zum letzten Male gesehn habe, geschehn?«

»Nun, es ist ja, wie du dich entsinnen wirst, nicht das erstemal, daß die Brodniki[1], die Polowezer und andere Nomadenstämme aus dem Wilden Feld[2] über den Dnepr herüberkommen und westwärts weiterziehn. Sie sind auf der Flucht vor den Tataren, die seit einiger Zeit die ganze Steppe unsicher machen und jeden, den sie erwischen, entweder totschlagen oder zum Gefangenen machen, die Gefangenen an die Wolgamündung verschleppen und sie als Sklaven an Kaufleute aus Buchara und Persien verkaufen. Und diesmal will, wie es scheint, der Flüchtlingsstrom überhaupt nicht wieder abreißen.«

»Wir sind die ganze Zeit über auf dem Wasser gewesen und haben noch nichts davon gehört«, sagte Andrei.

»Da schau nur zum linken Ufer hinüber«, forderte Grigori seinen Besucher auf. »Siehst du die riesige Ansammlung von Menschen zu Fuß und zu Pferde? Auch Kamelkarawanen und ganze Züge von Ochsenkarren... Das sind lauter Steppenbewohner, und es gibt gar nicht so viele Boote, Fähren und Flöße, um sie alle so schnell, wie sie es wünschen, auf unsre Seite herüberzuholen. Und sie zahlen gut, fast ohne zu feilschen, mit Vieh, Häuten und anderen Dingen, um nur ja unverzüglich herüber- und weiterzukommen.«

Im ferneren Verlaufe des Gesprächs erfuhren Andrei und Wadim, daß bereits vor Wochen einmal eine größere tatarische Reiterarmee vor

---

1 Brodniki = Flüchtlinge aus den russischen Fürstentümern, die im Süden Rußlands umherschweiften und früher oder später meist in fremde Dienste traten.

2 Wildes (wüstes) Feld = die freien Steppen am Schwarzen Meer, südlich des Fürstentums Rjasan, dessen Grenzwachen gegen die Nomadenvölker (hauptsächlich gegen die Polowezer, die sich manchen Übergriff zuschulden kommen ließen) im Laufe der Zeit sich zu kleineren und größeren Siedlungen erweitert hatten, zu denen die Polowezer kamen, um Felle, Häute, Wolle, Hammel, Rinder und Pferde gegen Getreide oder Mehl und andere von ihnen benötigte Waren einzuhandeln.

Kiew erschienen sei und längere Zeit am andern Ufer Lager bezogen habe. Gesandte seien auf Booten herübergekommen und hätten an die Bojaren, die der Fürst ihnen entgegengeschickt, das Ansinnen gestellt, Kiew möge sich auf Gnade und Ungnade Batu-Khan unterwerfen, der sich dafür verbürge, daß keinem der Einwohner ein Haar gekrümmt würde; nur einen freilich sehr ansehnlichen Tribut würde er der Stadt auferlegen.
»Kann man denn aber diesen Tataren trauen?« meinte der Schmied.
»Doch wohl kaum... Wir haben uns jedenfalls auf einen solchen Vorschlag nicht eingelassen, und da sind die dann nach einer geraumen Zeit wieder abgezogen.«
»Freund Grigori«, fragte Andrei, »wenn nun aber – wie ich fürchte – in diesem Jahr der Winter zeitig hereinbricht und der Dnepr zufriert? Dann wäre es doch den Tataren ein leichtes, auf unsre Seite herüberzukommen – und was dann? Wie gedenkt ihr euch dann Batu-Khan gegenüber zu verhalten?«
»Ja, darüber machen sich alle Gedanken, unser Fürst, die Bojaren und die Bürger, und halten Beratungen über Beratungen ab... Doch was ist denn das für ein Bursche, den du da bei dir hast?«
»Das ist ein junger Mensch aus Nowgorod, der von Smolensk aus auf dem Floße mit mir hierhergekommen ist, um im Petschersker Kloster die Malkunst zu erlernen. Sprich und erklär es ihm, Wadim!«
»Da willst du dich wohl am Ende gar in eine Kutte stecken lassen, junger Mann?« fragte der Schmied mit einem Anflug von Mitleid sowohl als auch von Spott.
»Nein, beileibe nicht, bloß in einen Malerkittel. Deshalb möchte ich auch viel lieber irgendwo in der Stadt als im Kloster wohnen und nur zum Unterricht in die Malwerkstatt gehen.«
»Wenn du ein Quartier suchst, so kann ich dir helfen, indem ich dich zu meinem guten Freund und Nachbarn Kondrat, dem Töpfermeister, begleite. Aber er wohnt in der Oberstadt, hier in der Unterstadt hat er nur seine Werkstatt samt einem kleinen Laden, aber ganz in der Nähe. Laß uns gleich zu ihm gehn!«
Und der Schmied brachte Wadim und Andrei, der durchaus mitgehen wollte, zu seinem »guten Freund und Nachbarn«, einem schwarzbärtigen freundlichen Mann, der unter einem Schutzdach hinter seinem Ladentisch stand, auf dem zum Teil buntbemalte Töpferei-Erzeugnisse – Schüsseln, Krüge, Töpfe, Satten – in Reihen säuberlich zum Verkauf aufgestellt waren.
Der Schmied ging sogleich aufs Ziel los.
»Höre, Freund Kondrat«, sagte er, »könntest du nicht einen flinken, tüchtigen Gehilfen gebrauchen, der im Augenblick gerade kein Dach überm Kopfe hat? Er ist mit Andreis Floß aus Smolensk eingetroffen. Hast du nicht noch ein Plätzchen für ihn in deiner Hütte?«
Der Töpfer musterte den ihm vorgestellten jungen Mann prüfend, wobei er ein Auge zukniff.

»Na, was kannst du denn?« fragte er.
»Was du verlangst, das werd' ich tun«, entgegnete Wadim.
»Er ist ein braver, stiller Bursche«, legte sich nun auch Andrei ins Mittel, »der uns unterwegs manche Freude gemacht hat, indem er aus Ton kleine Bären, Rösser und andere Tiere knetete, einmal sogar einen Spielmann.«
»Wart ein Weilchen hier, bis ich meinen Laden geschlossen habe. Dann gehn wir zusammen zu mir nach Hause«, sagte Kondrat. »Und der Hund da, das ist wohl deiner?«
Wadim blickte sich um. Tatsächlich, neben ihm stand ein zottiges Hündchen, mit dem er auf dem Floß manchmal gespielt hatte, und schaute ihn treuherzig und mit dem Schwanze wedelnd an, als verstünde es, daß von ihm die Rede sei.
»Hm«, brummte Wadim, »es scheint wirklich ganz so, als wär's jetzt meiner.«
Und er streichelte das Tier.
»Nun gut«, meinte der Töpfer. »Seit ich meine Hausfrau verloren habe, ist mir das ewige Alleinsein ohnehin zuwider. Zu zweit wird's gemütlicher und lustiger sein, denke ich; so habe ich bloß den Kater in der Hütte und die Tauben auf dem Dache... Den kleinen Kläffer da nimm ruhig mit...«
Von diesem Tage an wohnte Wadim in der Hütte des Töpfers Kondrat, der »Kläffer« aber fand Unterkunft in einer Hundehütte gleich daneben.
Am nächsten Tag begab sich Wadim in die am Südrande der Stadt gelegene Petscherskaja Lawra und verabredete mit den in der Malwerkstatt des Klosters arbeitenden Ikonenmalern oder Isographen[1], wie man sie damals nannte, alles, was mit dem Unterricht, den er bei ihnen nehmen wollte, zusammenhing.
Neben der Hütte des Töpfers stand, nur durch einen Flechtzaun getrennt, eine zweite, aus der Wadim oft Mädchenlachen und Gesang vernahm. Eines Tages wurde er auch der lustigen Sängerinnen ansichtig, zweier hübscher, kecker, halbwüchsiger Mädchen, die ihn dreist fragten:
»Du willst uns wohl auch so ein schweigsamer Nachbar sein wie dein Wirt? Oder bist du von Geburt stumm? Wir wünschen dir jedenfalls einen guten Tag!«
»Und ich erwidere euren Wunsch!« antwortete Wadim. »Doch wie kommt es, daß bei euch immer die Esse raucht, ihr selber aber seid niemals zu sehn?«
»Das ist dir auch schon aufgefallen? Ach, wir Armen haben eine sehr strenge Großmutter.«
»Und was tut denn diese gestrenge Großmama?«
»Sie bäckt Kringel und verkauft sie im Podol unten in der Kuchen- und Brotbudenreihe...«

---

1 Isograph = (veraltete) Bezeichnung für Maler von Heiligenbildern. Ikona (dtsch. Form: Ikone) = Heiligenbild.

»Und ihr, was tut ihr denn?«
»Wir helfen ihr bei der Hausarbeit und haben immer alle Hände voll zu tun.«
»Und wie heißt ihr denn?«
»Ich heiße Sofjiza, und meine Schwester heißt Smirenka. Und das da kannst du ja mal kosten!«
Damit reichten sie dem jungen Maler einen Kringel.
Plötzlich stieß Sofjiza einen leisen Schrei aus:
»Och, da kommt Großmutter!«
Und wie durch Zauber waren beide verschwunden.

Der Freund der Steppenbewohner

Ein langes, festes, geteertes Boot – im Volksmund »Dub«[1] geheißen – legte im Unterlauf des Dnepr am Steilufer an. Die Ruderer beziehungsweise Treidler, die sogenannten »Dubowiki«, lauter kräftige, muskulöse Männer in Hosen, deren Beine bis zum Knie aufgekrempelt waren, und in Hemden von derbem Stoff, die über der Brust offenstanden, sprangen an Land und schlangen das Haltetau um den Stamm einer knorzigen alten Weide, die sich mit ihren Wurzeln fest in den Uferhang verkrallt hatte. Der Haarschnitt der Männer, ihre Gesichter (obwohl sie von der Sonne fast schwarzgebrannt waren) und die ihnen an einer Schnur um den Hals hängenden Holzkreuzchen verrieten jedem Betrachter sogleich, daß es sich um Russen und Christen handelte, und das begriffen auch die paar Torki[2], die sich teils im dichten Röhricht verborgen hielten, um beim geringsten Anzeichen einer Gefahr sofort noch tiefer darin verschwinden zu können, teils aber auch, von ihrer Neugier verlockt, etwas weiter herausgewagt hatten.
Im Boot waren nur ein paar griechische Kaufleute zurückgeblieben; die übrigen Insassen waren ebenfalls ausgestiegen. An den langen, bereits vertrockneten Palmwedeln, die sie in den Händen hielten, und an dem hohen Holzkreuz, das einer von ihnen trug, sah man gleich, daß es sich um fromme Pilger und Pilgerinnen handelte, die von einer Wallfahrt ins Heilige Land über Zargrad zurückkehrten; sie hätten gar nicht erst

1 Dub = Eiche, also ein Boot aus Eichenholz. Von Dub abgeleitet ist das Wort Dubowik, Mehrzahl Dubowiki, das eigentlich die Bedeutung von Fährmann, Ferge hat, hier aber auf die Ruderer bezogen ist, die, wie sich zeigt, auch Treidler, d. h. Bootsschlepper (Burlaki) sind, wenn die Fahrt gegen den Strom geht.

2 Torki, häufig mit den später vorkommenden Berendeern unter dem Sammelnamen »tschornye Klobuki« (schwarze Kapuzen) zusammengefaßt, gehören zu den Turkstämmen, die zu jenen Zeiten in den Randgebieten des Kiewer Fürstentums nomadisierten. Das Wort »Berendeika« bezeichnet eine besondere Art Mütze, und vermutlich hat man auch den Berendeern ihren Namen wegen ihrer eigentümlichen Kopfbedeckung gegeben.

Psalmen in langgezogenen Tönen zu singen und im Sande niederzuknien brauchen, um, mit dem Gesicht gen Osten gewandt, unter tiefen Verneigungen ihre Gebete zu verrichten. Drei Frauen in langen Gewändern, den Kopf bis zu den Augenbrauen mit dunklen Tüchern umwickelt, hielten sich stets etwas abseits von den Männern, stimmten aber mit durchdringenden Stimmen in deren Psalmen ein. Als die Pilger mit Singen und Beten fertig waren, setzten sie sich neben dem Feuer nieder, das die »Dubowiki« inzwischen angezündet hatten.
Die Nomaden waren im Schilf untergetaucht, kehrten aber bald wieder zurück. Ihnen voran schritt langsam und würdevoll ein alter Mann, der auf dem Kopf eine ziemlich abgeschabte Fuchsfellmütze trug und in der Hand als Stab ein dünnes Baumstämmchen, dessen Wurzelstock zu dem gehörnten Kopf eines Fabeltiers zurechtgeschnitzt war, mit zwei eingesetzten roten Steinchen als Augen. Im Gürtel dieses Mannes stak ein kurzes breites Messer; die langen Zotteln seines grauen Haares waren zu einem Zopf geflochten, der ihm auf die Schultern herabhing.
»Ein Zauberer«, meinte einer der Dubowiki. »Ein Medizinmann«, setzte ein andrer hinzu.
»Nein, ihr Stammesoberhaupt!« widersprach ein dritter, der offenbar öfters den Unterlauf des Dnepr befahren hatte.
Hinter ihrem Ältesten trugen zwei Torki auf ihren Armen den abgezehrten, entkräfteten, mit einer verschlissenen schwarzen Mönchskutte bekleideten Körper eines silberbärtigen Greises, der anscheinend im Sterben lag. Sorgsam betteten sie ihn auf den weichen Sand neben dem Lagerfeuer, und einer schob ihm eine lederne Tasche als Stütze unter den Kopf. Die drei Pilgerinnen machten sich um den Sterbenden zu schaffen, falteten ihm die Hände auf der Brust und schoben ihm ein Kreuz mit drei Querbalken, das an einem Kettchen um seinen Hals hing, zwischen die mageren, fast durchsichtig blassen Finger.
»Es geht mit ihm zu Ende«, flüsterte eine der Frauen mit einem tiefen Seufzer.
»Ja, er liegt in den letzten Zügen«, bestätigte die zweite.
»Wieso denn?« widersprach die dritte. »Solche, die aussehn wie eine Reliquie, haben gewöhnlich ein zähes Leben. Wie viele Male hat man meinem Großvater nicht schon eine brennende Kerze zwischen die Hände gesteckt, und er hat noch volle drei Jahre gelebt, bloß auf dem Rücken liegend zwar, aber manchmal hat er sich doch aufgerichtet, wenn Pfannkuchen mit Stinten gebacken wurden...«
»Pfannkuchen mit Stinten?« fragte da unvermutet der wieder zu sich kommende Greis. »Bist du etwa gar vom Tschudski-See[1]?«
»Gewiß, von dort bin ich her, Großväterchen. Aus Talabsk, das in der Nähe von Pskow liegt. Du wirst es wohl wenigstens dem Namen nach kennen.«

1 Tschudski-See = Peipussee.

»Sicher kenn' ich es, und nicht bloß vom Hörensagen, bin ich doch am Talabsker See gewesen und wurde mit Pfannkuchen und Stinten traktiert von einer gewissen Praskowja, die mich aus Mitleid aufnahm und verbarg; denn ich war damals dem Bojaren Twerdilo Iwankowitsch in Pskow entflohen, einem fürchterlichen Wüterich, der seine Leibeignen fast zu Tode prügelte... Später ging ich nach Kiew und wurde Mönch...«
»Und weshalb hast du dich denn hier zum Sterben niedergelegt und nicht in der Heimat?«
»Ach, ich bin des ewigen Wanderns müde. Ich sehne mich nach Ruhe. Gern hätte ich die liebe Heimat noch einmal gesehn, doch das wird mir wohl nicht beschieden sein.«
Der Greis verstummte und sank wieder zurück in Reglosigkeit. Sein Mund stand halb offen, die Augen blickten starr.
Eine der Pilgerinnen flüsterte:
»Man muß unseren Vater Methodius herbeiholen, damit er die Sterbegebete spricht.«
Hastig lief sie zum Boot, kletterte hinein und rüttelte einen im Heck zusammengerollt auf der Seite liegenden, schwarzbärtigen Mann, der sich mit einem Halbpelz zugedeckt hatte, aus seinem tiefen Schlafe wach.
»Ermuntere dich, Vater Methodi, am Ufer drüben liegt ein Sterbender, der deiner bedarf. Aber beeil dich, sonst hat er seinen Geist aufgegeben, ehe du hinkommst.«
Sich die Lider reibend und das zerzauste lange Haar aus der Stirn streichend, richtete sich der unsanft Geweckte auf und ließ seine dunklen Augen erstaunt umherschweifen.
»Wohin hat uns denn der Herrgott geführt?« rief er. »Sind wir wirklich schon in der Heimat?... Dann sind wir ja dem Tode noch einmal entronnen, der auf dem Meere Katze und Maus mit uns gespielt hat...«
»Steh auf und folge mir!« drängte die Pilgerin. »Zeit zum Wundern hast du auch später noch. Jetzt bedarf der Sterbende deiner...«
»Welcher Sterbende?«
»Der greise Mönch.«
»Ein Mönch? Wo kommt der denn auf einmal her?«
»Die Steppenbewohner haben ihn zum Ufer getragen. Es wird wohl einer aus eurem Orden sein. Er wäre lieber in der Heimat gestorben, aber seine Kräfte werden wohl nicht mehr ausreichen für die weite Reise dahin.«
Der Mönch wollte sich erheben, fiel aber gleich wieder um, weil das Boot schaukelte. Er raffte sich abermals auf und nahm seine Sachen an sich: eine Ledertasche mit Schulterriemen und einen Stab aus Zedernholz vom Libanon, ferner einen Tonkrug und eine Holzschale, schließlich den alten Schafspelz, der ihm als Zudecke gedient hatte. Behutsam stieg er über andere Schläfer hinweg und ans Land, dort kniete er neben dem Sterbenden nieder und drückte eine seiner abstehenden Ohrmuscheln

dicht an dessen Lippen. Lange horchte er, dann stellte er sachlich fest: »Er schläft.«
Die Dubowiki, die sich inzwischen in einem Kessel eine Suppe gekocht hatten, machten sich daran, sie auszulöffeln. Von einem in der Nähe gelegenen Nomadenlager waren noch mehr Eingeborne herbeigekommen, darunter auch Kinder, und hatten sich niedergehockt. Mit glänzenden Augen verfolgten sie gespannt die Vorgänge am Ufer und sprachen dabei unter sich, zwar nur halblaut, aber heftig gestikulierend. Bei einem allzu lauten Ausruf eines der Dubowiki aber fuhren sie erschrocken in die Höhe und machten Miene davonzulaufen. Sie beruhigten sich jedoch gleich wieder, als sie sahen, daß der Ruf nicht ihnen gegolten hatte.
Als die Ruderer ihr Mahl eingenommen hatten, riefen sie alle Reisenden ins Boot zurück:
»He, ihr Pilger, nehmt schnell eure Plätze im Dub wieder ein! Es wird im nächsten Moment zu regnen anfangen. Legt euch gleich richtig hin und deckt euch zu. Denn während der Fahrt darf niemand im Dub umherlaufen.«
Alle eilten zum Boot. Nur der Sterbende und Vater Methodius blieben am Ufer zurück. Der letztere hatte ein zerfledertes Psalterium[1] aus der Tasche seiner Kutte gezogen und begonnen, in singendem Tonfall daraus vorzulesen.
Einer der Ruderer trat zu ihm hin und mahnte ihn:
»Was säumst du noch, ehrwürdiger Vater?«
»Siehst du denn nicht, daß der Greis stirbt?«
»So laß ihn ins Boot tragen. Es wird sich schon noch ein Plätzchen für ihn finden.«
»Nein, laßt mich hier in Ruhe sterben und begrabt mich nachher unter jenem Baum dort!« ächzte der Greis.
»Nein, darauf können wir nicht warten. Wir haben noch eine weite Fahrt vor uns ... Und du solltest lieber auch nicht hierbleiben an diesem öden Ort ... Dazu noch dieses Steppengesindel in der Nähe ...«
»Zum Sterben ist jeder Ort recht, und die Torki werden mir auch nichts anhaben, wenn unser Herrgott seine schirmende Hand über mich hält.«
»Nun, dann laß ihn liegen und folge du mir, Vater Methodius.«
»Nein, ich kann ihn unmöglich allein hier zurücklassen ... wie ein Tier des Waldes ...«
Der Ruderer zuckte die Achseln und ging zum Boot. Ehe er aber einstieg, sagte er noch:
»Es ist doch ganz einerlei, wo man ihn begräbt: ob hier, ob bei den Stromschnellen ... Zum letzten Male: Laß ihn uns ins Boot tragen!«
»Ich bleibe, bis er den letzten Atemzug getan hat!« entschied Vater Methodius und blickte wieder in sein Psalterium. »Nach Kiew komme ich notfalls auch zu Fuß.«

---

1 Psalterium = bibl. Psalmbuch.

»O nein, dazu ist der Weg zu weit und führt durch wilde Schluchten, wo sich lichtscheues Volk herumtreibt. Dann warte lieber auf den nächsten Dub, der bald hier vorbeikommen muß. Mit dem kannst du dann heimfahren.«

»Ich bin schon einmal in die Hölle hineingeraten, als die Tataren das Gemetzel in Rjasan veranstalteten, und doch heil wieder herausgekommen. Wovor sollte ich da noch Angst haben? Fahrt mit Gott! Glückliche Reise!«

Die Dubowiki lösten das Haltetau, nahmen das Schleppseil über die Schulter und zogen mit gemessenen Schritten das Boot stromaufwärts. Dazu stimmten sie ein rhythmisch sehr markantes, aber melodisch sehr eintöniges Lied an, nach dessen Takt sie ihre Schritte regelten. Zwei Dubowiki im Dub, einer mit einem Staken im Bug und einer mit einem langen Ruder im Heck, stießen das Boot von den Klippen ab und steuerten es in das Fahrwasser.

Die beiden Mönche blieben allein zurück. Der laut Lesende blickte von Zeit zu Zeit dem Sterbenden ins Gesicht und hielt dann im Psalmodieren inne, um den Atemzügen des Greises zu lauschen. Als der Dub den Augen entschwunden und nur noch der monotone Gesang der Treidler ganz entfernt zu hören war, kam der Älteste der Steppenbewohner wieder aus dem Röhricht hervor und kauerte sich neben den beiden Mönchen nieder, seinen Stab vor sich auf die Erde legend. Nach und nach gesellten sich noch einige Torki hinzu.

Ein junges Weib in einem weiten roten Gewand mit vielen bunten Glasperlen um den Hals trug einen Tonkrug voll Milch herbei. Zwischen ihr und dem Stammesältesten gab es ein leises Gemurmel, dann ließ sie sich zu Häupten des Sterbenden nieder, tauchte ihre Hand in den Krug und ließ die Milch von ihren Fingern dem Greise wie einem Säugling in den Mund tröpfeln. Die benetzten Lippen fingen an, saugende und schluckende Bewegungen zu machen.

Der Stammesälteste berührte mit den Spitzen seiner Finger den im Psalterium lesenden Vater Methodius bei der Schulter und sagte zu ihm, mit der Hand auf den Himmel weisend, nur das eine Wort:

»Tengri...«

Dann nach einer Weile ballte er die Hand zur Faust und fügte noch ein paar unverständliche Worte hinzu, wobei er dem Vater Methodius unverwandt in die Augen blickte.

Der Sterbende, der sie vernahm, flüsterte kaum hörbar:

»Er sagt: ›Tengri...‹ Das heißt in ihrer Sprache: Himmel... Er möchte, daß alle Menschen Brüder wären... wie die Finger einer Hand... Aber wenn es nötig ist, sollen sie sich zur Faust ballen... Ich habe drei Jahre unter ihnen gelebt und ihnen das Evangelium gepredigt. Und dieser alte Mann, der ihr Stammesoberhaupt ist, hat auch von mir das heilige Sakrament der Taufe empfangen, und dennoch ist er ein Heide und Zauberer geblieben, damit seine eigenen Götter nicht zornig auf ihn werden...«

Der Sterbende schwieg. Vater Methodius legte sein Psalmbuch beiseite, beugte sich über ihn und fragte:
»Sag mir, Vater, wem soll ich von deinem Tode Nachricht geben, falls es mir noch glückt, nach Kiew zu kommen? Soll ich im Petschersker Kloster Meldung machen?«
Mühsam flüsterte der Greis, sein letztes bißchen Lebensatem verbrauchend:
»Wenn du nach Kiew kommst, so such den Tysjazki[1] und Wojewoden[2] Dmitro auf. Sag ihm, der ihm wohlbekannte Hieromonach[3] Benjamin, jener, der während der letzten drei Jahre den ›schwarzen Klobuki‹ und den Torki das Wort Gottes gepredigt habe, sei altersschwach und gebrechlich von hinnen geschieden und wünsche ihm Glück und Segen zu künftigen Waffentaten; denn von hier seien schon fast alle Steppenbewohner westwärts geflüchtet, aus Angst vor den grimmen Tataren ... Doch wir Söhne Rußlands, im Besitz der ewigen Wahrheit und im Vertrauen auf Gottes Beistand, werden die Kraft haben, die wilden Horden zu überwältigen ... Die Unsern sollen sich nur wacker halten, und die himmlischen Mächte werden ihnen den Sieg verleihn!«

---

1 Tysjazki: Im alten Rußland hieß so der oberste Kriegsherr (später in Pleskau und Nowgorod der Verwalter der städtischen Polizei). Das Wort ist abgeleitet von Tysjatscha (Tausend), hat also wohl ursprünglich den Anführer von tausend Mann bezeichnet.

2 Wojewode = Heerführer, entspricht ursprünglich ganz dem ahd. herizogo = Herzog.

3 Hieromonach = Mönchpriester, Klostergeistlicher.

Achter Teil
Kiews letzte Stunde

Unruhe in Kiew

Der heiße trockene Sommer und der goldene Herbst des Jahres 1240 waren hingegangen, und während dieser ganzen Zeit hatte sich der ununterbrochene Strom der aus dem Wilden Felde fliehenden Nomadenstämme nicht vermindert, sondern noch verstärkt. Kiews Straßen waren verstopft von den Kamelkarawanen, Wagenzügen, Schaf- und Pferdeherden der durchziehenden Steppenbewohner, die es unaufhaltsam immer weiter westwärts trieb, in der Hoffnung, irgendwo hinter den Waldkarpaten ein neues Leben in Ruhe und Sicherheit anfangen zu können. Die Pferdehirten der Steppe mit ihren langen biegsamen Stangen, an deren oberem Ende die Fangschlinge befestigt war, mit denen diese Hirten etwa aus der Herde ausbrechende Tiere geschickt wieder einfingen, waren charakteristische Erscheinungen der Straßen und Gassen Kiews geworden.

Von Unruhe und Besorgnis getrieben, stiegen die Einwohner täglich mehrmals auf die Erdwälle und Mauern und spähten ängstlich in die blaue Ferne der Steppe jenseits des Dnepr. Wenn am Horizonte neue schwarze Punkte auftauchten, fragte man sich bang: »Sind es nun abermals neue Flüchtlingstrupps oder schon die Vortrupps von Batygas Streitmacht?« Und man atmete erleichtert auf, wenn die Näherkommenden sich als flüchtige Polowezer oder Angehörige anderer Nomadenstämme entpuppten.

»Was mag bloß draußen im Wilden Felde vorgehn?« fragte man sich mit einem tiefen Stoßseufzer. »Für welche Sünden will uns der Herrgott denn strafen? Wodurch haben wir eine solche strenge Strafe wie dieses furchtbare Unglück verdient?« – Und man räsonierte: »Wenn die Steppenbewohner, die doch höchst ungern ihre heimatlichen Weidegründe verlassen, so Hals über Kopf die Flucht ergreifen und wenn diese wilde Flucht gar kein Ende nehmen will, so muß man sich aufs Allerschlimmste gefaßt machen. Denn was sie forttreibt, das können nur die Tataren sein.«

Andere wollten es einfach nicht fassen.

»Sollten diese furchtbaren, erbarmungslosen Teufel wirklich bis vor unsere Stadt rücken, diese Tataren, die die russische Saleßja[1] heim-

1 Saleßja = Waldgebiet.

gesucht und gebrandschatzt haben? – Dann wäre es ja höchste Zeit, entweder ebenfalls das Weite zu suchen oder sich auf ihren Empfang vorzubereiten.«

In den engen kleinen Gassen der am Dnepr gelegenen Unterstadt gärte die Erregung am stärksten. Alle Schmiede hatten eilige Aufträge. Jeder Kiewer, ganz gleich, ob blutjung oder hochbetagt, brachte sein Schwert, seine Axt, seine Lanze oder sonsteine Waffe, um sie schärfen oder instand setzen zu lassen, und auch die durchziehenden Nomaden kauften, ohne zu feilschen, jedes Ding, was nur irgendwie zur Verteidigung brauchbar war.

Freilich gab es auch unter den Einwohnern welche, die sich den Ernst der Situation verschleiern und verhehlen wollten.

»Warum wollt ihr uns bange machen«, sagten sie zu den Nomaden, die auf den überstürzten Abzug des mächtigsten Polowezer Khans, des Khans Kotjan, hinwiesen und argumentierten, daß ein so hastiger Aufbruch doch wohl seine guten Gründe haben müsse. »Wenn es kein strenger Winter wird und der Dnepr nicht zufriert, so werden die Tataren gar nicht auf unsre Seite herübergelangen können.«

Ängstlichere Gemüter wendeten ein:

»Aber wenn der Nordwind zu blasen anfängt und der Strom zufriert, was dann? Dann sind die Tataren im Hui auf unserer Seite und überfluten das ganze Gebiet wie ein über seine Ufer getretener Fluß. Kein Haus werden sie verschonen, selbst die Keller ausplündern.«

Streitbarere Charaktere widersprachen:

»Was heißt: Sie werden alles überfluten? – Werden wir denn die Hände untätig in den Schoß legen und sie gewähren lassen?«

»Nicht einmal ein Fluchtweg wird uns dann mehr offenstehn!« jammerten die Feigen.

»Wir haben ja auch gar nicht die Absicht zu fliehn! Auf seinem Stück Heimaterde muß man leben und sterben können.«

Zum Glück brachte der Herbst keinen frühen Kälteeinbruch. Der Dnepr fror nicht zu, ja, die letzten Flöße aus dem Smolensker Gebiet erreichten unbehelligt Kiew und legten wie immer am linken flachen Ufer an. Die Flößer ließen sich zum Podol übersetzen und boten dort den Händlern die mitgebrachten Felle – Eichhörnchen, Hasen, Füchse und andere – zum Kaufe an. Früher wären sie ihnen aus den Händen gerissen worden. Jetzt aber mochte sie niemand haben.

»Wozu brauchen wir eure Felle, wenn wir nicht mal wissen, ob wir unser eignes Fell heil davontragen?«

»Ei, früh fangt ihr an, die Totenmesse zu singen«, spöttelten die Flößer. »Warum solche Angst vor den Tataren? Wir kennen sie, wir haben sie bei Perejaslawl gesehn und gejagt. Sie sind tapfer, wenn sie zu fünft über einen herfallen können. Aber wenn wir uns zusammenschließen und ihnen einen gebührenden Empfang bereiten, so werden sie unverrichteterdinge und mit langer Nase wieder abziehn müssen, wie sie vor Nowgorod haben abziehn müssen.«

Und aufgeregt und von den widerspruchsvollsten Empfindungen bestürmt, gingen die Kleinbürger und Handwerker auseinander und in ihre Häuser, wo sie im engeren Familienkreise mit den gleichen Befürchtungen und Besorgnissen sich ebenso vergeblich abquälten.

Im Schloß

Im Detinez[1] Kiews hielt vor dem Schloßportal ein Drushinnik[2] Wache, ein wahrer Hüne von Gestalt, und verwehrte mit seiner vorgehaltenen Hellebarde einem hohen, hageren Mönch den Zutritt ebenso eigensinnig, wie dieser darauf bestand.
»So laß mich doch hinein, du Unverständiger!« rief der Mönch und stieß zornig seinen Stab gegen die Erde.
»Mir ist gesagt worden: Der Großfürst hat strengstens befohlen, niemanden in den Schloßhof zu lassen, weder Berittene noch Fußgänger.«
»Aber von Angehörigen der Geistlichkeit hat der Großfürst kein Wort gesagt, nicht wahr?«
»Weder einen fahrenden Ritter noch einen wandernden Mönch... Ich lasse dich jedenfalls nicht herein.«
»So begreif doch nur, du Unbelehrbarer! Ich komme von weit her, vom Unterlauf des Dnepr, vom Meere her, und ich muß dem Großfürsten von dem Aufruhr, der dort unter den Steppenbewohnern herrscht, berichten. Und ich habe ihm noch andere furchtbare Dinge zu berichten, du aber stellst dich wie ein steinernes Götzenbild mir in den Weg und willst mich nicht durchlassen.«
»Nein, ich lasse dich nicht durch!« wiederholte stur der Drushinnik. »Fürst Danilo ist mit Vorbereitungen zu einer Reise beschäftigt, auf die er auch die Drushina mitzunehmen gedenkt.«
»Wenn der Großfürst abreisen will, desto dringlicher ist es für mich, ihn vorher zu sprechen. Ich habe ihm eine Botschaft vom Vater Benjamin, dem früheren Beichtvater des Wojewoden Dmitro, auszurichten.«
»Ich aber rate dir: Pack dich, ehe ein Unglück passiert! Hier kommst du sowieso nie und nimmer herein.«
In diesem Moment kam ein Reiter angesprengt, der sein schaumbedecktes kräftiges Pferd vor dem Portal zum Stillstand brachte. Sein Gefolge von etwa einem Dutzend berittener Krieger in voller Ausrüstung machte ebenfalls halt.
»Sei gegrüßt, Wojewode Dmitro!« salutierte der Drushinnik.
»Du auch, Stepan!« antwortete der Wojewode mit einer rauhen,

1 Detinez = Zitadelle oder Burg (Kreml).
2 Drushinnik = Angehöriger der Drushina, einer Freiwilligen-Kriegsschar (später entsprechend etwa unsrer Landwehr, ehedem aber auch Leibgarde, insbesondere während eines Feldzugs).

schallenden Kommandostimme. »Ist der Großfürst für mich zu sprechen?«

»Der Großfürst ist in der Gridniza[1] mit Vorbereitungen zu einer Reise beschäftigt«, gab der Drushinnik Auskunft und öffnete das Portal, um den Reitertrupp einzulassen.

»Zu einer Reise?« verwunderte sich der Wojewode. »Du meinst wohl zum Ausmarsch?«

»Der Großfürst wird es dir selber sagen. Wir wissen es nicht.«

Der Wojewode stieg ab, da vertrat ihm der hagere Kuttenträger den Weg.

»Erlaube mir ein Wort mit dir!«

»Sprich! Was willst du?«

»Da der Großfürst offenbar infolge seiner Reisevorbereitungen keine Zeit für mich hat, wäre ich dir sehr dankbar, wenn du mich wenigstens anhören wolltest.«

»So sprich, aber fasse dich kurz, denn auch meine Zeit ist bemessen.«

Ich komme von weit her, aus Zargrad und vorher noch aus der Heiligen Stadt Jerusalem. Bei der Fahrt auf dem Dnepr legte unser Boot unterhalb der Stromschnellen an, und da brachten Angehörige des Nomadenstammes der Tschornye Klobuki den sterbenden Hieromonach Benjamin ans Ufer...«

»Den Vater Benjamin? Denselben, der mein Beichtiger gewesen ist?«

»Denselben!«

»Und hast du mit den Nomaden gesprochen? Was haben sie vor? Sind sie uns freundlich oder feindlich gesinnt?«

»Eben davon wollte ich ja mit dem Fürsten reden. Sie erzählten von umherstreifenden tatarischen Spähertrupps, die mehrere Angehörige ihres Stammes entführt hätten. Feindlich sind sie uns bestimmt nicht gesinnt, denn sie sagten zu mir: ›Frage den Großfürsten von Kiew, was wir tun sollen. Ob wir hier bleiben oder wie die anderen Stämme auch zu den Ugern[2] ziehen sollen? Werden die Kiewer den Tataren Widerstand leisten, oder werden sie ihre Stadt verlassen und ebenfalls jenseits der Karpaten Schutz suchen?‹ «

»Dacht' ich mir's doch, daß hier schon Unheil gestiftet worden ist!« rief der Wojewode zornig. »Es fehlt eine starke Hand! Eine solche Festung aufgeben? Wer könnte denn daran denken? – Komm, laß uns gemeinsam zum Großfürsten gehn! Wie heißt du übrigens?«

»Methodius heiße ich und stamme aus Perejaslawl Saleßki.«

»Und Vater Benjamin? Ist er mit dir zusammen hierhergekommen?«

»Nein, dort in der öden Wildnis, wo er das Evangelium gepredigt hat, hat er in meinen Armen auch seine Seele ausgehaucht, und dort habe ich, seinem ausdrücklichen Wunsche entsprechend, auch seine sterb-

---

1 Gridniza = in den Palästen der früheren russischen Fürsten sowohl die Wachtstube als auch der Audienzsaal.

2 Ugern = Ungarn.

liche Hülle der Erde zurückgegeben. Das hat mich aufgehalten, sonst wäre ich gewiß schon viel früher hier eingetroffen. Ich habe meinen alten Gaul, den mir der Stammesälteste zusammen mit dem Opferaltar des Vaters Benjamin übergab, auf dem Wege hierher zuschanden geritten.«
»Erbarme dich, Herr, des armen Vaters Benjamin und erquicke seine Seele in den Gefilden des Paradieses!« sprach der Wojewode andächtig und bekreuzigte sich. »Du aber geh doch lieber jetzt nicht mit mir zum Fürsten, sondern zum Vorsteher der Zehentkirche[1] und sag ihm, ich, der Tysjazki Dmitro, hätte dich geschickt. Er wird für deine Unterkunft sorgen.«
Damit übergab der Wojewode die Zügel seines Rosses dem Drushinnik und trat in den Schloßhof.

Vorbei an einigen salutierenden Drushinniki schritt der Wojewode die Treppe zur Gridniza hinauf. Es war ein ihm wohlvertrauter Raum mit Eichenbänken längs der Wände, einem langen, mit Samt bedeckten Tisch... Alles genau noch so wie sonst.
Nur mehrere Wandtischchen, auf denen früher goldene und silberne Schalen, Becher, Humpen und Pokale, von Geschlecht zu Geschlecht vererbte Kostbarkeiten, gestanden hatten, waren jetzt leer. Auch die Jagd- und Kriegswaffen und Trophäen, die ehemals die Wände geschmückt und dem Beschauer von siegreichen Kämpfen und erfolgreichen Jagden erzählt hatten, hingen jetzt nicht mehr da.
›Warum wohl?‹ fragte sich der Wojewode, der beim Eintritt sich den langen Hängeschnurrbart glatt gestrichen und dann ehrfürchtig und fromm sich vor den in der vorderen Ecke hängenden silbergefaßten Heiligenbildern verneigt und bekreuzigt hatte.
Während Dmitro noch in düstere Gedanken verloren dastand, fanden sich mehrere vom Großfürsten zu einer Audienz berufene Bojaren und vornehme Bürger ein, die, nachdem sie den Heiligen und dem Wojewoden ihre Reverenz erwiesen, auf den Bänken Platz nahmen und leise untereinander sprachen, bis sie von einem jungen Diener unterbrochen wurden, der durch die in die inneren Gemächer führende Tür herein und zum Wojewoden trat, um ihm auszurichten, der Großfürst sei leider im Augenblick durch anderweite Geschäfte verhindert, sich ihm zu widmen.
»Ich habe keine Lust, meine Zeit an dich zu verschwenden«, sagte der Wojewode. »Lauf zum Großfürsten und richt ihm aus, ich sei eigens vom Wilden Feld hereingekommen, um mit ihm unaufschiebbare Dinge zu besprechen.«
»Das wird nicht möglich sein. Der Großfürst möchte in seinen Geschäften nicht gestört und beunruhigt werden.«

---

1 Zehentkirche = eine von Wladimir dem Großen (980–1015 Großfürst von Rußland) in Kiew erbaute Kirche, der er den zehnten Teil seiner Einkünfte angewiesen hatte.

»Beunruhige du mich nicht!« polterte Dmitro los. »Du meldest unverzüglich dem Großfürsten, daß ich hier auf ihn warten und nicht eher fortgehen werde, als bis ich ihn gesprochen habe!«
Damit gab er dem Diener einen so heftigen Stoß, daß dieser gegen die Tür taumelte, hinter der er sofort verschwand.
Erstaunt erhoben sich die Bojaren und Bürger und näherten sich dem Wojewoden, der mit auf dem Rücken verschränkten Armen finster brütend dastand.
»Was hat deinen Sinn so verfinstert, Wojewode Dmitro?« fragten sie.
»Das werdet ihr gleich erfahren. Geduldet euch, bis der Großfürst erscheint.«
»Sag doch wenigstens ein Wort!«
»Ein Wort?« Der Wojewode maß die Bojaren mit einem düsteren Blick. »Krieg! – Jawohl, Krieg, und wie auf Flügeln des Sturmes braust er auf uns zu.«
Erblassend tauschten die Bojaren untereinander Blicke.
»Das verhüte Gott! Krieg! Das wäre ja ein entsetzliches Unglück!« riefen sie.
Die Flügel der Tür taten sich auf, und herein trat schnellen Schrittes ein stattlicher, schöner Mann – der Großfürst Danilo Romanowitsch. Vor Dmitro, der ihm, die Hand am Schwertknauf, fest in die Augen sah, blieb er stehen und sagte zwar leise, aber sehr ungehalten:
»Weshalb kommst du hierher? Um das Volk unnötig in Unruhe zu versetzen? Ist das klug und richtig? Selbst wenn uns wirklich ein Unheil drohen sollte, müssen sich die Wojewoden in einer geheimen Beratung darüber schlüssig werden, welche Maßnahmen zu treffen sind, und sie dann möglichst unauffällig ins Werk setzen. So aber wird die Einwohnerschaft zur Wetsche[1] zusammenströmen, es wird sinnlos gelärmt und sinnlos geredet und nichts dadurch bewirkt werden; denn könnten wir ihnen auf ihre Fragen Rede und Antwort stehn?«
»Ja«, kam es langsam von Dmitros Lippen, »man muß die Einwohner der Stadt zur Wetsche zusammenrufen, und wer weiß: vielleicht zu Kiews letzter Wetsche ...«, setzte er düster hinzu.
»Wieso zur letzten?« fragte der Fürst, überrascht einen Schritt zurückweichend. »Und warum überhaupt? Warum unnütz das Volk erschrekken? Kiew rüstet sich zur Verteidigung und wird jedem Angriff standhalten, bis Hilfe kommt. Um uns diese Hilfe zu sichern, habe ich bereits meine Vorkehrungen getroffen: Ich habe Eilkuriere an die Könige von Polen und Ungarn geschickt und sie durch ein Handschreiben ersucht, uns mit ihren Streitkräften Beistand zu leisten.«
»Das werden sie gerade tun!« riefen die Bojaren und Bürger. »Wenn wir uns darauf verlassen wollen, dann sind wir verlassen!«

1 Wetsche = altrussische beratende Volksversammlung, eine Art Thing, insbesondere von Nowgorod und Pskow, einberufen bzw. eingeläutet durch die Wetscheglocke.

»In Stunden der Gefahr soll man sich nur auf sich selbst verlassen!« sagte der Wojewode eindringlich und bedeutungsvoll.
Die Türflügel öffneten sich ein zweites Mal, um eine schöne schwarzäugige Dame hereinzulassen, die Großfürstin Anna, Danilos Gemahlin, die auf der Schwelle stehenblieb und mit wohlklingender Stimme freundlich fragte:
»Worüber ereifert man sich denn hier? Was hat dich so erzürnt, Danilo?«
Der Wojewode verneigte sich tief vor der Großfürstin und sprach:
»Gott schütze dich, durchlauchtigste Herrin! Vergib, daß ich der Überbringer schlimmer Nachrichten bin. Ich war eben dabei, dem Fürsten Danilo zu erklären, warum die Bereitschaft zur Abwehr des Feindes auch nicht um einen einzigen Tag, nicht um eine einzige Stunde hinausgeschoben werden darf.«
»Begib dich in deine Gemächer zurück, Anna«, sagte der Großfürst. »Das sind Männer- und keine Frauenangelegenheiten.«
»Gestatte mir dennoch hierzubleiben, mein Freund! Ich will und muß alles wissen. Wenn Unglück oder Unheil von Feinden droht, dann werden die russischen Frauen an der Seite ihrer Männer stehn. Und jetzt beruhige dich, Danilo!«
Sie trat zu ihrem Gemahl und schmiegte sich an seine Schulter.
Schon wesentlich ruhiger und gefaßter wendete sich Danilo an Dmitro:
»Sage mir aufrichtig: Ist das Unheil, das unserer Stadt Kiew droht, wirklich unausbleiblich, unvermeidlich?«
»Mit Wolfssprüngen nähert sich Batyga unsrer Stadt.«
Mit einer verzweifelten Gebärde griff sich die Fürstin an den Kopf, hatte sich aber gleich wieder in der Gewalt und fragte:
»Danilo, warum forderst du die Herren nicht auf, Platz zu nehmen und in Ruhe anzuhören, was der ruhmreiche Wojewode zu sagen hat?«
Der Fürst nahm auf einem Sessel an der Stirnseite des Tisches Platz und neben ihm die Fürstin, ihm gegenüber der Tysjazki, auf den Bänken ringsherum die Bojaren und Bürger.
»Kann man sich wirklich auf die Hilfe der Könige von Polen und Ungarn verlassen?« fragte der Wojewode. »Sind die Polen und Madjaren wirklich gesonnen, Schulter an Schulter mit uns Russen gegen die Tataren zu kämpfen?«
»Um das in Erfahrung zu bringen, bin ich ja eben im Begriff, zu König Bela zu reisen.«
»Und wir? Was sollen wir inzwischen machen?« fragte einer der Bojaren. »Bis die Ungarn und Ljachen[1] hier eintreffen, werden wir längst den ersten und, wer weiß, vielleicht auch schon den letzten Sturmangriff der Tataren ausgehalten haben, um nicht zu sagen: ihnen erlegen sein.«
»Nein, ihr werdet euch unter dem Kommando des Wojewoden Dmitro wacker halten, bis ich mit einem Entsatzheer zurück bin. Die Mauern und Wälle der Stadt sind stark und fest, und durchs Tor werdet ihr die

1 Ljachen = abschätzige Bezeichnung für die Polen.

Tataren ja wohl nicht hereinlassen. Sie werden eine Zeitlang vor Kiew liegen und dann wieder abziehn.«

»Wir werden schon unsern Mann stehn, aber es heißt, Batygas Heer sei so groß, daß niemand die Zahl seiner Krieger anzugeben vermag. Er braucht darum nicht mit Männern zu sparen und wird so lange stürmen, bis er eine Bresche geschlagen hat, durch die dann die wilden Horden hereinströmen.«

Fürst Danilo sagte:

»Ich übertrage das Kommando und die Verantwortung dem erfahrenen Wojewoden Dmitro. Er wird wissen, was in entscheidenden Momenten zu tun ist. Ich aber werde mich auf schnellstem Wege zu König Bela begeben, um ihn zu veranlassen, mit seinem ganzen Heere und mit den Reiterscharen des Polowezer Khans Kotjan der Stadt Kiew zu Hilfe zu kommen.« Er wandte sich den Bojaren zu: »Nun muß ich euch verlassen, die Pferde draußen stampfen schon.« Und zu seiner Gemahlin: »Geh, Anna, und mach dich fertig.«

Die Fürstin hatte ihr Gesicht mit den Händen bedeckt und flüsterte mit bleichen Lippen:

»Gott, was für eine furchtbare Zeit!«

Der Großfürst erhob sich und umarmte schweigend den ebenfalls aufgesprungenen Wojewoden und küßte ihn. Doch Dmitro ließ Kuß und Umarmung stumm und finster über sich ergehen.

›Ob er wirklich willens ist, zurückzukehren? Und gar an der Spitze eines Heeres?‹ fragte er sich. Und die gleiche Frage mochten sich wohl auch alle übrigen stellen.

Vom Hof herein tönten Rufe:

»Aufsitzen! Wir brechen auf! Vorwärts!«

Mit einer Abschiedsgebärde verließ der Fürst, seiner Gemahlin den Arm reichend, den Raum, in dem Totenstille herrschte.

Dmitro trat zum Fenster und beobachtete, wie der Großfürst, nachdem er seiner Gemahlin in einen Wagen geholfen, sich in den Sattel schwang und zum Portal hinaussprengte.

Als der ganze Zug außer Sicht war, drehte Dmitro sich zu den Bojaren und Bürgern um und sprach leise, aber eindringlich:

»Wir wollen Kiew bis zum letzten Atemzug verteidigen, und sollte auch ein jeder von uns auf den Mauern der Stadt sein Leben lassen müssen.«

»Richtig, gewiß, das wollen wir!« riefen die anderen zustimmend. »Wir wollen die Mutter der russischen Städte ebenso tapfer verteidigen, wie unsere Väter und Vorväter, von deren Blut jeder Fußbreit Boden getränkt ist, es zu ihrer Zeit getan haben.«

Nach einer lange währenden Beratung gingen alle auseinander, fest entschlossen, Leib und Leben auf dem Altar des Vaterlandes zu opfern.

Die letzte Wetsche von Kiew

Ende November dieses furchtbaren Jahres riß an einem frühen Morgen die Wetscheglocke, deren Klang infolge eines leichten Sprungs im Metall sich von dem volleren Wohlklang der anderen Kirchenglocken deutlich unterschied, die Kiewer Bürger aus ihrem Schlaf und forderte sie durch ihr ausdauerndes, beharrliches Geläut auf, sich ohne Zögern auf dem Platz vor der Kirche der heiligen Sophia einzufinden, um dort in der Volksversammlung über unaufschiebbare Angelegenheiten des Gemeinwesens zu beraten und zu entscheiden. Alle spürten dem stürmischen Geläut an, daß es sich um ungewöhnliche Dinge handeln mußte. Trotz der Morgenfrühe war Wadim, wie immer, bereits in seiner Werkstatt im Höhlenkloster tätig. Am Abend zuvor hatte ihm sein Lehrer wieder einmal eingeschärft:

»Beim Kopieren oder Malen eines Heiligenbildes darf man sich keine eigenwilligen Freiheiten erlauben, sonst zerstört man den auf der Weihe der Überlieferung beruhenden Eindruck des Altehrwürdigen.«

Infolgedessen hatte Wadim sich in die angestrengte Betrachtung eines Bildes des heiligen Wlassi versenkt und dann mit größter Genauigkeit jede Runzel, jedes Fältchen, jede Haarsträhne des herben, strengen Märtyrerantlitzes wiedergegeben.

»Darüber werde ich selber noch zum Märtyrer werden!« seufzte er.

Da kam einer seiner Mitschüler, der junge Novize Kasjan, hereingeeilt und rief ihm zu:

»Leg die Pinsel jetzt beiseite! Hörst du nicht die Wetscheglocke, die die Einwohnerschaft zur Volksversammlung auf den Sophienplatz ruft? Komm mit, ich werde dich auf einem abkürzenden Seitenweg gerade zu einer Stelle führen, von wo aus der ganze Platz zu überblicken ist.«

Nachdem sie den Segen ihres Lehrers erbeten hatten, machten die Jünglinge sich auf den Weg. Zu beiden Seiten der verschneiten engen Gasse zogen sich Flecht- und Bretterzäune hin, hinter denen die kahlen Wipfel von Bäumen und Stroh- und Schilfdächer der geweißten Hütten zu sehen waren. Aus den von blaugrauen Tauben umflatterten Lehmschornsteinen stieg starker Rauch auf, vermutlich ein Zeichen, daß die Hausfrauen dem Geschäft des Brotbackens oblagen. Durch eine offene Gartenpforte stürzten sich bellend und knurrend zwei Köter auf eine zornig fauchende Katze, die ihr Fell sträubte, sich aber im letzten Moment durch einen Sprung auf den Zaun vor ihren Angreifern in Sicherheit brachte. – Ein Idyll!

Jedoch schon beim Einbiegen in die nächste Straße merkten die beiden Jünglinge, daß dieses Idyll gestört worden war: Haustüren und Gartenpforten schlugen laut zu, Männer aller Altersstufen hasteten, die Schöße ihres Pelzes übereinanderschlagend, die Straße entlang, alle dem gleichen Ziele zu.

»He, Wadim, komm zu uns!« wurde der junge Maler angerufen. »Hier triffst du Landsleute!«

Es war Andrei, der Flößer, der, einen ledernen Quersack über der Schulter, eine Holzfälleraxt im Gürtel, ruhig und zuversichtlich wie immer, zusammen mit dem Schmied Grigori ging.
»Hast du die Tataren schon gesehn?« fragte der Schmied nach der Begrüßung.
»Was für Tataren? Sind denn Gefangene eingebracht worden?« wunderte sich der Malschüler.
»Schau einer die liebe Unschuld an!« spöttelte der Flößer. »Da mußt du erst mal welche fangen. Folge mir, ich werde dir gleich was zeigen!«
Andrei führte seine jungen Freunde durch ein Seitengäßchen auf einen mit uralten Linden bestandenen Hügel, wo sich im Sommer gewöhnlich die Jugend zu munterem Reigentanz zusammenfand. Jetzt aber war es hier oben winterlich still, kahl und leer. Desto weiter aber eröffnete sich der durch nichts behinderte Fernblick auf die Steppen jenseits des Dnepr.
»Schau mal dorthin! Siehst du die vielen schwarzen Rauchfahnen über dem Röhricht?«
»Ja. Brennt es dort?«
»Da wärmen sich die Tataren an ihren Lagerfeuern.«
Auf der unendlichen gleißenden Schneefläche flatterten noch viele solcher Rauchfähnchen, die von Windstößen immer wieder nach einer Seite hin geweht wurden. Unzählige schwarze Pünktchen, die wie Mohnkörnchen über die ganze Steppe ausgestreut waren, bewegten sich langsam, doch unentwegt auf Kiew zu.
»Und die schwarzen Punkte, die dort überall verstreut sind, was ist das?« fragte Kasjan.
»Das eben sind die Tataren. Gestern abend sind ihre ersten Spähtrupps ganz dicht vor unsern Stadtmauern aufgetaucht.«
Andrei sagte das mit solcher Ruhe, daß Wadim und Kasjan ihn erstaunt ansahen. Aber auch in seinem Gesicht waren keine Anzeichen von innerer Unruhe zu merken. Es blieb ebenso unbewegt, wie es bei Sturm und Unwetter gewesen war, wenn Andrei auf dem vordersten Floß gesessen und mit seinen kalten grauen Augen die brausenden Wellen des Dnepr beobachtet hatte.
Nur ein nachdenklicher Schatten huschte über sein braunes Gesicht, als er leise – wie zu sich selber – sagte:
»Ob es mir unter diesen Umständen vergönnt sein wird, meinen Andrjuschka noch mal zu sehn, das weiß Gott allein.« Er stieß einen schweren Seufzer aus und fuhr dann munterer fort: »Jetzt aber laßt uns eilen, damit wir nichts von der Versammlung verpassen!«
Da die vier ihre Schritte verdoppelten, erreichten sie bald den großen Platz vor der wegen ihrer byzantinischen Malerei hochberühmten Sophienkathedrale, die vor etwa zweihundert Jahren von dem Fürsten Jaroslaw dem Weisen erbaut worden war und seitdem einen Hauptanziehungspunkt für Pilger und Bettler aus ganz Rußland bildete.
Der große Platz vor der Kathedrale war das ganze runde Jahr über ein

Sammelpunkt des Handels. Ausländische Kaufleute brachten ihre besten Waren hierher: die Bulgaren ihre kostbaren Rauchwaren, die Deutschen ihre guten Tuche und schönen Bernsteinschmuck, die Madjaren ihre edlen Pferde, die Polowezer ihre Felle und Häute, auch Vieh aller Art, Kaufleute von der Krim Weine und Salz, ferner aromatische Kräuter und billige Baumwollgewebe. In Stunden großer Entscheidungen aber diente der Platz dem Volke von Kiew als Wetsche- oder Thingplatz, und dann trafen sich hier Menschen, die sich vielleicht schon jahrelang nicht mehr gesehen hatten.

»He, Freund Andrei!« rief es aus einem Häuflein von Männern, die es sich auf einem Holzstapel bequem gemacht hatten, dem Flößer entgegen. »Komm zu uns, hier triffst du alte Bekannte!« –

Vor einer Woche etwa waren in Kiew die ersten Flüchtlinge aus Tschernigow und Perejaslawl eingetroffen, mit nichts weiter, als was sie am Leibe trugen, die rußbeschmierten Gesichter, Arme und Beine, ja am ganzen Körper voller Brandwunden. Unter Verwünschungen und Tränen erzählten sie, wie die Tataren nach Erstürmung der Stadt bei ihnen gehaust und alles niedergemetzelt hatten, was ihnen vor die Klinge kam, ohne Rücksicht auf Alter und Geschlecht ihrer Opfer, ebenso tierisch grausam gegen Greise wie gegen Säuglinge.

Zuerst hatten die Kiewer das Unfaßbare einfach nicht fassen wollen, dann aber, als sie sich der traurigen Wahrheit nicht länger verschließen konnten, hatten sie ihrer Empörung Luft gemacht:

»Der Herrgott wird die Bösewichter dafür strafen! Es gibt noch eine Gerechtigkeit auf dieser Welt! Wir haben einen Ilja Muromez[1], einen Dobrynja Nikititsch und einen Swatogor-Bogatyr[2] gehabt, und aus unsrer Mitte werden neue Helden erstehen und die heidnischen Tataren zu Paaren treiben!« –

Inzwischen hatte sich der große Platz mit Männern gefüllt, die, in weitem Halbkreis aufgestellt, einen genügenden Raum vor der steinernen Treppe der Kathedrale frei ließen, der für den Fürsten, die Heerführer und für die Bojaren seit alters reserviert war.

Jetzt öffneten sich die Flügel des großen Kirchenportals, man vernahm weihevollen Chorgesang, und heraus trat die Geistlichkeit: zuerst die Sänger in langen, bis auf die Füße herabfallenden Chorhemden, hinter ihnen, silberne Räucherfäßchen schwenkend, zwei Diakone mit Stentorstimmen, dann die Priester in Meßgewändern aus Brokat und schließlich, von zwei Knaben geführt und sich auf seinen langen Krummstab

---

1 Ilja Muromez = Elias von Murom, genannt der »Alte Kosak«, Held eines russischen Volksepos, das sich an den Fürsten Wladimir den Großen von Kiew knüpft. Bis zu seinem 30. Lebensjahr gelähmt, wurde Ilja plötzlich gesund und erlangte so große Kraft, daß er zahllose Heldentaten verrichten konnte.

2 Bogatyr = Held, Recke, Degen. – Alle drei: Ilja, Dobrynja und Swatogor, waren solche sagenhafte Recken, vergleichbar unserm Siegfried oder Roland, nur von mehr bäuerlichem als ritterlichem Schlag.

stützend, der Metropolit[1] mit der hohen goldenen Mitra[2] auf dem Haupte.
Der Klerus nahm rechts vom Portal Aufstellung, die Bojaren und Kriegsleute links davon.
Durch das Volk ging ein Gemurmel und Geraune:
»Wo ist denn der Großfürst? Warum ist Fürst Danilo nicht da?«
Gewöhnlich trat der Großfürst gleich hinter dem Metropoliten heraus, umgeben von seinem Gefolge und einer Leibgarde in silberschimmernden Waffen. Aber heute ließ sich kein Fürst blicken.
Der Chor stimmte ein feierliches Gebet an, dessen traurige Melodie allen Zuhörern ans Herz griff. Als der Gesang zu Ende war, erschienen zwei Herolde auf der obersten Plattform der steinernen Treppe und geboten, nach entgegengesetzten Seiten sich wendend, Silentium.
»Männer von Kiew!« riefen sie mit schallender, durch ein Sprachrohr verstärkter Stimme. »Verhaltet euch still! Sogleich wird der ruhmreiche Wojewode Dmitro das Wort an euch richten!«
Die Nennung des respekteinflößenden Namens des von allen hochgeachteten Tysjazkis brachte die Menge mit einem Schlage zum Schweigen. Der Angekündigte trat vor und begann, nachdem er seinen langen Hängeschnurrbart durch die Finger gezogen hatte, zu sprechen:
»Es ist eine schwere, über unser aller Schicksal entscheidende Stunde, in der ich zu euch spreche, Freunde; aber wir müssen der Gefahr kühn ins Gesicht sehn, wie es sich für russische Männer ziemt...«
Ein hochgewachsener, sehr vornehm gekleideter Greis, der in der ersten Reihe unmittelbar vor dem Wojewoden stand, rief mit vor Erregung beinahe überschnappender Stimme:
»Aber wo ist denn Fürst Danilo? Ohne ihn können wir doch gar keine Entscheidung treffen, keinen Beschluß fassen! Man schicke nach ihm!«
Ohne auf diese Unterbrechung zu achten, fuhr der Tysjazki fort:
»Großfürst Danilo Romanowitsch hat Kiew verlassen. Vorher jedoch ließ er mich rufen und sprach zu mir: ›Der Tatarenkhan Batyga ist ein so gewaltiger Feind, daß wir allein nichts gegen ihn ausrichten können. Wir brauchen Beistand. Deshalb begebe ich mich zu dem mir befreundeten König Bela von Ungarn, um ihm zu erklären, daß nicht nur uns Russen, sondern allen Christenvölkern furchtbarste Gefahr droht. Das wird ihn und andere Könige veranlassen, uns Waffenhilfe zu leisten.‹ Er betraute mich mit dem Oberbefehl über die gesamte Streitmacht Kiews und befahl mir, die Stadt zu halten, bis er mit einem Entsatzheer uns zu Hilfe käme. – Doch außer dem Fürsten hat Kiew noch einen anderen, höheren Herrn, und das ist die Wetsche! Darum frage ich euch jetzt nach Altväterbrauch nach eurem Willen: Seid ihr bereit, mich

1 Metropolit = der oberste Geistliche einer Metropolitankirche, meist im Range eines Erzbischofs.
2 Mitra = Bischofsmütze, hohe mützenartige Kopfbedeckung aus goldbesticktem Seidenstoff mit zwei auf die Schultern herabfallenden Bändern (Infulae).

an die Spitze aller Streitkräfte Kiews zu stellen, und gebt ihr mir Vollmacht, alle zum Kampfe tauglichen Männer unter die Waffen zu rufen? Wenn die Wetsche mir diese Vollmacht erteilt, werde ich die Verteidigung der Stadt zu meiner Herzenssache machen, und eher soll mein Herz darüber brechen, als daß ich in meinen Bemühungen um unser Wohl nachlasse. Wie unsre Väter und Vorväter alle angriffslustigen Feinde zurück ins Wilde Feld gejagt haben, so wollen auch wir diese wilden Tatarenhorden in ihre Steppen zurückjagen.«

Über dem Platz lagerte für eine kurze Weile eine tiefe Stille der Nachdenklichkeit, dann ertönten einmütige Rufe:

»Wir sind einverstanden! Wir geben dir Vollmacht! Stell dich an die Spitze der Verteidigung, Dmitro! Wir kennen dich und vertrauen dir! Du wirst niemals zurückweichen, und wir werden zu dir stehn!«

Aus der Menge heraus trat jetzt ein Mann in fremdländischer geistlicher Tracht, schritt die Treppe hinauf zu Dmitro und flüsterte ihm etwas ins Ohr. Dmitro nickte zustimmend mit dem Kopfe und teilte den beiden Herolden mit, was sie dem Volke verkünden sollten.

»Männer von Kiew!« riefen die Herolde durch ihre Sprachrohre. »Gleich wird ein ausländischer Bischof, der Lateiner Joakim, zu euch sprechen. Erwägt seine Worte mit verständigem Sinn und gebt einmütige Antwort!«

Der sanfte Klang eines Glöckchens ertönte, und die Kirchenstufen hinan schritten gemessen und feierlich, einer hinter dem andern, zwölf Dominikanermönche in weißem Habit, über dem sie noch eine kürzere schwarze, um die Leibesmitte mit einem Strick gegürtete Kutte trugen. Ihre spitzen Kapuzen waren auf den Rücken zurückgeschlagen, die tonsurierten Köpfe also entblößt. Oben stellten sie sich in einer Reihe auf; ihr Prior trat in feierlicher Haltung vor und verharrte darin eine Weile mit zum Himmel erhobenen Augen und vorgestreckten Händen, in denen er ein großes silbernes Kreuz hielt. Zwei Knaben in weißen Chorhemden stellten sich rechts und links von ihm auf, und einer von ihnen ließ ein silbernes Glöckchen erklingen.

Mit honigsüßer Stimme begann der Prior in leicht singendem Tonfall und mit unüberhörbarem fremdem Akzent zu sprechen:

»Es sind jetzt schon zwanzig Jahre, daß ich zusammen mit den anderen Vätern aus dem römischen Kloster der Allerheiligsten Jungfrau Maria[1] hier unter euch in der hochberühmten Stadt Kiew lebe. Viele Einwohner dieser Stadt kennen uns und haben sich durch Erfahrung überzeugt, daß wir von innigster Freundschaft für die russischen Menschen durchdrungen sind. Stets haben wir den Bedürftigen geholfen, Hungernde gespeist, Kranke geheilt, Frierende erwärmt. Und deshalb trifft das entsetzliche Unglück, das über Kiew und Rußland hereinzubrechen droht, auch uns und nicht nur uns, sondern alle Christen. Als wir er-

---

1 Der Ordensgeneral der Dominikaner residierte im Kloster Maria sopra Minerva zu Rom.

fuhren, daß der furchtbare Heidenkönig Batyga mit seinem gewaltigen Heere im Anzuge sei, haben wir uns untereinander beraten, wie wir euch helfen könnten, und sind gekommen, euch zu sagen, was wir ersonnen haben.«

Durch die Menge brauste ein dumpfer Lärm, woraus man Sätze wie: »Was redet er da Unverständliches? Worauf will er eigentlich hinaus? Er soll sich gefälligst kürzer fassen!« heraushörte.

Als wieder Stille eingetreten war, fuhr der Prior fort:

»Unser Heiliger Vater, der römische Papst, hat uns Dominikanern den Auftrag erteilt, die dunkle Unvernunft der Heiden zu erhellen durch das wunderbare Licht, welches der sündigen Menschheit gebracht wurde von unserm Herrn und Heiland Jesus Christus. Dem Beispiel seiner heiligen Apostel folgend, sind wir ausgezogen in alle Welt, um das Wort Gottes in allen Zungen zu verkünden. Zu diesem Zwecke haben wir auch die Sprache der Kumanen erlernt. Und nun, in dieser über unser aller Schicksal entscheidenden Stunde, wollen wir der Stadt Kiew, die uns so lange Gastfreundschaft gewährt hat, dafür unseren Dank durch einen Liebesdienst erweisen. Wir haben uns überlegt: Gott hat uns durch seinen eingeborenen Sohn befohlen, uns untereinander zu lieben. Also haben wir uns gefragt: Warum dann mit den Tataren Krieg führen, Ströme unschuldigen Blutes vergießen? Wäre es nicht viel besser, mit Batu-Khan zu unterhandeln, ihm vorzuschlagen, den Streit friedlich beizulegen und künftig mit ihm in Freundschaft zu leben? Wir Dominikaner erbieten uns, als Unterhändler zum Tatarenkhan zu gehn und ihn auszuforschen, wodurch er sich versöhnen ließe ...«

Ein Sturm der Entrüstung fegte über den Platz hin.

»Hört nur diesen zuckersüßen Liebediener Batygas an! Mit Batyga in Freundschaft leben? – Als ob das möglich wäre. Mach, daß du fortkommst, du verräterischer Römer! Wir brauchen dich nicht als Unterhändler!«

»Nein, wir werden nicht mit dem Feind unterhandeln!« rief der Tysjazki Dmitro mit seiner mächtigen Stimme über den Platz hin. Und zu dem Dominikanerprior gewendet, sagte er: »Was sprichst du da so spitzfindig von tatarischer Freundschaft? Wir haben sie kennengelernt – diese Freundschaft, sowohl auf den Trümmern von Rjasan als auch im niedergebrannten Susdal und auf den Mauern des zerstörten Wladimir. Hätte ich gewußt, wovon du zu uns zu sprechen beabsichtigtest, ich hätte dich gar nicht erst zu Worte kommen lassen. Entfernt euch, Väter, in Frieden! Mit unseren Feinden aber werden wir nicht mit honigsüßer Zunge, sondern nach unsrer Väter und Vorväter Art nur mit dem blanken Stahl in der Hand sprechen!«

»Fort mit den Römern! Hinweg mit ihnen!« gellte es aus der Menge. »Wo sind sie überhaupt hergekommen, diese eifrigen Speichellecker der Tataren?«

Der Tysjazki beschwichtigte den Aufruhr durch eine Gebärde und wartete dann, bis die Dominikaner, die ihre Schritte merklich be-

schleunigten, die Stufen hinuntergestiegen waren, ehe er sich wieder an die Versammlung wandte:
»Männer von Kiew! Was meint ihr? Wie sollen wir den Feind empfangen: demütig geneigten Hauptes oder mit erhobenem Schwert?«
Ein hochgewachsener und kräftiger, noch ziemlich junger Mann mit Rußflecken im Gesicht, seiner Kleidung nach ein Grobschmied, war auf einen Holzstapel gesprungen und ließ jetzt seine dröhnende Stimme über den ganzen Platz hin erschallen:
»Laßt mich meine Meinung sagen, Freunde und Mitbürger! Wenn unsre Väter und Vorväter vor keinem Feinde den Rücken gebeugt haben, wie könnten wir da die Tataren demütig geneigten Hauptes empfangen? Sie werden uns ja deswegen bloß verachten, unsere Äcker unter den Hufen ihrer Rosse zerstampfen, unsre Gärten verwüsten, unsre Hütten niederbrennen, morden und sengen, rauben und stehlen, unsre Frauen vergewaltigen und sie samt unsern Kindern in Gefangenschaft schleppen. Nein, uns bleibt nur ein Ausweg: wacker streiten für unsre Heimat, unsre Freiheit und unsern Glauben! Wir werden Kiew nicht übergeben, sondern es bis zum letzten Atemzug des letzten Mannes verteidigen, und unsre Frauen und Kinder werden wir gleichfalls unter den Kämpfern finden!«
Die ganze Versammlung geriet in hellen Aufruhr.
»So ist es! Wir wollen unsre Heimat verteidigen! Greift zu Schwertern und Äxten!«
Der Wojewode hob den rechten Arm. Die Herolde riefen:
»Seid still, Männer von Kiew, und hört zu!«
»Männer von Kiew!« rief Dmitro. »Verschließt eure Häuser und begebt euch alle auf die Mauern! Die Bewohner jeder Straße sollen sich zu einem Trupp zusammenschließen und an seine Spitze einen Ältesten stellen.«
Und schwungvoll schloß er seinen Appell:
»Haltet euch wacker, Männer von Kiew! Damit eure Enkel und Urenkel dereinst euer mit Stolz gedenken dürfen, als der Helden, die sich nicht vor dem grimmen, grausamen Batyga beugten, sondern ihm mannhaft standhielten! Und unsre Nachkommen werden sich ein Beispiel an uns nehmen und von uns lernen, wie man sein Leben auf dem Altar des Vaterlandes opfert!«
Von allen Seiten ertönten zustimmende Rufe. Schließlich vereinigten alle ihre Stimmen zu dem gemeinsamen Schwur: »Lieber wollen wir sterben, ehe wir Kiew übergeben!«
Von Stund an widmeten die Kiewer alle ihre Kräfte der Verteidigung der Stadt. Tag und Nacht arbeiteten sie an der Verstärkung der Befestigungen, errichteten Verhaue aus Balken und Steinen in den zu den Toren führenden Straßen, verrammelten die Tore und schafften große Kessel mit Wasser und Pech auf die Mauern und Wälle.
Auch aus den umliegenden Dörfern strömten noch viele Menschen nach Kiew, wodurch sich die Zahl der freiwilligen Kämpfer beträchtlich

erhöhte. Die Schwertfeger und Waffenschmiede, die Grob-, Eisen- und Blechschmiede hatten alle Hände voll zu tun mit der Anfertigung und Instandsetzung von Waffen und sonstigen Ausrüstungsgegenständen, und die Straßenältesten verteilten Schwerter, Spieße, Äxte, Pfeile und Bogen an solche Männer ihres Trupps, die nicht im Besitz von eigenen Waffen waren.

Vor Batu-Khans Zelt

Batu-Khan, nachdem er sein Zelt auf dem Ostufer des Dneprstromes hatte aufschlagen lassen, wartete geduldig ab, bis sich dessen Wasser mit einer dicken Eisschicht überzogen hatte. Eines Morgens saß er, in einen Pelz aus Tigerfellen gehüllt, auf einem Fellteppich vor seiner Jurte, umstanden von seinen Bahaduren, und beobachtete, wie ein Trupp mongolischer Reiter, die die Hufe ihrer Rosse mit Filz umwickelt hatten, sich dem Westufer näherten, um die Verteidiger der Stadt, die in Mengen auf den Mauern standen, mit Pfeilen zu beschießen. Als sich die Angreifer aber gar zu nahe an die Mauern heranwagten, tat sich ein Stadttor auf, und heraus sprengte ein Trupp russischer Reiter, die sich den Mongolen entgegenwarfen.
Ein wütendes Gefecht entspann sich auf dem Eise, in dem die Russen die Oberhand behielten. Die Überlebenden beider Parteien kehrten schließlich auf ihr Ufer zurück.
Batu-Khan befragte seinen bewährten Ratgeber in militärischen Dingen, den einäugigen Subudai-Bahadur, wie er sich den weiteren Verlauf der Belagerung von Kiew vorstelle.
»Ich sehe, daß es auch in Kyjuw tapfere Männer gibt«, sagte er, mit der Hand auf den Strom deutend, auf dessen Eisfläche sich die Kämpfer eben voneinander absetzten, »und es wird kein leichtes Stück sein, die gutbefestigte Stadt einzunehmen.«
Doch der finstere Subudai erinnerte ihn:
»Denke daran, daß auch Rjasan und Ultemir[1] gut befestigt waren und von tollkühnen Kämpfern verteidigt wurden und uns doch nicht auf die Dauer widerstehen konnten. Man muß die Stadt von allen Seiten einschließen und unaufhörlich berennen. Es wird sich dann schon eine Stelle finden, wo sich eine erste Bresche schlagen läßt...«
Gujuk-Khan, der grundsätzlich stets anderer Ansicht war (oder vorgab zu sein) als Batu und sein Atalik, meinte spöttisch:
»Damit brauchst du dich nicht allzusehr zu beeilen. Ich bin sicher, bald wirst du dir zu Füßen eine Abordnung an allen Gliedern schlotternder Bojaren sehn, die winselnd um Schonung flehn. Sie müssen doch sehn, wie unzählig viele wir sind... Sollte diese ungeheure Zahl ihnen nicht einen tödlichen Schrecken einjagen? Es lohnt sich wahrhaftig nicht,

---

1 Wladimir.

unnütz gutes mongolisches Blut zu vergießen, bloß um ein paar Wochen früher in den Besitz der Stadt zu gelangen. Man muß abwarten, bis der Hunger sie auf die Knie zwingt.«
»Du warst nie ein richtiger Feldherr und wirst nie einer werden«, tat Batu verächtlich den Einwurf ab. »Wo bleiben denn unsre Mauerbrecher, Subudai-Bahadur?«
»Die müssen bald hier sein«, beantwortete der hinzutretende Li Tun-Po die Frage. »Aber über den Eksi kann man sie nicht so ohne weiteres hinüberschaffen. Das wäre zu riskant. Man muß erst einen festen Laufsteg bauen. Sonst brächen sie infolge ihres Gewichts selbst durch die dickste Eisschicht und versänken auf den Grund des Stroms.«
Subudai erteilte einem der in der Nähe Wache haltenden Nuker eine Anweisung, und bald erschien am Ufer ein Haufen gefangener Kiptschaken, die, durch Speerstiche angetrieben, aus den am Ufer aufgestapelten Balken und Planken einen breiten Steg über den Fluß anlegten. Zwar verrichteten die in schmutzige Lumpen gehüllten Kiptschaken ihre aufgezwungene Arbeit nur widerwillig und schielten voll Groll zu ihren grausamen Antreibern hin, da sie aber wußten, daß ihnen bei Ungehorsam der Tod drohte, spannte sich schließlich doch der Steg von einem Flußufer zum andern.
Batu-Khan schien jegliches Interesse an den Vorgängen auf dem Eise verloren zu haben, denn er kümmerte sich nicht weiter darum, sondern stand auf, um seinen panthergleich gefleckten Hengst, der vor dem Zelte angepflockt war, mit mürbem Gebäck zu füttern, das er ihm auf der flachen Hand hinreichte. Dann flocht er die dichte seidige Mähne in viele kleine Zöpfchen, bloß um sie wieder aufzuflechten. Dabei behielt er jedoch alles scharf im Auge.
Eine zweite berittene Abteilung wurde hinübergeschickt aufs westliche Ufer. Aus einem nahe gelegenen Wäldchen brach eine größere Menge von Russen hervor und nahm kühn den Kampf auf. Man konnte in der klaren Winterluft sowohl von den Stadtmauern wie von Batu-Khans Zelt aus deutlich alle Einzelheiten des erbitterten Handgemenges verfolgen, ja sogar die krummen Tatarensäbel von den geraden Russensäbeln unterscheiden. Schließlich wurde auch dieser zweite Angriff von den Russen zurückgewiesen, und es ließ sich nicht länger bezweifeln, daß Gujuk-Khans Schlußfolgerung ein voreiliger Trugschluß gewesen war. Die Kiewer würden nicht um Schonung und Gnade winseln.
Inzwischen waren die Mauerbrecher und Wurfmaschinen im mongolischen Lager eingetroffen, und man ging sofort daran, zwei Katapulte und einen Rammbock über den Fluß zu schaffen. Dutzende von Ochsen zogen jede Maschine vorsichtig über den Steg, und Gefangene gingen mit Brettern nebenher, um sie an Stellen, wo das Eis brüchig schien, unter die Räder oder den Zugtieren unter die Hufe zu schieben.
Batu-Khan hatte, solange das Gefecht im Gange war, befohlen, einige von den Kiewer Kämpfern gefangenzunehmen. Sofort war ein gutes Dutzend von seinen Nukern übers Eis hinübergaloppiert, um die

Schlinge ihres Arkans[1] einigen der zu Fuß kämpfenden Russen über den Kopf zu werfen, sie mit einem kräftigen Ruck umzureißen und hinter sich her über das Eis zu schleifen. Alles das war im Hui geschehen, und ehe noch die Gefangenen wieder recht zu sich gekommen waren, lagen sie schon zu Füßen des Dschichangirs, der sie interessiert betrachtete. Unter Peitschenhieben richteten sich die Gefangenen mühsam und wankend auf, als erster ein besonders hochgewachsener Mensch, der sich zornig umblickte und nicht übel Lust zu haben schien, sich auch jetzt noch einmal auf seine Feinde zu stürzen und mit ihnen handgemein zu werden. Ein paar zusätzliche Hiebe aber brachten ihn zur Räson. Widerwillig und kurz angebunden beantwortete er die Fragen des Dolmetschers nach seiner Herkunft und seinem Gewerbe:
»Flößer aus Smolensk.«
»Wenn du aus Smolensk bist, warum kämpfst du dann hier für die Leute von Kyjuw?«
»Warum nicht? Es ist doch eine russische Stadt.«
Als der Dolmetscher dem Dschichangir die Antwort des Gefangenen übersetzt hatte, gebot dieser:
»Frage diesen Trotzigen, ob er auch in Nowgorod gewesen ist und den Konas Iskander kennt.«
»Gewiß war ich in Nowgorod. Und wer sollte den Fürsten Alexander, dessen Ruhm durch das ganze Abendland fliegt, nicht kennen?«
»Wieviel Krieger sind hier in Kyjuw? Aber sprich die Wahrheit, sonst wird man dir den Kopf abschlagen.«
»Wieviel Männer, soviel Kämpfer. Jeder hat zur Axt oder zum Speer gegriffen.«
Diese Antwort mißfiel dem Dschichangir. Da er aber dachte: ›Vielleicht ist der Mann geschickt in irgendeinem Handwerk?‹, beherrschte er sich und befahl bloß: »Dieser Frechling soll gefesselt meinem Baumeister Li Tun-Po übergeben werden. Aber wohlgemerkt: gefesselt! Ohne Fesseln entflieht so ein Trotzkopf.«
Der nächste Gefangene entpuppte sich als eine Frau. Sie war schwer verwundet und schon am Verbluten. Man versuchte, sie auf die Füße zu stellen, aber sie sank wieder zusammen. Auf dem Rücken liegend, starrte sie mit weitaufgerissenen Augen zum Himmel hinauf und zerbiß sich die Lippen, um ein Stöhnen zu unterdrücken.
»Weshalb hat man eine Frau hergeschleppt?« fragte Batu-Khan unwillig. »Ich hatte befohlen, Kämpfer gefangenzunehmen und nicht Weiber.«
»Bei den Russen kämpfen auch die Frauen Schulter an Schulter mit ihren Männern oder Brüdern«, erklärte einer von den Nukern, um sich zu rechtfertigen.
»Welch ein Volk!« brummte Batu-Khan und fügte hinzu: »Damit sie keine Söhne gebiert – Rächer an meinen Kindern und Enkeln –, gebt ihr den Rest!«

---

1 Arkan = Fangleine, Lasso der Steppenbewohner.

Der Nuker zückte sein Schwert und spaltete der Frau den Schädel. – Auf einer Waldwiese am flachen östlichen Ufer des Dneprs stand (gar nicht allzuweit von Batus großem Zelt) ein anderes Zelt, das ebenfalls einem Dschingisiden gehörte – nämlich dem Khan Gujuk, der auf einem mit Lederriemen verschnürten Ballen saß und hinüber zum steilen Ufer blickte, wo auf mehreren Hügeln die reiche Stadt Kiew sich ausbreitete, die ihm noch vor kurzem als eine leichte Beute und Quelle märchenhafter Bereicherung erschienen war.

Mehrere Tage schon dauerte die Schlacht um diese altberühmte Stadt, aber ein Sieg war bis jetzt noch nicht abzusehen. Zwar war es schon einmal einer mongolischen Abteilung (den »Tollwütigen« unter Anführung des Khans Jesun-Nochai) gelungen, durch eines der Tore in die Stadt einzudringen, und aufwirbelnder Rauch von angezündeten Häusern hatte den laut aufjubelnden Tataren draußen diesen ersten »Einbruch« in den äußeren Befestigungsgürtel verraten. Doch am zweiten Befestigungsgürtel waren die weiter Vordringenden von den verzweifelt sich wehrenden Kiewern aufgehalten und zurückgedrängt worden, obwohl Batu-Khan ihnen sogleich Verstärkung geschickt hatte.

Gujuk-Khans Aufmerksamkeit wurde von einem Zug russischer Gefangener gefesselt, die eben von Turgauden mit Peitschenhieben an seinem Zelt vorbeigetrieben wurden. Der Khan machte ihnen ein Zeichen, näher zu kommen.

In zerfetzten Kleidern, mit müden, trüben Gesichtern, zu Tode erschöpft, standen die Russen schweigend da.

»Sind Handwerksmeister unter euch, die Schmucksachen und andere kostbare Dinge anfertigen können?« fragte der Dolmetscher, nachdem er eine Weile mit Gujuk-Khan geflüstert hatte.

»Sag deinem Herrn, es sind keine solchen Meister unter uns«, antwortete der älteste der Gefangenen, ein schon ergrauter Mann mit breit wallendem Vollbart.

»Verschweigt nichts, sprecht die Wahrheit! Khan Gujuk schenkt euch das Leben. Man wird euch an die Ufer des Itils nach Ketschi-Sarai oder weiter noch nach Kara-Korum, der Residenz des erhabensten Kagans, schicken. Dort braucht man ebenfalls kunstfertige Arbeiter. Der Khan wird euren Eifer und eure Geschicklichkeit nach Gebühr zu schätzen wissen und euch entsprechend euren Arbeitsleistungen belohnen.«

»Wir sind keine Meister!« rief ein junger blauäugiger Bursche. »Verteidiger Kiews sind wir und sonst nichts weiter!«

»Wie, keine Meister? Keiner unter euch ist Meister?« zischte Gujuk-Khan, auf die Füße springend. »Es trete vor, wer ein Meister ist! Den andern der Tod, gleich hier auf der Stelle!«

Abwartend blickte er der Reihe nach auf die vor ihm stehenden Russen. Sie bekreuzigten sich inbrünstig, doch keiner meldete sich oder trat aus der Reihe.

»Schlag uns tot! Du bist ja der Stärkere – heute wenigstens – und hast die Macht dazu... Unsere Kunstfertigkeit aber werden wir dem Feind nicht verkaufen!« sagte einer der Gefangenen, nach dem einer der Nuker schon die Schlinge seines Arkans auswarf.

Wadims Ende

Von der Volksversammlung eilte Wadim stracks zur Petscherskaja Lawra[1], um sich von seinem Lehrer zu verabschieden.
»Verzeih mir, Vater«, sagte er, »daß ich dir nicht immer ein sehr folgsamer Schüler gewesen bin und mich nicht genug um dich gekümmert habe; nicht einmal einen Holzvorrat für den Winter habe ich herbeigeschafft.«
»Vergib auch du mir«, erwiderte der greise Meister, »wenn ich manchmal ein zu strenger und ungeduldiger Lehrer gewesen sein sollte, ohne Verständnis für deine Eigenart.« Und er fuhr sich mit dem Ärmel seiner Kutte über die Augen. »Und wegen des Brennholzes gräme dich nicht. Wer denkt jetzt bei der allgemeinen großen Sorge an solche kleinen häuslichen Sorgen? – Wohin gehst du von hier aus?«
»Erst auf einen Sprung nach Haus, und dann werde ich zusammen mit meinem Wirt einen Posten auf der Stadtmauer beziehn.«
»Steht es wirklich schon so schlimm? Kiew hat doch schon Hunderte von Jahren[2] jedem Ansturm der Feinde getrotzt, und so Gott will, werden wir uns ihrer auch jetzt erwehren.«
Er erteilte dem Jüngling seinen väterlichen Segen und wünschte ihm Glück zum Waffendienst. –
Kondrats schilfgedeckte Hütte war fast bis zur Hälfte in die Erde hineingebaut und enthielt zwei Räume, einen zweifenstrigen, den der Töpfer, und einen einfenstrigen, den der Maler bewohnte. Beide wurden von einem großen runden Ofen erwärmt, der eine große Ecke im geräumigeren Zimmer einnahm. In Wadims Zimmer lagen in flachen Kästchen allerhand kunstgewerbliche Erzeugnisse, Metallschmuck von des jungen Malers Hand, der sich auch in diesem Kunsthandwerk eine

---

1 In der (Kijewo-) Petscherskaja Lawra (Lawra = Kloster ersten Ranges), das von Hilarion im 11. Jahrhundert gegründet wurde, lebten die Mönche in Höhlen (denn es war ein Höhlenkloster) als Anachoreten ein jeder für sich, weshalb auch ein jeder für sich sorgen mußte. Lawra (griech. Laura) = Straße, Stadtteil Petschersk ist der südliche Stadtteil Kiews, Podol (zu deutsch »Niederung«) am Ufer der den Uberschwemmungen ausgesetzte, niedrigst gelegene; die Altstadt, wiederum durch eine Mauer geschützt, liegt am höchsten.

2 Kiew, die »Mutter der russischen Städte«, soll von den Brüdern Kij, Schtschek und Choriw gegründet und nach dem erstern benannt worden sein. 864 wurde es von den Warägern eingenommen, 882 von Oleg zur Hauptstadt des Großfürstentums Rußland und später von Wladimir I. (dem Stifter und Erbauer der Wladimirkathedrale) zur Wiege des Christentums gemacht.

beachtliche Fertigkeit erworben hatte. Daneben standen die zur Arbeit notwendigen Geräte, Schmelztiegel, Gießformen, Farbtöpfchen und dergleichen mehr. Auch mehrere größere und kleinere Brocken durchsichtigen Bernsteins lagen in einer Schale.
Wadim traf seinen Wirt bei der Töpferarbeit an, und beide tauschten ihre Gedanken über den Verlauf der Wetsche aus.
»Da lebten wir nun friedlich dahin und wußten nichts von Angst und Not«, philosophierte der Töpfer, »und auf einmal muß man seine Arbeit im Stich lassen, weil es heißt: ›Marsch, auf die Mauern!‹ Nun ja, da kann man nichts machen. Also gehn wir morgen früh zusammen! Aufs Haus mögen mein Kater und dein Hund aufpassen.«
Er löschte das Feuer in seinem Brennofen, deckte mit feuchten Lappen die geformten Tongefäße zu und ging dann auf einen Sprung zu einem Nachbarn, um mit ihm noch einiges zu besprechen. Wadim saß währenddessen in tiefe Gedanken versunken, doch sie weilten schon nicht mehr in der Vergangenheit und bei seiner Kunst, sondern befaßten sich mit der ungewissen Zukunft.
In der Nacht konnten beide – der Maler wie der Töpfer – keinen Schlaf finden, sie wälzten sich unruhig von einer Seite auf die andre.
Am folgenden Morgen, nachdem sie sich gewaschen und ein reines Hemd angezogen hatten, nahm der Meister eine Tasche mit Brot an sich, steckte eine Axt in den Gürtel und gab seinem Mieter eine zweite. Draußen hängte Kondrat ein Schloß vor die Tür. An der Pforte des Nachbarhauses standen Smirenka und Sofjiza.
»Kommt ihr mit uns?« fragte Kondrat. »Der Aufruf gilt doch wohl allen. Nehmt einen Krug Wasser mit und reinliche Lappen zum Verbinden der Wunden!«
»Wir kommen später nach, denn wir müssen erst noch auf Großmutter warten. Wir machen uns schon Sorge, wo sie so lange bleibt.«

Die Tataren hatten die Stadt bereits von allen Seiten eingeschlossen. Das Leben der Einwohner war aus den Häusern auf die Straße verlegt worden. Die Bewohner des Podols waren in die höher gelegene Altstadt übergesiedelt, hatten aber bei weitem nicht alle Unterkunft gefunden. Wadim und Kondrat erstiegen gerade die Mauer, als mehrere lange Tatarenpfeile dicht an ihnen vorbeisausten und im Schnee steckenblieben.
»Deckung nehmen!« rief man ihnen von allen Seiten zu.
Irgend jemand hinter ihnen stöhnte auf:
»Verflucht, in die Schulter ist es mir gegangen!«
Wadim ließ sich durch die feindlichen Geschosse nicht beirren, sondern schaute gespannt in die Ferne. Er befand sich auf der inneren Mauer, die die Oberstadt umgab, und hatte infolgedessen eine weite Aussicht über den zugefrorenen Dnepr auf die Steppe.
»Was für eine Unmenge Tataren!« stammelte Kondrat betroffen. »Schau nur!«

Tatsächlich herrschte ein beängstigendes Gewühl auf dem gegenüberliegenden Ufer, unzählige Lagerfeuer rauchten; aber ein Gewimmel schwarzer Punkte am Horizont zeigte, daß immer noch neue Belagerungstruppen im Anmarsch waren und daß sich ein Ende dieses Zustroms vorerst noch nicht absehen ließ.

Wadim hatte sich von seinem Straßenältesten für kurze Zeit beurlauben lassen, um auf einen Sprung nach Hause zu laufen und dort nach dem Rechten zu sehen.
Freudig kläffend stürzte ihm der Hund entgegen, den sichtlich hungerte. »Freilich, es ist ja keiner da, der dich füttern könnte«, sagte Wadim, das Tier streichelnd.
Jenseits des Flechtzaunes erblickte er die beiden jungen Mädchen, die, sich fortwährend gegenseitig ins Wort fallend, sich bei ihm erkundigten, was auf den Mauern und draußen vor sich gehe. Sie hatten sich noch nicht von zu Hause fortgewagt, weil ihre Großmutter noch immer nicht heimgekommen war.
Wadim verhehlte den Mädchen die Hiobsbotschaft, die er auf den Wällen erfahren hatte: daß nämlich die Großmutter ihre Kringel nicht auf den Markt, sondern auf die Stadtmauern gebracht hatte und daß sie dort von einem gutgezielten tatarischen Pfeil tödlich getroffen worden war.
Von dem Brot, das Wadim noch vorfand (mit einem sauberen Lappen umwickelt in einem großen irdenen Topf verwahrt), brach er sich die Hälfte ab, gab davon ein Stück dem Hund und steckte den Rest in seinen Busen. Dann rief er nach dem Kater, der sich aber nicht meldete. Noch einen letzten Abschiedsblick warf Wadim auf sein Zimmer und seine Malutensilien, dann hastete er hinaus, legte das Vorhängeschloß wieder vor, winkte den beiden Nachbarsmädchen einen Gruß zu und strebte mit eiligen Schritten wieder seinem Posten zu.
Plötzlich stutzte er. Ein ungewohntes Geräusch war an sein Ohr gedrungen: dumpfe schwere Stöße, die in regelmäßigen Abständen aufeinanderfolgten. Es waren die mongolischen Rammböcke, die ihre Zerstörungsarbeit schon begonnen hatten. Die Kiewer hatten ja nicht voraussehen können, wohin der Feind seinen massiertesten Angriff richten würde, der sie deshalb überraschend traf.
Eine entsetzte Stimme rief gellend:
»Die Tataren sind in die Stadt eingedrungen!«
Tatsächlich war es den Feinden gelungen, das Ljadski-Tor durchzubrechen. Wie eine unaufhaltsame Lawine stürmte die Reiterei des Feindes herein, und die Straße füllte sich mit den Leichen der Erschlagenen. Überall entbrannte ein hitziger Kampf zwischen den verzweifelt sich wehrenden Russen und den ungestüm vordringenden Mongolen. Wadim stürzte sich ins dichteste Handgemenge, wo er den von Feinden umringten Töpfermeister erspäht hatte, der sich die übermächtigen Angreifer mit seiner Axt kaum noch vom Leibe halten

konnte. Der sonst so stille und sanfte Jüngling, der sich bis zum heutigen Tage nicht hatte vorstellen können, daß er imstande sei, ein lebendes Wesen, gleichviel ob Mensch oder Tier, zu töten, versetzte mit seiner Axt einem mongolischen Pferd einen starken Hieb mitten auf die Stirn, so daß es wie vom Blitz gefällt samt seinem Reiter niederstürzte. Das Roß des nächsten Angreifers stieß gegen dieses unerwartete Hindernis und strauchelte. So fand Kondrat Zeit, aus dem feindlichen Ring auszubrechen. Er rief seinem Erretter irgend etwas zu, was dieser aber in dem tosenden Lärm nicht verstand.
Unversehens stürmte aus der nächsten Querstraße ein neuer mongolischer Reitertrupp auf ihn ein. Wadim sah für eine Weile nichts andres als zottige Pferdeköpfe, schlitzäugige Mongolenfratzen und blinkende Klingen. Er konnte im allerletzten Moment noch zur Seite springen und sich mit dem Rücken gegen einen Baum lehnen, da sah er den Reiter, der ihm am nächsten war, von einem Lanzenstich getroffen, hintenüber aus dem Sattel stürzen. Mit dem Fuß im Bügel hängend, wurde er von seinem weiterjagenden Pferd die verschneite Straße entlang geschleift. Wadim hob geschwind das dem Gestürzten entfallene Schwert auf, da wurde er auch schon von hinten gepackt. Ein stoßweiser heißer Atem versengte ihm den Hals. Es gelang dem Maler jedoch, sich der eisernen Umklammerung zu entwinden und seinem Gegner mit dem Schwertknauf einen Schlag auf den Kopf zu versetzen. Im Umfallen riß der Mongole den Nowgoroder mit sich zu Boden. Wadim befreite sich jedoch, sprang auf und davon und glaubte sich schon gerettet, für diesmal wenigstens. Da durchbohrte ein langer Pfeil ihm die Brust. Ein Blutstrom quoll aus seinem Munde. Er griff in die Luft und fiel vornüber. Mehrere Reiter galoppierten über ihn hinweg. Dem Verwundeten schien es, als herrsche auf einmal eine völlig lautlose Stille in der ganzen Welt. Sein Bewußtsein trübte sich. Er wälzte sich mit letzter Kraft erst auf die Seite, dann auf den Rücken und sah nun den Himmel über sich, einen strahlend blauen Himmel von blendender Klarheit... Ach nein, keinen Himmel – vielmehr strahlende Blauaugen, so innig geliebte Augen, die sich ganz dicht über den seinen befanden...
Ringsum loderten Brände auf. –
Als die Mongolen bis zu der Straße vorgedrungen waren, in der Wadim zuletzt gewohnt hatte, schlossen sich seine beiden zu Tode erschrokkenen jungen Nachbarinnen im Hause ein, in der Hoffnung, das Unheil möchte an ihrer Tür vorübergehen.
Da hämmerten dröhnende Schläge gegen die Tür, begleitet von wüstem Geschrei.
»Wenn man sich nur irgendwo verstecken könnte!« flüsterte Smirenka der Schwester zu.
»Kriechen wir in den Ofen, der ist doch heute nicht geheizt. Dort wird uns gewiß niemand suchen. Schnell, komm!«
Sie krochen in den Ofen und lagen dort, eng aneinandergeschmiegt, fast gelähmt von Angst vor dem, was weiter geschehen würde.

Zwei Mongolen waren draußen von ihren Rossen gesprungen, hatten sie an den Flechtzaun gebunden und sich dann gegen die von innen verschlossene Haustür geworfen. Mit vereinter Kraft gelang es ihnen schließlich, sie aus den Angeln zu reißen. Sie waren äußerst erstaunt, die Hütte menschenleer zu finden. Zwischen den beiden Fenstern stand eine große Truhe an der Wand. Als die Eindringlinge die entdeckten, fielen sie darüber her, wühlten gierig darin herum, warfen den ganzen Inhalt auf den Fußboden – Frauenkleider, Pelze, Leinwand und bescheidenen Putz und Schmuck. Von Habgier gepackt, rissen die Räuber sich die Dinge gegenseitig aus den Händen, machten sich einander ihren Besitz streitig, erhitzten sich und gerieten ernstlich in Streit. Darüber bemerkten sie nicht, daß das Strohdach, durch herumfliegende Funken in Brand gesetzt, mit einem Male hell aufloderte. Als sie endlich mit ihrem in Bündel zusammengepackten Raub abziehen wollten, war es schon zu spät. Das Dach stürzte ihnen auf den Kopf und begrub sie und auch die im Ofen steckenden Mädchen.

Es klang ihm in den Ohren wie ein Chor von Frauenstimmen, sanften, klagenden Stimmen... Nein, es ist wohl der Wind, der wimmert und winselt... Mühsam taucht er aus dem Unterbewußten ins Bewußtsein empor... Es hämmert fürchterlich in den Schläfen... Oder rüttelt ihn jemand?

Da hört er seinen Namen rufen, und die rufende Stimme kommt ihm merkwürdig bekannt vor...

»Onkel... Onkel Kondrat! Hörst du mich? Komm zu dir! O Gott, was mach' ich nur mit dir? Laß ich dich hier liegen, so werden die Tataren dir die Kehle durchschneiden...«

Der Töpfer kommt zu sich, öffnet die Augen und sieht dicht vor sich ein Jungmädchengesicht unter einer Fellmütze.

»Erkennst du mich denn nicht? Ich bin's, deine Nichte Ljubascha! Ich habe dir ein Pferd hergeführt.«

Kondrats Schädel schmerzt dermaßen, daß er glaubt, es nicht mehr aushalten zu können. Doch er muß den Schmerz ertragen, muß versuchen, sich aufzurichten, und dann zusehen, wie er zu dem noch nicht von den Tataren aufgeriebenen Häuflein seiner Mitbürger gelangt, die irgendwo in der Oberstadt noch immer Widerstand leisten.

Es dauert eine Weile, bis er in dem als Mann verkleideten Mädchen seine Nichte erkennt.

»Bist du's wirklich, Ljubascha?«

»Freilich! Hab' ich dich endlich wach gekriegt? Also ist doch noch ein Fünkchen Leben in dir. Nun, das ist gut! Hör, ich habe dir ein Pferd mitgebracht. Ja, ein Pferd! Tataren galoppierten an mir vorüber, wohl in der Richtung auf den Platz vor der Zehentkirche. Ein herrenloses Pferd lief abseits. Es verwickelte sich mit den Zügeln in den Ästen eines kräftigen Dornbuschs. Da konnte ich mich seiner bemächtigen und führte es hierher, wo ich dich hatte liegen sehn.«

»Du wirst das Pferd selber brauchen. Steig auf und mach dich aus dem Staube, solange du noch heil an Leib und Gliedern bist, vom Kopfe ganz zu schweigen ... Oh, mein armer Kopf! ... Du siehst doch, daß hier alles drunter und drüber geht.«
»Nein, Onkel, nimm du es. Ich kriege schon noch ein andres für mich. Eben laufen massenweise herrenlose Pferde in Kiews Straßen herum ... Die Stadt verlasse ich aber nicht eher, als bis alles zu Ende ist. Unter den letzten Kämpfern werde auch ich sein!« Und sie riß eine Axt aus ihrem Gürtel und schwang sie.
Dann half sie ihrem verwundeten Oheim in den Sattel. Es war höchste Zeit, diesen Ort zu verlassen, denn ringsum standen alle Häuser in Flammen, und die Hitze wurde unerträglich.
Das Mongolenpferd wurde schon ungebärdig, es stampfte und schnaubte, ja, es versuchte sogar, Ljubascha zu beißen.
»Schneller, schneller!« drängte das Mädchen. »Die Rohfleischfresser können doch jeden Augenblick wieder hierher zurückkommen. Leb wohl, Onkel Kondrat!«
Und sie verschwand in der trüben Dämmerung, die die Rauchschwaden verbreiteten.
Kondrat lenkte das Pferd in eine Seitengasse hinein und galoppierte davon, als seien die Mongolen hinter ihm her.

»... Zwar ist die Nacht zum Schlummer geschaffen,
doch nicht für Kiew!

Wacht auf, ihr russischen Brüder, wacht auf
und schleift eure stählernen Schwerter,
die im Feuer gehärteten Pfeile schärft
und prüft die Sehne des Bogens!

Es naht der grimme Tatar,
und was er will, ist dies:
Aus euren Knochen und Rippen einen Palast sich erbaun,
mit dem Haar eurer Weiber die Wände verkleiden,
aus russischen Leibern und russischen Gliedern
Tisch und Bank zum Gelage errichten ...«

Wie ein Aufstöhnen aus tiefster Brust klang das Lied. Es war Ljubascha, die es sang, während sie auf der innersten Stadtmauer zusammen mit anderen Frauen und Mädchen aus Weidenruten große Körbe flocht, die, mit Steinen, Sand und Lehm gefüllt, dazu dienen sollten, die Breschen in den Mauern zu schließen.
In diesen schweren Tagen gab es in ganz Kiew keinen Menschen, für dessen Hände sich nicht eine Arbeit gefunden hätte, und zwar eine unaufschiebbare, notwendige Arbeit. Kinder trugen Steine und Weidenruten herbei, Greise brachten in großen Kesseln Pech und Wasser zum

Sieden, und wer ein Schwert führen, mit Speer und Lanze zustoßen und den Bogen spannen oder auch bloß mit der Axt zuschlagen konnte, dem war ein Posten angewiesen worden, und nur der Tod konnte ihn zwingen, diesen Posten zu verlassen.

Doch Tag um Tag lichteten sich die dünnen Reihen der tapferen Verteidiger, und es würde bald niemand mehr da sein, um an die Stelle der Gefallenen zu treten. Die Tataren überschütteten die Belagerer mit einem Hagel von Pfeilen, und als sie sich schließlich den Eintritt in die Stadt erzwangen, waren es ihrer so viele, daß sie unter den Hufen ihrer Rosse alles zerstampften, was ihnen in den Weg kam. Nicht durch Tapferkeit und Heldenmut einzelner Bahadure siegten die Feinde, sondern lediglich kraft ihrer überwältigenden Übermacht; denn auf jeden Kiewer (nicht etwa bloß Kiewer Krieger, sondern schlechthin Kiewer Einwohner – Frauen und Kinder mitgerechnet –, die sich nie in ihrem Leben mit dem Waffenhandwerk befaßt hatten) kamen drei bis vier bis an die Zähne bewaffnete und schlachtenerprobte tatarische Krieger.

Allein es bat niemand um Schonung; sie baten nur Gott um die Kraft, bis zum Ende ausharren und dann sterben zu können, ohne durch unmannhafte Schwäche ihren guten Namen entehrt zu haben. Sie wußten, daß der Feind sie früher oder später zertreten würde, aber sie ergaben sich nicht.

In mehr als einer Straße türmten sich schon die Leichen der in den letzten Gefechten Gefallenen zu Bergen, immer enger schloß sich der Ring um die Altstadt. Es hätte gar keine Möglichkeit des Entweichens mehr gegeben, selbst wenn man sie gesucht hätte. Aber die dem Tode Geweihten dachten überhaupt nicht an Flucht. Triumphierend zählten sie die Verluste, die auch ihr Gegner erlitt; denn sie sahen wohl, daß der Unhold Batyga immer neue Tumen einsetzen mußte. So teuer wie möglich ihr Leben zu verkaufen – das war der einzige Grundsatz, nach dem die in der Altstadt Eingeschlossenen handelten.

Kiews letzte Stunde

Während des letzten Entscheidungskampfes beobachtete Batu-Khan die Fortschritte seiner Truppen vom Glockenturm einer der Kirchen aus und lenkte die Schlacht durch Befehle, die er den harrenden Meldereitern erteilte.

Schließlich, unter Aufbietung ihrer äußersten Energie, gelang es den Mongolen, durch die Sperren und Verhaue aus Steinen und Balken bis zum Platze der uralten Zehentkirche vorzudringen, die den letzten Stützpunkt der Russen bildete. Selbst auf dem Kirchendach hatten sie sich festgenistet und überschütteten von oben her die Mongolen mit einem Stein- und Pfeilhagel.

Als Batu-Khan, der durch lauter von Leichenbergen verstopfte Gassen

zum Zehentkirchplatz hatte reiten müssen, dort ankam, machte man ihn auf einen stattlichen Krieger in blitzendem Harnisch aufmerksam, der ermattet mit dem Rücken gegen die Kirchenmauer lehnte, aber noch immer Schwertstreiche austeilte. Unter dem gespaltenen Helm hervor strömte ihm das Blut übers Gesicht und in den bei jedem der mühsamen Atemzüge sich weit öffnenden Mund.
»Dieser Bahadur namens Dmitro ist das Oberhaupt der Kiewer Streitmacht«, erklärte der Dolmetscher dem Dschichangir. »Wenn du befiehlst, so werden deine Nuker ihm den Rest geben!«
»O nein, tot brauche ich ihn nicht. Lebendig soll man ihn gefangennehmen und in mein Zelt schaffen. Ich will mit ihm sprechen.«
Die Schlinge einer geschickt geworfenen Fangleine legte sich um den schwerverwundeten Wojewoden und riß ihn zu Boden. Die Tataren fesselten ihren Gefangenen, legten ihn quer über ein Roß, auf dem sie ihn mit Stricken festbanden, und führten ihn fort.

In der schönen Steinkirche mit den vergoldeten Kuppeln hatten Frauen und Kinder zumeist der vornehmsten Familien ihre letzte Zuflucht gesucht. Auch hatten sie ihre Wertsachen, Pelze und Staatskleider und so weiter dorthin bringen lassen, damit diese Kostbarkeiten den die Häuser plündernden Tataren nicht in die Hände fielen. Hegte doch jeder dieser Räuber die Hoffnung, sich hier an der Beute unermeßlich zu bereichern.
In der dämmerdunklen Kirche hörte man Kinder und Frauen weinen, jammern, klagen, stöhnen und auch die lauten Gebete solcher, die noch immer auf eine wunderbare Errettung hofften.
Schon am Abend zuvor hatten einige der Eingeschlossenen damit begonnen, einen unterirdischen Gang freizulegen und weiterzugraben, um auf diese Weise aus der Kirche zunächst auf den gegenüberliegenden Hügel und dann später unter dem Schutze der Nacht in die Wälder zu gelangen.
Die ausgeschachtete Erde zog man in hölzernen Eimern, die an langen Seilen hingen, herauf. Der Gang schien schon genügend tief zu sein, und das weckte in den Menschen frische Hoffnung auf Rettung. Man hatte fest beschlossen, den Belagerern die mächtige Eisentür nicht zu öffnen.
Den Mongolen aber brannte im wahrsten Sinne des Wortes der Boden unter den Füßen, denn die lodernden Flammen ringsum entwickelten Rauch und Hitze in lebenbedrohendem Grade.
Da befahl Batu-Khan, die Steinmauer des »Bethauses« zu durchbrechen.
Also wurde flugs ein Rammbock herbeigeschafft und gegen die Kirche gerichtet. Geübte Hände brachten den schweren Balken mit der eisernen Kappe in Schwingung und ließen ihn so lange gegen die Mauer prallen, bis sie zu wanken begann und das ganze Gebäude in sich zusammenstürzte, unter seinen Trümmern alle, die darinnen waren, und alles, was sie bei sich hatten, begrabend. Die Mongolen konnten nichts von den

Reichtümern, auf die sie so erpicht gewesen waren, für sich bergen. Länger auf dem Platz zu bleiben war infolge der furchtbaren, Haut und Haar versengenden Hitze, welche die Feuersbrunst entwickelte, nicht möglich. Mit Müh und Not entkam Batu-Khan samt Gefolge dem brennenden Ring.

In seinem Zelt angelangt, ließ er sogleich den gefangenen Tysjazki vor sich bringen.
Hadschi Rachim und der redliche Duda hatten sich schon um den Schwerverwundeten bemüht und versucht, durch Auflegen von Kräutern mit blutstillender Wirkung der Gefahr einer Verblutung vorzubeugen.
Lange betrachtete Batu-Khan den Wojewoden, als wollte er jeden Zug seines Gesichts studieren, dann sagte er langsam und gemessen:
»Du bist ein wirklicher Bahadur. Ich erweise dir gern die Ehre, dich in mein Heer aufzunehmen.«
Der Wojewode wahrte ein Schweigen, das auch Batu-Khan, wie in Nachdenken versunken, längere Zeit nicht brach. Schließlich fragte er:
»Was rätst du mir: Soll ich mit meinem Heer hier in eurem Lande bleiben oder gleich weiterziehn, um die übrigen Reiche des Abendlandes mir zu unterwerfen? – Und bedenke bei deiner Antwort: Aufrichtigkeit pflege ich nicht zu bestrafen, sondern zu belohnen!«
Dmitro sprach mit Anstrengung:
»Hier zu bleiben dünkt mich nutzlos. Das russische Land ist von dir schon erobert, die Stadt Kiew niedergebrannt. Kein unversehrtes Haus steht davon mehr... Du aber, der du den Krieg liebst, wirst neue Siege erringen und neue Städte erobern wollen. Zieh also schnell weiter, um andre Reiche zu unterwerfen! Und das wird ja doch wohl auch deine Absicht sein...«
Batu-Khan forschte mißtrauisch im Gesicht des Kiewer Wojewoden, als wollte er herausbekommen, welcher Hintersinn dieser Antwort innewohnen möge. Dann sagte er leise zu Subudai-Bahadur:
»Ich denke, er rät mir bloß deshalb, schnell weiterzuziehn, weil er sein Land von der Besetzung durch meine Krieger befreit wissen will.«
Und wieder an den Wojewoden sich wendend, fragte er:
»Und wo finde ich die besten Weiden für meine Rosse?«
»Natürlich in der ugrischen Steppe!«
»Du wirst mich begleiten und unterwegs mein Ratgeber sein!« bestimmte Batu-Khan.
»Ein schlechter Ratgeber wäre ich. Ich habe nicht mehr lange zu leben«, entgegnete Dmitro mit stoischem Gleichmut. »Ich muß bald sterben und wünsche dir dasselbe!«
Batu-Khan fuhr zornig auf. Die Umstehenden tauschten bedenkliche Blicke. Da eilten auf einen Wink Subudais zwei tatarische Sotniks

herbei, faßten den Dschichangir unter den Armen und trugen ihn aus dem Zelt. Draußen setzten sie ihn auf sein Roß.
»Großer Dschichangir, dies ist ein verfluchter Ort!« sagten sie. »In Kyjuw haben wir nichts mehr zu tun. Laß uns also an Aufbruch denken!«

Gleich nachdem Batu-Khan abgezogen war, vertraute Gujuk-Khan sich einem seiner Schranzen an:
»Der ewige Himmel war uns hier ungnädig, nicht nur meinem erhabenen Vetter Batu, sondern auch mir. Als der Dschichangir Tumen um Tumen gegen die Stadt warf und keiner davon zurückkehrte, sagte ich zu dem erhabenen Sain-Khan: ›Der Kriegsgott verleiht den Sieg bekanntlich nur dem Allerheldenmütigsten. Stell dich darum an die Spitze deines Tumens der Tollkühnen und führe ihn gegen die widerspenstige Stadt! Dir wird sie schon bei deinem Nahen ihre Tore öffnen.‹ Er sah mich schweigend an, befolgte aber meinen Rat leider nicht... Schade, ewig schade! Nach dem Willen des Himmels wäre gewiß auch er nicht zurückgekehrt, und dann hätte dieser unsinnige Feldzug ein Ende gehabt.«
»Wenn aber nun das Heer trotzdem darauf bestanden hätte, weiterzuziehn?«
»Dann hätte eben irgend jemand anders, der ja nicht weniger heldenmütig zu sein braucht als mein erhabener Vetter Batu, seine Stelle einnehmen müssen...«
»Und das wärest du gewesen?«
»Pst! Pst! Schweig! Manchmal haben selbst die Bäume Ohren!«

Ein Brief an den Kalifen von Bagdad

Am Ostufer des vereisten Dneprs, den Ruinen der Stadt Kiew gegenüber, saß an einem der letzten Tage des verhängnisvollen »Ratten«-Jahres[1] in Abd ar-Rahmâns Zelt Duda der Redliche und zeichnete mit einem Kalam[2] die Schlußschnörkel eines Briefes auf einen langen schmalen Pergamentstreifen.
Als er damit fertig war, sah er fragend seinen jungen Herrn, den ins glimmende Feuer starrenden Gesandten des Kalifen, an und räusperte sich sehr vernehmlich.
»Bist du mit dem Briefe fertig?« fragte Abd ar-Rahmân, aus seiner Versunkenheit aufschreckend und sich fester in seinen Kiptschakenpelz hüllend.

---

1 Rattenjahr. Die mongolische Zeitrechnung kannte einen Zwölfjahreszyklus. Jedes Jahr war nach einem Tier (Drachen, Schlange, Roß, Affe, Hund, Eber usw.) benannt, und diese Namen kehrten im gleichen Turnus immer wieder.
2 Kalam = Schreibrohr.

»Ja, und ich habe alles genauso geschrieben, wie du mir's diktiert hast... Soll ich dir das Ganze noch einmal vorlesen?« fragte Duda.

»Lies, mein weiser Lehrer!«

Langsam und in dem Singsang, mit dem gewöhnlich heilige Schriften gelesen werden, hub Duda an:

»Im Namen Allahs! An den Bewahrer der höchsten Wahrheit und Weisheit auf Erden, den Kalifen Mustansir von Bagdad, der wohlgeneigt ist allen, die bescheiden sich ihm nahen: Allah möge ihn dafür segnen und seine zahllosen Banner mit unvergänglichem Kriegsruhm schmükken! – Die von heißem Herzen kommenden innigsten Wünsche und Grüße aus der schneeverwehten eisigen Steppe sendet ihm sein ergebenster Diener Abd ar-Rahmân, Gesandter Seiner Heiligkeit des Kalifen bei dem strengen Herrscher der Blauen Horde, Batu-Khan.

Ich flehe den hilfreichen Chysr an, daß er den Boten, in dessen zuverlässige Hände ich diesen Brief lege, damit er ihn Dir überbringe, auf seiner weiten und gefährlichen Reise über Berge und Täler, Meere und Flüsse beschütze; denn es würde mich ungemein betrüben, wenn dieser Seufzer meines Herzens nicht Dein Ohr erreichte.

Mit unablässiger Aufmerksamkeit habe ich beobachtet, wie die Belagerung und Eroberung der reichen Stadt Kyjuw, der Mutter aller russischen Städte, durch die Heere des erhabenen Sain-Khans vor sich ging, und werde mir nun erlauben, Dir getreulich davon zu berichten.

Diese Stadt, die auf mehreren Hügeln errichtet ist, wird von drei Mauerringen umgürtet. Nur vermöge der Mauerbrecher und Wurfmaschinen, die der kunstreiche Li Tun-Po konstruiert hat, ist es den Tataren gelungen, eines der Stadttore zu durchbrechen, durch welches dann die tatarische Reiterei in unaufhaltsamem Strom in Kyjuw eindrang. Der erste Schlag wurde gegen jenes Tor geführt, durch das man zu dem Gipfel des Hügels hinaufsteigt, auf welchem die Paläste der Bojaren, das Schloß des Großfürsten und die ehrwürdigsten Bethäuser stehen. Durch dieses Tor bahnte sich Khan Jesun-Nochais verwegne Reiterschar einen Weg. Ich, der ich hinter ihnen herritt, konnte nur mit Mühe noch die von Bergen von Leichen verstopften Gassen und Straßen passieren. Und da begriff ich, daß die Tataren dieses tapfere Volk nur durch ihre große Überzahl hatten überwältigen können. An sämtlichen Häusern sah ich außen Vorhängeschlösser. Also waren die Bewohner bis auf den letzten Mann und die letzte Frau auf die Mauern gestiegen, um bei der Verteidigung mitzuwirken.

Ich gestehe gern und ohne Erröten ein, daß ich mein von meinen Ahnen ererbtes Schwert kein einziges Mal gezogen habe, weil diese Russen, die sich so tapfer geschlagen haben und so furchtlos für ihre Heimat gestorben sind, mir die höchste Bewunderung und das tiefste Mitgefühl abnötigten.

Aber der unvergleichliche Heldenmut ihrer Verteidiger vermochte die Stadt nicht zu retten; sie mußte fallen, weil Batu-Khan jedes Opfer zu bringen gewillt war und seine Tumen nicht schonte.

Dir wird gewiß bekannt sein, daß die Mongolen sofort nach Beendigung einer Schlacht die Leichen ihrer Gefallenen sammeln und auf Holzstöße schichten, die dann angezündet werden. Heilige Lieder singend, umschreiten die Überlebenden diese brennenden Scheiterhaufen so lange, bis sie ganz niedergebrannt sind. Sie würden es als eine Schande betrachten, ihre toten Krieger unbestattet zurückzulassen.
In Kyjuw aber war Batu-Khan gezwungen, von diesem Brauch abzuweichen: Die ganze Stadt stand in Flammen und war ein einziger riesiger Bestattungsscheiterhaufen. Es blieb den Mongolen nichts weiter übrig, als eiligst die brennende Stadt zu räumen. So konnten sie auch nicht die erhoffte reiche Beute machen und fanden weder Korn für sich noch für ihre Rosse, weil alle Vorräte mit verbrannt sind.
Der Dschichangir befahl seinem Heer den sofortigen Weitermarsch gegen die übrigen Reiche des Abendlandes, und ich werde diesen Marsch mitmachen.
Hier beende ich meinen Brief. Ein arabischer Kaufmann, dem ich das Leben rettete, hat mir geschworen, daß er ihn nach Bagdad bringen und in Deine heiligen Hände legen wird.
Damit er unbehelligt durch die von den Mongolen eroberten Gebiete reisen kann, habe ich keine Mühe gescheut, um für ihn eine Paizsa mit dem Abbild eines fliegenden Falken zu erlangen, eine Art Firman, um den Hals zu tragen, der seinem Besitzer außerordentliche Vergünstigungen gewährt.
Allah halte seine schützende Hand über Dich und Dein ewig dauerndes Reich. Noch einmal aber beschwöre ich Dich: Sei auf der Hut vor dem unbesiegbaren Herrscher der Mongolen! Seine blutigen Hände würden über Kurdistan und die armenischen Berge hinweg bis zu Dir nach Bagdad reichen. Sammle schnell ein großes Heer unter der grünen Fahne des Propheten, damit Du zur Verteidigung gerüstet bist. Ich habe in den Zelten der Temniks des erhabenen Batu-Khans schon von einem überraschenden Überfall auf Dein Reich und Deine Residenz sprechen hören. Darum sei auf der Hut!
Auch wenn Batu-Khan die Hälfte seines Heeres auf den Trümmern von Kyjuw eingebüßt hat, sind die Tumen, die ihm geblieben sind, noch zahlreich genug. Und seine Nuker murren, weil sie durch den Brand Kyjuws um die ihnen vom Dschichangir in Aussicht gestellte reiche Beute gekommen sind. Das hat Batu-Khan, den ich bisher noch nie außer sich gesehen habe, zur Raserei gebracht, und in seiner Raserei ist er zu allem fähig.
Gesegnet wird die Stunde sein, da ich Dein gnädiges Angesicht wiedersehen darf. Bis dahin wünsche ich Dir einen gedeihlichen Fortgang aller Deiner Unternehmungen, unberührt von den Schrecken und Gefahren, die ein Krieg mit sich bringt ...«

Nach dem Abzug der Tataren

Ein heftiger Schneesturm fegte über die Steppe und behinderte die Menschen bei jeder Bewegung. Batu-Khan verbarg sich in seiner Jurte, und niemand wagte es, ihn in seiner Einsamkeit zu stören; denn in solch rasender Wut hatte man ihn noch niemals gesehen. Die wie steinerne Götzen am Eingang Wache stehenden Nuker trauten ihren Augen nicht, als sie Zeugen der Tobsucht ihres sonst so beherrschten Gebieters wurden. Er zerriß die Kleider, die er am Leibe trug, in Fetzen, warf kostbare Gold- und Silberbecher zu Boden und trampelte wütend darauf herum, dann wieder ließ er, den Kopf zwischen den Händen, ein langgedehntes tierisches Geheul hören, das man eher einem Wolfe als einem Menschen zugeschrieben hätte. Und plötzlich sank er auf sein Lager aus Teppichen und Kissen nieder, rollte sich zusammen und verstummte.
Im Nachbarzelt hatten sich die Dschingisiden versammelt, sogar der sonst gewöhnlich fehlende Gujuk-Khan war erschienen und lauschte mit boshaftem Gesichtsausdruck den Gesprächen.
»Die Einwohner dieser verfluchten Stadt scheinen alle Mangusse zu unserm Verderben beschworen zu haben. – Es hat ganz den Anschein, als wollten sie uns im Schnee verschütten. – Sie mißgönnen uns die Reichtümer, die wir von hier fortzutragen gedachten. – Unser Dschichangir ist darüber so in Wut geraten, daß er einem fauchenden Tiger ähnelt, dem die Beute entwischt ist, die er schon zwischen den Pranken hielt. – Wer hätte sich auch träumen lassen, daß die Hälfte unseres Heeres von ihm geopfert werden würde um dieser widerspenstigen Stadt willen!«
Die dem Khan Gujuk Nahestehenden tuschelten unter sich:
»Bei diesem Feldzug wird ihn das Glück im Stich lassen. – Daß er die herkömmlichen Bestattungszeremonien mißachtet und die vorgeschriebenen Gebete nicht verrichtet hat, wird den Zorn des heiligen Regenten auf sein Haupt herabbeschwören.«
Tags darauf erließ Batu-Khan den Tagesbefehl, der das ganze Heer von neuem in Marsch setzte. Batu-Khan meinte:
»Den Scheiterhaufen zu Ehren unsrer gefallenen Bahadure haben an unsrer Stelle der ewige Himmel und der Kriegsgott Sulde errichtet, indem sie diese trotzige Stadt an allen Ecken und Enden in Brand steckten und durch Feuer vernichteten.«
Bevor sie abzogen, richteten die Mongolen am äußersten Rande des niedergebrannten Kiew einen Jam ein – eine Poststation zum Wechseln der Pferde (in erster Linie für die Eilkuriere und Meldereiter, die zwischen dem vorrückenden Heere und den beiden Hauptstädten Kara-Korum und Ketschi-Sarai eine dauernde Verbindung aufrechterhielten), aber auch eine Nachschubbasis für das Heer. Zum Schutze gegen Überfälle umgaben die Mongolen diesen Jam mit einem Erdwall, dennoch kam es ziemlich häufig vor, daß Kuriere, sobald sie aus der Sicherheit der schützenden Einfriedigung heraustraten, spurlos

verschwanden. Ein gleiches Los traf auch häufig Kundschafter und Späher, die auf der Suche nach Lebensmitteln und Futter durch die zumeist gänzlich verlassenen Dörfer streiften. Man konnte nicht umhin, darin die aus dem Verborgenen wirkende Hand kühner Rächer zu sehen. Kiew brannte an einigen Stellen noch immer, als die Tataren schon mehrere Tage in Richtung auf die Waldkarpaten abgezogen waren. Die ehedem so herrliche reiche Stadt war nichts als eine mit zahllosen Leichen bedeckte, wüste, schwelende Brandstätte, über die allmählich der Winter seinen – die häßlichen Spuren tilgenden – weißen Schneemantel deckte.
Einige wenige überlebende Einwohner wagten sich aus ihren Kellern unter den Trümmern wieder ans Tageslicht, und sie ähnelten eher gespenstischen Lemuren als lebenden Menschen von Fleisch und Blut.
Die Petschersker Mönche – es waren ihrer freilich nur ganz wenige, die von den Festungsmauern in ihr Höhlenkloster zurückgekehrt waren – lasen Totenmessen für die im Kampfe Getöteten, nahmen sich der Verwundeten an, die sie noch fanden, und der Hungernden und Erschöpften, die, ungeachtet des furchtbaren Unglücks, das sie durchgemacht hatten, dennoch nicht den Glauben an eine bessere Zukunft aufgeben wollten und auf eine Zeit hofften, da Gerechtigkeit und Barmherzigkeit triumphieren, die Mongolen abziehen und die Kirchen, Paläste und Mauern von Kiew neu und schöner erstehen würden.
Aber vorerst war das Kiewer Land noch lange dazu verurteilt, in seiner Verödung und Verwüstung zu verharren.
Der etwa fünf Jahre nach Kiews Zerstörung hier durchreisende Franziskanermönch Carpini, der als Nuntius des römischen Papstes dem Kagan in Kara-Korum einen Brief zu überbringen hatte, faßte seinen Eindruck schriftlich folgendermaßen zusammen:
»Sie (d. h. die Mongolen) haben Kiew nach langer Belagerung eingenommen, die Einwohner umgebracht und die Stadt niedergebrannt. Als wir dort vorbeikamen, fanden wir noch zahllose Schädel und Skelette getöteter Menschen auf den Feldern; denn die Stadt war sehr groß gewesen und hatte eine zahlreiche Bevölkerung gehabt. Jetzt aber standen höchstens noch zweihundert Hütten und Häuser, und die überlebenden Russen wurden von den Mongolen in härtester Armut und Sklaverei gehalten.«

»Vorwärts! Schneller vorwärts!«

Auf seinem weiteren Vormarsch von Kiew aus machte Batu-Khan zum erstenmal Rast in der Nähe eines Kirchleins, in dessen Hof er für die Nacht sein Zelt aufschlagen und daneben seine Rosse anpflocken ließ, darunter seine Lieblingshengste, den panthergleich gefleckten und den milchweißen Seter. Das Heu, das man den Pferden vorgeworfen hatte, war hart wie Schilf, und die Tiere fraßen unlustig. Batu kam mehrmals

aus seinem Zelt, um ihnen als Beifutter eigenhändig ein paar Fladen zu reichen. Dabei schalt er zornig auf die Krieger und Knechte, weil sie kein besseres Futter beschafft hatten. Die Gescholtenen rechtfertigten sich:
Alle Heuschober, die in der Nähe gewesen wären, hätten die Russen niedergebrannt...
»Das haben sie bloß getan, damit wir es nicht bekommen! Und was sie übriggelassen haben, das ist so hart wie das Stroh oder Schilf, mit dem sie ihre Häuser decken...«
Untereinander aber murrten sie:
»Wenn wir nicht bald von hier fortkommen in Länder, wo die Erde nicht mit Schnee bedeckt ist und wo wir fette Weiden für unsre Pferde finden können, so werden unsre Tiere an dem schlechten Futter krepieren oder vor Hunger verrecken, und wir werden zu Fuß heimkehren müssen. Doch dafür ist der Weg viel zu weit, und es steht zu fürchten, daß wir wahrscheinlich unterwegs vor Erschöpfung sterben und unsre heimatlichen Jurten niemals wiedersehn werden... und auch nicht unsre neue Residenz am wasserreichen Itil oder unsre alte in den schwarzen Bergen[1]...«
Die zur Aufklärung ausgesandten Spähtrupps meldeten sich bei ihrer Rückkehr stets zuerst bei Subudai-Bahadur, der zusammen mit seinem Reitpferd im Innern der Kirche Quartier bezogen hatte. Sie hatten meistens von Fehlschlägen zu berichten, wenigstens insoweit, als es die befohlene Gefangennahme von Russen, die man verhören wollte, betraf.
»Böse Mangusse müssen in diese Urussuten gefahren sein«, beteuerten die Späher. »Keiner von ihnen will sich ergeben; lieber kämpfen sie bis zum letzten Atemzug.«
Noch spät in der Nacht ließ Batu-Khan seine tüchtigsten Temniks zu sich rufen, damit sie sich den Bericht des Anführers der Kundschafter anhörten.
»Über dem russischen Land wütet ein Unwetter«, so begann dieser, »mehr aber noch wüten auf unserem Wege russische Freischärler. Das russische Volk hat sich uns nicht unterworfen. Es hält sich verborgen und sinnt auf Vergeltung! In zahllosen Hinterhalten, an Kreuzwegen, in Schluchten und anderswo lauert man uns auf. Unvermutet tauchen Freischärler auf, man weiß nicht woher, machen unsere Krieger nieder und führen ihre Rosse mit sich fort.«
Die Temniks bestätigten:
»Ja, das ganze Volk steht gegen uns im Kampf. Wenn wir auch einen Teil ihres Landes zerstört haben, so lassen sie sich dadurch nicht entmutigen, und wir müssen darauf gefaßt sein, daß sie noch manches Unheil anrichten werden.«
Batu-Khan hörte diesen Reden schweigend zu; aber sein gleichsam versteinertes Gesicht verriet nicht, was er sich dabei für Gedanken

1 Kara-Korum heißt »schwarzes Gebirge«.

machte. Während er mit einem Kiefernzweig in der Glut des Feuers herumstocherte, ließ er seinen strengen prüfenden Blick über seine Heerführer wandern, bis er auf einem von ihnen haftenblieb, den er dann ermunterte:
»Na, und du? Was hast du uns Nützliches zu sagen?«
Batu-Khan wußte sehr wohl, daß im Lager eine Mißstimmung gegen ihn herrschte, weil er so viele seiner Krieger bei der Eroberung Kiews aufgeopfert hatte, und noch mehr, weil die Überlebenden durch die Feuersbrunst um die ihnen zugesicherte reiche Beute gekommen waren. Darum verwunderte er sich nicht, daß mehrere Temniks die großen Schwierigkeiten, die dem mongolischen Heer im Kampf mit den Russen bisher erwachsen waren und noch erwachsen würden, absichtlich übertrieben und die Situation als eine weiteren Unternehmungen wenig günstige kennzeichneten.
Nur Khan Nochai, wie immer guter Dinge, rief sorglos und unbekümmert:
»Unser erhabener Sain-Khan hat ja schließlich doch alle russischen Fürstentümer von Rjasan bis Kyjuw bezwungen. Und jetzt stehn wir schon an der Grenze, wo die Länder der Galitscher[1] anfangen, hinter denen gleich die Königreiche des Abendlandes liegen. Wir dürfen uns nur nicht hier unnötig lange aufhalten oder aufhalten lassen.«
Gujuk-Khan, dem es immer eine hämische Freude machte, wenn er sich mit guten gewichtigen Gründen oder solchen, die diesen Anschein hatten, den Plänen des Dschichangirs widersetzen konnte, gab zu bedenken:
»Wir lassen schwelende und niemals erlöschende Herde des Aufruhrs hinter uns. Und was, wenn wir auf Völker stoßen sollten, die noch widerspenstiger als die Russen sind? Würden wir da nicht zwischen zwei Feuer geraten? Begehen wir nicht einen neuen Fehler, wenn wir weiter vorrücken, ohne die glimmenden Herde in unserm Rücken gänzlich ausgelöscht zu haben?«
»Fehler?« fragte Batu-Khan leise und gedehnt. »Du scheinst ja den ganzen Feldzug als einen einzigen Fehler anzusehen. Welchen Rat würdest du uns denn geben?«
Die Frage war in einem anscheinend gleichgültigen Tone gestellt, aber alle hörten eine versteckte Drohung heraus.
Wenn Gujuk die Frage bejahte und zugab, daß er den ganzen Feldzug wirklich für einen einzigen Fehler halte, dann übte er ja zugleich Kritik an dem Vermächtnis des »von den Wolken herabschauenden, allwissenden heiligen Regenten«, und ein solcher Frevel würde nach üblichem Brauch sofortige Sühne finden müssen, und diese Sühne war: Tod des Schuldigen, herbeigeführt dadurch, daß zwei Henker ihm das Rückgrat brachen.
Erregtes Gemurmel durchlief die Reihen der Versammelten. Alle

---

1 Galitscher oder Galizier (auch Galitschaner oder Galizianer).

warteten voller Spannung, wie Batu-Khan jetzt mit dem Nachfolger des großen Kagans verfahren würde.
Gujuk-Khan aber, als spüre er gar nichts von dieser atemlosen Spannung, sprach ruhig weiter:
»Wäre dem Heere nach den vielen nutzlosen Opfern bei der Belagerung und Einnahme von Kyjuw nicht eine Atempause zu gönnen? Wäre es nicht angebracht, das Heer in Galitsch und Kremenez oder anderen Städten des reichen Wolhyniens der nötigen Ruhe pflegen zu lassen und die abgemagerten Rosse ordentlich aufzufüttern? Außerdem winkt unseren Kriegern in diesen Städten, wo viele reiche Kaufleute wohnen, gute Beute... Hernach wird man weiter gegen die Reiche des Abendlandes vorrücken können.«
»Offenbar verspürst du danach einen ganz besonderen Drang«, meinte Batu-Khan. »Darum erhältst du von mir den Auftrag, schnellstens die Städte des wolhynischen Landes zu erobern. Damit dir dabei keine Fehler unterlaufen, gebe ich dir als Beistand den Khan Burundai und seine Truppe mit. Ausrücken müßt ihr noch heute nacht!«
Das war ein klarer Befehl, dem Gujuk-Khan sich nicht widersetzen konnte und durfte. Seine Wut unterdrückend, verneigte er sich mit auf der Brust gekreuzten Armen vor dem Dschichangir und schickte sich zum Gehen an. Doch Batu hielt ihn zurück:
»Warte! Höre erst an, was die anderen Temniks etwa noch zu sagen haben und welchen Beschluß wir fassen werden.«
Alle horchten auf, jeder war bestrebt, sich ja kein Wort entgehen zu lassen.
Batu-Khan fuhr fort:
»Unser mit neunundneunzig vorzüglichen Fähigkeiten und Eigenschaften ausgestatteter Sohn des großen Kagans hat von einer Rast in den wolhynischen Städten gesprochen... Was würden die Könige des Abendlandes dazu sagen, wenn unser so ungestüm begonnener Kriegszug auf einmal ins Stocken oder gar zum Stehen käme?... Ihr habt wahrscheinlich schon alle von dem Brief gehört, den unser erhabener Kagan dem König der Franken Ludovik[1], genannt der Heilige, gesandt hat?«
Es kam Bewegung in die Temniks. Ausrufe wurden laut:
»Wir haben wohl von einem solchen Brief gehört, aber vorgelesen worden ist er uns nicht.«
»Gleich werdet ihr ihn zu hören bekommen! Ehrwürdiger Hadschi Rachim, du hast die für mich hergestellte Abschrift in Verwahrung. Lies sie uns vor!«
Der Hadschi wühlte in seiner abgeschabten Ledertasche herum, langte eine Pergamentrolle hervor und glättete sie auf seinen Knien. Dann begann er in singendem Tonfall vorzulesen:

1 Ludwig IX. (Saint-Louis), König von Frankreich, regierte von 1226 bis 1270, wurde freilich erst 27 Jahre nach seinem Tode von Papst Bonifazius VIII. heiliggesprochen.

»Im Namen Gottes, des Allerhalters, befehle ich dir, dem König der Franken, Ludovik, mir Gehorsam zu geloben und feierlich zu erklären, ob du in Krieg oder Frieden mit mir zu leben wünschest. Wenn der Wille des Himmels sich erfüllt hat und alle Völker des Erdkreises mich als ihren rechtmäßigen Herrscher anerkannt haben, dann wird hienieden selige Ruhe eintreten, und die Menschen werden zu schätzen wissen, was wir für sie getan haben. Doch falls du dich erdreisten solltest, dich dem himmlischen Willen zu widersetzen unter dem Vorwand, daß dein Land zu weit entfernt von dem meinen sei, durch unzugängliche Gebirge und tiefe Meere getrennt, so werde ich dich lehren, wie man Entferntes und Getrenntes näher aneinander zu rücken vermag, und dir zeigen, was ich sonst noch alles mit dir machen kann.«
Hadschi Rachim blickte den Dschichangir fragend an und rollte, als er das zustimmende Zeichen seiner Hand sah, das Pergament zusammen.
Batu-Khan wandte sich an den einäugigen Subudai-Bahadur:
»Was meinst du zu diesem Sendschreiben?«
Subudai, nachdem er sich die schweißige Stirn mit dem Ärmel abgewischt hatte, entgegnete:
»Dieser Brief des großen Kagans an den Frankenkönig ist gleichzeitig ein Befehl an uns, den Widerstand aller Völker, die zwischen uns und dem Frankenreich wohnen, zu brechen und dann in das Land König Ludoviks einzufallen. Daß er uns bisher noch keiner Antwort gewürdigt hat, ist schon allein ein strafwürdiges Verbrechen, und wenn uns dieser Ludovik nicht demütig auf Knien empfängt, so müssen wir ihn durch die Kraft unsrer Schwerter und Lanzen auf die Knie zwingen, damit er die Erde zu deinen Füßen küßt und dir bedingungslosen Gehorsam gelobt.«
Der in Batu-Khans Nähe sitzende junge arabische Gesandte Abd ar-Rahmân hatte, als der Name des Frankenkönigs fiel, aufgehorcht. Endlich wurde von dem Lande gesprochen, welches schon das Ziel der Feldzüge seines Ururahns gewesen war und auch jetzt wieder das Ziel des kriegerischen Unternehmens sein sollte. Wenn man nur die Sicherheit hätte, heil und unversehrt hinzugelangen! Dann wollte man schon sein Schwert gegen die verhaßten Frankenritter zücken!...
»Erhabener Dschichangir!« rief er mit einer vor Begeisterung ungewöhnlich klangvollen Stimme. »Ich bitte dich um die Ehre, als Anführer einer Tausendschaft deiner Reiter die Grenze des Frankenreiches überschreiten zu dürfen, und ich schwöre dir, daß ich den anmaßenden König Ludovik mit der Fangleine vor dein Zelt schleifen werde.«
Alle hatten sich überrascht zu dem jungen Araber umgedreht. Batu-Khan zog die Augenbrauen in die Höhe und sagte mit feinem Lächeln:
»Du bist ja ein ganz Verwegener! Ich verspreche dir, deinen Wunsch zu erfüllen; du aber halte dann auch deinen Schwur!«
Gujuk-Khan fragte:
»Und auf welchem Wege willst du unser heldenmütiges Heer ins Königreich der Franken führen?«

»Erst mag mein großer Atalik Subudai-Bahadur sich zu dieser Frage äußern, dann werde ich dir antworten!«
»Die größte Schwierigkeit, die es auf diesem Feldzug zu überwinden gilt, ist der Mangel an Futter für die Rosse und an Nahrung für die Krieger. Die verdammten Urussuten scheinen das recht gut zu wissen und vernichten alle Vorräte bei der Kunde von unserm Nahen. Daher liegt unser Heil einzig und allein in unsrer Schnelligkeit, mit der wir die Völker überraschen. Wir müssen überall früher dasein, als man uns erwartet, und vor allem: ehe man für unseren Empfang gerüstet ist. Und wir müssen so schnell unsre Hand auf die Vorräte einer eroberten Stadt oder eines besiegten Landes legen, daß man gar keine Zeit hat, sie uns zu entziehn, um sie zu verbergen oder zu vernichten... Welchen Weg unser Heer nehmen wird, das wird dir, wenn er es wünscht, unser erhabener Sain-Khan sagen.«
Batu-Khan streifte alle Umsitzenden mit einem lauernden Rundblick, ehe er begann:
»Die Völker des Abendlandes zittern schon lange vor unserem Kommen und flehen ihre Götter an, sie möchten sie vor uns bewahren. Meine Spione berichten mir, daß die Könige der Abendländer untereinander Beratungen abhalten, wie sie uns von sich fernhalten können. Sie stellen auf Gebirgspässen, die sie mit Baumstämmen und Felsblöcken versperren, Wachen auf und tun sonst noch allerhand, von dem sie glauben, daß es uns von einem Einfall in ihre Länder abhalten könnte. Zu gleicher Zeit aber befehden sie sich aufs erbittertste untereinander und machen sich gegenseitig den Oberbefehl über ein vereinigtes Heer streitig. Sie wissen, daß die Zeit drängt, lassen sie aber nutzlos verstreichen. Vorläufig sehe ich jedenfalls noch keinen König oder Fürsten, der eine genügend starke Streitmacht um sich gesammelt hätte, um unseren Angriff abzuwehren, geschweige denn ihm zuvorzukommen.«
»Das ist wahr! So ist's wirklich!« stimmten die Temniks zu.
»Daher werden wir, ohne innezuhalten, weiter vorrücken, immer weiter, bis zum ›letzten Meer‹...«

Nun standen also schon die Vorhuten des mongolischen Heeres vor den Städten des galizisch-wolhynischen Rußlands und forderten sie zur bedingungslosen Kapitulation auf. Doch wenn die Einwohner sich von ihnen einschüchtern ließen und ihnen ihre Tore öffneten, so hatten sie es bitter zu büßen: Die Mongolen brachen in alle Häuser ein, rafften an sich, was sie erraffen konnten, und zerstörten und demolierten alles übrige. Wie Züge riesiger Heuschrecken es tun, so taten auch sie: Sie vernichteten alles auf ihrem Weg und ließen das Land ratzekahl zurück. So gelangten die Tataren (teils durch Überfall, teils durch lügnerische Versprechungen) in den Besitz vieler Städte, darunter auch Kolodjashin und Kamenez. Nur die Stadt Danilow öffnete ihnen nicht ihre Tore, sondern setzte sich tapfer zur Wehr. Und sie wurde dafür belohnt; denn eingedenk Batu-Khans Befehl, »ohne sich aufzuhalten vorwärts nach

Sonnenuntergang zu ziehen«, brachen die Mongolen die Belagerung ab und zogen weiter westwärts.
Mit der Stadt Kremenez[1] gedachte Gujuk-Khan leicht und schnell fertig zu werden. Wie ein rohes Ei würde er sie zerdrücken, hatte er sich gerühmt. Doch siehe da, es kam ganz anders!
Kremenez stellte sich ihm dar als eine auf einem steilen Berg gelegene, vorzüglich befestigte Stadt, zu der es nur einen einzigen, leicht zu verteidigenden, aber schwer zu ersteigenden Zugang gab. Was aber Gujuk-Khan am meisten verwunderte, als er, auf seinem Hengst sitzend, mißmutig zu der Bergfestung mit den verschlossenen Toren hinaufsah, war, daß alle Hänge des Berges wie Glas glänzten und glitzerten. Er befahl seinem Dolmetscher, in Begleitung zweier Krieger hinaufzureiten und die Stadt zur Übergabe aufzufordern. Wenn diese Übergabe noch in der gleichen Stunde erfolge, so verspräche er den Einwohnern Sicherheit an Leib und Leben, auch solle ihr Eigentum nicht angetastet werden. Doch als die drei Parlamentäre den Berg hinaufreiten wollten, erwies sich das als ein Ding der Unmöglichkeit. Die Einwohner hatten nämlich die Hänge gründlich mit Wasser besprengt, das nun in der Winterkälte gefroren war, so daß Kremenez tatsächlich wie auf dem Gipfel eines gläsernen Berges lag. Und Gujuk-Khan war nicht der Prinz, der ihn ersteigen sollte.
Zwar wartete er zwei Tage, bis die Wurfmaschinen und Mauerbrecher eintrafen. Doch wenn er auch vor jede Kriegsmaschine gleich zwei Dutzend Ochsen spannen ließ, sie kamen nicht den Berg hinauf. Er mußte sich damit begnügen, die Stadt von unten aus beschießen zu lassen, doch war die Entfernung zu groß, als daß die geschleuderten Steine dem Stadttor und den Mauern hätten viel anhaben können.
Gujuk-Khan ließ einige früher gefangengenommene Russen vor sich bringen, um sie mit Hilfe eines Dolmetschers, der der tatarischen, kumanischen und russischen Sprache mächtig war, zu verhören.
»Wer verteidigt diese verfluchte Stadt?« fragte er und erhielt zur Antwort, daß Fürst Daniil von Galitsch die Verteidigung der Feste Kremenez dem Tysjazki Nikodim anvertraut habe, der nun auf die List verfallen sei, den Berg in einen Eisberg zu verwandeln.
Nachdem er noch mehrere Tage vergeblich vor Kremenez gelegen hatte, mußte Gujuk-Khan unter dem Spott und Hohngelächter der von den Mauern ihm nachwinkenden Einwohner unverrichteterdinge wieder abziehen. Zuvor aber gab er aus Rachsucht Befehl, sämtliche bisher von ihm gemachten russischen Gefangenen zu erschlagen.

---

1 Kamenez liegt in Westpodolien, Kremenez im südwestlichen Wolhynien. Halitsch oder Galitsch = eine Kreisstadt im westlichen Teil des Gouvernements Kostroma, an einem See gelegen, war im 13. und 14. Jahrhundert Hauptstadt eines selbständigen Teilfürstentums und wurde 1450 dem Großfürstentum Moskau einverleibt.

Neunter Teil

Der mongolische Arkan über Europa

Die Attacke auf Osteuropa

Wie zeitgenössische Chroniken berichten, wurden die Oberhäupter der europäischen (insbesondere natürlich der osteuropäischen) Staaten bei der Nachricht von einem unmittelbar bevorstehenden Einfall der wilden Tatarenhorden in ihre Gebiete von panischem Entsetzen gepackt und beeilten sich, hastig die notwendigsten Abwehrmaßnahmen zu treffen: Truppen aufzustellen, sogar die Bevölkerung zu bewaffnen.
Viele hatten gehofft, daß der römisch-deutsche Kaiser Friedrich II. von Hohenstaufen sich an die Spitze eines vereinigten europäischen Ritterheeres stellen und es gegen Batu-Khans furchtbare Horden führen würde. Doch der Kaiser blieb in Italien, völlig in Anspruch genommen durch die Sorge um die Erhaltung seines unter- und oberitalienischen Reiches und durch die politische Auseinandersetzung mit dem kirchlichen Oberhaupt der katholischen Christenheit, die ihren Höhepunkt erreichte, als der fast hundertjährige Gregor IX., der als Kardinal noch Friedrich von Hohenstaufen in Aachen zum Kaiser gekrönt hatte, ihn zum zweitenmal in den Kirchenbann tat. Dieser fortdauernde Machtkampf zwischen Papst und Kaiser verhinderte jedes gemeinsame Unternehmen der europäischen Fürsten zur Rettung des Abendlandes vor den Mongolen. Erst als der Papst sich der Einsicht in die Größe der Gefahr, die der ganzen Christenheit von den gleich einer Springflut sich den Grenzen Europas nähernden furchtbaren Horden drohte, nicht länger verschließen konnte, dachte er daran, die christlichen Könige und Fürsten zu einem gemeinsamen Kreuzzug gegen die Mongolen aufzurufen, und wäre vielleicht sogar bereit gewesen, den Oberbefehl über dieses Kreuzritterheer dem ihm verhaßten Kaiser Friedrich anzuvertrauen.
Doch noch ehe es zur Aufstellung eines solchen Kreuzritterheeres kam, waren die Horden Batu-Khans schon in Osteuropa eingedrungen.
Alle bis auf uns gekommenen zeitgenössischen Nachrichten über die Bewegungen des mongolischen Heeres tragen einen äußerst verworrenen Charakter, und außerdem sind es nur sehr wenige. Einige davon (die aus verschiedenen Quellen geschöpft sind) mögen hier folgen:
»Nach dem Fall Kiews im Dezember 1240 brach der älteste von Dschingis-Khans Enkeln, Baty, an der Spitze von fünfmalhundert-

tausend Mann zu Roß auf, um sich die abendländische Christenheit zu unterwerfen.
Der erste Staat auf seinem Wege war Polen. Im Winter (1240 bis 1241) drangen die Mongolen in Klein-Polen ein, erstürmten die Städte Sandomir und Krakau und brannten sie nieder.
Hierauf teilte Baty sein Heer: Der größere Teil zog über die Tatra (Karpaten) gegen das ungarische Königreich. Es war ein mühsamer, beschwerlicher Zug übers Gebirge, da alle wichtigen Pässe beizeiten mit gewaltigen Steinblöcken und riesigen Baumstämmen versperrt und verrammelt worden waren. Auf Batus Befehl wurden die Barrikaden angezündet, und die schwarzen Rauchwolken dieser Feuer setzten die Bevölkerung in Kenntnis über die Bewegungen des mongolischen Heeres.
Der andere Teil von Batys Heer zog nordwärts nach Großpolen und von dort zu den Marken Böhmens.
Die Angst vor diesem grausamen Feind verbreitete sich weit über die Länder; dennoch rüstete man in Deutschland nur dort, wo die Gefahr am bedrohlichsten war. Einige Fürsten sandten dem polnischen Großfürsten, Heinrich dem Frommen, der sich in Niederschlesien zum Kampfe rüstete, Hilfe.
Andere Hilfstruppen eilten nach Böhmen, wo König Wenzel unter Hintansetzung aller anderen Geschäfte eifrig Maßnahmen zur Verteidigung seines Landes traf. Unter seinem Banner sammelte sich an vierzigtausend Mann Fußvolk und an sechstausend Reiterei. Mit dieser Streitmacht zog er in Eilmärschen zur schlesischen Grenze, um sich mit dem Heere Heinrichs des Frommen zu vereinigen. Zu gleicher Zeit rückten die Mongolen mit Khan Paidar (Peta) an der Spitze schnell auf Liegnitz vor. Unweit dieser Stadt (bei Wahlstatt) nahm Großfürst Heinrich, ohne sich vorher mit König Wenzel ins Einvernehmen gesetzt zu haben, die unglücklich verlaufende Schlacht gegen die Mongolen am 9.April 1241 an. Zehntausend christliche Streiter ließen in diesem unseligen, mit einer furchtbaren Niederlage endenden Treffen ihr Leben, unter ihnen Heinrich der Fromme. König Wenzel kam mit seinem Heer um einen Tag zu spät in Liegnitz an. Hätte Heinrich auf ihn gewartet, so wäre es durchaus möglich gewesen, daß die Schlacht einen ganz anderen Verlauf genommen hätte. Die Mongolen wichen einem Waffengang mit König Wenzel aus und zogen sich nach Oberschlesien zurück. Auf ihrem Rückzug hausten sie mit Feuer und Schwert.
Als die deutschen Bundesgenossen des böhmischen Königs sahen, daß von ihren Ländern die schlimmste Gefahr fürs erste abgewendet war, gingen sie auseinander, und König Wenzel mußte sich auf den Schutz seiner böhmischen und mährischen Marken beschränken.
Vergeblich suchten die Mongolen, durch das Glatzer Gebiet ins Böhmische einzudringen, die verrammelten Gebirgspässe hinderten sie daran. Erst drei Wochen später öffneten sich Paidars Horden durch die Einnahme von Troppau einen Weg nach Mähren und nahmen Prerau,

Littau, Wischau und andere Städte eine nach der andern ein, brandschatzten und zerstörten berühmte alte Klöster in Hradisch, Heiligberg und anderen Orten. Die fruchtbare Hanna-Ebene verwüsteten sie ganz und gar. Die Bevölkerung ließ ihr ganzes Hab und Gut im Stich und flüchtete sich in die Berge und Wälder.
Nur drei Städte – Olmütz, Brünn und Neustadt – wurden von den Mongolen erfolglos belagert; aber auch einzelne Schlösser und Vesten wehrten den Angriff der grimmen Feinde tapfer ab. Durch seinen heldenhaften Widerstand erwarb sich Bistritz am Berge Hostein großen Ruhm.
Inzwischen hatte König Wenzel seine Streitmacht neu formiert und zog den Mongolen ins Mährische entgegen. Herzog Friedrich der Streitbare von Österreich lieh ihm dabei seinen Beistand.
Bei dem von den Tataren eingeschlossenen Olmütz brachte der böhmische Edle Jaroslav von Sternberg den Horden des Khans Paidar eine empfindliche Niederlage bei, und der Khan selbst fiel durch Jaroslavs tapfere Hand.
Gleich darauf räumten Paidars Truppen Mähren und zogen nach Ungarn, um sich dort mit Batys Truppen zu vereinigen.«

Die Schlacht bei Liegnitz

(Aus den Reisenotizen des Hadschi Rachim)

»Ich flehe den Allwissenden an, mir genügend Verstand und Vernunft zu geben, um wahrheitsgetreu den erstaunlichen Feldzug des erhabenen Sain-Khans gegen die Reiche und Völker des Abendlandes zu beschreiben, die Ursachen seines glänzenden Gelingens und der Vernichtung der in Verwirrung geratenen Gegner des Dschichangirs zu ergründen und zu erklären.
Noch während der Belagerung Kyjuws hatte Batu-Khan den rechten Flügel seines Heeres vorausgesandt, damit er die angrenzenden Gebiete besetze und auskundschafte, was für feindliche Streitkräfte ihm beim weiteren Vormarsch begegnen könnten.
Eine der tatarischen Abteilungen drang bis zur Stadt Lublin vor und kehrte, nachdem sie alles auf ihrem Wege zerstört hatte, mit reicher Beute ins Hauptquartier zurück. Andere tatarische Verbände überschritten die Weichsel und wandten sich gegen die große und reiche Stadt Krakau. Der Krakauer Wojewode Wladimir machte eines Nachts einen Ausfall aus der belagerten Festung, überfiel die schlafenden Tataren und rieb eine nicht unbedeutende Abteilung fast gänzlich auf. Die dem Tode entgingen, zerstreuten sich. Ein bedeutender Teil von den in tatarische Gefangenschaft geratenen Landsleuten des tapferen Wojewoden verdankte ihm ihre Befreiung, alldieweil sie durch ihn Gelegenheit bekamen, sich während des nächtlichen Gefechts, die allgemeine Verwirrung ausnutzend, aus dem Staube zu machen und Zuflucht in den tiefen

Wäldern zu suchen. Krakaus gesamte Einwohnerschaft verließ ebenfalls die Stadt, die, von den Fortziehenden angezündet, an allen Ecken und Enden gleichzeitig zu brennen anfing.«

Nachdem Batu-Khan sein riesiges Heer in fünf Armeegruppen geteilt hatte, gab er das Zeichen zur Attacke auf Europa. Bei Liegnitz in Schlesien lieferte am 9. April des Jahres 1241 zum erstenmal ein europäisches Heer den Tataren eine große Schlacht, mit dem schlechtesten Erfolg allerdings.
Mit einem trutzigen Kirchenlied auf den Lippen gingen als erste mehrere Knappschaften böhmischer Bergleute in dicht geschlossenen, wohlgeordneten Reihen gegen die mongolischen Reiter vor. Sie hatten sich große weiße Kreuze auf die Brust genäht als Zeichen ihrer entschlossenen Todesbereitschaft im Kampfe für Glaube und Heimat. Die Tataren nahmen zu ihren gewöhnlichen Listen ihre Zuflucht; sie stellten sich an, als wären ihre Reihen in wüsteste Unordnung geraten, und wichen zurück, um ihre Gegner zu veranlassen, dem vermeintlich fliehenden Feind in weniger geordneten Formationen nachzueilen, und zwar in Richtung auf ein sumpfiges Moor. Als das Fußvolk, das sich schon im Besitz des Sieges wähnte, sich weit genug von dem übrigen Heer hatte fortlocken lassen, machten die Mongolen kehrt und warfen sich mit fürchterlichem Geschrei auf die völlig verblüfften Bergknappen, wichen jedoch einem eigentlichen Handgemenge mit vielem Geschick immer wieder aus, töteten vielmehr ihre weniger beweglichen Feinde aus sicherer Entfernung mit gutgezielten Pfeilschüssen. Da half den Knappen der verzweifeltste Mut nichts, sie mußten allesamt ins Gras beißen. Zwei andere Abteilungen Fußvolk, die ihnen zu Hilfe eilten, wurden in einer wütenden Attacke von den Mongolen ebenfalls aufgerieben. Die preußischen Deutschordensritter rückten in ihrer keilförmigen Schlachtordnung vor, waren aber in ihren Eisenrüstungen viel zu schwerfällig gegenüber den flinken wendigen Tataren und vermochten nicht nur nichts gegen sie auszurichten, sondern erlagen ebenfalls ihrem Ansturm. Schwerter und Pfeile knickten diese Blüte der Ritterschaft, die man bis dahin als die beste Kriegerschaft des Abendlandes anzusehen gewohnt gewesen war. Am verhängnisvollsten wurde den Rittern, daß sie sich von den Tataren ebenfalls in den Sumpf verlocken ließen, wo sie infolge des schweren Gewichts ihrer Rüstung (selbst die großen mächtigen Rosse waren ja eisengepanzert) entweder lebendig versanken oder steckenblieben und den sicher treffenden Tatarenpfeilen ein leichtes Ziel boten.
Auch der Anführer dieses Heeres, der tapfere, aber vom Schlachtenglück wenig begünstigte Heinrich der Fromme, fand den Tod.
Nachdem die Mongolen in der Umgebung von Liegnitz wie die Vandalen gehaust, die Stadt selber aber nicht angerührt hatten, wandten sie sich gegen Ratibor und drangen in Mähren ein.
Mit Mährens Verteidigung war der böhmische Edle Jaroslav von Stern-

berg betraut worden, der aber vom König den ausdrücklichen Befehl erhalten hatte, eine offene Feldschlacht zu vermeiden, dafür aber die Städte zu verteidigen. Jaroslav ließ in Brünn nur eine geringe Besatzung zurück und zog mit allen Truppen, die er zusammenraffen konnte (es waren fünftausend Mann Fußvolk und fünfhundert Reiter), auf Olmütz, welcher Stadt sich auch die Mongolen näherten und sie einschlossen, kaum daß Jaroslav eingezogen war.
Jaroslav entschloß sich zu einem nächtlichen Überfall des Lagers der Tataren und errang, begünstigt durch die Dunkelheit, einen Sieg, von dem die Kunde sich im Lande mit Windeseile verbreitete, weil er bewies, daß man den Mongolen nicht nur Widerstand leisten, sondern daß man sie sogar überwältigen konnte. Freilich kehrten von den an dem kühnen Ausfall Beteiligten nur wenige wieder in die Stadt zurück, die Mongolen aber hatten dem Tode noch größere Opfer zollen müssen, und unter ihren Gefallenen waren auch der Dschingiside Khan Paidar und Mussuk, der Pflegebruder von Batu-Khans jüngster Frau Juldus-Hatun.
Die Mongolen errichteten ihnen und den übrigen gefallenen Bahaduren und Dschigiten einen gewaltigen Scheiterhaufen, von dessen Flammen sich der Himmel über der Stadt blutrot färbte. Aber drei Tage nach dieser Bestattungsfeier hoben sie die Belagerung von Olmütz überraschend auf, einem Befehl ihres Dschichangirs folgend, der ihnen geboten, zu einer bestimmten Frist zu seinem Heer in Ungarn zu stoßen.
Es wäre aber durchaus denkbar, daß die Tataren immer, wenn ihnen ein Unternehmen nicht ganz geglückt war, sich auf einen solchen Befehl ihres Dschichangirs beriefen und eine fruchtlose Belagerung abbrachen.

Der unerschrockene Spielmann

Mehrere Tage schon dauerte der Sturm der Tataren auf die polnische Stadt Sandomir. Als sie glaubten, die Verteidiger genügend geschwächt zu haben, trieben sie die abgezehrten und zerlumpten Gefangenen, die sie auf dem Zuge hierher gemacht hatten, unter Peitschenhieben und Keulenschlägen an, vor ihnen die wankenden Sturmleitern hinaufzusteigen und von der Hand der eigenen Brüder den Tod zu erleiden.
Sieht man von dem verzweifelten Mute ab, den die Bewohner von Sandomir bei der Abwehr der bedrohlichen Sturmangriffe entfalteten, so hörte man während der Kampfpausen innerhalb der Mauern der einst so frohen, durch ihre heiteren Lieder und schönen Frauen berühmten Stadt nichts als Weinen und Klagen und außerhalb der Mauern den an Wolfsgeheul gemahnenden Gesang der schlitz- und schieläugigen Belagerer, mit dem sie ihrer Sehnsucht nach der weit entfernten Heimat am Kerulon und Onon[1] Luft machten.

---

1 Kerulon und Onon = Flüsse in Zentralasien, wo Dschingis-Khan seine Kindheit verbrachte.

Wenn sie nicht sangen, dann hockten sie in Gruppen um die in der Dunkelheit der Nacht hellodernden Lagerfeuer und lauschten den Worten der um ihre Ansicht befragten erfahrenen älteren Krieger; ob die Belagerung bald erfolgreich zu Ende ginge oder ob sie am Ende gar aufgehoben würde, welche Beutegüter die empfehlenswertesten wären, Kleidungsstücke und Pelze oder goldene und silberne Becher, und welchen Preis man für Gefangene, die man machen würde, auf dem Sklavenmarkt bekäme, wenn es ein starker, zur Arbeit tauglicher Mann oder ein vollbusiges strammes Weib oder ein hübsches junges Mädchen wäre – das waren die Themen, um die sich die Gespräche der grimmen, beutegierigen Krieger drehten.
Die Belagerung Sandomirs nahm eine glückliche (das heißt für die Belagerer glückliche) Wendung, als der Dschichangir selbst mit dem Tumen seiner Tollkühnen und vier Mauerbrechern vor der Stadt erschien.
An einem trüben Morgen begannen die Rammböcke dröhnend gegen die Stadtmauer zu stoßen, und die Wurfmaschinen schleuderten große Stein- und Felsbrocken in das Stadtinnere. Jedes dieser Wurfgeschosse war so gewaltig, daß nur vier Mann es mit vereinten Kräften auf den Hebelarm des Katapultes legen konnten.
Da war wenig mehr für die Eingeschlossenen zu hoffen, und in der Tat: Bald drangen die Mongolen durch die vier in die Mauer geschlagenen Breschen in die Gassen und Straßen der Stadt ein. Nachdem sie ihren Blutdurst ausgiebig gestillt hatten, zwangen sie die überlebenden Stadtbewohner (soweit es diesen nicht geglückt war, sich irgendwo in Kellern zu verbergen), ihr ganzes Hab und Gut auf einem freien Platz zusammenzutragen, wo es dann unter die Sieger verteilt, ein Fünftel davon aber für den Dschichangir und ein zweites Fünftel für den Kagan in Kara-Korum beiseite gelegt wurde.
Alsdann wurden die Gefangenen gezwungen, die Barrikaden am Haupttor der Stadt wegzuräumen und alle zum Tor führenden größeren Straßen von Trümmern, Steinen und Balken zu säubern, damit der erhabene Sain-Khan samt Gefolge seinen feierlichen Einzug in die eroberte Stadt halten könne.
Genau zur Mittagsstunde ritt Batu in vergoldetem Ringpanzer und silbernem, mit Reiherfedern garniertem Helm, um die Schultern einen goldbestickten Zobelpelz, auf seinem panthergleich gefleckten, goldgeschirrten, tänzelnden Hengst an der Spitze eines prächtigen Zuges durch das Tor ein und zu dem mit den Fuhren der hierher geflüchteten Dörfler umstandenen Hauptplatz der Stadt, wo seine Aufmerksamkeit durch die majestätische, doppeltürmige Bischofskirche gefesselt wurde.
»Ist das die Wohnung des Polengottes?« fragte er.
»Du sagst es«, antwortete der befragte Dolmetscher. »Dies ist die Kirche der Katholiken und das längliche Gebäude nebenan ein Mönchskloster, dessen Insassen sich mit dem Abschreiben heiliger Schriften befassen.«
»Ich will hören, wie die lateinischen Schamanen beten«, sagte Batu,

indem er seinen Hengst zum Kirchenportal hinlenkte. »Sie sollen mir ihre Lieder vorsingen.«
Die mit kunstvollen Schnitzereien reichgeschmückten Flügel des Portals waren weit geöffnet. In der Vorhalle zügelte Batu sein Roß vor einem figurenreichen Al-fresco-Gemälde.
»Was sind das für Leute, die hier abgebildet sind?«
»Das Bild stellt das ›Jüngste Gericht‹ dar«, erläuterte der Dolmetscher, »welches am letzten Tage der Welt stattfindet. Dann steigen die Toten aus ihren Gräbern und erscheinen vor Gottes Thron, um für ihre Taten oder Missetaten das Urteil zu empfangen.«
»Und was ist das für ein geschwänztes und gehörntes Ungeheuer mit Bocksbeinen, das sich kopfüber in die Tiefe stürzt?«
»Das ist Satan, der Herrscher der Finsternis, der die Menschen dazu verlockt, Sünden und Verbrechen zu begehn... Die Christen nennen solche bösen Mangusse ›Teufel‹...«
»Und beten die Polen diese Teufel ebenfalls an?«
»Nein, sie beten sie nicht an, aber sie fürchten sie.«
»Fürchten sollen sie uns!« sagte der hinzutretende Khan Ordu. »Sklaven sollen immer in Furcht vor ihren Herren leben.«
Batu-Khan ritt durch den großen Mittelgang zum Altar und wollte wissen, was die davor aufgestellte bemalte Statue einer mit Blumen, Bändern und Ketten behängten Frau zu bedeuten habe.
Als man ihm sagte, dies sei die »Mutter Gottes«, die »Gebärerin des Heilands«, fragte er ungeduldig:
»Wo bleiben denn die Sänger und Diener dieses Hauses? Warum eilen sie nicht herbei, um mir den mir gebührenden Empfang zu bereiten und mir zu Ehren und meinetwegen auch zum Lobe dieser Gottesgebärerin schöne Lieder zu singen? Holt sie flugs her!«
Er stieg von seinem Roß und nahm in einem breiten geschnitzten Sessel, dem Ehrenplatz des Wojewoden von Sandomir, mit untergeschlagenen Beinen Platz, während die Nuker davonstürzten, um die Sänger herbeizuholen. Aber sie kamen nur mit einem einzigen Priester zurück, einem ehrwürdigen Greis in langer schwarzer Soutane, der in seiner Hand einen Rosenkranz hielt, mit dessen Kügelchen er nervös spielte. Sonst aber ließ er sich keine Furcht anmerken. Dicht vor Batu blieb er stehen und forschte mit seinen kurzsichtigen Augen im Angesicht des furchtbaren Tatarenherrschers, der für ihn die leibhaftige Verkörperung Satans war.
»Sag mir, Alter, wo sind denn deine Schamanen? Weshalb haben sie sich vor mir versteckt?«
Der Alte bekreuzigte sich mehrmals, dann erwiderte er mutig:
»Sie haben sich nicht versteckt. Als eifrige Streiter für ihren Glauben sind sie alle auf den Mauern den Heldentod gestorben, und der Herr hat ihre Seelen zu sich genommen. Mich allein hat er am Leben gelassen, damit ich sein Haus hüte und für die Seelen meiner Brüder bete.«
»Ich schätze solche tapferen Gegner«, sagte Batu und rief dann nach

seinem Chronisten, dem Hadschi Rachim, der mit einem schneeweißen hohen Turban auf dem Haupte aus dem Gefolge hervortrat, gegen dessen prächtige, prunkvolle Kleidung er in seinem bescheidenen dunklen Gewand abstach. »Mein ehrwürdiger Lehrer«, fuhr Batu, das Wort an den Hadschi richtend, fort, »nimm dich dieses Greises an und laß dir von ihm alles über dieses Bethaus und seine Einrichtungen genauestens erklären, damit nichts in deinem Buche über meine Feldzüge vergessen werde.«

»Ich höre und gehorche, erhabener Sain-Khan. Zuvor aber erlaube mir, deine Aufmerksamkeit auf etwas anderes zu richten. Du wünschtest, daß man dir Lieder vorsinge. Da die Mönche aber nicht mehr am Leben sind und dir ihre Gebete zur Gottesmutter also nicht vorsingen können, so möchte ich dir einen Ersatz dafür schaffen. Draußen auf dem Platz sah ich einen jener Spielleute, die von Stadt zu Stadt ziehn und den Leuten ihre Lieder vorsingen... Laß ihn hereinholen, ehe ihm ein Leids geschieht, denn er beträgt sich recht herausfordernd, und es könnte durchaus sein, daß deine Krieger daran Anstoß nehmen.«

Auf einen Wink des Dschichangirs eilten ein paar seiner Turgauden hinaus und kehrten bald darauf mit einem ärmlich gekleideten Jüngling zurück, dem das lockige blonde Haupthaar bis auf die Schultern herabwallte. In der einen Hand hielt er seine Laute, mit der andern preßte er ein Tuch auf eine heftig blutende Stirnwunde. Stiefel hatte er keine an, die hatten die Tataren ihm schon von den Füßen gezogen. Halblaute Verwünschungen ausstoßend, blickte er sich trotzig um.

Auf einen Wink Batu-Khans trat Duda hervor und machte sich daran, den Spielmann oder Sänger auszufragen:

»Wie man sagt, sollst du die Bewohner Sandomirs durch deine frechen Lieder zum Widerstand gegen den erhabenen Sain-Khan aufgewiegelt haben...«

»Ja, das habe ich«, gestand frank und frei der junge Spielmann. »Und wenn ich lebend von hier wieder fortkomme, so werde ich anderswo das gleiche tun und mein Volk durch meine Lieder zum Kampf für seine Freiheit aufrufen. Ja, es käme mir gar nicht darauf an, ein solches Lied gleich hier vor den Ohren des Würgers unsrer Freiheit anzustimmen...«

»Das sollst du ja auch. Eigens zu diesem Zweck hat unser erhabener Sain-Khan dich herbeiholen lassen.«

Der Spielmann warf einen ungläubigen Blick auf das Gesicht des Dschichangirs, in dessen steinern unbeweglichen Zügen niemand hätte lesen können, was er in seinen Gedanken bewegte.

»Ich bin bereit zu singen, obwohl ich weiß, daß meiner alsdann die grausamste Todesstrafe wartet.«

Der redliche Duda verwahrte sich gegen diese Annahme, denn es sei niemandem gegeben, das letzte Wort des erhabenen Sain-Khans zu erraten. Vielleicht würde ihm sogar, ganz gegen alle seine Erwartungen, eine reiche Belohnung winken.

»Er mag singen!« gebot Batu-Khan.

Da ließ der Spielmann sein blutbeflecktes Tuch fallen, griff ein paar Akkorde auf den Saiten seines Instruments und begann zu singen, mit etwas heiserer Stimme zwar, aber mit tiefer Empfindung:

»Wie auf dem Friedhof klingt in den Dörfern ein Gegreine:
›Schlimm sind wir dran, ach, schlimm! Nur Asche und Gebeine!
Die Mädchen pflücken keine Himbeer'n mehr im Walde,
die Hirten treiben nicht das Vieh zur Halde.
Ja, schlimm sind wir daran, wie schlimm!‹ «

»So gehört sich's auch für ein besiegtes Volk«, unterbrach Batu-Khan, dem das Lied Wort für Wort übersetzt worden war, den Vortrag des Sängers.
Dieser fuhr fort:

»Des Nachts, wenn andre Menschen friedlich schlummern,
treibt es den argen Heiden ruhelos umher.
›Baty, was wälzest du dich auf den Kissen?
Baty, schlägt dir im Busen das Gewissen?‹
›Vor Durst kann ich in Schlaf nicht sinken,
ich muß an Menschenblute satt mich trinken!‹
Ach, schlimm sind wir daran, wie schlimm!«

Dem Dolmetscher, dem schon bei den Worten »arger Heide« die Zunge stockte, hatte immer zögernder übersetzt und war schließlich ganz verstummt. Erst ein mahnender Blick Batus brachte ihn dazu, die Strophe vollends zu übersetzen. Doch ganz gegen sein Erwarten fühlte sich Batu in seiner Zufriedenheit nicht gestört, er bemerkte lediglich: »Ein großer Regent muß auch grausam sein.«
Der Sänger erhob wieder seine Stimme:

»Menschenfleisch, das fressen die Wölfe,
Menschenblut, das trinken Werwölfe.
Den Wolf im Walde schlägt man mit dem Knüttel tot,
dem Werwolf stößt man einen spitzen Pfahl ins Herz...«

Batu-Khan, der kein Auge von dem Spielmann ließ, verlangte ungeduldig nach der Übersetzung.

»Ja, schlimm ergeht's uns. Doch schlimmer wird es unsern Feinden gehn!
Dem großen Khane werden wir den Kopf abschlagen
und mit den Schädeln seiner kleinen Khane unsre Straßen pflastern.
Erhebe dich, mein Volk, mit frischem Mut und neuer Stärke!
Steh auf, steh auf! Zerreiße deine Bande,
und die verhaßten Feinde treibe aus dem Lande!«

Batu-Khan hatte aufmerksam zugehört mit unerschütterlicher, unergründlicher Miene, bis zu dem Augenblick, da der Sänger nach dem letzten laut herausgeschrienen Wort zusammensackte. Aus seinem Munde kroch wie ein rotes Schlänglein Blutgerinnsel. Seinen Händen entsank die Laute und gab beim Aufschlagen einen klagenden Ton von sich. Duda fing den Spielmann auf und ließ ihn aus seinen Armen auf die Steinfliesen niedergleiten.

Nach einer langen Weile heftete Batu seinen Blick auf den abseits stehenden Hadschi Rachim und fragte:

»Was meinst du hierzu, mein Lehrer?«

Der um seine Meinung Befragte trat rasch zu dem Sessel hin, auf dem der Dschichangir saß, und flüsterte ihm einige Worte ins Ohr.

Batu-Khan schüttelte kaum merklich den Kopf und sagte dann bedächtig:

»Du bist und bleibst ein Derwisch und denkst wie ein Derwisch... Dieser Jüngling hat die Dreistigkeit gehabt, den ›Erschütterer des Erdkreises‹ ins Gesicht hinein zu beleidigen, und soll dafür noch belohnt werden?... Außerdem singen meine Uligertschi nicht schlechter als er... Man führe mein Roß vor!«

Am Abend des gleichen Tages notierte der in einer engen Klosterzelle beim Schein eines knisternden Talglichts über sein Reisetagebuch gebeugte Hadschi folgendes:

»In der polnischen Stadt Sandomir hat der siegreiche Dschichangir nach feierlichem Einzug im Gotteshause dem Gesang eines polnischen Spielmanns sein Ohr geliehen. Das Lied des unerschrockenen Sängers schloß mit den kühnen Worten:

»Steh auf, mein Volk, zerreiße deine Bande
und treibe die verhaßten Feinde aus dem Lande!«

Um meine Meinung befragt, riet ich dem erhabenen Sain-Khan, zu handeln, wie Iskander Dsul-Karnain in seiner Großmut gehandelt haben würde.

»Du hast das Land der Polen erobert«, sprach ich zu ihm, »jetzt bemühe dich, die Herzen deiner neuen Untertanen zu erobern. Bedecke die frierenden Schultern des Sängers mit einem wärmenden Pelz! Dann werden Kinder und Kindeskinder der heute Lebenden sich in Märchen und Liedern voll Erstaunen deiner Großmut und Freigebigkeit erinnern.«

Bei mir aber dachte ich:

›Wer weiß, vielleicht verkündet der Sänger die Wahrheit?... Jahrhunderte vergehn, und viele Völker werden von der Erdscheibe hinweggeweht werden wie Rauch, der von einem Windstoß hinweggefegt wird. Doch für alle Ewigkeit erhalten sich die Lieder auch der untergegangenen Völker und damit vielleicht die Kunde, wie ein edel denkender Sieger einen furchtlosen Sänger, der sein besiegtes Land mehr liebte als sein Leben, großmütig belohnte.‹

Doch Batu-Khan befolgte meinen Rat nicht, sondern bedeutete durch einen Wink an seine Turgauden, sie möchten dem Ohnmächtigen den

Genickfang geben. Die Leiche des Spielmanns blieb verlassen auf den Steinfliesen der Kirche liegen ...«

Und noch ein weiterer Auszug aus den Reisenotizen des Hadschis sei hier gleich eingeschaltet:
»Da Batu-Khan mir aufgetragen hat, seinen ungewöhnlichen Feldzug zur Unterwerfung sämtlicher »Abendländer« genauestens zu beschreiben, befrage ich immer jeden eingebrachten Gefangenen nach den Eigenheiten seines Landes und Volkes. Dabei habe ich zu meiner größten Verwunderung auch erfahren, wie sorglos diese Völker die Gefahr, die ein Einfall der Tataren für ihr Land heraufbeschwor, unterschätzt haben. Keiner der Madjaren scheint es für möglich gehalten zu haben, daß die asiatischen Horden jemals auch nur bis an die Grenzen ihres Reiches vordringen würden.
Bei solchen Verhören ist mir der Schreiber des arabischen Gesandten Abd ar-Rahmân, ein redlicher Mann namens Duda, stets sehr nützlich gewesen dank den wirklich erstaunlichen Kenntnissen fremder Sprachen, die er sich im Laufe seines unsteten Lebens erworben hat.
So habe ich durch Dudas Vermittlung auch folgende Einzelheit erfahren:
Zur Zeit, da das Heer des inzwischen gefallenen Khans Paidar Polen, Schlesien und Mähren verwüstete und Batu-Khan seine Tumen über die waldigen Karpaten zum Lande der Madjaren führte, war ihm Daniil, der aus seinem Reiche vertriebene Fürst von Galitsch, vorausgeeilt, um den ungarischen König Bela zu warnen, der aber diese Warnung in den Wind schlug, weil er nicht glauben wollte, daß die mongolischen Horden sich jemals so weit vorwagen würden. Und wie eindringlich auch der kumanische Khan Kotjan, der vor Batu ebenfalls nach der an der Donau gelegenen Hauptstadt der Ungarn, Buda, geflohen war, Daniils Befürchtungen bekräftigte, wollte sich König Bela nicht überzeugen und belehren lassen, zumal da seine Hofleute den Khan Kotjan bei ihm anschwärzten als einen, der es nur darauf anlege, sich bei ihrem allergnädigsten Herrn einzuschmeicheln, um alsdann, wenn er dessen Vertrauen und Gunst erlangt habe, »seine rechte Hand« zu werden.
Allein sie irrten sich: Khan Kotjan war wirklich weitblickender als sie.«

Im Lande der Madjaren

Ende des Jahres 1240 trafen die ersten Nachrichten über den Fall und die Zerstörung Kiews und über den entsetzlichen Zustand, in dem sich die meisten russischen Fürstentümer infolge der von den Tataren angerichteten Verheerungen und Verwüstungen befanden, in Ungarn, Polen und Böhmen ein, deren Herrscher nun wohl oder übel die drohende Gefahr eines Einfalls der Mongolen auch in ihre Gebiete ins Auge fassen mußten. Die Fama wollte wissen, daß über eine halbe Million berittener Barbaren aus Asiens unbekannten Tiefen ausgeschwärmt sei und sich bereits den Grenzen der osteuropäischen Länder, insbesondere Ungarns, nähere, daß bisher noch nichts diese wilden Horden auf ihrem unaufhaltsamen Siegeszuge hätte hemmen können, da die Schnelligkeit und Schlagkraft dieser behenden, flinken und riesigen Scharen unvergleichlich sei.

Zwar gab es auch in den bedrohten Ländern genug Sorglose, welche meinten:

»Der Landhunger der Tataren ist durch die Unterwerfung der russischen Fürstentümer vollauf gestillt. Wozu sollten sie also noch weiter vorrücken?«

Ein zeitgenössischer Chronist, der katholische Mönch Thomas aus der dalmatinischen Stadt Spalato, läßt sich folgendermaßen vernehmen:

»Der Wohlstand, der in den letzten Jahren im Lande herrschte, hatte die Madjaren so sorglos gemacht, daß sie sich um die Zukunft überhaupt nicht kümmerten, keinen Gedanken daran verschwendeten, daß auch einmal eine Wendung der Dinge eintreten könnte, und deshalb auch keinerlei Befestigungs- und Verteidigungsmaßnahmen trafen.«

Er schiebt die Schuld hauptsächlich auf die Verweichlichung der madjarischen Aristokratie:

»Junge Leute aus den obersten Schichten schliefen bis in den hellen Tag hinein und widmeten die übrige Zeit eitlen Vergnügungen, zu denen sie sich so prächtig herausputzten, wie es sonst eigentlich nur Frauen zu tun pflegen. Über die Prophezeiung eines bevorstehenden Unglücks machten sie sich bloß lustig und meinten, das seien Pfaffenmärchen zur Einschüchterung der Leute, damit diese fleißiger die Kirchen besuchten und reichlichere Opfergaben spendeten.«

Ein ungarischer Priester gab um die Jahreswende 1240/41 dem Erzbischof von Paris einen ausführlichen Bericht über die furchtbare »Geißel Gottes«, wie er den Tatarenkhan nannte, dessen Hauptquartier sich vorerst noch am russischen Strome Dnepr befände, dessen Vorhuten aber bereits Streifzüge bis zu den ungarischen Marken unternommen hätten.

»Die Zustände im Lande der Madjaren sind keineswegs in bester Ordnung. Abgesehen davon, daß die Staatsverwaltung und die Organisation des Heeres sehr zu wünschen übrig läßt, herrscht unter den Bauern, dem Nährstand des Landes, äußerste Erbitterung. Sie können es nicht vergessen, daß ihre Väter und Großväter einst frei gewesen sind, daß aber seit dem Beginn des dreizehnten Jahrhunderts durch einen königlichen Erlaß alle Bauern und Pflüger zu Leibeigenen und Hörigen erklärt worden waren und die ihnen bis dahin gehörende und von ihnen bebaute Erde zum allergrößten Teil in den Besitz der Feudalherren, der adligen Großgrundbesitzer, übergegangen war. Unter diesen Feudalherren, deren größte Sorge es zu sein scheint, die Macht ihres Lehnsherrn, des Königs, möglichst stark zu beschneiden, befinden sich auch viele

Deutsche, die erst recht keine gemeinsamen nationalen Interessen mit den von ihnen bettelarm gemachten landlosen madjarischen Bauern haben.«

Die Pußta

Ein ungarischer Dichter des vorigen Jahrhunderts entwirft von der Pußta, in der die erste Begegnung der tatarischen Reiter mit dem madjarischen Heer stattfand, ungefähr folgendes Bild:
»Die Pußta, eine öde freie Steppe, wird oft von furchtbaren orkanartigen Stürmen heimgesucht, die einem im Winter die Augen mit Schnee verkleben und im Sommer mit Sand vollstreuen. Im Gegensatz zum Hirten und Viehzüchter, der hier in seinem eigentlichen Element ist, kommt sich der Stadtbewohner in der grenzenlosen Weite der Pußta ganz verloren vor und wird von einem Gefühl der Trostlosigkeit übermannt. Meilenweit ist das niedrige Hirtenhaus mit dem langen Hebebalken des Ziehbrunnens der einzige Ruhepunkt für das Auge. Neben dem Brunnen stehen zwei Tröge, von denen der obere, höhere für die Pferde, der untere, niedrigere für das übrige Vieh bestimmt ist. Unweit davon ist der überdachte Stall (Akol oder Istallo) und das Freigehege für das Vieh. Lange Reihen von Sonnenblumen bilden den Abschluß der einsamen kleinen, von zottigen Hunden der Pudelrasse bewachten Siedlung gegen die freie, öde, fast baumlose Steppe, deren Sandboden mit magerem Rasen und brauner Heide überkleidet ist. Manchmal stößt man auch auf Sümpfe, in deren Röhricht nicht selten sich Wolfsrudel verbergen. Das ganze Jahr hindurch ist die Pußta belebt von zahllosen Pferde-, Rinder-, Schweine- und Schafherden. Ein eigentümlicher Reiz dieser flachen Landschaft, den sie mit der Wüste gemein hat, ist die Erscheinung der Luftspiegelung, die besonders an drückend heißen Sommertagen ihre Phantasmagorien über die braune Fläche zaubert und Trugbilder von Städten, Seen und Waldstücken schafft. Eine andere eigentümliche Erscheinung sind die Staubsäulen, dichte Massen wirbelnden Sandes, die sogar Pferd und Wagen umzuwerfen imstande sind.«
An anderer Stelle heißt es:
»Nach dem Einfall der Tataren im dreizehnten Jahrhundert und später der osmanischen Türken im fünfzehnten, die alles dem Erdboden gleichmachten, bestanden die meisten ungarischen Dörfer fast nur noch aus Erdhöhlen und ein paar elenden, halbverfallenen Hütten, in denen bitterste Lumpenarmut in Roheit und Unwissenheit hauste.«
Ein anderer Dichter entwirft dieses Bild:
»Ich sehe die mir so wohlvertraute heimatliche Landschaft wieder, die Pußta, die von der Theiß und der Donau zärtlich umfaßt wird wie von den Armen einer Mutter, die ihr Kindchen in Schlaf wiegt. Nur ein einziger Weg (oder was man Weg nennen könnte) führt durch die flache

Ebene, die nicht mit grünem Gras, sondern mit brauner Heide bewachsen ist. Es ist drückend schwül, deshalb grast das Vieh auch nicht, sondern ruht träge aus. Auch der Hirt liegt irgendwo im kümmerlichen Schatten eines Dornbuschs ausgestreckt, und die Hunde sind von der Hitze so apathisch, daß sie nicht einmal einen Blick auf den vorbeiziehenden Wanderer werfen.
In einer schmalen Senke rieselt ein Bächlein hin, dessen karges Rinnsal kaum bemerkbar ist; nur wenn ein darüberhinschießender Vogel mit seinen Flügeln den Wasserspiegel streift, sprühen ein paar Spritzer auf. An der seichtesten Stelle dieses Bächleins ist auf dem gelben Sande eine Schar bunter Blutegel zu sehen. Langbeinige Wasserspinnen und Wasserkäfer flitzen blitzgeschwind über die flache Kuhle hin.
In der Ferne ragt der schräge Hebebalken eines Ziehbrunnens auf; es sieht aus, als wäre er in die Betrachtung einer Luftspiegelung versunken... Was für Träume mögen den Wanderer heimsuchen, dem es einfällt, sich neben diesem halbverschütteten ausgetrockneten Brunnen, der nichts weiter mehr ist als eine tiefe Grube, zur Ruhe niederzulegen?«

Die Zwillingsstädte

Ein Ausländer, der damals das Land der Madjaren bereiste, hat die Eindrücke, die er dabei gewonnen, in seinen Reisenotizen festgehalten. Die ungarische Hauptstadt Buda und ihre Zwillingsschwester Pest beschreibt er folgendermaßen:
»Zwei Städte liegen seit alters einander gegenüber auf den Ufern der sie trennenden, träge strömenden Donau. Zur Zeit des Eisgangs und des Frühjahrshochwassers sind sie gänzlich voneinander abgeschnitten, in der übrigen Zeit miteinander verbunden, winters durch die Eisdecke des zugefrorenen Flusses, sommers durch eine Brücke, die auf untereinander vertäuten und an Pfählen verankerten Pontons ruht und so breit ist, daß zwei sich begegnende Fuhrwerke noch aneinander vorbeikommen, sogar wenn es Heufuhren sind.
Jede der Zwillingsstädte ist von zinnengekrönten Mauern und einem tiefen Graben umgeben, über den hinweg lediglich zwei Zugbrücken führen, die des Nachts an eisernen Ketten hochgezogen werden, so daß niemand in die Stadt gelangen kann. Die schweren, mit Eisen beschlagenen Tore werden von einer gutbewaffneten Stadtwache in eisernen Harnischen bewacht.
Buda liegt am westlichen, Pest am östlichen Ufer der Donau, und gleich dahinter beginnen die ungarischen Steppen, die sogenannten Pußten, sandige, anfangs leicht hügelige, später gänzlich flache Steppen, wo riesige Herden der edlen, in aller Welt berühmten, im Springen sehr gewandten madjarischen Rosse weiden.
Buda (auch Ofen genannt) ist Sitz des Hochadels. Der sich inmitten der Stadt erhebende Festungsberg trägt die königliche Burg, die für sich

allein schon eine kleine, gut zu verteidigende Stadt bildet und bewacht wird von der ständig scharf Ausguck haltenden Burgwache. Aber auch die Häuser des Adels ähneln kleinen Burgen, deren Fenster ganz den Eindruck von Schießscharten machen. Für die Nacht werden die Zugänge zu den schmalen Gassen mit Ketten versperrt.
Solche Vorsichtsmaßregeln zeugen für eine fortwährende Furcht vor Unruhen, geheimen Verschwörungen und plötzlichen Überfällen, die den König von überallher bedrohen. Und in der Tat lebt er in ständiger Besorgnis vor seinen Vasallen, Herzögen, Grafen, Baronen, die sich ihrer Versippung mit der höchsten ausländischen Aristokratie, ja mit deutschen Königshäusern rühmen. Diese Aristokraten, von denen jeder einzelne auf den Thron prätendiert, versuchen alle Macht im Staate an sich zu reißen und sich und ihrem Geschlecht alle möglichen Privilegien zu sichern.
Nur der Bauer, dem man Boden und Freiheit genommen hat, ist rechtlos und darf auch keine Waffen tragen oder daheim aufbewahren. Freilich ist das nicht immer so gewesen: Vor einem halben Jahrhundert noch war der Bauer frei und saß auf eigener Scholle, bis die aus Deutschland, Schlesien, Siebenbürgen und anderswoher eingewanderten Aristokraten sich kraft der dem König abgetrotzten Edikte seines Bodens bemächtigten und ihn selber zum Hörigen machten.«

Als König Bela[1] Khan Kotjans Danksagebrief empfing, worin ihm aus Erkenntlichkeit für die huldvoll gewährte Erlaubnis zur Ansiedlung der Kumanen innerhalb der ungarischen Reichsgrenzen Zusicherungen ihrer Treue und Ergebenheit gemacht wurden, berief er den Kronrat ein, um diesen von seinen getroffenen Entschlüssen in Kenntnis zu setzen. Sie fanden aber nicht die Billigung der Ratsmitglieder, die den König mit Vorwürfen überhäuften, weil er eine so große Zahl von Fremdlingen in den Verband des madjarischen Staates aufnehmen wollte. (Das Volk

1 Gemeint ist Bela IV. aus der arpadischen Dynastie, Sohn jenes Andreas II., dem der Adel die »Goldene Bulle« (Ungarns Magna Charta) abgerungen hatte. Durch Niederhaltung des Adels wollte Bela das alte königliche Ansehen wiederherstellen. Er regierte von 1235 bis 1270, verbrachte aber davon die zwei Jahre von seiner Vertreibung durch die Mongolen bis zu deren Abzug aus Ungarn im Asyl in Österreich, das ihm erst gewährt wurde, nachdem er dem Herzog Friedrich II. dem Streitbaren, dem letzten Babenberger, seiner Schätze ausgeliefert und drei Komitate abgetreten hatte. Seine von allem Anfang an wohltätigen Reformen wurden durch den Mongoleneinfall unterbrochen. Nach dem Abzug der Horden rief er deutsche und italienische Ansiedler in das entvölkerte Land und begünstigte und förderte den Bürgerstand (zum Nachteil des Adels), indem er die Anzahl der Freistädte vermehrte. Durch die Ernennung seines Sohnes Stephan zum Mitregenten, dessen Empörungsversuche ihm die letzten Lebensjahre verbitterten, veranlaßte er innere Kämpfe, die auch unter Stephans Sohn Ladislaus noch andauerten und den Verfall des Staates herbeiführten.

der Kumanen – an dessen Treue und Ergebenheit zu glauben die eingesessenen ungarischen und eingewanderten deutschen Aristokraten sich durchaus weigerten – war vierzigtausend Zelte, d. h. Familien, stark.)
König Bela, der zur Bedingung der Aufnahme gemacht hatte, daß die Kumanen den Christenglauben römisch-katholischer Konfession annehmen mußten, verfolgte mit dieser »Einbürgerung« ein dreifaches Ziel: erstens dem römischen Papst und seiner Kirche neue Anhänger zuzuführen; zweitens die Streitmacht seines Reiches um ein tapferes, im Kampfe mit den Tataren bereits erprobtes Reiterheer zu verstärken; und drittens aus diesem wiederum eine Elitetruppe als Leibgarde und Stütze seines Thrones auszulesen.

Khan Kotjans Ende

So war denn das Volk der Polowezer oder Kumanen, nachdem es die Karpaten hinter sich gelassen, in der ungarischen Tiefebene angelangt und hatte die ihm vom König angewiesenen Wohnplätze bezogen, in der Hoffnung, hier unbehelligt von den schrecklichen Tataren der Viehzucht obliegen zu können. Indessen war gerade die Tatsache, daß König Bela als Herrscher eines den Mongolen stammverwandten Volkes den Polowezern Asylrecht gewährte, dem Tatarenkhan Batu ein besonders scharfer Dorn im Auge, und er verlangte durch Abgesandte von dem ungarischen König die sofortige Auslieferung des inzwischen in Buda eingetroffenen Khan Kotjans und seiner ganzen Sippe.
Vom König war Khan Kotjan mit wohlwollender Herzlichkeit aufgenommen worden, der madjarische und ausländische Adel jedoch begegnete ihm mit feindseligem Mißtrauen und versuchte auch das Volk gegen die Einwanderer aufzuhetzen.
»Das ist ein Stamm«, so sagten sie, »der seinen Sitten und Gebräuchen nach so sehr an einen Vortrupp unserer Feinde erinnert, daß man ihm freundschaftliche Gefühle für uns schwerlich zuschreiben kann. Traut ihnen nicht! Spione sind es, ganz gewiß, und wenn es zum Kampfe kommt, so werden sie wohl eher zu Verrätern an uns werden, als daß sie auf unserer Seite gegen die schrecklichen Tataren kämpfen.«
Kein Wunder, daß diese immer wieder ausgestreute Saat des Mißtrauens im Volke Wurzel schlug. Es kam zwischen den frisch aus dem Osten Zugewanderten und den Alteingesessenen auf Grund künstlich erregter Mißverständnisse zu fortwährenden Reibereien, und der Adel beschuldigte den König, er nähme stets nur die Partei der Einwanderer gegen seine Untertanen. Diese unablässig geschürten Zwistigkeiten sollten dem Staat im Augenblick, da Einigkeit im Denken und Handeln zum Wohle aller die dringlichste Forderung gewesen wäre, zum Verhängnis gereichen.
Dabei standen Denken und Handeln des Adels, ja die einzelnen Hand-

lungen selbst, in krassem Widerspruch zueinander. Während man sich einerseits von einem Aufruf des Papstes an alle Fürsten der Christenheit, sich zu einem gemeinsamen Abwehrkampf gegen die Heiden zusammenzutun, eine so starke Wirkung versprach, daß allein schon dieser Appell Batu-Khan bedenklich stimmen und von weiterem Vordringen abschrecken müsse, lag man andrerseits dem König unablässig in den Ohren, dem Verlangen Batus stattzugeben und ihm den Khan Kotjan samt seiner ganzen Sippschaft auszuliefern und sämtliche Kumanen aus den ungarischen Pußten, wo sie ihre Zelte aufgeschlagen hatten, wieder zu vertreiben. Zu gleicher Zeit aber ließ man sich dazu hinreißen, die Abgesandten Batus zu erschlagen, was diesen natürlich in eine rasende Wut versetzte.
Während einer vom König einberufenen Beratung, zu welcher auch Khan Kotjan mit seinen Söhnen erschienen war, erklärten die madjarischen Feudalherren ganz unverblümt:
»Da der König seine ganze Freundschaft den Kumanen geschenkt hat, so mag er zusehn, wie sie ihm gelohnt wird. Wir werden keinen Finger zu seinem Beistand rühren, mag er sich um Hilfe an jene wenden, denen er von dem uns allein gehörigen madjarischen Grund und Boden Anteile zugewiesen hat.«
Vergebens bot der König seine ganze Autorität zugunsten seiner Gäste und Verwandten (seine Mutter war eine kiptschakische Fürstentochter) auf und schlug der Versammlung vor, doch erst einmal zu prüfen und zu untersuchen, ob der wider die Kumanen und ihren Khan erhobene Vorwurf der Spionage und Verräterei denn auch wirklich begründet sei, woran doch wohl gezweifelt werden dürfe, da der Khan ihm in seinem und seines Volkes Namen zugeschworen habe, daß sie die neue Heimat mit ihrem Leben und ihrem Blute verteidigen würden. Mit dem Rufe: »Nieder mit dem Verräter! Der Spion des Tatarenkhans soll sterben!« zogen die Feudalherren blank und stürzten sich auf den Khan, der, ungeachtet seines hohen Alters, noch über erstaunliche Körperkräfte verfügte und mehreren seiner Angreifer mit einer Bank den Schädel einschlug, ehe er unter ihren Schwerthieben entseelt zu Boden sank. Mit ihm zusammen wurden auch seine Söhne ermordet. Man schlug ihnen die Köpfe ab und warf sie durchs Fenster auf die Straße, damit das Volk sie sähe. Wie aus einem Mund hallte durch die ganze Stadt, durch das ganze Land der Schrei: »Alle verräterischen Kumanenhunde sollen auf die gleiche Weise sterben!«
Als die Kumanen von dem furchtbaren Tod ihres Anführers Kunde erhielten, brachen sie hastig ihre Zelte ab und zogen mit ihren Viehherden ins Mündungsgebiet der Donau, ins Land des Bulgarenzaren Koloman, der ihnen in der Dobrudscha Wohnstätten anwies.
Inzwischen war Batu, der die Wachen der Karpatenpässe überrumpelt hatte, über Munkacz und Ungvar ins Ungarland eingefallen. Als diese beängstigende Nachricht in Buda eintraf, verlangte König Bela von seinen Vasallen, daß sie ihm mit ihren Mannen Heeresfolge leisteten.

Er selber setzte mit Truppen, die er in höchster Eile unter seinem Banner gesammelt hatte, über die Donau und verschanzte sich dort. Seine Familie schickte er zur Nordgrenze des Landes, ebenso den Staatsschatz, dessen sich jedoch sofort der Herzog Friedrich von Österreich bemächtigte.

Die Schlacht am Sajo

Batu-Khan rückte mit seinem Heer, zu dem inzwischen auch die Horden aus Polen, Schlesien und Mähren gestoßen waren, vor Buda, in dessen Nähe er ein riesiges Lager aufschlagen und durch ausgesandte Abteilungen die Umgebung verwüsten ließ.
König Bela konnte sich zu einem Ausfall aus seinem Castrum[1] nicht entschließen, sosehr ihn auch der Erzbischof Ugolan von Kalocsa wegen seines Kleinmuts tadelte. Schließlich stellte sich Ugolan selbst an die Spitze einer Abteilung serbischer Reiter und machte, entgegen dem ausdrücklichen Befehl des Königs, einen Ausfall. Die Mongolen ergriffen wie immer die Flucht – natürlich nur eine Scheinflucht –, bis sie ihre Verfolger in einen Sumpf gelockt hatten, über den sie selber dank ihrer leichten Rüstungen und flinken Pferde leicht hinwegsetzten, in dem die viel schwerer bewaffneten Reisigen des Erzbischofs aber steckenblieben, von den zurückkehrenden Mongolen umzingelt und aus sicherer Entfernung durch Pfeilschüsse einer nach dem andern erledigt wurden. Nur mit knapper Not gelang es dem Erzbischof, mit zweien oder dreien seiner Reisigen diesem Hinterhalt zu entrinnen. Ungeachtet seines Mißerfolges aber fuhr er fort, dem König zuzusetzen und ihn zu einem Generalangriff auf die Tataren, deren Zahl er gewaltig unterschätzte, zu überreden. Bela jedoch war gegen alle Ratschläge und Forderungen Ugolans taub.
Batu-Khan hatte inzwischen durch kreuz und quer ausgeschickte Streifzüglerkorps das Land in weiterem Umkreis verheeren lassen. Der Bischof von Groß-Wardein, der mit einem von ihm gesammelten Heer nach Pest unterwegs war, erfuhr, daß eine mongolische Bande von Plünderern, reich beladen mit Beute, ganz nah vorüberzog, und griff sie an. Auch diesmal wandten die Mongolen das Mittel der Scheinflucht an, lockten die bischöflichen Truppen in einen Hinterhalt, wo eine zweite Abteilung gut bewaffneter Mongolen ihnen auflauerte und sie bis auf einen geringen Überrest aufrieb, mit dem der Bischof schließlich ganz erschöpft im Lager des Königs anlangte.
Nachdem die Mongolen etwa zwei Monate vor Buda gelegen hatten, zogen sie eines Tages unter Trommelschlag und Trompetenschall auf demselben Wege ab, auf dem sie gekommen waren, ganz als wollten sie in ihre asiatischen Steppen heimkehren.

---

1 Castrum = befestigtes Heerlager.

Da endlich faßte sich König Bela ein Herz und wagte sich aus seinem Lager hervor, um dem abziehenden Feinde nachzusetzen. Am Westufer des Sajo[1], in der Nähe einer auf verankerten Kähnen ruhenden Brücke, machte er halt und schlug ein zweites Castrum auf, das er mit festen Erdwällen umgeben ließ. Einige Tage herrschte Ruhe, dann nahmen die Tataren vom andern Ufer aus die Brücke, zu deren Schutz Bela tausend Krieger aufgestellt hatte, unter Beschuß. Die Verteidiger der Brücke mußten unter dem Hagel von Wurfgeschossen, den die chinesischen Katapulte auf sie schleuderten, weichen, und die Mongolen setzten nun ungehindert über den Fluß und schlossen das Castrum des Königs von allen Seiten ein. Unter den Eingeschlossenen, die gegen die Wurfgeschosse der Katapulte und die langen Pfeile ziemlich wehrlos waren, brach eine Panik aus, und die Feudalherren, die dem König mit ihren Mannen gefolgt waren, weigerten sich, den Kampf mit dem übermächtigen Feinde durch Ausfälle aufzunehmen. Nur des Königs Bruder, der Herzog Kalman, ferner der Erzbischof Ugolan und der Großmeister der deutschen Ordensritter entschlossen sich um des guten Beispiels willen zu einem Ausfall, wurden aber von den Mongolen unter großen Verlusten zurückgewiesen und wieder ins Lager zurückgedrängt, aus dem sich nun erst recht niemand mehr herauswagte.
Einzig und allein der tapfere Herzog Kalman riskierte mit seinen Mannen noch einen zweiten Ausfall, und während seine Leute wacker mit den Mongolen fochten, benutzten mehrere der Feudalherren diese Gelegenheit, sich mit einer kleinen Schutzgarde heimlich aus dem Lager zu schleichen. Die Mongolen bemerkten diese Flucht sehr wohl, drückten aber absichtlich ein Auge zu und ließen die Herren unbehelligt entwischen, weil sie damit rechneten, daß dieses böse Beispiel Schule machen und das Lager sich nach und nach leeren würde. Und so war es auch: Immer mehr Abteilungen entwichen heimlich, so daß dem König schließlich nichts weiter übrigblieb, als ebenfalls sein Heil in der Flucht zu suchen.
Die Mongolen hatten die Entweichenden bisher ungeschoren gelassen, ihnen aber auch keine Möglichkeit gegeben, sich zu zerstreuen. Jetzt fielen sie nun von allen Seiten und mit einem Schlag über die vereinzelten Abteilungen her, die keine Fühlung mehr untereinander hielten und von denen jede, nur auf sich selbst gestellt, ziemlich schwach und hilflos war; so kam es, daß die meisten der madjarischen Krieger durch die Schuld des Königs und seiner Vasallen einen nutzlosen und ruhmlosen Tod sterben mußten.
Mit nur geringem Gefolge glückte es dem König dank der Schnelligkeit seiner guten Rosse, sich einer Gefangennahme zu entziehen.
In den frühesten Morgenstunden des nächsten Tages verließen mehrere Reiter, die noch etliche mit Säcken beladene Saumtiere mit sich führten,

1 Der Sajo entspringt auf dem Berge Stolica und mündet nach Vereinigung mit dem Hernad in die Theiß.

das mongolische Lager. Einem vor langen Zeiten festgesetzten Brauche entsprechend, schickte der Dschichangir durch sie an den Kagan nach Kara-Korum als Zeichen seines Sieges tausend scheußliche Trophäen: tausend rechte Menschenohren, den gefallenen Gegnern nach der Schlacht abgeschnitten.

Als die Mongolen darangingen, das von den Madjaren verlassene Castrum zu plündern, fanden sie im königlichen Zelt ein von Bela vergessenes Siegel. Als man es zu Batu-Khan brachte und er sich von einigen gefangenen Adligen hatte erklären lassen, welche Bewandtnis es damit hatte, verfiel er auf eine teuflische List: Von seinen Dolmetschern ließ er einen Brief abfassen, gerichtet an die Feudalherren des Landes und an das madjarische Volk, in einem Stil und Tonfall, als wäre er von König Bela geschrieben.

»Laßt euch nicht aus Furcht vor den Mongolen dazu bewegen, eure Wohnstätten zu verlassen. Obgleich Wir durch einen plötzlichen Überfall der Tataren gezwungen waren, Unser Lager zu räumen, so hoffen Wir doch fest, mit Gottes Hilfe bald wieder zu den Waffen greifen zu können. Betet fleißig zum Allmächtigen, daß er Uns seinen Beistand im Kampfe gegen Unsere Feinde und den schließlichen Sieg verleiht!

König Bela IV.«

Nachdem man eine Menge Abschriften dieses Briefes hergestellt hatte, wurde auf jede mit dem erbeuteten Petschaft das königliche Siegel gedrückt. Durch Eilkuriere schickte man sie dann nach allen Enden des Landes und ließ sie auf schlaue Weise in die Hände derer gelangen, die zu täuschen sie bestimmt waren.

Viele Madjaren, die sich mit der Absicht getragen hatten, mit den Ihren in die Berge und Wälder zu fliehen, ließen sich durch diesen gefälschten Brief betören; sie blieben im Vertrauen auf die königlichen Zusicherungen ruhig in ihren Wohnstätten und wurden auf diese Weise früher oder später allesamt Opfer der grimmen Mongolen, die keinen verschonten.

Die Mongolen schlossen die Zwillingsstädte Pest und Buda, in denen sich kaum noch Besatzung befand, abermals ein und nahmen sie unter verhältnismäßig leichten Verlusten im Sturm, plünderten und brandschatzten und töteten alle Einwohner, wobei sie ihren wilden Gelüsten freien Lauf ließen.

So wurde Batu-Khan im Jahre 1241 zeitweiliger Gebieter von Madjar-Orszag[1].

---

1 Madjar-Orszag = Ungarland.

Auf dem Wege zum »letzten Meere«

(Aus Hadschi Rachims Reisetagebuch)

»Der heilige Regent wird gewiß frohlockt haben, als er von seinem Wolkenthron herab beobachtete, wie sein kühner Enkel am Flusse Sajo das gesamte madjarische Heer vernichtete.

Nach der Einnahme von Buda und Pest setzte Batu-Khan als Verweser des madjarischen Königreichs den Khan Scheibani ein. Dieser entsandte in alle Komitate[1] »Knese«[2], die zugleich auch oberste Richter waren, mit dem Auftrag, Tribute einzutreiben, die in Pferden und anderem Vieh, Waffen und Kleidern, Nahrungs- und Futtermitteln und »Geschenken« bestanden.

Einige der früheren Vasallen des Königs erboten sich freiwillig zur Übernahme eines solchen Knesen-Amtes – es waren übrigens dieselben, die sich dazu bereit gefunden hatten, den gefälschten Königsbrief zu verbreiten – und übten es auch eine Zeitlang aus. (Was übrigens auch ein in die Gewalt der Mongolen geratener katholischer Priester namens Rogerius bezeugt, der äußerst aufschlußreiche Aufzeichnungen hinterlassen hat.)

Zuerst wollte es scheinen, als wäre es den Madjaren vergönnt, unter der mongolischen Fremdherrschaft verhältnismäßig ruhig leben zu können; doch bald setzten die Drangsalierungen ein: Die Knese verlangten, daß ihnen die hübschesten Frauen und Mädchen zugeführt wurden, erhöhten fortwährend die in Vieh zu entrichtenden Tribute, forderten schließlich immer kostbarere »Geschenke«, die ihnen die Dörfler persönlich überbringen mußten; hatten die Knese aber die Geschenke in Empfang genommen, so ließen sie die Überbringer kurzerhand erschlagen oder auf sonst eine Art umbringen.

Ob Batu-Khan über diesen Mißbrauch der Macht im Bilde war? – Wenn ja, so war es ihm jedenfalls gleichgültig.

In ihm brannte nur der einzige Wunsch: immer weiter vorrücken, dem flüchtigen König Bela auf den Fersen bleiben, ihn einholen und ihn dafür exemplarisch bestrafen, daß er die Verwegenheit gehabt hatte, in Aufrufen an seine Untertanen seine baldige Rückkehr, die Befreiung von der Fremdherrschaft und die Wiedererrichtung eines unabhängigen ungarischen Königreiches in Aussicht zu stellen.

Doch da es jetzt über mächtige Gebirgsketten hinging, wo nur das spärlichste Futter für die Pferde zu finden war, und über Felsgestein, auf dem sie sich die unbeschlagenen Hufe beschädigten, gestaltete sich der Vormarsch schwieriger.

Aber Batu-Khan, durch vorausgesandte Späher über die Bewegungen

---

1 Die Komitate (d.i. Grafschaften – von lat. comes = Graf) sind eine Einrichtung Stephans I. des Heiligen (995–1038), der sein Reich nach deutschem Muster gliederte.

2 Knes = Landvogt.

seines flüchtigen Gegners wohl informiert, verfolgte hartnäckig dessen Spur, freilich ohne seiner habhaft werden zu können.
So gelangte Batu bis zur Stadt Zagreb oder Zagrab, die im Tale der Save am Fuße eines bewaldeten Gebirges gelegen ist, und bewegte sich dann weiter in der Richtung aufs Meer zu. Endlich erblickte er von einem hohen Berggipfel aus den blauen Wasserspiegel der Adria, und er und alle, die mit ihm waren, fragten sich: ›Ist dies nun das letzte Meer?‹
Beim Abstieg zum Ufer hinab kam ein von einem Mauerviereck umgebenes Küstenstädtchen in Sicht, in dessen kleinem Hafen jedoch kein einziges Schiff lag. Ganz weit draußen, in dunstiger Ferne, blinkten ein paar weiße Segel, die sich unmerklich immer weiter entfernten.
Die Einwohner des auf einer Halbinsel gelegenen Städtchens – es war die Stadt Spalato oder Split – stellten sich zunächst tot und kamen erst zum Vorschein, nachdem Batu-Khan einige Brandpfeile in die Stadt hatte schießen lassen, die auch an zwei oder drei Stellen Brände verursachten.
Nun öffneten sie dem Mongolenkhan das Stadttor und führten ihn auf sein Verlangen durch den verfallenen Residenzpalast des römischen Imperators Diokletian.
Seine Forderung aber, ihm den König Bela auszuliefern, konnten sie beim besten Willen nicht erfüllen, weil dieser, die Rache des ihn verfolgenden Tatarenkhans fürchtend, nach kürzestem Aufenthalt mit seinem Gefolge mehrere gerade im Hafen ankernde Segelschiffe bestiegen hatte, eben jene, deren Segel am Horizont noch zu sehen waren. Da Windstille herrschte, waren sie noch nicht weitergekommen.
Außer sich vor Wut, befahl Batu-Khan seinen Kriegern, jedes Haus der Stadt gründlich zu durchsuchen und alles, was sich an Lebens- und Nahrungsmitteln vorfände, rücksichtslos zu beschlagnahmen. Und es fand sich ziemlich viel, da Spalato ein Umschlaghafen der venezianischen Handelsflotte war. Doch hatte Batu ausdrücklich angeordnet, Leib und Leben der Einwohner zu schonen und es bei der Plünderung bewenden zu lassen. Nach der beschwerlichen Überschreitung der Gebirge, wo die wilden Asiaten ebenso wie ihre struppigen Pferde hatten Hunger leiden müssen, schlugen sie sich hier an dem Überfluß den Bauch voll, tranken köstliche Weine dazu und trieben auch sonst in der Stadt ihr Unwesen.«
Batu-Khan war zum steinigen Ufer der Adria geritten, auf welches die durchsichtigen Wellen unermüdlich und unablässig aufliefen, um schäumend wieder zurückzufluten. Batus Hengst beschnupperte mißtrauisch das salzige Wasser, wollte aber davon nicht saufen.
Batu-Khan hielt mit sich folgendes Selbstgespräch:
»Bisher haben unsre braven Rosse, angetrieben von meinem Willen, noch jeden Strom und jeden Fluß durchschwommen. Jetzt aber scheint die Grenze erreicht zu sein, wo mein Wille unwirksam wird ... Der große ›Erschütterer des Erdkreises‹ hat meinem Vater, dem ruhmreichen Dschutschi-Khan, letztwillig aufgetragen, alle Länder gen Son-

nenuntergang im Siegeslaufe zu durchziehn bis zu jener Stelle, wo die Wellen des letzten die Erdscheibe umspülenden Meeres die Hufe seines Rosses benetzen würden...
An meines Vaters Stelle habe ich diesen Zug gen Sonnenuntergang unternommen... Stehe ich jetzt wirklich am Gestade des ›letzten Meeres‹?... Ich weiß es nicht! Mein Hengst jedenfalls weigert sich weiterzugehn... Jetzt müßte man zu Schiffe übers Meer segeln... Doch kann man einem echten Bahadur zumuten, den Sitz im Sattel mit dem Sitz im schwankenden Boot zu vertauschen?...
Also werde ich meinen Weg am Ufer entlang bis zur Stadt Tergeste[1] fortsetzen. Dort wird sich entscheiden, ob mein siegreiches Heer noch weiterziehen muß, um auch die Italer und Franken zu schrecken, oder ob es an der Zeit ist, den Speer in die Erde zu stoßen und den Feldzug für beendigt zu erklären...«

Die blutige Hand

(Aus den Aufzeichnungen des Hadschi Rachim)

»Im Monat Safar[2] dieses Jahres des Panthers ereignete sich folgendes: Vor einem Städtchen, wie ihrer viele an der adriatischen Küste liegen, erschien eine mongolische Reiterschar, bei der sich der Dschichangir selbst befand. Da ein Sturm im Anzug zu sein schien, meinte der erhabene Sain-Khan, es wäre angenehm, einen Tag der Ruhe in den Mauern dieses auf einer Halbinsel gelegenen Städtchens zu pflegen.
Das altertümliche Tor der Stadt, die wie ausgestorben schien (wahrscheinlich hatten sich die Einwohner in ihren Kellern verkrochen), war jedoch fest geschlossen, und auch auf den wiederholten Ruf der Herolde ließ sich kein Mensch sehen. Infolgedessen trat eine der Wurfmaschinen in Tätigkeit und klopfte etwas unsanft und unbescheiden an. Zwischen den Zinnen der Mauer zeigten sich etwelche erschrockenen Gesichter, verschwanden jedoch sofort wieder.
Batu-Khan befahl nunmehr seinen Nukern, einige Brandpfeile in die Stadt zu schießen. Man tat so, und bald darauf stieg an einer Stelle eine dichte Rauchwolke auf. Wieder erschienen Leute auf der Mauer, vornehme Bürger und Mönche, die uns ihre hölzernen Kreuze entgegenstreckten und dazu etwas riefen, das wie »Apage!«[3] klang.
Nachdem die von den Mongolen abgeschossenen Pfeile noch einen zweiten Brand verursacht hatten, taten sich die Torflügel weit auf, und heraus schritt eine Prozession, an deren Spitze zwei Greise gingen, von

1 Tergeste = lateinischer Name für Triest.
2 Safar = zweiter Monat im mohammedanischen Mondjahr (März).
3 Apage! = (griech.) Hebe dich hinweg! Entweiche! (Apage, Satanas! Hebe dich hinweg, Satan!)

denen einer eine Silberschüssel mit Salz und Brot und der andre auf einem Samtkissen die großen Stadttorschlüssel trug.
Der erhabene Sain-Khan fragte:
»Wer ist das Oberhaupt der Stadt?«
»Jener ist es!« riefen alle und deuteten auf den Greis mit dem Samtkissen, der ein langwallendes blaues, mit goldenen Blumen besticktes Gewand anhatte.
Der also Bezeichnete ließ sich vor Batu-Khan auf die Knie nieder, und alle anderen folgten seinem Beispiel.
Als man das Kissen mit den Schlüsseln zu Füßen Batu-Khans niedergelegt hatte, fragte dieser nach dem Namen der Stadt.
»Salona![1] Spalato! Split!« antwortete man im Chor.
»Viel zu viele Namen für eine so kleine Stadt!« brummte der mürrische Subudai-Bahadur.
»Und was sind das für Ruinen?« erkundigte sich der Dschichangir, indem er mit seiner Reitpeitsche auf gewaltiges altes Mauerwerk und teilweise eingestürzte Gewölbebogen zeigte.
»Das sind die Ruinen vom Palaste des Diokletian[2]«, lautete die Antwort.
»Und wer war dieser Diokletian?« wollte Batu-Khan wissen.
»Er war der mächtigste der römischen Kaiser und herrschte über den ganzen Erdkreis«, klärte ihn das Stadtoberhaupt von Spalato auf.
»Nie habe ich von einem solchen Beherrscher des ganzen Erdkreises gehört«, widersprach Batu-Khan. »Nur der heilige Regent und Iskander Dsul-Karnain waren solche Beherrscher des Erdkreises. Euer Diokletian ist wahrscheinlich ein Hirngespinst, von euch selbst ausgebrütet.«
»Nein, zürne uns nicht«, beschwor ihn der Greis. »Ich sprach die lauterste Wahrheit.«
»Wann hat er gelebt?«
»Vor tausend Jahren. Nachdem er die Regierung niedergelegt hatte, ließ er sich von ägyptischen Baumeistern hier einen Palast errichten.«
»Und warum hat er sich dafür einen so ungünstigen Fleck gewählt?«

---

1 Salona = eigentlich ein Dorf in unmittelbarer Stadtnähe.
2 Römischer Kaiser, geboren 245 u. Z. zu Dioklea in Dalmatien als Sohn eines Freigelassenen, wurde nach dem Tode des Carus (in dessen Leibwache er als Offizier diente) im September des Jahres 284 von den Offizieren des Heeres zum Cäsar ausgerufen. Er gliederte das römische Reich so, daß ein Oberkaiser (Augustus) mit einem Cäsar die Osthälfte und ein zweiter Augustus mit einem zweiten Cäsar die Westhälfte regierte. Nach zwanzig Jahren sollten die Auguste abdanken und die Cäsaren zu Augusten erhoben werden. Diokletian, der in Nikomedia residierte, legte im Mai 305 seine Herrschaft freiwillig nieder und lebte auf seinen Gütern bei Solonä, wo er 313 starb. Sein Residenzpalast in Spalato war eins der bedeutendsten Bauwerke des Altertums. Seine Grundform ist ein Rechteck von 179 zu 215 m Seitenlänge. An den drei Landseiten war der Palast durch eine hohe Umfassungsmauer mit 16 Türmen geschützt. Von den vier Palasteingängen ist die freigelegte Porta aurea (goldene Pforte) wohlerhalten.

»Weil er hier in dieser Gegend geboren war und hier auch sterben wollte. Er hatte sein Reich unter seine drei Mitregenten geteilt und beschäftigte sich in seinem Alter nur mit Gemüse- und Obstbau in seinem Palastgarten.«
»Und warum liegt dieser Palast jetzt in Trümmern? Warum hat man ihn nicht besser instand gehalten?«
»Wir haben ihn nie anders gekannt, und schon zu Lebzeiten unserer Väter und Vorväter lag er in Trümmern.«
»Was Besseres als Trümmer scheint ihr auch nicht zu verdienen«, bemerkte Batu-Khan voll Verachtung.
Dann gebot er den beiden Greisen, ihn durch die Ruinen des Palastes zu führen, damit er ihn besichtige. Es war ein rechteckiger, festungsähnlicher Bau, von hohen Mauern umgeben. Einige der Säle waren noch leidlich gut im Stande, in anderen war die Kuppel der Decke eingestürzt. In einem Saal ohne Dach stand ein fast noch zur Gänze erhaltener Thron des römischen Kaisers. Diener breiteten davor und darüber Teppiche aus und entzündeten zu beiden Seiten wärmende Feuer. Mongolische Schamanen warfen Kräuter hinein, die beim Verbrennen Dämpfe entwickelten, welchen die Kraft innewohnte, die etwa in den Ruinen hausenden bösen Mangusse zu verscheuchen. Batu-Khan nahm auf dem Thron Platz und betrachtete interessiert die steinerne Nachbildung eines Fabelwesens, bestehend aus einem ruhenden Löwenleib mit einem Menschenkopf. Wie man mir sagte, ist dieses steinerne Ungeheuer eigens aus Ägypten (wo es »Sphinx« genannt und als Gottheit verehrt und angebetet wird) nach Spalato gebracht worden.
Das Stadtoberhaupt kniete vor dem Dschichangir nieder und bot ihm auf einer Silberschüssel verschiedene Speisen an, doch Batu-Khan verschmähte sie.
»Das wirst du alles selber essen. Und wenn du danach am Leben bleibst, so will ich dich begnadigen. Stirbst du aber nach dem Genuß dieser Speisen, so werde ich deine ganze Stadt dem Erdboden gleichmachen lassen.«
Vor Angst an allen Gliedern schlotternd, gingen die beiden Greise beiseite, ließen sich auf eine umgestürzte und geborstene Säule sinken und verzehrten hastig unter Aufsicht mehrerer Nuker, die die beiden Alten dann und wann mit den Spitzen ihrer Speere ein bißchen »kitzelten«, die mitgebrachten Speisen.
Der erhabene Sain-Khan beobachtete diese Szene eine Weile, dann befahl er, man möge ihm seinen milchweißen Seter vorführen. Aus einem am Sattelgurt hängenden Lederbeutelchen nahm Batu-Khan einige Stückchen Zucker und reichte sie dem Hengst. Hierauf ritzte er mit der Spitze seines Dolches den seidigen weißen Hals des Tieres, drückte seine Lippen auf die Wunde und saugte das Blut aus. Mehrere Krieger der Leibgarde mußten das unruhig werdende Roß solange festhalten. Als Batu-Khan sich an dem Pferdeblut, das ihm das Gesicht und

dem Tiere den schneeweißen Hals besudelte, satt getrunken hatte, meinte er:
»Das ist der einzige Trunk, den man ohne Furcht vor Gift nehmen kann. – Leben die beiden Alten noch?«
»Sie leben! Sie leben!« riefen mehrere Stimmen.
»Warten wir noch bis zur Nacht. Sind sie dann noch nicht gestorben, so laßt sie laufen. Dennoch gestatte ich meinen Kriegern, die Stadt zu plündern. Sie mögen aber dabei das Leben der Einwohner schonen.«
Als er dies gesagt hatte, preßte Batu-Khan seinen Handteller auf die blutende Wunde am Pferdehals und dann auf die glatte helle Marmorwand hinter der Lehne des Throns, auf der ein blutroter Abdruck seiner Rechten mit den fünf gespreizten Fingern haftenblieb.
»Dieser Abdruck meiner Hand soll die Nachwelt an meinen Besuch im Palast des römischen Kaisers, der angeblich einstmals über alle Abendländer herrschte, erinnern. Aber wenn ich wieder an den Itil zurückgekehrt sein werde, will ich meine Zeit nicht mit dem Anbau von Kohl unnütz vertun. Meiner harren größere Aufgaben. Und ich ziehe es vor, als Krieger im Sattel zu sterben...«

Zehnter Teil
Batu-Khan am Gestade der Adria

Verwirrung und Entsetzen in ganz Europa

Wenn man im Jahre 1241 mit der Schnelligkeit des Gedankens hätte eine Reise quer durch Europa machen können, so würde man überall die Menschen in größter Bestürzung über die Nachrichten aus dem Osten gefunden haben. Es waren dies die Nachrichten von den sich überstürzenden Ereignissen im Osten, Nachrichten über Batu-Khans Eilmärsche durch Polen, Schlesien, Böhmen, Mähren, Ungarn und von seinen Siegen bei Lublin, Sandomir, Krakau, bei Liegnitz und Breslau und schließlich die Schreckenskunde von der völligen Vernichtung des ungarischen Heeres am Sajo und bei Buda und Pest.

Mit einem weiteren Vordringen der von Blut- und Brandgeruch umwehten Tataren nach Deutschland, Italien und Frankreich mußte gerechnet werden. Wer oder was hätte die furchtbaren Eroberer auch zurückhalten sollen? Der Kaiser Friedrich richtete beredte Appelle an seine Vasallen, sie möchten den asiatischen Horden ein starkes Heer entgegenstellen.

»Es ist Zeit«, so schrieb er, »aus dem Schlaf zu erwachen, sowohl die leiblichen als auch die geistigen Augen zu öffnen. Schon liegt die Axt der Tataren am Stamm des Baumes. Längst schon hörten Wir von der Bedrohung der christlichen Welt durch die heidnischen Horden aus Asien, hielten aber die Gefahr für ferneliegend, solange sich noch so viele tapfere christliche Monarchen unter uns befanden. Doch jetzt, da diese bereits umgekommen sind, ist die Reihe an Uns, Bollwerk des Christentums zu sein gegen dieses wilde ungeschlachte Volk, das einem Herrscher untertan ist, dem es knechtisch dient, dem es göttliche Ehren erweist, ja, den es einen Gott der Erde nennt.«

Und ganz ähnlich wie der Kaiser eiferte der Papst; aber untereinander ihre Zerwürfnisse zu schlichten und der christlichen Welt ein Beispiel einmütigen Handelns zu geben, daran dachten beide nicht.

Dem englischen König schilderte Kaiser Friedrich II. die Tataren folgendermaßen:

»Es sind Menschen von kleiner, unansehnlicher Leibesgestalt, was die Länge betrifft, aber gedrungen, breitschultrig, ausdauernd, abgehärtet, tapfer, unerschrocken sich auf einen Wink ihres Herrschers in jedes Unternehmen stürzend. Ihre Gesichter sind flach und breit, ihr Blick ist

stier und trotzig und furchtbar ihr Kampfgeschrei. Sie tragen ungegerbte Ochsen-, Esel- und Pferdehäute, die ihnen als Schutzwehr dienen...«
Übertreibende Gerüchte gingen um. So hieß es, das Heer des Tatarenkhans nähme eine Fläche ein von zwanzig Fußreisetagen in der Länge und fünfzehn in der Breite. Und da man das griechische Wort »Tartaros«, welches das Toten- oder Schattenreich, die Unterwelt bezeichnet, und die in »Tartar« verderbte Form des Namens dieser kriegerischen Völkerhorden gleichsetzte, hieß es, die »Tartaren« kämen direkt aus der Hölle, und ihr »Tartar-Khan« wäre der Höllenfürst in Person.
Der schon erwähnte gelehrte Mönch Thomas aus Spalato, der den über die Balkanhalbinsel hinbrausenden Mongolensturm miterlebt hatte, beschreibt in seiner »Chronik« diese wilden Krieger, von denen das abergläubische Volk behauptete, sie sähen überhaupt nicht wie Menschen, sondern vielmehr wie geschwänzte Teufel oder Tiere aus, folgendermaßen: »Es sind Männer von kleinem Wuchs, aber breitschultrig. Ihre bartlosen Gesichter sind ganz platt, die Nase stumpf und breit, und die schiefen Schlitzäuglein stehen weit voneinander ab.
Ihre Kleidung, die aus zwei zusammengenähten Fellen (mit der haarigen Seite nach außen) besteht, ist undurchlässig für Kälte und Feuchtigkeit. Ihre Helme sind aus Eisen oder Leder. Bewaffnet sind sie meistens mit einem ziemlich kurzen Krummschwert, mit Lanzen und mit Pfeil und Bogen. Ihre langen, vier Finger breiten Pfeile haben scharfe Spitzen aus Eisen oder Knochen. An ihren Feldzeichen hängen lange Pferdeschwänze.
Ihre unsagbar struppigen Rosse, auf denen sie oft auch ohne Sattel reiten, sind klein, doch sehr stark und ausdauernd und an lange Märsche und an Hunger gewöhnt. Obgleich ihre Hufe nicht mit Eisen beschlagen sind, erklettern sie doch auch Berge so leicht, wie Wildziegen es tun. Nach einem angestrengten Ritt von drei Tagen genügt ihnen eine kurze Ruhepause und eine kleine Portion Futter.
Auch die Reiter sind nicht verwöhnt, was ihre Nahrung betrifft. Sie essen kein Brot, sondern rohes Fleisch, das sie unter ihrem Sattel weich reiten, und ihr Getränk ist Stutenmilch und Blut.
Die Tataren gehen selbst nicht gern als erste in den Kampf. Lieber treiben sie, zumal bei der Erstürmung von Städten, Gefangene vor sich her, die sie unbarmherzig peitschen, wenn sie sich nicht blindlings ins Gefecht und in den Tod stürzen.
Kein Fluß ist zu breit und zu reißend, als daß sie ihn nicht mit ihren Rossen durchschwämmen. Wenn dies aber durchaus nicht möglich ist, so setzen sie auf ledernen Weinschläuchen, die sie mit Luft prall aufblasen, über oder auf Flößen aus Schilfrohr.
Die Feldzelte, die sie benutzen, sind aus Filz oder Leder angefertigt. Obgleich die Tataren doch immer in gewaltigen Scharen ziehen, gibt es in ihren Feldlagern weder Murren noch Zwistigkeiten. Knechtisch und bedingungslos gehorchen sie ihren Vorgesetzten.«

In Europa hätte man es am liebsten gesehen, wenn an der Spitze eines »Kreuzritterheeres« der äußerst fromme französische König Ludwig IX. (der siebenundzwanzig Jahre nach seinem Tode von Papst Bonifazius heiliggesprochen wurde) zu einem Kreuzzug gegen die Tataren aufgebrochen wäre.
Wie die Nachricht vom Einfall des »Tartar-Khans« in Europa am Hofe zu Paris aufgenommen wurde, das berichtet der Beichtvater des Königs, der Mönch Matthieu:
»Als die Nachricht vom Einfall des »Tartar-Khans« der frommen Königin Blanche[1] zu Ohren kam, der Mutter des Königs von Frankreich, die eine der bedeutendsten Frauen unserer Zeit gewesen ist, rief sie:
»König Ludwig, mein Sohn, wo sind Sie?«
Er fragte, zu ihr tretend:
»Meine Mutter, was wünschen Sie?«
Da sprach die Königinmutter unter tiefen Seufzern und Strömen von Tränen:
»Was sollen wir tun, mein Sohn, angesichts dieser fürchterlichen Geschehnisse, von denen die Kunde bis an unser Ohr gedrungen ist? Sollen wir alle und auch unsere heilige katholische Kirche wirklich der Vernichtung anheimfallen durch diese grausamen Heiden, die um unserer Sünden willen über uns kommen?«
Hierauf erwiderte der allerchristlichste König traurig, doch nicht ohne Festigkeit der inneren Überzeugung:
»Ein himmlischer Trost wird uns bleiben. Denn ob diese Tataren, wie diese argen Heiden sich nennen, nun bis zu uns gelangen oder ob wir ihnen folgen dorthin, wo sie leben, so werden wir trotzdem ins himmlische Paradies eingehen.«
Und weiter sprach er:
»Schlagen wir die Tataren oder werden wir von ihnen geschlagen – wir gehen in jedem Falle zu Gott ein, entweder als Gläubige oder als Märtyrer!«

Unter den von den Mongolen bereits aus ihren Reichen vertriebenen Monarchen war einer, der den Glauben an bessere Tage nicht verlor – König Bela von Ungarn, der sich mit seiner Familie und seinem Gefolge auf venezianischen Handelsschiffen inmitten der Inselwelt der adriatischen Küste verborgen hielt, durch Fischer, die zu ihm fuhren, von den Vorgängen unterrichtet wurde und durch sie Botschaften an sein Volk sandte, worin er es aufforderte, den Mut und die Hoffnung ja nicht sinken zu lassen und einer baldigen Befreiung des Landes von den räuberischen Horden gewiß zu sein. Auch die verjagten russischen

1 Blanca von Castilien, die Gemahlin Ludwigs des VIII., die nach dessen Tod sehr klug und tatkräftig für ihren Sohn die Regentschaft führte und, solange sie lebte, einen großen Einfluß auf den König hatte.

Fürsten Michail von Tschernigow und Daniil von Galitsch, die sich in seiner Gesellschaft befanden, ermutigte Bela und stellte ihnen eine baldige Rückkehr in die Heimat in Aussicht.

Ist dies nun das letzte Meer?

Bei ihren turbulenten Gelagen, bei denen in Strömen die aus den Weinkellern der ungarischen Barone stammenden Weine flossen (und auch hinterher in ihren Rauschträumen), gedachten die Mongolen oft jener Zeit, da sie am Gestade des letzten Meeres angelangt sein würden. Dann würde Batu-Khan auf einem aus den Wogen emporragenden Felsen aus der Wacholderholzschale seines Großvaters dem heiligen Regenten und den himmlischen Geistern, die den Mongolen bei der Unterwerfung des ganzen Erdkreises geholfen hatten, ein Trankopfer von Airan[1] darbringen.

Und dann... Es ließ sich nicht voraussehen, was dann geschehen und wie Batu-Khan den unterworfenen Erdkreis regieren würde... Vielleicht könnte, wer dazu Lust hatte, bei den feigherzigen »Abendländern« bleiben und ihre gebeugten Nacken mit Peitschen schlagen, damit sie knechtischen Gehorsam vor den mongolischen Tughs und Buntschuks mit den flatternden Roß- und Yakschweifen lernten. Wem das aber zu langweilig war, der konnte in die heimatlichen Steppen und Gebirge, die Zufluchtsstätten von Hirschen und Antilopen, von Bären und Panthern, zurückkehren.

Mit kehlig-kreischenden Stimmen stimmten sie einen Gesang an, der wie Wolfsgeheul klang:

»Ach, wie viele, viele Jahre steh' ich nun schon im Feld!
Als junger Heißsporn zog ich aus und bin jetzt müd und matt.
Statt schwarzer Zöpfe hängen graue Zotteln mir am Kopf...
Ein muntrer Springinsfeld war ich, stets unbeschwerten Sinns,
und hatt' ich eine Nacht durchzecht, so spürte ich das kaum.
Jetzt aber bin ich so gealtert, so vergreist,
daß, wenn ich ein paar Schalen Ungarweins geleert,
die ehedem so scharfen Augen mir den Dienst versagen
und die Spitze meines langen Schilfrohrpfeils
mir vor dem Blick verschwimmt, der sich ein Ziel sucht.
O böses graues Alter! Warum verschlangst du meine goldne
Jugend?« –

Und nun auf einmal ging wie das Aufblitzen eines Wetterleuchtens durch alle mongolischen Zeltlager die Kunde, daß sie, während sie Krieg geführt und den geflohenen König Bela verfolgt hatten, sich schon dem verheißenen »letzten Meere« genähert hätten, daß es, sobald sie von den Gebirgen herabgestiegen, vor ihnen liegen würde – türkisblau bei

1 Airan = gegorenes, berauschendes Getränk.

Windstille, schwarz und aufgewühlt bei Unwetter... Also war das Ende des Feldzugs wohl nicht mehr fern?...
Doch dann machten wieder andere Nachrichten die aufkeimenden freudigen Hoffnungen auf baldige Heimkehr zunichte. Die Dolmetscher, deren Aufgabe es war, die Gefangenen auszuforschen, erklärten: »Das azurblaue Meer vor uns ist noch gar nicht jenes ›letzte Meer‹, in dem jeden Abend die goldene Sonne zerschmilzt... Es ist bloß ein schmaler Meeresarm, eine Meeresbucht, und jenseits liegt das blühende italische Land, wo sich die Hauptstadt aller Hauptstädte des Abendlandes befindet – das reiche berühmte Rûm[1].«
»Aber wie gelangen wir denn zu diesem reichen Rûm hin?« fragten die Nuker. »Sollen etwa unsre Rosse, die zwar gewöhnt sind, durch Flüsse und Ströme zu schwimmen, auch über dieses azurblaue Meer hinüberschwimmen? Oder sollen wir große Schiffe besteigen? Doch die müßten sehr groß sein, damit sie unter der Last der reichen Beute, die wir gemacht haben, und unter unsrem eignen Gewicht und dem unsrer Rosse nicht auf den Grund sinken. Sonst würden wir nicht ans jenseitige italische Ufer, sondern ins Reich des tückischen Gottes Erlek[2] gelangen, des Fürsten über alle bösen Mangusse... Wäre es nicht am einfachsten, diese Meeresbucht immer am Ufer entlang zu umreiten?«
»Immerhin müßten wir dann unsre Beute zurücklassen«, gaben andre zu bedenken.
»Wie könnten wir das? Aus den schwarzen Bergen würden die verwegenen Slawen herabsteigen und sich ihrer bemächtigen.«
Dennoch waren die meisten Mongolenkrieger froh, daß irgendein Meer nahe und somit eine Veränderung zu erwarten war. Vielleicht gab es jenseits des Meeres wieder weite Steppen und saftiges Weideland?
Bald erreichten die Vorhuten das Adriatische Meer, verteilten sich längs der Küste und machten vor den mauerumgebenen Hafenstädten halt.
Die Mongolen, denen das Roß der gehorsamste Diener und gleichzeitig der treueste Freund und weiseste Lehrer ist, sprachen, als ihre Tiere sich weigerten, das salzige Meerwasser zu trinken:
»Nein, meinem Roß und mir, uns gefällt das Meer nicht... Unsre schäumenden Bergbäche und blauen Steppenflüsse sind uns tausendmal lieber. Ihr süßes Wasser schmeckt unvergleichlich besser als dieses Bitterwasser hier...«
»Was aber sollen wir tun?« fragten andere.
»Unser erhabener Sain-Khan wird selbst sehn, daß es hier nicht genug Futter für unsere Rosse gibt, die vor Hunger schon Baumrinde genagt haben. Batu-Khan und Subudai-Bahadur, der große Atalik, die alles am besten wissen, werden uns schon sagen, ob wir hier haltmachen oder noch weiter vorrücken sollen...«

---

1 Hier natürlich Rom (Westrom), an früherer Stelle war damit Ostrom, d. h. Byzanz, gemeint.
2 Erlek = ein Unterweltsgott der Mongolen, eine Art Höllenfürst.

»Es gibt nur einen Gott des Krieges«, sagte Batu-Khan zu dem neben ihm reitenden arabischen Gesandten, während sie sich auf den freien Gipfel eines kleinen Hügels hinaufbegaben, der zum Beratungsplatz bestimmt worden war, »und das ist unser höchster Gott Sulde. Er ist unsichtbar, und man braucht ihm keine Götzenbilder zu errichten... Wenn ich hier meinen Feldzug zum Abschluß brächte, so müßte man auf diesem Hügel nicht etwa das Standbild eines Gottes aufstellen, sondern das Standbild eines Rosses, eines milchweißen Rosses, weil nur allein dank seinen braven ausdauernden Rossen es dem mongolischen Heer möglich ist, derartige gewaltige Kriegszüge durchzuführen. Und ich werde alle Völker zwingen, vor diesem Standbild unsres Rosses auf dem Bauch zu kriechen und ihm die Hufe zu küssen!«

Eine einsame alte Kiefer mit verkohltem Geäst, deren Wipfel durch einen Blitz zerstört worden war (der Kriegsgott Sulde hatte ihn herabgeschleudert), stand neben dem Platz, und rund um sie herum waren mehrere kleinere Bäume etwa in Manneshöhe gekappt und scharf zugespitzt, so scharf wie eine Lanzenspitze. Vorüberreitende Mongolen schielten scheu zu diesen Pfählen hin und dachten sich dabei, daß der erhabene Sain-Khan sich wohl über jemanden erzürnt haben müsse, der nun hier gepfählt werden sollte. Es war dies eine der grausamsten Hinrichtungsarten: Der Delinquent wurde grätschbeinig oben auf den Pfahl gesetzt, dessen Spitze sich durch den Druck seines eigenen Körpergewichts immer tiefer in seinen Leib hineinbohrte.

Diener breiteten zahlreiche Teppiche auf dem Boden aus; denn alle Dschingisiden waren zur Beratung geladen und sämtliche Temniks.

Batu-Khan nahm mit untergeschlagenen Beinen auf einem aus neun übereinandergelegten Satteldecken aus Filz provisorisch errichteten Sitz Platz. Rechts von ihm ließ sich sein Bruder Ordu-Khan nieder, der von so gewaltiger Körperfülle war, daß man bei einem Ritt für ihn stets zwei Pferde mitführen mußte, die er von Zeit zu Zeit wechselte, denn eines allein wäre nach verhältnismäßig kurzer Zeit unter der Last seines Reiters zusammengebrochen. Neben Ordu saß dessen Vetter Mengu-Khan, der von allen Dschingisiden Batus Herzen am nächsten stand und ihm auch am treuesten ergeben war. Sonst saß gewöhnlich auf den folgenden Plätzen Gujuk-Khan samt seinen Anhängern, doch heute waren diese Plätze leer.

Zur Linken Batus hockte der einäugige Subudai-Bahadur, und weiter folgten die übrigen Temniks: Burundai, Kurmischi und so fort, alle, die sich auf diesem Zuge und auf früheren Zügen durch ihre Taten Ruhm erworben hatten. Abd ar-Rahmân, dem arabischen Gesandten, war ein Platz am Rande des größten Teppichs unmittelbar dem Dschichangir gegenüber angewiesen worden, ebenso dem Hadschi-Rachim, hinter ihnen hockte der rotbärtige Duda, der sich als Dolmetscher unentbehrlich zu machen verstanden hatte.

Es herrschte tiefes Schweigen in der Versammlung, die Batu-Khans Entscheidung über Fortsetzung oder Beendigung des Feldzuges erwartete. Nur ab und an war ein respektvoll-leises Flüstern zu hören. Plötzlich rief irgend jemand laut in die lastende Stille:
»Ein Eilkurier von weit her!«
Im gestreckten Galopp kamen zwei Meldereiter näher, zügelten ihre Rosse am Fuße des Hügels und sprangen ab. Waffenklirrend kam der an des toten Mussuk Stelle getretene Arslan-Mergen den Hügel herauf, gefolgt von einem der beiden über und über mit Staub bedeckten Kuriere.
»Stell dich hierher an meine Seite!« gebot Arslan-Mergen ihm zuerst, und dann forderte er ihn auf: »Und nun mach deine Meldung!«
Der Kurier zog aus seinem Busen eine Lederrolle hervor und reichte sie mit steif ausgestrecktem Arm dem Dschichangir hin.
»Ein Schreiben an das Oberhaupt von Dschutschis Uluss[1], an den Gebieter der Blauen Horde, Batu-Khan, von der erhabenen Regentin der mongolischen Länder«, sagte er, und es klang, als hätte er den Satz vorher mühsam auswendig gelernt.
Batu-Khan erhob sich, und mit ihm erhoben sich alle Anwesenden, und sprach in feierlichem Ton:
»Tritt näher!«
In der gespannten Stille hörte man jemanden mit vor Erregung erstickender Stimme flüstern:
»Das Unabwendbare ist geschehen!«
Mit kleinen zögernden Schritten trat der Kurier näher, warf sich vor dem Dschichangir nieder und küßte den Boden zu dessen Füßen. Dann löste er, noch immer auf den Knien, den Riemen, mit dem die Lederrolle umwickelt war, und zog eine Pergamentrolle heraus, von der an roter Schnur das blaue Wachssiegel des Kagans herabhing. Batu-Khan nahm das Pergament entgegen, drückte es gegen Stirn, Lippen und Brust, entfaltete es und las schweigend, was darin geschrieben stand. Als er damit zu Ende war, bedeckte er als Zeichen der Trauer seine Augen mit dem Ärmel und verharrte stumm und reglos eine geraume Weile in dieser Haltung. Dann ließ er den Arm wieder sinken, warf den Kopf in den Nacken, überreichte das Pergament seinem Siegelbewahrer Ak-Hassan und gebot ihm:
»Lies den hier Versammelten vor, was die Gemahlin des erhabenen Kagans, meine Tante Turakina, mir schreibt!«
Respektvoll nahm Ak-Hassan die Pergamentrolle mit beiden Händen entgegen, drückte sie ebenfalls an Stirn, Mund und Brust und las dann in singendem Tonfall laut vor:
»Dem heiligen Regenten, der von seinem Wolkensitz herab sein väterlich-fürsorgliches Auge auf seinem geliebten Mongolenvolk ruhen läßt, hat es gefallen, seinen Sohn, meinen Gemahl, den unvergleichlich

1 Uluss = Horden-, Nomadenlager (hier im Sinne von Stamm oder Sippe).

strahlenden Kagan Ugedai-Khan, zu sich in die unübersehbaren Scharen seines ewigen Heeres abzuberufen. Hört nun alle, in deren Adern das edle Blut des heiligen Regenten fließt, ihr Kürjagane und Dschingisiden: Kommt sofort nach Kara-Korum zum Kurultai[1], um den Nachfolger des verewigten Kagans, den neuen Gebieter über das grenzenlose mongolische Reich zu wählen!«

Wie abwesend in die Ferne blickend, sprach Batu-Khan:

»Heute und morgen und weitere sieben Tage werden wir nach herkömmlichem Brauch um den verewigten Kagan Ugedai-Khan weinen und klagen... Es wage aber keiner, ohne ausdrücklichen Befehl von mir nach Kara-Korum zu reiten. Zuerst fordert unser Feldzug zur Unterwerfung aller ›Abendländer‹ seine siegreiche Vollendung! Der Kurultai wird später zu einem von mir noch näher zu bestimmenden Zeitpunkt einberufen werden!«

Mehrere der Anwesenden, die schon die Arme in die Höhe gereckt hatten, um ein Jammergeschrei zu erheben, ließen sie stumm wieder sinken, als sie sahen, wie kalt und ungerührt der Dschichangir blieb, der seinen Platz auf den Satteldecken wieder einnahm und, nachdem der Kurier abgetreten war, dem schon darauf wartenden Arslan-Mergen einen Wink mit den Augen gab.

»Erlaube mir, erhabener Dschichangir, den Versammelten Bericht zu erstatten«, sprach Arslan-Mergen vortretend.

»Sprich!«

»Heute im Morgengrauen hat Gujuk-Khan samt seinem Gefolge und unterm Schutz einer Leibgarde unser Lager verlassen, und zwar so hastig, daß er die gute Hälfte seiner Rosse und seines sonstigen Viehs und den größten Teil seiner Beute zurückließ. Einige seiner Krieger sagten mir, Gujuk-Khan hätte schon vor einiger Zeit Andeutungen über seine baldige Rückkehr nach Kara-Korum gemacht. Obwohl der Khan einen großen Vorsprung hatte, gelang es mir und meiner Schar dennoch, ihn einzuholen. Er schlug wie ein Rasender mit der Peitsche auf seinen Hengst ein und rief mir zu: ›Mag sich der Sain-Khan weiterhin allein auf die Suche nach dem ‚letzten Meer' begeben; mich ruft eine andere, wichtigere und höhere Aufgabe!‹ Aber wir ließen ihn nicht entkommen, sondern bemächtigten uns seiner Person.«

Alle Anwesenden warteten gespannt darauf, was Batu-Khan jetzt sagen würde.

Er wies bloß mit einer Hand auf die zugespitzten Pfähle hin und meinte trocken:

»Dort, das ist der hohe Platz, den Gujuk-Khan sich verdient hat. Ein Krieger, der sich während eines Feldzugs ohne ausdrückliche Genehmigung seines Vorgesetzten von der kämpfenden Truppe entfernt, ist ein Fahnenflüchtiger, ein Verräter an seinem Volke. Wie könnte ein solcher Mensch, der ein so schlechtes Beispiel des Ungehorsams ge-

1 Kurultai = eine Art Reichstag der Mongolenkhane.

geben hat, eine ›höhere und wichtigere Aufgabe‹ zu erfüllen imstande sein?... Gujuk-Khan hat sich durch diese schändliche Handlungsweise selbst mit einem einzigen Schritt an den Rand des Grabes gebracht. – Der Gott des Krieges, Sulde, wird ihn richten!«
»Erhabener Sain-Khan, gestatte mir, ein Wort zu bemerken!« unterbrach der arabische Gesandte Abd ar-Rahmân die eingetretene Totenstille. »Du hast sehr richtig erkannt: Zuerst fordert unser Feldzug zur Unterwerfung aller ›Abendländer‹ seine siegreiche Vollendung! Und solange du selbst nicht in die Speichen des Schicksalsrades greifst, um es zum Stillstand zu bringen, und ehe die letzten der abendländischen Könige und Fürsten nicht durch dich ihre verdiente Züchtigung erhalten haben, wirst du das gewiß nicht tun, solange ist an eine Umkehr nicht zu denken. Währenddessen mag Turakina-Hatun, die kluge und einsichtige Gemahlin des verewigten Kagans, unterstützt von ihren weisen und erfahrenen Ratgebern, das grenzenlose mongolische Reich als Regentin verwalten. Erst wenn die Hufe deines milchweißen Seter von den Wellen des ›letzten Meeres‹, das unsere Erdscheibe umspült, benetzt werden, wirst du deinem unbesiegbaren Heer das Zeichen zur Um- und Heimkehr geben, aber erst dann, wenn alle Völker des Erdenrunds in deiner erhabenen Person ihren einzigen und alleinigen Herrscher anerkannt haben...«
Ein von Mengu-Khan angestimmtes allgemeines Geschrei: »Es lebe unser unbesiegbarer Sain-Khan, der Bezwinger aller Völker des Erdenrunds, er lebe tausend Jahre!« unterbrach hier die schlaue Rede des Gesandten des Kalifen von Bagdad, die darauf berechnet war, jeden in Batus Hirn etwa aufsteigenden Gedanken an eine sofortige Umkehr im Keime zu ersticken.

Die standhaften Skipetaren

Lässig rollten die Wellen auf das steinerne Ufer und nahmen im Zurückweichen bunte Kiesel und Muscheln, die ihre Vorgängerinnen angespült hatten, wieder mit sich.
Am Ufer hielt eine tatarische Hundertschaft, und ihre Pferde reckten den Hals nach dem Wasser hin. Hatten sie es aber dicht vor den Nüstern, so wendeten sie schnaubend ihre Köpfe wieder davon ab. Kommandos ertönten, die Hundertschaft teilte sich, und beide Halbhundertschaften ritten nach verschiedenen Seiten davon. Jeder flatterten die Roßschweife eines Tughs[1] voran.
Hinter dem Hügel hervor kam eine andere Kavalkade angesprengt, deren Bannerträger den Buntschuk Batu-Khans hielt: Auf einem fünfeckigen Seidentuch war ein weißer Jagdfalke eingestickt, in dessen

1 Tugh oder Buntschuk = Feldzeichen mit Roßschweifen oder Yak (Grunzochsen)-Schwänzen.

Fängen sich ein schwarzer Rabe wand; neun dicke, lange Schweife flatterten lustig im Wind.
Batu-Khan zügelte seinen milchweißen Hengst von wahrhaft blendender Schönheit, der von der langen Reise wohl etwas abgemagert war, aber in der Leichtigkeit und Anmut seiner Bewegungen nichts eingebüßt hatte, erst ganz dicht am Ufer und spähte dann angestrengt in die blaue dunstige Ferne, wobei er seine Augen mit der Hand beschattete.
Dann streckte er den rechten Arm in eine bestimmte Richtung aus und fragte den Gesandten des Kalifen, der auf einem madjarischen Rotfuchs neben ihm hielt:
»Was sind das für Schiffe?«
Nachdem auch Abd ar-Rahmân in der gewiesenen Richtung in die Ferne gespäht hatte, sagte er:
»Ich würde denken, es ...«
»Jetzt ist keine Zeit mehr zum Denken, jetzt muß man wissen«, unterbrach ihn Batu-Khan schroff.
Von der anderen Seite her näherte sich Subudai-Bahadur auf seinem rehbraunen Hengst, dessen Zügel er mit seiner verkrüppelten Hand hielt. Mit der anderen klopfte er ihm den Hals und sagte:
»Siehst du, Sain-Khan, mein Rehbrauner mag dieses widerlich salzige Wasser nicht saufen. Aber es ist ja längst noch nicht das Wasser des letzten Meeres, sondern bloß eine Bucht, auf der König Bela glaubt, sich deinem Zugriff entziehn zu können.«
»Willst du damit sagen, daß auf einem jener Schiffe König Bela sei?«
»Ja.«
»Woher weißt du das?«
»Von festgenommenen Gefangenen; sie behaupten, auf jenen Schiffen, die nur auf günstigen Fahrwind warten, befinde sich der Ungarkönig mit seinem Gefolge.«
»Ich will selbst mit den Gefangenen sprechen.«
»Gleich werden sie hier sein.«
Subudai wendete sein Roß und ritt davon.
Der Dschichangir stieg aus dem Sattel, das gleiche tat sein Gefolge, unter dem sich Batu-Khans ewig kränkelnder Sohn Sartak befand, ferner die Brüder Ordu und Berke, auch der Hadschi Rachim. Neue Reitertrupps langten an, Diener mit Reservereitpferden und beladenen Packpferden und Maultieren.
Der Dschichangir hatte sich am Fuße des Hügels niedergelassen und schaute unverwandt aufs Meer hinaus, auf dessen glitzerndem Spiegel sich die Schiffe mit schlaffen Segeln wie weiße Schwäne wiegten.
Da ertönte Wehgeschrei. Mehrere Mongolenkrieger trieben mit Peitschenhieben etwa zwei knappe Dutzend Gefangene herbei, die alle aus gräßlichen Wunden heftig bluteten. Über weißen (jetzt allerdings völlig verdreckten) Hemden trugen sie buntgestickte Schaffellwesten und weite Pluderhosen, deren Beine über den Fußknöcheln durch Riemen zusammengerafft wurden. Ihre langen dunklen Locken wallten

ihnen bis auf die Schultern herab. Die Hände hatte man ihnen auf dem Rücken zusammengebunden. Die blutenden Wunden, das zerzauste Haar, die beschmutzten und zerfetzten Kleider – all das zeugte davon, daß diese Männer vor ihrer Gefangennahme einen verzweifelten Widerstand geleistet haben mußten. Einige von ihnen wankten und torkelten, ohne sich zu widersetzen, in die Richtung, in die sie gestoßen wurden, andere wieder fuhren fort, sich zu wehren, und wurden dafür von den Mongolen erbarmungslos gepeitscht und unflätig beschimpft, die ihrerseits wieder von dem hinterdreinreitenden Subudai angetrieben wurden. Dem einäugigen Bahadur folgte auf einem mausgrauen Esel Duda der Redliche und trat seinem Reittier, um dessen träge Gangart zu beschleunigen, ununterbrochen mit den Fersen in die Flanken.
Am Ufer wurden die Gefangenen in einer Reihe vor Batu aufgestellt, aber wenigstens die Hälfte von ihnen sank sogleich zu Boden. Doch die Mongolen brachten sie mit neuen Peitschenhieben wieder auf die Beine: »Seht ihr denn nicht, vor wem ihr steht, ihr Hundesöhne? – Ihr steht vor dem Beherrscher der Welt.«
Batu-Khan selber legte sich ins Mittel, indem er die Hand hob und mit einem »Genug!« Einhalt gebot.
»Wer seid ihr, daß ihr es gewagt habt, gegen den Erschütterer des Erdkreises zu kämpfen?« krächzte Subudai.
Jetzt sollten sich die vielseitigen Sprachkenntnisse des inzwischen auf seinem Esel nachgezockelten Duda wieder einmal als nützlich erweisen. Er ließ sich mit den Gefangenen in einer den Mongolen unverständlichen Sprache in eine Wechselrede ein und erklärte dann dem Atalik:
»Diese Männer sind aus einem jener Bergdörfer hoch oben auf den Gipfeln, die wie trutzige Festungen aussehn. Und so trutzig wie ihre Wohnstätten sind auch die Menschen. Niemals ergeben sie sich, sondern kämpfen bis zum letzten Atemzug.«
»Wie habt ihr sie denn ergreifen können?« erkundigte sich Batu-Khan bei seinen Kriegern.
Einer von ihnen antwortete:
»Da wir den Befehl erhalten hatten, um jeden Preis Gefangene einzubringen, warfen wir unsere Fangleinen über sie und schleiften sie dann hinter uns her hierherunter. Davon sind sie auch so zerschunden.«
»Frag sie, wie sie die Tollkühnheit haben konnten, sich meinem Heere, das so zahllos ist wie die Wolken am Himmel, zu widersetzen, wenn ihrer bloß so wenige sind«, sagte Batu zu Duda, der von seinem Esel gesprungen war und von neuem auf die Gefangenen einredete.
Erst antworteten sie alle durcheinander, dann überließen sie einem Jüngling das Wort, dessen Gesicht fürchterlich zerschunden und verschwollen war.
»Was sagt er?« fragte ungeduldig Batu-Khan.
»Dieser junge Mensch ist ein Hirt aus einem jener Gebirgsnester oben auf dem Paß, wo die Kämpfe noch andauern. Er sagt, sie hätten friedlich davon gelebt, ein karges bißchen Erdkrume zwischen den Felsen müh-

selig zu bestellen und ihr ein hartes Gerstenbrot abzuringen. Niemandem hätten sie etwas zuleide getan, schon allein weil sie so weit abseits von allen anderen Menschen gelebt hätten...«
»Sag ihnen, ich fände solchen unermüdlichen Fleiß löblich und würde ihnen die Freiheit schenken, wenn sie sich dazu verstünden, sich mir zu unterwerfen und meinem Roß die Hufe zu küssen.«
Duda übersetzte den Skipetaren[1], denn solche waren es, diese Worte und strich sich bei ihrer Antwort nachdenklich den roten Bart.
»Sie sind einverstanden, die Hufe deines Rosses zu küssen«, sagte er dann, »bitten dich aber, ihnen ihre Kinder wiederzugeben, die von deinen Kriegern verschleppt wurden.«
»Das ist gut«, meinte Batu-Khan. »Aus diesen Kindern werden uns kühne und verwegene Krieger erwachsen.« Dann wandte er sich an Subudai. »Zeige mir die Landkarte. Ich möchte sehn, wie weit es noch bis zur Stadt Tergeste ist.«
»Gleich zeig ich sie dir!« sagte Subudai, steckte zwei Finger seiner Linken in den Mund und stieß einen durchdringenden Pfiff aus, so durchdringend, daß es schien, als weckte er ein Echo in den Bergen. Doch war dies nur die Antwort seines alten Dieners Saklab, der gleich darauf sich auf einem Fuchs durch die Reiter drängte und hinter sich noch ein Lastpferd herzog. Einem Lederbeutel auf dem Rücken des Lastpferdes entnahm Subudai eine Pergamentrolle, und als er sie aufrollte, sah man darauf in groben Umrissen die adriatischen Küstengebiete aufgezeichnet.
Die Skipetaren, die inzwischen losgebunden worden waren, warfen sich nun vor Batu-Khan in den Staub und küßten der Reihe nach die Hufe seines Rosses.
Batu, mit der Reitpeitsche in die Ferne deutend, ließ durch den Dolmetscher einen von ihnen fragen:
»Wie heißt jene Stadt dort auf der Halbinsel?«
»Das ist die Stadt Spalato. In ihren Mauern steht der Palast eines römischen Kaisers.«
»Ganz recht, dort sind wir vorbeigekommen. Und was für Städte liegen in der entgegengesetzten Richtung längs der Küste?«
»Erst verschiedene kleine Häfen und Festungen und dann eine große reiche Stadt mit einem Hafen voller venezianischer Schiffe. Das ist Triest. Aber die Zitadelle ist stark bemannt und ihr Kommandant ein tüchtiger Kriegsmann.«
»Und welche Städte kommen dann noch?«
»Dann kommt die überaus reiche Handelsstadt Venedig. Fast alle Schiffe auf diesem Meer gehören venezianischen Kaufleuten...«
»Und wieviel Tageritte sind es von Venedig nach der Hauptstadt aller Hauptstädte des Abendlandes, nach Rûm?«
»Du wirst so viele Tage dazu brauchen, wie du willst. Aber gewöhnliche

1 Skipetaren = Albaner oder Albanesen.

Reisende können jetzt überhaupt nicht mehr dorthin gelangen, weil man in Erwartung deines Angriffs alle Straßen durch Feldwachen gesperrt hat.«
»Hat sich ein großes Heer dort versammelt?«
»Was heißt groß, im Vergleich zu deinem? Außerdem hat niemand Lust zu kämpfen. Alles flieht südwärts. Sogar der Kaiser, heißt es, sei aus Rûm nach der Insel Sizilien geflohn.«
»Du brauchst den Apfel nicht erst zu pflücken, er fällt dir überreif von selbst in die Hand!« rief der Frankenhasser Abd ar-Rahmân.
»Was soll mit diesen Gefangenen geschehen?« fragte Subudai-Bahadur. Batu-Khan antwortete nur mit einer Geste: Mit dem Zeigefinger zog er in der Luft einen Strich von oben nach unten. – Das war die Geste, die alle am meisten fürchteten: Sie drückte ein Todesurteil aus.

Der Hügel, auf dem die von Batu-Khan einberufene Versammlung stattgefunden hatte, war leer. Die zugespitzten Pfähle standen noch als Warnung für andere Pechvögel. Diener rollten die ausgebreiteten Teppiche zusammen.
Unweit davon, am Hang, in einem Klettengestrüpp, lagen die gefangenen Skipetaren der Länge lang am Boden wie in tiefem Schlaf. Es war auch ein tiefer Schlaf, der tiefste überhaupt – der ewige.
Als sie begriffen hatten, daß sie ohnehin dem Tode geweiht waren, hatten sie sich dafür entschieden, ihr Leben so teuer wie möglich zu verkaufen, sich wie rasend auf die Mongolen gestürzt und natürlich in diesem ungleichen Kampf den kürzeren gezogen.
Der Henker, ein athletischer Mann, hatte ihnen mit seiner großen schweren Keule der Reihe nach den Schädel zerschmettert. Noch jetzt stapfte er in der Nähe der Toten ungeduldig umher, weil er auf die Beendigung eines Gesprächs wartete, das der rotbärtige Duda mit einem gefangenen Benediktiner führte, dem das gleiche Urteil gesprochen worden war wie den Skipetaren.
Das arme Mönchlein verneigte sich bei jedem Wort, das es sprach, demütig bis zur Erde, hielt krampfhaft ein Holzkreuz zwischen den Händen fest und schickte unhörbare Stoßgebete zum Himmel. Der Henker, dem das Warten zu lange dauerte, knurrte mit heiserer, roher Stimme grimmig:
»Ich habe von dem erhabenen Sain-Khan selbst den Befehl erhalten, ihm den Schädel zu zerschmettern... Darf man da so lange säumen?«
Duda nahm ein ovales Messingplättchen, eine Paizsa, von seinem Halse und fuchtelte damit dem Mongolen vor dem Gesicht herum.
»Jeder spätere Befehl macht den früheren ungültig«, wiederholte er dabei ein ums andre Mal. »Gleich wird der große Atalik Subudai-Bahadur hier erscheinen und mir diesen römischen Schamanen lebendig überantworten. Ich brauche seine Auskünfte für eine wichtige Sache. Also troll dich!«
»Der einäugige Bahadur kann mir befehlen, was er will, in diesem Falle

werde ich ihm doch nicht gehorchen. Ein Befehl aus dem Munde des erhabenen Sain-Khans gilt mehr als ein Befehl aus jedem anderen Munde.«
»Das werden wir schon sehn!« rief Duda zornig und versuchte den Athleten fortzustoßen. Der aber schielte ihn bloß mürrisch von der Seite her an und faßte seine Keule fester.
In diesem Moment kam Subudai auf seinem Rehbraunen angesprengt. Duda winkte ihm mit beiden Händen zu und rief:
»Halt an, unvergleichlicher Bahadur! Ich habe dir etwas überaus Wichtiges zu sagen!«
Subudai zügelte seinen Hengst, dessen Schweif die Erde fegte.
»Also sprich, aber fasse dich kurz!«
»Überlaß mir diesen Mönch!«
»Wozu?«
»Er weiß sehr viel bedeutsame Dinge, denn er ist durch alle ›Abendländer‹ gewandert und hat alle Könige und ihre Heere gesehen und könnte mir äußerst wichtige Aufschlüsse geben.«
»Er lügt«, tat Subudai diese Begründung ab und spornte sein Pferd.
»Nein, er lügt nicht. Ich habe ihn geprüft«, widersprach Duda.
»Dann forsch ihn aus, und schreib alles genau auf, was er dir erzählt. Hörst du? Ich will heute abend alles wissen... Und du«, fauchte er den Henker an, »laß diese beiden in Frieden! Daß du mir dem lateinischen Schamanen kein Haar krümmst!«
Damit versetzte er seinem Hengst einen Schlag mit der Peitsche, daß dieser einen mächtigen Satz vorwärts machte. Der Henker ließ seine Keule fallen und sprang erschrocken zur Seite, indem er seinen Kopf mit beiden Händen schützte. Dann drückte er sich seitwärts in die Büsche.

Elfter Teil

Der Beginn der Uneinigkeit

Batu-Khan vor Triest

Eine mongolische Reiterabteilung bewegte sich in langgezogener Kette auf schmalen, meist steinigen und felsigen Uferpfaden immer am Gestade des azurblauen Adriatischen Meeres nordwärts. Die Berge stießen bis ans Meer vor, und ihre in die Fluten abfallenden Ausläufer machten manchmal den Eindruck von Tatzen eines riesigen Ungeheuers. Die fremden Krieger – in ihrer seltsamen Fellkleidung in dieser sonnigen Welt des Südens schon für das Auge allein recht störend wirkend – führten sich auch sehr störend auf, denn sie ritten rücksichtslos über bebaute Äcker und Felder hinweg (und welches Fleckchen Erde wäre hier nicht bebaut gewesen?), sobald sie irgendwo abseits von ihrem Wege ein Flüßchen oder einen Bach erblickten, wo sie ihre Rosse tränken konnten. Hatten diese genug gesoffen, so ging der Ritt weiter, unaufhaltsam weiter.
Als sie einen der ins Meer vorspringenden felsigen Ausläufer des Gebirges überquert hatten, zügelten die wilden Reiter jedoch unwillkürlich ihre Rosse, ganz gebannt von dem Anblick, der sich ihnen bot: Unten am Fuße des Karstplateaus lag wie eine große hellblaue Schale der Golf von Triest, eingeschlossen von den amphitheatralisch ringsum emporsteigenden Bergen, deren Hänge bedeckt waren mit Weilern und Dörfern, grünenden Hainen und Gärten. Auf einem vereinzelten Hügel unweit des Ufers ragten die Steinmauern der Zitadelle auf.
Und überall, auf allen Wegen und Stegen, in den Gärten und auf den Feldern, wimmelte es von Menschen, die emsig bei ihrem Tagewerke waren.
Unten auf dem blauen Wasserspiegel des Golfes leuchteten Segel von verschiedenen Farben, und über dieser Landschaft, die das Schauspiel einer innigen Umarmung von Erde und Wasser bot, denn die Ausläufer des Gebirges streckten sich dem Meerbusen wie geöffnete Arme entgegen, wölbte sich ein völlig wolkenloser strahlender Himmel.
Abd ar-Rahmân, der in funkelnder Rüstung neben dem Dschichangir ritt, sprach zu ihm:
»Da liegt es nun vor dir, das herrliche Triest; schön und reich, wie es ist, wird es eine der kostbarsten Perlen in der schimmernden Kette der von dir eroberten Städte sein. Nimm es, und laß es nie wieder aus deinen

Händen! Es ist ein Diamant von so reinem Feuer, wie du noch keinen besessen hast.«

»Was soll mir das alles?« entgegnete unlustig Batu-Khan, als ob das Bild, das er vor seinen Augen hatte, nicht den mindesten Eindruck auf ihn gemacht hätte.

»Was dir das soll?« rief Abd ar-Rahmân verwundert. »Siehst du denn nicht den geräumigen Hafen? Darin haben Hunderte und aber Hunderte von Schiffen Platz, so viele, daß du dir mit ihnen auch die Herrschaft über die Meere sichern kannst. Sie werden deinen Willen hinaus an alle Küsten tragen und für dich unvorstellbare Reichtümer herbeischaffen, Reichtümer aus aller Herren Ländern ...«

Doch Batu-Khan war nicht geneigt, die Begeisterung des jungen Arabers zu teilen. Abweisend und verschlossen blieb seine Miene. Kein Muskel regte sich in seinem bronzebraunen Gesicht. Schließlich wandte er den Blick von dem herrlichen Landschaftsbild ab und ließ ihn wie suchend über die Männer seines Gefolges hingleiten, bis er auf einem von ihnen haftenblieb – auf dem jungen Nochai-Khan.

»Jesun-Nochai! Wir gestatten dir, näher zu kommen.«

Mit einem einzigen Satze war das Roß des verwegenen Dschigiten neben dem Hengste Batus.

»Wie gefällt dir diese Stadt mit ihrem Hafen und ihrer Umgebung von Hainen und Gärten? Abd ar-Rahmân ist darüber in ein solches Entzücken geraten, daß ihm die Worte, in die er es kleidet, gar nicht hochtönend genug sein können.«

»Vorläufig wimmelt es mir in der Stadt und im Hafen und auch in der ganzen Umgebung noch zu sehr von unseren Feinden«, meinte Jesun-Nochai-Khan. »Darum ist sie mir widerlicher als eine Höhle voll böser Mangusse oder stinkender Schakale. Doch wenn du die meisten davon ausgerottet und die übrigen dir unterworfen haben wirst, wird die Stadt gewiß auch mir gefallen, wenn auch nicht so gut, daß ich gleich mein ganzes Leben lang hier bleiben möchte. Doch wozu sag' ich das? Ich bin ja sicher, daß du, sobald du die Bewohner der Stadt und ihrer Umgebung zu deinen Sklaven gemacht hast, auf neue Eroberungen ausziehn wirst.«

»Darüber wird heute abend der Kriegsrat entscheiden«, bemerkte Batu-Khan trocken.

Das Lied des Uligertschis

Der stets mit Vorbedacht handelnde Subudai-Bahadur mahnte den Dschichangir:

»Freilich sollte man Späher aussenden, damit sie auskundschaften, ob sich in der Stadt und Zitadelle von Tergeste eine starke Besatzung befindet. Aber kommt es denn dir, erhabener Sain-Khan, zu, mit einer Handvoll Reiter selbst einen solchen Erkundungsritt auszuführen?

Niemandem ist damit gedient, wenn du dich überflüssigerweise in eine Gefahr begibst, darin du umkommen könntest. Denn höchstwahrscheinlich erwartet uns hinter jenen Hügeln der Kaiser Frederikus selbst an der Spitze eines gewaltigen Heeres, das für eine Entscheidungsschlacht gerüstet ist und die verwegene Hoffnung hegt, deinen bisher unbesiegten tausend und aber tausend Kriegern eine Niederlage zu bereiten und ihnen damit endlich den Ruf ihrer Unbesiegbarkeit streitig zu machen ... Denn wenn die deutschen, italischen und fränkischen Feldherren auch jetzt noch nicht alle Maßnahmen für eine solche entscheidende Schlacht getroffen hätten, dann – ja dann wären sie ja hirnlose Hammel. Ich möchte aber darauf schwören, daß sie jeden Mann, der mit einer Waffe umgehn kann, unter die Fahne gerufen und ein gewaltiges Heer auf die Beine gebracht haben, das bereitsteht, sich auf uns zu stürzen, sobald wir in die Stadt eingezogen sind und uns sorglos der Freude über unsern vermeintlichen Sieg überlassen.«

Die übrigen Temniks, an die weitschauende Voraussicht des erfahrenen Feldherrn gewöhnt, billigten seine Worte schweigend. Nur der kecke junge Khan Nochai unterfing sich, wie schon so manches Mal, einen Vorschlag zu machen, der diesmal nicht nur allgemeines Erstaunen, sondern sogar allgemeine Heiterkeit erregte.

»Alles, was unser ruhmreicher Atalik eben gesagt hat, ist vollkommen richtig, und ich weiß auch, daß es meiner unerfahrenen Jugend schlecht ansteht, seinem erfahrenen Alter einen Rat zu erteilen. Und dennoch kann ich nicht umhin, mir als besondere Gnade die Erlaubnis zu erbitten, mit einer Hundertschaft, ja, wenn es sein muß, auch bloß mit einer Zehnerschaft meiner tollkühnen Wagehälse stracks nach Tergeste hineinzugaloppieren ... Und ich könnte euch auch gleich erzählen, was wir dort treiben werden und welchen Empfang man uns bereiten wird.«

»So erzähle! Wir werden dich anhören, aber hinterdrein beschließen, was wir für richtig und nötig erachten.«

»Wir werden keine vorsichtigen Nachforschungen betreiben und den Leuten Fragen stellen wie: ›Wer ist der Anführer der Besatzung von Tergeste, und wie stark ist sie?‹ Nein, mit wildem ›Urrukuu!‹[1] und geschwungenen Schwertern werden wir in die Stadt einbrechen und rufen: ›Ergebt euch! Der große Eroberer des Erdkreises, der grimme Batu-Khan selbst, nähert sich eurer Stadt! Breitet Teppiche auf den Straßen und Plätzen aus und sorgt für reichliche Bewirtung an Speis und Trank! Heute wollen wir einen gemeinsamen Festtag feiern!‹ «

Die Anwesenden tauschten lächelnd und schmunzelnd Blicke untereinander, unterdrückten ihre Heiterkeit aber, als sie merkten, daß Batu-Khan sie nicht teilte. Dieser blickte wie geistesabwesend in die Ferne aufs Meer hinaus, wo sich zahllose Schiffe, deren Segel sich unter einer aufkommenden Brise blähten, eben anschickten, in See zu stechen. Khan Mengu fragte mit kaum unterdrücktem Spott:

---

1 Urrukuu! = der Kampfruf der Mongolen.

»Wenn du so genau weißt, was in der Stadt vorgehen wird, so kannst du uns vielleicht auch erzählen, ob ihre Einwohnerschaft willens ist, sich zu verteidigen?«
»O nein, ganz und gar nicht! Die Einwohner von Tergeste sind damit beschäftigt, ihre wertvollste Habe zusammenzupacken, um mit ihren Familien aus der Stadt in die Wälder und Berge zu fliehn. Auf dem Marktplatz aber versammelt sich der Adel, ein jeglicher Bannerherr mit anderthalb bis zwei Dutzend Mannen, und sie spreizen und brüsten sich mit ihren blitzenden Rüstungen und Harnischen, mit ihren Federbüschen auf dem Helm und den goldenen Sporen an den Stiefeln und vollführen einen Lärm wie eine schnatternde Gänseschar; denn sie können sich nicht darüber einig werden, wer der Oberste sein soll, da ein jeder von ihnen es sein möchte.«
»Und wie werden sie dich empfangen, Khan Nochai? Etwa auch mit reichlicher Bewirtung an Speis und Trank?«
»Das wohl kaum. Aber sobald sie von unserm Herannahen hören, werden sie sich aus dem Staube machen und sich in ihre steinernen Burgen und Schlösser einschließen, in der Hoffnung, daß wir es nicht verstünden, deren zinnengekrönte Mauern zu brechen.«
Weshalb aber schwieg Batu-Khan zu diesen Wechselreden seiner Bahadure? Alle warteten auf sein entscheidendes Wort, und es war keiner, der bezweifelt hätte, daß er nach Khan Nochais kecken Reden den Befehl zum Vormarsch auf Tergeste erteilen würde. Doch der Dschichangir starrte noch immer wie abwesend in die Ferne. Er sah keinen seiner Heerführer an, und über sein Gesicht huschte ein Schatten des Unmuts, als sei er mit dem Verlauf der Beratung durchaus nicht zufrieden. Endlich öffnete er den Mund und sprach:
»Die Worte des verwegenen Jesun-Nochai haben mein Herz erwärmt. Er hätte gar nicht anders sprechen können. Unsere Aufgabe aber besteht nicht nur darin, eine Stadt nach der anderen einzunehmen, sondern auch darin, unser großes Mongolenreich zu sichern, welches seine Grenzen schon so ungeheuerlich weit ausgedehnt hat, daß es nun an zwei äußerste Meere stößt: an das chinesische Meer, aus dessen Fluten die Sonne sich allmorgendlich erhebt, und an das letzte Meer, in dessen Fluten sie allabendlich untertaucht und zerschmilzt. Wie haben wir jetzt zu handeln? Von unserem Beschluß hängt der weitere Erfolg unsres Feldzugs ab. Bei jeder Entscheidungsschlacht, die man wagen will, muß man voraussetzen, daß auch der Gegner klug und überlegt alles Nötige und Nützliche getan hat und noch tun wird, um den Sieg zu erringen...«
Er machte eine Pause und blickte alle der Reihe nach an. Dann fuhr er bedächtiger fort:
»Wenn ich es also recht bedenke, so scheint mir äußerste Vorsicht bei unseren nächsten Operationen geboten zu sein. Ja, ich hielte es sogar für ratsam, damit noch ein Weilchen zu warten. Vor allem wäre es mir wichtig, den Ratschluß des Himmels zu erfahren. Die Schamanen sollen kommen, ihren Zauber üben, Gebete sprechen und mir alsdann den

Willen des Kriegsgottes Sulde und der anderen im ewigen Himmel wohnenden Götter verkünden.«
»Du kannst dich sogleich der magischen Kräfte und Künste des erfahrensten unsrer Schamanen bedienen, des uralten Buru-Dschichur, welcher außerdem ein liederreicher Uligertschi ist. Er ist gestern aus unsrer fernen Heimat, aus dem Changaigebirge, hier eingetroffen und befindet sich bei meinem Troß. Ich werde sofort einen Nuker nach ihm senden, und noch heute abend kann er beim Schein des Feuers vor dir seine Gesangs- und Beschwörungskünste üben.«

Am Abend wurde in einer geräumigen Höhle, wie sie im Karst häufig zu finden sind, ein Feuer entzündet. Die Tatarenkhane ließen sich an den Höhlenwänden entlang nieder, die einfachen Krieger mußten draußen bei den Rossen bleiben, obwohl ein fürchterliches Gewitter sich entlud. Ohne Aufhören folgten die Donnerschläge aufeinander, und ein sintflutartiger Regen strömte nieder. Von den Bergen herab stürzten mit ungeheurer Wucht Wassermassen, stauten sich in den Poljes, den durch Querriegel geschlossenen Tälern, und überfluteten alles. Jeder war froh, wenn er unter einem überhängenden Felsen leidlichen Schutz fand, und beneidete die Glücklichen, die in einer Höhle im Trockenen und womöglich am Feuer saßen.
Kurz nachdem der Dschichangir sich zu den in der Höhle versammelten Bahaduren und Khanen gesellt hatte, wurde von zwei Turgauden der berühmte Schamane und Uligertschi Buru-Dschichur hereingeführt, ein uralter Mann, von dessen kahlem Kopfe zwei eisgraue Zotteln bis auf die Schulter hinabfielen. In der Hand hielt er ein Lederfutteral, worin sein Instrument verwahrt war. Unter den buschigen struppigen Brauen blickten Augen hervor, die mit einem freundlichen Ausdruck kindlicher Verwunderung in die Welt sahen. Er nahm umständlich zwischen den bereitwillig auseinanderrückenden Khanen Platz, holte sein Instrument hervor und ließ seine Finger rasch über die Saiten gleiten, um zu erproben, ob sie richtig gestimmt waren. Dann musterte er mit forschendem Blick alle Anwesenden, als ob er unter ihnen den Höchstgestellten, an den er sein Lied zu richten gedachte, suchte. Zuletzt blieben seine Augen auf dem Dschichangir haften, der sich von den übrigen freilich nur durch ein Büschel langer Adlerfedern an seinem Helm und durch sein stolzes gebieterisches Wesen unterschied. Wie fragend ließ Buru-Dschichur seinen Blick zu den Gesichtern der umsitzenden Temniks hinwandern, die ihm heimlich bestätigend zunickten oder zublinzelten. Dann grüßte er den Sain-Khan ehrfürchtig und richtete die von dessen Verwandten ihm aufgetragenen Grüße aus der Heimat aus.
Batu-Khan dankte gnädig und forderte den Uligertschi auf, seine Gesangskunst zu zeigen und ein paar der heimatlichen Steppenlieder vorzutragen, solange draußen das Unwetter wüte.
Buru-Dschichur stieß, wie um seine Stimme zu erproben, einen lang ausgehaltenen, bald an-, bald abschwellenden Ton aus, und die Zu-

hörenden wunderten sich, daß der gebrechliche Greis noch so viel Kraft und Luft in seiner altersschwachen Brust hatte. Schließlich brach der Ton mit einem Seufzer ab. Nachdem der Uligertschi von neuem Atem geschöpft und auf seinem Instrument einige Griffe getan hatte, begann er im Singsang zu deklamieren:

»Sei mir gegrüßt, mein lieber Sohn, sei gegrüßt!
An deinen starken Schultern und Armen erkenn' ich dich
und an deiner kühnen stolzen Haltung,
dich, Trost und Freude aller Mongolen;
dich schwarzgefleckten Panther,
der du auf leisen Sohlen, aber mit lautem Gebrüll
das schwarze Changaigebirge durchstreifst
und das tapferste Herz deines tapferen Volkes bist;
dich einsamen schwarzen Königsadler,
der du auf ausgebreiteten mächtigen Schwingen
hoch über den Gipfeln der höchsten Berge schwebst.
Deine Macht ist unerschütterlich wie ein Felsen aus Jaspis.
Und alle deine ruhmvollen Unternehmen sind vom Glück begünstigt.
Dreimal in jedem Jahr werde ich künftig zu dir kommen...«

»Ja, das tu und sing uns jedesmal ein Lied von der wachsenden Macht und Größe unsres Volkes und davon, welche Freuden, welchen Kummer es hat«, unterbrach ihn Batu-Khan.

Der Uligertschi antwortete singend:

»Was für andere Freuden könnte es haben
als die Freude über die Kunde von deinen Siegen?
Was für anderen Kummer könnte es haben
als den Kummer über dein langes Fortbleiben?
Aber es ist ja in alten Sprüchen geweissagt,
daß du herrschen würdest über siebenundsiebenzig Länder...«

Ein zweites Mal unterbrach Batu den greisen Sänger:

»Ja, das ist wahr! Siebenundsiebenzig Länder... So viele muß ich erobern!«

»Auf eine Jagd folgt eine neue«, riefen im Chor die Anwesenden, eine mongolische Redensart gebrauchend, »und auf einen ersten Sieg der zweite! Du bist dazu geboren, dir sämtliche Völker der Erde zu unterwerfen und über sie zu herrschen!«

Den ganzen Abend bis tief in die Nacht hinein sang der greise Uligertschi den Khanen seine Lieder zum Preise der Steppe, wo Tausende von Wildeseln und Wildpferden grasen, und zum Preise der Heldentaten mongolischer Recken wie Bum-Erdeni, Scharcha-Boden und Daina-Kürül, welche die fürchterlichsten Ungeheuer bezwangen.

Und die Anwesenden seufzten vor Sehnsucht nach der Heimat und wiederholten in langgezogenen kehligen Tönen:

»O unsre ferne wunderschöne Heimat!
O blauer Kerulon, o goldener Onon!

In fremdem Land ist einem alles fremd,
ja, selbst die fremde Luft
liegt schwer dir auf der Brust.
Dein Freund, dein einz'ger,
ist und bleibt dein Roß.

Drum hüt es gut!
Es wird dich retten aus Gefahr und Not
und heil und unversehrt
auf seinem starken Rücken,
auf seinen flinken Beinen
dich wieder in die Heimat tragen!«

Der gefiederte Bote

Am andern Morgen hatte sich der Sturm gelegt. Die letzten Wasserbäche rieselten noch an den Berglehnen herunter.

Gemächlich trabte Subudai-Bahadur am Ufer entlang und ließ von Zeit zu Zeit sein eines Auge in der klaren Himmelsbläue ertrinken. Auf einmal schrie er laut:

»Schaut, schaut! Dort oben, das ist doch ein Königsadler!« Und er deutete mit seiner Reitpeitsche in die Luft. »Am Ende ist es gar der unsre? Schnell, Saklab und Dolibcho, lauft zum Troß und holt die Adlerwärter mit dem Adlerweibchen her! Aber beeilt euch! Wenn wir den Adler fortfliegen lassen, so ist es vielleicht auf Nimmerwiedersehn!«

Die beiden Diener galoppierten davon, doch bald kam der alte Saklab wieder mit einem abgehäuteten Hammel, den er rasch mit dem Messer zerstückelte und die einzelnen Stücke auf einem großen flachen Stein ausbreitete, über den er ein schwarzes Fell gedeckt hatte. Plötzlich umbrauste es den alten Diener wie Sturmwind. Vom Himmel hatte sich der Adler lotrecht herabfallen lassen, direkt auf das ausgelegte Hammelfleisch, von dem er ein großes Stück packte und mit noch ausgebreiteten Schwingen zur Seite hüpfte, um sich sofort wieder in die Lüfte zu erheben. Aber da warfen sich auch schon mehrere mongolische Krieger, die sich von verschiedenen Seiten herangeschlichen hatten, auf ihn.

Der Adler, offenbar zu Jagdzwecken abgerichtet, sträubte sich nicht allzusehr, sondern ließ sich wieder hinübertragen zu dem Stein, auf dem man ihm eine Tafel gerichtet hatte, und hieb wacker mit dem Schnabel in das Fleisch ein.

»Es ist da! Es ist da!« rief plötzlich einer der Mongolen, der den gezähmten Raubvogel um den Hals gefaßt und ihn abgetastet hatte. Er löste ein etwa faustgroßes Lederbeutelchen los und überreichte es mit einem tiefen Bückling dem Atalik, der es, ohne es erst näher zu besehen, in seinen Busen steckte und schnell davonritt.

Der letzte Kriegsrat

(Aus Hadschi Rachims Reisenotizen)

»Verleih mir die Klugheit und Einsicht, Allwissender, deren ich zur Beschreibung dieser geheimen Beratung bedarf, in der die Frage entschieden wurde: Soll das Abendland von der mongolischen Faust noch fester umklammert werden, oder soll man den Griff lockern? Soll man die Rosse anspornen zu einem weiteren Lauf auf der Bahn des Sieges, oder soll man sie umlenken zum Heimritt in die Kiptschakensteppen, wo sie sich stärken und ausruhen können für neue Siegesläufe? –
Die zweimal fünf Finger unserer Hände mit den Spitzen aneinandergelegt, warteten wir stumm auf das erste Wort des Dschichangirs. Wenn ich »wir« sage, so sind damit die Dschingisiden und mehrere Temniks (an ihrer Spitze natürlich der alte Atalik) gemeint. Von den Jüngeren war lediglich Batu-Khans Liebling, der verwegene Jesun-Nochai-Khan, zugegen.
Endlich brach der erhabene Sain-Khan das immer drückender werdende Schweigen:
»Die berittenen Boten haben uns nicht betrogen. Der gefiederte Bote hat einen zweiten Brief gebracht, der Unruhe in mir geweckt hat. Auch ihr werdet reiflich darüber nachdenken, welche Bedeutung dieser Brief für uns und unsere weiteren Entschlüsse und Handlungen haben könnte.« Eine Bewegung ging durch den Kreis der Umsitzenden.
»Laß uns den Inhalt des Briefes wissen, erhabener Sain-Khan!«
»Es ist euch bekannt, daß ich schon vor der Einnahme von Kyjuw noch von Ketschi-Sarai aus meinen getreuen Arapscha in das von Eis und Schnee bedeckte Land der Nowgoroder geschickt habe, damit er jeden Schritt, jede Bewegung des Konas Iskander scharf beobachte und mir darüber berichte. Heute habe ich von einer unserer nächsten Poststationen die Meldung erhalten, daß Arapscha auf dem Wege hierher sei und bald bei uns eintreffen werde. Er lasse mir inzwischen sagen: Iskanders Heer habe soeben eine siegreiche Schlacht gegen die aus Westen und Norden in sein Land einfallenden Feinde geschlagen und sei daraus erstarkt hervorgegangen...«
»Eins ist klar«, sagte Subudai-Bahadur mit düsterer Stimme und Miene, »dieser junge Konas fängt an, uns gefährlich zu werden.«
»Uns gefährlich? Wieso? Weshalb?« fragte man.
»Erkläre ihnen, da es ihnen von selber nicht einleuchtet, inwiefern dieser Konas Iskander uns gefährlich werden könnte«, forderte Batu-Khan seinen Atalik auf.
Es trat eine so tiefe Stille ein, daß man das leise Plätschern eines von einem Felsen herabrieselnden Wässerchens deutlich hörte.
Subudai-Bahadur fuhr fort:
»Um die Entfernung zwischen unserem gegenwärtigen Standort und unserer neuen Hauptstadt Ketschi-Sarai an der Mündung des Itils zu überwinden, braucht es mehr als sechzig Tagesritte und nochmal un-

gefähr das Doppelte bis zu unserer alten Hauptstadt Kara-Korum, der Residenz des erhabenen Kagans aller Mongolen.«
Subudai hob die Arme über den Kopf empor (das heißt, mit seinem gesunden Arm vollführte er diese Bewegung, mit seinem verkrüppelten deutete er sie bloß an) und beugte sich tief vornüber zum Zeichen der schmerzlichen Erinnerung an den Tod des Khans Ugedai. Dann führte er weiter aus:
»Wir müssen diesen langen Weg sichern gegen jedwede Störung oder Unterbrechung, nicht nur, weil ihn der heilige Regent uns mit seinem Heer gebahnt hat, sondern auch, weil wir allein auf diesem Wege Verstärkungen an Kriegern und Nachschub an Pferden, Waffen und Proviant erhalten, natürlich auch Nachrichten von daheim und aus den eroberten Gebieten ...«
»Wie wahr! Hört nur!« wurde gerufen.
»Wer ist also unser gefährlichster Feind?« fragte der einäugige Bahadur, wartete aber nicht auf eine Antwort, sondern gab sie selbst: »Derjenige, der diese Lebensader, die uns mit der Heimat verbindet, durchschneidet. Und wer käme da in Betracht? – Kaiser Frederikus etwa? Ach nein, ihn brauchen wir nicht zu fürchten, er hat genug damit zu tun, seine vom römischen Papst gegen ihn aufgewiegelten italischen Untertanen zum Gehorsam anzuhalten, wie wir von Gefangenen wissen.«
»Außerdem hält er sich auf seiner Insel vor uns versteckt, dieser ruhmreiche Kaiser, weil er hofft, uns von dort aus zu Schiff am leichtesten entwischen zu können«, sagte verächtlich Jesun-Nochai-Khan.
»Mag sein, daß er sich versteckt hält. Mag sein, daß er uns zu entwischen hofft«, meinte Subudai-Bahadur. »Jedenfalls brauchen wir ihn nicht zu fürchten.«
»Wen aber dann, wenn nicht ihn? Wer könnte uns sonst noch gefährlich werden?« rief es von allen Seiten.
»Ich wüßte zwei Männer, die uns weitaus gefährlicher werden könnten«, sagte Subudai. »Im Süden des Abeskunischen Meers, in Tauris, lauert Khan Chulagu und führt irgend etwas Böses gegen uns im Schilde. Er sammelt Truppen, wie man uns meldet. Vielleicht gedenkt er einen Schlag gegen Ketschi-Sarai zu führen? Früher oder später werden wir uns ernstlich mit ihm befassen müssen ...«
»Gut, befassen wir uns mit ihm! ... Mit ihm werden wir rasch fertig sein! ...« ertönten Stimmen. »Doch wer wäre der zweite zu fürchtende Gegner? Sag es uns!«
»Das müßt ihr schon selbst erraten. Ein Löwe ist nicht gefährlich, solange er an den Zitzen der Löwin saugt. Mit der Muttermilch aber saugt er gewaltige Kräfte ein und wird furchtbar ...«
Subudai ließ eine Pause eintreten. Alle hielten den Atem an, um ja kein Wort von dem, was folgen würde, zu verlieren. Der große Atalik zog aus seinem Busen ein Lederbeutelchen hervor und hielt es in die Höhe.
»Reich es dem Hadschi Rachim!« gebot Batu-Khan. »Er soll uns die Botschaft von Arapscha vorlesen, die uns ein zur Briefbeförderung

abgerichteter Adler gebracht hat. Diesen Adler hatte ich auf einer unserer Poststationen zurückgelassen, sein Weibchen aber mit hierhergenommen.«

Ich öffnete das Beutelchen und entnahm ihm ein mehrfach zusammengefaltetes dünnes Pergamentblättchen. Nachdem ich es auf meinen Knien geglättet hatte, überlas ich die enggeschriebenen Zeilen erst rasch und leise für mich und dann noch einmal laut und langsam für alle.

»Folgendes schreibt Arapscha, der Turgaud:

›Dem mächtigen Herrscher der Länder der Blauen Horde, dem Eroberer des Abendlandes sendet einen eiligen Bericht sein getreuer Turgaud und wünscht ihm ein langes und siegreiches Leben noch tausendundein Jahr ...‹ «

»Weiter! Weiter!« rief man mir ungeduldig zu.

» ›Ich melde dir, daß die deutschen Ritter aus Livland auf dem Eise eines großen Sees mit dem Heer des Konas Iskander von Nowgorod zusammengestoßen sind ...‹ «

»Rascher! Wer hat wen geschlagen?« drängten die Khane.

»Gleich werde ich's euch sagen ... Es ist etwas undeutlich geschrieben und schwer zu entziffern ... Ah, jetzt weiß ich's! – Iskander schlug die Deutschen ...«[1]

»Was für ein tapferer Konas! Was für ein wackerer Bahadur!« riefen die Khane lachend, verstummten jedoch, als sie bemerkten, was für ein finsteres Gesicht Batu-Khan machte.

»Was schreibt Arapscha sonst noch?« fragte er.

»Er schreibt: ›Jetzt hat Konas Iskander ein kampferprobtes sieggewohntes Heer, voller Vertrauen zu seiner eigenen Schlagkraft, und es gehen Gerüchte um, daß er beabsichtige, das ganze russische Land von jeder Fremdherrschaft zu befreien. Gleich nach diesem geflügelten Boten werde ich selbst bei dir anlangen und dir mündlich berichten, was ich gehört und gesehen habe.‹ «

»Ich will diesem Iskander von Angesicht zu Angesicht gegenüberstehn!« rief Batu-Khan in aufbrausendem Zorn. »Man lasse ihn hierherkommen in mein Zelt, und dann werde ich bestimmen, was mit ihm geschehn soll!«

»Und wenn er sich weigert zu kommen?« fragte Khan Mengu.

»Dann werde ich ein zweites Mal mit meinem Heer gegen Nowgorod ziehen, und diesmal sollen weder Fröste noch Sümpfe und auch keine über ihre Ufer getretenen Ströme mich aufhalten ... Ich werde das ganze

---

1 Alexander (seit 1238 Fürst von Nowgorod) tat sich in den Kämpfen gegen die Schweden und Deutschen hervor und war von einem erstaunlichen Kriegsglück begünstigt. Die Schweden schlug er 1240 an der Newa und erhielt wegen dieses glänzenden Sieges den ehrenden Namen »Newski«; auf dem mit Eis bedeckten Peipussee schlug er 1242 die Kreuzritter. Mit den Mongolen wußte er sich auf guten Fuß zu stellen. Er starb 1263 als Großfürst von Wladimir.

russische Land im Norden in eine tote Wüste verwandeln wie die anderen Fürstentümer auch...«
Die Dschingisiden tauschten bedenkliche Blicke untereinander, alle von dem gleichen beunruhigenden Gedanken heimgesucht, den der unbeherrschte Khan Nochai als einziger in Worte zu kleiden wagte, indem er leidenschaftlich ausrief:
»Und Tergeste? – Unmöglich!«
Batu-Khan, der sehr wohl begriff, daß Khan Nochai mit dieser Frage die Zweifel und Bedenken aller ausdrückte, sprach so gelassen, wie es ihm nach seiner Zornesaufwallung möglich war:
»Einem Feldherrn gereicht Vorsicht und Besonnenheit ebenso zum Nutzen wie Mut und Verwegenheit... Ja, jetzt bin ich der Ansicht, daß es am ratsamsten und richtigsten sein wird, in die Kiptschakensteppen heimzukehren, um meine neue Hauptstadt Ketschi-Sarai gegen alle etwaigen Überfälle zu sichern...«
»Heimkehren?« rief Jesun-Nochai-Khan, alle Zurückhaltung vergessend. Er warf sich vor Batu-Khan nieder und beschwor ihn: »Nur das nicht! Das wäre ein verhängnisvoller Entschluß!«
»Auch ich flehe dich an, lenke die Rosse nicht heimwärts, sondern vorwärts!« sekundierte Abd ar-Rahmân dem hitzigen jungen Mongolenkhan. »Befiehl deinem Heer, sofort vorzurücken. Morgen schon wird es in Tergeste sein, sieben Tage später in Venedig, und noch dreißig Tage später wird die Stadt Rûm in deinen Händen sein und mit ihr die Herrschaft über den ganzen Erdkreis.«
»Jetzt darf es wirklich kein Zögern und Schwanken mehr geben«, pflichtete Subudai-Bahadur den beiden Heißspornen bei. »Vorwärts, vorwärts! Bis zum letzten Meer!« brüllte er wie rasend, und sein einziges Auge funkelte bedrohlich.
Batu-Khan gebot allen durch einen Wink seiner Hand, sich wieder auf ihre Plätze zu verfügen. Dann richtete er das Wort an Subudai-Bahadur:
»Mein verehrter Lehrer und Erzieher, sage mir deine aufrichtige Meinung. Wird der unruhige Iskander jetzt, wo er sich auf ein starkes, kampferprobtes und sieggewohntes Heer stützen kann und er mich so weit fort von meiner Hauptstadt weiß, es wagen, gegen Ketschi-Sarai zu ziehn und mir den Rückweg nach unserer Heimat zu verlegen? Doch speise mich ja nicht mit süßen, aber leeren Trostworten ab, sondern sage mir die bittere Wahrheit, wie dein treues Herz sie dir eingibt.«
»Ich werde ganz aufrichtig zu dir sein und dir keinen meiner Gedanken verhehlen... Gewiß, Iskander von Nowgorod verfügt jetzt über ein schlagkräftiges Heer, das ihm, weil es an ihn und sein Kriegsglück glaubt, durch Feuer und Wasser überallhin folgen würde, wohin zu führen es ihm beliebte, und sei es bis in das unterirdische Reich der bösen Mangusse. Wenn Konas Iskander es also wirklich auf deine Hauptstadt Sarai abgesehn hätte, so wäre er von Nowgorod aus jedenfalls viel schneller dort als du von hier aus. Ein Teil seines Heeres würde

auf Booten und Flößen den Itilstrom hinabschwimmen, der andere aber am Ufer entlangreiten...«
Batu-Khan hatte während dieser Rede seines Ataliks ein seidenes Tuch in seinen Händen zusammengeknüllt, jetzt riß er es mit einem knisternden Geräusch entzwei. Mit gesenktem Kopf, ohne jemanden dabei anzusehen, fragte er sehr leise:
»Und wird Iskander gegen Ketschi-Sarai marschieren oder nicht?«
Ohne Zaudern antwortete Subudai-Bahadur:
»Ich bin felsenfest davon überzeugt, daß er es nicht tun wird!«
»Weshalb nicht?«
»Erstens weil du unter einem glückhaften Stern geboren bist und demzufolge bei keinem deiner Unternehmen Rück- und Fehlschläge erleiden wirst. Und zweitens erinnere ich mich an das Vermächtnis des niemals irrenden heiligen Regenten, welches lautet: ›Das mongolische Heer soll bis zum letzten Meere ziehn, und es wird diesen Zug, auf dem es unter dem besonderen Schutze des Kriegsgottes Sulde steht, mit Leichtigkeit durchführen, wenn es unterwegs überall den Gesetzen meiner Jassa Gültigkeit verschafft.‹ Das habe ich mit meinen eigenen Ohren von seinen eigenen Lippen vernommen, und deshalb bin ich fest davon überzeugt, daß du spielend sowohl Tergeste als auch Venedig und Rûm einnehmen wirst. Ich sehe schon alle Fürsten des Abendlandes, Kaiser, Könige, Herzöge und Barone, sich liebedienerisch um dich drängen und einander ausstechen, um dir den Treueeid zu leisten. Deshalb rate ich dir noch einmal aufs entschiedenste: Unterbrich nicht den Feldzug, der sich bis jetzt so glücklich angelassen hat, sondern setze ihn fort! Es ist ja schon so viel getan, daß der Rest keine Anstrengung mehr bedeutet. Erteile morgen schon, nein, besser heute noch, den Befehl zum Weitermarsch!«
»Nein«, sagte Batu-Khan kalt und gebieterisch. »Ich erteile den Befehl zur Umkehr! Wir reiten heim nach Ketschi-Sarai.«
»Da trennen sich unsre Wege«, ächzte Subudai, »denn ich reite nicht mit zurück!«
Voller Verwunderung blickten die Khane auf die beiden Männer, die bisher stets ein Gedanke und ein Wille gewesen waren.
Batu-Khan sprang auf, und seine Hände zitterten, als er den alten Bahadur anschrie:
»Bist du's wirklich, du, mein Lehrer und Erzieher, der so zu mir spricht?... Du, mein Atalik, weigerst dich, dich meinem Willen zu fügen?... Du solltest meine Entscheidung unterstützen, aber dich ihr nicht widersetzen... Doch wenn du auf deiner Weigerung beharrst, so werde ich vor nichts zurückschrecken, selbst davor nicht, dich hinrichten zu lassen!« drohte er.
»So laß auch mich zugleich mit hinrichten!« rief Jesun-Nochai-Khan völlig außer sich. »Ich reite ebenfalls nicht mit dir, wenn du die Rosse umkehren läßt. Dir leuchtet in Rûm eine weit herrlichere Zukunft als in Ketschi-Sarai am Schilfröhricht des Itils! Und wenn du diese glän-

zende Zukunft verschmähst, so laß mich lieber in die Dienste des Bulgarenzaren treten, damit ich für ihn wenigstens das östliche Rûm, die alte Hauptstadt der griechischen Kaiser, erobere, obschon ich der Meinung bin, nicht ihm, sondern dir sollte diese berühmte Stadt gehören.«
»Und ich will mit dir zu den Bulgaren gehn, tapferer Jesun-Nochai-Khan«, brüllte Subudai-Bahadur mit vor Wut und Empörung heiserer und überschnappender Stimme. Dabei schlug er sich mit seiner gesunden Hand wie ein Rasender gegen die Brust. »In mein Herz eingegraben steht der Befehl eines höheren Regenten, dem ich gehorchen muß.« Und er wandte sich wieder an Batu. »Ja, ja! Es ist der Befehl deines Großvaters! Und du, sein Enkel, solltest dich nicht weigern, ihn zu vollziehn!«
»Kehr nicht um!« rief Jesun-Nochai noch eindringlicher. »Höre auch diesmal auf deinen Atalik, wie du immer auf ihn gehört hast! Die Fürsten des Abendlandes liegen ja schon vor dir auf dem Bauche, um dir die Füße zu lecken wie feige Köter, die dabei mit ihren räudigen Schwänzen wedeln... Das tapferste Volk, die Russen, hast du ja schon überwunden, und im Vergleich zu der Mühe, die es dich gekostet hat, ihren rasenden Widerstand zu brechen, ist alles andre doch bloß ein Kinderspiel. Erinnere dich, wie viele deiner Bahadure du allein bei der Einnahme von Kyjuw geopfert hast. Und jetzt willst du einfach umkehren? Oh, diesen Entschluß würdest du bis ans Ende deiner Tage bitter bereuen, und noch in tausend Jahren werden dir deine Nachkommen die heftigsten Vorwürfe machen, daß du das Vermächtnis des heiligen Regenten so schlecht erfüllt hast. Und alle diese Kaiser und Könige, diese Herzöge und Barone, wie werden sie sich brüsten und behaupten, aus Angst vor den Hahnenschwänzen auf ihren Helmen wärest du wieder umgekehrt und sie hätten dich und dein Heer da und dort so gründlich geschlagen, daß du und deine Bahadure zu Fuß, ohne Roß und Wagen, wie geprügelte Hunde in ihre Steppen zurückgeschlichen und noch froh gewesen wären, wenigstens ihr lumpiges bißchen Leben zu retten...«
»Sie werden nicht wagen, das zu behaupten!« fuhr Batu wütend auf.
»Sie sagen's schon jetzt!«
»Genug, genug! Schweige!« schrie Batu-Khan. »He, Turgauden! Hierher zu mir!«
Zwei Krieger der Leibwache eilten herbei und standen, die Hände am Schwertknauf, vor Batu-Khan stramm.
»Achtung und Gehorsam!« riefen sie.
Vor Zorn an allen Gliedern bebend, stieß Batu-Khan mit wuterstickter heiserer Stimme hervor:
»Packt ihn! Bindet ihn! Brecht ihm das Rückgrat und werft ihn den Hunden zum Fraß vor!«
Die beiden Leibwächter wichen zurück und zögerten, dem Befehl nachzukommen.
»Habt ihr nicht gehört, was ich euch befohlen habe?« brüllte Batu-Khan mit einem vor Wut zur bösen Fratze verzerrten Gesicht.

Die beiden Turgauden traten unschlüssig auf den jungen Khan zu und schnürten ihm die Hände auf dem Rücken zusammen. Alle Khane rutschten auf den Knien zu Batu-Khan hin und baten ihn, aus Mitleid dem Frevler seine Schuld zu vergeben. Doch Batu stieß die ihm am nächsten Knienden mit dem Fuß beiseite, stürzte hinaus und sprang auf sein Roß. Hinter ihm führten die Turgauden den gebundenen Nochai-Khan hinaus, der mit stolz erhobenem Kopf zwischen ihnen ging und laut rief:
»In jeder Schlacht war ich darauf gefaßt, dem Tode zu begegnen. Wenn er mich nun hier und auf diese Weise antrifft, so fürchte ich ihn auch nicht. Um eins aber bitte ich dich, erhabener Sain-Khan: Solange mir noch nicht das Rückgrat gebrochen ist, erlaube mir zum Abschied vor meinen Kampfgefährten das letzte Lied[1] zu singen!«
»Es sei dir erlaubt! Sing!« rief Batu-Khan im Davonreiten.
»He, Buru-Dschichur, alter Uligertschi!« rief Jesun-Nochai. »Tritt heran, setz dich und begleite mich auf deiner Chur, wie es Brauch in unsern Steppen ist!«
Der alte Sänger und Spielmann humpelte heran, ließ sich mit greisenhafter Umständlichkeit auf der Erde nieder, holte die Chur aus dem Sack hervor, hing sie sich um den Hals und begann mit seinen gekrümmten Fingern die Saiten zu schlagen.
Alle Kürjagane und Temniks, die dem letzten Kriegsrat beigewohnt hatten, hockten sich rings im Kreise nieder, und Jesun-Nochai-Khan begann zu singen:

»O blauer Himmel, höre mein Gebet!
Ein tapferer Mongolenkrieger,
der auf seines Schwertes Klinge,
auf seines Speeres Spitze
sein ganzes Leben hat gesetzt,
schickt es empor zu dir!

Ich flehe:
Laß nicht in Greisenschwäche mich den Strohtod sterben
beim Wehgeschrei und Heulen der Weiber und Schamanen!

Laß nicht als Bettler mich am Straßenrande enden,
wenn glöckchenklingelnd Karawanen durch die Steppe ziehn!

Gönn mir das Glück, den Kriegsruf abermals zu hören,
Seit' an Seite mit andern unerschrockenen Dschigiten
auf die geschloßnen Reihn der Feinde loszustürmen.

---

1 Bei den Mongolen wie auch bei den Chinesen war es einem zum Tode Verurteilten erlaubt, auf dem Wege zum Richtplatze sein letztes Lied zu singen, worin er seine Taten oder Verdienste pries.

Wach auf, in Schlaf gesunkner Bahadur, wach auf!
Das Roß gesattelt und um den Hals, den biegsamen,
den Zaum von Silber ihm gelegt.
Dann schnell dorthin, wo es im Lager wimmelt,
als wär's ein aufgestörter Ameishaufen.
Auf allen Wegen wirbelt schon der Staub der Reiterscharen;
Tughs und Buntschuks, Feldzeichen mächt'ger Khane schweben über ihnen.
Das gellende Geschmetter der Karnai hat alles aufgeweckt,
überall rasseln und wirbeln dumpf die Trommeln.

O blauer Himmel, hör mein Flehn!
Laß mich den ehrenvollen Tod im Schlachtgetümmel finden,
die Brust durchbohrt von Pfeilen, mit gespaltnem Schädel
im vollen Lauf des Rosses aus dem Sattel stürzend,
daß über mir ich tausend Hufe flimmern seh',
die unter ihrem Schlag den wunden Leib zerstampfen,
während die Gefährten, den Feind verfolgend, weitersprengen.

Mit Wonne will ich sterbend noch vernehmen,
wie ihre Siegesrufe leis und leiser werden.
Und später kehren als Sieger sie zurück,
im Schritt jetzt trottend, vorgebeugt im Sattel,
nach der gefallenen Batyre Leichen suchend.

Sie finden mich, zu blut'ger Masse schon zerstampft,
unkenntlich das Gesicht, das einstmals übermütig lachende.
Doch meine Hand erkennen sie,
die noch in Totenstarre das Schwert umklammert hält.
Und sorgsam legen sie des Freundes Leib
auf kreuzweis hingehaltne Speere
und tragen ihn zum Holzstoß der Bestattung,
wo sie die Leichen aufeinanderschichten.

Auch meinen treuen Freund in allen Schlachten,
den panthergleich gefleckten Hengst,
führen sie hin und bohren ihm den kalten Stahl ins Herz,
damit in jenem andren Leben nach dem Tode
vergoßnes Blut uns weiterhin verbinde.

Unser erhabner Dschichangir,
von seinem milchigweißen Seter steigt er,
den letzten Scheiterhaufen eigenhändig anzuzünden.
›Bai-uralla! Ba-atr dsorrigei!‹ ruft er den Toten zu.
›Dank euch, ihr heldenmütigen Recken!

Lebt wohl, ihr Tapfern, bis zum Wiedersehn im Reich der Schatten!‹
Ein Wirbel von Rauch und Flammen schlägt tosend in die Höh',
und von dem feurigen Orkan erfaßt und mitgerissen,
steigen empor die Seelen aller Bahadure wie die Falken
und fliegen hoch und höher in jenes Reich über den Wolken.«

Batu-Khan, der sein Roß in einiger Entfernung gezügelt hatte, um ebenfalls Nochais letztem Lied zu lauschen, hatte sich während des Gesanges mehrmals mit seinem weiten Ärmel über die Augen gewischt. Jetzt stieg er aus dem Sattel und ging langsam auf den jungen Khan zu. Aus seinem Gürtel zog er einen Dolch mit haarscharfer Klinge und schnitt damit die Riemen durch, die Nochais Hände auf dem Rücken zusammenhielten.
Zärtlich streichelte er dem Neffen die Wange und sprach:
»Wahrlich, du hast mit deinem Gesang mein Herz gerührt... Du bist ein tapferer Dschigit, dem die Sonne des Ruhms noch lange leuchten und den der Tod noch lange fliehen wird! Ich will dir deine verwegenen Worte verzeihn, ja, ich habe sie bereits vergessen... Sprich, welche Bitte kann ich dir erfüllen?«
Bleichen Angesichts, gesenkten Hauptes, mit geschlossenen Augen, damit er seinen Oheim nicht anzusehen brauchte, flüsterte Nochai:
»Wenn du wirklich umkehren willst, so sei mir gestattet, mit meinem Tumen zum Bulgarenzaren überzugehn, und ich schwöre dir, daß ich ihn entweder umbringen oder zu deinem treuesten Bundesgenossen machen werde. Für dich will ich das östliche Rûm erobern, damit es das Seetor deines großen Reiches der Blauen Horde werde.«
»Es sei dir gestattet.«
»Dann erlaube auch mir, mit Nochai-Khan fortzureiten«, krächzte Subudai-Bahadur finster. »Vielleicht gelangen wir beide doch noch zum letzten Meer, damit das Vermächtnis des heiligen Regenten erfüllt werde. Ich mag nicht in Ketschi-Sarai den ganzen Tag auf der faulen Haut liegen und von meinen früheren Feldzügen träumen.«
Batu-Khan sah zuerst seinen alten Erzieher ganz ungläubig an, dann sagte er kalt:
»Mir sind genügend starke Flügel gewachsen, so daß ich künftig auch ohne deine Hilfe werde fliegen können. Ich gestatte auch dir, mich zu verlassen.«
Er schritt auf seinen Hengst zu, drehte sich aber, bevor er aufstieg, noch einmal zu dem alten Atalik um, der mit hängendem Kopf und hängenden Schultern ganz geknickt dastand; als wäre er auf einmal um Jahrzehnte gealtert, so hinfällig sah er aus. Mehrere Augenblicke standen beide Männer sich gegenüber, dann stürzten sie einander in die Arme und verharrten so, jeder seinen Kopf auf die Schultern des andern gelehnt.«

Am selben Tage noch machte das mongolische Heer kehrt und zog auf denselben Wegen und Stegen, auf denen es gekommen war, wieder ostwärts über die Gebirgsketten und durch die ungarische Tiefebene zurück nach Descht-i-Kiptschak[1] an die Mündung des mächtigen Itilstromes.
Subudai-Bahadur legte den Rückweg in seinem eisernen Wagen zurück, den er nur selten verließ. Bald mußte er sich von Batu-Khan und seinen alten Waffengefährten trennen.
Es dauerte lange, bis die Menschen des Abendlandes sich von ihrem furchtbaren Schrecken erholten. Zunächst konnten sie es kaum fassen, daß die Gefahr gebannt sein sollte und sie noch einmal glimpflich davongekommen waren. Dann gingen sie mit neuem Vertrauen zur Zukunft daran, in ihren Ländern eine friedliche Ordnung wiederherzustellen.
Höfische Sänger verherrlichten erdichtete Heldentaten ihrer Könige, Herzöge und Barone, die sich während der schlimmen Notzeit des Mongolensturms feige hinter den Mauern ihrer festen Schlösser und Burgen verkrochen hatten. Der namenlosen Helden und stillen Dulder aber, die zu Tausenden und aber Tausenden auf den blutgetränkten Ebenen Europas ihr Leben hatten lassen müssen, gedachten diese Sänger in ihren Liedern nicht.

1 Descht oder Dascht = persische Bezeichnung für weite Ebenen, auch für Steppen und Wüsten, Descht-i-Kiptschak = also: Kiptschakensteppe.

Zwölfter Teil

Am azurblauen Meer

In der Villa des Kaisers

Unweit der Stadt Palermo, am Nordstrand der Insel Sizilien, stand inmitten eines Parkes mit einem Pflanzenwuchs von fast tropischer Üppigkeit die Marmorvilla des Kaisers Friedrich, über deren zum Meer hinunterführende Terrassentreppe sich bei stürmischem Wetter die bewegten Wellen schäumend und sprühend ergossen. In einer kleinen Bucht ganz in der Nähe lagen zwei prächtige Felucken[1] vor Anker; auf ihnen konnte der Kaiser im Falle der Not und Gefahr jederzeit nach Alexandria oder Beirut zu seinen arabischen Freunden entkommen.
Hierher brachten Kuriere, die weite Wege hinter sich hatten, ausführliche Berichte aus allen Teilen des staufischen Reiches und natürlich auch über den Mongolenzug von Sarai her durch die russischen und polnischen Teilfürstentümer nach Mähren, Böhmen und Ungarn und schließlich ans Adriatische Meer.
Beim Purpurschein des rasch erlöschenden Abendrotes las der Kaiser auf der Terrasse seiner Villa den letzten Bericht über den Stand der Dinge, der ihn in einen Zustand nervöser Gereiztheit versetzte. Im Auf- und Niedergehen schnitzelte er mit seinem Jagddolch an seinem Stock herum und warf die Späne über die Balustrade ins dunkelblaue, bewegte Wasser.
Der Kanzler ließ sich melden; ihm wurde aber gleich bedeutet, Majestät sei heute nicht zur Erledigung von Staatsgeschäften aufgelegt; was sich nur irgend aufschieben lasse, möge aufgeschoben werden, zumal da Majestät sich mit der Absicht trüge, sich nach Neapel oder Genua zu begeben.
»Vielleicht auch noch weiter?« klopfte der Kanzler vorsichtig auf den Busch, erhielt aber keine Antwort. Also unterdrückte er auch jede Frage danach, welche Neuigkeiten seinem kaiserlichen Herrn so sichtlichen Verdruß bereitet hatten, obschon er manchen neugierigen Seitenblick auf die mit einem schwarzen Wachssiegel an gelber Schnur versehene Pergamentrolle warf. Er beschränkte sich darauf, dem Kaiser die Ankunft eines Kuriers aus Triest zu melden.

1 Felucke = Kriegsfahrzeug nach Art einer Galeere; es hatte Ruder und Segel zugleich.

»Ich habe den Brief des Statthalters, den er mir gebracht, noch nicht geöffnet. Geruhen Majestät, ihn zu lesen?«
Dabei blickte er dem Kaiser, der noch immer an seinem Stock schnitzelte, forschend in das nervös zuckende Gesicht.
»Ein Kurier aus Triest?« stieß Friedrich zwischen den Zähnen hervor. »Ein Brief vom Statthalter? Was wird da schon groß drinstehn? Er wird um die Erlaubnis nachsuchen, mir persönlich von unaufschiebbaren Angelegenheiten berichten zu dürfen. Das Ganze läuft bloß darauf hinaus, daß der vor Angst zitternde Statthalter unter dem Vorwand persönlicher Berichterstattung die Stadt verlassen möchte, um den Hufschlag der heranrückenden tatarischen Reiterei nicht mehr hören zu müssen. Mit anderen Worten: Der saubere Herr möchte seine kostbare Person in Sicherheit bringen.«
»Das wäre schon möglich. Der Brief wird uns darüber Gewißheit verschaffen. Darf ich ihn vorlesen?«
»Wenn es durchaus sein muß – bitte!«
Der Kanzler trat zu dem kleinen Tisch mit drei geschweiften Beinen und legte seine Aktenmappe darauf nieder. Mit einem silbernen Schlüsselchen öffnete er das Schloß und zog eine mit roter Schnur umwickelte Pergamentrolle hervor, entfaltete sie und begann halblaut, aber deutlich artikulierend, zu lesen. Als er fertig war, sah er den Kaiser an, der mit einer ärgerlichen Gebärde das Ende seines zerschnitzelten Stockes ins Meer warf und mit einem verächtlichen Kräuseln der Lippen sagte:
»Schöne Zeitungen, die man mir da meldet!... Daß man gehört habe, das Tatarenheer sei groß, sehr groß, ungeheuer groß... Daß es schon vor Spalato stehe und gewiß bald vor Triest... Daß nicht nur die Einwohner ihr Heil in der Flucht suchen, sondern auch die angeworbenen Söldner... Nun, dann werden die Horden der Asiaten ja ungehindert bis nach Rom und Lyon marschieren können!«
Bei sich aber dachte er:
›Unter solchen Umständen wird es wohl am gescheitesten sein, nach Ägypten zu segeln und sich dort mit arabischer Philosophie und Wissenschaft zu befassen...‹
Er drehte sich brüsk auf dem Absatz um und verfügte sich schnellen Schrittes in die inneren Gemächer.

Ein unerwarteter Bote

Am selben Abend saß Friedrich noch spät in seiner Bibliothek an einem Tisch, den ein schwarzer, mit Silberfäden bestickter arabischer Schal bedeckte. Darauf lag aufgeklappt ein großes Buch, dessen Ledereinband an den Ecken mit Messing beschlagen war. Der Kaiser lehnte in einem massiven, mit blauem Samt gepolsterten Eichenholzsessel. In die hohe Rückenlehne war ein von zwei versilberten Löwen gehaltener Schild mit dem vergoldeten Wappen der Hohenstaufen geschnitzt.

Friedrich II., vielseitig interessiert und literarisch hochgebildet, war ein ausgezeichneter Kenner der Werke der klassischen griechischen und römischen Literatur, lieber aber las er noch die Schriften der arabischen Poeten, Philosophen, Gelehrten und Ärzte, deren Sprache er vollkommen beherrschte und sich darin sowohl mit seinen sarazenischen Dienern verständigte als auch mit den Gelehrten, die er aus Bagdad und Kairo an die von ihm gegründete Universität von Palermo berufen hatte. An diesem Abend war er mit einer Lieblingsarbeit beschäftigt: mit der Abfassung eines »Traktats über die Beize mit Gierfalken«.
Ein junger Sarazene in einem dunkelblauen Gewand, auf dem Haupt einen hohen bunten Turban, trat auf bloßen Füßen lautlos ein und blieb mit über der Brust verschränkten Armen reglos stehen. Friedrich hob den Kopf, schob das Sammetbarett, das seine trotz seiner siebenundvierzig Jahre noch üppigen blonden Locken bedeckte, in den Nacken und fragte: »Was gibt's?«
Der Sarazene beugte sich vor, setzte eine äußerst geheimnisvolle Miene auf und flüsterte, die Augen verdrehend:
»Der Kammerherr hat mir befohlen, zu melden, daß ungeachtet des heftigen Sturmes ein Fischer mit seinem Boot gelandet ist und einen schwarzen Mönch hergebracht hat, welcher dir etwas sehr Wichtiges zu überbringen hat und darum bittet, sogleich vorgelassen zu werden.«
»Der Kammerherr Joachim möge den Mönch hereinführen.«
Der Sarazene verschwand, auf nackten Sohlen über den kirschroten Bagdader Teppich gleitend, so lautlos, wie er gekommen war.
Der Kaiser zog sein in einem fliederfarbenen Seidenstrumpf steckendes linkes Bein auf den Sitz herauf und blickte gespannt auf die schwere geschnitzte Tür. Dabei überlegte er:
›Etwas sehr Wichtiges hat er mir zu überbringen... Was mag das sein? Aber schließlich sind alle Nachrichten wichtig... Ob er mir von einem neuen Angriff des ägyptischen Sultans zu melden hat oder von neuer Aufsässigkeit und Unbotmäßigkeit der deutschen Herzöge und Fürsten oder von einem boshaften Ränkespiel der gehässigen Bischöfe, die den König von Frankreich gegen mich aufwiegeln?... Nein, das vermutlich alles nicht! Ein Fischer hat ihn hergebracht... Sollte er am Ende aus Triest oder Venedig kommen? Dort ballt sich die schwarze Wolke zusammen, die das sonnige Italien in Dunkelheit hüllen könnte...‹
Der Kaiser schnitt gerade mit einer Schere den Docht der Öllampe zurecht, da öffnete sich die Tür, und der Kammerherr, der ein himbeerrotes Wams und um den Hals eine feine Goldkette trug, trat über die Schwelle, gefolgt von einem Benediktinermönch in schwarzer Kutte.
Friedrich, der sich mit auf das Knie gestütztem Arm weit vorgebeugt und den Fremdling genau betrachtet hatte, als wollte er ergründen, wie weit er Vertrauen verdiene, befahl:
»Tritt näher!«
»Ich würde mir nicht erlaubt haben«, sprach mit sammetweicher Stimme

der Kammerherr, indem er sich selbstgefällig den sorgfältig gestutzten und gepflegten Bart strich, »Eure Majestät noch zu so später Stunde zu stören, wenn Bruder Giacomo, wie er sich nennt, mir nicht beim Namen des Allmächtigen zugeschworen hätte, er käme geradeswegs aus dem Lager der Tataren und wäre der Überbringer höchst wichtiger Zeitungen.«
Überrascht lehnte sich Friedrich im Sessel zurück, musterte den Mönch noch einmal von oben bis unten und sagte dann:
»Gott zum Gruß, Frater!«
»Der Friede Gottes, welcher höher ist denn alle Vernunft, sei mit unserem Herrn und Kaiser heute und immerdar!« sprach der Benediktiner und verneigte sich ehrerbietig so tief, daß seine Tonsur auf dem Scheitel sichtbar wurde.
»Wer bist du? Woher kommst du? Was für Zeitungen hast du mir zu melden?« fragte der Kaiser. »Sprich, ohne etwas zu verheimlichen, als seiest du in der Beichte.«
Die von Sonne und Regen ausgeblichene, ins Graue verschossene schwarze Kutte, die abgetretenen, mit einer Schnur zusammengebundenen Sandalen, das abgezehrte, braungebrannte Gesicht des Mönchs – alles das zeugte von weiten Wanderungen und harten Entbehrungen.
»Ich heiße Fra Giacomo, stamme aus Verona und gehöre der dortigen Bruderschaft des heiligen Benedikt von Nursia an, deren Abtei in ihren Mauern Eurer Majestät Vorfahren und Vorgänger bei ihren Römerzügen oft beherbergt hat. Endlose Wege bin ich gewandert und kam zuletzt auch nach Spalato ...«
»Nach Spalato?« rief der Kaiser ungläubig.
»Ja, und wurde in der Nähe der Stadt von einem Tatarentrupp ergriffen. Einer dieser barbarischen Heiden wollte mich auf der Stelle niedersäbeln, ein anderer aber zeigte auf das Kreuz auf meiner Brust« – damit hielt der Mönch dem Kaiser ein langes Kreuz aus Palmholz entgegen, das ihm um den Hals hing –, »und da schleiften sie mich, nachdem sie mir eine Fangschlinge übergeworfen, in ihr Lager.«
»Ins Tatarenlager? Wirklich?«
»Ja, wirklich und wahrhaftig.«
Der Mönch begann zu schwanken und mußte sich am Rand des Tisches festhalten, sonst wäre er umgefallen.
»Ich bitte um Verzeihung wegen dieses Schwächeanfalls«, murmelte er. »Der Hunger hat mich meiner letzten Kräfte beraubt.«
Der Kaiser schlug mit einem Knöchel an einen arabischen Bronzeschild, der neben ihm aufgehängt war und einen vollen hallenden Ton von sich gab. Auf der Schwelle erschien der junge Sarazene.
»Bring einen Krug stärkenden Weins, Brot, Obst und ein Stück Käse!« sagte der Kaiser zu ihm, und zu dem Mönch: »Setze dich einstweilen auf den Teppich nieder, aber erzähle weiter, bis man dir eine Stärkung reicht.«
»Auf Befehl ihres Khans müssen die Tataren uns Mönche und Priester

verschonen, damit sein Chronist sich mit uns unterhalten und alles, was er von uns erfährt, aufzeichnen kann.«
»Und da hast du dich gründlich ausfragen lassen: Wie stark mein Heer ist? Und wo es steht? Und so weiter... Nicht wahr?« zürnte der Kaiser.
»Aber nein, gewiß nicht!« verwahrte sich der Benediktiner. »Ich schwör's bei der Allerheiligsten Jungfrau!... Übrigens bin ich auch gar nicht danach gefragt worden.«
»Wonach denn sonst?«
»Das will ich gern sagen, aber ich möchte alles der Reihe nach erzählen...«
»So erzähl der Reihe nach!«
Inzwischen hatte der Sarazene einen Krug Wein samt einem Silberbecher und dazu auf einem Tablett Brot, Obst und Käse gebracht und alles auf einen Wink des Kaisers vor den Benediktinermönch hingestellt, der gierig ein paar Schlucke trank, zwischendurch aber in seiner Erzählung fortfuhr:
»In ihrem Lager schleppten mich die Tataren zu anderen Gefangenen, es waren Angehörige eines Bergstamms, und wir mußten am Fuße eines Hügels warten, auf dessen flachem Gipfel die obersten mongolischen Heerführer beisammensaßen, in ihrer Mitte Batu-Khan. Daß er es war, erkannte ich daran, weil alle andern vor ihm auf dem Bauch krochen.«
Der Mönch nahm sich eine Apfelsine und begann sie zu schälen.
»Und wie sieht er aus?« wollte der Kaiser wissen.
»Er ist noch jung, von Mittelgröße, aber stämmig, hat, wie die meisten Mongolen, schielende Schlitzaugen, richtige Katzenaugen, und spitze weiße Wolfszähne. Wenn er einen anschaut, so geht einem sein Blick durch und durch... An seinem Topfhelm aus Leder trug er eine lange schwarze Adlerfeder... In der Nähe der Versammlung waren mehrere Bäume etwa in Manneshöhe gekappt und zugespitzt. Wenn jemand den Khan erzürnt hat, so wird er auf einen solchen Pfahl gesetzt, dessen Spitze sich in seinen Leib bohrt.«
»Hast du das mit eignen Augen gesehn?«
»Nein, man hat es mir bloß erzählt. Aber mich schauderte schon bei dem bloßen Gedanken... Als die Beratung zu Ende war, brachte man meine Mitgefangenen, jene Männer aus den Bergen, vor den Khan, der sie durch einen Dolmetscher ausfragen und dann hinrichten ließ. Ihnen wurden vor meinen Augen mit einer Keule die Schädel eingeschlagen, und ich selber entrann diesem Schicksal bloß durch das Dazwischentreten eines Mannes, der wie ein mohammedanischer Mullah[1] gekleidet war. Dieser Mann, der dem Khan als Dolmetscher dient, erwirkte meine Begnadigung bei einem der mongolischen Feldherrn und führte mich dann in sein Zelt. Dort befragte er mich nach meinem Namen, nach meinem Herkommen, nach den Regeln und Bräuchen unseres Ordens,

1 Mullah = Herr, ein für Theologen, Richter und Fromme gebräuchlicher Titel.

nach den Lebensverhältnissen in meiner Heimat und nach dergleichen Dingen mehr...«

»Und nicht nach der Stärke meiner Heere und anderen mit der Kriegsführung zusammenhängenden Dingen?« wunderte sich der Kaiser und sah den Mönch mißtrauisch an.

»Nein, durchaus nicht. Aber ich komme jetzt zum Wichtigsten und Wesentlichsten... Dieser Dolmetscher, er nannte sich Duda...«

»Duda?« unterbrach der Kaiser den Mönch. »Wirklich Duda? Sagte er so?«

»Gewiß.«

»Und wie sah er aus? – Hochgewachsen, hager, rothaarig und rotbärtig?«

»Ja, ja, genauso!« bestätigte der Mönch.

»Und wie alt etwa? – Doch laß mich nachrechnen – er müßte jetzt in der Mitte der Sechziger stehn?«

»Ja, so alt etwa mag er gewesen sein.«

»Und er lebt noch?... Es sind so viele Jahre seither vergangen, und er hat so manches Leid erfahren... Doch sprich, rede! Was wollte er von dir?«

»Er sagte zu mir: ›Ich werde dich heil und unversehrt aus dem Lager schaffen, wenn du mir dafür einen Gegendienst leistest...‹ – ›Oh, gern!‹ erwiderte ich. – ›Wenn du dir eine reiche Belohnung verdienen willst, so begib dich stracks nach Triest und von dort über Venedig nach der Insel Sizilien zum Kaiser Friedrich und übergib ihm einen Brief von mir... Ich werde dir als Reise- und Zehrgeld eine Handvoll Silberlinge mitgeben.«

»Und wo hast du den Brief?« rief der Kaiser. »Weshalb hast du ihn mir nicht gleich übergeben, statt mich mit deinem albernen Geschwätz hinzuhalten?«

Der schwarze Mönch sprang auf und fuhr mit der Hand in die weiten Falten seiner Kutte, wühlte erst in der linken, dann in der rechten Tasche, stand schließlich mit vor Schreck weit aufgerissenen Augen ganz verdattert da und stammelte:

»Ich hab' sie doch eben noch gehabt, das kann ich beschwören. Ja, ich hab' sie vorhin noch gehabt, bei meiner Seele Seligkeit kann ich das beschwören...«

Dann steckte er auf einmal, als sei ihm ein Einfall gekommen, die Hand in eine Pilgertasche, die ihm am Gürtel hing, und rief erleichtert: »Dem Allmächtigen sei Dank! Da sind sie ja!«

Damit reichte er auf dem flachen Teller seiner ziemlich schmutzigen Hand mehrere große Walnüsse hin.

»Was soll ich damit?« rief der Kaiser. »Du willst dich wohl über mich lustig machen? – Wo ist der Brief?«

»Die Nüsse sind hohl, und innen drin werden sich mehrere Blättchen finden, die besagter Duda eigenhändig beschrieben und in die Schalen gesteckt hat, die er dann mit Tannenharz verklebte.«

Der Kaiser nahm mit seiner gepflegten Hand, an deren Fingern kostbare Diamantringe funkelten, die Nüsse entgegen und betrachtete sie von allen Seiten. Dann griff er nach einem kleinen Dolch und öffnete damit die Nußschalen. In jeder lagen tatsächlich winzige Papierbällchen, die er behutsam glättete.
Aber zunächst schien er aus dem Geschriebenen nicht klug zu werden. ›Was ist das?‹ dachte er. ›Arabische Schriftzeichen, aber die Worte ergeben keinen Sinn... Oder doch?‹
Er las noch einmal, dann rief er:
»Aber ja, es sind lateinische Worte, nur mit arabischen Buchstaben geschrieben!«
Er griff zu einer Feder und transkribierte alles, was auf den Blättchen stand, in lateinische Schrift, und da verstand er auch den Sinn...

Dudas Brief

»Erhabenster, durchlauchtigster Kaiser!
Mit den innigsten Wünschen für ein langes Leben, Wohlergehen, Glück und Ruhm grüßt Dich Dein ehemaliger Leibarzt, der Dir unwandelbar ergebene Duda, genannt ›der Redliche‹.
Getreu den von Dir erhaltenen Anweisungen habe ich seinerzeit[1] Deine Pflegetochter Maria Chiaramonte von Bethlehem zur Meeresküste geleitet, in der Hoffnung, sie dort an Bord einer der von Dir bezeichneten Felucken bringen zu können. Aber noch ehe wir bis zur Küste gelangten, wurden wir eines Nachts in den Bergen von einer Räuberbande überfallen und samt anderen Reisenden unserer Karawane in die Gefangenschaft geschleppt. Immerhin bewahrten uns meine Kenntnisse der arabischen Sprache und der Heilkunde zunächst vor dem Ärgsten. Ich vermochte die Räuber zu überzeugen, daß Maria meine Enkelin, ich selber aber Mohammedaner und Arzt und mit magischen Kräften zu Wunderkuren und Weissagungen begabt sei, daß ich aber, einmal unter die Kreuzfahrer geraten, mir notgedrungen den Anschein hätte geben müssen, als bekenne ich mich zum Christenglauben. Für meine Wundbehandlungen, die ich fast stets mit bestem Erfolg vornahm, nahm ich von den arabischen Kriegern niemals Bezahlung an; so begegneten sie mir mit stetig steigender Achtung und nannten mich Duda den Redlichen. Später wurden wir nach Bagdad verkauft, wo wir mehrere Jahre lebten.
Jetzt aber bewahre Deine Fassung, denn ich habe Dir eine traurige

---

1 Friedrich II., wegen verzögerter Erfüllung seines Versprechens, einen Kreuzzug zu unternehmen, in päpstlichem Banne, fuhr 1228 zur See nach Akkon und erhielt von dem ägyptischen Sultan El-Kâmil durch Vertrag Jerusalem (wo er sich zum König von Jerusalem krönte) und Nazareth sowie die Landstriche von da bis zur Küste nebst Sidon zugesprochen. Es war der fünfte Kreuzzug.

Mitteilung zu machen: Deine Pflegetochter, die heitere unschuldige Maria, ist vor Sehnsucht nach Dir gestorben. Langsam siechte sie vor Kummer über die Trennung von Dir dahin, und schließlich erlosch ihr Lebenslicht vollends. Mit Deinem erlauchten Namen auf ihren blassen Lippen hauchte sie ihre reine Seele aus. Sie war so abgezehrt, daß die Zerstörung, die dem Tode folgt, kaum noch etwas fand, woran sie ihr Werk hätte tun können. Mehrere Tage lag sie auf einer Bahre, die ich mit meinen Händen aus Schilf geflochten und mit duftenden Blumen und aromatischen Kräutern bedeckt hatte, als wäre sie nur in einen zeitlichen und nicht in den ewigen Schlaf gesunken, so daß ich mich nicht entschließen konnte, ihren Leichnam der Erde zu übergeben.
In jenem Häuschen, worin ich damals wohnte, war ein Kämmerchen mit einem Fensterchen, welches ich tagsüber wegen der Fliegen durch Läden verschlossen hielt, nachts aber öffnete, damit der Mond seine Silberstrahlen auf Marias Antlitz fallen lassen konnte. Jede Nacht verbrachte ich in Tränen und Gebeten neben der Bahre Deiner Pflegetochter, die bis zur letzten Stunde ihres kurzen Lebens geglaubt hatte, der Freudentag, an dem sie zu Schiffe ins heimatliche Sizilien zurückkehren und Dein Antlitz wiedersehen würde, könne nicht mehr fern sein.
An dem Tage, da der Kalif von Bagdad mir befahl, an einer Gesandtschaft zum Tatarenkhan nach Ketschi-Sarai teilzunehmen, trug ich zusammen mit einem hilfreichen Greise die leichte irdische Hülle der unschuldigen Maria auf den am hohen Ufer des großen Euphratstromes gelegenen Friedhof, wo wir ihr unter einer einsamen Palme ein Grab gruben. Ich bedeckte es mit einer Steinplatte, in die ich unter einen Palmzweig in arabischer Schrift den Namen »Mirjam« meißeln ließ.
Beruhigt konnte ich nun als Begleiter des jungen Emirs Abd ar-Rahmân, den der Kalif Mustansir als seinen Gesandten zum Tatarenkhan Batu schickte, die weite und beschwerliche Reise zu der an der Wolgamündung gelegenen Residenz der Blauen Horde antreten.
Als Arzt und Schreiber machte ich im Gefolge des Tatarenkhans den Feldzug bis ans Adriatische Meer mit, wo es mir in der Nähe der Stadt Spalato glückte, einen Benediktinermönch aus Verona, namens Fra Giacomo, vor einem grausamen Tode zu bewahren. Er hat mir unter Eid versprochen, als Gegenleistung diesen Brief in Deine allergnädigsten Hände zu legen, und ich zweifle nicht, daß Du ihn dafür freigebig belohnen wirst, zumal da er, wie Du weiterhin gleich erfahren wirst, Dir eine frohe Botschaft überbringt.
Ich möchte aber, ehe ich Dir diese frohe Zeitung melde, zuvor noch sagen, daß ich auf dem Kriegszug durch die vielen verwüsteten Länder in eine Hölle geblickt habe, wie sie sich fürchterlicher kein Sterblicher vorstellen könnte. Wenn die Mongolen auch in die italischen und fränkischen Länder eingefallen wären, so wäre der ganze Erdkreis von Blut überschwemmt worden.
Um so mehr freue ich mich, Dir, ehe ich meinen Brief beende, versichern

zu können, daß die Italer, Franken und Deutschen von der Geißel des Krieges verschont bleiben werden; denn Batu-Khan hat heute dem Gesandten des Kalifen von Bagdad erklärt, daß er nicht weiter nach Westen vorrücken, sondern sein Heer heim in die Kiptschakensteppe führen wird.
Ich schätze mich glücklich, daß ich, wenn dieser Brief Dir unter die Augen kommt, der erste bin, der die frohe Friedensbotschaft Dir und Deinen Völkern verkünden darf: die Botschaft, daß die Feuersbrunst des Krieges an den Grenzen Deiner Reiche haltgemacht hat.
Meine Zukunft ist ungewiß und dunkel. Gern würde ich in die teure Heimat zurückkehren und den die Zeit überdauernden Blättern anvertrauen, was ich im Morgen- und im Abendlande gesehen und erlebt habe ... Doch unser aller Zukunft ruht in den Händen des Allerhöchsten, der allein weiß, was uns frommt.«
Kaiser Friedrich lehnte sich in seinem Sessel zurück. In seinen Augen standen Tränen und trübten seinen Blick. Der Kammerherr stand reglos und wartete auf ein Wort seines Herrn, der nach einer langen Pause sagte:
»Nachrichten von weittragender Bedeutung! Ein mir treu ergebener, zuverlässiger Mann schreibt mir, daß die Tatarenhorden um- und heimkehren werden ...«
»O Santa Maria!« rief der elegante Kammerherr und bekreuzigte sich fromm.
»Wenn der Statthalter von Triest diese Nachricht bestätigt, so dürfen wir ganz sicher sein, daß die bedrohliche Woge des heranbrandenden tatarischen Meeres genau bis zu den Grenzen unserer Reiche gerollt und schon wieder zurückgeflutet ist ... Was aber die Mongolen zur Umkehr bewogen haben mag, das wird ewig ein unlösbares Rätsel bleiben. Sie hätten ja fast unbehindert durch ganz Italien ziehn und ungestraft überall ihre heidnischen Bräuche und ihre barbarischen Gesetze einführen können. Nun, Gott in seiner unendlichen Güte hat uns davor bewahrt ... Und dem Mönch, der diese frohe Botschaft gebracht hat, will ich's danken.«
Der Benediktinerbruder aber lag, von Erschöpfung und Müdigkeit übermannt, schlafend auf dem Teppich.
Kaiser Friedrich legte die Blättchen säuberlich zusammen und in eine Schatulle aus Perlmutt, die er einem Fach seines Schreibtisches entnahm.
Dann schlug er mit dem Klöppel gegen den Bronzeschild und sagte zu dem lautlos eintretenden jungen Sarazenen:
»Richte dem Kapitän der Felucke aus, daß ich meine Reise nach Ägypten aufschiebe!«

Dreizehnter Teil
Das Ende des Feldzugs

Ein Gespräch am Ufer der Donau

(Aus Hadschi Rachims Aufzeichnungen)

»Bald wird mein Reisetagebuch, von dem ich mich niemals trenne, weder tags, da ich es in meiner Reisetasche verwahre, noch nachts, da ich es samt der Tasche als Kissen unter mein müdes Haupt schiebe, abgeschlossen sein. Nur noch wenige unbeschriebene Blätter enthält es; auf ihnen will ich ein Gespräch verzeichnen, das ich heute mit dem erhabenen Sain-Khan, meinem ehemaligen Schüler, führte und bei dem nur der kürzlich aus Nowgorod zu uns zurückgekehrte Arapscha zugegen war, welcher manches Hochinteressante über dieses Fürstentum und seinen Fürsten zu berichten hatte.
Auf seinem Heimmarsch war das mongolische Heer bei den Zwillingsstädten Pest und Buda wieder über die Donau gegangen und hielt nun Rast an den Grenzen Bulgariens. Auf einer grünen Ebene nahm Batu-Khan eine Besichtigung seiner von allen Seiten anlangenden Truppenverbände vor, deren Reihen sich auf diesem großen Feldzug stark gelichtet haben. Ferner veranstaltete er Reiterspiele zu Ehren der gefallenen Bahadure.
Heute abend, als ich mit Arapscha am Ufer der Donau saß, dort, wo sie sich eben durch die wie zu einem engen Tor zusammentretenden gewaltigen Felsen gezwängt hat und nun einen schön geschwungenen Bogen beschreibt, um dann breit und in majestätischer Ruhe gen Sonnenaufgang zum Meere hinzufließen, trat Batu-Khan aus seinem Zelt und gesellte sich zu uns.
Auf dem gegenüberliegenden Ufer breitete sich das Land der Bulgaren aus, eine fruchtbare Ebene, aber gänzlich verlassen von Menschen, die aus Furcht vor den herannahenden Tatarenhorden sich ins Innere des Landes zurückgezogen haben. Nur zwei-, dreimal zeigte sich in der Ferne ein kleiner Trupp von Streifzüglern. Batu-Khan fragte Arapscha:
»Du wirst wohl schon von den Meinungsverschiedenheiten gehört haben, die darüber bestehn, ob man jetzt, da es doch einmal so bequem am Wege liegt, nicht auch noch einen Einfall in dieses kleine Zarenreich dort drüben machen soll? Stark genug dazu wären wir immer noch, und es würde uns wahrhaftig keine große Anstrengung kosten, auch dieses Volk noch zu unterwerfen. Jedenfalls denken die meisten meiner Temniks so; ich aber nicht. Und ich will euch auch sagen, warum nicht. Wir

werden bald wieder durch russisches Gebiet ziehn, und da besteht immerhin die Möglichkeit, daß Konas Iskander unversehens aus einem Hinterhalt hervorbricht und über mein gelichtetes Heer herfällt. Wir würden dann nicht nur neue Verluste an Kriegern zu beklagen haben, sondern möglicherweise auch die Einbuße unsrer Beute und unsrer Gefangenen. Darum kann und will ich es mir nicht leisten, vorher noch bei einem Überfall auf die Bulgaren tüchtige Kämpfer zu verlieren. ›Schnellstens nach Ketschi-Sarai!‹ heißt die Losung, und ehe wir nicht dort sind, habe ich keine Ruhe mehr. Du aber, mein treuer Arapscha, wirst dich wieder nach Nowgorod begeben und mich über alle Handlungen Iskanders informieren. Ich werde ihm gebieten, nach Ketschi-Sarai zu kommen. Ich will und muß ihn sehen und sprechen. Er ist, nach allem zu urteilen, was du mir von ihm erzählt hast, stark und klug und könnte ein ebenso gefährlicher Feind wie nützlicher Freund sein...«
Batu-Khan ordnete noch an, daß ich am nächsten Tag mit der Vorhut vorausreiten sollte, um Juldus-Hatun durch die Nachricht von der baldigen Rückkehr ihres Gemahls und Gebieters zu beglücken.
So rückt der Tag, da ich meiner Pflicht als Chronist dieses gewaltigen Kriegszuges ledig sein werde, immer näher.
Darum will ich hier rasch noch ein paar Worte einfügen über das Schicksal jener, von denen ich mich habe schon im Verlaufe des Rückmarsches trennen müssen:
Da ist zunächst Nochai-Khan, der mit Khan Batus Genehmigung seinen Tumen nach Bulgarien hineinführt, um zu des Zaren Heer zu stoßen. Die griechische Kaisertochter aus dem östlichen Rûm hat er mit sich genommen. Sie hatte geduldig alle Strapazen des beschwerlichen Feldzuges ihm zuliebe ertragen und ihm nach seiner Verwundung bei der Einnahme Kyjuws durch ihre ärztliche Kunst und aufopfernde Pflege das Leben gerettet. Gewiß träumt er noch immer davon, sie zum Dank dafür wieder auf den Thron ihrer Vorfahren zu heben.
Zusammen mit Jesun-Nochai-Khan hat uns auch der Gesandte des Kalifen Mustansir von Bagdad verlassen, dessen edle Gesinnung ihn mir lieb und wert gemacht hat. Durch seine Fürsprache hat der mutige Jüngling mehr als ein Menschenleben vor Batu-Khans tödlich-wilder Grausamkeit bewahrt. Ich nehme an, daß er den Kalifen vor Batu-Khans Unberechenbarkeit warnen und ihn veranlassen wird, alle erdenklichen Sicherungsmaßnahmen zum Schutze seines Reiches und Volkes zu treffen. Ich bin jedenfalls von Herzen froh, daß die Prophezeiung der Wahrsagerin Bibi-Gündus, von der Abd ar-Rahmân mir gesprächsweise erzählt hat, nicht in Erfüllung gegangen ist.
Auch der eigensinnige große Atalik Subudai-Bahadur ist von uns geschieden und im Groll, wie ich vermute, denn er wird sich nie damit abfinden können, daß sein Schüler, der Enkel des heiligen Regenten, sich geweigert hat, dessen letztes Vermächtnis zu vollziehen.
Noch früher als die drei eben Genannten ist der redliche Duda aus meinem Gesichtskreis entschwunden – ein rätselhafter Mensch: ob-

gleich wir, namentlich zuletzt, in ständigem Verkehr, ja sogar beinahe in Freundschaft miteinander lebten, weiß ich bis heute noch nicht, wem er eigentlich diente und wohin er sich gewendet haben mag.
Glücklich der Wanderer, der nach langer Pilgerschaft endlich die heiligen Stätten seines Mekka in der Ferne erblickt!«

Wie Juldus-Hatuns Stern aufleuchtete

(Aus Hadschi Rachims Aufzeichnungen)

»... Ich muß das entsetzliche Erlebnis, das mich bei meiner Rückkehr nach Ketschi-Sarai bis in die Grundfesten meines Wesens erschütterte, unbedingt diesen Blättern anvertrauen...
Nachdem ich mich in einem großen Boot, dessen zwölf Rudersklaven mit Ketten an ihre Bänke gefesselt waren, über den Itil hatte setzen lassen, nahm ich die vorgeschriebenen Waschungen vor und dankte dem Allmächtigen und Allwissenden von Herzensgrunde für die große Güte, daß er mich wohlbehalten wieder an den Ausgangspunkt meiner langen und beschwerlichen Wanderung zurückgeführt hatte.
Längs des ganzen Flußufers waren während meiner Abwesenheit viele neue Jurten und Hütten (meist aus Lehm erbaut und mit Schilf gedeckt) gleichsam wie Pilze nach einem Regenwetter aus dem Boden hervorgeschossen. In ihnen hatten sich Kaufleute und Handwerker aus aller Herren Ländern ansässig gemacht. Überall aber traf man noch die in Lumpen gehüllten Elendsgestalten der Gefangenen (ebenfalls aus aller Herren Ländern), die an den Knöcheln ihrer bloßen Füße Ketten trugen.
Von ferne sah ich schon das »goldene Häuschen« auf der Spitze des Hügels, den ich langsam erklomm, mein Roß am Zügel führend. Wenn auch für einen Krieger der Sattel der ihm angemessenste Platz sein mag, so ziehe ich als Derwisch dem wilden Kampflärm doch die stille Unterhaltung mit einem Buch beim Schein eines Öllämpchens vor und freute mich innerlich schon darauf, diesem Genuß des stummen Gespräches mit den erlauchten Geistern der Vergangenheit nun bald wieder recht ausgiebig frönen zu können. Nicht das mindeste Vorgefühl des Unglücks, das meiner harrte, beschlich mich.
Zwei Posten, die vor der Tür des goldenen Häuschens auf Wache standen, und mehrere ihrer Kameraden, die unweit davon mit Würfeln spielten, kamen, als sie meiner ansichtig wurden, auf mich zugestürzt, küßten den Saum meiner Kleider und rangen in jämmerlicher Verzweiflung und Trostlosigkeit die Hände.
»Ein Unglück, ein Unglück! Für unseren Gebieter, den erhabenen Sain-Khan, für uns alle ein entsetzliches Unglück!« klagten sie.
»Sagt schnell, was ist geschehn?«
»Laß es uns aber nicht entgelten, daß wir die ersten sind, die dir diese schreckliche Zeitung melden«, baten sie.
»Seid unbesorgt und sprecht!«

»Unsere Herrin Juldus-Hatun ist nicht mehr!«
Nachdem sie mir das Unglück verkündet hatten, liefen die beiden Posten wieder zum Tor zurück und nahmen, den Speer aufgestemmt, die einem Wächter ziemende Haltung wieder ein.
»Abdullah! Sadyk! Schnell hierher!« rief einer von ihnen die Diener herbei, die sofort herausgerannt kamen, um mir mein Roß abzunehmen. Ich aber stand zunächst ganz fassungslos da, und es dauerte ziemlich lange, bis ich mich dazu aufraffen konnte, in das Haus der Trauer einzutreten und die Treppe zum oberen Stockwerk hinaufzusteigen...

Ein Sarg aus glattgehobelten Brettern – darin liegt sie auf bunten Seidenkissen in einem leichten dünnen Seidengewand, die schmalen Händchen auf der Brust flach übereinandergelegt. Zwischen den Fingern ein paar frische Blüten...
Ich fürchte mich, die Augen aufzuschlagen, um einen Blick in das mir so vertraute, teure Gesichtchen zu werfen. Seit vielen Jahren, seit ich sie zum ersten Male als Mädchen sah, damals, als sie mir Milch und Fladen brachte, habe ich ihr eine grenzen- und hoffnungslose Liebe geweiht, aber niemals ein Wort über meine Lippen schlüpfen lassen, welches ihr hätte verraten können, daß sie der einzige Sinn und Inhalt meines Lebens gewesen ist.
Auf der andern Seite des Sarges hockt, in einen weißen Trauerschal gehüllt, die Chinesin I-La-He, die bei dem Einfall der Mongolen in China ihren Gatten, alle ihre Kinder und ihre Freiheit verloren hat. Jetzt hat sie auch den allerletzten Menschen verloren, an dem sie noch hing. So reglos wie die Tote oder wie eines ihrer chinesischen Götzenbilder hockt sie dort, den Blick unverwandt auf ihre im Schoß ruhenden Hände geheftet, um deren Finger eine rote Perlenschnur geschlungen ist, und nur ihre Lippen bewegen sich leise, als sie mir zuflüstert:
»Den Sarg hat unser Freund Li Tun-Po eigenhändig gezimmert. Zwei Tage vor dem Ableben unseres lieben Sternchens traf er hier ein, und sie lauschte aufmerksam seinen Erzählungen von dem Verlauf des großen Feldzuges. Wenig schienen sie die Geschenke zu erfreuen, die Batu-Khan ihr durch den Architekten übersandte und von denen sie mir sofort diesen Perlenkranz überließ, als hätte sie geahnt, daß diese Perlen, die Blutstropfen ähneln, mich stets an mein Leid erinnern werden. Zutiefst erschüttert hat sie die Nachricht vom Tode ihres Pflegebruders Mussuk, die der weise Meister ihr vielleicht doch nicht schonend genug beibrachte.
›Wo hat man ihn bestattet?‹ fragte sie.
›Sein Leichnam wurde zusammen mit dem des Khans Paidar und denen anderer tapferer Bahadure auf dem Scheiterhaufen verbrannt, um den unser ganzes ruhmreiches Heer dreimal herumritt und dazu die Ehren- und Trauerlieder sang.‹
Nach dieser Erzählung war Juldus-Hatun wie innerlich erstarrt. Wie ein Steinbild, still, stumm und reglos, saß sie in der Ecke des Zimmers und

weinte oft leise. So traurig habe ich sie nur gesehn, als ihr von Batu-Khan und ihr selbst so sehnlich erwünschtes Söhnchen starb, weil man es vermutlich vergiftet hatte.
Sie wollte niemanden empfangen; nur den Besuch zweier der Frauen Batu-Khans, die natürlich bloß kamen, um sich an Sternchens Seelenschmerz und -kummer zu weiden, konnte sie nicht gut ablehnen. Sie brachten Weintrauben, Äpfel und süße Honigplätzchen mit. Ich warnte Juldus-Hatun vor dem Genuß dieser Gaben, doch ob sie meine Befürchtungen nicht teilte oder ob ihr nichts mehr am Leben gelegen war, sie schlug jedenfalls meine Warnung in den Wind, und bald nach dem Weggang der Besucherinnen stellten sich bei ihr Symptome einer Vergiftung ein. Herbeigerufene Ärzte und Sterndeuter erprobten vergeblich alle ihre Künste. Die Kranke kam entsetzlich rasch von Kräften und verschied.«
Die Chinesin warf sich mit dem Oberkörper über den Sarg und drückte ihr Gesicht gegen den erkalteten Körper ihrer Herrin.
Ich hob meinen Blick auf zum Gesicht der Entseelten. Aus dem Gesicht war das freundliche sanfte Lächeln, welches Juldus so anziehend gemacht hatte, verschwunden. Es war streng, würde- und hoheitsvoll. Die schön geschwungenen schmalen, schwarzen Brauen waren leicht zusammengezogen. Sie erschien mir so weltenfern von allem, was sie hienieden zurückgelassen hatte. Und mir wollte es scheinen, als spräche sie lautlos zu mir:
›Sieh mich ein letztes Mal an! Ich entschwebe dieser Erde und fliege weit fort bis zum Sternbild der Plejaden. Wann wir uns wiedersehen werden? – Ich weiß es nicht. Doch es steht bei dir. Dort oben werde ich auf dich warten...‹
Mir schwindelte bei diesem Gedanken... Hatte sie ihn wirklich ausgesprochen?... Würde sie wirklich auf mich warten?...
Li Tun-Po trat herein. Wir umarmten uns schweigend als alte Freunde, die sich durch ein gemeinsames Leid noch enger verbunden fühlen. Unser beider Augen schwammen in Tränen, die uns den Blick trübten. Als wir unsere Fassung wiedererlangt hatten, besprachen wir mit I-La-He die Formalitäten der Bestattung. Schließlich war Juldus ja doch nur die Konkubine des erhabenen Sain-Khans gewesen, wenn sie auch seinem Herzen besonders nah gestanden hatte, näher als alle ihm rechtlich angetrauten Frauen.
Die Chinesin machte folgenden Vorschlag:
»In meiner Heimat läßt ein Kaiser, der das Andenken einer verstorbenen Geliebten ehren will, sie im Garten des Palastes beisetzen, den sie zu Lebzeiten bewohnt hat, und über dem Grab ein Denkmal aus Stein errichten. Fordert unsre allernächsten Freunde auf, mit uns zusammen die sterblichen Überreste der Verblichenen im Garten dieses Hauses zu bestatten. Und gewiß wird sich auch ein kunstfertiger Steinmetz oder Bildhauer finden lassen, der mir in einen weißen Stein die Abbildung einer geknickten Blüte mit einem Stern darüber meißeln kann.«

Li Tun-Po lobte diesen Vorschlag sehr und sagte, er würde niemandem diese Arbeit überlassen, sondern bis zur Ankunft Batu-Khans einen solchen Gedenkstein selbst behauen und die Sinnbilder einmeißeln. – Heute bei Sonnenuntergang haben wir in dem wunderbaren Gärtchen, in dem unsere kleine sanfte Herrin so gern verweilte, das, was an ihr sterblich war, der Erde übergeben. Als die traurige Zeremonie zu Ende war, blieb ich allein zurück, um in der Stille des Abends mein langes unstetes Wanderleben ohne Liebe und ohne häusliches Glück noch einmal im Geiste zu überschauen. Wo würde ich künftig Trost in meiner Einsamkeit finden?

Ich hob den Blick zu dem bereits erloschenen Himmel und erblickte einen hell leuchtenden, einsamen Stern. Mir kam der Gedanke, daß es die in eine andre Welt entschwebte Seele Juldus-Hatuns sei, die mir aus Himmelshöhen einen Gruß sende ... Doch wer kann das Geheimnis von Diesseits und Jenseits ergründen?

Ich würde viel darum gegeben haben, wenn ich meinem Tagebuch dieses traurige Blatt nicht hätte einzufügen brauchen.«

Beunruhigende Gedanken Batu-Khans

(Aus den Reisenotizen des Hadschi Rachim)

»Als wir erfuhren, daß der erhabene Sain-Khan sich seiner Residenz näherte, wollte keiner der »schwarze Bote« sein und ihm Juldus-Hatuns Ableben verkünden. Schließlich erbot ich mich, die Rolle eines »Unglücksraben« zu übernehmen.

Wider alles Erwarten ließ Batu mich nicht töten, erkundigte sich aber auch nicht nach Einzelheiten, sondern versank in Schweigsamkeit und Nachdenklichkeit; doch ich hatte das Gefühl, als bedrücke ihn außer Juldus-Hatuns Tod noch etwas anderes.

Einige Tage später ließ er mich zu sich entbieten und sprach:

»Neuer Kummer quält mich – Kummer über meinen ungeratenen Sohn Sartak. Du weißt, daß ich sogar während des großen Feldzugs streng darauf hielt, ihn allmorgendlich einige Stunden durch einen eigens zu diesem Zwecke aus China berufenen Gelehrten unterrichten zu lassen. Unter seiner Anleitung studierte er das nützliche Buch ›Regeln für den Feldherrn oder Die Kunst zu siegen‹. Beide, das Buch wie den Gelehrten, hatte mir kurz vor Beginn des großen Feldzuges der Anführer der Heeresgruppe ›Linker Flügel‹, Muchuli[1], aus dem Reiche der Mitte[2] geschickt.

Um zu prüfen, welche Fortschritte mein Sohn im Studium gemacht hat, näherte ich mich, ohne mich vorher anzumelden, dem Kreis von Zelten,

1 Muchuli, auch Mukali genannt.

2 So nennen die Chinesen ihr Land – Tschung-kwo; dichterisch: Blume der Mitte = Tschung-hwa.

in deren Mitte seine Jurte steht. Lautlos ging ich auf sie zu, indem ich dem Leibwächter, der den Vorhang vor mir aufheben wollte, durch eine Geste bedeutete, dies zu unterlassen, und lauschte von draußen. Ich vernahm leises Geflüster und verstand sehr bald, daß da drin nicht gelehrt und gelernt, sondern gehext und gezaubert wurde.
Eine mir unbekannte Stimme sprach:
›Dies ist ein kostbares Pulver, das aus dem heiligen Mekka stammt. Man muß es mit einem anderen Pulver mischen, das aus dem Herz einer weißen Taube, aus zwei getrockneten Fledermäusen und sieben schwarzen Skorpionen hergestellt wird. Diese Mischung läßt man in einem Tiegel langsam über dem Feuer erhitzen. Dann wohnt ihr eine Zauberkraft inne, die sich auf dich überträgt und dich über alle deine Feinde obsiegen läßt.‹
Ich trat ein. Sartak saß vor dem Feuer, über dem auf einem Dreifuß ein mit einem Pulver gefüllter eiserner Tiegel stand. Neben meinem Sohne hockte ein Mensch, der, nach seinem grünen Turban zu urteilen, ein Nachkomme eures Propheten Mohammed war. Als sie mich erblickten, erstarrten sie beide vor Entsetzen und saßen da wie Steinbilder.
Der chinesische Gelehrte aber lag unweit davon auf einem Teppich. Neben sich hatte er einen Tonkrug mit Wein stehn, dem er schon reichlich zugesprochen haben mußte und wovon er sich eben wieder eine hübsche Porzellanschale gefüllt hatte. Mit geschlossenen Augen sang oder vielmehr deklamierte er:

›Alles ist auf seine Weise schön:
die Silhouette eines jungen Mädchens gegen die sinkende Sonne
und der Schatten von Weidenkätzchen, der unter Mittag
auf einen von Radspuren gefurchten Weg fällt...‹

Sartak und der Muselmann stierten mich noch immer aus weit aufgerissenen Augen an. Von dem Tiegel stieg ein betäubender Rauch auf.
Ich fragte den Moslem:
›Nun, was für ein Sprüchlein hat denn dein dampfendes Orakel heute getan?‹
Ohne zu überlegen, antwortete er rasch:
›Dem Khan Sartak ist eine über viele Jahrzehnte dauernde ruhmreiche Herrschaft geweissagt worden.‹
›Und was wurde dir geweissagt, mein Freund?‹
Er antwortete stotternd:
›Mir? – Mir wurde geweissagt, daß ich in Kürze dein Leibarzt und Sterndeuter werden und dank deiner Freigebigkeit dereinst einen sorgenfreien Lebensabend genießen würde.‹
›Du kannst voraussehen, was in Kürze und dereinst sein wird, wie ich höre. Kannst du mir aber auch sagen, was heute noch geschehn wird?‹
Er schwieg.
›Wenn du es mir nicht sagen kannst, dann will ich es dir sagen: Man wird dir heute noch den Kopf abschlagen!‹

Durch zwei Turgauden ließ ich den Betrüger zu meinem Bruder Berke-Khan führen, mit der Weisung, er möge den Burschen geißeln und die ihm von mir zudiktierte Strafe vollstrecken lassen... Khan Berke liebt die Muselmänner, mußt du wissen, und kann nie genug von ihnen in seinem Gefolge haben.«
Batu-Khan sah mich durchbohrend an, dann fuhr er fort:
»So befahl ich. Nun sage du mir, weiser Hadschi, habe ich recht gehandelt?«
»Wie könnte ich, der ich nichts bin als ein elender Wurm, der an einem Baumstamm hochkriecht und jeden Moment fürchtet, daß ein vorbeifliegender Vogel ihn aufpickt, mich unterfangen, zu beurteilen, ob du recht oder unrecht gehandelt hast!« rief ich und fuhr fort: »Ich könnte dir höchstens sagen, was dein erhabener Großvater, der heilige Regent, dir in seiner Weisheit gesagt haben würde...«
»Und was wäre das?«
»Du bist zwar von so vielen Moslemin umgeben, daß auf einen Mongolen zehn oder gar zwanzig Kiptschaken kommen, doch nicht sie, die Fremden, sondern nur Menschen deines Blutes – vom Blute des Mongol-Chans – können die zuverlässigen Stützen deines Reiches sein.«
»Du wiederholst mir nur, was ich selbst längst eingesehen habe, aber ich möchte etwas ganz andres von dir wissen: Wenn ich heute stürbe, meinetwegen beim Durchschwimmen des Itilstroms zu Pferde, wer würde an meine Stelle treten? Mein Sohn Sartak? – Ich mißtraue dem Knas Jaroslaw von Susdal im höchsten Maße, ja ich hasse ihn, und gleichzeitig beneide ich ihn, beneide ihn um seinen Sohn, den jungen Iskander, der trotz seiner Jugend schon eine Reihe von Siegen erfochten hat und die Bemühungen seines Vaters um das Gedeihen und die Festigung seines Landes fortsetzen wird... Natürlich werde ich seine Bemühungen zu vereiteln wissen, die Russen unterwerfen und sie wie eine Herde Stuten behandeln, die ich melken kann. Doch...«
Er versank in düsteres Sinnen, wies dann mit der Hand nach Osten und fragte:
»Steht dort, in den Ländern des Morgens, die Wiege künftiger Größe der Blauen Horde oder hinter mir, in den Ländern des Abends, die mein Heer eben erst verwüstet hat?«
Ich antwortete, vorsichtig ausweichend:
»Wenn du wirkliche Größe meinst, so muß sie überall gelten, nicht bloß auf einer Hälfte der Erde.«
»Wer aber wird das große Erbe antreten? Wer wird mein Nachfolger sein? Wer ist stark genug, den dräuenden Buntschuk meines Großvaters fest in den Händen zu halten? Sartak? – Bisher hat er noch an keiner einzigen Schlacht teilgenommen. Er hat sich so gut bewachen und beschützen lassen, daß kein Pfeil, von Feindeshand abgeschossen, bis zu ihm hätte fliegen und ihm die Haut ritzen können. Iskander aber stürzt sich, wie Arapscha erzählt, voll Löwenmut in das Kampfgewühl dort, wo es am heftigsten ist, und erringt Siege über Gegner, deren Heer weit

zahlreicher ist als das seine ... Ich hatte in meinem Inneren fest gehofft, daß bei meiner Heimkehr nach Sarai Juldus-Hatun mich mit einem Knäblein auf dem Arme willkommen heißen würde, das einst ein ebensolcher Batyr werden würde, wie mein Vater Dschutschi einer war ... Leider erfüllte sich diese Hoffnung nicht. Heimliche Gegner, Anhänger Gujuk-Khans, haben das Kind und die Mutter mittels Gift getötet. Oh, sie sollen ja nicht glauben, daß es ihnen gelingen wird, meiner Rache zu entrinnen! Ich werde sie schon ausfindig machen und sie lebendigen Leibes in kochendes Wasser werfen lassen!«
Er hielt inne und sprach erst nach einer geraumen Weile ruhiger weiter: »Meine Gefühle liegen in einem argen Widerstreit ... Laß uns heute noch einmal zu meines Sohnes Jurte gehen. Vielleicht finden wir ihn doch mit seinem Lehrer bei einer Erörterung von Problemen der Kriegsführung. Wie froh, wie glücklich wäre ich, wenn ich dadurch eines Irrtums überführt, wenn ich erkennen würde, daß er doch die Fähigkeit zu kriegerischen Taten besäße ...«
Wir saßen noch eine Weile im Gespräch beisammen, gefallener Mitkämpfer, für die es kein Wiedersehen in den heimatlichen Steppen gegeben hatte, und der sanften Juldus-Hatun gedenkend, die früher uns die Abende im goldnen Häuschen mit ihrem Geplauder und ihren Liedern zu verkürzen pflegte.
Die Dunkelheit war schon hereingebrochen, als Batu-Khan sich mit mir zu Sartak-Khans Jurte begab, vor der wir drei Männer erblickten, die sich bei unserem Näherkommen vor dem erhabenen Sain-Khan auf die Erde niederwarfen. Es waren Batus Bruder Berke, der vom Dschichangir verurteilte Moslem und der Henker.
Batu hob seinen Bruder auf und sagte:
»Ich kann mir schon denken, welche Bitte du aussprechen willst. Sie sei dir im vorhinein gewährt! Nimm diesen Betrüger und leih seinen lügnerischen Prophezeiungen dein Ohr, aber denke daran, daß er, wenn er heute mich mit seinem erstickenden Pulver hat vergiften wollen, vielleicht morgen auch für dich ein Pülverchen bereit hat. Er ist natürlich dazu angestiftet worden. Sieh zu, daß du aus ihm herausbekommen kannst, von wem. Er selber aber möge nie vergessen, daß in der Nähe unsrer Zelte ein paar spitze Pfähle in die Erde gerammt sind und daß es keine angenehmen Sitzplätze für ihn und seine Anstifter sind!«
Wir traten in die Jurte. Der Chinese saß am Feuer. Neben ihm brannte auf einem Untergestell ein Öllämpchen. Sartak, der einen kränklichen Eindruck machte, stand ehrerbietig vor seinem Vater auf und wartete, bis dieser ihm die Backen gestreichelt und sich gesetzt hatte. Dann setzte er sich wieder und ich mich ebenfalls. Der Chinese entfaltete mehrere Rollen, auf denen Zeichnungen von Kriegern in fremden Trachten und auch Grundrisse von Befestigungsanlagen und Burgen waren.
Mit dem Chinesen, dessen Kinn ein spärliches Ziegenbärtchen zierte, hatte ich mich bereits bei früheren Gelegenheiten unterhalten. Er war schon betagt, wirkte aber noch viel älter, als er wirklich war, durch die

safrangelbe Hautfarbe des ausgehöhlten Gesichts und die spinnenfingrigen, ewig zitternden Hände – lauter Folgen eines Lasters, dem er im Übermaß frönte – des Haschischrauchens. Er hatte auch mich zum Genuß dieses Rauschgiftes überreden wollen, das nach seinen Worten über alle Kümmernisse des Lebens hinwegtröstet und einem die Möglichkeit bietet, zeitweise in anderen, besseren Welten zu weilen und dabei die erstaunlichsten Wonnen zu empfinden. Doch ich habe keine Lust, die Stärke meines Willens zu schwächen und die Klarheit meines Geistes zu trüben.

Batu-Khan sprach zu Sartak:

»Höre mich an, mein Sohn. Einstmals mußte deine Urgroßmutter – wie mir mein Vater viele Male erzählt hat – auf der Flucht vor blutgierigen Feinden, den verfluchten Kereiten, durch die Steppen und Berge der Mongolei irren, und nur dank ihrer Wolfslist und verbissenen Beharrlichkeit entging sie der Gefangennahme. In dieser schweren Zeit gebar sie unterwegs einen Knaben, meinen ruhmreichen Vater Dschutschi. Sie hatte nichts, um das Kind hineinzuwickeln und es vor der eisigen Kälte zu schützen. Also knetete sie einen Teig aus Lehm und bestrich das Kindchen dick damit. Nur so gelang es ihr, meinen Vater vor dem Tode des Erfrierens zu retten.

Unter so furchtbaren Heimsuchungen, unter Hunger und Entbehrungen wuchs dein Großvater heran. Du aber bist auf Seidenkissen geboren und mit Decken aus Zobelfell zugedeckt worden. Wirst du das Zeug zu einem tüchtigen Dschigiten haben? – Ich habe dir diesen Weisen, der alle Kriegskünste der großen Eroberer der Vergangenheit kennt, zum Lehrer bestellt. Gibst du dir auch Mühe, alles zu verstehn und zu behalten, was er dich lehrt?«

»Ich gebe mir die größte Mühe, alles zu verstehn«, sagte Sartak ganz leise vor Ehrerbietung. »Doch deine Schlachten und deine Siege haben mich weit mehr gelehrt als alles, was er mir zu sagen hat.«

»Mag dein Lehrer uns jetzt von der Kriegskunst erzählen. Auch ich will ihm aufmerksam zuhören, vielleicht kann er sogar mich noch etwas lehren.«

Der Chinese legte seine Hände mit den Innenseiten flach gegeneinander und winkte damit mehrere Male dem Sain-Khan zu, ehe er in seinem gebrochenen Mongolisch, das er in den langen Jahren der Gefangenschaft erlernt hatte, zu dozieren begann:

»Die berühmtesten chinesischen Gelehrten, welche vielgelobte Bücher über die Kunst der Kriegsführung verfaßt haben, verlangen von einem tüchtigen Feldherrn folgende Eigenschaften – er sei schlau und verschlagen, listen- und einfallsreich, anschlägig und findig...«

»Sehr gute Eigenschaften«, brummte Batu-Khan, »aber sie allein genügen noch nicht!«

»Alle ruhmreichen chinesischen Feldherrn«, fuhr Sartaks Lehrer fort, »zeichneten sich gerade durch diese Eigenschaften aus. Die Hauptregel bei der Kriegsführung heißt: den Feind durch Finten täuschen...«

»Eine sehr gute Regel«, brummte Batu-Khan abermals, »doch sie allein genügt noch nicht!«
Der Chinese ließ sich in seinem Vortrag nicht beirren.
»Täusche deinen Gegner, führe ihn irre! Bist du stark, so stell dich schwach, bist du kampffähig, so stell dich kampfunfähig und umgekehrt. Bist du dem Feinde nah, so tue, als ob du noch wer weiß wie weit entfernt wärest, und bist du weit, so gib dir den Anschein, als wärest du nah...«
»Und das ist nach der Meinung deiner vielbelobten, vielgerühmten Bücherschreiber alles, was man braucht, um ein tüchtiger Feldherr zu werden?« fragte Batu-Khan, der aufmerksam dem Vortrag des Lehrers gefolgt war, erstaunt. »Nein, mein Freund, du bist wahrhaftig kein guter Lehrer der Kriegskunst, sondern eine blinde Fledermaus!«
Er warf einen Seitenblick auf seinen Sohn, der mit halboffnem Mund und schlaftrunkenen Augen vor sich hindöste.
Batu-Khan erhob sich, und wir verließen das Zelt, hinauskomplimentiert von dem eifrig dienernden Chinesen.
Draußen schimmerten ringsum nahe und ferne Lagerfeuer und uns zu Häupten die Sterne.
»Darf man nach alledem hoffen, daß mein Sohn ein tüchtiger Feldherr wird, ein wirklicher Dschichangir, der den Heeren und Völkern zu gebieten versteht?« fragte Batu-Khan, aber mehr sich selbst als mich. »Auf wessen Schultern soll ich einen Teil meiner Sorgenbürde legen?... Wie man mir berichtet, beginnen die Russen, denen ich eben erst den störrischen Nacken so tief gebeugt habe, schon wieder das Haupt zu heben. Dieses Volk ist offenbar wie ein Rohr, das sich wohl biegen, aber nicht brechen läßt. Sie sammeln sich zu Scharen, heißt es, und widersetzen sich meinen Knesen... Was nützt es mir da, wenn Kyjuw in Schutt und Asche liegt? Ich habe dort gewaltige, unersetzliche Verluste erlitten, ich habe überhaupt zu viele meiner besten Krieger in diesen verfluchten Urussuten-Fürstentümern geopfert, in der Hoffnung, dieser Schlangenbrut den Kopf zu zertreten...
Jetzt will ich an die Erweiterung und Befestigung der Hauptstadt des von mir geschaffenen Reiches der Blauen Horde gehn. Unter den Gefangenen, die wir aus den russischen Städten hierhergebracht haben, hat man auf meinen Befehl alle Handwerksmeister ausgewählt. Diese Leute verstehn sich auf mancherlei und können mir beim Aufbau gewiß von Nutzen sein.
Man hat mich aufgefordert zur Teilnahme an dem nach Kara-Korum einberufenen Kurultai, auf welchem der neue Kagan aller Mongolen gewählt werden soll. Ich werde an diesem Kurultai nicht teilnehmen, ich habe mir hier ein neues Reich gegründet; und sollte die Wahl auf mich fallen, so werde ich ablehnen und empfehlen, an meiner Stelle meinen Vetter Mengu zum Kagan auszurufen. Doch ich sehe schon voraus, daß alle Teilnehmer des Kurultais sich dem Verlangen der herrschsüchtigen Witwe meines Oheims Ugedai beugen und ihren Sohn, den boshaften, zum Herrschen unfähigen Gujuk, wählen werden. Doch

das ist ihre Sache!... Mein ganzes Interesse konzentriert sich jetzt auf mein Reich der Blauen Horde, dessen Schwerpunkt hier in Descht-i-Kiptschak liegt, und ich mache mir heute schon Gedanken, was aus diesem Reich einmal werden soll, wenn ich zum Heer des über den Wolken thronenden heiligen Regenten eingegangen bin. Wessen starke Hand soll dann die von mir unterworfenen Völker auch weiterhin niederhalten und die Zügel der Herrschaft straff anziehn? Während des großen Feldzuges verließ mich der tückische Gujuk-Khan – das war gut so! Doch daß auch jene andern beiden mich verließen, der alte Subudai-Bahadur, der mich erzogen hat, und der junge Jesun-Nochai, den ich erzogen habe – das ist schlimm! Und gestern sagtest du mir, daß auch du von mir gehen wolltest...
Im Norden aber steht der Konas Iskander und wirft ständig einen bedrohlichen Schatten auf alle meine Unternehmungen, mögen sie noch so glänzend sein. Immer muß ich befürchten, daß er unversehens mit seinem Heer in mein Reich einfällt...
Solche Gedanken beunruhigen mich neuerdings Tag und Nacht. Doch du bist der einzige, dem ich sie anvertraut habe... Dunkel und ungewiß erscheint mir die Zukunft meines Reichs...«

Dies war meine letzte Unterredung mit dem erhabenen Sain-Khan.
Jetzt, da ich im Begriff bin, meine Chronik abzuschließen, und mich noch einmal alles dessen erinnere, was ich während dieser furchtbaren Jahre gehört und gesehen habe, kann ich meinen künftigen Lesern nur wünschen, daß sie von den Schrecknissen, die die Menschen meiner Zeit haben durchmachen müssen, verschont bleiben mögen – von den Schrecknissen eines grausamen und sinnlosen Krieges!...«

ERLÄUTERUNGEN
UND WORTERKLÄRUNGEN
in alphabetischer Folge

Abeskunisches Meer: Kaspisches Meer.

Abu-Ali-Ibn-Sina: hervorragender Gelehrter des XI. Jahrhunderts, in Europa Avicenna genannt, wurde wegen Unglaubens und Forderung der Freiheit der Vernunft in Ispahan ins Gefängnis geworfen, wo er starb. Seine medizinische Enzyklopädie »Kanon« (Kanun f'il Tibb) wurde, von Cremonensis ins Lateinische übersetzt, die Hauptgrundlage der mittelalterlichen Heilkunst.

Abu-Said: persischer Dichter des XI. Jahrhunderts.

Alanen: Vorfahren der Osseten.

Aliden-Schiiten: Die Mohammedaner spalten sich in zwei große Sekten, in Sunniten (Anhänger der orthodoxen Sunna) und Schiiten (Anhänger der Schia), die sich erbittert bekämpfen, weil sie nicht die gleichen Kalifen als rechtmäßige Nachfolger der Propheten anerkennen.

Alyb-batyn!: Ergreift ihn, legt Hand an ihn!

Argamak: hochgewachsenes asiatisches Pferd.

Arkan: Fangleine, Lasso der Steppenbewohner.

Aryk: Bewässerungsgraben oder -kanal.

Aul: Dorf, Siedlung, Gehöft, Gezelt der Nomaden.

Bachschi: Sänger.

Bagdadi: einer, der aus Bagdad stammt oder in Bagdad studiert hat.

Bahadur oder Bahatur: Recke, Held.

Bejartei! Uragsch!: Auf Wiedersehn! Vorwärts!

Batyr: kühner Streifzügler, Held.

Beg-Dschigit: (Beg-Bey = Titel eines Würdenträgers, eigentlich Herr – Dschigit = Reiterheld) also etwa soviel wie »Herr und Held«.

Brodniki: Flüchtlinge aus den russischen Fürstentümern, die im Süden Rußlands umherschweiften und früher oder später meistens in fremde (vor allem byzantinische) Dienste traten.

Buntschuk: Abzeichen höchster Befehlshaberwürde, ein auf hoher Stange befestigtes (einen Halbmond bildendes) Hörnerpaar, von dem ein oder mehrere Roßschweife herabwallen.

Busa: berauschendes Getränk, das aus Hirse oder Reis gewonnen wird.

Chalat: ein tatarisches Kleidungsstück in der Art eines Schlafrockes.

Chalwa: Konfekt aus eingedicktem Sirup mit Nüssen, Mohn, Sesamöl und anderen Zutaten.

Chan: Karawanserei, Gast- und Rasthaus für Karawanen.

Charatschen: armes Nomadenvolk.

Charism, später auch Gurgandsch genannt: Hauptstadt von Chowaresmien, einem Staat am Unterlauf des Amu-Darja, zu dem im XIII. Jahrhundert die Länder vom Aralsee bis zum Persischen Golf gehörten.

Chasarisches Meer: Asowsches Meer.

Chowaresmisches Meer hieß im XII. Jahrhundert der Aralsee.

Dan: Tribut.

Dao (richtiger Tao): die höchste Wahrheit, das All-Eine, das Ewig-Eine.

Darugu: der mongolische Verweser einer Stadt.

Der-chal! Chosch-chal!: soviel wie: Sputet euch! Flink und hurtig!

Derwisch: persisches Wort, das »Bettler« bedeutet. Die Derwische bildeten eine besondere Kaste. An der Spitze ihrer Bruderschaften standen Scheiche. Als Bettelmönche trugen sie besondere Kleidung und gürteten sich zum Zeichen ihrer freiwilligen Armut mit einem Strick.

Dinar: Goldmünze.

Dirhem: Silbermünze im Werte von 20 Kopeken oder Kupfermünze im Werte von 2 Kopeken.

Diwan-Ars: Staatskanzlei.

Dostarchan: Imbiß aus leckeren Süßigkeiten.

Dragoman: Dolmetscher.

Dschahid: Märtyrer, Blutzeuge für den Glauben, Kämpfer gegen die Ungläubigen.

Dschandaren: Schergen und Henkersknechte.

Dscheihun, auch Jaihun oder Seihun: Amu-Darja: Fluß in Turkestan, die heutige Sowjetrepublik Usbekien.

Dschigit: Reiter, kühner Reiterheld der kaukasischen Bergvölker.

Eblis: richtiger Iblis, der im Koran erwähnte Eigenname des Teufels, des Geistes des Bösen und der Finsternis.

Eksi: Dnepr.

Enderun: Frauengemach.

Falke und Paizsa: ein Holz- oder Metalltäfelchen mit eingeritztem Falken und eingeritztem Befehl Dschingis-Khans, galt als Geleitbrief und verlieh dem Inhaber auf der Reise durch die mongolischen Länder besondere Rechte auf Unterstützung und Beistand durch die Behörden.

Farsach: 3 Farsach = 21 Kilometer.

Ghasel (eigentlich Gespinst): persische Versform.

Gog: bei dem Propheten Hesekiel ein Heidenfürst, und Magog: sein Land. In der Offenbarung Johannis aber sind Gog und Magog Namen für barbarische Völker des Nordens.

Großwesir: Premierminister. Wesir: Minister eines islamischen Staates.

Gulistân: »Rosengarten«, Titel einer Gedichtsammlung des persischen Dichters Saadi (1184–1291).

Guljam: oberster der Diener.

Gusli: eine Art liegender Harfe, mit Drahtsaiten bespannt, Umfang vier Oktaven.

Hadith: Überlieferung über Leben, Taten und Worte des Propheten, die in den Koran nicht aufgenommen worden sind.

Hadschi: Mekkapilger.

Hakim: Distriktverwalter und Friedensrichter.

Hasret: Majestät; Hasret-i-ala: hohe Majestät.

Hatun: Frau, Herrin.

Heiliger Stein: ein schwarzer Meteorit (oder Basalt- oder Lavastein) in der Kaaba zu Mekka (dem Palladium des Islams), wird von den Wallfahrern betastet und geküßt, als wohnte ihm eine wundertätige Kraft inne.

Heiliges Buch: der Koran.

Henna: pflanzliches Färbemittel, zu kosmetischen Zwecken verwendet.

Iblis oder Eblis: Eigenname des Teufels (das Wort ist wahrscheinlich verderbt aus »Diabolos«), der sonst auch Scheitan = Satan genannt wird.

Imam: Vorsteher und Vorbeter einer Moschee (das heißt Leiter des gemeinschaftlichen Gebets).
Inschallah!: Allah gebe es!
Irgis: Fluß in Samara, mündet dreiarmig in die Wolga.
Irtysch: Nebenfluß des Ob in Westsibirien, Quellen im Altai und in China.
Iskander: Alexander (der Große) von Mazedonien.
Ismaeliten oder Ismailiden: eine mächtige Mördersekte im XIII. Jahrhundert, bekannter unter dem Namen »Assassinen«.
Itil: Wolga.

Jadschudschen und Madschudschen: ähnlich wie Gog und Magog in der Bibel.
Jassa(h): Dschingis-Khans Sammlung von Gesetzen.
Je-Liu-Tschu-Tsai, auch Ye-Liu-Chistsai: ehedem Fürst von Lao Tung.
Jurte: Rundzelt mit Kuppeldach aus Filz.

Kaddach: Augenarzt.
Kadi: Richter.
Kagan (auch Khakhan oder Chagan) bedeutet Oberkönig, Großkhan, Khan aller Khane. Fürst aller Fürsten, König der Könige (das Femininum zu Chan = Chanum).
Kaimak: dicke Sahne.
Kaime: Erbsbrei.
Kalam: Schreibrohr.
Kalligraph: Schönschreiber.
Kalum: Kaufgeld, das der Vater eines Mädchens in Gestalt von Vieh von dem Freier oder dessen Eltern bekam. Die Höhe richtete sich nach der Wohlhabenheit des Bräutigams.
Kara-Burgut: schwarzer Adler, Königsadler.
Karahaniden: türkische Dynastie, die sich im X. Jahrhundert in Samarkand festgesetzt hatte, als die Turkstämme in Mittelasien eindrangen und von den kultivierten Ländern zwischen dem Syr-Darja und dem Amu-Darja Besitz ergriffen. Die Herrschaft der Karahaniden brachte für Maweramnahr eine Epoche des kulturellen Rückschritts und der politischen Unterdrückung, so daß es des öfteren zu Unruhen unterm Volke kam. (W. Barthold)
Kara-Kontschar: schwarzes Schwert.
Kara-Kum: schwarzer Sand.
Khanakah: Kloster, Bruderschaft der Derwische (Bettelmönche).
Kebab: vermutlich so etwas Ähnliches wie Beefsteak à la tatare.
Kerulon: Name für den Oberlauf des Argun, des Quellstroms des Amur; ergießt sich in den See Dalai-ner, aus dem er als Argun wieder austritt.
Kindschal: zweischneidiges Dolchmesser.
Kiptschaken: zahlreiches Nomadenvolk türkischen Ursprungs. Bei den russischen Schriftstellern heißen die Kiptschaken »Polowezer«.
Kismet, Fatum: durch eine höhere (übersinnliche) Macht vorherbestimmtes Schicksal.
Konjasi (Mehrzahl von Konjas): Fürsten (Fürst heißt auf russisch »knjas«).
Korsno: Umhang, von der Schulter herabwallender Mantel.
Kotau: im Chinesischen allertiefste Verneigung.
Kulan: Esel.
Kumanen: Polowezer oder Polowzer.
Kumyß: gegorene Stutenmilch.

Kurien: mongolisches Wort, bedeutet einen Kreis von Jurten rund um die Jurte des Ältesten oder Anführers herum.
Kurultai oder Kuritti: eine Art Reichstag der Mongolenkhane.
Kysyk: Spaßmacher.
Kysyl-Kum: roter Sand.

Li: chinesisches Längenmaß, etwa ein halber Kilometer.
Lukomore: am Ufer des Asowschen Meeres gelegen, das damals »Chasarisches Meer« genannt wurde.
Lulen: einer der wandernden Zigeunerstämme von Afghanistan.

Maddach: Volkserzähler, Märchenerzähler.
Mawerannahr: Name der Gegend zwischen Amur-Darja und Syr-Darja, bezeichnet das heutige Turkestan.
Medrese: geistliche Hochschule des Islams.
Mergen: Jäger.
Minbar: Kanzel in der Moschee.
Mirza: Schreiber.
Mitra: Bischofsmütze.
Mstislaw Romanowitsch (1214–1223): der letzte Großfürst aus dem Geschlecht des Monomachos.
Mstislaw Udatny: Die Zeitgenossen nannten den Fürsten von Galizien, Mstislaw Mstislawowitsch, den »Glücklichen und Erfolgreichen«, d. h. »Udatny«; spätere Chronisten änderten diesen Beinamen in »Udalo«, d. h. der »Kühne«, ab.
Mullah oder Molla: Herr, ein für Gelehrte, Fromme und Richter gebräuchlicher Titel.

Namas: der fünfmal täglich zu verrichtende Gebetritus der Mohammedaner.
Nessa: eine alte, heute zerstörte Festung in der Nähe von Aschabad.
Nessef: jetzt die Stadt Bech-Budi im Süden von Buchara.
Nojon: Adliger, Anführer einer Tuman (Divisionsgeneral).
Nuba: eine Art kriegerischer Tusch.
Nuker: Krieger aus dem persönlichen Gefolge eines Khans.

Onon: einer der Quellflüsse der Schilka in Transbaikalien. Am Onon und am Kerulon verbrachte Dschingis-Khan seine Kindheit.
Orkhon: Feldherr, Befehlshaber von 10 Tumen (Armeegeneral).
Otrar: bis zum Mongoleneinfall eine der größten Städte Mittelasiens, im Jahre 1219 von Dschingis-Khans Horden zerstört. Die Einwohner kamen fast ausnahmslos dabei um. Später wurde die Stadt wieder aufgebaut und spielte in der Geschichte Mittelasiens abermals eine gewisse Rolle; den früheren Wohlstand und die frühere Bedeutung erreichte sie aber nie wieder. Jetzt liegen ihre Ruinen unter Erdwällen und Sandhügeln begraben, und zwar in der Nähe der Station Timur der Eisenbahnlinie Orenburg—Taschkent.

Pachlawa: türkischer Honig.
Padischah: Großherr.
Pilaf oder Plow: körnig gekochter Reis mit Hammelfleisch und -fett.

Raïssen: Polizeiwächter.
Rudegi: persischer Dichter des IX. Jahrhunderts, in Buchara geboren.
Rustem: Held eines iranischen Volksepos.

Salam, auch Selam: Frieden, Heil.
Salam aleikum!: Friede über euch!
Salosny Schljach: ein sehr alter Handelsweg vom Asowschen Meer zum Dnepr. Salosny ist aus der damaligen Aussprache des Wortes »sheleso« (= »Eisen«) entstanden, da dieser kürzeste Weg von den Karawanen zum Transport des Eisens benutzt wurde, welches im Altertum ein sehr wertvolles Metall war und aus China und anderen Ländern Asiens hierher gebracht wurde. (Sabelin Brun.) Die Bezeichnung »Salosny« hat sich in veränderter Form im Namen der Station »Losowaja« erhalten.
Schagirden: Theologiestudenten.
Schamane: Heil- und Zauberkundiger, auch Priester bei Völkern auf niedriger Kulturstufe.
Schan-Jui: die Hunnen, die in Zentralasien lebten, später westwärts zogen und im V. Jahrhundert unter Attila (Etzel) in Europa einfielen.
Scheich-ul-Islam: das Oberhaupt der mohammedanischen Geistlichkeit.
Scheikh: Verweser einer Provinz.
Scheitan: der Satan, der Teufel.
Serafschan: Fluß in Chowaresmien.
Sindh: der Indus (Fluß).
Snem: Beratung, Kongreß, Sitzung des Staatsrates.
Stanowitsche: eine Nomadenhauptsiedlung.
Subudai-Bahadur: hervorragender mongolischer Feldherr, in der Folge Sieger in der Schlacht an der Kalka (Bahatur oder Bahadur = Held, Recke).

Tanguten: ein den Tibetanern verwandtes Volk.
Temudschin: scharfer Stahl.
Tiun: Richter, Schultheiß.
Tumen oder Tuman: Division von 10000 Mann, befehligt von einem Nojon.
Turgauden: Leibwächter, Trabanten.
Tschaichan: Einkehrhaus, Teehaus.
Tschalma: Turbantuch.
Tschausch: im türkischen Heer entsprach der Rang eines Tschausch dem eines Sergeanten.
Tschekmen: Kosakenrock.
Tschilaw: Reisgericht.

Ugga: nein.
Ugren: Ungarn.
Ulema: die gelehrten Hüter der muslimischen Tradition, Kanonisten und Theologen, Rechts- und Gottesgelehrte.
Ulnß: zusammengehörige Gruppe von Zelten im Nomadenlager der Kalmücken und anderer Steppenbewohner.
Uragsch, uragsch, muu!: Vorwärts, vorwärts, du Schlechter!

Wekil: Minister oder Staatsrat als Stellvertreter des Souveräns.
Wildes Feld: Steppe am Schwarzen Meer.

Yak: tibetanischer Grunzochse, langhaarige, gehörnte Büffelart.

Zinsen: Chinesen.

Axel Strindberg: Die Strindbergs in Vasastan
Eine Familiengeschichte
16 Abbildungen, 544 Seiten, Leinen mit Schutzumschlag, DM 36,00
ISBN 3-378-00448-7

›,Die Strindbergs in Vasastan' sind nicht nur eine Familiengeschichte und ein Entwicklungsroman. Das Buch ist auch eine Zeitchronik. Axel Strindberg zaubert ein vergangenes Alltags-Stockholm hervor, das mit frischen und gedächtnisstarken Sinnen geschildert ist, ein Stockholm, das man sieht und hört und das überdies duftet und schmeckt. Dies erreicht er dank einer Unzahl von genauen Details.‹
(Dagens Nyheter, Stockholm)

Gilles Perrault: Unser Freund der König von Marokko
Abgründe einer modernen Despotie
432 Seiten, Klappenbroschur, DM 39,80
ISBN 3-378-00506-8

Ein Buch über das Werden und den gegenwärtigen Zustand des ›Königreichs der Sonne‹, Marokko, ist wie der Blick zurück in das barbarische 19. Jahrhundert, aus dem wir kommen und das uns noch immer umgibt. Wir – ob Franzosen oder Deutsche – wirken daran kräftig weiter mit. Und während wir uns über die ungelösten Fragen der Zukunft die Köpfe erhitzen, vergessen wir, das noch die Vergangenheit unsere moderne Demokratie samt ihrer Zivilisation bestimmt. Sie ist in uns.

Essad Bey: Das weiße Rußland
Menschen ohne Heimat
240 Seiten, Hardcover mit SU, DM 32,00
ISBN 3-378-00474-6

Seit 1932, dem Jahr der Erstveröffentlichung, liegt das Buch nunmehr in einer Neuausgabe vor.
›Das weiße Rußland‹: der Bericht eines Zeitzeugen über den Widerstand der weißgardistischen Truppen gegen die Armeen der Oktoberrevolution, über die Gründung und den Untergang der Kosakenrepubliken in Südrußland und über das Schicksal der russischen Emigranten in ganz Europa.
Erlebte Geschichte – wie sie spannender und aktueller nicht sein kann.

Antti Tuuri: Winterkrieg
Roman
228 Seiten, Hardcover mit SU, DM 28,00
ISBN 3-378-00504-1

Tuuris ›Winterkrieg‹ – erzählt wie ein minutiöses Zeitprotokoll des Überfalls der Sowjetunion auf Finnland 1939/40 aus der Sicht ›von unten‹. Literatur, die ein Dokument ›erfindet‹, das die Dinge anscheinend teilnahmslos und somit ›wirklicher‹ berichtet, als es jeder selbstbetroffene Augenzeuge vermag. Lakonismus und Nüchternheit dieses Romans sind erschreckend. Ein Urteil wird gefällt, schonungslos, wie es nur bedeutende Literatur vermag.

Carl Eduard Vehse
und seine ›Geschichte der deutschen Höfe seit der Reformation‹

Ausgewählt, bearbeitet und herausgegeben von Wolfgang Schneider

›Ich habe die ... Bände von Vehse mit der größten Gier durchgelesen ... Dies Buch ist für mich wahrer Kaviar. Jetzt fange ich an zu glauben, daß wir Deutschen einmal eine ordentliche Nationalgeschichte bekommen werden. Vehses Buch ist der Anfang.‹
(Heinrich Heine)

Bereits erschienen:

Die Höfe zu Hessen
ISBN 3-378-00480-0

Der Hof zu Weimar
ISBN 3-378-00479-7

Die Höfe zu Baden
ISBN 3-378-00511-4

Die Höfe zu Württemberg
ISBN 3-378-00518-1

Jeder Band mit zeitgenössischen Abbildungen, Ganzgewebe mit Schutzumschlag, DM 38,00

In Vorbereitung:

Die Höfe zu Preußen
Von Kurfürst Joachim II. Hector bis König Friedrich Wilhelm I. (1535–1740)
ISBN 3-378-00534-3

Die Höfe zu Preußen
Friedrich II., der Große (1740–1786)
ISBN 3-378-00535-1

Die Höfe zu Preußen
Von Friedrich Wilhelm II. bis Friedrich Wilhelm III. (1786–1840)

Jeder Band mit 24 zeitgenössischen Abbildungen, Ganzgewebe mit Schutzumschlag, ca. 39,80 DM